李经国 编

國家圖書館出版社

图书在版编目（CIP）数据

谢辰生先生往来书札续编：附日记：全二册 / 李经国编. -- 北京：国家图书馆出版社，2017. 7

ISBN 978-7-5013-6096-3

Ⅰ.①谢… Ⅱ.①李… Ⅲ.①书信集—中国—当代 Ⅳ.①I267.5

中国版本图书馆CIP数据核字（2017）第079322号

书　　名　谢辰生先生往来书札续编：附日记（全二册）

著　　者　李经国　编
责任编辑　王燕来
助理编辑　王佳妍
特约审校　林　锐
装帧设计　九雅工作室

出　　版　国家图书馆出版社（100034　北京市西城区文津街7号）
（原书目文献出版社　北京图书馆出版社）
发　　行　（010）66114536　66126153　66151313　66175620
66121706（传真）　66126156（门市部）
E-mail　nlcpress@nlc.cn（邮购）
Website　www.nlcpress.com→投稿中心
经　　销　新华书店
印　　装　河北三河弘翰印务有限公司
版　　次　2017年7月第1版　2017年7月第1次印刷

开　　本　787×1092（毫米）　1/16
印　　张　58

书　　号　ISBN 978-7-5013-6096-3
定　　价　600.00元

张大千、于非厂合绘《红药双蝶图》

我与長生先生同年相識數十載如今皆已耄耋之齡回首往事先生為新中國文物保護事業鞠躬盡瘁近廿載先生退而不休不顧病体奔走大江南北为文物保护直言直書聞者无不感佩

宿白书于北京大学

中国考古学会名誉理事长、北京大学教授宿白题词

頌謝老辰生先生讚

謝公籲正氣
筆底波瀾生
法制崇文物
身心護古城
勁松凌北陸
史卷記東瀛
百歲欣開秩
征程一老兵

癸巳新正學弟耿寶昌敬書
時年九十又一

故宫博物院研究员耿宝昌题词

祝良生兄九旬华诞小诗一首

并有小序

适逢良生兄九旬华诞之际，在座诸公同仁欢聚一堂为之祝贺。以小谢小罗呼之，陪感亲切，仰之兄和张柏兄当年也是这样称呼过的。我们愿永远称小。这里很多人都在团城住过，就是未在团城的这三个地方也同样是可思念之处。

诗云：

团城东四文红楼

六十余年共济舟

小谢小罗称语好

百旬再度共同游

二〇一一年辛卯初秋

八十六岁小弟罗哲文再拜

原中国文物研究所所长罗哲文题词

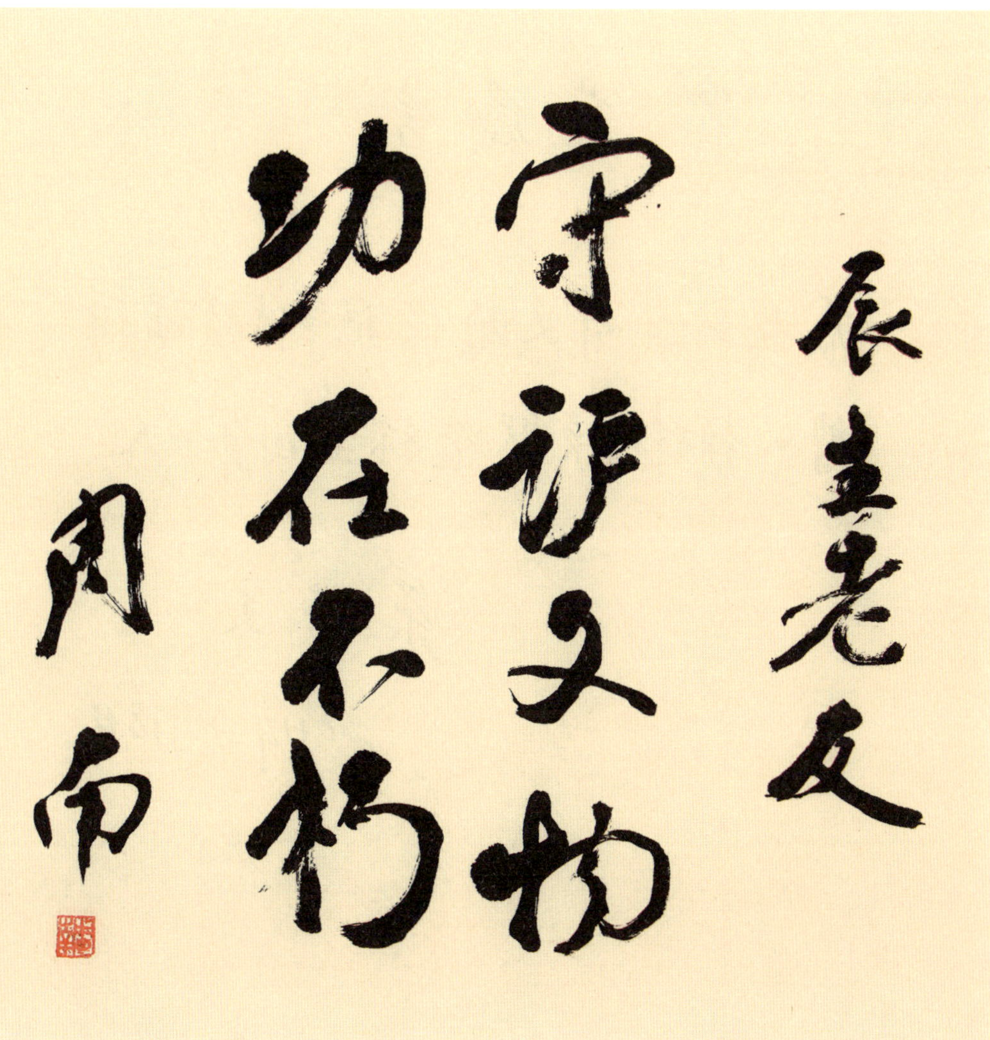

原新华社香港分社社长周南题词

老友感言

辰生以其对文物保护事业顽强拼
搏的精神与贡献堪称全国第一人

宋木文

2011年4月18日

原国家新闻出版总署署长宋木文题词

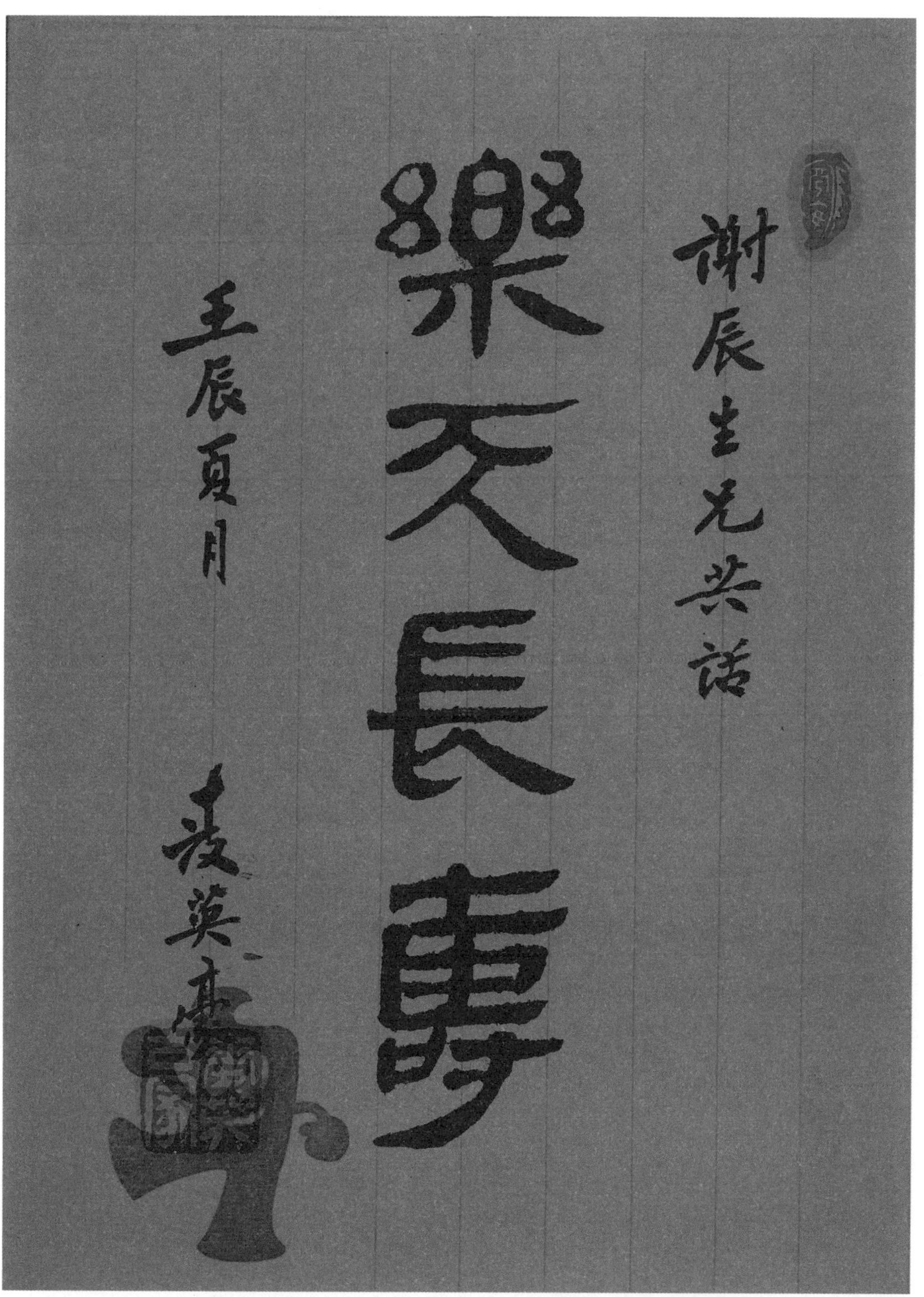

广州博物馆名誉馆长麦英豪题词

保护中国文物的

忠诚战士

书赠谢辰生同志

逄先知敬题

丙申夏

原中共中央文献研究室主任逄先知题词

我们这个国家，几千年的历史留下了极为丰富的文化遗产，可惜迟迟没有建立强有力的文物保护体制，珍贵的文化遗产的损失常常发生，且有越演越烈的趋势。但我们一些文物保护工作者和志愿者热情不改，这力量就来自谢老的榜样。他的学识和精神鼓舞着我们，只要一息尚存，就要为保护祖国的文化遗产奋斗到底。

陈志华
二〇一一年四月

清华大学建筑学院教授陈志华题词

多官商勾結，以保護為名，行破壞之實，範圍之廣，程度之深，亘古未見。中國文物保護事業危在旦夕，正如溫總理所說，辰生先生是「殫精竭慮，瀝心瀝血」，年逾耄耋，猶奮力搶救，吾願忝列其後，以盡公民之責。

徐苹芳觀後敬題

二〇一〇年 庚寅秋

原中国社会科学院考古研究所所长徐苹芳题词

觀辰生先生所藏書信，多言文物者，有的可稱為秘寶。先生一九四九年隨西諦先生自滬進京，即入新成立之文物局，與局同齡。六十年間為中國文物保護事業多有貢獻，尤以制定修改中國文物保護法和編纂中國大百科全書文物卷最為重要，具有里程碑式之意義。近年以來，文物保護工作更為複雜，且讀辰生同志這本書信集，彷佛可以觸摸到一位祖國文化遺產忠誠守護者那顆火熱的赤子之心。他把保護文物視為自己的生命，經常切中要害地揭破當時面對的種種嚴峻問題的癥結所在，剛正不阿地從不在任何壓力面前到望九之年，依然毫不懈怠。如果能多有幾位這樣的志士仁人，那將是祖國文化遺產的無量之福。

金冲及

時年八十一

原中共中央文献研究室常务副主任、中国史学会会长金冲及题词时光荏苒，岁月不再。回忆上个世纪五十年代初，我首次与辰生老师是在辽宁省朝阳县的古墓地相识。当时我有幸被派往现场去临摹墓室壁画。在他的指导下完成任务的。

随着时代的变化和发展，深知辰生老师一生成为祖国突出的宣传、保护文物遗产执着的重要守护神。在各个时期他都勇于坦诚直言，一马当先地向各届领导提出相关维护、抢救文化遗产的意见和建议，尽力及时地挽救。相继几十年，起到了非常关键的作用。

至今我们这一代人已是耄耋之龄，而辰生老师这一生为维护民族文化古迹、带头率领为祖先、后代子孙们留下不可再生遗产做出了重要的贡献。

谨此，我作为"敦煌的女儿"向谢辰生老师表示由衷的敬意。多谢为文物辰生的师长。

常沙娜 乙未三月

时年八十又四

原中央工艺美术学院院长常沙娜题词

員亦泰半仙逝不免感慨系之
令先生出示此册睹元白先生遺札歎年華之
易逝傷老輩之凋零敬題數語兼祈
先生健康如昔壽登期頤是所至盼
庚寅初冬
後學傅熹年敬識

国家文物鉴定委员会主任傅熹年题词

辰生先生早年得剛主西諦兩公之教終身以保護祖國文化遺產為己任歷六十餘載已屆耄耋之齡猶奔波不懈有詩自紀云慣迎風暴難偕俗垂老猶能作壯兵

先生功業必將與賴其保護而倖存之文化遺產並垂久遠

先生與先父為文物局同寅熹年因得早聆教誨在古代書畫鑑定組工作八年亦時相過從

高風亮節
學人共仰

李學勤敬題

二〇一六年七月
於清華園

原中国社会科学院历史研究所所长李学勤题词

長生先生從事文博考古事業近七十年，一直參与文物法規的制訂，深入獨到地從理論上闡釋了文物保護与文物利用以及這兩者的關係，尤難能可貴者，是他不畏權貴，呵護文物，捍衛文物保護法，始終如一地同違反文物法規和破坏文物行為進行的英勇与機智的斗爭。他是保護文物的忠誠戰士。我認為講清楚了長生先生這些故事，我們才能如實地描繪出中華人民共和國保護文物的精彩圖景，才能明白共和國文物保護的奋斗旅程。

張忠培敬題 羊年二月初六
小石橋

原故宫博物院院长张忠培题词

慶賀謝老辰生米壽並論文集出版

雄文煥彩米壽傳留千載筆

翰墨凝輝支床待飲百齡觴

丹青撰聯　南京軍區朱文泉敬書

新疆维吾尔自治区吐鲁番学研究院副院长丹青撰
原南京军区司令员朱文泉书

故宫博物院

和谢辰生先生

功追鲁壁一何痴，
畿甸文华多旧遗。
古物有灵镌信史，
今贤无已铸丰碑。
共惜高义欧斋约，
谁解深心丝碧词？
瑰意琦行自堪记，
捧书每是卧游时。

郑欣淼

二〇一三年四月

原文化部副部长、故宫博物院院长郑欣淼题词之一

故宫博物院

谢辰生先生衙门见过，
谈文物保护，感而记之

郑欣淼

才过小寒寒正酷，
衙门见访谢公辰。
寿斑苍颜白发疏，
九旬晋二步犹急。
进屋手袖书一纸，
叙及时弊声已厉。
惜哉重建古董假，
扼腕时间拆真迹。
官员汲汲在政绩，
颟顸功执大手笔。
时下竞言城镇化，
慎防文化化中失。

原文化部副部长、故宫博物院院长郑欣淼题词之二

故宫博物院

古建不是无情物，
浮生何觅灵明宅？
皤皤野老心如焚，
寥寥中枢有明识：
望中可见山与水，
心底犹能乡愁忆。
谢公建移堪欣慰，
付诸实施又何易！
我闻此论感亦甚，
危言不啻惊世策。
文物攸关文脉续，
当追耆老尽余力。

二零一四年一月六日，小寒
次日，於故宫御史衙门

中国文物学会

八聲甘州

謝辰生先生《往來書札輯編》

付梓致賀

對蕭蕭白髮逐年稀，莫言一衰翁。近期頤長者，無須拄拐，不要人從。留住青山不老，自有夕陽紅。文思清流水，暢達靈通。

更上層樓望遠，保文華國粹，盡瘁鞠躬。滙平生心血，都涌此方中。繼鄭王、高標風範，又贏得、無愧老英雄。今欣喜，玉札賡續，史苑征鴻！

彭卿云 丙申仲秋于北京

原国家文物局副局长、中国文物学会会长彭卿云题词

書札百卷心血凝文博
事業賴老成秉筆律
獻規大法定義辭典
範後從館建瓷都
彰匠作物脩雲夢
復編鐘殫精竭慮終
不悔子規啼血夜
聞聲 敬賀
謝老辰生前輩米壽暨
往來書札出版
愚晚趙珩敬上

燕山出版社原总编辑赵珩题词

薄老：

建议安排谢辰生同志为下届的政协委员。

谢是党员，文化部文物管理局的顾问，现年六十三岁，他是文物工作的专家、学者，多年来全心全意从事文物的保护和利用的工作。敢于负责，敢于提出有利于保护文物工作的意见。敢于同那些不正确的意见进行争论。象他这样的专家，夏鼐同志去世以后，文物界很难找到第二个人了。如果安排他为政协委员，文物局的顾问还可以当下去，他的作用还能继续发挥，如果不安排，按年令顾问就不能当了，这对文物工作是很大损失。请予审批。

此致

敬礼！

力群

一九八八年二月十一日

中央顾问委员会委员邓力群推荐信

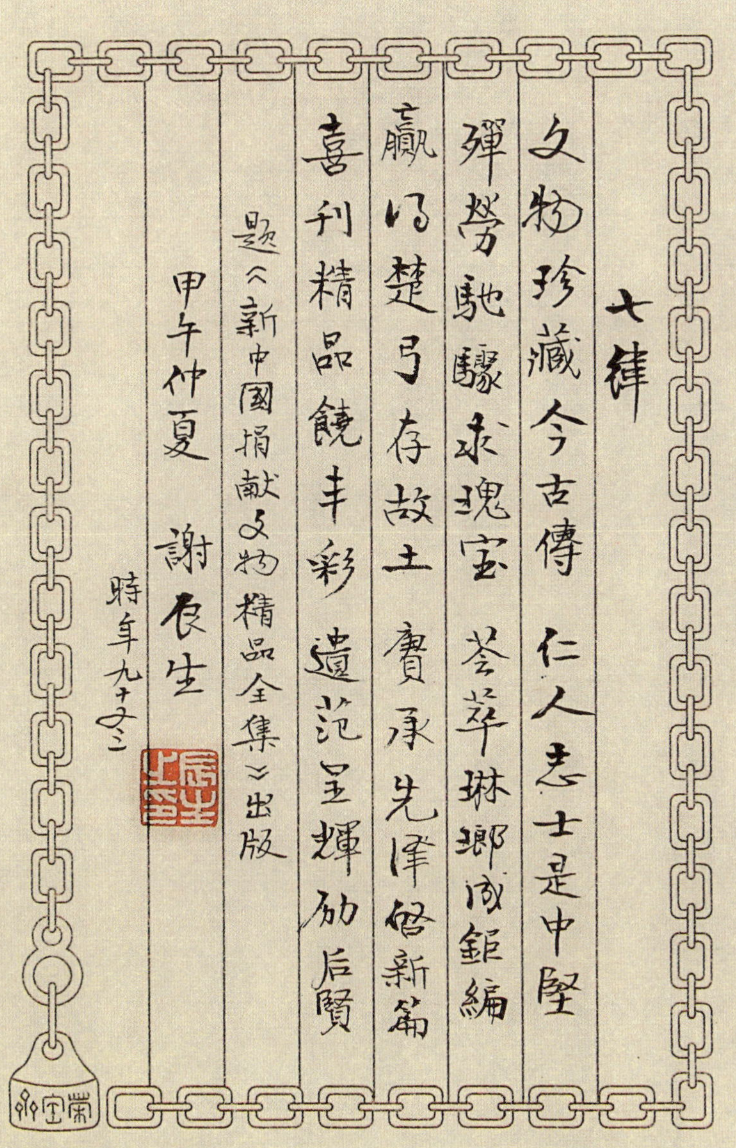

七律

文物珍藏今古傳 仁人志士是中堅
殫勞馳騖求瑰寶 荟萃琳瑯成鉅編
贏得楚弓存故土 賡承先澤啓新篇
喜刊精品饒丰彩 遺范呈輝励后賢

題《新中國捐獻文物精品全集》出版

甲午仲夏 謝辰生 時年九十又二

谢辰生先生手迹《七律》（为《新中国捐献文物精品全集》出版而作）

配合基本建設保護清理古墓葬草案仍未做好，材料缺乏是主要問題，叶賢恩

元、谐同志寫為最妥，希望他早日歸来當有所幫助也。竟日苦思倒不是「手忙

脚亂，頭腦清閑」，而變成「手忙脚閑，頭腦昏昏」了。

晚上俱樂部宿舍部開幕，去玩了半天，學會了跳華爾茲舞，十时將散，胃

疼甚，嘔吐不止，即休息。

元月十八日（十二月初四日） 星期日

早晨晏起，洗臉後大掃除，把小屋子佈置得很美，很清潔，心裡也覺得滿

舒服的。午飯是在小灶那兒吃的，涮羊肉頗好吃，和少忱南鷹便吃边談，生

活的確極幸福的。又不由得联想到志願軍。飯后小憩，思嶽歸来，携

馬恩斯像各一帧，貼在墙上更顯得漂亮了。

四姐當選了市婦女代表，過去她的確也做了些工作，群众眼睛是亮的。

晚飯在二伯母家吃餃子，九弟、漢華均在。邕談往事，又憶及其四二年在延安事。

匆匆十餘年矣。飯後携六哥之修貝多芬歌曲集歸，思嶽、孝文、白在密譚，聽

魔王、瑪利亞及小夜曲等數片，十一時寢。

元月十九日（十二月初五日） 星期一

竟日草擬配合基本建設保護清理古墓葬辦法草案，揹淡问題、

困难及辦法已接近完成。晚王者达処談及小帆、澤卿事，頗多感慨，此點才

自合肥来谭及文工團工作問題。據他說只要藝術局能統佈置则文物

谢辰生先生日记样页

保護之宣傳是完全可以開展的。明日當在艸擬宣傳計劃時將此問題提出。自老迪歸來時已十一時，又艸擬清理古墓葬条例，寢时已午夜。

元月廿日（十二月初六日）星期二

今日大雪，天氣倒很暖。清理保護古墓葬艸案初稿完成。內心甚喜。在考慮今后的防止辦法時，其中有幾条是经過反覆考慮和思索的，終於把它完成了，真高興！在把筆放下的時候，那一剎那，我深刻體會了勞動後收到成果時的愉快。晚飯後去看五姐的病，談到九点鐘。從她那裡抄來了子謙的電話號碼。

元月廿一日（十二月初七日）星期三

元路同志從洛陽歸來，譚及河南情况。從目前基本建設上看，考古工作固非重点，但是隨着建設的發展，它將相應的發展起來，是肯定了的。而政務院文委是还不曾把它提高到应有的高度來重視，就是我們自己也是事先估計不足。這一点現在及時注意提醒領導也還來得及，否則隨着大規模建設的展開，而出現大批古遺址、古墓葬時，我們將會手忙脚乱，使工作完全被動了。這是必需事先充分估計，而未雨綢繆的。

晚與思敬去北京圖書館，給所屬七个單位有數百个青年團員做報告，到十点半才回來。我主要是譚了關於朝鮮戰場上兩年來的变化和防空情形的工作，以說明我們越战越強和中朝人民的偉大的兩个主題，也联系到社會文化

谢辰生先生日记样页

编辑说明

本书为《谢辰生先生往来书札》之续编，包含先生书札、日记（读书札记）、全国政协提案及部分师友来信等。

1.本书以影印书札、日记（札记）原件或复印件为主，编者整理书札、日记（札记）并录文；考证书札书写时间，注释涉及的有关人物、著作、事件（书札为打印稿者，保留打印稿图片，省略录文，只作注释）；日记（札记）不作注释。

2.原文已分段、标点者，录文适有修改；未分段、标点者，予以分段、标点。

3.录文尊重并保留书写人的书写风格、习惯和时代用语原貌。原文中明显脱字用【 】标注，残损或无法辨认的文字用□代替，明显错别字或与现在汉语使用习惯明显相异者直接更改，衍文直接删除。

4.谢辰生先生书札（含有部分底稿）多为先生提供，少量为其友朋补充；友朋书札皆为先生提供。

5.先生书札按照书写时间排列，无法确定时间者排于篇末；友朋书札按照写信人出生年月排序。

6.原书札行文中为尊敬受信人而抬头提行或空格处，录文改为接排，只保留头尾敬语格式，以省篇幅。

7.先生作为第一提案人的政协提案，保留提案原文；非署名第一提案人者，只存目，不收录原文。

8. 书中题词按题写人出生年月排序。

目　　录

一、谢辰生书札

二、日记、读书札记、读书笔记

三、谢辰生先生署名的政协提案（附存目）

四、来鸿集

序一

谢辰生先生是我敬仰的老同志、老专家，是老一辈文物工作者中备受推崇的“一支笔”。在新中国建立之初百废待举的艰难时期，在改革开放中国社会激烈变革的转型时期，先生一贯秉承保护为主、保护为先的文物工作理念，笔耕不辍，执着追求。特别是进入21世纪以来，在工业化、城市化进程急剧加快、文物保护面临众多矛盾冲突的紧要关头，在大规模基本建设和城市拆迁改造，历史文化名城、街区屡屡遭受人为拆除与破坏的关键时刻，先生总是一马当先，挺身而出，或联合专家借助媒体，或铺纸泼墨秉笔上书，不失时机地为文物保护奔走呼号，建言献策。在他和众多专家的一次次呼吁下、一封封上书中，许多文化遗迹、名城街区得以存世保全，传承后代，许多错误做法得以及时纠正，惠及后人。在孜孜不倦的奉献中，在鸿雁往复的传递中，先生与中央领导、有关部门的书函信札积累日丰，已然成为一笔宝贵的文化财富。这些信札既有对文物保护宏观政策的建言，也有对文物古迹、文化名城、历史街区实施保护的针对性建议；有对时弊逆行的针砭批评，也有对科学决策的褒扬鼓励。一篇篇真知灼见，一句句肺腑之言，字里行间处处浸透着先生对文物工作的深厚情感、对文物保护的远见卓识。不少信札受到了中央领导同志的高度重视，胡锦涛、温家宝等党和国家领导人对先生的致信亲切批示或亲笔复函，其真切之情从一个侧面反映了国家对文物工作的殷殷关怀、对专家学者的由衷尊重，折射出共产党人坦诚相见、广纳群言、服务人民的坦荡胸怀。

《谢辰生先生往来书札》是谢辰生先生贡献给文物保护事业的智慧结晶，是奉献给文物工作者的佳肴美味，个中甘醇唯有细细品读，才会浓香四溢，沁人心脾。我愿和读者朋友们一起体会共同分享。

国家文物局局长 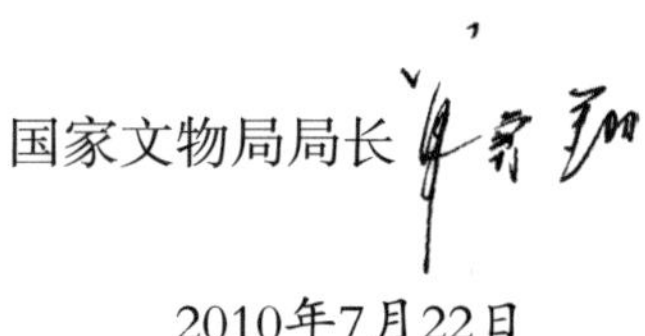

2010年7月22日

序二

谢辰生是我国著名文物专家，对文物保护事业做出了重大贡献。他一辈子只干一件事，那就是管理与保护文物。是全心全意、一以贯之、顽强拼搏地干了一辈子。我和辰生相识五十余载。他在文物管理岗位上的忠诚、勇敢、智慧与贡献，在全国堪称第一人。他在写给我的信中，附有《七律》明志诗，“而今垂老尚何求，维护原则敢碰头”，“嵩目层楼忧社稷，坚持信念度春秋”，是他的精神面貌和人格魅力的真实写照。

五年前，由李经国编撰的《谢辰生先生往来书札》，充分体现了对历史的尊重，使新中国成立以来众多文保政策的出台及重大文保事件的详情，均能在书札中得以还原，受到文化学术界高度赞誉。如今，内容同样丰富、跨时更长且兼收日记札记笔记的书札续编，又将出版了。捧卷而读，不能不使我感受到，封封书信，呕心沥血，力透纸背，其人可敬，其情可染！正如温家宝同志致辰生信所称赞的，这些书札“范围之广、研究之深、论述之详，前所未有，无一不反映了您对祖国的热爱，对历史和人民的尊重”。我更相信，辰生书札必将作为中国保护文物的历史见证，受到今人和后人的珍视与光大，成为我国文物保护工作的借鉴与启示。

原国家新闻出版署署长、国家版权局局长宋木文

2015年3月11日

序三

——学习《谢辰生先生往来书札》感悟

不久前获悉《谢辰生先生往来书札》要出版续编，编写者李经国先生嘱我为之作序。谢老是我国文物保护领域的老领导、著名专家，也是我国文物保护领域的一面旗帜，他一生奉献于我国文物事业，为新中国文物事业的发展做出了卓著的功绩。“高山仰止，景行行止。虽不能至，然心向往之。”提起谢老，使人无法遏制对他的景仰之情。虽然我也已近朝枚之年，但在谢老面前还是晚辈，为他的《书札》作序，感到诚惶诚恐，只能本着学习的态度，谈一些自己的感悟和认识。

谢老自上世纪40年代追随郑振铎先生开始从事文物工作，一直坚持至今，近七十载春秋矢志不移，坚定笃行致力于国家文物保护事业。退休前他曾长期担任国家文物主管部门的领导，站在国家文物管理第一线，以广阔的视野、敏锐的眼光，正确地把握文物保护与利用、管理的关系；他长期参与制订国家文物保护的方针政策，参与起草文物保护管理文件和《文物保护法》等法律法规，为文物保护筑起法律之墙做出奠基性贡献；他退下来，依然初心不改，至今仍以九十五岁高龄，时刻关注国家文物保护管理事业的发展态势，坚持守土有责，捍卫和保护祖国文物；他虽身在北京，但长期心系各地的文物保护，奔波劳碌于调查研究，掌握和洞察全国文物保护的真实情况，深得文物界和社会相关业界的信赖和尊重；他孜孜以求，笔耕不辍，经常发表有见地的文章和谈话，向社会阐明文物保护的理念；他以笔为戈，直言上书，一次次力挽文化瑰宝于危急之中。因为谢老这样独特的经历和智慧，他对国家文物事业做出了常人无法做到的杰出贡献。

谢老长期关心敦煌石窟的保护管理工作，他与我的前辈常书鸿、段文杰先生都有深交。由于工作关系我早闻谢老的大名，在上世纪80年代才得以结识了谢老，并感同身受谢老对敦煌石窟保护的关心和支持。如国发[1987年]101号《国务院关于进一步加强文物工作的通知》，在加强文物保护管理工作，正确处理文物保护与发展旅游事业的关系这部分内容当中，是谢老建议特别指出了：“像敦煌壁画这类易于损坏的稀世珍宝，不能作为一般性的旅游开放点，必须严格控制参观人数，并采取有效的保护措施。”这份文件使我深受教育，当我遇到文物保护管理困难的时候，我就会想起这份文件，想起谢老的良苦用心。2014年，当谢老从网上得知敦煌莫高窟可能遭遇旅游投资公司开发的消息时，当即亲自打电话给我，了解询问详细情况，还叮嘱我必须坚持保护第一的原则；要选用德才兼备、有志献身文物事业的优秀人才接班。谢老对我的教诲和对敦煌石窟的关心，给了我精神上莫大的支持。

现在手捧谢老《书札》第一编，阅读了一封封饱含深情、有理有据的书信，令人感慨良多，引人深思。这本《书札》收录了谢老从上世纪60年代一直到五年前他写给党和国家领导人的书信，以及与文物、文化领域友人往来的书信。通过《书札》使我们重温新中国成立以来的许多文物大事件和文物方针、政策的发展脉络，新中国文物事业的发展轨迹历历在目，令人获益匪浅！

谢老在《书札》中多次强调“文物工作具有区别于其他文化工作的鲜明特点和特殊规律。是一项专业性、社会性、政策性很强的工作”，“由于这些复杂性和特殊性，遇到矛盾和问题时，文物局解决不了，文化部同样解决不了，必须及时向党中央、国务院请示，而且文物工作许多问题往往时间紧迫、刻不容缓，多一个层级对工作是不利的”。正是出于这样的考虑，在文物面临被破坏的每一个危急关头，他都是毫不犹豫，秉笔直书，获得历届领导同志的有力支持。

谢老的《书札》述及了关于文物保护诸多方面的内容：如何正确对待文物工作；如何处理城镇建设与保持古城风貌的关系；如何摆正文物保护与旅游发展的关系；如何做好出国展览，推动文化遗产、传统文化走出去等，他都有入木三分的深刻见地。比如面对文物保护与旅游发展的矛盾问题，他指出：“旅游是经济产业，旅游公司是以谋求利润为目的的经济实体，文博单位则是以促进建设社会主义精神文明为宗旨的社会公益事业。把两个性质根本不同的事物绑在一起，就混淆了事物的质的区别，就会把事情搞乱。”还指出：“文物部门要有旅游意识，应当在文物保护的前提下，最大限度地为发展旅游创造条件。而旅游部门应当认真贯彻中央的文物工作方针，尊重文物的客观规律。不是一切文物都是旅游资源，能够成为旅游对象的文物只是其中一部分。”面对城镇建设中文化遗产被破坏的局面，谢老一再疾呼：“作为‘遗产’，就必须是原来的遗物，原汁原味，这就是它的真实性。”还强调：“如果在高楼林立的大环境中，还能保存一段古街巷原状的痕迹，正好说明我们重视文化遗产的保护，重视保护遗产的真实性，肯定会得到人们的赞赏。”面对近年诸多地方为追逐经济利益，出现古城镇拆真造假之风，以文化为名的大规模招商引资、旅游开发等等现象，谢老认为：“这些现象的本质是以牺牲文物为代价而谋求经济效益，只注重眼前利益而忽视长远利益的短视行为。”他还深刻指出：“不能孤立地谈文化遗产保护，也应看到这样‘文化搭台，经济唱戏’的行为不仅导致文化遗产的大片破坏，而且可能引发文化遗产赋存环境的异变、周围耕地的毁坏等等情形，同时各项劳民伤财的工程，最终侵犯的是广大人民群众的利益。如果这样的风气不加遏制，引起的将会是一系列的社会问题。”谢老一封封书信和有理有据的分析、阐述，不仅在紧要关头帮助国家、帮助领导做出正确决策，而且也成为我们做好文物工作和文物保护所应该秉持和奉行的原则。

谢老曾在给国家领导人的信函中直言不讳地表示：“我对任何一个领导都是尊重的，但又绝不会违心地迎合任何领导同志意图而改变自己认为对的看法，否则就会违背了作为一个文物工作者的职业道德。”这种刚直不阿、坚持真理的态度，是对老一辈文物事业领导人郑振铎、王冶秋文物保护事迹与精神的继承，也是他对文物保护独创性的贡献，让人由衷折服，也值得所有文物工作者永远学习。他不顾一切保卫国家文物瑰宝、文化财富的赤子之情，也获得历届国家领导人的尊重和信任，许多建议、意见都受到领导人的认可和采纳，为此做出批示或指示，及时纠正不利文物保护的偏颇，直至挽狂澜于既倒，抢救了许多重要文物，使全国文物界和社会各界受到教益和鼓舞。因此，我们既佩服谢老的直言进谏，也感动于党和国家领导人审时度势，及时果断，高度关心和重视国家文物事业，广纳群言的风范。

最让人由衷敬佩的是谢老对文物怀有奋不顾身的精神和品格。谢老带病工作几十年，以坚强的意志战胜病魔，不管风吹浪打，不顾冷嘲热讽，始终是一位不屈不挠的文物卫士，始终坚守在文物保护第一线，勇敢地捍卫着祖国文物的安全。在每一次文物面临被破坏、遭流失，而有关部门和个人无能为力的紧要关头，他总是不计个人得失，直言上书，向党和国家领导人反映真实情况，力陈利弊得失，帮助国家做出正确的决策。正是他的据理力争，捍卫了北京大批四合院、北京电影制片厂旧址、长安大街道路改造、南京老城南、天津五大道小洋楼、常州近园、虎门靖远炮台等一大批重要文物古迹的安全，也使许多青铜器、瓷器等珍贵文物免遭走私、外流的命运。他七十年如一日，老而弥坚，为国家文物事业忘我奉献的事迹与精神，实在令人感佩。

现在这本饱含谢老思想和智慧的《书札续编》的出版，是文物界和文物事业的一大幸事。衷心希望更多同仁、朋友能够惠阅此书，必有裨益，也希望更多的社会大众从中获得热爱祖国文化遗产、保护祖国文化瑰宝的启示和热情。

敦煌研究院院长樊錦詩

2016年6月20日于敦煌莫高窟

谢辰生书札

知堂先生赐鉴：奉
手书后，平伯又自新都来，当谭平中情形，藉悉
并以数好，甚慰慰。出版公司三十万元已收到，否如梦录
纪生已代转收。嗣群先生如有所需，可迳函康君，当可报命。
我总之今方面已中止进行，西谛先生有邀我北归意，大概为了
文艺复兴待遇过少，则不如留沪好，故尚在考虑中。关于兴
廷义之事，使我甚为尴尬，我想刚之既非有意中伤而廷
义亦欲追究到底，则大家熟人，又何必闹这些义气之争，
总还是和解的好。此事尚希
先生鼎力也。吉甫生活如何？纪生已到平否？解吉人所学
习的在念中。嗣群先生已转任文化生活社总经理兼
在上海出版公司，每处车大，不过此非久计。巴金去平或与
西谛商量去聘他去文化生活社，故今后上海出版公司当持
乏人，而到携民又对事一再拖延，真不知将伊于胡底，为此
我北归之心亦因之而切矣。
先生近来如何？曾翻译否？闻之纪生云新中国有邀
先生译稿，事未知确否？沪上一星期为恒，物价鞋康宁单件
奇贵，想北平当无此苦也。西风转厉，诸希
为卫自珍。弟此即颂
大安

晚辰生再拜

九月十五日晚

知堂先生赐鉴：

奉手书后，平伯又自新都来，郾谭平中情形，藉悉尊况颇好，甚慰甚慰。出版公司之十万元已收到否？《如梦录》，纪生兄已代转致。嗣群先生如有所需，可径函康君，当可报命。

找总工会方面已中止进行。西谛先生有邀我北归意，大概为了文艺复兴，待遇过少，则不如留沪好，故尚在考虑中。

刚主与廷义兄事，使我甚为尴尬。我想刚主既非有意中伤，而廷义亦不欲追究到底，则大家熟人又何必斗这些义气之争，总还是和解的好，此事尚需先生鼎力也。

古鲁生活如何？纪生已到平否？能否入所学习？均在念中。嗣群先生已转任文化生活社总经理，兼在上海出版公司，每处半天，不过此非久计。巴金去平，或与西谛商量专聘他去文化生活社，故今后上海出版公司主持乏人，而刘哲民又对事一再拖延，真不知将伊于胡底。为此，我北归之心亦因之而切矣。

先生迩来如何？曾翻译否？闻之纪生云，新中国有邀先生译稿事，未知确否？沪上一是如恒，物价虽廉，而车价奇贵，想北平当无此苦也。西风转厉，诸希
为卫自珍。耑此。即颂
大安！

晚辰生再拜
九月十五日晚

编者注：

此信写于1949年。书致周作人。

平伯，俞平伯。

纪生，方纪生。嗣群，康嗣群。西谛，郑振铎。刚主，谢国桢。

廷义：萧廷义。古鲁，王古鲁。

刘哲民，曾任上海出版公司总经理、常委董事、董事长、编委主任等职。

国家文物事业管理局

之瑜同志：你好！近况安否为念。今后可以很快返回文献室参加工作，请释念。近来我会去对你和文物局颇多流言蜚语，我给冶秋同志写了一封信，已经批示，现将（我只此份）复制件寄上请一阅，亦可经中能转请方行、苏平同志一阅。阅后请你快寄还给我，并必要再重申。

此信[illegible]马长[illegible]同志一份，已转达给你寄复制件可不必向更多人说了，但内容是可以说的，因为为文物传达了。只要不把我给你写信的传出去就可以了。已复制件最好能在十天内寄还给我。匆匆，即颂

敬礼！

谢辰生上

月廿二日

之瑜同志：

你好！近况奚似？为念。

令爱事已解决，现正在文献室参加工作，请释念。

迩来社会上对冶秋和文物局颇多流言蜚语，我给耀邦同志写了一封信，已经批示，现将复制件（我只此一份）寄上，请一阅，亦盼便中能转请方行、苏平同志一阅，阅后请尽快寄还给我。此事任局长在直属单位领导同志中已传达，我给你寄复制件事不必向更多人说了，但内容是可以说的，因为历史博物馆已经传达了，只要不把我给你寄信事传出去就可以了。复制件最好能在十天内寄还给我。匆匆。即致

敬礼！

谢辰生上

四月廿五日

编者注：

书致沈之瑜，写于1980年。沈氏时任上海博物馆馆长。

5月5日沈氏复信先生，收入《谢辰生先生往来书札》（下册）。

先生致胡耀邦书信，写于1980年3月26日，收入《谢辰生先生往来书札》（上册）。

方行，时任上海市文化局副局长。

苏平，张甦平，时任上海市人民政府秘书长。

任局长，国家文物管理局局长任质斌。

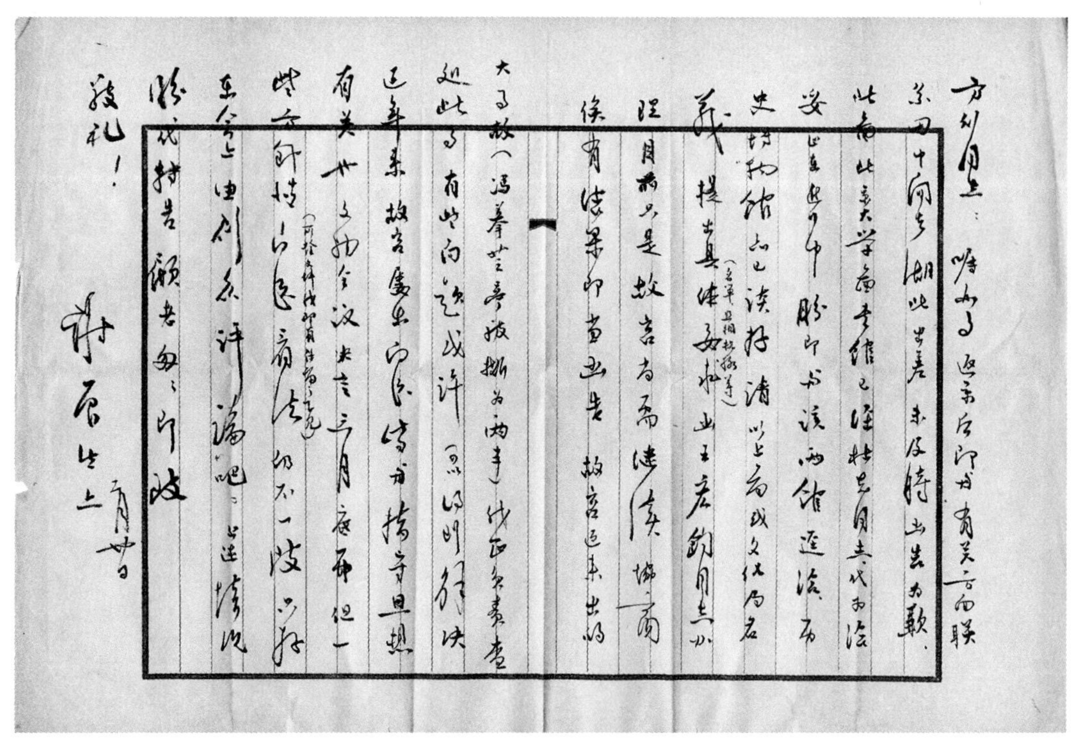

方行同志：
嘱办的事返京后即与有关方面联系，因中间多周折，此事未及时函告为歉。
[illegible]

方行同志：

嘱办事，返京后即与有关方面联系，因中间去湖北出差，未及时函告为歉。

北图、北京大学图书馆已经杜克同志代为洽妥，正在进行中，盼即与该两馆迳洽。历史博物馆亦已谈好，请以上图或文化局名义提出具体要求（名单、照相规格等），函王宏钧同志办理。

目前只是故宫尚需继续协商，俟有结果即当函告。故宫近来出的大事故（《冯摹兰亭》被撕为两半）,我正负责查处此事，有些问题或许可以得到解决。近年来故宫屡出问题，皆与指导思想有关也。

文物会议决定三月底开，但一些方针性问题看法仍不一致（所发文件，我即有保留意见），只好在会上由群众评论吧。上述情况盼代转告顾老。匆匆。即致

敬礼！

谢辰生上

二月廿日

编者注：

此信写于1983年。方行，时任上海市文物保护委员会副主任。

杜克，曾任文化部图书馆事业管理局局长。

王宏钧，时任中国历史博物馆副馆长。

笔者了解，损伤冯承素摹《兰亭序》事件发生于1982年12月。据先生回忆：故宫博物院为了到香港展销复制品，赶任务，竟然违反文物保管制度和操作规程，把稀世珍品唐代冯承素摹《兰亭序》撕成两半。

顾老，顾廷龙。

国家文物事业管理局

辰生：

你的自述早已收到，我很为写得很好，也说明只要努力学会有收获、有成绩的。现在都强调学历，当然很重要，但目的也是为了使人重视科学、重视知识，你的经历说明，自学成材也是可以是说明的一个方面。老干部中并非

国家文物事业管理局

都有学问，不少都是自学成材的、这一点似乎不少人忽视了、甚至有的人还把学历作为唯一衡量文化水平的标准，是很不对的、这样就会埋没人材、所以《自述》对我也很有启发、使我联想到文博战线上的问题，评职称的现状

国家文物事业管理局

逵弟弟、嫂嫂：你们回述对我是有帮助的，应当谢谢你们。邵力马上就来定，你我想还要抓紧把手展时也许还要你每来协作工作。今年到上海看见你又瘦，他见你还不错，你近来回京没有？近来生活如何？念念。

近好！

辰生 三月 书

建华：

你的《自述》早已收到，我认为写得很好。也说明只要勤恳努力，是会有收获、有成绩的。现在都强调学历，当然很重要，其目的也是为了使人重视科学、重视知识。你的经历说明，自学成才也是不可忽视的一个方面。老专家中并非都有学历，不少都是自学成才的。这一点似乎不少人忽视了，甚至有的人还把学历作为唯一衡量文化水平的标准，是很不对的，这样可能会埋没人才。所以，《自述》对我也很有启发，使我联想到文博战线上的问题、评职称的标准问题等等。总之，你的《自述》对我是有帮助的，应当谢谢你的帮助。马王堆未完工作，我想还要抓起来，届时也许还要你再来协助工作。

去年到上海看见你父亲，他身体还不错。你近来回京没有？近来生活如何？念念。匆匆。即问

近好！

辰生

三月十四日

编者注：

书致沈建华，写于1983年。

沈之瑜，沈建华父亲，曾任上海博物馆馆长。

据沈建华回忆，其进入安徽省博物馆工作即为谢辰生先生推荐。

国家文物事业管理局

方行同志：十七日手书敬悉。美术全集会议你中宣部召开，内容如何我尚未获确讯，但仍要请上面代为了解了解。候了解后当再函告。出书选择碑刻，我完全赞成，此乃甚有意义。印刷问题似在上海安排较有把握，因北京印刷力量较差且效率甚低，很难保证也。文物工作会已初步确定明年三月初召开，内容主要是讨论两个文件。我近来颇忙，正为会议准备有关要务，即颂

敬礼！

辰生 上

二月廿九日

方行同志：

手书敬悉。美术全集会议系中宣部召开，内容与善本书的确无关。但为何要请上图，我不了解，俟了解后当再函告。

出鲁迅碑刻事，我完全赞成，此事甚有意义。印刷问题似在上海安排较有把握，因北京印刷力量较差，且效率甚低，很难保证也。

文物工作会已初步确定四月底至五月初召开，内容主要是讨论两个文件。我迩来颇忙，即与会议准备有关。匆匆。即致

敬礼！

辰生上

三月廿九日

编者注：

此信写于1984年。

1984年4月12日，中共中央宣传部出版局、文化部出版局和文化部文物事业管理局在北京召开关于出版《中国美术全集》工作会议。会议确定文化部文物局谢辰生任《中国美术全集》领导小组成员。

1984年7月，唐弢、宋振庭、单士元、严文井、邵宇、姜椿芳六位全国政协委员在政协六届二次会议的提案中提出，为纪念鲁迅逝世五十周年，将鲁迅生前编就和整理的古籍辑录与所搜集的汉画像拓片等编辑出版。经文化部确定由鲁迅博物馆与上海鲁迅纪念馆共同编辑，上海人民美术出版社、上海古籍出版社、上海书画社负责出版。从1986年9月至1992年陆续出版了《鲁迅藏汉画像》两册、《鲁迅辑校古籍手稿》五函、《鲁迅重编〈寰宇贞石图〉》一函、《鲁迅辑校石刻手稿》。

4月30日，中共中央宣传部和文化部在北京召开全国文物工作会议。会议讨论了中共中央、国务院《关于加强我国博物馆建设的决定》（讨论稿）、《关于进一步加强文物保护工作的决定》（讨论稿）。会议于5月5日结束。

文化部文物事业管理局

方行同志：

送上通知一件，请代转致孙[illegible]先生，并告上海博物馆以便接洽为要。即致

敬礼！

辰生上

六月廿七日

方行同志：

送上通知九张，请代转致。行期盼事先电告鲁迅博物馆，以便接站。匆匆。即致敬礼！

辰生上
元月十七日

编者注：

此信写于1985年。

此时先生、方行正与鲁迅博物馆商议出版《鲁迅辑校古籍手稿》事宜。

东湖宾馆
DONG HU HOTEL

福建福州市东大路四十四号　电话：57755
44Dongda Rd, Fuzhou Fujian, China
Tel: 57755 Cable: 8755 Telex: 92131FCITSCN

晶晶：来函早已收到，复得迟了，请原谅。

其实，来信收到的当天我就找了黄景略，他说款已直寄给省里，并请他们为专款到，所以信复得迟。事多忘得快的。不知款已收到否。

我这次到泉州来是和杨鸿勋同志一起的，我们的话题文化中心事，良渚作会见很好，关怀念念。近来甚忙，关于古尸展出的事经过努力总算解决了。中央的文件转给了省委，不知省里转给市委没有？

匆匆即致

敬礼！

辰生
26/2 1986

晶晶：

来函早已收到，复得迟了请原谅。其实，来信收到的当天，我就找了黄景略，他说款已寄给省里，可能你们尚未收到，所以信复得迟，事可是办得快的。不知款已收到否？

我这次到泉州来是和杨鸿勋同志一起的，我们又谈起文化中心事。良渚纪念问题进行如何？念念。迩来甚忙，关于古尸展出问题，经过努力总算解决了。中央的文件转给了省委，不知省里转给市委没有？匆匆。即致

敬礼！

辰生上

1986/2/26

编者注：

书致常州市博物馆工作人员陈晶。

2010年11月26日，陈晶致信编者，回忆了与先生的交往：

我认识谢公算起来已整整50年了，那时我大学刚毕业不久分配在济南市博物馆，适逢山东省文物工作队与济南市博物馆联合发掘山东宁阳大汶口新石器时代遗址，新发现了大汶口文化。国家文物局领导十分关注，组织调拨大汶口遗址的出土文物进京，入选为中国历史博物馆开馆成立的展品。1960年初又协调部分文物入京，让中央负责文物工作的领导过目，并请社科院专家鉴定。我有幸跟随领导一起到文物局，当时我完全是一个没有阅历的年轻人，记得那次见到的文物局干部有陈滋德处长、谢元璐先生、谢辰生秘书。二谢被分别称之“老谢”（谢元璐）、“小谢”（谢辰生）。陈处长显得较有气派，衣着也较挺括，办事干练，快人快语，外向型。而谢秘书给我印象为一介书生，穿褪色已旧的棉制服，却也干净利落，说话糯笃笃，朴实无华。后来我一直从事文物考古工作，是最基层的文物工作者，谢公在文物事业领导部门任职，与他接触机会虽不多，而半个世纪以来每每见到他，朴实无华依然是他人生的主旋律。

谢公自律、低调，也常常遭遇“官坯子”的怠慢，这里有两个故事。上世纪80年代中，有一次开全国性中国古代丝织品研究讨论会，会议选在扬州召开，会议开始后，各地代表纷纷反映扬州对外交通不便，返程的机票、火车票都不予订票，而当时常州新辟机场，又在铁路线上，所以在扬州开了两天会后决定搬到常州白荡宾馆继续进行。谢公由南京博物院考古部邹厚本陪同先行，渡江后又转火车到常州，事先也给常州市文化局打过招呼。只是到了常州火车站无人接应，邹厚本与谢公商量，先来找我，两人坐三轮车到市博物馆已是中午一时多，我忙陪他们到附近小饭店，上一荤、一素、一汤，请他们吃饭，花费不满五元。谢公乐哈哈地说：“欠你一顿饭，将来你到北京时还请。”事后我问常州市文化局为何“怠慢”不接，回称：没有省文化局通知，不好安排。事实上，我了解谢公从不“摆谱”，免得与俗流的“官坯子”周旋，度清净为好。

他还告诉我，有一次去新疆克孜尔千佛洞检查文物保护工作，已到午饭时间，只听院子里嚷嚷厨房里做菜的油没有了。他明白那是故意放话赶他走，他立

即表明，不用待饭，就这样空着肚子坐车在路上颠簸了几个小时回招待所。

谢公是常州人，对于家乡优秀文化传统及丰厚的历史文物，他当然非常熟悉并怀有深厚的感情。“文革”之前，我调离济南博物馆到常州市博物馆，调动之前去北京出差，在文物局见到陈、谢二位。谢公要我到常州后，安排时间对淹城古遗址多做一些调查工作，他告诉我早在三十年代卫聚贤、陈志良等考古工作者就在淹城开展调查，1957年南京博物院在淹城发掘出土独木舟、青铜器等，并陈列在历博，让我仔细看看这批文物，他认为淹城是有重要价值的城址。陈滋德处长也告诉我，越南也有一处三重城墙的古城遗址，但保存得较好。让我调查后向地方文物部门汇报，也可以写信向他们反映。几十年来，我时常油然想到这次见面，我在基层从事文物考古工作几十年，从来没有听到过上级文化局领导以至省厅管文物工作的处长、局长能对一个基层工作者作这样的专业指导，更没有看到他们热情满怀地对待基层文博工作。

常州淹城遗址已于1988年被公布为全国重点文物保护单位。此前谢公还亲自对淹城进行踏看，考察得非常仔细，我陪他同往，就在淹城遗址城内的生产小队用简单午餐。临离开前，有位文物干部提了一个容量五升的塑料桶，装满了汲自淹城古城河里的水，称：没有什么礼物可送，请谢公带上一桶家乡水。这应该算是最富感情色彩的质朴礼物了，我建议他回招待所后，装一小瓶随身带回北京，也算踏上了淹城故土，带上了古城的水，浸润了故乡的情。

上世纪90年代后期，常州市加快城市建设，许许多多文化踪迹被涤荡。谢公严肃地指责了这种破坏历史文化的“败家子”行为。2002年常州唯一的一座被列为省级重点文物保护的古典园林——近园，将被改制为私企的常州宾馆侵吞，并还将拆除紧靠古典园林保护范围内的古宅，常州市退休的文管会人员及有识之士，向上级要求保护制止，谏而未果，写信向年事已高的国家文物局谢辰生顾问反映。谢公刚从外地返京，到家已是午夜，看信后不顾疲乏，立即打电话给反映情况的当事人，表明他当尽一切可能保护这座古典园林，并提出不准宾馆占有，要还园林于民、保护性地对民众开放。据我所知，为此事他一直找到已由江苏调至中央的李源潮部长才得以解决。

六十多年来，他用赤子胸怀奉献文物事业，国家授予“文物保护终身成就奖”，实在是众望所归。作为一名已退休的文物考古工作者，我深深地向谢公致崇高敬意。谢公对文物事业功德无量！

黄景略，时任国家文物局文物处处长。

信中提到的款项，为常州圩墩新石器时代遗址发掘经费。

杨鸿勋，时任中国环境文化研究中心负责人。

2011年7月23日陈晶致信编者，回忆了古尸事件：

上世纪80年代，江苏等地有些博物馆将出土的明代古尸及墓中文物到各地“巡回”展出，甚至还承包给私人去做展览。有次被私人承包后到江西去展出，在山区公路的途中车辆起火，不仅古尸受损、文物丢失，而且影响极坏。对地方文化部门不加管理的做法，谢公闻实情后，竭尽全力予以制止。

1985年，常州博物馆举办古尸展览，群众意见很大。随后，得知新疆赴日文物展中包括一件古尸展品的消息，先生致信中央书记处书记谷牧，制止了古尸的赴日参展。详见《谢辰生先生往来书札》中1985年7月16日致谷牧书札。

河南省国际饭店

日明同志：

你好！来函早已收到，[illegible]

经此[illegible]后，始知此事已由省文局负责解决，

不知目前进行顺利否？我这次来郑，[illegible]

从安阳返京即又去西安转郑州，后日即回京。

去西安得见汉未央宫发现骨简计三万余片，年号从武帝开始以排至新莽，可谓[illegible]以前之后的一大发现。你何时来京？[illegible]

同[illegible]我可去[illegible]

致

礼！

辰生上

三月廿六日

001640 86.4

晶晶：

你好！

来函早已收到，我完全同意你的意见，经与鸿勋谈及，得知此事已由商公子负责解决，不知目前进行顺利否？我迩来仍甚忙碌，刚刚从安阳返京，即又去西安转郑州，后日可回京。在西安得见汉未央宫发现骨简计三万余片，年号从武帝开始，可以排至新莽，可谓继居延汉简之后的一大发现。你何时来京？近况如何？念念。大约四月初我可去广州，届时当可晤及商公子。匆匆。

即致

敬礼!

辰生上

三月廿二日

编者注：

书致常州市博物馆工作人员陈晶。写于1987年。

鸿勋，杨鸿勋。

商公子，商志䄆，商承祚次子，中山大学人类学系教授。

方行同志：你好！郑先生纪念会仰盼嘱咐，未能如愿，至憾。近年来身处上下左右内外矛盾之中，千头万绪，欲罢不能，以致烦乱不堪，久疏存问，尚祈兄谅。现在大局已定，方针政策均以开放肯定，不久将有重大改变。文物局已决定五月召开文物工作会议，中心问题是要加强文物保护清理和发掘，一〇一号文件（即国务院通知）具体化，有些初步设想提交会议讨论。甚盼届时能来京参加会议。三月廿日文博学院开学，我将力争参加，届时趁便当面聆教。匆匆，即颂

著安！

辰生谨上 三月廿四日

方行同志：

您好！郑先生纪念会伫盼驾临，未能如愿为憾。近年来身处上下左右内外矛盾交错中，千头万绪，欲罢不能，以致忙乱不堪，久疏存问，尚祈见谅。

现在大局已定，方针政策得以再次肯定，不会有重大改变。文物局已决定五月召开文物工作会议，中心仍是贯彻《文物保护法》和一九八七年一〇一号文件（即国务院《通知》），具体做法有些新的设想提交会议讨论。甚盼届时能来京参加会议。三月廿八日文博学院开会，我将力争参加。见期匪遥，余当面罄。匆匆。即颂
春安。

辰生谨上
二月廿四日

编者注：

此信写于1989年。

5月3日，全国文物工作会议在北京召开。

一〇一号文件，1987年11月24日国务院发布的《关于进一步加强文物工作的通知》。《通知》针对当前文物工作所面临的新情况、新问题，对充分发挥文物的作用，加强文物保护管理，加强博物馆建设，把文物的保护纳入城乡总体规划，加强文物工作的领导等问题，作了明确的阐述和规定。

1989年3月28日，国家文物局和复旦大学共同筹建成立复旦大学文物博物馆学院。

国家文物事业管理局

方行同志：

我返京后即去新加坡，刚刚回来。郑公纪念会资料，马已同尔康东联，拟待文物工作会议时面送呈。文物会已多年未开，事多，请鉴谅。此次会议主要是学习贯彻文物法，可要起草文件，提了一些设想和办法，征求各地有关方面意见，专家加以整理，并拟会中也参考。即致

敬礼！

辰生上

四月十六日

方行同志：

我返京后即去新加坡，刚刚回来。郑公纪念会资料事已向尔康索取，拟待文物工作会议时面呈。

文物会已多年不开，务请驾临。此次会议主要是继续贯彻文物法和一〇一号文件，提了一些设想和办法。届时各地有不少老同志参加，亦一相聚的机会也。匆匆。

即致

敬礼！

辰生上

四月十一日

编者注：

此信写于1989年。

先生前往新加坡参加“清代帝后生活——沈阳故宫历史文物展览”，4月6日开幕。

本年为郑振铎诞辰九十周年。

尔康，郑振铎之子。

1989年5月3日，文化部在北京召开全国文物工作会议。

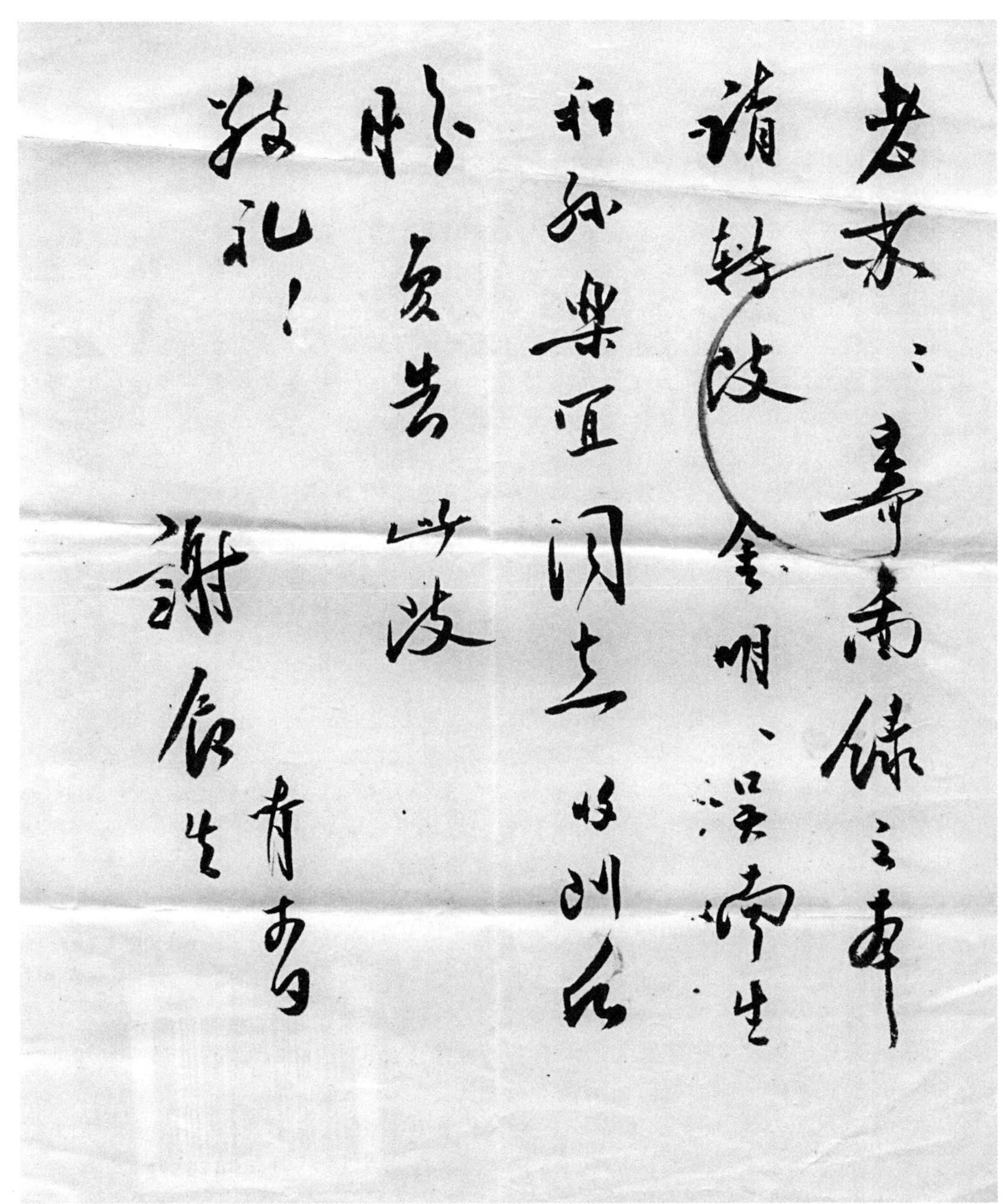

君求：寿南像之事，请转致金明、吴南生和孙乐宜同志，收到后盼复告。此致
敬礼！

谢辰生 青书

老苏：

寄图录三本，请转至金明、吴南生、孙乐宜同志。收到后，盼复告。此致敬礼！

谢辰生
五月十四日

编者注：

书致苏庚春。苏氏时任广东省博物馆顾问。

据下文引用朱万章文章，孙乐宜卒于1990年1月24日，此信当不晚于1989年。

朱万章《文物守护神的笔墨情趣——从谢辰生致苏庚春信札谈起》对此信有详细考证，节录如下：

谢辰生说，他和苏庚春的交往始于上世纪60年代初。苏由北京宝古斋调往广东省博物馆以后，多是工作关系。在“文革”期间，每年两次的广交会，他都会到广州，那时苏庚春负责广交会中书画类出口商品的把关鉴定工作，所以几乎都会打交道。在1983年，广州发掘南越王墓时，谢辰生会同考古学家夏鼐(1910—1985）到广东，记得和苏庚春也有交往；1988年11月23日起，中国古代书画鉴定组到广东省博物馆鉴定书画，直到次年2月20日结束在广东的鉴定工作，苏庚春差不多全程陪同，一道鉴定，每天都会照面，共同探讨一些书画鉴定方面的问题。至于书画鉴定以外的活动（如书画展览、旅游参观或笔会、宴会等等），则记得不甚清晰了。

谢辰生还谈到，他和苏庚春有很多书信往来，并不止于一封两封，可惜现在很难找到。由于和苏庚春来往密切，见面也很随便，所以才会在信中直呼“老苏”。在80年代中期，苏庚春退休后，每年夏天都会到北京避暑，住在东琉璃厂的桐梓胡同寓所。他们也会经常在北京见面、寒暄。信中提到的金明（1913—1998），乃山东益都人（今青州），曾任中南局书记、国务院秘书长及河北省委第一书记等职，雅好文物，与广东地区文物鉴定界交游较多；吴南生是原广东省委书记，喜好书画收藏，晚年曾将部分书画捐赠给广东省博物馆、汕头市博物馆和深圳博物馆等，出版有《吴南生捐赠书画集》；孙乐宜（1907—1990），原名思墀，别名益坚，江西武宁人，在上世纪五、六十年代曾任广州市副市长，1981年任广州市人大副主任、全国政协委员等。遗憾的是，谢辰生已无法回忆出写这封信的大致时间及信中言及之图录书名。但信中提到孙乐宜，其卒年为1990年1月24日，据此可知，此信的时间下限当不会晚于1989年。

至于谢辰生与苏庚春交游的其他信札资料，在一通苏庚春和广东省博物馆陶瓷鉴定专家宋良璧（1929—2015）共同署名、于1975年12月17日写给任发生的信中也有所涉及。彼时两位专家赴河南参观学习并征集文物，其中谈到：“河南省博他们学大寨主要是要搞一个‘农业学大寨’展览，其次就是考古人员配合农田水利搞调查，特别是他们搞了一个全省的文物工作座谈会，参加的人数初定是二百多人，后来共有三百多人参加，有外省的辽宁、黑龙江、北京、天津等地也参加了这个会议。北京文物局谢辰生参加了这个会议。我们想把他们这次会议的材料要一份寄回去（他们的会议在新乡，15号结束的）”。信中专门提及谢辰生，并称其单位为“北京文物局”，当是“国家文物局”之误。据《谢辰生年谱》所载，是年9月30日，国务院决定国家文物事业管理局为国务院直属局，并未提及“北京文物局”之事，可佐证信中之误。

国家文物事业管理局

方行同志：手书敬悉，暴乱平息（此一节已）若东振夏以来，请转告关于鲁迅馆领钱已两次向财务处和鲁博打过招呼，兰之，当力促其按原计划进行也。但因前些时动乱，未能进行，俟过些时候查办，如有好转了，当上情况。如何念望即收

敬礼！

石生上 六月十日

方行同志：

手书敬悉。暴乱平息，北京已基本恢复正常，请释念。

关于鲁博问题，我已两次向财务处和鲁博打过招呼，总之，当力促其按原计划进行也。但因前些时动乱，未再进行，俟过些时候当再与鲁博联系。沪上情况如何？念。匆匆。即致

敬礼！

辰生上

六月十四日

编者注：

此信写于1989年。

与鲁迅博物馆商议出版《鲁迅辑校古籍手稿》事宜。

国家文物局

方行同志：日前去西安参加國史編纂研討會，會后又去了几个地方看看，歸来后接兄大札，迟复为歉。我完全同意您的意见，並説明已請負責同志代向林修同志转達您的意见。关於大作守衛，拟待古籍出版社将其寄来后再斟酌。至兩處陽刻宜試用宣紙抽樣之法，如差價不大亦可，切照原計劃進行。局領導居處似無甚大

国家文物局

重视此事者甚少，今后多努力亦恐仍
有曲折。我有三十年来在此并全力以赴
力争不改变方向，将来再[illegible]艰难
顾及。其中四节俟有机会去德当可
面谈种切。谢老已于前月原十一月[illegible]
言未了，又值仍需速读，努力而[illegible]困
难上加难，望即收
致礼！

辰生谨上
[illegible]

方行同志：

日前去西安参加国史编纂研讨会，会后又去几个地方看看，归来后始见大札，迟复为歉。

我完全同意您的意见。“总说明”已请鲁博同志代向林辰同志转达您的意见。关于书价问题，拟待古籍出版社概算寄来后，再斟酌如何处理为宜。或用釜底抽薪之法。如差价不大，亦可仍照原计划进行。局领导层变化甚大，重视此事者甚少，今后文物工作恐仍有曲折。我有三寸气在，总【会】全力以赴，力争不致改变方向。发展如何，实难预卜。其中细节，俟有机会去沪，当可面陈种切。

谢老已返申否？书画鉴定未了事宜仍需继续努力，面临困难亦不少。匆匆。即致敬礼！

辰生谨上
十二月廿四日

编者注：

此信写于1990年。

1990年，中共中央批准成立当代中国研究所，其首要任务是撰写多卷本的《中华人民共和国史稿》。编写工作由邓力群主持，从1992年开始启动。2012年9月，《国史稿》由人民出版社、当代中国出版社出版。

1990年，在西安召开了中华人民共和国史编纂研讨会，12月1日邓力群作了讲话。先生参加了这次会议。

1990年12月26日，文化部任命张柏为国家文物局副局长，彭卿云、刘小和为局党组成员。

谢老，谢稚柳。

国家文物事业管理局

方行同志：前上一函计邀鉴及。来信说中旬进京，所以至今尚未成行，为念。现知道已代转告。我月底去福州开会，甚盼在其离京前能见面一叙。不知行期已确定否？事先请电告车次，以便安排，为盼。即颂

撰祺！

辰生谨上

元月廿日

方行同志：

前上函，计邀鉴及。来信说中旬进京，何以至今尚未成行？为念。启老处已代转告。我月底去福州开会，甚盼在离京前能见面一叙，不知行期已确定否？事先请电告车次，以便安排。匆匆。即致

敬礼！

辰生谨上
元月十九日

编者注：

此信写于1991年。

启老，启功。

1月28日，国家文物局在福州召开1989—1990年度考古发掘工作汇报会。

国家文物局

方行同志：久疏音问，近况安好为念。关于鲁迅辑校古籍手稿出版问题，已近尾声。北京方面已全部照相完毕。昨有价格问题拟提出意见：（一）据了解，速来印刷、纸张均在北京价，初步估算，精装本每部二、三百元，线装本则需增长两倍，每本约需七百至九百元不等。如此，每部印数以一万部计算，估计约合

国家文物局

出台共需款二千万元由局拨支，殊有困难，可否将印数压缩一半，每种五千部尚可争取。以谈印完为宜，第一册似可留到明后二年出版，是否需要写个总说明？如需要，此可由您执笔为宜？因目前唐陵问题经院一直处于冷冻状态，欲向开会有困难，只好个别征求意见了。以上两点当否如何，请研究后复为盼。此致

敬礼！

辰生谨上

十一月十八

方行同志：

久疏音问，近况奚似？为念。关于鲁迅辑校古籍手稿出版问题，已近尾声。北京方面已全部照相完毕，现有两个问题拟与您商量：

（一）据了解，迩来印刷、纸张均在涨价，初步估算精装本原为二、三百元，现在恐需增长两倍，每本可能需七百至九百元不等。如此，鲁博每种以一百部计算，估计两年出齐，共需款六十万元，由局垫支确有困难。可否将印数压缩一半，每种五十部尚可争取。

（二）该书印完需两年，第一册似可留到最后一年出版，是否需要写个总说明？如需要，此事由谁执笔为宜？因目前唐弢同志住院，一直处于昏迷状态，顾问开会有困难，只好个别征求意见了。

以上两点，尊意如何，祈考虑见复为盼。此致

敬礼！

辰生谨上

十一月十九日

编者注：

此信写于1991年。

唐弢，1992年1月4日去世。

方行同志：

顷据办公室告，近有信来，但不慎遗失，内容不详，未悉有何见示，盼再补告为感。我近身体仍甚好，拟于一月初将去新加坡，月底到意大利，九月中旬方能归国，有事需能早日见告。上海近来如何？北京酷暑逼人，夜难成寐。文化部新班子颇有干劲，但精力似不能及之繁也。匆匆即颂

敬礼！

谢辰生 谨上

八月廿日

方行同志：

顷据办公室告，您有信函来，但不慎遗失，内容不详，未悉有何见示？盼再补告为感。我返京后仍甚忙碌，八月初将去新加坡，月底到意大利，九月中旬方能归国，有事希能早日见告。

上海近来如何？北京酷暑逼人，夜难成寐。文化部新班子颇有干劲，但精力仍不能及文物也。匆匆。即致

敬礼！

辰生谨上

七月十四日

编者注：

此信写于1993年。

1993年8月11日，中国文物交流中心主办的“荆楚雄风展”应邀在新加坡展出，先生参加了开幕式。

8月底，中国文物代表团前往意大利考察，先生任代表团团长。

1993年3月，刘忠德接任文化部部长。

方行同志：手书敬悉。香港已来不及再去看我

明日即飞新加坡，十六日归。现送上关于上海古籍

书店要求经营书画的我局意见，长祥同志要我们先

和你们通通气，征求一下意见，然因出国期间不宜久拖，所

阅后将你们意见告知，以便考虑上报中宣部。我

意上海搞书画并非是有利，未知以为然否。

请尽速阅后一商，匆匆即致

敬礼！

辰生谨上　月　日

方行同志：

手书敬悉。鲁博事已来不及再去看，我明日即飞新加坡，十二日可归。现送上关于上海古籍书店要求经营书画的我局意见，占祥同志要我们先和你们通通气，征求一下意见。我因出国，此事不宜久拖，盼阅后将你们意见告知，以便考虑上报中宣部。我意这样办对整个文物事业是有利的，未知以为然否。请与出版局一商。匆匆。即致敬礼！

辰生谨上
八月三日

编者注：

此信写于1993年。

高占祥，时任文化部副部长。

方行同志：

顷接出版局来函，再次要求经营书画，此事未知尊意如何。来函所列事项，符合实际否，亦盼告知。我十九岁跑琉璃厂，其后与各[illegible]古书店亦常打交道，从未闻有经营书画的传统，[illegible]轩自然另作别论，但既已分开，各有古旧书店，卖书画则利之所在，必然影响原来业务，实在没有必要。我意如此，你可再考虑之，即颂

敬礼！

辰生上

八月卅日

方行同志：

顷接出版局来函，再次要求经营书画。此事未知尊意如何？来函所列事实符合实际否？亦盼告知。我十几岁跑琉璃厂，在上海与西谛先生和旧书店亦常打交道，从未闻有经营书画的传统。朵云轩自然另作别论，但现已分开。如要古旧书店卖字画，则利之所在，必然影响原来业务，实在没有必要。我意如此，您以为然否？匆匆。即致敬礼！

辰生上
八月廿一日

编者注：

此信写于1993年，参见先生8月23日致方行书信，两信写于同一年，事件相关联。

方行同志：

昨上一函，谈及古籍书店准备写函向题签出版局来信，看似很坚持，该文亦主张由文学会那样以文学会名义表示一个态度，以便再向部领导陈述我们的意见。我意还是维持我们原意为好。出版口有一京津书市就可以了。不知苏州书店的旧书店的收书任务很重，但从人事来看是没开展的，我想您老或者也会有同感吧！再谈

敬礼！

辰生 [illegible]月廿二日

信刚同志：顷接来函，出版局函件似尚未抵州阅左想

已阅后，将於半月来书奉还。文物局令人惊异，文

物收入应用于文物事业，有国务院明文规定，竟仍要设法请

据理力争，万不能再让侵占文物事业资金了，此乃我

首先要详细上述，他如退而不能挪作交用，亦

仍用于文物事业。附告

辰生又及

方行同志：

昨上一函，谈及古籍书店经营字画问题，从出版局来信看似仍坚持。该文亦主致上海文管会，盼能以文管会名义表示一个态度，以便再向部领导陈述我们的意见。我意还是维持我们原意为好，出版口有一家经营书画就可以了，不知尊意如何？旧书店的收书任务很重，但几年来是没开展的，我想顾老或者也会有同感吧！匆匆。致
敬礼！

辰生上
八月廿三日

信刚写好，即接来函。出版局函您似尚未接到，现在想已阅及，盼能早日表态为感。文管会事令人惊异，文物收入应用于文物事业，有国务院明文规定，何得更改！请据理力争，万不能再继续以文物养演员了。此事我曾与占祥同志谈过，他亦认为不能挪作它用，只能用于文物事业。附告。

辰生又及

编者注：

此信写于1993年，高占祥时任文化部常务副部长。参见先生8月21日致方行书信，两信写于同一年，事件相关联。

据先生回忆，古籍书店经营书画的请示未获得批准。

文化部文物事业管理局

方行同志：手书敬悉，借闻近来福

体偏甚以为念。所说亲友赠与我个人

之画见宝同志言外，仍即照送。至于谈话

此事似可先缓，其余手续之后再说

其它接此函，则先拟下来再说，缴交人

此物由国家博物馆，但决不会有人反对，请

由局负担运费，我会与王洋先生商议

办法，特先函复，即颂

近安

辰生 上 肖音

方行同志：

手书敬悉，惊闻庆正车祸负伤，甚以为念！

所谈宋元尺牍事，我个人意见完全同意。外汇问题当可设法，此事似可先办，具体手续问题，以后再议。总之按此原则，先拍下来再说。能使此物重归祖国，大概不会有人反对。待与局其他同志商后，再详告如何处理办法。特先函复。即颂

夏安。

辰生上

六月三日

编者注：

此信写于1994年。

汪庆正，时任上海市博物馆副馆长兼上海市文物管理委员会副主任。

朱万章《文物守护神的笔墨情趣——从谢辰生致苏庚春信札谈起》一文言及拍卖宋元尺牍之事，节录如下：

在2010年出版的《谢辰生先生往来书札》中，有一封苏庚春致谢辰生的信（编者注：省略信文），信中提及宋元书简之事，我特此征询谢老具体情况。他说确有此事，但后来没有买成，至于是什么原因没有办成，有哪些人参与此事，都是些什么人的手札，很多已经记不清了。只依稀记得这批书简是在香港，当时想抢救回来交给广东省博物馆收藏，但最后没有成功。

有意思的是，在一通吴南生致苏庚春的信札中，也谈及此事：

庚春同志并告任发生同志：

我来在深圳。香港方面的朋友告知：有25件宋元名人书简拟于六月十六日在香港拍卖（有一本“说明书”，附上请收阅），不知是否真迹，国家要不要收购？请从说明书上先看看是否真迹的可能程度。若有意购买，最好能派鉴定专家到港，由在港的朋友帮助，看东西，定是真品要收购时，由朋友们出面去参加拍卖买下来（价约为美金3-5万元）。

谷牧同志和我看了说明书后，觉得已见到的这六件（字），可能是真迹，都是书简、诗稿小品。但有无收购价值，要由国家博物馆考虑，若觉得有点兴趣，应来鉴定权威先看好再说。如需去港，手续在京办，朋友由我们这里介绍。

此事，时间太紧，拟请你们即打个长途电话到京（文博部门或故宫博物院）问，他们的意思和可能（有没有收购的外汇）。估计这类小件，故宫兴趣可能不大。那就算了。如有兴趣，即将“说明书”寄去，如何处理，请他们与你们联系。

“说明书”用完后请退还给我。

专此并祝

近好！

吴，六月二日晨。

我大约六、七日回穗。

信中的“任发生”，时任广东省博物馆馆长；而“谷牧”，时从全国政协副

主席位置退休不久。该信书写的时间是在苏庚春致函谢辰生之前二十余日。从信的内容看，当是吴南生先发现了这批宋元尺牍，由苏庚春致电（或致函）北京谢辰生。再参证上述信札，知道由谢辰生找到有关买家，拟竞购后交与广东省博物馆收藏。两信互证，整个购藏宋元书简事件便变得更加清楚了。虽然此事最终并未办成，但却凝聚了谢辰生等文物保护专家及吴南生等地方领导抢救珍贵文物的拳拳之心。

苏庚春信札并无确切年份，《谢辰生先生往来书札》将其定为1994年。诚如是，则吴南生信札也当为此年。

2016年7月朱万章在深圳拜访黄君实时，进一步了解了宋元尺牍拍卖的情况，24日致信本书编者：

前日在深拜见黄君实先生，询及宋元尺牍事，称乃藏家张文魁于一九九四年拟于港卖出，后撤出并于九六年在美佳士得拍出，彼时中国大陆藏家纷至竞购，拍品中便包括曾巩《局事帖》。近年京拍行中所见宋元尺牍多源自张氏所藏。此乃了解是批尺牍之大致情况，或可有助于尊稿编撰矣，仅供参考。

据《谢辰生先生往来书札》中1994年6月25日苏庚春致先生书札，1994年6月16日拍卖宋元尺牍。

文化部文物事业管理局

方行同志：前上一函计邀

鉴及。宋元尺牍事，老谢之意，我所建议

将速郭事进行，可在八万元以内开价收购。

老六万以外，文物局可以设法补助二万美金外

汇。此事俟办成后，即以文化局名义给我

们写个正式文件申请外汇补助，以便办

理。匆匆即颂

敬礼！

辰生上

六月卅日

方行同志：

前上一函，计邀鉴及。宋元尺牍事，党组已同意我的建议，盼速着手进行。可在八万元以内开价，除周老六万以外，文物局可以设法补助二万美金外汇。此事俟办成后，盼即以文化局名义给我们写个正式文件申请外汇补助，以便办理。匆匆。即致
敬礼！

辰生上
六月四日

编者注：

此信写于1994年。

拍卖宋元尺牍事参阅1994年6月3日先生致方行书札及注释。

江 总 书 记 并
政治局常委同志:

最近我们了解到三峡工程所涉及的文物保护工作的一些情况，感到有必要，也有责任向上反映，以引起中央对这项工作的关注与重视。

三峡工程作为有史以来最大的一项水利工程，已在全世界范围内引起了广泛的关注；同时，三峡工程中的文物保护问题，也同样为举世所瞩目。三峡地区在历史上是长江流域开发较早的地区之一，蕴藏着的丰富的地下、地面文物，是中华民族历史文化的集中体现物。我国是世界人类文明起源的重点区域之一，而三峡及其周邻地区所发现的一系列旧石器和新石器的遗存，将解开远古历史上长江流域东、西部文化的差异及其与自然环境的关系之谜。在我国古代，还有一个巴人以骁勇善战又能歌善舞而著称。她曾帮助周武王灭掉商朝，以后并建立过自已的小王朝，在历史上颇负盛名，但已久被湮没。三峡地区正是巴人起源、发展的主要活动区域，据现有线索，被历史长河湮没的巴文化将随着考古发掘重现于世；但如果不加抢救发掘，则将随着水库的建成而造成不可挽回的损失。此外，有关水文的各类文物是我们祖先利用自然、改造自然的实物见证，而三峡地区水文文物的年代之久远、内容之丰富，在全世界范围内也是独一无二的。特别是当地现存的各类文物早已同雄峻优美的自然风光融为一体，成为自然和祖先馈赠给当今华夏儿女的丰厚遗产，也是炎黄子孙的骄傲。三峡文物的这样一种巨大价值，已成为海内外景仰中华文明的人们的共识，并受到热情关注，因此我国政府和工程建设部门均一再表示在兴建三峡工程的同时，有责任也有能力把三峡的文物保护工作做好，使历史文化的异采继续放出光辉。

然而，三峡工程中的文物保护问题，当前面临的形势十分严峻。随着工程及移民安置工作的进行，一些古墓葬、古遗址在推土机的轰鸣声中消失，文物建筑随着移民搬迁而拆毁等现象时有发生，最近湖北省重点文物保护单位之一巴东县的《共话好山川》题刻因工程建设而被炸毁一事，就突出表现了三峡库区文物岌岌可危的境况。特别是，由于三峡工程中的文物保护经费迟迟不能落实，整个库区的文物抢救工作无法抓紧进行，如果继续下去，将会造成更严重的损失。

造成上述状况的一个重要原因是，由于三峡工程论证时在没有文物部门的直接参与下，有关部门就根据他们过去掌握的仅有百余处文物点的情况，制定了三峡文物保护的经费定额。并以此为据，认为由移民机构委托文物部门制定的文物保护规划没有体现“重点保护”的原则。这是不符合事实的。据我们了解，文物部门曾组织了数百名专业人员对库区进行全面的调查和勘测，共发现文物点一千二百多处，但考虑到工程进度和国家财政等各方面的条件，在制定规划时，只是有选择地确定了其中一部分进行发掘、迁移和保护。以地下文物为例，据文物保护规划提供的数据，三峡库区已知地下文物的地点为829处，埋藏面积约2000余万平方米，而规划确定发掘的面积不足200万平方米，只占总面积约十分之一，这即表明，规划已经充分体现了“重点保护、重点发掘”的原则。那种认为文物部门无限扩大文物保护范围、过高要求文物保护经费的说法是没有根据的。

因此我们呼吁，**希望中央能责成有关部门尽快组织力量审批三峡文物保护规划，落实文物保护经费。**由于规划的审批要有一定的程序和时间，而三峡工程的建设和移民安置却不会因此而耽搁。为避免三峡库区文物在工程中造成更大的损失，在文物保护规划批准之前，暂可从有关部门估列的文物保护经费中，先行安排一部分，以解库区文物保护的燃眉之急。目前的情况是，三峡大坝将在明年合拢，坝前水位提高到82.28米，而湖北省巴东县一带的长江沿岸将提高到105.4米，更西地区的水位还提得更高。按照这个水位提升的高度，**约有130多处文物点被湮没，在一年多的时间内要抢救这些文物，.时间本来就极紧迫，而至今工程部门却尚未下拨分文的文物抢救保护经费。这就使文物保护部门心如火焚，焦虑万分。**

建国四十七年来，我国的文物保护工作取得了世人瞩目的成就，为配合基本建设工程的文物保护工作也积累了丰富的经验和成果。作为社会主义精神文明的重要组成部分，文物保护的深远意义在全社会日益得到重视；这特别是在作为维系中华民族的精神纽带、增强海内外炎黄子孙的凝聚力和提高民族自信心等方面更具巨大作用。因此，在党中央大力提倡搞好精神文明建设的今天，我们感到文物保护工作具有重要的现实意义。希望能以三峡工程的文物保护为契机，把爱护文物作为爱国主义教育的内容之一，提高全民的文物意识，发扬中华民族的优良传统，增强我们伟大祖国的凝聚力和感召力。

我们正在向着二十一世纪前进，在现代化建设日益取得重大成就的同时，保护祖国历史遗产、宏扬民族文化优秀传统的责任将尤为沉重．所以，在三峡文物即将受到大规模破坏的前夕，向您们呈上此信，希望三峡工程部门能认识到三峡文物的重要性，会同文物部门，尽最大努力做好文物的抢救保护工作．

苏秉琦　张开济　郑孝燮

王昆　罗哲文

周巍峙　郑思远　王蒙　单士元

[illegible]民　王定国　谢辰生

林耀华　冰心　马骎　陈永龄

王钟翰　陈连开　宋蜀华　费孝通　傅连兴

邹衡　严文明　李伯谦　宿白

吴荣曾　李家浩　裘锡圭　郭彦铭

周一良　季羡林　吕遵谔　王其明

4

[illegible] [illegible] 臧尔忠

张忠培 徐光冀 贾兰坡 侯仁之

吴良镛 白寿彝 俞伟超

[illegible] 黄克忠 黄景略

佟柱臣 王[illegible] 黄展岳 [illegible]

温济泽 朱自煊 [illegible] 杜石[illegible]

敬上

一九九六年八月八日

（签名者名单附后）

5

附签名者名单

按签名顺序:

苏秉琦: 中国考古学会理事长，中国社会科学院考古研究研究员

张开济: 建筑大师，北京建筑设计院总工程师

郑孝燮: 城市规划专家

王 昆: 艺术家

罗哲文: 古建专家，中国长城学会副会长

周巍峙: 艺术家

郑思远: 中国文物学会会长

王 蒙: 作家

单士元: 故宫博物院研究员

柴泽民: 中国外交学会会长，中国文物学会副会长

王定国: 中国文物学会副会长

谢辰生: 中国文物学会副会长

林耀华: 中央民族大学教授

冰 心: 作家

马学良: 中央民族大学教授

陈永龄: 中央民族大学教授

王钟翰: 中央民族大学教授

陈连开: 中央民族大学教授

宋蜀华: 中央民族大学教授

庄孔韶: 中央民族大学教授

傅连兴: 故宫博物院高级工程师

邹 衡: 北京大学教授

严文明: 北京大学教授

6

李伯谦：北京大学教授
宿　白：北京大学教授
吴荣曾：北京大学教授
李家浩：北京大学教授
裘锡圭：北京大学教授
邓广铭：北京大学教授
周一良：北京大学教授
季羡林：北京大学教授
吕遵谔：北京大学教授
王其明：北京建筑工程学院教授
姜中光：北京建筑工程学院教授
业祖润：北京建筑工程学院教授
臧尔忠：北京建筑工程学院教授
张忠培：故宫博物院教授
徐光冀：中国社会科学院考古研究所研究员
贾兰坡：中国科学院院士，古脊椎动物与古人类研究所研究员
侯仁之：中国科学院院士，北京大学教授
吴良镛：中国科学院、中国工程科学院院士，清华大学教授
白寿彝：北京师范大学教授
俞伟超：中国历史博物馆教授
田　方：国家计委经济研究所研究员
毕克官：中国艺术研究院研究员
金永堂：水利水电科学院教授
黄克忠：中国文物研究所高级工程师
黄景略：中国考古学会副理事长、中国文物研究所研究员
佟柱臣：中国社会科学院考古研究所研究员

7

王　劲：湖北省文物考古研究所研究员
黄展岳：中国社会科学院考古研究所研究员
穆　欣：光明日报原总编
温济泽：中国社会科学院研究生院教授
朱自煊：清华大学教授
鲍世行：中国城市科学学会秘书长、教授
杜白操：中国建筑技术研究院教授

8

（正文略）

编者注：

据先生回忆，此信为其亲笔起草。

方行兄：久不通音问，近况至以为念。今年
是郑公诞辰一百年、逝世四十周年，文物局决定出
版一本《郑振铎文博文集》，由我负责组织，现由叶
淑穗同志具体收集文章，除已公开发表者外，准备
争取从中找出一些未发表的讲话、文件等，共约有四十多
万字。不知我公处保存有涉及文物工作内容的
书信否？如有，盼能复印寄下，以便收入文集。
该集定于五月交稿，年底出书，时间已经比较
紧张的。特此拜托，祈佇盼速示。此颂
春安

辰生 谨上
四月十五日

方行同志：

久不通音问，近况奚似？为念。

今年是郑公诞辰一百年、逝世四十周年，文物局决定出版一本《郑振铎文博文集》，由我负责组织。现已由叶淑穗同志具体收集文章，除已公开发表者外，从档案中也找出一些未发表的讲话、文件等，共约有四十多万字。不知我公处尚保存有涉及文物工作内容的书信否？如有，盼能复印寄下，以便收入文集。该集定于五月交稿，年底出书，时间还是比较从容的。特此拜恳，伫盼还云。此颂

春安。

辰生谨上

四月十二日

编者注：

此信写于1998年。

郑振铎，生于1898年12月19日，卒于1958年10月17日。

1998年12月，《郑振铎文博文集》由文物出版社出版。先生担任编委会顾问。

叶淑穗，时任《郑振铎文博文集》副主编。

方行同志：手书敬悉。《汤炳正文集》已付印，近日可出书，俟书印出后当即寄上。郑天挺日记已出单行本，拟从其中选若干封截入文集四十，共约四十万字，争取十二月以前能出来。文化部部长更换，届时是否还有什么纪念活动，需待宋康向部报批后才能决定。卅理老通讯处为北京师范大学邮编为一〇〇八七五（这条可印去）。此次给我们来函邮编误写为100024，所以迟到了些。我电话为

的邮编是100029。匆匆即致

敬礼！

谢辰生

五月四日

方行同志：

手书敬悉。冶秋文集已付印，近日可出书。俟书拿到后，当即寄上。郑公日记，已出单行本，拟从您建议，选其中若干封载入文集。此书共约四十万字，争取十二月以前能出来。文化部部长更换，届时是否还有什么纪念活动，需待尔康向部报批后才能决定也。启老通讯处为：北京师范大学（这样写即可），邮编为一〇〇八七五，电话为□□□□□□□□。此次给我的来函，邮编误写为100024，所以迟到了些，我的邮编是100029。匆匆。即致

敬礼！

谢辰生上

五月四日

编者注：

此信写于1998年。

《王冶秋文博文集》，1997年9月，文物出版社出版。先生担任编委会顾问。

《郑振铎日记》，卢今、李华龙编，1998年1月，山西教育出版社出版。

尔康，郑振铎之子。

1998年3月，孙家正接替刘忠德担任文化部部长。

方行同志：西安归来，得见手书。郑公西文未辑入文集，但因出集在五月，俗上发稿，迟已来不及收入，已告叶圣陶与新华书店联系，俟有结果当即函告。郑公日记尔雅已准备送他一部，不久当可寄上。湖北我国一向未出版，一俟出版即当寄去。我明日应三建委之约，将去三峡区查勘，为期半月，七月上旬即可归来，届时再有信说。再写信给您，候复即致

敬礼！

谢辰生 六月吉

方行同志：

西安归来，得见手书。郑公两文，未辑入文集，但因文集五月份已发稿，恐已来不及收入，已告叶同志与文物出版社联系，俟有结果，当即函告。郑公日记，尔康已准备送您一部，不久当可寄上。湖北战国简尚未出版，一俟出版，即当寄去。

我明日应“三建委”之约，将去三峡考查文物，为期半月，七月上旬即可归来。届时如有何情况，再写信给您。匆匆。即致

敬礼！

谢辰生上

六月十二日

编者注：

此信写于1998年。

叶同志，叶淑穗。

郑公日记，《郑振铎日记》。详见先生5月4日书信注释。

“三建委”，三峡工程建设委员会。

湖北战国竹简，即《郭店楚简》。

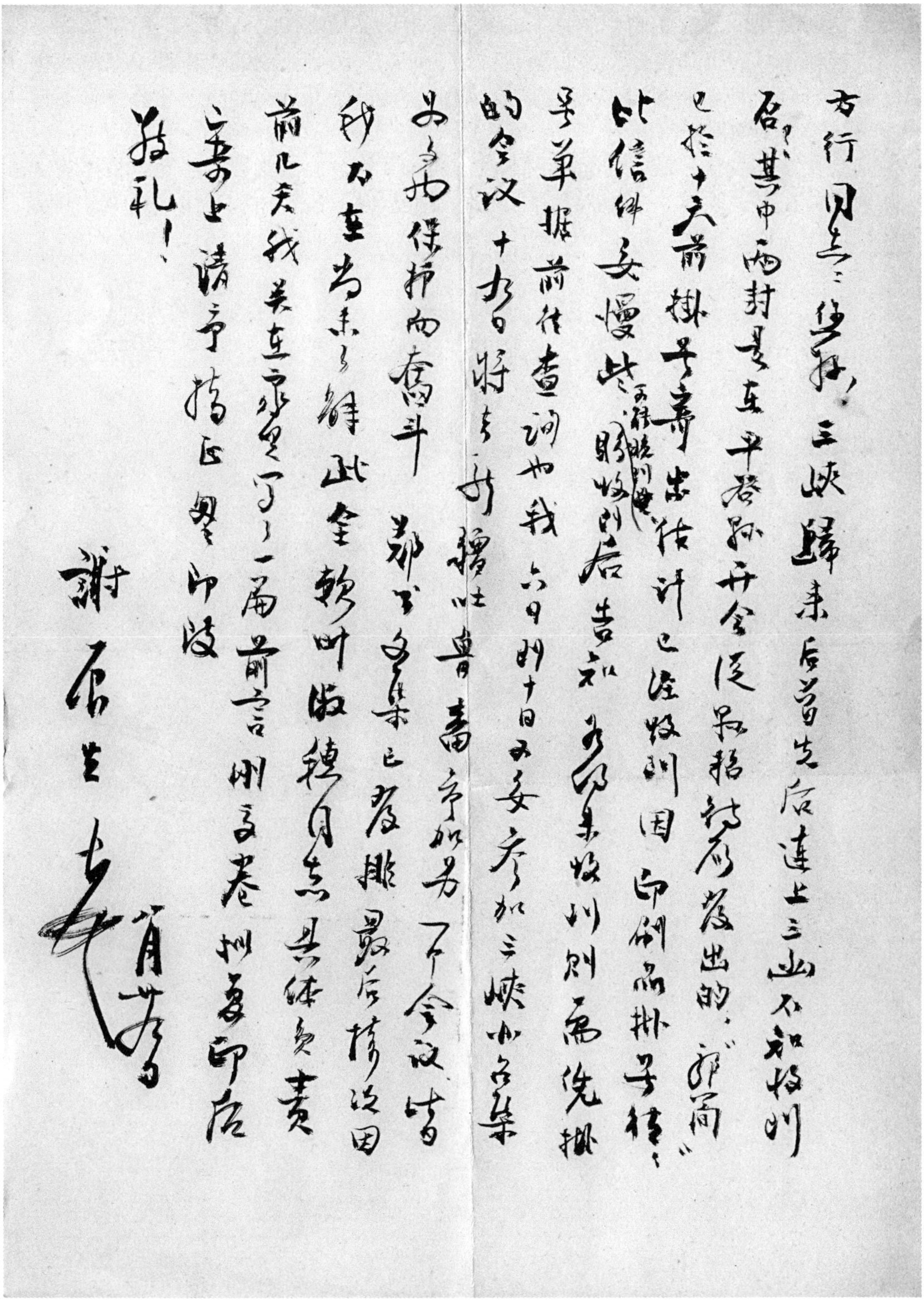

古行同志：你好！三峡归来后曾先后连上三函，不知收到否？其中两封是在平谷县开会返京取稿纸后发出的。那两封已于十天前挂号寄出，估计已经收到，因印刷品挂号往往比信件要慢些（平信能按时收到）。收到后告知，如未收到，则烦先挂号单据前往查询也。我六月卅日十日到西安参加三峡小组会的会议，十九日将去新疆吐鲁番参加另一会议，请你多多保护而奋斗。那本文集已发排，最后校样因我不在，为未能亲自缘此全部时做穗同志具体负责。前几天我关在家里写了一篇前言，刚写完，拟复印后寄上，请予指正。即颂

敬礼！

谢辰生 七月廿六

方行同志：

您好！三峡归来后曾先后连上三函，不知收到否？其中两封是在平谷县开会，从县招待所发出的。《郭简》已于十天前挂号寄出，估计已经收到。因印刷品挂号往往比信件要慢些，可能晚到，盼收到后告知。如仍未收到，则需凭挂号单据前往查询也。我六日到十日又要参加“三峡办”召集的会议，十九日将去新疆吐鲁番参加另一个会议，皆为文物保护而奋斗。

郑公文集已发排，最后情况因我不在，尚未了解，此全赖叶淑穗同志具体负责。前几天我关在家里，写了一篇前言，刚交卷，拟复印后寄上，请予指正。匆匆。即致敬礼！

谢辰生顿首

八月廿九日

编者注：

此信写于1998年。

先生前往吐鲁番，参加吐鲁番酝酿申报名城保护会议。

序言，先生为《郑振铎文博文集》撰写的序言《纪念西谛先生诞辰一百周年》。

《谢辰生先生往来书札》中方行1998年8月31日、9月6日两札为此信复函。

方行同志：

去湖南前大札收到了，关于上海孤岛的文艺运动资料没法出版，文章上多处报发表的文章，请转告发表后予以抄录文章，此文章已合郑过去的十几年也不再谈，原则出版文集并举行座谈会作为孤岛活动纪念，文化部长此次活动但以我并无文执而今如具体安排尚不了解，文集出版后不知为多少本，部可先告知，以便通知，我特于月中当月底到苏州，或者请转达上海领导，请为我们二人即往南京一切关照，即颂

敬礼！

辰生谨上

十月廿

方行同志：

去湖南前大札收到了。关于“上海孤岛”的意见，已遵嘱改过。现随函寄上《文物报》发表的文章，请指正。发表张文彬文章和此文，意在纪念郑公逝世四十周年也。百年诞辰，则出版文集，并举行座谈会作为纪念活动。据闻文化部是此次活动的组织者，并要文物局参加。具体安排，尚不了解。文集出版后，不知需要多少本，盼事先告知，以便遵办。

我月中将去云南，月底到苏州，或者能转道上海暂停。如能实现，当面罄一切矣。匆匆。即致

敬礼！

辰生谨上

十月廿日

编者注：

此信写于1998年。为《谢辰生先生往来书札》中方行1998年9月22日书札之复函。

前往湖南参加“打击文物走私颁奖会”。

郑振铎生于1898年12月19日，郑振铎卒于1958年10月17日。本年为其诞辰一百周年、逝世四十周年。

先生为《郑振铎文博文集》撰写了序言《纪念西谛先生诞辰一百周年》,经压缩后刊登于《中国文物报》，名为《纪念郑振铎先生诞辰一百周年》，此文后收入《谢辰生文博文集》。

国家文物局便笺

方行同志：
阮亭上下册邮去文集其中精装是送你本人的。贺年信收到谢谢
此致
敬礼！

谢辰生 22/12

方行同志：

现寄上六册郑公文集。其中精装是送您本人的，其余您可转赠。此致

敬礼！

谢辰生上
98/12/22

编者注：

郑公文集，《郑振铎文博文集》。

方行同志：

来函敬悉，郑公文集日昨已寄出六本，共带精装一本，平装五本，拟是姗宗江横再寄四本，共十本，不知够用否？再需多，盼即函告，并即寄上。福建泉州约我前去，因三峡开会未能成行，如有机会能结伴同往，则求之不得也。现只尚待来年矣。匆匆即颂

冬安

辰生手札 十二月廿三日

方行同志：

来函敬悉。郑公文集日昨已寄出六本，其中精装一本，平装五本。拟星期二去红楼再寄四本，共十本，不知够用否？如再需要，盼即函告，当即寄上。

福建原亦约我前去，因三峡开会未能成行。如有机会能结伴同往，则求之不得也。恐亦需待来年矣。匆匆。即颂

冬安！

辰生再拜

十二月廿五日

编者注：

此信写于1998年。

张文彬局长、孙家正部长并报李岚清副总理大鉴：

近闻美籍华人翁万戈先生欲将一批极其重要之世藏中国古籍善本，从美国运回大陆，并委托中国嘉德国际拍卖有限公司在亚洲地区（日本除外），为其代理转让及拍卖事宜。对此，我们甚为兴奋，但也颇有隐忧，谨陈述于下：

翁万戈是翁同和的五世孙，继承了翁同和所藏文物精品，四十年代移居美国后，成为美籍华人中的著名中国文物收藏家。他所藏善本书籍八十余种，内有宋元刊本十二种。其中宋本《集韵》、《邵子观物篇》、《长短经》、《鉴诫录》、《会昌一品制集》、《丁卯集》、《施顾注苏诗》、《嵩山居士集》八种，既是各书的最早刻本，也是仅存的孤本。有些书秘藏翁氏一百五十年以上，是学人仰望而不知其存否的有很高学术价值的善本，以国内标准论应属国宝级重要文物，是包括我国家图书馆在内的国内外图书馆所无的珍籍。由于翁同和在近代史上的名声和这批书的文化和文物价值，它的重显于世引起国内外学术界、图书馆界的重视和一些收藏家的觊觎。现在翁万戈先生委托中国嘉德拍卖公司为其代理在亚洲地区的转让和拍卖事宜，正是争取这批流失国外半个世纪的重要古籍善本返回祖国的极好机会。

但翁氏所提转让价格颇高，且限定整体出让，购者必须捐赠一流的国家文化机构。环顾国内各图书馆、博物馆及热心文化和公益事业的企业及个人，有能力承担者恐无其人。而翁氏之条件仅排除日本，对亚洲其他国家和地区则并未加限制，故我等深惧这批名家秘藏六世的珍籍，在北京的公开拍卖中，为其他国家、地区所得，甚至流入台湾，可能转手流入日本，则不仅痛失国宝于眉睫之间，且可能于维护党和国家保护和发展文化之一贯政策及对台关系均有不利的影响。常熟翁氏几代人的藏书，先后数批善本均已归国家图书馆收藏，这最后一批珍本更不宜流散到国外。

为此冒昧陈词，若国家能于公开拍卖之前慨拨帑金，设法购归，则既可为国家图书馆充实所藏，又可以具体事实在国际上弘扬改革开放以来党和国家的文化政策。

至于价格之评定，国际上从无此品位之珍籍面市，无可举证，姑举国内近事言之：

1955 年和 1965 年，周恩来总理在国家经济困难的状况下，先后两次拨专款 80 万港币和 25 万人民币，从香港收回陈澄中旧藏古籍善本共 102 种。1995 年秋，宋周必大刻本《文苑英华》一册，由中国嘉德拍卖

2

公司将其从海外征集至北京的拍卖会上，因国人力不能举，无奈以 143 万元人民币复为海外人士所得；1999 年秋，同是在中国嘉德的拍卖会上，也是从海外回流的明清两代宫廷秘藏宋刻孤本《春秋经传》两册，则以 133 万元人民币为大陆文物机构竞拍成功，甚幸重归祖国。

现翁氏藏书较前举者数量增倍，且包括若干国宝级珍籍，衡量其文物价值及得失之间的政治影响，翁氏后裔提出之五百万美元之愿望似可予以考虑。

以上粗述概要，直陈所虑，是否有当，伏候裁夺。

任继愈 任继愈（国家图书馆馆长、国家古籍整理出版规划小组成员）；

张岱年 张岱年（北京大学教授）；

季羡林 季羡林（北京大学教授）；

周一良 周一良（北京大学教授）；

启功 启　功（国家文物鉴定委员会主任、中央文史馆馆长）；

王世襄 王世襄（国家文物鉴定委员会常务委员，国家古籍整理出版规划小组顾问，中国文物研究所研究员）；

朱家溍 朱家溍（国家文物鉴定委员会常务委员，故宫博物院研究员）；

宿白 宿　白（北京大学教授，中国考古学会名誉理事长）；

金冲及 金冲及（中央文献研究室副主任，中国史学会会长）；

谢辰生 谢辰生（国家文物局原顾问）；

冀淑英 冀淑英（国家文物鉴定委员会常务委员、国家古籍整理出版规划小组成员、国家图书馆研究馆员）；

傅熹年 傅熹年（国家文物鉴定委员会常务委员，中国工程院院士）。

2000年2月　日

（正文略）

编者注：

据嘉德拍卖公司原副总经理寇勤回忆，此信为傅熹年起草，启功逐一打电话给每位专家落实，寇勤具体找每一位学者签字。

翁氏藏书计有80种、542册：包括宋代刻本11种，元代刻本4种，明代刻本12种，清代刻本26种，名家抄本、稿本27种。被上海图书馆以450万美元购藏。

据当时媒体报道：中国嘉德拍卖公司已与翁先生谈妥，这批遗产参加2000年4月在北京举行的春季拍卖会，允许拍卖给除日本以外的亚洲各国。任继愈、张岱年、季羡林、周一良、启功、王世襄、朱家溍、宿白、金冲及、谢辰生、冀淑英、傅熹年等12位著名学者联名写信给中央有关单位和领导，希望国家能够在公开拍卖前“慨拨帑金，设法购回”。与此同时，上海方面也积极与翁先生进行商谈。2月27日，上海图书馆与翁万戈先生达成协议，不通过拍卖，以协商转让的方式将这批珍本入藏上海图书馆。同时将价格从原来的550万美元降至450万美元，也不需支付百分之十的拍卖佣金。4月28日，上海市文物管理委员会、上海图书馆、中国嘉德拍卖公司联合在上海图书馆举办“‘常熟翁氏藏书’转让入藏仪式”。

木文同志：您好，久未见面，近况奚似，至以为念。现在有件事，请你给予帮助

最近我连续收到老友郑家晋同志来函及家属来信，要我为他作证，并向有关方面反映，令他能解决他参加革命时间问题。郑家晋同志原系上海译文出版社党组书记兼总编，一九五六年曾当选为全国劳动模范，是获得国务院特殊津贴有突出贡献的翻译家，一九九六年七月逝世。当时他的参加革命时间，定为一九四九年三月。高局接到郑家晋同志的信，已当上海解放时他已经接受党的任务参加革命工作，只是没有给他办手续，详述了有关情况，请您一阅。

我是从一九四六年到郑振铎同志处工作时与郑家晋同志开始相识的。当时可以说从一九四六年到一九五五年的十年中，我们始终是一起在郑振铎同志身边工作的。只是我们工作性质不同。四九年以前他主要为郑先生编辑图书，我则是在郑先生的家里为他处理日常事务。四九年我们先后随郑先生到文物局工作，他起初在出版处编文，后调办公室，我一直在文物处，直到五五年他调上海前，我才接替他到办公室工作。因此，

裘红建

这些年中我的经历是胡乡知道的，对他的情况我也是一清二楚的。我完全可以作证他信中所述情况是真实的。而且他去参加华北革大学习时所写自传中已把上面这段写的非常清楚，几十年来经过历次运动，包括文化大革命，组织上对他的这段历史從未提出过疑问，现在他提出追溯他参加革命的时间我认为是合理的，应予同意。对他解放前后这段历史情况作证：一九四九年二月郑先生北上参加新政协之前和晋同志一直协助郑先生在该宝馆整理所藏古书，这批古书是郑先生在孤岛时期为国家抢救下来的，我正为出版社翻译文件，另前言也译完了事情的全过程，其中郑先生的古书在抗战时曾被掠夺往日本，胜利后的一百〇七箱由王世襄押运乘船运回上海，当时是郑先生指定由我和王世襄同志去接船的。王世襄同志回上海不久前国民党政府已落荒，也提及此事可作旁证。

(二)一九四八年底地下党通知郑先生作好准备离沪北上参加新政协，当时

P.2.

为了安全起见，你密直到郑先生临行前三天才告我北上的具体日期，并嘱我千万保密，不得告诉任何人，包括我的家里人。同时交待我他走后代为照顾家人，因他的近八旬的老母和夫人以及年幼的儿子还留在上海，但他叮嘱不必每天到他家里去，否则上海出版公司则将由那里继续负责进行中国历史参考图谱的出版事宜，并由刘代他支付我一些生活费。另外他还嘱咐我的另一件事就是要和徐森老的家晋保持经常的联系，他说该馆这批书很重要，一定要保管好。

三、相识前夕　徐森老陪同章文彩找的家晋事。当时徐森老（和刘家晋）就告诉过我，章文彩印章汉夫，原名谢启泰，是商务印书馆总经理谢仁冰的儿子与画家谢稚柳的堂兄弟，我和他们是本家，同是江苏武进罗墅湾人，论辈份我称谢仁冰为大哥，在上海时我们两家是常有往来的。谢仁冰与郑先生和徐森老都

P.3

是西文、法宝馆藏书之故。协助则抢救时徐森老是参与其事的，对其情况最了解，因此章女翔通过徐森老一起去找孙家晋就是非常自然的了。最近我翻阅了建国以来文物大事记，发现一条资料，即四九年月中央宣传部电告中共中央华东局，也称：“此间接收之北平图书馆有职员钱存训，已往美国芝加哥大学图书馆，另职员李芳馥等六人，并存有大批古书、敦煌经卷及从国外运来之西文书、日本运回之中文书，请关照保护，并收原人员生活。”据我了解，当时书分两部分：敦煌经卷、从国外运回之西文书系归北平图书馆所有，另一部分（由李芳馥等人保管）即法宝馆藏书，为南京中央图书馆由我方从所谓从日本运回之中文书，也即是我和孙家晋门码头接船的那一批。此书是存法宝馆的。当时此处只有李芳馥等二人，法宝馆藏书保管人员则有孙家晋等四人，两处加起来恰是六人，恰与电报所称相吻合。章女翔很可能即是根据这个电报来找徐森老的。因此，要加接见的是两处负责人孙家晋和李芳馥。

四存学会有郑先生两次促我去北京，我到北京后，郑先生即通知我

安随他到文物局工作，并嘱我速返沪料理家事后即到文物局上班，同时告诉我

郑家晋眼当时来地安事处均向李同我即知道郑系中共党员，话后才来因

为上海解放后不久，郑家晋曾告诉我军管会已通知徐森玉等待其来

接管图书是属于中央的，军管会只接管人不能接管书，他们生活费也

是由军管会发了。这是我四九年以前的事。

根据以上情况，我认为我参加革命时间应从建国以前算起才合理。

当时应从军管会接管人并由军管会发生活费算起。我在出版界只谋职

你如到国家文物局时上书请示提手，亦能通过你的影响向上海有关部

打个招呼，使此问题得以合理解决，则感同身受矣。如蒙即复

敬礼！

谢辰生 [illegible]

八月廿日

木文同志：

您好！

久未见面，近况奚似？为念。现在有件事希望得到您的帮助。最近，我连续收到老友孙家晋同志来函，要我为他作证，并向有关方面反映，合理解决他参加革命时间问题。

孙家晋同志原系上海译文出版社党组书记兼社长，一九五六年曾当选为全国劳动模范，是接受国务院特殊津贴有突出贡献的翻译家。一九八九年七月退休。当时他的参加革命时间，是从一九五〇年三月到文物局报到时算起的。事实上，在上海时他已经接受党的任务为革命工作了。现随函附上他的两封来信，详述了有关情况，请您一阅。

我是从一九四六年到郑振铎同志处工作时与孙家晋同志开始相识的。可以说从一九四六年到一九五五年的十年中，我们始终是一起在郑振铎同志身边工作的，只是各自工作性质不同。四九年以前，他是为郑先生保管整理图书，我则是在郑先生的家里为他处理日常事务。四九年我们先后随郑先生到文物局工作：他起初在图书馆处，后调办公室；我一直在文物处。直到五五年他调上海时，又是我接替他到办公室工作。因此这些年中我们几乎是朝夕相处的，对他的情况我自然是一清二楚的，我完全可以作证他信中所述情况是真实的。而且他在参加华北革【命】大学学习时所写自传中，已把有关情况交代得非常清楚，几十年来经过历次运动包括"文化大革命"，组织上对他的这段历史从未提出过疑问。现在他提出应解决他参加革命的时间问题，我认为是合理的，并愿意对他解放前后这段历史情况作证：

（一）四九年二月郑先生北上参加新政协之前，孙家晋同志一直协助郑先生在法宝馆整理保管图书。这批图书是郑先生在敌伪时期为国家抢救下来的，我在文物出版社出版的《郑振铎文博文集》前言中详述了事情的全过程。其中部分图书在抗战时曾被劫往日本，胜利后四七年经交涉由王世襄押运乘船运回上海，当时是郑先生指定由我和孙家晋去码头接船的，王世襄同志不久前写回忆文章在报刊上发表也提及此事，可作为旁证。

（二）一九四八年底，地下党通知郑先生做好准备转道香港北上参加新政协。当时为了安全极端保密，直到郑先生临行前三天才告我北上的具体日期，并嘱我千万保密不得告诉任何人，包括我的家里人。同时交待我，他走后代为照顾家人，因他的近八旬的老母和夫人以及年幼的儿子还留在上海。但他要我不必再天天到他家里去，而是到上海出版公司刘哲民那里，继续负责进行《中国历史参考图谱》的出版事宜，并由刘代他支付我一些生活费。当时他还嘱咐我的另一件事，就是要和徐森老、孙家晋保持经常的联系，他说法宝馆这批书很重要，一定要保管好。

（三）解放前夕，徐森老陪同章文彩找孙家晋事。当时徐森老和孙家晋就告诉过我，章文彩即章汉夫，原名谢启泰，是商务印书馆总经理谢仁冰的儿子，与画家谢稚柳为堂兄弟。我和他们是本家，同是江苏武进罗墅湾人，论辈分，我称谢仁冰为大哥。在上海时我们两家是常有往来的。谢仁冰与郑先生和徐森老都是至交，法宝馆藏书在敌伪时期抢救时，徐森老是参与其事的，对书的情况最了解，因此章文彩通过徐森老一起去找孙家晋就是非常自然了。最近文物局写建国以来文博大事记，发现一条资料，即一九四九年【四】月中央宣传部电告中共中央华东局。电称："此间接管之北平图书馆有职员顾计南，住南京金陵大学图书馆；另职员李芳馥等六人，并存有大批古书、敦煌经卷及德国运来之西文书、日本运回之中文书，请关照保护，并救济人员生活。”据我了解，当时书分两部分：敦煌经卷、德国西文书，系属北平图书馆所有，由李芳馥等人保管；另一部分即法宝馆藏书，属南京中央图书馆，由孙家晋保管。所谓从日本运回之中文书，当即是我和孙家晋到码头去接船的那一批，此书是存法宝馆的。当时北图办事处只有李芳馥等二人，法宝馆藏书保管人员则有孙家晋等四人，两处加起来正好六人，恰与电报所称相吻合，章文彩很可能即是根据这个电报来找徐森老的，因此，参加接见的是两处负责人孙家晋和李芳馥。

（四）一九四九年八月，郑先生两次促我去北京。九月我到北京时郑先生即通知我要随他到文物局工作，并嘱我返沪料理家事后即到文物局上班，同时告诉我孙家晋晚些时候也要来文物局。当时我即知道孙需要等图书了结后才来，因为上海解放后不久孙家晋曾告诉我，军管会已通知他继续保管图书，等待中央接管，因为书是属于中央的，军管会只接管人，不能接管书，他的生活费也已由军管会发了。这是一九四九年国庆以前的事。

根据以上情况，我认为孙家晋同志参加革命时间应从建国以前算起才合理，至少应从军管会接管人并由军管会发生活津贴算起。我在出版界只认识你和刘杲同志，所以冒昧上书，请予援手。如能通过你的影响向上海有关部门打个招呼，使此问题得以合理解决，则感同身受矣。匆匆。即致

敬礼！

谢辰生谨上
八月六日

编者注：

此信写于2001年。书致原新闻出版总署署长宋木文。

据宋木文署长与笔者回忆，其将信件转交给上海相关主管部门。据先生回忆，孙氏诉求的事情始终没有结果。

2001年7月23日孙家晋致先生书信：

读报，包括《人民日报》，悉仍在为保扩文物奔走呼号，这种为国家为民族保护文物的鞠躬尽瘁的精神，实在令人佩服，自从第一期考古训练班干部毕业的庄敏副局长谢世后，当年追随西谛师制订“文物法令”的文物处老人，恐怕就剩阁下这位“顾问”硕果仅存了。再往这之前追溯，西谛师于1958年10月17日率领中国文化代表团十人，乘飞机由北京飞往莫斯科的途中，因飞机在楚区什的卡纳什地区失事，为国牺牲；而解放前即已担任西谛师的私人秘书，对郑家老小都熟悉，跟我也已经缔交，知道种种往事的，如今也只有你一个人了。郑老师的种种往事（自然是涉及国家、民族的事），不论是关于郑老师或郑家的，或我与郑老师的，自从郑师母也过世以后，也只有你是直接见证人了。

我于1936年夏毕业于苏州中学。考进暨南大学，原是慕文学院院长郑西谛先生及其聘任的一群文史教授周予同、傅东华、孙大雨、方光焘、李健吾等等之名而去的；在梯形教室听着郑、周的真才博学而又眼界开阔的见解，我觉得顿然进

入了一个崭新的世界。但我之接近西谛师，是在上海的“租界”成为“孤岛”，学校搬到陶尔斐斯路四合里，在同学周鸿慈倡导下合办《文艺》的时候，周鸿慈为地下党的支部书记，我解放后才知道他是国防科委副主任周一萍，“文革”后他曾来沪找我和我爱人长谈话旧，我去北京出差时也曾到他家去过，遗憾的是他已先我谢世了，当时白报纸3-5元一令，我们中文系、外文系、史地系八、九个学生，每人凑五块钱，在周鸿慈倡导下，办了一个刊物，叫《文艺》。1938年6月5日创刊，1939年6月10日终刊，共十六期，约七十多万字。打破了孤岛上噤若寒蝉的局面，填补了上海文艺界暂时的空白。《文艺》出了9期以后，茅盾署名“玄”在一卷十二期上为文介绍该刊，并对我分别以“蓝烟、吴岩”的笔名写两个短篇：鼓励地认为《彷徨》里的人物刻划得颇为深入而细腻；《离去》，也是优秀之作。由马耳译成英文，先发表于《天下》1939年3月号，后发表于苏联《国际文学》1940年7月号，但我服膺方光焘师的评论，徐微的《待读记》，“写世态人情，熔俏皮和讽刺于一炉，颇有特色”，我是写不出的，而后来她发表的《陶然先生》和《潮》，其功力当远非一般，不愧为当年萧红在哈尔滨的同班同学。至于郑西谛师，他看出多少有点可造之才时，总是特别呵护的，寄予期望的。他一点也没有以新文学运动的老前辈自居，更没有老师或教授的架子，他以自然而然的平等态度对待我们，我也就自然而然能主动接近他了。

1941年12月8日，日军侵入“租界”，“孤岛”也没有了，在康脑脱路上课的暨南大学各位教授，当打着太阳旗的日本兵的军车一辆辆经过时，立刻宣布下课。上午十时三十分，正如校长和大家商量好的，暨南大学也就结束了。事后西谛师写下了至今激动人心的《最后一课》。一股浩然正气，充塞于天地之间。校长何炳松把暨南搬到了建阳；郑先生蛰居上海，决不屈服于敌伪。我蛰居吴县甪直镇，秉承西谛师的嘱咐，决不给敌伪做事（包括学校教书）。我夜间偷偷地翻译托尔斯泰的《哥萨克》，白天给几个青年“补课”，我们相濡以沫，期待“天明”，也有人直奔创造曙光的地方而去。捱到日本天皇宣布投降后，我就写信给西谛师找工作，他几乎立即复信，要我回上海整理图书。

不久，郑西谛师就带着王以中先生、徐微和我，来到上海爱文艺路418号觉园（佛教净业社）内的法宝馆，法宝馆便是“文献保存同志会”千方百计抢救收购的、大小藏书家的善本古笈以及美日特别觊觎的多种“地方志”的书库。觉园内有佛殿，有连绵重迭的假山，一泓池水托着九曲桥和亭子，原名南园，是南洋兄弟烟草公司总经理简照南的私人花园；法宝馆是叶誉虎捐资建造的，他也是佛教净业社的发起人和中英庚款董事会的董事。抢救江南图书的钱，既然来自拨给中央图书馆造房子的“庚款”。通过叶誉虎，借了法宝馆，作为书库，也就顺理成章了。总算佛光普照，掩藏着书库躲过了日伪的耳目。

我们就算是中央图书馆的人了。郑西谛、王以中、钱锺书、徐微和我。郑是顾问兼编纂，王、钱都是编纂，徐微和我都是干事。书是郑经手抢救得来的，《玄览堂丛书》也是他编纂的。王、徐、我和郑，天天到法宝馆。郑每天来写一篇给《周报》或《民主》的文章，或者摩娑把玩古笈，跟我和徐微讲讲版本。王平常和我们一样整理古书，还编纂一本图书馆的中文刊物，钱锺书不来办公，在家里编一本英文的图书季刊。徐微和我天天整理古书，登记入册。干事，干事，原是要干一点事的。后来教育部派蒋复璁（慰堂）为京沪特派员，组织“京沪区教育复员辅导委员会”，慰堂为主任委员，聘请徐森玉、马叙伦、钱基博和郑西谛为委员。不久又正式成立一个“上海区清点接收封存文物委员会”，以叶誉虎为会长，徐森玉负责主持，郑西谛、何柏丞均为委员。郑先生曾带领我们一起去接收东亚同文书院、自然科学研究所、近代科学图书馆等敌伪文化单位。这时候，我同郑西谛师的私人秘书谢辰生开始有所接触了，记得有一次王世襄从日本押送一批图书到沪，谢辰生和我们都到海关码头上去接的。

从1945年10月起，直至1955年4月止，这十年光景我一直跟着郑西谛师干着图书工作的。细分则可分为三个阶段。一、干事阶段(1945年10月—1949年12月)主要是整理藏在法宝馆的善本书和地方志。临时也跟着郑先生去干些接收敌伪文化单位的书或去海关码头接收王世襄从日本押送回中国的书。46年7-9月，郑先生介绍我去上海《大公报》编《大公园》，因写了些反贪污、反饥饿、反内战的文章和漫画，不到八十天，李子宽刚刚连声称赞，忽然给一个月薪金撵我走了。解放后我才知道是总经理胡政之亲自采取的断然措施（胡的秘书梅焕藻亲口告诉我的)，我这才明白抗议“下关惨案”的群众为什么要在《大公报》门口高呼“拿出良心来!”我当时很气愤，西谛先生没有怎么安慰我，只是说：“前一时期，我们都太天真了”。后来又找补了一句：“说不定是个信号啊……”果然，1946年8月24日《周报》被迫停刊，到了1946年10月底，《民主》周刊也被迫停刊了。以中先生一度在“暨南”兼课，也因为是民主教授而早被解聘了。徐微先离开法宝馆，然后是以中先生。帮助搬运箱子的法宝馆孤儿也被骗去当兵了。郑先生说：从海上运来的国际交换图书，除一部分在上海分发有关学术单位外，其余都要运往南京总馆去的，现在忙于运兵，没法运了，更不用说我们整理的那批古笈了。有一天，郑先生又说，管理国际交换处的三位办事人员已经搬到乍浦路办公，他已经和南京图书馆当局说好，我此后也到乍浦路办公。我们两人在还剩下半个“书城”面前徘徊良久，郑先生亲自写好封条，签上他自己的名字，这才亲自关门、锁门、封门。然后把钥匙严肃地交给了我。钥匙上还留着他的体温，汗涔了的。只说了一句话：“你以后每个月来看看”，我事后才知道：48年12月地下党派李正文同志通知：“党决定撤退到香港，再转道北上，去参加中国人民政治协商会议。请作好准备，出发时间等候通知。注意保密。”我有一次去看郑先生，他同我说：“唐朝曹霸、韩幹画的，倒是战马。杜甫诗中也有写战马的：‘竹披双耳峻，风入四蹄轻，所向无穷阔，真堪托此生!’”我就知道他下决心要走了，在向我告别了。49年2月15日，他就上盛京轮到香港，然后转道北上了。

第二阶段：1949年2月15日—1950年3月1日，也就是郑西谛师赴港北上开新政协会，我拿着法宝馆的钥匙，去到乍浦路办公，其实保护古笈的重任都压在我身上了。郑先生一走，徐森玉老先生就打电话给我：“郑公走了。”随后接到郑公寄来的明信片：“图书馆的书”隐隐约约几句话，说明他的心思全在书上。没过几天，徐森玉老要到乍浦路找我，并约好北京图书馆上海办事处的李芳馥先生一同来谈谈。我对森老十分尊重，一直把他当作“活文物”看待，自然奉命维谨，设法安排了一个僻静的房间。森老那天精神矍铄，他还带来了一位西装革履又相当书卷气的客人。坐定后，森老郑重介绍：“这位章先生，是‘商务’谢仁冰老先生特地介绍来的。谢老和西谛是商务的老同事。这位孙先生是西谛的高足。李先生和西谛也是熟人。彼此都不是外人。大家尽可敞开来谈的。”章先生娓娓而谈，讲了全国解放的形势和“护厂”的情况。李先生和我都说了藏书和保管情况。章先生表示满意，勉励我们道：“人民会感谢你们的。”我心里想：这才是真正的“楚弓楚得”啊，下意识地摸了摸带在身边的法宝馆的钥匙。临行，章先生再次问了问我的姓名和笔名，悄悄地嘱咐道：“我叫章文彩。今后如有人找你，还是叫章文彩。”我此后的日子过得很紧张，特别是虹口区迟至五月廿七日才解放。不久便有一位江问渔同志来访，说是章文彩同志留下的线索，特来慰问的。他说：“章文彩是章汉夫的化名。谢仁冰老先生是章汉夫的父亲；所以，章汉夫其实也不姓章……”。我急于把图书交出去，他说：“不忙，华东军管会会来正式接管的。”可军管会高教处来了，处长李亚农（他也是研究中国奴隶社会的专家），我更急于把善本图书和地方志交出去了，可处长说：“不忙，那是中央的东西，得由中央接管。”我说我在青年会中学兼课，待遇还可以，我下了课就上办公室坐坐，现在既不怕被“钉梢”，暴露了藏书的地方，有军管会“撑腰”，我个人安全也得到了保障，我不要再拿军管会的工资了。高教处的处长说：“军管会给的钱很少，可是这个钱你得拿着；你拿了，我们就可以责成你继续保管图书，直到中央来接管，你总得贯彻始终，坚持到底啊！”我就拿了高教处的钱，在办公室坐坐，有时回法宝馆看看。1949年11月11日政务院第五次政务会议，由董必武副总理任团长，南下接收南京、上海、杭州等地军管会接受下来的国民党的人员档案、图书、物资等。决定运京的东西以及人员的处理，郑西谛任团内的文教组长。12月上旬，他随团南下。50年代初他到上海，他住百老汇大厦十三层，他在上海工作二十多年，还是第一次住得那么高，看得那么远。我便向西谛师汇报藏书保管情况，以及徐森玉、章汉夫来找我的事。郑先生笑了。谢仁冰是他在“商务”的老同事，而章汉夫是谢的儿子，原名谢启泰，当时，是中共香港工委书记（后为外交部副部长）。正是西谛师向党组织报告了这批珍贵古笈，“章文彩”才来找我联系、布置的。郑西谛师接着又气愤地对我说：“南京方面后来用潜水艇把最重要的善本书运到台湾去了！其中就有我们亲手整理过的书——幸亏我们后来整理好也不往南京运了。”我把法宝馆的钥匙交还西谛师，他悲喜交集，便派带来的干部去处理法宝馆内保留下来这一大批书。这些珍本，后来全部入藏北图（据陈福康《郑振铎传》），郑先生把图书资料理清楚：把图书馆的人员就地分配了，只剩我一个人跟他到文物局去（也在乍浦路办公的王天木，是博物馆方面的专业人才，郑也请他去）。忙得满天星斗。1950年1月29日，西谛师才回北京。因我交出了钥匙，心里的石头终于落了地，但身心需要调整，又因为终于答允去京，有些私人的事情也必须料理下来，郑先生答允我至迟到1950年3月到文物局办公。

第三阶段，1950年3月—1955年4月。放下进步包袱。我在团城上办公，经历了文物局、社会文化事业管理局和文物局这个过程，经历了“科长级科员”到“业务秘书”到“办公室秘书”的过程。局里大致有两种人：一种年纪比较大的专家，一种是比较年轻得多的新干部。前者如张珩、裴文中、王天木、徐邦达、傅忠谟等都是学有专长的前辈，并且往往还是生平第一回出来工作的著名收藏家、原富家子弟；还有就是经过挑选的虎虎有生气的新干部，多半是党员。剩下来几个人，年纪介乎这两者之间，还不算是专家，可又是一向跟着党走，自以为早已是思想进步的了。我和小谢便属于此类。副局长王冶秋同志提出：政务院有

800个名额，经单位保送，可带薪进“华北革大”二部，学习马列主义和劳动锻炼，改造思想。我们局有谢、孙、袁、黄、刘等几位参加，这是值得称幸的好机会，改造思想的好机会。郑先生没有另外表态，显然他是同意王局长决定的。去是去了，大家在营房里地皮上铺着稻草一个紧挨一个摊开被褥躺下，自春夏之交一直到隆冬季节，大约过了八、九个月光景，杨献珍、胡绳都来做过报告；劳动，多半是挖土、挑土，故宫博物院的王世襄干得最欢，一根扁担滴溜溜一转，便从左肩换到右肩，一忽忽儿又从右肩换到左肩了，我没有这个能耐，只是勉力对付着劳动，开始钻研起马列主义来了，也参加班内热烈的辩论，然而思想上还没有真通，还是自以为一向积极、靠拢党，其实是无需改造思想的。学习临近结束时，规定每人要写一篇自传。我一点也不紧张：我历史清白，跟国民党、三青团完全不搭界，倒是跟要求进步的文艺青年很接近，受过一点救亡运动的影响。跟人一起办《文艺》，得到茅盾的鼓励；跟郑先生整理古笈，他去港转而北上时，我一个人保护保管着法宝馆的书，与徐森玉、“章文彩”联系，终于把书归还给人民。对于过去的事，真是竹筒倒豆子，把自己好的表现，统统都说了。“忠诚老实”地讲了过去的历史，可还是透露着“进步包袱”，自以为原是不必改造思想的，尽管“革大”的管理也不能说对自己没有好处。

我现在八十多岁了，五十多年前经历的事都已过去了，当年直接参与其事的郑振铎、王冶秋、徐森玉、章汉夫、李芳馥、李亚农等，都先后去世了。只留下在革大二部写下的忠诚老实的自传，当年不知现在的情况，倒成了查考过去历史的铁证。自传的细节我现在也记不得了，反正主要的东西都写了。我这里还留着华北革大的毕业证书（附上影印本），是1950年11月发的，革字第0317号，内称“学生孙家晋现年三十三岁，系江苏省苏州市人，在本校第二部第三期第二班修业期满，准予毕业，此证。校长刘澜涛、教育长侯维煜（签章）”我想：凭此毕业证书，组织上是可以找到那份忠诚老实的自传的。

我成了文物局办公室秘书时，西谛师已升为副部长，但仍在文物局办公。王冶秋同志原来也搞文艺，是“未名社”同仁，同鲁迅有着长久的通讯来往。现在因为革命需要，改搞文物，渐渐地倒也钻进去了。他以他自己为例子，劝我也设法钻进去。他明确我担负办公室秘书工作之外，还要我担任文物工作的宣传任务。让我去参加邓拓主持的一年一度的《人民日报》宣传报导的座谈会，使我得以从邓拓的全面的报告中，知道全国多项重要工作的年度计划，从而领会文物工作在全国全盘计划中应占怎样的地位、份额，应该怎样宣传。我的确感到眼界大了，得益非浅。然而我还是对文物、图书等专业钻不进去，自问无法成为专家，顶多是写个报告而已。我还是希望回上海搞文艺。上海“新文艺”原有请我去之议，当时王冶秋要我试试再钻一钻；后来李俊民同志去“新文艺”当了社长，他和王冶秋都是“未名社”同仁，凭这点关系，李俊民出面向王冶秋要调我去。冶秋同志对我很同情，有放我的意思，但鉴于文物局要搬到东四头条与文化部合署办公，他说：“要合署办公，办公室的工作很重要，你得帮我挡一挡，工作就绪了，到那时你还是要归队，我就放你到老李的‘新文艺’去。”王冶秋说话算数，1955年4月底我就坐上火车，5月初到上海出版局报到，我分配在“新文艺”，我爱人则分配在“人美”。

李老待我极好，他介绍我加入上海作协，又于1956年9月由副社长蒯斯曛介绍入党。经过“上海文艺”“人民文学出版社上海分社”，又经过“文革”上“干校”，当“翻译机器”，“四人帮”覆灭，“译文出版社”成立，饱经风风雨雨，我始终在出版社做外国文学的介绍、翻译工作，1985年1月—1989年6月，我任社长兼党组书记，7月我正式退休，七月退休金209.50元。以后按国家规定加一点，加一点。今年加至1400元光景，另有国务院特殊津贴按月100元，1956年全国劳模按月100元。现在“译文”已并入新世纪出版社集团，“译文”的班上已换了三茬，其一二把手的工资与奖金都是保密的，据说中层干部亦月入二三千，我从未打听，反正我是计划经济时代的人，一直按计划经济取工资，可谓“知天命”也。一笑。

国家文物局便笺

老宋：请在[illegible]上找写的两篇文章，本年第五期是针对当前以作伪挑战[illegible]青铜代表所藏中的一些观点，另一篇文章则是针对中宣部一些人的意见，他们在审核第五批国保单位时把陈独秀旧居以及人民大学的地址即（国务）段执政时期政府所在一共删掉了四十多处，这些近代史重要遗址实在太不应该了。不知老兄以为然否？请指正

敬礼！

辰生 五月廿日

向阳同志请[illegible]问好 又及

老宋：

随函寄上我写的两篇文章。《五十年》第五部分是针对当前以张德勤、孙轶青为代表所散布的一些观点。另一短文则是针对中宣部一些人的意见。他们在审核第五批国保单位时，把陈独秀旧居以及人民大学旧址（因系段执政时期政府所在）一共删掉了四十多处，都是近代史重要遗址，实在太不应该了。不知老兄以为然否？请指正。

敬礼！

辰生上

八月廿六日

问汪应谟同志好！又及

编者注：

书致国家新闻出版总署原署长宋木文，写于2001年。

《新中国文物保护工作五十年》，刊登于《当代中国史研究》2002年第三期。

孙轶青，1982年至1984年任国家文物局局长。张德勤，1988年至1996年任国家文物局局长。

汪应谟，宋木文夫人。

祖年同志：

手书及所附材料收悉，我已全部用快件转寄谭钢同志，请他关注，并商研提出常州贵馆的修缮建议及多方保护，请托定后将佳迹迁出近园开阔之所为参观游览场所。我所能尽的努力亦仅此而已，效果如何只好拭目以待。随函附还有关此事的函件材料供参致。元月份我曾致函给刘堪同志提出对各路的意见，蒙他批示同意，并作出了从决策，即予改路的计划抛弃，对此我甚感欣慰。但愿谭钢同志亦能作出理想的反应。匆匆即颂

春安

辰生上

五月四日

北京市委书元竹的决策，各路比比皆是，还可怕的是登不出来的。又及

祖年同志：

手书及所附材料收悉，我已全部用快件转寄源潮同志，请他关注，并明确提出常州宾馆的做法违反《文物保护法》规定，应考虑迁出近园，开辟为群众参观游览场所。我所能尽的努力亦仅此而已，效果如何，只好拭目以待。随函附上有关北京的两份材料，供参考。三月份我曾致函给刘淇同志，提出对“危改”的意见，蒙他批示同意并做出新的决策，即《参考》的那篇报道，对此我甚感欣慰。但愿源潮同志亦能做出理想的反映。匆匆。即颂

春安！

辰生顿首

五月四日

北京市委如无新的决策，《危改比“非典”还可怕》的文章是登不出来的。又及

编者注：

书致顾祖年，写于2003年。顾祖年，曾任常州晚报编辑。

李源潮，时任中共江苏省委书记。

先生致刘淇书信，写于3月4日，收录于《谢辰生先生往来书札》。

本年在全国政协第十届全国委员会第一次会议召开期间，先生起草了《关于建议江苏省政府责成常州市政府制止拆除省级文物保护单位“近园”部分建筑物的提案》：

最近，常州市常州宾馆正准备拆除省级文物保护单位“近园”的部分建筑物，改建为临街商业用房，这是违反不久前刚刚公布的新《中华人民共和国文物保护法》规定的。

“近园”是清顺治年间进士、后官至福建按察副使杨青岩所建私人宅第和花园，建成于康熙十一年（1672）。光绪十一年改归恽氏，称“静园”，俗称“恽家花园”，是江南著名园林之一。1982年公布为江苏省第二批文物保护单位。现在园林部分为常州宾馆所占用，宅第部分是私人住宅。

最近常州宾馆扩建，要强行将现存宅第部分全部拆除，建成临街商业用房和客房，这不仅破坏了文物保护单位的本体，而且改变了文物的历史环境和风貌，严重违反了《文物保护法》的规定。

因此，建议江苏省政府责成常州市政府立即制止拆除“近园”本体建筑这一违法行为，并应当根据《文物保护法》关于国有不可移动文物不得作为资产经营的规定，将常州宾馆迁出“近园”，辟为人民群众参观游览场所，以利文物保护，以利丰富人民群众的文化生活。

随函所附材料有刊登于2003年4月30日《中国经济时报》上的谢光飞《危改比“非典”还可怕——关于拆迁十个法律问题》一文：

4月23日中国经济时报发表了《问题多多积怨深深北京危改面临叫停》一文，引起了面临危改居民的强烈反响，他们纷纷致电本报，表示深深的感谢和极大的支持。有的说报道句句是实，说出了他们的心声，十年危改给他们造成的心灵创伤今天终于有人为之申诉和抚慰；有的希望媒体继续对此问题进行采访报道，认

为“非典”灾害终究会过去，而危改拆迁对家的毁灭和对公民基本权利的损害给人们造成的恐慌和绝望是永久的；有一位“海归”的软件公司经理对记者说：“我不怕‘非典’，家园都快没有了，应该有的财产就要被剥夺，谁还有心思考虑生死问题？”他是牛街危改二期的一位私房主。

近几年，危改拆迁引发的诉讼越来越多，规模越来越大，其中涉及的法律问题非常之多，广大居民十分关心，为此，记者与业界知名的资深律师高智晟进行了广泛交流。

在危改拆迁中公民的基本权利受到大规模侵犯

中国经济时报：国家对公民的房屋和土地的使用权是如何进行法律界定的？如何认识地方政策法规与国家法律的一致性？

高律师：我注意到《中国经济时报》近期关于北京危改拆迁问题的报道文章，“问题多多积怨深深”，是对多年来该领域引发问题的恰当概括。中国追求法治目标的最大桎梏，莫过于法律对强势利益集团的让步以至服从，纵观目前在房屋拆迁领域的情势，这种问题尤显突出。

公民私人拥有的房屋和土地使用权的法律界定问题涉及非常广泛，上有国家的根本大法《宪法》，中有调整民事主体人身权利和财产权利的基本法律《民法通则》以及调整该领域的专门法律《城市房地产管理法》，还有相当数量的其他下位法律、规章及政策，均对保护公民房屋和土地的使用权作出了明确的规定。房屋(含土地使用权)作为极其重要的私有财产，无论从一般财产所有权角度，还是从特定财产所有权角度，法律的强制性规定应当是非常明确的。

我国目前实行的是土地所有权与使用权分离的制度，国家虽然拥有城市土地的所有权，但城市土地使用权实际上掌握在国家、集体、公民和外商四类不同的房地产权利人手中。国家不能直接将集体、公民和外商拥有土地使用权的土地进行划拨或出让。

这里有一点可以肯定的是：北京市有关土地使用权出让、房屋拆迁(含危改拆迁)的地方性规章及政策与《宪法》《立法法》等国家法律法规存在着冲突。

1992年颁布的《北京市实施〈中华人民共和国城镇国有土地使用权出让转让暂行条例〉办法》，将国家《暂行条例》“划拨用地”条目下的第四款“法律、行政法规规定的其他用地”修改为：“北京市人民政府批准的其他用地”，自行扩大了北京市批准划拨用地的权力和划拨用地的范围。1993年9月，北京市又出台了房地字　93　第524号文，对“危改”用地实行所谓“先划拨、后出让”政策。这实际上赋予了北京市、区两级政府任意成片划拨土地的权利，致使土地开发后的收益几乎全部落入开发商手中，造成国家土地出让金的巨大损失，也给一些不法分子提供了违法犯罪的空间。

2001年11月1日起公布实施的《北京市房屋拆迁管理办法》（下称《办法》）的第一条明确了它的制定依据是国务院《城市房屋拆迁管理条例》（下称《条例》），但其制定的《办法》内容无论从法律的实体方面，还是从程序角度均远超出了《条例》的调整功能。

如《办法》第23条第1款规定“拆迁人应当委托有资质的房地产价格评估机构对被拆迁房屋进行评估。”第2款规定“被拆迁人对评估结果有异议的，应当持有其委托的评估机构出具的评估报告向区、县国土房管局提出申请，由区、县国土房管局指定评估机构复核，并按复核结果补偿。”这是非常荒唐的。这不仅仅体现在对《立法法》及《条例》的明显违反，更荒唐的是，将解决纠纷的权力交给了纠纷双方中的一方。

《办法》第15条规定对于双方不能达成拆迁补偿协议的由同级政府裁决后可向人民法院起诉，这在法理上也值得商榷。严格来讲，涉及民事主体权利的讼争，最经济、最合理的应当是以民事讼争程序予以解决。

中国经济时报：房地产商进行危房改造的商业开发是不是要与居民的房屋和土地的使用权进行交易？

高律师：开发商运作危改涉及居民房屋及土地使用权的权属动态转移，它无疑属于一种平等主体之间的买卖交易行为，应当遵从法律对这类关系的强制性规定。

《房地产管理法》《土地管理法》和《城市规划法》规定获取土地使用权必须经过法律程序。土地使用权实际上是一种财产权，土地权属的转移是财产权的转移，属于民事行为，必须遵循“自愿公平、等价有偿、诚实信用”等民法基本原则。开发商与房屋和土地使用权所有人之间是平等协商的民事关系，不是行政隶属关系，必须在双方达成一致的情况下，通过法定程序完成房屋土地权属的转移。

中国经济时报：开发商与被拆迁居民签订合法的合同应当包括哪些内容？

高律师：合同的内容应体现平等及自愿原则，对被拆迁房屋的价款、补偿方式及对被拆迁房和安置补偿房的区位、用途、面积、实现方式及期限都必须有明确的、具体的且不违反法律和社会公共利益的约定。合同的形式也必须是书面的。

中国经济时报：如何分析、界定公房和私房(主要指拥有解放前的地契和房契)的财产权属？

高律师：无论公房还是私房，其财产权属的法律确定按照现有法律精神，应当以一定的要式权属证书来确认。但现实中房屋所有权的权属取得成因还相当复杂。比如，有买受并办理产权证书的取得、有买受而未办理产权证书的取得、有历史原因而取得、有继承祖上产权却始终未办理现行证书的取得(诸如解放前的地契和房契)。其权属界定应适用民事基本法律及民事政策。对无现行所有权证书的，应从其取得房屋所有权的方式、历史原因、占有期限、周围群众的历史认知等公允及善良理念予确认。涉及讼争时应促其办理法律权属证书。

有学者提出适时实现土地所有权的明晰化、私有化等问题，这实际上涉及对法律结构的大规模改造，在现有体制下的可操作空间不大，单一机械地从立法角度解决不了问题。

中国经济时报：强制拆迁的法律依据是什么？

高律师：强制拆迁是有法律依据的。但类似目前这种强制拆迁之举断无法律依据。按宪法、基本民事法律及专门法律规范，强制拆迁只能强制被拆迁人依法履行自己与拆迁人在自愿的基础上形成的具有强制拘束力的协议义务。

强迫一方必须将财产按照另一方所喜欢的价格和方式成交，这是荒蛮时代的笑话。而在现实的存在中，它确是一种犯罪之举。

中国经济时报：作为危房改造立项，地方政府无偿划拨土地使用权给开发商有什么法律依据？

高律师：这涉及三个方面的法律问题：一、以这种形式划拨土地使用权程序本身的法律和合理性问题；二、这是否涉及国有资产被违法处置问题；三、这种做法严重侵犯房屋所有权人的合法财产所有权问题。国家已通过一系列法律明确规定城市房地产开发用地的土地使用权取得应由无偿“划拨”制改为有偿“出让”制。

若是为了国防、外交及其他涉众公益之举，在保障房屋所有权人利益的前提下，可以用这种方式划拨土地；但若纯为房地产商业运作，无偿划拨土地显然是于法无据。

法律能不能保护弱势群体的合法权益？

中国经济时报：大量的被拆迁居民为维护自己的合法权益学法、用法、打官司，他们在有些方面的法律素养可以说不比你差，但却无一胜诉，绝大部分是法院不予受理。是不是他们确实“于法无据”，正像有关部门所说的“这是国家的土地，我们想怎样干就怎样干”？

高律师：俗话说久病成良医，艰难而旷日持久的房屋拆迁讼争磨炼出无数的“知法者”。这是唯一令人欣慰的。多年来这一领域高喊“于法无据”的声音不辍，您切不可以为那是无知使然，其实是为了谋夺利益的无耻使然。有的机构、部门对规则的轻蔑态度令人深深的失望。如果政府部门不敬畏规则，在我国目前大环境下，对公民利益保护的不确定因素将愈演愈烈。

中国经济时报：近几年，北京城区法院的诉讼案显示出令人关注的特点：一是相当大的数量都与拆迁问题有关；二是集体诉讼较多，动辄十几人、几十人，上百人、上千人的诉讼也不少见，甚至出现建国以来罕见的万人大诉讼；三是这些诉讼大多数不被受理，即使被受理也绝无胜诉的可能。您怎样分析这种现象？

高律师：这是一切对国家抱有责任感的法律工作者的耻辱。一个有希望的社会，国家一定为之预制一种平衡不同利益势力的公器——法律。而当法律一旦丧失固有的逻辑、功能，成为强势利益的走卒，社会危矣！对房屋主的苦苦诉求装聋作哑，用规律性的败诉结果来“棒喝”房屋或土地使用权交易关系中的弱势一方，法院的角色错位于此为甚！这无论如何也不能被说成是为了“稳定”。这种独特现象背后的利益影响不言自明，一些司法机关已由社会公信及利益平衡器变成了为利益集团守利的工具。

中国经济时报：对于涉及危改拆迁的纠纷，听说曾有一种说法：“人大不准讨论，法院不准受理，新闻媒体不准报道”。作为一名法律工作者你如何解释这种做法？

高律师：只有宪法才能用如此“高度”施以这种禁令。这个说法令人不寒而栗！它折射出对依法治国的诉求是何等蔑视。如此，焉能保护一般的个体诉求？！

长期以来，讲真话是需要有所顾忌的　这本身就反映出我们与公民社会的遥远距离。您切不可以为那是一种简单的封建作风，自古无利不起早，奥妙尽在其中。

中国经济时报：由于拆迁引发的文物破坏灾难，行政管理机关能不能承担法律责任?

高律师：在我国，关于文物权益，广义地讲有两方面：一个是其归国家的所有权，一个是惠及人类精神文化生活的文物权益。需要指出的是，在我国，政府行为导致了文物灾难后几乎无承担责任的可能。因为首先是没有一个可供操作的纠举制度，不痛不痒的行政处罚也由他们自己纠举并处理，这就像天方夜谭一样。而任何公民、法人及其他组织对政府的类似违法行为均不得起诉，立法者在制定法律时就以“稳定”的高度特别对此坚决强调。

典型案例呼唤宪法的救济程序

在对高律师就拆迁涉及的上述十个法律问题进行访谈之后，记者还向他描述了采访调查的几个典型案例：

崇文区磁器口东一巷13号70多岁刘凤池，是清帝爱新觉罗氏的后裔、志愿军一级二等伤残军人，拥有138间半私宅，但他的房屋和土地使用权根本得不到应有的承认和补偿，到前些日子为止，他的庞大私产已被强行拆毁剩下一个小院子，尽管他在院墙上刷了“还我产权”的标语，但对拆迁公司不停地侵扰和破坏无济于事。他穿着医院病人服向记者哭诉：“我曾用鲜血和生命保卫我的祖国，但此时我却不能保卫自己的家园，不能阻止我的政府剥夺公民合法的私有财产。”

刘老的邻居——崇文区西马尾胡同20号的李长华，尽管他的窗户被砸烂、院墙被毁、水电被切断，但在屋顶上插着的五星红旗昭示着他捍卫自己权益的坚强决心。在没有签订任何拆迁协议，也没有合法的强制手续的情况下，他被捆绑起来，10多万元人民币现金、部分物品被抢走，家电被砸。他在制止有人偷偷拆刘凤池家的屋瓦时被歹徒用砖头砸破了脑袋。

东城区民安胡同13号的皮树凤反映，他们这一片(民安危改小区三期)开发商在没有拆迁许可证，居民没有见到什么文件、签订任何协议的情况下，就已被夷为平地；位于朝阳门危改小区的新鲜胡同居民受到拆迁公司的暴力侵扰，有的住户上班回家后才发现自己的一间房已被拆了，报警也没有用……

崇文区金鱼池危改小区的居民反映，这个被演绎成话剧《万家灯火》的“样板工程”实际上早就被媒体报道为“豆腐渣工程”，有的承重墙、地板或屋顶是斜的、阳台是歪的，一个76平米左右的房子“硬伤”达十几处之多，而且该小区楼房周围的地基大面积塌陷；东城区海运仓危改小区的居民也反映，有些房屋的质量十分低劣，简直就是危房，欺诈行为严重。他们还不约而同地道出了一个事实，即开发商通过建筑面积的缩水或膨胀大肆搜刮百姓，谋取暴利。

令人关注的是，这些危改小区居民的维权意识普遍较强，尽管他们都知道打官司很难赢，甚至有可能被利用走司法程序强拆，但他们都准备了十分详实的自己被侵权、被损害的证据材料，有政策法律文件汇编，也有厚厚的现场照片集。拥有西城区新街口西校场小二条23号私房的李春明，在中央电视台做摄像工作，他不仅用摄像机将自己的房屋、财物被强拆、强迁的过程以专业水平准确、细致地记录下来，而且还帮助同遭此劫难的其他人把这些“罪状”一一形象保留。他们相信像这样大规模侵犯公民基本权利的行为总有一天会受到法律的清算。

“高律师，有时我一闭眼睛，脑海里就浮现出那些被采访居民悲苦的泪眼、哭诉无门的身影以及一提起危改就惶恐不安的神情。”记者忍不住这样表达心中的不安和焦虑。

高律师总结指出：这一切问题的主要症结是宪法的权威、宪法的审查制度及其司法保障作用缺位。

当前，许多政府部门认为自己有至高无上的权力，法律只是一件华丽的衣服，用时即穿，不用时即扔。将国家法律授予的权力、自己授予自己的权力、有时甚至是为了谋夺他人的法律权利而授予自己的权力，用来寻租谋利。《宪法》及《立法法》等法律规范都没有给自己设立有效的救济程序，不能遏制行政“执法”领域中违反上位法、规章的现象，这样何以保护一般个体的权利。

因此我建议：

一、设立专门的机构，赋予其对违宪行为的审查权。审查的对象包括一切国家机关、政党、社会团体、企事业单位、个人所实施的行为，该程序的启动者可以是一切社会组织和个人。

二、抽象性行政行为纳入行政诉讼法调整的范围之中，以保证违法的行政规范能够及时得以撤销，社会个体的权利能够及时得到救济。可以将诉讼权利的实现权授予全体社会个体，即违法的行政规范无论是否侵害了社会个体利益，只要社会个体有理由认为该行政规范的存在侵犯了国家的法律秩序，就可以启动诉讼程序。

7月29日先生致信李源潮，再次对常州文物保护中出现的相关问题提出意见。该信收录于《谢辰生先生往来书札》。

读三月六日来函收悉，我写了一帧小字奉上，不知能用否？我不会写字，所以写了两份，请选择使用那一个吧。因为这事就不写了，有些事老专家文章中一定会写到的，我就不必重复了。

此致

敬礼！

辰生 六·六

凌云同志：

来函收悉。我写了几个字，寄上，不知能用否？我不会写字，所以写了两份，请您考虑用哪一个吧。

回忆文章就不写了，有些事在老麦文章中一定会写到的，我就不必重复了。

此致

敬礼！

辰生

六【月】六【日】

编者注：

此信写于2003年。书致西汉南越王墓博物馆副馆长吴凌云。

先生为南越王墓发掘二十周年题词：“考古精华，功垂赤县。”

老麦，麦英豪，曾任广州市博物馆名誉馆长，参与了西汉南越王墓的发掘考古工作。

祖年同志并

雪雅同志：手书敬悉，大作已拜读，感人至深，对比

阮安为之慨叹。书中提及一些人物多为熟人，如王益、

冰岩、载之、保之、夏公、梅益等，因而更感亲切。

康有为故居文物局明确通知不同意拆迁适园了，我

仍坚持贵馆需另选址，依此说新的文物亦不可行

移交广场也，责属两不利了，您当有落实以来拭

目以待。我已将意见再次上告深圳同志矣

转告过人，请为印拆，如之印波

敬礼！

谢辰生

元月十七日

祖年同志并雪雍同志：

手书敬悉。大作已拜读，感人至深，对比现实，为之慨然。书中提及一些人物多为熟人，如王益、冰岩、戴文葆、夏公、梅益等，因而更感亲切。

屠寄故居，文物局明确通知不得拆迁。近园事，我仍坚持宾馆需另选址，在此既影响文物，亦不可能发展也，实属两不利。事态如何发展，只好拭目以待。我已将意见再次函告源潮同志矣。

酷暑逼人，诸希珍摄。匆匆。即致

敬礼！

谢辰生上

八月十七日

编者注：

写于2003年。书致顾雪雍、顾祖年父子。

顾氏父子赠送先生顾雪雍著《恽逸群》一书，恽氏为顾雪雍舅父。

王益，出版家。曾任新华书店总店总经理，文化部出版事业管理局局长，国家出版事业管理局副局长。

谢冰岩，曾任新华社总社第一任秘书长、新闻总署办公厅副主任、出版总署出版局副局长、文化部计划财务司司长、社会文化事业管理局副局长、中国社会科学院新闻研究所副所长。

夏衍，曾任文化部副部长、中国文联副主席。

戴文葆，曾在人民出版社、世界知识出版社、中华书局、文物出版社、三联书店担任编辑工作。

梅益，曾任中央广播事业局局长、中国社会科学院副院长、中国大百科全书出版社社长。

近园，又名恽家花园。宿爱云《常州历史文化名人故居保护与开发利用研究》："恽思瓒故居，位于现在的常州大酒店，早已在推土机下变成了一堆废墟。而屠寄故居，屠寄在此完成了他的中外历史名著《蒙兀儿史记》，是常州为数极少，保存体量、格局基本完整的名人故居。但为了中医院的扩建，现已将其全部拆除，移建到远离市中心的薛家镇政府广场。"

先生致江苏省委书记李源潮书，写于2003年7月29日。详见《谢辰生先生往来书札》。

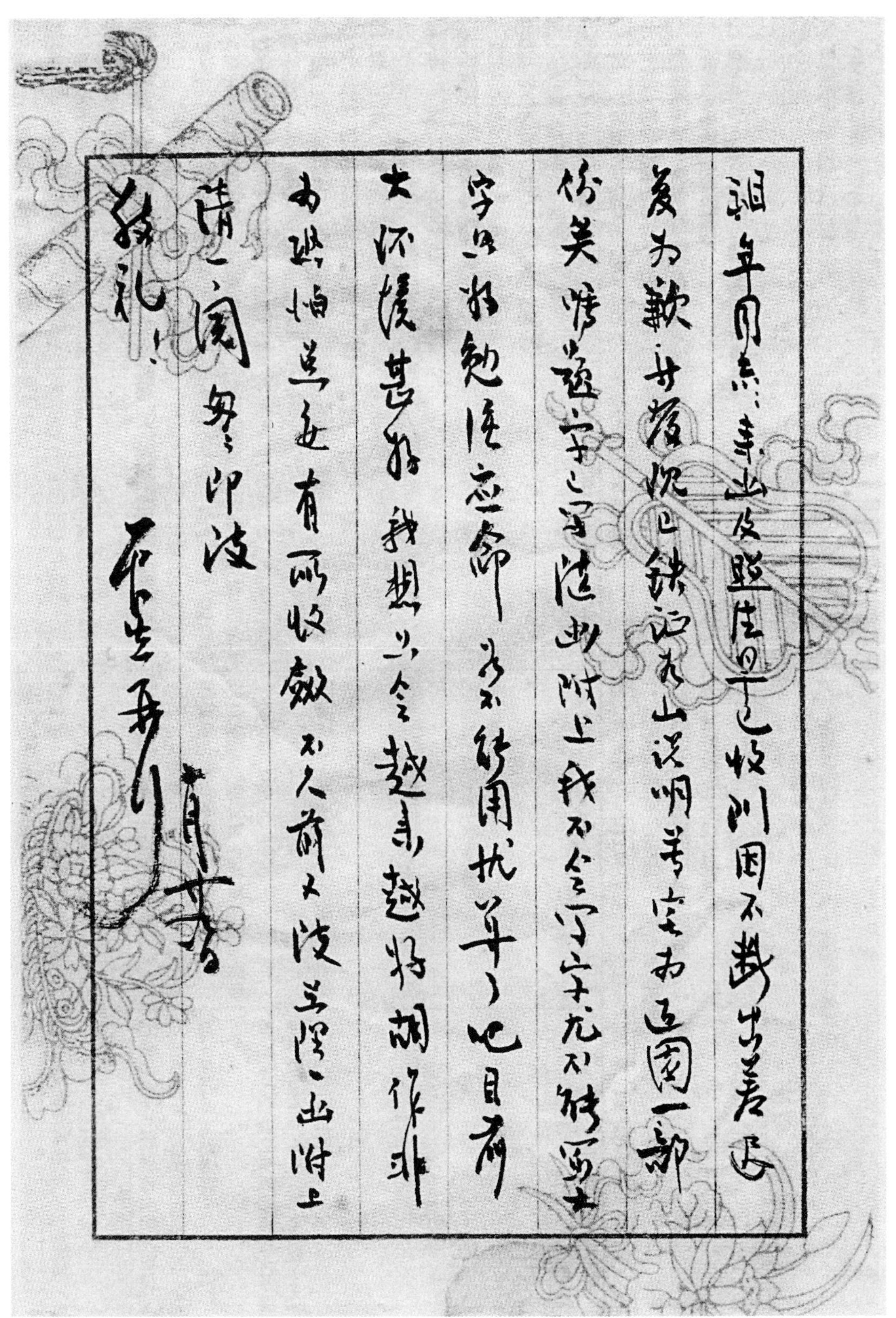

祖年同志：来函及题笺早已收到，因不想出名，是以迟
复为歉。并发现已铁证为山说明某实为这图一部
份美术佳题字，字字写法随此附上。我不会写字，尤不能写大
字，只好勉强应命。我不能用把笔了，也且有
大作读后甚好，我想只会越来越好，调作非
为难怕是要有所收敛，不久前又读其隐逸附上
请阅，另印件读
敬礼！
辰生手上

祖年同志：

来函及照片早已收到，因不断出差，迟复为歉。

新发现已铁证如山，说明尊宅为近园一部分矣。

嘱题字已写，随函附上。我不会写字，尤不能写大字，只好勉强应命，如不能用，就算了吧。

目前大环境甚好，我想只会越来越好，胡作非为恐怕总要有所收敛。不久前又致总理一函，附上请一阅。匆匆。即致

敬礼！

辰生再拜

十月廿九日

编者注：

写于2003年。书致顾祖年。

致总理一函，详见《谢辰生先生往来书札》2003年8月24日致温家宝、胡锦涛书信。

2010年11月26日，陈晶致信编者，回忆了先生参与近园保护的情况：

上世纪90年代后期，常州市加快城市建设，许许多多文化踪迹被涤荡。谢公严肃地指责了这种破坏历史文化的“败家子”行为。2002年常州唯一的一座被列为省级重点文物保护的古典园林——近园，将被改制为私企的常州宾馆侵吞，并还将拆除紧靠古典园林保护范围内的古宅，常州市退休的文管会人员及有识之士，向上级要求保护制止，谏而未果，写信向年事已高的国家文物局谢辰生顾问反映。谢公刚从外地返京，到家已是午夜，看信后不顾疲乏，立即打电话给反映情况的当事人，表明他当尽一切可能保护这座古典园林，并提出不准宾馆占有，要还园林于民、保护性地对民众开放。据我所知，为此事他一直找到已由江苏调至中央的李源潮部长才得以解决。

维诚同志并转

刘淇同志：您好！非常感谢五一前夕市人大常委会约我参加讨论《北京历史文化名城保护条例》的座谈会。这是我看到的第三稿，前两稿我都认真研读过并提过一些意见。我认为条例第三稿所确定的指导思想和原则都是正确的。而且条理清楚，文字简洁通顺，较之前两稿有很大改进。但是在内容上删掉很多，显得虚了些。缺乏可操作性，这就削弱了保护力度。我完全赞成目前办不到甚至可能产生负面影响的内容应当删去。例如二稿第三十四条规定第三款对个人承担修缮费有困难的，可向政府申请补助。另外在国际上大都有类似规定，但从目前我国实际情况出发则很难办到甚至可能产生负面影响。删掉这一款是非常正确的。但有些已删内容不仅非常需要而且完全可以办到，亦无任何负面影响，还是恢复为好。三稿第二十三条规定：旧城保护应当坚持整体保护的原则，对北京名城保护来说，这是一个极为重要的原则。为何要把这个原则落实到具体的要求和措施，才能落到实处，否则就会使这个规定完全落空。一稿第二十三、二十四条分别对中轴线和皇城提出了具体保护要求，第四十七条以下款对四合院和其它建筑也有明确的标准和具体的保护措施，所有这些都是实现整体保护的具体保证。在三稿中统统被删掉了。我建议这些内容最好还是恢复，否则整体保护就很难落实。对二稿的修改和补充意见我在市人大常委会的座谈会上已经谈过了，现再写成书面意见随函附上，仅供参考，在此不再赘述。

最近在社会上流传着一种说法，认为当前一方面有一些专家强烈要求保护历史文化名城，另一方面一些居住在大杂院的老百姓又强烈要求危改改善居住生活条件，这两种矛盾的不同声音使领导决策感到有些为难。甚至有人认为正是专家过份强调保护而影响了危改，也就影响了老百姓改善居住生活条件。这种观点我是很难苟同的。我认为，保护名城与危改提高群众居住生活条件，是两项性质根本不同的任务。二者不存在必然的矛盾，前者丝毫不排斥后者，后者也丝毫不排斥前者，二者是完全可以统一的。把二者完全对立起来的观点是不正确的。据我了解专家们强调保护古都的格局和风貌，并没有任何专家因此而反对危改，大家强烈反对的不是危改而是反对在古城内由开发商为主导采取推平头盖高楼这种不适当的危改方式。因为这种危改方式严重地破坏了古都的格局和风貌。具体到四合院，专家们也没有人说过所有的四合院都不能拆，更没人说过连不许拆破破烂烂的大杂院也置改善居民生活条件于不顾。大家强烈要求保护的是依法确定的国家保护的文物保护单位和四合院中具有文物价值的部分，如孟端胡同四十五号和[illegible]线胡同六号，这些四合院住的都是经济条件很好的，既不需要危改，也不存在改善群众生活条件的问题，是理应保护的。强调保护它怎么会妨碍危改，影响改善居民生活条件呢？在旧城区的确有很多群众住在危房，条件很不好，亟待改善。这是五十年来逐渐积累而形成的，专家呼吁保护名城无论是几年来危改是有成绩的，使部分群众居住条件得到明显改善，但同时也使部分群众利益受到了损害。正是由于不适当的危改方式带来了成千上万的人不断上访，上访人群中可能有极少数个别人有问题，但大多数是确有困难而非无理取闹的刁民，特别是弱势群体中有的人处境很修。以上为本世纪目前首先要在多方面解决的这部分人的问题。如果继续推行这种方式，就会对于许多传统文化的继承、发展，会给政府带来更多的困难和压力。以上情况说明专家与群众的声音并不是矛盾的，二者共同的对立面就是不适当的危改方式（原来一切矛盾都是这种危改方式造成的）。事实上，许多上述存在着第三种声音，即代表这种不适当危改方式的声音，并以代表群众利益的面貌出现。有的开发商甚至发表文章，公然说：如果不对旧城"强暴"，就不可能改善人民的生活。"活着的人不是为死去的文化生活。"几年来他们正是这样做的。既"强暴"了（所谓）我们的祖国历史文化遗产，又"强暴"了活着的广大居民、弱势群体和老百姓。正是这种声音把保护名城与危改对立起来，也正是这种声音把专家和群众对立起来，而造成这种印象的即是不适当的危改方式所制造的舆论。这种声音是与宪法、法律相对立的，也是与中央和市政府意见相对立的，因而也是完全错误的，是极其有害的。还是刘淇同志说的好："旧城内不允许成片推平头盖楼房，对此态度要坚决，措施要果断。"这就从根本上否定了这种不适当的危改方式。我强烈的请求刘淇同志继续坚持这个意见，作为市委市政府的决策予以落实，并写进《北京市历史文化名城保护条例》，用法规的形式固定下来，以供遵循。

保护名城与危改是完全可以统一的，关键是采取什么危改方式。去年我曾参加过崇文区关于前门地区的危改方案论证，方案设计很精彩，是一个保护与危改两全的方案，与会专家一致充分肯定了这个方案。后来听说没有采用，而是采用了一个日本人的方案。日本人的方案我也见过，是完全脱离中国传统的建筑形式，加上了许多玻璃幕墙，与古都风貌太不协调了，不知是否以后修改过，我们很多专家都对此不太理解。为了肯定我又请建筑创作家潘上看到由黄匠、王明贤写的一篇题为《保护、整治、发展》的文章，就是介绍前门危改区规划设计调研及方案。文章的观点和思路非常好，完全解决了保护与危改的统一问题。如果采用了此方案，崇文的可能会收到双赢的效果。据朋友介绍说，方案设计者曾在规划区内每家每户进行了访问，征求每个独立户的意见，然后才设计的，下了很大功夫，因而在设计中对拆迁和群体的要求都有了较好的解决办法。这种作风实在值得肯定。如果照此方案实施，可能就不会再发生因拆迁而上访的情况了。这也说明，保护与危改，在根本上不存在不可调和的矛盾问题，是完全可以解决的。

自去年四月份市委会议作出保护旧城区的决策之后，拆除四合院的危改活动除因非典中断一段时间以外，几乎没有停止过。皇城地区的南长街西侧半条街已夷为平地，据说是什么保密工程。南长街不是又盖高楼大厦，东四南小街西侧，东四以南地区除修地铁出口是公共利益所有必要之外，其它大片地区也是只剩车辆之大片四合院被拆除，几座大楼已经拔地而起，东城这一地段是旧城区十分重要的地段，如此大拆与保护控制不是完全背道而驰了吗？针对以上情况，特再向市政府紧急呼吁，提出以下两点建议：

一、目前旧城区的面貌与一年前已经有很大变化，如果再继续发展下去，实在不堪设想。因此，建议在前三门以北（中轴线以北），德胜门以南，东单、东四以西，西单西四以东以北范围内，要采取果断措施，立即停止继续进行成片拆平头盖楼房的建设活动。

（二）据说修编方案打算于上半年中上报国务院，为避免保护条例不久也要出台，建议在修编方案和条例出台以前，除首规委在上述范围内不再批新的项目之外，对于过去已批准的但尚未动工的大型建设项目也应暂时停止实施，待修编方案和条例出台后，根据新的总体规划和保护条例的要求重新安排或调整。

以上意见所谈是否有不妥之处请批评指正。真理是愈辩愈明的。今年春节后，正月初曾专函表示要找时间面晤，我们一些人的意见，之后又听市里的同志说，刘淇同志和欧阳同志要找一些人座谈一次，大概因市领导同志工作太忙，迄未落实，我们还是仍盼这一时刻能够早日到来。

此致

敬礼！

谢辰生

一月九日

维城同志并转刘淇、岐山同志：

您好！非常感谢五一前夕市人大常委会约我参加讨论《北京历史文化名城保护条例》的座谈会。这是我看到的第三稿，前两稿我都认真拜读过，并提过一些意见。我认为，《条例》第三稿所确定的指导思想和原则都是正确的。而且条理清楚，文字简洁通顺，较之前两稿有很大的改进。但是在内容上删掉很多，显得“虚”了些，缺乏可操作性，这就削弱了保护力度。我完全赞成目前办不到甚至可能产生负面影响的内容应当删去。例如二稿第三十四条规定第三款：私人承担修缮费有困难的，可向政府申请补助。虽然在国际上大都有类似规定，但从目前我国实际情况出发，则很难办到，甚至可能产生负面影响。删掉这一款是非常正确的。但有些已删内容不仅非常需要，而且完全可以办到，亦无任何负面影响，还是恢复为好。三稿第二十一条规定“旧城保护应当坚持整体保护的原则”，对北京名城保护来说，这是一个极为重要的原则。如何贯彻这个原则，需要有更具体的要求和措施，才能落到实处，否则就会使这个规定完全落空。一稿第二十三、二十四条分别对中轴线和皇城提出了具体保护要求，第四十七条（一）、（三）款对四合院和其它建筑也有明确的标准和具体的保护措施，所有这些都是实现“整体保护”的具体保证。在三稿中统统被删去了。我建议这些内容最好还是恢复，否则“整体保护”就很难落实。对三稿的修改和补充意见，我在市人大常委会的座谈会上已经谈过了，现再写成书面意见随函附上仅供参考，在此不再赘述。

最近在社会上流传着一种说法，认为当前一方面有一些专家强烈要求保护历史文化名城；另一方面一些居住在大杂院的老百姓又强烈要求危改改善居住生活条件，这两种矛盾的不同声音使领导决策感到有些为难。甚至有人认为正是专家“过分”强调保护而影响了危改，也就影响了基层老百姓改善居住生活条件。这种观点我是很难苟同的。我认为，保护名城与危改提高群众居住生活条件，是两项性质根本不同的任务。二者不存在必然的矛盾，前者丝毫不排斥后者，后者也丝毫不排斥前者，二者是完全可以统一的。把二者完全对立起来的观点是不正确的。据我了解，专家们强调保护古都的格局和风貌，并没有任何专家因此而反对危改。大家强烈反对的不是危改，而是反对在古城内由开发商为主导采取“推平头、盖高楼”这种不适当的危改方式。因为这种危改方式严重地破坏了古都的格局和风貌。具体到四合院，专家们也没有人说过所有四合院都不能拆，更没人说过不许拆破破烂烂的大杂院，而置改善居民生活条件于不顾。大家强烈要求保护的是依法确定由国家保护的文物保护单位和四合院中具有文物价值的精品。如孟端胡同四十五号和麻线胡同二号，这些四合院住的都是领导同志，条件很好，既不需要危改，也不存在改善群众生活条件的问题，是理应保护的。强调保护它怎么会妨碍危改、影响改善居民生活条件呢？在旧城区的确有很多群众住在危房，条件很差，亟待改善，这是五十年来逐渐积累而形成的，这与专家呼吁保护名城无关。几年来危改是有成绩的，使部分群众居住条件得到明显改善，但同时也使部分群众利益受到了损害。正是由于不适当的危改方式带来了成千上万的人不断上访，上访人群中可能有极少数个别人有问题，但大多数是确有困难，而非无理取闹的“刁民”，特别是弱势群体中有的人处境很惨。以人为本，恐怕目前首先应当妥善解决好这部分人的问题。如果继续推行这种方式，就可能旧债未清又添新债，会给政府带来更多的困难和压力。以上情况说明专家与群众的声音并不是矛盾的，二者共同的对立面恰恰是不适当的危改方式，因为一切矛盾都是这种危改方式造成的。事实上，社会上还存在着第三种声音，即代表这种不适当危改方式的声音，并以代表群众利益的面貌出现。有的开发商老总发表文章公然说：“如果不对旧城‘强暴’，就不可能改善人民的生活。”“活着的人不是为死去的文化生活。”几年来他们正是这样做的，既“强暴”了所谓“死去”的祖国历史文化遗产，又“强暴”了“活着”的基层弱势群体老百姓。正是这种声音把保护名城与危改对立起来，也正是这种声音把专家和群众对立起来，为继续进行那种不适当的危改方式制造舆论。这种声音是与宪法、法律相对立的，也是与中央和市领导意见相对立的，因而是完全错误的，是极其有害的。还是刘淇同志说的好：“旧城内不允许成片推平头、盖楼房，对此态度要坚决，措施要果断。”这就从根本上否定了这种不适当的危改方式。我恳切的请求刘淇同志继续坚持这个意见，作为市委市政府的决策予以落实，并作为一个原则写进《北京历史文化名城保护条例》，用法规的形式固定下来，以便遵循。

保护名城与危改是完全可以统一的，关键是采取什么危改方式。去年我曾参加过崇文区关于前门地区的危改方案论证，方案设计很好，就是一个保护与危改两全的方案，与会专家一致充分肯定了这个方案，后来听说没有采用，而是采用了一个日本人的方案。日本人的方案图纸我也见过，是完全脱离中国传统的，在建筑物上加了许多玻璃罩，这与古都风貌太不协调了，不知是怎么会评选上的，我问了很多专家，都对此不太理解。不久前我又在《建筑创作》杂志上看到由黄汇、王阳署名写的一篇题为《保护、整治、发展》的文章，就是介绍前门危改区规划设计调研及方案，文章的观点和思路非常好，完全解决了保护与危改的统一问题。如果采用这个方案，可能会收到双赢的效果。据朋友介绍说，方案设计者曾在规划区内每家每户进行了访问，征求每个独立户的意见，然后才设计的，下了很大功夫，因而在设计中根据不同群体的要求提出了不同的解决办法。这种作风实在值得肯定。如果照此方案实施，可能就不会再发生因拆迁而上访的情况了。这也说明保护与危改根本不存在不可调和的矛盾，问题是完全可以解决的。

自去年四月九日市委会议作出保护旧城区的决策之后，拆除四合院的危改活动除因“非典”中断一段时间以外，几乎从来没有停止过，地处皇城区的南长街西侧半条街已夷为平地，据说是什么保密工程，幸好还不是盖高楼大厦；东四南小街西侧，东四以南地区除修地铁出口是公共利益很有必要之外，其它大片地区也是吊车林立，大片四合院被拆除，几座大楼已经拔地而起。东城这一地段是旧城区十分重要的地段，如此大拆与“整体保护”原则不是完全背道而驰了吗？针对以上情况，特再向市领导紧急呼吁，提出以下两点建议：

（一）目前旧城区的面貌与一年前已经有很大变化，如果再继续发展下去实在不堪设想。因此，建议在中轴线和前三门以北，德胜门以南，东单东四以西，西单西四以东的范围内，要求采取“果断措施”，立即停止继续进行成片“推平头、盖楼房”的建设活动。

（二）据说《修编方案》九月份即可上报国务院，《名城保护条例》不久也要出台，建议在《修编方案》和《条例》出台以前，首规委在上述范围内不再批新的商业大厦以及其它的大型建设项目。过去已批准的但尚未动工的也应暂时停止实施，待《修编方案》和《条例》出台后，根据新的总体规划和《保护条例》的要求，重新安排或调整。

以上意见盼能考虑，如有不妥亦请批评指正。真理是愈辩愈明的。今年春节，岐山同志曾当面表示要找时间听听我们一些人的意见，之后又听市文物局同志说，刘淇同志和岐山同志要找一些人座谈一次，大概领导同志工作太忙，迄未落实，我们还是伫盼这一时刻能尽快到来。

此致

敬礼！

十月廿九日

辰生再拜

编者注：

书致党和国家领导人，写于2004年。

2005年3月25日，北京市第十二届人民代表大会常务委员会第十九次会议通过《北京历史文化名城保护条例》。

黄汇、王阳撰写的《保护·整治·发展——“北京前门危改区规划设计”调研及方案》一文刊登于《建筑创作》2003年10期。黄汇，金田建筑设计有限公司总建筑师；王阳，金田建筑设计有限公司助理工程师。

关于建立藏传佛教文化整理、研究与保护工程的建议

德平副部长并转

延东部长：

您们好！

我们是工作在文物、历史、宗教、城市规划、民族等系统多年的老同志，现就建立藏传佛教文化整理、研究与保护工程项目，提出我们的一点想法，请您们关心与支持。

今年是西藏自治区成立40周年。我们看到改革开放以来西藏和全国各地一样，取得了举世瞩目的巨大成就，同时也面临着许多新情况、新问题。由西藏雪域高原孕育出来的藏传佛教文化，被许多中外专家视为当今世界上唯一保存的珍稀神秘文化。从文物、文化和艺术的角度对藏传佛教进行多角度的系统研究，揭示其独具特色的文化现象，对于传承和弘扬中华文化至关重要，但是目前这还是一项学术空白，值得特别关注。更应引起重视的是青藏铁路即将开通，在促进西藏现代化进程的同时，也势必会给原生态下的藏传佛教文化带来冲击和影响。因此建立藏传佛教文化整理、研究和保护工程势在必行、刻不容缓。

最近，我们高兴地看到中国文物学会有志担负起这一历史使命，正在积极与民族、宗教等系统的专家、学者联合筹划、启动这项工程。他们计划组织全国多学科的专家对各地

1

的藏传佛教寺院及其文化、艺术（即有形和无形文化遗产）进行全面、系统的科学考察、整理和研究。我们认为该项目对弘扬、保护和传承祖国辉煌的历史文化、促进西藏文化的繁荣和发展，具有重大历史意义和现实意义，也将有力地驳斥国外反华势力散布的“破坏西藏文化”等谬论，对维护祖国统一将产生积极的影响。这是一项功在当代，利在千秋的事业。

据我们了解，该工程的内容包括以下六项预期目标：

1. 对全国 10 个省、自治区的 200 余座藏传佛教重点寺院进行系统的、多学科的考察、资料整理和研究，并提出保护方案；
2. 出版《中国藏传佛教文化大系》120 卷；
3. 建立《中国藏传佛教文化整理、研究与保护》专题网站；
4. 拍摄系列电视专题片；
5. 举办国内、国际学术研讨会；
6. 举办该项目的科研成果展览。

同时，我们也注意到，完成该项目的工作条件异常艰苦，文物资料的整理任务相当繁重，需要大笔经费。考虑到国家财政的困难，现在该项目的筹备人员正在努力动员社会力量，争取解决必要的业务经费。

目前首要的任务是要对全国 10 省的 200 余座寺院进行学

2

术考察、文物资料整理和文物拍摄等工作。开展这些工作，需要统战、宗教 、民族、文物等行政和专业部门的密切合作与支持，才有可能付诸实施。为此，我们恳切希望您能予以支持。如无不妥，盼能批转相关部门，予以大力协助为感。

此致

敬礼

樊錦詩　吕济民　宋木文

郑孝燮　羅哲文　謝辰生

谢凝高　吴良鏞　2005 年 10 月　任继愈

3

建议人名单

王定国：中国文物学会名誉会长。（原中国文物学会会长、学会主要创始人之一）

任继愈：哲学、宗教学专家。中国国家图书馆馆长、北京大学教授、中国社科院研究生院博士导师、中国社科基金宗教组召集人。

吴良镛：建筑学与城市规划专家。中国科学院院士、中国工程院院士、清华大学教授。

郑孝燮：城市建筑与规划专家。全国历史文化名城保护专家委员会副主任。

宋木文：原国家新闻出版署署长、党组书记；中国出版工作者协会名誉主席、中国版权研究会理事长。

罗哲文：古建筑专家、教授级高级工程师。国家文物局古建筑专家组组长、中国文物学会名誉会长兼专家委员会主任委员。

谢辰生：文物专家。国家文物局原顾问、中国文物学会名誉会长。

吕济民：博物馆专家。原国家文物局局长、故宫博物院院长、中国博物馆学会会长。国家文物局博物馆专家组组长。

谢凝高：风景园林专家。北京大学教授、世界遗产研究中心主任、博士生导师。中国风景园林学会副理事长、中国城市规划学会风景环境规划设计学术委员会主任、建设部风景名胜专家顾问、中国人与生物圈国家委员会委员。

1

樊锦诗：文物考古专家、博士生导师。敦煌文物研究院院长、中国敦煌石窟保护基金会副理事长、中国敦煌吐鲁番学会副会长。

2

（正文略）

编者注：

书致党和国家领导人。

2006年1月13日，刘延东圈阅此信。1月17日，国家文物局局长单霁翔做出批示："请张柏、保华、明康同志阅示。来函所提六项目标涉及我局各司工作，建议请博物馆司会同文保司研究提出意见，征求专家意见后，报统战部并延东副主席。"

建敏同志：您好！不久前在国务院讨论遗产的会议上我曾建议起草文件时最好多注意有针对性和可操作性，为此我曾向有关部门提出一些具体意见，是否被采纳不得而知。最近再三考虑感到非常重要的两点最好能吸收到文件中去，特再向您反映：一是目前遗产保护存在最突出的问题就是法人违法有法不依，违法不究，因此建议文件中一定要阐明各级执法依法行政的单位和个人都无权作出与法律相抵触的决定。各级文物行政管理部门有权抵制和制止违反法律的决定和行为。

并及时向上级反映，直至依法提起诉讼。文物行政部门不作为有问题不及时不处理造成文物损失的要追究责任，严肃处理。这样既对文物行政部门给予了支持又提出了严格的要求。有利于依法行政。

二是关于历史文化名城保护问题。目前名城保护问题很多而且非常严重。建议名城保护条例能够尽快出台。二〇〇二年新修订的文物法有关名城保护条款中又增加了要保护村庄、城镇的内容这是对遗产保护理念上的又一新发展。目前国际上对保护濒危建筑文化遗产也十分关注，当前我国名城保护突出问题较多，但在祖国大地有价值的村镇还有不少保存完好。因此，我们要吸取在城市危房改造中破坏名城的经验教训，在今后城镇化的过程中要注意保护好乡村名镇。不久前中央政治局第二十五次集体学习时，锦涛同志在关于坚持走中国特色的城镇化道路的讲话中指出，"一定要坚持保护环境和保护资源的基本国策，切实保护好生态环境和历史文化环境"，并且强调"必须以规划为依据"。这个精神对保护名村名镇极为重要，建议把锦涛同志的讲话精神写入文件中去，可否在名城保护条例中加一段话：

"在推进中国特色的城镇化进程中，一定要坚持保护环境和保护资源的基本国策，切实保护好生态环境和历史文化环境，把保护优秀的乡土建筑文化遗产作为城镇化发展战略的一个内容，纳入到全国城镇体系规划、城市总体规划、村庄和集镇规划之中去。"如果文件中能加上这段内容，对今后城镇化中保护名村名镇将会起到巨大的作用。以上意见仅供参考，请予考虑为感。此致

敬礼！

谢辰生谨上

廿[illegible]日

建敏同志：

您好！

不久前在国务院讨论遗产日的会议上，我曾建议起草文件时最好能有针对性和可操作性。事后我曾向有关部门提过一些具体意见，是否被采纳不得而知。最近再三考虑，感到非常重要的两点，最好能吸收到文件当中去，特再向您反映：

一是当前遗产保护存在最突出的问题就是法人违法，有法不依，违法不究。因此建议文件中一定要强调严格执法，依法行政，任何单位和个人都无权作出与法律相抵触的决定。各级文物行政管理部门有权抵制和制止违反法律的决定和行为，并及时向上级反映，直至依法提起诉讼。文物行政部门不作为，有问题不反映不处理，造成文物损失的要追究责任，严肃处理。这样既对文物行政部门给予了支持，又提出了严格的要求，有利于依法行政。

二是关于历史文化名城保护问题。目前名城保护问题很多，而且非常严重。建议名城保护条例能尽快出台。2002年新修订的《文物法》有关名城保护条款中，又增加了要保护村庄、城镇的内容，这是对遗产保护理念上的又一新发展。目前国际上对保护乡土建筑文化遗产也十分关注。当前我国名城保护虽然问题较多，但在祖国大地有价值的村镇还有不少保存完整。因此，我们应吸取在城市危房改造中破坏名城的经验教训，在今后城镇化的过程中，要注意保护好名村名镇。不久前，中央政治局第二十五次集体学习时，锦涛同志在关于坚持走中国特色的城镇化道路的讲话中指出："一定要坚持保护环境和保护资源的基本国策"，"切实保护好生态环境和历史文化环境"。并且强调："必须以规划为依据。"这个精神，对保护名村名镇极为重要。建议把锦涛同志的讲话精神写到文件中去，可否在名城保护条款中加一段话："在发展中国特色的城镇化进程中，一定要坚持保护环境和保护资源的基本国策，切实保护好生态环境和历史文化环境，把保护优秀的乡土建筑文化遗产作为城镇化发展战略的一个内容，纳入到全国城镇体系规划、城市总体规划、村庄和集镇规划当中去。"如果文件中能加上这段内容，对今后城镇化中保护名村名镇将会起到巨大的作用。

以上意见仅供参考，请予考虑为感。此致

敬礼！

谢辰生谨上

十一月廿三日

编者注：

书致党和国家领导人，写于2005年。

家宝同志：您好！据闻近日内国务院即将讨论第六批全国重点文物保护单位名单，殊为欣慰，甚盼能顺利通过。对于文物保护单位的确定的标准历来存在着不同的看法，随之附上几年前针对第五批名单讨论时一些看法我写的意见，仅供您参考。因为在讨论推荐第六批名单的座谈会上又种种看法仍一不改，而对有些意见，分歧很大，我意名单不是"光荣榜"，而是历史的见证，真实可靠的实物史料，因此确定文物是否能够入选主要取决于它的价值，而不是政治上是否进步或反动。所以搞档案、现代文物比较敏感，不宜多选的观点我是不赞成的。许多档案及现代文物极易忽略，如不重视，很快就会消失，很需要抢救。这与非物质文化遗产需要抢救的道理是一致的，也是与保护为主、抢救第一、合理利用、加强管理的方针是一致的。匆匆顺致

敬礼！

谢辰生 谨

廿六日

家宝同志：

您好！据闻近日内国务院即将讨论第六批全国重点文物保护单位名单，极为欣慰，甚盼能顺利通过。

对于文物保护单位的确定的标准，历来存在着不同的看法，现随函附上几年前针对第五批名单讨论时一些看法我写的意见，仅供您参考。因为在讨论推荐第六批名单的座谈会上，各种看法仍不一致，而对有些文物分歧很大，我意名单不是“光荣榜”，而是历史的见证，真实可靠的实物史料。因此确定其是否能够入选主要取决于它的价值，而不是政治上是否进步或反动。所以，强调近现代文物比较敏感不宜多选的观点我是不赞成的。恰恰相反，近现【代】文物极易忽略，如不重视，很快就会消失，很需要抢救，这与非物质文化遗产需要抢救的道理是一致的。也是与“保护为主、抢救第一、合理利用、加强管理”的方针是一致的。匆匆。即致

敬礼！

谢辰生谨上

三月廿六日

编者注：

书致党和国家领导人，写于2006年。

随函附有先生撰写的《对怎样认识文物价值的一点看法》，全文如下：

国务院公布第五批全国重点文物保护单位518处，是当前文物工作的一件大事，无疑将对进一步加强文物的保护和管理起到重要的推动作用。

公布文物保护单位是文物工作的一项非常重要的基础工作。没有这个基础工作，对不可移动文物的保护管理是很难进行的。今后，文物保护单位还是要一批一批地陆续公布下去的，这是因为文物普查是一个需要不断反复进行的工作，在普查和复查过程中，以及配合基本建设进行考古发掘的过程中，还将会不断有新的发现。其中可能有很多是有重大价值的，应该积极加以保护。另一方面就是我们对文物的认识也在不断深化，过去考虑更多的是古遗址、古墓葬、古建筑、石刻等等，但是随着我们认识的深化，文物保护单位应该不仅仅只包括这些。从时代上来说，过去的认识仿佛什么都是越古越好，对近现代就注意不够，在近现代又是重点选择革命文物，而忽视了其他方面。事实上，近现代是一个很重要的历史阶段。因为近一百多年来的近代史是中华民族经历的一个巨大历史变革的时代。近代史是中华民族灾难深重的一百年，也是中华民族觉醒的一百年，这是两方面的。既是屈辱的一百年，也是为了独立解放奋起斗争的一百年，表现了中华儿女不屈不挠的民族精神，那么这一个历史阶段中有多少可歌可泣的历史事实就是物化在文物之中，所以这段历史不能忽视、不能弱化，而是应该强化的。文物是历史的见证，它具有“百闻不如一见”的真实性，最有说服力、最有感染力。文物说明历史、弘扬文化，都是别的教育手段所不可代替的。所以必须加强这方面的工作，从第三批到第四批，公布全国重点文物保护单位就增加了这方面的内容。比如过去主要是选择革命的，后来也逐渐增加了像中美合作所、上饶集中营等。这些地方虽说是反动派残酷迫害共产党人的地方，是罪证，同时也是无数的

革命先烈抛洒热血、奋斗牺牲的见证。这是具有双重意义的。这就要我们能以辩证法的眼光来看。不论是正面的还是反面的东西都具有它各自的价值，根本问题是用什么样的立场观点来了解它、分析它、宣传它。只要我们能正确地运用马克思主义的立场、观点和方法对待文物，就可以“变毒草为肥料”、“化腐朽为神奇”。所以重视“反面教员”的作用也很重要。在文物工作中，不能说反面的就不保护；当然这也不是说要把它抬到不应有的位置上。但必要的、典型的，我们一定要保护，因为它是历史。真善美与假恶丑是相比较而存在、相斗争而发展的，没有比较就没有鉴别，完全排斥反面教材的观点，不是马克思主义的观点。有时反面教材能给人们以更深刻的教育。从这样的认识出发，文物保护单位增加近现代的内容是十分必要的，而且在内容上也应当包括各个方面。因为不同内容的文物，可以从不同侧面真实地反映这一段历史的发展历程。这对于我们教育后一代，对于后代了解过去，了解我们近百年来屈辱的历史、先烈的斗争精神，进行革命传统教育、爱国主义教育，特别是国情教育，是最重要的，也是最直接的，最有说服力的。最近在革命博物馆展出的《肩负人民的希望》在社会上引起的强烈反响，就是很好的证明。

另外，对于文物保护单位选择的标准，有个怎样认识文物的问题。文物是一个包括内容十分广泛的概念。它的价值不仅仅是考古的价值，也不仅仅是古建筑的价值，文物的价值还有更广泛的意义。有些虽然列入了古墓葬或古建筑的分类中，但它既不是考古发掘的对象，也不是古建筑的突出代表，但还是要保护。为什么？因为有它特定的含义。它反映了社会、历史的一个方面，对于教育后代有一定作用。所以对于文物概念的认识，思路上要放宽，不要狭窄。比如黄帝陵，如果单纯从考古的角度去进行发掘，那就把这个保护单位给毁了。我有一个观点：现在搞“假古董”绝对要不得，但是历史上形成的一些东西，尽管它是假的，但它又是真的。所谓假，是指它不是真正的那位黄帝的陵寝；所谓真，就是说从汉武帝开始就认定了这里，而且在认定时也是有其政治意图的。到今天，炎黄子孙遍布全世界，黄帝陵一年有不计其数的人来朝拜，也就是说，炎黄子孙有这样一个“祖地”，具有极大的凝聚力和号召力。如果书生气十足地来认识，否定它，就把中华民族历史形成的凝聚力破坏了。又如，北京历代帝王庙是被列入古建筑类的。但是它的价值绝不能只局限于是一组与故宫同等规格气势宏伟布局谨严的古建筑。正如不久前许伟同志在一篇文章中所说的，“体现我国统一多民族国家一脉相承历史特点的历代帝王庙祭祀体系是它的首要价值”。明清两代的帝王庙都始终把伏羲炎黄摆在主体大殿最为显赫的位置上，作为满族的雍正皇帝在三皇神位前行大礼三上香，乾隆更是强调要“上自羲轩，下至胜国”形成系列，要体现“中华统绪，不绝为线”，一脉相承。这也表明，伏羲炎黄是整个中华民族共同祖先的地位，已经早得到活动在中国境内各族人民的认同了。如果单纯地从古建筑本身进行研究，是不会涉及到这些内容的。而这一点恰恰是帝王庙除了古建筑价值以外还具有另一种重要的价值。文物工作不能拘泥于仅仅是考古、仅仅是古建筑等等，还要从宏观上，全面地来看待它、认识它。文物是特定的东西，它本身是物质的，所起的作用却是精神的。它有自己特定的内涵、表现形式、管理方法等，需要进行综合研究。任何一件文物所蕴含的历史信息都不会是单一的，而是多方面的。因而每件具体文物都往往具有多重价值。这就决定了人们对文物价值的认识也不是一次完成的，而是随着社会的发展，各种条件的变化，以及人们科学文化水平的不断提高而不断深化的。文物的科学研究，涉及到社会科学、自然科学、工程技术科学等领域的各种学科，需要广泛地采用多学科的研究方法和手段对文物进行综合研究，只有这样才能从深度和广度上，揭示其蕴含的全部历史信息，从而对文物的综合价值作出全面的评价。选择文物保护单位的具体标准，也不应该是一成不变的，而是应当随着人们认识的变化而变化。我认为文物学是一门学问，必须建立。我坚决反对那种否定文物学、轻视文物学的观点。“文化遗产学”不能代替文物学。

2006年7月5日，国务院办公厅秘书局复函先生：

您3月26日给温家宝总理的来信收悉。对您的来信，温家宝总理十分重视，作出了重要批示。文化部、文物局对您提出的意见进行了认真研究，提出了具体意见。遵照温家宝总理批示，现将有关情况函复如下：

您在信中提出，确定入选全国重点文物保护单位主要取决于它的价值而不是政治上是否进步或反动。对此意见，文化部、国家文物局认为，评选全国重点文物保护单位不应只注重文物保护单位在政治上是否进步或反动，而应更侧重考虑文物保护单位在历史阶段的重要价值，使其能够从不同侧面真实地反映历史的发展历程。对那些在中国近现代史上有过重要影响的历史人物、事件的遗迹、遗物都应予以保护。因此在第六批全国重点文物保护单位评选中，尤其注重近现代重要史迹和代表性建筑的评审工作，共有206处近现代遗迹及代表性建筑入选。但从实际情况看，目前还有一批在中国近现代史上起过重要作用、有过重要影响的历史人物、事件的遗迹尚未列入全国重点文物保护单位。国家文物局将在今后的全国重点文物保护单位评选工作中，对有关评审工作给予更多关注，并积极协调有关部门做好相关工作。

感谢您对国家文博事业的关心，期待您继续提出宝贵的意见和建议。

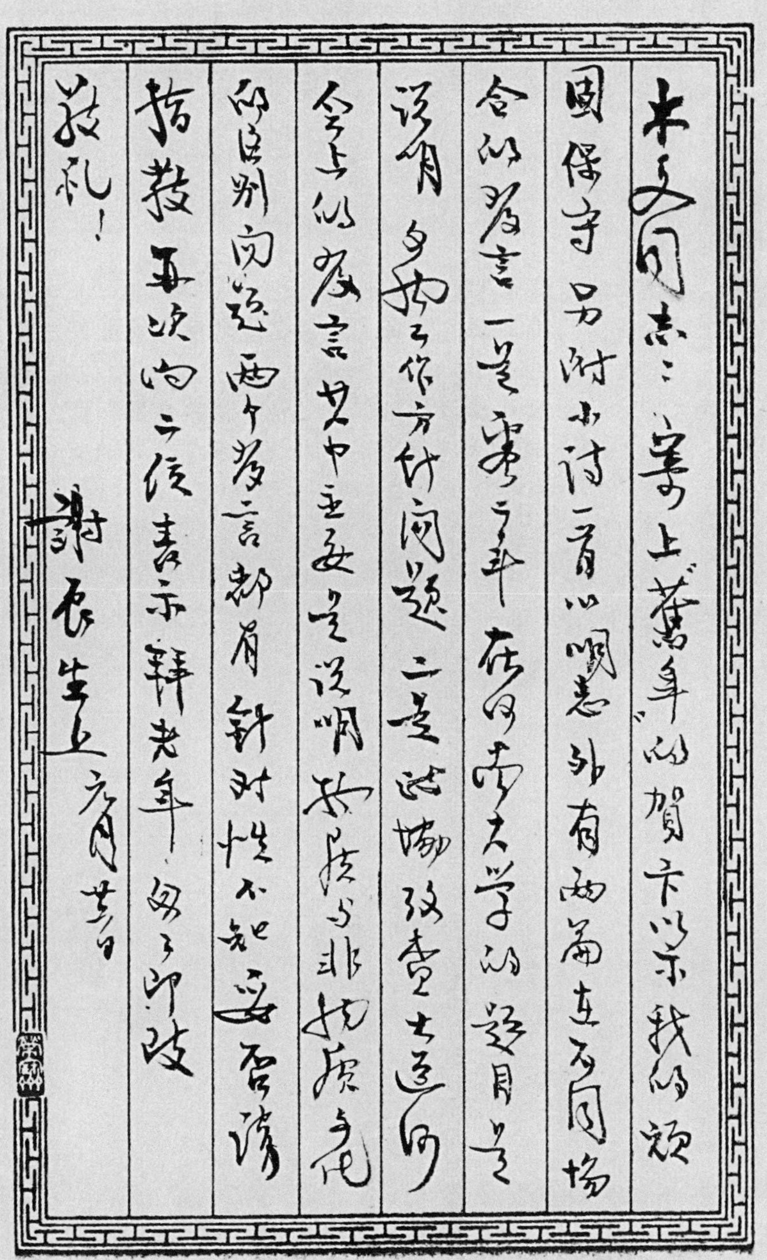

米文同志：

寄上贺年的贺卡以示我们祝国保守。另附小诗一首以明志。外有两篇在不同协会的发言，一是雷锋年在何香大学的题目是谈有多种工作方针问题，二是在协改变去选的会上的发言，其中主要是说明书法与非书法之的区别问题。两个发言都有针对性，不知妥否，请指教。再次向之傍表示拜老年，乞予印改。

敬礼！

谢辰生上 元月廿日

木文同志：

寄上“旧年”的贺卡，以示我的顽固保守，另附小诗一首，以明志。外有两篇在不同场合的发言：一是零二年在河南大学的，题目是说明文物工作方针问题；二是政协考查大运河会上的发言，其中主要是说明物质与非物质文化的区别问题。两个发言都有针对性，不知妥否？请指教。再次向二位表示拜老年。匆匆。即致

敬礼！

谢辰生上

元月廿六日

编者注：

写于2008年。书致原新闻出版总署署长宋木文。

所附诗为《七律》（读《参考消息》载《中国发展须破除腐败铁三角》有感），作于2007年，详见《谢辰生先生往来书札》（下册）。

2002年在河南大学古建筑园林设计研究院成立大会上的发言，名为《当前我国文物工作的方针》。2006年5月，在政协考察大运河会上的发言，名为《在“京杭大运河保护与申遗杭州研讨会”上的发言》，收入《谢辰生文博文集》。

锦涛
家宝同志：您好！前接总后来函，得悉您对我们一些老同志呼吁对部队文物保护工作进行立法的建议作了重要批示，深为感动，仅向您表示由衷的感谢。此项工作如能早日落实，将成为我国文化遗产保护工作的一个新的里程碑，其意义是非常重要而深远的。

我现在给您写的这封信，是我有生以来第一次向组织、领导请求解决我的个人问题。事情是，我不久前（七月份）又作了第四次癌症手术，[illegible]日进行复查，昨天去看结果，癌瘤已经转移到肺部，而且是多发性的。当时大夫对我说，从片子上看肺上的病灶是转移还是原发的他没把握，建我去我院里肺癌专家李大夫看看，进一步确诊并改变如何治疗。我当即持蓝卡去卫干门诊挂号，却遭到了拒绝，理由是李大夫不对外挂号。我虽再三请求均未得结果，只能作罢，直回家途中反复琢磨还是困惑不解。我的合同医院是协和，又是卫干持有蓝卡怎么会成了“对外不挂号的对象”，后来才悟到大概所谓不对外挂号就是这个专家只限于付部以上的高干才能挂号，而我们这些司局级的卫干是不够资格的。难道就此就无可奈何了吗？但是我的心情是沉重的。从去四年我患癌症至今已进行过四次手术，我对此始终是泰然处之，曾一直在坚持工作。因为每次的癌都是原发的，经过一次手术就可以维持一段时间，所以我没有感到过压力，而这次不同的是癌已经转移扩散，如果不是专家诊治和较好的医疗条件，恐怕就凶多吉少了。这是我第一次感到自己的生命受到了威胁。特别是回顾十九年来在医疗过程中的遭遇尤感痛心。九〇年刚发现癌症因合同医院协和床位紧时住不进去，我自己只好托人到友谊医院治疗，因非合同医院必须先由机关开特支票或支付一笔现金才能住院，但是却被文物局拒拒绝，表示除非我写一封保证自费的保证书才能开支票，我为

了話，命令我舍妹寫了保证書，才住進了医院，一次手术后不久即又復
又作了第二次手术。这次住院费一共七千多元，但是当时我还是拿不出来。
后来听说我的公费医療並不是由文物支付，而是向东城区卫生局报銷，我才又
到卫生局找到局長詢问是否可报，当时一位黎局長当即表示我的这种情
况完全可以报銷，並且非常客氣地叫我回去由他去通知文物局到卫生
局报銷。誰知道两天后一个晚上黎局長来电話很生氣地说：你们的
單位是怎么回事，叫他们来报銷，却把你的保证書送来了，我已退回
去了，叫他们把报銷單送来，你放心养病，这件事由我们来办，你不

必再道歉了。由于卫生局的干预才终于解决了报销问题。十三年后，二〇〇七年我的癌症又复发要进行第三次手术，再次遇到了住院难的问题，除非自己负担每天八百元的住院费才能随时住院。此时我的经济条件已不成问题，但是现任局长单霁翔同志却坚决不让我自己负担，而是由他捐给老干部处的稿费中支付。我要再三表示自付，他还是决定从他的稿费中支付了，使我非常感动，这与十三年前的（文物局）领导人形成了鲜明的对照。今年七月我又进行了第四次手术，住院方式还是采取了第三次的办法，不然也是住不进去的。

昨天去看复查结果时又发现癌已转移到肺部，但为进一步确诊去挂专家号时却又遭碰壁，使我感到非常苦恼和伤感！

我从一九四九年随郑振铎到文物局工作迄今已五十年，五十年来每次党的号召我都是积极响应参加的，先后参加过抗美援朝（在战场上我还从敌机炸毁的古建中抢救出一些文物）、五反、下放劳动、四年社教运动等。一九八二年机构改革成立五合一文化部，组建部规定五个合併的大局（付部级直属局）班子除局長一正二付外都设置一个专职的顾问作为班子成员参加党组会议。我经国务院任命为文物局顾问。之后我还是七届全国政协委员、党的十三大代表、一九九五年离休。从离休至令我从未停止过工作，有时还要亲自到现场。我给您写信呼吁保护历史文化名城，就是自己挤公共汽车走街串巷入户向群众了解情况倾听他们意见，才如实向上反映的。万分感谢您们所作的重要批示，不仅使北京市的历史文化名城保护工作有了根本性的转变，而且对全国名城保护工作产生了重要影响。对此，我也为自己还能对保护祖国文物遗产工作尽一点绵薄之力而感到欣慰。六十年来我把自己的全部精力献给了文物事业，虽不敢说是无私奉献，但我终能克私为公是做到了的。六十年来，我从未为自己个人问题，向组织领导提出过要求，也从未为个人追求名利，既使是自己完全有资格的，也主动放弃了。例如文物系统的专业职称问题是我向耀邦同志反映得到他的支持批准的，但是在评定高级职称的时候，我虽然是高评委却始终没有申报，因为我考虑自己已有行政职务，不应当再去申报业务职称而占别人的名额。所以至今除应聘担任复旦、南开等几个大学兼职教授外没有任何其它业务职称。那也是众所周知的事实。现在我身患绝症，在医疗问题上遇到了困难，而这个问题的解决又将向是无能为力的，只好冒昧地向中央领导求援，恳切地期望领导根据我的具体情况对我的医院医疗待遇给以适当的照顾。我实在不能再接受单霁翔同志用自己稿费代我支付医院费了。我也恳切地请求领导能改善在医疗改革方案中能对已经为数不多的离休老同志、老专家在医疗待遇上有所照顾。我虽身患绝症，但只要一息尚存将还会为文物事业做些力所能及工作。我渴望在将要走到生命尽头的时刻仍得到党的温暖。此致

敬礼、

谢辰生谨上
十一月廿日午夜

锦涛、家宝同志：

您好！前接总后来函，得悉您对我们一些老同志呼吁对部队文物保护工作进行立法的建议作了重要批示，极为感动，谨向您表示由衷的感谢！此项工作如能早日落实，将成为我国文化遗产保护工作的一个新的里程碑，其意义是非常重要而深远的。

我现在给您写的这封信，是我有生以来第一次向组织、领导请求解决我的个人问题。事情是我不久前（七月份）又作了第四次癌症手术，十一月十四日进行复查，昨天去看结果，发现已经转移到肺部，而且是多发性的。当时大夫对我说，从片子上看，肺上的病灶是转移还是原发的，他没把握，建【议】我去找院里肺癌专家李大夫看看，进一步确诊，再考虑如何治疗。我当即持蓝卡去卫干门诊挂号，却遭到了拒绝，理由是李大夫不“对外”挂号。我虽再三请求，均未解决，只好作罢。在回家途中，反复考虑，还是困惑不解：我的合同医院是协和，又是卫干，持有蓝卡，怎么会成了“对外不挂号”的对象？后来才悟到，大概所谓不对外挂号就是这个专家只限于副部以上的高干才能挂号，而我们这些司局级的卫干是不够资格的。规定如此，亦无可奈何了。但是我的心情是沉重的。从一九九四年我患癌症，至今已进行过四次手术，我对此始终是泰然处之，而且一直在坚持工作。因为原来的癌都是原发的，经过一次手术就可以维持一段时间，所以我从未感到过压力。而这次不同的是癌已经转移扩散，如果不是专家诊治和较好的医疗条件，恐怕就凶多吉少了。这是我第一次感到自己的生命受到了威胁。特别是回顾十几年来在医疗过程中的遭遇，尤感痛心。九四年刚刚发现癌症，因合同医院协和床位紧张住不进去，我自己只好托人到友谊医院治疗，因非合同医院，必须先由机关开张支票或交付一笔现金才能住院，但是却被文物局断然拒绝，表示除非我写一张保证自费的保证书才能开支票。我为了活命，只好含泪写了保证书，才住进了医院。一次手术后不久，即又复发，又作了第二次手术。这次住院费一共七千多元，但是当时我还是拿不出来。后来听说我的公费医疗并不是由文物【局】支付，而是向东城区卫生局报销，我才又到卫生局找到局长询问是否可报。当时一位黎局长当即表示我的这种情况完全可以报销，并且非常客气地叫我回去，由他去通知文物局到卫生局报销。谁知道两天后一个晚上，黎局长来电话，很生气地说：“你们的单位是怎么回事？叫他们来报销，却把你的保证书送来了。我已退回去了，叫他们把报销单送来。你放心养病，这件事由我们来办，你不必再过问了。”由于卫生局的干预才终于解决了报销问题。十三年后，二〇〇七年，我的癌症又复发，要进行第三次手【术】，再次遇到了住院难的问题，除非自己负担每天八百元的住院费才能随时住院。此时我的经济条件已不成问题，但是现任局长单霁翔同志却坚决不让我自己负担，而是由他捐给老干部处的稿费中支付。我虽再三表示自己自付，他还是决定从他的稿费中支付了，使我非常感动。这与十三年前的文物局领导人形成了鲜明的对照。今年七月我又进行了第四次手术，住院方式还是采取了第三次的办法，不如此是住不进去的。昨天去看复查结果时，又发现癌已转移到肺部，但为进一步确诊，去挂专家号时却又遭碰壁，使我感到非常茫然和伤感！

我从一九四九年随郑振铎到文物局工作，迄今已近六十年。六十年来每次党的号召我都是积极响应参加的，先后参加过抗美援朝（在战场上，我还在敌机炸毁的古建中抢救出一些文物）、五六年下放劳动、六四年社教运动等。一九八二年机构改革成立五合一文化部，组织部规定几个合并的大局班子（付部级直属局）除局长一正二付外，都设置一个实职的顾问作为班子成员参加党组会议，我经国务院任命为文物局顾问。之后我还是七届全国政协委员、党的十三大代表，一九九五年离休。从离休至今，我从未停止过工作，有时还要亲自到现场。我给您写信呼吁保护历史文化名城，就是自己挤公共汽车走街串巷，入户向群众了解情况倾听他们意见，才如实向上反映的。万分感谢您们所作的重要批示，不仅使北京市的历史文化名城保护工作有了根本性的转变，而且对全国名城保护工作产生了重要影响。对此，我也为自己还能对保护祖国文化遗产的工作尽一点绵薄之力而感到欣慰。六十年来，我把自己的全部精力献给了文物事业，虽不敢说是无私奉献，但始终能克私为公是做到了的。六十年来，我从未为自己个人问题，向组织、领导提出过要求，也从未为个人追求名利。即使是自己完全有资格得到的，也主动放弃了。例如文博系统的专业职称问题，是我向耀邦同志反映得到他的支持批准的。但是在评定高级职称的时候，我虽然是高评委，却始终没有申报，因为我考虑自己已有行政职务，不应当再去申报业务职称而占别人的名额。所以至今除应聘担任复旦、南开等几个大学兼职教授外，没有任何其它业务职称，这是众所周知的事实。现在我身患绝症，在医疗问题上遇到了困难，而这个问题的解决，文物局是无能为力的，只好冒昧地向中央领导求援，恳切地期望领导根据我的具体情况，对我的医院医疗待遇给以适当的照顾。我实在不能再接受单霁翔同志用自己稿费代我支付住院费了。我也恳切地请求领导考虑，在医疗改革方案中能对已经为数不多的离休老同志、老专家在医疗待遇上有所照顾。我虽身患绝症，但只要一息尚存，将还会为文物事业做些力所能及工作。我渴望在将要走到生命尽头的时刻得到党的温暖。此致

敬礼！

谢辰生谨上

十一月廿日午夜

编者注：

书致党和国家领导人并得到相关批示，写于2008年。

2009年3月9日，先生再次致信党和国家领导人，信中并言及后续治疗情况："非常感谢您的批示，解决了我在医疗中遇到的困难。现经专家确诊，我是膀胱癌手术后肺转移。因年事已高不宜继续手术或化疗，而是采取保守疗法，提高自身免疫力，控制发展，带瘤生存。这样究竟能维持多久，只能听之任之了。对此，我非常坦然，没有任何精神负担。倒是考虑在今后有限的时间里，如何力争继续为文物保护事业尽些绵薄之力。"见《谢辰生先生往来书札》（下册）。

经国同志：日昨谈及周作人上书周总理的事，社会上有不少传说，有些是不准确的。此事是我经手，事情的经过是周作人出狱后即寄居在他的学生家。当时我和他的学生和朋友尤炳圻、王古鲁过从甚密，因而也经常与周作人有了接触。那时他毫无收入，经济很困难。我把他的情况告诉了西谛先生，郑公对他很关心，当即要我去找正在筹建文化生活出版社的康嗣群和靳以先生商量可否考虑请周作人搞些翻译，先预支些稿酬以解决他的困难。两位先生完全同意，其后由我介绍双方直接洽谈，达成协议。一九四九年全国解放，新中国成立，我即随西谛先生到文化部文物局工作。周作人也回到了北京，记得他当时是住在太仆寺街。四九年十二月我收到周作人的一封信，除谈了他的翻译情况还附来一封他给周总理的信，要我请郑先生代为转交。我还记得是在信的最后写道：“附致吾家某公函一纸，请西谛先生代转为感。”正好郑先生第二天要去上海出差，我立即将信转给了他。后来方行同志告诉我，郑先生到上海后就把此信给方行看了，他当即手抄了一份，以后又有些朋友从他那里转抄。我可以断言周作人这封信的最早的手抄本就是方行的手抄本。社会上传说郑先生的周作人信是抄本影印是误传，因为我收到周作人信完全是他的手迹。以上就是此信经过，供你参考。此致

敬礼！

谢辰生上

十二月廿四日

经国同志：

日昨谈及周作人上书周总理的事，社会上有不少传说，有些是不准确的。此事是我经手，事情的经过是：

周作人出狱后，即寄居在他的学生家。当时，我和他的学生和朋友尤炳圻、王古鲁过从甚密，因而也经常与周作人有了接触。那时，他毫无收入，经济很困难。我把他的情况告诉了西谛先生。郑公对他很关心，当即要我去找正在筹建文化生活出版社的康嗣群和靳以先生商量，可否考虑请周作人搞些翻译，先预支以些稿酬，以解决他的困难。两位先生完全同意，然后由我介绍双方直接洽谈达成协议。

一九四九年全国解放，新中国成立，我即随西谛先生到文化部文物局工作。周作人也回到了北京。记得他当时是住在太仆寺街。四九年十一月，我收到周作人的一封信，除谈了他的翻译情况，还附来一封他给周总理的信，要我请郑先生代为转交。我还记得是在信的最后写道："附致吾家某公函，恳请西谛先生代转为感。"正好，郑先生第二天要去上海出差，我立即将信转给了他。

后来，方行同志告诉我，郑先生到上海后就把此信给方行看了，他当即手抄了一份。以后又有些朋友从他那里转抄。我可以断言，周作人这封信的最早的手抄本就是方行的手抄本。社会上传说郑先生的周作人信是抄本，显然是误传，因为我收到周作人信完全是他的手迹。

以上就是此事的经过，供你参考。此致

敬礼！

谢辰生上

十二月廿九日

编者注：

此信写于2009年，曾经收录于《谢辰生先生往来书札》。此信发表后，周作人后裔提供周氏日记未刊稿部分摘抄文字，验证了先生的回忆，先生建议于续编中再次收录此信，做进一步注释补充。

据周作人日记摘抄，7月，周氏尚在上海。8月12日，周氏自上海启程赴北平，8月11日："九时半，又去凭编号照片买北平二等票。"12日："五点五十分火车开行，各有座位，夜未能睡。谢辰生来送至车站。"

据本书中1949年9月15日先生致周氏书札，9月中旬先生在上海，尚未去北京，当没有转递周氏书信的机会，9月底，由郑振铎安排，先生方从上海至北京。11月2日："下午，录旧信稿未了。丰一为送致辰生信，附信稿转西谛、小雨。"

据先生回忆，收到周作人来信，随函附来其致周恩来总理的信函，委托先生请郑振铎代为转交。正好，郑氏第二天要去上海出差，先生遂即将周氏信函转给了郑振铎。当时，先生未留存周氏书信副本，故在此附录外界流传之周氏书信文本（原信上款空缺）。信函全文如下：

◆◆先生：

我写这封信给先生，很经过些踌躇，因为依照旧的说法，这有好些不妥当，如用旧时新闻记者的常用笔调来说，这里便有些是拍马屁，有些是丑表功，说起来都是不很好听的。可是我经过了一番考虑之后终于决定写了。现在时代既与从前不同，旧时的是非不能适用，我们只要诚实的说实话，对于人民政府，也即是自己的政府，有所陈述没有什么不可以的，这与以前以臣民的地位对于独裁政府的说话是迥不相同的。因为这个缘故，我决心来写这信给先生，略为说明个人对于新民主主义的意见，以及自己私人的一点事情。

我不是研究社会科学的，不能说懂得共产主义的科学的精义，虽然普通的文献看过一点，相信从来历史都是阶级斗争的历史，历代的道德法律，是代表当时特权阶级的利益的。我没有专门学问，关于文学自己知道没有搞得通，早已不弄了，但是现在还有兴趣的是希腊神话，童话儿歌，以及民俗这一部分的东西，这里牵涉妇女儿童问题，我也比较的加以注意。有一个时间关于妇女问题的探讨，归结到如英国人卡本德所说：妇女问题要与工人的一起解决，相信共产社会主义是其唯一的出路，这意思多少年来一直没有更变。我由妇女问题一角入手，知道共产主义的正路，因此也相信它可以解决整个的社会问题。关于中国共产党的理论与实际我们在国民党政府之下知道的很少，只从毛主席的二三著作和美国人斯诺等人的书中略有所阅，但到了今年，天津北平先后解放，继之以南京上海，这才直接得到闻见，这才确实的有了了解。我们知道共产主义的理论是对的，可是所更要知道的是事实如何。人民共见共闻的解放军的纪律是极好的，老实的说，这诚然是好，可是也正是当然的，更重要的是政治作风如何，这是一般人所更为关心的事情。就华北、华东的事实来说，中国共产党在实行新民主主义，这只是笼统的一句话，可是含义却是非常重大的。民国以来，揭橥过好些主义理论，一直都只是招牌与广告，不兑现的支票，到了现在居然有实行的，这在中国是破天荒的奇迹，在我向来相信道义之须事功化的人，自然更不能不表示佩服。这个中国历史上的新的转变，自然难以一言包括尽了，现在只就普通一般所共见共闻的来说，中国共产党有批评制度，学习精神，有切实刻苦稳健的作风，俭朴实干，实事求是的态度(大都引用张治中氏的话)，都是中国从来所无的新的趋向，大抵是举世皆知的，但是我觉得最有意义的乃是这一点，中国共产党的理论与实践合一，打破过去统治界的传统空气，建立农民的质朴的作风来推行政治，它的意义与价值之大，的确不容易估计，至少与打倒封建独裁的武力相比不在其下，而且更为难能，因为这是开创的。关于这方面，只在这里诚实的表示一点佩服的敬意，不再敷说，因为这在中国共产党自己知道得很清楚，外边说过的也已不少了。

我因为是不懂政治经济的，所说的话便只是这一点粗浅的，却是真实的话，要表明我的意思，所以不复踌躇的写了出来。但或者有人说，某人也来说这些话么，我想这种批评原是可能的，因为我觉得关于自己须得说明几句，因为关于我的有关思想与行为恐怕先生也不大明白。人家批判我，在抗战前说是有闲消极，在战后则是附逆与敌合作。关于自己的事情，应当严格批评，坦白承认错误，但是我现在还须得先来叙述事实缘由，这里便多少有点像是辩解，可是诚实地说，决不是强词夺理的辩解，其间显示出来的错误，我都承认。我的思想因为涉猎妇女问题与性心理的关系，受倍倍耳、卡本德、蔼理思等人的影响，关于妇女之性的解放与经济的解放，归结到共产的社会，这个意见一直是如此。中国古人中给我影响的有三个人，一是东汉的王仲任，二是明代的李卓吾，三是清代的俞理初，他们都是“疾虚妄”，知悉人情物理，反对封建的礼教的人，尤其是李卓吾，对于我最有力量。五四前后有一个时期，大家对于李卓吾评论称扬的很多，他的意见都见于所作《焚书》，《初潭集》，及《藏书》中，这些书在明清两朝便被列为非圣无法的禁书。他以新的自由的见解，来批评旧历史，推翻三纲主义的道德，对于卓文君、武后、冯道诸人都有翻案的文章。他说不能以孔子之是非为是非，可是文章中多是“据经引传”，在《焚书》中有一篇信札，说明自己不相信古人，而偏多引他们的话，这便因为世人都相信典据，借了古人的话过来，好替自己作屏风罢了。我也并不相信孔孟会得有民主思想的，更不喜欢汉宋以来的儒教徒，可是写文章时也常引用孔孟的话，说孔孟以前的儒家原是有可取的，他们不奉文武周公而以禹稷为祖师，或者上去更是本于神农之言也说不定，他们的目的是要人民得生活，虽然不是民治，也总讲得到民享，这里也是用的同一方法，即所谓托古改制，自己知道说的不是真实，但在那环境中也至少是不得已的。民国三十二年中所写，《论中国的思想问题》《中国文学上的两种思想》这些篇，都是这一例。对于旧礼教的意见我与李卓吾差不多是一致的，虽然他所用以打破儒教的独裁之器具的是佛教的禅，我们在这时代自然是用别的器具，即是科学。礼教吃人都有历史的事实根据，一条条写在书上的，这二千年来中国的道德原是为代表家长的利益而建立的，它的主要的纲领便是男子中心的三纲主义。为家长的男子，是他们宇宙的中心，妻子都是他的所有，子女应该竭尽其能力供给他，必要时可以变卖作奴婢、顶凶或娼妓，病时割肉煎汤，生气时杀死勿论。这是父为子纲，已经够受了，但是说到夫为妻纲更是要不得，儿女只是他的财产牲畜，妻妾则是财产牲畜又益是器具，于同样随意处分之外，还加上一种出于珍惜妒忌之意的残虐行为，是这一纲上所特有的。主父死了，妻妾和车马衣服得一起埋入坟墓里，因为他死后还要用的，此其一。遇到战乱的时候，主父也即是后世的官绅士人，第一希望妻妾赶快上吊投河，因为这是他所使用的，不愿意再给别人拿去，他又不能保护，所以死了干净，而且又于他有光荣，等到太平时候，他可以回来，一面仍旧迎娶三妻四妾，一面又可钉匾造牌坊，族表节烈，给他家门增加名誉，此其二。这种不平等不人道的道德，在社会上继续占着势力，宋朝以后更加盛大，以至于今。我在这里对于夫纲特别多说了好些话，并不一定是着重妇女问题，事实乃是，因为君为臣纲这一项正是由此而出，所以有先加说明之必要。专制君主制度在世界上到处有过，君尊臣卑一样是如此。但与中国不同的是，世间一般君臣关系，即使至不平等，也只是主奴的关系，役使生死可以惟命，如是而已，中国的君臣关系则是以男女为规范，所谓臣妾、处士处女，都是对举，诗文中以男女比喻君臣者往往多有，其最明显最普通的联系，则是所谓忠贞、气节，都是说明臣的地位身份与妾妇一致，这是现今看来顶不合理的事。在古时候，或者也不足为怪，但是在民国则应有别，国民对于国家民族自有其义分，惟以贞姬节妇相比之标准，则已不应存在了，我相信民国的道德惟应代表人民的利益，那些旧标准的道德，我都不相信，虽然也并不想故意的破坏它。还有一点我很不满意于董仲舒的话，说正其谊不谋其利，明其道不计其功，觉得古人只知道讲空话、唱高调，全不实行，这个毛病很大，所以主张道义之须事功化，这也受着颜习斋的影响，却也是由我的实感上发生的。我冗长的说这些话，是想说明一点，我的反礼教的思想，后来行事有些与此相关，因此说是离经叛道，或是得罪名教，我可以承认，若是得罪民族，则自己相信没有这意思，并不以此为辩解，这只是事实的说明罢了。

再就事实来说一下。我于民国六年到北京大学，至二十六年已经满二十年了，北大定例凡继续服务满五年者可以休假一年，我未曾利用过，这时想告假休息，手续刚在办，卢沟桥事件就发生了。北大迁移长沙，教授集议过两次，商定去留随意，有些年老或者有家累的多未南下。那时先母尚在，舍弟的妻子四人，我的女儿(女婿去西北联大教书)和她的子女三人，都在我家里，加上自己的家人共十四口，我就留下不走。北大将年老的教授孟森、马裕藻、冯祖荀和我(其时年只五十四)共四人承认为北大留平教授，委托照管北大校产。十一月中，北大校长蒋梦麟又给我一个电报，加以嘱托。是年年底，北大第二院即理学院的保管职员走来找我，说日本宪兵队派人去看，叫两天内让出该院，其时孟森已病笃，马裕藻不愿管事，由我与冯祖荀出名具函去找伪临时政府教育部长汤尔和，由其当夜去与日本宪兵队长谈判，得以保全，及胜利后国民党政府教育部长朱家骅至北平视察，发表谈话，称为中国最完整保存之理科。北京大学图书馆及文史研究所亦以我的名义收回，保存人与物的原状，后来对于国立北平图书馆也是如此办法。及汤尔和病死，教育总署一职拟议及我，我考虑之后，终于接受了。因为当时华北高等教育的管理权全在总署的手里，为抵制王揖唐辈以维护学校起见，大家觉得有占领之必要。在职二年间，积极维持学校实在还在其次，消极的防护，对于敌兴亚院伪新民会的压迫与干涉，明的暗的种种抗争，替学生与学校减少麻烦与痛苦，可以说是每日最伤脑筋的事。这有多少成效，不敢确说，但那时相信那是值得做的事情，至少对于学生青年有些关系或好处，我想自己如跑到后方去，在那里教几年书，也总是空话，不如在沦陷中替学校或学生做的一点一滴的事，倒是实在的。我不相信守节失节的话，只觉得做点于人有益的事总是好的，名分上的顺逆是非不能一定，譬如受国民政府的委托去做“勘乱”的特务工作，决不能比在沦陷区维持学校更好。我的意见有些不免是偏的，不过都是老实话，但是我所顾虑到的只是学校学生一方面。单为知识阶级的利益着想，未能念及更广大的人民大众，这当然是错误，我也是承认的。

与敌人合作，在中国人中间大概是很少的，虚与委蛇不能真算是合作，若是明的暗的抗争，自然更不是了。在沦陷的前后，我的思想文字的方面可以有两件事来证明，前后并没有什么转变。其一，在抗战前我曾写了几篇日本管窥，在《国闻周刊》上发表，末了第四篇“管窥”发在二十六年七月初的那一期上，是该刊战前最后的一期了。这里边我说明：要了解日本的国民性，我们从文化上如文学美术等去找钥匙，那是不可能的，因为那种钥匙虽然可以应用在文化问题上，但是如用以解说政治军事上的问题时，便要碰了壁，无论如何是开不通的了。现在须得该从宗教入手，去观察日本民间的神道教，这与外来的儒佛两教不同，完全是一种神灵附身的狂信，出会的神舆，常常不照路线乱走乱撞，在中国民间是绝对见不到的。这种感情冲动，往往超过了理性制裁，无可理喻的发动起来，可以看作对内对外的乱暴行动之说明。二十九年冬天，日本国际文化振兴会要求写一篇文章，纪念他们的建国二千六百年祭，没法子拒绝，我写了一篇《日本之再认识》给它，这文有印本，读者可以知道里边还是那个结论，说要了解国民性，如从文化下手没有结果，必须从其固有的宗教入门，才有希望。这可以代表我对于日本所说的言论。其二，关于对于中国的言论，在沦陷中写了不少，可以其中一篇《论中国的思想问题》作为代表。这是在三十一年冬天所写的，其时兴亚院新民会等正热心于替中国人建立一个中心思想，不用说那是想用大东亚新秩序做中心的，我的文章便是对此而发。照例引用了些孔孟的话，高调禹樱的作风，我说明中国早已自有其中心思想，此思想并不单是出于文人学士的提倡，乃是上自圣贤，下至匹夫匹妇，无不心中共有，所以既然无法消除，也是无须注入的，这本于民族求生意志，个人要能生存，也要大家一起生存，圣人加上一个名称曰仁，老百姓不认识这字，意思却是先天的懂得的。中国民族平时很是和平，很肯吃苦，但是假如到了民族生存的紧要关头，那也就不能让步了。这里的理论有些自己知道是浅薄空泛，但是重要的不是学理而是作用，到了次年九月，日本军部统制下的日本文学报国会发起大东亚文学者大会在东京开会，由会员片冈铁兵提出扫荡中国反动的老作家问题，其演说词中有云：

“现在余在此指出之敌人，正是诸君所认为残余敌人之一。即目前正在和平地区内蠢动之反动的文坛老作家，而此敌人虽在和平地之内，尚与诸君思想的热情的文学活动相对力的文学家资格站立于中国文坛。彼常以极度消极的反动思想之表现与动作，对于诸君及吾人之建设大东亚之思想表示敌对。彼为诸君及吾辈斗争途上之障碍物，积极之妨害者，彼为大东亚地域中心必须摧毁之邪教偶象云云。”(原文见该会机关报《文学报国》第三号，三十三年五月上海出版之《杂志》中载有全译)。

他这里还没有说出姓名，经我直接去信质问，片冈来信承认所说残余敌人即是指我，(原信送在南京高等法院，现在有誊本。)其第三节中云：“读了中国的思想问题的人，假如不曾感觉在今日历史中该文所演的脚色乃是反动保守的，则此辈只是眼光不能透彻纸背的读者而已。鄙人感到不应阻害中国人民的欲望之主张，实即是对于为大东亚解放而斗争着的战争之消极的拒绝，因此在去年九月大东亚文学者大会会议席上，作了那样的演说。为中国人民所仰为指南之先生有些文章，其影响力为何如，鄙人念及，为之栗然。先生此文无非将使拒否大东亚战争，至少亦欲对于此战争出于旁观地位之一部分中国人民之态度，予以传统道德之基础，而使之正当化耳。”

这里可以看出来我在沦陷中的文字是那一种色彩，敌人认为是他们斗争途上之障碍物，积极之妨害者，必须扫荡摧毁之对象，这种可以表明不是合作得来的人。至于此外文章也还写了一些，但是没有什么值得说的，所以不再敷说了。

本来竭力想写的简单，实在已经太啰嗦了，虽然有些地方为的要说明，也有不得已的，要原谅。过去思想上的别扭，行动上的错误，我自己承认，但是我的真意真相，也许望先生能够了解，所以写这一封信，本来也想写给毛先生，因为知道他事情太忙，不便去惊动，所以便请先生代表了。

民国三十八年七月四日

这封“七月四日” 周作人致周恩来总理书信是林辰1951年向冯雪峰借阅时抄录下来的，最早发表在1987年第2期《新文学史料》杂志上。学界一直认为郑振铎收到的周作人致周恩来总理书信为抄件。

而据先生回忆，先生从上海到京时间为1949年9月，周作人致周恩来总理书信是其到京后于11月收到的，周作人在致先生书信上加注“附致吾家某公函，恳请西谛先生代转为感”之语。既然“七月四日”已将信托人转交周恩来，为何在十一月再次“恳请西谛先生代转”？冯雪峰手中的周作人书信与先生交给郑振铎的周氏书信当同为一封。传抄过程中，将写信日期“十一月”错抄为“七月”，“十一月”当为周氏写信准确时间。周氏日记记载11月2日已将致周恩来信送出：“丰一为送致辰生信，附信稿转西谛、小雨。”为何信件落款为“四日”，只好留待新资料的出现或专家的进一步研究了。

请交秦向军主任

霁翔、鉴武、章申同志：您好！昨阅报载原文物局保存的四十余万件文物已全部移交国家博物馆。这不仅充实了国博的馆藏，而且也解决了长期没有解决的这批文物的归属问题。我对这批文物一直非常关心，因为我对它的来龙去脉是比较清楚的，因而对它的特点和价值也有一些自己的看法。我认为这批文物是

（一）

请作一拟文回复谢老先生，
张馆原计划就是按这种想法实施

吕章申
6/2010.4

一个不可分割的整体它本身就是一个"大文物"，因为其中既有很珍贵的，也有一些比较一般的文物，但无论是珍贵的还是一般的，除了它本身固有的历史艺术、科学价值以外，又都具有一个共同的特殊价值、这就是都属于文献、即都是新中国成立后廿多年中执行文物政策经海关检查文物出境工作中选

（二）

留下来的。实是建国后卅多年这一历史时期我们国家
文物政策的重要成果，也是结束了这一百多年来
旧中国所任祖国历史大量珍贵文物外流历史时代
的标志因此把它作为一个"大家"整体保存下来是很
有意义的我建议这批文物搬入国博后最好是当
单保存不要与原来馆藏文物合并 这批文物要

（三）

有自己的统一编号，既使有些只是一般文物也不能处理，以保持这批文物的完整性，同时还可以致虞将来開博览会时多多留些主题搞个专题展览也是非常有意义的。以上意见聊供参考而感。

此致

敬礼！

谢辰生 上 六月十一日

蔡武、霁翔、章申同志：

您好！

顷阅报载原文物总店保存的40余万件文物已全部拨交国家博物馆，这不仅充实了国博的馆藏，而且也解决了长期没有解决的这批文物的归属问题。我对这批文物一直都非常关心，因为我对它的来龙去脉是比较清楚的，因而对它的特点和价值也有一些自己的看法。

我认为这批文物是一个不可分割的整体，它本身就是一个“大文物”，因为其中既有很珍贵的，也有一些比较一般的文物，但无论是珍贵的还是一般的，除了它本身固有的历史、艺术、科学价值以外，又都具有一个共同的特殊价值，这就是都属于“文留”，即都是新中国成立后卅多年中，执行文物政策从海关检查文物出境工作中选留下来的。它是建国后卅多年这一历史时期执行国家文物政策的重要成果，也是结束了近一百多年来旧中国听任祖国大量珍贵文物外流历史时代的标志。因此，把它作为一个“大文物”整体保存下来是很有意义的。我建议这批文物拨交国博后最好是专库保存，不要与原来馆藏文物合并。这批文物要有自己的统一编号，即使有些只是一般文物也不能处理，以保持这批文物的完整性，同时还可以考虑将来国博是否可以“文留”为主题搞个专题展览，也是非常有意义的。以上意见盼能考虑为感。

此致

敬礼！

谢辰生上

二月十九日

编者注：

书致文化部部长蔡武、国家文物局局长单霁翔、国家博物馆馆长吕章申，写于2010年。

3月3日文化部收到此信。蔡武圈阅。

3月18日国家博物馆收到此信。4月6日吕章申在信上批示：“请保一拟文回复谢老先生，我馆原计划就是按这种想法实施的。”保一，保管一部。

4月18日，中国国家博物馆复信先生：

首先，感谢谢老对原文物总店保存的39万余件文物的关心！感谢谢老对国家博物馆的大力支持，并提出建设性的宝贵意见！

2003年国家博物馆组建后，对其建设和发展进行了科学定位，确定了“与我们这样一个大国地位相称，与中华民族悠久历史和灿烂的文明相称，与蓬勃发展的社会主义文化事业相称，与广大人民群众日益增长的精神文化需求相称”的建馆方向；明确了“国内领先，国际一流”的建馆目标；制定了“人才立馆、藏品立馆、业务立馆、学术立馆”的办馆方针，它的职能与任务是，以展示历史与艺术并重，集收藏、展览、研究、考古、教育、交流于一体的综合性国家博物馆。

在党中央国务院的亲切关怀下，国家博物馆改扩建工程作为国家的重大文化建设工程于2007年3月动工，目前工程进展顺利，计划2010年年底竣工。建成后的国家博物馆是世界建筑面积最大的博物馆。它的建成将会在保护国家文化遗产、展示祖国悠久历史、弘扬中华文明、进行爱国主义教育、开展对外文化交流、体现中华文化软实力等方面发挥积极而重要的作用。

在国家博物馆新馆即将建成之际，为了支援国家博物馆建设，国家文物局将多年保管的39万余件“文留”文物划拨国家博物馆，使国家博物馆的文物藏品数量猛增到约100多万件，大大丰富了馆藏的数量和质量，这是对国家博物馆大馆地位建设的极大支持，具有里程碑式的重大意义。正如谢老所言，该批文物的入藏，“不仅充实了国博的馆藏，而且也解决了长期未有解决的这批文物的归属问题”。这其中就倾注了谢老的心血与汗水。

此次划拨国家博物馆的39万余件文物，不仅总体数量大，品类齐全，历史年代跨度较长，其中不乏相当数量的文物精品，更重要的是体现了20世纪六、七十年代以来，国家文物部门和有关部门致力文化遗产抢救保护工作的成果结晶，文化部、国家文物局和国家博物馆的领导对这批文物的保管工作十分重视和关心，采取各项措施，努力使这批“文留”文物得到最完整和最妥善的保管，并充分发挥其历史艺术价值和社会效益。

为做好该批文物的保管工作，我馆馆领导多次召开会议，督办工作开展，同时，积极与文化部、文物局等相关部门进行沟通。经过国家博物馆、中国文物信息咨询中心和故宫博物院三方多次的友好协商，对具体工作细节做了大量的调研、论证工作，制定了安全措施，确定了具体可行的清点整理的实施方案，方案上报国家文物局后已获批准。

对此批“文留”文物今后的管理思路，文化部、国家文物局和馆领导与您的意见不谋而合。我馆准备在即将落成的新文物库区设置专门库房，不打乱原建制，设专人管理。此批划拨文物中的精品将纳入新馆开馆的专题展及“古代中国陈列”等基本陈列中展出。同时，我们也将考虑您的建议，在适当的时候举办“文留”文物专题展览，还请您不吝赐教。

39万余件“文留”文物入藏中国国家博物馆，是我国文物藏品入藏史上的一个重大事件，意义极为深远，必将载入史册。中国国家博物馆一定会保管好利用好这批文物。同时加强对这批文物的研究，在开馆后的陈列展览中充分使用好这批文物，使其发挥更大更好的社会效益，为文博事业、为我国文化事业的“两大一新”做出更大的贡献！欢迎您经常来国家博物馆指导工作。

李文同志：

现把我给康生的信送出，附上，务请一阅。虽然已成历史，但是当时一些形而上学的思维方式，至今依然存在，不过是把阶级斗争改变为市场经济而已，不知尊以为然否？据说文物局已把中宣部的意见转告文物出版社，责任编辑尚未与我联系，如何处理就随他们去吧！只要能发表就可以了。匆匆，即致

敬礼、

谢辰生

五月四日

荣宝斋

木文同志：

现把我给康生的信随函附上，敬请一阅。虽然已成历史，但是当时一些形而上学的思维方式至今依然存在，不过是把阶级斗争改变为市场经济而已。不知吾公以为然否？据说文物局已把中宣部的意见转告文物出版社，责任编辑尚未与我联系，如何处理，就随他们去吧！只要发表就可以了。匆匆。即致

敬礼！

谢辰生上

五月四日

编者注：

书致新闻出版总署原署长宋木文，写于2010年。

1964年12月9日先生致康生书信，收录于《谢辰生先生往来书札》。2010年文物出版社出版《谢辰生文博文集》时，将收信人“康生”变成“中央文教小组负责人”。

霁翔同志：您好！目前与文物学会的同志一起谈到当前文物市场和收藏界的状况，有喜有忧，最令人忧虑的是正确的收藏观不占主导地位，而把文物的经济价值作为主要价值，把文物收藏作为保值增值的手段。此说影响普遍，对真正的文物工作带来很大负面影响，其破坏性是不可低估的。针对上述情况，除此我们有必要认真加强正确收藏观的宣传工作。因此我们有个建议，可否把建国以来，从毛主席、董老、陈毅元帅同志等中央领导捐献文物到张伯驹、周叔弢、傅增湘等大收藏家捐献文物（以及人民群众捐献的重要文物）的资料进行整理编辑出版，大力宣传对于净化当

荣宝斋

前次世界的空气是大有好处的。同时也是对建国以来流散文物拣选[?]工作成绩的肯定，特别是对那些收藏家化私为公精神的肯定和发扬。希局档案室并有当年付姜人文跋传出谬误自记录的捐献目录十余大本，我建议最好能加以利用，出版并输入数据库，否则手写的会时[?]得为老化。以上建议能否请考虑，最好能由文物局批准立项[?]作为一个课题，交由文物学会承办是否可行，请批示。此致

敬礼！

谢辰生 五月廿六

荣宝斋

霁翔同志：

您好！

日前与文物学会的同志一起谈到,当前文物市场和收藏界的状况，有喜有忧。最令人忧虑的是正确的收藏观不占主导地位，而把文物的经济价值作为主要价值，把文物收藏作为保值增值的手段的现象则普遍存在，给文物事业带来很大负面影响，其破坏性是不能低估的。针对上述情况，我们有必要从正面加强正确收藏观的宣传工作。

因此我们有个建议，可否把建国以来，从毛主席、董老、陈毅、先念同志等中央领导捐献文物，到张伯驹、周叔弢、傅增湘等大收藏家捐献文物，以及人民群【众】捐献的重要文物的资料进行整理，编辑出版，大力宣传，对于净化当前收藏界的空气，是大有好处的。同时也是对建国以来流散文物工作成绩的肯定，特别是对那些收藏家化私为公精神的肯定和发扬。文物局档案室藏有当年傅熹年父亲傅忠谟亲自记录的捐献目录十余大本，我建议最好能加以利用出版，并输入数据库，否则手写的纸张很易老化。

以上建议盼能考虑。最好能由文物局批准立项，作为一个课题交由文物学会承办。是否可行？请批示。此致

敬礼！

谢辰生上

五月廿一日

编者注：

书致国家文物局局长单霁翔，写于2010年。

6月4日单霁翔对此信批示："请保华同志阅示。赞成谢辰生先生的建议，正面宣传文物收藏理念和无私捐献文物给国家的义举，以及党和国家重视此项工作的历史，十分重要，文物学会在这方面有优势，建议给予支持，并请政法司协助。"

先生的这一倡议当即得到了国家文物局的重视，批准中国文物学会组织实施。中国文物学会在先生与彭卿云的主持下，成立了编委会和编辑部，对全国14家博物馆接收的捐献文物情况进行了调研摸底。

《新中国捐献文物精品全集》以专文介绍捐献者的生平、事迹，载录捐献文物精品的图片，而且以大量珍贵的历史照片和翔实的文字介绍文物的流传经过、捐献中的趣闻轶事、文物的价值和学术地位，并收录了捐献者或专家学者的重要研究成果，展现了捐献者的生平事迹及所捐献文物的珍贵价值。

2015年8月11日，由中国文物学会主编、北京出版集团出版的记录新中国成立以来捐献文物精品及文物捐献者事迹的大型系列图书——《新中国捐献文物精品全集》之张伯驹/潘素卷（三卷）、徐悲鸿/廖静文卷（三卷）及郑振铎卷（两卷）率先面世，出版首发式在故宫博物院举行。

寿鹏、保华同志：送上西安材料很值得一读，西安城墙是全国重点文物保护单位，改造方案不知报局审批没有？美国考古学家谈曹操墓问题，重点提出要打捞非法文物市场也是很中肯的意见。西安问题归根到底还是旅游与文物保护关系问题，看来还是要抓紧找旅游局协商才好。匆匆即颂

敬礼！

谢辰生 上 七月廿日晚

雾翔、保华同志：

送上两份材料，很值得一读。西安城墙是全国重点文物保护单位，“改造”方案不知报局审批没有？美国考古学家谈曹操墓问题，重点提出要打掉非法文物市场，也是很中肯的意见。西安问题归根到底还是旅游与文物保护关系问题，看来还是要抓紧找旅游局协商才好。匆匆。即致

敬礼！

谢辰生上

七月二日晚

编者注：

写于2010年。书致国家文物局局长单雾翔、副局长董保华。

7月3日单雾翔局长做出批示：“请保华、新潮同志阅示。建议请政法司牵头研究谢辰生先生的意见和建议。”宋新潮，时任国家文物局副局长。

家宝
锦涛同志：您好！
近平

我们都是在文物考古战线工作了几十年的老人。近闻八月廿日人民日报海外版刊登一则消息，题为"大明宫国家遗址公园即将建成"，消息说"这是列入国家十一五大遗址保护项目，总投资逾一四〇亿元。"又说"这个工程是"旨在打造中国最大的露天古代宫廷文化遗址博物馆"，"工程建设基本上还原了唐代大明宫的历史原貌"，"遗址公园将建有大唐民族团结园（西域园、蒙古园）、大唐世界大同园（日本园、伊斯兰园）、大唐民俗体验园、大唐歌舞园、大唐名花园、大唐书画园、大唐御膳园、大唐茶馆、湿地园等多处历史景观。"尽管不久前西安

（一）

方面声明投资不是一千四百亿，而是一百廿亿，但对公園的方案内容并未否認。几十年来我們曾经为增加文物保护经费而不断奔走呼吁，但是对这个投资一百廿亿要在具有重大价值的古文化遗址上建成一座类似迪斯尼式的游乐園則表示坚决反对，因为这种做法违反了文物保护原則，也違反了文物保护法的规定。已因为此使西安方面与国家文物局發生了矛盾。今年初西安方面在中國文物报上發了一条題为"唐大明宫國家遺址公園中央博物館建设奠基"的新聞报导，报导说，"博物館是建在公園的中心，处于整个大明宫遗址区的核心位置"，整个工程

（二）

将建设成为国际一流的博物馆"，奠基仪式不仅请了政府领导和专家，而且还请了大韩民国驻西安总领事金泰东。对此国家文物局事先毫无所知。文物保护法规定在全国文物保护单位的保护范围内动土兴工必须经过国家文物局批准，而此事西安市根本没有向国家文物局报批。为此文物局立即派人前往制止，要求他们严格依法办事，在遗址内工程必须履行报批手续。但文物局的人返京后他们却立即开始施工，根本没有理会文物局的要求，两个月后据已建成一半。文物局闻讯后单霁翔同志亲自前往西安再次要求他们停工，但在单返京后他们又继续施工，至七月份据已全部建成，而且

（三）

还在遗址内种了一千多颗大樹及其它建築物，为此，單霁翔同志再次率专家组前往西安召开会议，强烈要求他们整改立即拆除違法建築，並派专人留住西安监督执行情况。至此他们才开始拆除一些違法建築物，在拆除過程中很快就遭到了輿论的质疑，当地群众对刚建就拆提出了批评，也就是在这个时候人民日报海外版刊登了大明宫遗址公園即将建成的报导，公布了他们的全部方案。看来这恐怕不是偶然的巧合，而是他们还是要坚持原来的方案，而这个方案是从来没有依照法律程序向文物局报批過。我们认为这个方案必须否定，否则不仅劳民伤财在经济上造

（四）

成濒危而且对大明宫遗址将带来严重的损害我们认为造成今天这种局面的根本原因是陕西省违法改变了法定对文物的管理体制把西安地区的全国重点文物保护單位统统交由一个政企合一的曲江管委会管理经营 这个管委会是一套人馬三个招牌：管委会是作为西安市政府的派出行政机构、另外两个招牌是陕西省文化産业投资控股有限公司和西安臨潼旅游投資(集团)有限公司 负责人段先念一身四任：西安市付市長、管委会主任和两个有限公司的董事長。据了解段先念曾是连续三年与王石潘石屹等人并列为"中國房地産十大風云人物"之这个管委会实质上是政企合一而且是企管政

(五)

管委会的行政职能完全是服从和服务于企业要求的它的业务拓展先念自己说："所谓曲江模式主要是依托文化遗产整合历史资源适当创意包装和策划实施一批重大项目带动其它产业部门类发展最终提升城市价值。"这即表明他是要"文物搭台、经济唱戏"，把文物作为或变相作为资产经营。这是违反文物保护法第二十四条关于国有文物保护单位不得作为资产经营的规定的，是违法的。因而陕西省把文物保护单位及文物部门转交给具有企业性质的管委会进行管理经营的决定本身也是违法的。二〇〇五年国务院关于加强文化遗产保护的通知明确指出，任何

（六）

單位和个人都不得作出与法律行政法规相抵触的决定"。当然也包括國务院本身以及党中央机关和个人。最近家宝同志在國务会议上谈依法行政时也强调了这一点"。通知"主要求着力解决物质文化遗产保护面临的突出问题時，強调"坚决避免和纠正过度开发利用文化遗产，特别是将文物作为或变相作为企业资产经营的违法行为"。因此西安曲江管委的问题，正是通知要求着力解决的突出问题。但是要解决这个问题，國家文物局是无能为力的，所以我们才冒昧地给國家三位最高领导同志、主席、付主席和总理写这封信，恳切请求纠正陕西省作出的决定，并提出以下两

（七）

点意見：一、建议陕西省政府立即纠正原来把西安地区全国重点單位统统交由曲江管委会管理经营的决定全部交还当地政府文物管理行政部门负责管理今后管委会安排项目动土兴工凡涉及文物保护單位保护范围或建设控制地带都必須嚴格遵守法律规定的程序履行报批手续未经批准自行动工造成破坏的要依法处理。

（八）

（二）建议国家文物局暂缓把国家考古遗址公园的模式向全国推廣因为这是一个新的尝试和探索还没有任何的实践经验。原以为大明宫可以作为试典点现在看来是不成功的但大明宫模式已在全国产生影响。如杭州南宋都城遗址就要根据画家马远的绘画复原南宋京城全貌，这显然是不可行的。如果全国大遗址都照此办理，不仅在经济上会造成巨大浪费，而且还会给大遗址造成严重损害。在建立考古遗址公园问题上，考古界有不同看法，社会上也有人质疑。如不久前冯骥才同志就在报上发表了题为“请不要‘遗址公园化’”的文章，现随函附上，敬请一阅。因此我们建议国家文物局能够约请各方面的专家就这个问题进行充分讨论，广泛听取意见，特别是对不同意见更要耐心听取，真正做到决策的民主化、科学化。据我们了解，国家文物局要建立考古遗址公园，也是为了更好的保护遗址，但未及时提出它与普通公园的区别和

（九）

特殊的具体要求，以致与曲江管委会发生了矛盾。我们认为遗址公园必须是公园的一切设施和活动要服从和服务于保护遗址的真实性和完整性，而不是根据花园的要求改造遗址。故宫博物院必须博物院的一切活动要服从保证故宫的真实性和完整性，而不是根据博物院的要求改造故宫，这是一条基本原则，做不到这一点的遗址就不要建考古遗址公园。以上意见敬请考虑为感。此致

敬礼！

宿白 徐苹芳

张忠培 黄景略

谢辰生

二〇一〇年九月十六日

（十）

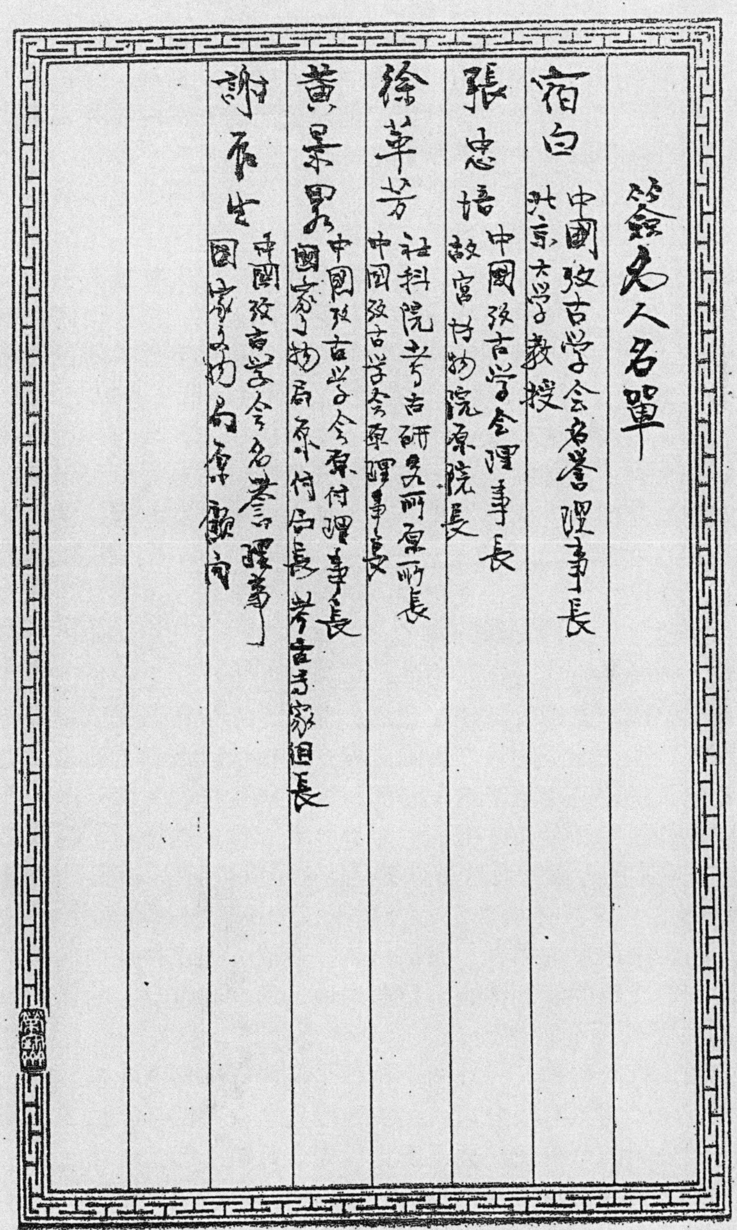

簽名人名單

宿白 中國考古学会名誉理事長
北京大学教授

張忠培 中國考古学会理事長
故宫博物院原院長

徐苹芳 社科院考古研究所原所長
中國考古学会原理事長

黄景略 中國考古学会原付理事長
國家文物局原付局長 考古专家组長

謝辰生 中國考古学会名誉理事
國家文物局原顧問

锦涛、家宝、近平同志：

您好！

我们都是在文物考古战线工作了几十年的老人，近阅八月廿日《人民日报》（海外版）刊登一则消息，题为“大明宫国家遗址公园即将建成”，消息说：“这是列入国家‘十一五’大遗址保护项目，总投资逾一四〇〇亿元”，又说这个工程是“旨在打造中国最大的露天古代宫廷文化遗址博物馆”，“工程建设基本上还原了唐代大明宫的历史原貌”，遗址公园将建有大唐民族团结园（西藏园、蒙古园）、大唐世界大同园（日本园、伊斯兰园）、大唐民俗体验园、大唐歌舞园、大唐名花园、大唐书画园、大唐御膳园、大唐茶馆、湿地园等多处历史景观。尽管不久前西安方面声明投资不是一千四百亿，而是一百廿亿，但对公园的方案内容并未否认。几十年来，我们曾经为增加文物保护经费而不断奔走呼吁，但是对这个投资一百廿亿，要在具有重大价值的古文化遗址上建成一座类似迪斯尼式的游乐园则表示坚决反对。因为这种做法违反了文物保护原则，也违反了《文物保护法》的规定。正因如此，使西安方面与国家文物局发生了矛盾。今年初，西安方面在《中国文物报》上发了一条题为“唐大明宫国家遗址公园中央博物馆建设奠基”的新闻报导，报导说博物馆是建在公园的中心，“处于整个大明宫遗址区的核心位置”，“整个工程将建设成为国际一流的博物馆”。奠基仪式不仅请了政府领导和专家，而且还请了大韩民国驻西安总领事全泰东。对此国家文物局事先竟毫无所知。《文物保护法》规定，在全国文物保护单位的保护范围内动土兴工，必须经过国家文物局批准，而西安市根本没有向国家文物局报批。为此文物局立即派人前往制止，要求他们严格依法办事，在遗址内工程必须履行报批手续。但文物局的人返京后，他们却立即开始施工，根本没有理会文物局的要求。两个月后楼已建成一半，文物局闻讯后，单霁翔同志亲自前往西安再次要求他们停工，但在单返京后他们又继续施工。至七月份，楼已全部建成，而且还在遗址内种了一千多颗大树及其它建筑物。为此，单霁翔同志再次率专家组前往西安召开会议，强烈要求他们整改，立即拆除违法建筑，并派专人留住西安监督执行情况，至此他们才开始拆除一些违法建筑物。在拆除过程中，很快就遭到了舆论的质疑，当地群众对刚建就拆提出了批评。也就是这个时候，《人民日报》（海外版）刊登了大明宫遗址公园即将建成的报导，公布了他们的全部方案，看来这恐怕不是偶然的巧合，而是他们还是要坚持原来的方案，而这个方案是从来没有依照法律程序向文物局报批过。

我们认为这个方案必须否定，否则不仅劳民伤财，在经济上造成浪费，而且对大明宫遗址将带来严重的损害。我们认为，造成今天这种局面的根本原因是陕西省违法改变了法定对文物的管理体制，把西安地区的全国重点文物保护单位统统交由一个政企合一的曲江管委会管理经营。这个管委会是一套人马三个招牌：管委会是作为西安政府的派出行政机构，另外两个招牌是陕西省文化产业投资控股有限公司和西安临潼旅游投资（集团）有限公司。负责人段先念一身四任：西安市副市长、管委会主任和两个有限公司的董事长。据了解，段先念曾是连续三年与王石、潘石屹等人并列为“中国房地产十大风云人物”之一，这个管委会实质上是政企合一，而且是企管政，管委会的行政职能完全是服从和服务于企业要求的它的业务。据段先念自己说：“所谓曲江模式，主要是依托文化遗产整合历史资源，通过创意包装和策划实施一批重大项目，带动其它产业部门类发展，最终提升城市价值。”这即表明，他是要“文物搭台、经济唱戏”，把文物作为或变相作为资产经营。这是违反《文物保护法》第二十四条关于国有文物保护单位不得作为资产经营的规定的，是违法的。因而，陕西省把文物保护单位从文物部门转交给具有企业性质的管委会进行管理经营的决定本身也是违法的。二〇〇五年国务院《关于加强文化遗产保护的通知》明确指出，“任何单位和个人都不得作出与法律行政法规相抵触的决定”，当然就包括国务院本身以及其它中央机关和个人。最近，家宝同志在国务会议上谈依法行政时也强调了这一点。《通知》在要求着力解决物资文化遗产保护面临的突出问题时，就强调“坚决避免和纠正过度开发利用文化遗产，特别是将文物作为或变相作为企业资产经营的违法行为。”因此，西安曲江管委的问题，正是《通知》要求着力解决的突出问题。但是要解决这个问题，国家文物局是无能为力的，所以我们才冒昧地给国家三位最高领导同志主席、副主席和总理写这封信，恳切请求纠正陕西省作出的决定，特提出以下两点意见：

一、建议陕西省政府立即纠正原来把西安地区全国重点单位统统交由曲江管委会管理经营的决定，全部交还当地政府文物管理行政部门负责管理。今后管委会安排项目动土兴工，凡涉及文物保护单位保护范围或建设控制地带，都必须严格遵守法律规定的程序，履行报批手续。未经批准自行动工造成破坏的，要依法处理。

二、建议国家文物局暂缓把国家考古遗址公园的模式向全国推广。因为这是一个新的尝试和探索，还没有任何的实践经验。原以为大明宫可以作为试点，现在看来是不成功的。但大明宫的模式已在全国产生影响，如杭州南宋都城遗址就根据画家马远的绘画复原南宋京城全貌，这显然是不可行的。如果全国大遗址都照此办理，不仅在经济上会造成巨大浪费，而且还会给大遗址造成严重损害。在建立改古遗址公园问题上，考古界有不同看法，社会上也有人质疑。如不久前冯骥才同志就在报上发表了题为：“请不要：遗址公园化” 的文章，现随函附上敬请一阅。因此，我们建议国家文物局能约请各方面的专家就这个问题进行充分讨论，广泛听取意见，特别是对不同意见更要耐心听，真正做到决策的民主化、科学化。据我们了解，国家文物局要建立考古公园也是为了更好地保护遗址，但未及时提出它与普通公园的区别和特殊的具体要求，以致与曲江管委会发生了矛盾。我们认为，遗址公园，必须是公园的一切设施和活动，要服从和服务于保护遗址的真实性和完整性，而不是根据公园的要求改造遗址。正如故宫博物院，必须博物院的一切活动要服从保证故宫的真实性和完整性，而不是根据博物院的要求改造故宫。这是一条基本原则，做不到这一点的遗址就不要建考古遗址公园。

以上意见敬请考虑为感。此致

敬礼！

宿白 徐苹芳 张忠培

黄景略 谢辰生

二〇一〇年九月十六日

编者注：

此信由先生起草。穆森向编者回忆了当时的情况：

2010年9月12日，由谢辰生先生起草，宿白、徐苹芳、张忠培、黄景略先生联名给胡锦涛总书记、温家宝总理和习近平副主席写了一封“通过大明宫遗址事件反映西安曲江管委会”（所谓曲江模式）的信。此时，我正在京协助李经国筹备“《谢辰生先生往来书札》和《谢辰生文博文集》两书的首发式暨座谈会”。谢老处在化疗期间，身体严重不适，另外几位老先生亦年事已高，行动不便，所以由我承担起了配合联名的送信工作。从9月13日至14日，签署顺序为张忠培、黄景略、徐苹芳。徐先生签字后，将信件留下，由他16日参加完谢老新书首发式后，赴宿白先生处送信和谢老的两部新著。宿白先生签字后，再由徐先生将信带回，最后由谢老签字发出。联名工作于16日全部完成。

9月22日，谢老又给温家宝总理写了一封信，补充一些情况，再次呼吁中央领导对此予以重视。此后，国家文物局局长单霁翔赴谢老家，就专家给中央领导的信中所提问题和意见进行了交流。与此同时，《人民日报》也对几位老先生的意见予以高度关注，22日发表了长篇报道《假如失去历史，你会不会恐慌？——警惕文物保护背后的地产冲动》，对“曲江模式”提出明确批评，引起社会强烈反响。

11月18日至22日，我又赴西安对“曲江模式”及大明宫遗址公园等处进行深入了解。12月9日，以特约记者身份，结合《人民日报》报道、专家意见和当地见闻写了两篇后续报道刊发于《世界新闻报·鉴赏中国》。2011年，《光明日报》《人民政协报》等主流媒体，又纷纷对此进行跟踪报道、深入分析，引起社会持续关注。

家宝同志：：您好！我们几个老同志给您和锦涛、近平同志写了一封信是通过大明宫遗址乃出件及陕西安曲江管委会的问题其实并不仅仅是大明宫的问题早在二〇〇三年在大雁塔就开发了有亚洲最大的音乐喷泉的广场使大雁塔的历史环境全然改观当时项目专家讨论会绝大多数人表示不同意但市政府以一句〃以经济发展为主〃给顶了回去、项目就上马了。之后他们又对法门寺扩建新修面积远远超过原法门寺而且新建〃筑体量很大使原来文物成了新建筑的配角 大雁塔和法门寺都是全国重点文物保护单位 这些

荣寶齋

（二）

工程他们都未向国家文物局征求过意見，以致改变了文物的历史环境，损害了文物的真实性和完整性，但已无法挽回了。据说最近又搞了"汉長安城遗址"，而且还听说不久他们还要向延安进军，延安是革命圣地，如果他们也要"包装"，恐怕对延安也会造成破坏。这是令人十分担心的。更使人注意的是在全国范围内这种所谓"曲江模式"正在产生影响，因为在他们开发项目的周边地价迅速上升，据说原来每亩地只五十万元，现在上升到八百万元，所以这个模式对房地产开发来说是百分之百的成功，但对文物来说则是百分之百

荣寶斋

（二）

的失败，而他们正是打着保护和利用文物名义进行活动的，因此建议中央领导研究加以制止，把他们掌握的文物保护单位交还给文物部门管理。原则一些重要文物保护单位将由临[illegible]前一场、地震、风暴的摧残，所以我再补充了一些情况供您更多的了解一些。匆匆即颂

敬礼。

谢辰生上
九月廿日

（三）

荣宝斋

家宝同志：

您好！

我们几个老同志给您和锦涛、近平同志写了一封信，是通过大明宫遗址事件反映西安曲江管委会的问题，其实并不仅仅是大明宫的问题，早在2003年在大雁塔就开发了有亚洲最大的音乐喷泉的广场，使大雁塔的历史环境全然改观。当时项目专家讨论会绝大多数人表示不同意，但市政府以一句“以经济发展为主”给顶了回去，项目就上马了。之后他们又对法门寺扩建，新修面积远远超过原法门寺，而且新建筑体量很大，使原来文物成了新建筑的配角。大雁塔和法门寺都是全国重点文物保护单位，这些工程他们都未向国家文物局征求过意见，以致改变了文物的历史环境，损害了文物的真实性和完整性，但已无法挽回了。

据说最近又接管了汉长安城遗址，而且还听说不久他们还要向延安进军。延安是革命圣地，如果他们也要“包装”，恐怕对延安也会造成破坏，这是令人十分担心的。更值得注意的是，在全国范围内，这种所谓“曲江模式”正在产生影响。因为在他们开发项目的周边，地价迅速上升，据说原来每亩地只五十万元，现在上升到六百万元，所以这个模式对房地产开发来说是百分之百的成功，但对文物来说则是百分之百的失败。而他们正是打着保护和利用文物名义来进行活动的，因此建议中央领导能尽快加以制止，把他们掌握的文物保护单位交还政府文物部门管理。否则一些重要文物保护单位将面临着一场“地产”风暴的摧残。

所以我再补充了一些情况，使您能更多地了解一些。匆匆。即致

敬礼！

谢辰生上

九月廿二日

编者注：

据考证，此信写于2010年。书致党和国家领导人。

此信附有2010年9月16日先生与宿白、徐苹芳、张忠培、黄景略联名致胡锦涛、温家宝、习近平书信，已收入本书。

穆森向编者回忆了事件的过程，详见2010年9月16日联名书信注释。

9月3日，《人民日报》刊登了人民日报赴西安报道组报道的《陕西曲江模式引争议 文物被指是地产陪衬和道具》：

陕西曲江模式：

曲径通“优”还是通“忧”

近期，有两则消息与“曲江”连在一起：当地拟投120亿元改造陕西西安城墙，计划用现代灯光点亮城墙，在城墙周围开发旅游娱乐项目；8月份，耗资百亿元的大明宫遗址公园在开园前一个多月，部分已建成的景观却被悄悄“搬移”。这两则消息，都引发了舆论的广泛关注。

近年来，西安曲江新区似乎从不缺少话题。有人称，“曲江模式”已成为陕西文化开发的一个范本；有人却质疑，曲江以保护历史文化遗产之名，行开发地产抬高房价之实；还有专家直言，曲江几乎“垄断”了陕西文化遗产开发，过度

商业开发不仅使陕西文化单一化，还会伤了文化的魂……

“曲江模式”到底该如何看待？文化遗址开发中的这条曲径，通向的究竟是“优”，还是“忧”？

迅速改变陕西文化产业

“曲江要打造文化航母，致力成为陕西文化产业的巨无霸”

谈及“曲江模式”，西安市副市长、西安曲江新区管委会主任段先念说：“曲江主要是依托文化遗产，整合历史资源，通过创意包装和策划、实施一批重大项目，带动其他产业门类发展。”

从2002年起，曲江相继规划建设了公共园林面积总计3300多亩的唐大慈恩寺、唐城墙、唐芙蓉园、曲江池、曲江寒窑、秦二世陵六大遗址公园，以及电影城、美术馆、音乐厅、大剧院、陕西文学馆和民间艺术馆，总建筑面积约10万平方米的六大文化场馆和包括大雁塔北广场、贞观文化广场等在内的系列文化广场。

“曲江模式”在众多大项目的开发建设中逐步形成。有人说，它给陕西文化产业带来前所未有的改变。曲江一位负责人表示，“曲江模式”可以归纳为“文化＋旅游＋城市”，通过企业的聚集做大产业集群，做长产业链，培育大集团。具体地说就是要挖掘土地的文化资源，通过市场化运作、国际化手段，通过大项目带动战略，把这种资源通过文化演绎、文化创意的方式，转化为文化产品。

从上世纪90年代中期起，曲江即被定位为西安市旅游度假区，但在很长一段时间里，因为没有钱，发展非常缓慢。2002年，曲江确立了“文化立区、旅游兴区”战略，发展从此进入快车道，曲江首先融资5亿元，建起了大雁塔北广场，把文化、休闲和旅游结合起来。项目很成功，大雁塔周边地价上升了，这给了曲江很大的信心。紧接着，曲江又花14亿元推出第二个项目——大唐芙蓉园。

段先念表示，曲江通过大资本运营、大产业布局、大项目带动，正迅速改变着陕西文化产业。曲江运用整合资源、项目捆绑、委托经营、土地划拨和资本运营等手段，不断增强投融资能力，扩大资本总量，并以投融资平台为母体，相继整合组建了影视、会展、旅游、演艺及大明宫投资集团等文化企业集团。2009年6月9日，目前全国最大的文化产业投资公司——陕西文化产业投资控股有限公司在西安挂牌成立，曲江是其最大股东。曲江一位负责人告诉记者：“曲江要打造文化航母，致力成为推动陕西文化强省的重要力量和西部文化产业的巨无霸”。

文化搭台，地产唱戏

“在曲江那里，文物是地产的配角，遗址成地产的道具”

近期处于风口浪尖的大明宫国家遗址公园，是我国体量最大的遗址考古公园，是丝绸之路整体申遗的东方龙头。从大明宫遗址保护项目的规划展示看，除了几个是博物馆类的项目外，其余全是商务楼、宾馆、住宅小区。

据了解，大明宫投资集团拥有包括大明宫遗址公园及周边地区在内的19.16平方公里土地的一级整理权、整体规划权和整体开发权。这19.16平方公里的土地产生的增值，即最终的土地市场价值超过成本的溢价部分，将被大明宫投资集团和它的地产商合作伙伴分享。据悉，中国建筑、中海地产、华远地产等国内地产巨头都已介入了大明宫周边地块的开发。

从2002年开始，曲江便开始搞文化产业。曲江一直认为，自身不追求盈利，如何成功挖掘西安这座城市的文化号召力，才是曲江的使命。

但在陕西省委党校教授钟卫国看来，曲江是在用文化粉饰地产。其内在规则是：圈地→文化艺术炒作→全球招标搞规划→贷款→基础建设→招商引资→地价成倍甚至数量级翻番→出让土地获得资金→炒文化概念、建主题公园→土地再次升值。

曲江的具体做法是：先讲一个很大很美的故事；然后建主题公园，引来游客和现金流；最终，周边土地快速升值。曲江的第一个故事主角是大雁塔，宣讲大雁塔与唐僧的关系，结果大雁塔广场两侧2万多平方米的仿唐商业铺面很快被抢购一空。2003年12月31日大雁塔北广场开放，第二天，曲江的所有土地在原有基础上每亩加50万元，而一年后，该地段周围的地价增长了3倍多。

据了解，大明宫遗址公园耗资120亿元，西安市政府不投一分钱，靠地产商先垫资拆迁，进行土地整理和基础设施建设，包括建一些宫殿。作为补偿，地产商将按贡献大小，以拆迁成本价获得一块土地。

据公开资料显示，2003年，曲江新区的土地为每亩30万元到50万元，到2009年，出让价格为每亩300万元到600万元。而在全国抑制房价的大背景下，曲江的房价甚至高达4万—6万元/平方米，炒房者蜂拥而至。

“一直以来，在曲江那里，文物只是地产的陪衬和道具。他们的做法是文化搭台，地产唱戏，文物是配角，遗址成道具。”十七大代表、秦始皇兵马俑博物馆馆长吴永琪认为。

文化产业正被“垄断”

“文化遗产‘被曲江化’可能会伤及历史的根、文化的魂”

大雁塔、大唐芙蓉园、西安城墙、法门寺、大明宫遗址公园、曲江临潼国家级休闲度假区(秦始皇兵马俑博物馆所在地)、曲江楼观台中国道教文化展示区，曲江寒窑遗址公园……曲江正在“垄断”西安甚至陕西的大部分文化遗产。据了解，曲江的下一步将走向延安，还将在陕西各市修建文化广场。

一场曲江“风暴”正在如火如荼地推进。不少专家认为，曲江是一个先行者，践行了“皇城复兴”计划，没有它，西安的“皇城复兴”计划到现在可能还启动不了。

钟卫国却持相反观点：“文物上有历史信号，如果被过度商业化开发，这些历史信号会逐渐减弱，甚至消失。曲江的文化扩张本质就是商业风暴，风暴过后留下的只是一堆建筑垃圾，会破坏西安文化的多样性、厚重感。”

“重商业开发，轻文脉保护”，是学界对曲江开发项目最主要的批评声音。

陕西省委党校经济研究所所长范增录教授就认为：“一些遗址开发其实就是钢筋混凝土的仿古制品，打破了人们对古建筑的认同感、归属感、敬畏感。就算曲江模式不错，也没有必要在全陕西推广。文化遗产‘被曲江化’可能会伤及历史的根、文化的魂。”

陕西省社科院副院长石英表示，古文物有文脉，过度开发就破坏了文物的古貌，而且这种破坏还容易被忽视。

如今，千年古刹法门寺被现代化的广场和建筑包围着。吴永琪谈起去法门寺的经历，感到很无奈，他说，法门寺如果是寺庙，根据宗教法规应由宗教协会管理，和尚也可以参与管理，其他人没必要介入；如果是博物馆，国家的事业单位管理就可以了，其他人应该退出；如果是曲江来管理，就应该叫法门寺主题公园或法门寺文化主题公园等。现在这种“博物馆+寺院+企业”就是一个畸形的体制。

此外，不少专家对曲江的“冠名”方式很费解，曾先后出现过“曲江城墙”“曲江法门寺”“曲江楼观台”等。“如果曲江是政府部门，这样的冠名就是不对的；如果曲江是企业，就不应该享有掌控土地拍卖交易的权利，而应该严格遵守企业的准入制度，对文化遗产开发项目参与公开竞争，其他企业也可以参与开发。”吴永琪说。

国家文物局局长单霁翔做客人民网时提出，西安光文物古迹和地下遗存就足以震撼世界，为什么还要用像纽约、曼哈顿的建筑形式来欢迎客人呢？不少网友表示，这指的正是曲江建造的“媲美纽约曼哈顿‘百老汇’的西安艺术新高地”——大唐不夜城。

一些专家介绍，走在罗马的街上感觉像回到了罗马帝国时代，斗兽场、歌剧院，那么多遗址都是原样保存；在埃及，金字塔旁也搞声光电，但离金字塔本体起码有500米以上，而且所有设施都是临时的，随时可以拆除。

“曲江拆迁”留下隐患

“圈地圈财富”使得城乡差异变大，带来突出的社会矛盾

前不久，西安市曲江新区岳家寨村开始拆迁，58岁的村民陆秋凤一说起房子就想哭。一家十口人的未来一下子被悬空了，接下来住哪里？怎么生活？“我们都拥护政府的决定，但是政策是‘先安置、再拆迁’，我们连新的房子都没租到，也没有了收入来源，以后怎么生活啊？”陆秋凤说。

村民普遍拒绝在拆迁协议书上签字，陆秋凤是其中一个，但是他们觉得自己的力量微乎其微，担忧会成为“暴力拆迁”的受害者。贴在该村墙壁上的《西安市国土资源局曲江新区分局征地拆迁补偿安置方案通告》，最后一条赫然写着：“村民如有异议，不影响征地拆迁安置工作的进行。”

同村的耿红告诉记者：“我们之前谁都不知道什么时候拆、怎么拆。根本没有征求广大村民的意见，突然下发通知，说我们要搬迁了，补偿方案也没有和我们商量。”记者走访多位村民，都表示拆迁没有做到公开、公正、透明。

“拆迁方案是雁塔区2003年制定的，但是2007年也有政策啊，新政策一出，旧政策就应该废除了，而对我们的补偿还是用旧政策，不公平。”村民魏春燕说。

从西安市国土资源局曲江新区分局的通告中可以看到，拆迁一次性付给每人15万元的货币安置补助费，外加30平方米的住宅面积。陆秋凤算了一笔账，自己3个独院有1亩半左右的土地，如果不拆迁，一个月的租金就有一万多元钱。一旦搬出，如果没有工作能力，15万元钱在这个城市，又能花多久?

据了解，曲江拆迁的补助费用有：养老保险4.4万元、医疗保险4万元、生活依托地补偿费5万元、原村庄剩余土地补偿费0.74万元、村内公共设施及配套设施补偿费0.5万元、18个月过渡费合计0.36万元。村民普遍对此有异议。18个月的过渡期，每个人每月只有200元生活费，重新租房、小孩上学等问题没法解决。

63岁的村民王平川担忧：“我老了，补偿我15万元，这辈子可能就够了，那些四五十岁的人怎么办？出去打工人家不要，又没有能力创业，以后连个病都不敢生。”

国务院学位委员会学科评议组成员、农村经济管理专家王征兵教授告诉记者，曲江在拆迁过程中，如果不能妥善安置，这些农民很快沦为社会新底层，将会是社会矛盾显现的焦点。据了解，几年来，曲江共拆迁了15个村子，涉及几万人的安置。

范增录认为，曲江在拆迁中留下众多隐患，土地的城市化快于人口结构的城市化。这种通过“圈地”来“圈财富”的方式，将使得城乡差异变大，违反科学发展观的要求，将带来一些突出的社会矛盾。他认为，在城中村拆迁安置中，应该实行土地股权化或者股权式的补偿。也就是说，农民可以分享土地增值的财富，解决他们的后顾之忧。

12月9日，《世界新闻报》刊登了特约记者刘心随的文章《大明宫遗址，十大景观背后的争议》：

10月1日，号称“世界遗址保护东方典范”的大明宫国家遗址公园，在一片争议声中盛大开园。从立项到全面建设的三年来，大明宫国家遗址公园从不缺少话题。今年开园前后，一批文博专家又对大明宫遗址公园建设过程中出现的问题提出质疑。方兴未艾的大遗址公园到底应该怎么建，大明宫遗址公园还只是破题。

大明宫几分落寞

11月底，当《世界新闻报·鉴赏中国》周刊记者走进陕西大明宫国家遗址公园时，没有感受到想象中的喧嚣，反而有几分落寞和空旷。遗址公园分为免费区和收费60元的遗址保护示范区。正值旅游淡季，园区内各种冠以“大唐风情”的表演节目，或调整了时间，或须团体预约。除了大明宫遗址拆迁前后的对比图片展、微缩景观展之外，遗址内许多考古遗址都没有详尽的说明，有些设施已明显损坏。

“和宣传的太不一样了，管理水平太差劲，我是来看文物遗址的，不是来看危改展和马戏表演的。”一位从广东到西安出差的游客说。

人们期待从遗址中看到盛唐长安的恢弘气象。大明宫被称为“中国宫殿建筑的巅峰之作”，建于唐贞观八年，本是唐太宗李世民为太上皇李渊修建的夏宫。自唐高宗起，唐朝历代帝王大都在大明宫居住、处理朝政，220年间它一直是中国政治、文化的中心。大明宫城墙周长7.6公里，面积约3.2平方公里，是北京故宫的4倍大，共有11个城门，城内主干道丹凤门大街宽达176米，是唐代也是世界历史上最宏伟的宫殿建筑群之一。

大明宫毁于唐代末年的大火，但遗址却沉积下来。上世纪五六十年代开始的大明宫遗址考古发掘，共发现40多处宫殿阁亭遗址。1961年，大明宫遗址被公布为全国第一批重点文物保护单位。

2007年，西安市决定实施大明宫遗址区保护改造项目，总投资逾1400亿元。按照规划，除在城北建设大明宫国家遗址公园，对遗址公园内的棚户区进行拆迁和安置外，将以遗址公园为核心，在19.16平方公里的大明宫遗址区进行相关产业的联动开发，建设商业圈、文化旅游区和中央居住区等多个项目。

在拆和建之间徘徊

从今年8月开始，有文博专家开始站出来对大明宫遗址公园的做法提出质疑。

一位不愿透露姓名的西安考古专家指出，现在大明宫遗址公园表面的平静是迫于压力，估计是暂时的，未来绝对不会缺少话题，因为“他们已经投入太多了”。

大明宫国家遗址公园有恢弘的建设计划，“旨在打造中国最大的露天古代宫廷文化遗址博物馆”“基本上还原唐代大明宫的历史原貌”。据报道，遗址公园将兴建大唐民族团结园（西藏园、蒙古园）、大唐世界大同园（日本园、伊斯兰园）、大唐民俗体验园、大唐歌舞表演园、大唐名花园、大唐书画园、大唐御膳堂等十大历史景观。尽管西安方面声明投资不是1400亿，而是120亿，但对公园的方案内容并未否认。

目前，十大景点还看不出端倪，不过作为一个建在遗址之上的考古展示公园，一些不合程序的建设项目正在给遗址保护带来危机。今年8月，大明宫遗址公园刚完工的一些新建筑被拆除，周边居民对此大为不解。大明宫保护办负责人的解释是：“那不是拆除，而是景观建筑物的调整。”但据知情人士透露，国家对大明宫遗址公园建设提出了整改意见，新建筑的拆除，事实上是有关部门工作人员在大明宫遗址公园驻守、整改的结果。

伤筋动骨的大遗址

“大明宫遗址内有十几项工程，其中只有三项经过有关文物单位批准。”中国考古学会理事长、原故宫博物院院长张忠培披露。

中国文物学会名誉会长、原国家文物局顾问谢辰生也指出，《中华人民共和国文物保护法》严格规定，在全国文物保护单位的保护范围内动土兴工必须经过国家文物局批准，而大明宫园内多项工程根本没有向文物部门报批。文物部门数次干涉无果，今年7月，园内楼已全部建成，遗址内还种下1000多棵大树。

原中国考古学会理事长、中国社科院考古所所长徐苹芳则表示，西安在20世纪30年代、70年代曾做过两次地形考察，地形图等高线表明，西安城千余年的变化并未触及大明宫遗址。大明宫的最高点在含元殿，其余几处制高点都建有庙、观等重要建筑。严格说来，大明宫的考古工作，除了含元殿等几处重要的遗址，尚未完成。

“现在大明宫遗址被填平，特别是在太液池附近建起了地下博物馆，这对国家文物是一种极大的破坏。未来大明宫考古工作如何进行？这是个没有答案的问题。”徐苹芳说。

新闻延伸：

大遗址公园急需技术标准

“建设遗址公园是保护大遗址的一种有效形式，我从来没有反对通过这种形式对大遗址进行保护。当地政府前期的拆迁改造工程是对的，但文化产业要把社会效益作为最高准则。我坚决反对以赢利为目的的企业化管理，坚决反对把文物当摇钱树，反对大明宫十大景点建设，这是对遗址公园的破坏。”谢辰生说。

谢辰生认为，遗址公园的一切设施和活动要服从和服务于保护遗址的真实性和完整性，而不是根据花园的要求改造遗址。正如故宫博物院的一切活动要服从保证故宫的真实性和完整性一样，而不能根据博物院的要求改造故宫。“这是一条基本原则，做不到这一点的遗址，就不要建考古遗址公园。”

大遗址公园在建设过程中出现的这些问题是人们始料不及的。对一种尚处于探索期的文物保护形式，现在下结论还太早，但有一点可以肯定，那就是如果大遗址公园内所有的建设项目在开工之前都经过相关部门的审批和论证，许多遗憾和失误可能会由此避免。

11月18日至19日，国家文物局大遗址保护工作会议在成都召开，会议系统回顾了我国大遗址保护工作的发展历程，并针对当前大遗址保护和国家考古遗址公园建设中存在的问题提出建议，但对大遗址公园到底应该怎么建，却并没有提出统一的模式和技术标准。笔者认为，尽早确立相关标准，为大遗址公园的建设定下基调才是当务之急。

高勵同志：您好！不久前您对我们幾个老同志关於保护天津舊城區鈴鐺閣王家大院的建议作了重要批示，使我们深受感动，謹向您表示由衷的感谢！因为当时我们寫信的幾个人都是從事考古和文物保护的，没有古建築方面的专家，为慎重起見，我们返京后又约请了两位古建专家，一是中國文化遺產研究院原总工付清远同志，另一位是故宮博物院付院長晋宏逵同志，专程去天津進行了考察，歸来后寫了一份建议書，我们完全同意他们的意见，现將建议書隨函附上，供您参考。

（一）

天津是国务院公布的第二批国家历史文化名城，当時保护的范围一是原天津府辖区的老天津，二是租界区，都还保存得比较好。这两个区各具特色，見证了天津城市发展的历史。天津老人习惯把天津老区称之为上边，把租界区称之为下边。在天津公布为历史名城之后，天津市曾制定过一个名城保护规划，报国务院、建设部，把天津规划还有其它几个城市的规划一起送了我看，征求意见時，我发现其中天津規划最好。所以我对天津的名城保护充满信心，万没想到在上世纪末和本世纪初，天津市竟然完全不顾原来的規划而对

（二）

天津老城已大拆大改，使老城内街区遭到最严重破坏，城外著名的大胡同、官银号、估衣街面目全非，甚至上了小学课本全国知名的三条石和天津著名的金钢桥都被拆毁。据说瑞环同志对拆除金钢桥很不满意。现在天津老区的格局和风貌已全然改观，据了解目前铃铛阁区一小部分平房区和西沽区保存了一部分老房子，是整个天津老区仅存的历史记忆了。它们不是老天津的精华，但却是老天津唯一的仅存的痕迹。从这个角度看，无疑还是有保存价值的。所以我们完全同意付清远和晋宏逵两位同志的建议，同时，我们认

（三）

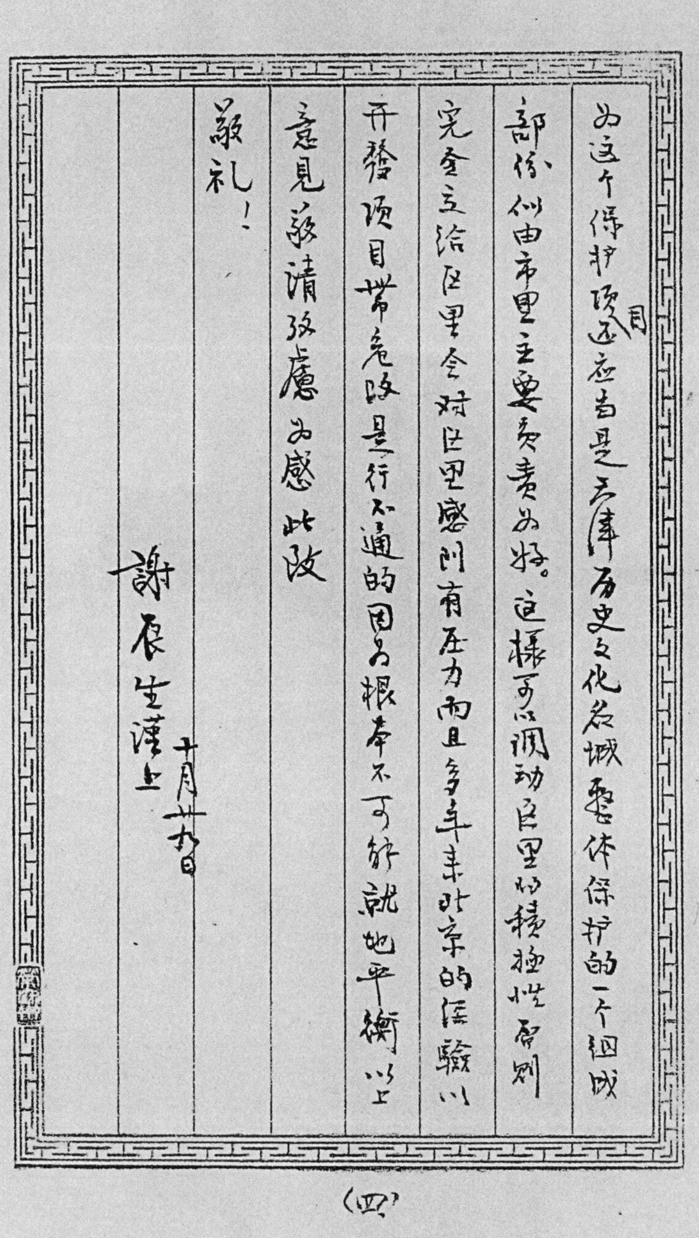

为这个保护项目还应当是从历史文化名城整体保护的一个组成部份，似由市里主要负责为好。这样可以调动区里的积极性，否则完全交给区里会对区里感到有压力，而且多年来北京的经验，以开发项目带危改是行不通的，因为根本不可能就地平衡。以上意见敬请考虑为感。此致

敬礼！

谢辰生谨上
十月廿九日

（四）

高丽同志：

您好！

不久前您对我们几个老同志关于保护天津旧城区铃铛阁王家大院的建议作了重要批示，使我们深受感动，谨向您表示由衷的感谢。因为当时我们写信的几个人都是从事考古和文物保护的，没有古建筑方面的专家，为慎重些，我们返京后又约请了两位古建专家，一是中国文化遗产研究院原总工傅清远同志，另一位是故宫博物院付院长晋宏逵同志，专程去天津进行了考察，归来后写了一份建议书，我们完全同意他们的意见，现将建议书随函附上供您参考。

天津是国务院公布的第二批国家历史文化名城，当时保护的范围一是原天津府辖区的老天津，二是租界区，都还保存得比较好。这两个区各具特色，见证了天津城市发展的历史。天津老人习惯把天津老区称之为上边，把租界区称之为下边。在天津公布为历史名城之后，天津市曾制定过一个名城保护规划报国务院。在建设部把天津规划还有其它几个城市的规划一起送文物局征求意见时，我发现其中天津规划最好，所以我对天津的名城保护充满信心。万没想到，在上世纪末至本世纪初，天津市竟然完全不考虑原来的规划，而对天津老城区大拆大改，致使老城内街区遭到严重破坏，城外著名的大胡同、官银号、估衣街面目全非，甚至上了小学课本全国知名的三条石和天津著名的金钢桥都被拆毁，据说瑞环同志对拆除金钢桥很不满意。现在天津老区的格局和风貌已全然改观。据了解，目前铃铛阁这一小部分平房区和西沽还保存了一部分老房子，是整个天津老区仅存的历史记忆了。它们不是老天津的精华，但却是老天津唯一的仅存的痕迹，从这个角度看，无疑还是有保存价值的。所以我们完全同意傅清远和晋宏逵两位同志的建议。同时，我们认为这个保护项目还应当是天津历史文化名城整体保护的一个组成部分，似由市里主要负责为好。这样可以调动区里的积极性，否则完全交给区里，会让区里感到有压力。而且多年来北京的经验，以开发项目带危改是行不通的，因为根本不可能就地平衡。以上意见敬请考虑为感。此致

敬礼！

谢辰生谨上

十月廿九日

编者注：

书致党和国家领导人，写于2010年。

随信附有傅清远、晋宏逵《关于天津王家大院建筑的价值和保护建议》及陈雍《王家大院调查报告》。

本年2月25日，先生与徐苹芳、张忠培、黄景略联名致书张高丽：

最近，我们了解天津正在打造五个高地，特别是文化高地建设，非常重要。天津具有很丰富的近代史资源，是我国重要的财富。近日，我们在研究天津甲骨文发现地——马家店作为历史遗迹保护的过程中，发现在红桥区另有一处重要的历史文化资源，现称为王家大院，据初步调查的资料看，这处宅院有很高的社会学研究价值，它完全不同于福建土楼、山西大院和北京四合院等民居形式，是研究社会家庭结构史的新材料，建议加以保护修缮，对外公开展览。

3月15日张高丽批示：“十分感谢谢老等专家对天津的关心支持，一定要保护好历史建筑。请市政府、红桥区认真研究。”

同日，先生与宿白、徐苹芳、张忠培、黄景略联名上书国家文物局：

坐落于天津市红桥区故物场大街北端和南小道子西端相交处的马家店遗址（现地址为故物场大街1号、南小道子85号），是1899年王襄、孟定生鉴定、购买殷墟甲骨文的地方，是中国甲骨文发现辨识的重要遗址。经过论证，我们认为：一、关于马家店遗址，在王襄先生的著述中有多处记载，记述明确。著名学者陈梦家和胡厚宣对王襄发现辨识甲骨文的历史已有明确论述，事实清楚。二、天津王襄与甲骨学课题组关于《马家店遗址调查报告》详细论证了马家店遗址的调查考证情况，真实可信。

根据上述情况，我们认为按照《第三次全国文物普查不可移动文物认定标准》之“5.1与历史进程、重要历史事件、历史人物有关的史迹与代表性建筑的本体尚存或有遗迹存在”，应认定为不可移动文物，属于“重要历史事件及人物活动纪念地”一类。建议依法对马家店遗址认定，进行有效保护。

11月17日，穆森将此信转送给天津市委。18日天津市委书记张高丽在信上批示：“衷心感谢谢老和专家们对天津工作的关心支持，提出的意见，请市政府研讨。”

10月19日中国文化遗产研究院原总工程师傅清远、故宫博物院原副院长晋宏逵联名致书先生，提出《关于天津王家大院建筑的价值和保护的建议》：

受您指派，我们到天津查看了铃铛阁附近王家大院的建筑状况，并且在现场听取了大院住户王家后人王昌煊对大院历史的介绍，陈雍同志提供了他撰写的《王家大院调查报告》。陪同我们考察的有天津市文物局、拆迁办和“天津市建筑遗产保护志愿者团队”的几位同志。我们还顺便看了马家店遗址和四周街巷，据介绍，这里已经是天津市仅存的平房区。由于我们都是第一次接触这件事，到津任务就是考察建筑状况，所以我们在现场和午餐时没有与任何同志交换意见。现将我们了解的情况及我们个人的建议向您汇报如下：

一、关于建筑的价值的判断

据陈雍同志的调查报告，“王家大院”位于天津铃铛阁历史地段内，拆迁前有14个院子，建筑60余间。

从文献资料和碑刻上，可以反映王家确是津门巨族，明初从山阴（绍兴）迁徙天津。但是从这组建筑难以判断其是否始于明代。现存建筑中以铃铛阁大街（芥园道）的三间祠堂大门最为完整，从其中发现的“旌表节孝外祖母王母焦太安人碑记”立碑年代是清道光癸卯年，公元1843年；建筑的格局和砖墙砌法也与之吻合，所以可以判断祠堂大门属于清代晚期建筑。大院现存的建筑也没有看到更早的历史特征。

14个院子没有一个共同的院墙或者大门，总体上布局确有特点，表现为中央有一条巷道将14个院子分成东西两部分。由于拆迁的影响，我们难以发现14个院子之间的关系。根据住户提供的复原平面图和房契图，陈雍同志复原为王氏家族是分东西两支居住，院门向巷道方向开门，有一定的道理。

从现存的建筑看，较规矩的房子年代都比较晚，属于民国以后，其他很多建筑经过了七六年地震后的改建，不是开始建造时的原状。

所以我们觉得，从建筑本身的历史、艺术价值判断，很难作为文物保护单位来进行保护。

二、我们的建议

由于王家大院位于天津市的历史地段内，能给后人留下天津建城史及在平房居住建筑方面的历史信息；也由于王家特殊的历史经历（王羲之、王阳明后裔；浙江移民；建房与天津卫同期；对吕祖堂的贡献等等），大院应该得到重视。建议通过调整规划，把大院及附近的马家店等具有历史意义和老天津风貌的城市小格局保留下来，以大院祠堂及几处保留较为完整的小院和街巷为核心，维修和按历史风貌修复整合一些与之相关联的小院落，形成一个平房区的小环境，留下铃铛阁地区的城市历史记忆。这个小环境的功能可以服务于整个危改区，使保护与发展相协调。这个小环境修复保留的具体范围，可由天津市规划部门同文物部门及相关专业人员共同研究确定。同时要充分考虑对它的科学、合理、有效的利用，让它服务于居民，服务于社区，服务于社会。

《天津文史》2010第2期（2010年12月，总第44期）刊登有天津市建筑遗产保护志愿者团队召集人穆森编辑的《马家店遗址大事记》，可对此事过程加以补充，谨就相关内容摘录于下：

清光绪二十五年（1899年），天津学者王襄在天津老城“西门外马家店”鉴定和购买殷墟甲骨，甲骨学由此发端。关于王襄鉴定和购买殷墟甲骨的历史事实，在其多篇著述中有明确的记载，学术界亦予以肯定。然而王襄所述“西门外马家店”的具体地点，长期存在两种说法：一说在铃铛阁南小道子，一说在西马路马家店胡同。在近二十余年的时间内，津门学界经过反复调查和考证，最终否定了西马路马家店胡同说，确认了铃铛阁南小道子“马家店遗址”。本大事记记录了自1986年至2010年发现“马家店遗址”的历史过程。

1994年

10月25日，王锡荣在《红桥报》发表《马家店轶事》，首次向社会披露，王襄鉴定和购买殷墟甲骨的地点为铃铛阁南小道子马家店。

2008年

3月，红桥区铃铛阁地区拆迁全面启动，天津市建筑遗产保护志愿者团队开始对铃铛阁地区进行调查，发现王家大院等历史建筑，并开始呼吁保护。

2009年

8月20日，陈雍和王学书递交“天津市政协第十二届二次会议1103号提案”，呼吁有关部门尽快对马家店遗址予以认定、保护，建议筹建“王襄发现甲骨文纪念馆”。

10月1日，文化部颁布的《文物认定管理暂行办法》正式实施，穆森、张强和王昌煊先后向红桥区文化和旅游局递交《关于将“马家店遗址” 认定为不可移动文物的申请书》和《关于将“王家大院”认定为不可移动文物的申请书》，红桥区文化和旅游局以《文物认定管理暂行办法》缺乏认定标准和可操作性为由拒绝受理。

同月，马家店遗址拆迁开始，谢辰生致电天津市文物局有关领导，表达了对马家店遗址保护的关注。天津市文物局有关领导承诺，立即采取措施进行调查，一经确认及时保护。

同月，陈雍受谢辰生、徐苹芳委派，调查铃铛阁王家大院历史建筑。

10月28日，天津市红桥区文化和旅游局有关领导电话通知穆森，王家大院和马家店遗址的文物认定申请已被受理。

12月29日，红桥区人民政府“对天津市政协第十二届二次会议1103号提案的答复”称：“马家店（又名马家蛐店、画眉店）坐落在红桥区南小道子85号（故物场大街1号），该址是中国甲骨文最早的确认地（交易地）。解放后马家店被更名为‘民利旅馆’，1990年后被改造为职工宿舍（据居民讲），大门改开在故物场大街1号。”“红桥区文物保护管理所在2008年已对该地进行了文物普查，但目前尚未认定”。

2010年

2月，由“王襄与甲骨学课题组”完成《马家店遗址调查报告》。课题组认为，现天津市红桥区故物场大街1号（包括南小道子85号）即王襄所述“西门外马家店”，是1899年王襄鉴定、购买殷墟甲骨文的地方。从晚清的马家店，到抗战后的胜利旅馆，再到解放后的民利旅馆，延至现今的居民住房，该建筑的历史沿革清楚；南小道子和故物场大街的位置和尺度基本没有发生过变化，整个建筑坐落亦未发生过变化，遗址尚存，基本保留了原来的格局轮廓。符合《第三次全国文物普查不可移动文物认定标准》，应当认定为不可移动文物，属于“重要历史事件及人物活动纪念地”一类。

同月，红桥区故物场大街1号（南小道子85号）部分地面建筑在未经认定和论证的情况下遭拆除。

2月25日，“王襄与甲骨学课题组”在北京文博大厦召开“马家店遗址保护座谈会”。

2月26日，宿白听取“王襄与甲骨学课题组”汇报和阅读《马家店遗址调查报告》后，完全同意与会四位专家的意见，并在专家意见书上签字。此后，专家论证意见书上报国家文物局。

3月12日，《中国文化报》刊发《甲骨文确认地天津马家店遗址终被认定——拆迁与否仍是未知数》。该文称：红桥区文化旅游局有关负责人在3月6日接受媒体采访时说，“根据1月28日该局组织召开的马家店遗址专家论证会的论证意见，马家店本身无文物价值，其价值在于王襄和孟广慧在此确认甲骨文的历史事件有重大意义。”“专家论证认定的遗址是马家店这个地方，但马家店地上建筑主体不是文物，跟拆迁并不矛盾，没有必要保护。”

3月16日，《天津日报》刊发图片新闻：“昨天，红桥区文化旅游局已经正式将马家店遗址列入第三次全国文物普查范围，确认为不可移动文物。据了解，马家店遗址位于红桥区故物场大街1号院（南小道子85号），是我国甲骨文的发现地，具有极高的历史价值。专家建议筹建 ‘王襄发现甲骨文纪念馆’”。

同月，天津市规划局、天津市文物局和红桥区政府有关领导赴京向谢辰生汇报情况，听取谢辰生意见。此后，马家店遗址、王家大院拆迁停止。

同月，单霁翔向全国政协第十三届三次会议提交“加强天津马家店遗址调查保护工作的提案”。他建议，请天津市有关部门予以重视：

“一、结合第三次全国文物普查工作，并依据《文物认定管理暂行办法》，及时将马家店遗址认定为不可移动文物，纳入到《文物保护法》的保护范畴，切实加强马家店遗址的保护工作。

“二、进一步组织有关方面加强对马家店遗址的调查、研究和考证工作，积极创造条件推动马家店遗址的保护与利用工作，展示马家店遗址在甲骨文发现、研究史中的重要地位，充分发挥马家店遗址在甲骨学研究中的重要作用。”

4月29日，应天津市的邀请，谢辰生和黄景略在天津市规划局、文物局、红桥区政府有关领导陪同下，现场考察王家大院和马家店遗址。在“红桥区铃铛阁地区王家大院专家现场会”上，听取天津市规划局、天津市文物局、天津市国土资源和房屋管理局及天津市风貌办、红桥区政府及红桥区文化旅游局、红桥区规划分局等有关部门的情况介绍，以及天津专家学者、志愿者的意见。谢辰生特别强调：“以开发代危改是绝对错误的，而是应本着政府主导，公共利益优先的原则去做。”“就地平衡无法解决文保与拆迁之间的矛盾。”会上，各方面没有就马家店遗址和王家大院的文物认定和保护形成共识。

6月1日 受谢辰生委派，傅清远、晋宏逵来津考察王家大院、马家店遗址以及铃铛阁历史街区。

经过各方的共同努力，马家店遗址被正式列入第三次全国文物普查范围，确认为不可移动文物得到保护。

邦國
锦涛同志：

您好，顷阅报载二月廿三日全国人大常委会将开会讨论通过刑法修改方案，主要内容是废除对一些犯罪分子死刑的问题，其中涉文物犯罪的有三条，一是文物走私，二是盗窃珍贵文物，三是盗掘古墓古遗址，我们文物系统的一些老专家老同志对废除盗墓罪的死刑有些不同看法，因而以文物学会的名义给邦國同志和全国人大常委委员写了一个"关于保留刑法对盗掘古墓古遗址罪死刑判决规定的呼吁书"，恳请现随函附上，敬请一阅。

我国自古以来就对盗掘古墓深恶痛绝，并列为"十恶不赦"之一。早在汉代就已制定了"发冢者诛"的法律，以后历朝历代的法律皆有此项规定特别是在过去王朝每当水旱大灾往往要减免赋税赦刑犯的措施以稳定人心但赦免唯独不包括发冢盗陵之罪。民国后一九四年河北遵化地区有部分不法干部和个别村长盗掘清陵被捕经审讯后立即就地处决其主犯王绍义在逃于五一年被捕经遵化县人民法院审判处决，在建国初期三五反运动中处决了一批历史上和现行的盗墓分子产生了很大的震慑作用，使得后来几十年中在解放了的神州大地上基本杜绝了盗掘古墓的活动。直到上世纪八十年代中期盗墓走私犯罪活动又沉渣泛起针对这一情况，一九八七年国务院颁发了《关于打击盗掘和走私文物活动的通告》，据此在全国范

荣宝斋

（二）

国内展开了一次严打文物犯罪的斗争，从而使文物犯罪一度得到遏制，但是
到九十年代国际国内文物市场都发生了一些很不正常的现象，一些人在倒卖文物
市场上把文物价格炒作得简直是天价，使得一些人在这种诱惑下铤而走险，致使盗
掘古墓的犯罪活动又猖獗起来，而且一直到现在还处于高发上升的态势中。特
别是报纸上公布要取消盗墓犯罪死刑的消息后，全国各地连续发生盗墓分子
打伤文物干部和执法人员的恶性案件。甚至发生了一个被公安人员捕获的犯罪
分子在押到派出所后，竟被一伙犯子从派出所抢走，并把三名公安人员打成重伤，这是
建国以来从未发生过的严重事件。如果此时此刻正式通过废除盗墓犯罪判

荣宝斋

（三）

处死刑的决定，无疑在客观上将对当前猖獗的盗墓犯罪活动起到推波助澜的作用，而造成极为严重的后果。如果为了免除少数犯罪分子的死刑，以示我们的人道主义，而导致祖先几千年为我们遗留在地下埋藏的珍贵文化遗存遭到更大的破坏，極而言之，我们这一代人就是对历史、对祖先、对后代子孙的犯罪，甚至是全人类的损失。因为幾千年来在人类历史發展進程中，我们祖先曾作出过突出的贡献，祖先为我们留下的文化遗產，其所有权当然屬於我们国家，但是这些遗產体现的我们祖先在科学文化方面的光輝成就作为精神财富则是屬於全人类的。

景寶齋

（四）

关于对盗墓犯罪分子的量刑问题，根本不存在与国际接轨的问题，特别是西方国家，欧美各国从来就没有盗墓的问题，自然我们也就与他们无轨可接了。因此保留对盗墓犯罪判处死刑不会在国际上造成不良影响，甚至还会产生积极影响。举例来说，前几年我们与美国谈判要签定一个两国合作打击文物犯罪活动的协议，经过多次谈判未成功。在最后一次谈判时，美方特别强调防止和打击文物犯罪主要是中方的事了，中方应当有便有力的手段来防止和打击这些犯罪活动。当时中方代表主要负责人文物局付局長董保华同志详细地向美方介绍了我国打击文物犯罪活动的情况，其中提到我们的法律规定对

荣宝斋

（五）

文物走私和盗墓罪行情节严重的要判处死刑，这是防止和打击文物犯罪活动的强有力的手段。美方对此作了充分的肯定和高度赞赏，因而成为促进协议能顺利签订的重要因素，很快就签订了协议。所以我认为对文物走私盗墓犯罪分子要判处死刑的法律规定在美国是产生了积极的影响，而不是消极影响。此次免除死刑的共十二条，我们要求保留的只此一条，而且能保留是有利无害，摒除则有害无利。恳切期望领导予以考虑。我已年近九旬，身患绝症，绝无私利可图，完全出于公心，坦率直言。如有言辞不当，尚祈见谅。此致

敬礼！

谢辰生上
二月廿日

荣宝斋

（六）

锦涛、邦国、家宝同志：

您好！顷阅报载：二月廿三日全国人大常委会将开会讨论通过《刑法》修改方案，主要内容是废除对一些犯罪分子死刑的问题。其中涉文物犯罪的有三条：一是文物走私；二是盗窃珍贵文物；三是盗掘古墓、古遗址。我们文物系统的一些老专家老同志对废除盗墓罪的死刑有些不同看法，因而以文物学会的名义给邦国同志和全国人大常委委员写了一个《关于保留刑法对盗掘古墓古遗址罪死刑判决规定的呼吁书》，现随函附上，敬请一阅。

我国自古以来就对盗掘古墓从严惩处，并列为“十恶不赦”之一，早在汉代就已制定了“发冢者诛”的法律，以后历朝历代的法律皆有此项规定。特别是在过去王朝，每当水旱大灾，往往采取免赋税赦刑犯的措施以稳定人心，但赦免唯独不包括发冢盗陵之罪。民国后一九四【七】年河北遵化地区有部分不法干部和个别村长盗掘清陵，补经审讯后立即就地处决。其主犯王绍义在逃，于一九五一年被捕，经遵化县人民法院审判处决。在建国初期三、五反运动中，处决了一批历史上和现行盗墓分子，产生了很大的震慑作用，使得后来几十年中在解放了的神州大地上基本杜绝了盗掘古墓的活动。直到上世纪八十年代中期，盗墓走私犯罪活动又沉渣泛起。针对这一情况，一九八七年国务院颁发了《关于打击盗掘和走私文物活动的通告》，据此在全国范围内展开了一次严打文物犯罪的斗争，从而使文物犯罪一度得到遏制。但是到九十年代，国际国内文物市场都发生了一些很不正常的现象，一些人在拍卖文物市场上把文物价格炒作的简直是天价，使得一些人在这种诱惑下铤而走险，致使盗掘古墓的犯罪活动又猖獗起来，而且一直到现在还正处于高发上升的态势中。特别是报纸上公布要取消盗墓犯罪死刑的消息后，全国各地连续发生盗墓分子打伤文物干部和执法人员的恶性案件。甚至发生了一个被公安人员捕获的犯罪分子在押到派出所后，竟被一伙犯【罪分】子从派出所抢走，并把三名公安人员打成重伤，这是建国以来从【未】发生过的严重事件。如果此时此刻正式通过废除盗墓犯罪判处死刑的决定，无疑在客观上将对当前猖獗的盗墓犯罪活动起到推波助澜的作用，而造成极为严重的后果。如果为了免除少数犯罪分子的死刑以示我们的人道主义，而导致祖先几千年为我们遗留在地下埋藏的珍贵文化遗产遭到更大的破坏，极而言之，我们这一代人就是对历史、对祖先、对后代子孙的犯罪，甚至是全人类的损失。因为几千年【来】在人类历史发展进程中，我们祖先曾作出过突出的贡献，祖先为我们留下的文化遗产，其所有权当然属于我们国家，但是这些遗产体现的我们祖先在科学文化方面的光辉成就，作为精神财富则是属于全人类的。

关于对盗墓犯罪分子的量刑问题，根本不存在与国际接轨的问题。特别是西方国家，欧美各国从来就没有盗墓的问题，自然我们也就与他们无轨可接了。因此保留对盗墓犯罪判处死刑，不会在国际上造成不良影响，甚至还会产生积极影响。举例来说，前几年我们与美国谈判要签定一个两国合作打击文物犯罪活动的协议，经过多次谈判才成功，在最后一次谈判时，美方特别强调防止和打击文物犯罪主要是中方的事，中方应当有强有力的手段来防止和打击这些犯罪活动。当时中方代表主要负责人文物局付局长董保华同志详细地向美方介绍了我国打击文物犯罪活动的情况，其中提到我们的法律规定对文物走私和盗墓罪行情节严重的要判处死刑，这是防止和打击文物犯罪活动的强有力的手段。美方对此作了充分的肯定和高度赞赏，因而成为促进协议能顺利签订的重要因素，很快就签订了协议。所以我认为对文物走私盗墓犯罪分子要判处死刑的法律规定，在美国是产生了积极的影响，而不是消极影响。此次免除死刑的共十三条，我们要求保留的只此一条，而且能保留是有利无害，废除则有害无利。恳切期望领导予以考虑。

我已年近九旬，身患绝症，绝无私利可图，完全出于公心坦率直言，如有言辞不当，尚祈见谅！此致

敬礼！

谢辰生上

二月廿一日

编者注：

书致党和国家领导人，写于2011年。

随信所附文件为中国文物学会中文字（2011）第02号文件《关于保留刑法对盗掘古墓等死刑判决规定的呼吁书》。

2011年2月25日，中华人民共和国第十一届全国人民代表大会常务委员会第十九次会议通过并公布了《中华人民共和国刑法修正案（八）》，自2011年5月1日起施行。刑法修正案（八），取消13个经济性非暴力犯罪的死刑，包括盗墓罪的死刑。具体条款如下：

四十五、将刑法第三百二十八条第一款修改为："盗掘具有历史、艺术、科学价值的古文化遗址、古墓葬的，处三年以上十年以下有期徒刑，并处罚金；情节较轻的，处三年以下有期徒刑、拘役或者管制，并处罚金；有下列情形之一的，处十年以上有期徒刑或者无期徒刑，并处罚金或者没收财产：

（一）盗掘确定为全国重点文物保护单位和省级文物保护单位的古文化遗址、古墓葬的；

（二）盗掘古文化遗址、古墓葬集团的首要分子；

（三）多次盗掘古文化遗址、古墓葬的；

（四）盗掘古文化遗址、古墓葬，并盗窃珍贵文物或者造成珍贵文物严重破坏的。"

谢老：您转来的方骥先生的信已拜读，我赞成你们的观点。文化产业发展需要全社会的支持，但文物不能金融化。国务院前不久已就艺术品在产权交易所中搞拆分连续交易亮了红灯，中宣部、文化部四部委就贯彻国务院精神也发出通知，随信送上两个文件复印件。感谢您和所有老同志对文化遗产事业的关心支持。励小捷 4/2

小捷同志：

您好！现随函寄上外贸部一位老同志的来函请一阅，这个问题是三十年来两种意见斗争的重点，前几年似已解决，不知是何背景又旧事重提。我对此事主张要重视，也没有什么大了不起，因为这位同志的观点也太离谱了，不知您以为然否？方骥同志是外贸部的老处长，一直很关心文物工作，我已复函向他表示谢意，此事是否也要报告萧部长，请您酌定此致

敬礼！

谢辰生上

二月十四日

谢辰生用箋

小捷同志：

您好！

现随函寄上外贸部一位老同志的来函，敬请一阅。这个问题是三十年来两种意见斗争的重点，前几年似已解决，不知是何背景，又旧事重提。我【意】对此事既要重视，也没有什么大了不起，因为这位名人的观点也太离谱了，不知您以为然否？方骥同志是外贸部的老处长，一直很关心文物工作，我已复函向他表示谢意。此事是否也要报告蔡部长，请您酌定。

此致

敬礼！

谢辰生上

二月十四日

编者注：

书致文化部常务副部长兼国家文物局局长励小捷，写于2012年。

2月24日，励小捷在先生此信上回复："您转来的方骥先生的信已拜读，我赞成你们的观点。文化产业发展需要金融的支持，但文物不能金融化。国务院前不久已就艺术品在产权交易中搞拆分连续交易亮了红灯，中宣部、文化部四部委就贯彻国务院决定也发出通知，随信送上两个文件复印件。感谢您和所有老同志对文化遗产事业的关心支持。"

回复中附有两份文件：中共中央宣传部、商务部、文化部、国家广播电影电视总局、新闻出版总署联合下发的《关于贯彻落实国务院决定加强文化产权交易和艺术品交易管理的意见》和国务院下发的《国务院关于清理整顿各类交易场所切实防范金融风险的决定》。

家宝同志：您好！最近从报纸上看到您多次讲话一再强调今年是本届政府的最后一年，该办的事一定要办完办好，绝对不拖，使我深受感动，同时又使我联想起两年前曾给您写信建议解决发展旅游与文物保护的矛盾问题，但至今还未解决。二〇〇一年九月十日您在我的信上作了重要批示，认为这个问题"具有普遍性，应该引以重视"。并建议关于正确处理发展旅游与文物保护问题，由旅游局与文物局协商提出原则和办法。"半年后旅游局与文物局签定了一个协议，但是协议内容对当前存在的问题以及采取什么原则和办法来解决则未涉及，比较空泛。二〇一〇年七月我为山西名镇碛口古建筑群保护问题给您写信，再次提出了发展旅游与文物保护的矛盾需要解决的问题，您又作了批示，岐山、延东同志也分别作了批示，要求两个部门认真落实您的批示精神。据说两局协议有一条是由两局联合起草一个文件，但是协议签定至今已一年半之久，文件迄未出台，以致一些矛盾始终没有完全解决，甚至还在发展，令人深感忧虑。据我了解文物局为此问题曾委托河北省文物局搞了一个关于处理发展旅游与文物保

谢辰生用箋

（二）

护关係的研究课题最近已经完成但是课题研究成果只能
作为文物局处理问题的参考而不可能代替文件 旅游局方面在
这两年中究竟采取了什么具体措施落实您和岐山、延东同志的
批示就不得而知了 总之两年来您的批示尚未落实而存在的问题
不但没有解决而且还有发展 並且出现了新的形式把国有文物保
护单位交由企业性质的单位开发经营 直接违反了文物保
护法的规定 这都是当地政府作的决定 文物部门是无法改变的
我已年逾九旬来日不多了 但还想能为文物保护尽些绵薄之力

謝辰生用箋

（三）

特再向您呼吁，經請关注，期能使问题在今年内解决。如果再拖下去，对文物保护是很不利的。我建议两个文件最好由国务院批转，如果只由两局联合下發，力度是不夠的。对於違法的问题，也是由两局联合執法纠正为好。随函附上過去的有关材料供您参考。

我对处理发展旅游与文物保护关係的意見，在附件（致）嵐清同志函中已充份表達了我的看法，在此就不再贅述了。此致

敬礼！

謝辰生謹上

二〇〇三年[illegible]

謝辰生用箋

（四）

家宝同志：

您好！

最近从报纸上看到您多次讲话，一再强调今年是本届政府的最后一年，该办的事一定要办完办好，绝对不拖，使我深受感动。同时，又使我联想起两年前曾给您写信，建议解决发展旅游与文物保护的矛盾问题，至今迄未解决。二〇一〇年元月十日，您在我的信上作了重要批示，认为这个问题“具有普遍性，应该引以重视”，并“建议关于正确处理发展旅游与文物保护问题，由旅游局与文物局协商提出原则和办法”。半年后旅游局与文物局签定了一个协议，但是协议内容对当前存在的问题，以及采取什么原则和办法来解决则未涉及，比较空泛。二〇一〇年七月，我为山西名镇碛口古建筑群保护问题给您写信，再次提出了发展旅游与文物保护的矛盾需要解决的问题，您又作了批示，岐山、延东同志也分别作了批示，要求两个部门认真落实您的批示精神。据说两局协议有一条是由两局联合起草一个文件，但是协议签定至今已一年半之久，文件迄未出台，以致一些矛盾始终没有完全解决，甚至还在发展，令人深感忧虑。据我了解，文物局为此问题，曾委托河北省文物局搞了一个关于处理发展旅游与文物保护关系的研究课题，最近已经完成，但是课题研究成果只能作为文物局处理问题的参考，而不可能代替文件。旅游局方面在这两年中究竟采取了什么具体措施落实您和岐山、延东同志的批示，就不得而知了。总之，两年来，您的批示尚未落实，而存在的问题，不但没有解决，而且还有发展，并且出现了新的形式把国有文物保护单位交由企业性质的单位开发经营，直接违反了《文物保护法》的规定。这都是当地政府作的决定，文物部门是无法改变的。我已年逾九旬，来日不多了，但还想能为文物保护尽些绵薄之力。特再向您呼吁，恳请关注，期能使问题在今年内解决，如果再拖下去，对文物保护是很不利的。

我建议两局文件，最好由国务院批转，如果只由两局联合下发，力度是不够的。对于违法的问题，也是由两局联合执法纠正为好。随函附上过去的有关材料供您参考。

我对处理发展旅游与文物保护关系的意见，在附件致岚清同志函中，已充分表达了我的看法，在此就不再赘述了。此致

敬礼！

谢辰生谨上

二〇一二年三月卅日

编者注：

3月31日，党和国家领导人对此作了重要批示。

先生曾三次上书温家宝总理，建议解决“发展旅游与文物保护的矛盾”：2009年12月29日，先生首次上书，温家宝总理作出批示；2010年7月26日，先生二次上书。详见《谢辰生先生往来书札》。

此为先生第三次上书。随函附有先生2002年8月19日致国务院副总理李岚清书信（详见《谢辰生先生往来书札》）复印件和先生撰写的《文物不是“绊脚石”“摇钱树”》一文（刊登在2010年7月15日《人民日报》）。文章如下：

作为一个为文物奔走了大半辈子的人，我既为我国文物工作取得的各项成就感到欣慰，也为当前文物保护工作面临的巨大挑战忧心忡忡。我认为，对文物工作而言，今后的20年，是事关我国文物古迹存亡绝续的关键20年。文物是最宝贵的不可再生资源，一旦毁损，难以修复，就“过这村，没这店”了。我们每一个炎黄子孙，应对此多一点清醒，多一份责任，多一些行动。

“建设性破坏”和“开发性破坏”威胁文物生存

今天，我们很痛心地看到，许多文物古迹正陷入各种不当利益的重重围困中，要么被拆毁，要么被侵蚀，要么被占用，风雨飘摇，岌岌可危。总的来说，我国文物面临两大主要威胁。

一是“建设性破坏”。在一些地方，城市建设和工程项目压倒一切，文物“让道”成为惯例，甚至不经过科学论证和合理规划，直接就把珍贵的文物古迹一拆了之。

二是“开发性破坏”。就是把文化遗产作为旅游观光、商业项目等的托底资源，用商业思维来搞文物工作．出现了一些政企不分、官商合一的管理“怪胎”和开发实体，在利益驱动下，往往像野蛮开采一样，对文物进行过度开发利用，甚至把原本取之不竭的“富矿”毁于一旦。比如，由旅游公司来兼并文物保护单位，以所谓“所有权与经营权分离”的名义将文物资源作为普通资产纳入企业进行市场化管理和经营，结果导致文物破坏。这类问题十分严重。

不管是“建设性破坏”，还是“开发性破坏”，都有不正当利益在作怪，既违反文物保护的相关法律，更违背邓小平理论和科学发展观。

以旅游企业经营文物单位现象为例，《文物保护法》第24条规定，国有文物保护单位不得作为企业资产经营，不管是旅游企业还是各种改头换面的“管委会”乃至当地政府，都无权将文物作为或变相作为企业资产经营，否则就是违法行为。小平同志早就指出，“思想文化教育卫生部门，都要以社会效益为一切活动的唯一准则，它们所属的企业也要以社会效益为最高准则”，科学发展观也提出了全面协调可持续的基本要求。总之，文物事业是公益事业，绝不能产业化；文化遗产是全民财产，绝不能私有化。

在保护好的基础上利用好文物

大量事实告诉我们，文物保护需要统筹解决好两个问题：文物保护和文物利用的问题，文物的社会效益和经济效益问题。正确的方向是坚持保护第一位，在这个基础上对文物进行合理利用；同时，以社会效益为最高准则，在这个前提下争取实现两个效益的统一。

参照世界经验，法国、西班牙等国家是文化遗产保护得好的国家，也是世界旅游大国。这说明，只有保护得好，才能利用得好。反之，若片面地追求眼前利益，不但损害社会效益，而且归根结底还会损害长远的经济效益。

从这个意义上说，保护文物就是践行科学发展，毁坏文物就是违背科学发展，转变经济发展方式，也需要增强文物保护观念，改变文物“让道”的思维和做法，统筹协调，让文物与经济建设在科学发展的轨道上同道而行。

从根本上，我们应意识到，文物的主要价值绝非经济价值，而是文化、历史和科学价值。文物的作用在于对人民进行教育，在于向社会提供精神力量和智力支持。对一个民族而言，文物是一棵“家门前的老松树”，是一棵扎根民族文明沃壤的文化之树，不是一些人眼里废弃无用的“枯树”，也不是一些人眼里可随意摆弄支配的“摇钱树”。

尊重规律，依法办事，加大问责力度

做好文物工作，急需深入贯彻落实科学发展观，按规律做事，依法办事，顺从民意谋事。第一，高度重视文物保护工作，树立文物部门执法权威，尊重专家意见和文物工作规律。哪些文物可以开发，如何开发；哪些不适宜开发，都应由文物部门根据相关政策法律、文物专家经过严密论证后决定。

第二，严格依法办事，加大问责力度。《国务院关于加强文化遗产保护的通知》明确指出，严厉打击破坏文化遗产的各类违法犯罪行为，重点追究因决策失误、玩忽职守，造成文化遗产破坏、被盗或流失的责任人的法律责任。建议重点抓一批破坏文物、过度开发的典型案件，对相关责任人尤其是有关干部依法严厉问责，对一些文物部门监守自盗、遇事不作为的行为，也要从严从重处理，以端正风气，树立保护文物、科学发展的正确导向。

第三，依靠群众，公开透明，加强监督。文物工作，不能由少数政府部门、个别领导拍脑袋、说了算，而要建立完善决策程序和公开制度，利用社会力量加强对文物开发利用的规范和监督。

唐代诗人孟浩然游览古迹曾写下了“江山留胜迹，我辈复登临”的诗句。今天，江山的变化天翻地覆，胜迹的命运令人担忧。中华文明生生不息的历史，科学发展的时代潮流，都要求我们守护民族文化精魂，为江山、为后人留得胜迹在，这是我们这个古老民族走向复兴进程中必须迈好的重要一步。

2012年4月10日《北京青年报》刊登《住建部：名城丧失文化价值　有关人将被追责》一文：

在城市建设中，如何避免文物建筑的乱拆乱建、破坏损毁？住建部和国家文物局表示，将出台动态管理机制，合力监督历史名城、名镇、名村的保护工作。

住房和城乡建设部党组成员、总规划师唐凯日前表示，建议设立由国家相关部门联合组成的监督管理制度，形成合力做好名城名镇名村保护工作的监督。

唐凯表示，住建部将会同国家文物局等部门，建立国家历史文化名城保护工作年度报告制度和历史文化名城动态管理机制，对于保护状况不佳、已经完全丧失历史文化价值和风貌的名城名镇名村，提出相应的处置措施，同时要严肃追究有关人员的责任。

一些地方政府将历史文化资源交给旅游公司长期管理开发，甚至将一些重要历史遗存的管理权出让，使得管理工作出现错位。对此，唐凯建议，通过立法和出台相关规定，明确禁止和纠正将历史文化资源出让给非政府管理部门经营和管理的错误做法。他还指出，“提倡建立以地方政府主导的保护与利用协调运作的管理模式，在确保历史文化名城名镇名村保护工作带来社会效益的前提下，通过文化资源的合理利用，带动地方的经济发展。”

新闻背景：四万处不可移动文物半数因建设遭损毁

“鲁迅旧居将拆除”，“广州800年古村面临保护性拆迁”，这些消息都曾引起社会的广泛关注。据统计，我国近30年来消失的四万多处不可移动文物中，有一半以上是由于各类建设活动而遭损毁的。国家文物局局长励小捷更直言，在地方基本建设和城镇化进程中，大拆大建、过度开发、破坏损毁文物现象较为严重，已成为目前和今后一个时期文物保护工作面临的最大压力。

小提
明来
蔡武同志：您好，最近我收到 社科院考古研究所徐光冀同志寄来他一篇题为"曹操高陵的几个问题"的文章，建议第七批全国重点文物保护单位名单中的"河南安阳市西高穴曹操高陵"改称"河南安阳市西高穴二号墓"或"河南安阳市西高穴二号汉魏墓"，征求我的意见。第七批国保名单讨论时我正住院，没有参加会议，对情况不太了解，后来曾听说对曹操墓的问题是有争论的，但对具体内容则不不得而知，看到来信所寄文章才使我了解双方争论的具体情况。我对此问题没有研究，仅从文章内容来看，所提质疑还是值得考虑的，为此我

（一）

謝辰生用箋

还特别征求了文物局考古专家组组长黄景略、考古学会理事长张忠培以及考古所研究员杨泓等同志的意见。他们的一致看法是争论双方的意见都有道理，但又都没有足够的证据证明此墓是或者不是曹操墓。造成这种局面的一个重要原因是此墓已经过多次盗掘，已早非原状，而考古的工作质量也比较差，以致原来发掘工作中没有严格按照科学方法认真的观察，以致使一些本可以说明问题的考古现象被忽略了。据说最早对此墓提出质疑的是考古学会名誉理事长北大教授宿白和原考古所长徐苹芳（已故），他们质疑也主要是针对发掘质量的问题，并不是根本否

谢辰生用笺

（二）

定此墓是曹操墓，而是说现在提出为曹操墓的理由不充分，需要继續做工作。以上列举的人都是我国考古界資深的老专家，对于他们的意見你们应予以重視。对該墓認识的不同意見纯属学术问题，只能通过学术讨论，百家争鸣来解决，用行政手段来决定学术问题的是非是不可取的。我建议由文物局召开一个专题讨论曹操墓问题的座谈会，约请各不同观点的真正从事考古工作者（社会上的不同意見者不必约请）畅所欲言，贯彻百家争鳴的方針，力求通过讨论能够统一認识，如果还统一不了，我想提出两个方案供选择：一是把"曹操高陵"从第七批全国重点文物保护單位中先

谢辰生用箋

（三）

徹下来，继續研究留待将来公布第八批全国重点文物保护單位名單時解决；二是接受徐光冀同志的建议，把"曹操高陵"改为"河南安陽市西穴二号漢魏墓"，但在说明中可明確提出此墓很可能就是曹操墓，但还需要继續研究提出更有说服力的证据。我倾向采用第二方案，估计除个别人还要坚持己見外，可能会得到大多数人的支持。

最后我还有一点需要说明，我在文物局工作五十年参加了從第一批到第六批全国重点文物保护單位名單的討論，对历史情况比較了解。從第一到六批名單中，不难看出文物定名是有统一規範的，例如古墓葬类中的

謝辰生用箋

（四）

帝王墓就是只要陵名不出现姓名，如武则天墓只写乾陵不写武则天的名字，唐太宗墓也只写昭陵不写李世民的名字。因此，曹操墓如果完全可以肯定，也不宜用"曹操高陵"命名，而应当只写高陵，不要出现曹操名字。名字只能在备注里写，这样才能与整个名单体例保持一致。以上意见仅供参考。此致

敬礼！

谢辰生上

二〇一〇年五月廿日

徐光冀同志的文章请函附上供参考。又及

谢辰生用笺

（五）

蔡武、小捷、明康同志：

您好！

最近我收到社科院考古研究所徐光冀同志寄来他一篇题为“曹操高陵的几个问题”的文章，建议第七批全国重点文物保护单位名单中的“河南安阳市西高穴曹操高陵”改称“河南安阳市西高穴二号墓”或“河南安阳市西高穴二号汉魏墓”，征求我的意见。第七批国保名单讨论时我正化疗，没有参加会议，对情况不太了解，后来曾听说对曹操墓的问题是有争论的，但对具体内容则不得而知，看到来信所寄文章才使我了解双方争论的具体情况，我对此问题没有研究，仅从文章内容来看，所提质疑还是值得考虑的。为此，我还特别征求了文物局考古专家组组长黄景略、考古学会理事长张忠培以及考古所研究员杨泓等同志的意见，他们的一致看法是争论双方的意见都有道理，但又都没有足够的证据证明此墓是或者不是曹操墓，造成这种局面的一个重要原因是此墓已经过多次盗掘，已早非原状，而考古的工作质量也比较差，以致原来发掘工作中没有严格按照科学方法认真的观察，以致使一些本可以说明问题的考古现象被忽略了。据说最早对此墓提出质疑的是考古学会名誉理事长、北大教授宿白和原考古所所长徐苹芳（已故），他们质疑也主要是针对发掘质量的问题，并不是根本否定此墓是曹操墓，而是说现在提出为曹操墓的理由不充分，需要继续做工作。以上列举的人都是我国考古界资深的老专家，对于他们的意见似应予以重视。对该墓认识的不同意见纯属学术问题，只能通过学术讨论百家争鸣来解决，用行政手段来决定学术问题的是非是不可取的。

我建议由文物局召开一个专题讨论曹操墓问题的座谈会，约请各不同观点的真正考古工作者(社会上的不同意见者不必约请)畅所欲言，贯彻百家争鸣的方针，力求通过讨论能够统一认识，如果还统一不了，我想提出两个方案任选其一来解决：一是把“曹操高陵”从第七批全国重点文物保护单位中先撤下来，继续研究，留待将来公布第八批全国重点文物保护单位名单时解决；二是接受徐光冀同志的建议，把“曹操高陵”改为“河南安阳市西穴二号汉魏墓”，但在说明中可明确提出此墓很可能就是曹操墓，但还需要继续研究，提出更有说服力的证据。我倾向采用第二方案，估计除个别人还要坚持己见外，可能会得到大多数人的支持。

最后我还有一点需要说明：我在文物局工作已六十年，参加了从第一批到第六批全国重点文物保护单位名单的讨论，对历史情况比较了解。从第一到六批名单中各类不同文物定名是有统一规范的。例如古墓葬类中的帝王墓就是只要陵名不出现姓名，如武则天墓只写乾陵不写武则天的名字，唐太宗墓也只写昭陵不写李世民的名字。因此，曹操墓如果完全可以肯定，也不宜用“曹操高陵”命名，而应该只写高陵，不要出现曹操名字，名字只能在备注里写，这样才能与整个名单体例保持一致。以上意见仅供参考。此致

敬礼！

谢辰生上

二〇一二年五月十二日

徐光冀同志的文章随函附上，供参考。又及

编者注：

书致文化部部长蔡武、国家文物局局长励小捷、副局长童明康。

2012年5月3日，中国社会科学院考古研究所徐光冀提出了《关于“河南安阳市西高穴曹操高陵”改称为“河南安阳市西高穴二号墓”的建议》：

“河南安阳市西高穴曹操高陵”是第七批全国重点文物保护单位的推荐项目，但鉴于该墓存在诸多问题，定为曹操墓还不能定论，应按照考古学的惯例改称为“河南安阳市西高穴二号墓”或“河南安阳市西高穴二号汉魏墓”。

根据河南省文物考古所、安阳县文化局发表的《河南安阳市西高穴曹操高陵》的发掘报告，刊载于《考古》杂志2010年第8期。报告列举了10条理由和证据，证明该墓为曹操高陵，现提出如下质疑：

一、报告提出的重要证据之一，是该墓出土有“魏武王常所用挌虎大戟”的石刻铭牌。曹操生前为“魏王”，死后谥号为“武王”。该墓出土的两类石刻铭牌，一种占绝大多数，仅刻物品的名称、数量，说明这是墓主人的随葬品；一种占少数，刻有“魏武王常所用挌虎大戟”的铭牌。这恰说明墓主人不是魏武王(曹操)，才特别予以注明。如果曹丕将刻有其父谥号的铭刻埋入墓中，也是不合常理的。因此只可能是曹操生前将物品(含兵器)赐予亲属与臣下，而他们死后带入墓中，以示荣耀。文献中有将“常所用”“常所执”“常所御”的物品赐予亲属与臣下的记载。

二、墓葬规格也是确认该墓为曹操墓的证据之一。曹操是东汉晚年汉王朝的实际掌权人，去世前为“魏王”，死后谥号“武王”。曹操于建安十八年（213）进为“魏公”，第二年“天子使魏公位在诸侯王上”，建安二十一年（216）进为魏王，“设天子旌旗，出入称警跸”，该墓不够曹操高陵的规格。只需与近年在洛阳发掘的曹休墓相比较，即可明了。曹休墓与该墓级别相当，而规模要大于该墓。曹休为曹操族子，生前为大司马、扬州牧、长平侯，逝于公元228年，谥号壮侯，与曹操去世时相隔八年。曹休的地位是不能与曹操相提并论的。因此该墓的规格也不能证明其为曹操高陵。

三、该墓发现人骨遗骸为三个个体，是一座合葬墓。经鉴定一为男性，年龄60岁左右，另两个个体均为女性，分别为50岁左右和20岁左右。报告仅说男性60岁左右，与曹操去世时年龄相当，是“认定其为曹操墓葬的又一物证”，而对合葬的两位女性只字不提。文献记载曹操王后卞氏死于公元230年，时年71岁，同年“合葬高陵”。经鉴定的50岁左右的女性，不会是卞后，没有卞后的曹操墓也就成了问题。

四、发掘报告将西门豹祠的位置和农民取土挖出的鲁潜墓志中记载的曹操墓的位置也作为重要证据。报告仅根据在今安阳县丰乐镇的西门豹祠遗址，现存有宋代及其以后的碑刻，及传为在其附近采集的“后赵建武六年（340）”的勒柱石刻，据此将它作为曹操时期的西门豹祠。但该祠未经考古发掘工作，不能证明其为曹操时期的西门豹祠遗址。至于鲁潜墓志记载有曹操高陵的位置，但鲁潜墓在何处．并无人知晓，此项证据的科学性也就成问题了。

综上所述，西高穴二号墓定为曹操高陵不能定论，只能说明它与曹操高陵有关，但不能定为曹操高陵。

2013年3月，中华人民共和国国务院公布第七批全国重点文物保护单位，广受争议的“曹操墓”，被定名为“安阳高陵”。

蔡武同志：您好，現送上三份材料，都是涉及發展旅游与文物保
小提
护的問題：一是陕西省法门寺上市的問題，法门寺是全國文物保护
單位，原由政府文物部门设立的文保所負責管理，后因省的一位主要负
責人決定把法门寺等一批全國重点文物保护單位统统改交西安市
曲江管委会管理經营，这个管委会是政企合一的性質，一套人員，三
个招牌：管委会、陕西省文化產业投資有限公司和西安臨潼旅游投資
（集团）有限公司，負責人段先念一身四任：西安市付市長、管委会主任和
兩公司的董事長。据了解，段先念曾是連續三年与王石、潘石屹等人并列為

中国房地产十大风云人物之一。这个管委会实际上是企管治、它的行政职能完全是服从和服务于企业要求的。二○○七年开始法门寺文化景区的建设在法门寺周围修建了一大批体量很大的仿古建筑使法门寺的历史环境全然改观法门寺文物本体变成了新建筑群中的一个配角引起了社会上的非议习近平同志曾经批评说："这不是保护文物而是搞形象工程"作为全国重点文物保护单位的法门寺是不能上市的上市就违反了文物保护法第二十四条的规定既使文物本体不上市只是利用法门寺的名称上市也是不允许的必须纠正。

（二）

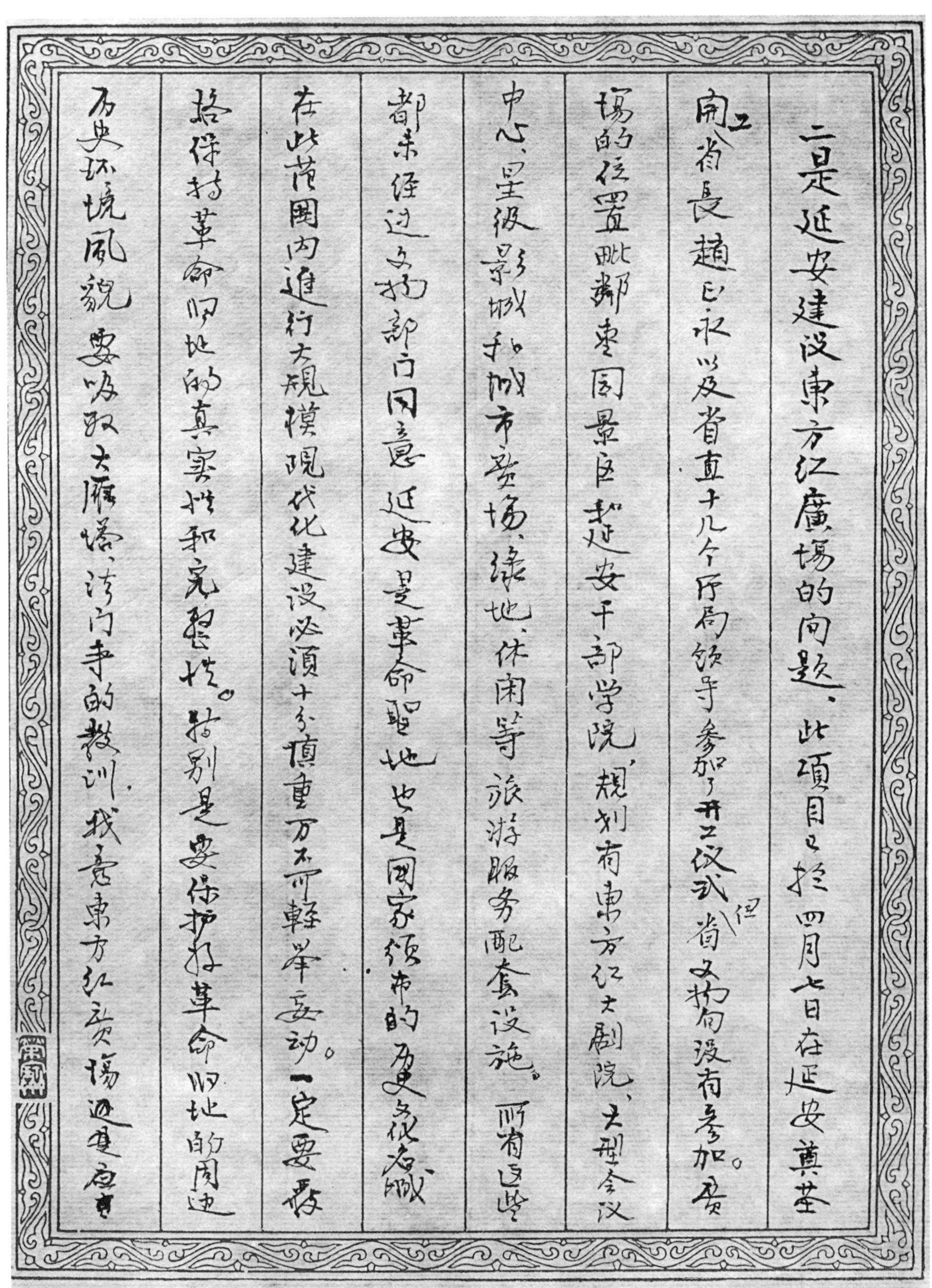

二是延安建设東方红廣場的问題。此項目已於四月七日在延安奠基开工，省長趙正永以及省直十几个厅局领导参加了开工仪式，但省文物局没有参加。廣場的位置毗鄰枣园景区、延安干部学院，規划有東方红大剧院、大型会议中心、星级影城和城市廣場、绿地、休闲等旅游服务配套设施。所有这些都未经过文物部门同意。延安是革命聖地，也是国家颁布的历史文化名城，在此范围内進行大規模現代化建设必須十分慎重，万不可輕举妄动。一定要严格保持革命旧址的真实性和完整性。特别是要保护好革命旧址的周边历史环境风貌，要吸取大雁塔、法门寺的教训。我意東方红廣場选建应重

（三）

造地还是应当返為革命旧地为好。

三是扩建白馬寺打造国际寺庙区的问题，据洛陽市统战部付部長、宗教局長王曉輝称白馬寺總体保护与整体开发已经被洛陽市委、市政府列为国际文化旅游名城攻坚战重点示范建设项目。白馬寺是第一批全国重点文物保护单位，文物作为文化遗產是不能擴建的，擴建的就不是文物，把一些国外的佛殿建作为白馬寺的一部份顯然是不妥的。但是这个项目却成了市委市政府肯定的重点示范项目实在令人感到困惑不解。我们是社会主义国家，党的宗教政策是尊重个人宗教信仰自由，而不是發展宗教，弘扬佛教文化也绝不是贯彻全会精神。

（四）

以上三个事例都是发展旅游与文物保护的关系问题，实质上又都是采取"文物搭台地方经济唱戏"的做法，这种现象有普遍性急需解决，否则对文物保护极为不利，甚至造成破坏。一年多以前我给家宝同志写信曾说"这些现象如不纠正将会使祖国文化遗产面临一次'地区风暴'的摧残"，事实说明并非过虑。我意目前两局正在起草文件解决上述问题应当是文件的重要内容，不知目前进度如何？听说国务院已经批办了，甚盼能早日出台解决问题。以上意见仅供参考改正。此致

敬礼！

谢辰生上

二〇〇二年六月四日

（五）

蔡武、小捷同志：

您好！

现送上三份材料，都是涉及发展旅游与文物保护的问题：一是陕西法门寺上市的问题。法门寺是全国文物保护单位，原由政府文物部门设立的文保所负责管理，后因省的一位主要负责人决定把法门寺等一批全国重点文物保护单位统统改交西安市曲江管委会管理经营。这个管委会是政企合一的性质，一套人员，三个招牌：管委会、陕西省文化产业投资有限公司和西安临潼旅游投资（集团）有限公司。负责人段先念一身四任：西安市副市长、管委会主任和两公司的董事长。据了解，段先念曾是连续三年与王石、潘石屹等人并列为中国房地产十大风云人物之一。这个管委会实质上是企管政，它的行政职能完全是服从和服务于企业要求的。二〇〇七年开始法门寺文化景区的建设，在法门寺周围修建了一大批体量很大的仿古建筑，使法门寺的历史环境全然改观，法门寺文物本体变成了新建筑群中的一个配角，引起了社会上的非议。习近平同志曾经批评说："这不是保护文物，而是搞形象工程。"作为全国重点文物保护单位的法门寺是不能上市的，上市就违反了《文物保护法》第二十四条的规定。即使文物本体不上市，只是利用法门寺的名称上市，也是不允许的，必须纠正。

二是延安建设东方红广场的问题。此项目已于四月七日在延安奠基开工。省长赵正永以及省直十几个厅局领导参加了开工仪式，但省文物局没有参加。广场的位置毗邻枣园景区和延安干部学院，规划有东方红大剧院、大型会议中心、星级影城和城市广场、绿地、休闲等旅游服务配套设施。所有这些都未经过文物部门同意。延安是革命圣地，也是国家颁布的历史文化名城，在此范围内进行大规模现代化建设必须十分慎重，万不可轻举妄动。一定要严格保持革命旧址的真实性和完整性。特别是要保护好革命旧址的周边历史环境风貌，要吸取大雁塔、法门寺的教训。我意东方红广场选址还是应当远离革命旧址为好。

三是扩建白马寺，打造国际寺庙区的问题。据洛阳市统战部副部长、宗教局局长王晓辉称，白马寺总体保护与整体开发已经被洛阳市委、市政府列为国际文化旅游名城攻坚战重点示范建设项目。白马寺是第一批全国重点文物保护单位。文物作为文化遗产是不能扩建的，扩建的就不是文物，把一些国外的佛殿复建作为白马寺的一部分显然是不妥的。但是这个项目却成为市委、市政府肯定的重点示范项目，实在令人感到困惑不解。我们是社会主义国家，党的宗教政策是尊重个人宗教信仰自由，而不是发展宗教，弘扬佛教文化也绝不是贯彻六中全会精神。

以上三个事例都是发展旅游与文物保护的关系问题，实质上又都是采取"文物搭台、地产经济唱戏"的做法。这种现象有普遍性，急需解决，否则对文物保护极为不利，甚至造成破坏。一年多以前，我给家宝同志写信，曾说"这些现象如不纠正，将会使祖国文化遗产面临一次'地产风暴'的摧残。"事实说明并非过虑，我意目前两局正在起草文件，解决上述问题应当是文件的重要内容。不知目前进度如何？听说国务院已经催办了，甚盼能早日出台解决问题。以上意见仅供参考。此致

敬礼！

谢辰生上

二〇一二年六月四日

编者注：

书致文化部部长蔡武、国家文物局局长励小婕。

先生随信附有三份材料：财经网2012年4月16日综合报道《陕西法门寺赴港上市计划搁置　开园头两年收入达50亿》，陕西文化产业投资控股（集团）有限公司官方网站报道《延安东方红广场项目奠基开工》及2012年5月22日《东方今报》刊登的《专访王晓辉：白马寺扩至1300亩依然是佛门净土》。

附件一：财经网2012年4月16日综合报道《陕西法门寺赴港上市计划搁置　开园头两年收入达50亿》

经济通讯社消息，宝鸡市市长上官吉庆表示，当地的文化景点法门寺去年曾表示将于2013年来香港上市，但并没有按计划进行，因为法门寺的二期项目现时还没有开工建设，因此在港上市的计划暂时搁置，法门寺现时由政府建设体制管理。

关于法门寺要赴港上市的消息最早是来自于2011年5月9日举行的第十一届中国宝鸡法门寺国际文化旅游节，法门寺文化景区董事长、总经理刘兵向媒体记者透露，已开园两年的法门寺文化景区拟两年后在香港上市。

资料显示，位于陕西省宝鸡市扶风县的法门寺的建寺时间无法确定，有说法始建于东汉末年恒灵年间，距今约有1700多年历史。在唐代建立后，法门寺走向他的全盛时期。

2007年开始，多级政府联合启动了法门寺文化景区的建设，项目总规划面积9平方公里，拟建成为继兵马俑之后的陕西第二个文化符号。景区一期工程斥巨资建造25亿元，占地约1300亩。

数据显示，自法门寺景区建成开园后，每年吸引了大约350万海内外游客和信众，开园头两年实现旅游综合收入50亿元，平均年收入达到25亿元，2010年与2011年的收入暂时未予披露。

附件二：陕西文化产业投资控股（集团）有限公司官方网站报道《延安东方红广场项目奠基开工》

4月17日上午，延安市隆重举行四大民生项目集中开工仪式。陕文投集团重大文化产业项目——延安东方红广场项目与延安十大革命遗址景区保护工程、居民下山一期工程、乡镇天然气气化工程奠基开工。省长赵正永出席开工仪式并宣布四大项目开工。省委常委、延安市委书记姚引良，副省长李金柱，省政府副秘书长陈国强出席开工仪式。省发改委主任祝作利主持开工仪式。延安市市长梁宏贤、陕文投集团董事长段先念分别致辞。

梁宏贤市长在致辞中说，延安市与陕文投集团合作开发的东方红广场项目建成后将成为文艺演出和交流的重要平台，对宣传展示延安的革命历史文化、黄土风情文化，促进延安文化旅游产业加快发展具有重要意义。他要求，延安文投公司精心组织施工，加强质量管理，加快建设进度，努力打造精品工程。各相关部门、县区和广大群众要大力支持、积极配合，为该项目建设创造良好条件，促进项目早日建成使用。

段先念董事长在致辞中说，东方红广场项目的开工建设，是陕文投集团与延安市联手促进延安红色旅游产业加快发展、打造国内一流红色文化旅游品牌的标志性事件。陕文投在项目建设中将奉行“生态先行、科技领先、关注民生”的理念，保质量、保工期、保安全，建设经得起历史和人民检验的精品工程，以样板工程树立陕文投的品牌。他表示，陕文投集团还将结合延安市“中疏外扩、上山建城”发展战略，启动实施延安文化产业园区、黄土风情文化园区等一批重大项目，努力把延安红色文化旅游产业发展推上新的高度，为建设“中国革命圣地、红色旅游之都”做出新的更大贡献。

省科技厅、工信厅、财政厅、国土资源厅、环保厅、住建厅、交通运输厅、农业厅、水利厅、林业厅、国资委、统计局、能源局、金融办、扶贫办有关领导和延安市委副书记杨鑫、常务副市长薛占海、市委秘书长姚靖江，陕文投集团副总经理、延安文投公司董事长兼总经理李振林，延安市直有关部门、宝塔区相关负责人参加开工仪式。

东方红广场项目位于延安市枣园镇西北川，毗邻枣园景区和延安干部学院，规划占地170亩，总投资9.7亿元，计划2014年建成。该项目由国家级建筑设计大师、中国工程院院士张锦秋领衔设计，以红色文化展示与体验为核心，规划有东方红大剧院、大型会议中心、星级影城和城市广场、绿地、休闲等旅游服务配套设施，建成后将成为国内外游客感受红色文化的“圣殿”。

陕西文化产业投资控股（集团）有限公司官方网站报道《延安文化产业投资公司揭牌成立》：

10月25日上午，在热烈而隆重的气氛中，延安文化产业投资有限公司在延安宾馆举行揭牌仪式。省委常委、延安市委书记姚引良，副省长郑小明为公司揭牌。市委常委、常务副市长薛占海发表了热情洋溢的致辞。延安市政协主席樊高林、西安市副市长、陕文投董事长段先念及延安各区县代表近百人出席了揭牌仪式。

市委常委、常务副市长薛占海在致辞中代表市委、市政府祝贺公司的成立。他指出，成立延安文化产业投资有限公司是延安市委、市政府和陕西文化产业投资控股(集团)有限公司为深入贯彻落实十七届六中全会会议精神，抢抓“文化产业兴国”的历史机遇，同时也是贯彻我省建设“文化强省”总体战略部署，立足延安文化旅游产业发展和城市战略发展需求的重大举措。

延安文化产业投资有限公司注册资金10亿元，其中陕西文化产业投资控股(集团)有限公司出资4亿元，延安市人民政府出资2亿元，西安曲江大明宫投资(集团)有限公司出资2亿元，华侨城集团出资2亿元，是目前延安地区最大的文化产业投资企业。公司主要经营范围涉及文化影视、文化演艺、文化园区、广告传媒、特色文化产业项目投资及文化园区基础设施建设等。

据了解，该公司成立后将依托延安丰富的红色文化资源、民俗文化资源，通过大项目带动、大资源整合、大市场运作的方式将延安富集的红色文化资源，转化成市场资源、品牌资源和产业资源，推进延安文化旅游产业快速发展。

目前，该公司正在孵化东方红广场、黄土风情文化园区等重点文化项目，推动《舞动延安》大型实景演出、《延安颂》大型情景音画常态演出而积极努力。

附件三：2012年5月22日《东方今报》刊登的《专访王晓辉：白马寺扩至1300亩依然是佛门净土》（王晓辉时任中共洛阳市委统战部副部长、洛阳市民族事务委员会主任、洛阳市宗教事务局局长）

洛阳市近日公布，中国佛教“祖庭”白马寺将进行新中国成立后首次大规模扩建，新编制的“白马寺佛教文化园区”总面积达1300亩。

作为佛教圣地，白马寺将在国际文化旅游名城建设中发挥何种作用？它能否避免在开发过程中“误入歧途”，生出乱象？能否在弘扬宗教文化与带动经济发展的焦点中坚守自身的定位？

东方今报面对面就此专访了洛阳市宗教事务局局长王晓辉。

〇白马寺列入“国际文化旅游名城”重点示范项目

记者：最近白马寺要扩建的消息引起关注，这是新中国成立后白马寺首次大规模扩建？

王晓辉：在历史上，白马寺曾进行过3次大规模的扩建。第一次是东汉建寺时期；第二次是在唐朝洛阳作为“神都”时，曾占地3000多亩，盛极一时；第三次是明朝。但是后来分别毁于三国时期、安史之乱、靖康之乱。新中国成立以来，白马寺的规模虽然逐渐扩大，但是整体性的扩建这还是第一次。

记者：洛阳正努力打造“国际文化旅游名城”，白马寺扩建是否有这方面的原因？

王晓辉：国家提倡宗教信仰自由，建寺院其实是宗教团体自己的事情，不是政府的事。白马寺的僧人很早以前就要求扩建，政府要做的主要是管理，帮助其协调各项工作。

记者：您认为白马寺在打造“国际文化旅游名城”中的地位怎样？

王晓辉：白马寺总体保护与整体开发已经被洛阳市委、市政府列入国际文化旅游名城攻坚战重点示范建设项目。

白马寺作为洛阳人心中的“老三篇”之一，首先它是宗教场所，也是国家首批重点文物保护单位，同时它也是国家4A级景区。除了正常的宗教活动外，也有来自世界各地的游客来游玩、参观，具有多重职能。所以我们一直在考虑怎样把白马寺的建设和政府打造旅游文化名城结合起来，起到龙头带动的作用。

记者：新规划的白马寺佛教文化园区的定位是？

王晓辉：白马寺佛教文化园区的总体规划定位是“释源祖庭、佛教圣地”。未来的园区范围是以现有的寺院为中心，在310国道以北、巨尔乳业白马寺分厂北围墙以南、齐云塔院东围墙以西、白马寺停车场西围墙以东，总面积是1300亩。

〇“释源祖庭”的义务是弘扬佛教文化

记者：扩建后，白马寺的功能分区有什么样的变化？

王晓辉：现在的白马寺没有什么明确的功能分区，但是佛教文化园区建成后，会在老寺院基础上划分出中轴礼佛区、在印度风格殿和泰国风格殿的基础上设立国际寺庙区，此外还有菩萨道场区、佛学研究区、综合服务区、公共服务区以及绿化隔离区。

记者：为什么会专门设立一个“国际寺庙区”？

王晓辉：这些年，有很多专家、游客给白马寺提意见，认为白马寺既然是“第一寺”，能不能把世界上以信仰佛教为主的国家不同风格的佛殿都建一个，打造白马寺独一无二的“国际寺庙区”。

记者：这种灵感是不是来源于已经建成的印度风格殿？

王晓辉：其实白马寺的第一个异国佛殿是泰国风格殿。上世纪曾有一位泰国贵族到中国避难，回去后，他联系了一位企业家给白马寺捐了一尊佛，为了安放这尊佛像，由对方设计、白马寺建造了这个原汁原味的泰国风格殿。2003年，印度总理访华时来到白马寺，看到泰国殿后也决定建一个规模更大的印度风格殿，以纪念佛教从印度传入中国。并且由他们的政府投资，他们的工匠设计、建造，佛殿建成后不派僧人，捐给白马寺管理。所以我们基于这种种条件，在白马寺佛教文化园区中规划了占地200亩的国际寺庙区，未来将容纳10座国际风格佛殿。

记者：您觉得，“国际寺庙区”的意义是什么？

王晓辉：首先对于游客和佛教信众来说，在“释源祖庭”可以感受到世界不同地区的佛教文化。而且通过这种形式，也可以加强与这些国家的政治文化交流，促进经济上的往来，这对洛阳建设国际文化旅游名城有推动作用。

从另一方面来说，佛教起源地虽在印度，但是佛教传入中国后，吸纳了中国的道教、儒学等文化，逐渐发扬光大，在当代来说，佛教的重心在中国。建印度风格殿，是为了纪念佛教传播的过程，在未来的中轴礼佛区还将建一个“中心浮屠”(浮屠，即“塔”)，为的是恢复佛教最初的面貌和形态。白马寺作为“释源祖庭”，有义务宣传和弘扬佛教文化。

○08至10年建成白马寺佛教文化园区

记者：近些年，国内一些宗教场所在开发时出现一些“借佛敛财”的乱象，白马寺的扩建，如何避免这种情况？

王晓辉：确实有个别的地方，寺庙商业化或者承包给企业运营，出现假僧人、假和尚、“借佛敛财”的情况。但是白马寺是中国佛寺的标杆，它必须规范化管理，所以这么多年，白马寺始终是僧人自己管理，为的就是能保持佛教的一方净土。

记者：但从某种意义上来说，这似乎又与带动经济发展产生了矛盾。

王晓辉：国家宗教局是严禁借佛敛财、严禁在发展旅游中打宗教牌，也严禁在发展经济中打宗教牌的。但是在现实中，游客到佛教场所参观，必然也要有生活、娱乐上的要求，所以如果说宗教文化对经济有什么作用，那只能是一种带动的作用。佛教文化园区内，仍旧以宗教活动为主，商业化的运作只能在园区外围进行。这也是常说的“魂在内，体在外”。

白马寺的定位是弘扬佛教文化，所以多年来它始终都不让商业进驻，以后还会是这样。

记者：那么，此次扩建，对寺院外围的开发有没有规划？

王晓辉：未来的白马寺佛教文化园区建设会参考国内法门寺、少林寺的一些模式，核心区是宗教场所不会变，因为魂在这儿。园区外围的开发涉及洛阳多个区、县，已经由洛龙区主要负责，并开始规划。打造国际文化旅游名城，带动经济发展，对于白马寺来说，需要内外联动，佛院围墙内仍旧是白马寺自己管理，院墙外的商业开发则是当地政府的事。怎样围绕白马寺把旅游服务功能打造好，也是要好好设计的。

记者：白马寺佛教文化园区的建设过程预计需要多久？

王晓辉：过去的两三年里，白马寺在内部提升上已经做了很多工作，但是它的发展会受宗教管理、文物保护工作的制约，而且因为白马寺在佛教文化中的特殊地位，一切工作都要慎重进行，所以进程会稍慢一些，目前整体计划是8至10年。

记者：扩建的投资主体是？

王晓辉：是白马寺自身，政府是不能投资的，社会企业可以捐款，但是不能参与、操纵管理和经营。白马寺有个设想，要建一座万佛殿，由善男信女供奉佛像，通过这种形式募捐资金。这个过程会很慢，这也是白马寺佛教文化园区进程会比较慢的一个原因。

新华网河南频道5月23日讯 大河网报道的报道《白马寺扩建规划方案详解48.6亩古建区原貌保存》：

5月17日，本报L06版以《白马寺大扩建，佛教文化园区1300亩》为题报道白马寺将扩建的消息，引来众多读者致电询问：扩建后的白马寺具体有哪些功能？目前进展如何？现有的古建筑和文物如何妥善保护？昨天，记者就读者关心的热点问题采访了相关负责人。“整体方案计划用8至10年的时间来实施，到那时，白马寺将以全新的形象呈现在大家面前。”白马寺负责人表示。

【背景】一部规划案，“酝酿”四年

“打赢经济转型攻坚战，要在文化旅游产业发展上下工夫，特别是要抓好白马寺及周边整体保护与开发的龙头，实施文化旅游产业项目。”这是洛阳市委书记毛万春提出的要求，白马寺总体保护与整体开发项目被列入国际文化旅游名城攻坚战重点示范建设项目。

据介绍，2008年起，白马寺相关负责人先后拜访全国知名的古建、园林、规划、文物等方面的专家，听取他们对白马寺总体规划情况的意见，在此基础上，2010年年底，白马寺委托西安建筑科技大学编制白马寺总体规划。2011年10月，洛阳市政府组织召开会议，原则上通过了白马寺佛教文化园区概念性总体规划。通过对白马寺佛教文化深入研究，确定总体规划设计目标为“重现释源祖庭地位，再塑佛教圣地形象”。

【规划】扩建后分六大功能区

据白马寺相关负责人介绍，新规划的白马寺佛教文化园区总面积达1300亩，未来的园区范围是以现有的寺院为中心，在310国道以北、巨尔乳业白马寺分厂北围墙以南、齐云塔院东围墙以西、白马寺停车场西围墙以东，总面积是1300亩。设门前入口区、中轴礼佛区、国际寺庙区、菩萨道场区、佛学研究区及综合服务区等6大功能区。

【保护】48.6亩古建区原貌保存

据介绍，目前游客们到白马寺看到的天王殿、大佛殿、大雄殿、毗卢阁等中轴线上一系列佛殿建筑，为明至今白马寺范围内的建筑。在扩建中，48.6亩的古建区将原貌保存，作为中轴礼佛区的一部分。

“寺内现存佛教造像40余尊，多为元、明、清代作品，其中，大雄殿内23件文物是一组价值极高的国家一级文物。”白马寺工作人员介绍说，作为1961年国务院公布的第一批全国重点文物保护单位，白马寺承担着重要的文物保护工作。院内古建筑多为明清建筑，历代均有不同程度的修缮，最近一次大规模修缮是1972年，现存古建日益老化，亟待维修。

洛阳市民族宗教局有关负责人表示：“白马寺佛教文化园区的投资主体是白马寺，政府是不能投资的，社会企业可以捐款，但是不能参与、操纵管理和经营。白马寺有个设想，要建一座万佛殿，由善男信女供奉佛像，通过这种形式募捐资金。这个过程会很慢，这也是白马寺佛教文化园区进程会比较慢的一个原因。”

中轴礼佛区:白马寺的核心空间，在中轴线上由南至北依次是：明至今白马寺——万佛殿——罗汉堂、戒坛——中心浮屠——藏经阁等5大区域，主要承担礼佛、修行、弘法、传戒、藏经等功能。其中，中心浮屠的设计有两套方案，一套是单塔，一套由9个塔组成1个主塔、8个副塔，目前多数专家和相关负责人倾向于后一种方案，该方案主塔高108米（108数字出自佛本行集），塔内供奉一万二千五百尊佛像（“千二百五十人俱”佛教经典中经常引用，是佛的常随众，《金刚经》开篇就有记载，塔内供十倍于该数的佛像），九塔共供奉十万尊佛像（十万亿佛土，出自《阿弥陀经》），目前，方案正在进一步探讨过程中。

国际寺庙区：主要设置世界各国风格佛寺，目前，印度风格佛殿已建成并对外开放，泰国风格佛殿正在进行二期扩建，缅甸风格佛殿已于4月10日举行了奠基典礼。白马寺有关负责人表示，待这些带有各国风情的佛殿建成后，游客只要来到白马寺，就可看遍全世界最具代表性的佛教建筑，白马寺“释源祖庭”的地位也将得到充分彰显。

综合服务区：主要用于安排僧人居住、公共服务等功能，同时为寺院后勤提供辅助空间。

菩萨道场区:主要供佛学爱好者日常修行，因此整个风格将以简洁、宁静为主。

佛学研究区：位于现有的荣康医院所在位置，计划将医院内现有建筑进行保留或改造，完成佛学院初期建设。

公共服务区（门前入口区）:位于现齐云塔西侧的绿化区域，将与寺院保持一定间隔，其内结合唐代狄仁杰墓设置贵宾接待等功能。

〇八七一七一七七七三三

云南昆明南疆医院外診部

杜春喜主任：我是王院長的病人今年政協开会時在北京就診服药已三个月最近王院長又寄来兩个月剂量的药即將开始服用現將我的病史和現狀概述如下：上世紀九三年初發現膀胱癌当即進行了电切手术四个月后复發再次進行电切手术直至十四年后二〇〇六年又复發再次电切二〇〇八年又复發此次是手术切除了小部份术后放療一个月至二〇〇八年冬路院肺

榮寶齋

特移但是病灶很小，开始只是注射日達仙針剂提高免疫力三个月后开始用希罗達口服化療一个月病灶缩小但继续两个療程后病灶又增大，因病房紧张有二个月未进行化療今年三月开始服用王院長药四月开始又继续进行了四个療程的奥沙利铂化療五月廿七CT檢查發現病灶明显增大当即就诊於孫燕院士現在和老的治療方案是服用吉非替尼片（易瑞沙）每天一片另服用参一胶囊每天两次每次二片、貞芪扶正胶囊每天两次一次六粒现在刚刚开始服用一个月后再進行檢查观察療效目前我同時还在服用王院長的药不知王院長对孫燕院士的方案有何意见 是否可以中西并用 盼能告知 我还是二型糖尿病患者 前列线增大小便不畅 正在服用哈乐 每天都要起来四、五次 影响睡眠 以上情况供参考。此致

敬礼！

谢辰生上 六月二日

云南昆明南疆医院外诊部杜春喜主任：

我是王院长的病人，今年政协开会时在北京就诊，服药已三个月。最近王院长又寄来两个月剂量的药，即将开始服用，现将我的病史和现状概述如下：

上世纪一九九三年初发现膀胱癌，当即进行了电切手术。四个月后复发，再次进行电切手术。直至十四年后二〇〇六年又复发，再次电切。二〇〇八年又复发，此次是手术切除了小部分，术后放疗一个月。至二〇〇八年冬，发现肺转移，但是病灶很小，开始只是注射日达仙针剂提高免疫力，三个月后开始用希罗达口服化疗一个月，病灶缩小，但继续两个疗程后病灶又增大，因病房紧张，有二个月未进行化疗。今年三月开始服用王院长药，四月开始又继续进行了四个疗程的奥沙利铂化疗。五月廿七CT检查发现病灶明显增大，当即就诊于孙燕院士。现在孙老的治疗方案是：服用吉非替尼片（易瑞沙），每天一片；另服用参——胶囊，每天两次，每次二片；贞芪扶正胶囊，每天两次，一次六粒。现在刚刚开始服用，一个月后再进行检查，观察疗效。目前，我同时还在服用王院长的药，不知王院长对孙燕院士的方案有何意见？是否可以中西并用？盼能告知。我还是二型糖尿病患者，前列腺增大，小便不畅，正在服用哈乐，夜间每天都要起床四、五次，影响睡眠。

以上情况供参考。此致

敬礼！

谢辰生

六月六日

编者注：

此信写于2012年。

谢辰生同志

[illegible]同志：您好！有个緊急情况向您反映，恳请予以关注和支持。据了解，今年六月二日国家發改委委托中国国际咨询公司的专家组評估决定西安地铁六号线依然维持穿越明城墻區段，說經進一步完善方案即可报国家發改委审批了。我对此深感忧虑。

关于西安地铁线的问题，二〇〇六年一月和二〇〇七年二月国家文物局曾两次表示过意見。二〇〇〇年七月中国科学院力学研究員周家漢同志曾寫信給家宝同志，建议西安地铁不要穿越城墻和鐘樓。家宝同志作重要批示，要国家發改委会同建設部、文物局及省市政府研处。之后经过一

谢辰生用箋

年多的大量调查研究，二〇一三年五月西安市编制的《西安市城市快速轨道交通建设规划（二〇一二—二〇一八）》文物影响评估报告中明确六号线改变线位设计并向南平移至西安南城墙外85m。这对文物保护是有利的，但是六月二日国家发改委委托的专家组评估意见否定了这个外移方案，六号线仍然维持穿越明城墙和钟楼的方案，认为此方案符合城市规划意图和交通需求，从交通需求的角度看是合理的，但是对是否影响文物安全似未予以重视。对此我是有不同看法的，西安明城墙、钟楼都是国家重点保护的文物，在与交通工程发生矛盾时必须要权衡轻重，妥善处理，只要不是涉及国家安全和重大国计民生的工程项目

谢辰生用笺

二、

就必须考虑文物的安全问题。一九六七年正当文革高潮时期北京为建地铁曾提出要把建国门的天文台向西平移为地铁让路，当时文化部已不存在，是罗哲文同志和我偕同两个刚刚分配到文物局作的大学生为了保护天文台自费对天文台进行了全面测量和照相，写信给周总理和中央文革成员，呼吁保护天文台。很快总理就作了批示："天文台不能移，地铁应绕行"。周总理这个决定为正确处理建设工程与文物保护矛盾问题提供了一个很好的范例，至今仍有现实的指导意义。西安市原来经过反复研究确定地铁六号线移至南城外85m的方案，从交通方面考虑

谢辰生用箋

（三）

可能还不太理想。但对明城墙、钟楼却是保护了国家重要文物的安全。是符合总理决定精神的。國家發改委所委托的专家组评估，要依然维持穿越明城墙的方案，从交通需求的角度看是合理的，很可能在短期内对文物也没有明显的影响，但是地铁列车长期运行震动对文物肯定会有不利的影响，如果造成损害，就是不可能弥补的。采用这一方案恐怕是不妥的。我认为西安地铁二号线还是采用移至南城墙以外的方案为好。同时我还建议国家發改委在審批西安地鐵方案之前能开会征求一下国家文物行政部门以及一些文物专家和曾对穿越城墙方案持不同意见的力学专家的意见。

謝辰生用箋

四

根据文物保护法的规定（第十七条）：在全国重点文物保护单位的保护范围内进行其它建设工程……，必须经省、自治区、直辖市人民政府批准，在批准前应当征得国家务院文物行政部门的同意。”这是必须履行的法律程序。以上意见，恳请予以考虑为感。此致

敬礼！

谢辰生谨上
二〇一三年六月廿四日
时年九十又一

谢辰生用箋

五

岐山同志：

您好！有个紧急情况向您反映，恳请予以关注和支持。据了解，今年六月二日国家发改委委托中国国际咨询公司的专家组评估决定，西安地铁六号线依然维持穿越明城墙区，据说经进一步完善方案即可报国家发改委审批了。我对此深感忧虑。

关于西安地铁线的问题，二〇〇六年一月和二〇〇七年二月，国家文物局曾两次表示过意见。二〇一〇年七月，中国科学院力学研究员周家汉同志曾写信给家宝同志，建议西安地铁不要穿越城墙和钟楼，家宝同志作了重要批示，要国家发改委会同建设部、文物局及省市政府研处。之后，经过一年多的大量调查研究，二〇一二年五月，西安市编制的《西安市城市快速轨道交通建设规划（二〇一二——二〇一八）》文物影响评估报告中明确，六号线改变线位设计并图示移至西安南城墙外85m。这对文物保护是有利的。但是六月二日，国家发改委委托的专家组评估意见否定了这个外移方案，六号线依然维持穿越明城墙和钟楼的方案，认为此方案符合城市规划意图和交通需求。从交通需求的角度看是合理的，但是，对是否影响文物安全似未予以重视。对此我是有不同看法的，西安明城墙、钟楼都是国家重点保护的文物，在与交通工程发生矛盾时，必须要权衡轻重、妥善处理，只要不是涉及国家安全和重大国计民生的工程项目，就必须考虑文物的安全问题。一九六七年，正当“文革”高潮时期，北京为建地铁曾提出要把建国门的天文台向西平移，为地铁让路。当时文化部已不存在，是罗哲文同志和我偕同两个刚刚分配到文物局工作的大学生为了保护天文台，自费对天文台进行了全面测量和照相，写信给周总理和中央文革成员，呼吁保护天文台。很快总理就作了批示“天文台不能移，地铁应绕行”。周总理这个决定为正确处理建设工程与文物保护矛盾问题提供了一个很好的范例，至今仍有现实的指导意义。西安市原来经过反复研究确定地铁六号线移至南城外85m的方案，从交通方面考虑可能还不太理想，但对明城墙、钟楼却是保证了国家重要文物的安全。是符合总理决定精神的。国家发改委所委托的专家组评估，要依然维持穿越明城墙的方案，从交通需求的角度看是合理的，很可能在短期内对文物也没有明显的影响，但是地铁列车长期运行震动对文物肯定会有不利的影响，如果造成损害就是不可能弥补的。采用这个方案显然是不妥的。我认为西安地铁六号线还是采用移至南城墙以外的方案为好。同时，我还建议国家发改委，在审批西安地铁方案之前，能开会征求一下国家文物行政部门以及一些文物专家和曾对穿越城墙方案持不同意见的力学专家的意见。

根据《文物保护法》的规定（第十七条）：“在全国重点文物保护单位的保护范围内进行其它建设工程……，必须经省、自治区、直辖市人民政府批准，在批准前应当征得国务院文物行政部门的同意。”这是必须履行的法律程序。以上意见恳请予以考虑为感。此致

敬礼！

谢辰生谨上

二〇一二年六月廿四日

时年九十又一

编者注：

书致党和国家领导人。

7月1日，党和国家领导人对此信做出重要批示。

8月13日，西安主管城建副市长到北京拜访先生，承诺认真听取先生意见，严格保护文物。11月13日，国家发改委专程请先生到会研讨西安地铁规划，发改委表态规划要优先考虑文物保护。2013年1月13日，西安市领导再次致电征求先生意见，先生明确要求修建地铁要避让地面和地下文物。

在西安地铁的规划建设中，相关部门调整了规划方案，通过修改地铁线路、加大下沉深度、强化加固措施等方法，确保了文物的安全。

家宝、延東、岐山、馬凱同志：您好！我刚刚從延安歸来，看到旅游局、文化部联合给国务院写的“关於加强文物保护促进旅游发展的报告”，通讀一遍感到报告写的不太理想，文件内容还有前后提法自相矛盾不一致的地方。例如报告第二部份解决问题的总体思路第二、……“嚴禁将国有不可移动的文物作为企业資產经营。”这是符合文物保护法第二十四条规定的。但是在第三部份却又提出“要完善经营管理制度、凡将国有不可移动文物交由企业经营的，应当报经相关文物行政部门同意嚴格履行审批手续，”已经交由企业经营管理的，应当建立经营收入用於

（一）

文物保护的制度，"这项规定是完全违反文物保护法规定的，这个提法与报告总体思路第二部份要严禁将国有不可移动文物作为企业资产经营的提法是自相矛盾的。既然"严禁"，就不存在履行报批手续的问题；既然"严禁"，对现在违法经营的就必须依法纠正，而不是要把收入的一部份用于文物保护，就变成合法了。我认为这个报告的思路在处理这个问题上是完全错误的，是违反文物保护法的，因而我是坚决反对的。如果按照这个思路起草文件，就是对文物保护法第二十四条开了个大口子，现在所有由企业非法管理经营的国有文物保护单位，只要建立部分收入用于文物保护的制度就成为合法的经营；其

二

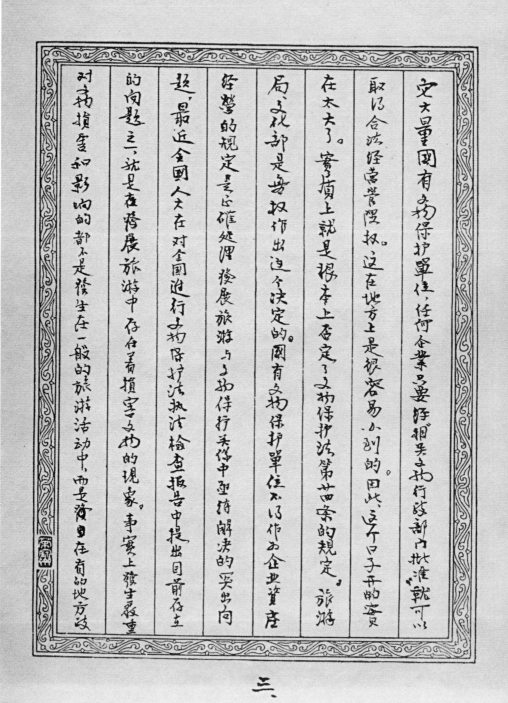

交大量国有文物保护单位，任何企业只要经相关文物行政部门批准就可以取得合法经营管理权。这在地方上是很容易办到的。因此，这个口子开的实在太大了。实质上就是根本上否定了文物保护法第廿四条的规定。旅游局、文化部是无权作出这个决定的。国有文物保护单位不得作为企业资产经营的规定是正确处理发展旅游与文物保护关系中亟待解决的突出问题，最近全国人大在对全国进行文物保护法执法检查报告中提出目前存在的问题之一，就是在发展旅游中存在着损害文物的现象。事实上发生严重对文物损害和影响的都不是发生在一般的旅游活动中，而是发生在有的地方政

三、

府錯误地違法把國有文物保护單位的管理使用权從政府文物行政部门转交给企业之后所发生的问题举两个例子：一是水洗三孔，就是因为旅游公司为庆祝开業而下令水洗三孔的。如果由文物部门继續管理，這种情况是绝对不会發生的。二是陕西法门寺。法门寺是全国文物保护單位，也是地方政府違法决定把法门寺以及大明宫、西安城墙、大雁塔等統統從政府文物行政部门转交给政企合一的曲江管委会管理经营。這个管委会是一套人馬三个招牌：管委会、陕西省文化產业投資控股有限公司、西安臨潼旅游投資（集团）有限公司。負責人段先念一身四任：西安市付市長、管委会主任、

四

两个公司的董事長。此人曾是連續三年与王石、潘石屹并列为中国房地産十大風雲人物之一。这个管委会实际上是企管政、文的行政职能完全是服從和服务於企业要求的。实質上就是要文物搭台房地産唱戏。管委会依托法门寺建造了一个法门寺文化新區建造了一批体量很大的仿古建築使得法门寺本体变成了仿古建築群中的一个小小的配角法门寺的历史环境完全改观损害了法门寺的真实性和完整性这种损失是永远无法弥補的（另附中国企业报一篇报导仅供参考）管委会倚仗它的特殊身份進行上述工程根本不征求文物行政部门的意見由于以上类似情况不断發生，二〇〇五年十二月国务院頒發了四十二号

五、

文件《关于加强文化遺産保护的通知》在通知：三、着力解决物质文化遺
産保护面臨的突出问题的段落中着重指出，"堅决避免和纠正过度
开發利用文化遺産，特别是将文物作为或变相作为企業資産经营的違
法行为"说明国务院文件是把纠正这种違法行为作为突出问题
来对待的。因此，旅游局、文化部报告二、解决问题的总体思路第三要
完善经營管理制度的内容有关將國有不可移动文物交由企業经营部
分的内容既与文物保护法規定相抵觸，又違背国务院四十二号文件精神
是不可取的。如果按照这个内容起草文件由国办封發将会给文物保护

六

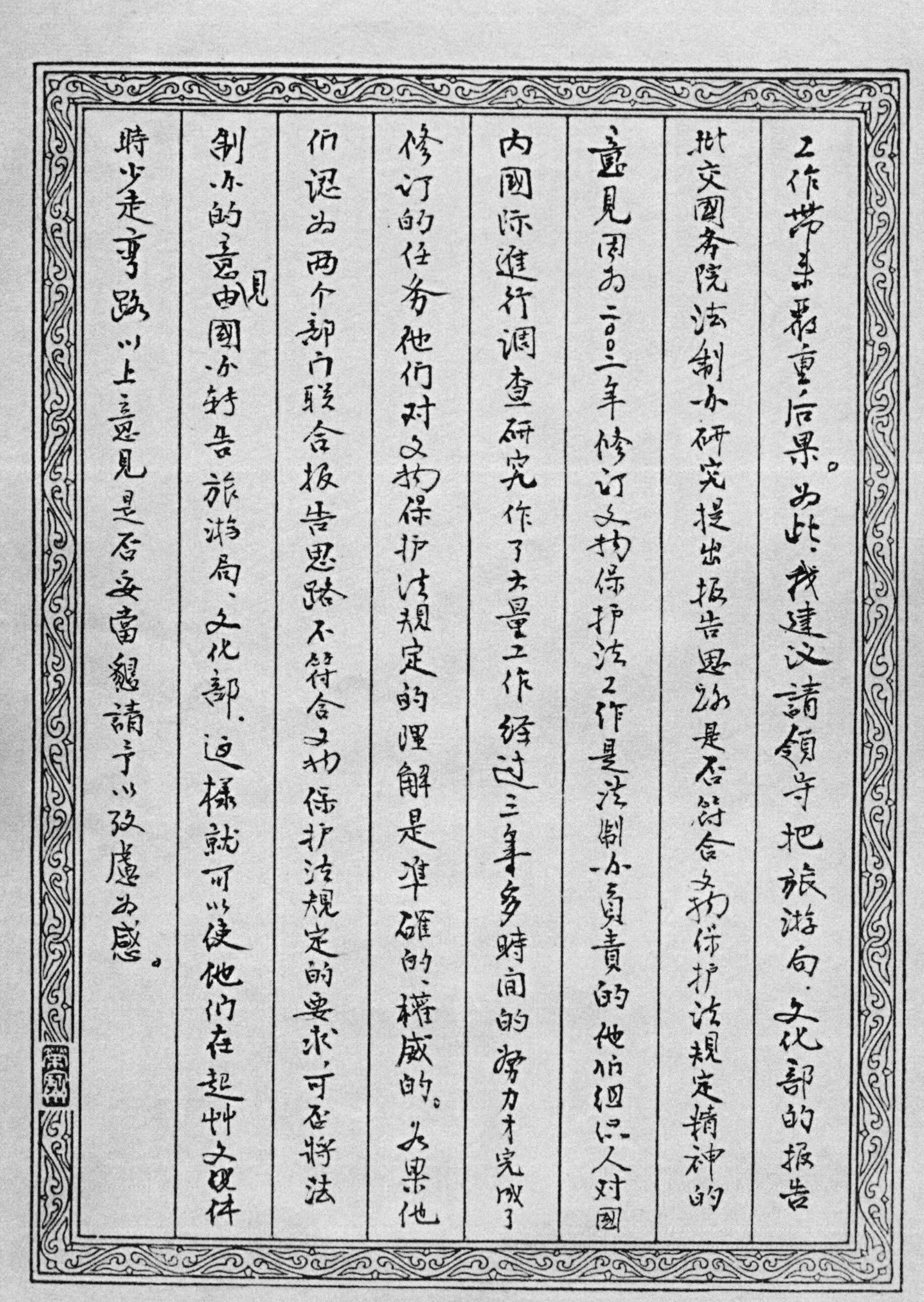

工作带来严重后果。为此，我建议请领导把旅游局、文化部的报告批交国务院法制办研究提出报告思路是否符合文物保护法规定精神的意见因为二〇〇二年修订文物保护法工作是法制办负责的他们组织人对国内国际进行调查研究作了大量工作经过三年多时间的努力才完成了修订的任务他们对文物保护法规定的理解是准确的、权威的。如果他们认为两个部门联合报告思路不符合文物保护法规定的要求，可否将法制办的意见由国办转告旅游局、文化部，这样就可以使他们在起草文件时少走弯路以上意见是否妥当恳请予以考虑为感。

七、

最后我还有一点需要说明，两个部门报告说，共同拜访了谢辰生等两专家，召开了专题会议，就加强文物保护促进旅游等问题进行了研究。事情的经过是总理等领导批示后不久，文物局政法司一位同志陪同一位旅游局司长和两位其它同志到我家来过，但时间很短，只是彼此说了些客气话，对工作问题没有交换意见，之后即未再进行过交往，也没参加过会议，他们写报告过程中也未征求过我的意见，所以我没有机会向他们表示我的看法，直到我从延安归来才看到报告，所以我只好直接向领导陈述我的意见了。特此说明，即致

敬礼！

谢辰生 谨上

七月六日 时年九十五

八

家宝、延东、岐山、马凯同志：

您好！我刚刚从延安归来，看到旅游局、文化部联合给国务院写的《关于加强文物保护促进旅游发展的报告》。通读一遍，感到报告写得不太理想，文件内容还有前后提法自相矛盾不一致的地方。例如报告第二部分《解决问题的总体思路》第二："……严禁将国有不可移动文物作为企业资产经营。"这是符合《文物保护法》第二十四条规定的。但是在第三部分，却又提出"要完善经营管理制度。凡将国有不可移动文物交由企业经营的，应当报经相关文物行政部门同意，严格履行审批手续"，"已经交由企业经营管理的，应当建立经营收入用于文物保护的制度。"这项规定是完全违反《文物保护法》规定的，这个提法与报告总体思路第二部分要"严禁将国有不可移动文物作为企业资产经营"的提法是自相矛盾的。既然"严禁"，就不存在履行报批手续的问题；既然"严禁"，对现在违法经营的就必须依法纠正，而不是只要把收入的一部分用于文物保护就变成合法了。我认为这个报告的思路在处理这个问题上是完全错误的，是违反《文物保护法》的，因而我是坚决反对的。如果按照这个思路起草文件，就是对《文物保护法》第二十四条开了个大口子：现在所有由企业非法管理经营的国有文物保护单位，只要建立部分收入用于文物保护的制度就成为合法的经营；其它大量国有文物保护单位，任何企业只要经"相关文物行政部门批准"就可以取得合法经营管理权。这在地方上是很容易办到的。因此，这个口子开的实在太大了。实质上就是根本上否定了《文物保护法》第廿四条的规定。旅游局、文化部是无权作出这个决定的。国有文物保护单位不得作为企业资产经营的规定，是正确处理发展旅游与文物保护关系中亟待解决的突出问题。最近全国人大在对全国进行《文物保护法》执法检查报告中提出，目前存在的问题之一，就是在发展旅游中存在着损害文物的现象。事实上发生严重对文物损害和影响的，都不是发生在一般的旅游活动中，而是在有的地方政府错误地违法把国有文物保护单位的管理使用权从政府文物行政部门转交给企业之后发生的问题。举两个例子：一是水洗三孔，就是因为旅游公司为庆祝开业而下令水洗三孔的。如果由文物部门继续管理，这种情况是绝对不会发生的。二是陕西法门寺。法门寺是全国文物保护单位，也是地方政府违法决定把法门寺以及大明宫、西安城墙、大雁塔等统统从政府文物行政部门转交给政企合一的曲江管委会管理经营。这个管委会是一套人马三个招牌：管委会、陕西省文化产业投资控股有限公司、西安临潼旅游投资（集团）有限公司。负责人段先念一身四任：西安市副市长、管委会主任、两个公司的董事长。此人曾是连续三年与王石、潘石屹并列为中国房地产十大风云人物之一。这个管委会实际上是企管政，它的行政职能完全是服从和服务于企业要求的。实质上就是要文物搭台，房地产唱戏。管委会依托法门寺建造了一个法门寺文化新区，建造了一批体量很大的仿古建筑，使得法门寺本体变成了仿古建筑群中的一个小小的配角，法门寺的历史环境完全改观，损害了法门寺的真实性和完整性，这种损失是永远无法弥补的（另附《中国企业报》一篇报导，仅供参考）。管委会倚仗它的特殊身份进行上述工程，根本不征求文物行政部门的意见。由于以上类似情况不断发生，二〇〇五年十二月国务院颁发了四十二号文件《关于加强文化遗产保护的通知》，在《通知》"三，着力解决物质文物遗产保护面临的突出问题"的段落中着重指出："坚决避免和纠正过度开发利用文化遗产，特别是将文物作为或变相作为企业资产经营的违法行为。"说明国务院文件是把纠正这种违法行为作为突出问题来对待的。因此，旅游局、文化部《报告》"二、解决问题的总体思路""第

三、要完善经营管理制度”的内容，有关将国有不可移动文物交由企业经营部分的内容既与《文物保护法》规定相抵触，又违背国务院四十二号文件精神，是不可取的。如果按照这个内容起草文件由国办转发，将会给文物保护工作带来严重后果。

为此，我建议，请领导把旅游局、文化部的报告批交国务院法制办研究，提出报告思路是否符合《文物保护法》规定精神的意见。因为二〇〇二年修订《文物保护法》工作是法制办负责的，他们组织人对国内国际进行调查研究，作了大量工作。经过三年多时间的努力，才完成了修订的任务。他们对《文物保护法》规定的理解是准确的、权威的。如果他们认为两个部门联合报告思路不符合《文物保护法》规定的要求，可否将法制办的意见由国办转告旅游局、文化部，这样就可以使他们在起草文件时少走弯路。以上意见是否妥当，恳请予以考虑为感。

最后，我还有一点需要说明：两个部门报告说，共同拜访了谢辰生等专家，召开了专题会议，就加强文物保护、促进旅游等问题进行了研究。事情的经过是，总理等领导批示后不久，文物局政法司一位同志陪同一位旅游局司长和两位其他同志到我家来过，但时间很短，只是彼此说了些客气话，对工作问题没有交换意见。之后，即未再进行过交往，也没有参加过会议。他们写报告过程中也未征求过我的意见，所以我没有机会向他们表示我的看法。直到我从延安归来才看到报告，所以我只好直接向领导陈述我的意见了。特此说明。即致
敬礼！

谢辰生谨上
时年九十又一
七月六日

编者注：

书致党和国家领导人，写于2012年。

随信附有2012年6月12日《中国企业报》刊登的报社记者张艳蕊的新闻调查《西安法门寺被指“舍利取款机”——曲江系被疑为幕后推手》：

陕西西安法门寺曾因出土佛指舍利而震惊世界，当地政府——西安曲江新区管委会大力打造佛文化而建立了法门寺文化景区。建立文化景区，一方面能更好地保护世界级文物，另一方面，也能通过引进现代经营和管理的手段满足大众、信徒参观、参拜需求，同时，还能带动当地经济发展，这本是一举多得的好事。然而，却不断有人质疑，陕西法门寺风景区借宗教文化之名，将佛指舍利打造成“舍利提款机”，同时借此打造寺院周围“阴间地产”，并计划上市融资，不仅严重损害了宗教形象，而且，也为文化产业化带来了错误的示范效应。

法门寺风景区到底是文化创新，还是借宗教圈钱敛财的“假文化工程”？为此，《中国企业报》记者赴西安展开了实地采访。

微博质疑：公民联名抵制法门寺景区

5月30日，著名艺术评论家岳路平以西安曲江普通公民的身份在新浪微博发起了抵制法门寺风景区公民联署行动，截至记者发稿时，已经有近千人实名参与了联署行动，其中包括很多著名寺院住持名僧、文化学者、媒体人等。

岳路平告诉《中国企业报》记者，他是西安美术学院教师。他说："西安是华人认同之所在。西安的一小步，将会影响华人认同的一大步。法门寺的问题不仅仅是法门寺一个寺院的问题，类似的问题全中国都有，只不过因为这一次，他们动了佛祖的手指头（指佛指舍利）。"

记者得到一份法门寺景区股权结构数据：陕西法门寺景区文化产业集团有限公司注册资本11亿元，其中西安曲江文化产业投资（集团）有限公司出资3亿元，占27.27%，宝鸡市法门旅游开发建设有限公司出资2亿元，占18.18%，陕西延长石油（集团）有限责任公司出资2亿元，占18.18%，金堆城钼业集团有限公司出资1.5亿元，占13.64%，陕西煤业化工集团有限责任公司出资5000万元，占4.55%，陕西文化产业投资控股有限公司出资2亿元，占18.18%。"其实这个股权结构可能已经发生改变，这只是公司的原始资料。"岳路平谨慎地说，"这是一位内部人士提供的，出于安全考虑，我不能说出提供人的名字。"

他认为，法门寺风景区耗资50亿建成的"合十舍利塔"，是紧紧地把佛教圣物佛指舍利攥在钢结构的"拳头"里，成为一部"佛祖舍利印钞机"。通过高价门票及所谓的"与佛同在"的"灵境"地府高房价，"曲江系"每天都从这部"舍利提款机"中提款。"圈地圈文物圈人——造亿元级假古董——高门票高房价（打通阴阳界）垄断销售，这就是所谓的国人震惊、世界震撼的曲江美丽新世界。"岳路平痛心地说，"但是所有身临其境的人，都会看到真相：慈悲被贪欲欺压，宗教被商业凌辱，历史被泡在赝品的泡沫中。"

法门寺风景区是西安曲江文化产业投资（集团）有限公司参股并控股企业，因此，岳路平把法门寺风景区也归为曲江系。"曲江系的人说我们的观点不过是一些专家、学者的局部意见、片面牢骚，其实老百姓都说法门寺和曲江系美得很。"岳路平摇摇头，"可是，西安网站'在西安'发布了一条让大家评价'法门寺景区三周年'的微博，下面的200条评论，一边倒地都在批评无良的法门寺景区糟蹋了法门寺、侮辱了佛祖，盘剥了百姓……曲江系却假装没有看见。"

岳路平因此还发起了"甲方乙方2012——曲江问题公民独立调查"，同时，在微博开始征集"抵制法门寺景区，舍利归还寺院"公民联署行动。

"十年以来，西安已经被曲江模式的假古董地毯式覆盖。这张地毯虽是坚硬的钢筋混凝土打造，但是只要我们诚心，善意，真善美的种子就会慢慢复苏，最终溶化这张谎言地毯。"岳路平对记者说。

记者调查：与商业有染，与宗教无关

为了调查法门寺风景区的真实情况，《中国企业报》记者于6月6日以游客的身份对法门寺风景区进行了暗访。

从登上西安曲江文化旅游（集团）有限公司由西安至法门寺风景区的免费大巴开始，记者就已经体会到了风景区旅游景点导游的普遍工作习惯，在购买了已经高过北京故宫的120元门票后，又经历了推销指定素餐38元自助餐、指定景区游览车费30元等增项费用。

为了采访，记者选择了步行。

根据景区内发放的《法门寺文化景区旅游线路图》介绍，法门寺文化景区是依托法门古寺而建，景区一期工程总占地1300亩，由台湾著名建筑设计大师李祖原主持设计，整个景区主要由山门广场、佛光大道、法门寺寺院及合十舍利塔四大部分组成。建成后的法门寺文化景区，则成为继兵马俑之后的“陕西第二个文化符号”“千载佛家圣地，万世人文经典”的世界文化景区。

放眼望去，法门寺景区果然是一个全新的人文景区，且似乎每走一步都会感觉到商业氛围。

记者发现，法门寺风景区主要有两种募款方式：一是明码实价如供奉一个佛龛、蜡烛、石象、碑上刻名字等，净水莲花池边石象可以认捐，导游介绍，价格要60万，凡是眼睛亮的，就是已经被认捐了；所有的石碑均称为功德碑，上面都可以花钱刻上姓名；再往里面，法门寺慈善基金会正在募捐的建造18罗汉圣像的善款，只要捐款，名字就会出现在功德碑上。当然还有景区简介上标明的餐饮住宿、按五星级标准投资兴建的佛文化体验宾馆（舍），也都是明码实价。按法门寺禅心阁网站报价，供养佛龛2万到100万起不等，入会费6800元到26800元不等。

另一类是诱导式。如进入第一道门——佛光门开始，导游让所有人接过穿着僧人服装的人手里的免费香，焚香后，会有人拉你去签名，签名者赠送一条红丝带，一位拿着红丝带的女士在进入第二道门——般若门之前，被请进了一个帐篷内，记者也欲进去，被一位穿着僧服的人拦住，记者问：这里谢绝参观吗？得到的回答是：能进，不能参观，等一下。

直到那位女士出门来，记者向其询问，她很无奈地说：“进去能做什么？还不是让你掏钱。最少3位数。算了，反正也是来玩的，就当全家买个平安。”

在主要景点合十舍利塔，商业化手法显得更加有创意。比如，参观者可以免费在大殿抄写一段经文，然后去大殿两侧盖上寺院方印便可带回家。但是，负责盖印的穿着僧人服的人会先和你讲经，然后给你看相，最后才说到你将有什么灾难，最好请一件开光的法物带回去。据说，曾有游客因带钱不足而在此享受了刷银行卡服务，不过记者因断然拒绝购买商品而没有体验到。

因佛指舍利只有每月农历初一、十五和平时周六、日及法定节假日才能从地宫升起供游客、信众瞻仰、朝拜，所以，记者此行无缘佛指舍利。

真正的法门寺原址要沿着景区侧面一条小路进去，这里依然能看到古寺的旧貌，一旁的法门寺博物馆里面陈列的也都是国家级出土文物，一位游客感慨：直接到这儿来就行了，还去什么景区啊？

记者一路询问，没有见到一位真正的出家僧人，那些穿僧服的工作人员也向记者承认，自己不是出家人，但是修行中人。难怪有游客说：“这里已经感觉不到寺院的庄严与神圣，感觉那些和尚（其实是穿僧服的工作人员）都是商人。”

司机告诉记者，只能按他们规定的时间、乘来时的车回西安市，否则这里根本没有公交车，而当地人也不允许公交车拉散客，只能乘坐“黑车”到扶风县城，所以记者没有来得及去岳路平所说的阴间地产——灵境景区，但记者在西安曲江文化产业投资（集团）有限公司网站上看到，该公司网站确实链接了陕西法门寺文化景区灵境置业有限公司，而当记者欲点开网站时，却显示“网页无法访问”。不仅如此，连法门寺景区发放的简介上写明的法门寺景区的网址也提示“您访问的网站未备案或备案信息不真实，暂时禁止访问。”

随后记者从陕西省工商局网站查询到，陕西法门寺文化景区灵境置业有限公司经营范围确实包括文化景区开发、建设；墓园建设、经营；骨灰安葬；殡葬用品及纪念品的生产、经营；墓地销售。

那么，其控股股东——西安曲江文化产业投资（集团）有限公司所属的曲江新区政府，对于法门寺风景区这种“博物馆+寺院+企业”的模式以及社会反响又是什么态度呢？

6月7日，记者又来到位于西安市区的曲江新区管委会，欲与区政府宣传部门取得联系，宣传部门要求记者必须先去省委宣传部开具介绍信，先传采访提纲，再预约采访时间，记者解释说当天晚上要赶回北京，但对方依然要求只能按程序办。记者只得抱憾而归。

7月8日，党和国家领导人对此信做出重要批示。随后，国务院副秘书长毕井泉召集文化部、建设部、国家旅游局、国家文物局、国务院法制办等部局开会，讨论落实先生反映的问题。8月1日上午，国家旅游局党组成员兼规划财务司司长吴文学、国家文物局政策法规司副司长何戍中专程前往先生家，听取意见，先生提出要重点解决西安问题。

家宝同志：您好，顷阅报载宗教局等十个部委联合颁发了禁止把寺庙作为资产经营上市的文件，采取的措施非常有力。没想到十几年来旅游公司兼并国有文物保护单位作为资产经营，公然违反文物保护法规定的问题，至今不但没有解决，而且还在继续发展。不久前我去了一次重庆和三峡，了解到三峡的文物保护单位大都已交由一家旅游公司经营管理。还听说山西把世界文化遗产大同云冈石窟已交由一家香港公司承包经营。最近敦煌研究院院长樊锦诗同志来京告诉我，她最

一

近感到压力非常大。为了發展旅游，省領导提出敦煌石窟每年必須接待一百万观众的指标。如照此办理，将会直接影响到石窟壁画的安全，她是無法接受的，我完全同意她的意見。上世纪一九八七年国务院一〇一号文件《关於進一步加強文物工作的通知》明確指出：要正確处理文物保护与發展旅游的关係，要在积極为發展旅游創造条件的同時，切实防止因开展旅游可能给文物保护带来的有害影响。象敦煌壁画这类易於損坏的稀世珍宝不能作为一般旅游开放点，必須嚴格控制参观人数，並采取有效

二

的保护措施。"甘肃省提出每年要敦煌石窟接待百万人次观众的要求是与国务院文件要求相抵触的，是不可取的。

目前有的地方没有正確地理解中央六中全会的精神，是为了提高全民族的素质，为了提高国际竞争的软实力。因而去大力发展文化產业和旅游业的時候，根本没有要求文化產业必須重視文化内容是否健康？更没有要求文化產业不能單純追求经济指标，而是应當把社会效益作为最高准則。因而有的地方盲目地大搞复古。如开封市委書記公然提出要斥資人民幣一千亿拆除現存开封市，重建

三

宋代汴梁城；陕西省西安要用幾百亿挖五个大湖，每个湖都要求比杭州的西湖大，以再現漢代風光。显然这些做法与六中全会精神是背道而馳的。不仅不可能促進文化的大發展、大繁榮，而且是勞民傷財的。值得注意的是他们打着發展文化產业和發展旅游业的旗号正把这些做法作为經驗向其他地區推廣。其實他们的这種做法，實質上就是"文化搭台、經济唱戏"，説得更確些就是"文化搭台，房地產唱戏。"为不纠正任其發展，將会对全国造成不良影响。

四、

关于正确处理发展旅游与文物保护关系问题，从二○○九年底我向您反映至今已两年多了。在此期间您曾作过三次批示。特别是今年三月廿一日批示："建议旅游局、文物局再作认真研究，提出进一步意见报国务院"，并且还表示文件"可考虑由国办批转"。还今又是半年多过去文件尚未起草，实在令人感到遗憾。顷据文物局同志说，文物局与旅游局于今年7月曾联合给国务院写过一个报告，提出一些原则性意见，请示国务院原则同意，他们即可

五

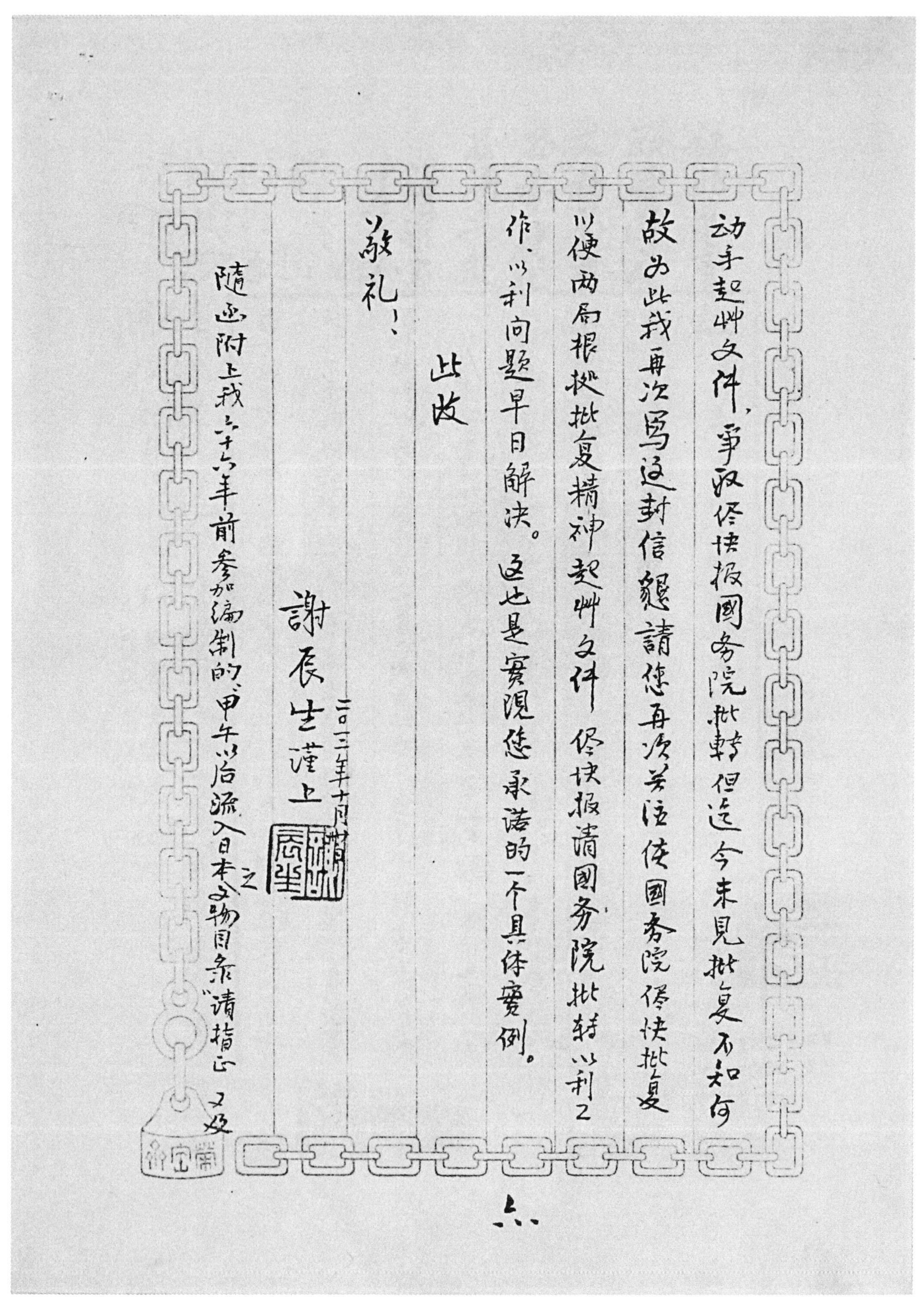

动手起草文件，争取尽快报国务院批转，但迄今未见批复，不知何故。为此我再次写这封信，恳请您再次关注，使国务院尽快批复，以便两局根据批复精神起草文件，尽快报请国务院批转，以利工作，以利问题早日解决。这也是实现您承诺的一个具体实例。

此致

敬礼！

谢辰生谨上

二〇一三年十月

随函附上我六十六年前参加编制的《甲午以后流入日本之文物目录》，请指正。又及

家宝同志：

您好！

顷阅报载宗教局等十个部委联合颁发了禁止把寺庙作为资产经营上市的文件，采取的措施非常有力。联想到十几年来旅游公司兼并国有文物保护单位作为资产经营公然违反《文物保护法》规定的问题，至今不但没有解决，而且还在继续发展。不久前我去了一次重庆和三峡，了解到三峡的文物保护单位大都已交由一家旅游公司经营管理。还听说山西把世界文化遗产大同云冈石窟已交由一家香港公司承包经营。最近敦煌研究院院长樊锦诗同志来京告诉我，她最近感到压力非常大。为了发展旅游，省领导提出敦煌石窟每年必须接待一百万观众的指标，如照此办理，将会直接影响到石窟壁画的安全，她是无法接受的。我完全同意她的意见。上世纪一九八七年，国务院一〇一号文件《关于进一步加强文物工作的通知》明确指出："要正确处理文物保护与发展旅游的关系"，"要在积极为发展旅游创造条件的同时，切实防止因开展旅游可能给文物保护带来的有害影响。像敦煌壁画这类易于损坏的稀世珍宝不能作为一般旅游开放点，必须严格控制参观人数，并采取有效的保护措施。"甘肃省提出每年要敦煌石窟接待百万人次观众的要求是与国务院文件要求相抵触的，是不可取的。

目前，有的地方没有正确地理解中共六中全会的精神，是为了提高全民族的素质，为了提高国际竞争的软实力。因而在大力发展文化产业和旅游业的时候，根本没有要求文化产业必须重视文化内容是否健康，更没有要求文化产业不能单纯追求经济指标，而是应当把社会效益作为最高准则。因而有的地方盲目地大搞复古：如开封市委书记公然提出要斥资人民币一千亿拆除现存开封市，重建宋代汴梁城；陕西省西安要用几百亿挖五个大湖，每个湖都要求比杭州的西湖大，以再现汉代风光。显然这些做法与六中全会精神是背道而驰的。不仅不可能促进文化的大发展、大繁荣，而且是劳民伤财的。值得注意的是他们打着发展文化产业和发展旅游业的旗号，正把这些做法作为经验向其他地区推广。其实他们的这种做法，实质上就是"文化搭台，经济唱戏"，说得更确些就是"文化搭台，房地产唱戏"。如不纠正任其发展，将会对全国造成不良影响。

关于正确处理发展旅游与文物保护关系问题，从二〇〇九年底我向您反映，至今已两年多了。在此期间，您曾作过三次批示。特别是今年三月卅一日批示："建议旅游局、文物局再作认真研究，提出进一步意见报国务院"，并且还表示文件"可考虑由国办批转"。至今又是半年多过去，文件尚未起草，实在令人感到遗憾。顷据文物局同志说文物局与旅游局于今年八月曾联合给国务院写过一个报告，提出一些原则性意见请示，如国务院原则同意，他们即可动手起草文件，争取尽快报国务院批转，但迄今未见批复，不知何故。为此我再次写这封信，恳请您再次关注，使国务院尽快批复，以便两局根据批复精神起草文件，尽快报请国务院批转以利工作、以利问题早日解决。这也是实现您承诺的一个具体实例。

此致

敬礼！

谢辰生谨上

二〇一二年十月卅日

随函附上我六十六年前参加编制的《甲午以后流入日本之文物目录》，请指正。

又及

编者注：
书致党和国家领导人。

近平
家宝同志：您好，我刚刚看到于蓝、于洋等二五五名老艺术家和职工为抢救北京电影制片厂旧址而紧急呼吁的建议书使我感到非常震惊和不可理解，现随函附上敬请一阅。此次要涉拆北京电影制片厂的是中央军委总参和中央广电总局的单位，很可能是得到总参和总局同意的，北京市是管不了的，因此我只好给中央领导写信求援了，否则这问题是不可能解决的。我完全同意呼吁书所提出的要求应当把北影旧址作为文物保护下来。根据我从事文物工作六十多年对文物概念的理解，北影厂旧址应当确定为文物。近几年来国际社会提出了要保护二十世纪的文物，认为这是

谢辰生用笺

对文物概念认识的新发展，扩大了文物保护的范围。其实在这个问题上我们的认识比国际社会还早一些。早在建国初期五十年代，就提出了不仅要保护古代文物，而且要保护包括革命文物在内的近现代文物，直至中华人民共和国时期的文物。从而打破了以古董观点看待文物的旧观念。一九六一年国家公布的第一批全国文物保护单位名单就有建国后建成的人民英雄纪念碑。上世纪五十年代全国各省都有一个地志博物馆，陈列都分三个部分，一是反映当地自然环境资源的自然之部，二是反映当地历史的历史之部，三是反映新中国成立后的建设发展的社建之部，第三部分展示的文物就都是中华人民共和国

谢辰生用笺

二

時期的文物。一九五六年九月毛主席参观安徽博物馆時說：一个省的主要城市，都应当有这樣的博物館，人民認识自己的历史和创造力量一件很要緊的事。此影厂是全国唯一仅存的於中国电影象徵标誌性建築，也是見証於中國电影發展历史的仅存的實物例証。保护此影就是保护於中国电影發展的历史。因此，此影厂址理应作为中华人民共和国時期文物建築加以保护。为此懇請領导予以关注使问题得以合理解决为感。此致

敬礼！

謝辰生謹上
十二月

謝辰生用箋

三

近平、家宝同志：

您好！

我刚刚看到于蓝、于洋等二五五名老艺术家和职工为抢救北京电影制片厂旧址而紧急呼吁的建议书，使我感到非常震惊和不可理解，现随函附上，敬请一阅。此次要强拆北京电影制片厂的是中央军委总参和中央广电总局的单位，很可能是得到总参和总局同意的，北京市是管不了的，因此我只好给中央领导写信求救了，否则问题是不可能解决的。我完全同意呼吁书所提出的要求，应当把北影旧址作为文物保护下来。根据我从事文物工作六十多年对文物概念的理解，北影厂旧址应当确定为文物。近几年来，国际社会提出了要保护二十世纪的文物，认为这是对文物概念认识的新发展，扩大了文物保护的范围。其实在这个问题上，我们的认识比国际社会还早一些。早在建国初期五十年代就提出了不仅要保护古代文物，而且要保护包括革命文物在内的近现代文物，直至中华人民共和国时期的文物。从而打破了以古董观点来看待文物的旧观念。一九六一年国家公布的第一批全国文物保护单位名单，就有建国后建成的人民英雄纪念碑。上世纪五十年代，全国各省都有一个地志博物馆，陈列都分三个部分：一是反映当地自然环境和资源的自然之部，二是反映当地历史的历史之部，三是反映新中国成立后的建设发展的社建之部。第三部分展示的文物就都是中华人民共和国时期的文物。一九五八年九月，毛主席参观安徽博物馆时说：“一个省的主要城市都应当有这样的博物馆，人民认识自己的历史和创造力量一件很要紧的事。”北影厂是全国唯一仅存的新中国电影文化标志性建筑，也是见证新中国电影发展历史的仅存的实物例证。保护北影，就是保护新中国电影发展的历史。北影厂址理应作为中华人民共和国时期的文物建筑加以保护。为此恳请领导予以关注，使问题得以合理解决为感。

此致

敬礼！

谢辰生

十二月廿四日

编者注：

书致党和国家领导人并得到重要批示，写于2012年。

1958年9月17日，毛泽东主席参观安徽省博物馆，并发表重要讲话。

2015年11月3日，先生应中影集团邀请，参加了北影厂保护规划座谈会。会上，有关方面承诺完全听取先生的意见，采取整体保护方案。总参代表参加了会议。北京电影制片厂旧址得以保护。

2012年12月11日，全国人大教科文卫委员会、文化部、国务院法制办公室和国家文物局在北京人民大会堂联合召开了“纪念《中华人民共和国文物保护法》颁布30周年暨修订10周年座谈会”，先生在会上做了题为《当前文物工作应当防止的四种错误倾向》的发言，提出“当前文物工作应当防止文物价值经济化、文物工作产业化、文物管理市场化、文物产权国际化四种错误倾向。”

此信后附有先生的发言稿。

尊敬的 近平总书记
克强总理：

您好！我们都是长期工作在城市规划和文物保护战线上的专业工作者，其中有些是年逾八旬的老同志。近日我们读到习总书记今年八月二十四日在《关于正定古城保护情况的报告》上的批示，深受鼓舞。正定历史文化名城以“历史文化名城保护规划”引领古城发展，在整体保护名城、高度重视文物保护单位修缮、严格执行旨在保护历史文化街区和历史建筑的紫线管理规定、不断发掘古城历史文化价值等方面积累了很好的经验，值得很多城市学习。

自国务院设立历史文化名城制度三十多年来，在《文物保护法》、《城乡规划法》和《历史文化名城名镇名村保护条例》基础上，针对城市建设中大量拆除历史文化街区和历史建筑的问题，专门制定了《城市紫线管理规定》，并通过编制历史文化名城和文物保护单位保护规划，使各类文化遗产的保护要求通过城乡规划管理落地。在大规模城镇建设时期，这套行之有

1

效的文化遗产保护管理制度的作用一定要发挥好。

在近一个时期推进城镇化的过程中，一些典型问题值得注意。第一，在城市开发中把旧住区、旧厂房、旧村作为拆除对象，错误地把城市的历史地段划入棚户区改造范围，用歪了国家在棚户区改造方面的政策。第二，没有依法编制科学的名城保护规划，不严格执行文物法律法规，古城内土地开发无视紫线管理规定，许多历史街区和历史建筑甚至重要的文物保护单位毁于一旦。第三，一些地方贯彻《文物保护法》、《城乡规划法》和《历史文化名城名镇名村保护条例》不力，以繁荣和发展文化为名，在历史文化名城内拆真建假，不惜高额举债全盘仿古，企图再现古代的辉煌。这种做法事实上是丢掉了历史文化名城的真实性，而导致名城名存实亡。这些地方在关系老百姓生活条件改善的基础设施改造上却投入寥寥。“形象工程”、“政绩工程”以及不作为、乱作为的问题已经危及我国的历史文化名城名镇名村的保护。此风绝不可长！

根据这些情况，我们有几点建议：

2

第一，各级政府和各部门有责任严格贯彻《文物保护法》、《城乡规划法》和《历史文化名城名镇名村保护条例》。在编制新型城镇化的各种规划（包括修改）中，一定要吸收建设规划和文物主管部门参与有关规划的编制，作为规划组的成员，确保文化遗产的保护理念和保护要求能够落实和衔接。

第二，当前和今后文物保护单位、历史建筑和历史文化街区是否能够得到有效保护，是我国历史文化名城保护成败的关键。因此在全国的历史文化名城应严格执行文物法规，全面推行紫线管理规定，新建筑选址应避开文物保护区，加大城乡规划督察和文物管理部门的执法力度。

第三，大规模复古不是名城文化复兴的正确出路。应认真贯彻今年九月国务院《关于加强基础设施建设的通知》，首先着力实现古城基础设施的现代化，根本上改善古城人民群众的生活条件。

第四，在深化改革、完善产权保护制度时，探索文物建筑和历史建筑所有权人的补偿机制；对历史文

3

化名城名镇名村的领导实行离任审计，并把文化遗产保护作为政绩考核的内容，增强地方领导保护文化遗产的责任心。

以上建议仅供参考。此致

敬礼！

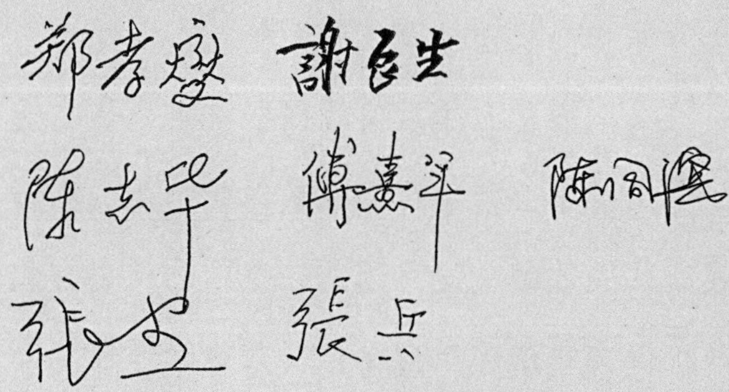

2013年11月28日

4

郑孝燮　全国历史文化名城保护专家委员会副主任委员
谢辰生　全国历史文化名城保护专家委员会委员
陈志华　清华大学建筑学院教授
傅熹年　中国工程院院士、全国历史文化名城保护专家委员会委员
陈同滨　中国建筑设计研究院建筑历史研究所所长
张　杰　清华大学建筑学院教授　国际古迹与遗址理事会历史城镇与村落专业委员会执行委员
张　兵　中国城市规划设计研究院总规划师

（正文略）

编者注：
信为打印件。

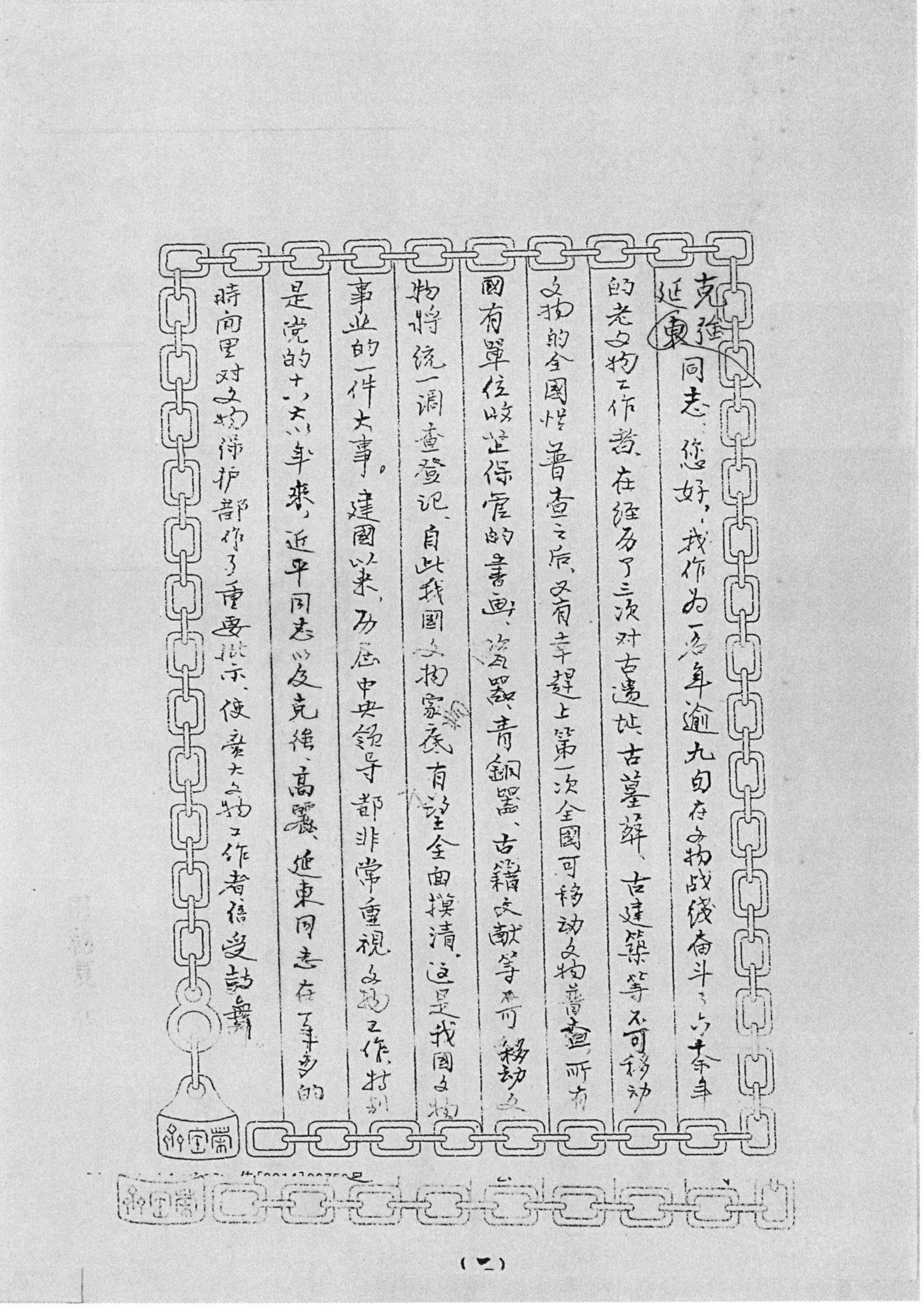
克強、延東同志：您好！我作为一名年逾九旬在文物战线奋斗了六十余年的老文物工作者，在经历了三次对古遗址、古墓葬、古建築等不可移动文物的全國性普查之后，又有幸趕上第一次全國可移动文物普查，所有國有單位收藏保管的書画、瓷器、青銅器、古籍文獻等可移动文物將統一調查登記，自此我國文物家底有望全面摸清，這是我国文物事业的一件大事。建國以來，历屆中央領导都非常重視文物工作，特别是党的十八大以來，近平同志以及克強、高麗、延東同志在百忙的時间里对文物保护都作了重要批示，使廣大文物工作者倍受鼓舞

（二）

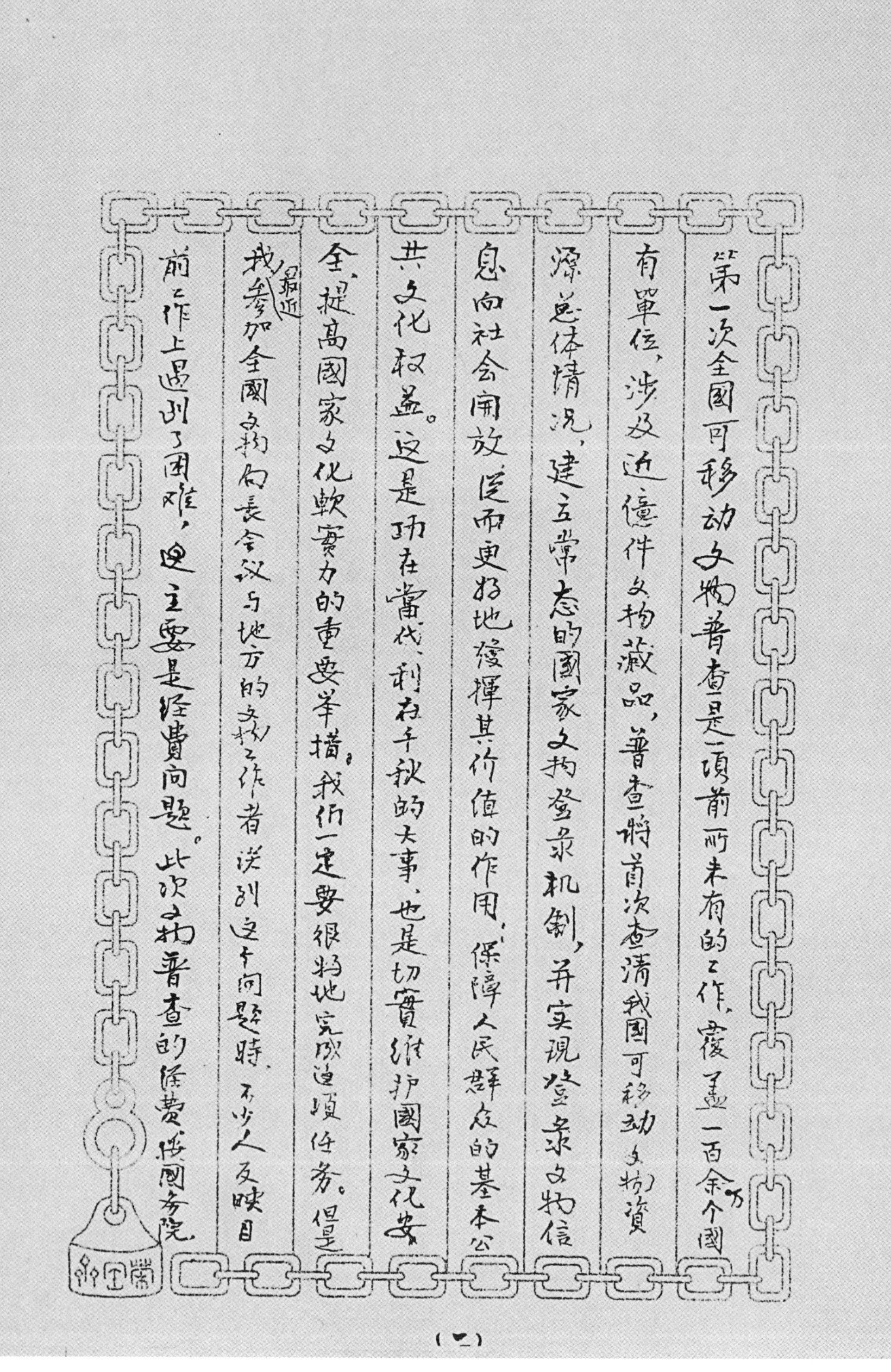

第一次全國可移动文物普查是一項前所未有的工作，覆盖一百余万个國有單位，涉及近億件文物藏品，普查將首次查清我国可移动文物資源总体情况，建立常态的國家文物登录机制，并实現登录文物信息向社会開放，從而更好地發揮其价值的作用，保障人民群众的基本公共文化权益。这是功在當代、利在千秋的大事，也是切實维护國家文化安全，提高國家文化軟實力的重要举措。我們一定要很好地完成這項任务。但是我最近参加全國文物局長会议与地方的文物工作者谈到这个问題時，不少人反映目前工作上遇到了困难，但主要是经費问題。此次文物普查的经费按國务院

（二）

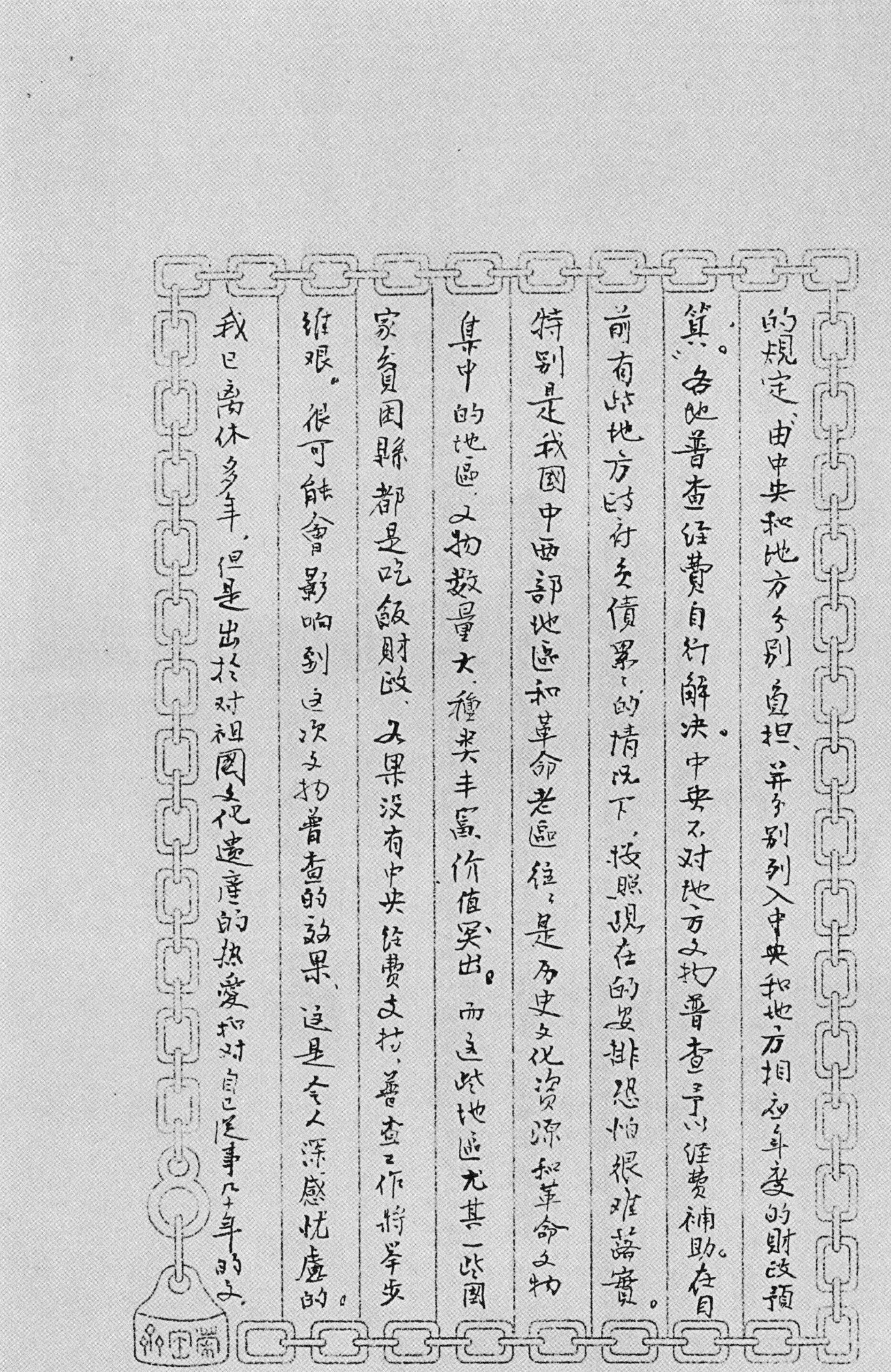

的規定，由中央和地方分別負担，并分別列入中央和地方相应年度的財政預算。各地普查经費自行解决，中央不对地方文物普查予以经費補助。在目前有些地方財政负債累累的情况下，按照現在的安排恐怕很难落實。特別是我国中西部地區和革命老區往往是历史文化資源和革命文物集中的地區，文物數量大，種类丰富，价值突出。而这些地區尤其一些国家貧困縣都是吃飯財政，如果没有中央经費支持，普查工作将举步維艰。很可能會影响到这次文物普查的效果，这是令人深感忧慮的。

我已离休多年，但是出於对祖國文化遺產的热愛和对自己从事几十年的文

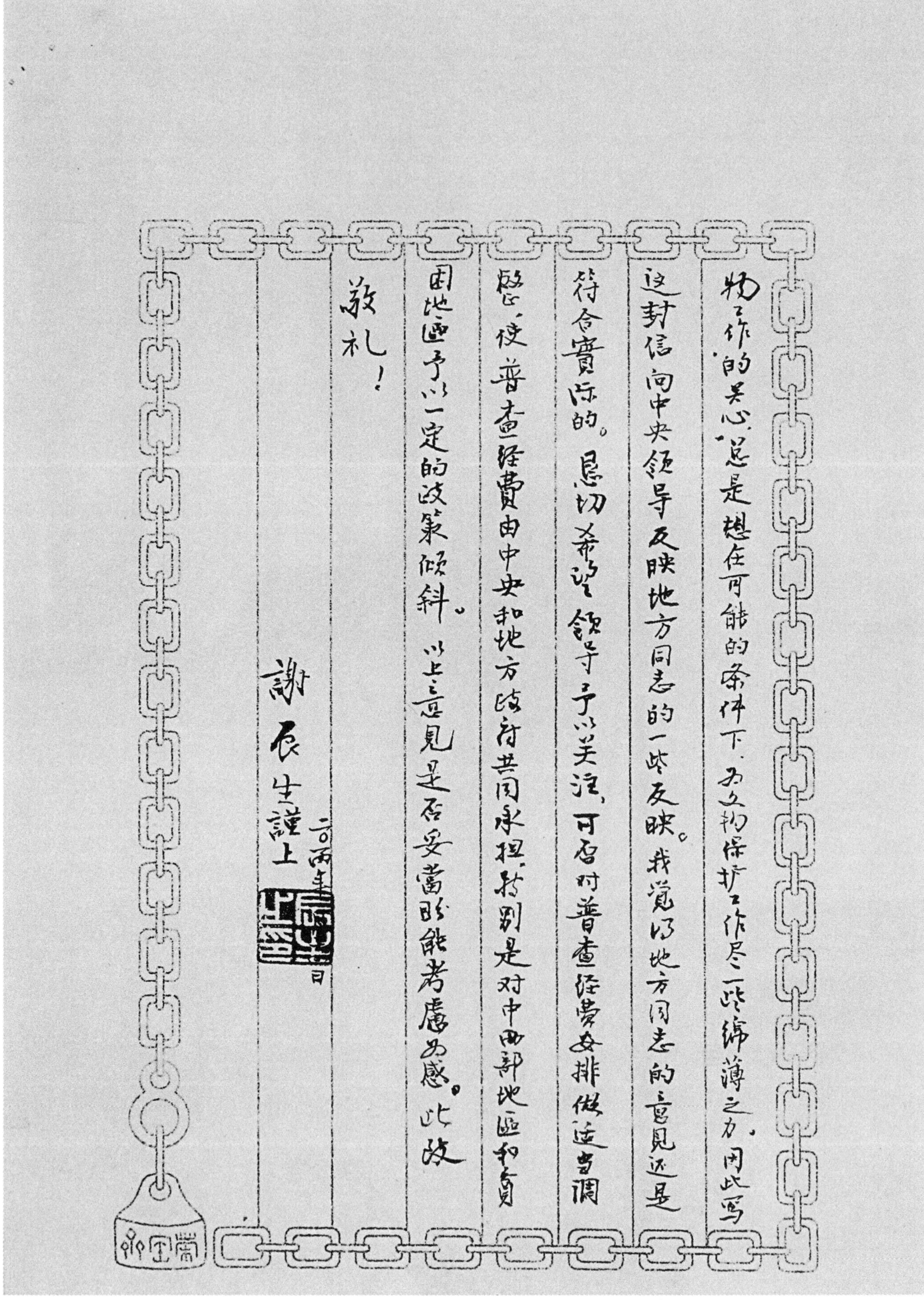

物工作的关心，总是想在可能的条件下，为文物保护工作尽一些绵薄之力，因此写这封信向中央领导反映地方同志的一些反映。我觉得地方同志的意见还是符合实际的。恳切希望领导予以关注，可否对普查经费安排做适当调整，使普查经费由中央和地方政府共同承担，特别是对中西部地区和贫困地区予以一定的政策倾斜。以上意见是否妥当，盼能考虑为感。此致

敬礼！

谢辰生谨上

二〇〇六年　日

克强、延东同志：

您好！

我作为一名年逾九旬、在文物战线奋斗了六十余年的老文物工作者，在经历了三次对古遗址、古墓葬、古建筑等不可移动文物的全国性普查之后，又有幸赶上第一次全国可移动文物普查。所有国有单位收藏保管的书画、瓷器、青铜器、古籍文献等可移动文物将统一调查登记，自此我国文物家底有望全面摸清，这是我国文物事业的一件大事。建国以来，历届中央领导都非常重视文物工作，特别是党的十八大以来，近平同志以及克强、高丽、延东同志在一年多的时间里，对文物保护都作了重要批示，使广大文物工作者倍受鼓舞。

第一次全国可移动文物普查是一项前所未有的工作，覆盖一百余万个国有单位，涉及近亿件文物藏品，普查将首次查清我国可移动文物资源总体情况，建立常态的国家文物登录机制，并实现登录文物信息向社会开放，从而更好地发挥其价值的作用：保障人民群众的基本公共文化权益。这是功在当代，利在千秋的大事，也是切实维护国家文化安全、提高国家文化软实力的重要举措，我们一定要很好地完成这项任务。但是，我最近参加全国文物局长会议，与地方的文物工作者谈到这个问题时，不少人反映，目前工作上遇到了困难，这主要是经费问题。此次文物普查的经费，按国务院的规定“由中央和地方分别负担、并分别列入中央和地方相应年度的财政预算”，各地普查经费自行解决，中央不对地方文物普查予以经费补助。在目前有些地方政府负债累累的情况下，按照现在的安排恐怕很难落实。特别是我国中西部地区和革命老区，往往是历史文化资源和革命文物集中的地区，文物数量大、种类丰富、价值突出。而这些地区尤其一些国家贫困县都是吃饭财政，如果没有中央经费支持，普查工作将举步维艰，很可能会影响到这次文物普查的效果，这是令人深感忧虑的。我已离休多年，但是出于对祖国文化遗产的热爱和对自己从事几十年的文物工作的关心，总是想在可能的条件下，为文物保护工作尽一些绵薄之力，因此写这封信，向中央领导反映地方同志的一些反映。我觉得地方同志的意见还是符合实际的，恳切希望领导予以关注，可否对普查经费安排做适当调整，使普查经费由中央和地方政府共同承担，特别是对中西部地区和贫困地区予以一定的政策倾斜。以上意见是否妥当盼能考虑为感。此致

敬礼！

谢辰生谨上

二〇一四年一月十四日

编者注：

书致党和国家领导人。

经文化部与财政部协调，可移动文物普查经费问题得到妥善解决。

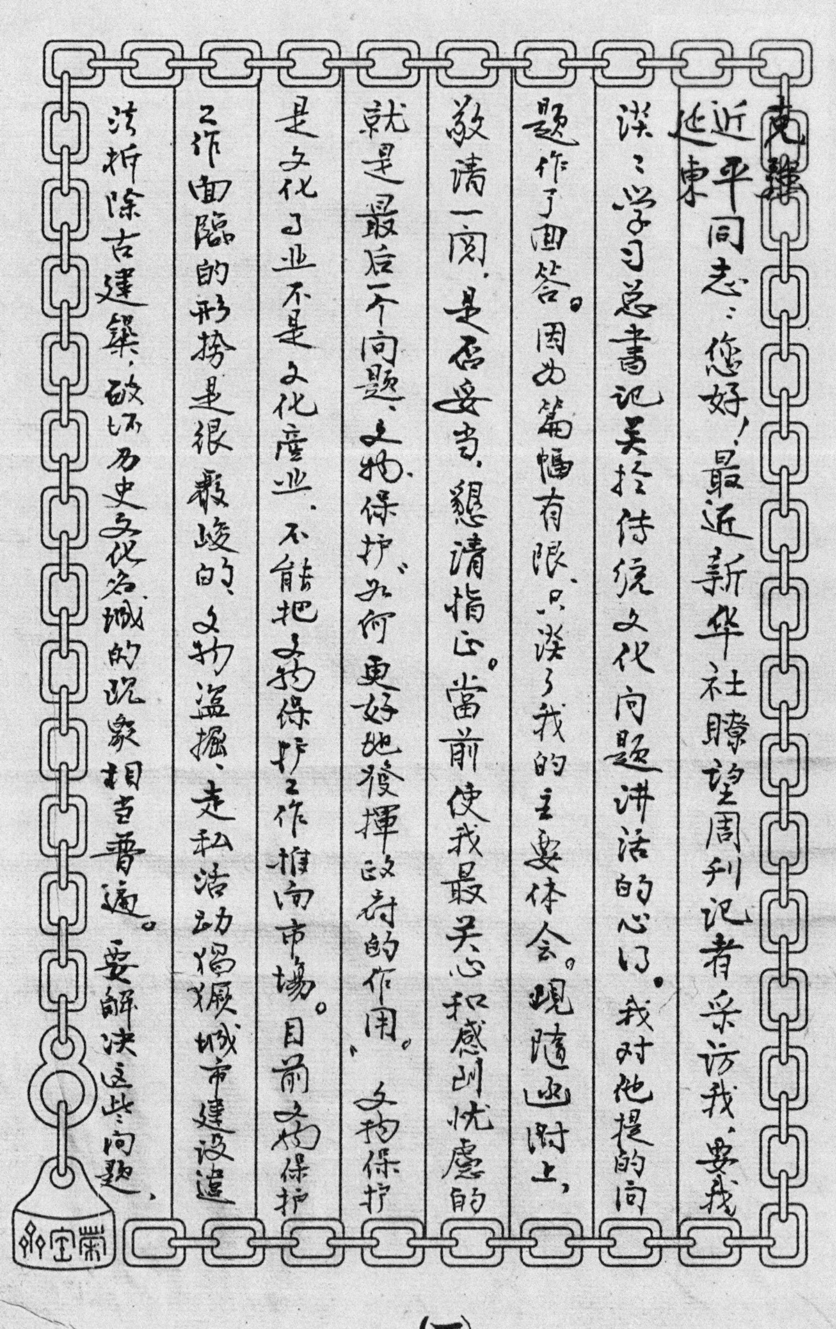

克耀、近平、延东同志：您好！最近新华社瞭望周刊记者采访我，要我谈谈学习总书记关于传统文化问题讲话的心得。我对他提的问题作了回答。因为篇幅有限，只谈了我的主要体会。现随函附上，敬请一阅，是否妥当，恳请指正。当前使我最关心和感到忧虑的就是最后一个问题，文物保护，如何更好地发挥政府的作用。文物保护是文化事业不是文化产业，不能把文物保护工作推向市场。目前文物保护工作面临的形势是很严峻的，文物盗掘、走私活动猖獗，城市建设违法拆除古建筑，破坏历史文化名城的现象相当普遍。要解决这些问题，

（一）

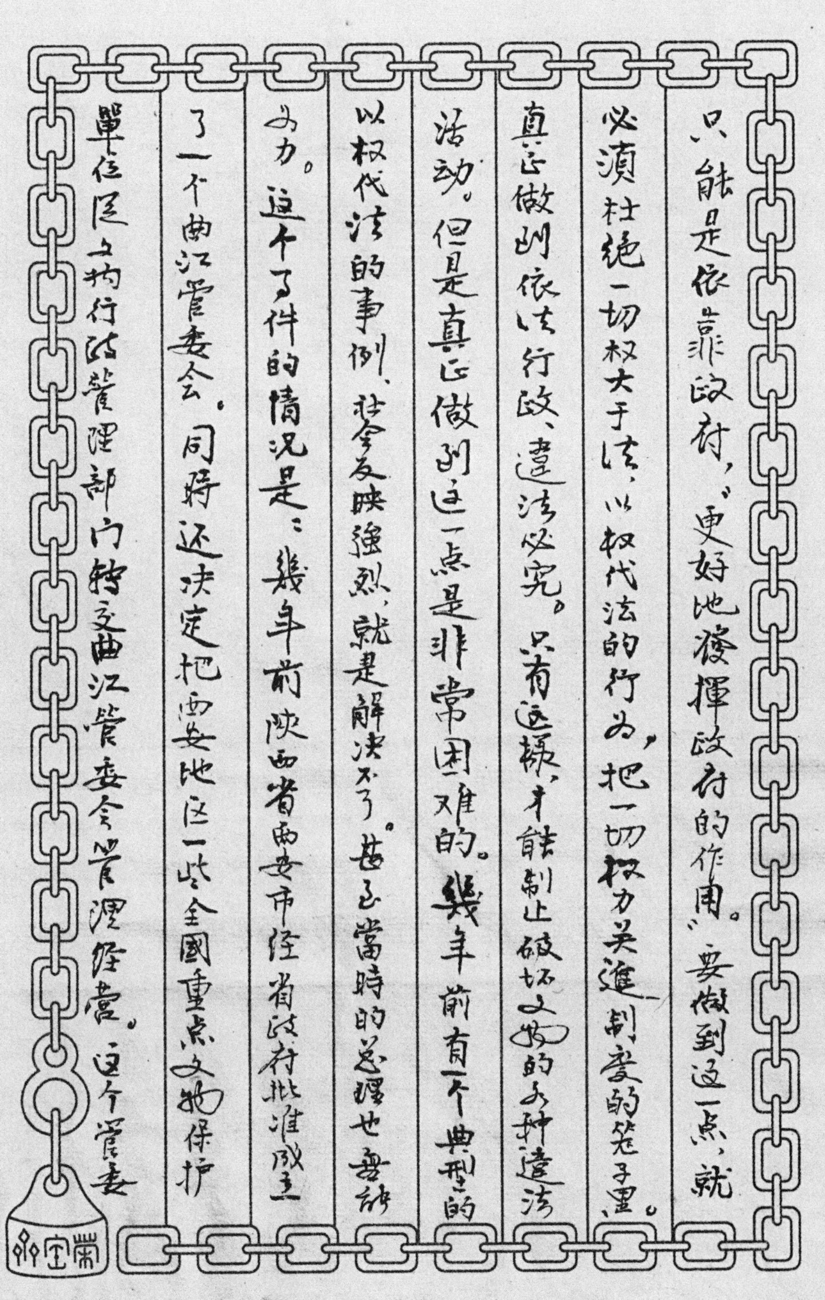
只能是依靠政府，更好地發揮政府的作用。要做到这一点，就必須杜绝一切权大于法，以权代法的行为，把一切权力关進制度的笼子里。真正做到依法行政，違法必究。只有这樣，才能制止破坏文物的各种違法活动。但是真正做到这一点是非常困难的。幾年前有一个典型的以权代法的事例，社会反映強烈，就是解决不了。甚至當時的总理也無能为力。这个事件的情况是：幾年前陕西省西安市经省政府批准成立了一个曲江管委会。同時还决定把西安地区一些全國重点文物保护單位從文物行政管理部门轉交曲江管委会管理經營。这个管委

（二）

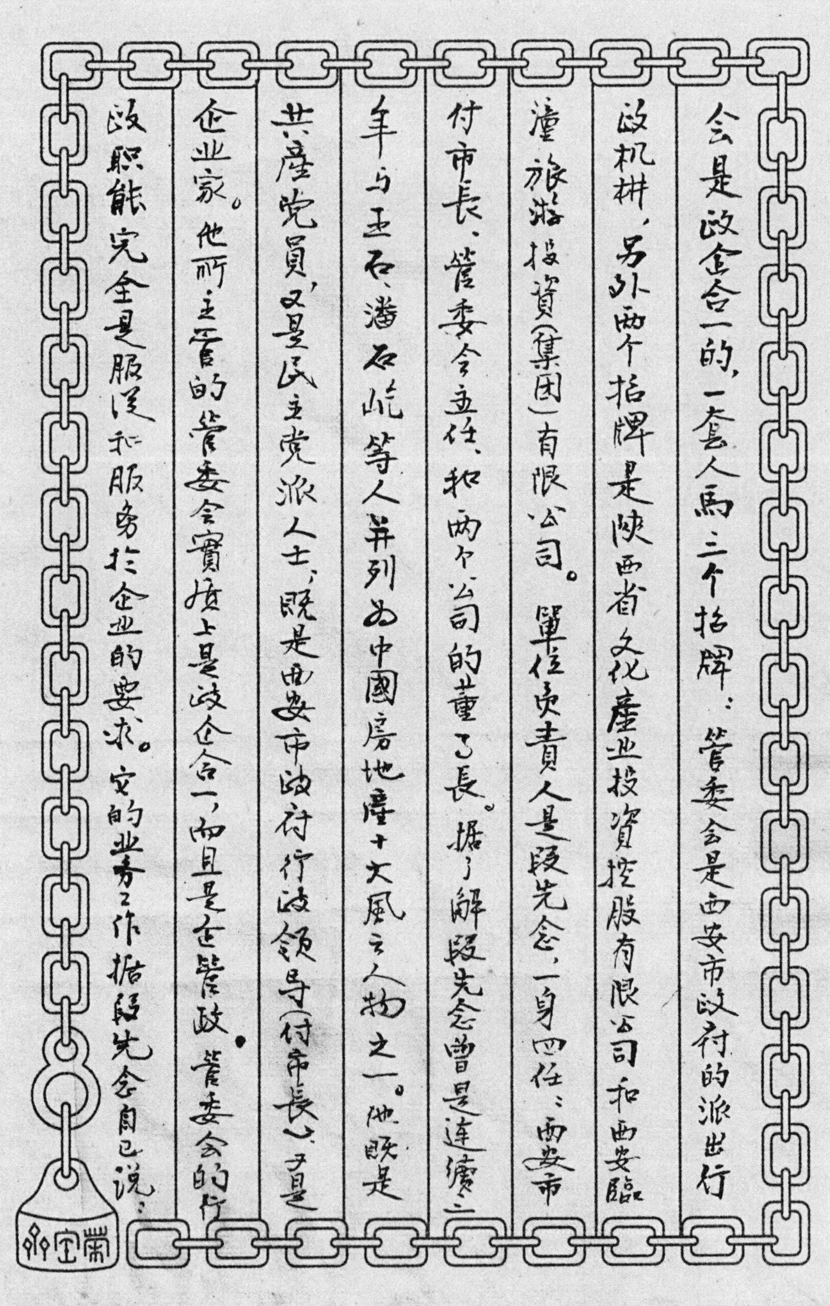

会是政企合一的，一套人馬三个招牌：管委会是西安市政府的派出行政机构，另外两个招牌是陕西省文化產业投資控股有限公司和西安臨潼旅游投資(集团)有限公司。單位负責人是段先念，一身四任：西安市付市長、管委会主任，和两个公司的董事長。据了解段先念曾是连續三年与王石、潘石屹等人并列为中國房地產十大風云人物之一。他既是共產党員，又是民主党派人士，既是西安市政府行政領导(付市長)，又是企业家。他所主管的管委会實質上是政企合一，而且是企管政。管委会的行政職能完全是服從和服务於企业的要求。它的业务工作据段先念自己說：

（三）

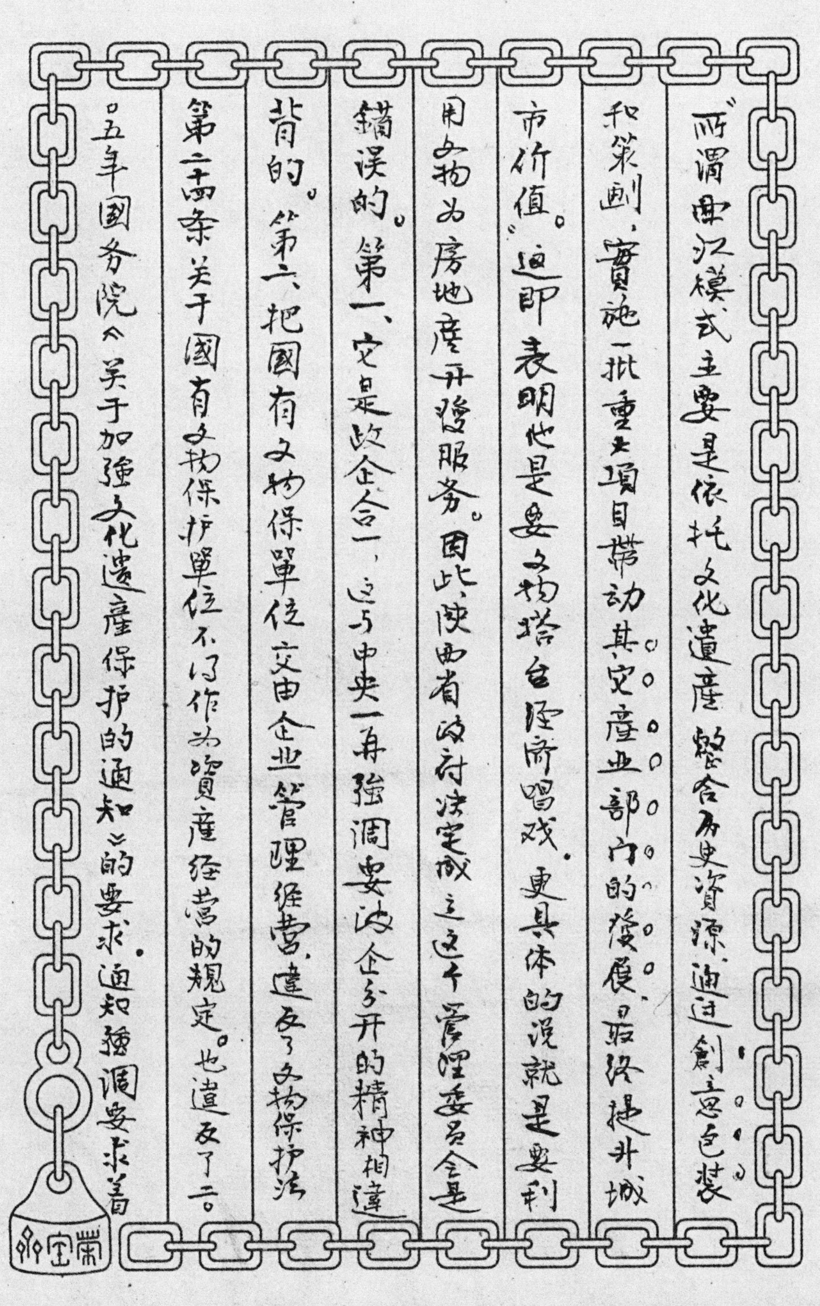

所谓曲江模式主要是依托文化遗产整合历史资源，通过创意包装和策划，实施一批重大项目带动其它产业部门的发展，最终提升城市价值。这即表明也是要文物搭台经济唱戏，更具体的说就是要利用文物为房地产开发服务。因此，陕西省政府决定成立这个管理委员会是错误的。第一、它是政企合一，这与中央一再强调要政企分开的精神相违背的。第二、把国有文物保护单位交由企业管理经营，违反了文物保护法第二十四条关于国有文物保护单位不得作为资产经营的规定。也违反了二〇〇五年国务院《关于加强文化遗产保护的通知》的要求。通知强调要求着

（四）

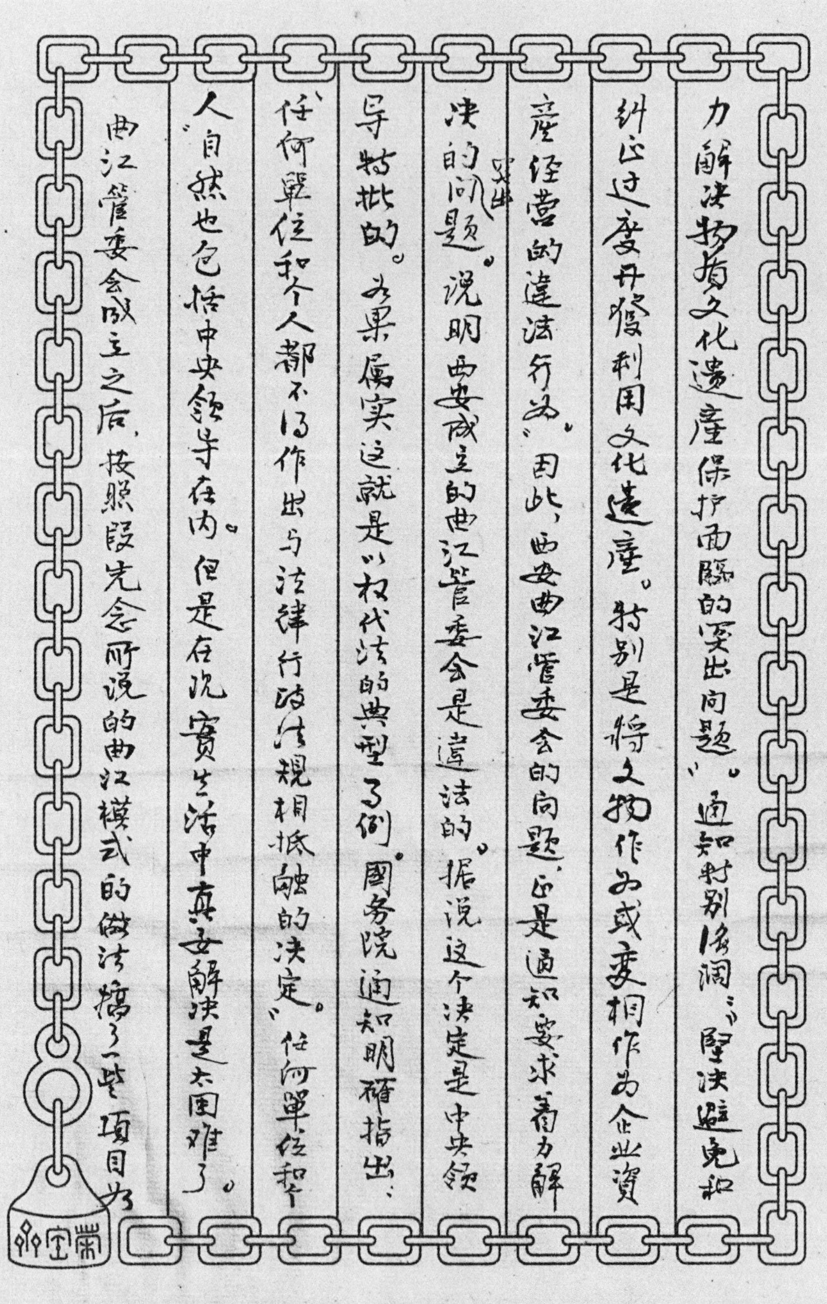

力解决目前文化遗產保护面临的突出问题"。通知特别強调："坚决避免和纠正过度开发利用文化遗產，特别是将文物作为或变相作为企业資產经营的違法行为"。因此，西安曲江管委会的问题，正是通知要求着力解决的突出问题。说明西安成立的曲江管委会是違法的。据说这个决定是中央领导特批的。如果属实这就是以权代法的典型了例。国务院通知明確指出："任何單位和个人都不得作出与法律行政法规相抵触的决定"。任何單位和人，自然也包括中央领导在内。但是在现實生活中真要解决是太困难了。曲江管委会成立之后，按照段先念所说的曲江模式的做法搞了一些项目为

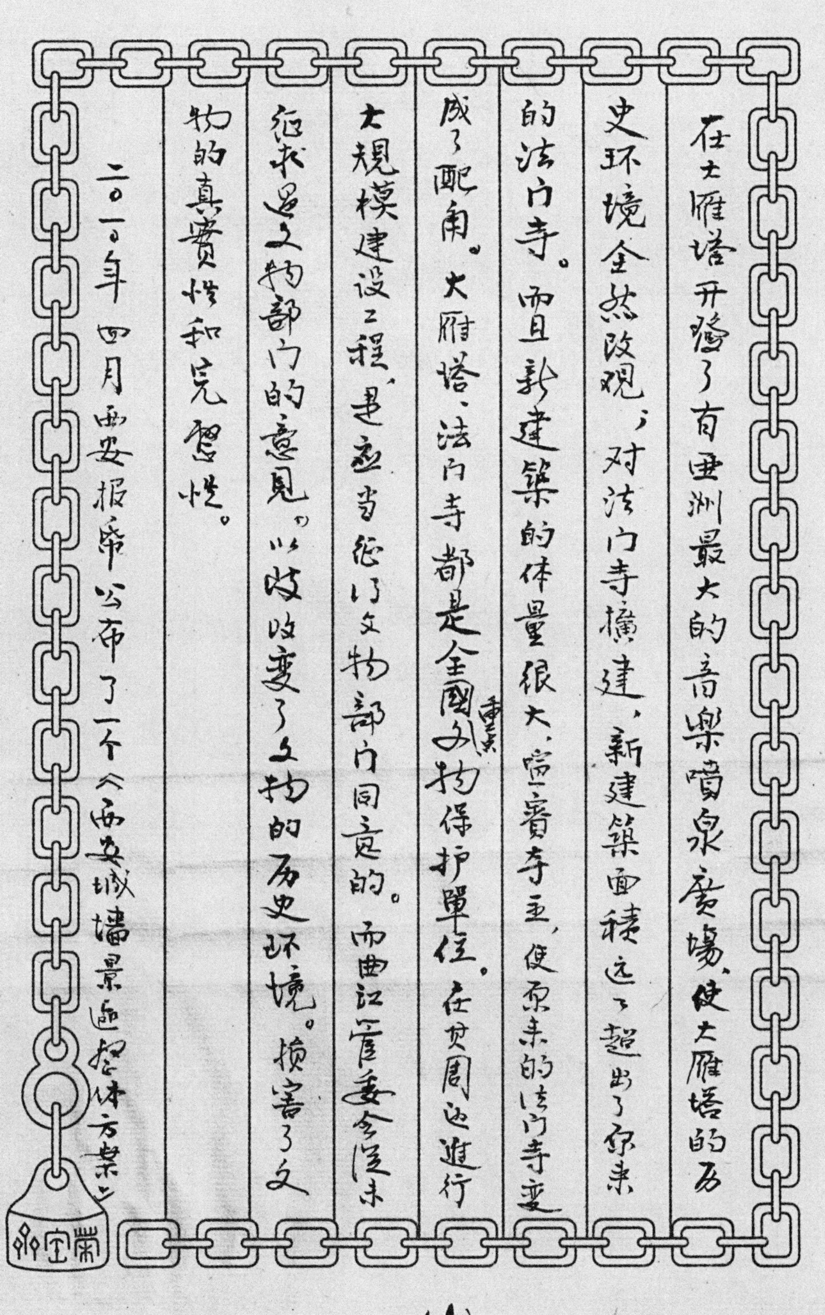
在大雁塔开发了亚洲最大的音乐喷泉广场，使大雁塔的历史环境全然改观；对法门寺扩建，新建筑面积远远超出了原来的法门寺。而且新建筑的体量很大，喧宾夺主，使原来的法门寺变成了配角。大雁塔、法门寺都是全国重点文物保护单位，在其周边进行大规模建设工程，是应当征得文物部门同意的。而曲江管委会从未征求过文物部门的意见，以致改变了文物的历史环境，损害了文物的真实性和完整性。

二〇一〇年四月西安报纸公布了一个《西安城墙景区控体方案》

（六）

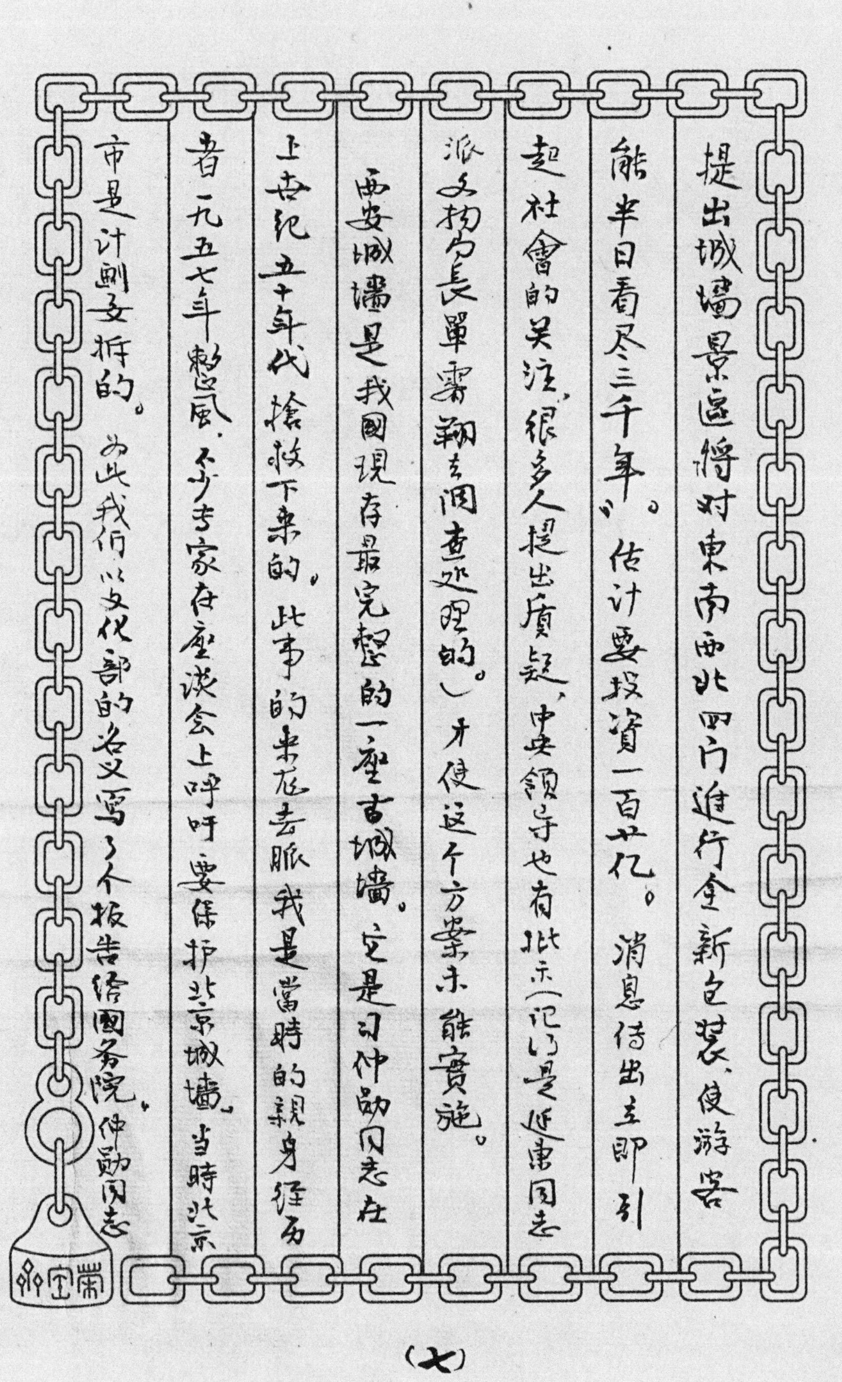

提出城墙景区将对東南西北四门进行全新包装，使游客能半日看尽三千年。估计要投资一百廿亿。消息传出去即引起社会的关注，很多人提出质疑，中央领导也有批示（记得是延东同志派文物局長單霽翔去调查处理的。）才使这个方案未能實施。

西安城墙是我国现存最完整的一座古城墙。它是习仲勋同志在上世纪五十年代搶救下来的。此事的来龙去脉我是當時的親身经历者。一九五七年整风，不少专家在座谈会上呼吁要保护北京城墙。当時北京市是计划要拆的。为此我们以文化部的名义写了个报告给国务院，仲勋同志

（七）

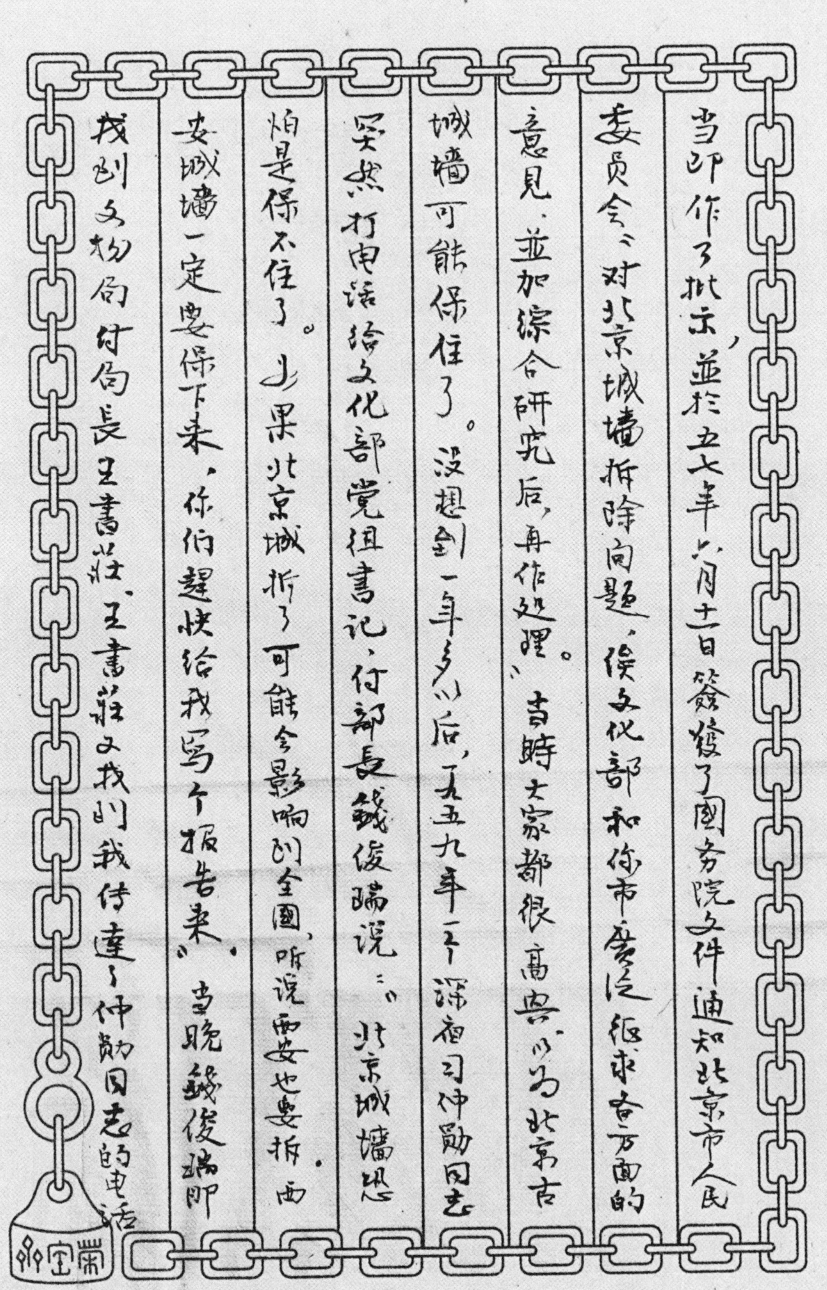

当即作了批示，並於五七年六月十一日簽發了国务院文件通知北京市人民委员会：对北京城墙拆除问题，俟文化部和你市广泛征求各方面的意見，並加综合研究后，再作处理。当時大家都很高兴，以为北京古城墙可能保住了。没想到一年多以后，一九五九年一天深夜习仲勋同志突然打电话给文化部党组書记、付部長錢俊瑞说：北京城墙恐怕是保不住了。如果北京城拆了可能会影响到全国，听说西安也要拆，西安城墙一定要保下来，你们赶快给我写个报告来。当晚錢俊瑞即找到文物局付局長王書莊，王書莊又找到我传達了仲勋同志的电话

（八）

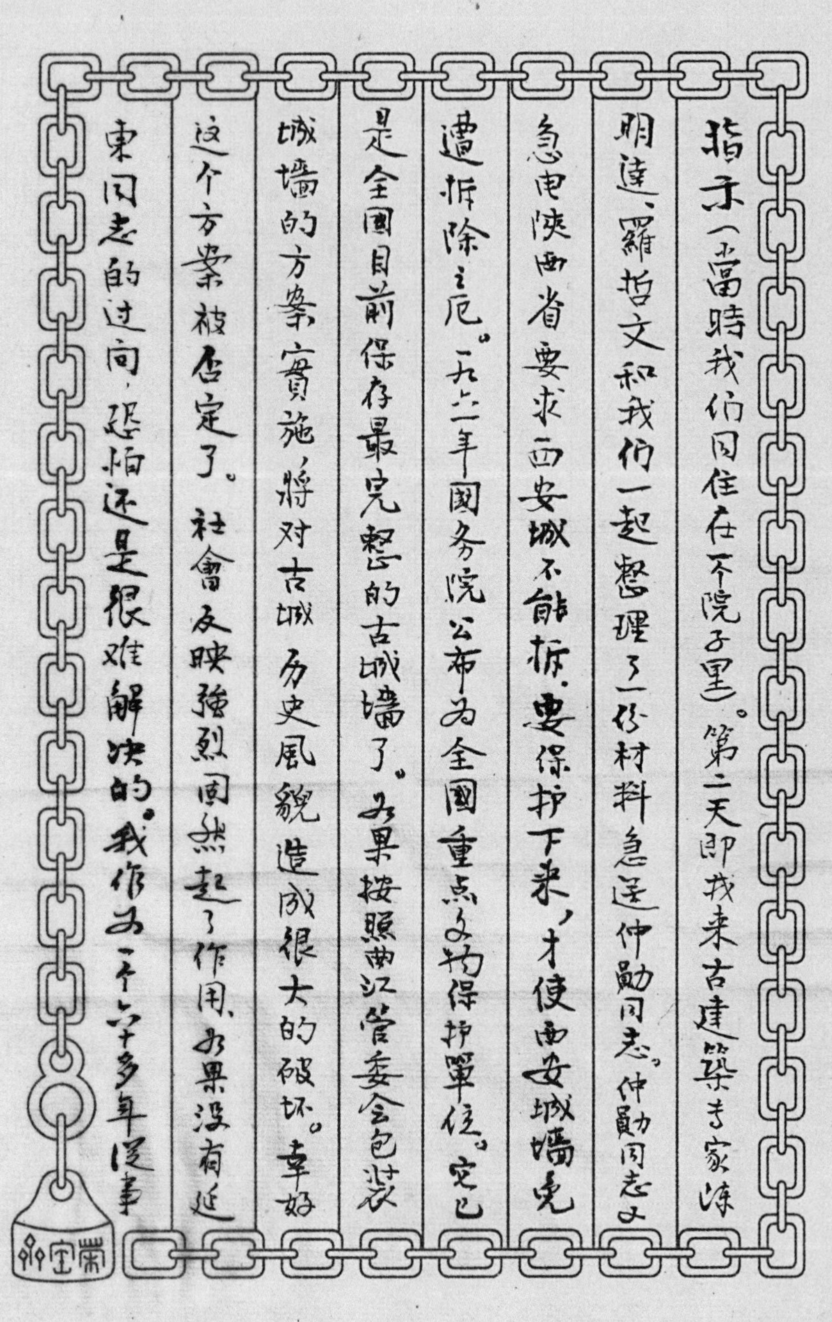

指示（当時我们同住在一个院子里）。第二天即找来古建築专家陈明達、羅哲文和我们一起整理了一份材料急送仲勋同志。仲勋同志又急电陕西省要求西安城不能拆，要保护下来，才使西安城墙免遭拆除之厄。一九六一年国务院公布为全国重点文物保护單位。它已是全国目前保存最完整的古城墙了。如果按照曲江管委会包装城墙的方案實施，将对古城历史風貌造成很大的破坏。幸好这个方案被否定了。社會反映強烈固然起了作用，如果没有延東同志的过问，恐怕还是很难解决的。我作为一个六十多年從事

（九）

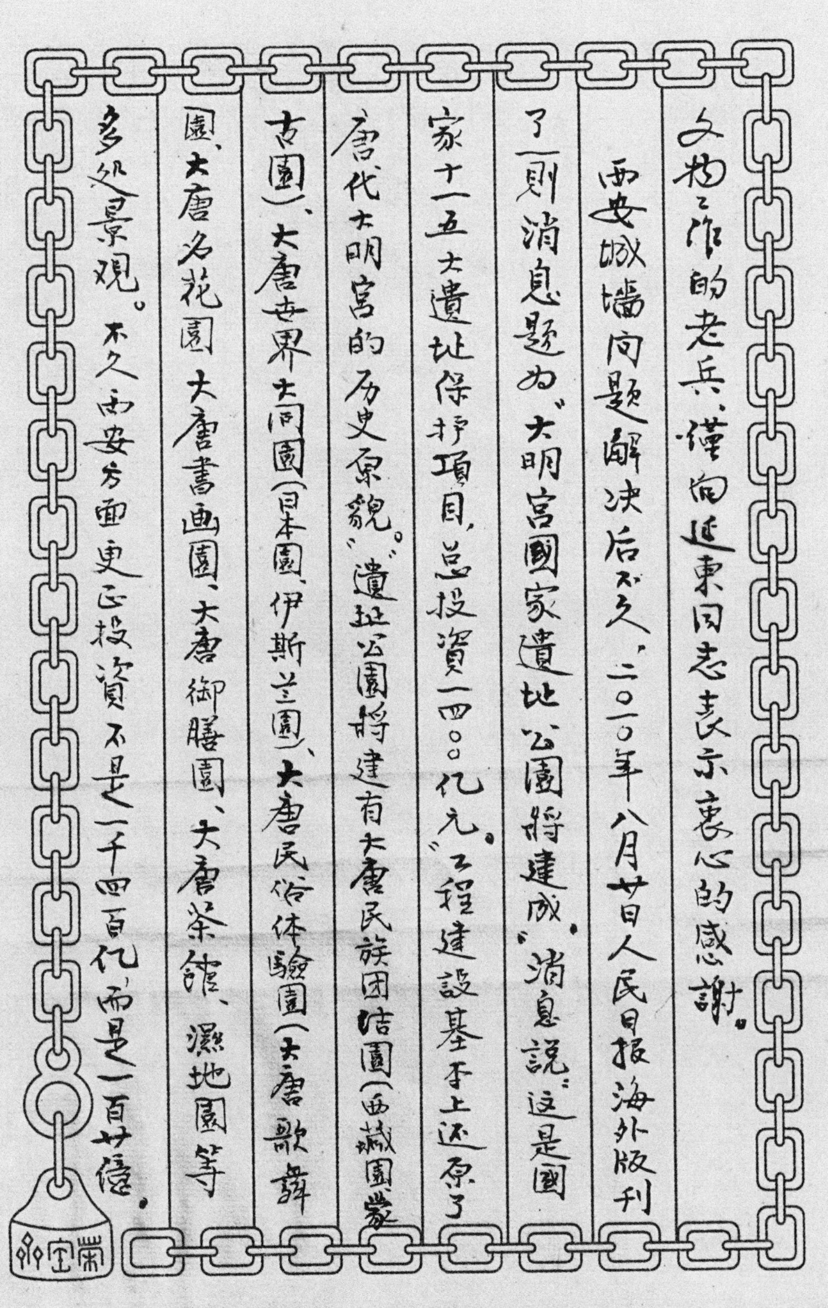

文物工作的老兵，僅向延東同志表示衷心的感謝。

西安城墙问题解决后不久，二〇一〇年八月廿日人民日报海外版刊了一則消息題为"大明宮國家遺址公園將建成"。消息說：这是國家十一五大遺址保护項目，总投資一四〇亿元。工程建設基本上还原了唐代大明宮的历史原貌。"遺址公園將建有大唐民族团结園（西藏園、蒙古園）、大唐世界大同園（日本園、伊斯兰園）、大唐民俗体驗園（大唐歌舞園、大唐名花園、大唐書画園、大唐御膳園、大唐茶館、濕地園等多处景观。不久西安方面更正投資不是一千四百亿，而是一百廿億。

（十）

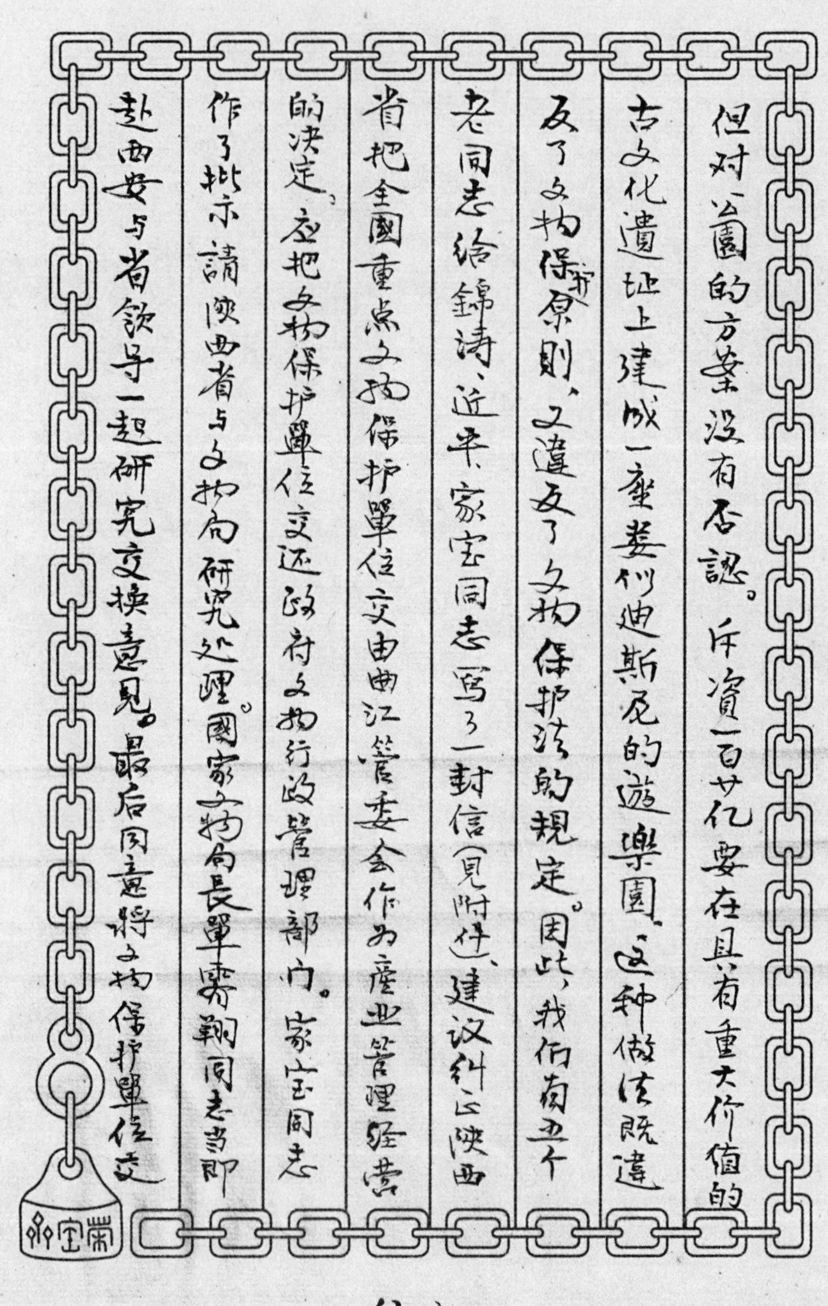
但对“公園”的方案没有否認。斥資一百廿亿要在具有重大价值的古文化遗址上建成一座类似迪斯尼的遊樂園，这种做法既違反了文物保护原則，又違反了文物保护法的規定。因此，我们有五个老同志给錦涛、近平、家宝同志写了一封信（見附件），建议纠正陕西省把全国重点文物保护單位交由曲江管委会作为產业管理经营的决定。应把文物保护單位交还政府文物行政管理部门。家宝同志作了批示：請陕西省与文物局研究处理。国家文物局長單霽翔同志当即赴西安与省領导一起研究交换意見。最后同意将文物保护單位交

（十一）

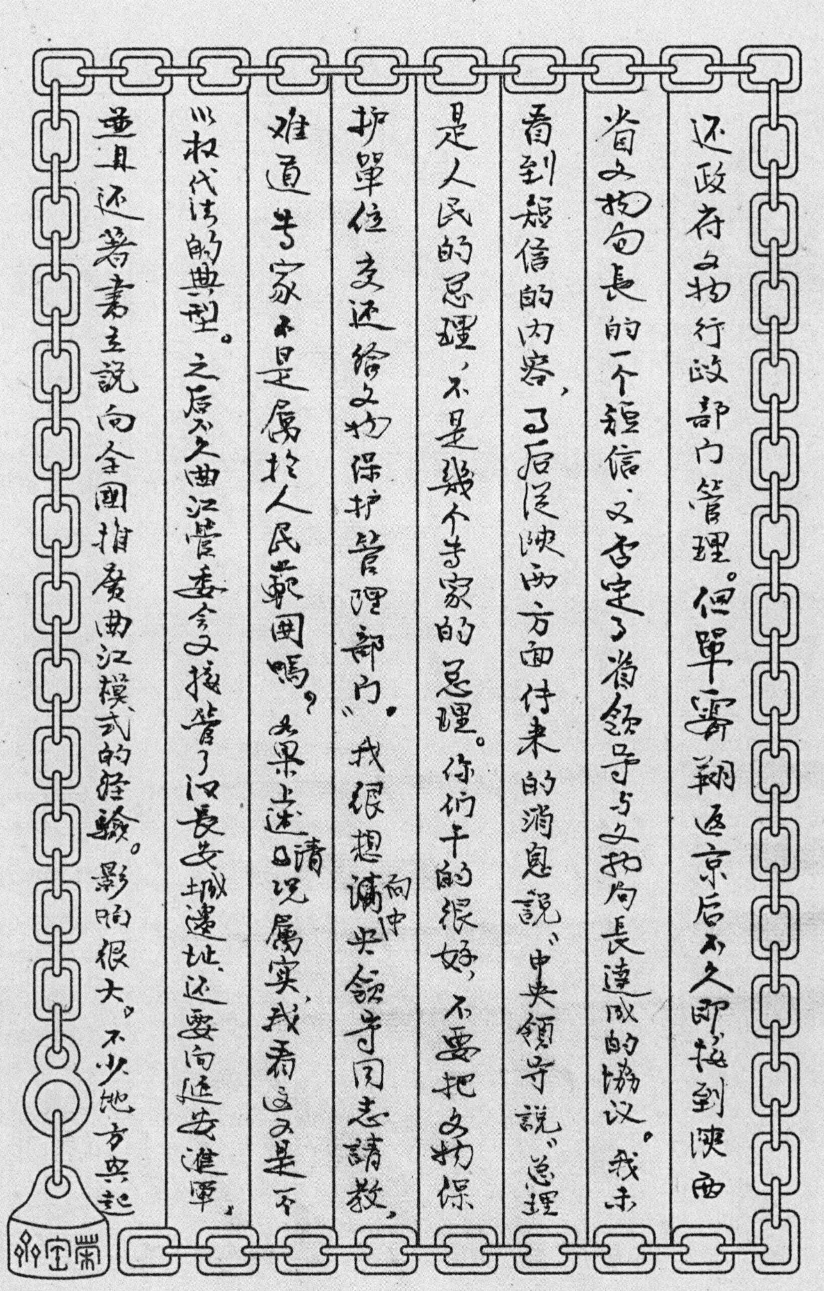

还政府文物行政部门管理。但單霁翔返京后不久即接到陕西省文物局長的一个短信，又否定了省領导与文物局長達成的协议。我未看到短信的内容，可后從陕西方面传来的消息說，"中央領导說，"总理是人民的总理，不是幾个专家的总理。你们干的很好，不要把文物保护單位交还给文物保护管理部门。"我很想请向中央領导同志請教，难道专家不是屬於人民範圍嗎？如果上述情况屬实，我看这又是个以权代法的典型。之后不久曲江管委会又接管了汉長安城遗址，还要向延安進軍，并且还著書立說向全国推廣曲江模式的經驗。影响很大。不少地方兴起

（十二）

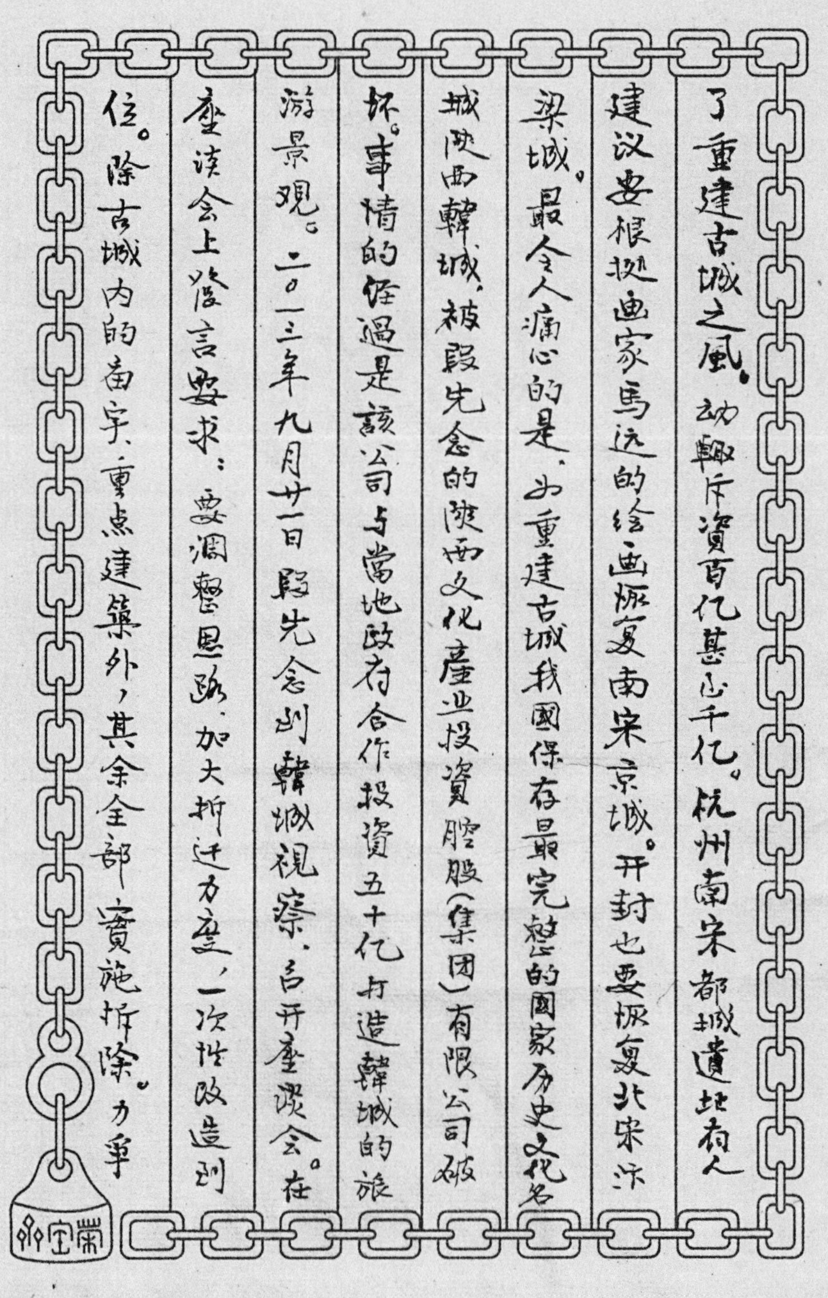

了重建古城之風。动輒斥資百亿甚至千亿。杭州南宋都城遺址有人建议要根据画家馬远的绘画恢复南宋京城。开封也要恢复北宋汴梁城。最令人痛心的是，为重建古城我國保存最完整的國家历史文化名城陝西韓城，被段先念的陝西文化產业投資控股（集团）有限公司破坏。事情的经過是該公司与當地政府合作投資五十亿打造韓城的旅游景觀。二〇一三年九月廿一日段先念到韓城視察，召开座谈会。在座談会上發言要求：要調整思路，加大拆迁力度，一次性改造到位。除古城内的庙宇、重点建築外，其余全部實施拆除。力爭

（十三）

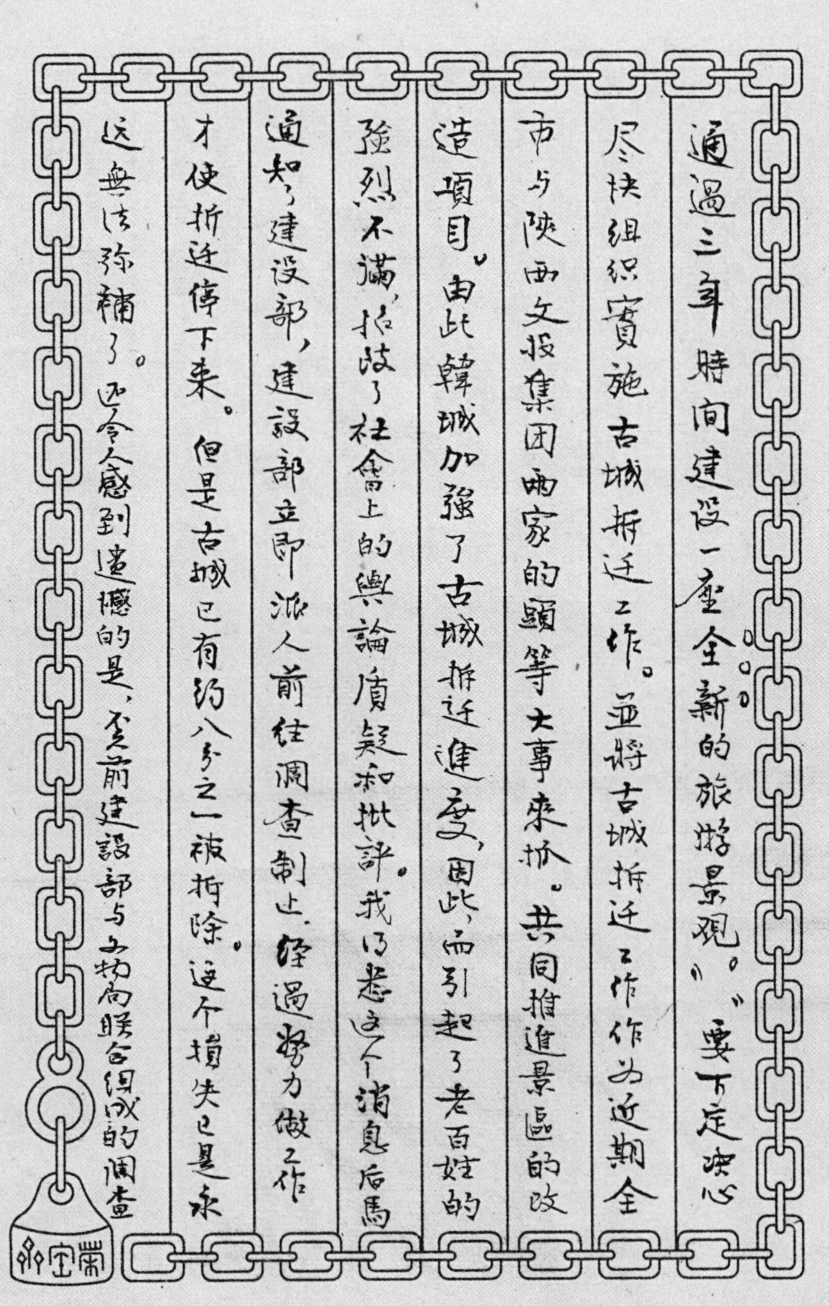

通過三年時间建设一座全新的旅游景观。”要下定决心尽快组织實施古城拆迁工作。並將古城拆迁工作作为近期全市与陕西文投集团兩家的頭等大事來抓。共同推進景區的改造項目。由此韓城加強了古城拆迁進度，因此，而引起了老百姓的強烈不滿，招致了社會上的輿論質疑和批評。我們悉这个消息后馬通知了建设部，建設部立即派人前往調查制止，經過努力做工作才使拆迁停下来。但是古城已有約八分之一被拆除。这个損失已是永远無法弥補了。而令人感到遗憾的是，之前建設部与文物局联合組成的調查

（十四）

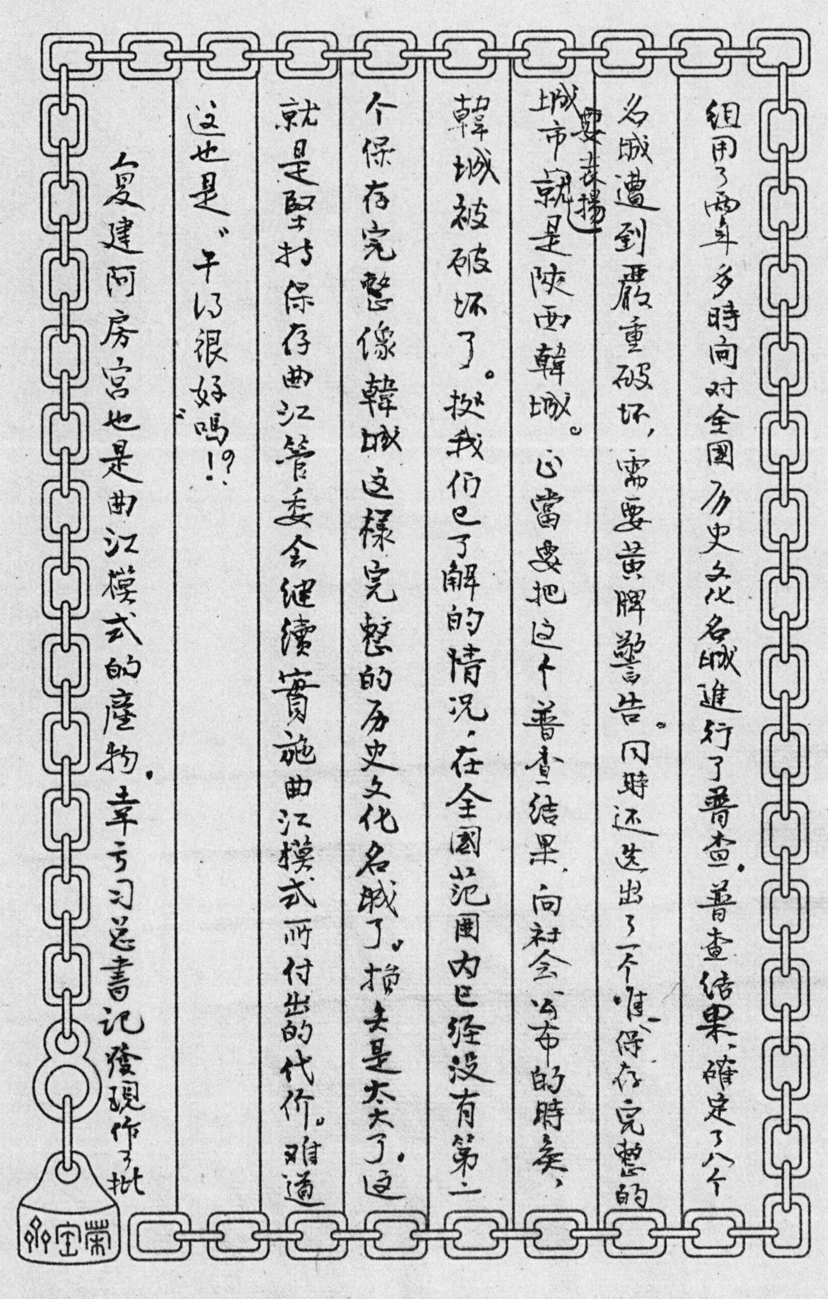

组用了两年多時向对全国历史文化名城進行了普查。普查结果，確定了八个名城遭到嚴重破坏，需要黄牌警告。同時还选出了一个"唯一"保存完整的城市要表揚就是陝西韓城。但當要把这个普查结果，向社会公布的時候，韓城被破坏了。據我们已了解的情况，在全国范围内已经没有第二个保存完整像韓城这樣完整的历史文化名城了。損失是太大了。这就是堅持保存曲江管委会继續實施曲江模式所付出的代价。难道这也是"干得很好嗎!?"

复建阿房宫也是曲江模式的產物，幸可习总書記發現作了批

（十五）

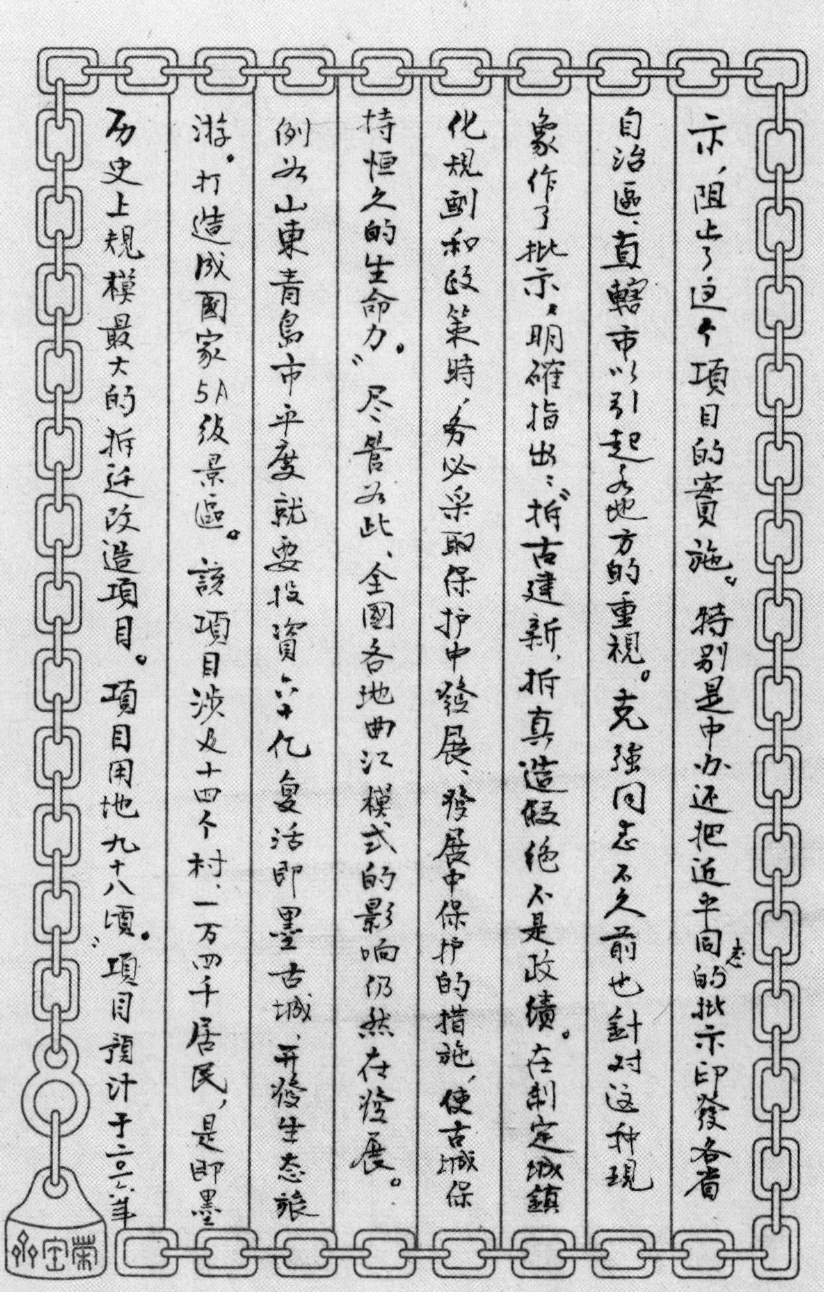

示，阻止了這个項目的實施。特别是中办还把近平同志的批示印發各省自治區、直轄市以引起各地方的重視。克強同志不久前也針对这种現象作了批示，明確指出："拆古建新，拆真造假絕不是政績。在制定城鎮化規劃和政策時，务必采取保护中發展，發展中保护的措施，使古城保持恒久的生命力。"尽管如此，全国各地曲江模式的影响仍然存發展。例如山東青島市平度就要投資六十亿复活即墨古城，开發生态旅游，打造成國家5A级景區。該項目涉及十四个村、一万四千居民，是即墨历史上規模最大的拆迁改造項目。項目用地九十八頃。項目預计于二〇六年

(十六)

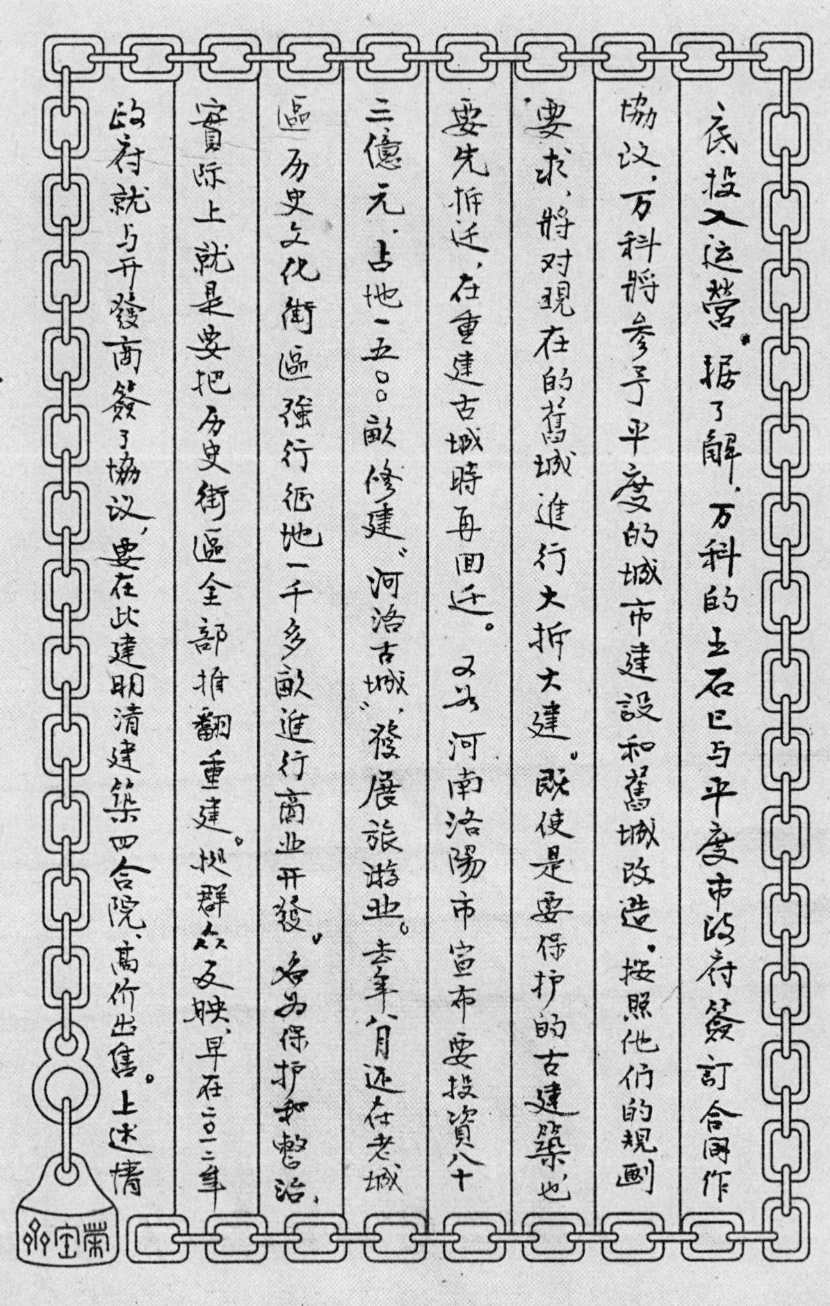
底投入运营。据了解，万科的王石已与平度市政府簽訂合同作協议，万科將参予平度的城市建設和舊城改造。按照他们的規劃要求，將对現在的舊城進行大拆大建。即使是要保护的古建築也要先拆迁，在重建古城時再回迁。又如河南洛陽市宣布要投資八十三億元，占地一五〇畝，修建"河洛古城"，發展旅游业。去年八月还在老城區历史文化街區強行征地一千多畝進行商业开發。名为保护和整治，實际上就是要把历史街區全部推翻重建。据群众反映，早在二〇〇二年政府就与开發商簽了協议，要在此建明清建築四合院，高价出售。上述情

（十七）

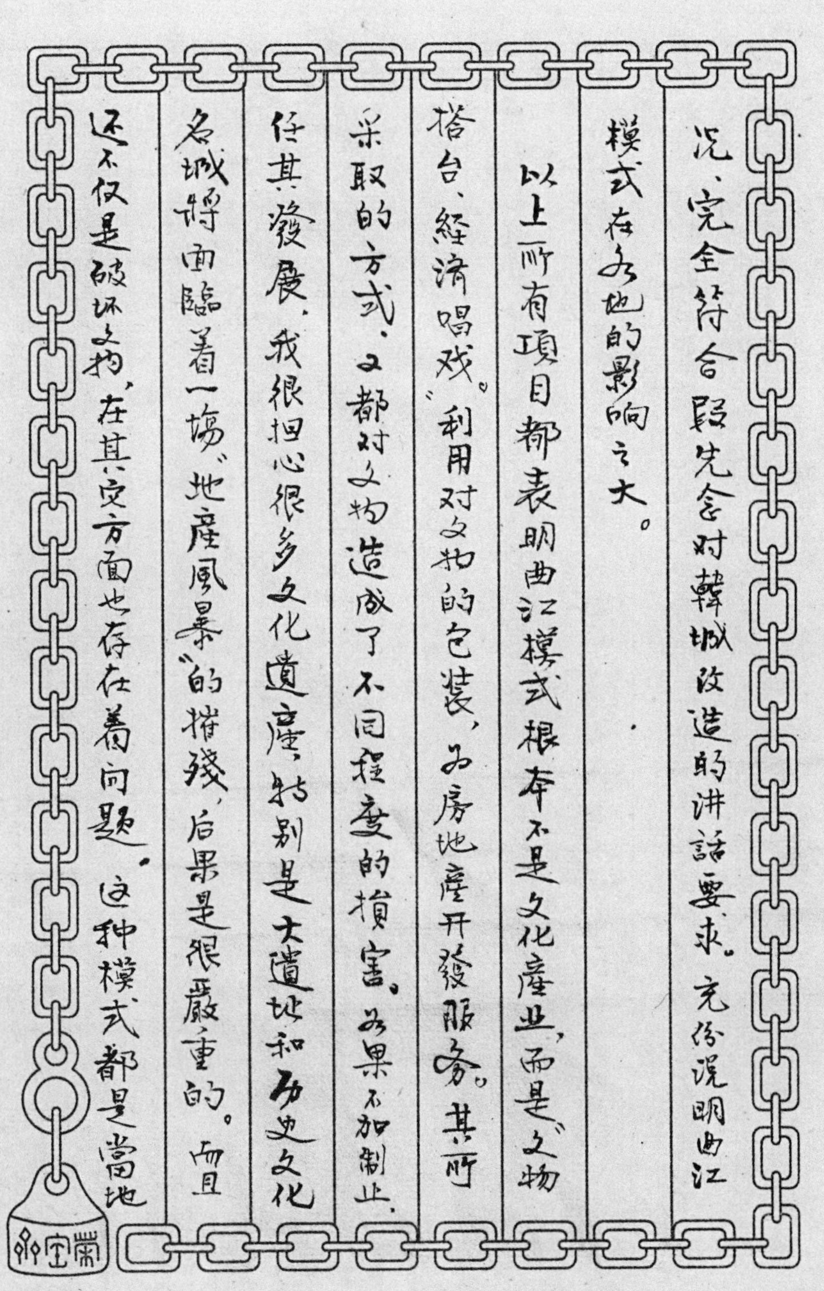
况、完全符合段先念对韓城改造的讲話要求。充分說明曲江模式在各地的影响之大。

以上所有項目都表明曲江模式根本不是文化產业，而是"文物搭台、經济唱戏"。利用对文物的包装，为房地產开發服务。其所采取的方式，又都对文物造成了不同程度的損害。如果不加制止，任其發展，我很担心很多文化遺產，特别是大遺址和历史文化名城將面臨着一場"地產風暴"的摧殘，后果是很嚴重的。而且还不仅是破坏文物，在其它方面也存在着问题。这种模式都是當地

（十八）

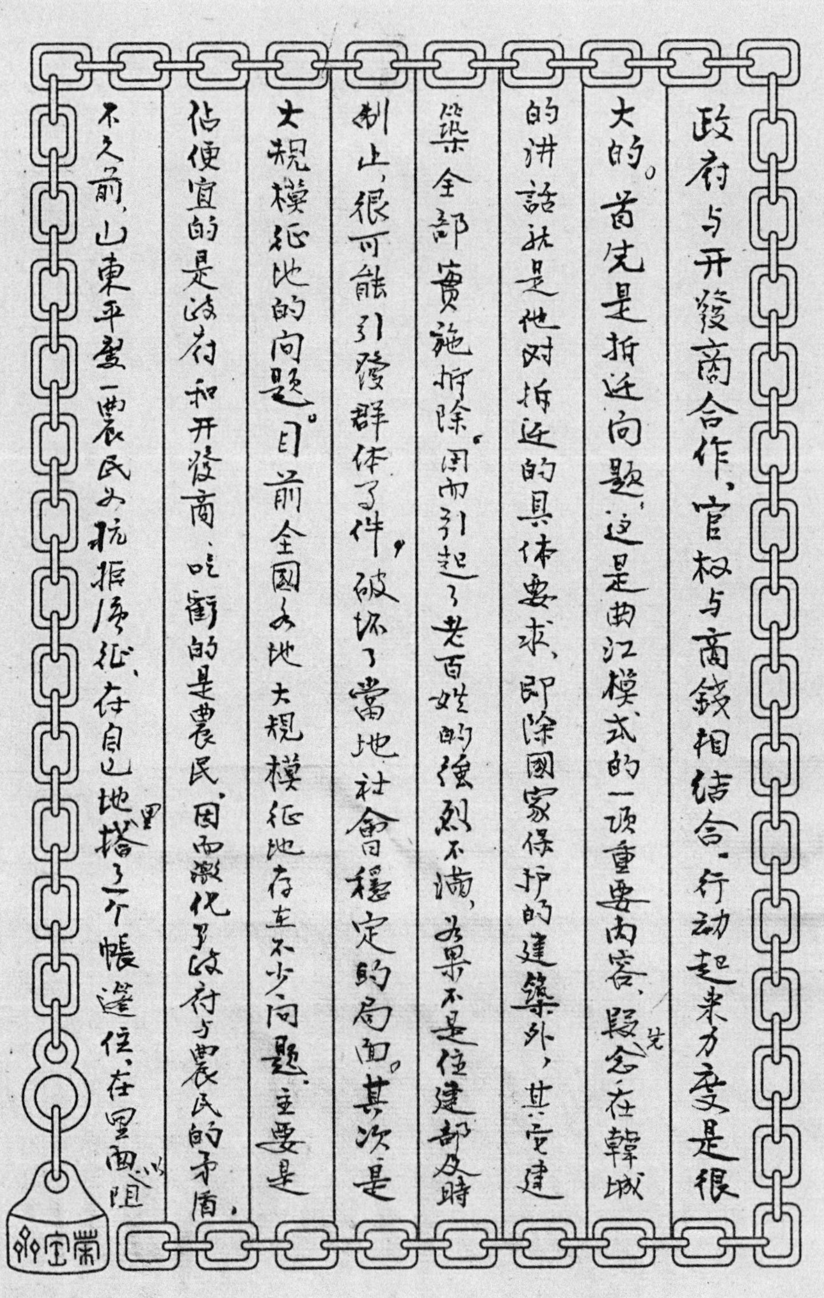

政府与开發商合作，官权与商錢相结合。行动起来力度是很大的。首先是拆迁问題，这是曲江模式的一项重要内容，最先在韓城的讲話就是他对拆迁的具体要求，即除國家保护的建築外，其它建築全部實施拆除。因而引起了老百姓的強烈不满，如果不是住建部及時制止，很可能引發群体事件，破坏了當地社會穩定的局面。其次是大規模征地的问題。目前全國各地大規模征地存在不少问題，主要是佔便宜的是政府和开發商，吃虧的是農民，因而激化了政府与農民的矛盾。不久前，山東平度一些農民為抗拒強征，在自己地里搭了个帳篷住，在里面以阻

（十九）

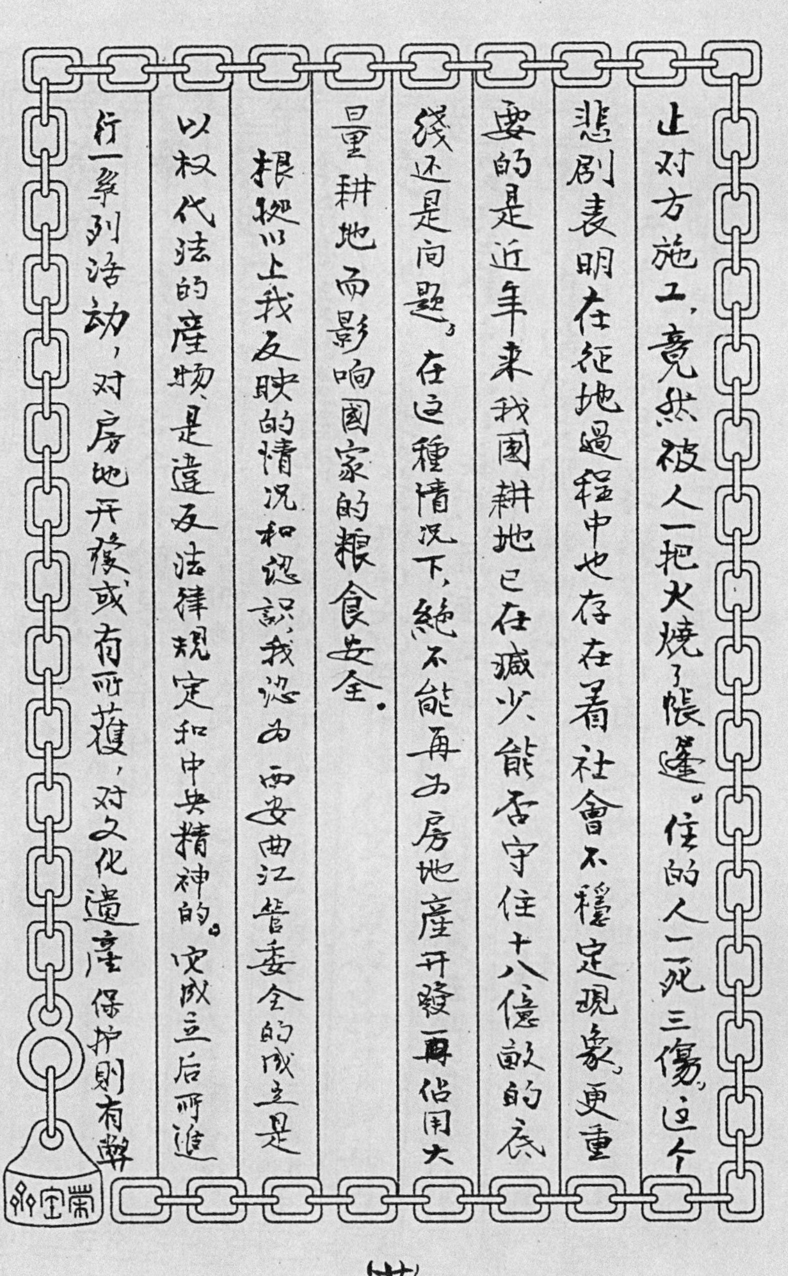
止对方施工，竟然被人一把火燒了帳篷。住的人一死三傷，这个悲剧表明在征地過程中也存在着社會不穩定現象，更重要的是近年来我國耕地已在減少，能否守住十八億畝的底綫还是问題。在这種情況下，絶不能再为房地産开發再佔用大量耕地而影响國家的粮食安全。

根据以上我反映的情況和認識，我認为西安曲江管委会的成立是以权代法的産物，是違反法律規定和中央精神的。它成立后所進行一系列活动，对房地开發或有所獲，对文化遺産保护則有弊

（廿）

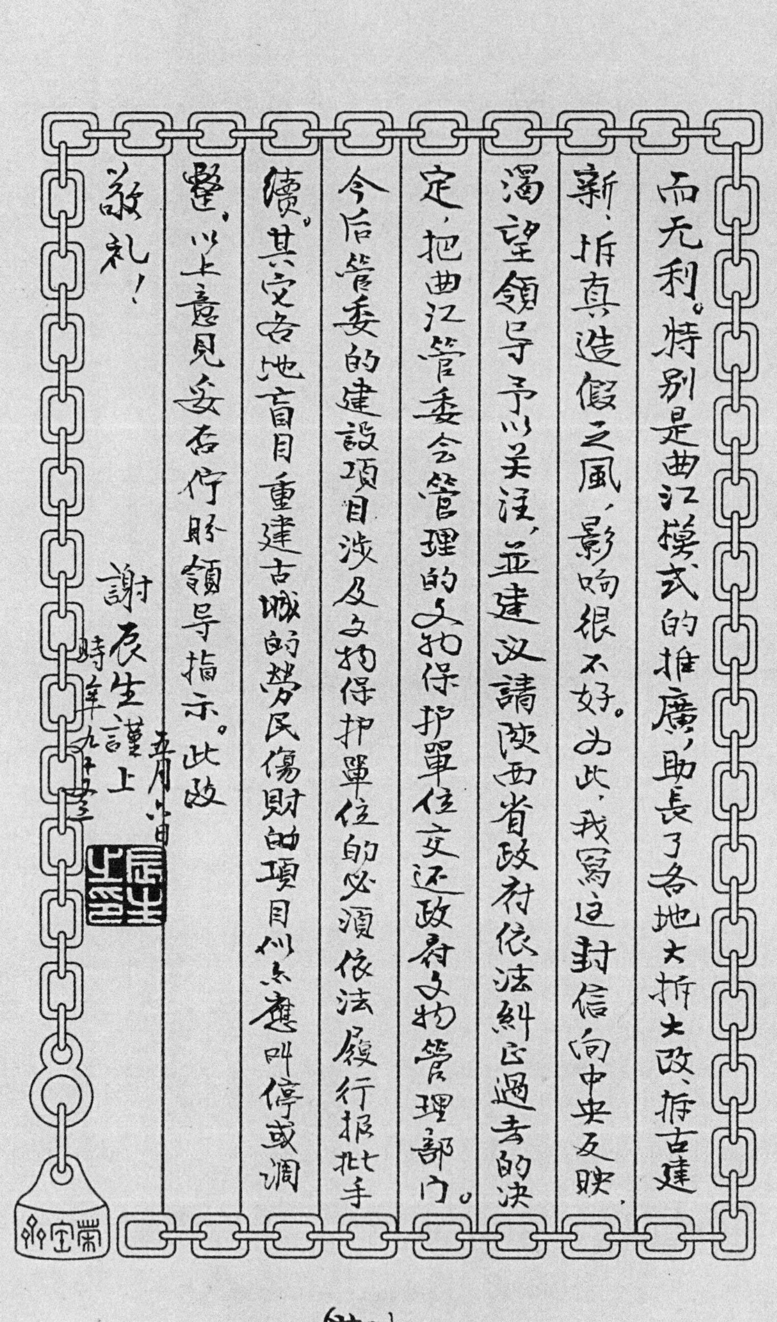

而无利。特别是曲江模式的推廣，助長了各地大拆大改、拆古建新、拆真造假之風，影响很不好。为此，我寫这封信向中央反映，渴望領导予以关注，並建议請陝西省政府依法糾正過去的决定，把曲江管委会管理的文物保护單位交还政府文物管理部门。今后管委的建設項目涉及文物保护單位的必須依法履行报批手續。其它各地盲目重建古城的劳民傷財的項目似亦應叫停或调整。以上意見妥否，佇盼領导指示。此致

敬礼！

谢辰生謹上
時年九十五歲
五月六日

（廿一）

近平、克强、延东同志：

您好！

最近新华社《瞭望》周刊记者采访我，要我谈谈学习总书记关于传统文化问题讲话的心得。我对他提的问题作了回答。因为篇幅有限，只谈了我的主要体会。现随函附上，敬请一阅。是否妥当，恳请指正。当前使我最关心和感到忧虑的就是最后一个问题，文物保护“如何更好地发挥政府的作用”。文物保护是文化事业，不是文化产业，不能把文物保护工作推向市场。目前文物保护工作面临的形势是很严峻的，文物盗掘、走私活动猖獗，城市建设违法拆除古建筑、破坏历史文化名城的现象相当普遍。要解决这些问题，只能是依靠政府，“更好地发挥政府的作用”。要做到这一点，就必须杜绝一切权大于法、以权代法的行为，把一切权力关进制度的笼子里，真正做到依法行政、违法必究。只有这样，才能制止破坏文物的各种违法活动。但是真正做到这一点是非常困难的。几年前有一个典型的以权代法的事例，社会反映强烈，就是解决不了。甚至当时的总理也无能为力。这个事件的情况是：几年前，陕西省西安市经省政府批准成立了一个曲江管委会，同时还决定把西安地区一些全国重点文物保护单位从文物行政管理部门转交曲江管委会管理经营。这个管委会是政企合一的，一套人马三个招牌：管委会是西安市政府的派出行政机构，另外两个招牌是陕西省文化产业投资控股有限公司和西安临潼旅游投资（集团）有限公司。单位负责人是段先念，一身四任：西安市副市长、管委会主任，和两个公司的董事长。据了解，段先念曾是连续三年与王石、潘石屹等人并列为中国房地产十大风云人物之一。他既是共产党员，又是民主党派人士；既是西安市政府行政领导（副市长），又是企业家。他所主管的管委会实质上是政企合一，而且是企管政，管委会的行政职能完全是服从和服务于企业的要求。它的业务工作据段先念自己说：“所谓曲江模式，主要是依托文化遗产整合历史资源，通过创意包装和策划，实施一批重大项目带动其它产业部门的发展，最终提升城市价值。”这即表明，他是要文物搭台、经济唱戏。更具体地说，就是要利用文物为房地产开发服务。因此，陕西省政府决定成立这个管理委员会是错误的。第一，它是政企合一，这与中央一再强调要政企分开的精神相违背的。第二，把国有文物保【护】单位交由企业管理经营，违反了《文物保护法》第二十四条关于国有文物保护单位不得作为资产经营的规定，也违反了二〇〇五年国务院《关于加强文化遗产保护的通知》的要求。通知强调要求“着力解决物质文化遗产保护面临的突出问题”。通知特别强调：“坚决避免和纠正过度开发利用文化遗产。特别是将文物作为或变相作为企业资产经营的违法行为。”因此，西安曲江管委会的问题，正是通知要求着力解决的突出问题，说明西安成立的曲江管委会是违法的。据说这个决定是中央领导特批的。如果属实，这就是以权代法的典型事例。国务院通知明确指出：“任何单位和个人都不得作出与法律行政法规相抵触的决定。”“任何单位和个人”，自然也包括中央领导在内。但是在现实生活中真要解决是太困难了。曲江管委会成立之后，按照段先念所说的曲江模式的做法搞了一些项目，如在大雁塔开发了有亚洲最大的音乐喷泉广场，使大雁塔的历史环境全然改观；对法门寺扩建，新建筑面积远远超出了原来的法门寺。而且新建筑的体量很大，喧宾夺主，使原来的法门寺变成了配角。大雁塔、法门寺都是全国重点文物保护单位。在其周边进行大规模建设工程，是应当征得文物部门同意的。而曲江管委会从未征求过文物部门的意见，以致改变了文物的历史环境，损害了文物的真实性和完整性。

二〇一〇年四月西安报纸公布了一个《西安城墙景区整体方案》，提出城墙景区将对东南西北四门进行全新包装，使游客能“半日看尽三千年”。估计要投资一百廿亿。消息传出，立即引起社会的关注，很多人提出质疑，中央领导也有批示（记得是延东同志派文物局长单霁翔去调查处理的），才使这个方案未能实施。

西安城墙是我国现存最完整的一座古城墙，它是习仲勋同志在上世纪五十年代抢救下来的。此事的来龙去脉，我是当时的亲身经历者。一九五七年整风，不少专家在座谈会上呼吁要保护北京城墙，当时北京市是计划要拆的。为此我们以文化部的名义写了个报告给国务院，仲勋同志当即作了批示，并于五七年六月十一日签发了国务院文件，通知北京市人民委员会“对北京城墙拆除问题，俟文化部和你市广泛征求各方面的意见，并加综合研究后，再作处理”。当时大家都很高兴，以为北京古城墙可能保住了。没想到一年多以后，一九五九年一个深夜，习仲勋同志突然打电话给文化部党组书记、副部长钱俊瑞说：“北京城墙恐怕是保不住了。如果北京城拆了可能会影响到全国，听说西安也要拆，西安城墙一定要保下来，你们赶快给我写个报告来。”当晚钱俊瑞即找到文物局副局长王书庄，王书庄又找到我，传达了仲勋同志的电话指示（当时我们同住在一个院子里）。第二天即找来古建筑专家陈明达、罗哲文和我们一起整理了一份材料，急送仲勋同志。仲勋同志又急电陕西省，要求西安城不能拆，要保护下来，才使西安城墙免遭拆除之厄。一九六一年国务院公布为全国重点文物保护单位，它已是全国目前保存最完整的古城墙了。如果按照曲江管委会包装城墙的方案实施，将对古城历史风貌造成很大的破坏。幸好这个方案被否定了，社会反映强烈固然起了作用，如果没有延东同志的过问，恐怕还是很难解决的。我作为一个六十多年从事文物工作的老兵，谨向延东同志表示衷心的感谢。

西安城墙问题解决后不久，二〇一〇年八月廿日《人民日报》（海外版）刊了一则消息，题为《大明宫国家遗址公园将建成》，消息说：“这是国家‘十一五’大遗址保护项目，总投资一四〇〇亿元。工程建设基本上还原了唐代大明宫的历史原貌。”“遗址公园将建有大唐民族团结园（西藏园、蒙古园）、大唐世界大同园（日本园、伊斯兰园）、大唐民俗体验园、大唐歌舞园、大唐名花园、大唐书画园、大唐御膳园、大唐茶馆、湿地园等多处景观。”不久，西安方面更正投资不是一千四百亿，而是一百廿亿，但对公园的方案没有否认。斥资一百廿亿要在具有重大价值的古文化遗址上建成一座类似迪斯尼的游乐园，这种做法既违反了文物保护原则，又违反了《文物保护法》的规定。因此，我们有五个老同志给锦涛、近平、家宝同志写了一封信（见附件），建议纠正陕西省把全国重点文物保护单位交由曲江管委会作为产业管理经营的决定，应把文物保护单位交还政府文物行政管理部门。家宝同志作了批示，请陕西省与文物局研究处理。国家文物局长单霁翔同志当即赴西安，与省领导一起研究交换意见。最后同意将文物保护单位交还政府文物行政部门管理。但单霁翔返京后不久，即接到陕西省文物局长的一个短信，又否定了省领导与文物局长达成的协议。我未看到短信的内容，事后从陕西方面传来的消息说：中央领导说“总理是人民的总理，不是几个专家的总理。你们干得很好，不要把文物保护单位交还给文物保护管理部门。”我很想向中央领导同志请教，难道专家不是属于人民范围吗？如果上述情况属实，我看这又是一个以权代法的典型。之后不久，曲江管委会又接管了汉长安城遗址，还要向延安进军，并且还著书立说向全国推广曲江模式的经验，影响很大。不少地方兴起了重建古城之风，动辄斥资百亿甚至千亿。杭州南宋都城遗址，有人建议要根据画家马远的绘画恢复南宋京城。开封也要恢复北宋汴梁城。最令人痛心的是，为重建古城，我国保存最完整的国家历史文化名城陕西韩城被段先念的陕西文化产业投资控股（集团）有限公司破坏。事情的经过是：该公司与当地政府合作，投资五十亿打造韩城的旅游景观。二〇一三年九月廿一日段先念到韩城视察，召开座谈会，在座谈会上发言要求："要调整思路，加大拆迁力度，一次性改造到位，除古城内的庙宇、重点建筑外，其余全部实施拆除，力争通过三年时间建设一座全新的旅游景观。""要下定决心尽快组织实施古城拆迁工作，并将古城拆迁工作作为近期全市与陕西文投集团两家的头等大事来抓，共同推进景区的改造项目。"由此韩城加强了古城拆迁进度，因此，而引起了老百姓的强烈不满，招致了社会上的舆论质疑和批评。我得悉这个消息后马上通知了建设部，建设部立即派人前往调查制止，经过努力做工作才使拆迁停下来。但是古城已有约八分之一被拆除。这个损失已是永远无法弥补了。还令人感到遗憾的是，不久前建设部与文物局联合组成的调查组，用了两年多时间对全国历史文化名城进行了普查。普查结果，确定了八个名城遭到严重破坏，需要黄牌警告。同时还选出了一个唯一保存完整的城市要表扬就是陕西韩城。正当要把这个普查结果向社会公布的时候，韩城被破坏了。据我们已了解的情况，在全国范围内已经没有第二个保存像韩城这样完整的历史文化名城了，损失是太大了！这就是坚持保存曲江管委会继续实施曲江模式所付出的代价。难道这也是"干得很好"吗？！

复建阿房宫也是曲江模式的产物，幸亏习总书记发现作了批示，阻止了这个项目的实施。特别是中办还把近平同志的批示印发各省、自治区、直辖市，以引起各地方的重视。克强同志不久前也针对这种现象作了批示，明确指出："拆古建新，拆真造假，绝不是政绩。在制定城镇化规划和政策时，务必采取保护中发展、发展中保护的措施，使古城保持恒久的生命力。"尽管如此，全国各地曲江模式的影响仍然在发展。例如山东青岛市平度就要投资六十亿复活即墨古城，开发生态旅游，打造成国家5A级景区。该项目涉及十四个村、一万四千居民，是即墨历史上规模最大的拆迁改造项目。项目用地九十八顷，项目预计于二〇一六年底投入运营。据了解，万科的王石已与平度市政府签订合作协议，万科将参与平度的城市建设和旧城改造。按照他们的规划要求，将对现在的旧城进行大拆大建，即使是要保护的古建筑，也要先拆迁，在重建古城时再回迁。又如河南洛阳市宣布要投资八十三亿元、占地一五〇〇亩，修建"河洛古城"，发展旅游业。去年八月，还在老城区历史文化街区强行征地一千多亩，进行商业开发。名为保护和整治，实际上就是要把历史街区全部推翻重建。据群众反映，早在二〇一二年，政府就与开发商签了协议，要在此建明清建筑四合院，高价出售。上述情况，完全符合段先念对韩城改造的讲话要求，充分说明曲江模式在各地的影响之大。

以上所有项目都表明，曲江模式根本不是文化产业，而是"文物搭台、经济唱戏"，利用对文物的包装，为房地产开发服务。其所采取的方式，又都对文物造成了不同程度的损害。如果不加制止，任其发展，我很担心很多文化遗产特别是大遗址和历史文化名城将面临着一场"地产风暴"的摧残，后果是很严重的。而且还不仅是破坏文物，在其它方面也存在着问题。这种模式都是当地政府与开发商合作，官权与商钱相结合，行动起来力度是很大的。首先是拆迁问题，这是曲江模式的一项重要内容，段先念在韩城的讲话就是他对拆迁的具体要求，即除国家保护的建筑外，其它建筑全部实施拆除，因而引起了老百姓的强烈不满。如果不是住建部及时制止，很可能引发群体事件，破坏了当地社会稳定的局面。其次是大规模征地的问题。目前全国各地大规模征地存在不少问题，主要是占便宜的是政府和开发商，吃亏的是农民，因而激化了政府与农民的矛盾。不久前，山东平度一农民为抗拒强征，在自己地里搭了一个帐篷，住在里面以阻止对方施工，竟然被人一把火烧了帐篷，住的人一死三伤。这个悲剧表明，在征地过程中也存在着社会不稳定现象。更重要的是近年来我国耕地已在减少，能否守住十八亿亩的底线还是问题。在这种情况下，绝不能再为房地产开发占用大量耕地而影响国家的粮食安全。

根据以上我反映的情况和认识，我认为西安曲江管委会的成立是以权代法的产物，是违反法律规定和中央精神的。它成立后所进行一系列活动，对房地产开发或有所获，对文化遗产保护则有弊而无利。特别是曲江模式的推广，助长了全国各地大拆大改、拆古建新、拆真造假之风，影响很不好。为此，我写这封信向中央反映，渴望领导予以关注，并建议请陕西省政府依法纠正过去的决定，把曲江管委会管理的文物保护单位交还政府文物行政管理部门。今后管委会的建设项目涉及文物保护单位的，必须依法履行报批手续。其他各地盲目重建古城的劳民伤财项目，似亦应叫停或调整。以上意见是否妥当，伫盼领导指示。此致

敬礼！

谢辰生谨上

时年九十又三

五月六日

编者注：

写于2014年。党和国家领导人对此信做出重要批示。

随信附有2010年9月16日先生与宿白、徐苹芳、张忠培、黄景略等联名致党和国家领导人书信（已收入本书中）。

6月9日，国家文物局局长励小捷批示："请各位局领导阅。谢老所举的案例都与改变文物局管理条例有关，要严格执法，守住这条底线。"

2014年3月17日出版的第11期（总第1567期）《瞭望》新闻周刊"两会特别报道"发表了周刊记者王军撰写的访谈文章《谢辰生：文化自信的历史源流》。5月21日文化部部长蔡武批示："请小捷同志向谢老转达延东同志的批示。请各单位结合学习贯彻总书记关于中华文化的一系列重要讲话精神，学习贯彻延东批示精神，把优秀传统文化保护、传承、弘扬这篇大文章作好。"

2014年2月，原西安市人民政府副市长、西安曲江新区管委会主任、陕西文化产业投资控股有限责任公司董事长、西安曲江文化产业投资（集团）有限公司总经理段先念调任华侨城集团总经理。

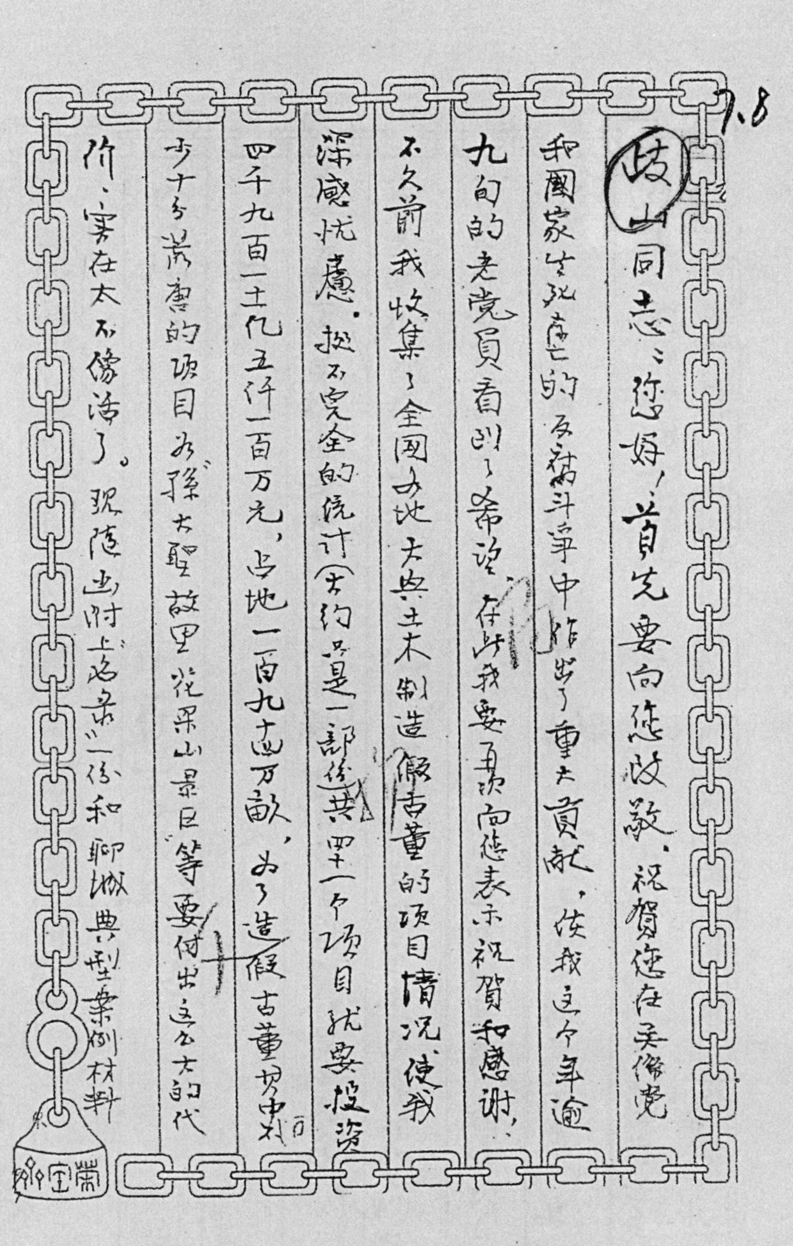
7.8

歧山同志：您好！首先要向您致敬，祝贺您在吴偉党
和國家生死存亡的反腐斗爭中作出了重大貢献，使我这个年逾
九旬的老党員看到了希望，在此我要再次向您表示祝賀和感谢！
不久前我收集了全国各地大興土木制造假古董的項目情況，使我
深感忧慮。据不完全的統计（大约只是一部分）共四十一个項目就要投資
四千九百一十亿五仟一百万元，占地一百九十四万畝，为了造假古董劳中材[百]
少十多荒唐的項目如孫大聖故里、花果山景区等要付出这么大的代
价，实在太不像話了。现随函附上名录一份和聊城典型案例材料

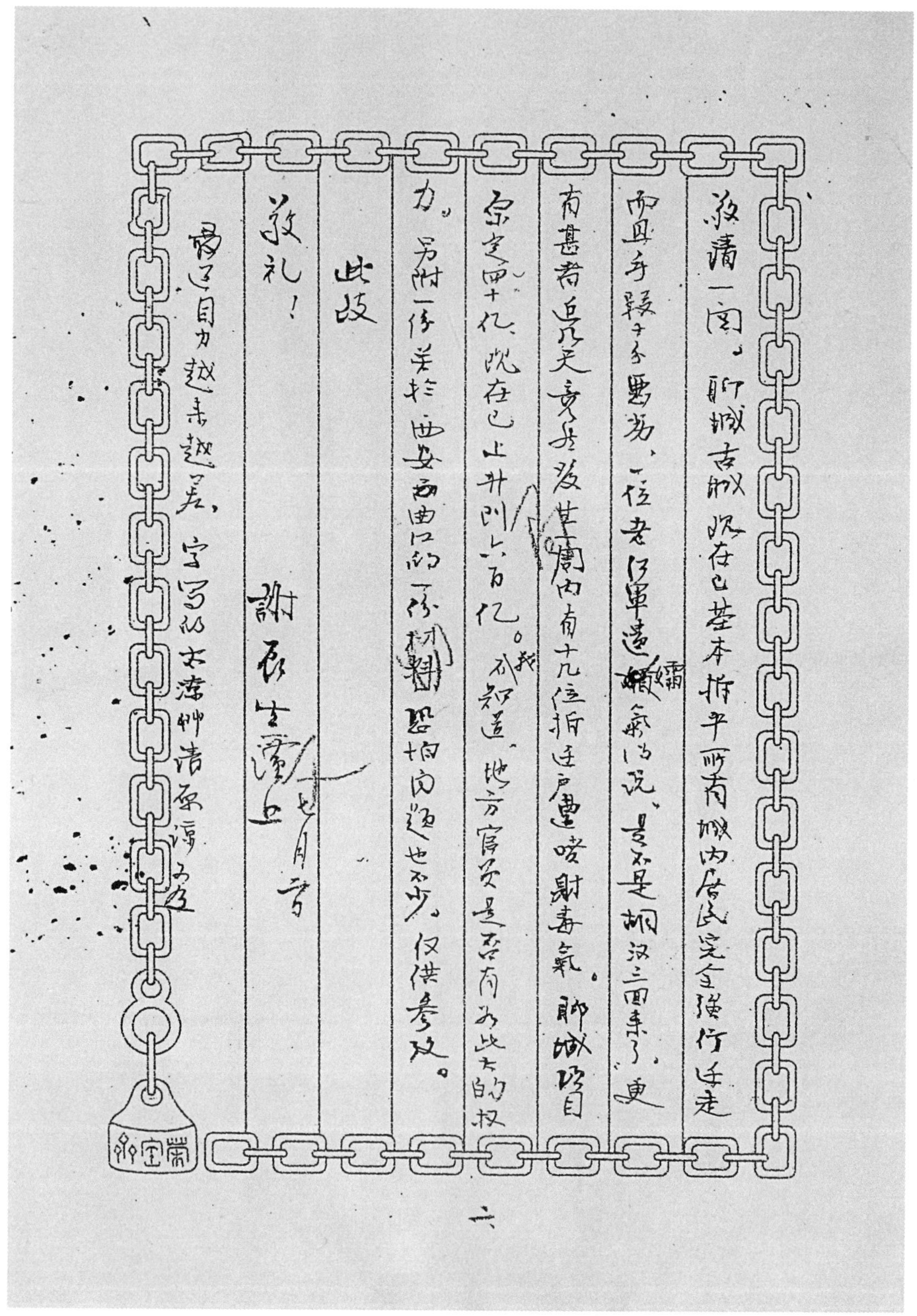

敬请一阅。聊城古城现在已基本拆平，所有城内居民完全强行迁走，而且手段十分恶劣，一位老红军遗孀气得说，是不是胡汉三回来了。更有甚者，还用天旁杀发其周内有十九位拆迁户遭喷射毒气。聊城将自定四十亿，现在已上升到六百亿。我不知道，地方官员是否有如此大的权力。另附一份关于西安西曲江的一份材料，恐怕内违也不少。仅供参考。

此致

敬礼！

谢辰生 敬上 七月 日

最近目力越来越差，字写的太潦草，请原谅为盼。

六

岐山同志：

您好！

首先要向您致敬，祝贺您在关系党和国家生死存亡的反腐斗争中作出了重大贡献，使我这个年逾九旬的老党员看到了希望，在此我要再次向您表示祝贺和感谢！不久前我收集了全国各地大兴土木制造假古董的项目情况，使我深感忧虑。据不完全的统计（大约只是一部分）共四十一个项目就要投资四千九百一十一亿五千一百万元，占地一百九十四万亩。为了造假古董，其中有不少十分荒唐的项目，如“孙大圣故里花果山景区”等。要付出这么大的代价，实在太不像话了。现随函附上“名录”一份和聊城典型案例材料，敬请一阅。聊城古城现在已基本拆平，所有城内居民完全强行迁走，而且手段十分恶劣，一位老红军遗孀气得说“是不是胡汉三回来了”。更有甚者，近几天竟然发生一周内有十几位拆迁户遭喷射毒气。聊城项目原定四十亿，现在已上升到六百亿，我不知道，地方官员是否有如此大的权力。另附一份关于西安曲江的一份材料，恐怕问题也不少。仅供参考。此致

敬礼！

谢辰生谨上

七月二日

最近目力越来越差，字写得太潦草，请原谅。又及

编者注：

书致党和国家领导人，写于2014年。

同年，中华人民共和国国家发展和改革委员会发出“发改办规划〔2014〕1825号”《国家发展改革委办公厅关于征求对全国部分城市古城（镇）复建改建项目存在问题的反映有关意见的函》：

国土资源部、住房城乡建设部、国家旅游局、国家文物局办公厅（室）：

根据国务院领导同志批示精神，现将谢辰生同志提出的“关于全国部分城市古城（镇）复建改建项目存在的问题的反映”一文转给你们，请结合职能研究提出意见，并于8月15日前将书面意见反馈我委，以便我们汇总办理。

3月10日，国家文物局局长励小捷批示：“把我们的报告和领导批示复印，送谢老。”

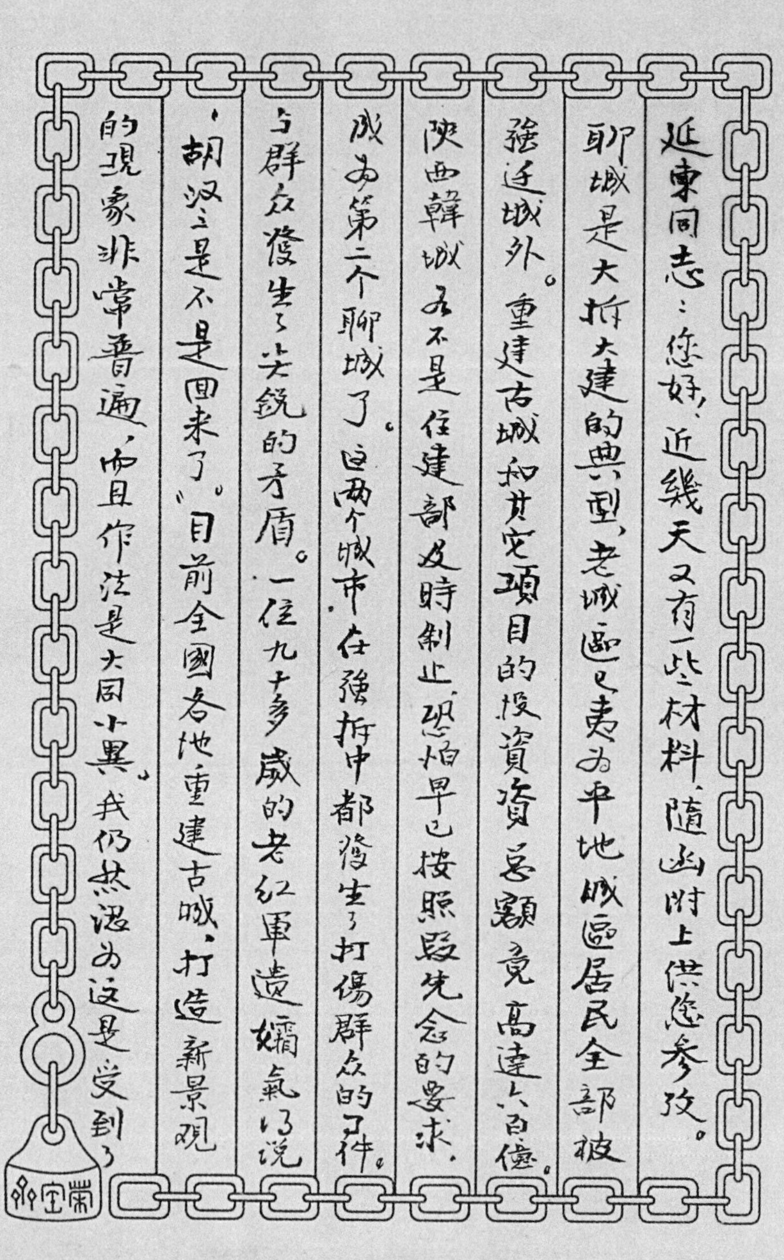

延東同志：您好！近幾天又有一些材料，隨函附上供您參考。

聊城是大拆大建的典型，老城區已夷為平地，城區居民全部被強遷城外。重建古城和其它項目的投資總額竟高達六百億。陝西韓城若不是住建部及時制止，恐怕早已按照段先念的要求，成為第二个聊城了。這兩个城市在強拆中都發生了打傷群眾的事件，与群众發生了尖銳的矛盾。一位九十多歲的老紅軍遺孀氣得說"胡漢三是不是回來了"。目前全國各地重建古城，打造新景觀的現象非常普遍，而且作法是大同小異。我仍然認為這是受到了

一

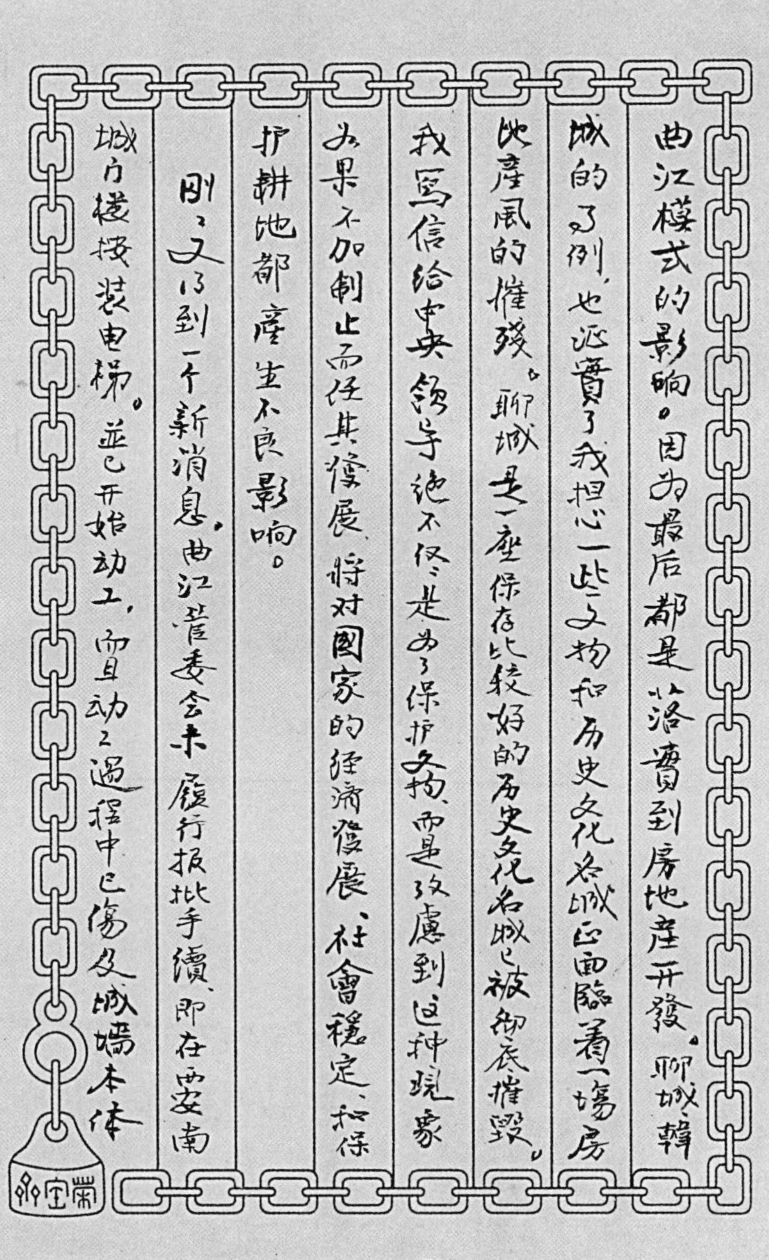

曲江模式的影响。因为最后都是以落實到房地产开發。聊城韩城的事例，也證實了我担心一些文物和历史文化名城正面臨着一場房地產風的摧殘。聊城是一座保存比较好的历史文化名城已被彻底摧毁。我写信给中央领导绝不仅仅是为了保护文物，而是考虑到这种现象如果不加制止而任其發展，将对国家的经济發展、社會穩定、和保护耕地都產生不良影响。

刚刚又得到一个新消息，曲江管委会未履行报批手續，即在西安南城门楼接装电梯。並已开始动工，而且动工过程中已伤及城墙本体

二

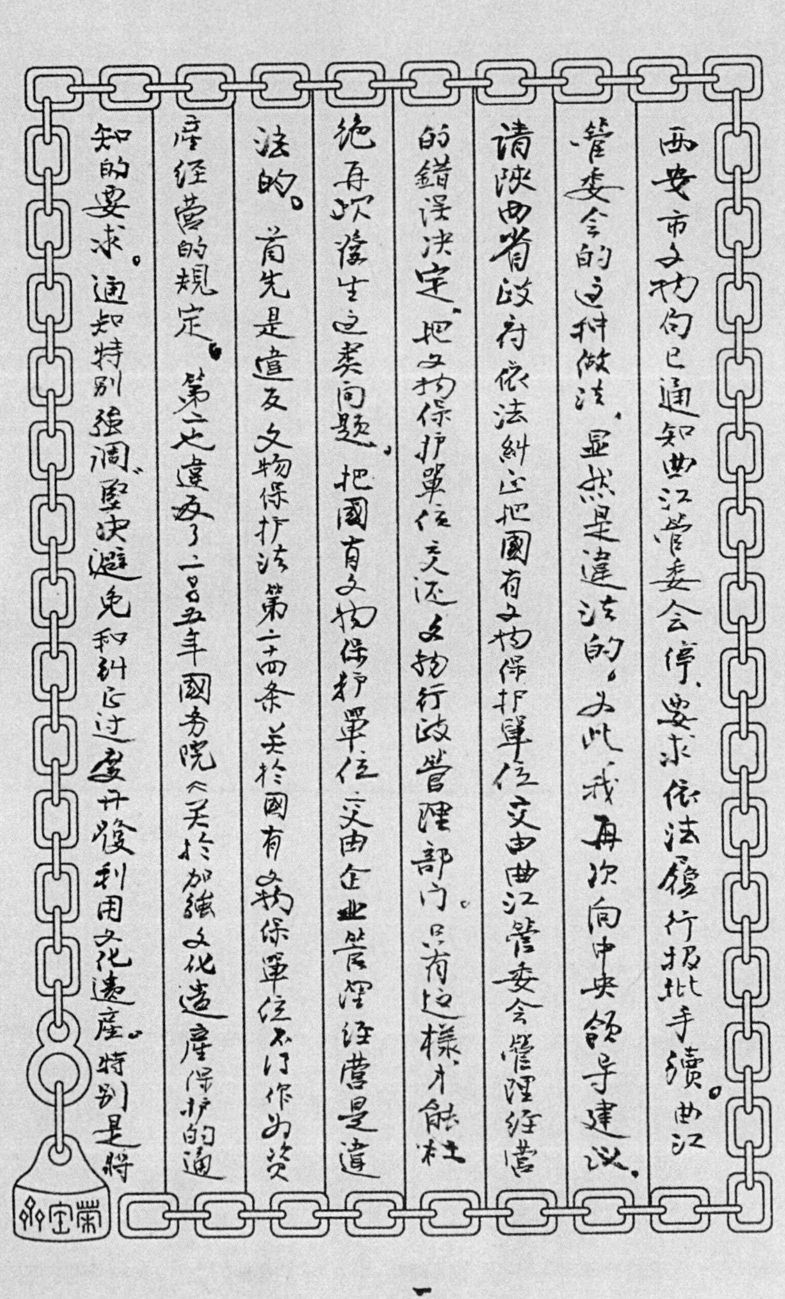

西安市文物局已通知曲江管委会停、要求依法履行报批手续。曲江管委会的这种做法，显然是违法的。为此，我再次向中央领导建议，请陕西省政府依法纠正把国有文物保护单位交由曲江管委会管理经营的错误决定，把文物保护单位交还文物行政管理部门。只有这样，才能杜绝再次发生这类问题。把国有文物保护单位交由企业管理经营是违法的。首先是违反文物保护法第二十四条关于国有文物保护单位不得作为资产经营的规定。第二是违反了二〇〇五年国务院《关于加强文化遗产保护的通知的要求。通知特别强调，坚决避免和纠正过度开发利用文化遗产。特别是将

三、

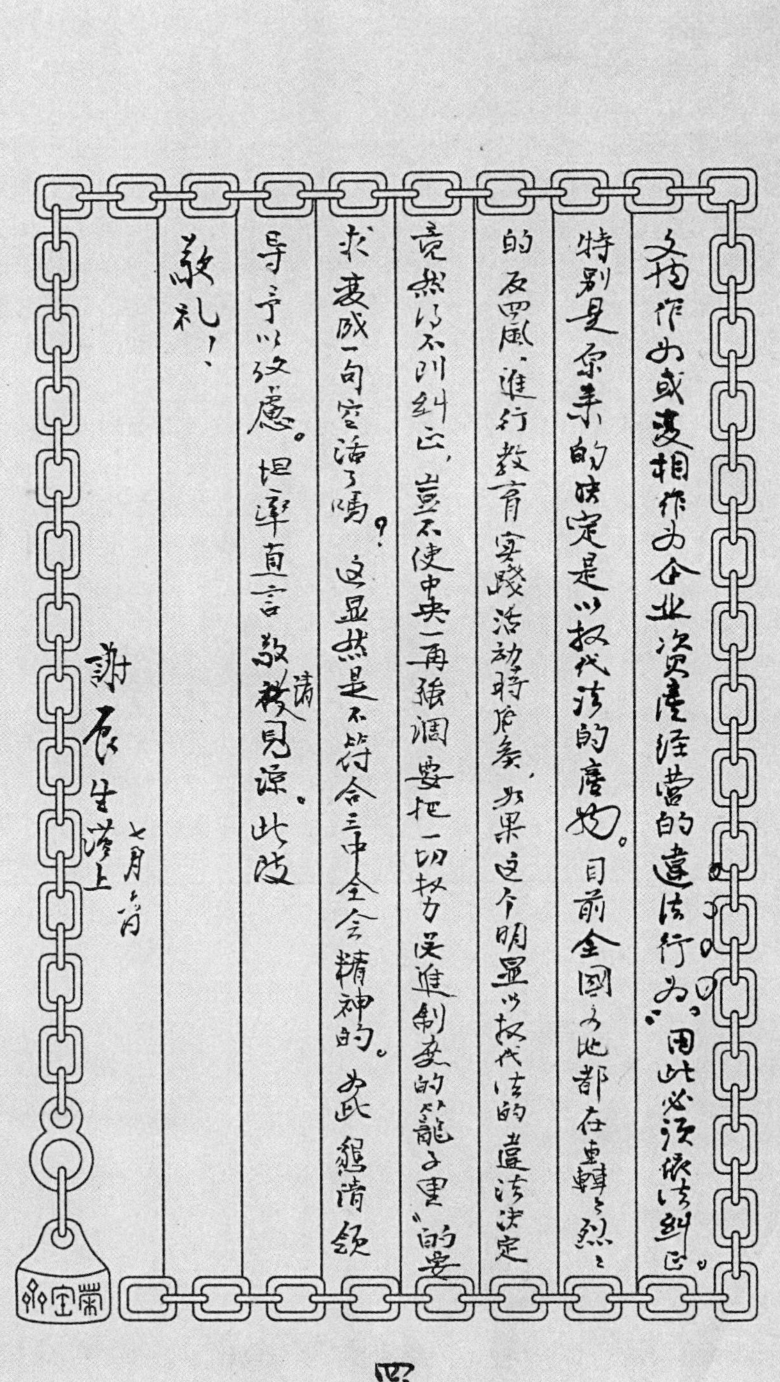

各自作为或变相作为企业、资产经营的违法行为。因此必须依法纠正。特别是原来的决定是以权代法的产物。目前全国各地都在轰轰烈烈的反四风、进行教育实践活动将届矣，如果这个明显以权代法的违法决定竟然仍不加纠正，岂不使中央一再强调要把一切权力关进制度的"笼子里"的要求变成一句空话了吗？这显然是不符合三中全会精神的。为此，恳请领导予以考虑。坦率直言，敬请见谅。此致

敬礼！

谢辰生谨上

七月六日

四

延东同志：

您好！

近几天又有一些材料，随函附上供您参考。聊城是大拆大建的典型，老城区已夷为平地，城区居民全部被强迁城外,重建古城和其它项目的投资总额竟高达六百亿。陕西韩城如不是住建部及时制止，恐怕早已按照段先念的要求，成为第二个聊城了。这两个城市在强拆中都发生了打伤群众的事件，与群众发生了尖锐的矛盾。一位九十多岁的老红军遗孀气得说："胡汉三是不是回来了。"目前全国各地重建古城、打造新景观的现象非常普遍，而且作法是大同小异。我仍然认为这是受到了曲江模式的影响，因为最后都是落实到房地产开发。聊城、韩城的事例，也证实了我担心一些文物和历史文化名城正面临着一场房地产风暴的摧残。聊城是一座保存比较好的历史文化名城已被彻底摧毁。我写信给中央领导绝不仅仅是为了保护文物，而是考虑到这种现象如果不加制止而任其发展，将对国家的经济发展、社会稳定和保护耕地都产生不良影响。

刚刚又得到一个新消息，曲江管委会未履行报批手续，即在西安南城门楼安装电梯，并已开始动工，而且动工过程中已伤及城墙本体。西安市文物局已通知曲江管委会停，要求依法履行报批手续。曲江管委会的这种做法，显然是违法的。为此，我再次向中央领导建议，请陕西省政府依法纠正把国有文物保护单位交由曲江管委会管理经营的错误决定，把文物保护单位交还文物行政管理部门，只有这样，才能杜绝再次发生这类问题。把国有文物保护单位交由企业管理经营是违法的。首先是违反《文物保护法》第二十四条关于"国有文物保护单位不得作为资产经营"的规定。第二也违反了二〇〇五年国务院《关于加强文化遗产保护的通知》的要求。通知特别强调"坚决避免和纠正过度开发利用文化遗产，特别是将文物作为或变相作为企业资产经营的违法行为"，因此必须依法纠正，特别是原来的决定是以权代法的产物。目前全国各地都在轰轰烈烈的反"四风"、进行教育实践活动【的】时候，如果这个明显以权代法的违法决定竟然得不到纠正，岂不使中央一再强调"要把一切权利送进制度的笼子里"的要求变成一句空话了吗？这显然是不符合三中全会精神的。为此恳请领导予以考虑。坦率直言，敬请见谅。此致

敬礼！

谢辰生谨上

七月六日

编者注：

书致党和国家领导人，写于2014年。

西安城墙安装电梯的工程得到及时制止。

从2010年起，先生多次写信呼吁制止曲江模式。直至此信，历经四年，终得结果。

近平、克強同志：

您好！顷阅報載中办与国办联合印發了〝关於党政机关停止新建楼堂館所和清理办公用房的通知〞，充分表明了党中央要解决四风问题的决心，因而也坚定了我这个年逾九旬的老党员正准备积极参予这场关係党和国家生死存亡的斗争的决心和信心。为此写这封信建议中央叫停中信公司在北京东三环新建豪华办公大楼的项目。据了解中信集团要新建的项目将投資二百四十亿，楼高五百一十米，地上一〇八層，地下七層。据中信集团表示，这个大楼將集办公、会议、观光以及多种配套功能于一身。据

（一）

謝辰生用箋

规划，七層至十層、一〇二層及一二三層均为办公區。六十四至七十九層为豪华酒店，八十至九十九層为酒店式的公寓。特别值得注意的是大樓最高層即一二七至一二八層是超七星级酒店及云端步厅，顶部全部使用超白玻璃，游人可以在五百二十八米高处俯瞰整个北京城區，中南海、皇城居住區，尽收眼底。我建议叫停这个项目，除了认为它是四風俱全的項目外，更重要的是它严重破坏了古都風貌而且危及到中南海的安全。在东三环建这樣高達五百多米的大樓，而且最高層是可以接纳任何人的酒店和步行，这就为隐蔽的敌

謝辰生用箋

（二）

对多子監測甚至攻击中南海，提供了一个長期固定的制高点，实在是太危险了。利用这个制高点監測中南海活动恐怕比卫星、网络更方便更直接些。因此这个项目既必须要叫停，如果有充份的理由需要保留也必须降低高度至百米左右，或者迁出三环以外。一年多以来我曾多次向北京首规委和个别市领导反映了我的意見，並要求按規定把这个项目的方案提交市名城保护委员会的专家組审议。但是回答都是说一定把我的意見向上反映，开会审议的建议则始终未采纳。后来才听说这个项目早已经获得批准现在已经开始施工了。使

謝辰生用箋

（三）

我感到非常遗憾，因为这个项目本身还有些问题没有解决，怎么就批准立项施工了呢。例如消防和地震问题等等。据说北京消防局、长城声明他没有签字。因为这个问题在全世界都没有解决。对于这些问题我整理了一份材料，现随函附上，敬请参阅。很多同志劝我不要再提意见了，我也知道再向北京市反映是没有用的，所以借着西方通知的东风写这封信向您两位中央最高领导同志呼吁，是否妥当，请予考虑为感。不久前我的眼睛作了手术，视力不佳，这封信是拿放大镜写的，所以很乱，请原谅。

此致

敬礼！

谢辰生谨上

谢辰生

听说最近空军也对这个项目表示不同意

又及

谢辰生用笺

初

（四）

近平、克强同志：

您好！

顷阅报载中办与国办联合颁发了《关于党政机关停止新建楼堂馆所和清理办公用房的通知》，充分表明了党中央要解决“四风”问题的决心，因而也坚定了我这个年逾九旬的老党员正准备积极参与这场关系党和国家生死存亡的斗争的决心和信心。为此写这封信，建议中央叫停中信公司在北京东三环新建豪华办公大楼的项目。据了解，中信集团要新建的项目将投资二百四十亿，楼高五百一十米，地上一〇八层，地下十层。据中信集团表示，这个大楼将集办公、会议、观光以及多种配套功能于一体。据规划，七层至六十一层、一〇二层及一一三层均为办公区。六十四至七十九层为豪华酒店，八十至九十九层为酒店式的公寓。特别值得注意的是，大楼最高层即一一七至一一八层是超七星级酒店及云端餐厅，顶部全部使用超白玻璃，游人可以在五百二十八米高处俯瞰整个北京城区，中南海、皇城居住区尽收眼底。我建议叫停这个项目，除了认为它是“四风”俱全的项目外，更重要的是它严重破坏了古都风貌，而且危及到中南海的安全。在东三环建这样高达五百多米的大楼，而且最高层是可以接纳任何人的酒店和餐厅，这就为隐蔽的敌对分子监测甚至攻击中南海提供了一个长期固定的制高点，实在是太危险了。利用这个制高点监测中南海活动，恐怕比卫星、网络更方便、更直接些，因此这个项目必须叫停。如果有充分的理由需要保留，也必须降低高度至百米左右，或者迁至六环以外。一年多以来，我曾多次向北京首规委和个别市领导反映了我的意见，并要求按规定把这个项目的方案提交市名城保护委员会的专家组审议，但是回答都是说一定把我的意见向上反映，开会审议的建议则始终未采纳。后来才听说这个项目早已经领导批准，现在已经开始施工了，使我感到非常惊讶！因为这个项目本身还有一些问题没有解决，怎么就批准立项施工了呢？例如消防和地震问题等等，据说北京消防局局长就声明他没有签字，因为这个问题在全世界都没有解决。对于这些问题，我整理了一份材料，现随函附上敬请参阅。很多同志劝我不要再提意见了，我也知道再向北京市反映是没有用的，可以借着两办通知的东风，写这封信向您两位中央最高领导同志呼吁。是否妥当，请予考虑为感。不久前我的眼睛作了手术，视力不佳，这封信是拿着放大镜写的，所以很乱，请原谅。

敬礼！

谢辰生谨上

八月六日

听说最近空军也对这个项目表示不同意。又及

编者注：

书致党和国家领导人，写于2014年。

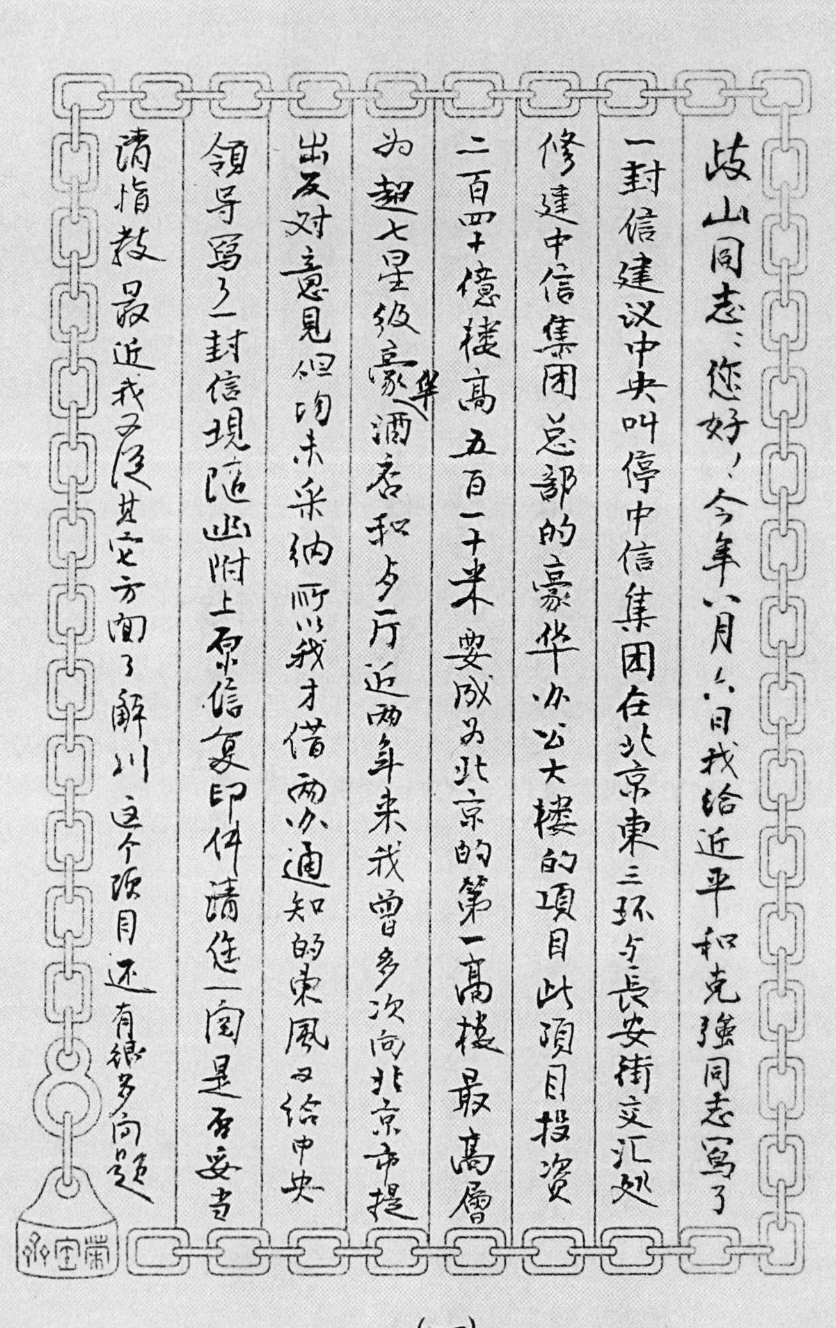

岐山同志：您好！今年八月六日我给近平和克强同志写了一封信建议中央叫停中信集团在北京东三环与长安街交汇处修建中信集团总部的豪华办公大楼的项目此项目投资二百四十亿楼高五百一十米要成为北京的第一高楼最高层为超七星级豪华酒店和餐厅近两年来我曾多次向北京市提出反对意见但均未采纳所以我才借两次通知的东风给中央领导写了封信现随函附上原信复印件请您一阅是否妥当请指教最近我又从其它方面了解到这个项目还有很多问题

（一）

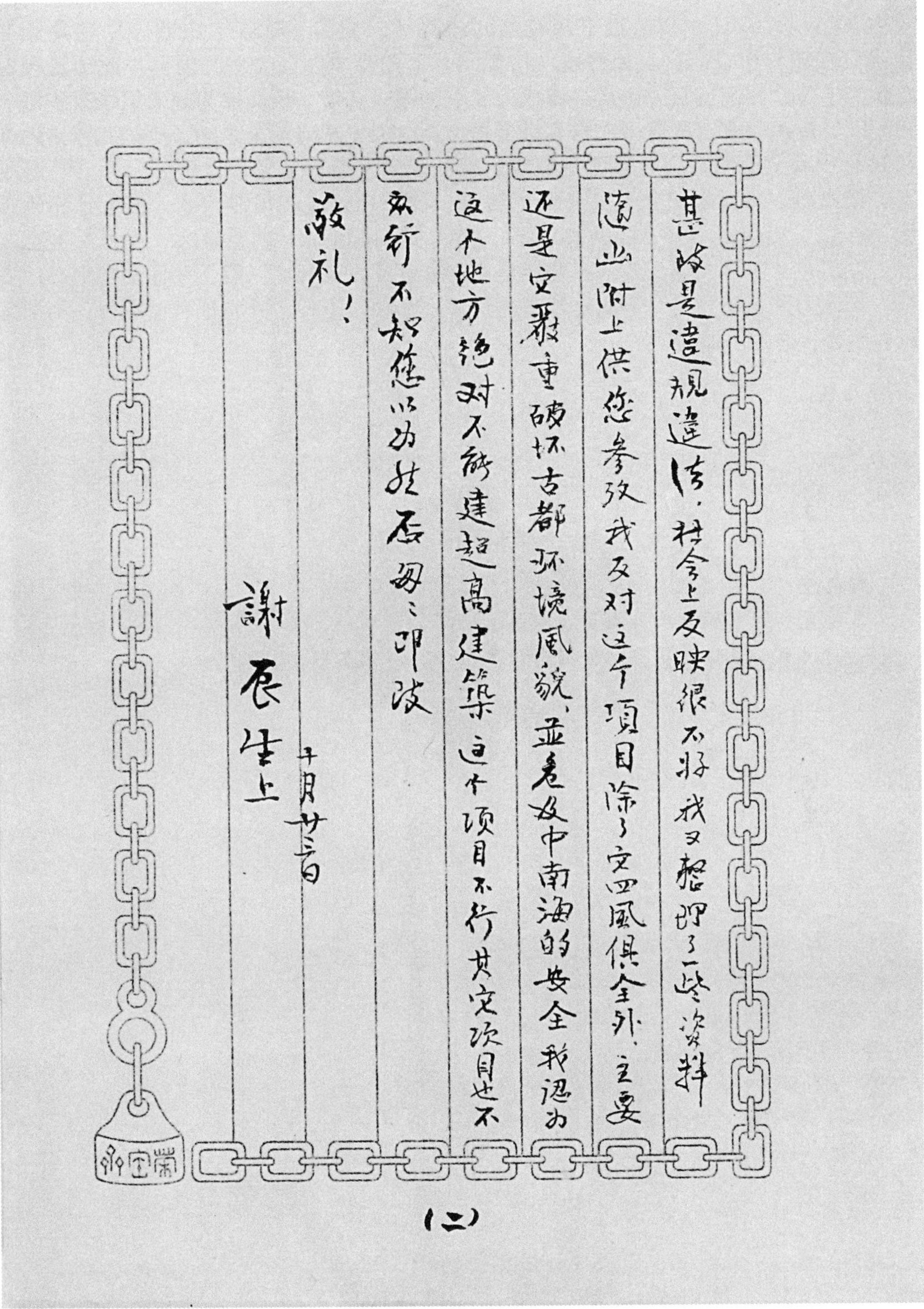

甚至是違規違法，社会上反映很不好，我又整理了一些資料隨函附上供您參考。我反对这个项目，除了空四風俱全外，主要还是它嚴重破坏古都环境風貌，並危及中南海的安全，我认为这个地方絕对不能建超高建築，这个项目不行，其它项目也不宜行，不知您以为然否？匆匆即致

敬礼！

谢辰生上

十月廿四日

（二）

岐山同志：

您好！

今年八月六日，我给近平和克强同志写了一封信，建议中央叫停中信集团在北京东三环与长安街交汇处修建中信集团总部的豪华办公大楼的项目。此项目投资二百四十亿，楼高五百一十米，要成为北京的第一高楼，最高层为超七星级豪华酒店和餐厅。近两年来，我曾多次向北京市提出反对意见，但均未采纳，所以我才借两办通知的东风又给中央领导写了一封信，现随函附上原信复印件，请您一阅。是否妥当，请指教。最近我又从其它方面了解到，这个项目还有很多问题，甚至是违规违法，社会上反映很不好，我又整理了一些资料，随函附上供您参考。我反对这个项目，除了它“四风”俱全外，主要还是它严重破坏古都环境风貌，并危及中南海的安全。我认为这个地方绝对不能建超高建筑，这个项目不行，其它项目也不行。不知您以为然否？匆匆。即致

敬礼！

谢辰生上

十月廿三日

编者注：

书致党和国家领导人，写于2014年。

随函附有8月6日致其他党和国家领导人信，详见本书。

经国同志：以前我把六十七年前張大千与于非厂合作画的一幅画复制了幾張，现随函附上一張请查收留念。一九四七年春鄭振鐸派我们北京图書館去查一些資料，住在我姻々家，适逢張大千与于非厂来在我姻々家为我姻夫劉植源作画，他们都是老朋友，当時我姻夫有一張舊帋，我就趁此机会向張于两位说也给我画一張吧。当時于非厂说：我们两个合作给你画好了。我先画，他（指大千）后画。当時我非常高兴，连々向他们道谢。那張帋是从一个手卷上剪下来的，只是一張很小的方塊，于非厂寫上

（一）

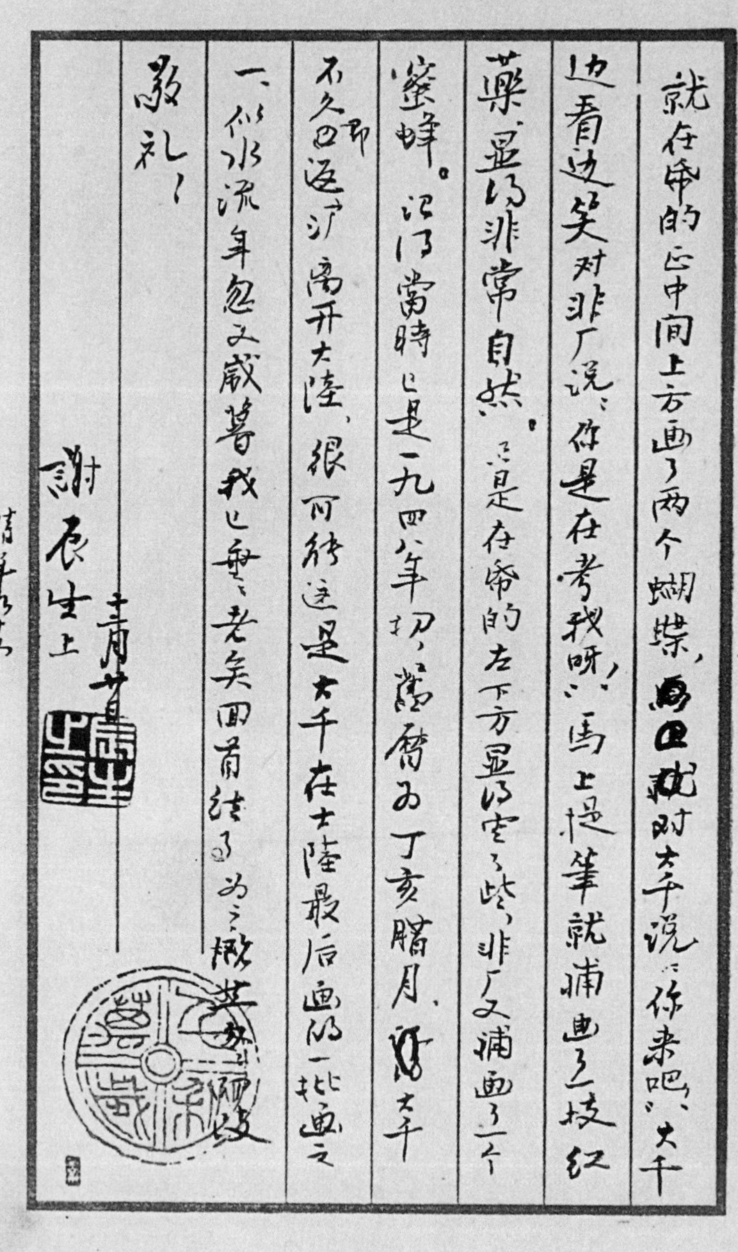

就在帋的正中间上方画了两个蝴蝶，马四就对大千说：你来吧。大千边看边笑对非厂说：你是在考我呀！马上提笔就补画了一枝红蓼，显得非常自然。这是在帋的右下方显得空了些，非厂又补画了一个蜜蜂。记得当时已是一九四八年初，旧历为丁亥腊月。随大千不久即回返广离开大陆，很可能这是大千在大陆最后画的一批画之一。似水流年忽又岁暮，我已垂垂老矣，回首往事为之概然

敬礼！

谢辰生上
十二月廿日

时年九十五矣

经国同志：

日前我把六十七年前张大千与于非厂合作画的一幅画复制了几张，现随函附上一张，请查收留念。一九四七年底，郑振铎派我到北京图书馆去查一些资料，住在我姐姐家。适逢张大千与于非厂来，在我姐姐家为我姐夫刘植源作画，他们都是老朋友，当时我姐夫有一张旧纸，我就趁此机会向张、于两位说："也给我画一张吧。"当时于非厂说："我们两个合作给你画好不好？我先画，他（指大千）后画。"当时我非常高兴，连连向他们道谢。那张纸是从一个手卷上剪下来的，只是一张很小的方块，于非厂马上就在纸的正中间上方画了两个蝴蝶，对大千说："你来吧！"大千边看边笑，对非厂说："你是在考我呀！"马上提笔就补画了一枝红药，显得非常自然。只是在纸的左下方显得空了些，非厂又补画了一个蜜蜂。记得当时已是一九四八年初，旧历为丁亥腊月，大千不久即返沪离开大陆，很可能这是大千在大陆最后画的一批画之一。似水流年，忽又岁暮，我已垂垂老矣。回首往事，为之慨然。匆匆。即致

敬礼！

谢辰生上

时年九十又三

十二月廿日

编者注：

书致李经国，写于2014年。

此画曾经遗失，成为北京翰海拍卖有限公司拍品，被先生发现后及时加以追索，经翰海拍卖有限公司总经理秦公从中斡旋，得以回到先生手中。

张大千、于非厂为先生合绘《红药双蝶图》，详见本书前插页。

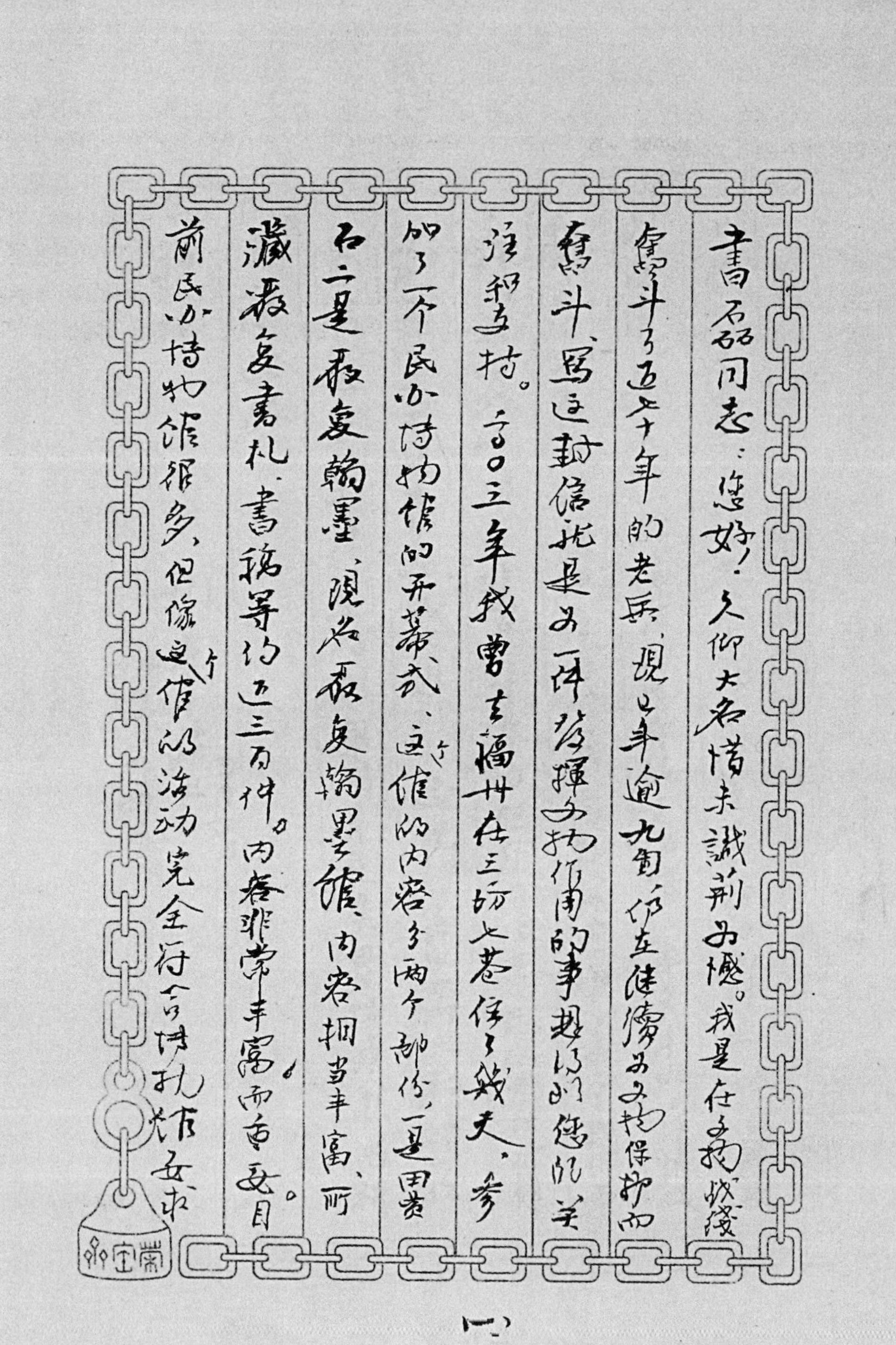

书磊同志：您好！久仰大名惜未识荆为憾。我是在文物战线奋斗了近六十年的老兵，现已年逾九旬，仍在继续为文物保护而奋斗。写这封信就是为一件发挥文物作用的事想得到您的关注和支持。二〇〇三年我曾去福州在三坊七巷住了几天，参加了一个民办博物馆的开幕式。这个馆的内容分两个部分，一是田黄石，二是藏家翰墨。现名藏家翰墨馆，内容相当丰富、所藏藏家书札、书稿等约近三万件。内容非常丰富而重要。目前民办博物馆很多，但像这个馆的活动完全符合博物标准要求

（一）

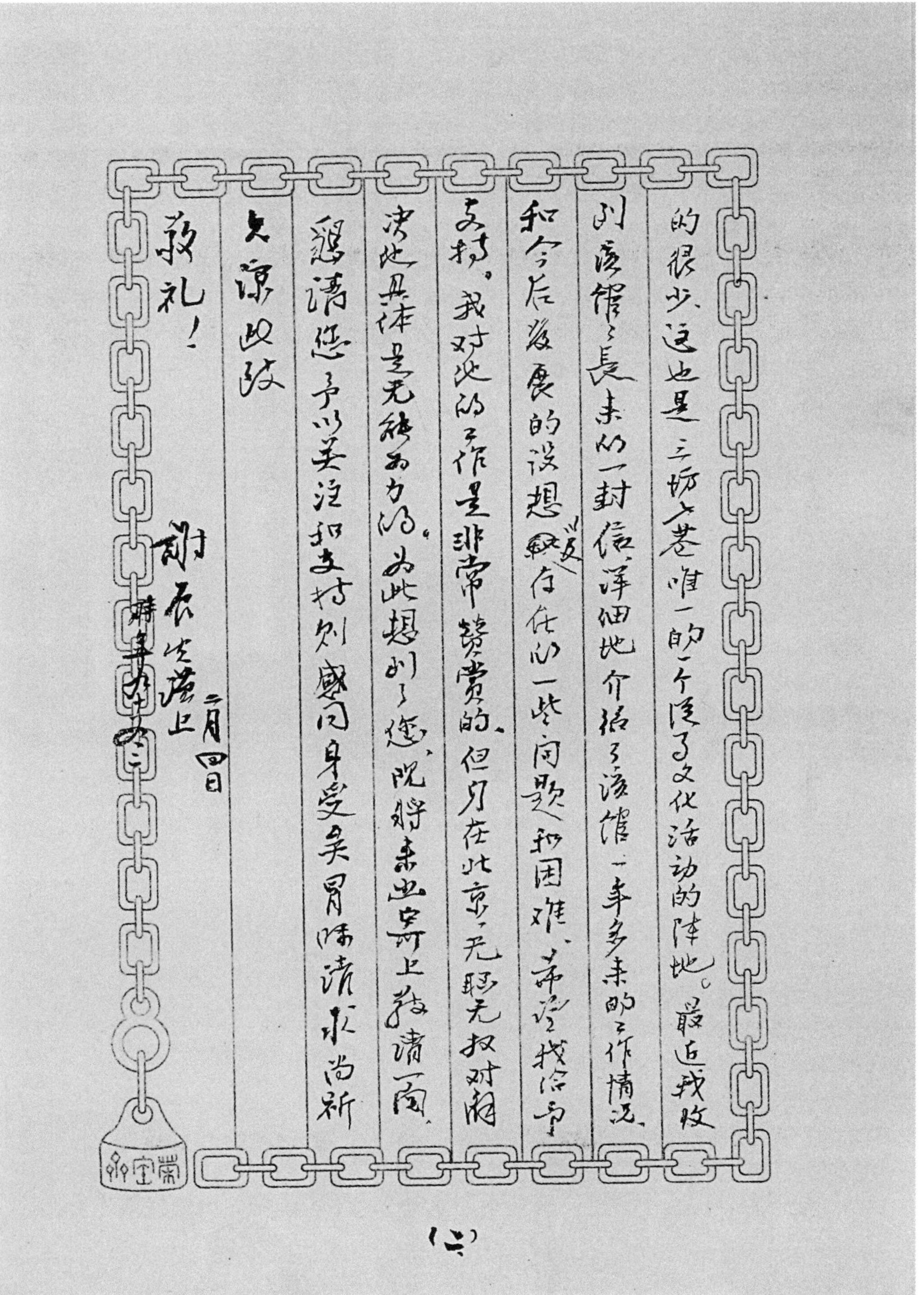

的很少，这也是三坊七巷唯一的一个保存了文化活动的阵地。最近我收到该馆馆长来的一封信，详细地介绍了该馆一年多来的工作情况和今后发展的设想以及存在的一些问题和困难，希望我给予支持。我对此的工作是非常赞赏的，但身在北京，无职无权对解决此具体是无能为力的。为此想到了您，既将来函寄上敬请一阅，恳请您予以关注和支持则感同身受矣。冒昧请求，尚祈见谅此致

敬礼！

谢辰生谨上 二月四日
时年九十二

（二）

书磊同志：

您好！

久仰大名惜未识荆为憾。我是在文物战线奋斗了近七十年的老兵，现已年逾九旬，仍在继续为文物保护而奋斗。写这封信，就是为一件发挥文物作用的事想得到您的关注和支持。二〇〇三年我曾去福州，在三坊七巷住了几天，参加了一个民办博物馆的开幕式。这个馆的内容分两个部分：一是田黄石，二是严复翰墨，现名“严复翰墨馆”，内容相当丰富，所藏严复书札、书稿等约近三百件，内容非常丰富而重要。目前民办博物馆很多，但像这个馆的活动完全符合博物馆要求的很少，这也是三坊七巷唯一的一个从事文化活动的阵地。最近我收到该馆馆长来的一封信，详细地介绍了该馆一年多来的工作情况和今后发展的设想，以及存在的一些问题和困难，希望我给予支持。我对他的工作是非常赞赏的，但身在北京，无职无权，对解决他具体是无能为力的。为此想到了您，现将来函寄上，敬请一阅，恳请您予以关注和支持，则感同身受矣。冒昧请求，尚祈见谅。此致

敬礼！

谢辰生谨上

时年九十又三

二月四日

编者注：

书致福建省委宣传部长李书磊，写于2015年。

严复翰墨馆，原名田黄馆，2013年10月24日开馆，先生应邀参加了开馆仪式，亲自为博物馆揭牌，并作主题为“困局迷思——中国文物保护六十年”的讲座。

景德镇御窑遗址保护迫在眉睫

尊敬的近平总书记、克强总理、延东副总理：

你们好！

首先，请原谅我们三位文化战线上的老同志冒昧给你们写信。我们分别是北京大学宿白、国家文物局谢辰生、故宫博物院耿宝昌。我们三人均已年过九旬，在各自岗位从事文物研究、保护工作至今已有六、七十年。今天我们忧心地向你们反映关于景德镇御窑遗址亟需保护问题，希望引起关注。

景德镇御窑是元、明、清三代长达七百余年为宫廷烧造御用瓷器的中心窑场，产品体现了中国古代瓷器的最高水平并影响深远，景德镇因此成为举世公认的瓷都。近 20 多年来，仅配合基本建设工程对景德镇御窑遗址进行的几次局部考古发掘，即获得数以吨计的瓷片、窑具等标本，其中有大量未曾见过的绝世珍品，填补了传世品中的很多空白。利用这些实物资料开展学术研究，可以解决学术领域的许多重大问题。

但令人痛心的是，御窑厂停烧近百年来，历年的城市建设和不法分子盗挖瓷片牟取暴利对其造成极大破坏，很多现代建筑建在窑址上，整个窑址范围地下盗洞纵横，大量被盗瓷片标本流失到海内外私人手中（其中有很多可以修复成整器）。

文机要印

近年在国家文物局和当地政府的共同努力下，虽已建立起国家明清御窑遗址公园，但由于地方权利、财力所限，至今无法进一步扩大

1

保护范围，尚压在民宅地基下的御窑遗物无法进行考古发掘，也很难从根本上制止盗掘。而非文物保护单位早年查扣的不法分子盗掘御窑遗址获得的部分瓷片标本至今仍未归于文物部门统一管理。历年考古发掘出土的大量文物珍品因没有修复、展示场所，至今仍堆积在狭小、简陋的库房里，起不到宣传和弘扬我国博大精深优秀陶瓷文化的作用。

鉴于此，我们恳请近平总书记和克强总理延东付总理在百忙之中关注此事。我们建议从中央财政拨出专门资金，从国家层面加大对景德镇御窑遗址保护力度，扩大御窑遗址保护范围，建立御窑遗址博物馆，将非文物部门保存的御窑遗址出土的瓷片标本交与文物部门统一管理，以使御窑遗址历年出土的数以吨计的瓷片标本和窑具得以修复并向公众展示，发挥其应有的作用。同时建议将景德镇御窑遗址申报世界文化遗产，使我国优秀陶瓷文化得以发扬光大并永久传承，以真正体现我国所享有“瓷国”之盛誉。相关情况请见所附照片。

此致

敬礼

北京大学教授 宿白

国家文物局顾问 谢辰生

故宫博物院研究员 耿宝昌

2015年2月10日

2

（正文略）

编者注：

党和国家领导人对此信做了重要批示。

3月9日，国家文物局局长励小捷作出批示："请关强同志安排考古处研究提出御窑遗址保护意见，包括保护范围的扩大、考古所文物标本的移交及开放研究、打击盗掘及公安移交赃物、建御窑博物馆的问题。我们和明康同志近日与在京开会的朱虹副省长磋商一次。"关强，时任国家文物局文物保护与考古司（世界文化遗产司）司长。童明康，时任国家文物局副局长。朱虹，时任江西省副省长。

3月13日，江西省委省政府领导到国家文物局与谢老和耿先生见面，征求他们对遗址的保护意见。

2016年2月3日，《江西日报》刊登了记者杨静撰写的《打造一座与世界对话的城市》（节录）：

冬雨顺着屋檐的四角，缓缓流进景德镇陶瓷考古研究所中厅的天井，就像流进了岁月深处。在这所藏身窑砖里弄的明朝老宅里，500余箱元、明、清三代御用瓷器的碎片和数千件修复御用瓷器正静静地躺在天井四周逼仄的空地上。这里不仅存放着千年瓷都的根——从我国乃至世界最丰富、最珍贵的官窑遗址出土的地下遗存，更寄托了千年瓷都的魂——景德镇赖以对话世界的资本。

困境将在不久后得到彻底解决。在距考古研究所直线距离不足千米的景德镇御窑厂国家考古遗址公园里，总建筑面积1万平方米的御窑遗址博物馆已通过五轮设计稿。建成后的新馆完全能满足展陈、保护、修复、研究和交流的需要。

这一切，缘于去年3月的一封信。

在这封写给中央的信中，谢辰生、宿白、耿宝昌，这3位94岁高龄、在中国考古界享有盛誉的文物专家急切之情溢于言表：御窑厂遗址作为我国唯一一处能全面、系统反映官窑陶瓷生产和文化信息的历史遗存，其出土的十数吨、上亿片瓷片只能分散寄放在简陋库房中，不仅不能满足"多级分类、系列复原、考古研究"的需求，连存放和保护都很困难。

这封饱含着对传统文化深厚感情的信，引起了习近平总书记的高度关注，总书记做出重要批示要求加强修护。

对历史负责、对人民负责，以御窑厂遗址为主体的新一轮改扩建和维修保护工程由此拉开序幕。

2015年3月23日至24日，省委书记强卫专程赴景德镇专题调研御窑厂遗址保护工作。他深入贯彻总书记的重要批示精神，对御窑厂遗址提出了严格要求。强卫指出，御窑厂及其遗存是景德镇千年瓷文化的最重要载体，在世界陶瓷史上具有不可替代的考古、艺术价值。要以历史责任和现实担当，进一步加强遗址和文物安全保护力度，按照保护规划深入整治保护区及周边环境，完善保护设施、提升保护水平，守护好这方瓷文化的圣地。

当年4月，由省市领导牵头负责的协调领导小组成立，所有工作紧锣密鼓展开。省委多次召开专题会议，对御窑厂遗址保护项目进行研究和完善。

当年5月，强卫赴国家各部委进行对接，争取到文化部和国家文物局在藏品保护、展品陈列等方面的帮助；国家发改委明确表示，将安排专项资金4.14亿元，支持御窑厂遗址博物馆和保护区环境治理工程项目建设。

当年7月，我省会同文化部、国家文物局深入调研，摸清情况，科学规划，联合形成报告，上报中共中央、国务院。

景德镇御窑遗址博物馆建设迅速启动。为将其打造成一流的工程，建设者们集思广益、虚心倾听国内外专家学者的建议，不断修正方案，从草稿到小样到大样，五易其稿。

眼下，对保护区内的作坊、街巷、民居、商铺、会所、码头等6个历史文化街区的环境整治和维护修缮正在进行，通过复原御窑厂内“待诏门”“师主庙”“东西辕门”等重要历史遗迹，展示元、明、清三代制瓷业的辉煌。

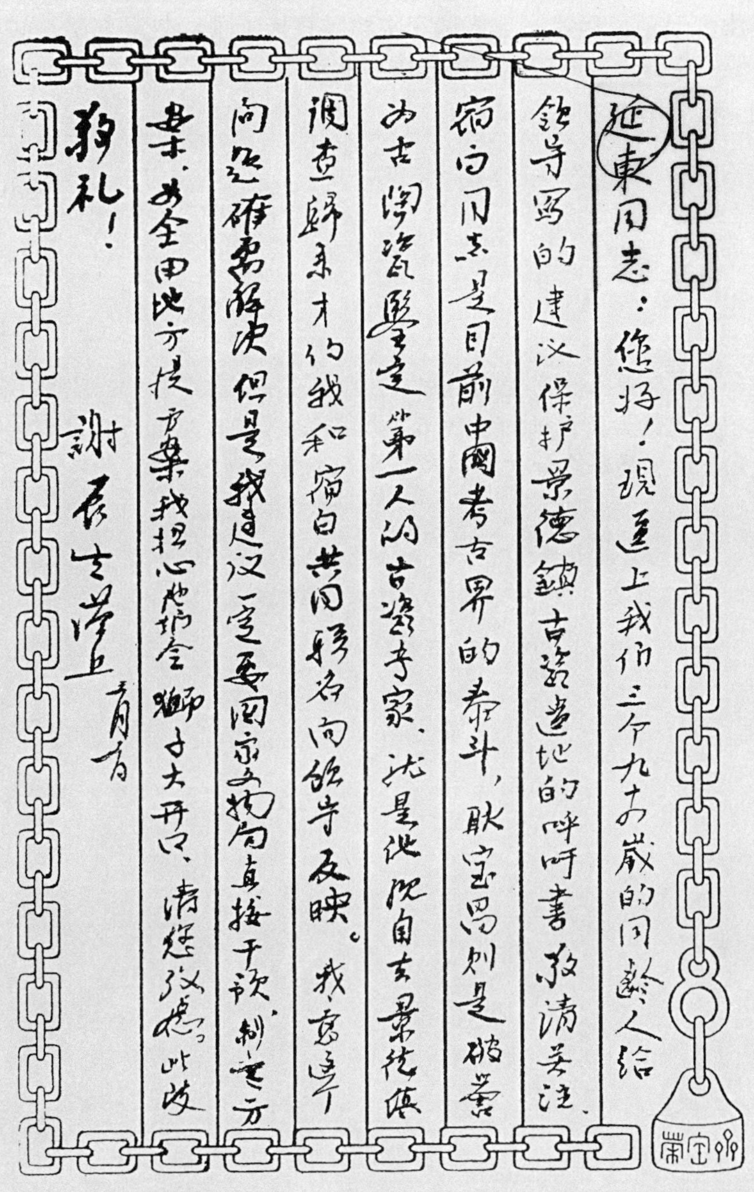

延东同志：

您好！现送上我们三个九十岁的同龄人给领导写的建议保护景德镇古瓷遗址的呼吁书，敬请关注。宿白同志是目前中国考古界的泰斗，耿宝昌则是故宫为古陶瓷鉴定第一人的古瓷专家，这是他亲自去景德镇调查归来才约我和宿白共同联名向领导反映。我意见向您确需解决，但是我建议一定要国家文物局直接干预，制定方案，为全国地方提方案。我担心地方会狮子大开口，请您注意。此致

敬礼！

谢辰生上

[illegible]月[illegible]日

延东同志：

您好！

现送上我们三个九十四岁的同龄人给领导写的建议保护景德镇古瓷遗址的呼吁书，敬请关注。

宿白同志是目前中国考古界的泰斗，耿宝昌则是被誉为古陶瓷鉴定第一人的古瓷专家，就是他亲自去景德镇调查归来才约我和宿白共同联名向领导反映。我意这个问题确需解决，但是我建议一定要国家文物局直接干预，制定方案，如全由地方提方案，我担心他们会狮子大开口，请您考虑。此致

敬礼！

谢辰生谨上

三月一日

编者注：

书致党和国家领导人，写于2015年。

建议保护景德镇古瓷遗址的呼吁书，指本年2月10日先生与北京大学教授宿白、故宫博物院研究员耿宝昌联名致党和国家领导人书信。详见本书。

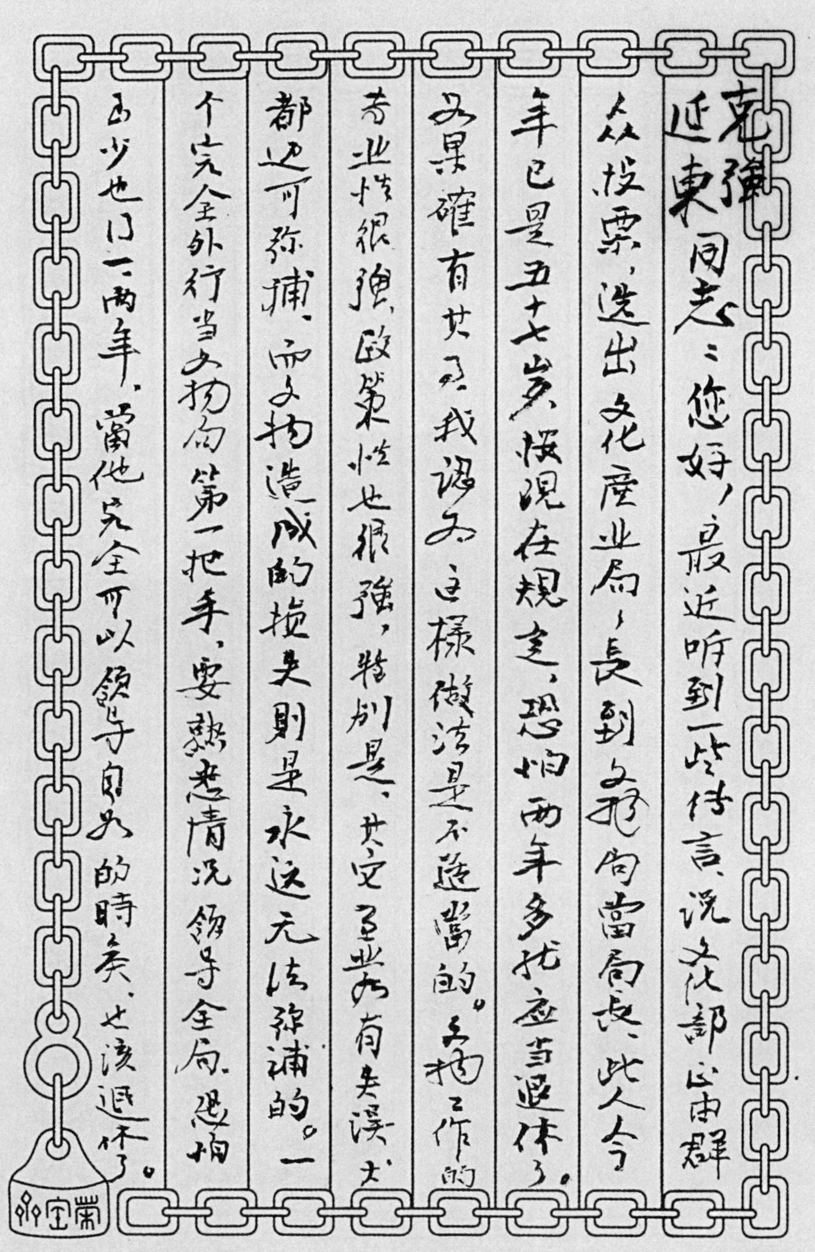
克強
延東同志：您好，最近听到一些传言，说文化部正由群众投票，选出文化產业局長到文物局當局長，此人今年已是五十七岁，按現在规定，恐怕两年多就应当退休了。如果確有其事，我认为这樣做法是不適當的。文物工作的专业性很強，政策性也很強，特别是，其它专业有失误，尚都还可弥補，而文物造成的损失則是永远无法弥補的。一个完全外行当文物局第一把手，要熟悉情况，领导全局，恐怕至少也得一两年，當他完全可以领导自如的時候，也该退休了。

（一）

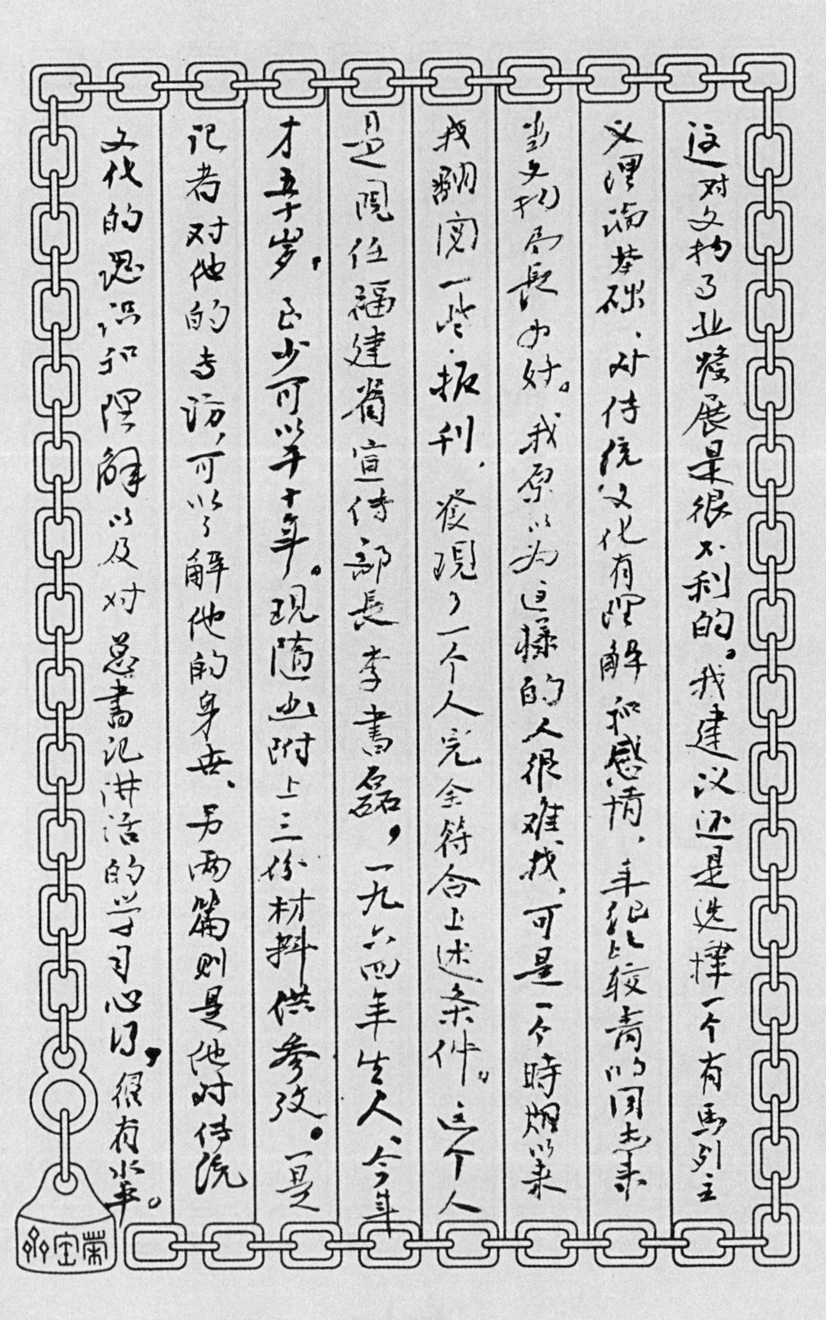

这对文物工作发展是很不利的。我建议还是选择一个有马列主义理论基础、对待传统文化有理解和感情、年纪比较青的同志来当文物局长为好。我原以为这样的人很难找，可是一个时期以来我翻阅一些报刊，发现了一个人完全符合上述条件。这个人是现任福建省宣传部长李书磊，一九六四年生人，今年才五十岁，至少可以干十年。现随函附上三份材料供参考。一是记者对他的专访，可以了解他的身世，另两篇则是他对传统文化的认识和理解以及对总书记讲话的学习心得，很有水平。

二

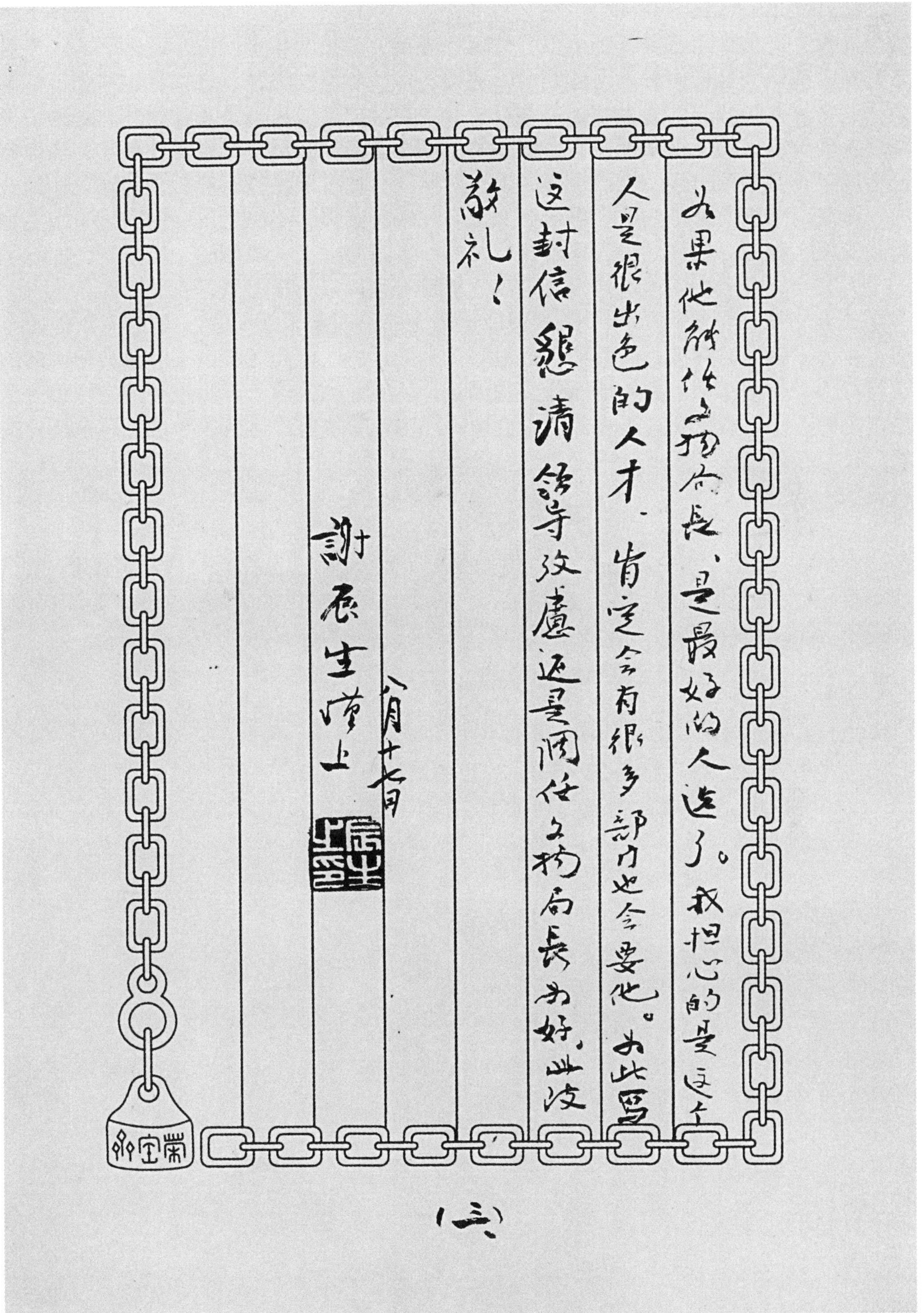

如果他能任文物局長、是最好的人選了。我担心的是這个人是很出色的人才、肯定会有很多部門也会要他。因此寫這封信懇請領導考慮還是聘任文物局長為好。此致

敬禮！

謝辰生謹上

八月十七日

（三）

克强、延东同志：

您好！最近听到一些传言，说文化部正由群众投票，选出文化产业局局长到文物局当局长，此人今年已是五十七岁，按现在规定，恐怕两年多就应当退休了。如果确有其事，我认为这样做法是不适当的。文物工作的专业性很强，政策性也很强，特别是，其它事业如有失误，大都还可弥补，而文物造成的损失则是永远无法弥补的。一个完全外行当文物局第一把手，要熟悉情况领导全局，恐怕至少也得一两年，当他完全可以领导自如的时候，也该退休了，这对文物事业发展是很不利的。我建议还是选择一个有马列主义理论基础，对传统文化有理解和感情，年纪比较轻的同志来当文物局长为好。我原以为这样的人很难找，可是一个时期以来，我翻阅一些报刊，发现了一个人完全符合上述条件。这个人是现任福建省宣传部长李书磊，一九六四年生人，今年才五十岁，至少可以干十年。现随函附上三份材料供参考。一是记者对他的专访，可以了解他的身世，另两篇则是他对传统文化的认识和理解以及对总书记讲话的学习心得，很有水平。如果他能任文物局长，是最好的人选了。我担心的是这个人是很出色的人才，肯定会有很多部门也会要他。为此写这封信恳请领导考虑还是调任文物局长为好。此致

敬礼！

谢辰生谨上

八月十七日

编者注：

此信写于2015年。书致党和国家领导人。

2015年10月27日，国务院任命刘玉珠为国家文物局局长。

2015年12月，李书磊担任北京市委常委、市纪委书记。

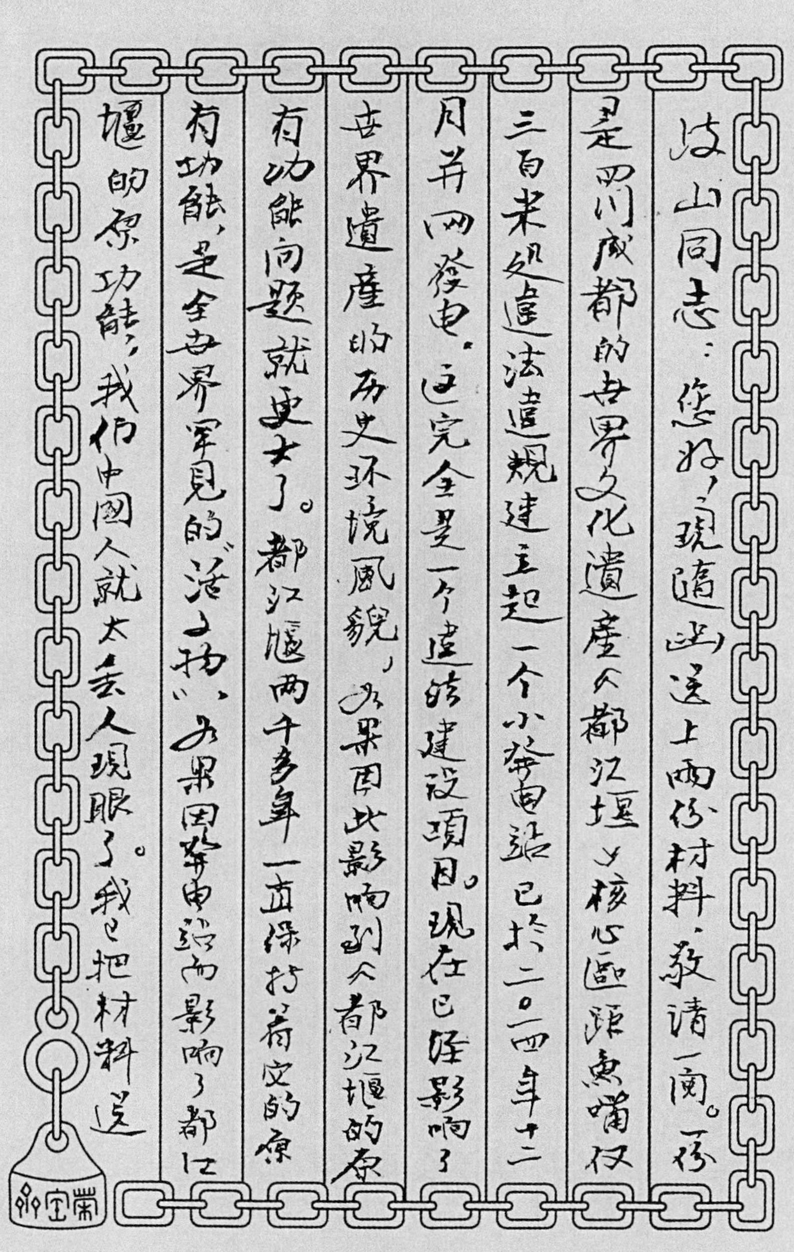

岐山同志：您好！现随此送上两份材料，敬请一阅。两份是四川成都的世界文化遗产——都江堰——核心区鱼嘴仅三百米处违法违规建立起一个小发电站，已于二○○四年十二月并网发电。这完全是一个违法建设项目。现在已经影响了世界遗产的历史环境风貌，如果因此影响到都江堰的原有功能问题就更大了。都江堰两千多年一直保持着它的原有功能，是全世界罕见的"活"文物。如果因发电站而影响了都江堰的原功能，我们中国人就太丢人现眼了。我已把材料送

（一）

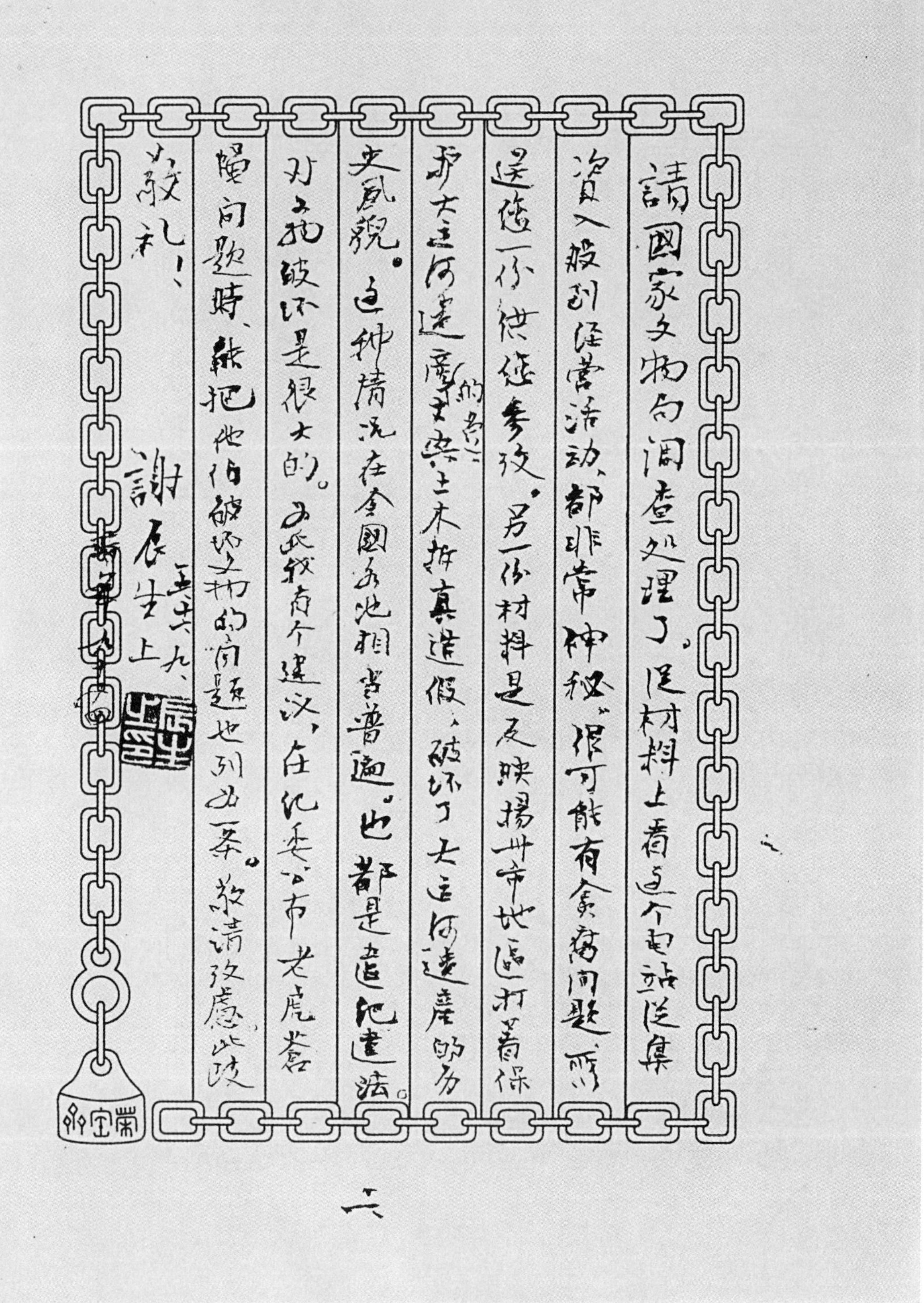

請國家文物局调查处理了。從材料上看这个电站從集資入股到經营活动，都非常神秘，很可能有貪腐问题，所送您一份供您參攷。另一份材料是反映揚州市地區打着保护大运河遗产的名义大兴土木，拆真造假，破坏了大运河遗產的历史風貌。这种情况在全国各地相当普遍，也都是违犯建法。对文物破坏是很大的。我政协有个建议，在纪委公布老虎蒼蝇问題时，能把他们破坏文物的问題也列为一条。敬请攷慮此建议。

敬礼！

謝辰生上 一五、六、九、

二

岐山同志：

您好！

现随函送上两份材料，敬请一阅。一份是四川成都的世界文化遗产都江堰核心区距鱼嘴仅三百米处违法违规建立起一个小发电站，已于二〇一四年十二月并网发电。这完全是一个违法建设项目。现在已经影响了世界遗产的历史环境风貌，如果因此影响到都江堰的原有功能，问题就更大了。都江堰两千多年一直保持着它的原有功能，是全世界罕见的“活文物”，如果因发电站而影响了都江堰的原功能，我们中国人就太丢人现眼了。我已把材料送请国家文物局调查处理了。从材料上看这个电站从集资入股到经营活动，都非常神秘，很可能有贪腐问题，所以送您一份，供您参考。

另一份材料是反映扬州市地区打着保护大运河遗产的名义大兴土木，拆真造假，破坏了大运河遗产的历史风貌。这种情况在全国各地相当普遍。也都是违纪违法。对文物破坏是很大的。为此我有个建议，在纪委公布老虎苍蝇问题时，能把他们破坏文物的问题也列为一条。敬请考虑。此致

敬礼！

谢辰生上

时年九十又四

一五年十一月九日

编者注：

书致党和国家领导人。

中国文物学会

近平同志：

您好！

现随函奉寄新近出版的《新中国捐献文物精品全集》前8卷（张伯驹3卷、徐悲鸿3卷、郑振铎2卷）。《全集》预计60卷，今年计划出版15卷。

《全集》编辑出版，起始于五年前，由我倡议，经当时的国家文物局领导同意，由中国文物学会组织实施。由于编辑人员的努力，整个编辑出版工作在艰难中行进，有望达到预期目的。

《全集》编辑出版，是我心中积念已久的一个夙愿。六十多年前，新中国建立之初，我亲历目睹了从党和国家领导人、爱国学者到社会各界、文物收藏者向国家纷纷慷慨捐献文物的盛况。其人其物之多，其行其事之善，皆史无先例。他们对国家对民族之忠，对共产党对新中国之爱，令人由衷感佩。他们所捐文物之精美，大多是价值连城的国宝国粹，理当勒石记功，传之后世，启迪后人。然而，世事沧桑，当年文物捐献者中许多已经物是人非，大量感人肺腑的故事都日渐湮没在时空变迁中，正在被人们所遗忘。尤其是近二十多年来，文物收藏界乱象丛生，以赚钱牟利为目的的市场交易严重腐蚀着文物队伍，颠覆藏物于民、藏宝为国的优良传统。一些专家以“鉴宝”为名，行赚钱牟利之实；一些新闻媒体长期对此热衷，推波助澜，在社会上影响很不好。因此，《全集》编辑出版，还意在重光文物收藏为国的爱国传统，

中国文物学会

劝勉文物收藏者们见贤思齐，规范收藏行为。也是贯彻习总书记关于保护、激活文化遗产，增强国家文化软实力系列指示的一项务实工程，是全国文物界为实现中国梦所付出的一份力量，是我们离退休老人为国家文物事业所输送的一份正能量。但愿我在有生之年完成任务，使这份正能量输送到人生的终点。令人欣慰的是《全集》正得到国家文物局、故宫博物院、国家博物馆以及全国各受捐单位的积极支持，能使编辑出版工作继续进行。

为此，衷心希望领导同志给予指导。专此汇报，敬颂时绥！

谢辰生谨上

2016年2月28日

（正文略）

编者注：
书致党和国家领导人。

中國文物学会

克强同志：

您好！

现随函奉寄新近出版的《新中国捐献文物精品全集》前8卷（张伯驹3卷、徐悲鸿3卷、郑振铎2卷）。《全集》预计60卷，今年计划出版15卷。

《全集》编辑出版，起始于五年前，由我倡议，经当时的国家文物局领导同意，由中国文物学会组织实施。由于编辑人员的努力，整个编辑出版工作在艰难中行进，有望达到预期目的。

《全集》编辑出版，是我心中积念已久的一个夙愿。六十多年前，新中国建立之初，我亲历目睹了从党和国家领导人、爱国学者到社会各界、文物收藏者向国家纷纷慷慨捐献文物的盛况。其人其物之多，其行其事之善，皆史无先例。他们对国家对民族之忠，对共产党对新中国之爱，令人由衷感佩。他们所捐文物之精美，大多是价值连城的国宝国粹，理当勒石记功，传之后世，启迪后人。然而，世事沧桑，当年文物捐献者中许多已经物是人非，大量感人肺腑的故事都日渐湮没在时空变迁中，正在被人们所遗忘。尤其是近二十多年来，文物收藏界乱象丛生，以赚钱牟利为目的的市场交易严重腐蚀着文物队伍，颠覆藏物于民、藏宝为国的优良传统。一些专家以“鉴宝”为名，行赚钱牟利之实；一些新闻媒体长期对此热衷，推波助澜，在社会上影响很不好。因此，《全集》编辑出版，还意在重光文物收藏为国的爱国传统，

中国文物学会

劝勉文物收藏者们见贤思齐，规范收藏行为。也是贯彻习总书记关于保护、激活文化遗产，增强国家文化软实力系列指示的一项务实工程，是全国文物界为实现中国梦所付出的一份力量，是我们离退休老人为国家文物事业所输送的一份正能量。但愿我在有生之年完成任务，使这份正能量输送到人生的终点。令人欣慰的是《全集》正得到国家文物局、故宫博物院、国家博物馆以及全国各受捐单位的积极支持，能使编辑出版工作继续进行。

为此，衷心希望领导同志给予指导。专此汇报，敬颂时绥！

谢辰生 [签名]

2016年2月28日

（正文略）

编者注：
书致党和国家领导人。

中國文物學會

延东同志：

您好！

现随函奉寄新近出版的《新中国捐献文物精品全集》前8卷（张伯驹3卷、徐悲鸿3卷、郑振铎2卷）。《全集》预计60卷，今年计划出版15卷。

《全集》编辑出版，起始于五年前，由我倡议，经当时的国家文物局领导同意，由中国文物学会组织实施。由于编辑人员的努力，整个编辑出版工作在艰难中行进，有望达到预期目的。

《全集》编辑出版，是我心中积念已久的一个夙愿。六十多年前，新中国建立之初，我亲历目睹了从党和国家领导人、爱国学者到社会各界、文物收藏者向国家纷纷慷慨捐献文物的盛况。其人其物之多，其行其事之善，皆史无先例。他们对国家对民族之忠，对共产党对新中国之爱，令人由衷感佩。他们所捐文物之精美，大多是价值连城的国宝国粹，理当勒石记功，传之后世，启迪后人。然而，世事沧桑，当年文物捐献者中许多已经物是人非，大量感人肺腑的故事都日渐湮没在时空变迁中，正在被人们所遗忘。尤其是近二十多年来，文物收藏界乱象丛生，以赚钱牟利为目的的市场交易严重腐蚀着文物队伍，颠覆藏物于民、藏宝为国的优良传统。一些专家以“鉴宝”为名，行赚钱牟利之实；一些新闻媒体长期对此热衷，推波助澜，在社会上影响很不好。因此，《全集》编辑出版，还意在重光文物收藏为国的爱国传统，

中國文物學会

劝勉文物收藏者们见贤思齐，规范收藏行为。也是贯彻习总书记关于保护、激活文化遗产，增强国家文化软实力系列指示的一项务实工程，是全国文物界为实现中国梦所付出的一份力量，是我们离退休老人为国家文物事业所输送的一份正能量。但愿我在有生之年完成任务，使这份正能量输送到人生的终点。令人欣慰的是《全集》正得到国家文物局、故宫博物院、国家博物馆以及全国各受捐单位的积极支持，能使编辑出版工作继续进行。

为此，衷心希望领导同志给予指导。专此汇报，敬颂时绥！

谢辰生谨上

2016年2月28日

（正文略）

编者注：
书致党和国家领导人。

延東同志：您好！現送上幾份材料供您参攷。

一、著名鑒賞家吳樹反映的有關可移动文物被盗掘、走私等情况，以及不久之前我们对部份地區在建设中破坏不可移动文物的情况。这些情况表明，这是有史以来文物破坏最嚴重的時期。如果不大大加强文物保护工作，改变现在这种情况，我们这一代人就是

十竹斎文献展

（一）

上对不起祖先，下对不起子孙。

六、最近我在《文物》报上发表了一篇题为《文物局名称的历史变更》，详细的写了文物局从一九四九年开始到现在机构的变化过程。其中有经验也有教训，我们可以吸取过去的经验教训，少走弯路。

三、一九八七年国务院颁发的国〔八七〕一百一号《国务院关于进一步加强文物工作的通知》，此文件是在一九

十竹斋文献展

（二）

八六年春中共中央書記処召开一次会议討論文物工作和書記処委託文物局代為起草的題為：《中共中央、國务院关於進一步加強文物工作的決定》的文件，在会议討論中对对文件各提出一些意見。会议決定組织一个組進行修改，為此决定成立了一个五人修改小組：耀邦同志親任組長，成員是中办王愈明、李臨璽、中宣部馬自樹、文物局

十竹斋文献展

（三）

谢辰生：

会散后即开始工作。我们在中南海住了近两个月才修改完成，即以中宣部和文化部党组名义上报党中央、国务院审批。之后不久，社会上学生闹了，接着耀邦同志不再担任总书记。上报的文件也因此而毫无消息。直到一九八七年开十三大，我与当时国务院秘书长在一个小组，我请他帮忙是否可以把文件下发，他说这事作不了主，必须找总

十竹斋文献展

（四）

理或副总理才行。因此我又给万里、谷牧同志写信，请求下发这个文件。最后经万里、谷牧、胡启立同志签发的。但是十三大强调党政分开，所以文件是作为国务院文件下发的。耀邦同志十分重视这个文件，要我们一定对建国以来的文物工作进行认真总结，处理好文物保护与各个方面的关系。我们每次讨论他都亲自参加进行指导。这个文件是建国以来很重要的一个文件。

十竹斋文献展

（五）

可惜的是文件下达后没有很好的落实。主要是当时文物局主要领导对这个文件的重视要性认识不够，甚至是相反的。

四、文化遗产课堂建设情况：这是今年文化遗产日京津冀三地三所小学同时向小学生讲文化遗产课，效果很好。早在若年前、一三号文件就已提出，要求：在中小学教课书中、增加有关祖国文物的内容，教育青

十竹斋文献展

（六）

少年提高民族自尊心和自豪感，继承和
發揚革命传统，做有理想、有道德、有文化、
有紀律的一代新人。但是这多年远未落实、
現在則是一些志願者们促其實現，值
得表揚。可否把这个材料转给文物局、
教育部研究[illegible]如何实現一〇二号文件
的要求。以上意见供您参考，此致
敬礼！
谢辰生谨上 [印：辰生]
時年九十五
十竹斋文献展

用放大镜写的很乱，请原谅 又及

（七）

延东同志：

您好！现送上几份材料供您参考。

一、著名鉴赏家吴树反映的有关可移动文物被盗掘、走私等情况，以及不久前我们对部分地区在建设中破坏不可移动文物的情况。这些情况表明，这是有史以来文物破坏最严重的时期，如果不大大加强文物保护工作改变现在这种情况，我们这一代人就是上对不起祖先，下对不起子孙。

二、最近我在《文物报》上发表了一篇题为《文物局名称的历史变更》，详细地写了文物局从一九四九年开始到现在机构的变化过程。其中有经验，也有教训，我们可以吸取过去的经验教训，少走弯路。

三、一九八七年国务院颁发的国〔一九八七〕一〇一号《国务院关于进一步加强文物工作的通知》，此文件是在一九八六年春中共中央书记处召开一次会议讨论文物工作和书记处委托文物局代为起草的题为《中共中央国务院关于进一步加强文物工作的决定》的文件。在会议讨论中，对文件又提出一些意见，会议决定组织一个组进行修改。为此决定成立了一个五人修改小组，耀邦同志亲任组长，成员是中办王愈明、李鉴、中宣部马自树、文物局谢辰生，会散后即开始工作。我们在中南海住了近两个月才修改完成，即以中宣部和文化部党组名义上报党中央、国务院审批。之后不久，社会上学生闹事，接着耀邦同志不再担任总书记，上报的文件也因此而毫无消息。直到一九八七年开十三大，我与当时国务院秘书长在一个小组，我请他帮忙是否可以把文件下发，他说这事作不了主，必须找总理或副总理才行。因此我又给万里、谷牧同志写信，请求下发这个文件。最后经万里、谷牧、胡启立同志签发的。但是十三大强调要分开，所以文件是作为国务院文件下发的。耀邦同志十分重视这个文件，要我们一定对建国以来的文物工作进行认真总结，处理好文物保护与各个方面的关系。我们每次讨论，他都亲自参加进行指导。这个文件是建国以来很重要的一个文件，可惜的是，文件下达后没有很好的落实，主要是当时文物局主要领导对这个文件的重要性认识不够，甚至是相反的。

四、《文化遗产课堂建设情况》。今年文化遗产日，京、津、冀三地三所小学同时向小学生讲文化遗产课，效果很好。早在廿多年前，一〇一号文件就已提出要求“在中小学教科书中增加有关祖国文物的内容，教育青少年提高民族自尊心和自豪感，继承和发扬革命传统，做有理想、有道德、有文化、有纪律的一代新人”，但是廿多年迄未落实。现在则是一些志愿者们促其实现，值得表扬。可否把这个材料转给文物局、教育部，研究如何实现一〇一号文件的要求。以上意见供您参考。此致

敬礼！

谢辰生谨上

时年九十又五

用放大镜写的很乱，请原谅。又及

编者注：

写于2016年6月中旬，书致党和国家领导人。

吴树反映的参考材料1：

2011年1月2日我国著名鉴赏家吴树在南昌大学“前湖之风”讲坛上和广大师生分享了他近7年来对全国文物收藏、拍卖界的调查研究成果。他列出了一串骇人听闻的数字。近30年，中国境内被盗掘、基建私分古墓约200万座以上，走私出境文物约6000万件左右，流散民间的文物数量约占全国国有博物馆藏品总数的33倍，走私出境的文物数量约为40座北京故宫的收藏。约占人口总数0.11%—0.5%以上的中国公民涉嫌非法文物交易罪或者商业欺诈罪，从事文物走私、制假、贩卖活动的人数约200万以上。

中国文物资源危机迫在眉睫！真国宝流失，假国宝在拍卖行、贪官、企业家中百转千回。

参考资料2：

不久前据我们统计全国部分城市打着古城“复建”“重建”“改造”等名义，实际在大拆大建、拆真建假。41座城市就要投资4911亿5100万元，占地194万亩（统计数据来自公开资料）。

以上项目有的存在大拆大建、拆真建假违反《文物保护法》《规划法》《土地法》《历史文化名城保护条例》等违法违规问题；存在突破18亿亩耕地红线、影响国家粮食生产安全、征地激化社会矛盾造成社会不稳定等问题；有的项目还片面追求“贪大求怪媚洋、奢靡之风”，存在着“扭曲的政绩观问题”。

先生撰写的《文物局名称的历次变更》刊登于《中国文物报》2016年5月20日第4版：

几日前，见《中国文物报》刊载《筹建国家文物局前夕郑振铎的一封信札》一文。因为较为熟悉文物局所经过的历史岁月，不禁回想起，文物局的名称、隶属关系和主管工作等，在这几十年来，曾有过的多次变化。

新中国的文物保护工作，起始于1949年。1949年11月1日，中央人民政府文化部成立，设一厅六局，文物局是其中之一。文化部文物局的主管业务，除文物、博物馆外，还有图书馆事业。

1951年10月1日，经政务院批准，文化部文物局撤销，文化部文物局与科学普及局合并，成立文化部社会文化事业管理局。主管文物、博物馆、图书馆、文化馆和电化教育工作。增设的文化馆处，由彭道真任处长。

1955年1月15日，文化部部务会议决定，成立文化部文物管理局，主管文物、博物馆事业。划出图书馆、文化馆事业部分，仍由社会文化事业管理局管理。

1965年8月23日，文化部决定将图书馆事业再次划归文物管理局领导，改为文化部图博文物事业管理局。

“文化大革命”期间，图博文物事业管理局随文化部一起陷于停滞状态。为尽快恢复文物工作，根据周恩来总理的指示，1970年5月10日，国务院图博口领导小组成立，由国务院办公室直接领导，主管全国图书馆、博物馆和文物工作，组长为军宣队干部郎捷，王冶秋任副组长，领导小组下设政工组、办事组和业务组。图博口领导小组在周恩来总理的直接领导下，积极领导和组织开展文物保护工作，文物工作开始逐步恢复。

1973年2月14日，国务院发出《关于成立国家文物事业管理局的通知》，图博口领导小组撤销，国家文物事业管理局仍由国务院办公室代管。国务院任命王冶秋为国家文物事业管理局局长，下设办公室、文物处、博物馆处、图书馆处等。

1975年2月1日，四届全国人大后组成的国务院举行第一次会议，也是周恩来总理最后一次主持国务院会议，周总理在会上宣布:国务院工作以邓小平为首，其他11位副总理协助。周总理亲自宣布国家文物事业管理局直属国务院，不划归文化组（1970年至1975年，根据国务院机构精简方案，撤消文化部，成立国务院文化组）。会后，周总理病重住院，由邓小平主持中央日常工作，并代周总理主持国务院会议，呈批主要文件和主营外事工作。1975年，国家文物事业管理局直属国务院，极大地促进了文物保护工作的尽快恢复。

1982年4月，国务院进行机构改革，将文化部、对外文化联络委员会、国家出版事业管理局、国家文物事业管理局和外文出版发行事业局五单位合并，设立文化部。国家文物事业管理局改为文化部文物事业管理局。当时在书记处讨论时，胡乔木、邓力群等同志认为文物局情况特殊，要予以加强，提议建立国家文物委员会。1983年1月26日，国家文物委员会成立。国家文物委员会由文物、考古、历史、建筑等方面专家、学者组成，是国家文物工作的咨询性机构，文物工作的重大方针、政策等都要通过这个委员会。第一任主任委员是夏鼐，不久夏鼐逝世，是胡乔木提出由廖井丹来继任的。委员会的成员全部为专家，行政干部不予参加。任命文物局副局长沈竹为秘书长，但不作为委员参与会议讨论。国家文物委员会的委员有：尹达、王仲殊、王振铎、冯先铭、安志敏、苏秉琦、启功、吴良墉、单士元、张政烺、郑孝燮、贾兰坡、顾铁符、宿白、常书鸿。国家文物委员会在文物工作方针、政策、文物事业发展规划和文物工作中重大问题的处理等方面，起到了很大作用。廖井丹逝世之后，国家文物委员会陷于停顿，没有再进行活动。

1987年6月20日，国务院决定将文化部文物事业管理局恢复为国家文物事业管理局，直属国务院，由文化部代管。国家文物事业管理局对外独立行使职权，计划、财政、物资分配等单列。

1988年6月16日，国家文物事业管理局改名为国家文物局。国家文物局是文化部代管的国务院主管全国文物、博物馆工作的职能部门，在人事管理、行政和事业费预算、劳动工资等方面与国务院有关部门直接联系办理。国家文物局的名称一直延续至今。

文物局成立之初，确实是设立了三个处，分别为图书馆处、博物馆处、文物处。郑振铎信札中所体现的人事安排谋划，最终却未得完全实现。夏鼐到中国科学院考古研究所任副所长，向达还是任北京大学图书馆馆长，未能到文物局就任。因而文物处处长和图书馆处处长空缺，只任命了书画鉴定专家张珩和图书馆学专家万斯年分别担任文物处和图书馆处副处长。只有裴文中一人到了文物局，担任博物馆处处长，副处长是博物馆学和古代科技史学家王振铎（即王天木）。1954年，裴文中到中国科学院古脊椎动物研究室任职后，由王振铎担任博物馆处处长。中央撤销五大行政区后，1937年参加革命的老干部陈滋德从西南大区调任文物处处长，此后一直由他担任。当时业务处长职务中，只有他一人是唯一的行政干部任处长。

当时文物局各业务处室的负责人和主要业务干部，几乎都是由郑振铎推荐安排的。全国的文物专家汇集，学术气息甚为浓厚。而罗福颐、徐邦达、傅忠谟、陈明达、罗哲文以及后来的顾铁符、马耕渔等都只是文物处的业务秘书。文物局是主管全国文博事业的一个专业性很强的政府职能部门，起用了这样一批具有相当专业水平的业务骨干，对于推动文物事业的发展无疑起了重要的作用。

1958年大跃进，为完成精简机构和下放人员任务，文化部决定，文物局的机关编制只保留18人，所属单位像故宫、历史博物馆等全部下放北京市管理。不久之后，发现这种做法存有问题，才又恢复。但文物局下放的专家，如徐邦达、陈明达、罗福颐等，却再未回到文物局，文物局仅仅保留了各业务处长还是由专家担任的传统。

由于文物局几十年来的重要事务皆为亲见或亲历，有些事情印象更是极为深刻，将所忆所想到的内容表述出来，供大家了解文物局过去的历史真实。

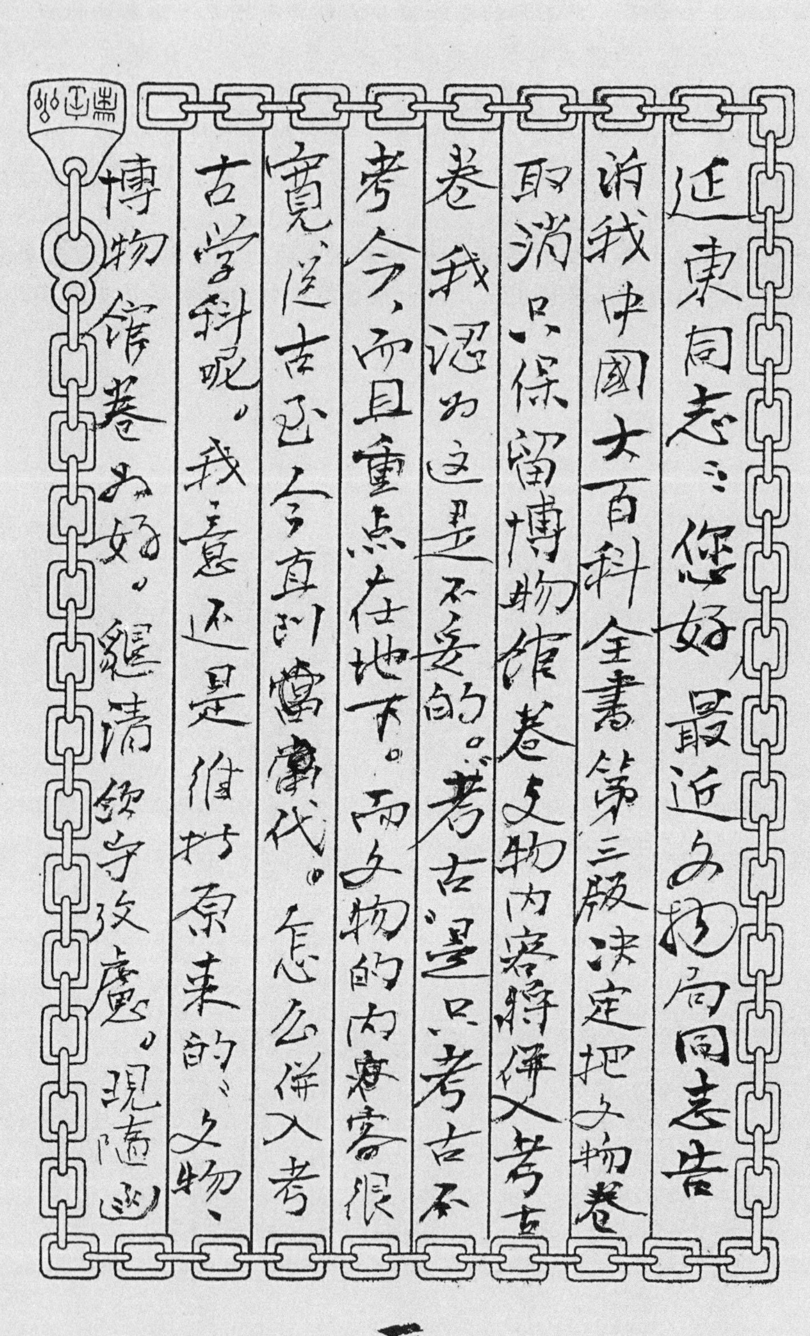
延東同志：您好 最近文物局同志告
诉我中國大百科全書第三版決定把文物卷
取消，只保留博物館卷，文物内容將併入考古
卷。我認為這是不妥的。考古還只考古不
考今，而且重点在地下。而文物的內容很
寬，從古至今直到當代。怎么併入考
古学科呢。我意還是維持原來的文物、
博物館卷為好。繼清欽守孜慶。現隨函

一

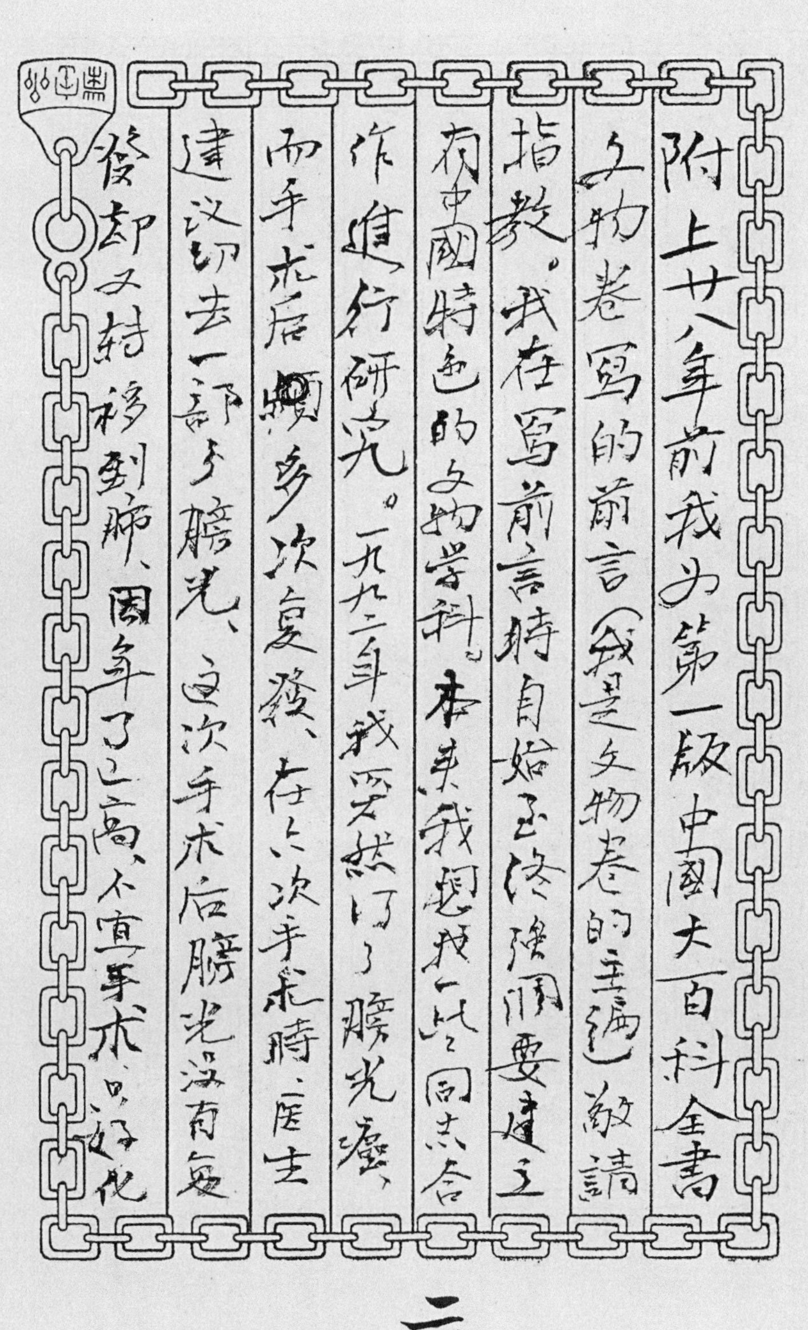

附上廿八年前我为第一版中国大百科全书文物卷写的前言（我是文物卷的主编）敬请指教。我在写前言时自始至终强调要建立有中国特色的文物学科。本来我想找一些同志合作进行研究。一九九二年我突然得了膀胱癌，而手术后频频多次复发，在六次手术时，医生建议切去一部分膀胱，这次手术后膀胱没有复发，却又转移到肺，因年事已高，不宜手术，只好化

二

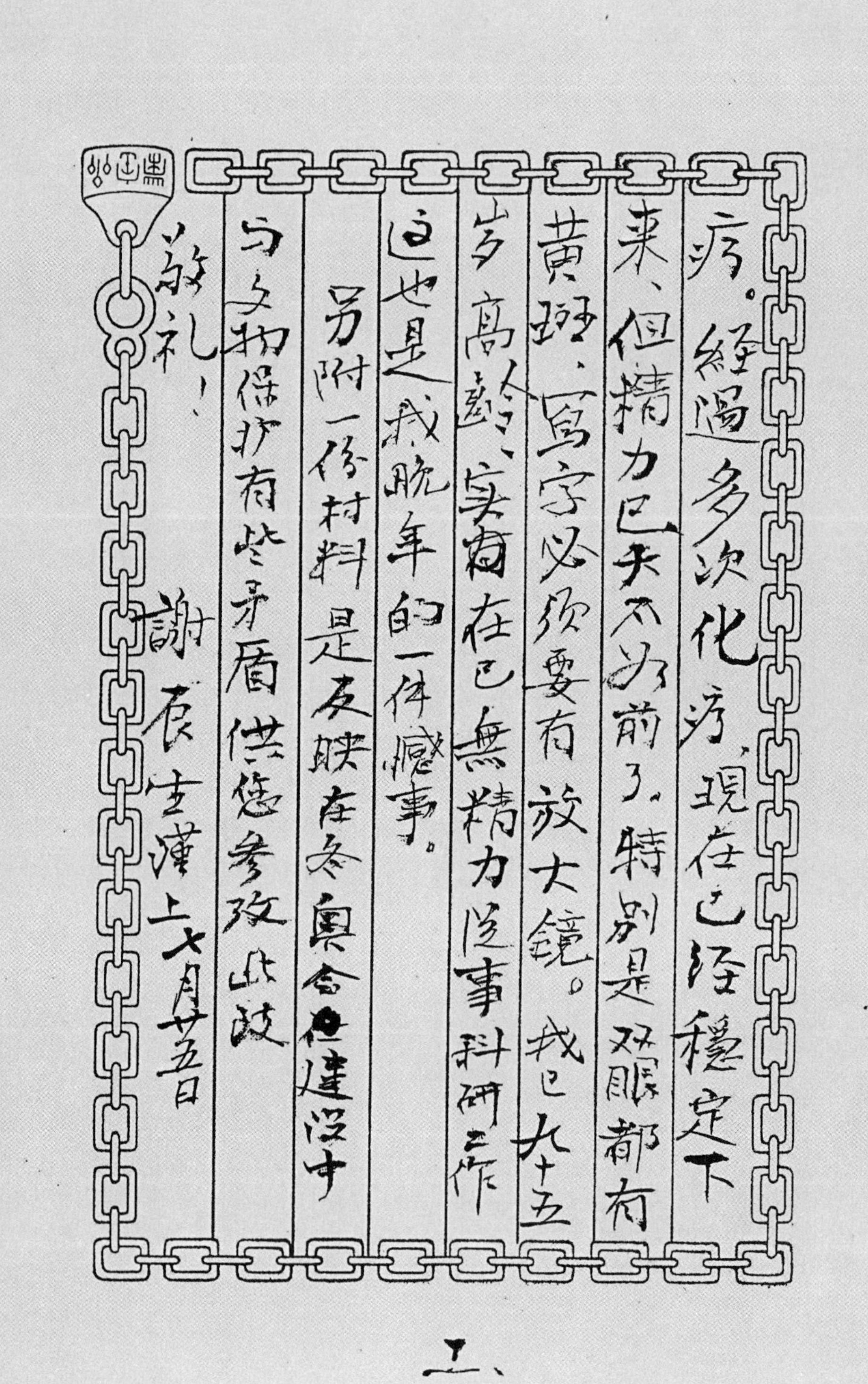

疗。經過多次化疗，現在已经穩定下来、但精力已大不如前了，特别是双眼都有黄斑、寫字必須要有放大鏡。我已九十五岁高齡、实在已無精力從事科研工作這也是我晚年的一件憾事。

另附一份材料是反映在冬奥会建设中与文物保护有些矛盾，供您参考。此致

敬礼！

謝辰生謹上 七月廿五日

二、

延东同志：

您好！最近文物局同志告诉我，《中国大百科全书》第三版决定把文物卷取消，只保留博物馆卷，文物内容将并入考古卷，我认为这是不妥的。“考古”是只考“古”不考“今”，而且重点在地下。而文物的内容很宽，从古至今直到当代，怎么并入考古学科呢？我意还是维持原来的“文物博物馆卷”为好。恳请领导考虑。

现随函附上廿八年前我为第一版《中国大百科全书》文物卷写的前言（我是文物卷的主编），敬请指教。我在写前言时，自始至终强调要建立有中国特色的文物学科，本来我想找一些同志合作进行研究。一九九二年我突然得了膀胱癌，而手术后多次复发。在六次手术时，医生建议切去一部分膀胱。这次手术后膀胱没有复发，却又转移到肺，因年事已高，不宜手术，只好化疗。经过多次化疗，现在已经稳定下来，但精力已大不如前了，特别是双眼都有黄斑，写字必须要有放大镜。我已九十五岁高龄，实在已无精力从事科研工作，这也是我晚年的一件憾事。

另附一份材料，是反映在冬奥会建设中与文物保护有些矛盾，供您参考。此致

敬礼！

谢辰生谨上

七月廿五日

编者注：

写于2016年。书致党和国家领导人，并得到了重要批示。

国家文物事业管理局

方行同志：昨晤宾钧、谢青同志，据称徐氏遗札照片已寄出，不知沪上收到否？关于故宫资料，已商同杨伯达同志，以同志已因找这类甚忙，无妥托萧徵英同志代办，并通告彭老。十五号会开得很好，稍挪之迟，但当再面谈，一切不赘述。匆匆即颂

敬礼！

辰生谨上

九月五日

方行同志：

昨晤宏钧、树青同志，据称徐氏遗札照片已寄出，不知现已收到否？关于故宫资料，亦已商得杨伯达同志的同意，因我近来甚忙，业已委托冀淑英同志代办，并迳告顾老。

书画鉴定会开得很好，稚柳兄返沪当可面陈一切，不赘述。匆匆。即致

敬礼！

辰生谨上

四月五日

编者注：

此信写作时间待考。

王宏钧，中国历史博物馆党委书记。

史树青，中国历史博物馆研究员。

杨伯达，故宫博物院研究员，曾任故宫博物院副院长。

冀淑英，原北京图书馆研究馆员。

谢稚柳，上海博物馆书画鉴定专家。

国家文物事业管理局

方行同志：皇明诗选已收到，谢谢。经老秦之已代为斟改，请释念。我处已抄奉上海，为谢老面商，壹山照之，出版了见期还遥，余当面谈。匆匆，即致

敬礼！

辰生谨上 七月廿日

方行同志：

《皇明诗选》已收到，谢谢。启老书亦已代为转致，请释念。我最近拟去上海，与谢老面商书画鉴定出版事，见期匪遥，余当面罄。匆匆。

即致

敬礼！

辰生谨上

七月廿四日

编者注：

此信写作时间待考。

国家文物局

方行同志：

昨奉[illegible]刘之志书[illegible]录[illegible]印成为精美，[illegible]老特别高兴，并嘱代致谢之忱。[illegible]甚喜。此种机会今后之难得矣。

此间情况如旧。全国文物普查[illegible]不断推展，[illegible]夫人[illegible]

敬礼！

辰生

一月十日

方行同志：

嘱带致启、刘二老书，归来后即代为转交，启老特别高兴，并嘱代致谢意。沪上晤谭甚啓，此种机会今后亦很难得矣。此间情况如旧。全国文物盗掘之风不断发展，但无人管理，奈何。

敬礼！

辰生上

十月廿四日

编者注：

此信写作时间待考。

謝辰生先生往来書札續編 附日記

下

後學傅熹年敬署

李经国 编

國家圖書館出版社

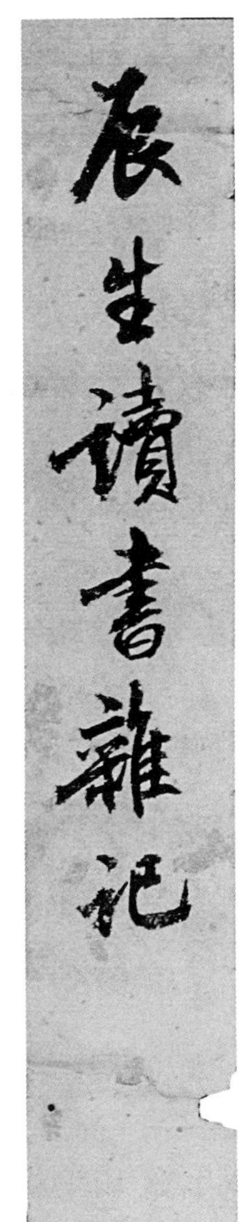

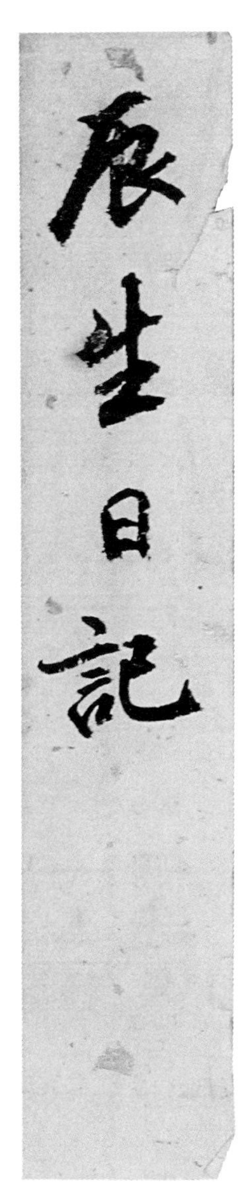

古代书画鉴定家张珩题签

谢辰生先生日记、
读书札记、读书笔记

狂風竟日天氣甚冷継續寫配合基本建清理古墓葬草案。閱人民日報去年十月所載西北綿織廠建廠破坏古墓葬的嚴重情况殊堪痛心。西北為攷証周秦文化之重要地區破坏者極可能為珍貴之史料其对歷史文化之損失實非可以估計者由此亦可見所擬草案之重要矣。

今日学習之意見已集中到裴文中、王天木二處長又延長一小時西諦局長便似有不滿之色。下午開學委會決定下星期一開始討論計劃对蕭敏容事意見頗多分歧。晚少快及哲文夫婦去首都看電影我與思敬同歸連日甚感疲倦早寢。

元月十七日（十二月初四日）星期六

配合基本建設保護清理古墓葬草案仍未做好，材料缺乏是主要問題，此要應
之路同志寫為最妥，希望他早日歸來當有所幫助也。竟日苦思倒不是「手忙
脚亂」「頭腦清閑」，而變成「手忙脚閑，頭腦昏昏」了。

晚上俱樂部宿舍分部開幕，去玩了半天，學會了跳華尔茲舞。十時始散，胃
疼甚，嘔吐不止，即休息。

元月十八日（十二月初四日）星期日

早晨晏起，洗臉後大掃除，把小屋子佈置得很美，很清潔，心裡也覺得滿
舒服的。午飯是在小忱那兒吃的，涮羊肉頗好吃，和少忱南應便吃边談，生
活的確挺幸福的。又不由得聯想到志頻軍。飯后小憩，思叡歸來，携

馬恩斯像各一幅，貼在牆上更顯得漂亮了。

四姐當選了市婦女代表，過去她的確也做了些工作，群众眼睛是亮的。

晚飯在二伯母處吃餃子，九弟、漢華均在。晚談往事，又憶及其四二年在延安事，
匆匆十餘年矣。飯後携六哥之修貝尔特歌曲集歸，思叡、孝文同在，審譯，作
魔王，誦利曲及小夜曲等數片，十一時寢。

元月十九日（十二月初五日）星期一

竟日草擬配合基本建設保護清理古墓葬辦法草案，情况、問題、
困难及辦法已接近完成。晚至老边處談及小忱、澤卿事，頗多感慨，時點才
回合肥來，談及文工團工作問題。據他說只要藝術局能統佈置則文物

保護之宣傳是完全可以開展的。明日當在艸擬宣傳計劃時將此問題提出。自老迅歸來時已十一時又艸擬清理古墓葬条例複时已午夜。

元月廿日（十二月初六日）星期二

今日大雪天氣倒很暖清理保護古墓葬艸案初稿完成。內心甚喜，在考慮今后的防止辦法時其中有幾条是経過反覆考慮和思索的終於把它完成了，真高興！在把筆放下的時候，那一剎那我深刻體會了勞動後收到成果時的愉快。晚飯後去看五姐的病談到九点鐘。從她那裡抄来了子謙的電話號碼。

元月廿一日（十二月初七日）星期三

文潞同志從洛陽歸来談及河南情況從目前基本建設上看考古工作固非重点但是隨着建設的發展它將相應的發展起来是肯定了的。而政務院文委是还不曾把它提高到应有的高度来重視，就是我們自己也是事先估計不足。這一点现在及時注意提醒領導也還来得及，否則隨着大規模建設的展開而出现大批古遺址古墓葬時，我們將會手忙脚乱使工作完全被動了。這是必需事先充份估計而未雨綢繆的。

晚與思徽去北京图書館給所屬七个單位有數百个青年團員做報告到十点半才回来我主要是講了關於朝鮮戰場上兩年来的变化和防空情的工作，以說明我們越战越強和平凡工作的偉大兩个主題，也联系到了社會文化工作。效果如何則要看明天大家的反映了。

元月廿二日（臘月初八日）星期四

一早起來趕到局裡喝了臘八粥，滿好的可惜沒有糖。學習時討論文化部一九五三年的工作計劃要点。關於考古圖錄印製問題，我提出應加入印製大众化通俗圖錄說明以資宣傳一条的意見，獲得了裴文中、王天木處長及大多數同志的支持。

上午到下午一直在開會討論關於保管所任務和領導關係問題。開會時散漫而不集中，蕙玉處長行將去滬大概心到上海去了一半，邦達是另有所思心不在焉時去時來，元璐則走來走去漫不經心，小羅可能頭疼未愈也沒有很好的開動腦筋，因此會議在討論時不能經常的反覆地加以研究，倒是忠謨非常仔細而認真地在提意見。在幾次最沉默和散漫的時候，我也曾有過一剎那的厭煩，但僅僅是一剎那就被克服了。我昨天向別人做報告的話在鼓舞我，我終於打破了沉默，儘力地在集中和提醒大家的注意力，到底還是有了一个結論，可惜浪費了太多的時間。

下午開監察小組會大家重新分了工。晚至四姐家吃飯，歸來後記日記，南愚看了說我是在記流水帳練小楷，对，應該警惕，以后要多寫些思想和工作方面的事。

元月廿三日（臘月初九日）星期五

公文結果还是積壓了七件。關於"飛天源流"文邦達提出了一些意見。

元月廿八日（十二月十四日）星期三

思叡明天去瀋陽参加東北文化館會議，今天忙着準備工作，此行匝月，當有所獲也。我的配合基本建設清理古墓葬草案经一再修改今天交了卷。一天就忙於清理積文了。

元月廿九日（十二月十五日）星期四

早上九时去辦公廳禮堂听周總理關於目前形勢的報告，總结和回答了我们學習馬林科夫同志在蘇共十九次党代表大会上的报告所提出的问题關於斯大林同志所说："在理論上資本主義陣營和和平民主陣營的矛盾是激烈的。但是在實践的意義上是資本主義國家之間的矛盾更加激烈些。"的問題，大家討論時認為是个矛盾。周總理說：這是指着帝國主義而言的。他们的理論和實践很多是不统一的。

周總理一再的提出来，不要把今天和明天混淆起来。所謂帝國主義之間的矛盾更激烈是從發展上看，矛盾是相互影响，相互作用的，在不同的時間地点条件其矛盾也有主次之分，朝鲜战争是突出的矛盾，但是我们胜利了就会因此而影响他们的矛盾。使之矛盾尖銳化。我们的力量越大、胜利越大就會使帝國主義的矛盾加深，隨着力量的对比变化而使帝國主義之间的矛盾变化發展。这一論点我在学習時是看到了的。

元月廿日（十二月十六日）星期五

又重覆地看了一遍梁思成的古建序論，感到其中有些觀点是欠妥當的，他說建築在过去是一直為當時的政治制度而服務的。它絡有文的政治作用，而在新民主主義時代建築就成為我們有效的政治工具了，但是我是有一个不同的看法的。我以為建築的本身應該是全民生活所必须的資料，它為统治阶级服務但也為被统治阶级服務。它並不因一个政治制度的消滅而消滅。故宫過去是封建的堡壘但現在却是教育廣大人民的場所了。它和生產工具一樣本身是沒有阶级性的。但是限於自己的水平只能是一些片斷感想而不能系统地說出透澈的道理來。

元月廿一日（十二月十七日）星期六

上午九時去參加了國際貿易促進會的赴蘇联中華人民共和國基本建設展覽會籌備委員會會議。下午二時歸來即刻就到承光殿去招待來參觀畫展的全國委员會的委員。郭沫若、陳叔通、周叔弢都来了。叔弢市長对於李木的一批石刻又要我儘快的辦好。四時餘林伯渠秘長也来了。我陪着他边看边介绍他似乎很有興趣，六点鐘才结束。

元月一日（十二月十八日）星期日

天下大雪氣候轉寒，一早起来就跑到團城因為今天还有人来参觀結果是上午只有章伯鈞一个人來，一直到下午人才逐漸的多了起來。

徐特老也來了。古稀之年步履猶健，这樣冷的天氣不戴帽子也不穿大衣在沒有火的屋子裡看了一小時的画，真是老當益壯了。

二月二日（十二月十九日）星期一

中宣部李卓黄同志給我們做了学習實踐論的報告，學委和輔導員都去听了。他強調了学習實踐論的批評與自我批評的重要性。並且說它並不是目的而劃清唯心論和唯物論的一种不可缺的方法。

為搞清楚建築的階級性問題晚上看了斯大林與文化和馬克斯主義辯证法。还不曾得到正確的結論。

二月三日（十二月廿九日）星期二

二月五日（十二月廿二日）星期四

是水平低还是主观努力不夠呢？答覆是二者兼備後者更多於前者！水平低是肯定的，但是自己却並不曾發揮了現有的水平。為甚麼呢？老毛病，堅持性差，太浮躁！嚴格地以八大標準來衡量，是對黨的事業心不是無限忠誠！以致還是放鬆了自己，影响了工作，發揮不了潛在力量！任務是完成了，從現象上看还不算太坏，也能主動地大胆地積極地提出建議，但却只是停留在這个階段上，說的多做的少，韌性更差。幻想代替不了实踐，毛主席說的好：在馬克思主義看來，理論是重要的，它的重要性充分地表現在列寧說過的一句話：沒有革命的理論，就不會有革命的運動」然而馬克思主義重看理論，正是，也僅僅是，因為它能夠指導行動。如果有了正確的理論，只是把它空談一陣，束之高閣，並不實行，那麼，這種理論再好也是沒有意義的。」歸來后的確提了些建議，但總不曾把它變成具體計劃，更談不到實踐了。改正，一定要改正。

二月六日（十二月廿三日） 星期五

家晉病了幾天，一直沒好，今天我為他特意去了一次龍友姻伯處，請為他仔細地看一看。八十老翁精神猶健，只是封建殘餘嚴重，今晚還親自祭灶。看了頗覺好笑。

從仲十七兄處知道了泰塍消息，此子不長期勞動改造恐不能使之重新做人。決定明天告之保衛科將其材料轉知天津公安部門處理。

二月七日（十二月廿四日） 星期六

赫光自朝鮮來，修理電影機子，並攜來照套、小方、根枝、繼爍來函，囑代購菲卡膠卷。晚錫文公來，四年不見，晤談良久，即宿思敏床上。

二月八日（十二月廿五日） 星期日

一早起來和錫玟去東安市場逛了幾个書攤，在五芳齋早飯。午后去榮寶齋晤譚良久，田添、陸灝均在，我又為文物保護工作作了宣傳，希望人民日報能多登些這類稿子，田添答應為我和蕭航聯系一下，用各種形式來進行宣傳。

二月廿六日（正月十三日） 星期四

龍華璧邀我晚餐，並交给我他寫的一篇關於期刊的稿件，囑提意見即携歸。

家晋病尚未愈。囑為代詢の姻文打針藥名，明日當可照辦。

維謀從朝鮮歸来，晤譚至午后，前方備战已緊，今年是决定性的一年，殘酷當甚於过去任何一個战役。毛主席说："敌人必登陸，期限必提早，終於必失敗。"可見勝利固然肯定了，但目前形势的緊張情况也可見了。

二月廿七日（正月十四日） 星期五

準備寫一篇文章，總是寫不出，奈何。参加華北行政委員會文教會議很少有人提到文物工作，就更感到这篇文章的必要性了，下决心在下星期完成，否则太不像话了。

二月廿八日（正月十五日）星期六

今天是元宵節，思叡邀我去跳舞，想了想还是没有去，回来和家晋谈了谈就睡觉了。

天氣日暖，对我成了威脅，去四姐那裡設法搞了几件衣服，明天就换。不然非熱出病来不可。

三月一日（正月十六日）星期日

一九五三年

〔1953年〕

狂风竟日，天气甚冷，继续写配合基本建【设】清理古墓葬草案。阅《人民日报》去年十月所载西北棉织厂建厂破坏古墓葬的严重情况，殊堪痛心。西北为考证周秦文化之重要地区，破坏者极可能为珍贵之史料，其对历史文化之损失实非可以估计者，由此亦可见所拟草案之重要矣。

今日学习意见已集中到裴文中、王天木二处长，又延长一小时，西谛局长似有不满之色。下午开学委会决定下星期一开始讨论计划，对萧敏容事意见颇多分歧。晚少忱及哲文夫妇去首都看电影，我与思叡同归。连日甚感疲倦，早寝。

元月十七日（十二月初三日） 星期六

配合基本建设保护清理古墓葬草案仍未做好，材料缺乏是主要问题，此实应元璐同志写为最妥，希望他早日归来，当有所帮助也，竟日苦思倒不是“手忙脚乱，头脑清闲”，而变成“手忙脚闲，头脑昏昏”了。

晚上俱乐部宿舍分部开幕，去玩了半天，学会了跳华尔兹舞，十时始散，胃疼甚，呕吐不止，即休息。

元月十八日（十二月初四日） 星期日

早晨晏起，洗脸后大扫除，把小屋子布置得很美，很清洁，心里也觉得满舒服的。午饭是在少忱那儿吃的，涮羊肉颇好吃，和少忱、南应边吃边谈，生活的确怪幸福的。又不由得联想到志愿军。饭后小憩，思叡归来携马、恩、斯像各一张贴在墙上，更显得漂亮了。

四姐当选了市妇女代表，过去她的确也做了些工作，群众眼睛是亮的。晚饭在二伯母处吃饺子，九弟、瑶华均在。母谈往事，又忆及其四二年在延安事，匆匆十余年矣。饭后携六哥之修贝尔特歌曲集归，思叡、孝文正在密谭，听魔王、玛利亚及小夜曲等数片，十一时寝。

元月十九日（十二月初五日） 星期一

竟日草拟配合基本建设保护清理古墓葬办法草案，情况、问题、困难及办法已接近完成。晚至老边处谈及小帆、泽乡事颇多感慨。张熙才自合肥来，谭及文工团工作问题。据他说，只要艺术局能统【一】布置，则文物保护之宣传是完全可以开展的。明日当在草拟宣传计划时将此问题提出。自老边归来时已十一时，又草拟清理古墓葬条例，寝时已午夜。

元月廿日（十二月初六日） 星期二

今日大雪，天气倒很暖，清理保护古墓葬草案初稿完成。内心甚喜，在考虑今后的防止办法时，其中有几条是经过反覆考虑和思索的，终于把它完成了，真高兴！在把笔放下的时候，那一刹那我深刻体会了劳动后收到成果时的愉快。晚饭后去看五姐的病，谈到九点钟。从她那里抄来了子瑾的电话号码。

元月廿一日（十二月初七日） 星期三

元璐同志从洛阳归来，谭及河南情况，从目前基本建设上看，考古工作固非重点，但是随着建设的发展，它将相应的发展起来是肯定了的。而政务院文委是还不曾把它提高到应有的高度来重视，就是我们自己也是事先估计不足。这一点现在及时注意，提醒领导也还来得及，否则随着大规模建设的展开而出现大批古遗址古墓葬时，我们将会手忙脚乱，使工作完全被动了。这是必需事先充分估计而未雨绸缪的。

晚与思叡去北京图书馆给所属七个单位有数百个青年团员做报告，到十点半才回来，我主要是谭了关于朝鲜战场上两年来的变化和防空哨的工作，以说明我们越战越强和平凡工作的伟大的两个主题，也联系到社会文化工作。效果如何，则要看明天大家的反映了。

元月廿二日（腊月初八日） 星期四

一早起来赶到局里喝了腊八粥，满好的，可惜没有糖。学习时讨论文化部一九五三年的工作计划要点。关于考古图录印制问题，我提出应加入印制大众化通俗图录说明以资宣传一条的意见，获得了裴文中、王天木处长及大多数同志的支持。

上午到下午一直在开会讨论关于保管所任务和领导关系问题。开会时散漫而不集中，葱玉处长行将去沪，大概心到上海去了一半，邦达是另有所思心不在焉，时去时来，元璐则走来走去漫不经心，小罗可能头疼未愈也没有很好的开动脑筋，因此，会议在讨论时不能经常的反覆地加以研究，倒是忠谟非常仔细而认真地在提意见。在几次最沉默和散漫的时候，我也曾有过一刹那的厌烦，但仅仅是一刹那就被克服了。我昨天向别人做报告的话在鼓舞我，我终于打破了沉默，尽力地在集中和提醒大家的注意力，到底还是有了一个结论，可惜浪费了太多的时间。

下午开监察小组会，大家重新分了工。晚至四姐处吃饭，归来后记日记，南应看了说我是在记豆腐帐、练小楷，对，应该警惕，以后要多写些思想和工作方面的事。

元月廿三日（腊月初九日） 星期五

不注意方式方法而生硬主观地提出不能解决任何问题的意见，有甚么用处呢？而我却这样做了。早晨在学习会上无缘无故地对收购问题的讨论夹杂了情绪。这是严重脱离实际的主观主义和个人英雄主义混合的表现，必须立刻加以改正，这是不能容忍的。由于我的缺点，使别人误会了自己，这误会的原因不允许推向客观，而必须由自己来负责。我是有决心和信心来克服的。

下午开学委会总结了这一段学习的成绩和存在的问题，以致把和元璐商讨工作的问题搁下了。晚上南应对思叡提出意见，从客观上看思叡的态度仍是不够虚心的。而南应的精神虽然可嘉，总觉得她的看法不全面。从她对徐葆初的批评中又使我深刻受到了教育。知识分子往往是言语的巨人，行动的矮子。我是存在这种缺点的，实足引为殷鉴。

和家晋商讨给《光明日报》写文章的问题时也谭到了怎样团结元璐搞好工作的问

题，几日来我的心像一团火似的，想把我自己和群众对他的看法和意见开诚布公的谭一谭。可是从具体对象出发，家晋却劝我不得鲁莽。我也同意这样做，工作绝不是唾手可得而轻而易举可以成功的。

元月廿四日（腊月初十） 星期六

学习会开得不太好，主要原因是事先准备工作做得不够，以致大家发言不能集中。下午和少忱讨论了一下，决定先从记录中找出主要问题事先准备好提纲，再进行讨论。黄昏姚鉴来，同在协和晚餐，归来后与李涵等听音乐。

和姚、孙谈到了飞天的解释问题，一直联系到绘画和意识形态等诸问题，到十时半始散。

元月廿五日（腊月初十一日） 星期日

元璐一早来谈了很久，使我感到他很多优点，又加强了我对处内工作搞好的决心。树勋、景霖相继来听音乐，至一时始散。九弟来，同往西单吃饭，晚九时始归，却忘了听党课。

元月廿六日（腊月十二日） 星期一

《配合基本建设保护清理古遗址古墓葬古文物办法草案》全部完成。下午因病请假，至四姨处大睡，晚吕方交来梁思成《古建序论》一文，嘱加按语登《文参》。另附三个古建勘察报告。一直看到十二点，梁文对我国建筑体系和类型的基本特点及其发展，做了全面而系统的分析和说明。使我们认识到我国古建筑的伟大艺术成就以及保护古建筑遗产的重要性。只有保护好我们优秀的建筑遗产，才能在新的社会条件下和新的技术基础上，批判地创造地推陈出新，以新的民族形式实现我们伟大的古代优秀传统。二时始休息。

元月廿七日（腊月十三日） 星期二

竟日大风，天气转寒，原定下午去部听报告，临时通知缓期。一天都是在看公文，结果还是积压了七件。关于“飞天”源流一文，邦达提出了一些意见。

元月廿八日（十二月十四日） 星期三

思叡明天去沈阳参加东北文化馆会议，今天忙着准备工作，此行匝月，当有所获也。我的《配合基本建设清理古墓葬草案》经一再修改，今天交了卷。一天就忙于清理积文了。

元月廿九日（十二月十五日） 星期四

早九时去办公厅礼堂听周总理关于目前形势的报告，总结和回答了我们学习马林科夫同志在联共十九次党代表大会的报告所提出的问题，关于斯大林同志所说：“在理论上，资本主义阵营和和平民主阵营的矛盾是激烈的。但是在实践的意义上是资本主义国家之间的矛盾更加激烈些。”的问题，在大家讨论时认为是个矛盾，周总理说：“这是指着帝国主义而言的。他们的理论和实践很多是不统一的。”

周总理一再的提出来，不要把今天和明天混淆起来。所谓帝国主义之间的矛盾更激烈是从发展上看，矛盾是相互影响、相互作用的，在不同的时间、地点、条件，其矛盾亦有主次之分。朝鲜战争是突出的矛盾，但是我们胜利了就会因此而影响他们的矛盾。使之矛盾尖锐化。我们的力量越大、胜利越大，就会使帝国主义的矛盾加深，随着力量的对比变化而使帝国主义之间的矛盾变化发展。这一论点我在学习时是看到了的。

元月卅日（十二月十六日） 星期五

又重覆地看了一遍梁思成的《古建序论》，感到其中有些观点是欠妥当的。他说建筑在过去是一直为当时的政治制度而服务的。它总有它的政治作用，而在新民主主义时代建筑就成为我们有效的政治工具了。但是我是有一个不同的看法的，我以为建筑的本身应该是全民生活所必需的资料，它为统治阶级服务，但也为被统治阶级服务。它并不因一个政治制度的消灭而消灭。故宫过去是封建的堡垒，但现在却是教育广大人民的场所了。它和生产工具一样本身是没有阶级性的。但是限于自己的水平，只能是一些片段感想，而不能系统地说出透澈的道理来。

元月卅一日（十二月十七日） 星期六

上午九时去参加了国际贸易促进会的赴苏联中华人民共和国基本建设展览会筹备委员会会议。下午二时归来即刻就到承光殿去，招待来参观画展的全国委员会的委员。郭沫若、陈叔通、周叔弢都来了。叔弢市长对于季木的一批石刻，又要我尽快地办好。四时余，林伯渠秘【书】长也来了。我陪着他边看边介绍，他似乎很有兴趣，六点钟才结束。

二月一日（十二月十八日） 星期日

天下大雪，气候转寒，一早起来就跑到团城，因为今天还有人来参观，结果是上午只有章伯钧一个人来，直到下午人才逐渐地多了起来。

徐特老也来了。古稀之年步履犹健，这样冷的天气，不戴帽子也不穿大衣，在没有火的屋子里看了一小时的画，真是老当益壮了。

二月二日（十二月十九日） 星期一

中宣部李声簧同志给我们做了学习《实践论》的报告，学委和辅导员都去听了。他强调了学习《实践论》展开批评与自我批评的重要性。并且说它并不是目的，而划清唯心论和唯物论的一种不可缺的方法。

为搞清楚建筑的阶级性问题，晚上看了《斯大林与文化》和马克思主义辩证法。还不曾得到正确的结论。

二月三日（十二月廿日） 星期二

二月五日（十二月廿二日） 星期四

是水平低还是主观努力不够呢？答覆是二者兼备，后者更多于前者！水平低是肯定的，但是自己却并不曾发挥了现有的水平。为甚么呢？老毛病，坚持性差，太浮躁！严格地以八大标准来衡量，是对党的事业心不是无限忠诚！以致还是放松了自己，影响了工作，发挥不了潜在力量！任务是完成了，从现象上看还不算太坏，也能主动地大胆地积极地提出建议，但却只是停留在这个阶段上，说得多做得少，韧性更差。幻想代替不了实践，毛主席说得好："在马克思主义看来，理论是重要的，它的重要性充分地表现在列宁说过的一句话：'没有革命的理论，就不会有革命的运动。'然而马克思主义重看理论，正是，也仅仅是因为它能够指导行动。如果有了正确的理论，只是把它空谈一阵，束之高阁，并不实行，那么，这种理论再好也是没有意义的。"归来后，的确提了些建议，但总不曾把它变成具体计划，更谈不到实践了。改正！一定要改正。

二月六日（十二月廿三日） 星期五

家晋病了几天，一直没好，今天我为他特意去了一次龙友姻伯处，请为他仔细地看一看。八十老翁精神犹健，只是封建残余严重，今晚还亲自祭灶。看了颇觉好笑。

从仲圭七兄处知道了泰侄消息，此子不长期劳动改造，恐不能使之重新做人。决定明天告之保卫科将其材料转知天津公安部门处理。

二月七日（十二月廿四日） 星期六

赫光自朝鲜来，修理电影机子，并捎来照奎、小方、根枝、维璨来函，嘱代购莱卡胶卷。晚，锡玖亦来，四年不见，倒谈良久，即宿思叡床上。

二月八日（十二月廿五日） 星期日

一早起来和锡玖去东安市场逛了几个书摊，在五芳斋早饭。午后去莹侄处倒谭良久，田流、陆灏均在，我又为文物保护工作作了宣传，希望《人民日报》能多登些这类稿子，田流答应为我和萧航联系一下，用各种形式来进行宣传。

二月廿六日（正月十三日） 星期四

龙笔璧邀我晚餐，并交给我他写的一篇关于期刊的稿件，嘱提意见，即携归。

家晋病尚未愈。嘱为代询四姐丈打针药名，明日当可照办。维璨从朝鲜归来，倒谭至午夜，前方备战正紧，今年是决定性的一年，残酷当甚于过去任何一个战役。毛主席说："敌人必登陆，期限必提早，终于必失败。"可见胜利固然肯定了，但目前形势的紧张情况亦可见了。

二月廿七日（正月十四日） 星期五

准备写一篇文章，总是写不出，奈何。参加华北行政委员会文教会议，很少有人提到文物工作，就更感到这篇文章的必要性了，下决心在下星期完成，否则太不像话了。

二月廿八日（正月十五日） 星期六

今天是元宵节，思叡邀我去跳舞，想了想还是没有去，回来和家晋谈了谈就睡觉了。

天气日暖对我成了威胁，去四姐那里设法搞了几件衣服，明天就换。不然非热出病来不可。

三月一日（正月十六日） 星期日

一九五四年三月廿九日　　辰生

文学藝術是要教育人民正確地認識我们今天的状况，要教育人民在複雜的条件下担负起這个艱巨的历史任務来，要把昨天和今天作一个明確的比較，與昨天告别，將昨天留下的影响，盡量加以清除，清除一切过去的时代留给我们沉重的负担，向着美好的明天，向着社会主義，或者说是服從於向着社会主義的總的軌道的新生活来奋鬥。

三月廿九日（舊曆二月廿五日）　星期一

日记是已中辍了的，重新把它拾起来，想通過究詳细地记録自己的生活、工作、学習特别是思想活動，来檢查自己，督促自己。十年来我的日记日记总是断断续续的，而每次重新拾起来的时候，也总是检讨一番下一下决心，但是当不断继续的时候，又把决心忘得一乾二净了。积习未改，日月蹉跎！回想起来为之太息。再下一次决心，把昨天留下来的影响，尽量加以清除吧！愿这一次的日记能始终不渝地坚持到永远。

今天听了全国文化行政会议各大区、省、文化局长的发言，其中很少或没有提到文物工作，也正因为如此，才使我明白了为甚么会很少或没有提到文物工作，目前是有多少亟需要做而没做好的直接与群众联系的重要工作呵！不可否认，文物工作目前是急迫的，各地文化部门重视不够也是事实，而且在今后必需依之重视！但是另外的不争事实：自己过

去也的确是没有从实际出发正确地来认识这个问题，只是从主观愿望出发过份地、不适当地强调了它；没有把文物工作摆在恰如其份的地位。这是今天听了文化局长发言的一个主要收获。

晚上思敬在准备自我检查，高庄、兵满都来了，大家交换了不少意见，我尖锐地对思敬提出了意见，虽然这是我主观不成熟的意见，但是我却毫无保留的尽提了出来，友谊，战斗的友谊，只有在政治的基础上团结，才有可能得到更进一步的巩固和发展的。思敬——我最亲密的战友！和我就是在政治上彼此关怀的，我真高兴，我有这样一个好同志、好朋友，我是幸福的。

三月三十日（二月廿六日） 星期二

全國文化行政会議今天結束了。周揚同志作了總結報告。

周揚同志着重指出了今后文化政（行）工作應加強領導創作，這是各級文化部門的中心任務。範圍和重点是：各省市戲劇、歌舞及表演。大区剧团時还是要幫助電影劇本的生產。各地方除了上演全国性的劇团以外，应当有一定比例的地方性劇团。我们目前有个好現象就是有了好的創作很快地就普及到全國，但是僅僅是上演全國性的东西就不行了，因为全國性的創作是從地方性的創作中出来的，沒有後者也出不来前者。因此，必需同时要發展和創作地方性的劇目。關於「創作」的涵義，周揚同志認為不應當是狹義地只解釋為「寫作」，創作是多方面的，劇本的改編也是創作，例如梁山泊與祝英台即是創作，同时也是「推陳出新」。改造了舊的就是創造了新的，在「梁山泊與祝英台」中是既继承了优秀傳統也創作了新的，正確地認識了继承傳統的（和革新）關係是十分重要的。此外，表演也是創作，好多的劇本不通過演出只是完成了創作的一半，而演出是要通過演員的，不同的演員有不同的效果。好的演員往往會大大地丰富了原来創作的感染力，這就是演員的創作。

在領導創作时应当使文化局和文联有適當地分工：組織文学創作、文联應該多負責，文化局則主要是負責表演方面，即對於劇团的領導。分工是要合作的，所以劇团可以向文联提出要求，請他们創作一些（演）需要的的東西。但也要防止把文联变成了剧团的俱乐部，因为文联还要創作一些其他的作品如诗、小说等。同时剧团本身也应该進行創作，不应該完全依靠别人。

周揚同志特别强调了創作必須在為人民服務的政治方向和社會主義現實主義的創作原則下，广泛地展開自由競賽。因为競賽是要受人民群众的考驗的。在競賽中要自由討論，開展批評。在目前的稍有些地方批評是过了火的，不，还不是过了火，是不恰当，原因是批评并不懂生活，批评錯了，批评别人作品是公式化概念化，恰恰自己批评的本身就是公式化概念化。但绝不能因此得出了批評是对創作有妨碍的錯誤結論。相反地我們一定要保護批评。但这个批评是要有領導的。批评性質不同的，卻有一个根本的態度和政策，这个政策就是：对待一个作品應當把整个的傾向和部分的錯误区别開来，如果一个作品整个倾向是正確的，雖然有部分的錯误甚至是比較嚴重的，但仍然應加以肯定。对於創作绝不能用行政方式，而是應當用自由競賽的社會方式。因為社會方式是在文学藝術中民主的保证。

三月廿日（二月廿七日）星期三

今天学習改成了星期五，这樣又可以有比較充分的时间進行多文醞釀了。遗憾的是在我们處裡的劲頭總是顯得不大，我想明天一定要找指文好好談談，商量一下怎麽把这次学習搞好。

晚上快十点了，我正在看"論辯証唯物論與歷史唯物論"解释，高莊來了，她和思叡談思想問題，關於她，從同接的時間和直接印象，除了"很好"以外，再沒有甚麼其他的感覺了，因而也無從提出意見，只好是坐在旁邊靜靜地聽。從她的談話中使我感到第一處這次學習是收穫很大的，很多人說出了內心深處的話，也暴露出不少思想情況，雖然"說"的本身有若干落後成份，我認為這絕不能錯誤地去肯定那些同志是落後，相反地這正是說明了他們在某種程度上的覺悟，這是進步的萌芽，必需要抓住這个好的萌芽加以培植使了它長壯大。忽視了這一點就會犯右的錯誤。談到深夜高莊才走，睡覺時已經是兩點二十分了。又想起周揚同志的報告。想到文物與文藝的關係，上層建築與基礎，社會存在與社會意識，二者的關係總還不明確，特別是文學藝術的人民性的解釋問題也是不能準確地應用，由此也深深感到自己的水平是太差了。

四月二日（二月廿九日） 星期五

今天俱樂部開會決定在社服局再聘請兩个幹事，於是請了高莊和盧少忱並且發了聘書。下午大掃除，忠謨最買力氣，手都碰破了，還是繼續的幹，快五十的人了，又是那樣个家庭出身，能夠如此，實在不容易，不可否認，這一年來她有了顯著的進步。

下午下班后打了一會排球，和思叡、孝文同出，他們去看"非這樣生活不可"

一路閱读，使我感到老舍对思想真是用情甚深，亦頗為思想學習

晚續讀《論辯證唯物論與歷史唯物論》。

四月三日（三月初一日）星期六

今天發出薪通完舊欠之所餘無幾了。在生活方面我一向是不注意的，而且西認為是生活瑣事，無関緊要，事实上，自己從思想上檢查起来的確也成问题，于全散逸後来的思想是不会從勞動人民中產生的。

李迪告诉我石泉来信提到他在武大教書非常積極，頗為欣慰。

下午學習首先由慕玉處長帶頭，读得很好，從对上、对下的関係上及思想根源上谈起，態度也是很認真的，而且基本上把心裡話都說出来了。元瑯平时很爱开玩笑，這次在會上的發言非常实际和中肯，這是值得重视的现象。忠讓在会中起了積極作用，列舉了許多具体实例来說明问题，使会开得更深入了些。一个下午只进行了不人，收获是很大的。缺点是分析和暴露有餘，今后如何改正的辦法提的少。

晚上俱樂部[illegible]大会之后放映家庭安全用電和父子勞模。

四月四日（三月初二日）星期日

早起去於弟處，他不久就要去日内瓦參加五大國会議去了。據說國民党特務已經到了日内瓦租房子，準備搗蛋，可謂無恥之尤。我劝大弟十

万注意小心，免入圈套，被内奸时即有一个波兰军官被特务架走。在日内瓦也很可能有这种类似的阴谋，是必须加以警惕的。

下午宿舍大扫除，清理了屋子的积土，把褥单和被子都送出去洗了。晚请思敏、孝文、與满去烤肉苑吃烤肉以饯思敏寿。一共才花了四万余元，实在不贵。归来已是十点钟了。

四月五日（三月初三日） 星期一

日记已经写了一个多星期，天天在记，从形式上看似乎是坚持下来了，可是在本质上却远不能合乎自己所提出来的要求，因为先没有成为检查督促自己的一面镜子，就从今天开始吧！

不可否认的在学习总路线之后是在思想觉悟上有所提高，但由于因为对于史学割裂认识到自己的错误思想，过去自己把自己的进步估计得太高，而最近却又把它估计得过低了，为自己的缺点所限制，主要是小资产阶级的自由主义热情来了，搞一阵，碰了钉子就不能坚持韧性的斗争！有时急起来要自己打自己，可是接触到具体困难又是束手无策，热情也在困难面前风消云散了。拿日记来说吧，开始是有决心有信心把它坚持下去，上来还好，可是一到忙一点、累一点，就觉得又是负担，不写吧：刚几天，怪对不起自己的，同时也是让人知道岂不笑话？故是写下去了，是为写日记而写，自己敷衍自己，翻开来看看，简直没有断，是满意还是痛苦呢？正确的思想上升了，駁斥了那种懒惰的思想，坚持，一定要坚持，一种坏習慣不是一下子就去掉的，要经过長期而残酷的自我思想斗争才能克服。这是我决定了不管怎样，要不间断地写一自己思想感到它是个多[illegible]時，就把它记録下来，然后加以批判，一个星期看一看这个星期写得怎样？是認真还是敷衍呢？及时地採用「一日三省我身」的辩证方法检查自己，不断地开展自我思想斗争，培植自己新的社会主义思想，要用以批判自己的个人主义思想，最重要的是向党和同志们暴露自己的思想，在党和同志们的监督下，才可能帮助自己新的社会主义思想的抬头，從而逐渐地培植它成長壮大，使皇帝都的个人主义思想不断得到限制和改造而趋於消滅。慢慢地但積極的干吧！

四月六日（三月初四） [illegible]

關於第一机械工業部和我们就某地建厰發掘古墓葬協議書，洽談已經往返几次了，總是没有得到解决，焦点是發掘範圍和填坑经费問題。根據他们的要求是要在工程要求上着眼，这是对的，我们也必需貫徹該首先满足工程的需要，但是如果这是「唯一」的原則，就和務院發文習字第二十号「関於在基本建设中做好保護歷史及革命文物的指示」精神不符了。因為指示中明確指出这是基建部門和文化部门的共同重要任务」。为此，我和今天来的一位同志反復说明他答应再拿回去和领导商量。在这一问题上，我和元璐同志意见是一致的。

四月七日（三月初五日） 星期三

今天学习是元璐同志检查，他着重地检查了自己自高自大的思想，我以为最中肯最切实的莫过於他自己承认的「多疑」、「胆小」，然而在这方面他还是没有更深入的挖一挖，却只是轻轻带过。陈明达非常坦率而尖锐地指出：「老谢在家裡是聪明人，也能认识到自己的缺点的所在，同时也就善於用这样或那样的方式来隐蔽自己的缺点」。晋生不同意这种说法，他以为还不是这样，我是基本上同意明达的意见，然而却不能把这一个意见具体化，这种思想活动如果不是从他本人觉悟但白的说出来，也的确很难提出具体事实，因为如果这是正确的，他是隐蔽得很周密的，在政治空气不浓厚的我们这里，平常又有谁来注意呢？在这个问题上，我是应当自我检讨的。因为我关心同志是不够的。

今天进行了一个下午，发言集中在几个人，女同志们仍然是很少说话。在旧有基础上，还可以算是有些成绩，然而用较高的水平来衡量却是距离颇远了。这成绩主要是老谢在态度上有进步，暴露思想那些还不够，但却已说出了从前不肯说的话，一点点也要抓住，於是我介绍言中肯定了他的进步，也指出了他检讨不深刻，缺点是我还是没有具体地指出一些事实。是不是我过右了呢？

四月八日（三月初六）星期四

今天開始籌備郊遊了，準備去碧雲寺、臥佛寺、周家花園三个地方，局裡参加的人还真不少呢！本来估计一家会是踴躍参加的，那知道竟遇到了困难。時蔭珊、汪徽、都不去，思敏也是不去了间，真氣人。高莊只是躊躇了很短的剎那就又决定去了，在她思想上又存在着甚麼矛盾呢？真是令人难解！畢竟还是去了，这總是好的。最後的結果还是都簽了名，封家長也被帶動了。

方彤来电话邀我和思敏去看李政委，下午一下班就去了。李政委还是老樣子，比從前胖了些。因為他那裡还有好多客人，所以谈话很少。听他说中央人民政府在人民代表大会之后要改组，政務院改為國務院，於是又使我联想到上層建築和基礎的関係問題。过去几年中的政府是一个过渡的形式，而在这次改组之后，恐怕基本上是固定下来了，当然还有若干保留部份包含着过渡的性質。这一次改组肯定还是要更加強上層建築对基礎的作用，使之逐步过渡到社会主義。

四月九日（三月初七日）星期五

文物工會展的展品、陸續的運到了。晋生今天早晨去郵文博物館歸來談，東北热河去年故的發現是驚人的，這次送来有很多生產工具的"范"，可能是戰國時代的东西，生產工具在过去很少發現，朝鮮曾發現过漢代鐵的生產工具，而这次竟發現了戰國更早的"范"，对我国历史将是一个極为珍貴的材料。郭敏曾經去過，但是他回來說沒有啥。東北送來时也沒有把它当成甚麼了不起的东西。然而这批东西却是東北这次参加全展的最重要的展品了。由此可见，業務水平在工作中是如何重要了。

四月十日（三月初四日） 星期六

今天下午学習是陈明達和羅哲文的自我检查，因为俱樂部

因为有大部人力投入了出土文物全展和库房搬家，许多工作依然如故的源源而来，实在有些招架不住了，剩了一个人也要拉下来，这是鍛煉，在緊張的工作中反而会覺得有精神呢。

四月十六日（三月十四日） 星期五

履芳听王偉如說，去日内瓦參加五大國會議的一个新華社記者在瀋陽没上去車回来了，我真躭心會是九弟，趕快地打電話給五姐，还好不是他。

西諦部長從華東回来了，首先来看我们的處，真是重视文物，他送给了我一部《中國俗文学史》。事实上我早已拿到了。

晚上金銘来，谈到了處裡的工作，提供了不少好的意見，從他談话中使我發

現他和莊敏之間是有矛盾的，很顯然，同是一班畢業的，總有些不服氣的成份，舊思想不僅殘留在成年人的思想中，青年人也同樣受了它的影响。一个黨員、一个团員怎能會產生矛盾呢？不幸的很竟然是產生了。當然还不太嚴重，但是必須予以制止，否則就會影响團結的。全錫说莊敏本外边工作頗有中央大員之風，指手劃脚，因而对地方上有些影响。这的確是我始料所不及的。我想把一些具体材料搜集一下反映給支部，以便对他進行教育。

四月十七日（三月十五日） 星期六

天氣陰沉沉的，說是今晚有大風，更增加了我对在外的人的懷念。為了紀念五四青年節团支部準備参加一些節目，我又被点了名，我想唱一段楊從芳同飛机唱的不好，内容總是新的。

晚去四姐處，接父親來函，称最近在課堂又頭暈一次，血壓甚高，實在急人，六十八歲的高年每天用功過度，實在吃不消，他又好強，總是日以繼夜地苦用功不肯休息，難怪要頭暈了。來函还提到了母親墓碑需款事，我想下月發錢籌一些去聊表心意吧！大風竟夜，即宿四姐處。

四月十八日（三月十六日） 星期日

風仍不止，早去二伯母處，適錫符三姐丈亦來，他是参加全國財经系會议來的，據他說大学教書的確很累，也是以開会為休息的。

下午在烤肉苑吃飯，晚九時歸，早寢。

四月十九日（三月十七日） 星期一

今天真是傾全力把三年來考古工作概況和目前我們考古的力量的報告材料寫了出來，六点半才叫到金有送給尹達，因為明天他就和裴文中去蘇联参加考古工作會議了。我寫的材料就是他拿去预备给蘇联朋友用的。只可惜时间太倉促準備得不夠充份。僅僅是勉強交卷罷了。

四月廿日（三月十八日） 星期二

昨天剛忙完一个材料今天又為沫若先生準備寫文章的材料了。筱芳一天催稿，这次真是頭疼得很，瑣碎的事很多就剩下了我一个人来干，於是我的高踪情緒又犯了。这又是一种考驗！继續寫成，又要重新看了

一次覺得頗不満意，下午修改幾次还是没有修改得好。只好等明天再说了。晚蘇秉琦自洛陽歸來。

四月廿三日（三月廿一日） 星期五

继續修改材料，勉強算是过得去吧！我这樣又重新謄寫了。大會展覽準備得差不多了，前兩天思敬建議举行个報告会这是很好的，只是今天我和惠玉霞長谈她说早有此意，然而具体如何進行却含含糊糊，再追詢却被用「还早」兩个字搪了回来，真急人也真氣人。

四月廿四日（三月廿二日） 星期六

很想拹晴同和莊敏谈谈关于处内工作问题，同时，别人无时会钰对他的反映我也准备对他提一下，可是他正在忙些结束这项出差的事而不果。

晚参加舞会与思萩十一时始归。

四月廿五——卅日（三月廿二——廿六日） 星期日

因为天气阴晴不定，冷暖时变，在和思萩孝文陪她陶柏既归来后即感不适，卧病未去上班，日在昏睡中，崇傑和祥珍以照顾，幸未断炊，在病中莊敏、凤霞、明菌、少杭都来看望深感革命友谊的温暖。星期二因在荷会不便去の独处境遂三九·二度，注射两针始下降为三八·五度，阎希正是期五李平上已不发烧而仍感头脑昏昏了

時接之来信，了不少東北的文物了作队的情况，虽然在路途上也似乎激动了些，但其意见却是宝贵的。

六月二日（五月初二日） 星期三

昨天刚送了慧玉处长的母丧，今天又忙着为莊敏筹备婚礼了。这能真是多事之秋，下午学习为了曹辰联遇的理论问题和莊敏争辩甚久，最使人高兴的是小罗，自己没有主见却只是人云亦云的教条一番我对他们对莊敏唯唯诺诺，是颇有意见的。

晚上又继续开座谈会，因为事先没有准备，发言凌乱变成了唯良心论者，本非初衷，竟辞不能達意。

六月三日（五月初三日） 星期四

赶着写文物手册提纲，忙了一天总算有了一些眉目。十五日要在集体办公时讨论呢。今天和葭方谈了一些关于处理工作问题，我自己的思想情况。她同意和我的关系结束。原因是爱人可以有选择，而党却只是一个。她是代表组织意见的。这样就更加坚固了我的决心。学习问题她要我再写一些材料。

六月四日（五月初四日） 星期五

为了先讨论敦煌问题，只好先把文物手册提纲放下来了。我今天把敦煌的报告仔细看了一遍，问题是满多的。过去我们在生活上很少想到他们的发展前途，而产生了不安情绪。我们认为敦煌本身是一个艺术宝库，它的发展方向应该是艺术博物馆。因此它也应该包括研究和创作等工作。目前首先应该是提供资料，因为敦煌艺术包括了各个方面，研究工作仅仅依靠研究所的干部是不能胜任的。而敦煌又远在边陲，组织各方面的专家长途跋涉去做较长时期的研究也是不可能的。只有由该所同志在整理研究之后把它介绍出来，公诸广大群众之前。这种介绍不仅为美术、历史学界提供了重要而又丰富的资料，同时还可以使敦煌的艺术直接为工艺美术服务，和现代工艺品生产连系起来，从而发挥它的积极作用。讨论结果决定由我执笔写一个报告供部长集体办公讨论时的参考。下午因打排球和少秋互撞伤，疼甚，晚早寝。

六月八日（五月初八日）星期二

早晨落大雨，為趕寫關於敦煌研究所的方針任務的報告，沒有去部裡，直到下午一点鐘才寫完，到部交給了冶秋局長也沒有提出意見，認為是可以用的，部長集体辦公將做一次專題討論。下午處理了一些公文。晚和少帆、高莊談如何搞好局裡文體活動問題，訂出了一些具体辦法。

六月九日（五月初九日）星期三

今天收到外文協會送來兩冊London News。裡面刊載着很多關於炳靈寺、麥積山的照片，其中一些照片我們也沒有，這是一件十分奇怪的事，怎麼出去的呢？是西北的人還是中央美術學院的人呢？簡直是拍洋人馬屁的殖民地思想。

六月廿七日（五月廿七日）星期日

十时到浦口，即过江到南京博物院，力群、贞白、汪風已先我而到，曾昭燏院長出來，因她伴客出去要遊玄武湖，只好一起陪了去，郊遊一番了。初到南京印象頗佳，城市山林别有風趣。下午訪以中先生，邀龍壁書談甚久。

六月廿八日（五月廿八日）星期一

文物工作會議今天正式開幕了，早九时首先是由華東文化局汪風主任召集了預備会，下午正式開会。汪風同志致開幕辞說明了文物工作的重要性及此次会议的目的。其次由我致賀辭，本來我一再推託，声明此来只带耳朵没带嘴，但是日程已经印好不能抽掉，只好说话了。王冶秋是说明文物工作的重要性，着重是从继承和发扬民族文化遗产方面谈了些，同时并代表部长祝贺大会成功，向到会同志表示慰问。下午小组汇报时对我的谈话反映还好，总真是放了心。

六月廿九日（五月卅日） 星期二

早晨曾院长传达郑部长的报告及文物工作队组织的说明。这个传达非常之好，简单扼要，条理清楚。我觉得比原报告更明确些。自己也很满意。下午小组讨论我没有参加，给局里写了几封信报告一下这边的工作情况。到南京以来精神愉快，食量大增。

七月十日（六月十一日） 星期六

为了大区撤消，文物工作队的组织办法已不适用。下午处内开会研究了一个原则，由我执笔草拟一个新的办法。因为情况不熟悉，非常难写，想了很久，总的许多问题不得解决，恐怕下星期二局长集体办公是不能讨论了，还需要仔细的研究。

晚上回祖家，父亲、六哥由天津来参观全国基建出土文物展览，数月不见，畅谈良久，即宿于祖处。

七月十一日（六月十二日） 星期日

早晨与父亲、老太太、六哥及谢蝶游北海，在协和午餐。晚与六哥访燮理未晤，去厰肆来薰阁、富晋书店及孝贤阁，购得仿殿版史记一部，十时始归。与六哥闲谈，知在五五年太僕寺街与他共同搞地下的赵其攻现已任新疆分局宣传部长，王化刘是入藏部队的副政委。目前赵其攻来津曾欢聚数日。一别廿年，一个是在人民解放事业中付出了自己不少血汗，一个则是年年勤于故纸堆中，消磨岁月。回想吾年为之慨然。适其攻曾一再勉励六哥往者已矣，来者可追，希望在今后的工作中为祖国培养人才，付出自己的全部力量。

七月十二日（六月十三日） 星期一

竟日整写此次去华东参加文物工作会议的汇报，晚至四姐家与文观六哥返津，至十一时始归。又整写了汇报草稿，已二时半矣。

七月十三日（六月十四日） 星期二

上午参加局长集体办公，只讨论了一个关于图书馆的指示，因时间关系未能汇报。下午检查身体，归来抓时间和杨主任谈了一下去华东的工作情况。晚去燮理处与陆灏畅谈甚久。

七月十四日（六月十五日） 星期三

上午为敦煌改写了参观规则与研究临摹规则。下午听蔡若虹的报告，内容是访苏观感，谈的非常动人。最后他是以一个苏联儿童写给他的一句话做了结束语，这句话是一个数学公式：莫斯科＋北京＝和平。

七月十五日（六月十六日）星期四

常書鴻所長今天下午返敦煌，我又吳擘寫成了敦煌文物研究所「莫高窟參觀規則」及「臨摹研究壁畫的規則」。

晚早歸讀阿謝甫可夫著「論建築中形式與內容的統一」。他是從藝術的原理和馬克斯列寧主義美學的原理談起，然後談到建築藝術：「建築和藝術一樣，它的特徵就是思想意向的空間表現」。「建築作品以其造形的和諧對人起着作用，這種造形是由完整的、統一的、美麗的建築物利用了一定的藝術細部和要素的組合而構成的，這個建築物以自己的藝術形式和形象表現出建築師的藝術思想意向」。但是在人類全部的歷史中，建築是社會意識和生活認識的形式之一，因而「建築在自己的作品中基本上反映出統治階級的思想」。這一論點是和梁思成先生「古建序論」中所談的論點相同的。

在「古建序論」剛剛發表的時候，對於建築的階級性問題我是懷疑的，我認為建築是人類對自然斗爭的產物，它服務於全民，而不是服務於某一階級，因此，它沒有階級性，但是建築藝術是有階級性的。我這種看法的錯誤之一是認為房屋並不是別的，只是居住的機器。而忽視了建築作品中形式與內容的互相依賴性。這與結構主義者的論點是相一致的。錯誤之二是僅僅看到了建築物的實利功能方面，因而忽視了建築的階級思想的社會內容。事實上，建築的意義如藝術是一樣巨大的，它可以把祖國的具體感覺傳達給我們。它是實用和美觀的統一，它有机地把藝術思想形象和有實際功能的用途結合起來，因而，在建築作品中藝術形象不可能和实際的用途分開。

七月十六日（六月十七日） 星期五

今天一天沒有辦公，等於假，是為十八日文化部排球羽毛球競賽大會服務了。临到下午下班，朱家溍把一切準備工作都搞好了。給景霖打電話請他晚上來談談，結果始終也沒來。我獨自在宿舍讀尼科爾斯基的原始社會史。

七月十七日（六月十八日） 星期六

繼續為排球、羽毛球競賽大會忙了一天。下午休息之後大家都到人事部球場練球，技術不佳精神尚好。晚至豐澤處，大嫂自天津來，密談甚久。飯後到田漢家，我去的祖及二伯母處閒談，即宿二伯母家。

七月十八日（六月十九日） 星期日

早起即至中央美術學院，参加球賽開幕儀式。比賽開始，我們排球以二比零敗於中央歌舞團。羽毛球以二比零敗於文學出版社。大家精神却始終如一，這一点是很好的。午飯與龐芝捐、高潤華到東安市場。下午比賽又遭败北。晚看京劇晚会甚好。

七月十九日（六月廿日） 星期一

大雨竟日，天氣轉涼。晚與祖慶、學大哥、稷晚餐后同到和平餐厂冷飲，談到關於沂南漢墓壁畫事。几月以來我始終尚未動筆，甚歧準備工作亦未開始，頗覺愧對，他希望我能早些動手以期早日完成。

七月廿日（六月廿一日） 星期二

今天開始寫半年來工作總結，先看了一下二、三處的總結，在寫的方法上獲益甚多，只是在問題的看法上我感到是不滿意的，特別是二處的總結有些地方似乎牽強了些。

晚金銘來談司處內工作問題，對挑壽璋的看法是正確的，對今后工作也提了不少意見，都非常好。我也有這種想法，希望能通過通

榮寶齋藏板

次總結把處內的工作提高一步。

七月廿一日（六月廿二日） 星期三

歸來後今天第一次參加憲法學習，大家討論很熱烈，也提出不少問題，但是多限於一些枝節問題，如公民和人民的區別、法院、檢查署和國務院是否平行等，這說明了學習還是不夠深入的。文璐對憲法第九十二條規定勞動是每一个公民的權力體會頗深，當時也感慨地回憶起過去舊社會，多少人想勞動而不能勞動，沒有的根本找不到職業。而今天人民制定憲法卻保證公民未來享受這種權力。在鮮明地對比中，更深刻地使人体會到憲法是完全符合廣大人民的利

益的。是和一切資本主義國家寫作有着根本的區別。

七月廿五日（六月廿六日） 星期四

續讀原始社會史，讀完了導論和第一章原始群時代上蒙昧期原始公社氏族制度的發生。

為了迎接國慶節，我們決定要出版幾種圖錄贈送來觀禮的國際友人，時間已經很短促，西諦部長決定要我負責去上海印刷。今天為了選擇照片又費了半天的功夫。因為照片有的質量差，決定佛光寺、晋祠、南禪寺暫不出版，只出版麥積山和全國出土文物圖錄。這樣比較起來作務又輕鬆了些。

恩嚴吃的月餅。

八月二日（七月初四日） 星期一

一天忙着編全國出土文物圖錄。下午小組討論名單發言熱烈具体。九弟來電話告我昨日他已自日內瓦歸來，為之高興不已。下午去二伯母處與九弟暢談約十時始歸。

八月三日（七月初五日） 星期二

下午又討論名單，提出了處內要調整的人員名單，華之、金銘，良竹都被提名。但是對金銘的提名通過很勉強。哲文又發表高論，可以看出他的本質是十分頑固的。

八月四日（七月初六日）星期三

白天處理了一些公文，晚又開会，大家对名單都提出了具体意見和展開了爭論，使我深深感到群众的眼光是雪亮的，因為主要的意見幾乎大家都是一致的。但有些意見特别是三處的意見是很片面的。總的説來全局对思想領導方面的都是很不夠的，各處處向的了解也是不夠的，但是李烽却總是説"群众會有意見"，而這些意見只不过是个别人的意見！例如对復方的意見就是肯定了它内部不團结却缺乏具体的分析，没有实际的情况空談一般原則是很难令人信服的。他忘了分析人的缺点應当十分科学地把主客观的条件加以充分估計在内而區别出他究竟應該負多少責任。

當然李烽以評委身份忠實地毫不遺漏地反映每个人的意見，是十分正確的，但是評委会並不是照相机，也不是只做群众意見的加法，而是有選擇地有批判地得出評委会自己的意見。三處的人數不過佔全人数的十分之一，而甚麼根据僅是三處个别人的意見就肯定説是群众的意見呢！因此，我在会上和李烽展開了激烈的辯論。在經過大家充份討論以後又拟定了新名單，散会已是十二時半了。與典儒同歸，在開台燈時不慎觸電，全身麻木失去知覺達一分鐘之久，致后谷俐將電綫拉脱，始得倖免於死，真是危險之極。

八月五日（七月初七日）星期四

為了名勝古蹟的分工問題東北各省又來請示具体辦法，經與楊司晉生商量了很久才確定了一个临时辦法，主要还是根據政務院指示精神拟定的。費了半天時間才寫好，下午用急件發了出去。

八月六日（七月初八日） 星期五

時間十分急促了，需錄的照片还有許多需要重照，再拖下去恐怕完不成任務了。今天晉生和去歷史博物館選照文物，把金銘也拉入了這一工作。為了趕時間，大家有意只選印重点文物共百五十頁即可，但是西諦部長仍堅持原計劃並指示只要趕出二百部即可，只好維持原議了。

八月七日（七月初九日） 星期六

下班後至四姐處，見六哥來函，称父親被校方決定去北戴河避暑，和弟已

提為天津市團市委宣传部副部長，足见其進步是很快的。晚與植源相文及四姐往訪九弟未晤，與伯母及三姐漫談甚久，十時半始歸。

八月八日（七月初十日） 星期日

晏起，早点後去二伯母處，小晨亦来，午飯后與九弟约好下午同到四姐處晚餐。六点九弟携謹華及小念林同至，畅談日内瓦會議中的一些花絮，例如：在會議休息時總理和艾登曾有這樣一段對話：

艾登向總理說：「協議一定要達成呀！否則美國人要干涉起来可不得了。」總理答：

「這是以美國干涉来对我们施壓力。

當然，協議是應當達成的，因為和平是全國世界人民的願望，至於美國

干涉，也是必然的，但是在朝鮮美國也是遲遲不肯簽定協議，最后是蒙受了巨大的損失。」（總理回答）

「如果說損失，恐怕這也是双方都有的」。艾登說。

「战爭自然會有損失但軍事分界綫可是向南移了」。（總理答）

從這小小的一段對話中也可以看到外交場合中的唇槍舌劍鬥爭是如何尖銳了。談至十一時散。

八月九日（七月十一日）　星期一

忙於選編書錄，普通書目五年苦，屆至今天為止，西南、西北兩區已經算是大致完成了。因此，決定先帶兩區之書德簿由晉生後送，派總務處購票，

大水阻路，票甚難買，為之焦急不已。

八月十一日（七月十三日）　星期三

晨去故宮博物院，庚文波王典存文說購印刷用品甚多，下午協助晉生將西南西北二區書錄整理完畢。晚六時同西語部長處晚餐後，西語部長送至車站，登車后稍憩即睡，直到黎明。

八月十四日（七月十六日）　星期六

車行三日於昨夜二時始達上海，沿途酷熱同一百零八度，車上缺水更感不堪，自蚌埠至常州大水已與路基平，因而之路基即是以麻袋填土墊高者，路旁電桿均已没頂，現電桿是接上的第二根，如果仍在反動時代恐交通

斟绝久矣。晨七时即起，即刻奔走问哲民，决上海文汇今正印画册，如请森
老暂缓。中记则无问题。

八月十五日（七月十七日）星期日

晨起即与哲民将带来照片全部整理，交照相馆放大。下午同伯郊
处商量黄小松画册的印刷问题，据伯郊谈徐平羽秘书长意甚坚决不
肯停印画册。当即至哲民处以电话报告西谛部长，请其在京就近与陈毅同志商洽。

八月十六日（七月十八日）星期一

晨起即到新闻出版局及印刷工会接洽印麦积山图录事，他们表示可以协助
并保证质量不低于New China。当即以此情形电告北京。晚往贺小枫寿

荣宝斋藏板

泽卿、本在均在，谈至十时始归。

八月十七日（七月十九日）星期二

飓风袭沪，潮汛陆来，大马路一带水深没膝，全市防汛工作大为忙碌，幸事
先准备充分未酿成灾。早晨九时接北京来电嘱黄小松画册及出土文物图
录可各印一百。去哲民处即接此电，并决定进行工作。

八月十八日（七月廿日）星期三

晨起即去上海出版公司，照片放大已送来，效果极好，有些原照未太清楚的
照片经放大后反而线条显明得多了。即去出版公司与哲民将照片贴好送
到钱鹤林处重拍玻璃版。下午到文化局及朝弄，款尚未到，甚为焦急。

八月十九日（七月廿一日） 星期四

河瑞版印正式開始印刷，據現在的材料只能印五天，即要青藍續稿，不來勢將中斷。下午胡伯郊處請其打電話問王毅催一下。歸來道經南光中學訪露仁未遇，甚悵，因植源託其將八大山人畫交我帶京也。

晚接北京來電，告知麥積山畫錄已決定不送滬印製，因找電報李子昂雨去福州路，始得譯出，早寢。

八月廿日（七月廿二日） 星期五

今天去印刷所，幾時已經印好的樣子，效果甚好，當郵寄北京審閱。天又大雨，在潘家虔正英先生歸來，本來他說有話正知我說保存格將也沒說，正九時雨止，我始歸來。我想總是為了職業問題吧。錫玖來電話說錫侯自北京來，邀我明日去美術出版社洋談。天又大雨，以迄深夜。

八月廿一日（七月廿三日） 星期六

七點鐘就趕到人民美術出版社，見了錫侯，才知道此來聯展書去拍攝，真是急人。到上海出版公司知錫侯來滬，不久調北京人民文學出版社工作。

下午與譯衛冒雨去兩弄見印刷進度頗快，覽四畫尚好，甚為欣慰。

晚間中秋庭大雨不止，業我未歸，亦料中事，為之憮然。

八月廿二日（七月廿四日） 星期日

榮寶齋藏版

幾天沒有看報，早起去南昇印刷所一口氣把幾天的報都看完了。英國以艾德禮為首的工黨代表團已到北京，在全國委員會招待會上許多總理、艾德禮及比萬都講了話。比萬之大講其革命理論，似是而非，只不過是東歐社會民主黨的濫調罷了。

下午與錫吹及錫經到百貨公司轉了一下，晚在錦江吃飯，未果，轉到寶大小擺攤不堪，到大点多不吃上飯，歸來已十一時矣。每每錯算了幾天來的睡眠，十二時始寢。

八月廿三日（七月廿五日）星期一

在印刷所發現有兩匹馬印的很差，當即請申保停印重修，由此可見

不天天釘住是不行的。把已印好的四寄回北京幾份。

晚應靄仁夫人之邀到她家晚餐，本不想去，又不好意思，就在她們住同樓的一位沈小姐是甚麼班子唱青衣的来了。打扮得花枝招展，說話是拿腔做調，真是使人作三日嘔。但是她自己卻还滿得意。我實在坐不下去，趕快辭出。這一幕使我深深感到舊的殘餘不是革命後一個早晨就完全掃光，而是在一個相當長的時間內还會存在着，也正因為如此，它也会影响着不健康的思想部份復活，由此可見時時刻刻提高警惕以防止自己思想的落後部份抬頭和外來的不良影响是十分重要了。

八月廿四日（七月廿六日）星期二

生日，在我十几年来的流浪生涯中早已经忘却了，年年的生日不是忘了就是过去才想起来，基本上是忘得時候多，事實上又有甚麽可過的呢？童年時代在家裡是有人記得的，那時候總要吃一次麵給我个錢，盡情快活的，但这些日子对我说来實在是太短了。不料想十几年没過的生日竟然在上海又过起来了，其实还是棠猷提起的，她请我吃麵，不是她的提醒也会忘掉的。晚上門顧家孩子們向我拜壽，这种十几年前我非常熟悉的习惯，今天反而觉得十分陌生了。晚又大雨，聞又有颱風襲滬，真使人焦急。

八月廿五日（七月廿七日）星期三

徹夜風雨未止，早趕到畬弄印刷所，錫經亦来同到人民美術出版社因

大雨不止，未能邀哲民前銅版樣子入院，風雨更甚，歸来后已成落湯之鷄矣，頗感不適。

九月二日（八月初四日）星期四

卧病一星期之久，高燒達卌度，經丁濟華醫治，今已大愈。出土文物南錄璧之全部稿件，在病中與哲民共同選一校對，又照相館放大。黄小松画已付印，預计明後天即可印齊，這是我的理想，用墨色濃淡和层次以及分脖表達出原作品的精神，形式亦因版面及紙張限制而不能令人滿意，時间十分急迫，也只好如此了。

由于哲民告我昨晚陳毅市長报告了関於高崗、饒漱石反黨事件

九月三日（八月初七日）星期五

今日已漸康復，又到丁濟華處看病，開丸藥兩味，唯经常服用，便頭暈也。中午到小帆處與棠捜為忠实的解釋問題爭論甚久。關係越來越不能融洽下去，很想我們結束却又為十數年友誼的感情所累，思想斗爭甚大亦頗痛苦，我同情他們的物質生活不好，經濟不足。但对棠捜的对友不忠实覺得亦頗大，慢慢地再說吧。希望我們会好下去，不得已也只好結束了。

九月四日（八月初八日）星期六

接蘇玉處長來函，我們要把各省專業的方物中相補充、此相編

使人十分驚異，此事亦不宜作何以罢然予題報告後往詢問始知係人代大會上講話時附帶説出而已。我拿來興之細讀。不過從此一事件中亦可看出思想改造的必要性和重要性。每个在階級社會中成長的人，他的思想無不打上階級的烙印，殘留着个人主義，而个人主義是和集体主義是存在着不可調和的矛盾。只要是个人主義殘存着，那怕你在再長的時間中再艱苦的環境裡經過了考驗，對革命有了巨大的貢獻，但是最后將还會走向反黨反人民的道路。從蘇联的貝利亞，現在的高崗和饒漱石事件中我們应當吸取这一嚴重的教訓深刻的体會个人主義的危害性，從而展開經常的批評與自我批評，向自己及別人的非無產階級思想做無情的鬥爭。

榮寶齋藏板

目都要从头做起，不用说又要费一些时间了，国庆节前完成任务看也来是很困难了。黄小松画已印完，即可装订出一样本。复芳又来信嘱联系印刷事，昇之来临时又要完成任务，实在急人。

九月五日（八月初九日） 星期四

昨赴印刷所，出土文物已开始印第二批，效果甚好，有些是用为来的底片，就不好，如壁画等即不甚清楚。午去访伟鹏未遇，到马路来董开、文海、富晋等书店闲谈甚久，本拟即去为安保修留谿，对又了解了一些上海书肆情况，也算是个收获。晚又落雨，在郑家二楼与文英谈往事，书桌上有他们全家和西谛部长的全家

榮寶齋藏版

照相。她向我问小燕、晏莉的近况，不禁使我回忆起八年以来的许多事，在这个屋子里，我曾经常长期的辛勤工作着，那时晏莉还是个小孩子，小燕常常在我们工作之余在一起读，她们家里的生活颇有那时也觉得温有意思的。如今小燕已是孩子的母亲，晏莉也已经结婚，而我却还是个人，听着敲窗的细雨，回忆起八年的往事，突然在心头掠过了一阵独身的伤感，但很快的就过去了，而且推归寝已午夜。

九月六日（八月初十日） 星期一

广东、河南、安徽等省一部分照片已放好，又重新排了一下，即送鹤记照玻璃片，故宫备候今日已不代办。据民生厂有些发烧也是

多日奔波之故，上次說請，他向程君無意，震音亦都可否。中午陪玲
子去看醫生，晚過圖慶自北京開會返，聞道經上海，並談甚久。數
年來他思想進步頗大，青年人又是從來就從事勞動的人總比受了極
深的資產階級影響而專業搜者要易改造得多了。
秀芳來函，弄款五十萬元，囑代購毛衣一件，對老子也實在是無微不
至，一天之內竟連接兩函，只惜于陞亦來上海，或者是直去南京了。四弟非
常地伯開開玩笑不可。

九月七日（八月初十日）星期二

一个半月來都為故宮博物院買書把時間用完了，下午與北京通長途電
話，知晉生不久來滬，極慰。如此則有了幾許事並且可以避免了一些可
能產生的錯誤。通電話後即去文管會與森老商量確定黃小
松訪碑南冊的題簽，請沈尹默先生書。晚至新聞出版局談談印刷
麥積山石窟圖錄出需要之廠連洽，成功與否就未可卜也。

九月八日（八月初十一日）星期三

晨去丁鵬處，知其下午即返京，當即將此間情況請其代轉王冶秋。下午
至東亞開房間以準備青年來時的住處。晚因文化局之答應可以設法登
印退去。同貿公司的紙山洽妥，明日當可付款。
與棠找到日貨公司代秀芳購毛衣及皮鞋，力盡時始歸。

九月九日（八月十三日）星期四

終日为故宮事奔走，結果有很多东西買不到，真是急人。晚天有雨，天氣轉涼，已有秋意。至小帆處談甚久。晚有敌机偷襲。

九月十日（八月十四日）星期五

晋生至今未到，不知道是阻於中途，還是根本不来了。此间印刷情形未如理想，到今天为止才印了六十頁，尚有一百七十頁未印。他不来，鉛印無法付排，則國慶完成任務是十分困難了。

九月十一日（八月十五日）星期六

早晨去印刷所，他们因为中秋節今天休息，只好去上海出版公司看了看

照后。下午沒有出去，錫侯已病愈，来談甚久，主要是談了他最近工作的情况，加入黨問題，他很熱情，工作也積極，只是不沉着，易衝動，以致群众關係不好，對他的進步頗有影响，我和他交換了不少意見，彼此都有些收獲。晚十時他才辭去，我亦早寢。

九月十二日（八月十六日）星期日

晋生仍未到，为之甚急。不得已早去印刷所與振民商量，拟先將書末的目錄文鉛印，預先把字準備好，等他到来，一經決定即刻付排。这樣還可以節省一些时间。下午徐良来，同去郝老處看他的八大山人画，經鑑定又像贋品，不能出售，只好替他帶回北京了。晚十一时方睡好覺

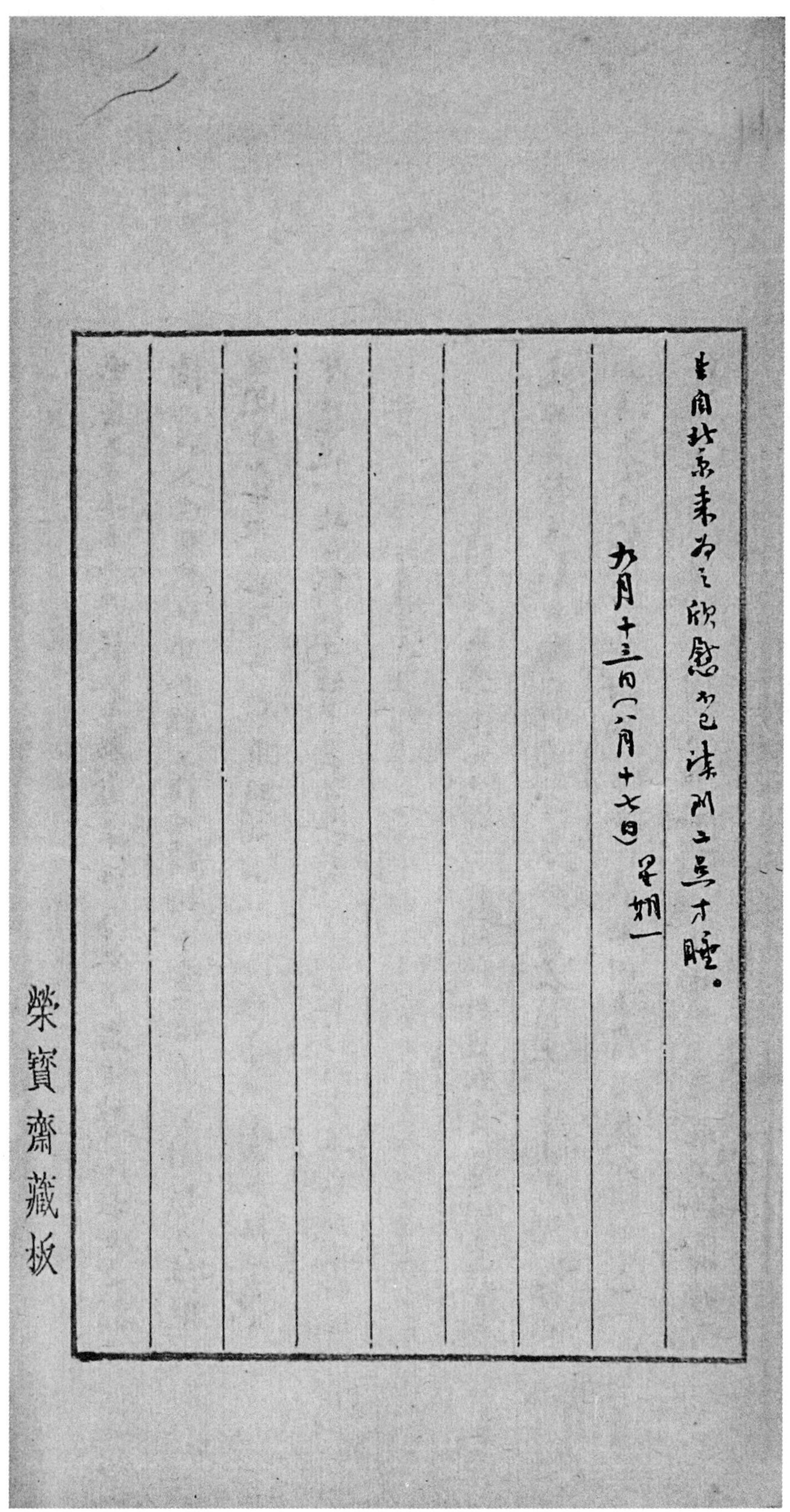

是自北京来，为之欣慰。[illegible]洗澡到二点才睡。

九月十三日（八月十七日）星期一

一九五四年

一九五四年三月廿九日

文学艺术是要教育人民正确地认识我们今天的状况，要教育人民在复杂的条件下担负起这个艰巨的历史任务来，要把昨天和今天作一个明确的比较，与昨天告别，将昨天留下的影响，尽量加以清除，清除一切过去的时代留给我们沉重的负担，向着美好的明天，向着社会主义或者说是服从于向着社会主义的总的轨道的新生活来奋斗。

三月廿九日（旧历二月廿五日） 星期一

日记是久已中辍了的，重新把它拾起来，想通过它详细地记录自己的生活、工作、学习，特别是思想活动，来检查自己、督促自己。十年来我的日记总是断断续续的，而在每次重新拾起它来的时候，也总是检讨一番，下一下决心，但是当不能继续的时候，又把决心忘得一干二净了。积习未改，日月蹉跎！回想起来为之太息。再下一次决心，把昨天留下来的影响，尽量加以清除吧！愿这一次的日记能始终不渝地坚持到永远。

今天听了全国文化行政会议各大区、省文化局长的发言，其中很少或没有提到文物工作，也正因为如此，才使我明白了为甚么会很少或没有提到文物工作，目前是有多少亟需要做而没做好的、直接与群众联系的重要工作呵！不可否认，文物工作目前是急迫的，各地文化部门重视不够也是事实，而且在今后必需使之重视！但是另外的一个事实：自己在过去也的确是没有从实际出发，正确地来认识这个问题，只是从主观愿望出发过分地、不适当地强调了它；没有把文物工作摆在恰如其分的地位。这是今天听了各位局长发言的一个主要收获。

晚上思叡在准备自我检查，高庄、兴满都来了，大家交换了不少意见，我尖锐地对思叡提出了意见。虽然这是我主观不成熟的意见，但是我却毫无保留的提了出来，友谊，战斗的友谊，只有在政治的基础上团结，才有可能得到更进一步的巩固和发展的。思叡——我最亲密的战友——和我就是在政治上彼此关怀着，我真高兴，我有这样一个好同志，好朋友，我是幸福的。

三月三十日（二月廿六日） 星期二

全国文化行政会议今天结束了。周扬同志作了总结报告。

周扬同志着重指出了今后文化行政工作应加强领导创作，这是各级文化部门的中心任务。范围和重点是：省市戏剧、歌舞及表演。大区则同时还要帮助电影剧本的生产。各地方除了上演全国性的剧目以外，应当有一定比例的地方性剧目，我们目前有个好现象就是有了好的创作，很快地就普及到全国，但是仅仅是上演全国性的东西就不行了，因为全国性的创作是从地方性的创作中出来的，没有后者也出不来前者。因此，必需同时要发展和创作地方性的剧目。关于“创作”的涵义，周扬同志认为不应当是狭义地只解释为“写作”，创作是多方面的，剧本的改编也是创作。例如《梁山伯与祝英台》即是创作，同时也是“推陈出新”。改造了旧的就是创造了新的。在《梁山伯与祝英台》中是既继承了优秀传统也创作了新的，正确地认识继承传统和革新的关系是十分重要的。此外，表演也是创作，好多的剧本不通过演出只是完成了创作的一半，而演出是要通过演员的，不同的演员有不同的效果。好的演员往往会大大地丰富了原来创作的感染力，这就是演员的创作。

在领导创作时，应当使文化局和文联有适当地分工：组织文学创作，文联应该多负责；文化局则主要是负责表演方面，即对于剧团的领导。分工是要合作的，所以剧团可以向文联提出要求，请他们创作一些上演需要的东西。但也要防止把文联变成了剧团的编辑部，因为文联还要创作一些其他的作品，如诗、小说等。同时剧团本身也应当进行创作，不应该完全依靠别人。

周扬同志特别强调了创作必须在为人民服务的政治方向和社会主义现实主义创作的总原则下，广泛地展开自由竞赛，因为竞赛是要受人民群众的考验的。在竞赛中要自由讨论，开展批评。在目前的确有些地方批评是过了火的，不，还不是过了火，是不恰当，原因是批评者不懂生活，批评错了，批评别人作品是公式化、概念化，恰恰自己批评的本身就是公式化、概念化。但绝不能因此得出了批评是对创作有妨碍的错误结论。相反地我们一定要保护批评，但这个批评是要有领导的。批评尽管是不同的，却有一个根本的态度和政策，这个政策就是：对待一个作品应当把整个的倾向和部分的错误区别开来，如果一个作品整个倾向是正确的，虽然有部分的错误，甚至是比较严重的，仍然应该加以肯定。对于创作绝不能用行政方式，而是应当用自由竞赛的社会方式，因为社会方式是在文学艺术中民主的保证。

三月卅一日（二月廿七日） 星期三

今天学习改到了星期五，这样又可以有比较充分的时间进行事先酝酿了，遗憾的是在我们处里的劲头总是显得不大，我想明天一定要和哲文好好谈谈，商量一下怎么把这次学习搞好。

晚上快十点了，我正在看《论辩证唯物论与历史唯物论》解释，高庄来了，她和思叡谈思想问题。关于她，从间接的传闻和直接印象，除了“很好”以外，再没有甚么其他的感觉了，因而也无从提出意见，只好是坐在旁边静静地听。从她的谈话中使我感到第一处这次学习是收获很大的，很多人说出了内心深处的话，也暴露出不少思想情况，虽然“话”的本身有若干落后成分，我认为这绝不能错误地去肯定那些同志是落后，相反地这正是说明了他们在某种程度上的觉悟，这是进步的萌芽，必需要抓住这个好的萌芽加以培植，使之成长壮大。忽视了这一点，就会犯左的错误。谈到深夜高庄才走，睡觉时已经是两点二十分了。又想起周扬同志的报告。想到文物与文艺的关系、上层建筑与基础、社会存在与社会意识，二者的关系总还不明确，特别是文学艺术的人民性的解释问题，也是不能准确地应用，由此也深深感到自己的水平是太差了。

四月二日（二月廿九日） 星期五

今天俱乐部开会决定在社管局再聘请两个干事，于是请了高庄和卢少忱，并且发了聘书。下午大扫除，忠谟最卖力气，手都碰破了，还是继续地干，快五十的人了，又是那样一个家庭出身，能够如此，实在不容易，不可否认，这一年来，他有了显著的进步。

下午下班后打了一会排球，和思叡、孝文同出，他们去看《非这样生活不可》，一路闲谈，使我感到孝文对思叡真是用情甚深，亦颇为思叡庆也。

晚，续读《论辩证唯物论与历史唯物论》。

四月三日（三月初一日） 星期六

今天发薪，还完旧欠已所余无几了。在生活方面我一向是不注意的，而且一向认为是生活琐事，无关紧要，事实上，自己从思想上检查起来的确也成问题。千金散还复来的思想是不会从劳动人民中产生的。

李涵告诉我石泉来信提到他在武大教书非常积极，颇为欣慰。

下午学习，首先由葱玉处长带头，谈得很好，从对上、对下的关系上及思想根源上谈起，态度还是很认真的，而且基本上把心里话都说出来了。元璐平时很爱开玩笑，这次在会上的发言非常实际和中肯，这是值得重视的现象。忠谟在会中起了积极作用，列举了许多具体实例来说明问题。使会开得更深入了些。一个下午只进行了一个人，收获是很大的。缺点是分析和暴露有余，今后如何改正的办法提的少。

晚上俱乐部成立大会，会后放映《家庭安全用电》和《父子劳模》。

四月四日（三月初二日） 星期日

早起去九弟处，他不久就要去日内瓦参加五大国会议去了，据说国民党特务已经到了日内瓦租房子，准备捣蛋，可谓无耻之尤，我劝九弟千万注意小心，免入圈套，板门店时即有一个波兰军官被特务架走，在日内瓦也很可能有这种类似的阴谋，是必须加以警惕的。

下午宿舍大扫除，清理了屋子的积土，把褥单和被子都送出去洗了。晚请思叡、孝文、兴满去烤肉苑吃烤肉，以祝思叡寿。一共才花了四万余元，实在不贵。归来已是十点钟了。

四月五日（三月初三日） 星期一

日记已经写了一个多星期，天天在记，从形式上看似乎是坚持下来了，可是在内容上却远不能合乎自己所提出来的要求，因为它没有成为检查和督促自己的一面镜子，就从今天开始吧!

不可否认的在学习总路线之后，是在思想觉悟上有所提高，也正因为如此才更深刻认识到自己的错误思想，过去把自己的进步估计得太高，而最近却又把它估计得过低了。为自己的缺点所限制，主要是小资产阶级的自由主义，热情来了，搞一阵，碰了钉子就不能坚持韧性的斗争！有时急起来要自己打自己，可是接触到具体困难又是束手无策，热情也在困难面前风消云散了。拿日记来说吧，开始是有决心有信心把它坚持下去，上来还好，可是一到忙一点、累一点就觉得它是负担。不写吧，刚几天，怪对不起自己的，同时要是让人知道岂不笑话？于是写下去了，是为写日记而写，自己敷衍自己，翻开来看看，总算没间断，是满意还是痛苦呢？正确的思想上升了，驳斥了那种懒惰的思想，坚持，一定要坚持，一种坏习惯不是一下子就去掉的，要经过长期而残酷的自我思想斗争才能克服，于是我决定了不管怎么样，要不间断地写，当自己思想感到它是个负担时，就把它记录下来，然后加以批判，一个星期看一看这个星期写得如何？是认真还是敷衍呢？及时地用“一日三省我身”的办法来检查自己，不断地开展自我思想斗争，培植自己新的社会主义思想，并用以批判自己的个人主义思想，最重要的是向党和同志们暴露自己的思想，在党和同志们的监督下，才可能帮助自己新的社会主义思想的抬头，从而逐渐地培植它成长壮大，使自己卑鄙的个人主义思想不断得到限制和改造，而趋于消灭。慢慢地但积极的干吧！

四月六日（三月初四日） 星期二

关于第一机械工业部和我们就某地建厂发掘古墓葬协议书，洽谈已经往返几次了，总是没有得到解决，焦点是发掘范围和填坑经费问题，根据他们的要求是要在工程要求上着眼，这是对的，我们也必需而且应该首先满足工程的需要，但是如果这是“唯一”的原则，就和政务院政文习字第二十四号《关于在基本建设中做好保护历史及革命文物的指示》精神不符了。因为指示中明确指出“这是基建部门和文化部门的共同重要任务之一”。为此，我和今天来的一位同志反复说明，他答应再拿回去和领导商量。在这一问题上，我和元璐同志意见是一致的。

编者注：据先生回忆“政文习字”应为“政为董字”。

四月七日（三月初五日） 星期三

今天学习是元璐同志检查，他着重地检查了自己自高自大的思想，我以为最中肯、最切实的莫过于他自己承认的“多疑”“胆小”。然而在这方面，他还是没有更深入的挖一挖，却只是轻轻带过。陈明达非常坦率而尖锐地指出：“老谢在处里是聪明人，也能认识到自己的缺点的所在，因而也就善于用这样或那样的方式来隐蔽自己的缺点。”晋生不同意这种说法，他以为远不是这样，我是基本上同意明达的意见，然而却不能把这一个意见具体化，这种思想活动如果不是从他本人觉悟，坦白地说出来，也的确很难提出具体事实。因为如果这是正确的，他是隐蔽得很周密的，在政治空气不浓的我们处里，平常又有谁来注意呢？在这个问题上，我是应当自我检讨的。因为我关心同志是不够的。

会进行了一个下午，发言集中在几个人，女同志们仍然是很少说话。在现有基础上，还可以算是有些成绩，然而用较高的水平来衡量，却是距离颇远了。这成绩主要是老谢在态度上有进步，暴露思想虽然还不够，但却已说出了从前不肯说的话，一点点也要抓住，于是我在发言中肯定了他的进步，也指出了他检讨不深刻，缺点是我还是没有具体地指出一些事实，是不是我过右了呢？

四月八日（三月初六日） 星期四

今天开始筹备郊游了，准备去碧云寺、卧佛寺、周家花园三个地方，局里参加的人还真不少呢！本来估计一处会是踊跃参加的，哪知道竟遭遇了困难。张蕴珊、汪微都不去，思叡也是可否之间，真气人。高庄只是踌躇了很短的刹那，就又决定去了，在她思想上又存在着甚么矛盾呢？真是令人难解！毕竟还是去了，这总是好的。最后的结果还是都签了名。彭处长也被带动了。

方永来电话邀我和思叡去看李政委，下午一下班就去了，李政委还是老样子，比从前胖了些。因为他那里还有好多客人，所以谈话很少，顺便听说中央人民政府在人民代表大会之后要改组，政务院成为国务院，于是又使我联想到上层建筑和基础的关系问题。过去几年中的政府是一个过渡的形式，而在这次改组之后，恐怕基本上是固定下来了。当然还有若干组成部分包含着过渡的性质。这一次改组肯定说是要更加强上层建筑对基础的作用，使之逐步过渡到社会主义。

四月九日（三月初七日） 星期五

文物大会展的展品，陆续的运到了。晋生今天早晨去历史博物馆归来谈：东北热河寿王坟的发现是惊人的，这次送来有很多生产工具的“范”，可能是战国时代的东西，生产工具在过去很少发现，朝鲜曾发现过汉代铁的生产工具。而这次竟发现了时代更早的“范”，对我国历史将是一个极为珍贵的材料。庄敏曾经去过，但是他回来说没有啥。东北送来时也没有把它当成甚么了不起的东西。然而这批东西却是东北区参加会展的最重要的展品了。由此可见，业务水平在工作中是如何重要了。

四月十日（三月初八日） 星期六

今天下午学习是陈明达和罗哲文的自我检查，因为俱乐部有大部分人力投入了出土文物会展和库房搬家，许多工作仍然如故的源源而来，实在有些招架不住了，剩了一个人也要顶下来，这是锻炼，在紧张的工作中反而会觉得有精神呢。

四月十六日（三月十四日） 星期五

履芳听王倬如说去日内瓦参加五大国会议的一个新华社记者在沈阳没上去车回来了，我真耽心会是九弟，赶快打电话给五姐，还好不是他。

西谛部长从华东回来了，首先来看我们四处，“真是重视文物”，他送给了我一部《中国俗文学史》。事实上我早已拿到了。

晚上金铭来，谈到了处里的工作，提供了不少好的意见，从他谈话中使我发现他和庄敏之间是有矛盾的。很显然，同是一期毕业的总有些不服气的成分，旧思想不仅残留在成年人的思想中，青年人也同样受了它的影响，一个党员，一个团员，怎能会产生矛盾呢？不幸得很，竟然是产生了，当然还不太严重，但是必须予以制止，否则就会影响团结的。金铭说庄敏在外边工作颇有中央大员之风，指手画脚，因而对地方上有些影响。这的确是我始料所不及的。我想把一些具体材料搜集一下反映给支部，以便对他进行教育。

四月十七日（三月十五日） 星期六

天气阴沉沉的，预告今晚有大风，更增加了我对在外的人的怀念。为了纪念五四青年节，团支部准备参加一些节目，我又被点了名。我想唱一段“杨从芳斗飞机”，唱得不好，内容总是新的。

晚去四姐处，接父亲来函称最近在课堂又头晕一次，血压略高，实在急人，六十八岁的高年，每天用功过度，自然吃不消，他又好强，总是日以继夜地苦用功不肯休息，难怪要头晕了。来函还提到了母亲墓碑需款事，我想下月发钱寄一些去聊表心意吧！大风竟夜，即宿四姐处。

四月十八日（三月十六日） 星期日

风仍不止，早去二伯母处，适毓符三姐丈亦来，他是参加全国财经系会议来的，据他说大学教书的确很累，他是以开会为休息的。

下午在烤肉苑吃饭，晚九时归，早寝。

四月十九日（三月十七日） 星期一

今天算是倾全力把三年来考古工作概况和目前我们考古的力量的报告材料写了出来，六点半才叫刘金有送给尹达，因为明天他就和裴文中去苏联参加考古工作会议了。我写的材料就是他拿去介绍给苏联朋友用的。只可惜时间太仓促，准备得不够充分，仅仅是勉强交卷罢了。

四月廿日（三月十八日） 星期二

昨天刚忙完一个材料，今天又为沫若主任准备写文章的材料了。履芳一天催几次，真是头疼得很，琐屑的事很多，就剩下了我一个人在干，于是我的急躁情绪又犯了，这又是一种考验！勉强写成，又重新看了一次，觉得颇不满意，下午修改几次，还是没有修改得好。只好等明天再说了。晚庄敏自洛阳归来。

四月廿三日（三月二十一日） 星期五

继续修改材料，勉强算是过得去吧！就这样又重新缮写了。

大会展筹备得差不出多了，前两天思叡建议举行个报告会，这是很好的，只是今天我和葱玉处长谈，他说早有此意，然而具体如何进行却含含糊糊，我屡次追询却被用“还早”两个字挡了回来，真急人也真气人。

四月廿四日（三月廿二日） 星期六

很想抓时间和庄敏谈谈关于处内工作问题，同时，别人如张金铭对他的反映我也准备对他提一下，可是他正在忙些结束这次出去的事而不果。

晚参加舞会，与思叡十一时始归。

四月廿五——卅日（三月廿三——廿八日） 星期日

因为天气阴晴不定，冷暖时更，在和思叡、孝文从北海拍照归来后，即感不适，卧病未去上班，日在昏睡中，蒙葆初、祥玲的照顾，幸未断炊，在病中庄敏、凤霞、明兰、少忱都来看望，深感革命友谊的温暖。星期二因在宿舍不便去四姐处，烧达三九.二度，注射两针始下降为三八.五度，调养至星期五基本上已不发烧，而仍感头脑昏昏。

张拙之来，谈了不少东北文物工作队的情况，虽然在态度上他似乎激动了些，但意见却是宝贵的。

六月二日（五月初二日） 星期三

昨天刚送了葱玉处长的母丧，今天又忙着为庄敏筹备婚礼了。处里真是多事之秋，下午学习为工农联盟的理论问题和庄敏争辩甚久，最使人奇怪的是小罗，自己没有主见，却只是人云亦云的教条一番，我对他的对庄敏唯唯诺诺是颇有意见的。

晚上又继续开座谈会，因为事先没有准备，发言凌乱变成了唯良心论者，本非初衷，竟辞不能达意。

六月三日（五月初三日） 星期四

赶着写文物手册提纲，忙了一天总算有了一些眉目，十五日要在集体办公时讨论呢。今天和履芳谈了一些关于处里工作问题，和自己的思想情况，她同意和浣的关系结束，原因是爱人可以有选择，而党却只是一个。她是代表组织意见的，这样就更加巩固了我的决心。历史问题她要我再写一些材料。

六月四日（五月初四日） 星期五

为了先讨论敦煌问题，只好先把文物手册提纲放下来了。我今天把敦煌的报告仔细看了一遍，问题是满多的。他们因为过去我们在生活上很少想到他们的发展前途，而产生了不安情绪。我们认为敦煌本身是一座艺术宝库，它的发展方向应该是艺术博物馆。因此，它也应该包括研究和创作等工作。目前首先应该是提供资料，因为敦煌艺术包括了各个方面，研究工作仅仅依靠研究所的干部是不能胜任的。而敦煌又远在边陲，组织各方面的专家长途跋涉，去做较长时期的研究也是不可能的。只有由该所同志在整理研究之后，把它介绍出来才可以公诸广大群众之前。这种介绍不仅为美术、历史学界提供了重要而又丰富的资料，同时还可以使敦煌的艺术直接为工艺美术服务，和现代工艺品生产联系起来，从而发挥它的积极作用。讨论结束后决定由我执笔，写一个报告供部长集体办公讨论时的参考。下午因打排球和少忱互撞头疼甚。晚，早寝。

六月八日（五月初八日） 星期二

晨落大雨，为赶写关于敦煌研究所的方针任务的报告，没有去部里，直到下午一点钟才写完，到部交给了冶秋局长，他没有提出意见，认为是可以用的，部长集体办公将做一次专题讨论。下午处理了一些公文。晚和少忱、高庄谈如何搞好局里文体活动问题，订出了一些具体办法。

六月九日（五月初九日） 星期三

今天收到外交协会送来两册*London News*（《伦敦新闻》）。里面刊载着很多关于炳灵寺、麦积山的照片，其中一些照片我们也没有，这是一件十分奇怪的事，怎么出去的呢？是西北的人还是中央美术学院的人呢？简直是拍洋人马屁的殖民地思想。

六月二十七日（五月廿七日） 星期四

十时到浦口即过江至南京博物院，力辉、贞白、江风已先我而至，曾昭燏院长亦在。因他们要出去逛玄武湖，只好一起坐了吉普去郊游一番了。初到南京，印象颇佳，城市山林别有风趣。下午访以中先生，遇龙璧，谬谈甚久。

六月廿八日（五月廿八日） 星期一

文物工作会议今天正式开幕了，早九时首先是由华东文化局江风主任召集了预备会。下午正式开会，江风同志致开幕辞，说明了文物工作的重要性及此次会议的目的。其次由我致贺辞，本来我一再推托，声明此来只带耳朵没带嘴，但是日程已经印好，不能推掉，只好说话了。主要也是说明文物工作的重要性，着重是从继承和发扬民族文化遗产方面谈了些。同时并代表部长祝贺大会成功，向到会同志表示慰问。下午小组汇报时，对我的谈话反映还好，算是放了心。

六月廿九日（五月廿九日） 星期二

早晨曾院长传达郑部长的报告，及文物工作队组织的说明。这个传达非常之好，简单扼要，条理清楚，我觉得比原报告更明确些，贞白也很满意。下午小组讨论我没有参加，给局里写了几封信报告一下这边的工作情况。到南京以来，精神愉快，食量大增。

七月十日（六月十一日） 星期六

为了大区撤销，文物工作队的组织办法已不适用，下午处内开会研究了一个原则，由我执笔草拟一个新的办法。因为情况不熟悉，非常难写，想了很久，感到许多问题不得解决，恐怕下星期二局长集体办公是不能讨论了，还需要仔细的研究。

晚至四姐家，父亲、六哥自天津来参观全国基建出土文物展览，数月不见，畅谈良久，即宿四姐处。

七月十一日（六月十二日） 星期日

早晨与父亲、老太太、六哥及诸甥游北海，在协和午餐。晚与六哥访莹侄未晤，去厂肆来薰阁、富晋书店及孝贤阁，购得仿殿版《史记》一部，十时始归。与六哥闲谈，知在一九五二年太仆寺街与他共同搞地下的赵守攻现已任新疆分局宣传部长，王仁则是入藏部队的副政委。日前赵守攻来津，曾欢聚数日。一别廿年，一个是在人民解放事业中付出了自己不少血汗，一个则是辛勤于故纸堆中，消磨岁月。回想当年为之慨然。赵守攻曾一再勉励六哥，往者已矣，来者可追，希望在今后的工作中为祖国培养人才付出自己的全部力量。

七月十二日（六月十三日） 星期一

竟日赶写此次去华东参加文物工作会议的汇报，晚至四姐家与父亲、六哥畅谭至十一时始归。又赶写了汇报草稿，已二时半矣。

七月十三日（六月十四日） 星期二

上午参加局长集体办公，只讨论了一个关于图书馆的指示，因时间关系未能汇报。下午检查身体，归来抓时间和杨主任谈了一下去华东的工作情况。晚去莹侄处，与陆灏畅谈甚久。

七月十四日（六月十五日） 星期三

上午为敦煌改写了参观规则与研究临摹规则，下午听蔡若虹的报告，内容是访苏观感，谈得非常动人，最后他是以一个苏联儿童写给他的一句话作为结束语，这句话是一个数学公式：莫斯科+北京=和平。

七月十五日（六月十六日） 星期四

常书鸿所长今天下午返敦煌，我又突击写成了敦煌文物研究所《莫高窟参观规则》及《临摹研究壁画的规则》。

晚早归，读阿谢甫可夫著《论建筑中形式与内容的统一》。他是从艺术的原理和马克思、列宁主义美学的原理谈起，然后谈到建筑艺术："建筑和艺术一样，它的特征就是思想意向的空间表现。""建筑作品以其造形的和谐对人起着作用，这种造形是由完整的、统一的、美丽的建筑物利用了一定的艺术细部和要素的组合而构成的，这个建筑物以自己的艺术形式和形象表现出建筑师的艺术思想意向。"但是在人类全部的历史中，建筑是社会意识和生活认识的形式之一，因而"建筑在自己的作品中基本上反映出统治阶级的思想。"这一论点是和梁思成先生《古建序论》中所谈的论点相同的。

在《古建序论》刚刚发表的时候，关于建筑的阶级性问题，我是怀疑的，我认为建筑是人类对自然斗争的产物，它服务于全民，而不是服务于某一阶级。因此，它没有阶级性，但是建筑艺术是有阶级性的。我这种看法的错误是认为房屋并不是别的，只是居住的机器，而忽视了建筑作品中形式与内容的互相依赖性，这与结构主义者的论点是相一致的。仅仅看见了建筑物的实利功能方面，因而忽视了建筑的阶级思想的社会内容。事实上，建筑的意义和艺术是一样巨大的，它可以把祖国的具体感觉传达给我们。它是实用和美观的统一，它有机地把艺术思想形象和有实际功能的用途结合起来，因而"在建筑作品中艺术形象不可能和实际的用途分开。"

七月十六日（六月十七日） 星期五

今天一天没有办公，等于脱产为十八日文化部排球、羽毛球竞赛大会服务了。忙到下午下班才算把一切准备工作都搞好了。给景霖打电话请他晚上来谈谈，结果始终也没来，我独自在宿舍读尼科尔斯基的《原始社会史》。

七月十七日（六月十八日） 星期六

继续为排球、羽毛球竞赛大会忙了一天，下午休息之后，大家都到人事部球场练球，技术不佳，精神尚好。晚至莹侄处，大嫂自天津来，畅谈甚久，饭后到田流家，我去四姐及二伯母处闲谈，即宿二伯母家。

七月十八日（六月十九日） 星期日

早起即至中央美术学院，参加球赛开幕仪式，比赛开始我们排球以二比零败于中央歌舞团。羽毛球以二比零败于文学出版社。大家精神却始终如一，这一点是很好的。午饭与靡芝娟、乔润华到东安市场，下午比赛又遭败北，晚看京剧晚会，甚好。

七月十九日（六月廿日） 星期一

大雨竟日，天气转凉。晚至四姐处，与大哥、嫂晚餐后到和平餐厂冷饮，谈到关于沂南汉墓壁画事，几月以来，我始终尚未动笔，甚至准备工作亦未开始，颇觉愧对，他希望我能早些动手，以期早日完成。

七月廿日（六月廿一日） 星期二

今天开始写半年来文物工作总结，先看了一下二、三处的总结，在写的方法上获益甚多，只是在问题的看法上我感到是不满意的。特别是二处的总结，有些地方似乎牵强了些。

晚金铭来，谈到处内工作问题，对姚寿璋的看法是正确的，对今后工作也提了不少意见，都非常好。我也有这种想法，希望能通过这次总结把处内的工作提高一步。

七月廿一日（六月廿二日） 星期三

归来后今天第一次参加宪法学习，大家讨论很热烈，也提出了不少问题，但是多限于一些枝节问题，如公民和人民的区别，法院、检察署和国务院是否平行等，这说明了学习还是不够深入的。元璐对宪法第九十二条规定“劳动是每一个公民的权利”体会颇深，晋生也感慨地回忆起过去旧社会，多少人想劳动而不能劳动，没门路根本找不到职业。而今天人民的宪法却保证公民来享受这种权力。在鲜明地对比中，更深刻地使人体会到宪法是完全符合广大人民的利益的。是和一切资本主义国家宪法有着根本的区别。

七月廿九日（六月廿九日） 星期四

续读《原始社会史》，读完了“导论”和“在原始石器时代上期与中期原始公社氏族制度的发生。

为了迎接国庆节，我们决定要出版几种图录，赠送来观礼的国际友人，时间已经很短促，西谛部长决定要我负责在上海印刷。今天为了选择照片，又费了半天的功夫。因为照片有的质量差，决定佛光寺、晋祠、南禅寺暂不出版，只出版麦积山和全国出土文物图录。这样比起来，任务又轻松了些。

思叡吃四川馆。

编者注：七月廿九日，阴历为六月三十日。

八月二日（七月初四日） 星期一

一天忙着编全国出土文物图录，下午小组讨论名单，发言热烈具体。九弟来电话，告我昨日他已自日内瓦归来，为之高兴不已。下午去二伯母处，与九弟畅谈到十一时始归。

八月三日（七月初五日） 星期二

下午又讨论名单，提出了处内应调整的人员名单，华云、金铭、良竹都被提名，但是对金铭的提名通过很勉强。哲文又发表高论，可以看出他的本质是十分顽固的。

八月四日（七月初六日） 星期三

白天处理了一些公文，晚又开会，大家对名单都提出了具体意见，也展开了争论，使我深深感到群众的眼睛是雪亮的，因为主要的意见几乎大家都是一致的。但有些意见特别是三处的意见是很片面的。总的说来全局对思想领导抓的都是很不够的，各处之间的了解也是不够的，但是李烽却总是说“群众会有意见”，而这些意见只不过是个别人的意见！例如对履芳的意见，就是肯定了室内不团结却缺乏具体的分析，没有实际的情况空谈一般原则是很难令人信服的。他忘了分析人的缺点应当十分科学地把主客观的条件加以充分估计在内而区别出他究竟应该负多少责任。

当然李烽以评委身份忠实地毫不遗漏地反映每个人的意见，是十分正确的，但是评委会并不是照相机，也不是只做群众意见的加法，而是有选择地有批判地得出评委会自己的意见。三处的人数不过占全人数的十分之一，有甚么根据仅是三处个别人的意见就肯定说是群众的意见呢？因此，我在会上和李烽展开了激烈的辩论。在经过大家充分讨论以后，又拟定了新名单，散会已是十二时半了。

与兴满同归，在开台灯时不慎触电，全身麻木失去知觉达一分钟之久，最后昏倒将电线拉脱始得幸免于死，真是危险之极。

八月五日（七月初七日） 星期四

为了名胜古迹的分工问题，东北各省又来请示具体办法，经与杨主任、晋生商量了很久才确定了一个临时办法，主要还是根据政务院指示精神拟定的。费了半天时间才写好，下午用急件发了出去。

八月六日（七月初八日） 星期五

时间十分急迫了，图录的照片还有许多需要重照，再拖下去恐怕完不成任务了。今天晋生又去历史博物馆选照文物，把金铭也投入了这一工作。为了赶时间，大家有意只选印重点文物，共百五十页即可，但是西谛部长仍坚持原计划，并指示只要赶出二百部即可，只好维持原议了。

八月七日（七月初九日） 星期六

下班后至四姐处，见六哥来函称：父亲被校方决定去北戴河避暑和弟已提为天津市团市委宣传部副部长，足见其进步是很快的。晚与植源姐丈及四姐往访九弟，未晤，与二伯母及三姐乮谈甚久，十时半始归。

八月八日（七月初十日） 星期日

晏起，早点后去二伯母处，小晨亦来，午饭后与九弟约好下午同到四姐处晚餐，六点九弟携瑶华及小念林同至，乮谈日内瓦会议中的一些花絮，例如：在会议休息时，总理和艾登曾有这样一段对话：

艾登向总理说：“协议一定要达成呵！否则美国人要干涉起来可不得了。”显然，这是以美国干涉来对我们施压力。

“当然，协议是应当达成的。因为和平是全世界人民的愿望，至于美国干涉，也是必然的，但是在朝鲜，美国也是迟迟不肯签订协议，最后是蒙受了巨大的损失。”（总理回答）

“如果说损失，恐怕这也是双方都有的。”艾登说。

“战争自然会有损失，但军事分界线可是向南移了。”（总理答）

从这小小的一段对话中，也可以看到外交场合中的唇枪舌剑斗争是如何尖锐了。谈至十一时始散。

八月九日（七月十一日） 星期一

忙于赶编图录，晋生甚为辛苦，届至今天为止，西南、西北两区已经算是大致完成了。因此，决定先带两区去沪，余由晋生后送。托总务处购票，闻大水阻路，票甚难买，为之焦急不已。

八月十一日（七月十三日） 星期三

晨去故宫博物院，鹿文波、王兴存又托购印刷用品甚多，下午协助晋生将西南、西北二区图录整理完毕。晚六时到西谛部长处，晚餐后西谛部长送至车站。登车后稍憩即睡，直到黎明。

八月十四日（七月十六日） 星期六

车行三日，于昨夜二时始达上海，沿途酷热到一百零八度，车上缺水更感不堪。自蚌埠至常州大水已与路基平，目前之路基，即是以麻袋填土垫高者，路旁电杆均已没顶，现电杆是接上的第二根。如果仍在反动时代，恐交通断绝久矣。晨七时即起，即刻奔走，闻哲民谈上海文管会正印画册，拟请森老暂缓。申记则无问题。

八月十五日（七月十七日） 星期日

晨起即与哲民将带来照片全部整理，交照相馆放大，下午到伯郊处商量黄小松画册的印刷问题。据伯郊谈，徐平羽秘书长意甚坚决，不肯停印画册。当即在哲民处以电话报告西谛部长，请其在京就近与陈毅同志商洽。

八月十六日（七月十八日） 星期一

晨起即到新闻出版局及印刷工会接洽印麦积山图录事，他们表示可以协助并保证质量不低于*New China*。当即以此情形电告北京。晚往贺小帆寿，泽乡、本仁均在，谈十一时始归。

八月十七日（七月十九日） 星期二

台风袭沪，潮汛陡来，大马路一带水深没膝，全市防汛工作大为紧张，幸事先准备充分，未能成灾。早晨九时接北京来电，嘱黄小松画册及出土文物图录可各印一百。去哲民处，即按此电办法进行工作。

八月十八日（七月廿日） 星期三

晨起即去上海出版公司，照片放大已送来，效果极好，有些原来不大清楚的照片经放大后，反而线条显明得多了，即在出版公司与哲民将照片贴好送到钱鹤林处，重拍玻璃版。下午到文化局及庙弄，款尚未到，甚为焦急。

八月十九日（七月廿一日） 星期四

珂玀版即正式开始印刷，按现在的材料只能印五天即要告罄，续稿不来势将中断。下午到伯郊处，请其打电话时向王毅催一下。归来道经南光中学，访霭仁未遇，甚怅，因植源托其将八大山人画交我带京也。

晚接北京来电，告知麦积山图录已决定不送沪印制，因找电报本子冒雨去福州路始得译出，早寝。

八月廿日（七月廿二日） 星期五

今天去印刷所，几张已经印好的样子效果甚好，当邮寄北京审阅。天又大雨。在潘家候正英先生归来，本来他说有话要和我谈，但是始终也没说，至九时雨止，我始归来。我想总是为了职业问题吧。锡玖来电话说锡经自北京来，邀我明日去美术出版社详谈。天又大雨，以迄深夜。

八月廿一日（七月廿三日） 星期六

七点钟就赶到人民美术出版社，见了锡经才知道北京照片尚未拍好，真是急人。到上海出版公司知绍良来沪，不久调往人民文学出版社工作。下午与泽乡冒雨至庙弄，见印刷速度颇快，质量亦好，甚为欣慰。晚到小帆处，大雨不止，棠犹未归，亦意料中事，为之怅然。

八月廿二日（七月廿四日） 星期日

几天没有看报，早起去庙弄印刷所，一气把几天的报都看完了。英国以艾德礼为首的工党代表团已到北京，在全国委员会招待会上沫若总理、艾德礼及比万都讲了话。比万竟大讲其革命理论，似是而非，只不过是重复社会民主党的滥调罢了。

下午与锡玖及锡经到百货公司转了一下，晚去锦江吃饭未果，转到宝大，亦拥挤不堪，到九点多才吃上饭，归来已十一时矣。匆匆结算了几天来的账目，十二时始寝。

八月廿三日（七月廿五日） 星期一

在印刷所发现有两匹马印的很差，当即请申保停印重修，由此可见不天天钉住是不行的。把已印好的又寄回北京几份。

晚应霭仁夫人之邀，到她家晚餐，本不想去，又不好意思。饭后她们住同楼的一位沈“小姐”是甚么班子唱青衣的来了，打扮得花枝招展，说话是拿腔做调，真足以使人作三日呕，但是她自己却还满得意，我实在坐不下去，赶快辞出。这一幕使我深深感到，旧的残余不是革命后一个早晨就完全扫光【的】，而是在一个相当长的时间内还会存在着，也正因为如此，它也会影响着不健康的思想部分复活。由此可见时时刻刻提高警惕，以防止自己思想的落后部分抬头和外来的不良影响是十分重要了。

八月廿四日（七月廿六日） 星期二

“生日”在我十几年来的流浪生涯中早已经忘却了，年年的生日不是忘了就是过去才想起来，基本上是忘的时候多，事实上可有甚么可过的呢？童年时代在家里是有人记得的，到时候总要吃一次面，给几个钱，当然满快活的。但这些日子对我说来实在是太短了。不料想十几年没过的生日竟然在上海又过起来了，其实还是棠嫂提起的，她请我吃面，不是她的提醒，也会忘掉的。晚上到颜家，孩子们向我拜寿，这种十几年前我非常熟悉的习惯，今天反而觉得十分陌生了。晚又大雨，闻又有台风袭沪，真使人焦急。

八月廿五日（七月廿七日） 星期三

彻夜风雨未止，早赶到庙弄印刷所，锡经亦来，同到人民美术出版社，因大雨不止，未能邀哲民看铜版样子。入晚风雨更甚，归来后已成落汤之鸡矣，颇感不适。

九月二日（八月初六日） 星期四

卧病一星期之久，高烧卅九度，经丁济华医治，今已大愈。出土文物图录照片已全部寄到，在病中与哲民共同逐一校对，已交照相馆放大。黄小松画已付印，预计明后天即可印罄，效果不如理想，因墨色浓淡不分，以致不能表达出原作品的精神，形式亦因版面及装订限制而不能令人满意，时间十分急迫，也只好如此了。

中午哲民告我，昨晚陈毅市长报告了关于高岗、饶漱石叛党事件，使人十分惊异。此事迄未宣布，何以突然专题报告，复经询问，始知系人代大会上讲话时附带说出而已。我幸未与之细谈。不过从此一事件中，亦可看出思想改造的必要性和重要性。每个在阶级社会中成长的人，他的思想无不打上阶级的烙印，残留着个人主义，而个人主义是和集体主义是存在着不可调和的矛盾，只要是个人主义残存着，哪怕你在再长的时间中再艰苦的环境里经过了考验，对革命有了巨大的贡献，但是最后将还会走向反党反人民的道路。从苏联的贝利亚、现在的高岗和饶漱石事件中，我们应当吸取这一严重的教训，深刻的体会个人主义的危害性，从而展开经常的批评与自我批评，向自己及别人的非无产阶级思想做无情的斗争。

九月三日（八月初七日） 星期五

今日已渐康复，又到丁济华处看病，开丸药两味，嘱经常服用，价颇昂也。中午到小帆处与棠嫂为忠实的解释问题争论甚久。关系越来越不能融洽下去，很想就此结束，却又为十数年友谊的感情所累，思想斗争甚久，亦颇痛苦，我同情他们的物质生活不好，经济不足。但对棠嫂的对友欠忠实意见亦颇大，慢慢地再谈吧。希望我们会好下去，不得已也只好结束了。

九月四日（八月初八日） 星期六

接葱玉处长来函，称仍要把各省出来的文物略加补充，照相编目都要从头做起，不用说又要费一些时间了。国庆节前完成任务看起来是很困难了。黄小松画已印完，即可装订，亦一快事。履芳又来信嘱联系印刷事，早不来临时又要完成任务，实在急人。

九月五日（八月初九日） 星期日

晨起，印刷所出土文物已开始印第二批，效果甚好，有些是因为来的底片就不好，如壁画等即不甚清楚。午去访张鹏未遇，到三马路来薰阁、文海、富晋等书店闲谈甚久，本拟即去，为世保强留，藉此又了解了一些上海书肆情况，也算是一个收获。晚又落雨，在郑家二楼与文英偲谈往事，书桌上有他们全家和西谛部长的全家照相，她问到小箴、曼莉的近况，不禁使我回忆起八年以来的许多事，在这个屋子里，我曾经长期的辛勤工作着，那时曼莉还是个小孩子。小箴常常在我工作之余在一起谈她们家里的生活琐事，那时也觉得满有意思的。如今小箴已是孩子的母亲，曼莉也已经结婚，而我却还是一个人，听着敲窗的细雨，回忆起八年的往事，突然在心头掠过了一阵独身的伤感。但很快地就过去了。雨止始归，寝已午夜。

九月六日（八月初十日） 星期一

广东、河南、安徽等省一部分照片已放好，又重新排贴了一下，即送鹤记照玻璃片，故宫购纸今日已亦代办。哲民生病有些发烧，也是多日奔波之故，上次说请请他，局里尚无意覆音，未知可否。中午陪玲子去看医生，晚遇国庆自北京开会返闽道经上海，晤谈甚久，数年来他思想进步颇大，青年人又是从来就从事劳动的人，总比受了极深的资产阶级影响如棠嫂者要好改造得多了。

秀芳来函寄款五十万元，嘱代购毛衣一件，对老于也实在是无微不至，一天之内竟连接两函，只惜于坚未来上海，或者是直去南京了。回去非和他们开开玩笑不可。

九月七日（八月初十一日） 星期二

一个早晨都为故宫博物院买纸，把时间用完了。下午与北京通长途电话，知晋生不久来沪，极慰，如此则省了我许多事，并且可以避免了一些可能产生的错误。通电话后，即去文管会与森老商量，确定《黄小松访碑图册》的题签，转请沈尹默代书。晚至新闻出版局洽谈印刷麦积山石窟图录，尚需与三厂径洽，成功与否，犹未可卜也。

九月八日（八月十二日） 星期三

晨去张鹏处，知其下午即返京，当即将此间情况请其代转王兴存。下午在东亚开房间，以准备晋生来时的住处，晚因文化局已答应可以设法，当即退去。百货公司的纸已洽妥，明日当可付款。

与棠嫂到百货公司代秀芳购毛衣及皮鞋，九时始归。

九月九日（八月十三日） 星期四

终日为故宫事奔走，结果有很多东西买不到，真是急人。晚又有雨，天气转凉，已有秋意。至小帆处，谈甚久。晚有敌机偷袭。

九月十日（八月十四日） 星期五

晋生至今未到，不知道是阻于中途还是根本不来了，此间印刷情况未如理想，到今天为止才印了六十页，尚有一百七十页未印，他不来铅印无法付排，则国庆完成任务是十分困难了。

九月十一日（八月十五日） 星期六

早晨去印刷所，他们因为中秋节今天休息，只好去上海出版公司看了看照片。下午没有出去，锡玖已病愈，来谈甚久，主要是谈了他最近工作的情况和入党问题，他很热情，工作也积极，只是不沉着，易冲动，以致群众关系不好，对他的进步颇有影响。我和他交换了不少意见，彼此都有些收获。晚十时他才辞去，我亦早寝。

九月十二日（八月十六日） 星期日

晋生仍未到，为之焦急不已。早去印刷所，与哲民商量拟先将寄来的目录交铅印厂先把字准备好，等他们到来一经决定即刻付排，这样还可以节省一些时间。下午绍良来，同去森老处，四姐的八大山人画经鉴定又系赝品不能出售，只好替她带回北京了。晚十一时方睡好，晋生自北京来，为之欣慰不已，谈到二点才睡。

九月十三日（八月十七日） 星期一

辰生讀書劄記

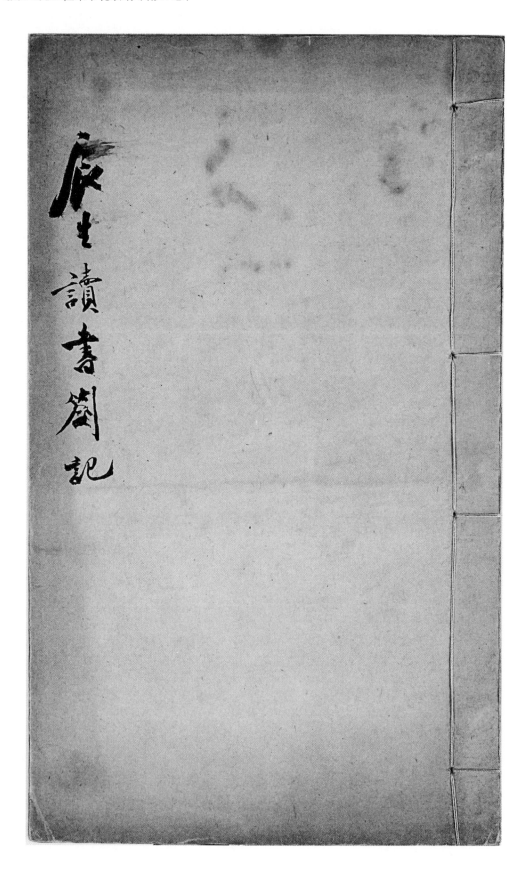

辰生讀書劄記　一九五五年

關於過渡時期中民族資產階級與工人階級之間的矛盾性質問題

一九五三年七月三聯書店出版的「矛盾論解說」在解釋矛盾「根据事務的具体發展，有些矛盾是由原来还非对抗性，而發展成為对抗性的，也有些矛盾则由原来是对抗性的，而發展成為非对抗性的。」这一論点附說：「在另一种特殊情况下，原来是对抗性的矛盾，可以發展為非对抗性的矛盾。例如，中國的工人階級和民族資產階級（民族資產階級無疑也是帶有对抗性的矛盾，但）在現階段上，有其很大的重要性。我們還有帝國主義站在旁边，這敌人是很兇惡的……為了对付帝國主義的压迫，為了使落后的經濟地位提高一步，中國必須利用一切於國計民生有利而不是有害的城鄉資本主義因素，團结民族資產階級共同奮鬥」（論人民民主專政）。在共同奮鬥的過程中，工人階級对於民族資產階級是實行着又联合又鬥爭的政策。到了將来「實行社會主義即實行私人企業國有化的时候，再進一步对他進行教育和改造工作。人民手裡有強大的國家機器，不怕民族資產階級造反」（見前著所以中國工人階級和民族資產階級的矛盾的鬥爭，不必採取外部对抗的形式，即爆發的形式。

这就是说，像这样原带有对抗性的矛盾，可以发展为非对抗性的矛盾。（《矛盾论解说》二〇七页）。

李达同志这一解释是不正确的。他把矛盾性质的改变和解决矛盾的方法混淆起来了。他引證毛主席在《人民民主专政》裡的話，只是說明了：根據我國現階段歷史条件的特点，如何解决民族资产阶级与工人阶级矛盾所应该採取的方法，丝毫也没有意味着这一对抗性矛盾性质的改变。因为对抗性矛盾的解放方法是会随着条件的改变而改变的。例如，在苏联从资本主义到社会主义的过渡时期由于无产阶级的專政，階级鬥爭的条件也根本上改变得有利于工人阶级，因而消滅富農，即解决蘇聯内部最后一个社会对抗性矛盾，並不是採取爆發的形式来实现的。同樣地，我國在將來消滅民族資产階級的时候，也會是如此。當然在具体的方法上，也会與蘇聯當时消滅富農是有所區别的。因此，矛盾解决形式的改變，並不意味着矛盾性質的改變。所以李達同志所说：“中國工人階級和民族資產階級的鬥爭不出於採取外部对抗的形式，即爆發的形式”，是十分正確的。但却不能因为对抗性矛盾的解决形式，通常是採取爆發的形式，因而就斷定不採取爆發形式解決的矛盾，也必然是非对抗性的。这种推論的方法，顯然是錯誤的。

由此可见，把过渡时期的民族资产阶级与工人阶级的矛盾来解释由对抗性发展为非对抗性矛盾这一问题是不恰当的。[illegible]同志在《毛泽东同志对马克思主义辩证法的贡献》一文中，闡述關於不同的矛盾用不同的方法解决时，曾提出了对处理民族资产阶级和工人阶级矛盾的例子。他雖然没有明確地指出这一矛盾是非对抗性矛盾，但是他的解释却是从毛主席所说：“矛盾和斗争是普遍的、绝对的，但是解决矛盾的方法，即鬥爭的形式则因矛盾性质的不同而不相同”这一論点出發的。毛主席所指的不同性质的矛盾正是对抗性矛盾與非对抗性矛盾。因而[illegible]同志这一解释也是模糊的，因为他们对民族资产阶级进行社会主义改造的政策，並不是因为矛盾性质不同而用不同方法解决的问题，而是相同性质的矛盾在不同条件下採取不同方法解决的问题。

我們知道並不是一切对抗性的矛盾都可以發展为非对抗性的矛盾。也必須要把可以發展为非对抗性和不可能發展为非对抗性的（而非对抗性的）对抗性矛盾區别開来。那些，什麼对抗性的矛盾是不可以发展为非对抗性的矛盾呢？我的体会是：阶级对抗的社会形态所特有的根本矛盾是不可能发展为非对抗性的。例如：封建地主和农民，资产阶级和无产阶级之间的矛盾是只能是只能以消灭那个代表落后生产关系的剥削阶级而告终的。我们无妨再举一下我国民族资产阶级的例子吧！民族资产阶级与工人阶级在一开始就存在着阶级的对抗，因为这两个阶级的利益在根本上是有着不可调和的敌对性，最终还是要以消灭这个剥削阶级的资产阶级来解决这个矛盾的。但是由于过去中国是半封建半殖民地的社会，他们同样是受帝国主义压迫的，「所以中国民族资产阶级还有在一定时期中和一定程度的革命性。」「可以同无产阶级、小资产阶级联合起来，反对它们所要反对的敌人。」（新民主主义论）因而在民主主义革命阶段里，主要矛盾是人民大众（包括资产阶级在内）与帝国主义、官僚资本主义、封建主义的矛盾，民族资产阶级和无产阶级的矛盾就成了次要矛盾，但是这一矛盾的对抗性质是没有改变的，在这里绝不能把矛盾的对抗性和不同历史阶段中的主要矛盾混为一谈。由于中华人民共和国的成立，基本上结束了民主主义革命并开始了革命的第二阶段——社会主义革命，因而引起了国内阶级关系的新变化，资产阶级和工人阶级的矛盾不仅没有发展为非对抗性的矛盾，而且上升成为国内头等矛盾中的主要矛盾并日益激化着。如果我们错误地认为在过渡时期中民族资产阶级与工人阶级已经发展为非对抗性的矛盾了，必然地也就会认为在过渡时期的阶级斗争不是日益复杂化、尖锐化，而是逐渐缓和了。因而也就不可能更深刻地体会限制和反限制的尖锐斗争——「谁战胜谁」这一问题的严重性，从而放松了对资产阶级的限制和改造。当然我们也不能只是强调这一矛盾的不可调和的敌对性，却忽略了中国民族资产阶级的特殊性，忽视了它可以利用的一面，而否定对它又联合又斗争的政策。如果这样，也会给革命带来损失的。正是由于我们已经有了强大的社会主义经济基础和在「人民手里有强大的国家机器」，不怕民族资产阶级造反的条件下，我们才有可能在解决这一对抗性矛盾时，不是采取爆发的形式，而是采取对它逐步实行社会主义改造的形式来实现的。

如上所述，阶级对抗的根本矛盾是不会因为条件变化而改变性质的。那末，那些对抗性矛盾是可以發展為非對抗性的矛盾啦？我的体会是，在有階级对抗的根本矛盾所規定和影响的有些对抗性矛盾是可以隨着這一根本矛盾的解决而發展为非对抗性矛盾的。例如毛主席所指出的「經濟上城市和鄉村的矛盾，在資本主義社會裡面（那裡資產階级統治的城市殘酷地掠奪鄉村）、在中國的國民党統治區裡面（那裡外國帝國主義和本國買辦資產階级所統治的城市極野蠻地掠奪鄉村），那是極其对抗的矛盾。但在社會主義國家裡面，在我們革命根據地裡面，這種对抗性的矛盾就變為非对抗性的矛盾。」又如，过去反動統治時代，由於反動統治階级所實行的大漢族主義政策、殘酷地压迫兄弟民族，形成了民族之間的仇視，這是極其对抗的矛盾。今天，由於人民掌握了政權，党和政府貫徹了正確的民族政策，全國各民族出現了空前未有的大團結。民族之間的仇視消失了。但是在政治上和經濟上各民族之間还存在着先進與落後的矛盾。以上就是本来帶有对抗性的矛盾，可以發展为非对抗性矛盾的例子。

從上述例子裡可以看出在階级对抗的社會裡，对抗性是滲透了該社會的各個方面的。這些矛

個方面的矛盾並可以形成為對抗性，正是为這一社會制度的根本矛盾所規定的。因此，當着舊的社會制度为新的社會制度所代替，即這一矛盾（根本矛盾）得到解决時，那些为這个根本矛盾所規定或影响的矛盾着的各方面関係，就为新社会制度的本質所决定了。這些矛盾着的各方面在新的基礎上形成了新的関係，在這種新的条件下，对抗消失了，矛盾存在着」。

由此可見，只有在上述条件規定下的对抗性矛盾才可能發展为非对抗性矛盾。因此，我们在研究矛盾的特殊性時，不僅要善於區别矛盾的不同性質，而且要善於區别規定性質相同矛盾的不同条件。只有這樣，才會使我们找出正確解决矛盾的方法，才會正確地掌握和执行党的政策。否则，在理論上，就會陷於教条主義。在實踐上就會犯左傾或右傾的錯誤。

關於建築藝術與民族形式問題

——讀梁思成先生「祖國的建築」（中華全國科普協會出版）——

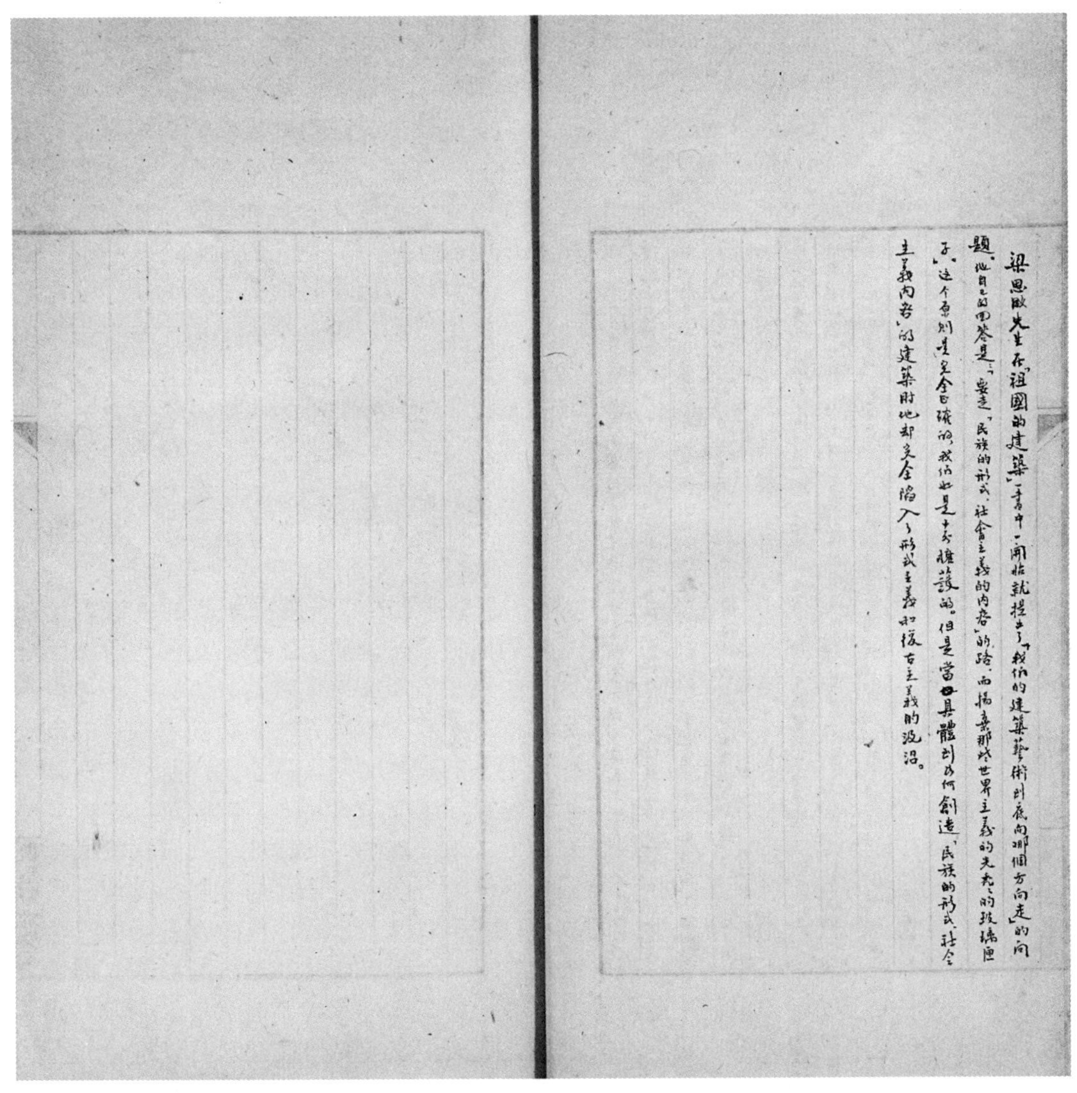

梁思成先生在「祖國的建築」一書中一開始就提出了「我們的建築藝術到底向哪個方向走」的問題。他自己的回答是：「要走『民族的形式，社會主義的內容』的路，而揚棄那些世界主義的光光的玻璃匣子」。這個原則是完全正確的，我們也是十分擁護的。但是當具體到如何創造「民族的形式，社會主義內容」的建築時他却完全陷入了形式主義和復古主義的泥沼。

辰生读书札记

一九五五年

关于过渡时期中民族资产阶级与工人阶级之间的矛盾性质问题

一九五三年七月三联书店出版的《矛盾论解说》在解释矛盾“根据事物的具体发展，有些矛盾是由原来还非对抗性而发展成为对抗性的，也有些矛盾则由原来是对抗性的，而发展成为非对抗性的”这一论点时说：“在另一种特殊情况下，原来是对抗性的矛盾，可以发展为非对抗性的矛盾。例如，中国的工人阶级和民族资产阶级无疑地是带有对抗性的矛盾，但民族资产阶级在现阶段上，有其很大的重要性。我们还有帝国主义站在旁边，这敌人是很凶恶的……为了对付帝国主义的压迫，为了使落后的经济地位提高一步，中国必须利用一切于国计民生有利而不是有害的城乡资本主义因素，团结民族资产阶级共同奋斗”（《论人民民主专政》）。在共同奋斗的过程中，工人阶级对于民族资产阶级是实行着又联合又斗争的政策。到了将来“实行社会主义即实行私人企业国有化的时候，再进一步对他进行教育和改造工作。人民手里有强大的国家机器，不怕民族资产阶级造反”（见前著），所以中国工人阶级和民族资产阶级的矛盾的斗争，不至于采取外部对抗的形式，即爆发的形式。这就是说，像这样原带有对抗性的矛盾，可以发展为非对抗性的矛盾。”（《矛盾论解说》三〇七页）。

李达同志这一解释是不正确的，他把矛盾性质的改变和解决矛盾的方法混淆起来了。他引证毛主席在《人民民主专政》里的话，只是说明了：根据我国现阶段历史条件的特点，如何解决民族资产阶级与工人阶级矛盾所应该采取的方法，丝毫也没有意味着这一对抗性矛盾性质的改变。因为对抗性矛盾的解决方法是会随着条件的改变而改变的。例如，在苏联从资本主义到社会主义的过渡时期，由于无产阶级的专政，阶级斗争的条件已根本上改变得有利于工人阶级。因而消灭富农，即解决苏联内部最后一个社会对抗性矛盾，并不是采取爆发的形式来实现的。同样地，我国在将来消灭民族资产阶级的时候，也会是如此，当然在具体的方法上，还会与苏联当时消灭富农是有所区别的。因此，矛盾解决形式的改变，并不意味着矛盾性质的改变。虽然李达同志所说“中国工人阶级和民族资产阶级的斗争不至于采取外部对抗的形式，即爆发的形式”是十分正确的。但却不能因为对抗性矛盾的解决形式，通常是采取爆发的形式，因而就断定不采取爆发形式解决的矛盾，也必然是非对抗性的。这种推论的方法显然是错误的。

由此可见，把过渡时期的民族资产阶级与工人阶级的矛盾来解释由对抗性发展为非对抗性矛盾这一问题是不恰当的。张如心同志在《毛泽东同志对马克思主义辩证法的贡献》一文中，阐述关于不同的矛盾用不同的方法解决时，特别提出了对处理民族资产阶级和工人阶级矛盾的例子。他虽然没有明确地指出这一矛盾是非对抗性矛盾。但是他的解释却是从毛主席所说“矛盾和斗争是普遍的、绝对的，但是解决矛盾的方法，即斗争的形式则因矛盾性质的不同而不相同”这一论点出发的。毛主席所指的不同性质的矛盾正是对抗性矛盾与非对抗性矛盾。因而张如心同志这一解释也是模糊的。因为我们对民族资产阶级进行社会主义改造的政策，并不是因为矛盾性质不同而用不同方法解决的问题，而是相同性质的矛盾在不同条件下采取不同方法解决的问题。

我认为并不是一切对抗性的矛盾都可以发展为非对抗性的矛盾。而必须要把可以发展为非对抗性和不可能发展为非对抗性的两种类型的对抗性矛盾区别开来。那么，什么对抗性的矛盾是不可以发展为非对抗性的矛盾的呢？我的体会是阶级对抗性的社会形态所特有的根本矛盾是不可能发展为非对抗性的。例如，封建地主和农民，资产阶级和无产阶级之间的矛盾是只能以消灭那个代表旧生产关系的剥削阶级而告终的。我们无妨再举下我国民族资产阶级的例子吧！民族资产阶级与工人阶级在一开始就存在着阶级的对抗，因为这两个阶级的利益在根本上具有着不可调和的敌对性，最终还是要以消灭这一个做剥削阶级的资产阶级来解决这个矛盾的。但是由于过去中国是半封建半殖民地的社会，他们同样是受帝国主义压迫的。“所以中国民族资产阶级还有在一定时期中和一定程度的革命性”“可以同无产阶级、小资产阶级联合起来，反对它们所愿意反对的敌人”（《新民主主义论》），因而在民主主义革命阶段里，主要矛盾是人民大众（包括资产阶级在内）与帝国主义、官僚资本主义、封建主义的矛盾，民族资产阶级和无产阶级的矛盾就成了次要矛盾，但是这一矛盾的对抗性质是没有改变的。在这里绝不能把矛盾的对抗性和各个不同历史阶段中的主要矛盾混为一谈。由于中华人民共和国的成立，基本上结束了民主主义革命并开始了革命的第二阶段——社会主义革命，因而引起了国内阶级关系的新变化。资产阶级和工人阶级的矛盾不仅没有发展为非对抗性的矛盾，而且上升成为国内各种矛盾中的主要矛盾在日益激化着。如果我们错误地认为在过渡时期中民族资产阶级与工人阶级已经发展为非对抗性的矛盾了，必然地也就会认为在过渡时期的阶级斗争不是日益复杂化、尖锐化，而是逐渐缓和了，因而也就不可能更深刻地体会限制和反限制的尖锐斗争——“谁战胜谁”这一问题的严重性，从而放松了对资产阶级的限制和改造。当然我们也不能只是强调这一矛盾的不可调和的敌对性，却忽略了中国民族资产阶级的特殊性，忽视了它可以利用的一面，而否定对它又联合又斗争的政策。如果这样，也会给革命带来损失的。正是由于我们已经有了强大的社会主义经济基础和在“人民手里有强大的国家机器，不怕民族资产阶级造反”的条件下，我们才有可能在解决这一对抗性矛盾时，不是采取爆发的形式，而是采取对它逐步实行社会主义改造的形式来实现的。

如上所述，阶级对抗的根本矛盾是不会因为条件变化而改变性质的。那么，哪些对抗性矛盾是可以发展为非对抗性的矛盾呢？我的体会是在为阶级对抗的根本矛盾所规定和影响的有些对抗性矛盾是可以随着这一根本矛盾的解决而发展为非对抗性矛盾的。例如毛主席所指出的：“经济上城市和乡村的矛盾，在资本主义社会里面（那里资产阶级统治的城市残酷地掠夺乡村）、在中国的国民党统治区里面（那里外国帝国主义和本国买办资产阶级所统治的城市极野蛮地掠夺乡村），那是极其对抗的矛盾。但在社会主义国家里面，在我们革命根据地里面，这种对抗性的矛盾就变为非对抗性的矛盾”，又如，过去反动统治时代，由于反动统治阶级所实行的大汉族主义政策，残酷地压迫各兄弟民族，形成了民族之间的仇视，这是极其对抗的矛盾。今天，由于人民掌握了政权，党和政府制定了正确民族政策，全国各民族出现了空前未有的大团结。民族之间的仇视消失了，但是在政治上和经济上各民族之间还存在着先进与落后的矛盾。以上就是原来带有对抗性的矛盾，可以发展为非对抗性矛盾的例子。

从上述例子里可以看出，在阶级对抗的社会里，对抗性是渗透了该社会的各个方面的。这些各个方面的矛盾，其所以形成为对抗性，正是为这一社会制度的根本矛盾所规定的。因此，当旧的社会制度为新的社会制度所代替，即这一矛盾（根本矛盾）得到解决时，那些为这个根本矛盾所规定或影响的矛盾着的各方面关系，就为新社会制度的本质所决定了。这时矛盾着的诸方面在新的基础上形成了新的关系，在这种新的条件下"对抗消失了，矛盾存在着"。

由此可见，只有在上述条件规定下的对抗性矛盾才可能发展为非对抗性矛盾。因此，我们在研究矛盾的特殊性时，不仅要善于区别矛盾的不同性质，而且要善于区别规定性质相同矛盾的不同条件。只有这样，才会使我们找出正确解决矛盾的方法，才会正确地掌握和执行党的政策。否则，在理论上，就会陷于教条主义，在实践上，就会犯左倾或右倾的错误。

关于建筑艺术与民族形式问题
——读梁思成先生《祖国的建筑》（中华全国科普协会出版）

梁思成先生在《祖国的建筑》一书中一开始就提出了"我们的建筑艺术到底向哪个方向走"的问题。他自己的回答是"要走'民族的形式，社会主义的内容'的路，而扬弃那些世界主义的光秃秃的玻璃匣子"，这个原则是完全正确的，我们也是十分拥护的。但是当具体到如何创造"民族的形式，社会主义内容"的建筑时，他却完全陷入了形式主义和复古主义的泥沼。

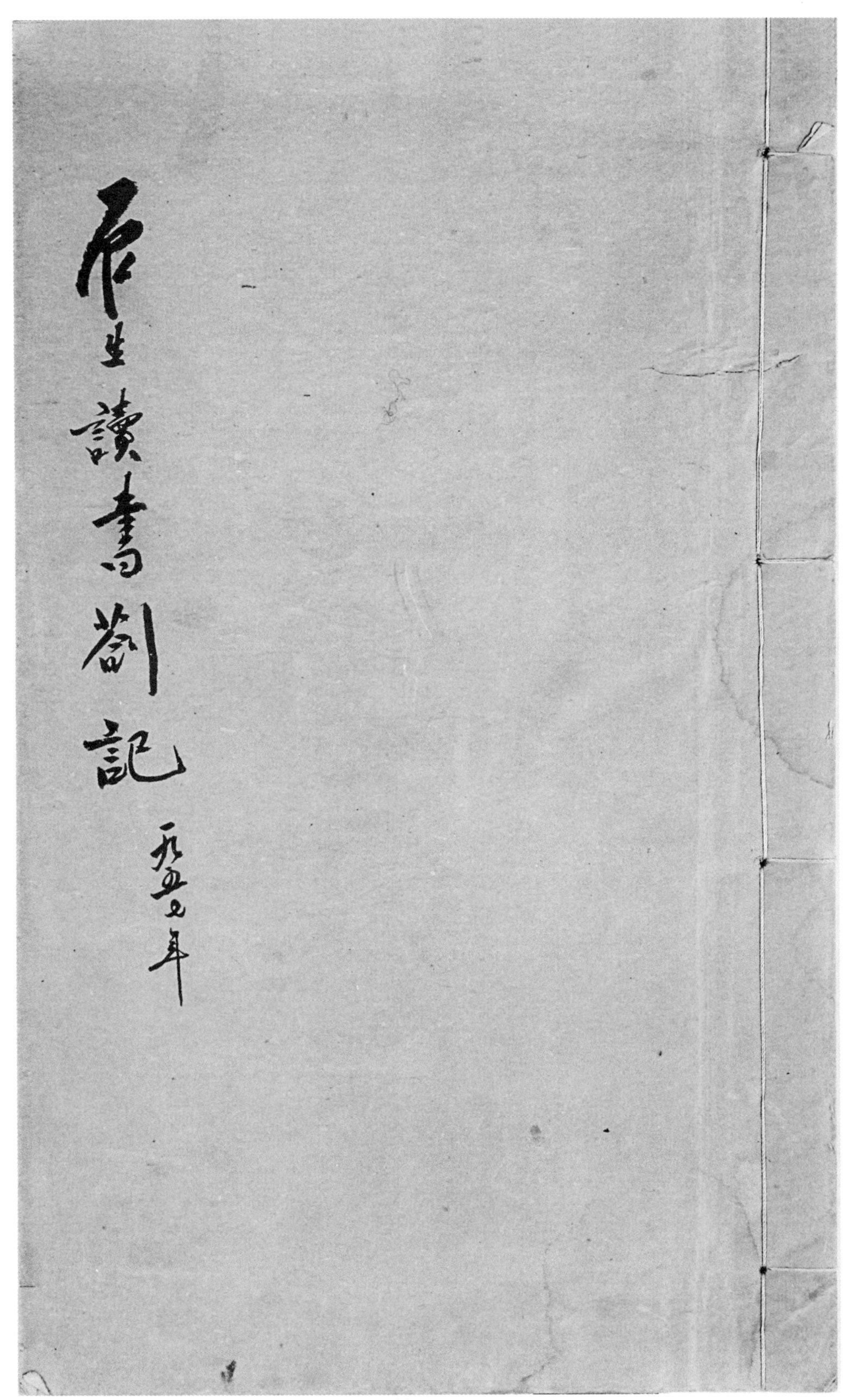
辰生讀書劄記
一九五七年

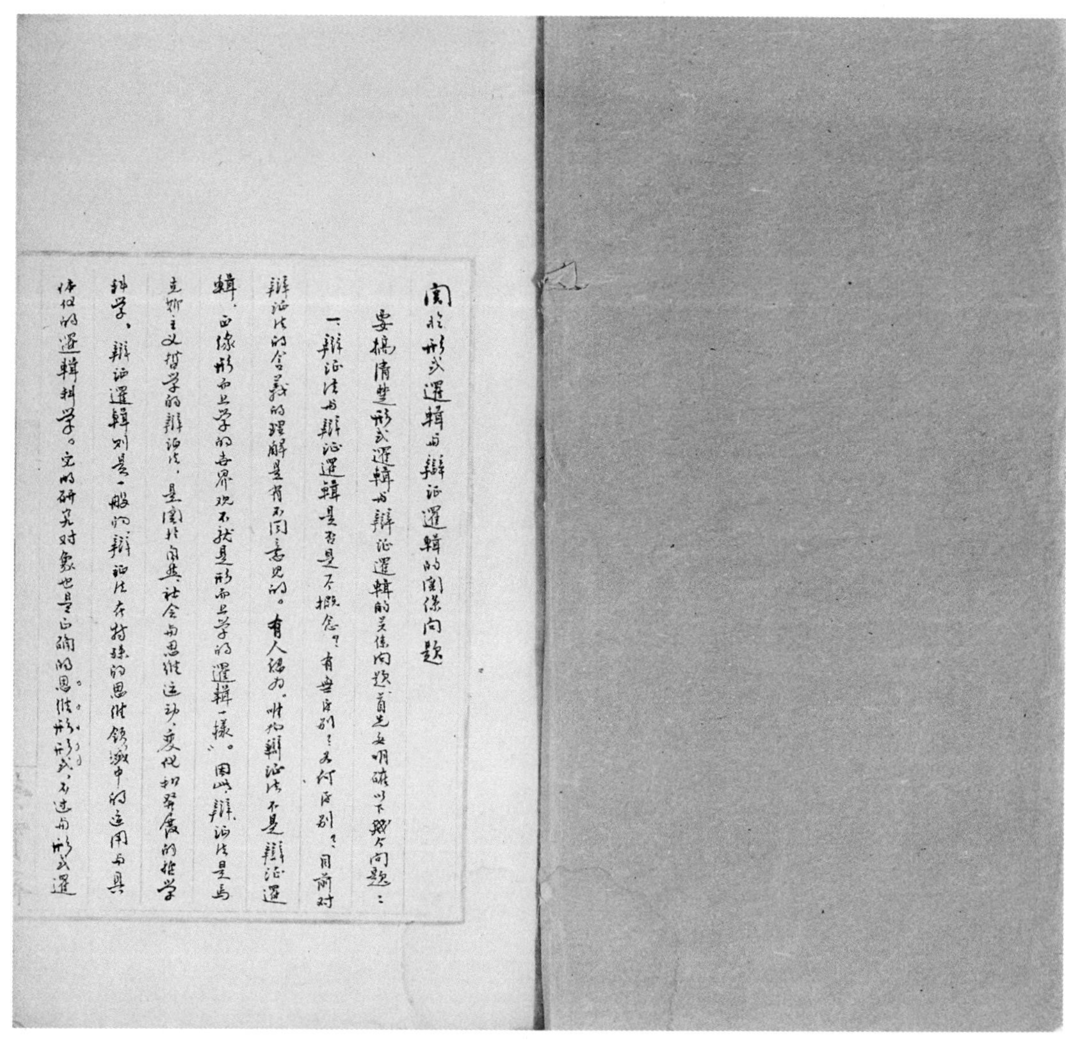

关於形式邏輯与辯證邏輯的关係问题

要搞清楚形式邏輯与辯證邏輯的关係问题，首先要明确以下几个问题：

一、辯證法与辯證邏輯是否是一个概念？有无区别？有何区别？目前对辯證法的含义的理解是有不同意见的。有人认为，唯物辯證法不是辯證邏輯，正像形而上学的世界观不就是形而上学的邏輯一样。因此，辯證法是马克思主义哲学的辯證法，是关於自然、社会与思维运动、变化和发展的哲学科学，辯證邏輯则是一般的辯證法在特殊的思维领域中的运用与具体化的邏輯科学。它的研究对象也是正确的思维形式，不过与形式邏輯所研究的角度不同而已。但它并不是宇宙观。这样，形式邏輯与辩证法的关係与形式邏輯和辩证邏輯的关係就被完全混为一谈了。根据以上的意见，辩证法与形式邏輯的関係，要是一般哲学与具体科学的关係，二者不是并列的科学。形式邏輯与辩证邏輯的关係才是同一系列的关係，同一系列的科学。二者的区别是初等数学与高等数学的关係。

也有人认为辩证法实質上也就是辩证邏輯，因此，辩证法与形式邏輯的关係是同一系列的科学。理由是：二者均为事物发展规律在人们意識中的反映。同时二者都是思惟的规律，都是最普遍、最一般的思維规律。形式邏輯是初级的、辩证法（即辩证邏輯）是高级的。高低之分是由於人類思维能力和認識水平逐漸發展形成的不同階段。

以上不同意见的主要分歧就是一种意见把辩证法与辩证邏輯理解為同一概念，二者沒有区别。一种意见是把辩证法与辩证邏輯区别開来。因而对形式邏輯与辩证法的关係得出了不同的结論。

二、形式邏輯的科学对象与性質是甚麼？目前也有不同意见。有人認為形式邏輯只管推論形式的正确性，它不管也不是探求真理的認識方法。只有辩证法才是探求真理的認識方法。因此，形式邏輯不管内容的真实性。它的作用只是"纠正关于认识的前后矛盾"。有人不同意这种说法，他们认为，形式逻辑既是要管思维形式的正确性，也是探求真理的认识方法，同时也要管内容的真实性。否则即割裂了逻辑思维与客观存在的联系，是抹杀形式逻辑客观基础的唯心主义观点。因为思维的正确性和真实性在思维实践中应该是统一的。不正确的内容不可能构成正确的论式。如果把形式逻辑仅仅认为是只管论式是否正确，就等于说形式逻辑可以为不正确的主张服务了。

以上意见的主要分歧就是形式逻辑是否是认识真理的认识方法问题。

三、形式逻辑与辩证逻辑在认识中有无一定的适用范围？有人认为形式逻辑对于简单关系的事物认识是够用的，事物的复杂关系是辩证逻辑的适用范围，二者是有分界线的，各有其适用范围。有人反对这种意见，他们认为在事物的简单或复杂的关系中，都必须同时运用形式逻辑与辩证逻辑才能达到真正认识的目的。而且在最简单的关系中形式逻辑也必须借助于辩证逻辑。在最复杂的关系中辩证逻辑也不能违反形式逻辑。因此，二者是不能划分领域的。此外还有人认为辩证逻辑是没有固定的适用范围，在形式逻辑的范围内也可以用辩证逻辑来进行认识。不过不能借口以辩证逻辑来取代形式逻辑的特殊任务。在形式逻辑的适用范围内，应用辩证逻辑的结果是获得了对事物的发展关系的认识。

以上意见到目前为止，还是零碎的，关于一点，为了进一步学习，有必要把一些经典著作中的意见摘录，然后对照学习。

"近代唯物论，在本质上说来都是辩证法的，而再不需要任何站在他种科学之上的哲学。既然要求了每种科学的科学，都搞明白它自己在世界事物以及对于这些事物认识的总体系中之地位，那末关于它们的总的联系的任何特殊科学，就变成不必要的了。这样以前的哲学只留下了一部份，保持独立的意义，这一部份就是关于思维及其规律的学说——形式逻辑及辩证法。其他一切，都归属于自然的及历史的实证科学中了。"（恩格斯反杜林论引论。概论）

在上述恩格斯的意见中，显然没有把辩证逻辑从辩证法里划分出来。但是关于思维及其规律的学说，却又不能完全概括了辩证法的含义。因此还需要进一步研究，特别是在译文方面也要加以核对，才能更确切的了解恩格斯原意。

"初等数学，即常数的数学，至少在大体上说来是在形式逻辑的界限内运动着；变数的数学，其中最大部份是无穷小的计算，就其本质来说是辩证法在数学方面的应用。"（恩格斯反杜林论）

"辩证逻辑和旧的纯粹的形式逻辑相反，不像后者满足于把各种思维运动形式，即把各种不同的判断和推论形式列举出来和毫无关联地排列起来。相反地，辩证逻辑由此及彼地推出这些形式，不把它们互相平列起来，而使它们互相隶属，从低级形式中发展出高级形式。"（恩格斯：自然辩证法，〔辩证法〕（C）辩证逻辑和认识论。关于认识的界限。」〔关于判断的分类。」）（这里恩格斯只提出"辩证逻辑"，这与前面马克思反杜林论中所说的辩证法是否是一个概念，不是的话又有何区别。值得注意。）

"思维规律和自然规律必然是相互一致的，只要我们正确地认识它们的话。"（全上）。"所谓客观辩证法，是整个自然界中统治着的，而所谓的主观辩证法，即辩证的思维，不过是自然界中到处盛行的在对立中的运动的反映而已。"

"两种哲学派别：带有固定范畴的形而上学派，带有流动范畴的辩证法派（亚里士多德，特别是黑格尔）；……整个逻辑完全是从前进着的各种对立中发展起来的。……头脑的辩证法只是现实世界（不论自然界或历史）的运动形态之反映。一直到世纪末，甚至到一八三〇年，自然科学家靠着旧的形而上学还勉强可以应付，因为真正的科学当时还没有超出力学——地球上和宇宙的力学的范围。然而高等数学已经带给他们以相当的混乱，因为高等数学把初等数学的永恒真理看作一个已被克服了的观点，常常作出相反的判断，提出一些在初等数学的代表人看来是完全胡说

八、逻辑的命题。固定的范畴在这里消失了。”（恩格斯《自然辩证法》，自然科学与哲学）。

“摆脱了神秘主义的辩证法，逐渐变成自然科学绝对必需的东西，因为自然科学已经抛弃掉这样的领域，在那里，固定不变的范畴（就好像是逻辑的初等数学）及其在实事上的应用是足够的。”（仝上）。

“旧的形而上学意义下的同一律是旧的世界观的基本原则：a=a 每一事物和它自己相同。一切都是永久不变的，太阳系、星体、有机体都是如此。这个定律被自然科学在每个场合下逐步地驳斥了，但是在理论中还继续存在着，而旧事物的拥护者还常常用它来抵抗新事物，他们说“一个事物不能同时是它自己又是别的”。但是自然科学很详细地证明了：真实的具体的同一性包含着差别和变化。——抽象的同一性，像形而上学的一切范畴一样，只有对家常事才能应用，因为在这里所考察的只是很小的范围或很短的时间；它所能适用的范围差不多在每个场合下都是不相同的，并且是由对象的性质来决定的；”

“同一性和差别性——必然性和偶然性——原因和结果——这是主要的对立，当它们被分开来考察时，就都互相转化。于是必须求援于‘根据’。”（恩格斯《自然辩证法》〔辩证法的一般问题，刊基本规律〕）

"一切差别都在中间阶段中融合，一切对立的东西都经过中间环节互相过渡；对自然科学发展的这种阶段来说，旧的形而上学的思维方法便不够用了。辩证法不知道什么绝对分明的界限，不知道什么无条件的普遍有效的'非此即彼'，它使固定的形而上学的差异互相过渡，除了'非此即彼'又在适当的地方承认'亦此亦彼'，并且使对立的东西调合起来，辩证法是唯一适合于自然科学现在这个发展阶段的最高级的思维方法。自然，对于日常应用，对于科学的小买卖，形而上学的范畴仍然有它的效力。"（全上）这里恩格斯是把辩证法和形而上学来相提并论的。形式逻辑和形而上学是两个不同的概念，用时不可以混为一谈。这里恩格斯所说的应用的范围是形而上学的应用范围，并不是指形式逻辑的应用范围，要注意。不要把恩格斯对于形而上学的理论应用到形式逻辑上去。

"如果我们的前提是正确的，如果我们正确地把思维规律应用于这些前提，那末结果就一定是符合现实的。"（恩格斯：反杜林论）这里前提正确是有决定意义的。前提内容是否正确是在于它是否符合客观的存在，前提内容的真理性和形式的正确性是真正认识现实的保障。但是要知道内容的真理性一定会决定形式的正确性吗？

"每一时代的理论的思维（我们这一时代的理论的思维也是如此）都是一种历史的产物。在不同的时代具有非常不同的形式，并且具有不同的内容。因此，关于思维的科学，正如其他任何科学一样，是一种历史的科学，关于人的思维的历史发展的科学。"思维规律的理论——恩格斯说——决不是一成不变的

「求取真理」，就像市侩思想对于「逻辑」这一名词所想像的那样。"（自然辩证法）。

"甚至形式逻辑首先也是探寻新结果，从已知推到未知的方法；辩证法也是这样的，只是它具有更高得多的意义；此外，辩证法突破了形式逻辑的狭窄界限，自身就包含着更广大的世界观的萌芽。"（恩格斯：反杜林论。）这里恩格斯的意见很明确：形式逻辑同样是认识世界的方法。

"以绝对的力量统治着我们的全部理论思维的是这样一个事实：我们的主观思维和客观世界服从同一的规律，因此它们也就不能在其结果上彼此矛盾，而应彼此协调。"（仝上）。

"我们回到唯物论的观点以后，重新把人的概念看做现实事物的反映，而不把现实事物看做绝对概念的某一阶段的反映。这样，辩证法便归结为研究外界和人类思维的一般运动规律的科学，这两个系列的规律，在本质上是同一的，但在其表现上却是不同的（即形式上），这仅仅因为人的头脑可以自觉地应用这些规律，而在自然界中——迄今为止人类历史上大部分也如此，——这些规律则是不自觉地，以外界必然性的形式，在无穷的表面上的偶然性中间为

自己開拓着道路。這樣一来，概念的辯証法本身就变成为
只是現实世界的辯証法運动之自覺的反映。”（恩格斯：费尔巴
哈與德國古典哲学的終結）。
“舊的研究方法和思想方法，即黑格尔所叫做“形而上学方法”的
方法，主要是把事物看做一成不变的东西，其殘餘至今還牢
固地盤據在人們的头腦中，但是這种方法在當时是有存在的重
大歷史理由的。本来在着手研究某种过程以前，先应該研究
事物。应当開始就知道該事務是甚么東西，然後才可以研究這事
物裡面所發生的变化。自然科学方面的情形，正是這樣的。認為
事務都是一成不变的形而上学，就是從那把自然界的無生物和有生
物都當做一种既成事物来研究的自然科学中成長起来的。當对
个别事務的這种研究進展得很遠，已經可以向前作出新的堅決步
驟的时候，换句話說，已經可以有系统地研究這些事務在自然界本
身中所發生的变化的时候，在哲学領域内，其的形而上学的喪
鐘也就響了。”（仝上）。
“学校裡所得而已經滿足的（学校低年级——如此補足——）所謂

認為已經滿足的）那种形式邏輯，採用形式的定義，而以最普通的、眼睛最常見的东西为指導，而且以此为限。如果在這場合堅兩个或數个不同的定義，把它們完全偶然地联結起來（不管玻璃筒也好，飲器也好），那末，我們所得到的，就是个折衷的主義究指示出对象各个方面，此外一無所有。

第一譯法為：形式邏輯，只有在中学校里的人們才全受它的限制（而且对於中学的低級班次來說，是应当受它的限制的——在它經过了修正以后……。）

"辯證法邏輯要求我們要更進一步。为了真正地認識对象，必須把握和研究对象的一切方面、一切联系和「媒介」。我們從不能完全地做到這一點，可是，全面性的要求，就可使我們謹防錯誤，謹防僵化。這是第一。第二，辯證法邏輯要求在对象的發展上，从它的『自己运动』（如黑格爾有时所說的）上，在它的変化上去把握它。在一个玻璃杯上，這不能一下去看得明白的，可是，一个玻璃杯也不（並）是不变的。特别是玻璃杯的用途，它的作用，它和周圍世界的联系都在変化着。第三，必須把全部的人的實踐——既作为真理的標準，並作为对象与人所需要的东西之联系在實際規定上的——包括在对象底完全的『定義』里面去。第四，辯證法邏輯教肇绅伯，"抽象的真理是没有的，真理永远是具体的"……"（列宁：再论职工会、目前形势及托洛茨基和布哈林的错误，列宁文集第七册〇八一〇九页）列宁这段话是为了驳斥布哈林所说的逻辑上的折衷"，指出他的全部的推论"方式表明，他在这里——也许是不自觉地——正站在形式逻辑或烦琐哲学逻辑底观点上面，而不是站在辩证法的或马克斯主义逻辑底观点上面。

"逻辑形式和逻辑规律不是空洞的外壳，而是客观世界的反映。"（列宁：哲学笔记：黑格尔逻辑学一书摘要、一六六页）

"人的实践活动必须亿万次地使人的意识去重复各种不同的逻辑的格，以便这些格能够获得公理的意义。"（全上一七六页）

"人的实践经过千百次的重复，它在人的意识中以逻辑的格固定下来。这些格正是（而且只是）由于千百万次的重复才有着先入之见的巩固性和公理的性质。"（全上、二〇四页）。

"第一个前提：善的目的（主观的目的）对现实（'外部现实'）的关系。

第二个前提：外部手段（工具）（客观的东西）。

第三个前提或是结论：主观和客体的一致，对主观观念的检验，客观真理的标准。"（全上），

“普汲馬克斯没有留下邏輯，但是遗留下资本論的邏輯。我们应该充分地利用这种邏輯来解决当前的问题。在资本論中，邏輯、辩证法和唯物主义的认识論〔不必要三个詞：它们是同一个东西〕都应用于同一门科学。唯物主义则从黑格尔那里吸收了全部有价值的东西，并且向前推进了这些有价值的东西。”（列宁：哲学笔记，三三四页）。

有人根据列宁这一段话解释邏輯，认为邏輯、辩证法和唯物主义认识论在列宁思想中是同一个东西，有人认为这是错误的。因为列宁说邏輯和辩证法这两个概念只在认识过程这方面，在唯物主义认识过程方面才是同一的，这两个概念在唯物主义认识论中是不可分离的组成部分。二者是统一的，不是二者同时并用。认识过程就不能是感。这里所指邏輯就是形式邏輯。但也有人认为邏輯不应当分为形式、辩证等不同的划分。他们认为只有一种思维的邏輯，即事物的客观邏輯在人们意识中的反映。（我意兼采两者，只是大家概念理解不一致）。

“当邏輯的概念还是‘抽象的’，还具有抽象形式的时候，它们是主观的，但同时它们也反映着自在之物。自然界既是具体的又是抽象的，既是现象又是本质，既是瞬间又是关系。人的概念就其抽象性、隔离性来说是主观的，可是就整体、过程、总和、趋势、泉源来说却是客观的。（哲学笔记一九五页）

七月廿日（六月十五日）星期一

摘錄了不少经典著作有关形式邏輯的論述，但是不仿消化，就觉得十分困难了。做学问不是那样简单轻而易举，而要付出劳动，付出長期而艰苦的劳动！所以这对我来说，实在还只是学习的开始罢了。

关于形式邏輯问题的討論已经进行了几年了，国内外都有不少不同的意见，可惜这討論的中心主要是集中在論式的正确性与内容的真实性是否统一的问题上，分歧很大，主要有下列几种意见：

一、如果推論的前提是假的，推論的形式仍不能算是正确的，因为真实内容的判断才具有正确的形式，虚假的判断不可能具有正确的形式，这就是真实性与正确性的统一、内容与形式的统一。其所以如此，是因为思维形式的正确性是以思维内容的真实性为基础的。而真实性是正確推理的必要條件。总之，形式邏輯是要探討前提真实性的。否则形式邏輯就要为詭辯服务了。（汪天驥、马特、沈秉元等在形式邏輯是关于真理的学问的提法上，基本論点是一致的，但具体的提法上仍是有所不同。）

二、与上述論点相反，周谷城、王方名等認为：真实性和正确性是有区别的，形式邏輯不探討前提的真实性，只研究思维形式的正確性。正確

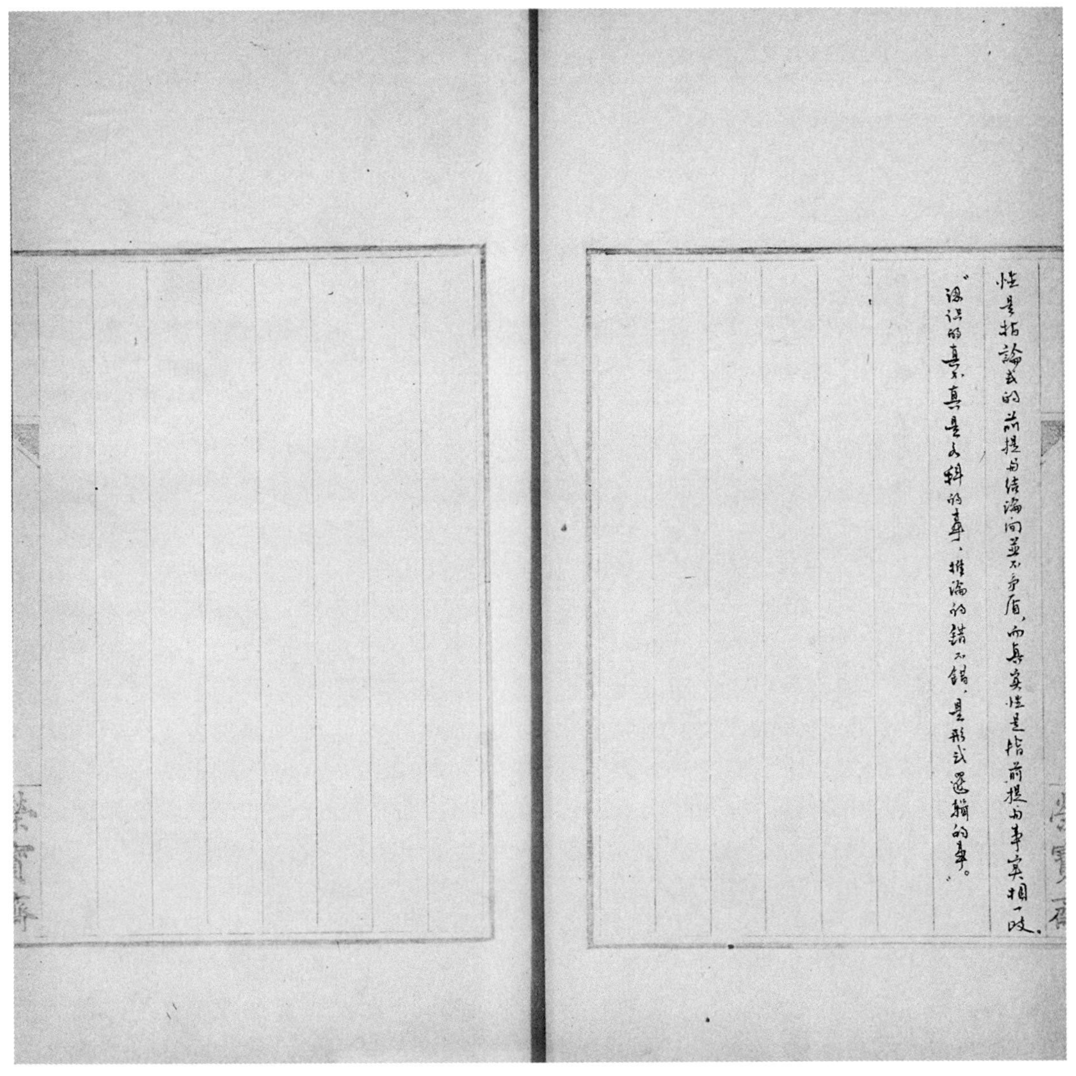

性是指論式的前提与结論间並不矛盾，而真实性是指前提与事实相一致。

"知识的真不真是材料的事，推論的錯不錯，是形式逻辑的事。"

关于形式逻辑与辩证逻辑的关系问题

要搞清楚形式逻辑与辩证逻辑的关系问题，首先要明确以下几个问题：

一、辩证法与辩证逻辑是否是一个概念？有无区别？如何区别？目前对辩证法的含义的理解是有不同意见的。有人认为“唯物辩证法不是辩证逻辑，正像形而上学的世界观不就是形而上学的逻辑一样”。因此，辩证法是马克思主义哲学的辩证法，是关于自然、社会与思维运动，变化和发展的哲学科学，辩证逻辑则是一般的辩证法在特殊的思维领域中的运用与具体化的逻辑科学。它的研究对象也是正确的思维形式，不过与形式逻辑所研究的角度不同而已。但它并不是宇宙观。这样，形式逻辑与辩证法的关系与形式逻辑和辩证逻辑的关系就不能完全混为一谈了。根据以上的意见，辩证法与形式逻辑的关系，应是一般哲学与具体科学的关系，二者不是并列的科学。形式逻辑与辩证逻辑的关系才是同一系列的关系，同一系列的科学。二者的区别是初等数学与高等数学的关系。

也有人认为辩证法实质上也就是辩证逻辑，因此，辩证法与形式逻辑的关系是同一系列的科学。理由是：二者均为事物及其规律在人们意识中的反映，同时二者都是思维的规律，都是最普遍、最一般的思维规律。形式逻辑是初级的，辩证法（即辩证逻辑）是高级的。高低之分是由于人类思维能力和认识水平逐渐发展形成的不同阶段。

以上不同意见的主要分歧就是一种意见把辩证法与辩证逻辑理解为同一概念，二者没有区别。一种意见是把辩证法与辩证逻辑区别开来。因而对形式逻辑与辩证法的关系得出了不同的结论。

二、形式逻辑的科学对象与性质是甚么？目前也有不同意见。有人认为形式逻辑只管推论形式的正确性，它不管也不是探求真理的认识方法。只有辩证法才是探求真理的认识方法。因此，形式逻辑不管内容的真实性，它的作用只是“纠正关于认识的前后矛盾”。有人不同意这种说法，他们认为，形式逻辑既是要管思维形式的正确性，也是探求真理的认识方法，因而也要管内容的真实性，否则即割裂了逻辑思维与客观存在的联系，是抹杀形式逻辑客观基础的唯心主义观点。因为思维的正确性和真实性在思维实践中应该是统一的。不正确的内容不可能构成正确的论式。如果把形式逻辑仅仅认为是只管论式是否正确，就等于说形式逻辑可以为不正确的主张服务了。

以上意见的主要分歧就是形式逻辑是否是认识真理的认识方法问题。

三、形式逻辑与辩证逻辑在认识中有无一定的适用范围？有人认为形式逻辑对于简单关系的事物认识是够用的，事物的复杂关系是辩证逻辑的适用范围，二者是有分界线的，各有其适用范围。有人反对这种意见，他们认为在事物的简单或复杂的关系中，都必须同时运用形式逻辑与辩证逻辑才能达到真正认识的目的，而且在最简单的关系中形式逻辑也必须借助于辩证逻辑，在最复杂的关系中辩证逻辑也不能违反形式逻辑。因此，二者是不能划分领域的。此外还有人认为辩证逻辑是没有固定的适用范围，在形式逻辑的范围内也可以用辩证逻辑来进行认识，不过不能侈望以辩证逻辑来实现形式逻辑的特殊任务。在形式逻辑的应用范围内，应用辩证逻辑的结果是获得了对事物的复杂关系的认识。

以上意见到目前为止还是聚讼纷纭，莫衷一是，为了进一步学习，有必要把一些经典著作中的意见摘录，加以对照学习。

“近代唯物论，在本质上说来都是辩证法的，而再不需要任何站在他种科学之上的哲学。既然要求了每种专门的科学，都须阐明它自己在世界事物以及对于这些事物认识的总体系中之地位，那末关于它们的总的联系之任何特殊科学，就变成不必要的了。这样以前的哲学只留下了一部分，保持独立的意义，这一部分就是关于思维及其规律的学说——形式逻辑及辩证法。其他一切都归属于自然的历史的实证科学中了。”（恩格斯《反杜论》引论。概论。）

在上述恩格斯的意见中显然没有把辩证逻辑从辩证法里划分出来。但是如果说思维及其规律的学说却又不能完全概括了辩证法的含义。因此还需要进一步研究，特别是在译文方面也要加以核对才能更确切的了解恩格斯原意。

“初等数学，即常数的数学，至少在大体上说来是在形式逻辑的界限内运动着；变数的数学，其绝大部分是无穷小的计算，就其本质来说是辩证法在数学方面的应用。”（恩格斯《反杜林论》）

“辩证逻辑和旧的纯粹的形式逻辑相反，不像后者满足于把各种思维运动形式，即把各种不同的判断和推论形式列举出来和毫无关联地排列起来。相反地，辩证逻辑却以此推彼地推出这些形式，不把它们互相平列起来，而使它们互相隶属，从低级形式中发展出高级形式。”（恩格斯《自然辩证法》，〔辩证法〕〔(乙)辩证逻辑和认识论。关于“认识的界限”〕〔关于判断的分类〕）（在这里恩格斯又提出了“辩证逻辑”，这与前面《反杜林论》中所说的辩证法是否是一个概念？不是的话又如何区别？值得注意。）

“思维规律和自然规律必然是相互一致的，只要我们正确地认识它们的话”（仝上），“所谓客观辩证法，是整个自然界中统治着，而所谓的主观辩证法，即辩证的思维，不过是自然界中到处盛行着的在对立中的运动的反映而已。”

“两种哲学派别：带有固定范畴的形而上学派，带有流动范畴的辩证法派（亚里士多德，特别是黑格尔）；……整个逻辑完全是从前进着的各种对立中发展起来的。……头脑的辩证法仅仅是现实世界（不论自然界或历史）的运动形态之反映。一直到世纪末，甚至到一八三〇年，自然科学家靠着旧的形而上学还勉强可以应付，因为真正的科学当时还没有超出力学——地球上和宇宙的力学的范围。然而高等数学已经带给他们以相当的混乱，因为高等数学把初等数学的永恒真理看作一个已被克服了的观点，常常作出相反的判断，提出一些在初等数学的代表人看来是完全胡说八道的命题。固定的范畴在这里消失了。”（恩格斯《自然辩证法》《自然科学哲学》）

“摆脱了神秘主义的辩证法，逐渐变成自然科学绝对必需的东西，因为自然科学已经抛弃掉这样的领域，在那里，固定不变的范畴（就好像是逻辑的初等数学）及其在家事上的应用是足够的。”（仝上）

“旧的形而上学意义下的同一律是旧的世界观的基本原则：a=a,每一事物和它自己相同。一切都是永久不变的，太阳系，星体，有机体都是如此，这个定律被自然科学在每个场合下逐步地驳斥了，但是在理论中还继续存在着，而旧事物的拥护者还常常用它来抵抗新事物。他们说‘一个事物不能同时是它自己又是别的’，但是最近自然科学很详细地证明了：真实的具体的同一性包含着差别和变化。——抽象的同一性，像形而上学的一切范畴一样，只有对家事才能应用，因为在这里所考察的只是很小的范围或很短的时间；它所能适用的范围差不多在每一个场合下都是各不相同的，并且是由对象的性质来决定的”；“同一性和差别性——必然性和偶然性——原因和结果——这是主要的对立，当它们被分开来考察时就都互相转化。于是必须求援于‘根据’。”（恩格斯《自然辩证法》〔辩证法的一般问题和基本规律〕）

“一切差别都在中间阶段中融合，一切对立的东西都经过中间各项互相过渡；对自然科学发展的这种阶段来说，旧的形而上学的思维方法便不够用了。辩证法不知道甚么绝对分明的界限，不知道甚么无条件的普遍有效的‘非此即彼’。它使固定的形而上学的差异互相过渡，除了‘非此即彼’，又在适当的地方承认‘亦此亦彼’，并且把对立的东西调合起来，辩证法是唯一适合于自然科学现在这个发展阶段的更高级的思维方法。自然对于日常应用，对于科学的小买卖，形而上学的范畴仍然有其效力。”（仝上），这里恩格斯是把辩证法和形而上学来相提并论的，形式逻辑与形而上学是两个不同的概念，因此，二者不能混为一谈。这里恩格斯所说的应用范围是形而上学的范围，并不是指形式逻辑的应用范围，应该注意。不要把恩格斯对于形而上学的理论应用到形式逻辑上去。

“如果我们的前提是正确的，如果我们正确地把思维规律应用于这些前提，那末结果就一定是符合现实的。”（恩格斯《反杜林论》），这里前提正确是有决定意义的。前提内容是否正确是在于它是否符合于客观存在，前提内容的真理性和形式的正确性是真正认识现实的保障，但是否能说内容的真理性一定会决定形式的正确性呢?

“每一时代的理论的思维（我们这一时代的理论的思维也是如此）都是一种历史的产物。在不同的时代具有非常不同的形式，并且具有不同的内容。因此，关于思维的科学，正如其他任何科学一样，是一种历史的科学，关于人的思维的历史发展的科学。”“思维规律的理论——恩格斯说——决不是一成不变的‘永恒真理’，就像市侩思想对于‘逻辑’这一名词所想像的那样。”（《自然辩证法》）

“甚至形式逻辑首先也是探寻新结果，从已知推到未知的方法；辩证法也是一样的，只是它具有更高得多的意义；此外，辩证法突破了形式逻辑的狭窄界限，自身就包含着更广大的世界观的萌芽”（恩格斯《反杜林论》）。这里恩格斯的意见很明确，形式逻辑同样是认识世界的方法。

“以绝对的力量统治着我们的全部理论思维的是这样一个事实，即我们的主观思维和客观世界服从同一的规律。因此它们也就不能在其结果上彼此矛盾，而应彼此协调。”（仝上）

“我们回到唯物论的观点以后，重新把人的概念看做现实事物的反映，而不把现实事物看做绝对概念的某一阶段的反映。这样，辩证法便归结为研究外界和人类思维的一般运动规律的科学：这两个系列的规律，在本质上是同一的，但在其表现上（即形式上）却是各异的，这仅仅因为人的头脑可以自觉地应用这些规律，而在自然界中——迄今以前人类历史上大部分也如此，——这些规律则是不自觉地以外界必然性的形式，在无穷的表面上的偶然性中间为自己开拓着道路。这样一来，概念的辩证法本身就变成为只是现实世界的辩证法运动之自觉的反映。”（恩格斯《费尔巴哈与德国古典哲学的终结》）

“旧的研究方法和思想方法，即黑格尔所叫做‘形而上学方法’的方法，主要是把事物看做一成不变的东西，其残余至今还牢固地盘据在人们的头脑中，但是这种方法，在当时是它存在的重大历史理由的。本来在着手研究某种过程以前，先应该研究事物。应当开始就知道事物是甚么，然后才可以研究这事物里面所发生的变化。自然科学方面的情形，正是这样的。认为事物都是一成不变的形而上学，就是从那把自然界的无生物和有生物都当做一种既成事物来研究的自然科学中成长起来的。当对个别事物的这种研究进展得很远，已经可以向前作出新的坚决步骤的时候。换句话说，已经可以有系统地研究这些事物，在自然界本身中所发生的变化的时候，在哲学领域内，旧的形而上学的丧钟也就响了。”（仝上）

“学校里所认为已经满足的（学校低年级——加以补充——所谓认为已经满足的）那种形式逻辑，采用形式的定义。而以最普通的，眼睛最常见的东西为指导，而且以此为限。如果在这场合取出两个或数个不同的定义，把它们完全偶然地联结起来（不管玻璃筒也好，饮器也好），那末，我们所得到的，就是一个折衷的定义，它指示出对象底不同方面，此外一无所有。”另一译法为：形式逻辑，只有在中学校里的人们才会受它的限制（而且对于中学的低级班次来说，是应当受它的限制的——在它经过了修正以后……）。

“辩证法逻辑要求我们要更进一步。为了真正地认识对象，必须把握和研究对象的一切方向，一切联系和‘媒介’。我们从不能完完全全做到这一点，可是，全面性的要求，就可以使我们谨防错误，谨防僵化，这是第一。第二，辩证法逻辑要求在对象的发展上，在它的‘自己运动’（如黑格尔有时所说的）上，在它的变化上去把握它。在一个玻璃杯上，这不能一下去看得明白的，可是，一个玻璃杯也并不是不变的。特别是玻璃杯的用途，它的使用，它和周围世界的联系却在变化着。第三，必须把全部的人的实践——既作为真理的标准，并作为对象与人所需要的东西之联系底实际规定者——包括在对象底完全的‘定义’里面去。第四，辩证法逻辑教导我们，‘抽象的真理是没有的，真理永远是具体的’……”（列宁：《再论职工会，目前形势及托洛茨基与布哈林的错误》，《列宁文集》第七册四八——四九页）。列宁这段话是为了驳斥布哈林所说的“逻辑上的根据”，指出“他的全部的推论方式表明，他在这里——也许是不自觉地——正站在形式逻辑或烦琐哲学逻辑底观点上面，而不是站在辩证法的或马克思主义逻辑底观点上面。”

“逻辑形式和逻辑规律不是空洞的外壳，而是客观世界的反映。”（列宁《哲学笔记：黑格尔逻辑学一书摘要》，一六六页）

“人的实践活动必须亿万次地使人的意识去重复各种不同的逻辑的格，以便这些格能够获得公理的意义。”（仝上，一七六页）

“人的实践经过千百次的重复，它在人的意识中以逻辑的格固定下来，这些格正是（而且只是）由于千百万次的重复才有着先入之见的巩固性和公理的性质。”（仝上，二〇四页）

“第一个前提：善的目的（主观的目的）对现实（“外部现实”）的关系。

第二个前提：外部手段（工具）（客观的东西）。

第三个前提就是结论：主观和客体的一致，对主观观念的检验，客观真理的标准。”（仝上）

“虽然马克思没有留下逻辑，但是遗留下《资本论》的逻辑，应当充分地利用这种逻辑来解决当前的问题。在《资本论》中，逻辑、辩证法和唯物主义的认识论〔不必要三个词：它们是同一个东西〕都应用于同一门科学，而唯物主义则从黑格尔那里吸取了全部有价值的东西，并且向前推进了这些有价值的东西。”（列宁《哲学笔记》，二三四页）。有人根据列宁这一段话解释逻辑，认为逻辑、辩证法和唯物主义认识论在现实中是同一个东西，有人认为这是错误的。因为列宁说逻辑和辩证法这两个概念只在认识过程方面，在唯物主义认识过程方面才是同一的，这两个概念在唯物主义认识论中是不可分离的组成部分。二者是缺一不可的，不是二者同时并用，认识过程就不可能完成。这里所指逻辑就是形式逻辑。但也有人认为，逻辑不应当分出甚么形式、辩证等不同的类别。他们认为只有一种思维的逻辑，及事物的客观逻辑在人们意识中的反映。（我看并不矛盾，只是大家概念理解不一致）。

“当逻辑的概念还是‘抽象的’，还具有抽象形式的时候，它们是主观的，但同时它们也反映着自在之物。自然界既是具体的又是抽象的，既是现象又是本质，既是瞬间又是关系。人的概念就其抽象性、隔离性来说是主观的，可是就整体、过程、总和、趋势、泉源来说却是客观的。（《哲学笔记》，一九五页）。”

七月廿日（六月十五日） 星期一

摘录了不少经典著作有关形式逻辑的论述，但是如何消化它，就觉得十分困难了。做学问不是那么简单轻而易举，需要付出劳动，付出长期而艰苦的劳动，所以这对我来说，实在还只是学习的开始罢了。

关于形式逻辑问题的讨论已经进行了几年了，国内外都有不少不同的意见，最近，讨论的中心主要是集中在论式的正确性与内容是否统一的问题上，分歧很大，主要有下列几种意见：

一、如果推论的前提是假的，推论的形式便不可能是正确的，因为真实内容的判断才具有正确的形式，虚假内容的判断不可能具有正确的形式。这就是真实性与正确性的统一，内容与形式的统一。其所以如此，是因为思维形式的正确性是以思维内容的真实性为基础的。而真实性是正确推理的必要条件。总之形式逻辑是要探讨前提真实性的。否则形式逻辑就可以为诡辩服务了。江天骥、马特、沈秉元等在形式逻辑是关于真理的学问的提法上，基本论点是一致的，但具体的提法上仍然有所不同。

二、与上述论点相反，周谷城、王方名等认为：真实性和正确性是有区别的，形式逻辑不探讨前提的真实性，只研究思维形式的正确性。正确性是指论式的前提与结论间并不矛盾，而真实性是指前提与事实相一致。“认识的真不真是各科的事，推论的错不错是形式逻辑的事。”

舞乐百戏

（汉·画像砖）

今天晚上还住在这里。和我谈谈了许多报上的消息：目前整风高潮的中心是反浪费；郭沫若已经成了入世界纪录，毛主席又有新闻等。半月不见报纸已不知天下事了。听了些零星的消息也是好的。

元月廿日（腊月初一） 星期一

真是天有不测风云，这两天好容易暖和了些，今天又是一场大雪，看起来不能下地。下午田树忱介绍旭昇农业生产合作社养猪的情况。开始是村支部书记谈精简节约问题，会上你一言我一语乱哄哄的，好像都不大注意听，但是田树忱介绍养猪情况时，却越来越起劲了，本来在两个屋子东西头的人断断续续都拥到田树忱的周围了。很明显地看出了切身利益是最吸引人的。所以列宁才注意从劳动奖励物质上关心农民的利益。这是真正马列主义的。

我家先前在不了解为甚么养猪会那样被重视注意，现在听了旭昇社的情况介绍才知道它对农村建设，支援国家建设的好处实在是太大了。因为多养猪一方面可以增加农民个人收入，一方面又可以多积肥多增产，从而支援国家建设。

旭昇社1956年有3491头猪，1957年发展到7480头平均每户养猪8.9头，每人养猪1.87头。除1957年以后除交国家收购任务2499头，群众自己宰174头以外，年底实有猪4807头。1958年将增加到12600头。由于养猪量的增加，积肥量也增加了，因而促进了粮食的增产。解放前因为养猪很少，亩产平均不超过150斤，施肥不足一千斤。1951年至1953年每亩施肥5000斤左右亩产增加200至220斤。1954至1955年每亩施肥2100斤，亩产增至280斤，1956年每户养猪9头，每亩施肥增到6000斤，粮食也增加到亩产320斤。1957年每亩施肥7300斤，亩产粮食已达538.9斤，已经提前完成了农业四十条的规定指标而且跨过了黄河。

正是由于增产所以卖给国家的余粮也年年增加：1953年40万斤，54、55年80万斤；1956年121万斤；1957年146.31万斤。成为售粮模范。并且54年以来卖给国家4037头肥猪。目前社员生活水平已大有提高，去年社员存款（信用社）已达18000元，盖新房97间，1958年计划盖200多间。新的一年收入值得注意的是在社的总收入中，猪的收入占总收入的5.43%，去年即获利53020元。由此可见养猪成了该社增产的决定关键。为甚么他们可以，别的地方不可以呢？要是任何地方都可以的，这就需要克服保守思想，也要打破一些传统的看法。认为猪会吃粮食。养不起猪主要是粮食问题。但是旭昇社是“不缺饲料”，就怕你不找的呀。解决了猪饲料问题，用代用品代替了粮食。目前他们已经没有用粮喂猪的户了。这个经验实在值得大大地推广一番的。

元月廿一日（腊月初二） 星期二

天晴了，積雪未消，下地不方便，倒粪也有困难，只好不去了。小队不适宜在继续开展，大家意见很想到窑场去看一下，他们再三，最后还是由我陪他去了。到窑场在赵岭所待时间写了几封信。回来时正好顶风吹得真够呛，到李平花又遇见了老褚和老陈，原来粮食手续还是要到窑场才能办好。早先不知道又累他们多跑了一趟。晚饭后看了会小说就睡了。

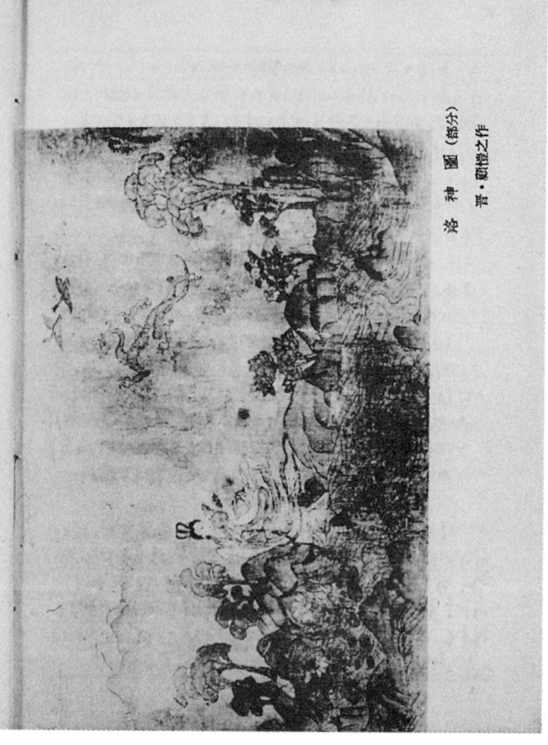
洛神图（部分）
晋·顾恺之作

元月廿二日（腊月初三） 星期三

早上到北街继续集中粪，上午还不太觉得累，但是下午就不行了，特别是有几家粪不太好，几乎就是泥土，可是实在太重少说也有一百五十斤。压得我两肩生疼，咬着牙坚持，但是最后还是不行了。在休息以后只运了第一家，权当挑指粪。

老刘晚上感冒没有劳动。午饭时还呕吐，大家劝他去医院看看，可是他坚持不去。晚上我用艾卷给他灸了一下，又吃了阿斯匹灵。为了防止传染，大家都吃了两片[illegible]。

元月廿三日（腊月初四） 星期四

老刘已经大有好转，是阿斯匹灵和我灸的效果吧。天气冷得很，大家决定让他再休息一天。

上午去菜园挖肥了，天寒地冻，積雪很深，各队互相都去了，我们跑到田树忱家去取镐，走晚了些。待至到达菜园时，根本找不到人，好容易遇见了拉肥的车才知道他们转移了地方。只好朝着拉肥回来所指的方向去寻找，转过菜子刺林了好几个团。一望無際的菜园，可是那里找去啊？忽然看见在西边影影绰绰的有些人正在点着野火，待走近一看是我们第五组的人，果然不错。今天一个去的地方是多队都来人不够多，而连一个组长也没有，风又向北刮起来了，又冻得直打哆嗦，地也挖不动，好几个队相继回去了，只剩下了六队和我们队一共十三个人还坚持着。工作开始冷了些，过些时也好了。但是效率是不高的。好容几个人主张回去，可是大家否决了这个意见。本来我们今天没有带干粮是要回去吃午饭的，老褚说出来回去找江苏同志，老乡们都在坚持，我们就都坚持。特别是当地人正在动摇，我们更要坚持到最后。直到下午工地老乡都走了，完全[illegible]会同时也受不了。孙主和老陈先回去了。我和老乡一行一直坚持到拉肥车回来时才走，风越来越紧，真是"饥寒交迫"。回到家里饭已经做好，今天特别丰盛，吃的是白米饭。

晚上大家讨论了养猪问题，决定明年养一头母猪一头肥猪。曹金有和田善林的弟弟来串门，在闲谈中了解了一些刘胡庄的过去情况。值得注意的是几个男人口同声地都说他们的地富表现很好，记得那里介绍情况时说过那里干部右倾思想严重。究竟是怎么回事呢？需要了解更多的情况才能肯定。

元月廿四日（腊月初五）　星期五

没有去草泊，继续在家里倒粪。田秀玉通知我们买肉，有人不在家，老刘和我就自作主张地决定买了廿斤。中饭和晚饭都吃了肉和白菜，这还是来到胡庄以后第一次吃肉呢。

无端地又起了一场小风波：小胡和李兆莲发了脾气，其实是小事，看来好像是前两天小风波的继续。李兆莲半说笑地说小胡有病治不好不回北京，小胡却误会了，说李兆莲还是有意识刺激他，真是小题大做。饭后大家都出去了，我和小胡谈了一次话，指出他的态度是不对头的，看样子是虚心接受了。如果不是他主动做

求我的意见，我还是要说的。很多人都说小胡有情绪，我过去体会不深，现在才感觉到。总的说来劳动和思想感情的变化是一致的。但是同样在劳动有成绩的时候，也可能助长骄傲情绪，这是必须加以防止的。

元月廿五（腊月初六）　星期六

天气又暖了，一些冰冻的地方都开始化了。倒粪的劳动强度看来也不算弱，上午还好，下午就觉得腰背有些疼了，而且四肢无力。局里来了信，还寄了些报纸来，可惜所希望看到的一些也没来。家嘉，滋德同志都来了信。正英下放了，家需要我谈谈体会好交流经验。滋德同志要我注意长期坚持，戒骄戒躁。

元月廿六日（腊月初七）　星期日

奇怪得很，一转眼又是一个星期了，光阴好像过得太快了。可是回想离开北京的时间还不过廿天左右，但是在感觉上，又好像很长很长了。究竟光阴是快还是慢？不过随着心情的变化而变化罢了。其实时间本身是没有快慢的区别的。

吃早饭的时候，无缘无故小胡又发了脾气，显然是针对李兆莲而发的，真不知道为甚么会弄得矛盾越来越尖锐，看起来是需要好好谈谈了。大家在一起生活，一起劳动，团结是很重要的。而搞好团结的关键首先是彼此具有团结的愿望，在一些非原则的问题上，应当彼此谅解，但是小胡是缺乏这些的，脾气实在不够好。兆莲也生气了。这样下去可怎么好呢？去接去开会，老刘比较稳健些，结果会也没有开成。

元月廿七日（腊月初八）　星期一

今天是腊八，照这里的风俗应该早做饭，因为"谁家烟筒先冒火烟，谁家的高粱先红了尖"。合作化改变了生产资料所有制，今天再也没有属于谁家的高粱地了，而且农村生产规划还要消灭高粱呢。但是习惯的改变总是比较慢的。天蒙蒙亮，太阳刚刚染红了东方，我们起来的时候真的家家的烟筒都在冒着炊烟呢。住常这时候做饭的人是很少的。

开始学习赶大车了，怕不留神出乱子，我们没有赶马是跟车，这车都是这样，头一次赶车就碰上了刚买回来的小黑牛，走三步停两步，这一趟粪卸下去了几次，可把我和小吴累坏了，一上午才送了两次。这也是个锻炼，后来听说，这个牛才到，因为它个性需要锻炼一个时候才能好好干活呢。牛尚如此，何况人乎？一笑。

晚上给清澂写了一封信，告诉她这边的情况，并且盼望她快来，我准备好了赶车去火车站接她呢。

元月廿八日（腊月初九）　星期二

今天我和老刘换了个车子，他去赶小牛，我去赶黑骡了。真好使唤，我们赶车今天送了七次粪，别人都惊了，我们还在装车。干得可起劲了。

元月廿九日（腊月初十）　星期三

今天又去草泊挖肥了，换了个地方肥可真好，一镐就是好几寸厚的肥成片地掉下来。向圣挖肥以来要算这块地最好了。

地好人的情绪也好，一天挖的是旧前些时两天挖的数量，村主任老田就自己亲自检查，乡里也来了人。小刘和积肥是59年生产大跃进的关键呢。疲倦的程度是和劳动强度成正比的。今天显得特别累，手指的关节疼得很，有经验的人告诉我不要把镐拿得太紧，以后要注意。

元月卅日（腊月十一日）　星期四

继续到草泊去挖肥。天又在刮风，去得人少了些，但是还不能使这些少数人脱离下去。衣服被风吹透了，几个衣服单薄的人实在受不了，下午很早就都回来了。接到清澂写给我的信。

黄昏，风小了些。为了保证积肥工作的进行，晚上也要干活了。我被分配去送粪，月色朦胧，赶着大车穿过田野，不时从远远的地方传来一阵车轮声，大概也是我们的同路人。又是我们最后收工，回来时，老刘，小胡都正在吃豆家饼子呢。不约而同地大家都说"今儿比昨天还累"。本来想写封信的，好像做不了。赶快睡觉了。

元月卅一日（腊月十二日）　星期五

风住了，天也暖了。又去草泊~~草泊~~去挖肥。

晚饭吃的是馒头，不吃细粮了，这是下乡以后第一次吃馒头。老陈提出来希望大家改善一下伙食管理的人了。的确，到农村以后，实在感觉到一切都是集体创造的。个人离开了集体就做不是道了。到乡下说明每个人只能起一个螺丝钉的作用。过去体会不深，现在才具体地体会到。生活是要搞得好也是使身劳动者可以劳动得好。应该重视起来，我建议由

个人管两个月的伙食，这也是我们锻炼的内容之一。

昨晚，刘厄威他们去北孙庄去开会了。我们也是送粪，不过今天不是用车送而是要人抬了。从村东头送到一里多地以外的地上，而些又不过抬着走很短的路，这声是要抬过来就感到有些吃力了。抬过两次之后是浑身大汗，后来只好不抬，干了些轻活。月光当水似泻在无垠的原野上，偶尔有一阵微风吹来，因为劳动中出了些汗，一点也不觉得冷，倒使人感到好像是一个爽朗的秋夜。直到九时才收工。可是老刘还没有回来。记完昨天的日记又看了会儿书，睡时已经十一点了。

二月一日（腊月十三日） 星期六

继续去董阎挖肥，一点风也没有。今天我们队只有六个人，但是挖的好像比昨天八个人的估计还多。

晚上南孙庄演剧送新兵，中央歌舞团的下放干部也参加了节目，我因为昨晚睡得太晚又头疼没去看。

王蔼、小罗、老敏都来了信，我把它当作对我的鼓励。另外王蔼的来信有些是误会的，但他用心是善良的，我想写信感谢他，也解释一下。

转眼下乡已经快一个月了，我想这两天好好想想，在这一个月当中到底收获了些甚么？还有甚么不足的地方，这样会对自己有好处的。

二月二日（腊月十四日） 星期日

每逢星期天就会有些不愉快，我总是在劳动中尽量地克服这种不对头的情绪。当着这种情绪被克服以后，马上就会感到一种愉快，——一种对自己喜欢的人予以信任的愉快。在董阎刨肥比以前省了些劲，过去一镐常常成为细面，现在可以成块了。经过一个月的劳动，换了几个工种才开始感到刨肥还是比较轻的活计，抬粪实在是最重的。他说挑河更累人。

晚上给燕写了信。又有好几天没接到她的来信了。想会也忙忘记，是吗？还是别的原因？

二月三日（腊月十五日） 星期一

一个新的问题出现了，董阎挖肥还有两天的活计，但是队上牲口少的弱，运不出来，如果照现在的情况下去，很可能造成肥料的损失，这是个矛盾。初到农村，一切都要从头学起，大家一致的感觉是劳动分配使用好像不太科学而且缺乏计划。已经有的同志发表意见，觉得这也不是那也不是了，这种情绪是不对的。因为是非的判断必须先经过调查研究以后才能弄清楚，否则很容易犯主观主义。

晚上全社社员大会回春玉向全体社员宣布号召，要大家积极完成积肥、除四害的任务。口气很坚决，这又是一个值得研究的问题，为甚么村、乡干部社员会形成命令主义？要找出它的产生的思想根源，才能找出克服的办法。这也是今后应注意的一个问题。

二月四日（星期二） 腊月十六日

"六九六九，抬头看柳"，今天是立春，"春打六九头"，可以说今天开始进入六九了。也许北方春迟，到现在还看不到一点柳色，感不到丝毫春的气息。但是春天毕竟来了。天气仍然很冷。继续挖肥，回来时看见村东头已经有女孩子参加劳动了，这是个新气象。

晚上开了生活检讨会，总的说来还是好的。但是思想方面的深度还很不够的，还需要等待，就把它当作一个好的开端吧。对于善于学习的人，这又是一个非常具体而生动的教育课。

二月五日（腊月十七日） 星期三

几个人都已经囊空如洗，棉衣鞋袜，萝也没有了。望眼欲穿地期待着燕给我们寄款来，结果还大失所望，也许明天会寄来？真是饱人不知饿人饥。

叶秀从县里开会归来，带来了县委所提出的总路线大跃进的指标：六百亩水稻，四百亩旱稻，一千二百亩棉花。全国都在轰轰烈烈的生产高潮，那个角落也不能落后的。而我们这里的右倾保守思想还统治着相当多的人的头脑，工作是艰巨而又细致的。晚上党团支委研究办法，老刘去参加了。的确，我们这些人能在这个高潮中起些甚么作用呢？调查研究的工作更加刻不容缓了。

二月六日（腊月十八日） 星期四

队里发现了挖肥和运肥的矛盾，今天决定不再继续挖，集中力量先把已经挖的肥运到地里，免得以后抬不走造成损失。我和老刘作了一付抬筐，还不算太累。

下午自董阎归来又去南孙庄取信，结果未遇，只好怅怅而返。晚上开会谈了过年的问题，决定大家一起去唐山洗澡、理发、买小年货。

二月七日（腊月十九日） 星期五

刘、楼去南孙庄开会，我和雅莲去董阎继续挖肥。今天只有两个队人显得特别少。

接到燕的来信，钱已决定由郭德一寄出，而且早寄了，真是冤枉，今天都也寄了还来要寄来，我北京钱也拿到手了。家务处的事总是拖拖拉拉。燕打算在春节来看我，自然很好的，多高兴呀，我恨不能她很立刻来，有甚么可麻烦的呢？雅莲、老楼听了都表示欢迎。真的，一别经月，不知道为甚么总显得比过去时间要长得多。十多年的流浪生涯，早已不感觉甚么是别离的滋味，这次却尝尽了离别之苦。时间过得快些吧！

为了该他们来的事跟燕闹了一场小风波，生活总是有矛盾的。但是应该注意一下，不要让这些矛盾在不断地发展就好了。

二月八日（星期六，腊月廿日）

在全国一片大跃进的呼声中，一向被视为落后的刘胡庄，也开始动起来了。今天开始到赵家沟挖小水渠，修水种麦。我和老刘也去了。田是林是队的负责人。算是新气象吧。过去到董阎走得很晚，回来很早；今天是去得很早，回来很晚。在劳动中听了两个老农的谈话，林、子龙在他们心目中威信是满高的。对春玉、叶秀则颇有微辞。这是一个值得注意的问题。无论如何，其中必有原故。我们要多锻炼，因而要更好地为人民服务，

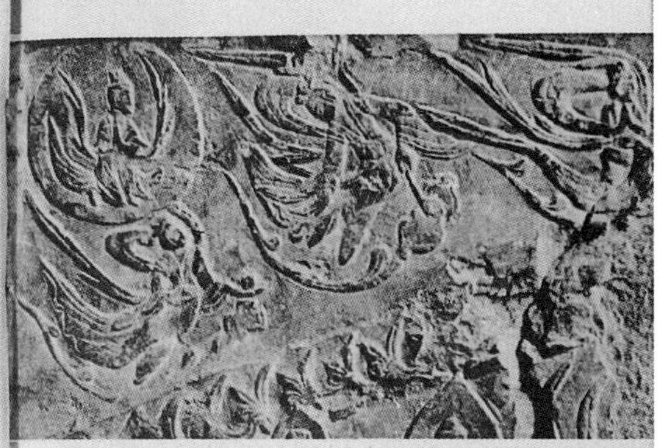

飞　天

（北魏・石刻浮雕）

飞　天
（北魏·石刻浮雕）

二月九日（腊月廿一日）　星期日

二月十日（腊月廿二）　星期一

二月十一日（腊月廿三）　星期二

二月十二日（腊月廿四）　星期三

二月十三日（腊月廿五日）　星期四

二月十四日（腊月廿六日）　星期五

二月十五日（腊月廿七日）　星期六

一起可以当肥料，这也算我们的积肥吧。[illegible]来了八个人慰问我们。真是惭愧，农民数十年如一日的干艰苦活，我们不过才干了几个月而且这么不能适应农村的需求，可有甚么值得慰问的呢？

没有去劳动，被小组指定留在家里和兆莲在一起做年菜。上午煮了全付下水，下午蒸了两锅馒头。

腊月初八的薪水今天才算收到了。[illegible]老刘去了一次晋的信。

晚上我去南孙庄参加文娱活动。小[illegible]和刘[illegible]大吵一顿，为了灯闹[illegible]我把小[illegible]拉去批评他[illegible]证明小[illegible]的批评是完全正确的。但是小[illegible]的[illegible]是完全错误的。在此以上，我没有批评他，等时间[illegible]好好和他谈谈，否则他[illegible]犯错误的。

二月十六日（腊月廿八日）星期日

只有我一个人去[illegible]打水，一天不得休息，还真累人。一个小[illegible]不[illegible]干活而且有点被[illegible]，我严厉地禁止了他。回来向大家汇报了这个情况。都没有觉得我所采取的态度是不好的。的确，我们应该随时都注意影响，自己要保持谦虚的态度，但是必须是有区别的。我不能看着[illegible]，我不能坐视有人[illegible]。

二月十七日（腊月廿九日）星期一

[illegible]，盛今不会来了吧？邮政昨天就停止了。我已经[illegible]收到她最近的来信，估计她来不了，因为听说部里已把星期日改为星期六，春节只放两天半的假，加上[illegible]

22

时，十之八九是不会来的。但总觉得不放心。决定早饭后去[illegible]等着，八时才[illegible]。果不出所料，收到了她的来信，她不能来了。尽管是早在意料中，在归途中仍然感到了一些惆怅的情绪。

全局的同志都来了信，对我们是个很大的鼓励。

父亲来信告诉我，他已经指定润[illegible]，决定不退休了。这也了却我一桩心事。其实在[illegible]上是不成问题的，只是退休后无所事事，精神上太枯燥了。这样会影响到他的健康。

晚上大家动手包饺子，味道还真不错。虽然老乡们说今年不比往年，年味已经不太重了。可是对我来说，还是觉得比城市的年味儿浓得多。孩子们打着大灯笼满街跑。来串门的客人不绝。睡觉已是十二点了。

二月十八日（正月初一日）星期二

孩子们都换上了节日的新装，谁说农村里现今还[illegible]苦呢？这些穿着簇新服装的孩子们就是新农村生活水平提高的最好见证人。

今年农村破除过春节[illegible]起来人们有的忙着去拉肥，有的忙着在收拾挑河的工具。村干部没有一个来拜年的，我们都去拜了几家，这恐怕会有影响，所以后来没有继续去拜年。午饭后全乡开了大会，由下放干部联合演出节目。乡长[illegible]大会队长，乡党委书记作了[illegible]，号召全乡农民[illegible]的战斗。

黄昏会散了。无数的人流，从此向着通往各地的大道

23

路上涌向开工的会场。这才常常在初一想起去赶庙会的老规矩，今年的初一却是破土试锹了。

二月十九日（正月初二）星期三

今天是挑河的头一天，老乡说这是最重的劳动之一，很想试试，但是村子里照顾我们身体，把我们派去打水了。只有兆莲一个人去挑河，这是为了带动妇女们参加这个伟大的工程。

二月廿日（正月初三）星期四

乡党委批准全体下放干部参加挑河，并且交给我们一个政治任务——宣传鼓动工作。大家研究确定我和小[illegible]负责。

老刘、老杨和老路还是去打水。我第一次挑河，只是挖土，后才换了挑河。紧张劳动使我大大地超过了体力，坚持了一天。晚上真是疲倦了，饭后即睡。

小[illegible]生病下午请假，兆莲工作很积极，一直不肯休息。使我们[illegible]大家都进入这个劳动潮。

二月廿一日（正月初四）星期五

都去挑河了。只留下小[illegible]在家里静养。

任务要求很急，要在正月十一以前完成，看来是有困难的。但是老乡们劲头很大。为了宣传鼓动，大家研究了一下，觉得老杨很缺乏基层工作经验，而且有些教条。她主张要在大字报上写些[illegible]意义的文章，这是脱离实际的。她忘了我们村子的人大都是文盲，同时也忘了工程要求很急，土地[illegible]劳动，哪有时间去看？最好还是只用标语[illegible]，这会

24

对大家情绪有鼓舞作用的。

三月十五日（正月廿六）星期六

连续挑河两个星期，紧张的劳动，连夜间的日记也中断了。这两天闹肚子总不好，只得[illegible]，今天去挖[illegible]沟，[illegible]村皆水，一个老农告诉我说过了真是"一年[illegible]两年"。不禁想起"昨日夕阳下，河水在西[illegible]。今日旭日升，河水到村东。[illegible]日正南，渠水围村转"的诗句，真的今天已经渠水围村转了。

晚上去队请假明天打算休息一天。

三月十六日（正月廿七）星期日

接受同志们的建议，今天休息了。肚子[illegible]就是痢疾，不打算去看医生，过两天就会好的。

下乡以来第一次缺勤，大家都出去了，觉得真闷气。上午看完了最近的报纸，大跃进的革命干劲[illegible]在每天的报纸上，先进的指标，先进的经验真是连篇累牍。不禁使我有"洞中方七日，世上已千年"的感觉。下乡两个月，全国的变化是多么大啊！

下午给[illegible]写了封信。告诉他我很久不去信的原因，也告诉他我最近的情况。谈了一下文物工作中的意见，[illegible]时代变化之速，应当相信领导，相信群众，我的一些意见也可能有些是过时了。但是还是把思想整理了一下，并且告诉[illegible]把最近的情况告诉我一下，以便作参考。很想写两篇短文："博物馆的科学研究必须为陈列服务"和"对当前文物保护工

25

作的研究。这必须要有资料才可以，否则就成为無的放矢了。

晚上本来打算开个评会，可是老田来了。看样子很苦恼。也许是思想感情的变化吧，心里也很不舒服，于是建议老杨去和他谈谈。前些时，我给老杨提意见说他总是和他个人作用，今天又建议他去找老田了解困难，有人也许认为这是矛盾的。其实这完全是两回事。因为今天是因为别的老田的情绪不好，而他理解有困难，我们应当"爱社如家"，社有困难我们应当要了解。这是感情上的共变化，真正做到同社共呼吸。这是每一个干部作用应当有实别的区别。不知道其他同志是怎样考虑的。

三月十七日（正月廿八日）　星期一

还是在家里休息。肚子好了些，可能不是痢疾，只不过消化不良的结果罢了。

上午把文物工作的意见整理了一下。我觉得博物馆的重点应当是地方博物馆，而地方博物馆的中心任务应该是完成"社会主义建设之部"。在为科学研究服务，为广大人民群众服务的方针上，我认为应值得注意。因为他们事业都是通过它本身的特点为社会主义建设而服务的。博物馆的语言就是陈列。因此科学研究必须为陈列服务。科学研究本身不是目的而是手段，加强科学研究只是为了加强陈列的教育效果。因而把工作并列很想多引些体会。

文物保护工作我觉得过去有几点需要在今后补充的。首先是明确工作范围，很多该管而没有管，如园林即是一例。不该管的又管了，为领导乱间。今后必须把该管的切实地管起来。这些文

送子天王圖（部分）

唐・吳道子作

历代帝王像（部分）

唐・閻立本作

物必须加强管理和征集。国外收购应当减少到最低限度。把钱一定要使用得当，不能随便浪费。

下午把大字报指挥送到工地去了。桃莲又因病请假，她力劝我和她一起去鹿山遗址，我实在不肯去。可是到晚上又感到从关心同志出发还是应陪她去的。于是决定明天整日去鹿山，看完下午就回来，只好又向队上请了假。

三月十八日（正月廿九日）　星期二

一肚子的不痛快去了鹿山，觉得请假实在不应该，特别是桃莲老着说不必要我去的话，使人感觉好像我们已经似的。当时很反感，但是很快就克服了。

经医生诊断桃莲的病并不十分严重，真是大家宽了心。因为医院看病很快，下午二时的车即赶回来了。

三月十九日（正月卅日）　星期三

大家请假在家里谈的比较问题。会开得不好不坏。谈出了一些，也可能还有一些没谈，似乎人人都在争惟谈得比较好的，但是又似乎还是有人有点保留。会上谈出的意见好像不是太多。我看，这是慢慢来，人是改变的人为人主的的意象也是依据物的。马克思主义上说这种说法是错误的。而文化对象还存在着这种异实。

徽像是建筑在高度自觉的基础上的，这是在徽像中的体会。因为每个人的自觉性不同，因而

每个人的收获也是不同的。锻炼好了对人民对自己都有好处。锻炼不好最吃亏的还是自己。可偏偏有人就是算不过帐来。检查了一下自己，觉得下乡以来一直在努力改造自己，虽然是有进步但还很不够。同志们一致指出我的老毛病"急于求成"，仍未彻底改正。这是今后必须时时注意的。可是大家对我提出缺点上来找出今后努力的方向几乎是零。我觉得今天得不好也就是没这些思想造成的。

晚上，评了在组内产生一个比较好的人，大家表示了沉默，我建议说张、陈中选出一个，张又要说我和陈先生，陈又推由我和张任选一个。推来推去不得结果。平心静气的讲，我们组内的确还是没有突出的，若是一定要比，又是各有长短，难分高下。年龄、体力、觉悟到会形成一种照顾的局面，所以我不同意大队每选人的意见，因为今天表达，实在还不时过早。

三月廿日（二月初一） 星期四

去挑河泥，一点也不累，只是大雪地时，使人心情不大愉快。这里的习俗，今天要吃龙鳞，家家都用高粱、绿豆、精米做饼子吃。房东大娘和张蓝家的房东都送了我们好多饼，敞开吃。

中午小队去砍树枝，说这个村子要栽一万棵以上的柳树，这样明年即可绿化了。吃午饭时偶然填了一阕忆梦令！（调笑令） 新年无适梅花，插柳、插柳，老少一齐动手。插遍海角天涯，处处都成绿荫（山村）。绿化、绿化，装点江山如画。

第五句绿化二字不合词谱，但是为了不按形式束缚内容，只好打破常规了。既先贤嘲东坡是词中的缚不住者，难道词中之缚不住者乎？一笑。

三月廿一日（二月初二） 星期五

今儿是龙抬头日，此地有个风俗今天家家都不挑水，据说会把懒龙挑回家里来，水缸要整年叫唤。今年人人都参加了挑河的繁重劳动，昨天在高度积极之后已经精疲力尽，实在不能挑水了，但是今天还要水啊，又怎能不挑呢？于是又打破常规了。大跃进正在打破千百年来的习惯势力，虽然习惯是最难打破的。

东风甚猛，天气很不好，做了一早晨浇沟。中饭后各人甚至有不再继续干的意思。吃完饭就还是去找他们一块下地了。

晚上，春玉来确定了我们同吃的对象，我可能去椿才姚家或者是荣兴家。随便吧，怎样都可以。

看了文物工作者和博物馆工作者大跃进的倡议书及有关文件，觉得奋斗目标是明确的，要达到上述目标，工作方法不改变恐怕还是困难的。很想提出一些具体意见给局里，只是时间来不及。依我看到局里的思想是地志博物馆的中心任务明确为社会主义建设服务，而且在博物馆事业中，地志博物馆也是重点。这种提法我曾和治秋同志有分歧，现在算是得到了统一。

三月廿二日（二月初三日） 星期六

继续去做垅沟，仍是那两个老者同我只是多了个中普。午饭归来接到清燕给我寄来的衣服包裹单。真有说不出的欣慰，我没有要她寄衣服，可是她却主动寄来了，大概是彼此心照吧。拿着包裹单几乎感动得流出泪来。母亲去世已经卅年了，卅年来谁曾这样关心过我？虽然也曾有过这样的好心人，但是政治上不来同，使我不能不拒绝这种关心。除此以外，只有清燕使我感到了像母亲似的温暖。用更好的改造自己来答谢她吧。

下午天气转晴，又是和张、陈两个老人去下地，看样子他们不大起劲，几乎有一半是我自己做的，从他们的谈话中才了解到都是过去的贫农人，他们也在留恋着过去的生活，这一席话又使我受了一课生动的阶级教育。很清楚地可以看到是说拥护社会主义，又是说反对社会主义，而这些正是由他们的阶级地位所决定的。

晚上集体去看了荣秀，他又很生气地叙述了和艾书记矛盾的经过。小张好像要告诉他今天艾书记带人的事，我用眼色制止了他，何必去火上加油呢？年青人总是沉不住气，也许他想逗笑话和荣秀说，可是他忘了现在是啥时候。

饭后我在荣兴家吃饭了。并且还可以和他家跟在一起住，这样我算是真正做到了三同。以后要方便得多了。而且还和小张是邻居。

昭陵六骏之一
（唐·石刻）

三月廿三日（二月初四日）　星期日

一个决心在劳动中锻炼自己的人，必然会是集体主义的。他不仅自己积极，而且会有意识地帮助别人共同进步。因此判断一个人是否锻炼得好，也要看他是否关心周围的人。自己劳动积极学习努力固然很好，如果仅限于此就不够了。生活中也还有这样的人：他的积极是建筑在个人主义的基础上的。处处表现自己，而且是设法去抢先排斥了别人的劳动机会，来表现自己的积极，这能说是积极吗？当然不能，不仅不能而且还应当加以批判才对。不能说每个人都不可能产生这种思想，因为它的产生根源是个人主义，只有消灭了根子，才能说不可能，而我们这些人，谁又敢说一点个人主义都没有了呢？警惕自己吧，而且也应当注意别人。

继续去村南锄农活，今天是和李万兴、陈吴士荣两个老大爷一起锄麦地。突出地使我感到和昨天是一个鲜明的对比。昨天的两个老头，都是过去的富贵人，吃过喝过，享过福。谈话内容充满了对现实的不满和对过去的留恋，除此以外就是一些不堪入耳的低级话。今天的两个老大爷都是扛活出身，到现在还是缺粮户。他们的谈话内容就完全是两样了。他们也对今天有不满的地方，但是他们不满的对象是一些旧的残余。在工作中，他们随时都在指导我怎样干，并且是那么的耐心。看来他们对农业是有经验的，因此有些对当前生产任务的意见，是值得注意的。譬如：今天的中心任务应当是播种，因为大跃进是为了增产丰收，播种不能保证，丰收又怎能保证？他们说去年初一的时候，如果少抽几个人去种麦，现在已经可以见青苗了。他们也有些牢骚，好像嫌社里对老年人重视不够，使他们有些老不如少的感觉。这也是很自然的。的确，重视老农的经验是个重要问题，不能只看年青力壮就行了。崇坤队长是个好同志，处处带头事事领先。可是前两天做垅沟时，他要用锨，可是一个老人说用锄，结果用锄又省力又省时间。这就是经验，只凭力气蛮干是不行的，特别是农活，经验占有十分重要的地位，而排场还有所不同。从两个老头谈话中使我感到村中的生产似乎"统筹兼顾，全面安排"是不够的。

三月廿四日（二月初五日）　星期一

阴阳怪气的天气真是一点办法也没有，连日的东风又变为丝丝麻麻的细雨，使人觉得的确是春寒料峭。已经脱了好几天的棉背心，今天又不得不重新穿起来了。第二道河又挑完了，抽出了很多劳动力投入农活运肥来。今天做垅沟的人大有增加，虽然天在下着一阵阵的毛毛细雨。

下午刚刚干活不大会儿，紧急通知要全体下放干部去磨坊开会。老梁还在赵家铺，老陈去找他。其他人匆匆忙忙的吃了饭，才赶到磨坊。路虽已经去看过不止十几次了，是熟悉了，但是面目全非了。到处是水，到处是渠。

六点半开会，王安苗书记做了报告，宣布了明天开始除四害。除了保证种麦须留一些劳动力以外，不论男女老少都要投入除四害战斗。在四天内要完成任务实现四无区。因此提出了苦三昼夜的口号。

开完会已是八点半钟了。在归途中，因为过去的道路很多地方变成了水渠，只好穿田而过，要不是人多非得迷路不可。田野处处都是繁星般的灯火，人们正在连夜打水，抢种春麦呢。在董庄子乡委史书记又做了一次补充报告，要求各村在今晚召开党团员会议贯彻这个指示，明天就可立刻行动起来。

到家已是十点三刻了。清燕寄来的包裹已经晚饭后取回来了。打开以后，才发现糖都是高级的。把一部分分给同志们，自己留了一些。真想得到见她的时候呢。

衣服样子好也合身。老陈赞不绝口。把药草转给小时时他颇为感动。的确，我也越来越感到清燕实在是太好了。好得用笔难描述，用嘴说不清。

或许是太兴奋了，躺下去很久很久没有入睡。

三月廿五日（二月初六日）　星期二

除四害的战斗准备从今天开始了。我们写了很多标语到街上去张贴。老梁去乡开会带来了乡的指示，要我们搞宣传工作。

大风走日，人们都在忙着为除四害和种麦做准备工作。遗憾的是群众发动得还不够充分，只是几个人在忙。

晚上帮助安置挖厕所，完全按照规定的规格挖好，宽

観音菩薩

（唐·石刻）

一天，深两尺。到九点半才挖完。这土是好肥料，每家積存来的按一家千斤计算，刘胡庄也可以積卅万斤，真是一笔数目。既可清洁又可増産。街上家家挂灯，户户打鼓敲锣，花样不少，热闹。副乡长也来检查工作，我觉得这很大推动作用，一些不积极的也动起来了，都动员下地打水去了。直到十二点才回来。

街静了，夜已深，思想感到疲倦，还是给清燕写了一封信。写一些最近的体会。填了一阕菩萨蛮寄给她指正了。

菩萨蛮

打井开渠兴水利，农村处处添春意。百计又千方，都为多打粮。無边崖石碱地，渠水穿流急。人力可回天，荒田变稻田。

其中水利的水字，变稻田的变字都不合词谱平仄定例，为了不使形式束缚内容，只好打破常规了。毛主席关山阵阵苍的阵字和今朝更好看的更字也不合平仄定例的。这也助长了不受词律束缚的勇氣。但是结构完全合于规定当然更好些。

三月廿六日（二月初七日） 星期三

继续贴标语，老杨根和黄山农民编写了两张大字报贴在北街。下午和小傅大扫除，堵了老鼠洞，而且还把屋子的地翻了两寸多深，然后又用夯打了一遍，完全合乎上级规定的要求。直到薄暮才打扫完。屋子显得干净多了。

晚上和妇女主任等到各家检查堵鼠洞的情况，直到十二点多才完，统计全庄一共堵了468个。厕所有180个搬了家。

成绩算是不错的。但效果如何尚待今后证明。

三月廿七日（二月初八日） 星期四

今天的战斗是向麻雀进攻，全村的人都要出动。方法很特别，据说是吸取拖家的经验。主要是除了用火枪打和掏雀窝以外，主要的方法是出动全村的人各自划分区域，站岗一天，大家一齐轰麻雀，使它根本没喘息的时间，这样一天过去，大家回家时在村前村后可以到处捡到麻雀，因为都累死了。不过我们今天的效果不大，原因主要是组织得不好，没有划分好个人的防守区域，都是流动地方走，结果人累得够呛，雀还是无恙。这是组织问题，但不能得出方法不好的结论。

事情总要看主要的方面，总看起来，老乡对此情绪不高，信心不足，干部也干劲不大，所以运动是进行得不深不透。这一切都是事实。但能不能得出以上一些消极的结论呢？显然是不能的。相反地今天倒还对我起了很大的教育作用。尽管出来的人数还不够理想，组织工作还不够严密。但是村前村后红旗招展，到处是人在赶麻雀，这种情况難道不是空前吗？千百年来何曾有过这样大规模而又有组织有计划地向"四害"开战？只要想到这一点，自然就感到这实在是空前未有的大事情了。这也正是事情的主要方面。其他认识的是次要的，因为前人所未做的我们今天正在做。一方面是没经验，许多事要我们在实践中去摸索经验，这是事物发展的规律。如果说样样事是不曾过去，许过还是没经过一定要事先知不出一点毛病，这样，那才是不合乎事务发展规律的。这种要求是主观唯心主义的。要是如果真的有这种情况，才是天大的怪事。在开始搞一次新的事情当缺点是自然的，不可避免的，所以也毫不足怪。自然，如果我们不从失败中吸取教训，而听任这种缺点長期存在，就是完全错误了。我们和右派分子的分歧也是在这裡。

三月廿八日（二月初九） 星期五

除四害的突擊运动到今天已经三天了。乡裡决定進行一次評比。下午到趙辛莊集合出發，分别到北孙庄，南孙庄挨户檢查。評比的結果是趙辛莊最好，刘胡莊最差。这實在叫人很着急。的確，刘胡莊是比其他村子差些。晚上又进行了一次突擊。十点半又开了一次群众大会，要求各家各户明天继续突擊，一定要改变现在的落后情况。我和春玉、小傅、陈禄如还又分别又去各家檢查了一次，情况是有不同了，很多人都在向地裡集中糞呢。睡觉又近十二点半了。

三月廿九日（二月初十日） 星期六

按规定今天的除四害运动应该结束，但是乡裡决定再延長一天，不獲全勝決不收兵。

昨天晚上的会没白开，今天的村子顯得干净得多了。如果是今天来檢查，或许不会成为最不好的典型。我和小傅一个上午都是在搞厕所搬家，味道可真夠受，小傅笑着说講的是不戴口罩。士[illegible]我们

按舞俑

（唐·陶塑）

嫌骨葬，要把这戴着大粪[illegible]替我们搬到园子里去。我没有这样做，还是和他一起抬走了。

晚上公社党委书记到我们屋子来开会讨论乡党委的指示。任务的确是繁重的。一个任务接着一个任务，一个高潮接着一个高潮。从四月一号起又要搞绿化了。全村的任务是17825棵，要做到宅旁、村旁、道旁、河旁都绿化，发动种植妇女林、少年林、青年林，而且是七天突击，三天扫尾，十天完成。要求保种保活，谁破坏谁要挨罚。生产任务还以种麦打水为中心，要求在清明节以前全部种完。不过还有几天的时间，所以今晚就要干通宵，否则是完不成任务的。

睡觉已是十二点，可是一觉醒来还听见外面街上有人在叫人起来下地打水呢。

三月卅日（二月十一日）　星期日

清明节以前一定要完成种麦任务，所以又要大突击了。昨天晚上已经有人通宵打水，做到水车子不停，人闲车不闲。今天大部份人去打水了，我又是去做防涝沟的准备工作。原打算晚上参加打水，因为后天就要放假到城里去，吃饭有些事要料理下，所以决定明天去通宵打水。

三月卅一日（二月十二日）　星期一

事事都要全面看，多学习，多研究。不要只看到一点就随便下结论。前几天做防涝沟，一个老农说用锄，紫坤要用镐，结果是用锄效率很高，而且很好。於是我得出了老农比紫坤强的结论。可是这两天的事实证明用锄做防涝沟有很多地方是包不了。於是我又得出了还是用镐好的结论。这两个矛盾的结论究竟那个是正确的呢？现在看来这两个结论都不正确又都正确，因为用锄用镐适用於不同的条件。虚土多，台子小应该用锄，虚土少，台子大则应该用镐。但是无论用锄用镐都必须多用土。这两天防涝沟不好用主要因为土少满浅，而不决定於工具。决定防涝沟关键还是因为使用工具的人干活敷衍了事，没有责任心。工具只是在一定的条件下才起作用。台子小，虚土多，用水量也有限，这样就没有必要用镐。因为杀鸡焉用牛刀？用镐反而浪费人力，白搭工。用锄效率的确要比镐快很多。但是大台子，虚土少，防涝沟长，如果不用镐则根本不能解决问题，排涝水去了。用锄一定是费力不讨好。但还可以锄、镐并用。大防涝沟用镐挖，用锨。小横埝用锄。用甚么工具完全决定於条件。所以我的两个矛盾的结论都有片面性。通过这个小事也可以得出一个结论：一切问题都必须调查研究，都必须具体分析。真理总是具体的。主观主义和教条主义者正是把真理和具体体现真理的条件割裂开来，只是抽象地去谈真理，当然要脱离实际。这两天连续做防涝沟，特别是今天做大防涝沟时我又仔细问了一下吴老宿才明白了全部道理。

晚上，记功小组回家，把平时购置的一些用具分为五份，每人都拿了一份送到同屋的人家去。社会会议用我们的屋子开会又是十二点才睡觉，实在疲倦已极，最近整个时间实在太少了。

四月一日（二月十三日）　星期二

为了迎接[illegible]委参观，停了那的水利工作，今天大部份人都去挑河水沟了。今天第一天到柴安家吃饭就要带粮，实在太麻烦人家，感到非常过意不去。但是柴安非常热情，给我和家里做菜饽饽吃。钞票不要，我也有怀。最后我还是拿了些高粱面糕，也拿了一个饽饽，就算是折中吧。

四月二日（二月十四日）　星期三

继续去挖河水沟，要求今天要六点到达工地，这样五点就要吃饭了。所以起得特别早。本来预计我们队今天可以很早完工的，结果因为昨天的土冻得翻翻，太阳落了山才回来。满怀着希望能接到燕燕的信，可是却使我失望了。为甚麽呢？希望是因为工作太忙的原故，可千万别是病了，或是其他因素，又惦记，又难过。等星期五吧！

四月三日（二月十五日）　星期四

刚刚吃了两天饭，已经听到了一些反映：房东大娘说老楂昨天中午只吃了几口高粱米饭，大概挨饿了。雅莲也从柴秀大嫂那儿听到了类似的话。奇怪，一点小事就传得这麽快，已经是满村风雨了。晚上，老陈来和我商量这个问题怎么办才是好，怎麽办呢？我觉得没有甚麽法子可想。我向老陈表示只能看看再说。因为这里面存在着矛盾。一方面我们在生活上去关心同志是对的，而且十分必要，但是关心应当在一定原则范围之内。高粱米吃不下去是个习惯问题，自己想法子在这方面作到这一点，但是到老乡家吃，则必须是有啥吃啥。

彩绘女舞俑

（唐·陶塑）

刚到此地曾经给各里写信说我们已经过了生活关。事实上，生活关对我来说这两天才能算是真正的开始。因此，当我们看这个问题的时候，必须要从两方面来看。我们去调的目的，但是来到这里来体会这是个很好的锻炼。如果连这点都过不了，还怎么能算过了生活关呢？我相信她是会正确地来处理这个问题的。

小胖今天和荣芳去种自留地，下午没有上工。我想这很不好。乡里指示很明确，今天不许种自留地，只许种社的地。当这个指示还没有完全明确撤消时，我们应当严格遵守。特别是荣芳身为支部书记却自己先违背了这个指示，也加上一个下放干部，这对群众的影响是很不好的。遗憾的是当我把这个意见告诉小胖时，她却没有认为这是个问题。和她吵了两句就睡了。

四月四日（二月十六日）　星期五

一早起来小胖就和我说，昨天晚上她仔细考虑了我的意见，是不对的。态度很谦虚，就是她是在注意克服自己的缺点，这实在是件好现象，应该加以表扬。

下午到北孙庄去听了几个下放干部的锻炼自我介绍，又谈了谈劳动锻炼的道路问题。因为今天这几个人的介绍不太精彩，除了一些现象，但是自己的自我思想斗争的具体过程都都没有谈到，所以没有达到相互帮助的效果。

四月五日（二月十七日）　星期六

到南窪子去打水，对手是两个妇女，显得我们吃力，满身都是大汗。回来和之菁说了这种情况，才知道不是自己连打水的劳力都不够，而是在打水时有窍门，就是要对手没有用力。叫我不好回避困难。

劳动的时间比过去长得多了，所以比刚来时要累得多。想利用劳动之余的时间来做些事，简直成为不可能的事了。为此感到苦闷，最近报上连篇累牍地在刊载着红透专深的消息，心里很着急，这样下去岂不要大大地落后了吗？特别是当想到业务的时候，这个问题就显得格外突出。这是甚么思想？很简单这是个人主义，这和锻炼的要求完全不符，也正因为如此，所以才更加需要锻炼。前些时还好像对红与专的问题都有体会，想去帮助别人，事实证明，体会还存在着停留在理论阶段，要真正用来为自己解决问题，遇到具体时，就立刻个人固有的思想感情产生了矛盾。解决这个矛盾的态度，正是红的深浅的好标志。于是我又努力地不只要经常想到满脚要红，而且还要行动。我该更好地要求自己，不要成为一个放肆的个人主义者，即使是在生活的小事上，也不要放松自己。想到这些，心情就又比较平静了。

四月六日（二月十八日）　星期日

之之不要惦记小胖用的是棉大衣，今天又闹得有些不对劲哭了。为甚麽燕的信还不来呢？心情混乱得很，一边打水一边在想，等候别人喊就停止打水，都没有力气。好难的思想改造呀！昨天晚上想得好好的，今天就又犯老病。

去打水时上午试验了一下自己提水桶究竟有多大力量，结果还实了之菁的说法。比较那两个妇女没有用大力来，怪不得我感觉比挑河还累呢。

下午春播把妇女都派到村北去了，只剩下我和安平一共三个人下午打了一亩半地。并不觉得太累，效率又确实增加了。可见劳力的组织和分配是否有增加生产的一个重大问题，实在值得研究。

四月七日（二月十九日）　星期一

收到了燕的来信，真是如获至宝。她介绍了最近北京的整风情况，但其中不足的是信写得很匆忙，而且也还没有用多少时间了，她自己也承认质量不高。可是数量方面这不能令人满意，何况质量？还是先要求数量吧！

上午和海昇一起去打水，仍然是两个人一辆水车，到不觉得怎样累。回来吃饭时，遇见荣坤去跑了刘去支援修水车，结果一分钟也没休息，就去拉(?)了。回来时已是七点半了。走到半路就下了小雨，伸手不见五指，只能看到深灰色的地和道旁发亮的流水。路过北孙庄遇见一个到蔡家墅去的人，问知是村华嘉庄(?)的下放干部，但言语之间可敲多了是已……，小胖很热心地把他直送到村外的公路上，我却始终觉得已是多余。吃完饭已是九点钟了，连续十二小时的劳动，使我感到比哪一天都累，倒下去就睡着了。今打算给燕复信的计划也未能实现。

四月八日（二月二十日）　星期二

上午打水，中午接到通知去北孙庄开会，艾书记传达了县委宣传部加强宣传工作的指示，也向我们提出了要求。真不知道怎样做才好，主要还是时间安排问题。例如播种，我们应该负起这个责任来，但是白天在社里坚持劳动，又有什么下手呢？我想应当先把队的读报组搞起来，这还是可能的，晚上记工时间就是最好的机会。

四月九日（二月廿一日）　星期三

昨天在广场开会，有七个人谈了自己改造的心得。和在南孙庄时一样，还是过程多，思想少。特别是一位女同志言语之间既有傲气，尤其不该……我们挑担水还不是本帮的事，其次效果是不能群众，也不能取信，徒给人留下一些不良的印象罢了。看来此人倒确应该好好锻炼一下，瞬间改造已经锻炼好了。从这次的介绍也反映了这个会议准备工作不是事先缺乏认真的选择人选，缺乏对这些人的具体帮助，这是今后应当加以注意的。

杨桂珍谈的很朴质，得到了与会人的好评。此外几个人有的是贫农阶级出身的华侨和刚出学校的学生，都有一定的代表性。从他们身上正说明着一种新生的力量，一种朝气。我们不能仅为他们的问题我们早已解决了就不重视他们。的确有些问题我们解决得比他们早，但是我们没有更进一步，因而产生了一些暮气。一切事物都是发展的，人们所追求的是永远不会完结的。值得珍视的是他们更前进，我们应该在我们的基础上和他们一样地前进，学习他们的朝气勃勃的干劲，否则停滞不前有逐渐落后的。

四月十日（二月廿二日） 星期四

今天休息了一天。休假本来是法定的，但总觉得不大好意思，和小陈商量了好多天才决定了。因为今后又要忙于种植，恐怕更没时间了。洗了澡又理了发，觉得一身都是舒服的。

四月十一日（二月廿三日） 星期五

去赵家泊[illegible]，问指[illegible]中午吃饭时间[illegible]。时间是有限的，自己应善于利用它，否则甚么事也做不成。下午狂风，工作团[illegible]继续坚持下来了。在路途中和[illegible]谈了一些队上的情况。我想最近能够把队员劳动组织起来，分别研究一番，以便找出一些合理化建议。人毕竟是人，以后劳动强度[illegible]，我[illegible]是解决不了根本问题的。

四月十二日（二月廿四日） 星期六

继续去赵家泊。早晨的暖风和[illegible]感到了一些春的气息。可是中午又是黄沙蔽日了。

还和润普在谈话中了解了一些队上的情况。他说胡书记[illegible]，前些时候[illegible]对胡书记不满，说是很多人对他有意见。前来问题是有的，章副主任也没有意见，[illegible]了谨慎[illegible]的态度。否则他怎对胡书记表示不满，岂不糟糕？说是他非还要继续观察。

小贾来信了，她在[illegible]友好，真是关心同志。她们家也在[illegible]中，我能给她提些甚么样的参考意见呢？

四月十三日（二月廿五日） 星期日

还是去赵家泊，最后的一块地今天算是完成了任务。

清燕来信说因为参考等要接待她来感到有些不愉快。这是必然的。本来已经写了半封给她的信只好作罢了。[illegible]她是否能来，几天总是在矛盾斗争中，没有这件事也就罢了，有了以后觉得总是件事，矛盾也就产生了。现在矛盾问题已经基本解决，但是心情还不能及时地平静下来。她说她不能来和我不能回去是一样的。我却觉得二者并不能完全等量齐观。我在[illegible]城不久，回去要[illegible]受影响，但总是利少弊多。农村是知识分子的海洋，是革命的大熔炉。她来看到的不仅是[illegible]，而是社会主义新农村群众创造性的大跃进。对她来说，收获也许比我大得多，所以她来是利多弊少。

四月十四日（二月廿六日） 星期一

去乡里开通讯工作会议，决定要求每个小组每月写一篇稿子，时间[illegible]，把最近[illegible]文[illegible]，[illegible]四月份的任务，不过[illegible]，[illegible]成样子。

晚上根据昨天乡里开的全团大会传达的[illegible]安排了，为了抗旱播种，说明天开始要求三点半起来做饭，五点到工地，晚八时回家，连续劳动将达十四小时之久。真是大跃进。

村子里的人都[illegible]，到城关镇去参观[illegible]只好回[illegible]去了。我倒觉得有兴趣，因为城关镇的城墙是明代的，据说还有不少古迹，[illegible]很想去，只好让他去了。我没有自告奋勇。

十组谈了一下社会工作各个问题，我和[illegible]搞大字报，小叶搞文娱工作，李[illegible]搞妇女工作。

四月十五日（二月廿七日） 星期二

天还没有亮，四大嫂就来叫小陈吃饭，起来时，一弯新月还挂在东方。匆匆忙忙地吃完饭就下地做龍溝去了。

延长了劳动时间，自然觉得累些，奇怪的是这两天手指头也疼，回不过弯来，问小陈他也有同样的感觉。

下乡后，今天算是第一次独立工作，我一个人包了一个[illegible]子的龍溝任务。为了做得细致些，把土坷垃都弄成了细面儿，这样不容易跑水。整整一天才做好了一个龍溝。

四月十六日（二月廿八日） 星期三

继续去做龍溝，今天学生们也来参加劳动，其中[illegible]德清的弟弟干劲最大，真是英雄好汉。

一直是在干活，原来规定中间有休息时间，因为要赶任务，[illegible]都不休息了。昨天有时家[illegible]还常帮帮忙，今天只有自己一个人，不努力干就要耽误打水了。晚上归来时，因用脚蹬铁锹，两腿发软，特别是饭后回家，简直是用身子拖着两条腿回来的。常常看见人家写文章用"拖着疲倦的步子"，过去不注意，今天才体会到拖字用得实在是妙极了。

四月十七日（二月廿九日） 星期四

好多人都说我做的龍溝既不跑水又美观，心里高兴也惭愧。高兴的是自己努力劳动见了成绩，惭愧的是龍溝的质量虽然已经达到标准，而效率则并不高。我用一天的时间也许能劳力只用半天就可以了。常言道，慢工出巧活，用的时间长了自然会做得好些的。

得医图

（唐·敦煌壁画）

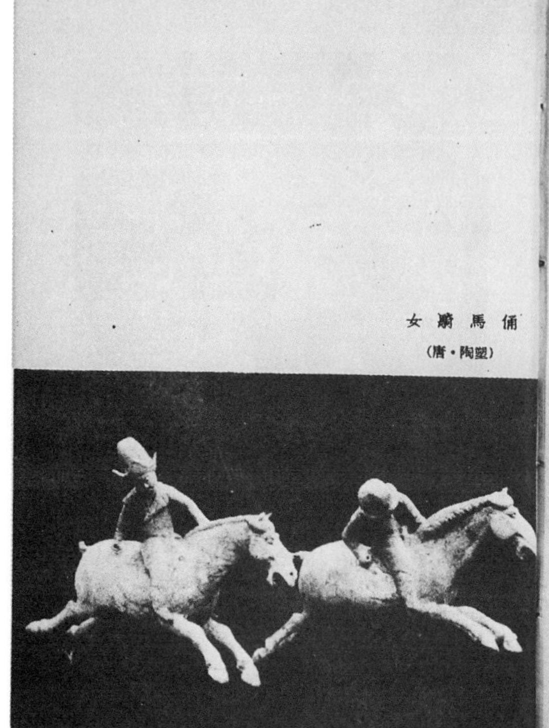

女骑马俑

（唐·陶塑）

天气忽风忽冷，忽冷忽热，大家在盼雨，却偏偏不下雨。从来我对雨是不太感兴趣的，如果有兴趣，也是封建士大夫的感情，很往着一些甚么雨中泛舟的诗意，什么"一些春水碧於天，画船听雨眠"的意境。然而今天不同了，自己在劳动中的甘苦使我很想与和老乡一样在盼雨。多少天来的劳动极需雨来灌溉，如果不下雨，我们也会抗旱，但是我们还要付出更多的劳动。雨将使我们的劳动获得丰收，雨将节省我们不少人工。下乡参加劳动才真正懂得了"春雨贵如油"的道理。靠天吃饭固然是错误的，我们应当有"人定胜天"的豪迈气概，但是天如果肯下雨岂不更好？把盼雨的心情就解释为资本主义思想，恐怕也不见得很正确。我们可以盼雨，但是我们也有充分的信心来克服不下雨的困难，千方百计地战胜干旱。当然，一味地盼雨而不想办法，甚至影响了劳动情绪，这就是大错而特错了。

四月十八日（二月廿五日） 星期五

上午继续做[illegible]，下午全组讨论规划，并且请了叶秀来参加。在讨论规划之前大家向党交心，我把对红与专的问题曾经阻碍自己锻炼，甚至思想起过波动的情况谈了出来。其他人也有若干谈了具体问题，小陈对自己的认识也是对的，只是还不够深刻。

交心会开得太不够，我觉得有的同志根本就没有真正交心，因而会上就有敷衍了事的神气，只罗列了现象，就是现象也谈得不多。一腔的热情，想对小组提些建设性的意见，看见这种情况，有些消极情绪，反正搞不好，自己何必呢？还是好好地锻炼自己吧。但是马上就又感到自己这种想法本身就是违反锻炼原则的，抱着自己进步的个人主义去锻炼，其结果也不会锻炼得好的。于是我还是把想到的意见提了出来。可是心情仍然不很愉快。会没有开完就吃晚饭了，只好晚上继续谈。也许是春困秋乏，老陈在介绍这次参观情况时，我就睡着了。

四月十九日（三月初一日） 星期六

天还刚刚亮，在朦胧中，听到了今年第一声春雷，仿佛还有细雨的敲窗声。满心想这回可能要下一场透雨，但是也未如愿，西风又变成了东风，阴得沉沉的乌云被吹散了，早晨的那点雨连地皮也没有湿透，一场欢喜又落了空。

这两天总是做深翻，回忆了前些时对于用锹用镐的问题就很幼稚，但是这也说明了一个人对一件事的认识，总是由不懂到懂，由幼稚到熟练，这是不可避免的过程。所以前几天的幼稚就不足怪了。

整天在阴晴变化中，也难得再去想下雨了。因为总是在盼着下雨的心情就不对头了。实际上还是靠天吃饭的思想反映。还是缺乏革命乐观主义的干劲的表现，是不健康的。忘了谁说过真理和错误之间只隔着一层极薄的纸，分毫也差不得，多一分、少一分就都不是真理。的确，例如想到"下场雨多好"，这是正常的，因为事实上下场雨的确好。但是如果为此而着急，这种思想就成为消极的情绪了。任何事情都是如此，过度也不能过份。

说明了很久的红与专问题，算是彻底得到了解决。前些时自以为想通了，可是也比较模糊，现在才算真的通了。自己的规划廿五日以前交，因为这个根本问题解决了，具体的条文就好办多了。专期文卷不会成问题的。过去之所以对"红""专"问题没有解决，主要是对红和专的概念理解得不深不透，这是解决红与专问题的前提，前提没有解决，其他问题本身也不会很好的解决。这也是必然的。

我的体会，所谓红，就是对共产主义事业的无限忠诚，具有无坚不摧的英雄气概，革命乐观主义的精神。在一个真正红的人的面前是没有困难的，困难只是给他带来了克服困难的行动。过去想到红，只是说一个人应具有革命人生观，但是怎样具体表现革命人生观就想得比较少。认识和承认共产主义好是比较容易的，目前一般人大都做到了。但是真正把自己的思想感情和共产主义的事业密切联系起来，自己的每个思想活动和行为都是为了共产主义的人，在知识分子中恐怕还不是多数。而这种人才能算是真正达到了红的标准。而这种人在任何时候都会使个人无条件地服从集体。

所谓专，概括的说就是了解认识和利用某一自然现象和社会现象的规律。尽管有千种万种不同的规律，但是总离不开生产斗争和阶级斗争。因此专要专有不同，归根结底总是要为生产斗争或阶级斗争服务。超阶级的专是不存在的。但是在阶级社会里，生产斗争又总是与阶级斗争紧密地联系在一起，生产资料又总是为这个或那个阶级所占有，因此"专"也是为阶级服务的。至于

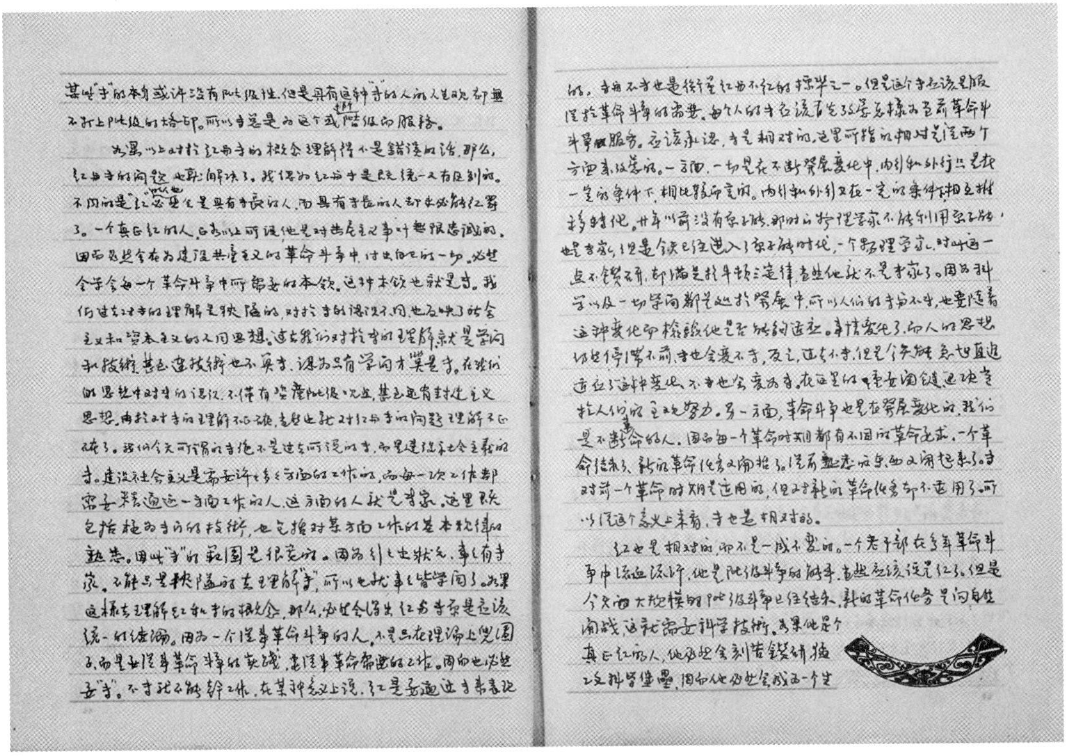

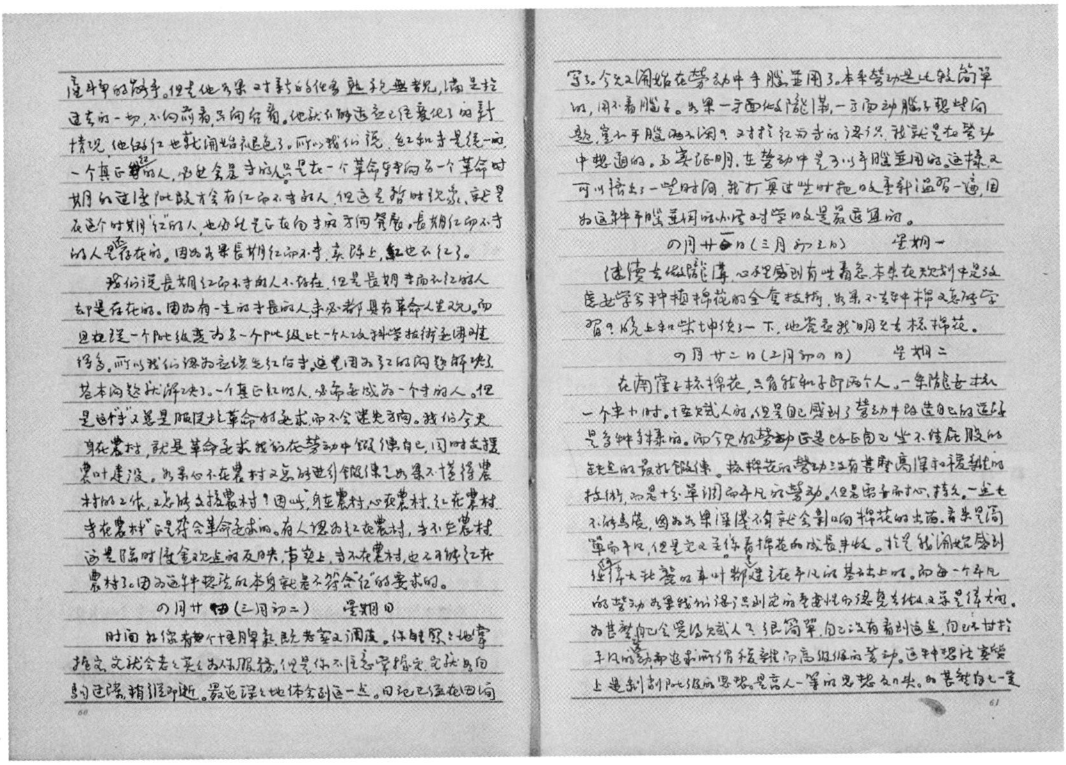

要去做高级的劳动而不能做比较简单平凡的劳动呢？再联想到过去自己喜欢写计划、做总结，但不肯做一般的事务工作。习惯于抓突击性的而又容易於完成的工作，却不善于抓细水长流的一般工作。於是天天东奔西走，坐不住屁股的缺点造成了多年的老毛病。以前虽觉得这个毛病不好，但总自己还是做了不少工作呀！所以对这个缺点的认识也就抓得不深了。主要还没有认识到这个缺点的产生根源。今天才开始了解这种思想是带有阶级性的。是属于剥削阶级的思想范围。下乡以来我看到的农民那一个又这种缺点呢？向农民学习正是学他们的榜样，而学习他们又必须是在劳动中去亲身体会和锻炼。空洞地说要向农民学习而不是亲身去通过劳动来体验，也是不会收到很好的效果的。拣棉花正是改造自己不耐久、不耐心的缺点的好机会。我可以在这种劳动中来锻炼使自己也成为像是一般农民一样的有毅力不怕艰苦的性格。

小胖要我去教歌。晚上去到汉芝家，院里院外有七十八个人，情绪很高，也可以算是个很好的开始吧。谁说当前生产积极性不高呢？青年孩子们情绪是高的，过去我们没有发现罢了。从教歌的事情可以得出一条经验，叫做"事在人为"。不辛苦是不能成功的，而只要辛苦了也会干好的。

四月廿三日（三月初五） 星期三

上午去拣棉花，天气闷热闷热的，棉衣穿不住了。午饭时听说雅莲病倒了，赶快去看看她。还好病不太重，只是有些劳累，大概休息休息就会好的。她还坚持下午去参加

杏花鹦鹉

宋·赵佶作

呢。为了把吴耀青的"生产大跃进"评剧唱词送给纸厂里，午饭后又去找耀青研究整理了一下。他情绪颇高，表示要在有暇时编小剧本呢。

下午在北孙庄小学开了全体下放干部大会。西峡[?]的一位同志和蔡若红介绍了交心会的情况和收获。然后分小组讨论。我对小组不能令人满意的地方又提出了意见。小胖和雅莲为了过去的矛盾展开了争辩。实在使人感到伤脑筋。回来种了两棵树，刚刚要吃饭又听说雅莲晕倒了。是病会太累了？还是不愉快所致呢？

晚上全村开了扫盲大会，求[?]继续教歌的计划未能实现。实在太困了，浑身发软，关节也有些疼，难道要变天？根据过去这种反映的经验，明天或许会下雨了。我告诉大娘，她不太相信。其实我也缺乏科学根据。

四月廿四日（三月初六日） 星期四

早起阴天不刮风，多天以来这种天气已经司空见惯了，已经没有人再注意是否会下雨。大家很早就忙着下地打水了。今天我又去做路灌，可是十点钟左右却开始下起小雨来了。而且越来越大，赶快回家，浑身已经湿透了。大家都在那说再下大些。"麦收三月雨"，这场雨才称得起是及时雨呢。如果能够继续到明天的话，肯定不必再打水了。今年的丰收就有了一半以上的把握。

昨晚因为给燕写信，快一点半才睡，红旗杂志[?]问题算是读完了，但是连第二遍也没有看。因为实在太困，趁着下雨，下午睡

了一觉。又抓时间看完了文物、博物馆工作会议的文件。感到的确是振奋人心，但是具体措施却看不出来。联想到在今年的问题，究竟怎样在文物工作中去贯彻这种精神，是应当注意的。否则就会给工作带来损失。下乡以后，初步解决了文物工作在当前经济建设的问题，今天就是谈我来排队，也不会把文物工作排到前面，但全面干劲的带着，文物工作自然不是重要的。但是我们文物工作者却应当在跃进全面的干劲条件下，努力工作。对于文物工作者来说文物工作就是头等重要的工作了。排不上队是客观条件所决定，文物工作者必须主动积极努力去完成任务又是主观条件所要求，两者是统一的。我们正是需要在困难的条件下，发扬革命干劲，鼓足干劲全力以赴，所以文物工作必须大跃进。有关这方面的意见，很难从文件中看出来，所以颇想写一篇稿子寄《文参》，可惜时间实在不够用，只还是下决心抓紧写。

四月廿五日（三月初七日） 星期五

昨天的雨到下午就停下来了。大概也就是三厘左右的雨，当然还是有用处的。早起天还是阴沉沉的，指望着今天再下一场。但是十点左右就起了大风，我在做路灌时说也说不清。

下午去赵寨[?]庄去学习种棉花，因为风太大[?]实地看，只由一位老农给我们介绍了他种棉经验。邮递员赶着送了报纸来，并给我寄来了四本书，真想马上打开看看。又是近廿天没有接到他的来信了。按照过去的规律，书里总是夹着三言两语的短笺。心里总以像是热锅上的蚂蚁，听不见老农的谈话，坐也坐不住。好容易在六点钟回家了，顶着六七级的大风走都走不动。回来进

们第一件事，就是看信，但是我失望了。书裡连三言两语的短簡也没有。为甚麽呢？

心事重重，连饭也没吃好。但是当我进入汉芝家教歌的时候，集体的歌唱又使我振作起来。孩子们愉快的笑脸，小嘴子们的雄壮歌声使我感到自己是生活在愉快的集体裡，一点也不孤独。把个人的生活琐事放在一边吧，有甚麽可想不开的呢？

四月廿六日（三月初八日）　星期六

狂风竟日，早晨又去梳棉花。下午按规定是学习时间，因为现在正是青黄不接的时候，村子裡又开始闹粮食问题了。所以决定学一学粮食政策和统购统销的政策文件。

看完了国务院几个规定和小平同志有关农村的报告，总的精神是领会了，但是对于解决具体问题仍然很模糊。但是在考虑这个问题时必须时时刻刻注意到这是两条道路的斗争的问题，不注意就会犯错误。同时另一方面，也必须考虑到农民要吃饱的原则，不注意这一点，就会侵犯群众利益，脱离群众。事情是複雜的，需要的是调查研究。这对我们这些长期脱离实际的人，又是一个很好的锻炼。目前村子缺粮现象，恐怕既是事实也有假象。而造成这种事实的原因也是多种多样的，主要也是没有很好的节约，如果一直注意有计划地使用粮食，无论如何会有缺粮的，也不会缺得这么多。但是对于既成的事实怎样处理？后果又如何？今后又怎能保证不发生或少发生这种情况？都是需要研究解决的问题。

晚上继续教歌。小胖决定调王兰花去支援教歌，以便在"五一"以前实现歌唱化。这两处只好由我一个人负责了。

四月廿七日（三月初九日）　星期日

狂风仍然在继续，梳了一天棉花。晚上原定要教歌，可是临时开会只好作罢。乡裡决定要大干六天。每天早五点下地，拿两顿乾粮，晚十二时收工。这样除了两顿饭的时间以外，劳动时间将长达十八小时之久，睡眠则只有三四小时。自己也担心是否能顶得住，但是要坚持的。不过这种做法，虽然也符合大跃进的精神，可是经常如此，谁也会吃不消，於是又使我感到改进工作方法的必要性了。革命是需要干劲加巧劲的，有前者而无后者效率不会有迅速地提高，相反地照这样下去，还可能减低劳动的效率。

下午在地裡，润甫又提到了老少之间的矛盾问题，似乎矛盾不少。晚上记工之后我和崇坤谈到深夜，针对队的情况交换了不少意见。老少矛盾问题的解决恐怕还得慢慢来。

两天以来一直为了燕的缄默感到惆怅。每当自己一个人的时候这种惆怅的情绪就会泛起，感到说不出的难过。从崇坤处归来已是午夜十一点二十分了，月色朦胧，街头寂静无人，不由得又使我想起了燕，为甚么全半个月都不来信呢？虽然已经疲倦得连眼皮都抬不起来，但是还坚持给她写了一封短信，乞怜似的求她给我来信，效果如何真是一点把握也没有，或许是为了上封信我说错了话？真是天晓得。几乎是通夜未眠，一直被痛苦在折磨着……。

四月廿八日（三月初十）　星期一

绝早起来，老乡们已经在收拾车辆了。匆匆吃完饭就下地去梳棉花，因为昨晚睡眠不足，头有些发晕。在一起干活的又是老寿爷子，七十多岁的年纪仍然天天坚持实在不容易，有人说他不好，也未免苛责了。

今天都是派人回家取饭在地裡吃，我因为比较流动而且又是单干，只好回家吃午饭。下午头疼甚剧，只好咬牙坚持，回家躺下。今天只有打水的人到晚十二点，梳棉花播种的因为看不见没有下地，快九点了，书勇去找喜林谈问题，面有忧色。我问他为甚么，据说他母亲有病，胃不好。我把艾捲送了两个给他去灸一下心口。可是等到他问了他母亲病状以后，才发现可能是胃癌，病情十分严重，绝非艾灸所能解决问题。心裡明白又不敢说。看样子恐怕已经是晚期了。不知道还能延续多久。

四月廿九日（三月十一）　星期二

在刘胡庄的老乡裡，留恋单干时代的思想相当普遍，因为高级社以后的个人收入的确不如从前，这也是客观的事实。问题也就在这里。合作化的优越性是首先应肯定，但为甚么地不如从前种得好？很多人留恋过去？不能不使人信服地想起毛主席的话："严重的问题在于教育农民"。制度是好的，但是事在人为，决定的因素还在于人们的思想状况。对于制度的态度不同，也表现了不同立场。我们如果不加分析地去盲目听着某些农民说合作化不如单干，就会犯错误，但是我们也不能盲目地去说农民落后。正确的态度是要用阶级分析法和辩证唯物主义的观点去进行调查研究，找出解决的办法。所以我准备把这项工作纳入我的年度计划中去。

继续梳棉花，在地裡和胖王爷在一起，了解到明德十说，也教歌是完全可能的。我今天就是利用和他们一起干活，教会了她们两个歌。这个办法可以继续推广。

四月卅日（三月十二日）　星期三

为了实现我自己的规划，我再次向崇坤提出要去种地。今天开始培棉花了。过去一个人一连挑了九担水已是最高记录，可是今天我挑了七十几担水，晚上的确感到有些累了。但是我却从今天开始学习种棉花的技术了。想到自己的规划却快也就来了。晚上没下地但是为了给社裡写有关妇女托儿互助组的报道又是近一点才睡觉。晚上开社花的斗争会效果不见得好。

五月一日（三月十三日）　星期四

本来要今天去广场看赛秀芳，小胖说因子坚去白子裡开会也不来了。只好作罢。但是东西想必已经买了，这可怎样办呢？

王兰花的人来去搞我们，今天下地的人多了。我上午在角庄子种棉，下午去马德墊担水。为了粮食问题一直在思想斗争，究竟应当怎样正确地对待这个问题，自己实在没把握。因为这裡面存在着群众的眼前利益和长远利益的矛盾；国家政策和当时势力之间的矛盾；官僚主义和人民群众之间的矛盾。为了正确地处理这些矛盾，既需要有正确的立场，也需要有正确的方法，二者是缺一不可的。昨晚的会不能说是完全正确的，至少作为乡长来说不应当随便骂人，这和党的政策精神不符。是否可以提意见呢？在农村一切要学习，要慎重，但是对于一些违反政策的现象完全熟视无睹，恐怕也只算是非政治倾向吧，才来时不了解情况随便指手画脚是不对的，三个月来应该说已经了解了些情况，对於明知道不对的事完全不管，怕自己犯错误这也是不对的。我们应当不怕犯错误，只要自己经过慎重考虑的意见就应当提出来。对了可以有利於革命事业，错了对自己也是很好的教育，有甚么不敢提的呢？当然方式应当注意。我想把意见写给卜明同志。

五月二日（三月十四日）　星期五

早起就阴天，彷彿要下雨的样子。照例刮东风就会下雨，今天居然还是东风，大家都觉得有了指望，谁知道中午下了几滴雨点，云彩又从东方转向西方。人们在摘棉花时一直都注视着云彩的动向，可是云彩好像和我们捉迷藏，真是瞬息万变，忽而东，忽而西，忽而南，忽而北，偏偏不到我们头中央。有时阴得沉沉的，但是只是一两分钟的样子，就又透了亮。真成了东方不亮西方亮了。近黄昏又滴了几滴雨就过去了，看样子是下不成的。冷风直生雨，今天冷得出奇，好像是冬天，当然不会下雨。

晚接到燕的来信，说是东西已经买好了。可惜鲁秀芳又不来了。使人高兴的是燕自己认识到当前最根本的问题是政治挂帅的问题，不过她又过份谦虚了。比起王志非应该还是她要好些。因为能认识到政治挂帅的问题的本身就是说政治已经开始挂帅了。这是红的萌芽，应当更好地去浇灌，培育它成长壮大。内心不起变化，说得再好听也不能算是红。反之，内心起了变化，那怕是很小的萌芽，也是值得珍贵的。断定一个人的政治水平绝不是只听一些漂亮的词句，而是要在实践中去考验。王志非是很难禁得起考验的，但愿他能在这次

72

榴枝黄鳥

宋·毛益作

双反运动和交心运动中有个转变。

五月三日（三月十五日）　星期六

上午继续摘棉花，下午自己写规划。本来规划早就要写，只是没时间，腹稿则早已有个底子了。规划写了一半，为了把四队的挑战书早一点贴出去，又写了半天挑战书。一直觉得五、六队的挑战书写得不具体，所以四队的挑战书我就写得具体得多了，实际上它的内容也就是我的规划一部份。

晚上把挑战书向大家念了一遍，结果是一致通过。跃青最热情，有加班写美术字直到十点半才走，因为太晚了未能贴出。

五月四日（三月十六日）　星期日

还没起，跃青就来叫我去贴挑战书。小胡说："跃青应该改名叫跃进了。"

粮食问题今年越来越严重，占鲁也揭不开锅了。她说五月份恐怕都够呛。今天值得注意的一件事，葉无说前半个月就喊减粮食的四树蒲他吃得是玉米饽饽。这就说明了喊粮食的人未必就是都缺粮的人，里面存在着假象，如果不加区别地就说粮食问题严重，是为某些假像迷惑了。联想到南孙庄的会议，甚的精神仍是正确的，只是做法上有缺点，形成了治标不能治本，暂时压下去了，根本问题还没解决，老乡有不少怨言，我们和他们闲谈时常常会流露出来。怨言对不对呢？这应当从两方面去看，怨言的本身肯定是不正确的，这种怨言如果长期存在，那就值得我们研究是否自己工作有缺点了。一味地强调我们粮食工作有问题是立场不稳的表现，但是一味地强调群众落后，也是不对的，因为这

72

样就会使我们的工作停滞不前，不能及时改正我们的工作缺点，我们就会脱离群众。因此我们既要贯彻国家政策，又要使群众自觉地遵守政策而不说怨言，这不仅是阶级路线的立场问题，而且也是群众路线的工作方法问题。

士芳的母亲死了，离我去看她才五六天。士芳很难过，棺木还是临时凑的。本想帮助他，可是这个月紧得很，又是买英雄的，只好安慰了一下。

五月五日（三月十七日）　星期一

下了一早晨雨，断断续续的还是没有下透，反而耽误了半天工。下雨是好事，可是下小了倒变成坏事了。上午写了个人规划，下午继续去地里摘棉花。

接到王志非来信，很高兴。我一直把他当做一个好朋友，但是当我帮助他的个人打算过多时，心里就有反感。其实这也是不对的。难道自己不能做他一个直友吗？想写信给他提些意见，告诉他不要事事都有一个打算。对他来说红专首先要解决的问题，不解决这个基本问题，一切都是谈不到的。

五月六日（三月十八日）　星期二

今天立夏，老大娘给了我一个腌咸鸭蛋吃。照这里的规矩是立夏要吃烧饼的。但是现在麵少了已经不能吃烧饼了。

下午和小胡去广场接鲁秀芳，她把我所需要的东西都带来了。从她那里知道了不少局里的情况，特别是大字报的情况。王纯同志给许林同志的大字报数量很高，这是一个好现象。只有钦等同志的批评少了，本来应当带动群众展开批评这对工作

73

的闹钟是十分有利的。和鲁秀芳谈到傍晚八时半才结束，报完已经十一点半了。从明天开始就要挑新老社员的友谊水库了。因为没有去到老揭，所以还不知道怎样搞法。

鲁秀芳把小时莲也带来了。这孩子看见农村一切都觉得新鲜，点煤油灯的时候，他很惊讶的说"咦！怎么是这样的点电灯？"我们都被他逗得大笑起来了。都说："这孩子实在也应该下放锻炼一下"。

五月七日（三月十九日）　星期三

南孙庄乡的新老社员友谊水库在早晨七时举行了开工典礼。由支书记报告并宣布了施工的组织。

我和小时是一付担。可是只挑了一会儿就分开了。我又和一个老社员在一起，从早晨坚持到晚上实在有些累了。并而第一天的结果因为土方分配不得当，影响我们落后了些。心里不大高兴，情绪也就差了。从明天开始要早六时半时到工地，晚八时收工。干这种重体力劳动这长的时间，恐怕是够呛。

五月八日（三月廿日）　星期四

两肩红肿，每挑一次都会感到剧痛。这是过去从没有过的现象。也许这是劳动闹真正的开始了不用说我，连小时也在喊累了。回家吃完饭就睡了。

原打算再去一次唐坊的计划它不了成了。结果好几个人都未能看见鲁秀芳。

五月九日（三月廿一日）　星期五

夜里下小雨，早晨仍然继续。只是不大，究竟对于怎样有多少损处还不大清楚，但是总应该有些损处吧！

因为只下了一小阵雨，所以还继续到工地，整天都是和小时在一起双肩的疼痛程度有增无减，咬着牙在坚持。晚上艾书记满怀地评了我们排的落后现象，其实他们不了解我们的土方比他们多二百多方呢，听了批评有些不服气和小俱闪者商量想和南孙庄的新社员比赛挑战。我们相信是不会落后的。

五月十日（三月廿二日）　星期六

天下雨没上工，整天在家里讨论个人规划，会开得很好。在讨论过程中进行了批评和自我批评，谈得比较深。大家也还心平气和，这还是下乡以来第一次，可见人们都在进步中。小时和张莲荣来看比较多，这次也比从前要记得虚心得多了。对每个同志的进步那怕是非常微小的积极性也应该加以肯定，只有这样才能帮助同志进步。把一个同志的缺点加以固定化是最要不得的。

几天来的过分疲乏，实在懒得动，所以没有去看中央歌舞团的演出，只是在工地上看见小林一次。从她那儿知道了九年已将出国到埃及恐怕要去两三年才能回来，王姐已经下放到农村去了。这样二伯母只剩下了一个人，实在成问题。不知道他们怎样安排？我担心的是这样会使二伯母的健康恶化。

清燕来了信给我提出很好的批评，这也是他第一次这样坦率的批评我

欽他能这样坚持下去。

五月十一日（三月廿三日）　星期日

正在紧张的劳动中，突然接到小时家里的电报，他父亲死了而且母亲也病重。只好赶快设法凑了一点路费让他先回北京筹款然后回家。针对小时的情况，我告诉他千万要"厚生薄死"，不要为死者多花钱，因为今后的家庭生活困难是比较长期的。

真奇怪前不久小时的父亲还来信责备他不寄钱回家根本没有谈到病的问题，难道是脑溢血？否则不会这样快。我也在怀疑是否有其他问题。老魏认为肯定不会有其他问题。我想他的推测也是有道理的。

五月十二日（三月廿四日）　星期一

说起来是小事，但总使人感到不痛快。这两天大家都在紫中午饭在工地吃，偏偏南孙庄、北孙庄都回去吃。艾书记要大家都吃热饭，路远的不能回去只好派人送来，路近的完全可以回去吃。如果吃热饭是个原则，我们離工地不过半里之遥照理也应当可以回去吃的，可是才吃了两次就特别提出来要我们带饭。何以别人可以回去而我们就不能回去？难道还有什么[illegible]？若说为此感到不高兴的确是有道理的。也实在使人生气。

五月十三日（三月廿四日）　星期二

经过两天的苦干，我们今天超过了二排，每天平均一一个人挑完了九方土，创造了工地上的最高新纪录。但是因为开始多了二百方土，要想马上超过一排还是困难的。但是大家干劲很足，最后胜负尚难肯定。

无巧不成书，偶然在休息时和老曾谈起国际书店的事，才知道他和刘崇平非常熟悉。他说刘很坚强，有丰富的社会经验，生活很艰苦。曾经和一位"老处女"恋爱未成，但下放后又有好转。很清楚这位"老处女"是谁。只要听到"下放后又有好转"这句话，也就可以肯定她的确是有丰富的社会经验了。怪不得我问老曾刘是否很老实？他却回答说恐怕不很老实吧！看起来此人却也未死心。真是多事之秋！

五月十四日（三月廿六日）　星期三

今天开始挖土了。小时回了家，老江又下午开会，我成了单个户，所以只好领铁锹，一个人供两个挑筐。对象是孝平庄的老梁、老师、张莲和龚梅亭。这个地方从苏杭到西安，从大庙顶到苏联建筑，真是海阔天空，无所不谈。每天总是到下午五点以后就感到很累，可是今天觉得时间过得特快，也忘了累了。

黄昏，大家都在欣赏晚霞，几片微云遮住了太阳，发出金黄色的光从云彩的空隙里射出来，可是在地平线的上面却又有几抹微红。云彩也有的是淡青色，有的是深紫色，特别奇观。特别是一片绿油油的麦田和晚霞衬在一起，实在是一幅很好的图画。

村子里的有线广播就要开始了。我想也该结束一天的工作。到村子以后，一个突出的感觉是那村子里的空无限忠诚，对党的事业充满了信心。但是工作方法上还有缺点，这就是还不善于启发群众的积极性，在许多问题上存在着简单命令的作风。希望这次整风能够有所改变。

五月十五日（三月廿七日） 星期四

很多人都去广场开会了。我的对手不在又成了单干，发了一天铁锹。好在和老吴、老刘他们在一起，说说笑笑干的倒起劲儿。真是啥活也不轻。昨天还好，今天发铁锹就有了不同的感觉。过去挑筐是双肩红肿，今天发铁锹是两臂生疼。而且手也出了泡。

夕阳引起了很多人的兴趣，西面天边到黄昏，大家都在凝望落日。因为每天的日落都不一样，昨天天空弥漫着几缕微云，今天却是万里晴空。所以在太阳下山的时候看得特别清楚。只是很短的一刹那，一轮红太阳就沉下地平线了。

五月十六日（三月廿八日） 星期五

下放干部从廿日就要开始整风，所以有任务要提前在廿日以前完工。乡里又调了九十三个人来支援我们，全部新社员都集中在一段上，我们分的是最西头，土方不多而杂活挺多，两天就可以完成任务。但是人多小堆多，上下极为不便，每次只能挖三四铁锹土。我和李丰苹的老金已经比较熟悉了，挖起来也比较合适。根据这几天的体会，干活如果没有饱满的情绪是不行的。所以和老金比赛也说得不厌其烦。

老李出了个主意用倒铁锹的办法可以比较在这上挖得多，很多人不同意，我极力支持。因为挖在人人下水，就辛苦人也受罪。所以肯定继续现状是不好的。新的办法没有经过实

清明上河圖（部分）

宋·張擇端作

荷　　花

（宋）

践又怎能说不行？很多人说怕弄坏铁锹，其实这是技术问题。因为大数人不同意，新办法也就未被采纳。

五月十七日（三月廿九日） 星期六

道越来越难走，水越来越多。实在已经很难维持工作了。老李又一次提出他的建议，并且自己下水试行，事实证明他的办法还是好的。才共同人少受罪。但是胡锁中还是坚持说不好。直到下午，事实才说服了所有的人。看来一个新的东西成长的过程总是要受到一些阻碍的。

五月十八日（三月卅日） 星期日

听说赵桂珍已经决定退职，真使人感到惊讶。为甚么呢？原来是要找爱人一道去南方。不久以前她还是做为搞好群众关系的好典型来介绍，曾几何时，她竟然自动要求退职了。思想落后的典型也。由此可见思想改造之难。与前一时的现象是不足为据的。

工程所遭遇的困难与日俱增，只从土方上看不出两天就可以完成任务，但是低水使人没法下去挖，一步一滑，採用了老李的办法但也是效率不高，并且比以前要慢得多了。我也下水了，光着脚丫踏在泥上滑滑的感到很舒服。水中走后一直挖下到打的时候老金是他还合手，但是力气小不能多挖。所以下水倒铁锹也就能发挥些作用。

晚上下了雨，虽然不太大，但对施工有些妨碍。如果下透了该多好。晚上又为今天是星期日而[illegible]了。一阵一阵地心酸，几乎落了泪。

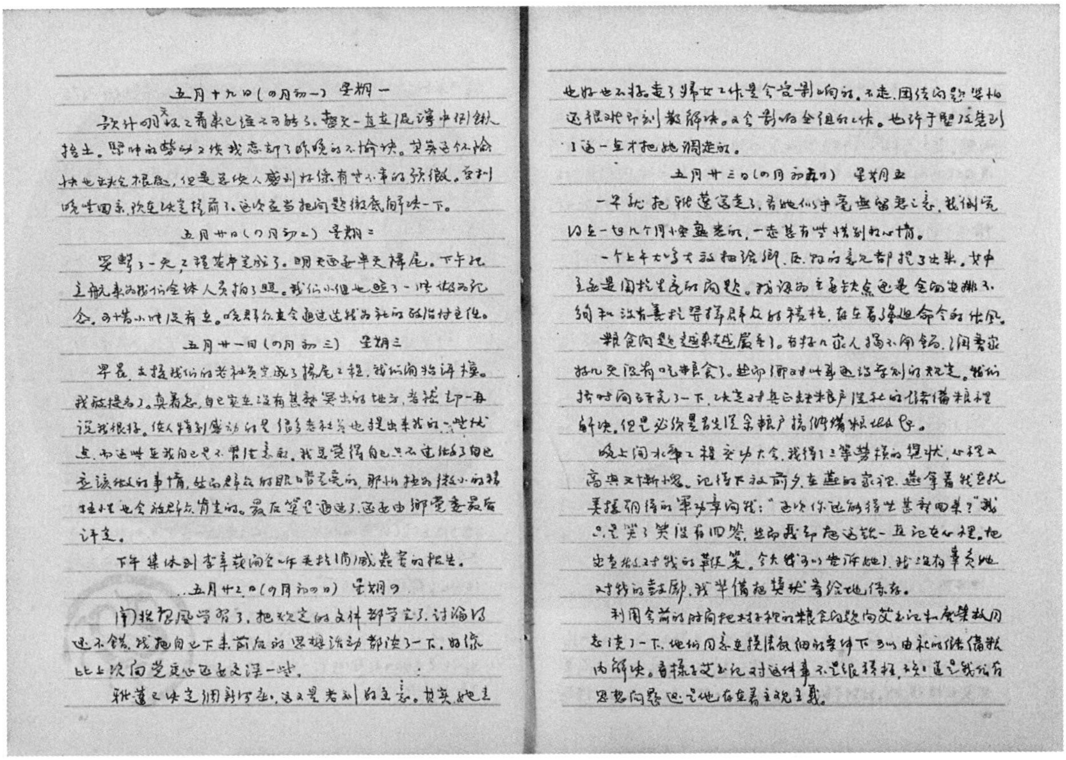

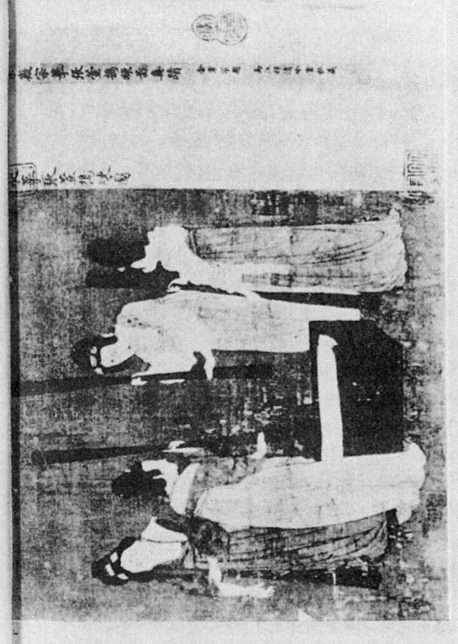

捣练图（部分）
宋·赵佶摹

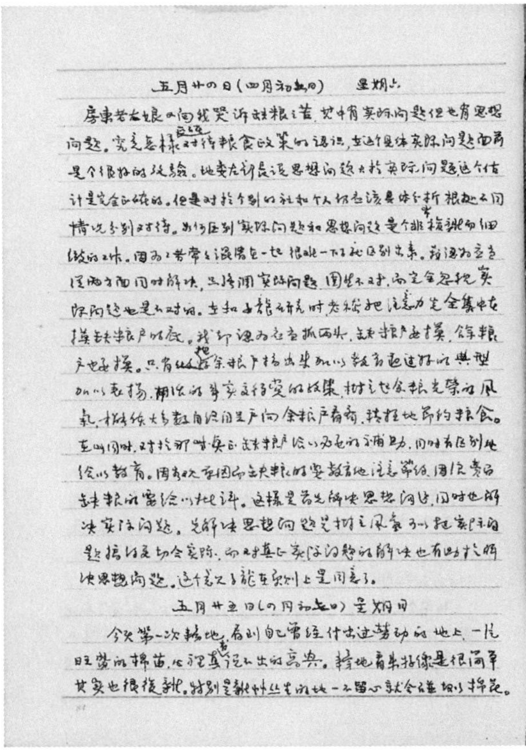

五月十九日（四月初一） 星期一

五月廿日（四月初二） 星期二

五月廿一日（四月初三） 星期三

五月廿二日（四月初四） 星期四

五月廿三日（四月初五） 星期五

五月廿四日（四月初六） 星期六

五月廿五日（四月初七） 星期日

搗练图（部分） 宋·赵佶摹

一直在小心翼翼地种地，渐渐感到自己的思想感情的确是有了变化。过去如果走在庄稼地里踏坏几棵庄稼是不会介意的。今天就完全不同了，对一棵棉花的损坏也感到心疼，因为我知道一棵棉花的生长是多么不容易。一锄一锄的地，一担一担的水，这种植到出苗，人们付出了多少的辛劳呵！于是又使我联想到勤劳和节俭的问题。又使我肯定了劳动锻炼，劳动是基本的看法。

五月廿六日（四月初八） 星期一

没有去种地，和白龄一起种豆子了。因为劳动量比较小，所以一点也不觉累。

荣秀到县里开会回来了。晚上开群众大会谈了粮食问题，奇怪的是没有按审查的步骤去进行，只是号召提出缺粮户就给以补贴了。虽然为数不多，总究是有些美中不足，因为只解决缺粮的问题就很容易吸引了更多的人向缺粮户看齐，这是非常危险的。既然已经这样做了也不好再去说别的了。也许荣秀是为了简单从事，而这种重大问题是不宜简单从事的。这又使我联想到今后我们究竟应当怎样去做好农业调查自己的工作。报告的领导和群众的矛盾突出了。这对我们又是个考验。

五月廿七日（四月初九） 星期二

集中到荣好那开会整风了，干部报告了这次整风的小结，的确是群众路线的方法，真正体现了群众自己教育自己的精神。只是过去领导不够，突然地用这种方法整风，使人无从下手，也许他们也觉得很仓促。

把我们的纪念出版社的人合并在一起学习了。在刊物上看到没有和这会并的画家，我不免有些心颤。

五月廿八日（四月初十） 星期三

讨论开始首先就是红与专的问题，意见不够集中，经很到现在还没有定，我"家"不解放出来，基本上还是在大家思想上没有很好地解决"红"的问题。

说来也很可笑，下午给王敏写了一封信主要是反映一些组内的情况，其中当然也谈到了一些人的缺点。偏偏被李兆莲看见了，她也非要看看我写的内容，实在有些尴尬。只好把它重新写了一遍，没想到她却提出了这样的问题："你为甚么不把自己选模范和对文化的事告诉她？"我觉得没有必要这样标榜自己，而且也觉得实在没有值得夸耀的地方，所以我说还是不写吧。更没想到她会进一步道出了她的内心顾虑："我写你，你写我。要是我没有选上，也算是批评了吗！"这是多么露骨地在暴露她的盘算？应该承认这次评选她表现是不坏的，但如果从她这种为夸耀自己而表现的思想基础上来分析，这种好的表现也是要不得的。

也许她觉得自己的想法太露骨了，所以当我把有关她的部分加上去的时候，她又说要我写我自己了。个人主义的态度，十分不老实的作风一直是她前进的障碍，可是她却一直没有能认真的认识到这一点。虽然同志们也给她提了不少中肯的批评，由此可见思想改造之难了。

晚上讨论十分热烈，问题比较深入了。

五月廿九日（四月十一日） 星期四

关于红与专的看法，我把过去自己的一些体会在会上提了出来，很多人表示同意。但是"专究竟是手段还是目的"，戚务英还有不同的意见。其实他的看法是把我和他所指的不同概念混淆，总之本身是不矛盾的。总的说来，专当然是手段，然而作为我们"红在农村，专在农村"的口号来说，二者则都是目的。如果错误地把在农村的专说成是要达到红的手段，岂不是就成了先专后红？应该说是红在专中，固然也可以通过专来检验红，却不能说是只有通过专才能达到红，不能专也不能红。事实上专还是红的结果。一个忠于革命事业的人，必然会去全力以赴学会革命所需要的本领。在这里首先还是决定于人的思想是否忠于革命事业？而不是因为学了本领才使思想变化了。这种说法是本末倒置的说法。由于对"红""专"问题的意见大家基本一致，所以讨论又转入了第二个课题："劳动和基层工作的关系问题"。一开始就出现了分歧。陈钧和戚务英是针锋相对的，景春的意见较平稳，好像是两个人分歧意见的折中。主要的论点是：

一、劳动是主要的，因为它是改造人生观的问题，而基层工作则只是学习工作经验问题。虽然是必需的但不是主要的。

二、基层工作同样有改造人生观的作用，而且只单纯劳动还不能解决改造人生观的问题。因此它与劳动同等重要，甚至更重要些。

三、劳动和基层工作是不能分主要次要的，但是在时间安排上则应该劳动时间排得比重更大。

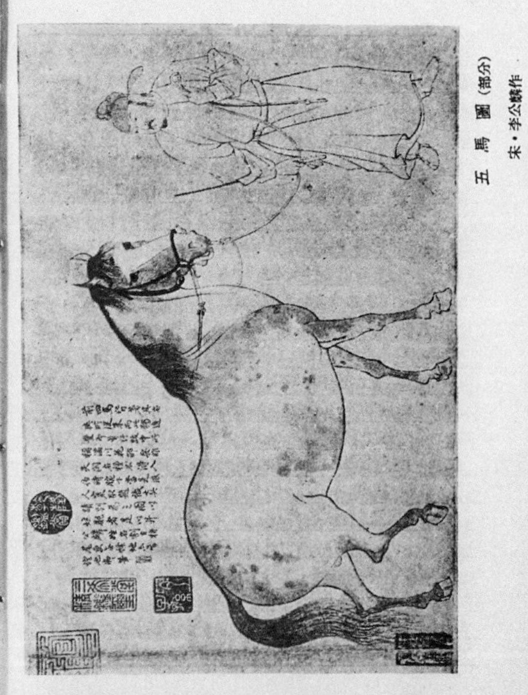

五馬圖（部分）

宋·李公麟作

老孙的论点似乎体现了这方面的观点，他也把基层工作的锻炼重地看重强调了地委文部长所说的衡量下放干部的好坏标准之一，就是看他们所在社是否由先进更先进，由落后转为先进。老陈是不赞成他的看法的。讨论十分热烈，但无统一的结论。老曹回去了，估计今天要为我们报告，结果没有报告。

五月卅日（四月十二日） 星期五

今天同时进行了两个题目的辩论，一个是继续昨天的讨论，围绕又联系到劳动锻炼和支援农村的关系问题。在这个问题上老孙和过去一样认为支援农村是前提，虽然他也说了同样是结果，但重点却是认为支援是前提的方面。我和他的意见是有分歧的。我认为从领导上说虽劳动锻炼和支援农村是一件事的两个方面，没有必要过份地去强调孰主孰次。但是做为我们来说却应当认为首先是锻炼。因为对我们来说，一般下放的都是旧知识分子和青年知识分子，要解决的问题是从一个阶级转变到另一个阶级的问题，也就是建立自己的共产主义人生观的问题。但是这些人又大都具有一定的科学文化知识，因为这些知识是对农村有用的。所以当这些人的阶级立场改变时，他就会自然地把自己的一切献给农村，从而支援了农村建设。因此，我认为支援农村是锻炼的结果。不能设想一个长久习惯城市生活不安于农村的生活的人会起支援农村的作用，尽管这个人也许有很丰富的科学文化知识。我觉得可以做个比喻：资产阶级的生产资料在社会主义革命过程中是改变所有制的问题。在所有制没改变以前，生产资料是为资本家服务的。我们知识分子没有甚么工厂，但是有一定的科学文化知识，过去这些知识是为个人服务或为资产阶级服务的，今天当然为资产阶级服务的可能已经没有了。但是大多数人却把这些知识视为珍宝，视为自己获得名利的成名成家的资本，因而是为他自己服务的。因此，如果要把这知识为社会主义服务也必须首先改变所有制。因为我们这些知识还没有公私合营呢！试问不改变所有制又怎能更好地支援农村呢？所以我说我们的根本问题还是首先锻炼。因为锻炼的过程也就是改造自己的过程，也就是改变所有制的过程。只有改造了自己，改变了知识的所有制，知识才有能真正更好的为社会主义服务。否则是谈不到支援农村的。但是我这样说只是为了强调锻炼是基本的，却不能说在实践上要分两个阶段走，先锻炼好了再去支援农村建设。相反地在实践上应该不分甚么先后。因为除了个别思想极个别落后的人，大家都是要求进步的，所以锻炼的过程也同样是支援农村的过程，人人都在天天进步中，进步越快支援农村也就会越好。这是成正比例的。

同样的道理，劳动和基层工作也是如此。生产劳动和基层工作本身是不能分甚么主要次要的，但是对我们来说劳动却是基本的。如其解一下来的时候，不要我们参加基层工作呢？难道那个决定是错了吗？如果不错是否现在强调又错了呢？我看两个决定都不错，两个决定对于当时的条件和时间来说都是正确的。如果把两个决定换换时间，其结果是两个决定都是错误的。

我不同意过份强调基层工作的意见，为了针对单纯劳动观点对基层工作加以适当地强调是必要的，如果过份地去强调就不对了。文部长说衡量下放干部锻炼的好坏要看所在社是否由落后变为先进或由先进而更先进，这说法说得不是很完全，所以容易使人从两种不同的角度去理解。一种是：抱着要锻炼把一切献给农村的决心，所以充分发挥了自己固有的一些特长，从而支援了农村。他把社的先进归功于全体社员和基层干部的领导，自己只不过是集体中的一员，自己不过是尽自己所能做了一些工作。所以社先进了当然也有自己的一份力量。另一种则是认为自己比基层干部水平高，比群众文化高，眼看社落后的原因也正是因为干部修养低，群众觉悟低，所以自己来了一定要把社搞好，搞得像个样儿，因此，社好了，决定因素在于自己。显然，前一种是正确的，而后一种是错误的。文部长没有把后一种思想找出来，而只是强调了社的先进与否是衡量下放干部的标准，看来是不全面的。

五月卅一日（四月十三日） 星期六

辩论的焦点越来越明确，但是有一些还是显得很远。不知道其他小组情况如何？

听了王主任关于地方工业发展的报告后，使我感到

晴春蝶戏

宋·李安忠作

下放干部的学习精神学习全体继续贯彻，也就所提放的方法是根据新形势的发展而有所改变了。中央下放到地方的干部很可能有绝大部份留在地方，回到中央的必然是极少数。这和过去调派下放时是不同的。当时很容易还是有不少人要回原机关工作的。但是今年不同了，地方工农业的大发展，中央的大批机关都下放了，権力也下放了。这样地方需要很多的干部，而中央必然是精简机构需要的人也会相对的减少。所以下放干部实际上已往不可能再回中央了，这是必然的规律。一些天天幻想回北京的人，将来恐怕必然要失望的。这对我们也是一个考验。

六月一日（四月十四日） 星期日

上午有几个人对几个问题做了专题发言，大体不差，但还不够深透。对于同志们的思想情况估计，正如他们批评一些同志看老区干部的缺点一样，把九个指头和一个指头的关系给颠倒了。使人感到有些不舒服。

下午徐老霄同志为我们传达了八大会议的精神，援引了很多毛主席的讲话，生动具体，极为精彩。十五年后已经不是赶英国的问题而是赶美国的问题了。这是多么令人振奋的消息！关于破除迷信，解放思想的问题给了我很大的教育和鼓舞。从这些具体的报告中可以看出马列主义已经掌握了广大群众成为不可抗拒的巨大物质力量，在推动着我们的社会主义建设。我们现在又进入了一个历史的新时期。

六月二日（四月十五日） 星期一

早晨起来大家讨论了昨天的八个大会发言，提了不少意见，主要还是觉得不够深透，有些片面之处。如果就算是对八个问题的总结显然是不适宜的。

因为下雨早饭后没有回家。和老陈、小陈又谈了一下组内规划问题，大家觉得这次一定要好好地认真一下，回去要在整风基础上修改小组规划，总结四个月来的思想。大家情绪很高，也较有信心。中午就晴了，睡了午觉下午三点开始从农场出发，雨过天晴，空气显得格外湿润，一点尘土也没有。黄昏抵村。晚早睡。

六月三日（四月十六日） 星期二

下午讨论了半年小组规划，同整风以前精神相比有不少是保守的。所以我们在制定规划的时候着重强调了克服右倾保守思想，同时也注意要克服单纯劳动观点。应该说开始时首先埋头劳动这也是一般规律，但是已经快半年了还是这样就很不够了。我们思想上要明确劳动是基本的当然对，但并不是把劳动绝对化。时间不够用不能展开工作的主要矛盾还是思想上存在着追求劳动出勤率的结果。彷佛有人一天没劳动就好像社会主义就是理亏的样子。这种思想也未免过份了。而我们组内却制成了这种空气。我认为对那些企图逃避劳动而只强调社会工作的人，应该指出劳动是基本的。但是对那些单纯劳动观点的人却应该强调基层工作也完全是必要的。因此针对组内情况，我们着重讨论了如何加强社会工作的问题。

大家同意明天先由我写出提纲，经小组讨论后最后定稿。

晚上，一个工作组的党员同志约我去参加党团支部大会上谈谈粮食问题，我因为对这情况不了解所以没有谈，只是参加那个会，帮助纪录。会上发言的人很少，好像有些顾虑。一直到十二点半才散会。

六月四日（四月十七日） 星期三

费了一天的功夫算是把小组规划的提纲写好了。准备明天提交小组讨论。

晚上继续开党团支部大会，讨论粮食问题和种植计划问题。今天发言很踊跃，从会上反映出有缺粮的确存在着实际问题。从我们组的食量上看也可以比较出一些缺粮户实在不够吃了。但怎样解决呢？

六月五日（四月十八日） 星期四

白天小组讨论规划，为了晚会演出的次数问题和小陈闹了激烈的争辩。我主张两次，他主张一次，其实两次也是比较保守的。我说他有右倾保守思想，他却说我给他扣帽子。其结果是谁也不让步，老陈当了调和派。小组规划只写大秋以前演一次，总的次数不写，能演多少就演多少。实际上还是达到了稳健了。半年的功夫只搞两个晚会实在不能算多，小陈却强调时间不够。我却认为不是因为时间不够所以才只演两次，如果时间够的话，十次八次也未尝不可以。请实践去证明吧！越来越深地体会促进和促退的分界限。对我们这样的人想的较多的不是稳健而是积极跃进的风格。晚上老徐回来了向我们

侍　女

（宋、彩塑）

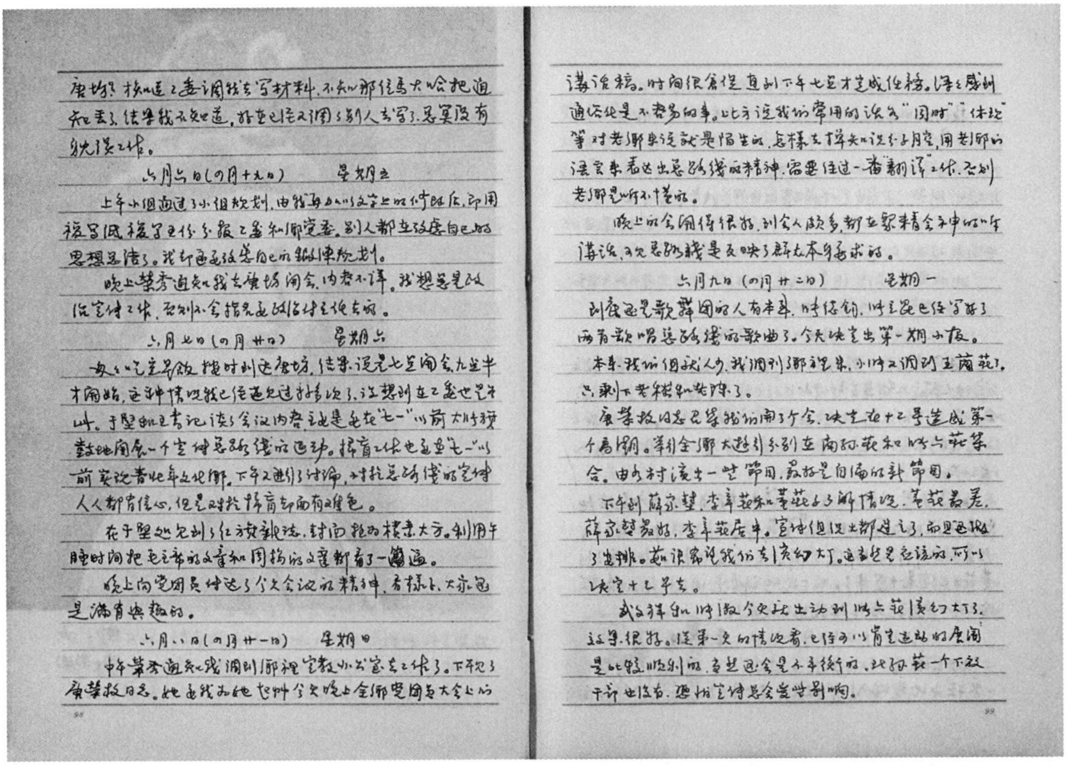

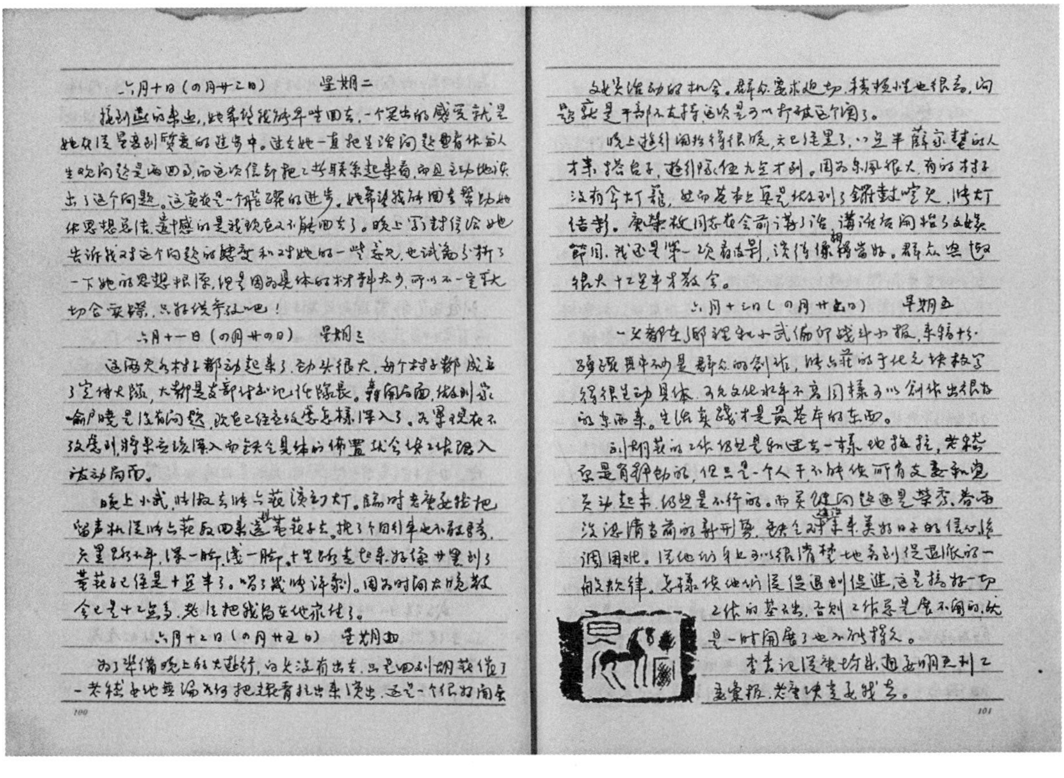

六月十四日（四月廿七日）　星期五

听了其他乡的汇报，觉得人家老乡麦子的劲头很大。为甚么我们乡就会有那么些抵触情绪呢？也许铁道南地少人多全种棉，所以加把劲走上一套，易于被人接受。而我们人少地多光种棉，本来就不好，所以就没信心了。

休息时去邮局取信，收到了燕给我的两封信。发出日期一个十号，一个十七，结果同时收到。她要我快些回去，因为交心时有些问题顶住了，抵触情绪颇为严重。为甚么呢？真急人，到底是甚么问题？回去的可能性实在太少了，和老张商量一下吧。但是乡里恐怕通不过。幸亏我已经汇报完了，否则还不知要出甚么笑话。会也没心听，匆匆地给她写了一封信，劝她千万要冷静，要虚心地听取别人意见，顶住了，有抵触，对思想改造来说常常是一般规律，真正的思想交锋不一定就是坏事。但如果处理不当也会搞得很糟。事情的发展总是存在着两个可能：或者是经过思想斗争，从抵触到心情舒畅；或者是抵触情绪越来越大，而至走极端。决定关键是自己改造的自觉性，群众批评的方式方法也起一定的作用，但不是决定的作用。奇怪的很，燕也不是那样[illegible]的人，为甚么会顶住了呢？可能有面子问题？我看恐怕还是认识问题。因为顶住了往往也有两种可能，一种是心有顾虑，知而不说，一种是确确认识不到。对前者应当指明利害，着重交待党的根本政策，对后者则应从认识上加以细致的分析。丝毫也粗暴不得，否则效果不会太好。

而年青人都往往会简单从事。想到这里就越发担心她了。因为我还比有些年轻同志对她的了解也更多些。

晚上把我想回北京的想法告诉了老张，只是没有说出真实的理由来。

六月十五日（四月廿八日）　星期六

小组长开会时，老张告诉了[illegible]同志，说我很希望能早些回去。其实回来决定下放干部要收以前一概不得回家。我的希望算是不可能实现了。真惦记燕，可又有甚么办法呢？相信群众和党吧，他们会帮助她进步的。像猜谜一样，实在不知道她到底是对那些问题有抵触？难道是为了红专问题？或者是因我而引起的？天哪，真把人急死了。快些接到她的来信吧！实在闷人。

六月十六日（四月廿九日）　星期一

乡里组成了技术革新指导小组，我又成为其中成员之一。首先是试搞个沼气发电，上午和郭书记、小武到李辛庄把一节洋灰管子拿回来了。准备先搞个小型的，等到试验成功再加以推广。困难由于村子[illegible]还有困难呢。

[illegible]到胡庄也有些[illegible]了。老张和老陈编了一本[illegible]，还编了一些通俗易懂的诗歌，既能进行政治教育，又为群众所接受，适合当地情况，决定把这个搞在战斗小报上。

电灯坏了，不能再演幻灯，夜间的活动停止了。准备到县上去修，又怕没有经费，实在不好办。

六月十七日（四月初[illegible]日）　星期二

小武明假决定即刻回北京，廿五号可以回来。有关沼气发电的全部材料，都由小武负责设法了。特别是[illegible]问题实在应当早些解决。

下午又把东街的王华彦同志调来了。小组还只剩下一个人也实在忙不过来。

于坚来了，留她到乡里吃饭，饭后又留谈良久她才回庄。抽时间看了一下关于沼气发电的书，感到其中有些技术问题还是很好的学习。其中保持温度和搅拌器的装置问题是个关键，新河庄试验良久未成功主要是这两个问题没能解决。所以又赶快写了封信给小武要他看看了解这方面的问题。同时要他注意搜集一下刘介梅的剧本，以便演出。

晚上东田庄乡的下放干部组成的剧团在乡里演出，两出剧都还不错，拾玉镯的女主角相当好，小生差一些。最精彩的还是相声，看样子好像经过下过功夫，像也是个内行的神气。

六月十八日（五月初[illegible]）　星期三

今天编印了战斗小报，着重报导了这几天深入开展运动的情况。特别是技术革命和文化革命的情况。薛家村的手推割麦机已经开始试制，最近可望完成。姜庄子也在试制脚踏小[illegible]。看来运动的确起了不小作用。

柳溪書屋圖

（宋·佚名）

溪桥策杖

宋·馬远作

溪桥策杖
宋·马远作

六月十九日（五月初三日）　星期四

六月廿日（五月初四日）　星期五

六月廿一日（五月初五日）　星期六

六月廿二日（五月初六日）　星期日

六月廿三日（五月初七日）　星期一

六月廿四日（五月初八日）　星期二

她是要求进步的。对于一个人的积极性应当肯定，有人说她改变这么快归来还是太快了。尽管很困，还是写了封信给她。

六月廿五日（五月初九日）　星期三

上午准备好了行李，把昨天写给清燕的信也寄了。因为忙着去董庄子，连第二遍也没来得及看。昨天打了防疫针，今天有了反应，头晕和食欲减退，勉强走到董庄子，吃完饭就在老乡炕上睡倒了，直到下午三点才起来。天气阴沉沉的下了几滴雨，还是使人感觉热得很。今天不能打麦子，闲着没事可做，到村外参观了一下脚踏打谷机和制茧工厂。心里为了清燕的事总是一阵阵的难过。我想大概不会出甚么问题吧！又给她写了封信给她。因为具体情况不了解，所以有些意见仍是不够具体，但是对根本问题提得比较中肯些。

晚上实在支持不住很早就睡了。

六月廿六日（五月初十日）　星期四

起来以后仍是昏昏沉沉的四肢无力。老王来了才知道他和老赵也和我是一样的感觉。

从昨天晚上起已经吃了四顿代粮和野菜了。不知道究竟是思想问题还是实际问题？何以家家户户有吃？很可能是做给我们看的。刚下来吃些粗粮就说过了生活关，看来就要提真正过生活关呢。

下午和老王去师里，回来时疲惫不支，中途还歇了廿分钟。回来又去看场场，满地都是麦粒，打得很不干净。要加以注意我想至少可以每亩多收几斤。一方面喊缺粮，一方面又如此浪费，实在要不得。李铭哉建议他们用牛来拉场，可以减少一些浪费，但是老乡们并不以为然。

晚饭后，西北方雷声隐隐，欲有下雨之势。因为前两天到李家庄去了解一些情况，所以大家都抱着冒雨的心情去了。结果一阵大风吹过，当我们归来时，已经皓月当空乌云四散了。大旱不过五月十三，今天已是五月初十了，据老乡说已经七个多月没有下透雨，周围的地方断断下透偏偏就伯这儿就是不下。如果不是去年和今春挑的几道渠，恐怕棉花棵根本种不上。就是现在地里的棉花已经有些萎枯了。我们虽然征服大自然，但是今天我们还不能完全管住大自然，所以总要受一些影响，这就更加增强了我们征服自然的决心。

六月廿七日（五月十一日）　星期五

第一次拔麦子，开始还不觉得累，后来就感到有些吃力了，特别是我已经这一个月没有劳动，上来就干重活，双手磨得很疼。（?）早就告诉我拔麦子是重活而且非常热，幸好今年天气不热，否则恐怕也已经浑身是汗了。其实体力要自己劳动的锻炼总会感到累的。加上吃了两天代粮，才十点半就觉得又累又饿了。幸好今天比昨天精神要好很多，首先是思想上解决问题，所以仍然可以坚持。午饭仍然是代粮，但是有些粮食掺在里面，而且是蒸的馍馍，老大娘非常热情地给我们烧了热水，所以大家

吃得很舒服。

晚上回到刘胡庄又见到燕的来信，要我把反右前后的思想情况告诉她。本来要参加群众大会，只好请假不去，趁着写了一下，到两点多才睡觉。

六月廿八日（五月十二日）　星期六

赶着把全部的下放干部鉴定表和信送给王华彦带到密城。下午又回到董庄子，唐鉴教做了艾书记的间谈，已经答应我可以在写完总结以后回北京。这样许多问题就可以解决了。晚上议论了一些问题，打算明天就动手，可是这一时期的情况了解不多，感到许多困难，建议明天再吹一次实报以后再写吧。

六月廿九日（五月十三日）　星期日

"大旱不过五月十三"是老百姓一句谚语。在农村中有关季节和生产的一些迷信的传说，常常里面包含着科学的成分。这是因为这些传说往往是多年来的经验，当人们科学知识还没有很发达的时候，老乡们还不能用科学的原理来解释的时候，于是就只好用一些神话似的理由来说明了。而这些说明已经几百年乃至几百年了。所以我们应当注意研究这些。

上午又去拔麦子，没有前天拔时那样感觉累。而且感到的确习惯了多要经过实践再证实，否则是没有根据的。一向总觉得割麦子一定会比拔的快而且省力气，因此把拔麦子视为最落后的操作方法。不仅是我，很多人都是如此。而大家的共同点就是都从主观想像出发，并没有经实践。这两天的实践证明，拔麦除了体力劳动强度大以外，有很多优越性，在速度上的确要比手割快。特别是拔钢熟练的人，给他来更是效率高。从手工业方式到机械化这是两个阶段，机械化当然比手工业更先进的。但是在手工业方式中也仍然有先进和落后之分，我看拔麦子比手割麦子就要优越。看来我们今天很多同志更加强基层工作，这么些有自己的思想又有些抬头。今天我们不是事事比农民都懂了，我们今天最要紧的还应当是首先向农民学习，只有懂得了我们才能改革，否则革新只不过是停留在纸上而没有可靠的基础。这一点值得我们注意。

今天应当是本村发放的日子，结果大家都走了。听发放的人没有去，要拿放的人也没有去。这样次我的办法工作又增加了困难。上级通知明天要去河头参观农改展览，后天又要开全乡的全体党员大会，发放又成了问题。只好等明天去参观时想些办法了。

六月卅日（五月十四日）　星期一

去河头参观了农村工具改革展览会，其中大部份是本专区的农民在参观全国农展以后加以仿制或改制的。我着重参观了提水工具部份。有一架像日本一样的水车，既轻便又省力，完全可以仿制。我建议回所后的同志推荐这种水车，大家也一致认为是可以适用于我们的地区。

晚饭后回来时，知道明天党员大会，会期改为一天

等蔡校同志要我不必再等条板，就先利用明天一天的时间写出草稿以免又要耽误时间。就这样决定了。我告诉她打算明天回到胡庄去写，获得了她的同意。

七月一日（五月十五日） 星期二

一早就开始写总结，但是因为材料不足竟难下笔，只好去找蔡校长谈。最后决定还是等将来再写现在就不必再写了。

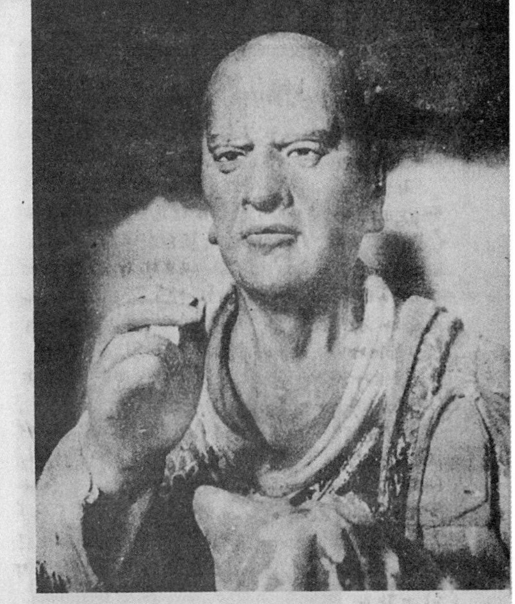

罗　汉

（宋·彩塑）

小谢：

没有像你希望的那样作，代你补上日记。我知道你希望的是什么，但我没有达到那样细腻的感情，因此也就不能那样作。在这上面，只好由你自己补记吧。

在你走以后，[illegible]打电话来，她说[illegible]信，说可以晚回去，不必着急[illegible]，想给你打电话或电报。大约是想征求我的意见。你知道这使我很为难。最后她没有打。我[illegible]不应该[illegible]。我[illegible]四来[illegible]思想[illegible]，但[illegible]怎么能像你的[illegible]全人[illegible]：这回虽然没有把时间安排好，没有把所有的比较彻底的[illegible]，但对我[illegible]的帮助很大的。我[illegible]，如果没有你，这次我的[illegible]一定会[illegible]。

这两天[illegible]的时候，总[illegible]的事[illegible]来。[illegible]没有时间来试[illegible]进一步想，更[illegible]没有绝[illegible]的[illegible]。这[illegible]我们一直在[illegible]，[illegible]实际上[illegible]不[illegible]。特别[illegible]，我们[illegible]七期、八期一起[illegible]的事情缠住了，[illegible]不下，[illegible]不了。心情很[illegible]。这[illegible]没有[illegible]去想了。

在这样情况下，我一方面[illegible]总结，另一方面又觉得不应当[illegible]，应该先[illegible]的工作，心里很不踏实。我

供　养　人

（宋·彩塑）

八月廿九日（七月十三日） 星期五

日记中断了两个多月，我打算马上补起来，事实上是不可能了。写了一个八月廿九日，其实这两天根本没有记，时间过得真快，一转眼又是一个星期了。今天是九月六日，人民公社成立大会刚结束，全区两万人集会广场，是这个地区历史上最大规模的一次集会。万众欢腾，载歌载舞，喧天锣鼓，红旗飘扬。大乡的会都出来了，这个不平凡的日子，已经使所有的人都动起来了。[illegible]把我们推入了人类历史上的一个新的时代。人民公社是共产主义[illegible]的萌芽。多年来我们梦寐以求的崇高理想，谁曾想到今天在用自己的双手把它变为现实呢？一天何止等于廿年啊！

连日参加人民公社成立大会筹备工作，[illegible]，但我的心情是愉快的。许多个人问题在这样伟大的时代洪流里显得那样渺小，於是又使我鼓起了前进的勇气。我以往个人的许多想法总会在前进的过程中消失的。我们都应当站在时代的前列，为了理想而努力。除了集体，除了革命，是不应该去过多地考虑的。

小刘告诉我[illegible]已经成功[illegible]乡里[illegible]了，非常高兴。今天决定回去，把我们村的工作[illegible]一下[illegible]公社成立的献礼。 1958年9月6日。

九月七日（七月廿四日） 星期日

从广场回到家里来了，大家忙着搞烧水缸为国庆节献礼。上午把[illegible]水缸[illegible]到工地，下午就动手[illegible]窑，因为

就[illegible]水缸去烧窑，没有[illegible]的困难解决了。真是："一口大水缸，建起[illegible]。其中[illegible]，[illegible]敢想。"[illegible]下就把窑建起来了。现在的唯一的困难就是没有石膏，只好明天到[illegible]去买了。

经过半个多月的努力，沼气灯也点亮了。这是全乡第一盏点燃的沼气灯呢。王[illegible]下午来照相，因为水缸窑尚未完全造成，只好推迟到明天了。

九月八日（七月廿五日） 星期一

天还没亮就爬起来了。结果赶到广场车还没有来，[illegible]来这趟车天天误点已经成了规律了。白白[illegible]了个大早。直到七点半车才来，到城里找到了[illegible]胶管还是买不到，只好又赶九点五十分车去密云，走遍了全行和商业公司也没有找到胶管，[illegible]在一家[illegible]找到了石膏又不卖给外乡人，[illegible]急得没办法。只好让人买了四斤石膏粉，[illegible]不知道[illegible]。饭也没吃就回来了。

晚上，忽然~~九月九日~~接到燕的来信，给我寄来了[illegible]和糖果，算是为我祝寿的。心里真是说不出一种甜蜜而又难过的矛盾心情。多天来我是一直在为她不来信而难过，彷佛有甚么事情似的。[illegible]今天的事实告诉我，她没有出甚么事，她仍然像过去一样的关心着我，但我对她的了解是不够的，因为她是那样富有感情，她又是那样善于处理自己的感情，深刻而又细致，如果不去好好的体会琢磨，就会完全误会了她的一片好心。自己实在

太粗心了。

把寄来的糖分给老陈和小张一些，我自己真有些舍不得吃了。

九月九日（七月廿六日） 星期二

到密云去[illegible]胶管，兼买一些东西，可是时间仓促却甚么也没有买着。急急忙忙地就赶回来了。在火车上吃了一顿[illegible]。

下午王[illegible]不在，[illegible]也没有送给他。[illegible]也搞好[illegible]，[illegible]了一个小时[illegible]就建成了。这是我们小组给国庆节的献礼，所以大家都特别起劲。[illegible]，明天去找[illegible]，他[illegible]。我[illegible]一点石膏都没有。这是我的建议，大家也赞成。[illegible]去了。

晚上许久许久睡不着，在想燕燕，一种说不出的[illegible]涌上心头，觉得自己总对不起她似的。我还很清楚地回忆起去年今日的情景：在北海漪澜堂出来，沿着湖边散步，我第一次向她表示了自己的[illegible]，她没有答应我，但也没有拒绝，可是从此我们的关系就越来越[illegible]了。一年了，[illegible]。可是我们[illegible]并没有[illegible]。一种可耻的[illegible]一直在折磨我，因为我总觉得她不是爱我的。[illegible]许多事实告诉我她的确是爱我的。[illegible]

常常会听到一些人的风言风语，我於是不再冷静了，发脾气，闹情绪，甚至於影响了工作，这算甚么呢？我爱她，就应当信任她。想到对她的信任，马上我觉得高兴了，一切疑虑也为这种信任的愉快所代替了。

九月十日（七月廿七日） 星期三

[illegible]赶到广场，恰巧[illegible]去开会。这真愉快，我和他一[illegible]给我写了介绍信，乘九点五十分车去[illegible]。[illegible]。[illegible]，一个[illegible]都没有了。[illegible]。我[illegible]，因为[illegible]。[illegible]有一个陶瓷社，[illegible]大缸，[illegible]。"[illegible]"。我[illegible]，这次算是满顺利的[illegible]介绍信。陶瓷社的同志非常热情[illegible]十五斤[illegible]加了十五斤共三十斤。[illegible]，心里[illegible]

落了地。心里感到特别愉快。

没有印刷机也忘了带回村子，因为天晚看不清楚道路，四十斤也不好拿，暂时存在周[illegible]那里了。

九月十一日（七月廿八日）星期四

早晨决定要我在家里写关于思想改造的一些体会。陈、帅两个人去挑料，准备明天就着手开炉了。大家信心很大。我也一心在家写体会。提笔想了半天才写几句，还是没体会而是一心想在炼铁[illegible]。中午才写好一小段。下午[illegible]晚上开[illegible]的，所以也就不忙了。抽空给蓝写了一封信。

晚饭刚刚吃完，突然接到乡里通知要我印刷带着行李到县指挥部报到。小时后急了去问虞荣[illegible]才知道是要我去搞政治宣传工作。体会没写就去工地了。

道上漆黑，来往不断的人群和车马。在北面遇见了许多的队伍，赶到河边才知道指挥部还有六七里路呢。跌跌撞撞走了不少回路，没想到会这样热闹。走了一个多钟头才到指挥部，并书记和我去找住处。马上布置工作，明天也就要出版这战斗小报了。

工棚是用茅草搭起来的，地下铺了些麦秸，把行李放好我就去工地了。人们正在挑灯夜战呢。到田间才感到了秋意，两件衣服已经觉得冷了。因为每人一付台[illegible]我一个人挑上车去好回到指挥部，[illegible]中印了一些小报就睡了。

九月十二日（七月廿九日） 星期五

还没发亮就吹了起床号了。正是清晨四点半。[illegible]来的[illegible]号的，我还没洗脸他已经到指挥部了。这像他的脑子刻得真有两下，所以我们决定让他来把这调来一起搞战斗小报。

一个上午就出了战斗小报两道了。印的还不坏。马上[illegible]到各个营连去。一切还算是顺利，以后[illegible]才行。所以印完了也就分发完了。

新来了一些情况不了解，所以下午特别找了老胡、老金、老吴谈了谈。他们都在营部里负责宣教工作，情况知道得多一些。看来我们的宣传工作是需要好好改进一下的。队伍刚刚组织起来，一切还没有就绪，显得很乱。一营比较好，都是基干民兵，年轻活泼，本来就是特别选的优秀青年，所以工作好做些。其他几个营都有困难了。其中除一些老弱妇女以外，还有一些地富分子。对这些人是在宣传以外要加以注意，有些教育形式是不能适合他们的具体条件的。

晚上没有夜战，主要是讨论挑灯翻地的意义。我也下连队参加了讨论。在讨论过程中都是一边倒，所以没有对立面。这实在也是个问题，因为有些人未必就都搞通了，只是不肯说出来。而讨论成了一边倒的然而形式的肯定。这是农村辩论中普遍问题，怎样使人对辩论有正确的理解就是我们的工作任务。

九月十三日（八月初一日） 星期六

黎明有阵雨，但是大家还是继续在地上坚持翻地。但是雨越来越大，工作终于不能继续了。工棚里面也是水，行李也都没有完全湿，但工作非常危险，大家忙乱了一阵子。雨又小了，但是南方的天黑得像锅底，"天道可是不地道呀！还非下不可"。老乡们纷纷在议论。早饭后雨住了，我想这一时不会再下了。老金催我去所里问问是否今天要到县城去。为了大家的事当然就不容辞。可是我却忘了老乡们的预见——"非下不可"。结果走到半路就遇见了倾盆大雨，连棵[illegible]雨的树也没有，只好继续往前走。开始是鞋上黏泥太多，走有十几斤重也走不动，只好光了脚走，但是地上积水滑得利害，走快了要跌跤，走慢了实在雨淋得不好受。真是受了罪。小心翼翼地还是跌了一交，衣服都湿透了。回到社[illegible]才知道不去县里了，今天晚上全体干部下部长来开会。

下午所有的社员都从工地上撤回来了。集中力量去摘棉花，因为雨后翻地是有困难的。

我们小组仍然是继续挑料，要把石灰、炉灰、黏土压成细末用水搅拌，团成小团球，晾干以后才能入炉烧。所以今天还要把已经团出来的晒也给它们送到棕[illegible]来熬[illegible]干了。

因为工作关系我没有能去县城，心里感到很遗憾，只好留下来吧。这是组织决定的。[illegible]也在[illegible]还有

金刚

（宋·彩塑）

人　物
清·任伯年作

机会去，但不是在西藏而是到天津了。

九月十四日（八月初二日）　星期日

原本打算利用上午的时间把小组总结写一下，可是王孟来人要了解一下工地政治工作是怎样搞的？只好和他到乡里从头到尾谈了半天。他们感到非常满意，我自己可是有些不满意呢。我真打算好好总结一下，摸摸在这样的情况下怎样开展政治工作的经验。

一个上午过去了，下午又回到了工地，向群众学习的劳动。我忽然想到像这样伟大的场面是应该记录下来的。所以特别找到了画家画壁画请他给这些壁报和一些人来照相，这都是将来公社博物馆的绝好资料。如果不及时搜集恐怕将来想找也找不到了。

为了使社连一致起见，团部决定把各营重新整编一次，原来的一营和编到五营去，基本上达到每社一连。只有少数人少的社编成了两个社在一连。刘胡兰编到一营去了。妇女全部集中在四营成为妇女营。

晚上主要是整编队伍。睡觉也早了些。

九月十五日（八月初三日）　星期一

过去我们通常是把脑力劳动看成是复杂的，把体力劳动说成是简单劳动。这话看起来也是有道理的。但是也要看你从事的是怎样的脑力劳动。如果你只比别人多认几个字，多读几本死书毫不联系实际，恐怕未必就是那么复杂吧。

我看农民的体力劳动并不简单，倒是啃几本死书才是最简单的了。下乡已经十个月了，我们劳动也还认真，可是谁又把所有的农活学会了呢？谁又把已经学到的东西操作得熟练达到农民水平呢？看来是一个人也没有的。相反地老大爷老大娘们很多文盲与大批技术也培养来了。很多评分水平是我们这些自命有知识的人所不及的。为甚么呢？这实在是值得我们每个人深思的。甚么是知识的概念，我们有必要再仔细地去学习一下毛主席给我们的指示。因为只有现在再去重新体会一下毛主席的指示，感受才会更深刻，过去只不过是在字面上懂得的。

九月十六日（八月初四日）　星期二

继续出版了战斗小报。为了动员大家支援钢铁生产，专门做了献铁运动的报告，也就是我们红专大学政治课的课。效果非常好，只是一个晚上，群众就献出了废旧钢铁二千四百多斤。我也回家帮助搞献铁工作了。

中午他们已经从昌黎回来了，他们说昌黎非常好，这非常好吃的苹果和梨。一个苹果三毛五，梨子多的吃不完。使得我十分羡慕，结果他们每人送给我一个大苹果，真是好吃得很。

上午就又回到了工地。参加挑坑土，最大的一点我已经挑过不少次了，满以为是内行了。谁知道这里又是另外一种小筐，同样挑法的小筐是不行的。学了半天也没学好。只好在旁边仔细观察。挑起筐的时候在空中把筐转半个圈，又轻快又有力，姿势也非常优美。劳动本身就是艺术呀，下乡以后我觉得挑担应当编一个挑担舞。

打夯应当写一个打夯歌。因为原来有很多好听是很好的舞蹈。打夯的声音实际上已经和节奏成了非常动听的歌曲。可惜我对这些都是外行不知道怎样编才好。

九月十七日（八月初五日）　星期三

为了在全体战斗员中间展开一次大好评比运动，文书记做了报告。晚上全体战斗员进行讨论，我参加了刘胡兰的小组，辩论十分热烈。

各村都掀起了做诗的热潮，我们利用大家讨论完了的休息时间，搜集了一百多首，其中有很多是非常精彩的。事实在教育我懂得生活是一切文学艺术创造的源泉。老大爷、老大娘有丰富的生活基础又有充沛热爱生活的感情，所以信口说来都是言之有物生动具体。在这里热爱生活又是决定因素。在我们的时代里，生活是丰富多采的，但是因为人们的思想感情不同，所以对待生活的态度也不同。很多人生活在这样伟大的时代里，却对新的生活不感兴趣，当然他们也就不可能写出反映新时代的作品了。劳动人民是新时代的主人，他们正以忘我的劳动在创造自己幸福的未来，当然也就可以写出反映这个时代的好诗来。

过去我们都是把诗人描写得高不可攀，这种迷信被事实打破了。我自己也写了几首都觉得没有群众写得那么纯朴、动人。也许在文字上的技巧要比他们好些，但是总觉得有些装腔作势的知识分子气。实在也只能自愧弗如了。

九月十八日（八月初六日）　星期四

工地的作诗高潮已经形成，批评、表扬、挑战、应战无不采用了诗的形式，在劳动中、休息中谁都在随时随地的在作诗，使我们感到工地是劳动的战场也是诗篇的海洋。这种新的气象也应当把它称为共产主义的萌芽吧。因为劳动和文化生活结合起来了，体力劳动和脑力劳动结合起来了。这不正是孕育共产主义的萌芽吗？我又搜集了七十几首，这样每天都有为数大的丰收，千诗社又有何难呢？

今天红专学校上技术课由[illegible]长讲小麦丰产操作规程，主要是结合当前的中心任务，要搞好[illegible]学[illegible]的学习，果然效果很好。许多人知其然也知其所以然，干劲也大了。[illegible]

九月十九日（八月初七日）　星期五

继续出版战斗小报，特别开辟了战地诗选栏。今天我也作了九首，觉得不很满意，把它抄了送回去了。

晚上突然接到英戴的通知，要把所有的诗选[illegible]诗选第[illegible]我们指挥部[illegible]。[illegible]

[illegible]人来照相，[illegible]于是给它明天照人影。

[illegible]

九月廿日（八月初八日）　星期六

[illegible]一直在商议，秋季种麦主要是秋分前三天后五天，所以当前的中心工作应当把所有麦子都种好。[illegible]所以指挥部研究决定把队伍再整编，只留一个营精选三百名青壮年和二百个妇女突击种试验田[illegible]，其他人都回到村去种社的麦田。

早晨唐坊来人照相，我陪他到一营去照了一时，在二营照了两时。一营的工作做的很好，[illegible]一定会总结出一些经验的。

晚上全体人员都到[illegible]。[illegible]写了一封信。[illegible]

[illegible]且和村子都没得通消息了。真急人。

九月廿一日（八月初九日）　星期日

为了使战斗小报的版面活泼起来，所有搜集的都编成诗了。[illegible]我也在[illegible]的时候写了一首诗：

太阳出来似火红，
红旗招展[illegible]东风。
[illegible]，
[illegible]。
挑挖翻地深三尺，
地下[illegible]挖不[illegible]。
抢种秋麦千[illegible]，
[illegible]。

老[illegible]就把它也登在战斗小报上了。很清楚地看出来这是知识分子的诗而不是群众的诗。真是[illegible]！

大量的肥料开始向我们送[illegible]了。麦种是[illegible]、1885、[illegible]，每亩平均种八十斤。[illegible]

[illegible]

（继续出版了）战斗小报。

九月廿二日（八月初十日）　星期一

挑挖的任务还没有完成，可是种麦已经迫不及待了。明天就是秋分，但是我们还一亩没种呢。

黄昏，团指挥部决定突击[illegible]，晚饭以前就开始了行动。[illegible]

养鸡人

（宋·石刻）

火箭似的。为了追求完成任务，画指到了各村子里调出了不少猪羊。十之五六已经基本完成了。可是天空忽下了大雨，工棚被淋透了。里外一起下，被窝也湿了。一直到二点才睡觉。

九月廿三日（十月十一日）　星期二

早起和工地上的同志们一起步行去参观下放干部展览，途经芮城，这是我的第一个实现落后乡的乡政府所在地。满墙都绘制壁画，有一幅画是灶王爷驾云上天，旁边写着一首诗：

灶王老爷上西天，
见了玉皇把本参。
人间都已食堂化，
家家无用来辞官。

一望而知是一首农民诗，写得实在好。这不是积极的现实主义和浪漫主义相结合的吗？而且又完全不同于一般的新诗，带有浓厚的民族风味。这样的诗是最易为群众喜爱的。

上午十时到野狐看了展览，非常不满意。首先是对于展品的取舍没有照顾到两个方面，已经选上去的又有很多是与事实不符。办展览的人用自己的主观代替了客观事实。这是非常要不得的作风。此外，展品不清，摆的非常乱。看完以后给人留下的印象不深。看不出来龙去脉。明天就要到北京去了，大的改动已经不可能，但是有些完全不对头的地方一定要修改，否则是会被人笑掉大牙的。譬如我说到那磨

道教值日天尊

（元·壁画）

病休用的艾腿原是北京药铺买来的，可是他们都把我写成了制造者，尤其荒唐的是学来我把它拿出来是为了说明和群众的关系，他们却把我画成了艾腿的生产者，这种不了解情况，不尊重客观，但凭主观的主观主义实在是应当加以批评的。

九月廿四日（十月十二日）　星期三

因为车辆不够用，今天开始用船水运麦种和肥料了。我被调到河头去掌握运输的情况，只好暂时不搞它了。水运的优越性是大，但是运输的人也够辛苦的了。一夜不睡觉，还要赶写起来，饭也顾不上吃。

搞了一天的数目字，真是够乱的。生平就是怕数字，现在就是要管数字。真是小心翼翼地在算，嘴上念着佛，保佑没有出错——阿弥陀佛。但愿今后永远也别出错才好。

全团干部都集中到乡去开会，我因为要到河边等船信报，未去。晚饭前一条蛇从水沟里爬到我住的工棚旁边，可把李宝吓得够呛。面里老兄手疾眼快，一木棍子就把它给打死了。可是我都在担心晚上如果再来怎么办？

月白风清，田野里无数的打水人们又开始抢战了。我重新回到河边，船却直到晚上十一点半。大家兴趣很大，搞了三十几只蟋蟀去吃了。回家时已经一点钟。都把蚊帐搞得紧紧的，惟恐怕有蛇来袭。

九月廿五日（十月十三日）　星期四

一夜平安无事，如要大家都得一个下好睡着了，谁知道昨夜究竟又有蛇先生光临没有呢。

根据这两天的进度看，千亩丰产田的任务是很难完成的。胡部长他们到连队里摸了一下底，的确存在着一些问题，而且是高度严重。同时老一套的操作方法也不能适应现在的要求了。针对以上情况我向郑书记提了个建议，要求解决开展一个献计运动，发动群众动脑筋想办法。同时制定奖励办法，凡是提出合理化建议经实践证明能提高效率的，可以视其作用大小分别给以物质奖励或表扬。同时应当在生活上多照顾群众的疾苦，不要一味地只给任务而对他们生活上一些实际问题漠不关心。也应当把问题提出来设法加以解决的。这个建议马上就被批准了，于是把它印到宣传中小报上登出去。

但这几天来的观察使我感到乡里的老兵干部十分缺乏群众观点，仍然存在着命令主义。动不动就是斗争或者处分。其中对于一些十分倔强的又屡教不改的人是应当这样的，最重要的还是要加强思想教育。首先第一要搞好干部们的思想作风。而当群众认识清楚后，把它的好处交给群众，成为群众自己的自觉行动。又在实践中学习改善，这是群众路线是最重要的关键。不可否认农民是有落后的一面的，但是最主要的还在于教育农民，而不是命令农民。要说服而不是压服。同时在劳动中群众的积极性和主动性就被压下去了。当然任务也不能完成，都会是空的。这种作风主要原因就是存在着命令主义和主观主义。针对这种情况的，刚去来还不可能一时就会什么的。因为他们大都是自发的，有时对本人对时间太想一想，后果就不好了。并且变化多端，所以难免工作会有些粗糙了。

九月廿六日（八月十四日）　星期三

很久没看报纸了。今天这儿有人已经订阅了报，抓空看了一下。赫鲁晓夫关于建议改革苏联的教育制度，主要是要教育与生产劳动相结合。这是从中国经验得来的。但我联想到最近我们所采取的一系列措施都是大大地发展了马克思主义。人民公社的建立，教育制度的改革都是具有历史意义的事件。苏联在过去的某些制度仍在是保留了资本主义的形式，例如大学的制度。除了内容有些措施是根本上否定了资本主义的内容以外，在某些形式上却仍然保留了传统的形式而没有从根本上加以改革。生产和教育相结合这个方针在苏联是主张的，但始终没有从教育制度上解决这个问题，因此使得很多学生还不能在学习过程中就参加劳动。最近中央关于勤工俭学的教育方针是教育史上的一件带有划时代意义的改革。从今天起在世界上的教育史又开始了新纪元。在这里可以从哲学上提出了一个问题即内容和形式的关系问题。内容和形式是统一的，记得曾经有人这样说过旧的形式也可以为新的内容服务。现在看来，这句话说得不够全面。旧的形式是可以为新的内容服务，但只是只能在一个时期内的暂时现象。旧的形式不可能是永远为新的内容服务的。新的内容一定要选择最适合于它的新形式。九年来我们的教育事业是有很大发展的。基本上是为生产为政治服务的。但是因为基本上仍然保留了原有的旧形式所以它又不能最有效的为政治服务，为生产服务，突出的表现

捕　魚
（清）
袁江作

在"全面发展"的方针上。这是两条道路的斗争，而这个斗争是到今天才基本上从制度上得到了解决。我们所说的全面发展是与资产阶级迥然有别的。我们要求人人成为多面手，人人都要智育、德育、体育相结合。马克思说"这种教育使每一个已达一定年龄的儿童，都把生产劳动和智育体育结合起来，这不仅是增加社会生产的一个方法，并且是培养全面发展的人类的唯一方法"。（资本论）。而我们过去的教育制度是不能适应这种要求的。所以我们才有今天这个带根本性质的改革。在这一点上我们是走在苏联的前面了。

九月廿七日（八月十五日）　星期六

老陈转来迺伦给我的来信，真奇怪又是好多天没有收到她的来信了。她告诉我她出差到合肥去了。这是很可喜的事情。我确应该让她出去锻炼锻炼，一个人永远闷在小小家庭里眼界是不会宽阔的。希望她能在参观农村和牧场会从以后有所收获。担心的是她身体不好，为甚么会有这样的政策呢？是太累了？还是老毛病？不知道出去能吃得消否。可惜不能写信嘱咐她了，这封信也转走了六天才收到，现在她可能已经出发了。

"八月十五云遮月，正月十五雪打灯"。今天是中秋节，下午忽然下起大雨来。工地上的人被淋得棉衣都湿透了。滴滴答答的雨水淅个不停，月亮也没了。大家只好冒雨回家。泥泞的道路上好几次差点儿滑倒。走了一个半小时才到家。

饭后到邮局去看戴绣红和她谈了这些天来的工作情况。小某也在。顺便谈到中央歌舞团下放后的创作问题。我觉得如果他们不能够作出一个打夯歌和挑河舞来实在是很有缺陷的。每次我听见群众打夯时的唱号都觉得是一支非常健康而又豪迈的歌曲，如果能把这些歌曲谱一谱加以加工写出来呢？挑河也是个很好的集体舞蹈。艺术本是反映生活的一个方面的。我觉得所有的劳动达到一定的熟练境界无不是艺术，因为不论你所看到的哪一种劳动操作都是非常美的。如果加以艺术的加工，就是非常好的舞蹈。小某也颇有同感。而且还打算试着创作呢。我是支持她的。

因为谈得很兴奋十一时始归，唯有每人吃了一个月饼算是佳节的点缀吧。

九月廿八日（八月十六日）　星期日

"一场秋雨一场寒"，今天已经显得很冷了。

上午没有出去在家抓空看了红旗杂志第七期关于人民公社的社论。

下午去工地继续到河头搞运输工作。西风萧瑟，已经看见北雁南飞了。忽然感到最近思想感情上确是有些变化了。过去我是爱秋天的，但是爱的是它的萧索悲凉，所以常常欣赏"西风紧，北雁南飞，晓来谁染霜林醉，总是离人泪"的句子，又悲哀感，以此自娱。最可笑的是自己并没有多少经历，也没有甚么情意缠绵的离人，却偏偏欣赏这些，真是为一种可笑的幻想的低级。可是现在

却不同了。秋天给我的感觉是爽朗的，它是收获的季节。使我最[illegible]关心的不再是[illegible]人[illegible]，[illegible]我倒是真正有了"离人"，使我感到兴趣的是今年的收成和[illegible]的秋种。[illegible]情感的变化还应该说是一个[illegible]吧。

晚上在站，十二时收工，供销社搬走了，很多帮工也拿走了，工棚四面透风，真是"衾衾不耐五更寒"了，一夜也没睡好。头疼得利害，只好坚持不说，否则会影响别人的。[illegible]成一个小团去[illegible]吧了。旁边的老[illegible]是酣声如雷，睡得好安甜。

九月廿九日（八月十七日） 星期一

冷得一夜没有睡好，绝早起来，明月西斜，田野显得那样的幽静。顺着[illegible]到[illegible]去，很多麦子已经出苗了。可是[illegible]看出大部分地种得不够紧密，[illegible]一只只的表现太少了。大部是一大片，甚至还有一寸的。如果这样就[illegible]是有问题的。

早饭后[illegible]。这两天对于数字也习惯不大[illegible]了。[illegible]那个习惯的。[illegible]工作中的[illegible]会做得好。对[illegible]工作[illegible]也不[illegible]。[illegible]算了的工作[illegible]什么呢？一个人[illegible]。问题在于人的主观努力。一味地[illegible]是完全错误的。

今天[illegible]十月一日要休假一天，并且[illegible]大家狂欢一番，农民放假这也是第一次呢。这也说明我[illegible]

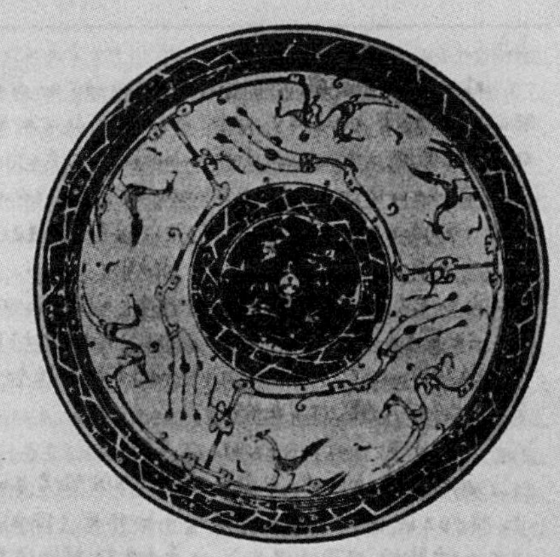

彩画鳥兽紋漆盤

（战国）

气象了。

晚上评[illegible]以后，为大家读了南[illegible]的材料。这个材料写的不太好，甚至有错误的地方。把我们今天的人民公社说成就是苏联的集体农庄。这是不对的。人民公社和集体农庄是不同的。公社比农庄有更大的优越性，工农商学兵结合一是农庄所没有的。如果把二者等同起来就不能解释公社创造性的发展了。

九月卅日（八月十八日） 星期二

[illegible]通知来了，决定明天休假一天，昨天已经有非正式的消息，今天算是正式通知。[illegible]，大家[illegible]特别大。下午五点就收工了。回到[illegible]小时参加[illegible]，想[illegible]参加展览了。[illegible]写了封信。很早就睡了。

十月一日（八月十九日） 星期三

万里晴空，天气晴得很。大家也早已成习惯[illegible]。早饭后一齐排队去[illegible]参观了展览馆，布置得满好的。一个草棚[illegible]十几个展览单元，都是实物，有不少的东西，看出这个展览也有些比赛的味道。大瓜、大萝卜，比[illegible]大。[illegible]看了[illegible]走。

[illegible]是由[illegible]讲话。他把南[illegible]一年来的[illegible]，特别是把人民公社的优越性做了详细的解说。他正式宣布从现在开始我们就实行半供给制了。1959年一月起[illegible]劳动力[illegible]工资，大队是每人除吃饭以外，按照劳动人的[illegible]等级发工资。这实在是一件了不起的大事。在人类

历史上也是一件了不起的大事。如果说为人类结束[illegible]社会的是十月革命，那么，人民公社就是为建立共产主义社会而开[illegible]新纪元。历史上哪个朝代，哪个国家能够把全体农民的吃饭问题包下来？这种半供给制的分配形式是[illegible]干部供给制有[illegible]区别的。前者是在物资十分缺乏的基础上[illegible]供给制，而后者则是在物资生产不断提高基础上[illegible]。实际上也是[illegible]分配形式已经部分地实现了"各取所需"的共产主义分配原则了。

党的伟大！毛主席伟大！1958年实在是一个不平凡的年代，这是在人类历史上具有重大意义的一年。[illegible]1958年[illegible]在人类的历史上出现了共产主义的萌芽，它表现在一系列的具有[illegible]意义的改革上；人民公社的成立，干部下放，教育制度的改革等。都是在为[illegible]城乡差别、体力劳动和脑力劳动的差别创造条件。这些变化在[illegible]上又提出了一系列的新问题。是马克思主义理论的又一重大发展。几年以后我们的国家将要变成世界上第一个实现共产主义的国家，[illegible]那时一定会有无数的来自各国的人们到我们这里[illegible]参观会议了。当然，生产[illegible]我们在暂时还不及苏联，但是在[illegible]论方面[illegible]苏联在某些方面还不及我们。为甚么具有高度生产水平的苏联一直没有提出共产主义的具体形式，而是在我们生产力水平还不及苏联的国家[illegible]提出这个问题呢？生产力和生产关系[illegible]是怎样的关系呢？事实已经有力的回答了这个问题。理论来源于实践，理论是对于实践的

做罢了。革命没有通知群众，否则会更被动。

下午小本处刘主任来了，我向他建议应当把指挥部的那块地里盖间房，把这个亩卫星田的管理人员固定下来，以后就可以由他们选出负责人管理，不必再由师里自己抓。这样既可以摆脱事务主义又可以发挥群众的主动性和积极性。

听刘主任说下放干部已经被决定留下一部分在公社工作了。这与当年下放时所说的几种出路是不矛盾的。不过在四种出路中人数的比例上可能会起变化的。可以肯定回原机关的人是极少数的。

十月六日（八月廿四日） 星期一

原来自己总还觉得满不错的，可是现在看来实在是不行的。不用说是生产斗争知识，就是自以为知识分子那点书本知识也实在知道的少得可怜。这样下去如果不急起直追是会被时代的列车抛在后面的。忽然有这种感想并非偶然，实际上下乡以后就有感觉了，而是越来越深的体会到这一点。就拿理论水平来说吧，在机关时自以为不错，别人也承认我对问题的认识比较尖锐。可是一下乡就看出来了，很多理论是不能解决实际问题的。在尖锐的阶级斗争前虽然不曾失去立场，但是在情感上却往往偏右。可见理论本身是要建筑在高度思想觉悟的基础上，才能铸成为指导工作的武器。当然理论也同样可以来提高我们的觉悟，但是首先还是要自己改变思想感情。

原定今天可以完成全部种麦任务，可是计划又落空了。

鼎（商）

规矩紋鏡

（汉）

中午休息时候翻阅了一下自己的日记，觉得这几天写的一些问题都是似是而非甚至辞不达意，所有以上的一点感想，心里很着急的。真的脑子不好使了吗？为甚么想得好好的就是写不明白呢？

十月七日（八月廿五日） 星期二

任务已经就要完成了，但是种子和肥料还有问题。今天只好分给各社去种自己的地了。只留一小部分由个别两队耕用。这是早晨确定的计划，谁晓得中午又变了卦，还要加二百亩的任务。幸好种子和肥料还没有全部发出去。

中午为了一些小事刘主任和南孙庄的队长吵起来了。我的意见是要不得的，他完全采取了对人精算的态度，实质上是对今天的政策有抵触，所以才有意和人为难。这一类思想的确是很严重的。

要完成剩余的任务不挑战是不行了，要也同里头伸手和支援，指导是还要决定挑灯夜战。"节气"到了不加劲也不行了。十点多回家，感觉很疲倦，谈话之间似乎他和丁洪江有些意见，我当为如果和主任不团结就是不会搞好的。难怪这些只挑拣在前面工作一并里挑评呢。团结实在是太重要了。

刘家小伙请求了老戴的停置去抓思想了。这也许是我上次的建议见实施了。的确在最近一个时期，下放干部有些人思想动了。好像没有过去那样严格地要求自己，这是要不得的。距离年终时间很短了，如果不抓紧就会使一些家具的移而成绩又功亏一篑了。思想工作是永远不能间歇的。至少是在现在这个时候。

十月八日（八月廿六日） 星期三

昨天苦战通宵，今天又连续搞了一天，麦子已经基本上种完了。指挥部决定今天全部搬回本村，一小部分人留着扫尾但也不必住在工地了。二十几天的战斗就此胜利结束。绿油油的麦田就是我们的胜利成果。一些老农也在暗暗称赞说："这麦子这么多，少说也得个三五千斤"。很显然就意味着他们还是没信心的。其实就是现在这样已经在此地算是了不起了。所以必需还要继续加劲，要防止骄傲自满的思想才能争取丰年的大丰收。

老胡回去了。我是傍晚才回本村的。明天还要去把剩余物资拉回来和本村把账对好才能算完成任务。

十月九日（八月廿七日） 星期四

大清早就先下汤地了。赵章屯、南孙庄都派了车子来。准备拉肥料和麦种，可是生产队说要到乡里累计再等（?），因为又拉了四千斤早秋麦种去和放在肥料一起了，等于把种肥的衔里回（?）。只好按他的意思执行了。南孙庄那些干部显然有意见。

拉了一天还是没拉完，只好明天继续拉。

回到村子听说劳动力要大批外调，修天坛钢铁战线，部分去郊区水库。很可能小将子一个也不剩了。六亿人口至此劳动力也可见我们缺乏的一般了。

十月十日（八月廿八日） 星期五

上午算是把所有的剩余物资都拉回乡里来了。可是因为老胡不在所以账还对不成。

和张贵闲聊天谈到今后的供给制问题。他说："我真没想到会有这等一天，以后可以无忧无虑的劳动了。"这也反映了一般社员的想法。供给制实质上是属于共产主义范围的。谁又料想到我们很快就会进入共产主义社会呢？用老乡的话说："社会走的可太快啦！"

晚上党委书记做报告阐述了王国藩和杨秀芝两种思想对比联系本地实际情况开展大鸣大放大辩论。很多人写了大字报。纷纷表示要克服个人主义和私有观念。看样子我们影响的问题不大，因为根本就一无所有，何来计较所谓吃亏占便宜的说，也只有占便宜。重点恐怕还是北六村。他们经常是依靠苇子来补充生活的。有人不大劳动可是因为有苇子所以还是过好日子。这次公社成立思想上无波动，或许还有些抵触情绪，这是要通过辩论来解决的。

也许是因为我们村子没有苇子这样的问题，所以很少有人对私有观念有相当强烈的一些拥护。所以报告也没有引起注意。

今天宣布了去水库和炼钢厂的本村名额。并且确定了专业劳动队。陈通曾是我们支部书记。

十月十一日（八月廿九日） 星期六

早起去广场对账看了手账和副本，他们没有

说了不少振奋人心的消息。明年北京城将成为一个共产主义社会的缩影。国庆十周年可能要放射卫星呢，那时所有招待外宾的汽车都用东风牌小轿车，天安门广场大为扩大，东西长安街和前门大街要出现无数的擎天大楼。据说现在的西郊已经大大改观了。一九五九年可能工资制全改为半供给制，博士、功勋、演员等等带有资产阶级法权残余的一切称号制度都要予以废除。这样不仅是在生产上要出现新的面貌而在人的精神面貌也要大大改变。这是多么不平凡的创举。难怪连英帝国主义者也说我们的措施是带有世界意义了。

很可能我们的锻炼时间要提前结束，至迟不会超过元旦或者还会更早些。这样就给我们又提出了新要求。我们应当以更大的干劲在这短暂的时间里做出一些成绩来。把已有的成绩继续巩固。一定要保证到人走工作在。

下午开小组会着重谈了今后的工作问题。决定把已经做的工作加以巩固。

十月十二日（八月三十日） 星期日

好容易算是闲下来了。工地的工作已经告一段落，和小胖商量了一下今天把思想总结搞完了。也算了却一桩心事。晚上由支书动员全体社员大鸣大放。我没有参加。

十月十三日（九月初一日） 星期一

下了一天的牛毛细雨，郁闷有些寒意了。把衣服送到德钢加工厂去洗，可是马上也没有办法。一条露底的裤子也实在应该换了，只好再等两天吧。

也许是着了凉，或者是又在闹肚子，因为每次天气变化我常常会有反应的。下午又发烧了。最难受的是眼球好像要往外蹦出来的样子，伴随而来的是呕心。本来要参加开会的，情况也只好作罢了。想早睡可是又发烧得睡不着。

半夜起来大便，又拉肚子了。身体这些天来又大不如前了。如此颇为着急。因为身体是本钱，没有本钱怎能做甚么事情呢？

十月十四日（九月初二日） 星期二

雨过天晴，西风甚紧。大家都穿了棉衣。因为肚子不好没有吃早饭。九点钟老胡来说一道去乡里把账对清楚了。工地的事今天才算是完全结束。

中午为了大葱泽灰问题和小胖争得面红耳赤。也许是我的脾气不大好的。难道这也和身体有关系？

晚上小胖从乡里回来把载德对我的一些意见告诉了我。在老肯定基本上是正确的，也有些与事实不符的地方。有则改之，无则加勉吧！

十月十五日（九月初三日） 星期三

接燕来函，她已经从安徽回到北京了。此行不无收获颇大。在城圈里关了八年也应去走走，一定会甚觉新鲜，事实上也的确新鲜。八年来的祖国农村变化是多大呀！

燕给我们抄了两首诗：

鋼鉄是万物之王，
　我牽馬给他騎上。
乘东風青雲直上，
　超英國也是平常。

二、

天上銀河万丈長，
　牛郎織女各一方。
牽尽天上銀河水，
　男耕女織永成双。

她说比我抄的几首要好得多，这倒是真的。不过这两首诗的格调的确高，可是也不能就肯定说我们抄的那些不好。

十月十六日（九月初四日）　星期四

秋收工作已经告一段落，准备今天一早去登山，出发了洗洗澡，结果遇见老孙回来了，又搁下了。几个月不见，说也奇怪，说我们到北京，天南海北，聊得真起劲，很晚才睡觉。这年的日期已经比较明确了，但仍不公开。说去东北，我还真接不得马上走呢。

十月十七日（九月初五日）　星期五

一早老孙和老杨参观了这几个月来我们的工作成果，倒很快地满意。小时为了他们的射击问题又去了[illegible]注意了。

164

下午开始讨论一年来的小组工作经验总结，大家确定由我执笔。先把工地宣传工作体会写了出来，关于全面锻炼的那份是请孝隆把过去写的又抄了一份。

工地的宣传工作本来是可以大写的材料，特别是红专学校，可是这部份老戴把它抽出去单写了。结果我再去写宣传工作就显得内容有些贫乏了。

不过宣传员必须参加生产，了解生产等许多问题有的放矢这一点，还是非常值得推荐的。

十月十八日（九月初六日）　星期六

为了搞好善后工作，许多我们搞的工作

165

一九五八年辰生日记

元月十四日 星期二

几天来的风雪把一切都冰冻了，它使我们不得不暂时停止劳动。早起大家商量了一下，还是自己找活干吧！决定到张六庄去取剩余的那三百斤柴，隔壁的张道宗去替我们找牲口，结果没找到。还是自己拉车去了。老乡都再三劝阻，说是人拉不来，就是去了也要放在半道上，可是我们坚持去了，一条好经验告诉我们，劳动是可以生热量的，它可以使我们战胜严寒。的确，去的时候，手都伸不出来。可是越走越暖和。我自己驾辕，虽然是空车也还是有些分量的，回来时加了三百多斤柴，情形大不同了，压得两肩好难受。结果我和老刘、小张轮流驾辕，就这样，还休息了好几次呢。雪越下越大，风越刮越紧，可是我们却越来越热了，头上直冒热气。近庄子的时候，云彩好像薄了些，隐约地露出了昏暗的太阳，但是雪却反而更大起来。社主任老田看见我们回来，赶快跑来帮忙，一会儿功夫就卸完了。老大娘已经给我们做好了饭，大家因为刚劳动完，吃得特别香。

下午气温继续下降，北风依然在呼啸，大家只好不出门，坐在热炕上围着被子看小说，我开始读家晋近译《草原林莽恶旋风》。不知道是水平太低，还是所描述的生活距离我们太远，觉得不大带劲儿。还是继续看下去吧！也许越往后越有意思。

晚上很早就睡了。

元月十五日 星期三

彻夜风雪不止，房子的门窗、四壁处处透风，炕是热的，屋子可太冷了。结果被窝里滚烫，脑袋冰凉，不得不戴上棉帽子睡。天不亮就醒了，发现被头与呼吸接触的地方都蒙上了一层薄薄的冰霜。

真急人，为甚么还不见北京的来信呢？照例今天是邮递员送信的日子，可是这么大冷天，也许不会来了。一天没干活，闲得难受，更加想念北京了。傍晚和小张去南孙乡去取信，回来刮得脸生疼。总算没有白受罪，终于收到燕的来函，多高兴呵！她的信写得那么谨慎，我颇不舒服，为甚么会这样呢？

家里来信说户口单没有找到，只好托小于了。

元月十六日（廿七日） 星期四

雪停了，风还没有止，上午没有干活，下午开始集中粪。我和老刘抬了十八抬还不觉得太累，照这样下去，可能劳动这一关还不是太困难，可是据老乡说重活还在后头呢。晚致燕一函。

元月十七日（廿八日） 星期五

这儿的天气可真见鬼，前两天又是风又是雪，吹得人喘不过气来，今天就又变了样儿，天空深蓝深蓝的，一块云彩也没有，太阳照得人暖洋洋，真像是艳阳天。抬了几筐肥就出汗了。

继续集中粪，今天出现了五角钱一筐的，这是两天来最高的价格了，据说人粪和猪粪是最好的。发现一个问题：各个队给价不完全一致，有的偏高有的偏低，不知道是否会有人有意见。

下午接燕来函，说傅熹年的事情证实了：是个右派分子。李良娱受的创伤很深重，恰巧又是在她病刚刚好一点的时候。燕要我写信慰问她，想了想还是没有写，因为很难写，深了不是浅了不是，同时我也不想和过多的人联系，不是不关心同志，而是感到爱莫能助。从这件事情上又可以吸取一些教育，因为傅、李的结合本来就是在非政治基础上的，我想告诉燕能注意到这一点。晚致燕一函。

元月十八日（十一月廿九日） 星期六

今天还是继续集中粪，天气仍然很暖。下乡以来第一次感到累，照道理抬肥应当是肩膀疼，可是我却觉得两腿发软。晚上听说于坚来了，劳动后大家一起去南孙庄看他，小明同志也在那里，他们大概要在此地耽误几天才回去，于坚可能要转到东田乡，不再到我们这里来了。

听小明通知说，下放干部在群众中反映还不坏，都说不比老八路的干劲差。并且还有些感人的故事：一个女同志住在一个老大娘家，十年以前战争夺去了大娘惟一的女儿，以后她就无依无靠地自己生活了多少年，双目也失明了。现在是个五保户。这次我们的女同志到她家时，她说："可盼望着你们来了，我看不见你，让我摸摸你吧！"于是她从头一直摸到脚。她是把我们的女同志当做自己的女儿来看待的。

大雪后下放干部不仅是扫了院子，而且还把街都扫了，头一天老乡是看着笑，第二天老乡也参加了。他们说："你们把自古以来'大家自扫门前雪'的习惯都改变了。"从以上的例子也可以看出来这次下放干部一般还是好的，只有个别的才是调皮的。

元月十九日（十一月三十日） 星期日

今天又向苇泊进军了。挖了一天的苇泥，下午四时才回来。于坚今天晚上还住在这里，和我们谈了许多报上的消息：目前整改高潮的中心是反浪费；郑凤荣已正式列入世界纪录；毛主席又有新词等。半月不见报纸已不知天下事了，听了些零星的消息也是好的。

元月廿日（腊月初一） 星期一

真是天有不测风云，这两天好容易暖和了些，今天又是一场大雪，当然不能下地。下午田树忱介绍旭升农业生产合作社养猪的情况。开始是村主任谈精简节约问题，会上你一言我一语乱哄哄的，好像都不太注意听，但是田树忱介绍养猪情况时，却越来越起劲儿，本来在两个屋子东西头的人渐渐却聚拢到田树忱的周围了，很明显地看出了切身利益是最吸引人的。所以列宁才说要使劳动者从物质上关心自己的利益，这是真正唯物主义的。

我原先实在不了解为甚么养猪会能这样值得注意，现在通过旭升社的情况介绍才知道它对农村建设，支援国家建设的好处实在是太大了。因为多养猪一方面可以增加农民个人收入，一方面又可以多积肥、多增产，从而支援国家建设。旭升社1956年有3491头猪，1957年发展到7480头，平均每户养猪8.9头，每人养猪1.87头。到现在为止，除去国家收购2499头，群众自己用了174头以外，年底实有猪4807头。1958年将增加到12600头。由于养猪量的增加，积肥量也增加了，因而促使了粮食的增产。解放前因为养猪很少，亩产平均不超过150斤左右，施肥不足一千斤。1951年至1953年每亩施肥1500斤左右，亩产增加200至220斤。1954至1955年每亩施肥2100斤，亩产增至280斤。1956年每户养猪四头，每亩施肥增到5000斤，粮食也增加到亩产320斤。1957年每亩施肥7300斤，亩产粮食已达538.9斤，已经提前完成了农业四十条的规定指标，而且跨过了黄河。

正是由于增产，所以卖给国家的余粮也年有增加：1953年40万斤，54、55年80万斤，1956年121万斤，1957年1463100斤，成为售粮模范，并且54年以来卖给国家4037头肥猪。目前社员生活水平已大有提高，据统计57年底430户存款（信用社）已达18000元，盖新房97间，1958年计划盖200多间，新自行车152辆，值得注意的是在社的总收入中，猪的收入占农业总收入的54.7%，去年即获利53020元。由此可见养猪成了该社增产的决定关键。为甚么他们可以，别的地方不可以呢？当然任何地方是都可以的，这就需要克服保守思想。想办法打破一些传统的看法。就以猪食为例吧。养不起猪主要是粮食问题。但是旭升社在“不愁饲料少，就怕你不找”的口号下解决了猪饲料问题，用很多代用品代替了粮食。目前他们已经没有用粮喂猪的户了。这个经验实在值得大大地推广一番的。

元月廿一日（腊月初二） 星期二

天晴了，积雪未消，下地不可能，倒粪也有困难，只好又歇工了。小张不适仍在继续发展，大家意见让他到唐坊去看一下，他推之再三，最后还是由我陪他去了。到唐坊在诊疗所抓时间写了几封信。回来时正好顶风，吹得真够呛，到李辛庄又遇见了老嵇和老陈，原来粮食手续还是要到唐坊才能办好，早先不知道又累他们多跑了一趟。晚饭后看了会小说就睡了。

元月廿二日（腊月初三） 星期三

早上到北街继续集中粪，上午还不太觉得累，但是下午就不行了，特别是有几家粪不大好，几乎就是湿土，分量实在太重少说也有一百五十斤，压得我两肩生硬，咬着牙坚持，但是最后还是不行了。在休息以后还去了另一家，才又开始抬粪。

老刘昨天晚上感冒没有劳动。午饭时头晕呕吐，大家劝他去唐坊看看，可是他坚持不去。晚上我用艾卷给他灸了一下，又吃了阿斯匹林。为了防止传染，大家都吃了两片钙克斯。

元月廿三日（腊月初四） 星期四

老刘已经大有好转，是阿斯匹林之功还是我灸的效果呢？天气冷得很，大家决定让他再休息一天。

又去苇泊挖肥了，天寒地冻，积雪很厚，各队三三两两地去了，我因为到田树忱家去取镐，去晚了些。结果到达苇泊时，根本找不到人，好容易遇见了拉肥的车才知道他们转移了地方。只好朝着拉肥同志所指的方向去寻找，鞋被苇子刺破了两个洞。一望无际的苇泊，可上哪儿找去呢？忽然看见在西边影影绰绰有些人正在烧着野火，猜想是我们庄子上的人，果然不错。今天一个共同的地方是各队都来人不够多，而连一个组长也没有，风又开始刮起来了，元普冻得直打哆嗦，地也挖不动，好几个队相继回去了，只剩下了六队和我们队一共十三个人在坚持着。工作开始是冷了些，过些时也好了。但是效率是不高的。中午有几个人主张回去，可是大家否决了这个意见。本来我们今天没有带干粮是要回去吃饭的，老嵇提出来回去我没有同意，老乡们能坚持，我们就能坚持。特别是有的人正在动摇，我们如果要走影响是不好的。直到下午二点老嵇为了先买粮食同时也实在受不了，于是和老陈先回去了。我和老乡们一直坚持到拉肥车回来时才走，风越来越紧，真是“饥寒交迫”。回到家里饭已经做好，今天特别打牙祭，吃的是白米饭。

晚上大家讨论了养猪问题，决定明年养一头母猪、一头肥猪。曹金友和田善林的弟弟来串门，在闲谈中了解了一些刘胡庄的过去情况，值得注意的是几乎异口同声地都说他们此地富农好，记得县里介绍情况时说这里干部右倾思想严重。究竟是怎么回事呢？需要了解更多的情况才能肯定。

元月廿四日（腊月初五） 星期五

没有去苇泊，继续在家里倒粪。田春玉通知我们买肉，有人不在家，老刘和我就自作主张地决定买了廿斤。中饭和晚饭都做了肉和白菜，这还是来刘胡庄以后第一次吃肉呢。

无端地又起了一场小风波：小张和李雅莲发了脾气，其实是小事，看来好像是前两天小风波的继续。李雅莲半玩笑地说小张有病治不好可以回北京。小张却认真了，说李雅莲这是有意讽刺他，真是小题大做。饭后大家都出了，我和小张谈了一次话，指出他的态度是不对头的，看样子是虚心接受了。如果不是他主动征求我的意见，我还是要说的。很多人都说小张有骄傲情绪，过去体会不深，现在才感觉到。总的说来劳动和思想感情的变化是一致的。但是同样当劳动有成绩的时候，也可能助长他的傲气，这是必须加以防止的。

元月廿五（腊月初六） 星期六

天气又暖了，一些冰冻的地方都开始化了。倒粪的劳动强度看来也不算弱，上午还好，下午就觉得腰有些疼了，而且四肢无力。局里来了信，还寄了些报纸来，可惜所希望看到的一张也没来。家晋、滋德同志都来了信。正英下放了，家晋要我谈谈体会好交流经验。滋德同志要我注意长期坚持，戒骄戒躁。

元月廿六日（腊月初七） 星期日

奇怪得很，一转眼又是一个星期了，光阴好像过得太快了。可是回想离开北京的时间还不过廿天左右，但是在感觉上，又好象很长很长了。究竟光阴快还是慢？不过随着心情的变化而变化罢了。其实时间本身是没有快慢的区别的。

吃晚饭的时候，无缘无故小张又发了脾气，显然是针对李雅莲而发的，真不知道为甚么会弄得矛盾越来越尖锐，看起来是需要好好谈谈了。大家在一起生活，一起劳动，团结是很重要的。而搞好团结的关键首先是要彼此具有团结的愿望，在一些非原则的问题上，应当彼此谅解，但是小张是缺乏这些的，态度实在不够好，雅莲也生气了。这样下去可怎么好呢？老嵇要开会，老刘比较稳健些，结果会也没有开成。

元月廿七日（腊月初八） 星期一

今天是腊八，照这里的风俗应该早做饭，因为“谁家烟筒先冒大烟，谁家的高粱先红尖”。合作化改变了生产资料所有制，今天再也没有属于谁家的高粱地了，而且农业生产规划还要消灭高粱呢。但是习惯的改变总是比较慢的。天蒙蒙亮，太阳刚刚染红了东方，我们起来的时候真的家家的烟筒都在冒着炊烟呢，往常这时候做饭的人是很少的。

开始学习赶大车了，怕不留神出乱子，我自己没有赶只是跟车，还幸亏是这样，头一次赶车就碰上了刚买回来的小黑牛，走三步停两步，送一趟粪卧下好几次，可把我和小关累坏了，一上午才送了两次，这也是个锻炼。后来听说，这个牛才到，因为是个生手需要锻炼一个时候才能好好干活呢。牛尚如此，而况人乎？一笑。

晚上给清燕写了一封信，告诉她这几天的情况并且盼望她能来，我练好了赶车去火车站接她呢。

元月廿八日（腊月初九） 星期二

今天我和老刘换了个车子，他去赶小牛，我去赶黑驴了。真好使唤，我自己赶车今天送了七次粪，别人都收工了，我们还在装车，干得可起劲了。

元月廿九日（腊月初十） 星期三

今天又去苇泊挖肥了，换了个地方肥可真好，一镐就是好几寸厚的肥成片地掉下来。自从挖肥以来要算这块地最好了。地好人的情绪也好，一天挖的足够前些时两天挖的数量，村主任老田亲自出马检查，乡里也来了人。水利积肥是58年生产大跃进的关键呵。疲倦的程度是和劳动强度成正比的。今天显得特别累，手指的关节疼得很，有经验的人告诉我不要把镐拿得太紧，以后当注意。

元月卅日（腊月十一日） 星期四

继续到苇泊去挖肥。天又在刮风，去得人少了些，但是还不能使这些少数人坚持下去。衣服被风吹透了，几个衣服单薄的人实在受不了，下午很早就都回来了。接到清燕寄给我的书。

黄昏，风小了些。为了保证积肥工作的进行，晚上也要干活了。我被分配去送粪。月色朦胧，赶着大赶车穿过田野，不时从远远的地方传来一阵车轮声，大概也是我们的同路人。又是我们最后收工，回来时，老刘、小张都正在吃凉饼子呢。不约而同地大家都说“今儿比昨天还累”。本来想写封信只好做罢了，赶快睡觉了。

元月卅一日（腊月十二日） 星期五

风住了，天也暖了。又去苇泊挖肥。

晚饭吃的是馒头，久不吃细粮了，这是下乡以后第一次吃馒头。老陈提出来希望大家考虑应该换一下伙食管理的人了。的确，到农村以后，突出地感觉到一切都是集体创造的，个人离开了集体就微不足道了。列宁所说的每个人只能起一个螺丝钉的作用。过去体会不深，现在才具体地体会到。生活是否搞得好也关系着是否可以劳动得好，应该重视起来，我建议每个人管两个月的伙食，这也是我们锻炼的内容之一。

夜晚，刘巨成他们去北孙庄去开会了。我仍然是送粪，不过今天不是用车送而是要人抬了。从村东头送到一里多地以外的地上，前些天不过抬着走很短的路，这么长的路抬起来就感到有些吃力了。抬过两次已是浑身大汗。后来只好不抬，干了些轻活。月光如水倾泻在无垠的原野上，偶然有一阵微风吹来，因为劳动中产生了热量，一点儿也不觉得冷，倒使人感到好像是一个爽朗的秋夜。直到九时才收工。可是老刘还没有回来。记完昨天的日记又看了会儿书，睡时已经十一点了。

二月一日（腊月十三日） 星期六

继续去苇泊挖肥，一点风也没有，今天我们队只有六个人，但是干的好像比昨天八个人的活计还多。

晚上南孙庄演剧《送新兵》，中央歌舞团的下放干部也参加了节目，我因为昨晚睡得太晚，又颇疲倦没有去看。

王毅、小罗、老顾都来了信，我把它当做对我的鼓励，虽然王毅的来信有些是误会的，但他用心是善良的。我想写信感谢他，也解释一下。

转眼下乡已经快一个月了，我想这两天好好想想，在这一个月当中到底收获了些甚么？还有甚么不足的地方？这样会对自己有好处的。

二月二日（腊月十四日） 星期日

每逢星期天就会有些不愉快，我总是在劳动中尽量地克服这种不对头的情绪。当着这种情绪被克服以后，马上就会感到一种愉快——一种对自己喜欢的人予以信任的愉快。在苇泊刨肥比以前有了进步，过去一镐常常成为细面，现在可以成块了。经过一个月的劳动，换了好几个工种才开始感到刨肥还是比较轻的活计，抬粪实在是最重的，据说挑河还累人。

晚上给燕写了信，又有好几天不接到她的来信了。想念也惦记，是忙？还是别的原因？

二月三日（腊月十五日） 星期一

一个新问题出现了，苇泊挖肥这两天刨得可真不少，但是队上牲口少而弱，刨了拉不出来，如果照现在的情况下去很可能造成白刨的损失，这是个矛盾。初来农村，一切应当从头学起，大家一致的感觉是劳动分配使用好像不太科学，而且缺乏计划。已经有的同志发表意见觉得这不是那不是了，这种情绪是不对的。因为是非的判断必须在调查研究的基础上，否则难免要犯主观主义。

晚上全社社员大会，田春玉向全体社员发出号召，要大家积极完成积肥、除四害的任务。口气很生硬，这又是一个值得研究的问题，为甚么村、乡干部往往会形成命令主义？要找出它的产生的基础和根源，才能找出克服的办法。这也是今后要注意的一个问题。

二月四日（星期二） 腊月十六日

“六九六九，抬头看柳”，今天是立春，“春打六九头”，所以从今天开始进入六九了。也许北方春迟，到现在还看不到嫩黄的柳色，感不到丝毫春的气息，但是春天毕竟不远了。天气仍然很冷，继续挖肥，回来时看见村东头已经有女同志参加劳动了，这是个好气象。

晚上开了生活检讨会，总的说来还是好的，但是思想见面的深度是很不够的，这需要等待，就把它当做一个好的开始吧。对于善于学习的人，这又是一个非常具体而生动的教育课。

二月五日（腊月十七日） 星期三

几个人都已囊空如洗，粮食需要买，菜也没有了，望眼欲穿地期待着燕给我们寄款来，结果是大失所望，也许明天会寄来？真是饱人不知饿人饥。

荣秀从县里开会归来，带来了县委所提出的生产大跃进的指标：六百亩水稻，四百亩旱稻，一千三百亩棉花。全国掀起的汹涌澎湃的生产高潮，哪个角落也不能落后的。而我们这儿的右倾保守思想还占据着相当多的人的头脑。工作是艰巨而又细致的。晚上党团支委研究办法，老刘去参加了。的确，我们这些人能在这个高潮中起些甚么作用呢？调查研究的工作似乎已刻不容缓了。

二月六日（腊月十八日） 星期四

队里发现了挖肥和运肥的矛盾，今天决定不再继续挖，集中力量先把已经挖的肥从苇泊运到道边，免得以后拉不完造成损失。我和老刘仍是一付抬筐，还不算太累。

下午自苇泊归来又去南孙庄取信，结果未遇，只好怅怅而返。晚上开会谈了过年的问题，决定大家一起去唐山洗澡、理发兼办年货。

二月七日（腊月十九日） 星期五

刘、嵇去南孙庄开会，我和雅莲去苇泊继续抬肥。今天只有两个队，人显得特别少。

接到燕的来信，钱已决定由部统一寄出，而且早发工资。真是见鬼，今天都七号了，还未见寄来，在北京钱也拿到手了，总务处办事总是拖拖拉拉。燕说可能在春节来，又怕麻烦我们。多高兴呵！我恨不能她立刻来，有甚么可麻烦的呢？雅莲、老嵇听了都表示欢迎。真的，一别匝月，不知道为甚么总显得比这个时间要长得多。十多年的流浪生涯，早已不感觉甚么是别离的滋味，这次却备尝了离别之苦。时间过得快些吧！

为了谈他们来的事又掀起了一场小风波，生活总是有矛盾的。但是应该注意一下，不要让这些矛盾再不断地发展就好了。

二月八日（星期六，腊月廿日）

在举国一片大跃进的呼声中，一向被视为落后的刘胡庄，也开始动起来了。今天开始到赵家泊挖小水渠，为了借水种麦。我和老刘也去了，田善林是今天的负责人。算是新气象吧。过去到苇泊走得很晚，回来很早。今天是去得很早，日落始归。在劳动中听了两个老农的谈话，善林、子龙在他们心目中威信是满高的。对春玉、荣秀则颇有微辞，这是一个值得注意的问题。无论如何，其中必有原故。我们需要锻炼，目的是更好地为人民服务，因而对一切不良倾向的斗争，也就是义不容辞的责任了。当然，一切是需要谨慎从事的。真是随时随地都是锻炼，只要自己具有锻炼的决心。

中午在田里睡了一小会儿，下午就开始头疼了。仍然是坚持到傍晚才回来，吃不下饭，只好吃了两片钙克斯就睡了。朦胧中仿佛听见荣秀为我们送来一些粘米。

二月九日（腊月廿一日） 星期日

继续去赵家泊挖小水渠。今天已经完全好了，只是食欲不振。共同在一起劳动的一老一少，又说出了和昨天两个老农一样的话，所以更吸引了我的注意。完全可以肯定的是的确有问题，当然问题的性质是很难判断的。因为我们完全不了解情况。但是必须警惕我们自己不要出问题。晚上商量去唐山的问题，结果老嵇决定不去了。

二月十日（腊月廿二日） 星期一

昧爽即起，五个人匆忙赶赴唐坊，以急行军的速度只一小时就到达了。八时廿分登车，九时抵唐山。离开城市不过一个月，可是真好像已经成为乡下人了。看见一切都新鲜，但又好像似曾相识。穿过闹市，各色各样的糕点一直在吸引我，只是没钱也没有粮票。一个面包不过一角五分钱，我却考虑再三才决定买。真好笑，自己像是《三毛流浪记》里的三毛，站在玻璃柜外头伫立良久，看了又看，最后决定还是下午再买吧。在一家叫西来顺的清真馆吃了一顿饭，才去国营第一浴池洗澡，理发。所有的衣服也都洗了，真是彻头彻尾地来了一次清洁卫生运动。下午在九美斋便餐，做的味道还真不错。今天每人平均饭费一元，可是吃得很舒服。

七拼八凑买了些过年的用品，就是对年的一些点缀吧。逐渐地体会到为甚么说勤俭是劳动人民的品德？的确是有它的物质基础的。品德属于上层建筑，即意识形态范围，它为经济基础所决定。劳动人民是物质财富的生产者、创造者，所以才能体会到“粒粒皆辛苦”。不勤就不能生产，勤总是辛苦的。体会到辛苦也必然会考虑到俭的问题，勤和俭是联系的，世界上很少只勤不俭，或者只俭不勤的人。当然，豪华和勤俭、吝啬和大方，常常会把人迷惑了。指勤俭为吝啬，把豪华当大方是大有人在的。其实勤俭和吝啬是毫无共同之处的，相反地吝啬的人常常是豪华的人，勤俭的人才会真正的大方。

二月十一日（腊月廿三） 星期二

昨晚大雪，没有出去劳动。今天祭灶，房东老大娘要我为他们写灶王两边的对联。“上天言好事，下界保平安”已经过时了，我也不能这样写，只好自己编了两付：“努力搞生产，迎接大丰收”、“生产大跃进，举国庆丰年”，横联写的是“人定胜天”。

中午吃了粘饽饽，满好吃的。大娘生病了，我们自己做饭，我炒了个蒜苗肉丝，颇得好评。算是过小年吧。

又去南孙庄取信，仍是失望而返。办公室里的人如何能体会到田间的甘苦？晚上给王毅和陈滋德写信提了些意见。

二月十二日（腊月廿四日） 星期三

一天没有劳动，老嵇和张金铭去唐坊买白菜，又借了社里廿元。下午与老刘去村外拾柴，由元普带路，结果满载而归，每人背回来一大筐，足够两天用的了。

钱仍未寄来，可能出了甚么问题，否则是不会这样的。晚上老刘给王毅写信提了意见，我也给燕去信，请她代问局里究竟是怎么回事？是否可以先寄些来以济燃眉之急。

二月十三日（腊月廿五日） 星期四

“打破常规过春节”，老嵇传达了昨晚开会的要求：从大年初一起到廿止，限期完成一道友渠，男女老少齐出动，争取今年大丰收。原定春节的节目恐怕不能演出了。

今天到地里去打水，初上来老刘打的过猛，把我衣服都【弄】破了，当时很生气和他吵了一顿，事后又颇后悔，小事一段，何必如此？今后当注意涵养。

中午没有休息一直干到日落，我又去南庄乡取信，遇见唐荣梅，她告诉我挂号信送错了，明天才能取。可是回家又听说邮递员送信要我们去取挂号，大家都高兴极了。我赶着去了一次，最后是老张送来了嵇春生的包裹条，钱还是没寄来，一场欢喜变成空，可以肯定年前是不会收到钱了，而且也可以肯定是出了问题，不知是哪个“马大哈”办的事。

二月十四日（腊月廿六日） 星期五

接收了老大娘的劝告，我们都留在家里大扫除。我和小张在一起。好危险，炕上的席都熏黑了，如果不早发现说不定会着火呢。和中普到村外取了土把炕缝都抹了一下，整整一个上午才把房子打扫干净。晚全村开会号召除四害。

二月十五日（腊月廿七日） 星期六

为了响应号召，老嵇出主意把前街包下来起个示范作用，绝早起来就打扫街道，把一些积雪扫掉和草珠搅在一起可以当肥料，这也算我们的积肥吧。县里来了几个人慰问我们，真是惭愧，农民数十年如一日的干庄稼活，我们不过才干了一个月而且远远不能适应农业的要求，可有甚么值得慰问的呢？

没有去劳动，被小组指定留在家里和雅莲在一起做年菜。上午煮了全付下水，下午蒸了两锅馒头。

晚上为去南孙庄参加文娱活动事小张又和刘、嵇大吵一顿，为了打开僵局我把小张拉去北孙庄，结果事实证明小张的推测还是正确的，但是小张的态度却是完全错误的。在火头上，我没有批评他，有时间我想好好和他谈谈，否则他恐怕要犯错误的。

二月十六日（腊月廿八日） 星期日

只有我一个人去苇泊打水，一天不得休息，还真累人。一个小伙子不好好干活而且有意破坏水车，我严厉地禁止了他。回来向大家汇报了这个情况，都没有觉得我所采取的态度是不好的。的确，我们应该随时都注意影响。自己要保持谦虚的态度。但是必须是有原则的。我不能看着工具损坏，我不能坐视有人违【反】治安条例而置之不理。

二月十七日（腊月廿九日） 星期一

除夕了，燕会不会来呢？邮政昨天就停止了，我已无从收到她最近的来信，估计她来不了，因为听说部里已把星期日改为星期七。春节只放两天半的假，加上工作紧张，十之八九是不会来的，但总觉得不放心，决定早饭后去唐坊看看，小张立即同行。果不出所料，收到了燕的来信，她不能来了。尽管是早在意料之中，在归途中仍然感到了一些怅惘的情绪。

全局的同志都来了信，对我们是个很大的鼓励。父亲来信告诉我，他已经指定开课，决定不退休了，这也了却我一桩心事。其实经济上是不成问题的，只是退休后无事可作，精神上太枯燥了，这样会影响到他的健康。

晚上大家齐动手包饺子，味道还真不错。虽然老乡们说今年不比往年，年味儿已经不太重了。可是对我来说，还是觉得比城市的年味儿浓得多，孩子们打着灯笼满街跑，来串门的客人不绝。睡觉已是十二点了。

二月十八日（正月初一日） 星期二

孩子们都换上了节日的新装，谁说农村生活今不如昔呢？这些穿着簇新服装的孩子们就是新农村生活水平提高的最好见证人。

今年要打破常规过春节，早晨起来人们有的忙着去拉肥，有的忙着在收拾挑河的工具。村干部没有一个来拜年的，我们却去了好几家，这恐怕会有影响，所以后来没有继续去拜年。午饭后全乡开河工开工大会，由下放干部联合演出节目。彭乡长自任河工大会队长，乡党委书记任政委，他们对全乡农民发出了向自然作斗争的战斗号召。

黄昏，会散了。无数的人流，从北孙庄通往工地的各个道路上涌向开工的会场。过去常常在初一想起书联试笔的老规矩，今年的初一却是破土试锨了。

二月十九日（正月初二） 星期三

今天是挑河的头一天，老早就听说这是最重的劳动工种之一，很想试试，但是村子里照顾我们身体，把我们派去打水了。只有雅莲一个人去挑河，这是为了带动其他妇女参加这个伟大的工程。

二月廿日（正月初三） 星期四

乡党委批准全体下放干部参加挑河，并且交给我们一个政治任务——宣传鼓动工作，大家研究确定我和小张负责。老刘、老嵇和老陈还是去打水，我第一次挑河，只是抬土，下午才换了挖河，的确劳动强度大大超过了其他农活，坚持干了一天，晚上实在干得疲倦了，饭后即睡。

小张生痔疮下午请假，雅莲工作颇积极，一直不曾休息。愿我们能够大家都过好这个劳动关。

二月廿一日（正月初四） 星期五

都去挑河了，只留下了小张在家里静养。任务要求很急，要在正月十一以前完成，看来是有困难的。但是老乡们劲头很大。为了宣传鼓动，大家研究了一下，发现老嵇很缺乏基层工作经验，而且有些教条。他主张要在大字报上写水利意义的文章这是脱离实际的。他忘了我们村子的人大都是文盲，同时也忽略了工程要求很急，工地紧张的劳动，哪有时间去看？最后决定还是只用图表标志各队的进度，这会对大家情绪有鼓舞作用的。

三月十五日（正月廿六） 星期六

连续挑河两个多星期，紧张的劳动，过度的疲乏，日记也中辍了。这两天闹肚子总不好，只得干农活，今天去挖陇沟，环村皆水，一个老农告诉我说“这可真是一年顶两年”。不禁想起“昨日夕阳下，河水在西洼。今日旭日升，河水到村东。正午日正南，渠水围村转”的诗句，真的今天已经渠水围村转了。

晚上去队请假，明天打算休息一天。

三月十六日（正月廿七日） 星期日

接受同志们的建议，今天休息了。肚子很可能是痢疾，不打算去看医生，过两天就会好的。

下乡以来第一次缺勤，大家都出去了，觉得真闷气。上午看完了最近的报纸，大跃进的革命干劲儿，之后，现在每天的报纸上，先进的指标，先进的经验真是连篇累牍。不禁使我有“洞中方七日，世上已千年”的感觉。下乡两个月，全国的变化是多么大呵！

下午给清燕写了封信。告诉她我很久不去信的原因，也告诉她我最近的情况。考虑了一下文物工作中的意见，鉴于时局变化之速，应当相信领导，相信群众，我的一些意见也可能有些是过时了，但还是把思想整理了一下，并且告诉燕燕把最近的情况告诉我一下，以便做参考。很想写两篇短文：“博物馆的科学研究必须为陈列服务”和“对当前文物保护工作的几点意见”。这必须要有资料才可以，否则就成为无的放矢了。

晚上本来打算开四评会，可是老田来了。看样子很发愁。也许是思想感情的变化吧，心里也很不舒服，于是建议老嵇去和他谈谈。前些时，我给老嵇提意见说他总是要起干部作用，今天又建议他去找老田了解困难，有人也许认为这是矛盾的。其实这完全是两回事。因为今天是看到老田的情绪不好，社里可能有困难。我们应当“爱社如家”，社有困难我们当然要了解，这是感情上的变化，真正做到与社共呼吸，与一心要起干部作用应当有原则的区别，不知道其他同志是怎样想的。

三月十七日（正月廿八日） 星期一

还是在家里休息。肚子好了些，可能不是痢疾，只不过消化不良的结果罢了。

上午把对文物工作的意见整理了一下，我觉得博物馆的重点应当是地志博物馆，而地志博物馆的中心任务应该是完成“社会主义建设之部”。在为科学研究服务，为广大人民群众服务的方针上，我认为还值得考虑。因为任何事业都是通过它本身的特点为社会主义建设而服务的，博物馆的语言就是陈列。因此，科学研究必须为陈列服务，科学研究本身不是目的而是手段，加强科学研究只是为了加强陈列的教育效果，因而把二者并列很容易引起误会。

文物保护工作，我觉得过去有几点需要现在来补课的。首先是明确工作范围，很多该管而没有管，如园林即是一例。不该管的又管了，如钟乳洞。今后必须把该管的切切实实地管起来，流散文物必须加强管理和征集，国外收购应当减少到最低限度，把钱一定要使用得当，不能随便浪费。

下午把大字报搞好送到工地去了。雅莲又因病请假，她力劝我和她一起去唐山透视，我实在不肯去。可是到晚上又感到从关心同志出发还是应陪她去的。于是决定明天黎明去唐山，当天下午赶回来，只好又向队上请了假。

三月十八日（正月廿九日） 星期二

一肚子的不痛快去了唐山，觉得请假实在不应该，特别是雅莲当着树忱说不必要我去的话，使人感觉好像我自己要玩似的。当时很反感，但是很快就克服了。

经医生诊断雅莲的病并不十分严重，算是大家定了心。因为医院看病很快，下午二时的车即赶回来了。

三月十九日（正月卅日） 星期三

大家请假在家里谈四比的问题。会开得不好不坏，谈出了一些，也可能还有一些没谈，似乎人人都不在乎谁被评为比较好的，但是又似乎还是有人有点在乎。会上开门见山的意见仍然不是太多，我看，还是得慢慢来。人是复杂的，人与人之间的关系也是微妙的，虽然在原则上说这种谈法是错误的，而客观的确还存在着这种事实。

锻炼是建筑在高度自觉的基础上的，这是在锻炼中的体会。因为每个人的自觉性不同，因而每个人的收获也是不同的。锻炼好了对人民对自己都有好处，锻炼不好最吃亏的还是自己，可偏偏有人就是算不过账来。检查了一下自己，觉得下乡以来，一直在努力改造自己，显然是有进步但还很不够。同志们一致指出我的老毛病“丢三拉四”，仍未彻底改正，这是今后必须时时注意的。可是大家对我从思想上来指出今后努力的方向几乎是零，我觉得会开得不好也就是从这儿感觉到的。

晚上，为了在组内产生一个比较好的人，大家表示了沉默，我建议从张、陈中考虑一个，张又要从我和陈中产生，陈又推由我和张任选一个，推来推去不得结果。平心静气的讲，我们组内的确还是没有突出的，如果一定要比，又是各有长短，难分高下。早我就预料到会形成一种尴尬局面，所以我不同意大队要选人的意见，因为今天要选，实在还为时过早。

三月廿日（二月初一） 星期四

去挑陇沟，一点也不累，只是天昏地暗，使人心情不大愉快。这儿的习俗，今天要吃龙鳞，家家都用高粱、绿豆、精米做饼子吃。房东大娘和雅莲家的房东都送了我们好多饼，颇好吃。

中午小张去砍树，据说一个村子要栽一万棵以上的柳树，这样明年即可绿化了。吃午饭时偶然填了一阕《如梦令》（《调笑令》）：

插柳，插柳，老少一齐动手。插遍海角天涯（来年飞遍杨花），处处山村绿化，绿化，绿化，装点江山如画。

第五句“绿化”二字不合词谱，但是为了不使形式束缚内容，只好打破常规了。晁无咎尝谓东坡是词中的缚不住者，我亦词中之缚不住者乎？一笑。

三月廿一日（二月初二） 星期五

今儿是龙抬头日，此地有个风俗今天家家都不挑水，据说会把懒龙挑回家里来，水缸要整年叫唤。今年人人都参加了挑河的繁重劳动，昨天在高度疲倦之后已经精疲力尽，实在不能挑水了，但是今天还要水喝，又怎能不挑呢？于是又打破常规了。大跃进正在打破千百年来的习惯势力，虽然习惯是最难打破的。

东风甚猛，天气很不好，做了一早晨陇沟，中午几个老人颇有不再继续干的意思，吃完饭我还是去找他们一块下地了。

晚上，春玉来确定了我们同吃的对象，我可能去树忱家或者是荣兴家。随便吧，怎样都可以。

看了文物工作者和博物馆工作者大跃进的倡议书及有关文件，觉得奋斗目标是明确的，要达到上述目标，工作方法不改变恐怕还是困难的。很想提出一些具体意见给局里，只是时间来不及。使我感到高兴的是地志博物馆的中心任务明确为社会主义建设之部。而且在博物馆事业中，地志博物馆也是重点。这种摆法我曾和冶秋同志有分歧，现在算是得到了统一。

三月廿二日（二月初三日） 星期六

继续去做陇沟，仍是那两个老者同行只是多了个中普。午饭归来接到清燕给我寄来的衣服包裹单，真有说不出的欣慰，我没有要她寄衣服，可是她却主动寄来了，大概是衬衣之类吧。拿着包裹单几乎感动得流出泪来。母亲去世已经卅年了，卅年来谁曾这样关心过我？是的也曾有过这样的好心人，但是政治上的原因，使我不能不拒绝这种关心。除此以外，只有清燕使我感到了像母亲似的温暖。用更好的改造自己来答谢她吧。

下午天气转晴，又是和张、陈两个老人去下地，看样子他们不大起劲，几乎有一半是我自己做的，从他们的谈话中才了解到都是过去的买卖人，他们还在留恋着过去的生活，这一席话又使我受了一课生动的阶级教育，很清楚地可以看到是谁拥护社会主义，又是谁反对社会主义，而这些正是为他们阶级地位所决定的。

晚上集体去看了荣秀，他又很生气地叙述了和艾书记矛盾的经过。小张好像要告诉他今天艾书记带人的事，我用眼色制止了他，何必去火上加油呢？年青人总是沉不住气，也许他想当笑话和荣秀说，可是他忘了现在是啥时候。

确定我在荣兴家吃饭了。并且还可以和家让在一起住，这样我算是真正做到了“三同”。以后要方便得多了，而且还和小张是邻居。

三月廿三日（二月初四日） 星期日

一个决心在劳动中锻炼自己的人，必然会是集体主义的。他不仅自己积极，而且会有意识地帮助别人共同进步，因此，判断一个人是否锻炼得好，也要看他是否关心周围的人。自己劳动积极学习努力固然很好，如果仅限于此就不够了。生活中也还有这样的人：他的积极是建筑在个人主义的基础上的。处处表现自己，而且是设法去抢先排斥了别人的劳动机会，来表现自己的积极，这能说是积极吗？当然不能，不仅不能而还应当加以批判才对。不能说每个人都不可能产生这种思想，因为它的产生根源是个人主义，只有消灭了根子，才能说不可能，而我们这些人，谁又敢说一点个人主义都没有了呢？警惕自己吧，而且也应当注意别人。

继续去村南干农活，今天是和李万兴、吴士荣两个老大爷一起锄麦地，突出地使我感到和昨天是一个鲜明的对比。昨天的两个老头，都是过去的买卖人，吃过喝过，享过福，谈话内容充满了对现实的不满和对过去的留恋，除此以外就是一些不堪入耳的低级话。今天的两个老大爷都是扛活出身，到现在还是缺粮户，他们的谈话内容却完全是两样了，他们也对今天有不满的地方，但是他的不满的对象是一些旧的残余。在工作中，他们随时都在指导我怎样干，并且是那么耐心。看来他们对农业是有经验的，因此有些对当前生产任务的意见，是值得注意的。譬如：今天的中心任务应当是播种，因为大跃进是为了增产丰收，播种不能保证，丰收又怎能保证？他们说大年初一的时候，如果少拨几个人去种麦，现在已经可以见青苗了。他们也有些牢骚，好像队里对老年人尊重不够，使他们有老不如少的感觉。这也是很自然的，的确，重视老农的经验是个重要问题，不能只看年青力壮就行了。紫坤队长是个好同志，处处带头事事领先。前两天做陇沟时，他要用锨，可是一个老人说用锄。结果用锄又省力又省时间。这就是经验，只凭力气蛮干是不行的，特别是农活，经验占有十分重要的地位，与挑河还有所不同。从两个老者谈话中使我感到村中的生产似乎“统筹兼顾，全面安排”是不够的。

三月廿四日（二月初五日） 星期一

阴阳怪气的天气，真是一点准儿也没有，连日的东风又变为密密麻麻的细雨，使人觉得的确是春寒料峭，已经脱了好几天的棉背心，今天又不得不重新穿起来了。第二道河又挑完了，抽出了很多劳动力投入农活这方面来，今天做陇沟的人大有增加，虽然天在下着一阵阵的毛毛细雨。

下午刚刚干活不大会儿，紧急通知要全体下放干部去唐坊开会，老嵇还远在赵家泊，老陈去找他，其他人匆匆忙忙的吃了饭，即赶赴唐坊。距离上次去唐坊不过十几天，可是沿途已是面目全非了。到处是水，到处是渠。

六点半开会，工委苗书记做了报告，宣布从明天开始除了保证种麦须留一些劳动力以外，不论男女老少都要投入除四害战斗，在四天内要完成任务实现“四无”区。因此提出了苦【干】三昼夜的口号。

开完会已经是八点半钟了。在归途中，因为过去的道路很多地方变成了水渠，只好穿田而过，要不是人多非得迷路不可。田野处处都是灯火，人们正在连夜打水，抢种春麦呢。在董庄子乡委艾书记又做了一次补充报告，要求各村在今晚召开党团员会议贯彻工委指示，明天就即刻行动起来。

到家已是十点三刻了。清燕寄来的包裹已经顺便取回。打开以后，才发现糖都是高级的。把一部分分给同志们，自已留了一些。真想保留到重见她的时候呢。

衣服样子好，也合身，老陈赞不绝口。把痔药转给小张时他颇为感动，的确，我也越来越感到清燕实在是太好了，好得用笔难描述，用嘴说不清。

或许是太兴奋了，躺下去很久很久没有入睡。

三月廿五日（二月初六日） 星期二

“除四害”的战斗准备从今天开始了，我们写了很多标语到街上去张贴。老嵇去乡开会带来了乡的指示，要我们搞宣传工作。

大风竟日，人们都在忙着除四害和种麦的准备工作，遗憾的是群众发动得还不够充分，只是几个人在忙。

晚上帮助世普挖厕所，完全按照规定的规格挖的，宽一尺，深两尺，到九点半才挖完。这土是好肥料，每家积起来，如按一家千斤计算，刘胡庄也可以积廿万斤，真是一举数得，既可清洁又可增产。街上家家悬灯，户户打鼓敲锣好不热闹，彭乡长也来检查工作，于是起了很大推动作用，一些不愿意出勤的人，都动员下地打水去了。直到十二点才回来。

街静了，夜正深，虽然感到疲倦还是给清燕写了一封信。写一些最近的体会。填的一阕《菩萨蛮》也寄给她指正了。

菩萨蛮

打井开渠兴水利，农村处处添春意。百计更千方，都为多打粮。无边洼碱地，渠水穿流急。人力可回天，荒田变稻田。

其中“水利”的“水”字，“变稻田”的“变”字，都不合词谱平仄定例，为了不使形式束缚内容，又只好打破常规了。毛主席“关山阵阵苍”的“阵”字和“今朝更好看”的“更”字也不合平仄定例的，这也助长了不受原词律束缚的勇气，但是能够完全合于规定当然更好些。

三月廿六日（二月初七日） 星期三

继续张贴标语，老嵇根据《唐山农民报》画了两张大字报贴在北街。下午和小张大扫除，堵了老鼠洞而且还把屋子的地翻了两寸多厚，然后又用夯打了一遍，完全合乎上级规定的要求。直到薄暮才打扫完，屋子显得整洁多了。

晚上和妇女主任等到各家检查堵鼠洞的情况，直到十一点多才完，统计全庄一共堵了468个，厕所有180个搬了家，成绩算是不错的，但效果如何尚待今后证明。

三月廿七日（二月初八日） 星期四

今天的战斗是向麻雀进攻，全村的人都要出动。方法很特别，据说是吸取抚宁的经验。在抚宁是除了用火枪打和掏雀窝以外，主要的方法是，出动全县的人各自划分区域。五步一岗，大家一齐轰麻雀，使它根本没喘息的时间，这样，一天过去，大家回家时在村前村后又可以到处拾到麻雀，因为都累死了。不过我们今天的效果不大，原因主要是组织得不好，没有划分好个人的防守区域，都是流动地去赶，结果人累得够呛，雀还安然无恙。这是组织问题，仍不能得出方法不好的结论。

事情总要看主要的方面，乍看起来，老乡对此情绪不高，信心不足，干部也干劲不大，所以运动是进行得不深不透。这一切都是事实。但能不能由此得一些消极的结论呢？显然是不能的。相反地今天倒还对我起了很大的教育作用，尽管出来的人数还不够理想，组织工作还不够严密。但是村前村后，红旗招展，到处是人在赶麻雀，这种情况能说不是空前吗？千百年来，何曾有过这样大规模而又有组织有计划地向“四害”开战？只要想到这一点，自然就感到这实在是空前未有的大事情了。这也正是事情的主要方面，其他现象都是次要的，因为前人所未做事我们今天正在做，一方面是没经验，许多事要我们在实践中去摸索经验，这是事物发展的规律。如果说样样事儿不管过去干过还是没干过，一定要事事妥贴不出一点毛病，那才是不合乎事物发展规律的，这种要求是主观唯心主义的。世界上如果真的有这种情况，才是天大的怪事。在开始搞一项新的事情有缺点是自然的，不可避免的，所以也毫不足怪。当然，如果我们不从缺点中吸取教训，而听任这种缺点长期存在，就是完全错误了，我们和右派分子的分歧也是在这里。

三月廿八日（二月初九） 星期五

“除四害”的突击运动到今天已经三天了，乡里决定进行一次评比。下午到赵辛庄集合出发，分别到北孙庄、南孙庄挨户检查，评比的结果是赵辛庄最好，刘胡庄最差。荣秀为此很着急。的确，刘胡庄是比其他村子差些，晚上又进行了一次突击，十点半又开了一次群众大会，要求各家各户明天继续突击，一定要改变现在的落后情况。我和春玉、小张、陈、嵇和道云分别又去各家检查了一次，情况是有不同了。很多人都在向地里集中粪呢。睡觉又近十二点半了。

三月廿九日（二月初十日） 星期六

按规定今天的“除四害”运动应该结束，但是县里决定再延长一天，不获全胜决不收兵。

昨天晚上的会没白开，今天的村子显得洁净得多了。如果是今天来检查，或许不会成为最不好的典型。我和小张一个上午都是在搞厕所搬家，味道可真够受，小张笑着说讲的是不带口罩。士普怕我们嫌脏，要把还带着大粪的缸替我们搬到园子里去。我没有同意这样做，还是和他一起抬走了。

晚上各生产队长到我们屋子来开会讨论乡党委的指示，任务的确是够重的。一个任务接着一个任务，一个高潮接着一个高潮。从四月一号起又要搞绿化了，全村的任务是17825棵，要做到宅旁、村旁、道旁、河旁都绿化，发动种植妇女林、少年林、青年林，而且是七天突击，三天扫尾，十天完成。要求保种保活，谁破坏，谁要挨罚。生产任务则应以种麦打水为中心，要求在清明节以前全部种完。不过还有几天的时间，所以今晚就要干通宵，否则是完不成任务的。

睡觉已是十二点，可是一觉醒来还听见外面街上有人在叫人起来下地打水呢。

三月卅日（二月十一日） 星期日

清明节以前一定要完成种麦任务，所以又要大突击了。昨天晚上已经有人通宵打水，做到了水车子不停，人闲车不闲。今天大部分人去打水了，我又是去做垄沟，为打水做准备工作。原打算晚上参加打水，因为后天就要散伙到各家去吃饭有些事要料理下，所以决定明天去夜间打水。

三月卅一日（二月十二日） 星期一

事事都要全面看，多学习，多研究，万不能只看到一点，就随便下结论。前几天做垄沟，一个老农说用锄，紫坤要用镐，结果是用锄效率很高，而且很好，于是我得出了老农比紫坤强的结论，可是这两天的事实又证明用锄做垄沟有很多地方跑水了。于是我又得出了还是用镐好的结论。这两个矛盾的结论究竟哪个是正确的呢？现在看来，这两个结论都正确又都不正确，因为用锄用镐决定于不同的条件：虚土多，台子小应该用锄；虚土少，台子大则宜于用镐。但是无论用锄用镐都必须多用土，这两天跑水的原因主要因为土少沟浅，而不决定于工具。决定跑水的关键还是因为使用工具的人干活敷衍了事，没有责任心，工具只是在一定的条件下才起作用。台子小，虚土多，用水量也有限，这样就没有必要用镐，因为杀鸡何用宰牛刀？用镐反而浪费人力白搭工，用锄效率的确要比镐快很多，但是大台子，虚土少，垄沟长，如果不用镐则根本不能解决问题，非跑水不可。用锄一定是费力不讨好，但是可以锄、镐并用。大垄沟用镐、用锹，小横埝用锄，用甚么工具完全决定于条件，所以我的两个矛盾的结论都有片面性。通过这个小事也可以得出一个结论：一切问题都必须调查研究，都必须具体分析。真理总是具体的，主观主义和教条主义者正是把真理和具体体现真理的条件割裂开来，只是抽象地去谈真理，当然要脱离实际。这两天继续做垄沟，特别是今天做大垄沟时，我又仔细问了一下吴耀青才明白了全部道理。

晚上，记功以后回家，把来时购置的一些用具分为五份，每人都拿了一份送到同吃的人家去。社委会借用我们的房子开会又是十二点才睡觉，实在疲倦已极，最近感到时间实在太少了。

四月一日（二月十三日） 星期二

为了迎接县委参观乡的水利工作，今天大部分人都去挑流水沟了。今天第一天到荣兴家吃饭就要带干粮，实在太麻烦人家，感到非常过意不去。但是荣兴非常热情，给我和家让做菜饽饽吃。却之不恭受之有愧，最后还是拿了些高粱面蒸糕，也拿了一个饽饽，就算是折中吧。

四月二日（二月十四日） 星期三

继续去挖流水沟，要求今天是六点到达工地，这样五点就要吃饭了，所以起得特别早。本来预计我们队今天可以很早完工的，结果因为昨天的活要翻工，太阳落了山才回来。满怀着希望能接到燕燕的信，可是却使我失望了，为甚么呢？希望是因为工作太忙的原故，可千万别是病了，或是其他因素，又惦记，又难过。等星期五吧！

四月三日（二月十五日） 星期四

刚刚吃了两天饭，已经听到了一些反映：房东大娘说老嵇昨天中午只吃了几口高粱米饭，大概挨饿了，雅莲也从荣秀大嫂那儿听到了类似的话。奇怪，一点小事就传得这么快，已经是满村风雨了。晚上，老陈来和我商量这个问题怎么办？是的，怎么办呢？我觉得没有甚么法子可想。我向老陈表示，只能看看再说，因为这里面存在着矛盾。一方面我们在生活上去关心同志是对的，而且十分必要，但是关心应当在一定原则范围之内。高粱米吃不下去是个习惯问题，自己起伙当然应当照顾到这一点，但是到老乡家吃，则必须是有啥吃啥。初到此地曾经给局里写信说我们已经过了生活关，事实上，生活关对老嵇来说这两天才算是真正的开始。因此，当我们看这个问题的时候，必须要从两方面来看，我们要关心同志，但是老嵇则应当看作这是个很好的锻炼。如果连高粱米都吃不了，还怎么能算过了生活关呢？我相信他是会正确地来处理这个问题的。

小张今天和荣秀去种自留地，下午没有上工，我认为这很不好，乡里指示很明确，白天不许种自留地，只许种社的地。当这个指示还没有完全明确撤销时，我们应当严格遵守，特别是荣秀身为支部书记却自己先违背了这个指示，还加上一个下放干部，这对群众的影响是很不好的。遗憾的是当我把这个意见告诉小张时，他却没有认为这是个问题，和他吵了两句就睡了。

四月四日（二月十六日） 星期五

一早起来小张就和我说昨天晚上他没有考虑我的意见是不对的。态度很谦虚，显然他是在注意克服自己的缺点，这实在是个好现象，应该加以表扬。

下午到北孙庄去听了几个下放干部的锻炼自我介绍，又使我考虑到锻炼的道路问题，因为今天这几个人的介绍不太精彩，罗列了一些现象，但是自己的自我思想斗争的具体过程却都没有谈到，所以没有达到相互启发的效果。

四月五日（二月十七日）　星期六

到南洼子去打水，对手是两个妇女，显得格外吃力，满身都是大汗，回来和元普说了这种情况，才知道不是自己连妇女劳力都不如，而是在打水时有偷手，显然是对方没有用力，到底如何还很难说。

劳动的时间比过去长得多了，所以比刚来时要累得多。想利用劳动之余的时间来做些事，简直成为不可能的事了，为此颇为苦闷，最近报上连篇累牍地在刊载着红透专深的消息，心里很着急，这样下去岂不要大大地落后了吗？特别是当想到燕的时候，这个问题就显得格外突出。这是甚么思想？很简单，这是个人主义，这和锻炼的要求完全不符，也正因如此，所以才更加需要锻炼。前些时还好像对红与专的问题颇有体会，想去帮助别人，事实证明，体会是有的，但还停留在理论阶段，至多是能为别人解决问题，具体到自己时，就又和个人固有的思想感情产生了矛盾。解决这个矛盾的态度，正是红的深浅的好标志。于是我又发现自己不是曾经想象的那么红，而是还差得远。我该更好地警惕自己，不要成为一个顽固的个人主义者，哪怕是在生活的小事上，也不要放松自己。想到这儿，心情就又比较平静了。

四月六日（二月十八日）　星期日

久已不再感到怅惘的星期天，今天又开始有些不对劲儿了。为甚么燕的信还不来呢？心情混乱得很，一边打水一边在想，几次别人喊我停止打水，都没有听见。好难的思想改造呵！昨天晚上想得好好的，今天就又犯毛病。

在打水时上午试验了一下自己摇水车究竟有多大力量，结果证实了元普的说法，的确那两个妇女没有用大力气，怪不得我感觉比挑河还累呢。

下午春龄把妇女都派到村北去了，只剩下我和世尊一共三个人，下午打了一亩半地，并不觉得太累，效率反而增加了。可见劳力的组织和分配是当前增加生产的一个重大问题，实在值得研究。

四月七日（二月十九日）　星期一

收到了燕的来信，真是如获至宝。她介绍了最近北京的整风情况，但美中不足的是信写得很匆忙，看得出是没有用多少脑子，她自己也承认质量不高。可是数量尚远不能令人满意，何况质量？还是先要求数量吧！

上午和运昇一起去打水，仍然是两个人一辆水车，倒不觉得怎样累，回来吃饭时，遇见紫坤要我即刻去支援修水库，结果一分钟也没休息，就去苇泊了。回来时已是七点半了，走到半路就下了小雨，伸手不见五指，只能看到深灰色的地和道旁发亮的流水。路过张六庄遇见一个到薛家塾去的人，自称是新华总店的下放干部，但言语之间又颇多可疑之处，小张很热心把他直送到村子外的公路上，我却始终觉得还是可疑。吃完饭已是九点钟了，连续十二小时的劳动，使我感到比哪一天都累，倒下去就睡着了，原打算给燕复信的计划未能实现。

四月八日（二月廿日）　星期二

上午打水，中午接到通知去北孙庄开会，艾书记传达了县委宣传部加强宣传工作的指示，也向我们提出了要求。真不知道怎样做好，主要还是时间安排问题。例如扫盲，我们应该负起这个责任来，但是日日夜夜的紧张劳动又如何下手呢？我想尽可能先把队的读报组搞起来，这还是可能的，晚上记工时间就是最好的机会。

四月九日（二月廿一日） 星期三

整天在唐坊开会，有七个人谈了自己改造的心得，和在南孙庄时一样，还是过程多，思想少，特别是一位齐同志言语之间颇有傲气，其实不过尔尔，挑了四担水就认为了不起了，我们挑九担水还不是平常的事。哗众取宠其结果是不能哗众也不能取宠，徒给人留下一些不良的印象罢了，看来此人的确应该好好锻炼一下。目前不能说是已经锻炼好了，从这个人的介绍也反映了这个会议准备工作不足，事先缺乏认真的选择，人选确定了又缺乏对这些人的具体帮助，这是今后应当加以注意的。

赵桂珍谈得很朴质，得到了与会人的好评。此外几个人有的是资产阶级出身的华侨和刚出学校的学生，都有一定的代表性。从他们身上正滋长着一种新生的力量，一种朝气。我们不能认为他们的问题我们早已解决了，就不重视他们。的确有些问题我们解决得比他们早，但是我们没有更进一步，因而产生了一些暮气。一切事务是发展的，人们要走的道路是永远不会完结的。值得珍视的是他们在前进，我们应该在我们的基础上和他们一样地前进，学习他们的朝气勃勃的干劲，否则停滞不前肯定是要落后的。

四月十日（二月廿二日） 星期四

今天休息了一天，休假原是法定的，但总觉得不大好意思，和小张商量了好多天才决定了。因为今后又要忙种棉，恐怕更没时间了。洗了澡又理了发，觉得一身都是舒服的。

四月十一日（二月廿三日） 星期五

去赵家泊梳麦子，开始利用中午吃饭时间记日记了。时间是有限的，自己应当善于利用它，否则甚么事也做不成。下午狂风，工作困难但仍继续坚持下来了。在归途中和紫坤谈了一些队上的情况，我想最近能够把队劳动组织和工分制研究一番以便提出一些合理化建议，人毕竟是人，只从劳动强度上去找增产是解决不了根本问题的。

四月十二日（二月廿四日） 星期六

继续去赵家泊。早晨日暖风和，开始感到了一些春的气息，可是中午又是黄沙蔽日了。

从和润普的谈话中了解了一些队的情况，他说朔青好，可是前些时，耀青又对朔青不满，说是很多人对他有意见。看来问题是有的，幸亏自己没有主观主义，始终采取了谨慎客观的态度，否则难免对朔青表示不满，岂不糟糕？谁是谁非还要继续观察。

小曹来信了，态度颇友好，真是关心同志。他好像也在开始考虑逐鹿中原，我能给他提些甚么样的参考意见呢？

四月十三日（二月廿五） 星期日

还是去赵家泊，最后的一块地今天算是完成了任务。

清燕来信说因为鲁秀芳坚持约她来，感到有些不愉快，这是必然的。本来已经写了半封约她来的信只好作废了，为了她是否能来，几天总是在矛盾斗争中，没有这件事也就罢了，有了以后觉得总是件事，矛盾也就产生了。现在虽然问题已经基【本】解决，但是心情还不能及时地平静下来。她说她不能来和我不能回去是一样的，我却觉得二者并不能完全等量齐观。我才离城市不久，回去虽不能肯定要受影响，但总是利少弊多。农村是知识的海洋，是革命的熔炉。她来看到的不仅仅是我们，而是社会主义新农村群众创造性的大跃进。对她来说，收获也许比办公室一天工作要来得大，所以她来是利多弊少。

四月十四日（二月廿六日）　星期一

去乡里开通讯工作会议，决定要求每个小组每月写一篇稿子，时间实在成问题，把最近填的两阕词交给唐荣枚同志算是交了四月份的任务，不过聊以塞责而已，词实在不成样子。

晚上根据昨天乡里开的党团员大会传达的县委指示，为了抗旱播种，从明天开始要求三点半做饭，五点到工地，晚八时回家，连续劳动将达十四小时之久。真是大跃进。

村子里的人都在忙，到城关镇去参观扫盲只好由老陈去了。我倒是很有兴趣，因为城关镇的城墙是明代的，据说还有不少古迹，看样子老陈很想去，只好让他去了，我没有自告奋勇。

小组谈了一下社会工作分工问题，我和老嵇搞大字报，小张搞文娱工作，李雅莲搞妇女工作。

四月十五日（二月廿七日）　星期二

天还没有亮，田大嫂就来叫小张吃饭，起来时，一弯新月正挂在东方。匆忙地吃完饭就下地做垄沟去了。

延长了劳动时间自然觉得累些，奇怪的是这两天手指头生疼回不过弯来，问小张他也有同样的感觉。

下乡后，今天算是第一次独立工作，我一个人包了一个岗子的垄沟任务。为了做得细致些，把土坷垃都敲成了细面儿，这样不容易跑水，整整一天才做了一个垄沟。

四月十六日（二月廿八日）　星期三

继续做垄沟，今天学生们也来参加劳动，其中以德清的弟弟干劲最大，真是兄是英雄弟好汉。

一直是在干活，原来规定中间有休息时间，因为要赶任务，只好不休息了。昨天有时家勋还来帮帮忙，今天只有自己一个人，不努力干就要耽误打水了。晚上归来时，因用脚登锹，两腿发软，特别是饭后回家，简直是用身子拖着两个腿回来的，常常看见人家写文章用“拖着疲倦的步子”，过去不注意，今天才体会到“拖”字用得实在是妙极了。

四月十七日（二月廿九日）　星期四

好多人都夸我做的垄沟既不跑水又美观，心里高兴也惭愧。高兴的是自己努力劳动见了成绩，惭愧的是垄沟的质量虽然已经达到标准，而效率则仍然不高，我用一天的时间也许强劳力只用半天就可以了。常言道慢工出巧活，用得时间长原是应当做得好些的。

天气忽风忽阴，忽冷忽热，大家在盼雨，却偏偏不下雨，从来我对雨是不太感兴趣的，如果有兴趣，也是封建士大夫的感情。向往着一些甚么雨中泛舟的诗意，欣赏一些“春水碧于天，画船听雨眠”的意境。然而今天不同了，自己在劳动中的甘苦，使我从思想上和老乡一样在盼雨，多少天来的劳动极需雨来灌溉。如果不下雨，我们也会抗旱，但是我们还要付出更多的劳动。雨，将使我们的劳动获得丰收；雨，将使我们节省不少人工。下乡参加劳动才真正懂得了“春雨贵如油”的道理，靠天吃饭固然是错误的，我们应当有“人定胜天”的豪迈气概，但是天如果能下雨岂不更好？把盼雨的心情就解释为资本主义思想，恐怕也不见得很正确。我们可以盼雨，但是我们也有充分的信心来克服不下雨的困难，千方百计地战胜干旱。当然，一味地盼雨不想办法，甚至影响了劳动情绪，这就是大错而特错了。

四月十八日（二月卅日） 星期五

上午继续做垄沟，下午全组讨论规划，并且请了荣秀来参加。在讨论规划之前大家向党交心，我把对红与专的问题曾经阻碍自己锻炼，甚至思想起过波动的情况谈了出来，其他人只有老嵇说了具体问题，小张对自己的认识，还是对的，只是还不够深刻。

交心会开得太不好。我觉得有的同志根本就没打算交心，因而会上颇有敷衍了事的神气，只罗列了现象，就是现象也谈得不多。一腔的热情，想对小组提些建设性的意见，看见这种情况，有些消极情绪，反正搞不好，自己何必呢？还是好好地锻炼自己吧，但是马上就又感到自【己】这种想法本身就是违反锻炼原则的。抱着自己进步的个人主义去锻炼，其结果自己也不会锻炼得好的，于是我还是把想到的意见提了出来，可是心情仍然不很愉快。会没有开完就吃晚饭了，只好晚上继续谈。也许是春困秋乏，老陈在介绍这次参观情况时，我就睡着了。

四月十九日（三月初一日） 星期六

天还刚刚亮，在朦胧中，听到了今年第一声春雷，仿佛还有细雨的敲窗声。满心想这回可能要下一场透雨，但是起来以后，西风又变成了东风，阴得沉沉的乌云被吹散了，早起的那点雨连地皮也没有湿透，一场欢喜又落了空。

这两天总是做垄沟，回忆了前些时考虑用锹用镐的问题显得怪幼稚，但是这也说明了一个人对一件事的认识，总是由不懂到懂，由幼稚到熟练，这是不可避免的过程，所以前几天的幼稚也就不足怪了。

整天在阴晴变化中，也懒得再去想下雨了，因为总是在盼着下雨的心情就不对头了，实质上还是靠天吃饭的思想反映，还是缺乏革命乐观主义干劲的表现，是不健康的。忘了谁说过真理和错误之间只隔着一层极薄的纸，分毫也差不得，多一分，少一分就都不是真理。的确，偶然想到“下场雨多好”，这是正常的，因为事实上下场雨的确好。但是如果为此而着急，这种思想就成为消极的情绪了，任何事情都是如此，丝毫也不能过分。

考虑了很久的红与专问题，算是彻底得到了解决。前些时好像想通了，可是还比较模糊，现在才算真的通了。自己的规划廿五日以前要交，因为这个根本问题解决了，具体的条文就好办多了，如期交卷不会成问题的。过去之所以对“红”“专”问题没有解决，主要是对红和专的概念理解得不深不透，这是解决红与专问题的前提，前提没有解决，当然问题本身也不会很好的解决，这也是必然的。

我的体会，所谓“红”，就是能对共产主义事业的无限忠诚，具有无坚不摧的英雄气概，革命乐观主义的精神。在一个真正红的人的面前，是没有困难的，困难只是给他带来了克服困难的行动。过去，想到红，只是说一个人应具有革命人生观，但是怎样具体表现革命人生观就想得比较少。认识和承认共产主义好是比较容易的，目前一般人大都做到了，但是真正把自己的思想情感和共产主义的事业密切联系起来，自己的每个思想活动和行动都是为了共产主义的人，在生活中仍然不是多数，而这种人才能算是真正达到了红的标准，而这种人在任何时候都会使个人无条件地服从集体。

所谓“专”，概括地说就是能认识和利用某一自然现象或社会现象的规律。尽管有千种万种不同的规律，但是总离不开生产斗争和阶级斗争。因此，专虽各有不同，归根结底，总是要为生产斗争或阶级斗争服务。超然的“专”是不存在的，但是在阶级社会里，生产斗争又总是与阶级斗争紧密地联系在一起，生产资料又总是为这个或那个阶级所占有，因此，“专”必然是为阶级服务的。虽然某些“专”的本身或许没有阶级性，但是具有这种“专”的人的人生观却无不打上阶级的烙印，所以专总是为这个或那个阶级而服务。

如果以上对于红与专的概念理解得不是错误的话，那么，红与专的问题也就解决了。我认为红与专是既统一又有区别的。不同的是“红”的人也必然会是具有专长的人，而具有专长的人却未必能红罢了。一个真正红的人，正如以上所说，他是对共产主义事业无限忠诚的。因而必然会在为建设共产主义的革命斗争中，付出自己的一切，必然会学会每一个革命斗争中所需要的本领，这种本领也就是专。我们过去对专的理解是狭隘的，对于专的认识不同，也反映了社会主义和资本主义的不同思想。过去我们对于专的理解就是学问和技术，甚至连技术也不算专，认为只有学问才算是专。在我们的思想中对专的认识，不仅有资产阶级观点，甚至还有封建主义思想。由于对专的理解不正确，当然也就对红与专的问题理解不正确了。我们今天所谓的专绝不是过去所说的专，而是建设社会主义的专。建设社会主义是需要许许多多方面的工作的，而每一项工作都需要精通这一方面工作的人，这方面的人就是专家。这里既包括极为专门的技术，也包括对某方面工作的基本规律的熟悉。因此，“专”的范围是很宽的。因为行行出状元，事事有专家，不能只是狭隘的去理解“专”，所以也就事事皆学问了。如果这样去理解红和专的概念，那么，必然会得出红与专原是应该统一的结论。因为一个从事革命斗争的人，不是只在理论上兜圈子，而是要从事革命斗争的实践，要从事革命需要的工作，因而也必然要“专”。不专就不能干工作，在某种意义上说，红是要通过专来表现的，专与不专也是衡量红与不红的标准之一，但是这个专应该是服从于革命斗争的需要，每个人的专应该首先考虑怎样为当前革命斗争服务。应该承认，专是相对的，这里所指的相对是从两个方面来考虑的：一方面，一切是在不断发展变化中，内行和外行只是在一定的条件下，相比较而言的。内行和外行又在一定的条件下相互推移转化。廿年以前没有原子能，那时的物理学家不能利用原子能，也是专家，但是今天已经进入了原子能时代，一个物理学家对此还一点不钻研，却满足于牛顿三定律，当然他就不是专家了。因为科学以及一切学问都是处于发展中，所以人们的专与不专，也要随着这种变化而检验他是否能够适应。事情变化了，而人的思想仍然停滞不前，专也会变不专，反之，过去不专，但是今天能急起直追适应了这种变化，不专也会变为专。在这里的重要关键，还决定于人们的主观努力。另一方面，革命斗争也是在发展变化的，我们是不断革命的人，因而每一个革命时期都有不同的革命要求。一个革命结束了，新的革命任务又开始了，从前熟悉的东西又闲起来了。专对前一个革命时期是适用的，但对新的革命任务却不适用了，所以从这个意义上来看，专也是相对的。

红也是相对的，而不是一成不变的。一个老干部在多年革命斗争中流血流汗，他是阶级斗争的能手，当然应该说是红了。但是今天大规模的阶级斗争已经结束，新的革命任务是向自然开战，这就需要科学技术。如果他是个真正红的人，他必然会刻苦钻研，猛攻科学堡垒，因而他必然会成为一个生产斗争的能手。但是他如果对新的任务熟视无睹，满足于过去的一切，不向前看，只向后看，他就不能适应已经变化了的新情况，他的红也就开始褪色了。所以我们说，红和专是统一的，一个真正红的人，必然会是专的人。只是在一个革命转向另一个革命时期的过渡阶段才会有红而不专的人，但这是暂时现象，就是在这个时期“红”的人，也必然是正在向专的方向发展，长期红而不专的人是不存在的。因为如果长期红而不专，实际上，红也不红了。

我们说长期红而不专的人不存在，但是长期专而不红的人却是存在的。因为有一定的专长的人，未必都具有革命人生观，而且从一个阶级变为另一个阶级比一个人攻科学技术要困难得多。所以我们认为应该先红后专，因为红的问题解决了，基本问题就解决了。一个真正红的人，必须要成为一个专的人，但是这个“专”又总是服从于革命的要求，而不会迷失方向。我们今天身在农村，就是革命要求我们在劳动中锻炼自己，同时支援农业建设。如果心不在农村又怎能进行锻炼？如果不懂得农村的工作，又怎能支援农村？因此，“身在农村，心在农村，红在农村，专在农村”正是符合革命要求的。有人认为红在农村，专不在农村，这是临时镀金观点的反映，事实上，专不在农村，也不可能红在农村了，因为这种想法的本身就是不符合“红”的要求的。

四月廿日（三月初二） 星期日

时间好像有个怪脾气，既老实又调皮。你能紧紧地掌握它，它就会老老实实为你服务。但是你不注意掌握它，它就如白驹过隙，稍纵即逝，最近深深地体会到这一点。日记已经在田间写了，今天又开始在劳动中手脑并用了。本来劳动是比较简单的，用不着脑子。如果一方面做垄沟，一方面动脑子想些问题，岂不手脑两不闲？对于红与专的认识，我就是在劳动中想通的。事实证明，在劳动中是可以手脑并用的。这样，又可以挤出了一些时间，我打算过些时把日文重新温习一遍，因为这种手脑并用的办法对学日文是最适宜的。

四月廿一日（三月初三日） 星期一

继续去做垄沟，心里感到有些着急，本来在规划中是考虑要学会种植棉花的全套技术，如果不去种棉又怎能学习？晚上和紫坤谈了一下，他答应我明天去梳棉花。

四月廿二日（三月初四） 星期二

在南窿子梳棉花，只有我和子印两个人。一条垄要梳一个半小时，怪腻人的，但是自己感到了劳动中改造自己的道路是多种多样的，而今天的劳动正是改正自己坐不住屁股的缺点的最好锻炼。梳棉花的劳动没有甚么高深和复杂的技术，而是十分单调而平凡的劳动，但是需要耐心、持久，一点也不能马虎，因为如果深浅不匀就会影响棉花的出苗。看来是简单而平凡，但是它又关系着棉花的成长，丰收。于是我开始感到任何伟大壮丽的事业都是建立在平凡的基础上的，而每一个平凡的劳动如果我们认识到它的重要性而认真去做，又总是伟大的。为什么自己会觉得腻人？很简单，自己没有看到这点，自己不甘于平凡的劳动，而追求所谓复杂而高级的劳动，这种想法实质上是剥削阶级的思想，是高人一等的思想反映。为甚么自己一定要去做高级的劳动而不能做比较简单平凡的劳【动】呢？联想到过去自己喜欢写计划、做总结，但不肯做一般的事务工作。习惯于突击性的而又易于见成效的工作，却不安于细水长流的一般工作。于是天天串来串去，坐不住屁股的缺点成了多年的老毛病，以前总觉得这个毛病不好，但是自己还是做了不少工作呀！所以对这个缺点的改正也就抓得不紧了。主要是没有认识到这个缺点的产生根源，今天才开始了解这种思想是带有阶级性的，是属于剥削阶级的思想范围。下乡以来我看到的农民哪一个有这种缺点呢？向农民学习正是学他们的朴质，而学习他们又必须是在劳动中去亲身体会和锻炼。空洞地说要向农民学习，而不是亲身去通过劳动来体验，也是不会收到很好的效果的。梳棉花正是改变自己不持久、不耐心的缺点的好机会。我可以在这种劳动中来锻炼自己也成为像是一般农民一样的有毅力不怕艰苦的性格。

小张要我去教歌，晚上在刘汉芝家院里院外有七十几个人，情绪很高，也可以算是个很好的开始吧。谁说老乡没有积极性呢？青年、孩子们情绪是高的，过去我们没有发现罢了。从教歌的事情可以得出一条经验叫做“事在人为”。不干，甚么事也不能成功，而只要干甚么事也会干好的。

四月廿三日（三月初五） 星期三

上午去梳棉花，天气闷热闷热的，棉衣穿不住了。午饭时听说雅莲病倒了，赶快去看看她。还好病不太重，只是有些发烧，大概休息休息就会好的，她还坚持下午去参加会呢。为了把吴耀青的“生产大跃进”评剧唱词送给县里，午饭后又去找耀青研究整理了一下，他情绪颇高，表示要在有暇时编小剧本呢。

下午在北孙庄小学开了全体下放干部大会，西张稳的一位同志和蔡若虹介绍了交心会的情况和收获，然后分小组讨论，我对小组不能令人满意的地方又提出了意见。小张和雅莲为了过去的矛盾展开了争辩，实在使人感到伤脑筋。回来种了两棵树，刚刚要吃饭又听说雅莲晕倒了，是开会太累了？还是不愉快所致呢？

晚上全村开了扫盲大会，原定继续教歌的计划未能实现。实在太困了，浑身发软，关节也有些疼。难道要变天？根据过去这种反应的经验，明天或许会下雨了，我告诉大娘，她不太相信，其实我也缺乏科学根据。

四月廿四日（三月初六日） 星期四

早起阴天不刮风，多天以来这种天气已经司空见惯了，已经没有人再考虑是否会下雨，大家很早就忙着下地打水了。今天我又去做垄沟，可是十点钟左右却开始下起小雨来了，而且越来越大，赶快回家，浑身已经湿透了。大家都在盼望再下大些，“麦收三月雨”，这场雨才称得起是及时雨呢。如果能够继续到明天的话，肯定不必再打水了，今年的丰收就有一半以上的把握。

昨晚因为给燕写信，快一点半才睡，红与专的问题算是谈完了，但是连第二遍也没有看。因为实在太困，趁着下雨，下午睡了一觉。又抓时间看完了文物、博物馆工作会议的文件，感到的确是振奋人心，但是具体措施却看不出来。联想到厚今薄古的问题，究竟怎样在文物工作中去贯彻这种精神，是应当考虑的，否则就会给工作带来损失。下乡以后，初步解决了文物工作应当服从生产建设的问题，今天就是让我来排队，也不会把文物工作排到前面，从全面平衡来看，文物工作当然不是重要的，但是我们文物工作者却应当在服从全面的平衡条件下，努力工作，对于文物工作者来说文物工作就是头等重要的工作了。排不上队是客观条件所决定，文物工作者必须主动积极努力去完成任务又是客观条件所要求，有矛盾但又是统一的。我们正是需要在困难的条件下，鼓足革命干劲儿和钻劲全力以赴，所以文物工作必须大跃进。有关这方面的意见，很难从文件中看出来，所以颇想写一篇稿子寄“文参”，可惜时间实在不够用，但还是下决心抓空写。

四月廿五日（三月初七日）　星期五

昨天的雨到下午就停下来了，大概也就是三厘米左右的雨，当然还是有用处的。早起天还是阴得沉沉的，指望着今天再下一场，但是十点左右就起了大风，我在做垄沟时站也站不住。

下午去赵辛庄去学习种水稻，因为风大未能实现，只由一位老农给我们介绍了他种稻经验。邮递员赶着送了报纸来，燕给我寄来了四本书，真想马上打开看看。又是近廿天没有接到她的来信了，按照过去的规律，书里总是夹着三言两语的短笺。心里急得像是热锅上的蚂蚁，听不见老农的讲话，坐也坐不住。好容易在六点钟回家了，顶着六七级的大风，走都走不动。回来进门第一件事，就是看信，但是我失望了，书里连三言两语的短笺也没有，为什么呢？

心事重重，连饭也没吃好。但是当我进入汉芝家教歌的时候，集体的歌唱又使我振作起来。孩子们愉快的笑脸，小伙子们的雄壮歌声使我感到自己是生活在愉快的集体里，一点也不孤独。把个人的生活琐事放在一边吧，有甚么可想不开的呢？

四月廿六日（三月初八日）　星期六

狂风竟日，早晨又去梳棉花。下午按规定是学习时间，因为现在正是青黄不接的时候，村子里又开始闹粮食问题了，所以决定学一学粮食政策和统购统销的政策文件。

看完了国务院几个规定和小平同志有关农村的报告，总的精神是领会了，但是对于解决具体问题，仍然很模糊，但是在考虑这个问题时，必须时时刻刻注意到这是两条道路的斗争的问题，不注意就会犯错误。同时另一方面，也必须考虑到农民要吃饱的原则，不注意这一点就会漠视群众利益，脱离群众。事情是复杂的，需要的是调查研究，这对我们这些长期脱离实际的人，又是一个很好的锻炼。目前村子缺粮现象，恐怕既是事实也有假象，而造成这种事实的原因也是多种多样的，主要还是没有很好的节约，如果一直注意有计划地使用粮食，虽然仍会有缺粮的，也不会缺得如此之多。但是对于既成的事实怎样处理？后果又如何？今后又怎能保证不发生或少发生这种情况？都是需要研究解决的问题。

晚上继续教歌，小张决定调王兰庄去支援教歌，以便在“五一”以前实现歌唱县，这两天只好由我一个人负责了。

四月廿七日（三月初九日） 星期日

狂风仍然在继续，梳了一天棉花。晚上原定要教歌，可是临时开会只好作罢。乡里决定要大干六天，每天早五点下地，拿两顿干粮，晚十二时收工。这样除了两顿饭的时间以外，劳动时间将长达十八小时之久，睡眠则只有三四小时。自己也担心是否能顶得住，但总要坚持的。不过这种做法，虽然也符合大跃进的精神，可是经常如此，谁也会吃不消，于是又使【人】感到改进工作方法找窍门的必要性了。革命是需要干劲加钻劲的，有前者而无后者效率不会有迅速地提高，相反地照这样下去，还可能减低劳动的效率。

下午在地里，润甫又提到了老少之间的矛盾问题，似乎矛盾不少。晚上记工之后我和紫坤谈到深夜，针对队的情况，交换了不少意见，老少矛盾问题的解决恐怕还得慢慢来。

两天以来一直为了燕的态度感到怅惘。每当自己一个人的时这种怅惘的情绪就会滋长，感到说不出的难过。从紫坤处归来已是午夜十二点二十分了，月色朦胧，街里静阒无人，不由得又使我想起了燕，为甚么会半个月都不来信呢？虽然已经倦疲得连眼皮都抬不起来，但是还坚持给她写了一封短信，乞怜似的求她给我来信，效果如何真是一点把握也没有。或许是为了上封信我说错了话？真是天晓得。几乎是彻夜未眠，一直被痛苦在折磨着……

四月廿八日（三月初十） 星期一

绝早起来，老乡们已经在收拾车辆了。匆匆吃完饭就下地去梳棉花，因为昨晚睡眠不足，头有些发晕。在一起干活的又是老善爷子，古稀之年仍然天天坚持实在不容易，有人说他不好，也未免苛责了。

今天都是派人回家取饭在地里吃，我因为比较流动而且又是单干只好回家吃午饭。下午头疼甚剧，只好咬牙坚持，日落始归。今天只有打水的人到晚十二点，棉花播种因为看不见没有下地。快九点了，世尊去找善林谈问题，面有优色，我问他为甚么，才知道他母亲有病，胃不好。我把艾卷送了两个给他去灸一下心口。可是等到细问了她的病状以后，才发现可能是毒癌，病情十分严重，绝非艾灸所能解决的问题，心里明白又不敢说。看样子恐怕已经是垂危了，不知道还能延续多久。

四月廿九日（三月十一） 星期二

在刘胡庄的老乡里，留恋单干时代的思想相当普遍，因为高级社以后的个人收入产量的确不如过去，这也是客观的事实。问题也就在这里，合作化的优越性是百分之百的肯定，但为甚么地不如从前平整得好？很多人留恋过去？不能不使人信服地想起毛主席的话“严重的问题在于教育农民”。制度是好的，但是事在人为，决定的因素还在于人们的思想状况。对于制度的态度不同，也表现了不同立场。我们如果不加分析地去盲目顺着某些农民说合作化不如过去，就会犯错误，但是我们也不能盲目地只说农民落后。正确的态度是要用阶级分析法和辩证唯物主义的观点去进行调查研究，找出解决的办法，所以我准备把这项工作纳入我的年度计划中去。

继续梳棉花，在地里和张玉芬在一起，事实证明边干活，边教歌是完全可能的。我今天就是利用和他们一起干活，教会了她们两个歌，这个办法可以设法推广。

四月卅日（三月十三日） 星期三

为了实现我自己的规划，我再次向紫坤提出要去种地。今天开始埯棉花了，过去一个人一连挑了九担水已是最高纪录，可是今天我挑了七十几担水，晚上的确感到有些累了。但是我却从今天开始就学习种棉花的技术了。想到自己的规划劲头也就来了。晚上没下地，但是为了给社里写有关妇女托儿互助组的喜报，又是近一点才睡觉。晚上南孙庄的斗争会效果不见得好。

五月一日（三月十三日） 星期四

本来今天去唐坊看鲁秀芳，小张说因于坚去县里开会又不来了，只好作罢。但是东西想必已经买了，这可怎样办呢？

王兰庄的人来支援我们，今天下地的人多了。我上午在南洼子种棉，下午去马垡担水。为了粮食问题，一直在思想斗争，究竟应当怎样正确地对待这个问题，自己实在没把握。因为这里面存在着群众的眼前利益和长远利益的矛盾；国家政策和习惯势力之间的矛盾；官僚主义和人民群众之间的矛盾。如何正确地处理这些矛盾，既需要有正确的立场，也需要有正确的方法，二者是缺一不可的。昨晚的会不能说是完全正确的，至少作为乡长来说不应当让人罚跪，这和党的政策精神不符。是否可以提意见呢？乍到农村一切要学习、要慎重，但是对于一些违反政策的现象完全熟视无睹，恐怕也得算是非政治倾向吧！才来时不了解情况，随便指手划脚是不对的，三个月来应该说已经了解了些情况，对于明知道不对的事完全不管，怕自己犯错误这也是不对的。我们应当不怕犯错误，只要自己经过慎重考虑的意见就应当提出来。对了可以有利于革命事业，错了对自己也是很好的教育，有甚么不能提的呢？当然方式应当注意，我想把意见写给卜明同志。

五月二日（三月十四日） 星期五

早起就阴天，仿佛要下雨的样子。照例刮东风就会下雨，今天居然还是东风，大家都觉得有了盼头，谁知道中午下了几滴雨点，云彩又从东方转向西方。人们在梳棉花时，一直都注视着云彩的动向。可是云彩好像和我们捉迷藏，真是瞬息万变，忽而东，忽而西，忽而南，忽而北，偏偏不到我们头中央。有时阴得沉沉的，但是只是一两分钟的样子，就又透了亮，真成了东方不亮西方亮了。近黄昏又滴了几【滴】雨就过去了，看样子是下不成的。冷生风热生雨，今天冷得出其，好像是冬天，当然不会下雨。

晚接到燕的来信，说是东西已经买好了。可惜鲁秀芳又不来了。使人高兴的是燕自己认识到当前最根本的问题是政治挂帅的问题，不过她又过分谦虚了。比起王去非应该还是她要强些，因为能认识到政治挂帅的问题的本身，就是说政治已经要开始挂帅了。这是红的萌芽，应当更好地去灌溉培育它成长壮大。内心不起变化，说得再好听也不能算是红，反之，内心起了变化，哪怕是很小的萌芽，也是值得珍贵的。断定一个人的政治水平绝不是只听一些漂亮的词句，而是要在实践中去考验。王去非是很难禁得起考验的，但愿他能在这次双反运动和交心运动中有个转变。

五月三日（三月十五日） 星期六

上午继续梳棉花，下午自己写规划。本来规划早就要写，只是没时间，腹稿则早已有个底子了。规划写了一半，为了把四队的挑战书早一点贴出去，又写了半天挑战书。一直觉得五、六队的挑战书写得不具体，所以四队的挑战书我就写得具体得多了。实际上它的内容也就是我的规划一部分。

晚上把挑战书向大家念了遍，结果是一致通过，耀青最热情，看小张写美术字直到十点半才走，因为太晚了未能贴出。

五月四日（三月十六日） 星期日

还没起耀青就来叫我去贴挑战书，小张说“耀青应该改名叫跃进了”。

粮食问题似乎越来越紧张，占普也揭不开锅了。据说五月底恐怕都够呛。今天值得注意的一件事，荣兴说前半个月就喊粮食的田树兰仍然吃的是玉米饽饽。这就说明了喊粮食的人未必就是都缺粮的人，里面存在着假象，如果不加区别地就说粮食问题严重，是为某些假象迷惑了。联想到南孙庄的会议总的精神仍是正确的，只是做法上有缺点，形成了治标不能治本，暂时压下去了，根本问题还没解决。老乡有不少怨言，我们和他们闲谈时常常会流露出来，怨言对不对呢？这应当从两方面去看，怨言的本身肯定是不正确的，这种怨言如果长期存在，那就值得我们研究是否自己工作有缺点了。一味地强调我们粮食工作有问题是立场不稳的表现，但是一味地强调群众落后，也是不对的，因为这样就会使我们的工作停滞不前，不能及时改正我们的工作缺点，我们就会脱离群众。因此，如何既要贯彻国家政策，又要使群众自觉地遵守政策而不说怨言，这不仅是阶级路线的立场问题，而且也是群众路线的工作方法问题。

世尊的母亲死了，距离我去看她才只六天。世尊很难过，棺木还是临时凑的。本想帮助他，可是这个月紧得很，又是爱莫能助，只好安慰了一下。

五月五日（三月十七日） 星期一

下了一早晨雨，断断续续的还是没有下透，反而耽误了半天工。下雨是好事，可是下小了倒变成坏事了。上午写了个人规划，下午继续去地里梳棉花。

接到去非来函，很高兴。我一直把他当做一个好朋友，但是当我发现他的个人打算过多时，心里颇为反感。其实这也是不对的，难道自己不能做他一个直友吗？想写信给他提些意见，告诉他不要事事都有一个我在。对他来说红是首先要解决的问题。不解决这个基本问题，一切都是谈不到的。

五月六日（三月十八日） 星期二

今天立夏，老大娘给了我一个咸鸭蛋吃。照这儿的规矩是立夏要吃烧饼的，但是现在面少，已经不能吃烧饼了。

下午和小张去唐坊接鲁秀芳，她把我所需要的东西都带来了。从她那儿知道了不少局里的情况，特别是大字报的情况。王毅同志给冶秋同志的大学报质量很高，这是一个好现象。只有领导同志的批评展开了，才能更好地带动群众展开批评，这对工作的开展是十分有利的。和鲁秀芳谈到深晚九时半始归，抵家已经十一点半了。从明天开始就要挑新老社员的友谊水库了。因为没有见到老嵇，所以还不知道怎样搞法。

鲁秀芳把小张迈也带出来了，这孩子看见农村一切都觉得新鲜，点煤油灯的时候，他很惊讶地说“咦！怎么是这样的电灯？”我们都被他逗得大笑起来了，都说：“这孩子实在也应该下放锻炼一下。”

五月七日（三月十九日） 星期三

南孙庄乡的新老社员友谊水库在早晨七时举行了开工典礼，由艾书记报告并宣布了各连排的组织。

我和小张是一付抬，可是只抬了一会儿就分开了，我又和一个老【社】员在一起，从早晨坚持到晚上实在有些累了。然而第一天的战果因为土方分配不得当，显得我们落后了些，心里不大高兴，情绪也就差了。从明天开始要早六时准时到工地，晚八时收工，干这种重活又如此长的时间，恐怕是够呛。

五月八日（三月廿日） 星期四

两肩红肿，每抬一次都会感到剧痛，这是过去从没有过的现象。也许这是劳动关真正的开始？不用说我，连小张也在喊累了，回家吃完饭就睡了。

原打算再去一次唐坊的计划是不可能了，结果好几个人都未能看见鲁秀芳。

五月九日（三月廿一日） 星期五

夜里下了雨，早晨仍然在继续，只是不大，究竟对庄稼有多少好处还不大清楚。但是总应该有些好处吧！

因为只下了一小阵雨，所以还继续到工地，整天都是和小张在一起，双肩的疼痛程度有增无减，咬着牙在坚持。晚上艾书记讲话批评了我们排的落后现象，其实他们不了解我们的土方比他们多二百多方呢！听了批评有些不服气，和小组同志商量想和南孙庄的新社员进行挑战，我们相信是不会落后的。

五月十日（三月廿二日） 星期六

天下雨没上工，整天在家里讨论个人规划，会开得很好。在讨论过程中进行了批评与自我批评，谈得比较深，大家也还心平气和，这还是下乡以来第一次，可见人们都在进步中。小张和雅莲原来矛盾比较多，这次也比从前表现得虚心多了。对每个同志的进步哪怕是非常微小的积极性也应该加以肯定，只有这样才能帮助同志进步，把一个同志的缺点加以固定化是最要不得的。

几天来的过度疲乏实在懒得动，所以没有去看中央歌舞团的演出，只是在工地上看见小妹一次，从她那儿知道了九弟即将出国到埃及，恐怕要去两三年才能回来，五姐已经下放到农村去了。这样二伯母只剩下了一个人，实在成问题，不知道他们怎样安排？我担心的是这样会促使二伯母的健康恶化。

清燕来了信给我提出很好的批评，这还是她第一次这样坦率的批评我，愿她能这样坚持下去。

五月十一日（三月廿三日） 星期日

正在紧张地劳动中，突然接到小张家里的电报，他父亲死了，而且母亲也病重，只好赶快设法凑了一点路费，让他先回北京筹款然后回家。针对小张的情况，我告诉他千万要“厚生薄死”，不要为死者多花钱，因为今后的家庭生活困难是比较长期的。

真奇怪前不久小张的父亲还来信责备他不寄钱回家，根本没有谈到病的问题，难道是脑溢血？否则不会这样快。我还在怀疑是否有其他问题，老嵇认为肯定不会有其他问题，我想他的推测也是有道理的。

五月十二日（三月廿四日） 星期一

说起来是小事，但总使人感到不痛快。这两天大家都要带中午饭在工地吃，偏偏南孙庄、北孙庄都回去吃。艾书记要大家都吃热饭，路远的当然不能回去，只好派人送来，路近的完全可以回去吃。如果吃热饭是个原则，我们距工地不过半里之遥，照理也应当可以回去吃的，可是才吃了两次就特别提出来要我们带饭。何以别人可以回去而我们就不能回去？难道还有彼此之分？老陈为此颇不高兴的确是有道理的，也实在使人生气。

五月十三日（三月廿五日） 星期二

经过两天的苦干，我们今天超过了三排，每天平均一个人挖了九方土，创造了工地上的最高新纪录。但是因为开始多了二百方土，要想马上超过一排还是困难的。大家干劲颇足，最后胜负尚难肯定。

无巧不成书，偶然在休息时和老曾谈起国际书店的事，才知道他和刘庆平非常熟悉，他说刘沉默寡言，有丰富的社会经验，重业务忽视政治。曾经和一位“老处女”恋爱未成，但下放后又有好转。很清楚这位“老处女”是谁，只要听到“下放后又有好转”这句话，也就可以肯定他的确是有丰富的社会经验了。怪不得我问老曾，刘是否很老实？他却回答说恐怕不很老实吧！看起来此人雄心未死呢，真是多事之秋！

五月十四日（三月廿六日） 星期三

今天开始挖土了。小张回了家，老江又下午开会，我成了单干户，所以只好发锹，一个人供两个抬筐。对象是李辛庄的老梁、老张、雅莲和龚梅亭，边干边聊，从苏杭到西安，从大屋顶到苏联建筑，真是海阔天空，颇不寂寞。每天总是到下午五点以后就感到很累。可是今天显得时间过得很快，也忘了累了。

黄昏，大家都在欣赏晚霞。几片微云遮住了太阳，金黄色的光从云彩的空隙里射出来，可是在地平线的上面却又有几抹微红。云破处有的是淡青色，有的是深蓝色，蔚为奇观。特别是一片绿油油的麦田和晚霞衬在一起，实在是一幅很好的图画。

村子里的整风鸣放就要开始了。我想这次应该好好做些工作。到村子以后，一个突出的感觉是乡村干部对党无限忠诚，对党的事业充满了信心。但是工作方法上还有缺点，这就是还不善于启发群众的积极性，在许多问题上存在着强迫命令的作风，希望这次整风能够有所改变。

五月十五日（三月廿七日） 星期四

很多人都去唐坊开会了，我的对手不在，又成了单干户。发了一天锹，仍是和老梁、老张他在一起，说说笑笑干的满起劲儿。真是啥活也不轻。昨天还好，今天发锹就有了不同的感觉。过去抬筐是双肩红肿，今天发锹是两臂生疼，而且手也出了泡。

夕阳引起了很多人的兴趣，这两天每到黄昏，大家都在注意日落，因为每天的日落都不一样。昨天天空飘着几片微云，今天却是万里晴空，所以当太阳下山的时候看得特别清楚。只是很短的一刹那，一轮红太阳就滚下地平线了。

五月十六日（三月廿八日） 星期五

下放干部从廿日就要开始整风，所以友谊水库工程也要在廿日以前完工。乡里又调了九十三个人来支援我们，全部新社员都集中在一段上，我们分的是最西头，土方不多，如果路好走两天就可以完任务。但是泥水甚多，上下极为不便，每次只能抬三四锹土。我和李辛庄的老金已经比较熟悉了，抬起来也比较合适。根据这几天的体会，干活如果没有饱满的情绪是不行的，所以和老金边干边说颇不寂寞。

老辛出了个主意，用倒锹的办法可以比现在运土快得多，很多人不同意，我极力支持。因为现在人人下水效率低，人也受罪，可以肯定维持现状是不好的。新的办法没有经过实践又怎能说不行呢？很多人说怕跑锹，其实这是技术问题，因为大【多】数人不同意，新法子竟未被采纳。

五月十七日（三月廿九日） 星期六

道越来越难走，水越来越多，实在已经很难再继续工作了。老辛又一次提出他的建议，并且自己下水试行。事实证明他的办法还是好的，快而且使人少受罪，但是胡岳中还是在说不好。直到下午，事实才说服了所有的人。看来一个新的东西成长，的确总是要受到一些阻碍的。

五月十八日（三月卅日） 星期日

听说赵桂珍已经决定退职，真使人感到惊讶。为甚么呢？原来是要找爱人一道去南方。不久以前她还是做为搞好群众关系的好典型在介绍，曾几何时，她竟然自动要求退职了。思想变化何其速也，由此可见思想改造之难，只看一时的现象是不对的。

工程所遭遇的困难与日而增，只从土方上看不消两天就可以完成任务，但是泥水使人没法子走路，一步一滑，采用了老辛的办法仍然是效率不高，当然比以前要快得多了。我也下水了，光着脚踏在泥上滑滑的感到很舒服。小张走后一直找不到好的对手，老金虽然还合手，但是力气小不能多抬，所以下水倒锹还更能使自己多发挥些作用。

晚上下了雨，虽然不太大，但对庄稼多少有些好处，如果下透了该多好。晚上又为今天是星期日而紧张了，一阵一阵地心酸，几乎落了泪。

五月十九日（四月初一日） 星期一

预计明天收工看来已经不可能了。整天一直在泥泞中倒锹抬土，紧张的劳动又使我忘却了昨晚的不愉快。其实这个不愉快也缺乏根据，但是总使人感到好像有些不幸的预征。原拟晚些回京，现在决定提前了，这次应当把问题彻底解决一下。

五月廿日（四月初二） 星期二

突击了一天，工程基本完成了，明天还要半天扫尾。下午孔立航来为我们全体人员拍了照，我们小组也照了一张做为留念，可惜小张没有在。晚群众大会通过选我为社的政治付主任。

五月廿一日（四月初三）　星期三

早晨，支援我们的老社员完成了扫尾工程，我们开始评模，我被提名了，真着急，自己实在没有甚么突出的地方，老嵇却一再说我很好。使人特别感动的是很多老社员也提出来我的一些优点，而这些在我自己是不曾注意的。我总觉得自己只不过做了自己应该做的事情，然而群众的眼睛是亮的，哪怕极为微小的积极性也会被群众肯定的。最后算是通过了，还要由乡党委最后评定。

下午集体到李辛庄开会听关于消灭虫害的报告。

五月廿二日（四月初四日）　星期四

开始整风学习了，把规定的文件都学完了，讨论得还不错，我把自己下来前后的思想活动都谈了一下，好像比上次向党交心还要更深一些。

雅莲已决定调新河庄，这又是老刘的主意。其实，她走也好也不好：走了妇女工作是会受影响的；不走，团结问题恐怕还很难即刻解决，又会影响全组的工作。也许于坚考虑到了这一点才把她调走的。

五月廿三日（四月初五日）　星期五

一早就把雅莲送走了，看她似乎毫无留恋之意，我倒觉得在一起几个月怪熟悉的，一走总有些惜别的心情。

一个上午大鸣大放把给乡、区、县的意见都提了出来，其中主要是关于生产的问题。我认为主要缺点还是全面安排不够和没有善于发挥群众的积极【性】，存在着强迫命令的作风。

粮食问题越来越严重了。有好几家人揭不开锅，润普家好几天没有吃粮食了。然而，乡对此事还没原则的规定。我们挤时间研究了一下，决定对真正缺粮户从社的储备粮里解决，但是必须是首先从余粮户搞储备粮做起。

晚上开水库工程庆功大会，我得了三等劳模的奖状，心里又高兴又惭愧。记得下放前夕，在燕的家里，燕拿着我在抗美援朝得的军功章问我："这次你还能得些甚么回来？"我只是笑了笑没有回答，然而我却把这话一直记在心里，把它当做对我的鞭策。今天我可以告诉她了，我没有辜负她对我的鼓励，我准备把奖状寄给她保存。

利用会前的时间把村子里的粮食问题向艾书记和唐荣枚同志谈了一下，他们同意在摸清底细的条件下可以由社的储备粮内解决。看样子艾书记对这件事不是很积极，不知道是我们有思想问题还是他存在着主观主义。

五月廿四日（四月初六日）　星期六

房东老大娘又向我哭诉缺粮之苦，其中有实际问题但也有思想问题。究竟怎样正确对待粮食政策的认识，在这个具体实际问题面前是个很好的考验。地委左部长说思想问题大于实际问题，这个估计是完全正确的。但是对于个别的社和个人仍应该具体分析，根据不同情况分别对待。如何区别实际问题和思想问题是个非常复杂而细致的工作，因为二者常常混淆在一起，很难一下子就区别出来。我认为应当从两方面同时解决，只强调实际问题，固然不对，而完全忽视实际问题也是不对的。在和子龙研究时，老嵇把注意力完全集中在摸缺粮户的底。我却认为应当抓两头，缺粮户要摸，余粮户也要摸。只有把余粮户搞出来加以教育通过好的典型加以表扬，用活的事实交待党的政策，树立起余粮光荣的风气，才能使大多数自给自足户向余粮户看齐，积极地节约粮食。在此同时，对于那些真正缺粮户给以必要的补助，同时有区别地给以教育。因客观原因而缺粮的要教育他注意节约，因浪费而缺粮的要给以批评。这样是首先解决思想问题，同时也解决实际问题。先解决思想问题是树立风气可以把实际问题搞得更切合实际，而对真正实际问题的解决也有助于解决思想问题。这个意见子龙在原则上是同意了。

五月廿五日（四月初七日） 星期四

今天第一次耪地，看到自己曾经付出过劳动的地上，一片旺盛的棉苗，心里真有说不出的高兴。耪地看来好像是很简单，其实也很复杂，特别是杂草丛生的地一不留心就会碰坏了棉花。一直在小心翼翼地耪地，逐渐感到自己的思想感情的确是有了变化，过去如果走在庄稼地里踏坏几棵庄稼是不会介意的，今天就完全不同了，对一棵棉花的损坏也感到心疼，因为我知道一棵棉花的生长是多么不容易。一镐镐刨的埯，一担担浇的水，从种植到出苗，人们付出了多少的辛劳呵！于是又使我联想到勤劳和节俭的问题，又使我肯定了劳动锻炼，劳动是基本的看法。

五月廿六日（四月初八日） 星期一

没有去耪地，和百龄一起种豆子了。因为劳动量比较小，所以一点也不觉累。

荣秀从县里开会回来了。昨天晚上开群众大会搞了粮食问题，奇怪的是没有按原先预定的步骤去进行，只是各队提出缺粮户就给以补贴了。虽然为数不多，总觉得有些美中不足。因为只解决缺粮的问题就极易吸引了更多的人向缺粮户看齐，这是非常危险的。既然已经这样做了，也不好再去说别的了。也许荣秀是为了简单从事，而这种重大问题是不宜简单从事的。这又使我联想到今后我们究竟应当采取怎样的办法来开展自己的工作，搞好关系和坚持原则的矛盾突出了，这对我们又是个考验。

五月廿七日（四月初九日） 星期二

集中到唐坊开会整风了。于坚报告了这次整风的办法，的确是群众路线的方法，真正体现了群众自己教育自己的精神。只是过去研究不够，突然地用这种方法整风，使人无从下手，也许他们决定得很仓促。

把我们和文物出版社的人合并在一起学习了，在形式上看好像有永远合并的迹象，我可实在不愿意。

五月廿八日（四月初十日） 星期三

讨论开始首先就是红与专的问题，意见颇多分歧，归根到底还是没有从“我”字下解放出来，基本上还是在大家思想上没有很好地解决“红”的问题。

说来也很可笑，下午给王毅写了一封信，主要是反映一些组内的情况，其中当然也谈到了一些人的缺点。偏偏被李雅莲看见了，她也要写并且要看看我写的内容，实在有些尴尬，只好又重新写了一遍，没想到她却提出了这样的问题：“你为甚么不把当选模范和付主任的事告诉他？”我觉得没有必要这样炫耀自己，而且也觉得实在没有值得夸耀的地方，所以我说还是不写吧。更没想到她会进一步道出了她的内心愿望：“我写你，你写我。虽然我没有选上，也算是被提名了呵！”这是多么露骨地在暴露她的虚荣？应该承认这次挑水库她表现是不坏的，然而从她这种为夸耀自己而表现的思想基础上来分析，这种好的表现也是要不得的。

也许她觉得自己的做法太露骨了，所以当我把有关她的部分加上去的时候，她又说要我写我自己了。千变万化的态度，十分不老实的作风一直是她进步的障碍。可是她却一直没有能认真的认识到这一点，虽然同志们也给她提了不少尖锐的批评，由此可见思想改造之难了。

晚上讨论十分热烈，问题比较深入了。

五月廿九日（四月十一日） 星期日

关于红与专的看法，我把过去自己的一些体会在会上提了出来，很多人表示同意。但是“专”究竟是手段还是目的，戚务英还有不同的意见。其实他的看法是把我和他所指的不同概念混淆，意见本身是不矛盾的。总的说来，专当然是手段，然而做为我们“红在农村，专在农村”的口号来说，二者则都是目的。如果错误地把在农村的专说成是要达到红的手段，岂不是承认了先专后红？应该说是红在专中，因而也可以通过“专”来检验红，却不能说是“只有通过专才能达到红，不能专也不能红。”事实上专还是红的结果。一个忠于革命事业的人，必然会去全力以赴学会革命所需要的本领，在这里首先还是决定于人的思想是否忠于革命事业？而不是因为学了本领才使人的思想变化了，这种说法是本末倒置的说法。由于对“红”“专”问题的意见大家基本一致，所以讨论又转入了第二个课题：“劳动和基层工作的关系问题”，一开始就出现了分歧。张钧和戚务英是针锋相对的，景春的意见较平稳，好像是两个人分歧意见的折中。主要的论点是：

一、劳动是主要的，因为它是改造人生观的问题，而基层工作则只是学习工作经验问题，虽然是必需的，但不是主要的。

二、基层工作同样有改造人生观的任务，而且只单纯劳动还不能解决改造人生观的问题。因此，它与劳动同等重要，甚至更重要些。

三、劳动和基层工作是不能分主要次要的，但是在时间安排上则应该劳动时间排得比重更大。

老嵇的论点仍然体现了过去的观点，似乎他把基层工作看得更重，他着重强调了地委左部长所说的衡量下放干部的好坏标准之一，就是看他们所在社是否由先进更先进，由落后转为先进。老陈是不赞成他的看法的，讨论十分热烈，但无统一的结论。光霄同志来了，估计今天要为我们报告，结果没有报告。

五月卅日（四月十二日） 星期五

今天同时进行了两个题目的辩论，一个是继续昨天的讨论，因而又联系到劳动锻炼和支援农村的关系问题，在这个问题上老嵇和过去一样，认为支援农村是前提，虽然他也说了同样是结果，但重点却是放在认为支援是前提的方面。我和他的意见是有分歧的，我认为从领导上考虑劳动锻炼和支援农村是一件事的两个方面，没有必要过分地去强调孰主孰次，但是作为我们来说却应当认为首先是锻炼，因为对我们来说，一般下放的都是旧知识分子和青年知识分子，要解决的问题是从一个阶级转变到另一个阶级的问题，也就是建立自己的共产主义人生观的问题。但是这些人又大都具有一定的科学文化知识，而这些知识是对农村有用的，所以当这些人的阶级立场改变时，他就会很自然地把自己的一切献给农村，从而支援了农村建设。因此，我认为支援农村是锻炼的结果，不能设想一个天天向往城市生活不安于农村的生活的人，会起支援农村的作用，尽管这个人也许有很丰富的科学文化知识。我觉得可以做个比喻：资产阶级的生产资料在社会主义革命过程中是改变所有制的问题，在所有制没改变以前，生产资料是为资本家服务的。我们知识分子没有甚么工厂，但是有一定的科学文化知识，过去这些知识是为个人服务或为资产阶级服务的。今天当然为资产阶级服务的可能已经没有了，但是大多数人却把这些知识视为珍宝，视为自己独得之秘，作为自己成名立业的资本，因而是为他自己服务的。因此，如果要把这知识为社会主义服务也必须首先改变所有制，因为我们这些知识还没有“公私合营”呢！试问不改变所有制又怎能更好地支援农村呢？所以我说我们的根本问题还是首先锻炼，因为锻炼的过程也就是改造自己的过程，也就是改变“所有制”的过程。只有改造了自己，改变了知识的所有制，知识才可能真正更好地为社会主义服务，否则是谈不到支援农村的。但是我这样说只是为了强调锻炼是基本的，却不能说在实践上要分两个阶段走，先锻炼好了再去支援农业建设。相反地在实践上应该不分甚么先后。因为除了个别思想顽固自甘落后的人，大家都是要求进步的，所以锻炼的过程也同样是支援农村的过程，人人都在天天进步中，进步越快，支援农村也就会越好，这是成正比例的。

同样的道理，劳动和基层工作也是如此。生产劳动和基层工作本身是不能分重要或次要的，但是对我们来说劳动却是基本的。为甚么一下来的时候，不要我们参加基层工作呢？难道那个决定是错了吗？如果不错是否现在强调又错了呢？我看两个决定都不错，两个决定对于当时的条件和时间来说都是正确的。如果把两个决定换换时间，其结果是两个决定都是错误的。我不同意过分强调基层工作的意见，为了针对单纯劳动观点对基层工作加以适当地强调是必要的，如果过分地去强调就不对了。左部长说“衡量下放干部锻炼的好坏要看所在社是否由落后变为先进，或由先进而更先进”，这话说得不是很完全，所以容易使人从两种不同的角度去理解。一种是：抱着认真锻炼把一切献给农村的决心，所以充分发挥了自己固有的一些特长，从而支援了农村。他把社的先进归功于全体社员和基层干部的领导，自己只不过是集体中的一员，自己只不过是尽自己所能做了一些工作，所以社先进了当然也有自己的一份力量。另一种则是认为自己比基层干部水平高，比群众文化高，原来社落后的原因也正是因为干部没办法，群众觉悟低，所以自己来了一定要把社搞好，搞得像个样儿，因此，社好了，决定因素在于自己。显然，前一种是正确的，而后一种是错误的。左部长没有把后一种思想提出来，而只是强调了社的先进与否是衡量下放干部的标准，看来是不全面的。

五月卅一日（四月十三日） 星期六

辩论的焦点越来越明确，但是距离一致还差得很远。不知道其他的组情况如何？

听了王主任关于地方工业发展的报告后，使我感到下放干部的原则精神虽然会继续贯彻，然而所采取的方法恐怕要根据新形势的发展而有所改变了。中央下放到地方的干部很可能有绝大部分留在地方，回到中央的必然是极少数，这在过去开始下放时是不明确的，当时考虑还是有不少人要回原机关工作的。但是今天不同了，地方工农业的大发展，中央的大批机关都下放了，权力也下放了。这样地方当然要很多的干部，而中央必然是精简机构需要的人也会相对地减少，所以下放干部实际上已经不可能再回中央了，这是必然的规律。一些天天幻想回北京的人，最后恐怕必然要失望的，这对我们将又是一个考验。

六月一日（四月十四日） 星期日

上午有几个人对几个问题做了专题发言，大体不差，但还不够深透。对于同志们的思想情况估计，正如他们批评一些同志看基层干部的缺点一样，把九个指头和一个指头的关系给颠倒了，使人感到有些不舒服。

下午徐光霄同志为我们传达了八大会议的精神，援引了很多毛主席的讲话，生动具体，极为精彩。十五年后已经不是赶英国的问题而是赶美国的问题了。这是多么令人振奋的消息！关于破除迷信解放思想的问题给了我很大的启发和鼓舞，从这些天的报上就可以看出，总路线已经掌握了广大群众，成为不可抗拒的巨大物质力量，在推动着我们的社会主义建设。我们现在又进入了一个历史的新时期。

六月二日（四月十五日） 星期一

早晨起来大家讨论了昨天的几个大会发言，提了不少意见，主要还是觉得不够深透，有些片面之处。如果就算是对几个问题的总结显然是不适宜的。

因为下雨，早饭后没有回家，和老陈、小张又谈了一下组内规划问题，大家觉得这次一定要好好地考虑一下，回去在整风基础上，修改小组规划，总结四个月来的思想。大家情绪很高，也颇有信心。中午就晴了，睡了午觉下午三点开始从唐坊出发，雨过天晴，空气显得格外湿润，一点尘土也没有。黄昏，抵村，晚早寝。

六月三日（四月十六日） 星期二

开始讨论了半年小组规划，用整风的新精神衡量过去，其中有不少是保守的。所以我们在制定规划的时候，着重强调了克服右倾保守思想，同时还注意要克服单纯劳动观点。应该说才来时首先埋头劳动这也是一般规律，但是已经快半年了还是这样就很不够了。我们思想上要明确劳动是基本的当然对，但并不是把劳动绝对化。时间不够用不能展开工作的主要矛盾还是思想上存在着追求劳动出勤率的结果，仿佛有人一天没劳动做些社会工作就是理亏的样子，这种思想也未免过分了，而我们组内却形成了这种空气。我们对那些企图逃避劳动而只强调社会工作的人，应该指出劳动是基本的。但是对那些单纯劳动观点的人却应该强调基层工作也完全是必要的。因此针对小组情况，我们着重讨论了如何加强社会工作问题。

大家同意明天先由我写出提纲，经小组讨论后最后定稿。晚上，一个工作组的高同志约我在今天党团支部大会上谈谈粮食问题，我因为最近情况不了解，所以没有谈，只是参加听会，帮助记录。会上发言的人很少，好像有些顾虑。一直到十二点半才散会。

六月四日（四月十七日） 星期三

费了一天的功夫算是把小组规划的提纲写好了，准备明天提交小组讨论。

晚上继续开党团支部大会，讨论粮食问题和种植计划问题。今天发言很踊跃，从会上反映看缺粮的确存在着实际问题。从我们自己的食量上看，也可以比较出一些缺粮户实在不够吃了，但如何解决呢？

六月五日（四月十八日） 星期四

白天小组讨论规划，为了晚会演出的次数问题和小张开展了激烈的争辩。我主张两次，他主张一次，其实两次也是比较保守的。我说他有右倾保守思想，他却说我给他扣帽子。其结果是互不让步，老陈当了调和派。小组规划只写大麦秋以前演一次，总的次数不写，能演多少就演多少，实质上还是过分稳健了。半年的功夫只搞两个晚会实在不能算多，小张却强调时间不够。我却认为正是因为时间不够所以才只演两次，如果时间够的话，十次八次也未尝不可以。让实践去证明吧！越来越深地体会促进和促退的分界线，对我们这样的人恐怕缺乏的不是稳健而是敢想敢说敢干的风格。晚上老嵇回来了问我为甚么不去唐坊？才知道工委调我去写材料，不知哪位马大哈把通知丢了，结果我不知道。好在已经又调了别人去写了，总算没有耽误工作。

六月六日（四月十九日） 星期五

上午小组通过了小组规划，由我再加以文字上的修改后，即用复写纸复写五份报工委和乡党委。别人都在考虑自己的思想总结了，我却还要考虑自己的锻炼计划。

晚上荣秀通知我去唐坊开会，内容不详。我想总是政治宣传工作，否则不会指名要政治付主任去的。

六月七日（四月廿日） 星期六

匆匆吃完早饭，按时到达唐坊，结果说是七点开会，九点半才开始，这种情况我已经遇见过好多次了，没想到在工委也是如此。于坚和王书记谈了会议内容，主要是要在“七一”以前大张旗鼓地开展一个宣传总路线的运动。扫盲工作也要在“七一”以前实现青壮年文化乡。下午又进行了讨论，对于总路线的宣传人人都有信心，但是对于扫盲却面有难色。

在于坚处见到了《红旗》杂志，封面极为朴素大方。利用午睡时间把毛主席的文章和周扬的文章都看了一遍。

晚上向党团员传达了今天会议的精神，看样子，大家还是满有兴趣的。

六月八日（四月廿一日） 星期日

中午荣秀通知我调到乡里宣教办公室去工作了。下午见了唐荣枚同志，她要我为她起草今天晚上全乡党团员大会上的讲话稿，时间很仓促直到下午七点才完成任务。深深感到通俗化是不容易的事，比方说我们常用的话如“同时”、“体现”等对老乡来说就是陌生的，怎样去掉知识分子腔，用老乡的语言来表达出总路线的精神，需要经过一番“翻译”工作，否则老乡是听不懂的。

晚上的会开得很好，到会人颇多，都在聚精会神地听讲话，可见总路线是反映了群众本身要求的。

六月九日（四月廿二日） 星期一

到底还是歌舞团的人有本事，张德钧、张立昆已经写好了两首歌唱总路线的歌曲了。今天决定出第一期小报。

本来我们组就人少，我调到了乡里来，小张又调到王兰庄了，只剩下老嵇和老陈了。

唐荣枚同志召集我们开了个会，决定在十二号造成第一个高潮。举行全乡大游行分别在南孙庄和张六庄集合，由各村演出一些节目，最好是自编的新节目。

下午到薛家坣、李辛庄和董庄子了解情况，董庄最差，薛家坣最好，李辛庄居中。宣传组织大都建立了，而且还做了安排。茹让希望我们去演幻灯，这当然是应该的，所以决定十三号去。

武文祥和张淑今天就出动到张六庄演幻灯了，效果很好。从第一天的情况看，已经可以肯定运动的展开是比较顺利的，当然还会是不平衡的。北孙庄一个下放干部也没有，恐怕宣传总会受些影响。

六月十日（四月廿三日） 星期二

接到燕的来函，她希望我能早些回去，一个突出的感觉就是她在从量变到质变的进步中。过去她一直把生活问题看作与人生观问题是两回事，而这次信却把二者联系起来看，而且主动地谈出了这个问题，这实在是一个飞跃的进步。她希望我能回去帮助她作思想总结，遗憾的是我现在又不能回去了。晚上写了封信给她告诉我对这个问题的态度和对她的一些意见，也试图分析了一下她的思想根源，但是因为具体的材料太少，所以不一定就切合实际，只好供参考吧！

六月十一日（四月廿四日） 星期三

这两天各村子都动起来了，劲头很大，每个村子都成立了宣传大队，大都是支部付书记任队长。轰开局面，做到家喻户晓是没有问题，现在已经应考虑怎样深入了。如果现在不考虑到，将来应该深入而缺乏具体的布置就会使工作陷入被动局面。

晚上小武、张淑去张六庄演幻灯。临时老唐要我把留声机从张六庄取回来送到董庄子去，推了个自行车也不敢骑，天黑路不平，深一脚，浅一脚，十里路走起来好像廿里，到了董庄子已经是十点半了，唱了几张评剧。因为时间太晚，散会已是十二点多，老江把我留在他家住了。

六月十二日（四月廿五日） 星期四

为了准备晚上的大游行，白天没有出去，只是回到胡庄催了一【下】老嵇，要他无论如何把耀青拉出来演出，这是一个很好开展文娱活动的机会。群众要求迫切，积极性也很高，问题就是干部不支持，这次是可以打破这个关了。

晚上游行开始得很晚，天已经黑了，八点半薛家坣的人才来搭台子，游行队伍九点才到。因为东风很大，有的村子没有拿灯笼，然而基本上算是做到了锣鼓喧天，张灯结彩。唐荣枚同志在会前讲了话，讲话后开始了文娱节目，我还是第一次看皮影，演得相当好。群众兴趣很大，十二点半才散会。

六月十三日（四月廿六日） 星期五

一天都在乡里和小武编印战斗小报，来稿十分踊跃，其中不少是群众的创作，张六庄的于化元快板写得很生动具体，可见文化水平不高同样可以创作出很好的东西来。生活实践才是最基本的东西。

刘胡庄的工作仍然是和过去一样地拖拉，老嵇原是有干劲的，但只是一个人干，不能使所有支委和党员动起来，仍然是不行的。而关键问题还是荣秀、春雨没认清当前的新形势，缺乏对建设未来美好日子的信心，强调困难。从他们身上可以很清楚地看到促退派的一般规律，怎样使他们从促退到促进，这是搞好一切工作的基础，否则工作总是展不开的，就是一时开展了也不能持久。

李书记从唐坊来，通知明天到工委汇报，老唐决定要我去。

六月十四日（四月廿七日） 星期六

听了其他乡的汇报，觉得人家老乡浇麦子的劲头很大，为甚么我们乡就会有那么些抵触情绪呢？也许铁道南地少人多庄稼好，所以加把劲更上一层楼易于使人接受。而我们人少地多庄稼差，本来就不好，所以就没信心了。

休息时去邮局取信，收到了燕给我的汇款和信，发出日期一个十号，一个十三，结果同时收到。她要我快些回去，因为交心时有些问题顶住了，抵触情绪颇严重，为甚么呢？真急人，到底是甚么问题！回去的可能性实在太少了，和老嵇商量一下吧，但是乡里恐怕通不过。幸亏我已经汇报完了，否则还不知要出甚么笑话。会也没心听，匆忙地给她写了一封信，劝她千万要冷静，要虚心地听取别人意见，顶住了，有抵触对思想改造来说常常是一般规律，真正的思想交锋不一定就是坏事，但如果处理不当也会搞得很糟。事情的发展总是存在着两个可能：或者是经过思想斗争，从抵触到心情舒畅；或者是抵触情绪越来越大，而各走极端。决定关键是自己改造的自觉性，群众批评的方式方法也起一定的作用，但不是决定的作用。奇怪的很，过去她不是那样顾虑重重的人，为什么会顶住了呢？可能有面子问题？我看恐怕还是认识问题。因为顶住了往往也有两种可能，一种是心有顾虑，知而不说，一种是的确认识不到。对前者应当指明利害，着重交待党的根本政策；对后者则应从认识上加以细致的分析。丝毫也粗暴不得，否则效果不会太好，而年青人却往往会简单从事。想到这里就越发归心似箭了。因为我总比有些年轻同志对她的了解要更多些。

晚上把我想回北京的想法告诉了老嵇，只是没有说出充分的理由来。

六月十五日（四月廿八日） 星期日

小组长开会时，老嵇告诉了唐荣枚同志，说我很希望能早些回去。艾书记回来决定下放干部麦收以前一概不得回家，我的希望算是不可能实现了。真惦记燕燕，可又有甚么办法呢？相信群众和党吧，他们会帮助她进步的。像猜谜一样，实在不知道她到底是对哪些问题有抵触？难道是为了红专问题？或者是因我而引起的？天哪！真把人急死了。快些接到她的来信吧！实在闷人。

六月十六日（四月廿九日） 星期一

乡里组成了技术革新指导小组，我又成为其中成员之一。首先是要搞个沼气发电，上午和郑书记、小武到李辛庄把一节洋灰管子拿回来了，准备先搞个小型的。如果试验成功再加以推广，目前由各村子搞条件是有困难的。

居然刘胡庄也有些突出之处了。老嵇和老陈编了一本识字课本，除了总路线的基本内容以外，选编了一些通俗易懂的诗歌，既能进行政治教育，又易为群众所接受，这个办法很好，决定把这个消息登在战斗小报上。

汽灯坏了，不能再演幻灯，夜间的活动停止了。准备到唐山去修，又怕没有经费，实在不好办。

六月十七日（五月初一日） 星期二

小武、张淑决定即刻回北京，廿五号可以回来。有关沼气发电的全部材料，都由小武负责设法了。特别是洋灰问题，实在应当早些解决。

下午又把东街的王华彦同志调来了，办公室只剩下一个人，也实在忙不过来。

于坚来了，留他在乡里吃饭，饭后又甾谈良久，他才回唐坊，抓时间看了一下关于沼气发电的书，感到其中有些技术问题还要很好的学习。其中保持温度和搅拌器的安装问题是个关键，新河庄试验良久迄未成功，主要是这两个问题没有解决。所以又赶快追了封信给小武，要他着重了解这方面的问题。同时要他注意搜集一下刘介梅的剧本，以便演出。

晚上东田庄乡的下放干部组成的京剧团在乡里演出，两出都还不错，《拾玉镯》的女主角相当好，小生差一些。最精彩的还是相声，看样子好像从前下过功夫，俨然是个内行的神气。

六月十八日（五月初二日） 星期三

今天编印了战斗小报，着重报导了这几天深入开展运动的情况，特别是技术革命和文化革命的情况。薛家埑的手推割麦机已经开始试制，最近即可完成。董庄子也在试制脚踏小磨，看来运动的确起了不小作用。

六月十九日（五月初三日） 星期四

油印机坏了，小报只好拿到刘胡庄去印。效果很好，比前两次清楚得多，王华彦写得好也是清楚的原因之一。

下午帮助老嵇搞文化学习，觉得刘胡庄的确在转变中，子龙一直在和老陈商量怎样搞。原来四队的房子变成了民校，又宽敞又亮堂，既可以做俱乐部也可以当图书馆，真是一举三得，小张大概可以满意了。

荣秀近来态度非常奇怪，冷冷地不愿意说话，究竟是为甚么实在想不出。对小张的粮食问题，他却说“上哪儿给他弄去？”这是多么奇异的回答。

六月廿日（五月初四日） 星期五

早晨和王华彦一齐去薛家埑和张六庄。老茹他们搞的手推割麦机已经基本成功，明后天就可以试验了。

下午到东街和刘胡庄开扫盲工作的现场会议。东街的见物识字方法应用得很好，刘胡庄采取的分批送字上门和集中与分散相结合的办法十分有效。春雨、子龙、善林在这次扫盲中表现非常积极，把见物识字的字块送到各家各户，对于民校上课也亲自去督促检查。这实在是刘胡庄扫盲工作开展的关键，然而这不过是有了良好的开始。怎样坚持下去是十分必要的。

老嵇决定今天就走，说实在的如果今天不走，恐怕在短时间内就不能走了。结果原来应该参加的付书记会议也没有开。

六月廿一日（五月初五日） 星期六

早起打算出一期战斗小报，忽然接工委通知要明天到石桥沽去开现场会议，并且要最近宣传工作的书面材料，只好先写材料暂不出报了。

今天是端午节。此地的习俗是不过端午的，但是乡政府的人还是满注意的。中午吃肉，每人要九角之多，如果不是前几次寄来钱，今天我也许要挨饿了。肉吃得很不舒服，一碗饭里发现了三个蝇子，“除四害”讲卫生的工作实在太差。晚上把材料算是写好了，唐荣枚看完了，由老王又抄了一篇。

六月廿二日（五月初六日） 星期日

吃了早饭就和郑书记、老王骑车子去石桥沽，过铁道南以后，几乎和我们北边是两个世界，小桥流水，绿木成荫，颇有江南风味。

见到了于坚、老刘和小张，石桥沽与莲花泊只一村之隔，因此顺便去看了糜芝娟，才知道她已经回过北京了。从她那儿知道文物出版社王去非、谢征权、李良娱在交心运动中做了典型报告。王、李早在意料之中，而小谢的思想动态却是一直没有想到。想到清燕的问题又使我着急了，真不能理解为甚么她的交心会如此困难呢？一直不曾收到她的信，究竟最近如何，不得而知，然而可以肯定还是在思想斗争过程中。

石桥沽的六好运动开展得很好，王书记要求今后在宣传总路线中应密切结合六好。晚上留在唐坊汇报，老王肚子疼，我也不大舒服，可能是昨天吃肉的结果。

六月廿三日（五月初七日） 星期一

早晨汇报完了，工委指示今后的总路线宣传工作主要是结合六好。回来正赶上各村宣传队长汇报，马上就把这个精神传达下去了。薛家埑的收割机已经试制成功。

下午到张六庄、西张稳约稿，人大部分都下地了。在归途中才遇见了张蕙，她很痛快地就答应明天一定送来，此行不虚了。晚上参加了团支部六好评比大会，十二时始寝。

六月廿四日（五月初八日） 星期二

赶着把战斗小报的稿件处理了，又去薛家埑看收割机。结果并没有想像得那样顺利，收割机的刀子不快，麦子割不下来，据说定制的话需要十几块钱，在我看来十几块钱还是应当花的。

晚上歌舞团和杂技团联合组织的宣传队又来演出，节目很好，只是风大，汽灯总出毛病，结果很多好的节目人家看不清楚。

燕来信了，沉重的心情使我也受了传染。帮着歌舞团搞完了已经十二点多了，踏着昏黄的月色回去，一阵阵的东风在呼啸，好像是个初冬的午夜。点着灯一遍又一遍地看着燕的来信，心情越来越沉重，为甚么她会是这样呢？想写封信却怎样也写不下去。重新回忆了几年来的接触，使我觉得有必要早些回去谈谈，很可能我会帮助她能振作起来。她是要求进步的。对于一个人的积极性应当肯定，有人说她现在还后悔归来这是太【过】分了。尽管很困，还是写了封信给她。

六月廿五日（五月初九日） 星期三

上午准备好了行李，把昨天写给清燕的信也发了。因为忙着去董庄子，连第二遍也没来得及看。昨天打的防疫针今天有了反应，臂疼头晕和唐荣枚勉强走到董庄子，吃完饭就在老辛炕上睡倒了，直到下午三点才起来。天气阴沉沉的下了几滴雨，还是使人感觉燥得很。阴天不能打麦子，闲着没事可做，到村外参观了一下脚踏磨和制席工厂。心里为了清燕的事总是一阵阵的难过，我想大概不会出甚么问题吧！匆忙地又写了封信给她。因为具体情况不了解，所以有些意见仍是不够具体，但是对态度问题提得比较中肯些。

晚上实在支持不住，很早就睡了。

六月廿六日（五月初十日） 星期四

起来头仍是昏昏的四肢无力，老王来了才知道他和老赵也和我是一样的感觉。

从昨天晚上起已经吃了四顿纯糠和野菜了，不知道究竟是思想问题还是实际问题？何至于家家户户如此？很可能是做给我们看的。刚刚下来吃点粗粮就说是过了生活关，看来现在才是真正过生活关呢。

下午和老王去乡里，回来时颇感不支，中途还歇了廿分钟。回来后去看扬场，满地都是麦粒，打扫很不干净，如果加以注意我想至少可以每亩多收几斤。一方面喊缺粮，一方面又如此浪费，实在要不得。唐荣枚建议他们用牛粪抹场，可以减少一些浪费，但是老乡们并不以为然。

晚饭后，西北方雷声隐隐，颇有下雨之势。因为需要到李辛庄去了解一些情况，所以大家都抱着冒雨的心情去了。结果一阵大风吹过，当我们归来时，已经皓月当空乌云四散了。大旱不过五月十三，今天已是五月初十了，据老乡说已近七个多月没有下透雨，周围的地方都已下透，偏偏我们这儿就是不下，如果不是去年和今春挑的几道河，恐怕庄稼根本种不上，就是现在坡的棉花已经有的发枯了。我们必须要管住大自然，但是今天我们还不能完全管住大自然，所以总要受一些影响，这就更加增强了我们仍改造自然的决心。

六月廿七日（五月十一日） 星期五

第一次拔麦子，开始还不觉得累，后来就感到有些吃力了。特别是我已经近一个月没有劳动，上来就干重活，双手疼得很。老乡早就告诉我拔麦子是重活而且非常热，幸好今年的天气不热，就是如此也已经浑身是汗了。甚么活只要自己努力的干总会感到累的，加上吃了两天糠，才十点半就觉得又累又饿了。幸好今天比昨天精神要好很多，首先是思想上解决问题，所以仍然可以坚持。午饭仍然是糠，但是有些粮食渗在里面，而且是贴的饽饽，老大娘非常热情还给我们烧了热水，所以大家吃得很舒服。

晚上回到刘胡庄，又见到燕的来信，要我把反右前后的思想情况告诉她，本来要参加群众大会，只好请假不去，赶着写了一下，到两点多才睡觉。

六月廿八日（五月十二日） 星期六

赶着把全乡的下放干部履历表和信送给王华彦带到唐坊。下午又回到董庄子，唐荣枚征得了支书记的同意，已经答【应】我可以在写完总结以后回北京，这样许多问题就可以解决了。晚上考虑了一些问题，打算明天就动手，可是这一时期的情况了解不多，感到许多困难，建议明天再听一次汇报以后再写吧。

六月廿九日（五月十三日） 星期日

“大旱不过五月十三”是老百姓一句谚语。在农村中有关节气和生产的一些迷信的传说，常常里面包含着科学的成分。主要是因为这些传说往往是多年来的经验，当文化科学还没有很发达的时候，老乡们还不能用科学的原理来解释的时候，于是就只好用一些神话似的理由来说明了。而这些说明已经是百年乃至几百年了。所以我们应当注意研究这些。

上午又去拔麦子，没有前天拔时那么感觉累。而且感到的确事事总要经过实践再说话，否则是没有根据的。一向总觉得割麦子一定会比拔的快而且省力气，因此，把拔麦子视为最落后的操作方法。不仅是我，很多人都是如此，而大家的共同点就是都从主观想像出发，并没有经实践。这两天的实践证明，拔麦除了体力劳动的强度大以外，有很多优越性。在速度上的确要比手割快。特别是技术熟练的人干起来实在效率高。从手工业方式到机械化这是两个阶段，机械化当然比手工业是先进的。但是在手工业方式中仍然有先进和落后之分，我看拔麦子比手割麦子就显得优越。看来我们今天很多同志在加强基层工作之后过多地看重自己的思想又有些抬头。今天我们不是事事比农民都强了，我们今天最重要的还应当是首先向农民学习，只有懂得了，我们才能改革，否则革新只不过是停留在口头上而没有可靠的基础。这一点值得我们注意。

今天应当是各村汇报的日子，结果大家都忘了。听汇报的人没有去，要汇报的人也没有去。这样给我的总结工作又增加了困难。工委通知明天要去河头参观农改展览，后天又要开全办事处的全体党员大会，汇报又成了问题。只好等明天在参观时搜集一些情况了。

六月卅日（五月十四日） 星期一

去河头参观了农业工具改革展览会，其中大部分是本专区的农民在参观全国农展以后加以仿制或改制的。我着重参观了提水工具部分。有一架像自行车一样的水车，既轻便又省力，完全可以仿制，我当时向所有的同志推荐了这种水车，大家也一致认为是可以适用于我们的地区。

晚返唐坊时，知道明天党员大会，会期改为一天。唐荣枚同志要我不必再等汇报，就先利用明天一天的时间写出草稿以免又要耽误时间。就这样决定了。我告诉她，打算明天回刘胡庄去写，获得了她的同意。

七月一日（五月十五日） 星期二

一早就开始写总结，但是因为材料不足实难下笔，只好去找唐荣枚谈。最后决定还是等将来再写，现在就不必再写了。

小谢：

没有像你希望的那样作，代你补上日记。我知道你希望看到的是什么，但我没有达到那样舒畅的心情，因此也就不能那样做，在这上面，以信代日记吧。

在你走后，江淑娟打电话来，她说丰润来了信，说可以晚回来，不必赶十号了，想给打电话或电报。大约是想征求我的意见。你知道这使我很为难。最后她们没有打。我自己觉得是不应该和不必这样打的。我最盼望的是你回来帮助我整理思想，提高认识，但这主要是靠自己，怎么能倚赖似的完全让人帮忙呢？这回虽然没有把时间安排好，没有把问题比较彻底地解决，但你对我的帮助仍然是很大的。我自己想，如果没有你，这次我的心情一定会灰暗得多的。

这两天稍稍有些空的时候，总结的事就上心来。没有时间来试写和更一步想，更主要的是没有从容的心情。这些天我们一直在加班，搞大跃进，然而实际上在编辑部跃进是并不显著的，特别是在文参，我们简直都被七期、八期一起发初校的事情缠住了，发也发不下，校也校不了。心情很重，远景没时候去想了。

在这样情况下，我一方面忙着总结，另一方面又觉得不应当管它，应该先顾目前的工作，心里很不踏实。我……

八月廿九日（七月十五日） 星期五

日记中辍了两个多月，原打算马上补起来。事实上是不可能了。写了一个八月廿九日，其实这两天根本没有记，时间过得真快，一转眼又是一个星期了。今天是九月六日，人民公社成立大会刚结束，全区两万人集会唐坊，是这个地区历史上最大规模的一次集会。万众欢腾载歌载舞，喧天锣鼓红旗飘扬。各乡的全都出来了，这个不平凡的日子，已经使所有的人都动起来了。从今天起我们进入了人类历史上的一个新的时代。人民公社是共产主义社会的萌芽。多年来我们梦寐以求的崇高理想谁曾想到会正在用自己的双手把它变为现实呢？一天何止等于廿年呵！

连日参加人民公社成立大会筹备工作，日以继夜，疲惫不堪，然而心情是愉快的。许多个人问题在这样伟大的时代洪流里显得那么渺小，于是又使我鼓起了前进的勇气。我，以及别人的许多想法总会在前进的过程中消失的。我们都应当站在时代的前列，为了理想而努力。除了集体，除了革命，是不应该去过多地考虑的。

小张告诉我盐水发电已经成功向乡里报了喜。非常高兴，今天决定回去，把我们村的工作跃进一下，作为对公社成立的献礼。1958年9月6日

九月七日（七月廿四日） 星期日

从唐坊回到家里来了，大家忙着搞烧水泥为国庆节献礼。上午把水缸抬到工地，下午就动手砌窑，因陋就简，水缸当烧窑，没有耐火砖的困难解决了。真是“一口大水缸，要建水泥厂。其中无秘密，敢干又敢想。”不大会儿的工夫在绪普的帮助下就把窑建起来了。现在的唯一困难就是没有石膏，只好明天到河头去买了。

经过半个多月的努力，沼气灯也点亮了。这是全乡第一盏点燃的沼气灯呢。王熙下午来照相，因为水泥窑尚未完全造成，只好推迟到明天了。

九月八日（七月廿五日） 星期一

天还没亮就爬起来了。结果赶到唐坊车还没有来，原来这趟车天天误点已经成了规律了。白白起了个大早，直到七点半车才来，到县里找到了小武，胶管还是买不到，只好又赶九点五十分车去唐山，走遍五金行和西药公司也没有找到胶管，好容易在一家颜料店找到了石膏，又不卖外埠人，干着急没办法。只好托人买了四斤石膏粉，能否适用还不知道呢。饭也没吃就回来了。

晚上，忽然接到燕的来信，给我寄来了袜子和糖果算是为我祝寿的。心里突然掠过一种甜蜜而又难过的复杂心情。多天来我是一直在为她不来信而难过，仿佛有甚么事情似的。然而今天的事实告诉我，她没有出甚么事，她仍然像过去一样的在关心着我，很显然我对她的了解是不够的。因为她是那样富有感情，但是她又是那样善于处理自己的感情，深刻而又细致，如果不去好好的体会发掘，就会完全误会了她的一片

好心。自己实在太粗心了。

把寄来的糖分给老陈和小张一些，我自己真有些舍不得吃了。

九月九日（七月廿六日） 星期三

到唐山去冲洗胶卷，兼买一些东西，可是时间仓促却甚么也没有买着。急急忙地就赶回来了。在火车上吃了一顿面。

下午王熙不在，发票也没有送给他。忙着和张、陈一起搞洋灰窑，说来也快，只用了一个小午和一个上午就建成了。这是我们小组给国庆节的献礼，所以大家格外起劲。着急的是生石膏还一点办法也没有，没有它是搞不成的。商量了一下，明天去找卜明想想办法，他是县委书记分工搞工业，我不相信县里真的一点生石膏都没有，这是我的建议，大家也赞成。于是又把一切希望都寄托在卜明同志身上了。

晚上许久许久睡不着，在想燕燕，一种说不出的羞愧涌上心头，觉得自己怪对不起她似的。我还很清楚地回忆起去年今日的情景：在北海从仿膳出来，沿着海边在散步，我第一次向她表示了自己的愿望，她没有答应我，但是也没有拒绝，可是从此我们的关系就越来越亲密了。一年了，虽然我们是分开了。可是我们却并没有疏远。一种可耻的嫉妒一直在折磨我，因为我总觉得她不是爱我的，然而许多事实又告诉我她的确是爱我的。矛盾心情与日而增，常常会听到一些人的风言风语，我于是不再冷静了，发脾气，闹情绪，甚至于影响了工作，这算甚么呢？我爱她，就应当信任她。想到对她的信任，马上就觉得高兴了，一切疑虑也为这种信任的愉快所代替了。

九月十日（七月廿七日） 星期三

匆匆赶到唐坊，恰巧卜明在开会。还真痛快，我和他一说就给我写了介绍信。乘九点五十分去河头。到了工业跃进办公室偏偏遇见了个官僚主义，对这事漫不经心，一推六二五。到商业局还是碰钉子，心里可真有些着急了。似乎希望不大了，可怎么办呢？回去又怎么办呢？难道就这样听任停工？最后决定还是得想办法。一个县城是不可能连十几斤生石膏都没有的。只要是有就得想办法把它弄到手，我向人打听河头究竟有没有洋灰厂以及其他使用生石膏的工业，我想只有这样才能想办法，因为这些工业绝不会使生产陷于停顿的。我们所需要的数对于一个厂来说实在是微乎其微的。终于被我发现在县人民委员会不远有一个陶瓷社，门前好多大缸，烧缸是需要用生石膏的。“他们这儿一定会有。”我想到这儿即刻到县委会去找老王，这次算是满顺利的，他马上就为我开了介绍信。陶瓷社的同志非常热情，我只要十五斤，他却怕我不够用，又给我加了十五斤，共三十斤。抱这块大石头般的石膏乘六点车返唐坊，心里的一块石头算是落了地。心里感到特别痛快。

没有即刻把石膏带回村子，因为天晚看不清楚道，而且卅斤也不好拿，暂时存在周嵇那儿了。

九月十一日（七月廿八日） 星期四

早晨决定要我在家里写关于思想改造的一些体会，陈、张两个人去拌料，准备明天就着手开烧了。大家信心很大，我安心在家写体会，提笔想了半天才写几句，不是没体会而是一心总在惦记洋灰。中午才写好一小段。原打算晚上开夜车的，所以也就不忙了。抽空给燕写了一封信。

晚饭刚刚吃完，突然接到乡里通知要我即刻带着行李到总指挥部报到。小张着急了去问唐荣枚才知道是要我去搞政治宣传工作。体会没写就去工地了。

道上漆黑，来往不断的人群和车马，在北孙庄遇见了妇女的队伍，看见刘河之才知道指挥部还有六七里路呢。几天没有下田间，没想到会这样热闹。走了一个多钟头，才到指挥部，艾书记为我安排住处，马上布置工作，明天起就又要恢复战斗小报了。

工棚是用席搭起来的，地下铺了些麦秸，把行李放好我就去工地了。人们正在挑灯夜战呢。到田间才感到了秋意，两件衣服已经觉得冷了。因为每人一付台筐，我一个人插不上手，只好回到指挥部，帮胡育中印了一些快报就睡了。

九月十二日（七月廿九日） 星期五

还没天亮就吹了起床号了。正是清晨四点半。老华可来得真够早的，我还没洗脸他已经到指挥部了。这家伙的蜡板刻得真有两下子，所以我昨天建议艾书记把他调来一起搞战斗小报。

一个上午就是为了战斗小报而过去了。印的还不坏。马上分散到各个营连去，一切要军事化嘛，动作得迅速些才行。所以印完了也就分发完了。

新来乍到一点情况不了解，所以下午特别找了老胡、老金、老吴谈了谈，他们都在营部里负责宣教工作，情况知道得多一些。看来我们的宣传工作是需要好好研究下的，队伍刚刚组起来，一切还没有就绪，显得很忙乱。一营比较好，都是基干民兵，年轻活泼，本来就是特别选的优秀青年，所以工作好做些，其他几个营都有困难了。其中除一些老爷子以外，还有一些地富呢。对这些人是应当另外想办法。有些教育形式是不能适合他们的具体条件的。

晚上没有夜战，主要是讨论挑坨翻地的意义。我也下连队参加了讨论，在讨论过程中都是一边倒，所以没有对立面，这实在也是个问题。因为有些未必就都搞通了，只是不肯说出来，所以讨论成了一边倒的答题式的背诵。这是农村辩论中普遍问题，怎样能使人对辩论有正确的理解就是我们的工作任务。

九月十三日（八月初一日） 星期六

黎明有阵雨，但是大家还是继续在地上坚持翻地，但是雨越来越大，工作终于不能继续了。工棚里面也是水，行李还好没有完全湿，但已经非常危险。大家忙乱了一阵子，雨又小了，但是南方的天黑得像锅底。“天道可是不地道呵！还非下不可。”老乡们纷纷在议论。早饭后雨住了。我想也许一时不会再下了。老金催我去乡里问问是否今天要到昌黎去。为了大家的事当然义不容辞。可是我却忘了老乡们的预见——“非下不可”。结果走到半路就遇见了倾盆大雨，连棵蔽雨的树也没有，只好继续往前走，开始是鞋上黏泥太多，足有十几斤走也走【不】动。只好光了脚走，但是地上泥水滑得厉害，走快了要跌跤，走慢了实在雨淋的不好受。真是受了罪。小心翼翼地还是跌了一跤，衣服都湿透了。回到刘胡庄才知道原定计划不变，今天晚上全体下放干部十点车去昌黎。

下午所有的社员都从工地上撤回来了。集中力量去整棉花。因为雨后翻地是有困难的。

我们小组仍然是继续拌料，要把石灰、炉灰、黏土压成细末用水搅拌，团成小圆球，晾干以后才能入炉开烧呢。所以今天赶着把球团出来，后天他们从昌黎回来就可以干了。

因为工作关系我没有能去昌黎心里感到很遗憾，只好留下来吧。这是组织决定的。据说也可能还有机会去，但不是在昌黎而是到天津了。

九月十四日（八月初二日） 星期日

原本打算利用上午的时间把小组总结写一下，可是工委来人要了解一下工地政治工作是怎样搞的？只好又去乡里和他们谈了半天。他们感到非常满意，我自己可实在不满意呢。我真打算好好搞一下，摸摸在这样的情况下怎样开展政治工作的经验。

一个上午过去了，下午又回到了工地，开始了紧张的劳动。我忽然想到像这样伟大的场面是应当纪录下来的。所以又特别找到工委来的老韩，请他转达于坚快点派人来照相，这都是将来公社博物馆的绝好资料。如果不及时搜集，恐怕将来想找还找不到了。

为了使社连合一便于领导，团部决定把各营重新整编一次，原来的一营分编到各营去，基本上达到了每社一连。只有少数人少的社编成了两个社在一连。刘胡庄编到一营去了。妇女也全部集中在四营成为妇女营。

晚上主要是整编队伍。睡觉也早了些。

九月十五日（八月初三日） 星期一

过去我们通常是把脑力劳动说成是复杂的，把体力劳动说成是简单劳动。这话当然也是有道理的。但是也要看你从事的是怎样的脑力劳动，如果你只比别人多识几个字，多读几本死书，毫不联系实际，恐怕未必就是那么复杂。我看农活的体力劳动并不简单，倒是念几本死书才是最简单的了。下乡已经十个月了，我们劳动也还认真，可是谁又把所有的农活学全了呢？谁又把已经学到的东西操作得熟练达到农民水平呢？看来是一个人也没有的。相反地广大群众包括很多文盲却大规模作起诗来了。很多诗的水平是我们这些自命有文化的人所不及的。为甚么呢？这实在是值得我们每个人深思的，甚么是知识的概念，我们有必要再仔细地去学习一下毛主席给我们的指示，因为只有现在再去重新体会一下毛主席的指示，感受才会更深刻，过去只不过是在原则上懂得的。

九月十六日（八月初四日） 星期二

继续出版了战斗小报。为了动员大家支援钢铁生产，艾书记做了献铁运动的报告，也就是我们红专大学政治课的课。效果非常好，只是一夜的功夫，群众就自动出售废铁废铜达二万四千多斤。我也回家帮助搞献铁工作了。

小张他们已经从昌黎回来了，他们说昌黎非常好，远非胥各庄所能及。一斤苹果只二毛五，果子可多啦。说得我怪馋的，结果他们每人送给我一个大苹果，实在好吃得很。

上午就又回到了工地。参加挑坨子，春天以来我已经挑过不少次河了，满以为是内行了，谁知道这又是另外一种办法，用挑河的办法是不行的。学了半天也没学好。只好在旁边仔细观察。才知道开始要小跳跑，倒土时先跨里步，把筐悠出去，然后再跟一小步往外倒，轻快省力，姿势也非常优美。劳动本身就是艺术呵！下来以后始终觉得挑河应当编一个挑舞，打夯应当写一个打夯歌。因为前者有很多姿态是很好的舞蹈，打夯的声音实际上已经初步构成了非常动听的歌曲。可惜我对这些都是外行，不知道怎样编才好。

九月十七日（八月初五日） 星期三

为了在全体战斗员中间展开一次六好评比运动，艾书记做了报告，晚上全体战斗员进行讨论，我参加了刘胡庄的小组，发言十分热烈。

各村子都掀起了做诗的热潮，我利用大家讨论完了的休息时间，搜集了一百多首，其中有很多是非常精彩的。事实在教育我懂得生活是一切文学艺术创造的泉源。广大群众有丰富的生活基础又有充沛热爱生活的感情，所以信口说来都是言之有物生动具体。在这里热爱生活又是决定因素，在我们的时代里，生活是丰富多彩的，但是因为人们的思想感情不同，所以对待生活的态度也不同。很多人生活在这样伟大的时代里，却对新的生活不感兴趣，当然他们也就不可能写出反映新时代的作品了。劳动人民是新时代的主人，他们正以忘我的劳动在创造自己幸福的未来，当然也就可以写出反映这个时代的好诗来。

从来我们都是把诗人描写得高不可攀，这种资产阶级的迷信被事实打破了。我自己也写了几首，却觉得没有群众写得那么纯朴、动人。也许在文字上的技巧要比他们强些，但是总是显得有些装腔作势的知识分子气。比起农民实在也感到是自愧弗如了。

九月十八日（八月初六日） 星期四

工地的作诗高潮已经形成，批评、表扬、挑战、应战无不采用了诗的形式。在劳动中，工作中，谁都随时随地地在作诗，使我们感到工地是劳动的战场，也是诗篇的海洋。这种新的气象也应当把它作为共产主义的萌芽吧。因为劳动和文化生活结合起来了，体力劳动和脑力劳动结合起来了。这不正是符合共产主义的原则吗？我又搜集了六十几首，这样每天都有如此大的丰收，千诗社又有何难呢？

今天红专学校上技术课，由璩站长讲小麦丰产操作规程，主要是结合当前的中心任务，贯彻好干啥学啥，学啥干啥的原则。果然效果很好。许多人知其然不知其所以然，现在明白了干劲也大了。颇有茅塞顿开的神气，我在小组会看到在油灯前一张张兴奋的脸都在抢先发言的情形，越发体会当前教育方针的正确了。这个方针事实上已经变成为推动生产的物质力量了。为了突击董庄子和北刘垡的麦地，一、三营今都转移了阵地。

九月十九日（八月初七日） 星期五

继续出版战斗小报，特别开辟了战地诗选栏。今天我也作了几首，觉得不很满意，把它抄了送回庄子去了。

晚上突然接到老戴的通知，要把所有的诗送乡选编万诗选集。这可把我急坏了，我们指挥部离一、三营往返少说也有廿里，今天晚怎么能搞得出来呢？于是决定先去乡里看看。到了乡里才知道并不一定今天晚上拿出来，明天也可以，这才算一块石头落了地。顺便打了个电话给于坚，请他派人来照相。原来他也着急找不到夜战的好场面呢。于是约定明天派人来。

出了乡政府又回村子看了看，张、陈正在轧洋灰，看上去还是满好看的，青灰色颇有点洋灰的样子，质量如何要等到化验以后才能肯定了。和他们鬯谈良久，归来已是深夜。

九月廿日（八月初八日） 星期六

任务一直在变化，秋分种麦主要是秋分前三天后五天，所以当前的中心工作应当把所有麦子都种好，针对这个情况不能再集中这些人只搞挑坨翻地了。所以指挥部研究决定把队伍再整编，只留一个营精选三百名青壮年和二百个妇女突击种泊里的千亩卫星田。其他人都回各村去种社的麦田。

早晨唐坊来人照相，我陪他到一营去照了一张，在二营照了两张。一营的工作做的很好，可惜马上又要整编，否则一定会总结出一些经验的。

晚上全体人员都到宿地来看电影，我却抓空给燕写了一封信。这些天也够紧张的了，一天忙到晚真是一点时间也没有，不是讨论就是夜战，几次要写信都没写成，今天算是找到了一个空子。怎么发呢？这些天不但和燕断绝了音讯，而且和村子都难得通消息了。真急人。

九月廿一日（八月初九日） 星期日

为了使战斗小报的版面活跃起来，所有标题我都给改成诗了。好多人说很好。我也在搜集诗的时候写了一首诗：

太阳出来似火红，
红旗招展舞西风，
万马千军齐出动，
丰收要向自然争。
挑坨翻地深三尺，
地下潜力挖不穷。
抢种秋麦千亩正，
亩亩来年放卫星。

老滑索诗甚急，就把它也登在战斗小报上了。很清楚地看出来这是知识分子的诗，而不是群众的诗。真是禀性难移呀！

大量的肥料开始向我们这儿集中了。麦种是采用了葫芦头、1885、早年麦三种，每亩要点种八十斤，很多老乡有些接受不了。因为今年我们这儿平均亩产也不过是如此。保守和先进总是有斗争的。首先是应当批判那些确实存在的右倾保守思想，但是也应当及时的注意在前进斗争中的新问题，并且及时地予以解决。否则就会给右倾保守者以口实来攻击我们。

继续出版了战斗小报。

九月廿二日（八月初十日） 星期一

挑坨的任务还没有完成，可是种麦已经迫不及待了。明天就是秋分，但是我们还一亩没种呢。

黄昏，团指挥部决定星夜突击挖河借水，晚饭以前就开始了行动。一条长达三里的工地上，灯笼像是火龙似的。为了迅速完成任务，还特别又从村子里调来了不少援军。十二点左右已经基本完成了。可是天突然下了大雨，工棚被浇透了。里外一起下，被窝也湿了。一直到二点才睡觉。

九月廿三日（八月十一日） 星期二

早起和工地上的同志们一起步行去县参观下放干部展览，道经兰高庄，这是我县第一个实现万诗乡的乡政府所在地。满墙都诗和壁画，有一幅画是灶王爷驾云上天，旁边写着一首诗：

灶王老爷上西天，
见了玉皇把本参。
人间都已食堂化，
卑职无用来辞官。

一望而知是一首农民诗，写得实在好。这不是很好的现实主义和浪漫主义的结合吗？而且又完全不同于一般的新诗，带有浓厚的民族风味。这样的诗是最易为群众喜爱的。

上午十时到县看了展览，非常不满意，首先是对于展品的取舍没有照顾到各个方面，已经选上去的又有很多是与事实不符。办展览的人用自己的主观代替了客观事实。这是非常要不得的作风。此外，眉目不清，摆的非常乱。看完以后给人留下的印象不深。看不出来龙去脉。明天就要到北京去了，大的改动已经不可能，但是有的完全不对头的地方一定要修改，否则是会被人笑掉大牙的。譬如我给老乡看病使用的艾卷原是北京药铺买来的，可是他们却把我写成了制造者，尤其荒谬的是原来我把它拿出来是为了说明和群众的关系，他们却把我当成了艾卷的生产者，这种不了解情况，不尊重原小组意见的主观主义实在是应当加以批评的。

九月廿四日（八月十二日） 星期三

因为车辆不够用，今天开始要用船水运麦种和肥料了。我被调到河头去掌握运输的情况，只好暂时不搞宣传了。水运的确数量大，但是运输的人也够辛苦的了。一夜不睡觉从唐坊赶来，饭也没吃呢。

搞了一天的数目字实在够乱的，生平就是怕数字，可现在就是要管数字，真是小心翼翼地在干，晚上结算居然没有出错——阿弥陀佛。但愿今后永远也别出错才好。

党团员、干部都要集中到乡去开会，我因为要到河边等船请假未去，晚饭前一条蛇从水沟里爬到我住的工棚旁边，可把李云吓得够呛，还是老夏手急眼快，几木棍子就把它给打死了。可是我都在担心晚上如果再来怎么办？

月白风清田野里无数的灯火，人们又开始夜战了，我重新回到河边，船卸完时已经午夜十一点半。大家兴趣很大，捉了三十几只螃蟹煮着吃了。回家睡觉已经一点钟。都把蚊帐挡得严严的，唯恐怕有蛇来袭。

九月廿五日（八月十三日） 星期四

一夜平安无事，其实大家疲倦得一倒下就睡着了，谁知道昨夜究竟又有蛇先生光临没有呢。

根据这两天的进度看，千亩卫星田的任务是很难完成的。胡育中他们到连队里摸了一下底，的确存在着一些问题，主要是窝工严重。同时老一套的操作方法也不能适应现在的要求了。针对以上情况我向郑书记提了个建议，希望能快些开展一个献计运动，发动群众动脑筋想办法。同时制定奖励办法，凡是提出合理化建议，经实践证明能提高效率的，可以视其作用大小分别给以物质奖励或表扬。同时应当在生活上多照顾群众的疾苦，不要一味地只给任务，而对他们生活上一些需要漠不关心。如开水问题就是应当加以解决的。这个建议马上就被接受了。于是把它即刻登在战斗小报上发出去。

经过多天来的观察使我感到乡里的基层干部十分缺乏群众观点，仍然存在着命令主义。动不动就是辩论或劳改，当然对那些十分调皮而又屡教不改的人是应当如此的，最重要的还是要加强政治思想教育。毛主席一再指示我们要走群众路线。所谓群众路线就是要把党的政策交给群众，成为群众自己的自觉行动，又在实践中来丰富党的政策，这里群众自觉是最主要的关键。不可否认农民是有落后的一面的，但是“严重的问题在于教育农民”，而不是命令农民。是说服而不是压服。现在压服是多于说服的。因此在劳动中群众的积极性和主动性被压抑了。虽然任务也可能完成，却总是完成得不那么很好。主要原因就是存在着命令、主观主义。形成这种情况的原因很多，看来还不可能一时就会纠正的。因为他们大都是自信很强的，而且任务也实在重，有时根本不容时间去想一想，而是来了就干。并且变化多端，所以难免工作会有些粗糙了。

九月廿六日（八月十四日） 星期五

很久没看报纸了，今天看见有人包饽饽用的报纸，抓空看了一下。赫鲁晓夫同志建议改革苏联的教育制度，主要是要教育与生产劳动相结合。这是从中国经验里学去的，使我联想到最近我们所采取的一系列措施，都是大大地发展了马克思主义。人民公社的建立，教育制度的改革都是具有历史意义的事件。苏联在过去的某些制度的确是保留了资本主义的形式，例如大学的制度，除了内容和有些措施是根本上否定了资本主义的内容以外，在某些形式上却仍然保留了传统的形式，而没有从根本上加以改革。生产与教育相结合这个方针在苏联是重视的，但始终没有从教育制度上解决这个问题。因此使得很多学生还不能在学习过程中就参加劳动。最近中央关于勤工俭学的教育方针是教育史上的一件带有划时代意义的改革。从今天起为世界上的教育史又开辟了新纪元。在这里可以为哲学上提出了一个问题，即内容和形式的关系问题。内容和形式是统一的，记得曾经有人这样说过，旧的形式也可以为新的内容服务。现在看来这句话说得不够全面。的确旧的形式是可以为新的内容服务，但这只是在一个时期内的暂时现象。旧的形式不可能是永远为新的内容服务的。新的内容一定要追寻最适合于自己的新形式。九年来我们的教育事业是有巨大发展的。基本上是为生产为政治服务的。但是因为基本上仍然保留了原有的旧形式，所以它又不能最有效的为政治服务，为生产服务，突出的表现是在“全面发展”的方针上。这是两条道路的斗争，而这个斗争却是到今天才基本上从制度上得到了解决。我们所说的全面发展是与资产阶级“通才”有原则区别的。我们要求人人成为多面手，人人都要智育、德育、体育相结合。马克思说：“这种教育使每一个已达一定年龄的儿童，都把生产劳动和智育、体育结合起来，这不仅是增加社会生产的一个方法，并且是培养全面发展的人类的唯一方法。”（《资本论》）。而我们过去的教育制度是不能适应这种要求的。所以我们才有今天这个带根本性质的改革。在这一点上我们是走在苏联的前面了。

九月廿七日（八月十五日） 星期六

老张转来燕给我的来信，真高兴，又是好多天没有收到她的来信了。她告诉快要出差到合肥去了。这是履方的英明。的确应该让她出去锻炼锻炼，一个人永远闷在办公室里，眼界是不会宽阔的。希望她能在参观农村和现场会议以后有所收获。担心的是她身体不好，为甚么会有发晕的现象呢？是太累了？还是老毛病？不知道出去能吃得消否。可惜不能写信嘱咐她了。这封信也怪，走了六天才收到，现在她可能已经出发了。

“八月十五云遮月，正月十五雪打灯”今天是中秋节，下午忽然下起大雨来。工地上的人被淋得棉衣都湿透了。工棚滴滴嗒嗒的水流个不停，行李也湿了。大家只好冒雨回家，在泥泞的道路上好几次差点儿滑倒。走了一个半小时才到家。

饭后到乡去看戴绣红，和她谈了这些天来的宣传工作，小慕也在。顺便谈到中央歌舞团下放后的创作问题。我觉得如果他们不能做出一个打夯歌和挑河舞来，实在是没有锻炼好。真的，每次我听见群众打夯时的唱号都觉得是一支非常健康而又豪迈的歌曲。为甚么这些作曲家偏偏不把它加工写出来呢？挑河也是个很好的集体舞蹈。艺术原是反映生活的各个方面的。我觉得所有的劳动达到一定的纯熟境界无不是艺术。因为下乡后所看到的各种劳动操作都是非常之美的。如果加上艺术的加工，就是非常好的舞蹈。小慕也颇有同感。而且还打算试着创作呢。我是支持她的。

因为谈得很兴奋，十一时始归，睡前每人吃了一个月饼算是佳节的点缀吧。

九月廿八日（八月十六日） 星期日

“一场秋雨一场寒”，今天已经显得很冷了。

上午没有出门，在家抓空看了《红旗》杂志第七期，关于人民公社的社论。

下午去工地继续到河头搞运输工作。西风甚紧，已经看见北雁南飞了。忽然感到最近思想感情的确是有些变化了。过去我是爱秋天的，但是爱的是它的萧索悲凉，所以非常欣赏“西风紧，北雁南飞，晓来谁染霜林醉，总是离人泪”的句子，多愁善感，以此自娱。最可笑的是自己并没有多少经历，也没有什么情意缠绵的离人，却偏偏向往这些，甚至为一种可笑的幻想而低泣。可是现在却不同了。秋天给我的感觉是爽朗的。它是收获的季节。使我最关心的不再是甚么离人泪，虽然现在我倒是真正有了“离人”，使我感兴趣的是今年的收成和紧张的秋种。阶级情感的变化，这应该说是一个标志吧。

晚又夜战，十二时始收工，供销社搬走了，很多席子也拿走了，工棚四面透风，真是“罗衾不耐五更寒”了，一夜也没睡好，头疼得厉害，只好坚持不说，否则会影响别人的。结果蒙头缩成一个小团，真够受罪的了。旁边的老金却是鼾声如雷，睡得好香甜。

九月廿九日（八月十七日） 星期一

冷的一夜没有睡好，绝早起来，明月西斜，田野显得那么恬静。顺着垄沟到地头看了看，很多麦子已经出苗了。可是却由此看出大部分地种的不够质量，垄宽一尺二的实在太少了。大都是一尺左右，甚至还有八寸的。如果这样亩产万斤是有困难的。

早饭后去河头。这两天对于数字也司空见惯，不大害怕了。可见兴趣或者行不行都是个习惯问题，搞一项工作久了，自然就习惯熟能生巧了，所【以】就会做得好，对陌生的工作自然是不熟悉，因而就认为不能做了。其实你曾经熟悉或习惯了的工作又何尝不是从陌生到熟悉呢？一个人没有了干不了的工作，只有暂时还干不好的工作。问题还在于人的主观努力。一味地强调困难或干不了是完全错误的。

今天乡里已经决定十月一日要休假一天，并且要组织大家娱乐一番，农民放假这还是第一次呢，这也是公社成立的新气象了。

晚上评模以后，为大家读了南孙庄乡宣传材料，这个材料写得不太好，甚至有错误的地方。把我们今天的人民公社说成就是苏联的集体农庄，这是不对的。人民公社和集体农庄是不同的。公社比农庄有更大的优越性，工农商学兵合一是农庄所没有的。如果把二者等同起来就不能解释为甚么说公社是创造性的发展马列主义了。

九月卅日（八月十八日） 星期二

乡的通知来了，决定明天休假一天，昨天已经有非正式的消息，今天算是正式通知，为了给“十一”献礼，大家劲头特别大。下午五点就收工了。回到家才知道小张参加演出，老陈参加展览了。抓空写了封信。很早就睡了。

十月一日（八月十九日） 星期三

万里晴空，天气暖洋洋的。大家起早已成习惯，虽然放假街上老早就热热闹闹的了。早饭后一齐排队去乡开会，先参观了展览馆，布置得满好的。一个席棚按村子分为十三个展览单元，都是实物，有不少好东西，看来这个展览也有些比赛的味道。大瓜、大萝卜，比比看是哪个社的大。老乡兴趣颇高，看了不愿意走。

报告会开始是由艾书记讲话，他把南孙庄乡一年来的生产做了总结，特别是把人民公社的优越性做了详细的解说。他正式宣布从现在开始，我们就采取半供给制了。1959年一月起将按劳力发工资，大致是每人除吃饭以外，按照劳动人的强弱分等级定工资。这实在是一件了不起的大事。在人类历史上也是一件了不起的大事。如果说为人类结束阶级社会的开始是十月革命，那么，人民公社就是为建立共产主义社会开辟了新纪元。历史上哪个朝代，哪个国家能够把全体农民的吃饭问题包下来？这种半供给制的分配形式是与抗战期间的干部供给制有原则区别的。后者是在物质十分缺乏的基础上施行的供给制，而前者则是在物质生产不断提高基础上施行的。实际上这种分配形式已经部分地实现了“各取所需”的共产主义分配原则了。

党的伟大！毛主席伟大！1958年实在是一个不平凡的年代，这是在人类历史上具有重大意义的一年呵！因为从1958年开始在人类的历史上出现了共产主义的萌芽！它表现在一系列的具有历史意义的改革上：人民公社的成立，干部下放，教育制度的改革等。都是在为消灭城乡差别、体力劳动和脑力劳动的差别创造条件。这些变化在哲学上又提出了一系列的新问题。是马克思主义理论的又一重大发展。几年以后我们的国家将要变成世界上第一个实现共产主义的国家，恐怕那时一定会有无数的来自各国的人们到我们这儿开现场会议了。当然，生产方面我们现在暂时还不及苏联，但是在政治理论方面，显然苏联在某些方面还不及我们。为甚么具有高度生产水平的苏联一直没有提出的共产主义的具体形式，反而是在我们生产力水平还不及苏联的国家倒提出了这个问题呢？生产力和生产关系到底应当是怎样的关系呢？事实已经有力的回答了这个问题。理论来源于实践，理论是对现实的反映。首先是实践，然后才是理论反转来指导实践。把理论看成固定不变的东西就是教条主义。正是教条主义才束缚了人们的主动性和积极性。生产力是最活跃的因素，它决定了人们的生产关系，这无疑是正确的。但是同样地生产关系也会反作用于生产力的发展。过去《光明日报》上对二者的关系曾有过不少争论，焦点就是生产关系会不会跑在生产力的前面，或者说是能不能先改变生产关系。现在看来似乎是既可以也不可以。如果是在1949年我们的生产水平就硬要实行今天的分配形式，那当然是不可以的。因为那是完全脱离实际的。但是如果认为今天因为我们的生产水平还没有完全达到像共产主义那样的要求就肯定实行今天我们某些带有共产主义萌芽性质的分配形式是不对的，也就是教条主义。因为从一个社会性质转化到另一个社会性质并不是一定要突变的，相反地在今天人民掌握自己命运的年代里这种过渡正是通过新质不断增长旧质不断灭亡的渐变过程来实现的。因此，这种生产关系（指分配形式）的首先改变不但不违反马克思主义，而是马克思主义的重大发展；不但不影响生产力的发展，而且会大大地促进生产力的发展（事实上这种改变也是生产力发展的要求）。通过1958年生产大跃进和一系列的变革，证明了社会越是前进，人的作用也就越大。但是人对客观存在的规律性的认识，因为人的不同而认识的深度也就不同，于是产生了先进和比较先进之分，先进与落后之分。领袖的作用，伟大人物的作用也正是在这里显示出来的。正是在这个意义上，我们才尊重我们的领袖。我们不是崇拜个人，而是崇拜真理。

我们必须要认识到理论的重要性，因为“理论一掌握了群众”或者说是群众一掌握了理论，就会变成为巨大的物质力量。1958年我们惊天动地的大变化正是因为有毛主席的思想指导。我们正当庆祝这个有意【义】的节日时，我又怎能不由衷地高呼“毛主席万岁”呢？

十月二日（八月廿日） 星期四

又愉快地回到工地了。截至今天早晨为止，种麦任务完成了四百另五亩七分。还有近六百亩的任务没有完成。“白露早，寒露迟”，还有八天就是寒露，种麦就有问题了。必须抓紧，所以今天又派建山前来督战。但窝工现象仍然严重。

大概是早晨受了风，肚疼甚剧。兆万给了我几片药吃，可是下午还不好，供销点又来了一个小车子，老乡们说喝些酒是可以好的，结果打了两毛钱的酒喝，只两口就不行了，大部分都送给了道云。坚持到傍晚才回家睡觉。

十月三日（八月廿一日） 星期五

不知道是最近脑子不好使，还是原来就已经不好使，或是根本脑子就不灵。总之，这些天越发觉得脑子发木了。很有些东西想把它写下来。可是提笔忘字，怎么也写不出来，就是明明白白的东西也是不知如何写法，日记都辞不达意了。实在急人。到底是怎么回事呢？利用空隙时间看了6期的《人民文学》，其中几篇短篇小说和茅盾的短文都看了两遍，觉得自己实在应当好好学习文化了。否则怎能做一个又有文化又能劳动的共产主义新人呢。

晚上回家道经乡政府，取了《参考消息》，多天来不知国际局势怪闷人的。今天取了五六天的《参政消息》，看样子廿四日的空战恐怕相当激烈，蒋匪机竟使用起导弹来了。台湾海峡的局势究竟会怎样发展，实在是个谜。虽然毛主席说华沙会谈可能取得某些成就，可是照现在的情形看实难看出究竟能否会取得成就。美国的态度仍然是十分恶劣的，我们已经向它提出十九次严重警告了。

十月四日（八月廿二日） 星期六

距离寒露越来越近，种麦任务也随着日益紧张起来，不赶时间就要完不成了。本来一味地加强劳动强度实在不是一件好事，但是目前的情况却不能不如此了。夜战是困难的。已经是八月下旬，天一黑啥也看不见，有限的几盏油灯是解决不了问题的。开了个诸【葛】亮会，大家一致认为应当改夜战为早战，四点钟起来，月儿可亮呢！于是就这样决定了。今天是第一天，果然赶出不少活计来，一天完成了近百亩呢，这样三天就可以完全解决问题了。

中午接到戴绣红同志来信说晚上要上红专大学的政治课，要我做好准备工作。又要忙着搞数字，又要准备这些，可有些顾此失彼了。幸好下午运麦种的车子少了，于是抓空找到老韩研究了一下，赶紧分头布置，算是没有误事。

晚饭后张六庄把气灯拿来了，工地上顿时出现一片光明，几百人排排坐，在上课前人群中不断地在拉歌，集中的对象是张德君，谁知道她伤风了。在众情不可却的一再要求下，才唱了一个“大地瓜”。群众仿佛忘了一天的劳累似的，精神实在好，要不是上课，也许来个文娱晚会马上就可以组织成功的。因为爱好评剧和皮影的小伙子和姑娘们已经个个跃跃欲试了。汪量的课时间掌握得很好，九点钟就完了。回到家正十点钟，本来想就睡的，可是突然发现《人民日报》有毛主席《送瘟神》二首诗，于是只好先睹为快了。大概是我的脑子不好使的又一证明，看了诗以后又联想到前两天想到的形式和内容的问题，毛主席的这两首诗是规规矩矩的七律，这不是旧的形式新的内容吗？这将何以解释自己前两天对这个问题的论断呢？想了一下还是可以说得通的。的确毛主席是采用了旧诗的形式不为其束缚，而且表现了新内容，为我们树立了现实主义与浪漫主义相结合的典范，但是这并不等于说旧形式就成了我们新诗歌的方向，相反地我们的诗歌方向正是旧诗词和新民歌的结合成为我们今天群众正在创作所采取的新形式。这种新形式是与纯粹的旧诗形式是不一样的。这正是推陈出新，这正是不隔断传统。我们要学习毛主席的创作精神并不是一定要模拟他所采取的旧诗形式。因此，“新的内容总要寻求它适宜的新形式”这句话并不错。不过要加以补充的是，任何新的形式又总是民族的，是在旧的形式中变化而来的。因此它总是既具有时代的特征，又具有传统的风格。只有这种形式才是我们需要的新形式。

十月五日（八月廿三日） 星期日

今天改变了集中支付麦种和肥料的办法，改为各社直接领取，指挥部只掌握一下支付的数字。这样省了一道手续，在人力和时间上都节省不少，所以速度也就快了。

说明今天要有人来工地宣传，可是到中午连个人影也没有，只好做罢了。幸而没有通知群众，否则会更被动。

下午办事处刘主任来了，我向他建议应当把指挥部的那块地盖几间房，把这千亩卫星田的管理人员固定下来，以后就可以由他们选出负责人管理，不必再由乡里自己抓。这样既可以摆脱事务主义，又可以发挥群众的主动性和积极性。

听刘主任说下放干部已经确定留下一部分在公社工作了。这与原来下放时所说的几种出路是不矛盾的。不过在四种出路中人数的比例上可能会起变化的。可以肯定回原机关的人是极少数的。

十月六日（八月廿四日） 星期一

原来自己总还觉得满不错的，可是现在看来实在是不行的。不用说是生产斗争知识，就是自诩为知识分子那点书本知识也实在知道的少得可怜。这样下去如果不急起直追，是会被时代的列车抛在后面的。忽然有这种感想并非偶然，实际上下乡以后就有感觉了，而是越来越深地体会到这一点。就拿理论水平来【说】吧。在局里时自鸣得意，别人也承认我对问题的认识比较尖锐。可是一下乡就看出来了，很多理论是不能解决实际问题的，在尖锐的阶级斗争前虽然不曾失去立场，但是在情感上却往【往】偏右，可见理论本身是要建筑在高度思想觉悟的基础上，才能够成为指导工作的武器。当然理论也同样反过来提高我们的觉悟，但是首先还是要自己改变思想感情。

原定今天可以完成全部种麦任务，可是计划又落空了。

中午休息时偶然翻阅了一下自己的日记，觉得这几天写的一些问题都是似是而非辞不达意，所以有了以上的一点感想，心里怪着急的，真的脑子不好使了吗？为甚么想得好好的就是写不明白呢？

十月七日（八月廿五日） 星期二

任务已经就要完成了，但是种子和肥料还有的是。今天只好分给各社去种自己的地了。只留一小部分为今明两天之用。这是早晨确定的原则，谁晓得中午又变了卦，还要加二百亩的任务。幸好种子和肥料还没有全发出去。

中午为了一点小事刘主任和南孙庄孙佩芝顶起来了。孙的态度是要不得的，他完全采取了对人将军的态度，实质上是对今天的政策有抵触，所以才有意和人为难。整一整思想的确是必要的。

要完成新加的任务不夜战是不行了，虽然月黑头伸手不见五指，可是还是决定挑灯夜战。“节气”到了不加劲也不行了。十点多回家，遇见海波，谈话之间似乎他和丁洪江有些意见，支书如果和主任不团结就是不会搞好的，难怪这些天北孙庄的工作一再受批评呢。团结实在是太重要了。

到家小张传达了老戴的布置要抓思想了，这也许是我上次的建议在实现了。的确最近一个时期，下放干部有些人是在松劲了。好像没有过去那样严格地要求自己，这是要不得的。距离年底时间很短了。如果不抓紧就会使一些原来取得的成绩又功亏一篑了。思想工作是永远不能间歇的。至少是在现在这个时候。

十月八日（八月廿六日） 星期三

昨天苦战通宵，今天又连续搞了一天，麦子已经基本种完了。指挥部决定今天全部撤回各村，一小部分人留着扫尾，但也不必住在工地了。二十来天的战斗就此胜利结束。绿油油的麦田就是我们的胜利成果。一些老农也在赞不绝口：“这麦子远去了，少说也得个三五千斤。”很显然亩产万斤他们还是没信心的。其实就是现在这样已经在此地算是了不起了。所以必须还要继续加劲，要防止满足现状的思想才能争取来年的大丰收。

老胡回去了。我是傍晚才回村的，明天还要去把剩余物资拉回来和各村把账对好才能算完成任务。

十月九日（八月廿七日） 星期四

大清早就先下泊地了。赵辛庄、南孙庄都派了车子来。准备拉肥料和麦种，可是艾书记说要到乡里集中再分发，因为又拉了四千斤早秧麦种和现存肥料一起分发各社种自己的卫星田。只好按他的意思执行了。南孙庄的那位赶车同志颇有意见。

拉了一天还是没拉完，只好明天继续拉。

回到村子听说劳力要大批外调，部分支援钢铁战线，部分去邱庄水库。很可能小伙子一个也不剩了。六亿人口竟然劳【力】紧张，也可见我们跃进的一斑了。

十月十日（八月廿八日） 星期五

上午算是把所有的剩余物资都拉回乡里来了。可是因为老胡不在，所以账还对不成。

和耀青闲聊天，谈到今后的供给制问题，他说“我真没成想会有这么一天，以后可以无忧无虑的劳动了”。这也反映了一般社员的想法。半供给制实质上是属于共产主义范围的。谁又料想到我们很快就会进入共产主义社会呢？用老乡的话：“社会走的可太快啦！”

晚上艾书记做报告，要求用王国藩和杨广志两种思想对比联系各社实际情况开展大鸣大放大辩论。很多人写了大字报，纷纷表示要克服本位主义化私为公。看样子我们穷社的问题不大，因为根本就一无所有，如果计较所谓吃亏占便宜的话，也只有占便宜。重点恐怕还是北六村，他们往常是依靠苇子来丰衣足食的，有人不大劳动可是因为有苇子，所以还是过好日子。这次公社成立，思想不无波动。或许还有些抵触情绪，这是应当通过辩论来解决的。

也许是因为我们村子没有苇子这样的问题，所以很少有人对化私为公有怀疑，而是一致拥护。所以始终也没有反面意见。

会后宣布了去水库和焦厂的各村分配数字。并且确定荣秀带队，张道云暂代支部书记。

十月十一日（八月廿九日） 星期六

早起去唐坊对账，看了于坚和刘巨成，他们给我说了不少振奋人心的消息。明年北京城将成为一个共产主义社会的缩影。国庆十周年可能要放射卫星呢！那时所有接待外宾的汽车都用东风牌小轿车。天安门广场大为扩大，东西长安街和前门大街要出现无数的摩天大楼。据说现在的面貌已经大大改观了。一九五九年可能工资制会改为半供给制，博士、功勋演员等等带有资产阶级法权残余的一切规章制度都要予以废除。这样不仅是在生产上要出现新的面貌，而在人的精神面貌也要大大改变。这是多么不平凡的创举。难怪连英帝国主义者也说我们的措施是带有世界意义了。

很可能我们的锻炼时间要提前结束，至迟不会超过元旦，或者还会更早些。这样就给我们又提出了新要求，我们应当以更大的干劲在这短暂的时间里做出一些成绩来。把已有的成绩继续巩固，一定要做到人走工作在。

下午开小组会着重谈了今后的工作问题。决定把已经做的工作加以巩固。

十月十二日（八月三十日） 星期日

好容易算是闲下来了。工地的工作已经告一段落，和小张商量了一下，今天把思想总结搞完了。也算了却了一桩心事。晚上由支书动员全体社员大鸣大放。我没有参加。

十月十三日（九月初一日） 星期一

下了一天的牛毛细雨，的确有些寒意了。把衣服送到缝纫加工厂去改，可是马上还没功夫。一条露屁股的裤子也实在应该换换了。只好再多等两天吧。

也许是着了凉，或者是又在闹天气，因为每次天气变化我常常会有反应的。下午又头疼了，最难受的是眼球仿佛要缩进去的样子，伴之而来的是呕心。本来要参加群众的鸣放也只好做罢了。想早睡可是又头疼得睡不着。

半夜起来大便，又拉肚子了。身体这些天来又大不如前了。为此颇为着急。因为身体是本钱，没有本钱还能做甚么事情呢？

十月十四日（九月初二日） 星期二

雨过天晴，西风甚紧。大家都穿了棉衣。因为肚子不好没有吃早饭。九点钟老胡来访，一道去乡里把账对清楚了。工地的事今天才算是完全结束。

中午为了烧洋灰问题和小张争得面红耳赤，也许是我的肝火旺，态度是不大好的。难道这也和身体有关系？

晚上小张从乡里回来把戴绣红对我的一些意见告诉了我。应当肯定基本上是正确的，也有些与事实不符的地方，有则改之，无则加勉吧！

十月十五日（九月初三日） 星期三

接燕来函，她已经从安徽回到北京了。此行不虚，收获颇大。在城圈里关了八年出去走走一定会甚么都觉得是新鲜，事实上也的确新鲜，八年来的祖国农村变化是多大呵！

燕给我们抄了两首诗：

一、

钢铁是万能之王，
我牵马给他骑上。
乘东风青云直上，
超英国也是平常。

二、

天上银河万丈长，
牛郎织女各一方。
车尽天上银河水，
男耕女织永成双。

她说比我抄的几首要好得多，这倒是真的。不过这两首诗的格调的确高，可是也不能就肯定说我们抄的那些不好。

十月十六日（九月初四日） 星期四

秋收工作已经告一段落。准备今天一起去唐山办些事，洗洗澡，结果晚上在半路上遇见老嵇回来了，只好做罢。几个月不见，说起来没完，从唐山到北京，天南海北，聊得真起劲儿，很晚才睡觉。返京的日期已经比较明确了，但仍不公开。说老实话，我还真舍不得马上走呢。

十月十七日（九月初五日） 星期五

一早起和老嵇参观了这几个月来我们的工作成果，倒很使他满意。小张为了他的转正问题又去乡里去了。

下午开始考虑一年来的小组工作经验总结，大家确定由我执笔。先把工地宣传工作体会写了出来，关于全面锻炼的认识是请老陈把过去写的又抄了一份。

工地的宣传工作本来是可以大写而特写的材料，特别是红专学校，可是这部分老戴把它抽出去单写了，结果我再只写宣教工作就显得内容有些贫乏了。

不过宣传员必须参加生产，了解生产发现问题有的放矢这一点，还是非常值得推广的。

十月十八日（九月初六日） 星期六

为了搞好善后工作，许多我们搞的工作……

辰生读书劄記　一九五九年己亥年

十二月十日（十一月十一日）星期四

藝術，無論是戲劇、繪畫、雕塑，決不是政治演说。它的特征在於使欣賞者不是只简單地接受宣传，同时也是一种探索和補充。这樣才使一个作品的主題影響更深入，宣传的效果會更好。藝術内容的一般化不是擴大藝術取材的領域而是縮小了它的領域。"一瞭無餘"和"含蓄"當然后者优於前者。平鋪直叙的说教，詳细不加提煉的叙述，必然掩蓋作者对於生活无知和冷淡，却无法得到令人心情激动的效果。生活与艺術是不同的，艺術總不是生活的复制，艺術是生活的典型化。它是由复雜到單纯，單纯化了的艺術形象和生活本身是有很大的区别的。"典型的力量在于使人由作品的这一个联想到那许多个。这一个是艺術家認識生活的结果，也就是欣赏者再認識生活的出發点"。别林斯基说："在有才能的作家的筆下，每个人物都是典型，对於讀者，每个典型都是熟識的陌生人。"一个典型，也就是艺術上的"这个"常并代替不了别人，却代表了许多人。这就是特殊与一般的辩证统一关係。

十二月十一日（十一月十二日）星期五

關於現实主義，恩格斯在给哈克纳斯的信裡作了明确的解釋："照我看来，現实主義是除了细節的真实之外，还要真实地再現典型环境中的典型性格。"环境是环绕人物、驱使人物行动的，没有典型环境，就不能有典型性格。"人物的性格不僅表現在他做甚麼，而且表現在他怎樣做"（恩格斯致拉萨尔的信）。因此現实主義的作品絶不是超然地纯客观主義地反映生活，而必並是具有鲜明的倾向性的。这也就是現实主義与自然主義的根本分歧点。

温廷宽《中國北部的石窟雕塑藝術》一书在開头一章有这樣一段话："如果雕塑家通过这些非現实的題材内容，反映了現实的人的思想感情，無論是慈祥、雄武、欢欣、虔敬、可憎，能够引起了我们情绪上的共鸣，那就是从真实生活中得来的，也就是具有一定艺术价值的作品。」这一段话可说是他对整个石窟艺术一个总的看法，以后在全书中乃至大足石刻中对具体雕塑的分析是一直贯串着这个观点的。不错，有价值的艺术作品总是要从真实生活中得来的，但是仅仅这样说是非常不够的。特别是温庭宽先生以此为据而得出了这些雕塑具备了现实主义的精神（的结论，理由）就更不充分了。

、现实主义与自然主义不同，它们同是要求表现生活，但并不是所有有表现了现实生活的作品（那怕表现得非常生动）都是现实主义。问题在于表现了甚么现实生活，用甚么态度来表现生活。现实主义是要对现实生活加以艺术地概括，真实典型地反映生活的本质。因而决不是把作品的对象局限在一般生活的现象上，以描述这些现象为满足，现象可以成为创作的素材而不一定就是创作的题材，只有是反映生活本质的现象，才能成为现实主义作品的题材。（因此作为宗教艺术的石窟雕塑在题材上就是对雕塑家也有着束缚作用的。）自然主义与此相反，他们认为事实就是真理，只把创作对象停止在生活的表面现象上，不分本质和非本质，一切客观存在的现象都可以作为创作的题材，因而常常是歪曲了生活的真实。因为他们的目的仅在于陈述生活的表面現象，忽視集中概括在藝術形象上反映生活本質的意义。也正因为如此，現实主義的雕塑也好，繪画也好，在描写人物的时候，不仅是要注意人物在外貌上的正確，更重要的是表現出人物的思想、感情、性格，人物的内心活动，表現出具有鮮明不同的个性。但是自然主義的作品是忽視个性和典型性的，而是主要看外貌是否與對象酷似，最完善的一致，解剖是否達到了分毫不爽的相似，把对於人的观察，限制在外貌的感覺上，从不接觸到对於人的心灵的洞察，从不接觸人的精神状态，人的社會屬性。因而只要求艺術形象上的外表逼真和细瑣部分的正確及

对藝術中的思想性，所以也就是反現实主義的。

温庭宽正是以自然主義的态度来评价大足雕塑的，在他看来，反映了生活，就必定是具有藝術價值的，具有藝術价值也必定是与宗教要求相矛盾的，这就是温庭宽的邏輯。

十二月十三日（十一月十四日）星期日

"大足石刻"的宝顶大佛灣，温庭宽在描写"地藏閻羅"、"十佛龕"时写道：

"下两重，基本上是地獄变相，共分十九小组，计有刀山、鑊湯、寒冰、拔舌、毒蛇、剉碓、鋸解、鐵床、黑暗、阿鼻、截膝、餓鬼、鐵輪、刀船、糞穢等地獄

榮寶齋

里面有各种各样的鬼卒，按照宗教要求，应该造成一种恐怖气氛，但我们从艺术角度来欣赏这些作品，每个形象都体现了不同的典型性格和感情，有着富于戏剧性的姿式动作，正象我们欣赏其他古典神话题材的文学、戏剧、舞蹈一样，引起了某种情感上的共鸣，这就是艺术美，这种艺术美也正是从生活中提炼出来的。」

很显然在这里温庭宽是把宗教要求——即这组雕塑的主题思想内容（与艺术形象）对立起来了。我们知道，一个艺术作品的思想性和艺术性是统一的，内容和形式是统一的。因为"纯粹的、超然的、无条件的、或象哲学家所说，绝对的艺术，在任何时候，任何地方，都没有过。"（别林斯基）单纯的艺术美是不存在的。艺术效果必然是与主题思想要求相一致的，而不能产生完全相反的（与主题要求）艺术效果。那么，温庭宽为什么会从具有刀山、拔舌的各种各样鬼卒的恐怖题材中，引起了某种感情上的共鸣呢？根据他的逻辑，这就是因为，每个形象都体现了不同的典型性格和感情以及富于戏剧性的姿式动作，因而也就具备了艺术美。这种艺术美正是从生活中提炼出来的。在这里他虽然也提出了典型性格、感情的概念，但是究竟是甚么感情，甚么性格？却只字不提，为了联系到其他地方他对性格和感情的看法作明白的了，可以看出，他所指的感情只不过是一般的喜怒哀乐而已，因而生活中有喜怒哀乐，而雕塑中也表现了有哭有笑，于是就断定这是从生活中提炼出来的。至于是普通人的喜怒或是什么人的喜或怒，他是不管的。他只提到了"总括来说的"，却没有提到"的喜怒表现"。这是道地的自然主义观点。因为仅仅是忠实地对现实生活的某些现象进行摹拟，只能也只能是形象非常优美，却并不能说明作品的思想性。而我们对待一个作品的评价却首先是从思想性出发的。也就是把政治标准放在第一位，把艺术标准放在第二位。温庭宽与我们相反，他是从艺术美出发的，很少或根本不谈政治标准。"地狱变相"的描写是一个最典型的例子。

十二月十五日（十一月十六日）星期二

对于"提炼"的理解，我们是和温庭宽有分歧的。我们说从生活中提炼出来的意思是指思想内容而言的。因为一个现实主义的作品必然要表现生活的本质，因此雕塑家就必须观察生活，认识生活，从感性认识到理性认识，在错综复杂的生活现象中，辨明那些是生活中的基本的，具有本质意义的方面，那些是偶然的，次要的方面，从而在许多片断的，不完全的素材中进行提炼和概括，只有这样才可能真实地表现生活。我们所说的提炼是这标的。但温廷宽的提炼却是指艺术技巧而言的。在他看来不管是甚麽摄取的生活题材，只要是客观存在的生活现象，艺术家能够把它维妙维肖地描绘出来，或者富于戏剧性的优美姿式，也就是生活中提炼出来的，也就具有艺术美。实际上他所说的提炼也就是熟练的艺术技巧。熟练的艺术技巧当然是必要的，但是更重要的却是它所表现的思想内容。温廷宽就偏了，把这方面忽略了。

十二月廿日（十一月廿五日）　星期日

由传统的雕塑艺术学习些甚麽？作者在这个带有结论性的论述中并没有作出具体明确的答复，相反地还表现出一些不正确的观点。

温廷宽在阐述了石窟艺术各时代的特点以后，概括地说明佛教雕塑自身发展的普遍性表现为：

一、在发展过程中，逐渐突破了各种规格的束缚，走向更为广阔的、结合实际的创作道路，由幻想的、神的世界，逐渐形成为带有生活气氛的现实主义精神。

二、由概括性较多的表现，走向真实具体的刻划。手法上由朴直硬直、朴素大方，一步一步地进到圆熟、流畅、细致描写。

辰生读书札记

一九五九年嘉平

十二月十日（十一月十一日） 星期四

艺术，无论是戏剧、绘画、雕塑，决不是政治演说。它的特征在于使欣赏者不是只简单地接受宣传，同时也是一种探索和补充。这样才使一个作品的主题影响更深入，宣传的效果会更好。艺术内容的一般化，不是扩大艺术取材的领域，而是缩小了它的领域。

“一览无余”和“含蓄”，当然后者优于前者，平铺直叙的说教，详细不加提炼的叙述，只能掩盖作者对于生活无知和冷淡，却不能得到令人心情激动的效果。生活与艺术是不同的，艺术绝不是生活的复制。艺术是生活的典型化，它是由复杂到单纯，单纯化了的艺术形象和生活本身是有很大的区别的。“典型的力量在于使人由作品的这一个联想到那许多个。这一个是艺术家认识生活的结果，也就是欣赏者再认识生活的出发点。”别林斯基说：“在有才能的作家的笔下，每个人物都是典型；对于读者，每一个典型都是熟识的陌生人。”一个典型，也就是艺术上的这一个。“虽然代替不了别人，却代表了许多人”。这就是特殊与一般的辩证统一关系。

十二月十一日（十一月十二日） 星期五

关于现实主义，恩格斯在给哈克纳斯的信里作了明确的解释：“照我看来，现实主义是除了细节的真实之外，还要真实地再现典型环境中的典型性性格。”环境是环绕人物、驱使人物行动的，没有典型环境就不能有典型性格。“人物的性格不仅表现在他做什么，而且表现在他怎样做。”（恩格斯致拉萨尔的信）。因此，现实主义的作品绝不是超然地纯客观主义地反映生活，而必然是具有鲜明的倾向性的。这也正是现实主义与自然主义的根本分歧点。

温廷宽《中国北部的石窟雕塑艺术》一书在开头一章有这样一段话：“如果雕塑家通过这些非现实的题材内容，反映了现实的人的思想感情，无论是慈祥、雄武、欢欣、虔敬、可憎，能够引起我们情绪上的共鸣，那就必定是从真实生活中得来的，也就是具有一定艺术价值的作品。”这一段话可以说是他对整个石窟艺术一个总的看法，以后在全书中乃至《大足石刻》中对具体雕塑的分析是一直贯串着这个观点的。不错，有价值的艺术作品总是要“从真实生活中得来的”，但是仅仅这样说是非常不够的。特别是温廷宽竟以此为据而得出了这些雕塑具备了现实主义的精神的结论，理由就更不充分了。

现实主义与自然主义不同，他们同是要求表现生活，但并不是所有表现了现实生活的作品（哪怕表现得非常生动）都是现实主义。问题在于表现了甚么现实生活？用甚么态度来表现生活？现实主义是要对现实生活加以艺术地概括，典型地真实反映生活的本质。因而决不是把作品的对象局限在一般生活的现象上，以陈述这些现象为满足。现象可以成为创作的素材而不一定就是创作的题材，只有是以反映生活本质的现象，才能成为现实主义作品的题材（因此作为宗教艺术的石窟雕塑在题材上就是对雕塑家起着束缚作用的。）自然主义者与此相反，他们认为事实就是真理，只把创作对象停止在生活的表面现象上，不分本质和非本质。一切客观存在的现象都可以作为创作的题材，因而常常是歪曲了生活的真实。因为他们的目的仅止于陈述生活的表面现象，忽视集中概括在艺术形象上反映生活本质的意义。也正因为如此，现实主义的雕塑也好，绘画也好，在描写人物的时候，不仅是要注意人物在外貌上的正确，更重要的是表现出人物的思想、感情、性格，人物的内心活动，表现出具有鲜明不同的个性。但是自然主义的作品是忽视个性和典型性的，而是主要看外貌是否与对象取得最完美的一致，解剖是否达到了分毫不爽的相似，把对于人的观察，限制在外貌的感觉上，从不接触到对于人的心灵的洞察，从不接触人的精神状态、人的社会属性。因而只要求艺术形象上的外表逼真和细琐部分的正确，反对艺术中的思想性，所以也就是反现实主义的。

温廷宽正是以自然主义的态度来评价古代雕塑的，在他看来，反映了生活，就必定是具有艺术价值的，具有艺术价值也必定是与宗教要求相矛盾的，这就是温廷宽的逻辑。

十二月十三日（十一月十四日） 星期日

《大足石刻》的宝顶大佛湾，温廷宽在描写“十佛龛”时写道：“下两重，基本上是地狱变相，共分十七小组，计有刀山、锡汤、寒冰、拔舌、毒蛇、剉碓、锯解、铁床、黑暗、阿鼻、截膝、饿鬼、铁轮、刀船、粪秽等地狱里面有各种各样的鬼卒。按照宗教要求，应该造成一种恐怖气氛，但我们从艺术角度来欣赏这些作品，每个形象却体现了不同的典型性格和感情，有着富于戏剧性的姿势动作，正像我们欣赏其他古典神话题材的文学、戏剧、舞蹈一样，引起了某种情感上的共鸣，这就是艺术美，这种艺术美也正是从生活中提炼出来的。”

很显然，在这里温廷宽是把宗教要求——即这组雕塑的主题思想内容与艺术效果对立起来了。我们知道，一个艺术作品的思想性和艺术性是统一的，内容和形式是统一的。因为“纯粹的、超然的、无条件的，或像哲学家所说，绝对的艺术，在任何时候，任何地方，都没有过”（别林斯基）。单纯的艺术美是不存在的。艺术效果必然是与主题思想要求相一致的，而不可能产生完全与主题要求相反的艺术效果。那么，温廷宽怎么会从具有刀山、拔舌内容和各种各样鬼卒的恐怖题材中“引起了某种感情上的共鸣”呢？根据他的逻辑，这就是因为“每个形象”都体现了不同的典型性格和感情，以及富于戏剧性的姿势动作，因而也就是具备了艺术美。这种艺术美正是从生活中提炼出来的。

在这里，他虽然也提出了典型性格、感情的术语，但是究竟是甚么感情？甚么性格？却只字不提。如果联系到其他地方他对性格和感情的看法，很明白的可以看出，他所指的感情只不过是一般的喜怒哀乐而已，因为生活中有喜怒哀乐，而雕塑中也表现了有哭有笑，于是就断定这是从生活中提炼出来的，至于是甚么人和为甚么喜或怒他是不管的。他只提到了“怎样表现”的，却没有提到“为甚么表现”？这是道地的自然主义观点，因为仅仅是忠实地对现实生活的某些现象进行摹拟，虽然也可能是形象非常优美，却并不能说明作品的思想性。而我们对待一个作品的评价却首先是从思想性出发的。也就是把政治标准放在第一位，把艺术标准放在第二位。温廷宽与我们相反，他是从“艺术美”出发的，很少或根本【不】谈政治标准。“地狱变相”的描写是最典型的例子。

十二月十五日（十一月十六日）星期二

对于“提炼”的理解，我们是和温廷宽有分歧的。我们说从生活中提炼出来的意思是指思想内容而言的。因为一个现实主义的作品必然要表现生活的本质，因此，雕塑家就必须观察生活、认识生活，从感性认识到理性认识，在错综复杂的生活现象中，辨明哪些是生活中的基本的、具有本质意义的方面；哪些是偶然的、次要的方面，从而在许多片段的、不完全的素材中进行提炼与概括，只有这样才可能真实地表现生活。我们所说的提炼正是这样的。但温廷宽的提炼却是指艺术技巧而言的。在他看来，不管是甚么样儿的生活题材，只要是客观存在的生活现象，艺术家能够把它惟妙惟肖地描绘出来，具有富于戏剧性的优美姿势。也就是生活中提炼出来的，也就具有艺术美。实际上他所说的提炼也就是熟练的艺术技巧。熟练的艺术技巧当然是必要的，但是更重要的却是它所表现的思想内容。温廷宽却偏偏把这方面忽略了。

十二月廿日（十一月廿一日） 星期日

向传统的雕塑艺术学习些甚么？作者在这个带有总结性的论述中并没有得出具体明确令人信服的任何回答，相反地还表现出一些不正确的观点。温廷宽在陈述了石窟艺术各时代的特点以后，概括地认为佛教雕塑自身发展的共同性表现为：

一、在变化发展过程中，逐渐突破了各种规格的束缚，走向更为广阔的、结合实际的创作道路。由幻想的、神的世界，逐渐形成反映生活面貌的现实主义精神。

二、由概括性较多的表现趋向真实具体的刻划，在技法上由朴直硬直，大体大面，一步一步地改进到圆熟洗炼、细致描写。

……

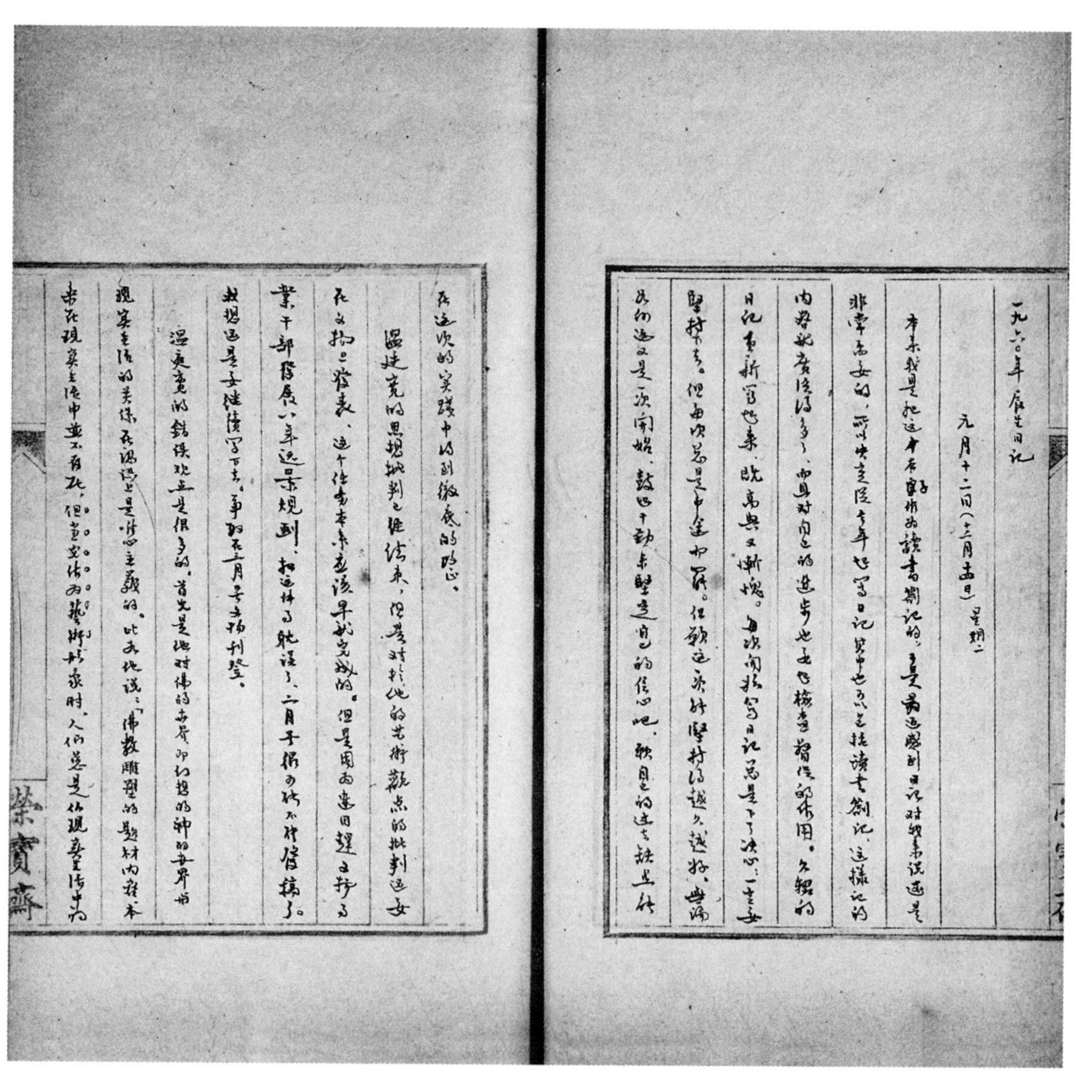

一九六〇年辰生日记

九月十二日（十二月[illegible]日）星期二

本来我是把这本本子作为读书劄记的，[illegible]这些劄到日记对我来说还是非常需要的，所以决定从今年起写日记，其中也可包括读书劄记，这样记的内容就广泛得多了，而且对自己的进步也更起检查督促的作用。久辍的日记重新写起来，既高兴又惭愧。每次开始写日记总是下了决心：一定要坚持下去。但每次总是中途而废。但愿这次能坚持得越久越好，无论如何这又是一次开始，鼓起干劲来坚定自己的信心吧，默自己的过去缺点[illegible]

在这次的实践中得到彻底的改正。

温廷宽的思想批判已经结束，但是对于他的学术观点的批判还要在文物上发表，这个任务本来应该早就完成的。但是因为要回[illegible]手抄了业于部发展八年远景规划，把这件事就误了，二月[illegible]得不[illegible]稿了。我想还是要继续写下去，争取在五月号文物刊登。

温廷宽的错误地方是很多的，首先是他对佛的[illegible]幻想的神的世界和现实生活的关系，在认识上是唯心主义的。比如他说：「佛教雕塑的题材内容，本来在现实生活中并不存在，但……艺术形象时，人们总是从现实生活中为

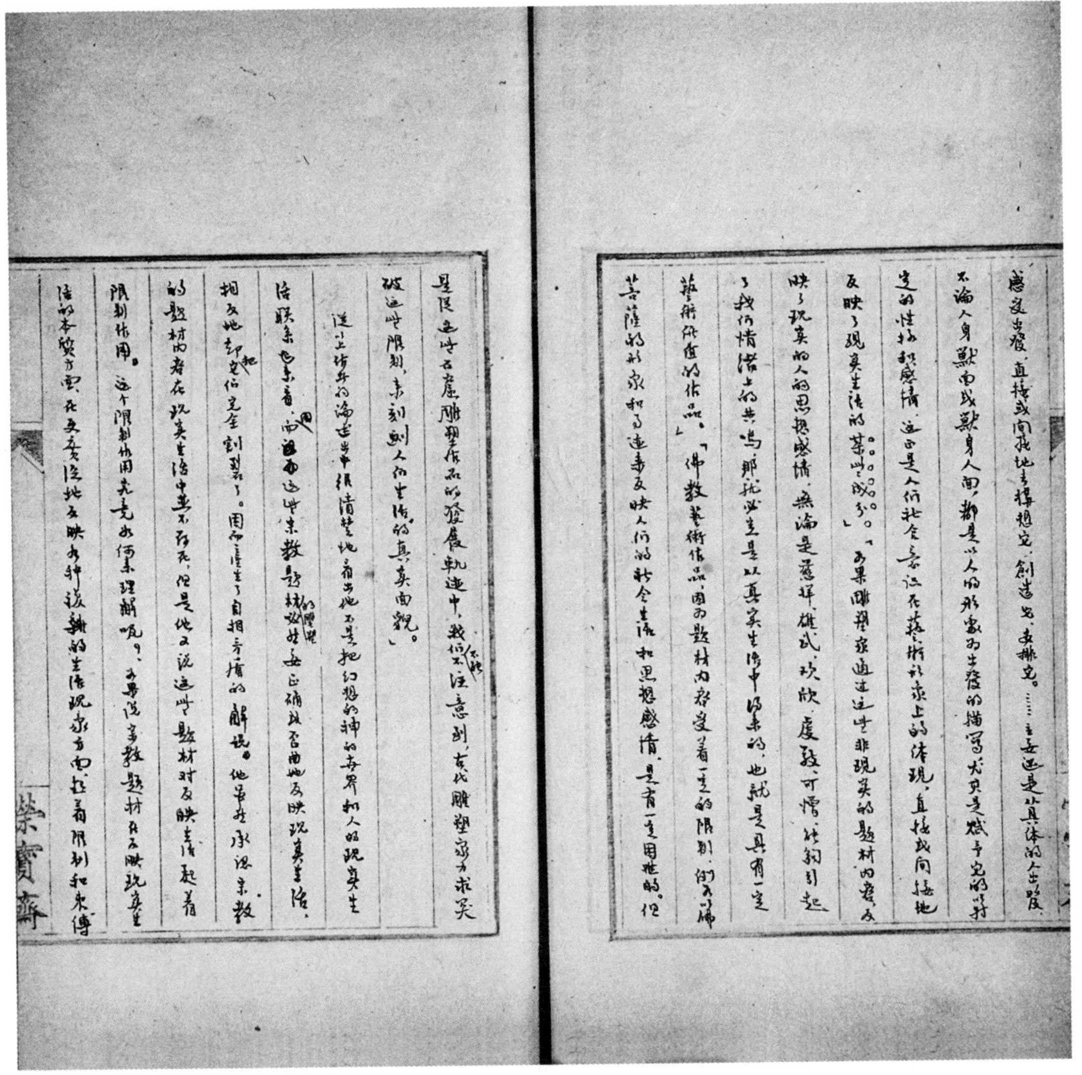

感受出發，直接或間接地去揣想它、創造它、安排它。……主要還是從具体的人出發
不論人身獸面或獸身人面，都是以人的形象為出發的描寫，尤其是賦予它的行
定的性格和感情，這正是人們社會意識在藝術形象上的体現，直接或間接地
反映了現實生活的某些成分。」「如果雕塑家通過這些非現實的題材內容反
映了現實的人的思想感情，無論是慈祥、雄武、歡欣、虔敬、可憎，能夠引起
了我們情緒上的共鳴，那就必定是從真實生活中得來的，也就是具有一定
藝術價值的作品。」「佛教藝術作品，因為題材內容受着一定的限制，例如佛
菩薩的形象和為達到反映人們的社會生活和思想感情，是有一定困难的。但
是從這些石窟雕塑作品的發展軌跡中，我們不難注意到，古代雕塑家力求突
破這些限制，來刻劃人們生活的真實面貌。」
從上述的論述中很清楚地看出他不是把幻想的神的世界和人的現實生
活联系起來看，而通過這些宗教題材的壁畫如何正確或歪曲地反映現實生活，
相反地，却把它們完全割裂了。因而產生了自相矛盾的解說。他只在承認宗教
的題材內容在現實生活中並不存在，但是他又說這些題材對反映生活起着
限制作用。這個限制作用究竟如何來理解呢？如果說宗教題材不反映現實生
活的本質方面，在真實地反映多种複雜的生活現象方面起着限制和束縛

的作用这当然是对的。如果说佛、菩萨、罗汉等形象也可以反映人的形象和感情，也当是这些形象反映了人的形象和感情就是突破了题材的限制和束缚就是大错而特错了。佛本的混说正是后者而不是前者。也是把佛的形象和生活形象完全对立的。

我们认为：去解释佛的形象和生活形象的关系，必须从存在决定意识这个基本点出发，否则就会陷入唯心主义。宗教的题材反映了现实生活，佛和菩萨反映了人的形象和感情，这都是必然的。也正因为佛和菩萨的形象是不存在的，所以人们才必然在雕塑它的形象时反映出人的形象。因为形象和

感情不是抽象的而是具体的。存在决定意识，人们的意识反映世界又可能超越人们感觉接触的现实存在的范围。但是由于意识具有相对的独立性，所以意识反映现实并不是机械的，人的想象力可以把握各个不同时间、地点所感觉和知觉过了东西的各种现象综合起来，「但归根到底还是客观存在的反映，甚至最漫无边际的幻想也是同引起感觉的物质有联系的，也反映着外部世界。人的幻想的怪物无论距离现实有多远，也都是实在的各种成分歪曲的反映。」超自然的东西是不存在的。所以牛头马面也好，人面兽身也好，这种说明是存在决定意识（的必然结果），要研究说明这是雕塑家主观上力求表现生活的结果，因为宗教

有看見過牛馬的人，就無從創造出牛頭馬面的形象。牛頭馬面在現實生活中並不存在，但它卻非常清楚地反映了這是現實生活中存在的牛、馬和人的特征。

綜上所述，我們認為佛教題材內容對雕塑家創作的束縛作用主要是題材內容本身，即要求表現的主題思想，時時對於反映現實生活中存在的某現象則是存在決定意識的必然結果。雕塑家在突破這个束縛時，主要是在"如何表現"方面，而不可能在"表現甚麼"方面突破，因為題材內容是規定了的，佛總是佛，菩薩總是菩薩，宗教要求表現地獄，雕塑家不可能表現天堂。因此過去究在這方面的認識是非常錯誤的。在他看來只要是反映了現實生活的某些現象就是突破了束縛，實質上等於承認了實現上述的確存在着一个神的世界，只是雕塑家沒有去表現罷了。他所說的突破主要是在"表現甚麼"方面，而不是在"如何表現"方面。

元月十三日（十二月十五日） 星期三

學習討論開始深入，對一九五八年的評價問題在具体某些問題的看法上還有爭論，對重点保护、重点發掘的方針也存在着不同的認識。繼續進一步地深入討論，統一認識，對今后工作特別是即將召開的會博物館會議和研美班都是有好处的。

傍晚與李双盛堂共进晚餐，因傍宵来研徒读写读書劄記，与大哥如稍坐即歸早寢。

九月十四日（十二月十六日）星期四

"表現了生活"就具有"藝術美"是温廷宽的另一个錯误觀点。生活並不就是生活，生活形象也不就是真实藝術形象。因为藝術形象不是生活形象本身，而是藝術家認识生活加以概括集中的結果。因此，它常有鮮明的倾向性，体现着藝術家对於现實生活的明確態度，是愛还是憎，是歌颂还是揭露。（具有不同的世界观的藝術家，对同樣的題材可以創造出完全不同的藝術形象。如果把生活与藝術之間劃了等号，漠視了二者的一致性而抹殺文化的差别性，是与恩格斯所说的典型化完全相对立的。（这种说法的）其结果不会是現實主义，只能是自然主义。温廷宽的观点正是这樣的。

九月十五日（十二月十七日）星期五

对於"重点保护，重点發掘"的方針討論得非常熱烈。究竟是長期的、全面的根本方針，还是一个时期又局限於配合基本建設的方針？大家爭論的很尖銳，在我看来应当是前者而不是后者，但是应加上配合國家经濟建設的前提，以避免目前盲目主动發掘所产生的偏差。這一点上我和詩秋局長、王毅同志的意見是有分歧的，他們認為主动發掘应该是已经提到日程上来了，我則認为時機尚未成熟，偏了這一面而必要削弱配合基建的一面，這樣来看是不利於工作的。我也赞成要主动發掘，但只限於主动地配合经濟建設，我不是脱离它。陕西省要搞乾陵我是不赞成的，据説钱部長已经同意了。

元月十六日（臘月十八日）星期六

温建寬之所以把生活与藝術完全等同起来，是和他对現实主義的錯误理解分不開的。他在中國北部的石窟雕塑藝術结語中，概括地叙述了各时代雕塑的特徵，他認為：北魏後期的作品是："生活氣息漸漸加強，在造形上的具体表現是……衣服摺紋開始突破了並列線的規格，变得飄动流暢向寫实的方面發展。"隋代作品是："佛像的具体特点是身軀厚重，而頭部較手臂較能備、合乎、衣摺衣紋接近真实……創造了完全成熟的新的民族形式，並且進一步充實了現实主義的精神。"唐代作品是："更多地从現实生活中吸取創作素材，進一步發展了前代的寫实技法，佛像的特点表現的形体真实，身躯健美……」。实作品是：「在写实技術法上，也有了一定的進步，人物形象更加準確，接近真实，生活气息越加濃厚」。最后归納的结論是，佛教彫塑發展的共同大体表現为：第一、逐漸突破了各种规格的束縛，走向更为広阔的，结合实际生活的創作道路。由幻想的、神的世界，逐漸形成反映生活面貌的現实主義精神。第二、在表现技法上，由简单变化为複雜，由概括性較強的表现趋向真实具体的刻划。在技法上，由樸（質）（成）直，大体上，一步一步地进到圆熟洗煉、细微描写。

综上所述，我们可以很清楚地看到溫廷寬是怎樣理解现实主义藝術的。在他看来，只要是表现了真实生活的现象，寫得維妙維肖、形体真实，也就是現实主義。經过十课的学習，使我們今后更重視作品的思想性，而不看作品的藝術性。所以在这两本小冊中他不斷地用真实动人来描写雕塑。我们認為，真实和动人並不是絕对一致的东西，对於真实的了解有两种：一、客观存在的真实的生活现象，二、生活本質的真实。溫廷寬正是前者而不是后者。因此，他所認為的現实主義藝術，只是反映了一些真实的生活現象，而只在形式上具有一定的美感因素，在效果上可給人以美的感受」。因此，只要是充满了塔佛的地獄變相，即在他手用为"各个形象体现了不同的典型性格和感情"，"宜"有着富於戏剧性的姿式动作"，因而就引起了如某种感情上的共鸣，随而断定说这就是艺术美。这种说法实际上就是把雕塑造形的艺术技巧作为衡量艺术创作的唯一标准，完全抹杀了艺术作品的思想性，取消了毛主席所提出的两项艺术批评的标准中最重要的一项——政治标准。

九月十五日（十二月十九日）星期日

一九六〇年辰生日记

元月十二日（十二月十四日） 星期二

本来我是把这个本子作为读书札记的，可是最近感到日记对我来说还是非常需要的，所以决定从今年起写日记，其中也可以包括读书札记，这样记的内容就广泛得多了，而且对自己的进步也要起检查督促的作用。久辍的日记重新写起来，既高兴又惭愧。每次开始写日记总是下了决心：一定要坚持下去。但每次总是中途而罢。但愿这一次能坚持得越久越好。无论如何这又是一次开始，鼓起干劲来坚定自己的信心吧，愿自己的过去缺点能在这次的实践中得到彻底的改正。

温廷宽的思想批判已经结束，但是对于他的艺术观点的批判还要在《文物》上发表，这个任务本来应该早就完成的。但是因为连日赶《文物事业干部发展八年远景规划》，把这件事耽误了，二月号很可能不能发稿了。我想还是要继续写下去。争取在三月号《文物》刊登。

温廷宽的错误观点是很多的。首先是他对佛的世界，即幻想的神的世界与现实生活的关系，在认识上是唯心主义的。比如他说："佛教雕塑的题材内容，本来在现实生活中并不存在，但当它作为艺术形象时，人们总是从现实生活中的感受出发"，直接或间接地去构想它、创造它、安排它……主要还是从具体的人出发，不论人身兽面或兽身人面，都是以人的形象为出发的描写，尤其是赋予它的以特定的性格和感情，这正是人们社会意识在艺术形象上的体现，直接或间接地反映了现实生活的某些成分。""如果雕塑家通过这些非现实的题材内容，反映了现实的人的思想感情，无论是慈祥、雄武、欢欣、虔敬、可憎，能够引起了我们情绪上的共鸣，那就必定是从真实生活中得来的，也就是具有一定艺术价值的作品。""佛教艺术作品，因为题材内容受着一定的限制，例如以佛菩萨的形象和事迹来反映人们的社会生活和思想感情，是有一定困难的。但是从这些石窟雕塑作品的发展轨迹中，我们不能不注意到，古代雕塑家力求突破这些限制，来刻划人们生活的真实面貌。"

从以上作者论述中很清楚地看出，他不是把幻想的神的世界和人的现实生活联系起来看，因而这些宗教题材的雕塑必然要正确或歪曲地反映现实生活，相反地却把它们完全割裂了。因而产生了自相矛盾的解说。他虽然承认宗教的题材内容在现实生活中并不存在，但是他又说这些题材对反映生活起着限制作用。这个限制作用究竟如何来理解呢？如果说宗教题材在反映现实生活的本质方面，在更广泛地反映各种复杂的生活现象方面，起着限制和束缚的作用，这当然是对的。如果说佛、菩萨、罗汉等形象不可能反映人的形象和感情，只要是这些形象反映了人的形象和感情就是突破了题材的限制和束缚就是大错而特错了。作者的认识正是后者而不是前者。他是把佛的形象和生活形象完全对立的。

我们认为，要解释佛的形象和生活形象的关系，必须是从存在决定意识这个基本点出发，否则就会陷入唯心主义。宗教的题材反映了现实生活，佛和菩萨反映了人的形象和感情，这都是必然的。也正因为佛和菩萨的形象是不存在的，所以人们才必然在雕塑它的形象时反映出的人的形象。因为形象和感情不是抽象的，而是具体的。存在决定意识，人们的意识反映世界，不可能超越人们感觉接触的现实存在的范围。但是由于意识具有相对的独立性，所以意识反映现实并不是机械的，人的想象力可以把根据各个不同时间、地点所感觉和知觉建立起来的各种现象结合起来。“但归根到底还是客观存在的反映，甚至最漫无边际的幻想也是同引起感觉的物质有联系的，也反映着外部世界，人的幻想的产物无论距离现实有多远，也都是实在的正确或歪曲的反映。”超自然的东西是不存在的。所以牛头马面也好，人面兽身也好，只能说明是存在决定意识的必然结果，而不能说明这是雕塑家主观上力求表现生活的结果，因为从来没有看见过牛、马的人，就无从创造出牛头马面的形象。虽然牛头马面在现实生活中并不存在，但它却非常清楚地反映了这是现实生活中存在的牛、马和人的特征。

综上所述，我们认为佛教题材内容对雕塑家创作的束缚作用主要是题材内容本身，即要求表现的主题思想，至于对于反映现实生活中存在的某现象，则是存在决定意识的必然结果。雕塑家在突破这个束缚时，主要是在“如何表现”方面，而不可能在“表现甚么”方面突破，因为题材内容是规定了的，佛总是佛，菩萨总是菩萨，宗教要求表现地狱，雕塑家不可能表现天堂。因此，温廷宽在这方面的认识是非常错误的。在他看来，只要是反映了现实生活的某些现象就是突破了束缚，实质上等于承认客观上还的确存在着一个神的世界，只是雕塑家没有去表现罢了。他所说的突破主要是“在表现甚么”方面，而不是在“如何表现”方面。

元月十三日（十二月十五日）星期三

学习讨论开始深入，对一九五八年的评价问题，在具体某些问题的看法上还有争论，对“重点保护、重点发掘”的方针也存在着不同的认识。继续进一步地深入讨论，统一认识，对今后工作特别是即将召开的文物博物馆会议和研究班都是有好处的。

傍晚燕来取戏票共进晚餐，因停电未能继续写读书札记，在大哥处稍坐即归早寝。

元月十四日（十二月十六日）星期四

“表现了生活就具有艺术美”是温廷宽的另一个错误观点。艺术并不就是生活，生活形象也不就是艺术形象。因为艺术形象不是生活形象本身，而是艺术家认识生活加以概括集中的结果，因此它带有鲜明的倾向性，体现着艺术家对于现实生活的明确态度是爱还是憎？是歌颂还是揭露？具有不同的世界观的艺术家对同样的题材可以创造出完全不同的艺术形象。如果把生活与艺术之间划了等号，强调二者的一致性而抹杀它们的差别性，是与恩格斯所说的典型化完全相对立的。这种认识其结果不会是现实主义，只能是自然主义。温廷宽的观点正是这样的。

元月十五日（十二月十七日）星期五

对于“重点保护、重点发掘”的方针讨论得非常热烈，它究竟是长期的、全面的根本方针，还是一个时期又局限于配合基本建设的方针？大家争论得很尖锐，在我看来应当是前者而不是后者，但是应加上配合国家经济建设的前提，以避免目前要求主动发掘所可能发生的偏象。在这一点上我与冶秋局长、王毅同志的意见是有分歧的。

他们认为主动发掘应该是已经提到日程上来了，我则认为时机尚未成熟，强调了这一面必然要削弱配合基建的一面，从整个来看是不利于工作的。我也赞成要主动发掘，但只限于主动地配合经济建设，而不是脱离它。陕西省要搞乾陵，我是不赞成的，据说钱部长已经同意了。

元月十六日（腊月十八日） 星期六

温廷宽之所以把生活与艺术完全等同起来，是和他对现实主义的错误理解分不开的。他在《中国北部的石窟雕塑艺术》结语中，概括地叙述了各时代雕塑的特征，他认为：北魏后期的作品是："生活气息渐渐加强，在造型上的具体表现是……衣服褶纹开始突破了并行线的规格，变得飘动流畅，向写实的方面发展。"隋代作品是："佛像的具体特点是身躯厚重，面部较平，颐颊饱满，唇厚，衣褶衣纹接近真实……创造了完全成熟的新的民族形式，并且进一步充实了现实主义的精神。"唐代作品是："更多地 从现实生活中吸取创作素材，进一步发展了前代的写实技法，佛像的特点表现为形体真实，身躯健美……"宋代作品是："在写实技法上，也有了一定的进步，人物形象更加准确，接近真实，生活气息越加浓厚。"最后归纳的结论是佛教雕塑发展的共同大体表现为：第一，逐渐突破了各种规格的束缚，走向更为广阔的，结合实际生活的创作道路。由幻想的、神的世界，逐渐形成反映生活面貌的现实主义精神。第二，在表现技法上，由简单变化为复杂，由概括性较强的表现趋向真实具体的刻画。在技法上，由朴质硬直、大体大面，一步一步地进到圆熟洗炼，细致描写。

综上所述，我们可以很清楚地看到温廷宽是怎样理解现实主义艺术的。在他看来，只要是表现了真实生活的现象，而且惟妙惟肖、形体真实，也就是现实主义。从这个认识出发，必然就会导致忽视作品的思想性，而只看作品的艺术性。所以在这两本小册中，他不断地用真实动人来描写雕塑。我们认为，真实和动人并不是绝对一致的东西，对于真实的了解有两种：一，客观存在的真实的生活现象。二、生活本质的真实。温廷宽正是前者，而不是后者。因此，他所认识的现实主义艺术，不过是反映了一些真实的生活现象，而且在形式上具有一定的美感因素，在效果上可以给人以美的感受。"因此，虽然是充满了恐怖的地狱变相，在他看来因为"各个形象体现了不同的典型性和感情"，而且"有着富于戏剧性的姿势动作"，因而就引起了他某种感情上的共鸣，从而断定说这就是艺术美。这种观点实质上就是把雕塑造型的艺术技巧作为衡量艺术创作的唯一标准，完全抹杀了艺术作品的思想性，取消了毛主席所提出的两项艺术批评的标准最重要的一项——政治标准。

元月十七日（十二月十九日） 星期日

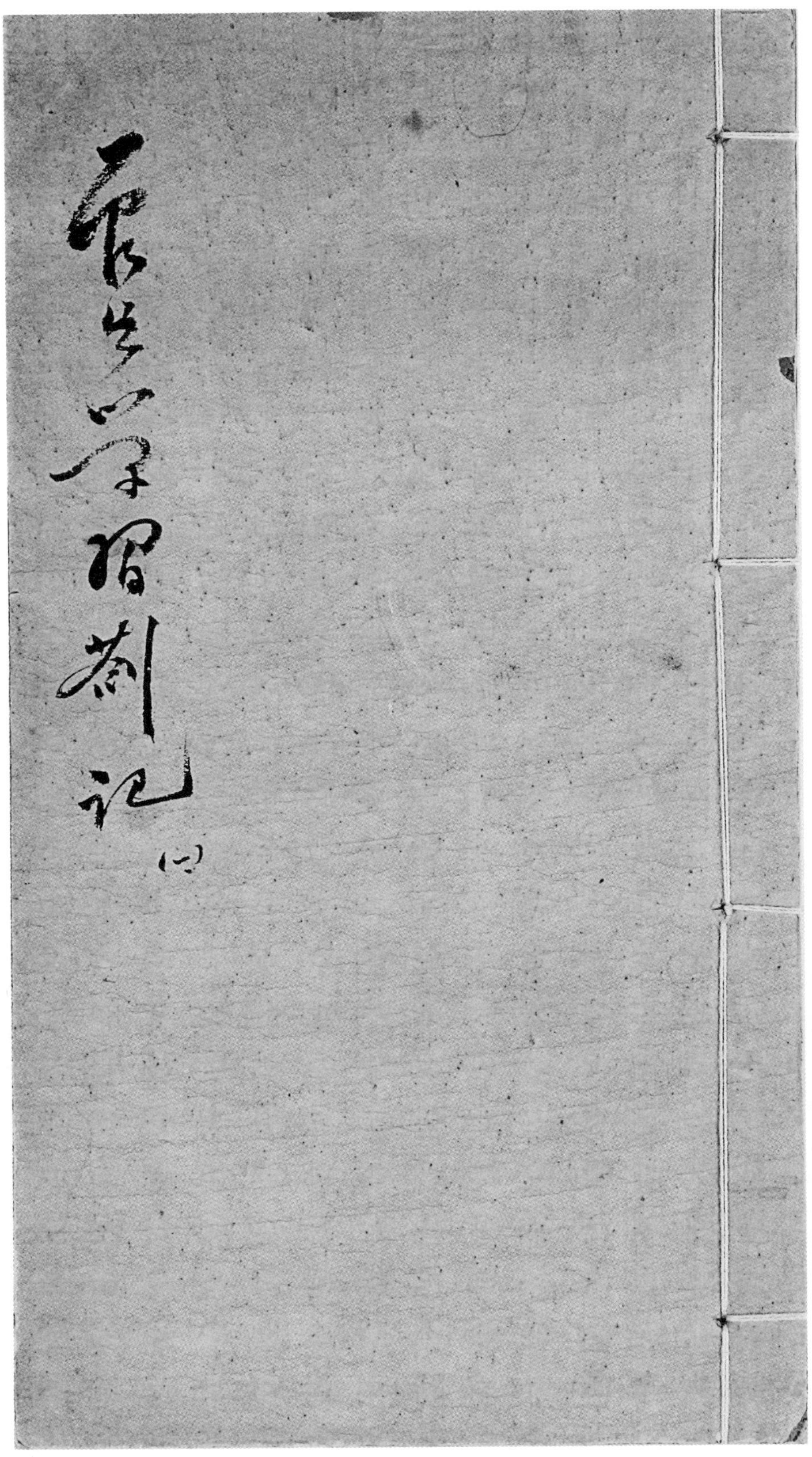
辰生学習劄記
（一）

一九六一年度学习劄记

元月十四日（十一月廿八日）星期六

"政治是一切工作的统帅，是灵魂。我们要办好一切事业，最根本的一条首先是依靠党的思想政治领导，依靠广大群众的思想觉悟和首创精神，但是同时也需要在管理工作方面有一套符合实际情况的、为广大群众自觉遵行的规章制度。政治工作和具体的管理工作是密切配合，相辅相成的。这是一个问题的两个方面，是统一的而不是矛盾的。因为今天的任何规章制度都应该是群众智慧的集中表现，是群众实践经验的条理化。只有是这样，必然会使群众更能充分发挥劳动热情。为了使我们的工作愈做愈细致，我们必须在加强思想政治工作的同时，同时总结实践经验，把各项具体的管理制度建立起来，健全起来，我们的工作才能真正愈做愈细致、愈科学。"

不能怕麻烦，应当认识，一切基础工作往往是有些麻烦的，在基础工作方面多受一点麻烦，就会给其他方面工作带来方便，而大大地减少麻烦。几年来我们的基础工作，首先是资料工作，是作得很不理想的。而正是这样，才给我们工作上带来许许多多的麻烦吗？这是我们应当引为教训的。

"我们共产党人——人民群众的先锋队，不论去进行任何工作，面对着群众还没有自觉时，我们的责任，就是用一切有效的适当的方法去启发群众的自觉，不论有何艰苦，需要多何长久的时间，这首先第一步的工作，是必须作好的；因为只有作好了这第一步，才能进入第二步，即是当着群众已经有了某种必要的自觉以后，我们的责任，就是去指导群众的行动，指导群众团结起来，斗争起来；在群众团结起来，斗争起来以后，我们再根据群众的行动去启发群众的再自觉。这样，一步一步地引导群众去为党提出的人民群众中的革命目的而斗争。我们共产党人所发动人民群众事业中所起的全部作用，就只有这些。除开这些以外，不能再多一点。如果有人企图在这里再多起一点作用，一切错误都可能由此产生。"这是少奇同志《论党》中的一段话。

这段话很值得我们反复深思。

元月十六日（十二月廿九）星期一

《光明日报》载，吴晗在中国科学院社会科学部扩大会议上发表了《关于评价历史人物》的发言。他认为：评价历史人物，应当从当时当地人民利益出发，[要根据当时当地人民的意见，大多数人的看法]以当地的所作所为是好是坏，以此来衡量古人。不能用要求现代人的标准来要求古人，也就是不可以现代的要求去[illegible]古人。要以列宁的指示为指南："判断历史的功绩，不是根据历史活动家没有提供现代所要求的东西，而是根据他们比他们的前辈提供了新的东西"（五七年，评注派浪漫主义）。列宁的话当然是对的。吴晗据此而加以引申，有些话说也是对的，但是评价历史人物的标准要从当时当地的大多数人的意见出发，这就很难说服人。这种(?)论点，却很值得研究。我们评价历史人物的标准不能是马克思列宁主义的观点，而不是其它。如果完全根据当时当地大多数人的意见，还要甚么马列主义？而且真正的当时当地大多数意见是我们很难得到的，因为文献资料是按照统治者的观点来记载的。吴晗这种说法是要人降低自己的认识水平，这实在也是一种非马克思主义观点。吴晗其人我一向反感，也许是我又犯了偏激的毛病吧？

元月十七日（腊月初一日）星期二

许晓迷(?)的稿子已寄回，由杨瀚辑部，没有多少补充，大概是仍然认为自己的论点是十分正确的，但真从讨论的前提[illegible]出发就是模糊的，他把社会发展史，女娲也好古学的女娲和书名完全等同起来，陷入了不正确的前提出发，对发展提出了不少不是，针锋相对的批评。有人说他的提法有积极意义，主要是突破了过去历史编纂的看法，而且在历史博物馆陈列中可以不必用，龙山、仰韶等名称等，意见就是正确的。这个意见也值得商榷。不错，在博物馆的陈列问题是可以研究的。但是这不是说并不是许顺湛首先提出的，而是考古学者提出的。这个问题的提出，定名问题是两个问题，不是一个问题，许顺湛不加分析地把二者等同起来，不能认为是正确的。

马克思列宁主义历史科学要求从事研究工作的人必须是既要深入研究理论，也要详细地占有材料，与实际相结合。绝不能主观唯心主义地出发，而是必须要从实际出发。人类历史的发展历史既有普遍规律，也有各个国家、民族的自己特点，这就是一般和特殊的辩证关系，考古学的目的是在于通过具体的特殊规律的研究来找出一般的普遍规律，因而公式化地去随便贴标签套马克思是不好的，普遍规律只有通过具体的考古体现出来才能够使人得到明确的认识。

对于革命导师们各项现在应负责任的指示，应当具体深入的体会。在马克思列宁主义的经典著作里，有许多宝贵的指示，往往是针对着当时当地的历史的实际而提出的，要理解这些实际才能深切地理解导师们的指示。一些负责同志的指示也往往是针对某个具体问题而指出的，当然也有许多这些指示精神有普遍意义，但是在应用的时候，也必须把它具体化，而不能把对某一问题的指示生搬硬套地去解决性质不同的问题，特别是有关学术的问题。

元月廿六日（腊月初十日） 星期四

「对于物质的每一种运动形式，必须注意它和其他各种运动形式的共同点。但是，尤其重要的，成为我们认识事物的基础的东西，则是必须注意它的特殊点，」「一切运动形式的每一个实在的非臆造的发展过程内，都是不同质的。我们的研究工作必须着重这一点，而且必须从这一点开始。」（毛主席《矛盾论》）这是研究问题的普遍方法论。不认识事物的共性和普遍联系，这是一种片面性；不认识某一事物和其他事物相区别的特殊本质和界限，这也是一种片面性。毛主席说：「不同质的矛盾，只有用不同质的方法才能解决。」这也就是说，要划清不同事务的质的界限，注意确定不同的对待方法。

世界是无限的，可是世界上的一切事物又都是互相区别，彼此不同的。世界是无边无际的，无始无终的，可是世界上的每一个具体事物又是有边有际、有始有终的。这就构成了各种事物之间的界限，包括时间的、空间的界限。

元月廿八日（腊月十二日） 星期六

认识不同的质的事物之间的界限，是极端重要的。只有划清了不同事物的不同界限，我们才能掌握不同的政策，才能恰当地掌握各种政策的界限。不懂得此就是在同一事物的内部的各部份之间，各方面之间，所以一运动过程各个阶段之间，各个阶段中的各个小阶段之间，也都是有界限的。分不清这些界限，也会犯的错误。事物的界限当然不是随时固定的，但是它却有相对的固定性，质的飞跃只有在一定条件下才能出现。毛主席在「论持久战」中说：「决不能忽视一定时间内的相对地固定的战争计划或方针；忽视了这点，就忽视了一切，连战争本身，连说话的人，都忽视了。……没有人否认，就是承认一定时间内适用的方针，它也是在流动的，没有这种流动，就不会有这一方针的废止和另一方针的采用。然而这种流动是有限制的，即流动于执行这一方针的各种不同的战争行动的范围中，而不是这一方针的根本性质的流动，即是说，是数的流动，不是质的流动。这种根本性质，在一定时间内是决不流动的，我们所谓一定时间内的相对固定性，就是指这点。在绝对流动的长河中有其各个特定阶段上的相对固定性，这就是我们对战争计划或战争方针的根本性质的意见。」这个意见的基本精神是具有普遍意义的，值得我们反复领悟并把它作为指导思想运用到自己工作中去。

把事物的界限看成固定不变的东西，当成永远不可逾越的鸿沟，故步自封，停滞不前，这是右的保守思想。不懂得事物的界限，看不到运动过程的阶段性，企图一步上天，取消一切革命任务，这是左的空想。既形成了事物的相互转化，又形成了动的界限，既承认发展的不断性，又承认发展的阶段性，这就是不断革命论和革命发展阶段论的结合。

元月卅日（腊月十四日） 星期一

报载广东省历史学会召开年会讨论了史料与史学的关系问题，大家一致认为，在马克斯主义历史科学中革命性与科学性是完全一致的。但是对于史料与史学、史料与观点等具体问题的讨论，还有一些分歧意见。有人认为史料就是客观真实的反映，在阶级社会里的史料多少也反映了一部分的客观真实，同样具有科学性。甚至有人说「让史料说话」「史料出理论」。很多人不同意这个意见。他们认为，马克斯主义者对待前人的遗产，既不能采用虚无主义的态度一笔抹煞，同样也不能无批判地全部继承。因而也不能把多少反映了一些客观真实，和提供了某些具有科学研究成果的历史学一律看成历史科学。历史科学的任务是要通过现象来认识本质，而史料只不过是提供了历史现象的知识，它本身并没有也不能直接地成为完整的科学理论。历史家只有运用马克斯主义的理论方法，才能通过渗杂着前人主观见解的史料来研究过去的历史。我认为后者的意见是正确的。

元月卅一日（腊月十五日） 星期二

全国政协召开文教组扩大会议参加会的有首都文化教育科学界

著名人士八十五人，热烈拥护伪部发言人声斥美帝阴谋劫夺我在台珍贵文物，发言踊跃。下午五时半方结束。

十二月十六日（腊月十六日）星期三

一个人要作好工作，一个基本问题，就是责任感问题。有了责任感，就不会马马虎虎，随随便便，有了责任感，就不会遇难而退，避重就轻。有了责任感，就会有冲天干劲的革命精神，有实事求是的作风。还要有最大的耐心和坚韧。

做好一件事，不只要勇猛果敢，而且要苦心钻研，没有一点一点的积累，一分一寸的探索，就不可能作出伟大的英雄事业。我们必须要在破除迷信的同时，要提倡尊重科学，

在大胆革命的同时，要提倡实事求是，在发挥主观能动性的同时要掌握客观事物发展的规律。只有把这些对立的东西在人们的思想中和实践中统一起来，人们才能有效地改革现实。当然这个原则贯彻到具体工作中去，还需要在每一项具体工作中去具体研究，找出具体的结合办法。这是极其复杂的事情，要在长期实践的过程中不断加以解决的，而不是拿一个简单的公式来解决。

十二月十七日（腊月十七日）星期四

今天人民日报以"从实际出发"为题发表社论，虽然重点是谈农业问题，但对我们来说也是极为重要的。甚么是实际呢？就是客观存在着的事物。客观存在着的

事物，你承认它也罢，不承认它也罢，它总是存在着，并不因为任何人不承认就会消失。所以办事情必须从实际出发而不能从主观愿望出发。从实际出发正是为了改变实际，但要改变实际，又必须有一定的条件。一切事物都依条件、地点、时间而转移，这是辩证唯物主义的一个根本点。

"实际——客观存在着的事物，是千差万别的。要做到从实际出发，就必须认识和适应这些差别，按照这些差别来确定措施。"

"实际——客观存在着的事物，是千变万化的。要做到从实际出发，就必须看到和适应这些变化。" 任何过程，不论是属于自然界和属于社会，由于内部的矛盾和斗争，都是向前推移，向前发展的，人们的认识运动也跟着有推移和发展。（实践论）因此一定要按照客观事物的变化来确定对策，才能保证从实际出发的原则贯彻到底。

请伟宏潘同志用书来转达了吴秘书长对文物保护管理条例和我们代国务院拟的指示稿的意见，即加修改送平羽林部长审阅。

二月一日（腊月十四日）星期五

党的政策是反映了群众的根本利益的，因而也只有依靠广大群众的自觉行动，才能实现党的政策。这就需要把党的政策交给群众，不把党的政策交给群众，或者不是全交给群众的作法都是错误的。

党的政策是从实际出发的，但又是从实际中总结提高成为具有一般规律的原则，因而贯彻党的政策必须根据政策的原则因地因条件制宜加以具体化，这是执行政策的方法问题。具体地因地制宜不是因为具体情况不同，就可以不执行政策，打折扣，修改或歪曲政策，而是要更好地具体贯彻政策。

归纳起来两句话，就是要：「事事和群众商量，一切从实际出发」，这是作好一切工作的关键。脱离群众，脱离实际是不可能很好地贯彻党的政策的。

任何一门科学都是客观规律的反映，探讨和掌握客观规律必须通过实践。"人类的生产活动是最基本的实践活动，是决定其他一切活动的东西。"广大群众通过自己的生产劳动的实践，日积月累，有极为丰富的经验，因此，我们应当深入实际向群众学习。

"一切真知都是从直接经验发源的，但人不能事事直接经验，事实上多数的知识都是间接经验的东西。"（实践论）因此，如果只向群众学习实践经验，还是不够，现成的科学知识也是不可缺的。所以还必须充分地批判地利用既往已经有的科学研究成果，并把它交给群众。

廿四日（腊月十九日）星期六

「在社會現象方面，沒有比胡亂抽一些個別事實和玩弄實例更普遍、更站不住腳的方法了。羅列一般例子是毫不費勁的，但這是沒有任何意义的，或者完全起相反的作用，因為在具体的歷史情况下，一切事情都有它個別的情况。」（列寧：統計學和社會学）

「社會生活現象極端复雜，隨时都可以找到任何數量的例子或个別的材料来証实任何一种意見」（列寧：帝國主義是資本主義的最高階段 法文版序言）這是很值得我們注意的，隨便摘引經典作家的話来說明問題是不对的。因為真理是具体的，馬克思經典作家的話是跟和一定的条件聯系着的，不研究那些条件，也就不能更確了解和運用他們的話。

二月五日（晴 月廿五）星期日

「要改造集體農民，克服他們的个人主義心理，使他們成為真正的社会主義社會的勞動者，還必須做很多的工作。集體農庄机械化实现得越快，集體農庄拖拉机化实现得愈快，達到這个目的也就愈快。」（斯大林：論蘇联土地政策的几个問題。全集十二卷一四五頁）

「改造小農，改造他們的整个心理和習慣，是需要經過幾代的事情。只有物質基礎，只有技術，只有在農業中大規模地使用拖拉机和机器，只有大規模地实行电氣化，才能解决這个和小農有关的問題，才能使他們的整个心理健全起来。」（列寧全集四版三十二卷二[illegible]○頁）。

二月六日（晴 月廿六） 星期一

「我们不能没有自我批评，无论如何不能……没有自我批评，机关的停滞和腐朽、官僚主义的滋长，工人阶级创造主动性的被扼杀就不可避免。」

「至于描写战争的小说，那必须加以选择之后出版。在书籍市场上出现了许多描写战争的『恐怖』，引起对一切战争（不仅对帝国主义战争，而且也对一切战争）的反感小说。这是没有多大价值的资产阶级和平主义的小说。」（斯大林给阿·马·高尔基的信，全集卷十二 一五三—一五四页）。

二月七日（腊月廿三）学纲二

「单靠先锋队是不能胜利的。当整个阶级、当广大群众还没有站在真正直接援助先锋队的立场上，或者没有站在至少对先锋队采取善意的中立而对其敌人完全不予支持的立场上的时候，单把先锋队投入决战，这就（不仅）是愚蠢，而且是罪恶。而且要真正使整个阶级、真正使受资本压迫的劳动群众和被资本压迫的群众都站到这个立场上来，要做到这一点，单靠宣传鼓动是不够的。要做到这一点，就必须有这些群众亲身的政治经验。」（列宁：共产主义运动中的左派幼稚病）这是所有大革命的基本规律。

二月八日（腊月廿四）学纲三

「我们的路线是正确的，我们的力量也就在这里。但是要使我们的路线不

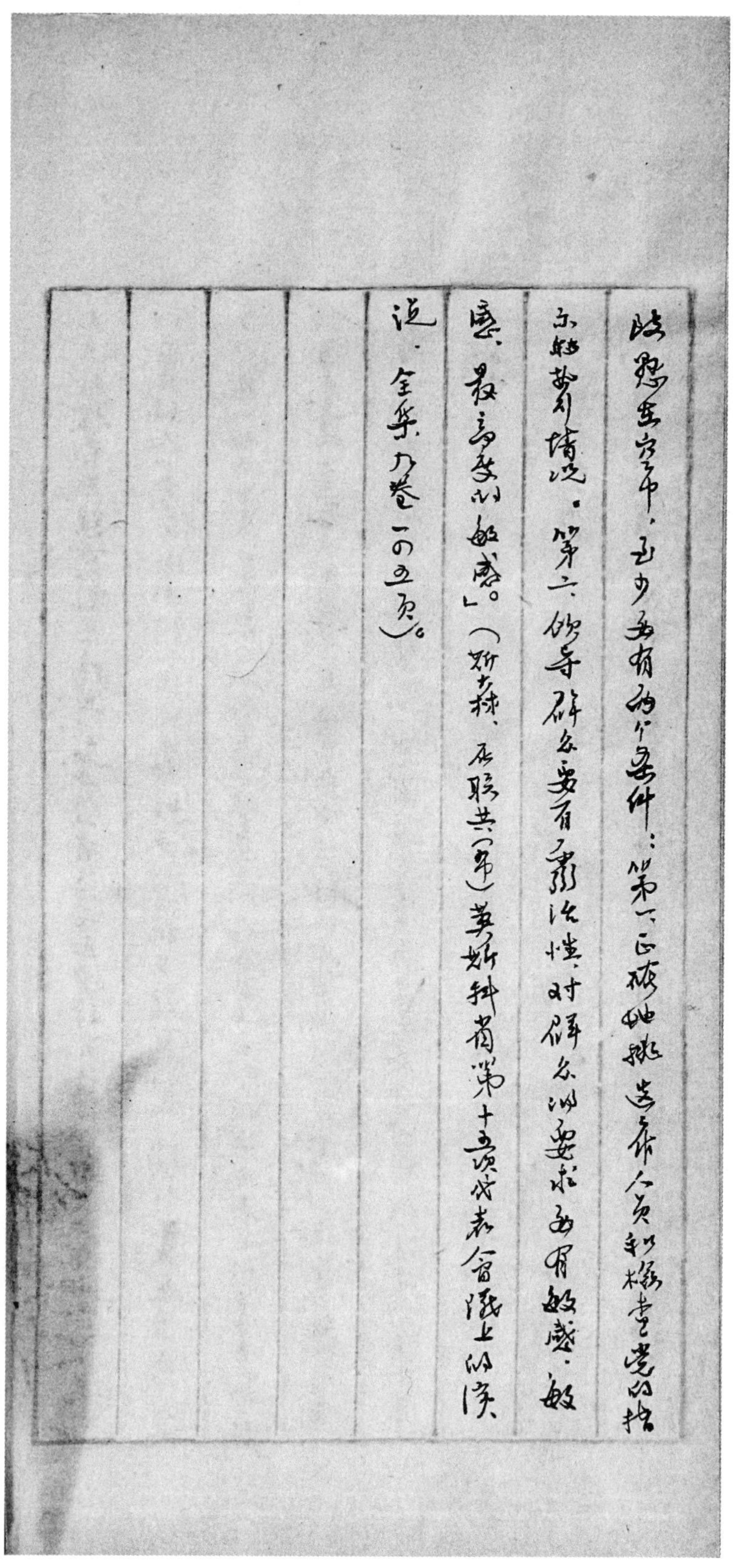

领导正确，至少要有两个要件：第一、正确地挑选工作人员和检查决议的指示执行情况。第二、领导群众要有政治性，对群众的要求要有敏感，敏感，最高度的敏感。」（斯大林，在联共（布）第十五次代表会议上的演说。全集九卷一〇五页）。

一九六一年辰生学习札记

元月十四日（十一月廿八日） 星期六

“政治是一切工作的统帅，是灵魂。我们要办好一切事业，最根本的一条当然是依靠党的思想政治领导，依靠广大群众的思想觉悟和首创精神，但是同时也需要在管理工作方面有一套符合实际情况的，为广大群众自觉遵行的规章制度。政治工作和具体的管理工作是密切配合，相辅相成的。这是一个问题的两个方面，是统一的而不是矛盾的。因为今天的任何规章制度都应该是群众智慧的集中表现，是群众实践经验的条理化。只要是这样，必然会使群众更能充分发挥其劳动热情。为了使我们的工作愈做愈细致，我们必须在加强思想政治工作的同时，同时总结实践经验，把各项具体的管理制度建立起来、健全起来，我们的工作才能真正愈做愈细致、愈科学。”

不能怕麻烦，应当认识，一切基础工作往往是有些麻烦的，在基础工作方面承受一点麻烦，就会给其他方面工作带来方便，而大大地减少麻烦。几年来我们的基础工作，首先是资料工作，是作得很不理想的。不正是这样才给我们工作上带来许许多【多】的麻烦吗？这是我们应当引为教训的。

“我们共产党人——人民群众的先锋队，不论去进行任何工作，当着群众还没有自觉时，我们的责任，就是用一切有效的适当的方法去启发群众的自觉，不论如何艰苦，需要如何长久的时间，这首先第一步的工作，是必须作好的；因为只有作好了这第一步，才能进入第二步，即是当着群众已经有了某种必要的自觉以后，我们的责任就是去指导群众的行动，指导群众组织起来，斗争起来；在群众组织起来、斗争起来以后，我们再从群众的行动中去启发群众的再自觉。这样，一步一步地引导群众去为党提出的人民群众中的基本口号而斗争。我们共产党人以及一切人民群众事业中所起的全部作用，就只有这些。除开这些以外，不能再多一点。如果有人企图在这里再多起一点作用，一切错误都可能由此产生。”这是少奇同志《论党》一文中的一段话。这段话很值得我们反复深思。

元月十六日（十一月卅日） 星期一

偶阅报载，吴晗在中国科学院社会科学部扩大会议上发表了关于历史人物评价的发言。他认为，评价历史人物，应当从当时当地人民利益出发，要根据当时当地人民的意见，大多数人的看法，看他的所作所为是好是坏？以此来衡量古人。不能用要求现代人的标准来要求古人，也就是不可以现代的要求去强求古人。要以列宁的指示为指南：“判断历史的功绩，不是根据历史活动家没有提供现代所要求的东西，而是根据他们比他的前辈提供了新的东西”（一九一七年，《评经济浪漫主义》）。列宁的话当然是对的。吴晗据此而加以引申，有些话也是对的。但是评价历史人物的标准要从当时当地的大多数人的意见出发，说好就好，说坏就坏的论点却很值得研究。我们评价历史人物的标准只能是马克思列宁主义的观点，而不是其它。如果完全根据当时当地大多数人的意见，还要甚么马列主义？而且真正的当时当地大多数意见是我们很难得到的。因为文献资料是按照统治者的观点来记载的。吴晗这种说法是要人降低到古人的认识水平，这实在也是一种非马克思主义观点。吴晗其人我一向反感，也许是我又犯了偏激的毛病？

元月十七日（腊月初一日） 星期二

许顺湛的稿子已寄回，文物编辑部没有多少补充，大概是仍然认为自己的论点是十分正确的。其实从讨论的前提来看，他就是模糊的。他把社会发展史分期与考古学的分期和定名完全等同起来，从这个不正确的前提出发，对夏鼐提出了不少不是“针锋相对”的批评。有人说他的提法有积极意义，主要是突破了过去一些陈旧的看法，如在历史博物馆陈列中可以不必用“龙山”、“仰韶”等名称等意见就是正确的。这个意见也值得商榷。不错，在博物馆如何陈列问题是可以研究的。但是这个意见并不是许顺湛首先提出的，而是康生同志提出的。这个问题与考古定名问题是两个问题，不是一个问题，许顺湛不加分析地把二者等同起来，不能认为是正确的。

马克思列宁主义历史科学要求从事研究工作的人必须是既要深入研究理论，也要详细地占有材料，与实际相结合。绝不能主观片面从定义出发，而是必须要从实际出发。人类历史的发展历史既有普遍规律，也有各个国家、民族的自己特点，这就是一般和特殊的辩证关系，考古学的目的是在于通过具体的特殊规律的研究来找出一般的普遍规律，因而公式化地去随便贴标签是不好的。普遍规律只有通过具体的东西体现出来才能够使人得到明确的认识。

对于革命导师以及现在一些负责同志的指示，应当具体深入的体会。在马克思列宁主义的经典著作里，有许多宝贵的指示，往往是针对着当时的历史的实际而提出的，要理解这些实际才能深切地理解导师们的指示。一些负责同志的指示也往往是针对某一个具体问题而提出的，当然也可能这些指示精神有普遍意义，但是在应用的时候，也必须把它具体化，而不能把对某一问题的指示生搬硬套地去解决性质不同的问题，特别是有关学术的问题。

元月廿六日（腊月初十日） 星期四

“对于物质的每一种运动形式，必须注意它的和其他各种运动形式的共同点，但是尤其重要的成为我们认识事物的基础的东西，则是必须注意它的特殊点”，“一切运动形式的每一个实在的非臆造的发展过程内，都是不同质的。我们的研究工作必须着重这一点，而且必须从这一点开始”。（毛主席《矛盾论》）这是研究问题的普遍方法论。不认识事物的共性和普遍联系，这是一种片面性；不认识某一事物和其他事物相区别的特殊本质和界限，这也是一种片面性。毛主席说：“不同质的矛盾，只有用不同质的方法才能解决。”这也就是说，要划清不同事物的质的界限，从而确定不同的对待方法。

世界是统一的，可是世界上的一切事物又都是互相区别，彼此不同的。世界是无边无际的，无始无终的，可是世界上的每一个具体事物又是有边有际，有始有终的。这就构成了各种事物之间的界限，包括时间的、空间的界限。

元月廿八日（腊月十二日） 星期六

认识不同的质的事物之间的界限，是极端重要的。只有划清了不同事物的不同界限，我们才能据以定出不同的政策，才能恰当地掌握各种政策的界限。不仅如此，就是在同一事物的内部的各部分之间、各方面之间，在同一运动过程各个阶段之间，各个阶段中的各个小阶段之间，也都是有界限的。分不清这些界限，也会犯政策错误。事物的界限当然不是绝对固定的，但是它却有相对的固定性，质的飞跃只有在一定条件下才能出现。毛主席在《论持久战》中说：“决不能否认一定时间内的相对固定的战争计划或方针；否认了这点，就否认了一切，连战争本身，连说话的人都否认了。……没有人否认，就是在某一一定时间内适用的方针，它也是在流动的，没有这种流动，就不会有这一方针的废止和另一方针的采用。然而这种流动是有限制的，即流动于执行这一方针的各种不同的战争行动的范围中，而不是这一方针的根本性质的流动，即是说，是数的流动，不是质的流动。这种根本性质，在一定时间内是决不流动的，我们所谓一定时间内的相对固定性，就是指这一点。在绝对流动的整个战争长河中，有其各个特定阶段上的相对固定性，这就是我们对战争计划或战争方针的根本性质的意见。”这个意见的基本精神是具有普遍意义的，值得我们反复考虑并把它作为指导思想运用到自己工作当中去。

把事物的界限当成固定不变的东西，当成永远不可逾越的鸿沟，固步自封，停顿不前，这是右的保守思想。否认事物的界限，否认过程的阶段性，企图在一早上完成一切革命任务，这是“左”的空想。既承认事物的相互转化，又承认事物的界限，既承认发展的永恒性，又承认发展的阶段性，这就是不断革命论和革命发展阶段论的结合。

元月卅日（腊月十四日） 星期一

报载广东省历史学会召开年会讨论了史料与史学的关系问题，大家一致认为，在马克思主义历史科学中革命性与科学性是完全一致的。但是对于史料与史学、史料与观点等具体问题的讨论还有一些分歧意见。有人认为史料就是客观真实的反映，在阶级社会里的史料至少也反映了一部分的客观真实，同样具有科学性。甚至有人说“让史料说话”“史料出理论”。很多人不同意这个意见。他们认为，马克思主义者对待前人的遗产，既不能采用虚无主义的态度一笔抹煞，同样也不能无批判地全部继承。因而也不能把多少反映了一些客观真实和提供了某些具有科学研究成果的历史学一律看成历史科学。历史科学的任务是要通过现象来认识本质，而史料只不过是提供了历史现象的知识，它本身并没有也不可能直接地成为完整的科学理论。历史家只有运用马克思主义的理论方法，才能通过掺杂着前人主观见解的史料来研究过去的历史。我认为后者的意见是正确的。

元月卅一日（腊月十五日） 星期二

全国政协召开文教组扩大会议，参加会的有首都文化教育科学界著名人士八十五人，热烈拥护文化部发言人警告美帝阴谋劫夺我在台珍贵文物的谈话，发言踊跃。下午五时半方结束。

二月一日（腊月十六日） 星期三

一个人要做好工作，一个基本问题，就是责任感问题。有了责任感，就不会马马虎虎随随便便；有了责任感，就不会遇难而退，避重就轻；有了责任感，就会有冲天干劲的革命精神，有实事求是的工作态度。从而有最大的耐心和坚韧。

做好一件事，不只要勇猛果敢，而且要苦心钻研，没有一点一点的积累，一分一寸的探索，就不可能作出巨大的英雄事业。我们必须要在破除迷信的同时，要提倡尊重科学；在大胆革命的同时，要提倡实事求是；在发挥主观能动性的时候，要掌握客观事物发展的规律。只有把这些对立的东西在人们的认识中和实践中统一起来，人们才能有效地变革现实。当然这个原则贯彻到具体工作当中去，还需要在每一项具体工作中去具体研究，找出具体的结合办法。这是极其复杂的事情，要在长期实践的过程中不断加以解决的，而不是拿一个简单的公式来解决。

二月二日（腊月十七日） 星期四

今天《人民日报》以“从实际出发”为题发表社论，虽然重点是谈农业问题，但对我们来说也是极为重要的。甚么是实际？就是客观存在着的事物。客观存在着的事物你承认它也罢，不承认它也罢，它总是存在着，并不因为任何人不承认它就会消失。所以办事情必须从实际出发，而不能从主观愿望出发。从实际出发，正是为了改变实际，但改变实际，又必须有一定的条件。一切事物都依条件、地点、时间为转移，这是辩证唯物主义的一个根本点。

“实际——客观存在着的事物是千差万别的。要做到从实际出发，就必须认识和适应这些差别，按照这些差别来确定措施。”

“实际——客观存在着的事物是千变万化的。要做到从实际出发，就必看到和适应这些变化。”“任何过程，不论是属于自然界和属于社会，由于内部的矛盾和斗争，都是向前推移，向前发展的，人们的认识运动也跟着推移和发展。”（《实践论》）因此，一定要按照客观事物的变化来确定对策，才能保证从实际出发的原则贯彻到底。

法律室潘同龙来，转达了关于卢付秘书长对《文物保护管理条例》和我们代国务院拟的指示稿的意见，即加修改送平羽付部长审阅。

二月三日（腊月十八日） 星期五

党的政策是反映了群众的根本利益的，因而也只有依靠广大群众的自觉行动，才能实现党的政策。这就需要把党的政策交给群众，不把党的政策交给群众，或者不完全交给群众的作法都是错误的。

党的政策是从实际出发的，但又是从实际中总结提高的，往往是成为具有一般规律的原则，因而贯彻党的政策必须根据政策的原则因地因条例制宜加以具体化，这是执行政策的方法问题。具体地因地制宜不是因为具体情况不同，就可以不执行政策，打折扣、修改或歪曲政策，而是要更好地具体贯彻政策。

归纳起来两句话就是要：“事事和群众商量，一切从实际出发。”这是作好一切工作的关键。脱离群众，脱离实际是不可能很好地贯彻党的政策的。

任何一门科学都是客观规律的反映，探讨和掌握客观规律必须通过实践。“人类的生产活动是最基本的实践活动，是决定其他一切活动的东西。”广大群众通过自己的生产劳动的实践，日积月累，有极为丰富的经验。因此，我们应当深入实际向群众学习。

“一切真知都是从直接经验发源的，但人不能事事直接经验，事实上多数的知识都是间接经验的东西。”（《实践论》）因此，如果只向群众学习实践经验，否定一切现成的科学知识也是不正确的。所以还必须充分地批判地利用现在已经有的科学研究成果，并把它交给群众。

二月四日（腊月十九日） 星期六

“在社会现象方面，没有比胡乱抽一些个别事实和现弄实例更普遍、更站不住脚的方法了。罗列一般例子是毫不费劲的，但这是没有任何意义的，或者完全起相反的作用，因为在具体的历史情况下，一切事情都有它个别的情况。”（列宁：《统计学和社会学》）

“社会生活现象极端复杂，随时都可以找到任何数量的例子或个别的材料来证实任何一种意见。”（列宁：《帝国主义是资本主义的最高阶段》法文版和德文版序言）这是很值得我们注意的，同样地，随便摘引经典作家的话来说明问题也是不对的。因为真理是具体的，马克思主义经典作家的话是和一定历史条件联系着的，不研究那些条件，也就不能更【准】确了解和运用他们的话。

二月五日（腊月廿日） 星期日

“要改造集体农民，克服他们的个人主义心理，使他们成为真正的社会主义社会的劳动者，还必须做很多的工作。集体农庄机械化实现得越快，集体农庄拖拉机化实现得愈快，达到这个目的也就愈快。”（斯大林：《论苏联土地政策的几个问题》。《全集》十二卷一四五页）

“改造小农，改造他们的整个心理和习惯，是需要经过几代的事情。只有物【质】基础，只有技术，只有在农业中大规模地使用拖拉机和机器，只有大规模地实行电气化，才能解决这个和小农有关的问题，才能使他们的整个心理健全起来。”（《列宁全集》四版三十二卷一九四页）。

二月六日（腊月廿一日） 星期一

“我们不能没有自我批评，无论如何不能……没有自我批评，机关的停滞和腐朽，官僚主义的滋长，工人阶级创造主动性的破坏就不可避免了。”

“至于描写战争的小说，那必须加以选择之后出版。在书籍市场上出现了许多描写战争的‘恐怖’，引起对一切战争（不仅对帝国主义战争，而且也对一切战争）的反感小说。这是没有多大价值的资产阶级和平主义的小说。”（斯大林《给阿·马·高尔基的信》，《全集》十二卷一五三——一五四页）。

二月七日（腊月廿二日） 星期二

“单靠先锋队是不能胜利的。当整个阶级、当广大群众还没有站在真正直接援助先锋队的立场上；或者没有站在至少对先锋队严守善意的中立而对其敌人完全不予支持的立场上的时候，单把先锋队投入决战，这就不仅是愚蠢，而且是罪恶。而且要真正使整个阶级，要真正使广大的劳动群众和被资本压迫的群众都站到这个立场上来，要做到这一点，单靠宣传鼓动是不够的。要做到这一点，就必须有这些群众亲身的政治经验。”（列宁：《共产主义运动中的左派幼稚病》）这是所有大革命的基本规律。

二月八日（腊月廿三日） 星期三

“我们的政策是正确的，我们的力量也就在这里。但是要使我们的政策不致悬在空中，至少要有两个条件：第一，正确地挑选工作人员和检查党的指示的执行情况。第二，领导群众要有灵活性，对群众的要求要有敏感，敏感，最高度的敏感。”（斯大林，《在联共（布）莫斯科省第十五次代表会议上的演说》，《全集》九卷一四五页）。

一九六四年四月廿三日　星期三

三年前，为了把自己学习的一些感想和心得能及时纪录下来，我开始写劄记，然而不到个月就中辍了。说明自己的坚持性实在是太差太差了。回想起来殊觉赧赧。为改正自己的缺点，我决心重新开始写劄记，其实也不一定就是劄记，只要是一时之感，读书心得或甚至是一些事情的摘录，都可以随手记下来，所以更确切的说，不过是一本备忘录。然而必须坚持下去。我没有换本子，而准备利用这个旧本子，并非没节约用纸张，而是从正视自己缺点出发。希望把自己的缺点变成教育自己的反面教员。以要看到这个[illegible]

的决斗剧记，就会提高警惕，从而成为鞭策自己的力量。往者已矣，来者可追，聊此数语以自勉。

四月廿六日（三月十二日） 星期四

："考古学引起了历史科学的变革。它扩大了历史科学的空间范围，犹如望远镜扩大了天文学对空间的视野一样。它把历史的视线往后伸展了一百倍，就像显微镜为生物学带来变化一样，改变了历史科学的内容。"（英，戈登·柴尔德：近东的考古学第二页，一九四九年伦敦。摘自苏联考古学）。

考古学是历史科学的一个部门，即是把人类社会的发展当作一个多方面统一并充满矛盾但毕竟是有规律的统一过程来研究的科学。

四月廿七日（三月十三日） 星期五

"要认识已经灭亡的动物的身体组织，必需研究遗骨的构造，要判别已经灭亡的社会经济形态，研究劳动手段的遗物，有相同的重要性。划分经济时期的事情，不是作了什么，而是怎样做，用什么劳动手段去作。劳动手段不仅是劳动力发展程度的测量器，而且是劳动所在的社会关系的指示物。"（马克斯：资本论第一卷一九四—一九五页，一九五三年版）。

"人们在生产中不仅影响着自然界，而且彼此互相影响着。他们如果不用相当方式结合起来共同活动和互相交换其活动，便不能生产。为了实现生产，人们便发生一定的联系和关系，只有通过这些社会联系和社会关系，才会有人们对于自然界的关系存在，才会有生产"（马恩全集、五卷 四八五）

四月廿五日（四月十四日） 星期六

保护文物，首先是根据其本身固有的历史、艺术、科学价值。因此，保护甚么，主要地是要看价值大小。然而能不能说越古越好，越少越好呢？显然是不能的。但是当我们反对这种不正确的提法时，也必须注意到这样的事实：时代越早，作为实物史料的文物对于历史研究的意义也就越大。一个孤例往往也会是十分珍贵的。所以古和少，往往与文物价值是相一致的。所以完全抹掉了古和少，在保护文物中的因素也是值得考虑的。世界上第一个空撞券桥、大石桥以及我国现在所知的最早的木构建筑——南禅寺，不正是因为它们的古，而所以保护吗？它们的价值不也正是因为它们是最早吗？所以在有些情况下，文物的古和少，是与它的价值是成正比例的。很明显，如果我们想要发现一个汉代的空撞券桥，必然地大家会一致肯定它比赵州桥的价值更高些。其所以如此，是因为它的时代更早些。笼统地说越古越好，越少越好，而不谈文物的价值是古董观点。同样地不加具体分析，而笼统地说，越古、越少不是保护文物应予考虑的条件也是具备的。因为有些文物的价值就在于它的古、或少也。这个问题去求认识不一致似乎可再进一步地加以讨论。

四月廿六日（三月十五日） 星期日

阐述保护文物的必要性和重要性应当有个基本出发点。在我看来这个基本出发点就是应当是历史发展的继承性和人类认识的继承性。因为文物是前代人类劳动和智慧的结晶，所以它往往是衡量古代人类认识自然、控制自然的测量器。

四月廿七日（三月十六日） 星期一

随黄达训练班学员去蓟州参观独乐寺。对此寺我闻名已久，此则在幼年时说为看一次观音阁是一次美的享受，此次参观深感此言是言信不诬也。昔蓟州为古渔阳郡，安禄山起兵于此，白居易"渔阳鼙鼓动地来，惊破霓裳羽衣曲"之句盖即指此也。一说安禄山盖独乐而不与众乐故以名此寺。由此推论谓寺创建于唐。而目前寺仅存观音阁及山门实为辽代建筑，非唐时物矣。

四月廿九日（三月十八日） 星期三

认识来源于实践，人类的生产活动是最基本的实践活动，是决定其他一切活动的东西。人的社会实践有多种形式（阶级斗争、科学实验等）。

马克思主义的哲学辩证唯物论有两个最显著的特点：一个是它的阶级性，公然申明辩证唯物论是为无产阶级服务的；再一个是它的实践性，强调理论对于实践的依赖关系，理论的基础是实践，又转过来为实践服务。

认识的发展过程：感性认识是认识的第一阶段，即感觉和印象的阶段。这个阶段的认识只限于事物的外部联系。理性认识是认识的第二阶段，即判断推理的阶段。这就是了解到了事物的内部联系了。

四月廿日（三月十九日）星期四

认识开始于经验—即感性认识，这是第一的东西，理性之所以可靠，即因为它来源于感性，这是认识论的唯物论。

只有感性认识而没有理性认识，就不能反映事物的本质，要反映事物本质则必须将丰富的感性材料去粗存精，去伪存真，由此及彼，由表及里的改造制作功夫。感性认识有待于发展为理性认识，这就是认识论的辩证法。

从认识世界的秩序来说，感性—理性认识只是完成了一半，更重要的是能动地改造世界。理性认识只是从物质到精神，这是第一个飞跃，还需要使理性认识再回到革命实践，这是从精神到物质的第二个飞跃。

实践—感性—理性—实践，这样往复循环，而每一次循环都使人的认识提高一步。由于事物是不断发展的，人的认识也是不断发展的。必须要使主观和客观、理论和实践、知和行是具体的历史的统一。

我们的任务是：改造客观世界，也改造自己的主观世界，改造主观世界同客观世界的关系。——从必然王国到自由王国。

五月三日（三月廿二日）星期日

开始重温矛盾论，经常过去看过好多遍，但是每看一次总有新的收获，因为这样，这一次比那一次的理解就会深一些。这次重温矛盾论的方法我想还是要逐字逐句以及反复细读，首先是每天看一段，先把每段的大意用自己的语言摘要记下来，同时把问题也记下来。但不忙于去解决，通读一过之后再去精读，再把问题细了研究。这样反覆数遍之后基本上掌握了它的精神实质，再联系实际，进一步地联系实际会产生生搬硬套的毛病。

一、两种宇宙观

关于宇宙发展的法则有两种对立的宇宙观：一、形而上学；二、辩证法。它们不同之点是：

一、形而上学把世界看作彼此孤立的、互不联系的。与形而上学相反，辩证法认为世界上的事物是相互联系的、相互作用的、相互制约的。

因此形而上学研究事物是孤立地去看、而辩证法研究事物是从一个事物与其他事物的关系去研究它的发展。

二、形而上学观察世界认为一切都是永恒的、不变的、静的。集中由形而上学相反，辩证法认为事物是在不断变化着、运动着。运动是物质存在的形式。一个事物自己在运动，而每一个事物的运动又和其他事物相互联系着、影响着。

三、形而上学的观点，认为如果事物的变化，也只是数量的变化，增减的变更。而这种变更也是外部的原因。与此相反，辩证法的观点认为，事物的变化是由量变到质变，变化的原因在于事物的内部矛盾性。这种内部矛盾性是事物发展变化的根本原因，一事物与他事物的互相联系和互相影响则是事物发展的第二位原因。内部原因是根据，外因是条件，外因通过内因起作用。

辩证法的宇宙观主要是教导人们能够观察分析矛盾并解决矛盾。

五月四日（三月廿三日） 以上烟一

六、矛盾的普遍性

世界的万事万物都是处于不断运动、不断发展的状态中，恩格斯说："运动本身就是矛盾。"所以世界或宇宙是充满了矛盾的，没有矛盾也就没有世界。

矛盾的普遍性和绝对性意义有二：（一）矛盾存在于一切事物的发展过程中；（二）每一事物的发展过程中存在着自始至终的矛盾运动。

事物都互相着相互联结又相互斗争的矛盾着的两个方面。失去一方，他方就不存在。双方斗争而又联结，造成了事物的总体推动了事物的发展。

矛盾是普遍的、绝对的。一切事物都存在着矛盾，矛盾贯穿的过程是自始至终的，旧的矛盾解决了，新的矛盾又产生了。新的发展过程代替了旧的过程。

五月五日（三月廿四日）星期二

三、矛盾的特殊性

世界是统一的，可是世界上的一切具体事物又是千差万别的。世界是无边无际的，但世界上的一切具体事物又是有边有际、有始有终的。每一种具体事物都有它的特殊本质，即矛盾的特殊性。而认识矛盾特殊性是我们认识事物的基础。人的认识过程总是首先由个别的和特殊的事物，逐步地扩大到认识一般的事物。由特殊到一般，由一般再到特殊，这样往复循环使人的认识不断地提高、深化。

五月六日（三月廿五日）星期三

认识事物矛盾的特殊性是认识的基础。因而研究了事物必须研究事物的领的特殊性，即事物特殊的矛盾性所规定的本质。同时还必须研究事物发展的阶段性。不同质的矛盾，要用不同质的方法才能解决。认识具体矛盾的特殊性，正是要正确地去处理不同质的矛盾。闹革命、搞经济，不善于认识矛盾的特殊性，以千篇一律地使用一种公式到处硬套，就会革命失败，使之损失。

五月廿日（三月廿四）星期一

连续听了二天艾思奇关于矛盾论和正确处理人民内部矛盾报告的辅导报告。有很多启发，也有一些意见。如例如艾思奇在解释同一性和斗争性的关系时说：只看到矛盾的同一性不看矛盾的斗争性就会犯右倾的错误，只看到矛盾的斗争性不看矛盾的同一性就会犯左倾的错误。他举了中国革命中右倾机会主义投降路线就是只看到了同一性。而左倾机会主义的冒险主义路线就是只看到了斗争性而没看到同一性。我觉得这个比喻是不确切的。所谓只承认矛盾的同一性不承认矛盾的斗争性事实上是否认了矛盾的普遍性，试问没有矛盾的斗争性还有甚么矛盾呢？矛盾的同一性和斗争性是指矛盾的双方，相互依赖，又相互斗争。二者是不可分割的。艾思奇所提的问题本身就是不妥当的。而所举的例子，无只是比拟不伦。犯左右倾错误的思想根源主要是由于主观与客观相分裂理论与实践相脱离，而成为唯心主义或机械唯物论。如投降主义的路线或右倾机会主义，并不是只看到矛盾的同一性，而是由于认识根源即思想不能随变化了的客观情况而前进，认不出矛盾的斗争已将客观过程推向前进了，而他们的认识仍然停止在旧阶段。或者是由于阶级根源，即小资产阶级的动摇性。犯右倾机会主义错误的人，并不是只看到了矛盾的斗争性，看见矛盾的同一性，而是没看到民族资产阶级的两面性，也就是没有看到矛盾的特殊性。所以这个例子是很不恰当的。

五月十六日（四月初八日） 星期六

续读矛盾论的矛盾的特殊性。

怎样研究矛盾的特殊性？毛主席在矛盾论里明确指出：只有暴露矛盾各方面的特殊性，才可能暴露矛盾在其总体上、在其相互联结上的特殊性。否则暴露过程的本质就不可能。因此，研究矛盾的特殊性，必须从研究矛盾的各方面着手。所谓研究矛盾的各个方面，就是了解它们每一方面各占何等特定的地位，各用何种具体形式和对方发生互相依存又互相矛盾的关系，在互相依存又互相矛盾中，以及依存破裂后，又用何种具体的方法和对方作斗争。

研究矛盾的特殊性还必须研究事物发展的阶段性，而研究事物特殊各阶段的特殊性，也应该从各个阶段中矛盾的各个方面去研究。一言以蔽之曰：必须对具体问题作具体分析。离开具体的分析就不能认识任何矛盾的特殊性。

矛盾的普遍性和特殊性的关系：由于事物范围的无限性，所以在一定场合为普遍性的东西，而在另一一定的场合，则变为特殊性。反之亦然。因此，矛盾的普遍性和特殊性的关系，即是共性和个性的关系，共性是相互联结的，特殊性包含了普遍性，普遍性即存在于特殊性之中。"这一共性个性，绝对相对的道理，是关于事物矛盾的问题的精髓，不懂得它，就等于抛弃了辩证法。"

五月十三日（四月初二日） 星期三

今天学习对矛盾论中提出："必要暴露事物发展过程中的矛盾在其总体上，在其相互联结上的特殊性，就是说暴露事物发展过程的本质，就必须暴露过程中矛盾各方面的特殊性，否则暴露过程的本质就成为不可能，这也是我们作研究工作时必须十分注意的。"这段话中所指包含的道理有十分好的意见。一种意见以于里，毛泽东代表团志，所谓矛盾的总体就是一个大事物有许多多的矛盾，这些矛盾的相互联结然构成了大事物的总体。另一种也是以我和金撷为代表，认为所谓矛盾的总体只是指着事物矛盾着的双方的相互联结才能称之为矛盾的总体，而不是许多矛盾的相互联结。在中国资产阶级民主革命中，就是三个敌人和四个朋友的矛盾，二者是各为一方的。争论甚久未获解决。因此我和金撷在对总体的理解也有大同小异的地方，例如金撷认为只有上下、资产阶级无产阶级这类矛盾才能称之为矛盾的总体（的相互联结），而我们和帝国主义只能说是矛盾的构成而不能称之为矛盾的总体。我认为只要形成了矛盾，并多方的相互联结即可称之为矛盾的总体。否则就不成其为矛盾的构成，构成也就是矛盾的总体。

五月廿日（四月初九日） 星期三

关于总体的概念如何解释问题，一週以来大家都在讨论，我根据、冬天和平提出了艾思奇主编的辩证唯物主义与历史唯物主义一书中的论点。他认为，“一个大的事物，在它的发展过程中，包含着许多矛盾，这些矛盾相互联结，构成事物的总体。”并且举出了毛主席“中国社会各阶级的分析”一文为例。认为：“这篇文章首先分析了当时在中国社会中起着不同作用的各个阶级……本身的特点，又从各个阶级的相互联系中分析了各个阶级在革命运动中的地位，然后综合起来，对各阶级之间的总的关系，即矛盾的总体的特点作出结论。」在这里艾思奇是把矛盾的总体，理解为天大事物中各个矛盾着的各方面的总的关系。甚至叫作总的关系呢，这是颇为令人费解的。我对艾思奇的说法还有保留态度。我认为他的解释是不妥当的。还需要进一步加以研究。

五月廿日（四月初十日）星期日

重读毛主席矛盾论的矛盾的特殊性一节，反复思考，愈发觉得艾思奇的解释的的确确是不妥当的。我把毛主席凡是讲到矛盾的总体所举的例子或解释看了一遍，但无论如何找不出矛盾的总体是指许多矛盾的相互联结的意思，试看：

毛主席说：「战争中的攻守、进退、胜败都是矛盾着的现象。失去一方，他方就不存在。双方斗争而又联结，组成了战争的总体……」（毛选第二九四页）这不是清楚地说明了总体这个概念的含意吗？由此可见，矛盾的总体只能理解为矛盾双方的相互联结，而绝不能理解为许多矛盾的相互联结。

毛主席说：「为要暴露事物发展过程中的矛盾在其总体上，在其相互联结上的特殊性，就是说暴露事物发展过程的本质，就必须暴露过程中矛盾各方面的特殊性，否则要揭露本質成為不可能……」（毛選卷二九九頁）这里主席是把总体和各方面相提並論的，而没有说把矛盾的总体和许多矛盾並提，由此可见矛盾的总体应该理解为矛盾着的双方的相互联结，而绝不是甚麽许多矛盾的相互联结。

毛主席说：「个大的事物，在其发展过程中，包含着许多矛盾，例如，在中国资产阶级民主革命过程中，有中国社会各被压迫阶级和帝國主义的矛盾，……我们从事中国革命的人，不但要在各個矛盾的总体上，即矛盾的相互联结上，了解其特殊性，而且只有从矛盾的各方面着手研究，才有可能了解其总体」。（毛選卷二九九—三〇〇頁）。大概艾思奇同志正是根据这段话，认为矛盾的总体即许多矛盾的相互联结，但是只要仔细用心阅读一下主席的前后文就会很清楚地说明主席原意绝非如此。因為主席不是明明白白地说「不但要在各個矛盾的总体上，即矛盾的相互联结上，了解其特殊性」嗎？"各個"二字十分重要，这就是说要了解以上许多矛盾的每一个矛盾的总体的特殊性，而不是许许多多矛盾的相互联结的特殊性。所谓矛盾的相互联结，就是矛盾各方面的相互联结。也许有人认为"各方面"就是指许多矛盾。非也。主席下面说得很明确：「所谓了解矛盾的各方面，就是了解它们每一方面各据何等地位，各用何种具体形式和对方发生互相依存又互相矛盾的关系……」（《选集》卷三〇〇页）这里所谓各方面是指每一方面和对方各用何种具体形式发生相互联结（依存）又矛盾的关系，可见是指矛盾着的双方，而非许多矛盾。综上所述，可见矛盾的总体只能理解为矛盾着的双方的相互联结，而绝不是许多矛盾的相互联结。

毛主席在谈到矛盾的总体的时候，总是和矛盾的各方面联系在一起的。例如：「……表面性，是对矛盾总体和矛盾各方的特点都不去看，」（《毛选》卷三〇一页）又如：「研究事物发展过程中的各个发展阶段上的矛盾的特殊性，不但必须在其联结上，在其总体上去看，而且必须从各个阶段中矛盾的各个方面去看。」这里还举了国共两党的例子。都是说的矛盾着的双方，而没有一个地方提到矛盾的矛盾总体是许多矛盾的相互联结。事实上，毛主席所谓相互联结，就是指矛盾的同一性。而同一性只能理解为矛盾着的双方又斗争又联结，而绝不是甚么许许多多矛盾之间的相互联结。

五月廿五日（四月十三日）星期五

四、主要的矛盾和主要的矛盾方面

（一）在复杂的事物发展过程中，有许多矛盾的存在，其中必有一种是主要的矛盾，由于它的存在和发展，规定或影响着其他矛盾的存在和发展。但是事物发展的各阶段，主要矛盾是可以发生变化的。而每个发展阶段只有一种主要矛盾起着领导的作用，是完全没有疑问的。而其他矛盾则是处于次要和服从的地位。因此，研究任何过程，如果是存在着两个以上矛盾的复杂过程的话，就要用全力找出它的主要矛盾。捉住了这个主要矛盾，一切问题就迎刃而解了。

（二）矛盾着的双方不能平均看待，其中必有一方是主要的，他方是次要。矛盾的主要方面起主导的作用、支配的作用，因而它是决定事物性质的。

矛盾的主要方面和非主要方面在一定条件下是可以相互转化的，因而事物的性质也就随着起变化。世界上总是这样除旧布新，推陈出新。

五月廿六日（四月十五）星期六

廿、矛盾的诸方面的同一性和斗争性

矛盾的同一性有两种意义：一、矛盾着的双方互为存在条件，失去一方，他方就不能存在，因而彼此相互联结、相互依赖，此之谓矛盾的同一性；（即第一种意义）二、矛盾着的双方在一定条件下向自己相反的方面转化，此之谓矛盾同一性的第二种意义。一切矛盾着的东西，互相联系着，不但在一定条件之下共处于一个统一体中，而且在一定条件下互相转化，这就是矛盾的同一性的全部意義。矛盾的同一性一定要有一定的必要条件，没有一定的必要的条件，就没有任何的同一性。石头不能变小鸡即是一例。

矛盾着的双方是互相排斥、互相斗争的，这就是矛盾的斗争性。矛盾的斗争是绝对的，对立的统一是相对的。斗争性是无条件的，同一性是有条件的。有条件的相对的同一性和无条件的、绝对的斗争性相结合，构成了一切事物的矛盾运动。

五月廿五日（四月十四日）星期一

六、对抗在矛盾中的地位

对抗是矛盾的一种形式，而不是一切形式，它是解决矛盾的斗争形式。社会革命、炸弹爆炸等皆是对抗的形式。对不同性质的矛盾应采取不同的解决斗争形式。对抗性的矛盾在一定条件下发展为非对抗性的矛盾，非对抗性的矛盾也可能发展为对抗性的矛盾。

五月廿六日（四月十五日）星期二

已经通读矛盾论数遍，并通篇作了摘要。在通读过程中间好了解了这一篇文章的主要精神，但是距离运用它来解决实际问题还是很远的，因为还不曾融会贯通、灵活运用，一些论点还理解得不深不透。

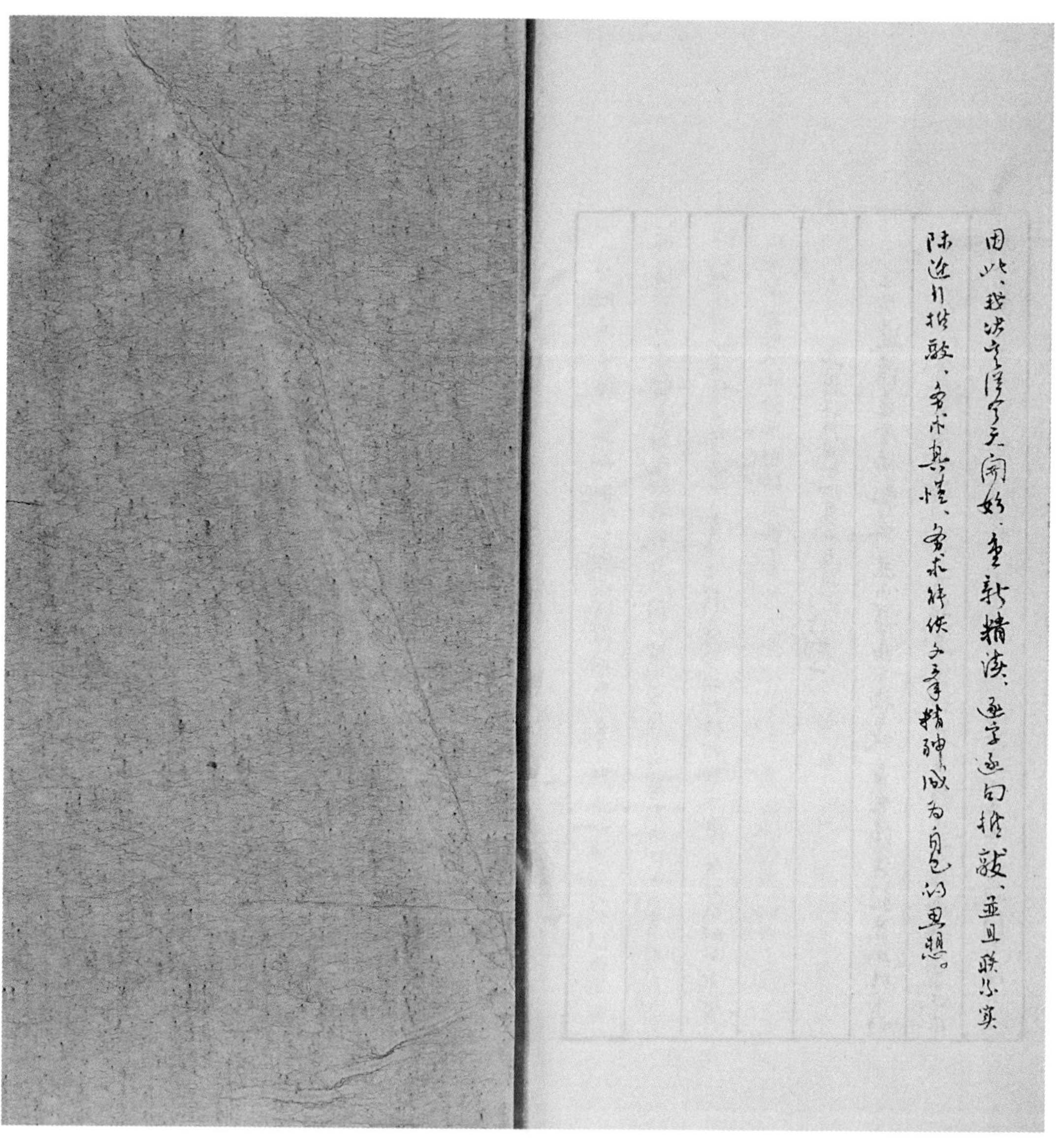

因此，我决定从头开始，重新精读，逐字逐句推敲，并且联系实际进行推敲，务求真懂，务求能使文章精神成为自己的思想。

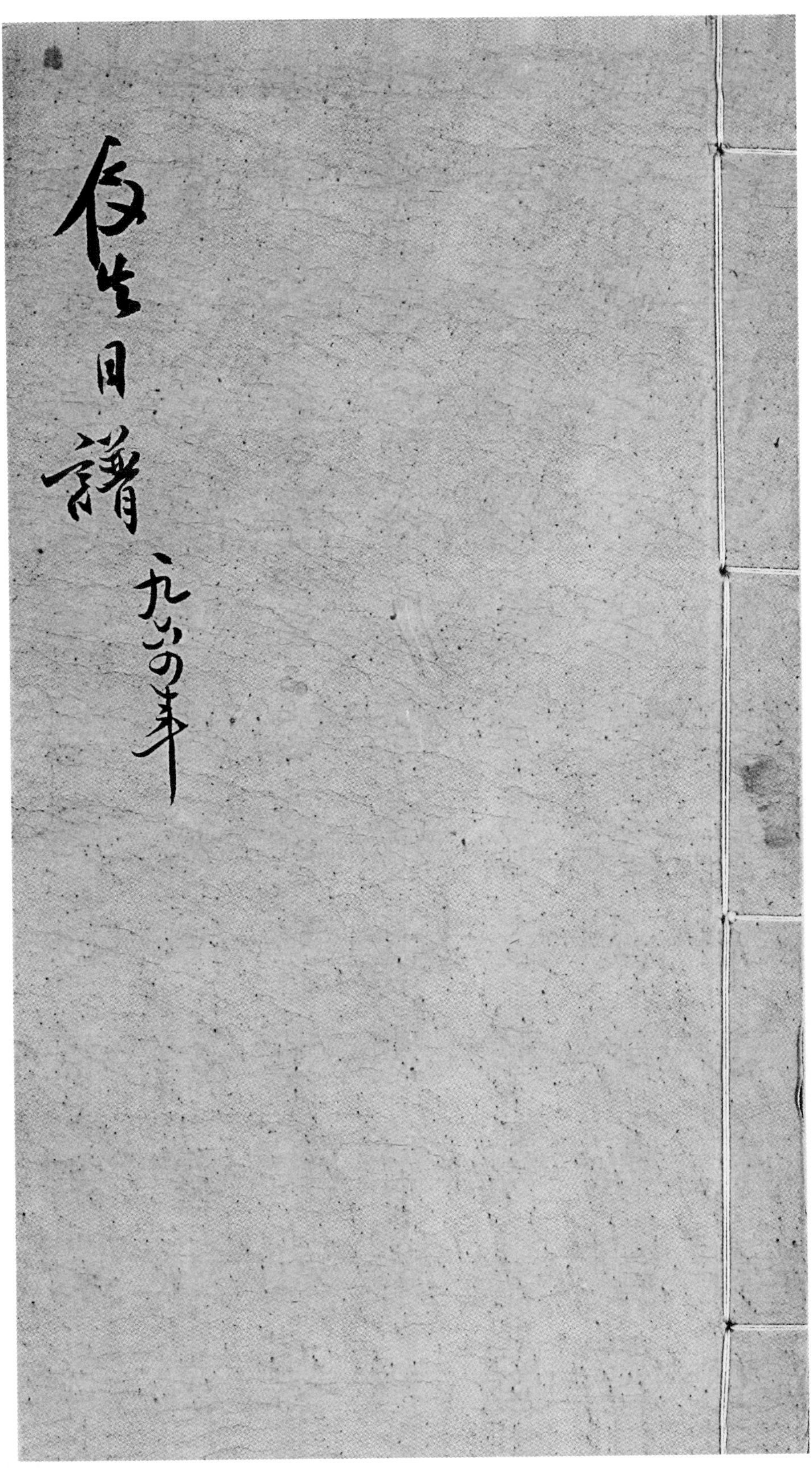
一九六四年

一九六四年辰生日记（二）

五月廿七日（四月十六日）星期三

今天下午学习完成了集体通读《矛盾论》的计划，大家提出了下一步务学的问题，初步决定先提问题然后进行讨论。金枫建议提快把墙报搞起来并要各人大家读改写稿。

晚金枫来闲谈，提出了许多文物的问题，也提出了文物工作中的理论性问题，如古为今用、推陈出新、精华与糟粕等问题。这些问题都是现在必须要解决的问题，的确有加以讨论统一认识的必要。

五月廿八日（四月十七日）星期四

一个人是否全心全意为人民服务，不是從他的口头上，而是要从他的实践上去看。有人講說得很多，而事作得很少，似乎不足以证明他们觉悟比别人高。有了个人主義很难全心全意为人民服务，有了个人主義就很难有责任心，從个人主義出發而幹工作，事先有时也貌似積極，但往往把事幹坏。个人主義之害大矣哉。

改造自己，必須是主要依靠自己，内因是根本的，外因是条件。改造思想要有觉悟，沒有这个改造的願望，别人幫助是很难生效的。自觉的改造自己不是靠一时的激动，而是靠自己長期的、甚至痛苦的自我思想斗争。沒有自我的思想斗争，就沒有思想改造。

五月廿九日（四月十八日）星期五

今天到文物博物館研究所開会討論內部通讯问題，決定以科技为中心，目前是油印，每期五千字左右。理由是科技可打响，油印好遮丑。我有些不同的看法，目前真正需要的是多搞工作的动態和經驗交流，大量的多搞干部不会把興趣集中在科技上，而且就是將来科技隊伍也不可能成為文物博物館干部的很大比重。因此，通讯如果以绝大多數的篇幅搞科技，恐怕不是切合实际的。说来还算会看，这个通讯要以文件为中心。现在不过是因为科技性来，易为领导所批准而已。如此，则我们的工作就不多了。主要还是做学术的事。我认为由油印铅印的问题也不是好通过，更不好过关的问题，领导批的是刊物为主要的，关键在于内容。只要内容可以通过，铅印油印是个次要问题，领导也不会管得这样具体。明年大家意见如此，就这样做吧。

五月廿四日（四月十一日）星期六

完成了关于上海文化局提出来的文物出版工作问题的报告并代部拟稿。谈星期一去保定石家庄了解关于文物商店的问题，所有以上文件小的全办了，有些人民来信已转请叶彦秀同志转陈公长处理。

晚读昨天人民日报学术研究星期刊《论清官》一文，颇有启发。我认为有水平来看，这是一篇好文章，颇有些独到的见解。他认为清官是我国古代历史上很复杂的一种历史现象，它成为封建社会直接效力统治的一个补充。清官是统治阶级"法定权利"的维护者，他代表了封建统治阶级的利益长远需要。而贪官污吏则是代表着封建统治阶级"贪攫权利"，或眼前利益。因此，清官和贪官污吏的斗争，是反映了封建统治阶级"法定权利"——长远利益和贪攫权利

“在这里,和在别处一样,社会的统治阶级的利害关係,总是要把现状,当作法律,成为神圣不可侵犯的,并且要把它的由习惯和传统而固定化的各种限制,当作法律的限制固定下来。”(资本论第三卷第一〇三五页)。因此法律是这些统治阶级的长远需要,法律权利不过是被神圣化了的不法活动。

眼前利益的矛盾。二者都是生根於封建社会的土壤,只是地主阶级对农民进行剥削的两种不同形式,而其本质都是一致的。

马克斯说:「旧特权者不满足于法定权利而呼吁自己的习惯权利时,他们所要求的不是法的人类内容,而是法的动物形式,这种形式现在已丧失其现实性,并且变成纯粹的野兽的假面具。」「贵族的习惯权利按其内容来说和法律的形式——普遍性和必然性——相矛盾,这也说明它们是习惯的不法行为。因此,决不能维护这些习惯权利而对抗法律,相反地,应该把它们当做和法律对立的东西废除,而对利用这些习惯权利的人也应绳之以某种惩罚」。(马克斯恩格斯全集第一卷一四三页)。

清官们为了维护统治阶级的长远利益,不能不在两条战线上作斗争,既要反对豪绅暴行,又要反对农民起义,而反对豪绅暴行的目的也只是为了孤消农民起义。他们有时是执行法制,判决公正,但是正如马克斯所说的:「如果认为在立法者偏私的情况下可以有公正的法官,那简直是愚蠢而不切实际的幻想!既然法律是自私自利的,那末大公无私的判决还能有什么意义呢?法官只能丝毫不苟地表达法律的自私自利,只能铁面无私地执行它。」在这种情况下,公正是判决的形式,但不是它的内容。内容早被法律所规定。」

（马克思恩格斯全集第一卷，第一七八页。马克思：第六届莱茵省议会的辩论。）

论清官——马克思论述了清官和党争的问题，他认为清官在不同的历史阶段起着不同的作用。但是清官不能挽回历史的必然趋势，他所要维护的地主阶级的法定权利是不会万古长存的。所以后代人们在戏曲舞台上看到的仅只是他叱咤风云、诛权贵如屠猪狗的喜剧式的清官，在历史上却是一些抑郁不伸、赍志以殁的悲剧式的人物。党争是法定权利和习惯权利的矛盾到达了最尖锐的程度，导致了集团之间公开对抗的形式。

五月卅一日（四月廿日）星期日

原刊于新华社看二附册以较今后四月解。又去家精读矛盾论一节。因杨铨日记、杨杏佛堂而传前者出版社催索甚急。我们即日印之，保定三日把完整的送来。因深夜结定成。提出了三个修改方案，要了就看何去何从，请编辑同志去选择吧，我算是完成任务了。

六月一日（四月廿一日）星期一

八时半登车，沿途细雨微寒，抵保已近午矣。即至文物工作队老李处。即决定明天去定县、正定，了解文物商情况，我一转此两县参观一下抖擞怀我隆兴寺，此行为不虚矣。下午到莲池看新发现之元瓷十一件。

破而珍品惜均有残。未能去蕴材料带来了，看来有些困难，我亦不决

多说了。接县话谈趣情两块却是些的他的家常饭，味甚好。

晚阅哲学稿，继续阅读矛盾论，矛盾的特殊性。

六月廿四日（四月廿二日）星期二

晨自保定来宾物，先在教育科听介绍出土情况，雄县刘殿更

同志去沧南未了解文物收购情况。看来问题的核心是，对于文物

单或者漆器皮货，通知去沧后得好些文物而去沧卖了，出土器物

买了不理的随意变卖，收进了乡公所两件。其余文物废品收购站破坏甚

基本上果再以高价收出土文物则势必促使挖墓之风更为严重，必须予以制

止。下午去教育科提出了我们的意见。落善年说料很好，甚为伟

惜有车边倒塌，修复甚困难。晚宿宝和饭店。

六月廿五日（四月廿三日）星期三

天气特热，夜为蚊虫所扰。清早起来，头晕、疼，九时服得索密痛一粒

十时登车，服药一片，已定时得少愈。车沿滹城内约十余里乘马车进

城，已隆兴寺，参观了大悲阁、转轮藏、慈氏阁，建筑甚美，环

境颇幽静。大悲阁原物已于一九〇〇年为汉奸王揖唐假修缮

之名以废了，都未面说。十分可惜。下午了解文物收购情况，此间所收较少

夜宿隆兴寺丽葆堂。（此）蛙声多噪，杜宇夜啼，诗意甚浓。

六月四日（四月廿四日） 星期四

昧爽即起，赶早车返石家庄，即转车东来，午抵束鹿站。原拟在此住一天，明日早去石家庄，但那里正搞五反，下午不工作，只好明天再说。在此则明日离此计划恐难实现了。宿小客店，闷热蚊多，又是一个不眠之夜。

六月五日（四月廿五日） 星期五

早至委托店，遇北京萬聚興、宝古斋来人，了解文物收购情况，据称数月来此货甚多而精品极少，大明宣德不过数件，康熙以下官窑亦不多见。因此地出物太多，所存东西大部是一般的。所以南来希望不大。真正好东西恐不易收到了。

为了赶时间决定乘夜车回石家庄，十一时出发到达，宿车站小客店。因为连日疲倦，虽热，又未惊醒。

六月六日（四月廿六日） 星期六

上午到文化局、中山路委托店，下午至解放路委托店。几月来所

的文物全部运走，所以未见东西。

八天来仆仆风尘，十分疲倦，但收获亦不小。使我了解到流散文物的收集工作是大有可为的。民间散存文物仍然不少。但是如果不好好管理也将产生付作用甚至造成混乱，刺激盗掘。应该做到管而不死，活而不乱，这是个值得研究的问题。

下午到中山堂保管所、文物工作队，与老李谈及秦陵工作情况。

六月七日（四月廿七日） 星期日

晨与文物工作队同志谈些情况和报告提纲。下午六时返北京。

六月八日（四月廿八日） 星期一

北京市文物局王汉彦同志来电话告知山海关修缮方案已经万里同志批准采用钢筋水泥的设计方案，不再征求意见即按此施工。怪哉！国务院公布的文物保护管理暂行条例第十一条规定，古建修缮必须严格遵守恢复原状或者保存现状的原则，而且全国重点文物保护单位的修缮计划必须报文化部审核同意。北京市的作法既不符合条例规定的原则，也不符合条例规定的批准手续。国务院公布的法令是管全国的，北京岂能例外乎？而多年来北京市却把古文物保护方西娟画预计，这是好令人感到生气的。

六月九日（四月廿六日）星期二

今天把北海白塔修缮的问题写了报告给徐平羽部长，提出两个方案：一是要求北京市按规定办理报批手续，二是报国务院文教办批示。尚未知徐部长作何打算也。

六月十日（五月初一日）星期三

对白塔修缮问题，徐平羽部长批示要写文报国务院，但要改变辞句。来批示正合我意，只要原则没有意见，辞句问题是好办的。下午即抄写。

六月十一日（五月初二日）星期四

今李向上一下王汉彦先生先园林局长要已经完全肯定，还要不要征求意见了。答复一下昨日，他们是肯定要造成既成事实，特别是万里批准所以更理直气壮了。其实万里批准只为何效，除了说明北京市不遵守法令以外是说明了他甚幼稚的。此事必须力争，否则北京如此，全国效尤，后果是堪虞的。

六月十二日（五月初三日）星期五

今天参加故宫召集陈列的讨论，甚热烈。初次看到一九五九年六月六日陸定一同志講話和周揚同志等的發言，頗有所感。當时北京市委的故宮改革方案，如果不是這次定一同志頂住，故宮真不知弄成何樣了。不僅改變，且是面目全非了。有些人是好心办坏事。好事做過了头就會走向它的反面，这就是辯证法。

故宮究竟是反面教員還是正面教員，故宮及京津到的用的性是甚麼？這都是需要討論的問題。陳处長近來一再強調故宮就是反面教員，反對用的完全是为了揭露。今天會上這種空氣也頗为濃厚。我看一切文物都需要具体分析，故宮作为明清兩代皇帝的宫庭，其中有糜奢淫佚，有黑暗面是不成問題的。但是宫殿及京陳列就僅僅而且只能作揭露來表現呢？我有些值得懷疑，絕對化是常常會片面的。今天我只是旁听沒有發言。這件事我們一直很有興趣，我們細致研究，我想提出一些我的看法。當然今天有人的意見是非常好的，已經開始這個試行就是未能陳列的問題。這對故宮來說已經提高了一大步了。

六月十日（五月初四日） 星期六

最近國務院文教办公室把關于文物保护工作問題，陳处長作了比較系統详细的彙报。我只是旁聽提出了目前存在的几个具体問題，及白語修缮、保存旧建、谈了许多落后的土木等问题。以晋祠、刘半农为例注意。他希望我们今后能经常了解反映情况。只要情况真实，不必一定要提出处理方案，也不一定要有自己的分析，只需向他们反映。我非常拥护，但愿修缮的下情上达，解决一些问题。我认为当前的主要矛盾是认识问题。现在很多人包括一些领导同志在内对古为今用存在着误解。白塔修缮和保存古建就是典型的例子。白塔换了水泥，岂不更牢固了，孔府改成招待所等等，不是古为今用了。这些想法都是错误的。白塔、孔府如果都变了样，它就不是古文物了。文物的古为今用，首先是要保存古而后才能为今用，如果像现在这样就没有古了。古之不存，安为今用了。这种想法和作法不是坚持古为今用，而是取消了古为今用，这是非常严重的。

六月十四日（五月初五日）星期日

今天是端阳节，早接小三儿去动物园，晚大哥要请若太太、我也来了不少螃蟹，读读作了他的拿手好戏偏揭立篇，与薛涛诗评，甚慰。

六月十五日（五月初六日）星期一

白塔修缮问题，仲揆表兄召朝都生和北京市要谈了，我判知乎是据他们告怕影响关系。这个段是一般说来是对的。但是对北京市来说过去这种了。真是

太多了。常常是照做了另位忘记了深刻。最后不了了之。经手的付部长同志
了仲秋三月七的意见不敢不移正通电话找市委宣传部长李琪同志交换了
意见，结果才得向常委会下。问题是时间太紧迫了，内容经验之中更追加深
进行。如果反覆研究，拖来拖去，结果还是造成既成事实，无可奈何。这去
有不少这样的经验教训吗？现在有些同志似乎是为了表示意见以免将
来万一出问题不好不负责任有话可说。事实上这是一种消极情绪，一个革
命者不要果（僅是怕）将来负责任而表示意见，恐怕"革命"二字就值得怀疑了。
我认为必须坚持原则而且学习如何阻止住这一不必要的浪费全权的纠正。鼎

一个革命工作者的责任感对此不能不感到遗憾。

六月廿六日（五月初七日）星期二

教育局送来何长卿的印两方也款署名（详）避讳、若待出示承清馆印谱中核
对，立即醒悟。据印谱时代序云此两印宗杨时时更为全集者时友好治印
二百余方，多为当时名家。因此，这个印谱是十分可靠的，对于保管印件是很有
帮助的。

六月十七日（五月初八日）星期三

为白话了，罗振玉所见而出成联系，他认为切以用新力向反为宜，因網

踏白水泥马路会路要多来形状。如上要多少日也。此事常无定者，尚需等两个程度，竟来停是有长坚持示方案，毫无商量之余地矣。

六月十日（五月初九日）星期日

读恩格斯共产主义原理。

无产者和奴隶的区别：奴隶一次就被卖掉了，无产者必须一天一天、一时一时地出卖自己！每个奴隶是特定的主人的财产，由于他们与主人的利害攸关，他们的生活不管怎样坏，总还是有保障的。而无产者可以说是整个资产阶级的财产。他们的劳动只有在有人需要的时候才能卖掉，因而他们的生活是没有保障的。……在所有的私有制关系中，只要废除奴隶制一种关系，奴隶就能解放自己，并由此而成为无产者；无产者只有废除一切私有制才能解放自己。

无产者和农奴的区别：农奴拥有并使用生产工具和一块土地，为此，他要交出自己的一部分收入或者服一定的劳役。无产者是用别人的生产工具做工，他们就是为这个别人生产，从而得到一部分收益。农奴是交出东西，无产者是得到报酬。……农奴处于竞争之外，无产者处于竞争之中。农奴可以通过以下各种途径获得解放：或者是逃到城里去做手工业者；或者是交钱给地主代替劳役和产品，从而成为自由的佃农；或者是把他们的封建主赶走，自己变成私有者。总之，农奴可以通过不同的办法加入有产者的阶级并进入统一领域而得到解放。无产者则只有通过消灭竞争、私有制和一切阶级差别才能获得解放。

六月十九日（五月初十日）星期五

共产主义者和社会主义者是有区别的。恩格斯认为所谓社会主义者可以分为三类：第一类是封建和宗法社会的拥护者，都是旧贵族、封建制度、他们渴望恢复宗法阶级反对无产阶级；第二类是现代社会的拥护者，他们所拥护的社会正是共产主义者要推翻的社会；第三类是民主主义的社会主义者，他们或者是不够了解本阶级解放条件的无产者，或者是小资产阶级的代表，直到争得民主制和实行由民主制度产生的社会主义措施为止，这个阶级在许多方面都和无产阶级有共同的利益。

六月廿日（五月十一日）星期六

“少年维特之烦恼”，恩格斯的评语是：“歌德写成了‘维特’，是建立了一个最伟大的批判的功绩。”维特“绝不象那些”从人的观点“来读歌德的人所想的那样，是一部平凡的感伤的爱情小说。”他对歌德的评语是：“歌德在自己的作品中，对当时德国社会的态度是带有两重性的。……歌德承认德国生活中的某些方面而反对他所敌视的另一些方面。这常常不过是他的各种情绪的表现而已；在他的心中经常进行着天才诗人和法兰克福市议员的谨慎的儿子、可敬的魏玛的枢密顾问之间的斗争；前者厌恶周围环境的鄙俗氣，而后却不得不对这种鄙俗气妥协、迁就。因此，歌德有时非常伟大，有时极为渺小；有时是叛逆的、爱嘲笑的、鄙视世界的天才，有时则是谨小慎微、事事知足、胸襟狭隘的庸人。」这是典型的二分法，对我们评价历史人物有很大的启发。

六月廿日（五月十一日） 星期日

去民族文化宫看关鹔鹴演出《黛诺》，这是我第一次看京剧演现代戏。总的印象是剧本内容甚好，但是形式看不出京剧的味道，还是少了些。有些唱腔完全变了样，如此路线是否合适还是值得研究的。也许是我的保守思想在作祟了。

六月廿二日（五月十三日） 星期一

有越来越多的迹象表明，南塔修复问题恐怕又是不了了之。工程仍在加紧进行，而我们则仍按兵不动，此事市局尚无消息回来。估计是仍坚持他们的看法。其实不再打招呼就报告国务院，也许还不会影响关系，就是北京市有意见也还有话可说。如果打了招呼不成再报国务院，就更会影响关系。[illegible]華、仲殊先生的意见实在使我不敢苟同。

六月廿三日（五月十四日） 星期二

写《矛盾论》学习心得，题为《试谈文物保护工作中的矛盾问题》。[illegible]是针对破坏（包括人为的和自然的破坏）而言的，因而保护和破坏构成了一对矛盾，在我看来这还是文物保护工作的基本矛盾。配合基建，古建修缮，善本的采购交流等等，都是为这个基本矛盾所规定的，有人说，难道保护就是我们的唯一目的吗？答曰：是，保护不是我们工作的最终的目的，但它也是我们工作的具体目的。否认这一点是不对的。保护最终还是为了要由文物发挥作用。然而，能不能说保护利用的矛盾是文物保护工作的基本矛盾呢？当前来看，我认为不是，在相当长一个时期，不能说这是文物工作的主要矛盾。这一点很多同志也不同意见。我也拿不准，讨论一下还是好的。但我一直还不太想得透彻。总起来说，这是矛盾的一部分，它只是文物工作的基本矛盾。

北京市委宣传部长李琪同志又告我，将来拟把印诸作为市领导根据设计院的方案，只因为美观比较好已不拟修改。我得出所料。具体人非常想通。往年翻印过，即告一段落。又是关系、影响很大，为首都，关系这些规划更重要的。为首都北京市就不能不遵守法令。如之奈何也。

六月廿四日（五月十五日）星期三

同周扬陈毅同志谈话，向宣将古墓破坏了，我将向领导提出反映了一下，我真尽了自己所能尽的一切力量，终于不可挽回矣。

六月廿六日（五月十六日）星期四

今天重新看了一下我写的文物工作十五年概况和收获，甚感不足。其到底成那里脱离，我不得脱身也月底交稿，看来是有困难了。事情总是要到临时赶，关于报告还要一下是可以的，这种大块文章怎么提得及。如之其忽不已，甚无可奈何也。

六月廿七日（五月十七日）星期五

连续收到四川、吉林、辽宁省文化局（厅）的报告，各地破坏古墓情况十分严重，看来非止河北宣化一地矣。四川郫县太平公社七大队修黄堰坑，将附近雷家祠前的一座蜀汉花砖墓挖毁，把两扇浮雕石墓门拿去架桥，墓内弩机一件，被误为乌金，据为私有。弩机上刻有"景耀四年二十日中作部左典业刘纪业吏陈深工杨安作十石钱？（鐖）重三斤十二两"三十三字，甚为重要。幸经省文管会追回，但墓已被毁。吉林延边自治州有二百余座渤海国墓葬被破坏。辽宁辽中县茨榆坨公社偏堡子生产队也破坏了汉魏墓葬二百多座。出土文物多被打碎掩埋。想来其他各地亦必有类似情况，如不制止，将何以堪。

六月廿八日（五月十八日）星期六

大家学习心得已公布在墙报，于坚同志博物馆事业之基本矛盾为专业奔质不够适应需要的矛盾。我不以为然，因此矛盾是带有普遍性的，不足以表现博物馆事业的性质。以此矛盾置于任何事业皆无不可也。我意博物馆事业之基本矛盾，或为文物、标本的收集、保管与向人民群众进行宣传教育的矛盾，只要不敢必，以思追之。

六月廿八日（五月十九日）星期日

天酷热，上午去北黄城根，下午去何鲁姨丈处，留谈甚久，晚饭后归。

一九六四年辰生日记（一）

一九六四年 四月廿二日 星期三

三年前，为了把自己学习的一些感想和心得能及时纪录下来，我开始写札记，然而不到一个月就中辍了。说明自己的坚持性实在是太差太差了。回想起来殊觉赧赧。为改正自己的缺点，我决心重新开始写札记，其实也不一定就是札记，只要是一时之感，读书心得，甚至是一些事情的摘录，都可以随手记下来，所以更确切地说，不过是一本备忘录。然而必须坚持下去。我没有换本子，而继续利用这个旧本子，并非从节约用纸出发，而是从正视自己缺点出发。希望把自己的缺点变成教育自己的反面教员。只要看到这个不及匝月的片段札记，就会提高警惕，从而成为鞭策自己的力量。往者已矣，来者可追，聊志数语以自勉。

四月廿三日（三月十二日） 星期四

“考古学引起了历史科学的变革。它扩大了历史科学的空间范围，犹如望远镜扩大了天文学对空间的视野一样。它把历史的视线往后伸展了一百倍，就像显微镜为生物学带来变化一样，改变了历史科学的内容。”（［英］戈登·柴尔德：《进步与考古学》第二页，一九四九年伦敦，摘自《苏联考古学》）。

考古学是历史科学的一个部门，即是把人类社会的发展当作一个十分复杂并充满矛盾但毕竟是有规律的统一过程来研究的科学。

四月廿四日（三月十三日） 星期五

“要认识已经灭亡的动物的身体组织，必须研究遗骨的构造，要判别已经灭亡的社会经济形态，研究劳动手段的遗物，有相同的重要性。划分经济时期的事情，不是做了什么，而是怎样做，用甚么劳动手段去做。劳动手段不仅是劳动力发展程度的测量器，而且是劳动所在的社会关系的指示物。”（马克思：《资本论》第一卷一九四——一九五页，一九五三年版。）

“人们在生产中，不仅影响着自然界，而且彼此相互影响着。他们如果不用相当方式结合起来共同活动和互相交换其活动，便不能生产。为了实现生产，人们便发生一定的联系和关系，只有经过这些社会联系和社会关系，才会有人们对于自然界的关系存在，才会有生产。”（《马恩全集》，五卷，四二九页）

四月廿五日（三月十四日） 星期六

保护文物，当然是根据其本身固有的历史、艺术、科学价值。因此，保护甚么？主要地是要看价值大小。然而能不能说越古越好，越少越好呢？显然是不能的。但是当我们反对这种不正确的提法时，也必须注意到这样的事实：时代越早，作为实物史料的文物对于历史研究的意义也就越大。一个孤例往往也会是十分珍贵的。所以“古”和“少”往往与文物价值是相一致的。所以完全抹杀了“古”和“少”在保护文物中的因素也是值得考虑的。世界上第一个空撞券桥、大石桥以及我国现在所知最早的木构建筑——南禅寺，不正是因为它们的“古”而加以保护吗？它们的价值不也正是因为它们是“最早”吗？所以在有些情况下，文物的“古”和“少”是与它的价值是成正比例的。很明显，如果我们忽然又发现一个汉代的空撞券桥，必然地大家会一致肯定它比赵州桥的价值更高些。其所以如此，是因为它的时代更早些。笼统地说越古越好，越少越好，而不谈文物的价值是古董观点。同样地不加具体分析，而笼统地说越古、越少不是保护文物应予考虑的条件也是片面的。因为有些文物的价值就在于它的“古”或“少”也。这个问题大家认识不一致似乎可以再进一步地加以讨论。

四月廿六日（三月十五日） 星期日

阐述保护文物的必要性和重要性应当有个基本出发点。在我看来这个基本出发点应当是历史发展的继承性和人类认识的继承性。因为文物是前代人类劳动和智慧的结晶，所以它往往是衡量古代人类认识自然，控制自然的测量器。

四月廿七日（三月十六日） 星期一

随古建训练班学员去蓟县参观独乐寺，对此寺我闻名已久，张珩在世之时认为看一次观音阁是一次美的享受，此次参观深感张公是言信不诬也。蓟县为古渔阳郡，安禄山起兵于此，白乐山“渔阳鼙鼓动地来，惊破霓裳羽衣曲”之句盖即指此也。一说安禄山要独乐而不要众乐故以名此寺。由此推论谓寺创建于唐。而目前寺仅存观音阁及山门实为辽代建筑，非唐时物矣。

四月廿九日（三月十八日） 星期三

认识来源于实践，人类的生产活动是最基本的实践活动，是决定其他一切活动的东西。人的社会实践有多种形式（阶级斗争、科学实验等）。

“马克思主义的哲学辩证唯物论有两个最显著的特点：一个是它的阶级性，公然申明辩证唯物论是为无产阶级服务的；再一个是它的实践性，强调理论对于实践的依赖关系，理论的基础是实践，又转过来为实践服务。”

认识的发展过程：感性认识是认识的第一阶段，即感觉和印象的阶段。这个阶段的认识只限于事物的外部联系。理性认识是认识的第二阶段，即判断推理的阶段。这就是了解到事物的内部联系了。

四月卅日（三月十九日） 星期四

认识开始于经验——即感性认识，这是第一的东西，理性之所以可靠，即因为它来源于感性，这是认识论的唯物论。

只有感性认识而没有理性认识就不能反映事物的本质，要反映事物本质则必须将丰富的感性材料去粗存精，去伪存真。由此及彼，由表及里的改造制作功夫。感性认识有待于发展为理性认识，这就是认识论的辩证法。

从认识世界的秩序来说，感性→理性认识只是完成了一半，更重要是能动地改造世界。理性认识只是从物质到精神，这是第一个飞跃，还必须从理性认识再回到革命实践，这是从精神到物质，即第二个飞跃。

实践→感性→理性→实践，这样往复循环，而每一次循环就使人的认识提高一步。由于事物是不断发展的，人的认识也是不断发展的。必须要使主观和客观，理论和实践，知和行要具体的历史的统一。

我们的任务是：改造客观世界，也改造自己的主观世界，改造主观世界同客观世界的关系——即从必然的王国到自由的王国。

五月三日（三月廿二日）星期四

开始重温《矛盾论》，尽管过去看过不少遍，然而每看一次总有新的收获，同样一句话，这一次比那一次的理解就会深一些。这次重温《矛盾论》的方法，我想还是要逐字逐句的反覆细读，首先是每天看一段，先把每段的大意用自己的语言摘要记下来，同时把问题也记下来，但不忙于去解决它。通读一过之后再去精读，再把问题细细研究。这样反覆数遍之后，基本上掌握了它的精神，然后再联系实际。过早地联系实际会产生生搬硬套的毛病。

一、两种宇宙观

关于宇宙发展的法则，有两种对立的宇宙观：一，形而上学；二，辩证法。它们不同之点是：

一、形而上学把世界是看作彼此孤立的，互不联系的。与形而上学相反，辩证法认为世界上的事物是相互联系的，相互作用的，相互制约的。因此形而上学研究事物是孤立地去看，而辩证法研究事物是从一个事物与其他事物的关系去研究它的发展。

二、形而上学的观点观察世界认为一切都是永恒的，不变的，静的。与形而上学相反，辩证法认为事物是在不断变化着，运动着。运动是物质存在的形式。一个事物自己在运动，而每一个事物的运动又和其他事物相互联系着，影响着。

三、形而上学的观点，认为如果事物变化，也只是数量的变化，场所的变更。而这种变更也是外部的原因。与此相反，辩证法的观点认为，事物的变化是由量变到质变，变化的原因在于事物的内部矛盾性。这种内部矛盾性是事物发展变化的根本原因。一事物与他事物的互相联系和互相影响则是事物发展的第二位原因。内部原因是根据，外因是条件，外因通过内因起作用。

辩证法的宇宙观主要是教导人们能发现、观察、分析矛盾并解决矛盾。

五月四日（三月廿三日）星期一

二、矛盾的普遍性

世界的事物既然是处于不断运动、不断发展的状态中。恩格斯说："运动本身就是矛盾。"所以世界或说宇宙是充满了矛盾的，没有矛盾也就没有世界。

矛盾的普遍性和绝对性意义有二：（一）矛盾存在于一切事物的发展过程中；（二）每一事物的发展过程中存在着自始至终的矛盾运动。

事物都包含着相互联结又相互斗争的矛盾着的两个方面。失去一方，他方就不存在，双方斗争而又联结组成了事物的总体，推动了事物的发展。

矛盾是普遍的、绝对的。一切事物都存在着矛盾，矛盾发展的过程是自始至终的，旧的矛盾解决了，新的矛盾又产生了。新的发展过程代替了旧的过程。

五月五日（三月廿四日）星期二

三、矛盾的特殊性

世界是统一的，可是世界上的一切具体事物又是千差万别的。世界是无边无际的，但世界上的一切具体事物又是有边有际、有始有终的。每一种具体事物都有它的特殊本质，即矛盾的特殊性。而认识矛盾特殊性是我们认识事物的基础。人的认识过程总是首先由个别的和特殊的事物，逐步地扩大到认识一般的事物。由特殊到一般，由一般再到特殊，这样往覆循环使人的认识不断地提高、深化。

五月六日（三月廿五日） 星期三

认识事物或矛盾的特殊性是认识的基础。因而研究事物必须研究事物的质的规定性，即事物特殊的矛盾性及其所规定的本质。同时还必须研究事物发展的阶段性。不同质的矛盾，要用不同质的方法才能解决；认识矛盾的特殊性，正是要正确地去处理不同的质矛盾。闹革命，搞工作如果不善于认识矛盾的特殊性，只千篇一律地使用一种公式到处硬套就会革命失败，使工作损失。

五月十一日（三月卅日） 星期一

连续听了二天艾思奇关于《矛盾论》和《正确处理人民内部矛盾》报告的辅导报告。有很多启发，也有一些疑问。例如艾思奇在解释同一性和斗争性的问题时说："只看到矛盾的同一性不看矛盾的斗争性就会犯右倾的错误，只看到矛盾的斗争性不看矛盾的同一性就会犯左倾的错误。他举了中国革命中右倾机会主义投降路线就是只看到了同一性。而左倾机会主义的冒险主义路线就是只看到了斗争性而没看到同一性。显然这个比喻是不确切的。所谓只承认矛盾的同一性不承认矛盾的斗争性，事实上是否认了矛盾的普遍性，试问没有矛盾的斗争性还有甚么矛盾呢？矛盾的同一性和斗争性是指矛盾的双方，相互依赖，又相互斗争。二者是不可分割的。艾思奇所提的问题本身就是不妥当的。而所举的例子尤其是比拟不伦。犯"左"右倾错误的思想根源主要是由于主观与客观相分裂，理论与实践相脱离，而成为唯心主义或机械唯物论。投降主义的路线或右倾机会主义并不是只看到矛盾的同一性，而是由于认识根源即思想不能随变化了的客观情况而前进，看不出矛盾的斗争已将客观过程推向前进了，而他们的认识仍然停止在旧阶段。或者是由于阶级根源，即小资产阶级的动摇性。犯左倾机会主义错误的人，并不是只看到了矛盾的斗争性，看不见矛盾的同一性，而是没看到民族资产阶级的两面性，也就是没有看到矛盾的特殊性。所以这个例子是很不恰当的。

五月十二日（四月初一日） 星期二

续读《矛盾论》的"矛盾的特殊性"。

怎样研究矛盾的特殊性，主席在《矛盾论》里明确指出："只有暴露矛盾各方面的特殊性，才可能暴露矛盾在其总体上，在其相互联结上的特殊性。否则暴露过程的本质就不可能。因此，研究矛盾的特殊性必须从研究矛盾的各方面着手。所谓研究矛盾的各个面就是了解它们每一方面各占何等特定的地位，各用何种具体形式和对方发生互相依存又互相矛盾的关系，在互相依存又互相矛盾中，以及依存破裂后，又用何种具体的方法和对方作斗争。"

研究矛盾的特殊性还必须研究事物发展的阶段性，而研究事物发展各阶段的特殊性，也必须从各个阶段中矛盾的各个方面去研究。一言以蔽之曰：必须对具体问题作具体分析。离开具体的分析就不可能认识任何矛盾的特殊性。

矛盾的普遍性和特殊性的关系：由于事物发展的无限性，所以在一定场合为普遍性的东西，而在另一一定的场合则变为特殊性，反之亦然。因此，矛盾的普遍性和特殊性的关系即是共性和个性的关系，二者是相互联结的，特殊性包含了普遍性，普遍性即存在于特殊性之中。“这一共性、个性，绝对、相对的道理，是关于事物矛盾的问题的精髓，不懂得它，就等于抛弃了辩证法。”

五月十三日（四月初二日） 星期三

今天学习，对《矛盾论》中提出“为要暴露事物发展过程中的矛盾在其总体上，在其相互联结上的特殊性，就是说暴露事物发展过程的本质，就必须暴露过程中矛盾各方面的特殊性，否则暴露过程的本质就成为不可能，这也是我们做研究工作时必须十分注意的”这段话中所指总体应如何理解的问题有分歧的意见。一种意见以于坚、卢少忱为代表认为，所谓矛盾的总体就是一个大事物有许许多多的矛盾，这些矛盾的相互联结就构成了大事物的“总体”。另一种意见是以我和金枫为代表，认为所谓矛盾的总体只是指着事物矛盾着的双方相互联结才能称之为矛盾的总体，而不是许多矛盾的相互联结。在中国资产阶级民主革命中，就是三个敌人和四个朋友的矛盾，二者是各为一方的。争论甚久未获解决。同时我和金枫在对总体的理解也有大同小异的地方，例如金枫认为只有上与下、资产阶级与无产阶级这类矛盾的相互联结才能称之为矛盾的总体，而我们和帝国主义只能说是矛盾的构成而不能称之为矛盾的总体。我认为只要形成了矛盾，其各方的相互联结即可称之为矛盾的总体。否则就不成其为矛盾的构成，构成也就是矛盾的总体。

五月廿日（四月初九日） 星期三

关于总体的概念如何解释问题，一周以来大家都在继续找根据，今天和平提出了艾思奇主编的《辩证唯物主义与历史唯物主义》一书中的论点。他认为，“一个大的事物，在它的发展过程中，包含着许多矛盾，这些矛盾相互联结，构成事物的总体。”并且举出了毛主席《中国社会各阶级的分析》一文为例。认为：“这篇文章首先分析了当时在中国社会中起着不同作用的各个阶级……本身的特点，又从各个阶段的相互联系中分析了各个阶段在革命运动中的地位，然后综合起来，对各阶级之间的总的关系，即矛盾的总体的特点作出结论。”在这里艾思奇是把矛盾的总体，理解为一个大事物中各个矛盾着的各方面的总的关系。甚么叫作“总的关系”呢？这是颇为令人费解的，我对艾思奇的认识还有保留态度。我认为他的解释是不妥当的，还需要进一步加以研究。

五月廿一日（四月初十日） 星期四

重读主席《矛盾论》的“矛盾的特殊性”一节，反复思考，愈发觉得艾思奇的解释的的确确是不妥当的。我把主席凡是谈到矛盾的总体所举的例子或解释看了几遍，但无论如何找不出矛盾的总体是指许多矛盾的相互联结的意思，试看：

毛主席说：“战争中的攻守、进退、胜败都是矛盾着的现象。失去一方，他方就不存在。双方斗争而又联结，组成了战争的总体……”（《毛选》一卷二九四页）这不是清楚地说明了总体这个概念的含义吗？由此可见，矛盾的总体只能理解为矛盾双方的相互联结，而绝不能理解为甚么许多矛盾的相互联结。

毛主席说：“为要暴露事物发展过程中的矛盾在其总体上，在其相互联结上的特殊性，就是说暴露事物发展过程的本质，就必须暴露过程中矛盾各方面的特殊性，否则暴露本质成为不可能……”（《毛选》一卷二九九页）这里毛主席是把总体和各方面相提并论的，而没有把矛盾的总体和许多矛盾并提，由此可见矛盾的总体只能理解为矛盾着的双方的相互联结，而绝不是甚么许多矛盾的相互联结。

毛主席说：“一个大的事物，在其发展过程中，包含着许多矛盾，例如，在中国资产阶级民主革命过程中，有中国社会各被压迫阶级和帝国主义的矛盾，……我们从事中国革命的人，不但要在各个矛盾的总体上，即矛盾的相互联结上，了解其特殊性，而且只有从矛盾的各方面着手研究，才有可能了解其总体。”（《毛选》一卷二九九——三〇〇页）。大概艾思奇和有些同志正是根据这段话，认为矛盾的总体即指许多矛盾的相互联结，但是只要仔细用心阅读一下主席的前后文就会很清楚地说明主席原意绝非如此。因为主席不是明明白白地说“不但要在各个矛盾的总体上，即矛盾的相互联结上，了解其特殊性”吗？“各个”二字十分重要，这就是说要了解以上许多矛盾的每一个矛盾的总体的特殊性，而不是许许多多矛盾的相互联结的特殊性。所谓矛盾的相互联结，就是矛盾各方面的相互联结。也许有人认为“各方面”就是指许多矛盾。非也。主席下面说得很明确：“所谓了解矛盾的各方面，就是了解它们每一方面各占何等地位，各用何种具体形式和对方发生互相依存又互相矛盾的关系……”（《毛选》一卷三〇〇页）这里所谓各方面是指每一方面和对方各用何种具体形式发生相互联结（依存）又矛盾的关系，可见是指矛盾着的双方，而非许多矛盾。综上所述，可见矛盾的总体只能理解为矛盾着的双方的相互联结，而绝不是许多矛盾的相互联结。

毛主席在谈到矛盾的总体的时候，总是和矛盾的各方面联系在一起的。例如：“表面性，是对矛盾总体和矛盾各方面的特点都不去看。”（《毛选》一卷三〇一页）又如：“研究事物发展过程中的各个发展阶段上的矛盾的特殊性，不但必须在其联结上，在其总体上去看，而且必须从各个阶段中矛盾的各个方面去看。”这里还举了国共两党的例子。都是说的矛盾着的双方，而没有一个地方提出矛盾的总体是许多矛盾的相互联结。事实上，主席所谓相互联结，就是指矛盾的同一性。而同一性只能理解为矛盾着的双方又斗争又联结，而绝不是甚么许许多多矛盾之间的相互联结。

五月廿二日（四月十一日） 星期五

四、主要的矛盾和主要的矛盾方面

（一）在复杂的事物发展过程中，有许多矛盾的存在，其中必有一种是主要的矛盾，由于它的存在和发展，规定或影响着其他矛盾的存在和发展，但是事物发展的不同阶段，主要矛盾是可能发生变化的。而每个发展阶段只有一种主要矛盾起着领导的作用，是完全没有疑问的。而其他矛盾则是处于次要和服从的地位。因此，研究任何过程，如果是存在着两个以上矛盾的复杂过程的话，就要用全力找出它的主要矛盾。捉住了这个主要矛盾，一切问题就迎刃而解了。

（二）矛盾着的双方不能平均看待。其中必有一方是主要的，他方是次要。矛盾的主要方面起主导的作用、支配的作用，因而它是决定事物性质的。

矛盾的主要方面和非主要方面在一定条件下是可以相互转化的，因而事物的性质也就随着起变化。世界上总是这样除旧布新、推陈出新。

五月廿三日（四月十二日） 星期六

五、矛盾的诸方面的同一性和斗争性

矛盾的同一性有两种意义：一，矛盾着的双方互为存在条件，失去一方，他方就不存在，因而彼此相互联结、相互依赖，此之谓矛盾的同一性的第一种意义；二，矛盾着的双方在一定条件下向自己相反的方面转化，此之谓矛盾同一性的第二种意义。一切矛盾着的东西，互相联系着，不但在一定条件之下共处于一个统一体中，而且在一定条件下互相转化，这就是矛盾的同一性的全部意义。矛盾的同一性一定要有一定的必要条件，没有一定的必要的条件，就没有任何同一性。石头不能变小鸡即是一例。

矛盾着的双方是互相排斥、互相斗争的，这就是矛盾的斗争性。矛盾的斗争是绝对的，对立的统一是相对的。斗争性是无条件的，同一性是有条件的。有条件的、相对的同一性和无条件的、绝对的斗争性相结合，构成了一切事物的矛盾运动。

五月廿五日 （四月十四日） 星期一

六、对抗在矛盾中的地位

对抗是矛盾的一种形式，而不是一切形式，它是解决矛盾的斗争形式。社会革命、炸弹爆炸等皆是对抗的形式。对不同性质的矛盾应采取不同的解决形式。

对抗性的矛盾可以在一定条件下发展为非对抗性的矛盾，非对抗性的矛盾也可能发展为对抗性的矛盾。

五月廿六日 （四月十五日） 星期二

已经通读《矛盾论》数遍，并逐节作了摘要。在通读过程中开始了解了这篇文章的主要精神，但是距离运用它来解决实际问题还是很远的，因为还不曾融会贯通，灵活运用，一些论点还理解得不深不透。因此，我决定从今天开始，重新精读，逐字逐句推敲，并且联系实际进行推敲，务求真懂，务求能使文章精神成为自己的思想。

一九六四年辰生日记（二）

五月廿七日（四月十六日） 星期三

今天下午学习完成了集体通读《矛盾论》的计划，大家提出了下一步如何学的问题，初步决定先提问题，然后进行讨论。金枫建议赶快把墙报搞起来，并号召大家踊跃写稿。

晚金枫来闲谈提出了流散文物的问题，也提出了文物工作中的一些理论性问题，如古为今用，推陈出新、精华与糟粕等问题。这些问题都是存在着不同意见的问题，的确有加以讨论统一认识的必要。

五月廿八日（四月十七日） 星期四

一个人是否全心全意为人民服务，不是从他的口头上，而是要从他的实践上去看。有人说得很多，而事作得很少，似乎不足以证明他的觉悟比别人高。

有了个人主义很难全心全意为人民服务，有了个人主义就很难有责任心，从个人主义出发而干工作，虽然有时也貌似积极，但往往把事干坏。个人主义之害大矣哉。

改造自己，只能是主要依靠自己，内因是根本的，外因是条件。改造思想要有觉悟，没有这个改造的愿望，别人帮助是很难生效的。自觉的改造自己不是靠一时的激动，而是靠自己长期的、甚至痛苦的自我思想斗争，没有自我的思想斗争，就没有思想改造。

五月廿九日（四月十八日） 星期五

今天到文物博物馆研究所开会讨论内部通讯问题，决定以科技为中心，目前是油印，每期五千字左右。理由是科技可打响，油印好过关。我有些不同的看法，目前真正需要的是文博工作的动态和经验交流，大量的文博干部不会把兴趣集中在科技上，而且就是将来科技队伍也不可能占文物博物馆干部的很大比重。因此，通讯如果以绝大多数的篇幅搞科技，恐怕不是切合实际的。从长远发展看，这个通讯必然要以文博工作为中心。现在不过是因为科技吃香易为领导所批准而已。如此，则我的工作就不多了。主要还是化学组的事。我认为油印铅印的问题也不是好过关不好过关的问题，领导批的是刊物需要与否，关键在于内容。只要内容可以通过，铅印油印是个次要问题，领导也不会管得这样具体。既然大家意见如此，就先这样做吧。

五月卅日（四月十九日） 星期六

完成了关于上海文化局提出来的文物出口鉴定工作问题的报告，并代部拟稿。决定星期一去保定、石家庄了解关于文物商的问题，所有公文能办的全办了，有些人民来信已转请张彦乔同志转陈处长处理。

晚读昨天《人民日报·学术研究》星宇《论清官》一文，颇有启发。以我现有水平来看，这是一篇好文章，颇有些独到的见解。他认为，清官是我国古代历史上很复杂的一种政治现象，它成为封建社会直接暴力统治的一个补充。清官是统治阶级“法定权利”的维护者，他代表了封建统治阶级利益的长远需要。而豪强权贵则是代表着封建统治阶级“习惯权利”或眼前利益。因此，清官和权贵豪强的斗争，是反映了封建统治阶级“法定权利”——长远利益和习惯权利——眼前利益的矛盾。二者都是生根于封建社会的土壤上，是地主阶级对农民进行剥削的两种不同形式，而其本质都是一致的。

马克思说：“当特权者不满足于法定权利，而呼吁自己的习惯权利时，则他们所要求的不是法的人类内容，而是法的动物形式，这种形式现在已丧失其现实性，并已变成纯粹的野蛮的假面具。”“贵族的习惯权利按其内容来说和法律的形式——普遍性和必然性——相矛盾，这也说明它们是习惯的不法行为。因此，决不能维护这些习惯权利而对抗法律，相反地，应该把它们当做和法律对立的东西废除，而对利用这些习惯权利的人也应给以某种惩罚。”（《马克思恩格斯全集》第一卷，一四三页）。

“在这里，和在别处一样，社会的统治阶级的利害关系，总是要谈现状，当作法律，成为神圣不可侵犯的，并且要把它的自由习惯和传统而固定化的各种限制，当做法律的限制固定下来。（《资本论》第三卷第一〇三五页）。因此，法律是适应了统治阶级的长远需要，法律权利不过是被神圣化了的不法活动。”

清官们为了维护统治阶级的长远利益不能不在两条战线上作斗争，既要反对豪强暴行，又要反对农民起义，而反对豪强暴行的目的也正是为了取消农民起义。他们虽然有时是执行法制，判决公正，但是正如马克思所说的：“如果认为在立法者偏私的情况下可以有公正的法官，那简直是愚蠢而不切实际的幻想！既然法律是自私自利的，那末大公无私的判决还能有什么意义呢？法官只能丝毫不苟地表达法律的自私自利，只能够无条件地执行它。在这种情况下，公正是判决的形式，但不是它的内容。内容早被法律所规定。”（《马克思恩格斯全集》第一卷，第一七八页。马克思第六届莱茵省议会的辩论）

《论清官》一文还论述了清官和党章的问题，他认为清官在不同的历史阶段起着不同的作用。但是清官不能挽回历史的必然趋势，他所要维护的地主阶级的法定权利是不会万古长存的。所以后代人仍在戏曲舞台上看到的顶天立地、叱咤风云、诛权贵如屠猪狗的喜剧式的清官，在历史上却是一些抑郁不伸、赍志以殁的悲剧式的人物。党争是法定权利和习惯权利的矛盾到达了最尖锐的程度，采取了集团之间公开对抗的形式。

五月卅一日（四月廿日） 星期日

原拟去新华社看二伯母，以疲乏而罢。又在家精读《矛盾论》一节。因杨铨不日归国，《杨慎德堂图录》前言出版社催索甚急。我明日即去保定，只好把它赶改出来。至深夜始完成。提出了三个修改方案，孰可孰否，何去何从，请编辑同志去选择吧，我算是完成任务了。

六月一日（四月廿一日） 星期一

八时半登车，沿途细雨微零，抵保已近午矣。至文物工作队老李处，即确定明天去定县、正定，了解文物商情况，我藉此当可参观一下料敌塔和隆兴寺，此行可不虚矣。下午到莲池看新发现之元瓷十一件，确为珍品，惜均有残。庄敏意最好能带京，事看来有些困难，我亦不便多说了。捷民招待热情，两顿都是吃的他的家常饭，味甚好。

晚坚持学习，继续阅读《矛盾论》“矛盾的特殊性”。

六月二日（四月廿二日） 星期二

晨自保定去定县，先至教育科，经介绍后到博物馆与刘殿更同去委托商店了解文物收购情况，看来问题的确严重。博物馆虽然屡次通知委托店不得收购文物，而委托店孟某竟采取置之不理的态度，仍然收进了宋瓷两件。年来定县屡次发生破坏古墓，如果再以高价收出土文物，则势必促使挖墓之风更加严重，必须予以制止。下午去教育科提出了我们的意见。薄暮参观料敌塔，甚宏伟，惜有半边倒塌，修缮恐甚困难。晚宿定县饭店。

六月三日（四月廿三日） 星期三

天气转热，夜不成寐。绝早起来，头晕疼，九时购得索密痛一瓶，十时登车，服药一片，至正定时得少愈。车站距城内约十余里，乘马车进城至隆兴寺，参观了大悲阁、转轮藏、慈氏阁，建筑甚美，环境颇幽静。大悲阁原物已于一九四四年为汉奸王揖唐假修缮之名，改变了原来面貌。十分可惜。下午了解文物收购情况，此间问题较少，夜宿隆兴寺雨花堂。听蛙声如噪，杜宇夜啼，诗意甚浓。

六月四日（四月廿四日） 星期四

昧爽即起，赶早车至石家庄，即转车东来，午抵束鹿县。原拟在此住一天，明日早去石家庄，但县里正搞“五反”，下午不工作。只好明天再说，如此则明日离此计划恐难实现了。宿小客店，闷热蚊多，又是一个不眠之夜。

六月五日（四月廿五日） 星期五

早至委托店，遇北京万聚兴、宝古斋来人，了解文物收购情况，据称数日来进货甚多，而精品极少，大明瓷器不过数件，康雍以下来官窑亦不多见。因此地土财主多，所存东西大都是一般的。所以看来希望不大。真正好东西恐不易收到了。

为了赶时间，决定乘夜车至石家庄，十一时半始到达，宿车站小客店。因靠近火房，极热，又未睡好。

六月六日（四月廿六日） 星期六

上午到文化局、中山路委托店，下午至解放路委托店。几月来所收文物已全部送走，所以未见东西。

几天来仆仆风尘，十分疲倦，但收获亦不少，使我了解到流散文物的收集工作是大有可为的。民间散存文物的确不少。但是如果不好好管理，也将产生付作用，甚至造成混乱，刺激盗掘。如何做到管而不死，治而不乱，确是一个值得研究的问题。

下午乘车，至保定，宿文物工作队，与老李谈几天来的工作情况。

六月七日（四月廿七日） 星期日

晨与文物工作队同志谈此行情况和报告提纲。下午二时返北京。

六月八日（四月廿八日） 星期一

北京市文化局王汉彦同志来电话告知北海白塔修缮方案，已经万里同志批准采用钢筋水泥的设计方案，不再征求意见，即按此施工。怪哉！国务院公布的《文物保护管理暂行条例》第十一条规定，古建修缮必须严格遵守恢复原状或者保存现状的原则，而且全国重点文物保护单位的修缮计划必须报文化部审核同意。北京市的作法既不符合条例规定的原则，也不符合条例规定的批准手续。国务院公布的法令是管全国的，北京岂能例外？而多年来北京市却往往在文物保护方面独断独行。这是颇令人感到生气的。

六月九日（四月廿九日） 星期二

今天把北海白塔修缮的问题写了报告给徐平羽部长，提出两个方案：一是要求北京市按规定办理报批手续，二是报国务院文教办公室批示。尚不知徐部长作何打算也。

六月十日（五月初一日） 星期三

对白塔修缮问题徐平羽部长批示要备文报国务院，但要考虑辞句。这个批示正合我意，只要原则没意见，辞句问题是好办的。下午即拟出。

六月十一日（五月初二日） 星期四

今天又问了一下王汉彦究竟园林局是否已经完全肯定，还要不要征求意见？答复一如昨日，他们是肯定要造成既成事实，特别是万里批准，所以更理直气壮了。其实，万里批准又如何呢？除了说明北京市不遵守法令以外是说明不了甚么的。此事必须力争，否则北京如此，全国效尤，后果是堪虞的。

六月十二日（五月初三日） 星期五

今天参加故宫复原陈列的讨论，甚热烈。初次看到一九五九年六月六日陆定一同志讲话和周扬同志书面发言。颇有所感。当时北京市委的故宫改革方案如果不是这次定一同志顶住，故宫真不知如何得了。可能现在已是面目全非了。有些人是好心办坏事。好事过了头就会走向它的反面，这就是辩证法。

故宫究竟是反面教员还是正面教员？故宫复原陈列的目的性是甚么？这都是需要讨论的问题。陈处长近来一再强调故宫就是反面教员，复原目的完全是为了揭露。今天会上这种空气也颇为浓厚。我看一切历史现象都需要具体分析，故宫作为明清两代皇帝的宫庭，其中有骄奢淫逸，有黑暗，当然是不成问题的。但是否故宫复原陈列就仅仅而且只能作揭露来表现呢？我看还值得考虑，绝对化是常常会片面的。今天我只是旁听，没有发言。这件事我一直很有兴趣，我仔细研究一下，我想提出一些我的看法。当然今天有人的意见是非常好的，已经开始运用阶级观点来考虑陈列的问题，这对故宫来说已是提高一大步了。

六月十三日（五月初四日） 星期六

晨去国务院文教办公室谈文物保护工作问题。陈处长作了比较系统详细的汇报。我只是着重提出了目前存在的几个具体问题，如白塔修缮，孔府改建，韶山冲主席旧居的大兴土木等问题。张晋德、刘平同志颇为注意。他希望我们今后能经常如实反映情况。只要情况真实，不必一定要提出处理方案，也不一定要有自己的分析，就可以向他们反映。我非常拥护，但愿能从此下情上达，解决一些问题。我认为当前的主要矛盾是认识问题，现在很多人包括一些领导同志在内对“古为今用”存在着误解。白塔修缮、孔府改建就是典型的例子。白塔换了水泥岂不更牢固？孔府改成招待所，岂不是“古为今用”？这些想法都是错误的。白塔、孔府如果都变了样，它就不是古文物了。文物的“古为今用”，首先是要“保存古”而后才能“为今用”，如果像现在这样就没有古了。古之不存，安为今用？这种想法和作法不是坚持“古为今用”，而是取消了“古为今用”。后果是非常严重的。

六月十四日（五月初五日） 星期日

今天是端阳节，晨接小三儿去动物园，晚大哥宴请老太太，我也表演了一个赛螃蟹，清源作了她的拿手好戏锅塌豆腐，均获得好评，甚慰。

六月十五日（五月初六日） 星期一

白塔修缮问题，仲秋元意见最好先和北京市委谈谈，否则似乎是告他们，怕影响关系。这个考虑一般说来是对的。但是对北京市来说，过去这种事实在太多了。常常是照顾了关系，忘记了原则。最后不了了之。徐平羽付部长同意了仲秋元同志的意见，文暂不发，已通电话与市委宣传部长李琪同志交换了意见，后果如何，尚未可卜。问题是时间太紧迫了，白塔已经动工，而且在加紧进行。如果反覆研究拖来拖去，结果还是造成既成事实，无可奈何。过去有不少这样的经验教训呵！现在有些同志似乎是为了表示意见，以免将来万一出问题，可以不负责任，有话可说。事实上这是一种消极情绪，一个革命者如果仅是怕将来负责任而表示意见，恐怕“革命”二字就值得考虑了。我认为必须坚持原则，而且尽一切可能阻止住这一不符合法令规定的行为。出于一个革命工作者的责任感，对此不能不感到遗憾。

六月十六日（五月初七日） 星期二

教育同志送来何长卿治印两方，边款署名洋渔，老傅出示《承清馆印谱》核对，定为赝品，据印谱张崃序云，此为明崇祯时张夷令集当时友好治印二百余方，多为当时名手。为此，这个印谱是十分可靠的，对于鉴定印件是很有帮助的。

六月十七日（五月初八日） 星期三

为白塔事，罗哲文同志与梁思成联系，他认为仍以用麻刀白灰为宜，因钢筋白水泥可能会改变原来形状。然亦无可如何也。北京尚无复音，尚需等待，而工程进度竟未停，是有意坚持原方案，毫无商量之余地矣。

六月十八日（五月初九日） 星期四

读恩格斯《共产主义原理》。

无产者和奴隶的区别：奴隶一次就被卖掉了，无产者必须一天一天，一小时一小时地出卖自己！每个奴隶是特定的主人的财产，由于他们与主人的利害攸关，他们的生活不管怎样坏，总还是有保障的。而无产者可以说是整个资产阶级的财产。他们的劳动只有在有人需要的时候，才能卖掉，因而他们的生活是没有保障的。……在所有的私有制关系中，只要废除奴隶制一种关系，奴隶就能解放自己，并由此而成为无产者，无产者只有废除一切私有制才能解放自己。

无产者和农奴的区别：农奴拥有并使用生产工具和一块土地。为此，他要交出自己的一部分收入或者服一定的劳役。无产者是用别人的生产工具做工，他们就是为这个别人生产，从而换得一部分收益。农奴是交出东西，无产者是得到报酬。……农奴处在竞争之外，无产者处在竞争之中，农奴可以通过以下各种道路获得解放：或者是逃到城里去做手工业者；或者是交钱给地主代替劳役和产品，从而成为自由的佃农；或者是把他们的封建主赶走，自己变成私有者。总之，农奴可以通过不同的办法加入有产者的队伍，并进入竞争领域而得到解放。无产者则只有通过消灭竞争、私有制和一切阶级差别才能获得解放。

六月十九日（五月初十日） 星期五

共产主义者和社会主义者是有区别的。恩格斯认为所谓社会主义者可以分为三类：第一类是封建和宗法社会的拥护者，希望恢复贵族、封建制度，他们将联合资产阶级反对无产阶级；第二类是现代社会的拥护者，他们所拥护的社会正是共产主义者要推翻的社会；第三类是民主主义的社会主义者，他们或者是不够了解本阶级解放条件的无产者，或者是小资产阶级的代表，直到争得民主制度和实行由民主制度产生的社会主义措施为止，这个阶级在许多方面都和无产阶级有共同的利益。

六月廿日（五月十一日） 星期六

《少年维特之烦恼》，恩格斯的评语是：“歌德写成了‘维特’，是建立了一个最伟大的批判的功绩。‘维特’绝不像那些‘从人的观点’来读歌德的人至今所想的那样，是一部平凡的感伤的爱情小说。”他对歌德的评语是：“歌德在自己的作品中，对当时德国社会的态度是带有两重性的。……歌德承认德国生活中的某些方面而反对他所敌视的另一些方面。这常常不过是他的各种情绪的表现而已：在他的心中经常进行着天才诗人和法兰克福市议员的谨慎的儿子、可敬的魏玛的枢密顾问之间的斗争；前者厌恶周围环境的鄙俗气，而后者却不得不对这种鄙俗气妥协、迁就。因此，歌德有时非常伟大，有时极为渺小；有时是叛逆的、爱嘲笑的、鄙视世界的天才，有时则是谨小慎微、事事知足、胸襟狭隘的庸人。”这是典型的二分法，对我们评价历史人物有很大的启发。

六月廿一日（五月十二日） 星期日

去民族文化宫看关鹔鹴演出《黛婼》，这是我第一次看京剧演现代戏。总的印象是剧本内容甚好，但从形式看，则京剧的味道还是少了些。有些唱腔完全变了样，如此改法是否合适还是值得研究的。也许是我的保守思想在作祟?

六月廿二日（五月十三日） 星期一

有越来越多的迹象表明白塔修缮问题恐怕又是不了了之。工程正在加紧进行，而我们则仍按兵不动，北京市尚无消息回来。估计是仍然坚持他们的看法。其实不再打招呼就报告国务院，也许还不会影响关系，就是北京市有意见也还有话可说，如果打了招呼不成再报国务院，就更会影响关系。黄洛峰、仲秋元的意见，实在使我不敢苟同。

六月廿三日（五月十四日） 星期二

写《矛盾论》学习心得，题为“试谈文物保护工作中的矛盾问题”。保护是针对破坏（包括人为的和自然的破坏）而言的，因而保护和破坏构成了一对矛盾，在我看来这还是文物保护工作的基本矛盾。配合基建、古建修缮、旧废物资检选工作就都是为这个基本矛盾所规定的，有人说，难道保护就是我们的唯一目的吗？答曰：否！保护不是我们工作的最终的目的，但它也是我们工作的具体目的。否认这点是不对的。保最终还是为了要使它发挥作用。然而，能不能说保和用的矛盾是文物保护工作的基本矛盾呢？在目前来看，我认为至少在过去一个很长时期，不能认为它是文物工作的主要矛盾。这一点很可能引起不同意见。我也拿不准，讨论一下还是好的。但我一直还不太想得透彻。总起来说这两个矛盾都应当是文物工作的基本矛盾。

北京市委宣传部长李琪同志已复告徐平羽同志，白塔修缮市领导认为设计院的方案“坚固、耐久、美观”比较好，已不拟改变。事终不出所料。

真使人难以想通。徐平羽同志批示，此事即告一段落。又是关系、影响问题，为甚么关系还比原则更重要？为甚么北京市就可以不遵守法令？为之太息而已。

六月廿四日（五月十五日） 星期三

国务院二办侯瑞霞同志电话询问定县古墓破坏事，我将白塔问题又反映了一下，我真尽了自己所能尽的一切力量，然终不可挽回矣。

六月廿五日（五月十六日） 星期四

今天重新看了一下原来写的“文物工作十五年概况和收获”，甚感不足。然刘巨成仍在脱产，我又不得脱身，七月底交稿看来是有困难了。事情总是要到临时赶，公文、报告赶一下是可以的，这种大块文章如何赶得及？为之焦急不已，然亦无可如何也。

六月廿六日（五月十七日） 星期五

连续收到四川、吉林、辽宁省文化局（厅）的报告，各地破坏古墓情况十分严重，看来非止河北定县一地矣。四川郫县太平公社七大队修黄烟坑，将附近雷泉祠前的一座蜀汉花砖【墓】挖毁，把两扇浮雕石墓门拿去架桥，墓内弩机一件，社员误为乌金，据为私有。弩机上刻有“景耀四年三十日中作部左兴业刘纪业吏陈深工杨安作，十石钱（？钒），重三斤十二两”三十三字，甚为重要。幸经省文管会追回，然墓已被毁。吉林延边自治州有二百余座渤海国墓葬被破坏。辽宁辽中县茨榆坨公社偏卜生产队也破坏了汉魏墓葬二百多座，出土文物多被打碎掩埋。想来其他各地亦必有类似情况，如不制止，将何以堪？

六月廿七日（五月十八日） 星期六

大家学习心得已公布于墙报，于坚谓博物馆事业之基本矛盾为事业发展不能适应客【观】需要的矛盾。我不以为然，因此矛盾是带有普遍性者，不足以表现博物馆事业的性质，以此矛盾置于任何事业皆无不可也。我意博物馆事业之基本矛盾或为文物、标本的收集、保管与向人民群众进行宣传教育的矛盾，虽不敢必，似略近之。

六月廿八日（五月十九日） 星期日

天酷热，午去北黄城根，下午去何鲁姨丈处，畅谈甚久，晚饭后归。

一九六五年七月續記。

七月八日（六月初十日） 星期四

去年日記因下鄉而中輟。直去安四清，日記因規定而不得不上交，故使這一段的生活紀錄只好付諸闕如。歸來後天酷熱而體力亦衰懶於執筆，又兩月而未記日記矣。持之以恆，確非易事也。

快一年了，看看前面記的一些東西，好像並不過時，也就是說這些問題仍未得解決，討論仍在繼續。文物、博物館事業的若干方針是甚麼？仍未有正確的答案。而且許多帶有原則性的問題，還有很大分歧。可見問題並不那麼簡單。

下鄉期間寫了一下對于文物工作幾個認識問題的意見提綱，幾乎大部分同意我的意见。如果具体地提出不同意见也好，但是几个同志回信都是原则的肯定，所以具体分歧点也不了解。我想再把我自己的意见提纲整理一下，拿出来大家具体讨论一下。真理愈辩愈明，有错就改，何惧之有？

七月九日（六月十一日）星期五

小组出示于坚对"文物保护管理暂行条例"意见一条，因谓当文，借以备改：

一、为甚么要保护文物没提，反映了凡文物皆应保，勿需置疑的思想。

二、保甚么文物？缺少马列主义观点的分析，而是提出"各级人民委员会对于所辖境内的文物负有责任"，实即：凡古皆保。（第一条）

三、第二条，革命的只限于与重大事件、重要人物有关的，而不是反映毛泽东思想、党的方针路线、人民群众英勇斗争，反映阶级、阶级斗争的典型史迹和实物，对古宽、对今严，是重古薄今思想的反映，是政治不挂帅、"学术"挂帅。

四、第十一条、第十二条要求，"最好遵守恢复原状或者保存现状的原则"，不能不导致保存封建毒素、继续为封建阶级服务的后果。

以上四点综合起来，说明条例有封建复古主义路线的错误，起码是有许多害于"远者远之"错。目前正在文化大革命中，既然已经往没有明确向题，再发方案等于再次肯定，等于和文化革命唱对台戏。

"暂行条例"是根本文件，其余几个办法、"通知"是附属性文件，主体不印，附属性文件印（"暂行条例"照转中央）。

上述观点是明确的，本来要附于你我往信后的辩论结多了些，唯物论少了些。今读此文，唯物论已不为少矣。当时他说我的意见针对性不强，故回唯物论少了些。而现在看来我的意见正是和他针锋相对的，无所谓针对性不强了。这篇意见证明了我的意见又是针对性很强的。唯物论并不少也。

七月十日（六月十二日） 星期六

偶阅人民日报学术动态消息，有对于高等学史稿一卷的一则，内容为多物之作，其实十分密切。批评者解之本为言之段。也许有人不同意，或不知此者正是古为今用之一例也。

七月十一日（六月十三日） 星期日

重读于昭之意见，深有所感。这些观点颇有代表性，由此而见于物之作中的所谈的颇为要物之说辞。十五年来的文物工作是否走了一条封建复古主义的路线呢？这是需要讨论的。不能过早地下结论。而于昭的结论似乎过早了些，也绝对了些。也许将来再引起辩论吧。

七月十二日（六月十四日） 星期一

上午看不夜城、林家铺子，这两个剧本写的很好，如果不批判地看，总感到我不能写出这样好的东西。深感自己水平之有限，特别是林家铺子。我要提出"是一盆污水还是星火燎原"，这样尖锐的问题的。

七月十三日（六月十五日） 星期二

晚去医院打针。归来已十一时矣。

为了思想意见与高凤岐争论甚久。他们对版本状况的判断有怀疑，认为这全是考证繁琐哲学。不可否认这个意见有它值得注意的一面，但坚决的意见是根本否定。这就完全不能因为它没有原状也就歪曲了事物的本身，而就从根本上否定了事物存在的必要性。这是一种虚无主义的态度。是很难令人接受的意见。

七月十四日（六月十六日） 星期三

晨七时乘车赴京，九时达高碑店，下午六时又乘卧车十时到，到招待所。此来参加设计院图已见到，送来文件一包，因疲倦未能读即休息。晚李方岚同志来，谈此次提了对西陵方案的意见。

七月十五日（六月十七日） 星期四

开会讨论西紫荆关水电站修筑小铁路的线路方向问题。他们已接受了我们的意见，西陵比较方案，不采取傍路与"御道"平行的办法，而是采用了垂直交叉，靠山坡穿林而过的办法。原则上本可同意，但此方案提出的依据与西陵方案相差甚远，所以我亦不便表示肯定意见矣。

七月十六日（六月十八日） 星期五

一天都在流动中，晨六时起去上陈驿，饭后折返西陵，沿途经易水穿山谷风景甚好，地势险要，难怪为自古以来用兵之地。过陀河白铺，旧传为罗成叫关后死于乱箭之下，即在此地，姑妄听之耳。薄暮自西陵返易县。

七月十七日（六月十九日） 星期六

上午讨论会议纪要，大家意见基本一致，西陵方案仍可按E线方案进行设计同时按文化部意见。但对有些技术问题争论甚久。直到一点半才散会。下午四时到高碑店，乘车返京。

七月十八日（六月廿日） 星期日

今天为清姊生日，奉母自城外接来。一同到大哥处，畅谈甚久。晚在同和居小酌，价廉物美，颇为满意。

七月十九日（六月廿四日） 星期一

完成文物下乡展出总结报告。本来曾打算以个人意见写成方案，后从他们来文后再报部审批，目前可暂不报部长了。

北京市来文对法国汉学研究所留华问题，提出了几个问题和意见。这些问题的意见，对我们了解该所情况及处理这个问题是有帮助的。但要具体掌握这个分寸，倒也颇为费些心思。要与老侍谈谈，请其不轻信、我来负责回答了。

七月廿日（六月廿五日） 星期二

晚间听郭部长报告，提出关于法国前巴黎大学汉学研究所留华问题的处理办法，因为北京市各级局。初稿完成后，交对外室转报，作又催索甚急。颇有应接不暇之势。

七月廿一日（六月廿六日） 星期三

下午讨论学习问题，由高凤岐司长主持。他认为这些地志博物馆工作方面的数量在不断中就有问题，五年来已有很多创造性的形式被这个框框束缚住发展。我看目前还不看清，可能在某时有个别地方有些好的经验，但绝不是很多。而地志博物馆的建立主要还是起了积极的破旧立新的作用，而不是也了消极的传播作用，在争论中，我用辞不当地说，"不要过份地嘲笑过去吧"。站在一九六五年的时间表上回顾过去，而绝对不向过去低头膜拜，在千年以前的古时代没有那么多的诸葛亮，都是引起了王充、金楼等人的反驳。这些是得自读者的，除了感谢外，还有甚么好说？以前长者的教训是很值得重视的。

七月廿二日（六月廿四日）星期四

一个人克服主观主义实在不简单。这究竟是思想方法问题，还是思想意识问题？一个人认识错误时改正错误，有一个过程，甚至是长期反复的过程。特别是老毛病实在不好改。但"秉性难移"的说法绝不是马克思主义的观点。我想，思想意识的改造还是基本的。因为一个人真的一切为了革命和不会姑息自己的缺点，也就比较容易地克服思想方法上的缺点。反之，在思想方法方面弄懂得了些，如果个人主义很多，遇事还是要出问题。思想意识的改造应促进思想方法的改造。当然在一定的条件下思想方法的改造也可以帮助思想意识的改造。但根本关键还是在于有没有自我改造的愿望。七月下旬的体会。只有一切为了革命才可能较快地在改造客观世界中改造自己主观世界。

七月廿三日（六月廿五日）星期五

存在充满了矛盾，任何地方，任何时候都会有矛盾，真正做到主席所说的没有矛盾没有矛盾。应该地处理矛盾需要有冷静的头脑，这真是不容易。为汉学研究所的问题，本来是对外的，即我们和法方的矛盾，可是在处理内部的方法上不果断，造成了内部的矛盾，今天在此刻报告中深有所感，不但内部有矛盾，此系我们与西和我们也有矛盾，于是解决外部矛盾还得先解决内部矛盾。

七月廿四日（六月廿六日） 星期六

清洪同志去上海，星期一即起程，匆匆决定，皆无准备，可是毫无办法

乱。若他来信谓戴纲为婚姻事甚急躁，求代为设法，得於今晚去后内吃饭一晤。此不算了子有五为未解决，恐十分困难矣。晚至三家家作加戴也不来，有人为之介绍朋友，此去为未下地。

七月廿五日（六月廿七日） 星期日

与名达大哥父、父亲六来，一家团聚甚乐。晚同为清洪华商行装早归。

七月廿六日（六月廿八日） 星期一

早起送清洪上车站。上午译谢四来。处理了多件汉学研究所

向勉已接给千羽同志意见抄了答复此京市文化局。这些文字不多，但我已
作了补作列案备留牍。随时阅读。免又犯小革命性之要求也。
晚阅清照书卷，特自在东，想起老乡彭××的话："平夜用手指在前
心，前半夜想人家，后半夜想自己"，觉得很有道理，是"一日三省吾身"的通俗化。
也是批评与自我批评的群众化语言。深感自己有此必要。多想一些主观原因，总
比自以为是为好。正如主席所指出的，一个人也要自以为非。其实还是"一分为二"。
早期之会上的争论又重新涌上心头。的确，自挪下归来，自己将于有些情绪。
而情绪总不是真正马克思主义的所应有的态度。不好用。用辞不当，以词害义，要系
诸自己。这是十分不应该的。应当追求产生这种情绪的思想根源。要挖一挖这
里面有那些不纯的感情。这是妨碍自己前进的主要障碍。一言以蔽之曰：个
人主义。个人主义的形式多种多样，而其危害性则是一样的。我要

再将学一学《纪念白求恩》，把为人民服务。

七月廿七日（六月廿九日） 星期二

重新翻阅了过去几个文件，其中一九六四年文物会议时为人民日报所写社论及
《南阳画象集录》的前言，有些提法看来基本上是正确的。文物博物馆事业的
特点是用实物例证来说明人类社会的阶级斗争和生产斗争，以达到教育广大

人民的目的。”又云：“文物博物馆事业是社会主义文化事业的不可缺少的组成部份，是党在思想战线上进行宣传教育和阶级斗争的有力工具。”特别指出了：“文物、博物馆事业十年来不断发展和不断提高的过程，也正是在党的路线和毛泽东思想的领导下，与资产阶级思想不断斗争和不断取得胜利的过程。”所有这些，都不能说是错误的。但是具体人、具体事的错误，随时随地可能是难免的，但绝不能构成路线的错误。

七月廿六日（七月初五）星期三。

小罗腰痛未愈，外电部勘测设计院来电话约谭炳昊等问题只好请他们先来了。下午学习实践论。窃意马标带着问题学还是一个首先必须解决的问题。现在有些人似乎在我们这些人中间尚无成熟可供借鉴的经验。李方岳来，要求去再在验收情之无人可去。

七月廿八日（七月初七）星期五。

避暑山庄内舍利塔七月十六日下午四点被雷击起火，幸今天才有电报来，幸好只烧了塔顶的东北角墙内的一根柱子，在峰面顶层的檐下劈了一道裂缝，损失不大。但承德地区这一些问题，也颇值得注意。看来此地是个多雷区，必须设法研究对策。

矛盾是绝对的，这一点我过去只在理论上懂得，现在看来，过去理解是很不深刻的。现实生活教育我在任何时候，任何场合都要估计矛盾的现实存在问题，也只有这样才能正确地处理矛盾，否则很容易感到踌躇不前，荆棘丛生，而不敢大胆工作了。今天为晋祠侍女像临摹事，又出现了一些小矛盾，因为是冷静地对待了这个矛盾，所以也就生于无形而灭于无形了。如果把时间推前几十年就不免要有处人难之叹矣。

七月廿日（七月初三日）星期五

一个人能不能实事求是，有思想意识问题，也有思想方法问题。而前者是主要的。有些问题不过是事实真相问题，但有人为了个人的动机而偏偏要隐蔽真相，有时这种隐蔽还是本能地自然地表现出来。个人主义根子之深由此可见。然而这种人倒也不算太少呢。怎样去看待它们，又是个立场问题。当前现的问题。如果以个人主义去对个人主义，只能增加矛盾，关系不会搞好。如果从全局的角度去看问题，不管它是甚么人，不管他的职位、不管地的联系、都当作一种过渡时期的社会现象，是阶级矛盾在人的思想上的反映，自然也就会心平气和地去处理这些问题了。要做到这一点是不容易的，但应当修养到能做到这一点。这种要求是高标准的，对自己要求高不是应该的吗？克服个人主义应当从这些地方着手。不要看到别人也有些不高，而自己也就泄了气，泄气本身就是个人主义的表现，而个人主义正是万恶之源呀！

七月廿日（七月初四日）星期六

学习要运用于实际，这个实际是随时随地都有的，不能只是认为只有大的问题才用得上，而事实上小事情也用得上，小事情都不能用，大事情就更用不上了。所以一定不能放松于自己，要事事听毛主席话，要事事用毛主席思想来处理。只有这样才能真正地活学活用，否则那有那么多的大问题呢。正是在许多小事情上才往往流露了自己本质的东西。

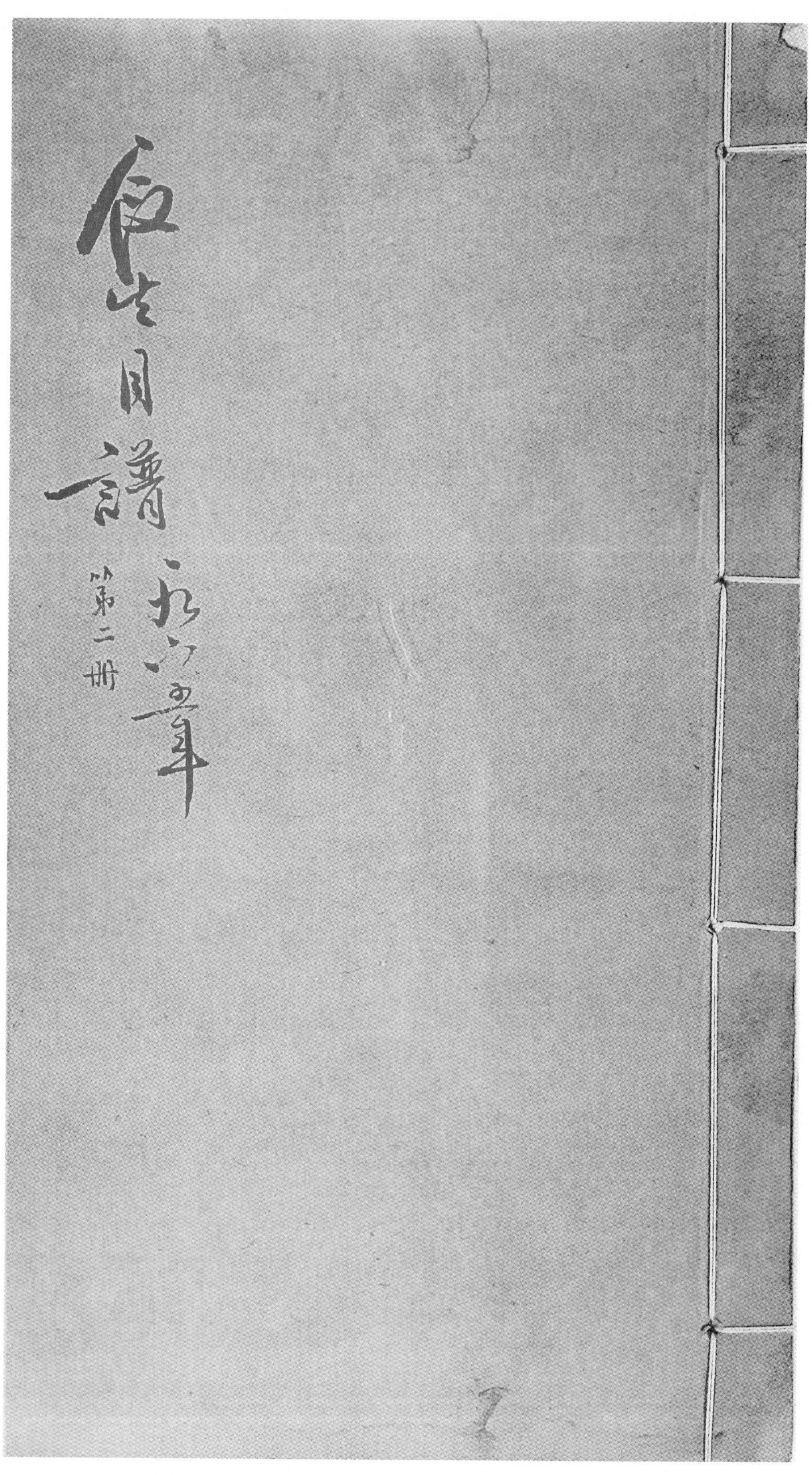
一九六四年
第二册

辰生日記　一九六五年第二冊

八月一日（七月初五日）星期日

今日解放軍建軍三十八週年，人民日報刊載了賀龍同志以"中國人民解放軍的民主傳統"為題的文章。文章把我軍民主傳統的主要內容和基本經驗概括為八個方面：

第一、軍隊要不要實行民主，絕不是一個方法問題，而是一個立場問題、根本態度問題，歸根結蒂，是一個尊重不尊重群众，相信不相信群众，依靠不依靠群众的問題。

第二、"三大紀律、八項注意"把人民軍隊嚴格的紀律建立在軍隊对于人民的民主关係基礎上，是我軍团结内部、团结人民、瓦解敵軍的強大武器。

第三、加强政治思想教育，提高觉悟，开展广泛的政治民主，是全部民主生活、民主运动的前提和基础。第四、实行经济民主，关心士兵生活，官兵同甘共苦，是官兵一致这个政治原则在日常生活上的具体体现，是团结群众发动群众积极性的起点。第五、实行军事民主，是提高战术技术、打胜仗、出人才的一项重要措施。官教兵、兵教官、兵教兵，开诸葛亮会，提困难想办法，是实行军事民主的基本方法。第六、军队的民主运动，应当达到巩固纪律和增强战斗力的目的。既要放手发动群众，又要加强集中指导，是正确开展民主运动的关键。第七、坚持党委统一的集体领导下的首长分工负责制，是在军队内部贯彻民主制度、实行群众路线的根本保证。第八、[illegible]的条件下，需要实行三大民主，有了现代化装备，进行现代化战争，仍然需要，而且更加需要，也完全能够实行三大民主。

这篇文章要好好地学习，因为它是毛泽东思想的具体化，它不只对军队有指导意义，对促进我们机关革命化也是有指导意义的。

傍晚至五姐家，天气转凉，晨有细雨和微寒。晚至九弟处。归来十一时始寝。得信渭南近已移进城，因前甚忙已经瘦了许多。大哥约吃晚饭，见缘夫妇亦来，未能来见。明日当面前往致歉去也。

八月二日（七月初六日） 星期一

今天国务院文教办公室退还了「关于外国人、华侨、港澳同胞携带印刷物出口暂行管理办法」，经深春同志批示同意。这个办法主要是解决了火漆印子的问题。这是去年全振和书店四人到上海开会时决定的。我是从西安归来后才知道的。而且直到今天才看到全文，反复阅读，感觉其中还有些问题，但国务院已批准，请实践去考验吧。

八月三日（七月初七日）星期二

一早北京书店同志即来面谈了该项颁发那天国务院批准的办法问题。并且拟就了提纲。当即依此提纲草拟通知。但在草拟过程中感到有些问题还值得研究。如果是过去，也许我就又提出意见了。今天，特别是经过了清以后、学了毛主席的矛盾论以后，就没有那样鲁莽。不从客观效果出发的批情往往会出乱子。所以还是照着他的意见写好了通知。待有机会再谈吧。

八月四日（七月初八日）星期三

今天学习讨论对实践论的理解。在怎样理解这个物与这项业务实践问题上展开了热烈的争辩。我的看法是，我们的基本实践就是深入工农兵，要了解他们，体会他们、对他们有感情，没有这个基本的实践就方向不明，也就没有为工农兵服务的自觉愿望。但是同时还要有业务实践。

为工农兵服务的方向明确了。还有我们为工农兵服务之技术的问题。正如士兵打仗，有不同的兵种，而每个兵种的士兵都需要熟悉和掌握自己的武器。坦克兵不会开坦克，怎能去消灭敌人呢？因而我还需要掌握自己的业务规律。但是作为美术局来说，又有自己的特殊性。美术局是领导机构，所以美术局的干部也不是一般的士兵。而是司令部的参谋、政治部的干事。我们需要下去，但是要掌握掌的不是某项具体的业务技术，而是整个业务的方针方向。正如坦克兵司令部要注意的是如何配合步兵作战的问题，而不是如何具体开坦克的问题。美术局的干部同样也是如此，主要是要注意美术工作怎样地为工农兵服务的问题，而不是具体地掌握田野发掘技术问题。

八月五日（七月初九日）星期四

晚傅光来电话说，彼组织了八个学生，准备廿五日赴去永乐宫进行壁画修复工作，要求请陆鸿年同志前往帮助工作。经与美院联系，陆已决定下去了。请，本来同志向刘凌沧同志商洽，仍未得解决，因此次美院系假院而出面借一次完成，陆不能不去也。

八月六日（七月初十日）星期五

庄诚自广州归来，谈及广州外贸部门、文化部门之间关系十分紧张，而外员，又不遵守法令规定，是造成矛盾的主要原因。文化部也是有责任，但不是主要的。看来问题是比较明确了。

八月七日（七月十二日） 星期六

坚持原则，坚持团结说起来容易，做起来就不那么简单。外贸、援带文物出口管理办法，今天金枫提出了些意见。对此，我本来是有些意见的，但是领导上既是作为问题而没有提，这是不是没有坚持原则呢？我觉得不是，因为我也是经过反复考虑才决定不提意见的：第一，这是经过国务院批准的，已经决定了，只好坚决服从；第二，这办法是我考虑得不够周密，主要是对文物鉴定力量估计不足，而鉴定问题是决定性的，所以肯定执行后必然要出现一些问题。但是也不会造成不可弥补的损失。所以还是经过一段实践再看比较妥当。正是从这点出发才决定不提意见。今天还是通过金枫提了一下，把适用的范围缩小一下，不是大城市同时并举，而是先从几个大城市做起，这样也就可以减少一些可能发生的问题了。这也是最近我在处理问题上的一个进步吧。

八月八日（七月十三日） 星期日

本来想约小英、金林来打乒乓球，结果上午大雨，下午放晴，正常的日常处进行。给此事换了一些意见。我把自己的情况向学习文字部著作的体会向他们谈了一番。他们已决定十五日即去西安临潼了。

晚读实践论，又联想到我们的工作怎样才算实践的问题。我仍然认为对我们来说主要地还是调查研究问题。因为我们是文物工作的方针制定者和执行者，方针政策是否正确，需要实践来检验，而真正的实践是要通过全国文物地方工作者来实践的。我们的任务是通过对于地方实践的了解来加以研究检验方针政策。所以我以为我们应当深入基层调查研究、解剖麻雀。这就是我们的实践。而几年来我们是没有这样做的。

八月九日（七月十四日）星期一

辽宁省文化厅来函及张在郑家洼子陆续发现青铜短剑等文物，要求派人前往指导工作。这是个重要的问题，关系到中朝联合考古队的问题，而此须考古所联系才能答复。由此也使我再次想到考古与政治的关系。照一般的看法，挖坟掘墓、搞死人的与政治何干？而具体到这个问题就说明了与政治有密切的关系。可见看问题需要全面，绝对化、片面性是要不得的。我想这也算是我们工作中的一种"实践"吧。它具体地告诉我们的工作是和政治有关系。

八月十日（七月十五日）星期二

关于外贸携带文物出口批准手续问题，外贸部之来函同意，今天对外了妥也未必同意，这算是解决了不少问题，然而根本不能批准也。

读《实践论》，其中引用斯大林的话："理论若不和革命实践联系起来，就会变成无对象的理论，同样，实践若不以革命理论为指南，就会变成盲目的实践"。使我联想到我们工作的理论具体表现就是方针政策，方针政策有问题是需从实践中来检验的。而方针政策也正是从实践中来。过去我们工作往往是虚与实结合不起来。虚的时候落不了实，务实的时候又提不出来。怎样使虚实结合，即理论与实际相结合是我们迫切需要解决的问题。

八月十一日（七月十六日）星期三

原拟进行小组讨论，又改为自己阅读了。今天学习不多，人也很少。倒是可以看书。但是理论联系实际的问题仍未能解决，是我自己方面联系实际的。如果今天看的书对我有所帮助的话，我想毛主席说："我们的结论是主观和客观、理论和实践、知和行的具体的历史的统一，反对一切离开具体历史的"左"的或右的错误思想"。对我的感受是很深的。回顾过去，我们学习讨论往往是谈谈而已，不切合实际，也正是因为往往是离开了具体的、历史的条件来谈问题。其所以离开具体的、历史的条件，根本原因是缺乏实践，一切错误由此产生。

八月十二日（七月十七日）星期四

整理檔案發現一九五七年九月六日鄭振鐸部長致康生同志函一封，才了解到"盤邁碩人"「西廂記」本子是李一氓同志在屯溪代康老所購，而康老又特由文物局將此購贈北京圖書館者。這是從冷秋同志在信上的批語（中間節略）。原信曰："「西廂」寫本已細看一過，很好。盤邁碩人是一位很大膽、很有見識的人，可稱是元人一等"。查是否上之本，而非禁止之本也。未及細細研讀，甚感遺憾！因明晨即須赴保加利亞（文化代表團），尚須赴捷、蘇一行，十一月內可回國，未能走訪為歉！茲將此書奉還，乞檢收。」

西諦先生去世已八年矣，展讀遺稿，為之惻然。

八月十三日（七月十七日）星期五

繼續整理檔案又發現康生同志致馮仲雲、趙萬里同志一封信，因為里面談到買小忽雷及曲譜集子有關矣。此信當作為小忽雷原件保存的紀錄，今天抄下：

「前借之書，已看完四種，特送回。錄鬼簿一書，尚未看完，俟看畢后再送也。政府收買小忽雷事，我與林老談過，他很贊成，並提議請鄭振鐸先生調查進行，望轉告鄭先生。如鄭先生同意，可請他再與林老面談一次，因我已將藏器人的名字忘掉了。味經書屋小忽雷傳奇鈔本，不知亦在現藏器人手中否？查伊璜的續西廂很不好，除說碧蕉軒主人的「不了緣」尚好，此劇亦編入雜劇新編，望備出之看。

图书馆也有梁茝林五种（缘杜母故有、三借书中人、郎潜纪闻、两园记、旅姬翼四种），亦请借阅。最近找到一部杨慎黄嘉惠本董西厢（手钞本），请调查一下，何处藏有黄本董西厢，我想找到黄嘉惠原本来对照一下。

八月十四日（七月十八日） 星期六

上午欢送罗清同志。下午讨论备战问题。目前在一般人中间恐怕防止和平麻痹思想应当是主要的。在讨论过程中逐渐明确了目前加强农村工作与战备工作联系了。

八月十五日（七月十九日） 星期日

大雨，下午转放晴。正式开始处理到晚上，再讨论送罗清同志。[illegible]敏鲁谭甚久。我告诉她去下乡初期应作好学习主席著作，关心群众生活，注意工作方法，这篇文章。因为要向不解放地接的问题是不行的。搞四清不发动群众是不行的。而发动群众，应自着解决生活。

八月十六日（七月廿日） 星期一

王玄林自山西来。而太原不来长途电话向商调范文澜问题，实在有些浪费，此王玄林面谈了有何妨呢？！电话其实是多此一举。据王林谈此钦佩同志可能来京支援物，甚为高兴。

八月十七日（七月廿五日）星期二

、接河北省文物工作队函报，大墓已经發掘已接近完成，三号墓形制基本相同，發現銅印兩枚：一為陽文「刘展世印」、一為陰文「刘騎君印」。一三号發現車馬三组、馬十四匹、狗四头；一二号發現車馬三组，馬廿匹，狗三头。位置大部为四馬一車，也有六馬車。此外还發現有些漆器和丝织物。

八月十八日（七月廿六日）星期三

学習原定討論改为听艾思奇关于实践论的报告。艾思奇报告有一点提法很新颖。他说先进在有些时候比中间状态的人要多。而習慣的说法总是先进、中间、落后三种状态，往々是中间大两头小。这个提法是有些道理的，乍听起来颇为奇怪，仔细想々却有此种情况。主要是如何理解先进的概念问题。如果把先进都按雷锋的标准来要求，恐怕艾说就不能成立。如果把拥护党的政策、爱护社会主义制度的人都理解为先进，艾说就是完全正确了。艾思奇在谈人的认识往々要经过多次反复才能完成的时候，批判了杨献珍一次认识完成的论点。因为杨认为困难时期是唯心主义大泛滥。他不了解认识是要有过程的。艾说这个思想在实践论里还没提出来，而是在“人的正确思想从那里来”这篇文章才提出来的。不知他究竟是怎樣地提出了这个看法。据我所知，实践论是有这个思想的。实践论明白地说："原定的思想、理论、计划、方案，部分地或全部地不符合于实际，部分错了或全部错了的事，都是有的。许多时候须反复失败过多次，才能纠正错误的认识，才能到达于和客观过程的规律性相符合，因而才能够变主观的东西为客观的东西，即在实践中得到预想的结果。"艾思奇不可能不了解这一段文字，也不可能不注意到这一段。我想，他必定是有道理的。还需要再仔细想一想，才能体会这段话的意思。

八月廿日（七月廿四日）星期五

连续听肖望东、石西民两部长关于政治工作的报告。报告自从正式贯彻了四个第一的思想，这是十九年来文化部从未有过的报告，可以肯定今后文化部工作势必出现新的面貌。

八月廿一日（七月廿五日）星期六

全体干部讨论肖、石部长的报告。大家情绪高涨，发言踊跃。一致认为这个报告增强了大家的信心。但是，很多人又认为文化部成立政治部是件大事，但如果不相应地建立机构或设置专职人员负责政治工作还是有困难。这是非常对的。没有组织保证是不行的。

八月廿六日（七月廿六日）星期日

今天是我生日，原想请伯母、堂提回来，结果落了空。上午去垂杨柳看小閔，顺便去看了一下邵傅音的房子，实在不错，就是太远了。难怪当时很多人不去。但是如果今天再有房子，也许会有很多人要去了。因为当时一切设备尚不齐备也。午饭与大哥遇陆谐川。下午与父亲、老太太和大哥同去文化俱乐部晚餐。

八月廿七日（七月廿七日）星期一

接爱叶来函称已决定廿五日晚乘八十次车来京同行十人。住[illegible]问题，经与叶阳继联系，可在大面指挥所解决。这真是有了着落，否则十个人的住处倒是不好办了呢。

重读《人的正确思想从那里来》与《实践论》相对照，我开始理解了艾思奇的提法是对的。因为它与《实践论》的提法是有区别的。在这篇文章中说：“一个正确的认识，往往需要经过由物质到精神，由精神到物质，即由实践到认识，由认识到实践这样多次的反复，才能够完成。”重点是完成这两个字。而且是指一个正确的认识。“一个”和“正确”都是必需要注意的。否则就不容易理解了。这里与《实践论》的不同点在于：这里所指的是一个正确的认识，需要反复认识、实践多次才能完成。而实践论的那段话是说，一个方案有时经过反复失败多次才能取得正确的认识。二者是不同的。而前者则是后者的发展。比方说：三面红旗在开始提出来的时候就是正确的，但是不是完善的。经过几年来的实践、认识、再实践、再认识才逐渐完善的。这就是「人的正确思想从那里来」中所说的，而在实践论中是没有这个提法的。

八月廿四日（七月廿八日）星期二

沈阳市文化局寇局长来谈郑家窪子发现一完整大墓，其中有青铜短剑二个及不识名的器物十分重要，要盼中央派人前往协助。

此事关係中国考古问题，需由考古所协商，但打电话夏所长因已回家了，未在，只好明天再说了。相辞方面是我知此事，不知会提出意见否。此消息似可不必发表，以免有刺激也。

八月廿五日（七月廿九日）星期三

沈阳文化局电复夏鼐同志前往沈阳，文物局即拟由李长路局长前往。但以文化局长会议在南京远路难脱身。另外将由王再设法换人。

晚饭在东郊的正阳酒家，刘胜老亦在座，谈及兰亭真伪问题。胜老认为郭老对兰亭文章是消极的是不对的，而胜老则说为兰亭是稿本的（其中有改的字），是针对谢安而言的。

夜十一时自东路还家，华子自己归来。与小妹同宿。

八月廿六日（七月初四）星期四

晨携爱叶出门接着绿达和老陈，约好中午归来午饭，结果等到一点半仍未见回来，只好回来，饭也没吃。晚清源自京归来。

八月廿七日（七月初五）星期五

今天已决定我和李长同志后天乘车去沈阳。即购星期二晚十一次车票。晚陪清嫂去大哥处。赶写文件至深夜。

八月廿八日（七月初六）星期六

讨论文物、博物馆、图书馆为农村服务的意见，决定我们又加班协助李长路同志修改。晚华子自城外归来。

八月廿九日（七月初七日）星期日

协助李长路同志修改文件。博物馆部分问题较多，图书馆部分比较好。中午去后门王富家吃饭，下午继续加班，总算按时交了任务。遗憾的是没有陪华子出去玩玩。只好约定下週再说。最好是去颐和园或香山一游。

八月廿日（八月初四日）星期一

上午向讨论通过关于两修文为农村服务的几点意见。下午大扫除。陈润作、吴亦君校本的「毛主席哲学讲稿」（原名为「辩证法唯物论（讲授提纲）」，论半已收辩证法出版），第一章：唯心论与唯物论；第二章：辩证法唯物论；第三章：唯物论辩证法。其中实践论、矛盾论二篇今本对照一读，当于大有好处也。

八月廿一日（八月初五日）星期二

原定今天陪同夏鼐同志和李准同志去沈阳看郑家洼子发现的青铜短剑墓，中午得所临时电话通知夏鼐同志因有接待外宾任务不能前去，改由佟柱同去沈。晚登车后遇寇局长。

九月一日（八月初六日）星期三

晨七时许到沈阳，省文化厅王一厅长、市委宣传部长陈旅同志等来接，见陈旅同志仿佛似曾相识，后始知他是刘楚明同志的胞弟，两个人不仅面貌酷似，而且言谈举止也极为相像，难怪使我看得好面善也。

下榻沈阳宾馆，少时即去郑家洼子，墓不甚大，骨骸等物仍在原地，有青铜短剑二把、箭头两个（箭杆已朽，痕迹犹在），此外尚有镂空喇叭形状器物，不知何名？不了解其用途。下午在沈阳故宫座谈。晚看评剧洪湖赤卫队甚好。陈今天现场参观，使我感到她们工作十分认真，原来所担心是不对的。由此亦可见几年来的攷古工作已大有提高。

九月二日（八月初七日）星期四

晨到沈阳故宫开座谈会，主要是徐秉琨谈一些有关青铜短剑墓的有情。谈得很好，也是出乎意料的。下午去北陵参观卢绳领导天津大学学生测绘北陵图纸。晚去振之住处，并谈红楼、文教，十时始归，甚感疲倦。

九月三日（八月初八日）星期五

黎明即起。六时乘车十二时达锦州。振之、文宣同志同行。原拟当天即去义县，因车次不适宜改为明天早晨再去。午去红旗饭馆吃饭，甚好，不愧为红旗也。下午首游辽沈战役烈士纪念塔，环境及塔造形二佳。晚看京剧烽火楼头，不甚理想。

九月四日（八月初九日）星期六

晨乘车去义县，至县招待所饭后即去奉国寺。大殿为辽代建筑，内有七尊大塑像，大殿建筑甚雄伟，作为全国重点文物保护单位是当之无愧的。下午去万佛堂，甚不理想，当石窟仪表虽所存雕像已残之无几，且无一精美者，原拟列为二批全国重点保护单位，现在看来很值得研究。不见那物只恐时间是不行的。下午四时返锦州，夜车返京。

九月五日（八月初十日）星期日

晨七时余到京。回家后忽感头疼不已。恐怕是东北天气较凉感冒了。只好休息。

九月六日（八月初十一日）星期一

头疼仍未愈，上班处理公文。据白理文同志谈，星期六西安有电话来要求派人去检查小雁塔修缮工程，惜无人可去，如果我再去一次西安，自可适后村了矣。下午早归休息。

九月七日（八月十二日）星期二

读艾思奇主编「哲学讲稿」。主要对真理的论点真是简而明，他说：「真理首先是客观的，相对的，又是绝对的，这就是唯物辩证法的真理观。」「任何一种知识或概念，如果他不是反映客观世界的规律性，他就不是科学的知识，不是客观的真理。」这里重要的是真理是客观世界规律性的反映。因此，我们工作要做得好，首先要进行调查研究，因为不进行调查研究则无法了解客观存在的事物，不了解客观存在的事物，也就不可能反映客观规律。

九月八日（八月十三日）星期三

早起头疼，加重有烧，只好卧床休息。续读毛主席哲学讲稿。关于真理论我又重新反复地读了几遍，甚有所感。一切正确的东西，並不是一下子就会被别人所承认，而多数人所承认的也並不一定都是真理。多数人的意见和少数人的意见不能作为判断真理的标准。"一般承认的就是客观真理"这是一种主观唯心论。以此而类推，则宗教和偏见也是客观真理了。"因为宗教和偏见虽然实质上是谬见，可是却常常为多数人所公认，有时正确的科学的思想反而不及这些谬见的普及。"因此，判断一个意见是否正确，要看它是不是真理，不是取决于多数和少数。而是取决于是否反映了客观规律。

九月九日（八月十四日） 星期四

小病已愈，继续上班。去陆古所要来修缮报告交李局长。下午事甚少。续读《哲学讲稿》。实践论是讲稿第一章，唯心论与唯物论的第十一节。与现行本对照：原本为实践论（认识与实践的关系，理论与实际的关系，知与行的关系）。现行本删去了理论与实际的关系。全节除了个别字句的修改以外，也还有比较大的不同。「马克思主义者认为人类社会的生产活动，是一步又一步地由低级向高级发展，因此，人们的认识，……这就是马克思主义的科学。」一段即为原本所没有。下一段中只有在社会实践过程中（物质生产过程中，阶级斗争过程中，科学实验过程中）

人们达到了思想中所预想的结果时，人们的认识才被证实了。原本为「人们的认识才会发生力量。」下面还举了工、农、军以的具体例子。「证实」和「发生力量」，旁注用证实要更确切些。「发生力量」是理论来实践、精神来物质的问题了。

九月十日（八月十五日）星期五

晚去大哥处吃饭，子改、吾太太、の姐夫都去了。菜虽丰富但不及往常味美。因大嫂未亲自动手也。饭后开清益踏月遊月坛公园。归已十时。

九月十一日（八月十六日）星期六

继续核对实践论。「不入虎穴，焉得虎子」原为：「要赚畜生钱，要跟畜生眠」这句话对于商人赚钱是真理，对于认识论也是真理。」这种说法在实质上并无多大出入。也有比较大的修改，例如：在「共产主义思想落后于实际的事是常有的，这是因为人的认识受了许多限制的原故。」下面有一段：「许多人受了阶级的限制……。有些人受了劳动分工的限制……。有些人受了原来错误思想的限制（被剥削分子，由于剥削分子教育而来），而一般的原因则在受限制于技术水平和科学水平的历史条件。无产阶级及其政党应该利用自己无比优胜的阶级条件（这是任何别的阶级所没有的），利用新的技术和科学，利用马克思主义的世界观和方法论，紧密地依靠革命实践的基础，使自己的认识跟着客观情况的变化而变化，使论理的东西随不变的东西平行並进，达到完满地改造世界的目的。」这是今本所无的。此外並提到右倾机会主义时举了陈独秀的例子，提到左翼冒险主义（今本为左翼空谈主义）时举了李立三的例子，现均删去。

用校勘的方法来核对主席著作的今本和原本，是不是专门注意于字眼的琐碎？是不是会为人所讥笑的？当然，如果为校勘而校勘，自然是不对的。但是如果从今昔本的异同中来看主席思想的发展，来从中学习主席的立场、观点、方法，则是会有很大的收获的。因为主席的字斟句酌都是需要我们深加体会的。

九月十三日（八月十七日）星期日

本来想妻子可以从城外归来，清燕已买好看戏平型关的话剧票。结果她不来了。上午带帝子去看了。上午去石门大三家处吃饭。午饭后去人民剧场看剧，时间很仓促，因为又說下午五点车去库，以看了半场就去的姐处，同乘车去车站，车将开时，才接清燕坑堤来。一天就这样过去了。晚上本拟读读主席实践论，使甚早寝。

九月十四日（八月十八日）星期一

重读主席著作实践论。觉得关于人的思想落后于实现往往是有了许多限制的原故，这个观点很重要。我们必须了解这种限制，然后随这个限制之后来打破限制，从而使自己的思想不断前进，不断适应变化了的客观情况。限制来自两个方面：时代根源和阶级根源。无产阶级有先进的阶级条件，这是无可争辩的。但是作为具体的党员、干部乃至工人，却并不是天然就具有无产阶级的宇宙观。因为人的思想是复杂的。每个人都不可避免地或多或少的要受到旧的思想影响。要达到无产阶级（即马克思主义）世界观是要在和旧思想斗争中不断前进的。有时还要经过反复的斗争。这是长期的。想到自己，深感这个改造任务是艰巨的。目前对有些问题，只有个初步认识而已。

说明毛主席的思想是在发展的。由此也可见这段删去就必要性了。

今本矛盾论开始提两种宇宙观，旧本则提两种发展观，而把形而上学的发展观和辩证法的发展观称作两种宇宙观来写的。今本内容改了不少，例如在叙述中国和外国的内战时有一段即为今本所无："中国急此沦亡，华此危急，主要由于中国之弱（一九二七年革命失败，政权入于人民手里，造成了内战与独裁制度），日本帝国主义乃得乘机而入。驱逐日寇，主要依靠民族统一战线，执行坚决的革命战争。""物必先腐也，而后虫生之；人必先疑也，而后谗入之"，这是苏东坡的名言。"内省不疚，夫何忧何惧"，这是孔夫子的实话。个人也要充实，他就不怕多受风寒。苏联也没有受日本的侵袭全是因为他的顽固。曹丕打豆腐，拖着软的败了。全在自信，能克服人，都没有用。

人定胜天，困难可以克服，外界的条件可以改变，这就是我们的哲学。」

九月廿日（八月廿二日）星期日

读矛盾论的矛盾的普遍性。万事万物本身内在上和字上都有运动，有的是本来有万本无，本在开始的第一大段就是新增加的，这是特别注明了要着重谈矛盾的特殊性。而有的则是万本有而本来无，附而在恩格斯说：「矛盾就是运动」，以后万本当有矛盾：「我甚么说矛盾就是运动」，恩格斯的说法，不是有人反驳过了吗？就是因为马克斯、恩格斯、列宁论矛盾的学说，变成无产阶级革命最重要的理论基础，因此引起了资产阶级理论家们的攻击，总想推翻恩格斯这个「运动即矛盾」的定律，举起了他们的反驳，并且搬出了下述的理由。他们说：「宇宙世界中运动的事物，是在各个不同的瞬间，经过各个不同的空间点，当事物处于某一点时，他就占据那一点，而另一点时，又占据另一点。这样事物的运动是在空间和时间上分成许多段落的，这里没有任何矛盾，如有矛盾，就不能运动。」

列宁指出这种说法的全部谬误性。指出这种说法，事实上把不断的运动，看成在空间和时间上许多段落，许多静止状态，结果是否定了运动，他们不知事物从空间的某一点，走到另一点的结果，即运动的结果。所谓运动，就是处于一点，同时又不处于一点。

没有这个矛盾，没有这个连续和中断的统一，动和静止和行的统一，运动就根本不会存在。否定矛盾，就是否定运动。一切自然、社会和思想的运动，都是这样一种矛盾统一的运动。这些个大的矛盾论的删去，文章就显得更加简练了。

九月十七日（八月廿三日）星期五

继续读对个新本矛盾论，今天是看的矛盾的特殊性。看这一节的时候没有甚新意，但是其中有一大段是原来所没有的，即人的认识过程，特殊——一般——特殊。这段是极重要的发展。因为它说出了人的认识运动的秩序，即由认识个别的和特殊的事物，逐步地扩大到认识一般的事物——共同的本质。然后以此为指导再继续地向前发展研究还没有研究过的或者尚未深入地研究过的各种具体的事物进行研究，找出其特殊的本质，这样才可以补充，丰富和发展这种共同的本质的认识，而使这种共同的本质的认识不致变成枯槁的和僵死的东西。这段是正确地指出了研究矛盾特殊性的重要性。直截地批判了教条主义者因为教条主义者是不大愿意研究矛盾的特殊性的。要研究矛盾的特殊性就要详细地占有材料，进行细致地具体分析，要为此付出艰巨的劳动的。教条主义者总是偷懒的。所以毛主席把它称为懒汉。对此我是感受很深的。

九月十八日（八月廿四日）星期六

关于矛盾的特殊性一节，今天看的本子看来有不少改动，在今本中增加了不少的内容。其中两处（此）讲到了列宁的话："马克思主义的最本质的东西，马克思主义的活的灵魂，就在于具体地分析具体情况。"并指出我们必须时刻地记着这句话。其他处也主要是指出了教条主义和经验主义的危害性。此外，还有一个重要的内容是在本书所没有的，即矛盾特殊性和普遍性的相互联结，以及事物内部的和它以外的许多事物的相互联结。这一点十分重要。这里还是强调了事物特殊性是要逐步地、更充分地、更完全地把一般的矛盾的普遍性阐发出来了。"普遍性即存于特殊性之中"这是必须注意的。

九月十九日（八月廿四日） 星期日

书本中举了苏东坡赤壁赋中的两句话来比喻矛盾的特殊性和普遍性："苏东坡说：'自其变者而观之，则天地曾不能以一瞬'，照现在的意思来说，就是说这说的是矛盾的特殊性、相对性；'自其不变者而观之，则物与我皆无尽'，说的是矛盾的普遍性和绝对性。"今天上午去。

矛盾特殊性已阅完，明日即可续读主要的矛盾和主要的矛盾方面了。

九月廿日（八月廿五日） 星期一

读矛盾论校对今书本主要的矛盾和主要的矛盾方面。其中文字改动比较多。主要是一些例子都删掉了，特别是一些外国的例子。有些内容是书本所缺的，如"事物的性质，主要地是由取得支配地位的矛盾的主要方面所规定的。""我们常说新陈代谢这句话。……新陈代谢是

九月廿日（八月廿八日）星期二

矛盾论中矛盾的主要方面如何转化问题，今本较旧本有了较大修改。首先是新本把主要矛盾方面决定事物性质这一点明确了。其次在旧本中对转化问题除了只是原则上指出矛盾双方地位不是固定的而是相转化的，还举了些例子，但这些例子在今本大都已删去。今本则增加了很多内容。"新陈代谢是宇宙间普遍的永远不可抵抗的规律"这一段十分重要。对这个问题的阐述今本增加了五段，主要地是讲任何事物的内部都有其新旧两个方面的矛盾，形成了一系列的曲折的斗争。斗争的结果，新的方面由小变大，上升为支配的东西，而新的方面对于旧的方面取得支配地位的时候，旧事物就变化为新事物。

的矛盾的主要方面起了变化，事务的性质也就随着起变化」。这句为新本所无。旧本中有些例子，在这一段也被删去了。旧的本有了四小段，其中一段分析中国无产阶级和资产阶级的关系说：

「以中国无产阶级和资产阶级的关系而言，资产阶级握有生产手段和统治权，是居于主导地位，然而在反帝及封建的革命斗争上说来，由于无产阶级觉悟程度和革命彻底性，却较之动摇的资产阶级反居于主导地位。这是影响到中国革命之前途。无产阶级要在政治上物质上都居于主导地位，只有联合农民和小资产阶级，集中力量，革命之决定的主导的作用就属于无产阶级了。」

这对我理解在抗日战争中我们是领导地位问题找到了理论根据。

但而指出了旧中国必然要变为新中国的前途。最后并说：「世界上总是这样以新的代替旧的，总是这样新陈代谢、除旧布新或推陈出新的。」这一段话现在看来极为重要，不但有理论意义，而且有现实意义。在理论方面，新陈代谢或推陈出新，这几个字实际上就是概括了唯物辩证法的法则。旧本此节原为矛盾统一法则，这样就是把辩证法的三大规律都纳入矛盾对立统一规律来阐述，这是马克思主义的一个大发展。也就是说辩证法的规律只此一条就全部概括了，这就是矛盾论。在现实意义上来说，我们通常说要在战略上藐视敌人，但为甚么？其理论根据自然是从这里来的。因为敌人是代表旧的腐朽的力量，而我们是代表新生的力量。一九五七年主席指出了旧中国必将转化为新中国的前途，那时还是敌强我弱的局面。经过十二年，即是四九年，这个预见就变成了现实。今天我们也完全可以根据主席这个预见见到我们必将埋葬帝国主义。因而这一段论点是鼓舞人民而带有极大重要的战胜帝国主义的巨大物质力量。

这是由于这一理论的重要，而今本最后一段特别增加了。这样的例子，关于这种具体的矛盾状况，以及矛盾的主要方面和非主要方面在发展过程中的变化，正是表现出新事物代替旧事物的力量。」也因为如此，所以本文是决定政治上和军事上的战略战术方针的主要方法之一。

九月廿一日（八月廿一）星期三

矛盾的同一性与斗争性一节，新稿中亦有不少变化。而且不只是文字上，内容上也有发展。在文字上主要是在讲核桃问题上比以前的矛盾论更通俗、生动些。例如：今本中：「一切过程中矛盾着的各方面，本来是互相排斥、互相斗争、互相对立的。」原本则是：一切过程中矛盾着的各方面本来是互相对立的，是彼此斗争的，不对头，不相投，不和气的，都是充满怨气的冤家。世上一切过程、现象、事物，无论在哪一面都包含着这样一些冤家性的方面，没有一个例外。单纯的过程只有一对冤家……」下面凡是提到矛盾的方面都是写冤家的一方。这不过是用语上的区别，意思是一样的。同一性也就是，又是冤家又是聚头。这种比喻真是通俗易懂。新本均已删去。

九月廿三日（八月廿六日）星期四

今日秋分，种麦季节也，不知家村中麦子种了没有，甚挂念。社教情景又重现眼前。真想争取去西安，但是偏偏遇此机会。如之奈何。矛盾论学习本拟继续，然以头疼，只好暂停一天了。明日必继续下去，绝不再拖延。

九月廿四日（八月廿七日）星期五

继续矛盾论中同一性与斗争性，这天读此一阅而过，只是查阅出的核对书，进度快，而体会不深。看来还是需要精读，而且要反复精读。至于体会不深何以造成？特别是注意新稿本的差异，中未看重要是怎样把它在新发展着马列主义，体会也更加深刻了。甚至是同一性了，过去为了对统一战线问题解释我曾写信给艾思奇同志问他的意见，他只写信说了些讨论，但是究竟怎样正确地来理解还是始终不得解决。今读首本中主席有一段是论统一战线的话为本文所无：「中国无产阶级同资产阶级订立抗日的统一战线，这是矛盾的一方面，无产阶级须得提高政治的觉悟性，要切实注视资产阶级的动摇及其对于共产党的离间作用、破坏作用，以保证党和阶级的独立性，这是矛盾的又一方面。而党的统一战线与党的独立性，这样矛盾着的两个方面，但成了当前的政治运动，两方面中去掉一方面，就没有党的政策，就没有统一战线了。」这段话恐要好好体会一下，看看就究竟能体会的更确些。

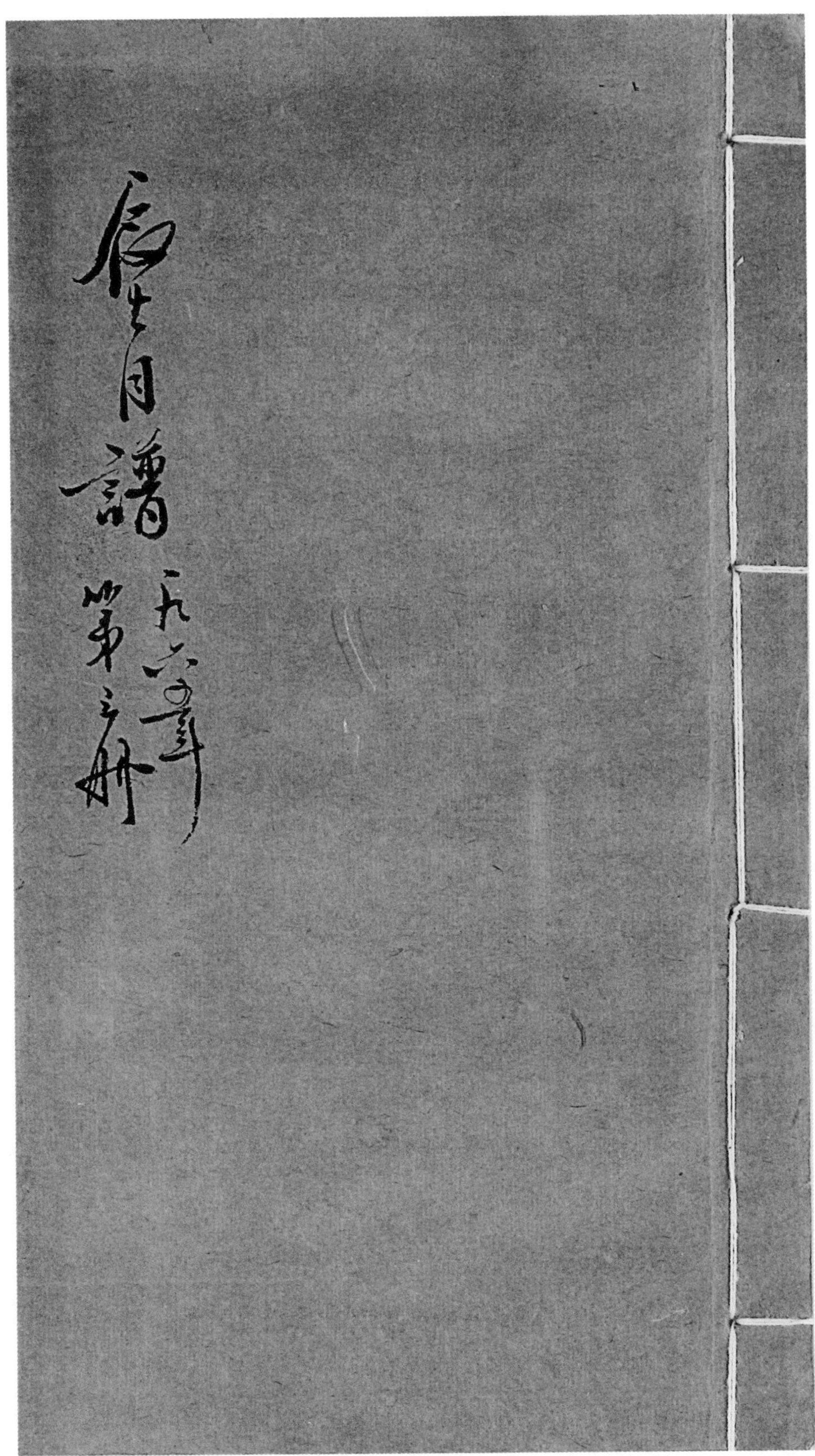
辰生日譜

一九五八年国务院文习字第六九号中华人民共和国国务院关於转发文化部请转令你市暂停拆除城墙的报告的通知：

北京市人民委员会：

据文化部六月首报告：北京城墙始建于明代，已有五百年的历史，是驰名世界的古城，对于它的存废问题，必须慎重考虑；但该部最近获悉，你市决定将北京城墙陆续拆除，外城城墙已基本拆毁。另该部在开的整风座谈会上，很多专家对此都提出意见。因此建议国务院通知你市暂时停止拆除城墙的工作。

国务院同意文化部的意见，希你市对北京城墙[illegible]暂缓拆除，俟
文化部和你市商洽征求各方面意见，并加综合研究后，再作处理。
国务院 一九五七年六月十一日

一九五七年六月五日文化部（57）文沈物字第五二八号给国务院的报告：

原件批示：
此件已经郑部长发给各报为对部党组来查现此事，意见甚大，
请速核阅批示。对北京市一段，从速妥[illegible]收。
夏衍 5/6

拟同意。请沈部长审签。
钱俊瑞 5/6

沈雁冰 六日

查此前六月四日原稿曾由王冶秋、郑振铎签发并批有请
夏部长阅签。钱未批退局。

以上卷子13号卷内共四件，保管期限：永久。

辰生日记 一九六五年第六册

九月廿五日（九月初一日）星期六

关于同一性的理解问题，艾思奇去年曾以统一战线为例，认为：只看到同一性的一面就是右倾，只看斗争性一面就是左倾。我当时曾认为这种说法不妥。因为构成统一战线的同一性和斗争性应理解为统一的一面就是同一性，独立自主的一面就是斗争性。而且统一的一面和独立自主的一面构成了统一战线的矛盾总体。有矛盾，因为相互联结而构成统一战线，这是矛盾的同一性。但也因为他们利益不同有矛盾，所以在独立自主上有矛盾的斗争性。统一战线是有条件的，因而是相对的，所以级斗争的（在附着斗争中）一面是无条件的，是绝对的。今观毛主席著矛盾论的这段话证明我的话是对的，而艾思奇的解释是欠妥当的。

九月廿六日（九月初五）星期日

完成了矛盾的同一性和斗争性的核对工作。再来补齐本文字改动很大但使我最关心的体会是内容的发展。首先是新本增加了这样一段内容：

「……两种状态的运动都是由事物内部包含的两个矛盾着的因素互相斗争所引起的。当着事务的运动在第一状态的时候，它只有数量的变化，没有性质的变化，所以显出好似静止的面貌。当着事物的运动在第二种状态的时候，它已由第一种状态中的数量变化达到了某一最高点，引起了统一物的分解，发生了性质的变化，所以显出显著地变化的面貌。」

这一段实际上是矛盾的质量互变律。这样，毛主席是把质量互变律纳入到矛盾的同一性和斗争性之中去，又把否定之否定律（化）纳入到矛盾的主要矛盾和矛盾的（主要的）方面之中去。三律合一而成为矛盾论，实际也就是矛盾对立统一的规律。这是马克思主义哲学上的重大发展。难怪在旧本辩证法唯物论讲授提纲的第三章唯物辩证法中（关于）两个主要学说辩证法学说有三个根本法则即矛盾统一法则、质量互变法则、否定之否定法则。而后来却（只）是讲了个矛盾统一法法则。其它两个法则都有讲。而我看法则这一节也就是说在矛盾论的最初底稿。由此可以看出毛主席对辩证法发展的过程对我来说实在贡献很大。

在同一性和斗争性这一节中，有着另一个重要发展是指出了：共产党人的任务就在于揭露反动派和形而上学的错误思想，宣传事物本来的辩证法，促成事物的转化，达到革命的目的。这不但有理论意义，更重要的是它是实践斗争性，它使我们把革命工作升到理论高度来理解，反过来又有效地支持了我们的革命行动。搞革命就是去促成事物的转化，这是必须时刻记住的。

九月廿七日（九月初三）星期一

阅读矛盾论最后一节：对抗在矛盾中的地位。这对比旧本的异同，除了文字上的变动以外，内容主要是矛盾性质的转化为旧本所无。旧本中提（还强调的：）对抗为两者都对抗"对抗是斗争的一种形式，不是一切矛盾都有，而是某些矛盾在其发展过程中到达了采取外部物体力量的形式而互相冲突时矛盾的斗争便表现为对抗。对抗是矛盾斗争的特殊表现。"具体举了剥削阶级与被剥削阶级的矛盾到社会破裂，革命战争时才是对抗性的矛盾。又如炸弹、小鸡出卵采取决裂的形式才表现为对抗。同时指出："有许多过程、现象、事物中的矛盾，是不发展成为对抗的。例如共产党内正确思想和错误思想的矛盾、文化上先进和落后的矛盾、经济上城市和乡村的矛盾，生产力与中农关系的矛盾，生产与消费的矛盾，交换价值与使用价值的矛盾，各种技术之的矛盾，阶级关系中各阶层的矛盾，自然界中的生与死，遗传与变异，寒与暑，昼与夜等等矛盾，都没有对抗，列宁[illegible]身存真」。对于上述论点今本有了重大的改变：

第一、今天通行本矛盾论说：「在人类历史中，存在着阶级的对抗，这是矛盾斗争的一种特殊表现。」这些肯定了在阶级社会中剥削阶级与被剥削阶级之间的矛盾是对抗性的。按旧本的提法：「只有矛盾到达衔突于革命、战争的时候才称之为对抗，这样就可以使人理解为资本主义社会在没有发展到无产阶级革命以前，资产阶级和无产阶级的矛盾并不是对抗性的矛盾。

第二、今本矛盾论说：「有些矛盾具有公开的对抗性，有些矛盾则不是这样。根据事物的具体发展，有些矛盾是由原来非对抗性的，而发展成为对抗性的；也有些矛盾则由原来是对抗性的，而发展成为非对抗性的。」并且举了党内斗争的转化作为非对抗性的矛盾可能转化为对抗性矛盾的例子；城乡矛盾的转化作为对抗性矛盾转化为非对抗性矛盾的例子。而旧本的提法，这两个例子都没有提到可以转化，并且认为党内斗争、城乡矛盾都不发展为对抗性。

上述论点到了一九五七年「正确处理人民内部矛盾」又有了新的发展。

九月廿八日（八月初四日）星期二

关于对抗性矛盾的问题，一九五六年我曾撰文批评李达的矛盾论解说。他的论点是在社会主义的中国，资产阶级与无产阶级之间的矛盾已经发展为非对抗性矛盾，我认为这是不对的，在中国的资产阶级的特殊性，不能改变其阶级的本质。他与无产阶级的矛盾是阶级的对抗。但是由于它的两面性，所以可作内部矛盾来处理。可是当时学习杂志没有刊登这篇稿子，而是打印了几份，由李达作了重要更正(?)。这种保护权威的思想现在看来是极成问题的。去年总理在人代会上的讲话对这个问题谈的很明确，证明了我在五六年时表明的看法是对的。

九月廿九（九月初五日） 墨娟三

来取这段文字来核对我前来矛盾论和实践论算是全部完成了。这一段总算是抓紧了时间，坚持了下来。所以每天共读着的不多，可是却看完了。过去往往是想一下子就看完，结果一拖再拖，而拖长了时间。只要每天那怕看一小段，写上两三行字，日子多了便能完成，所以这次更生动地证明了不怕慢就怕站的道理。这也是一条经验，要想完成一件事就得坚持，坚持就是胜利。

九月卅日（九月初六日） 墨娟四

学以致用，通读矛盾论之后怎样把它和自己的思想工作联系起来这才是学习的目的，否则就成了空洞的理论，理论不结合实际必将一无是

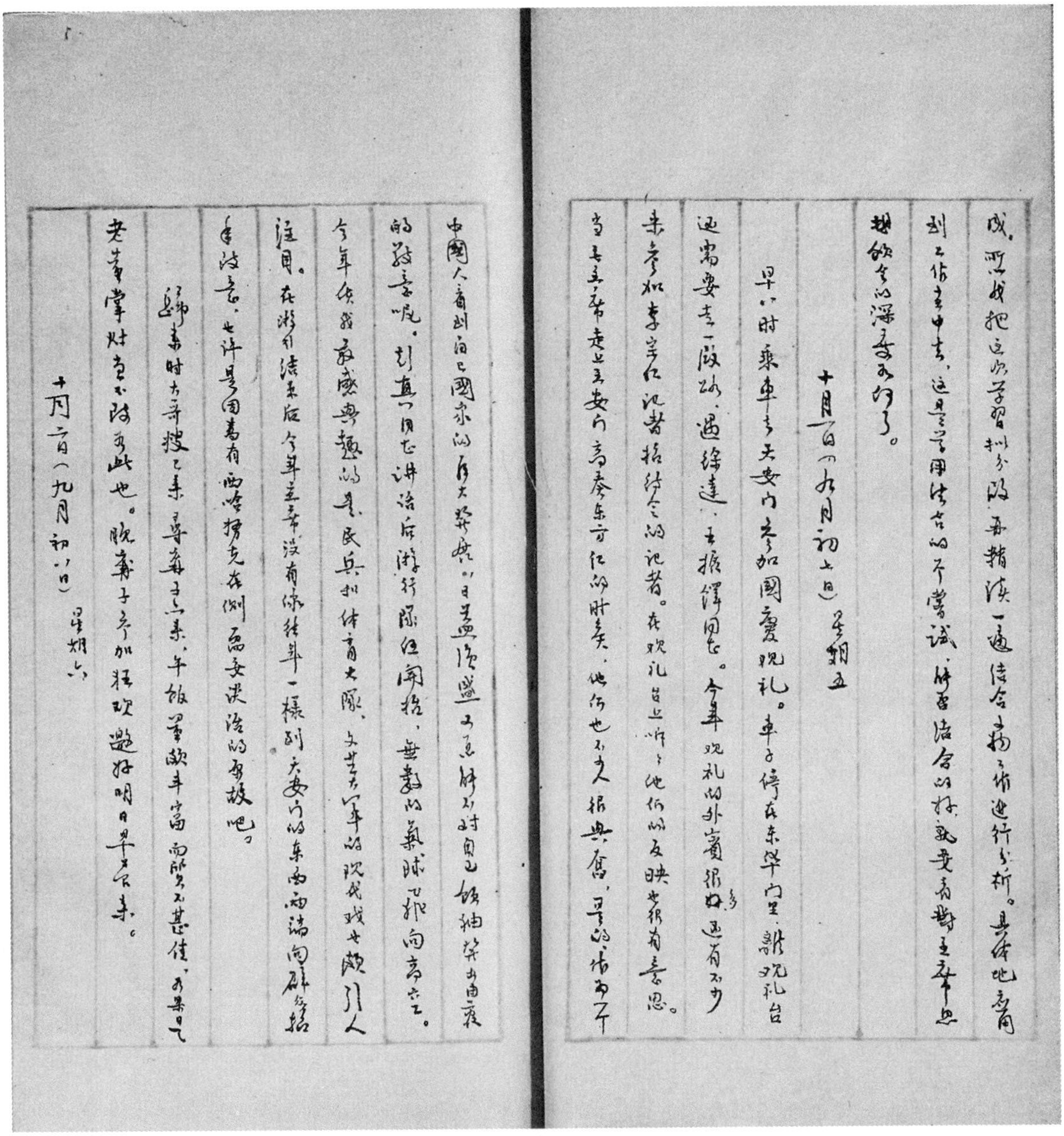

清源昨晚久候宁子不回，十分着急，直到一点才来。饭后母子到工人体育场看革命的赞歌。表演后由中东足球队做友谊赛。革命赞歌实在不错，这种集体的创作非帝国主义所能比拟也。晚与宁子谈思想问题至十点。这孩子实在是个好孩子，就是太幼稚了些。

十月三日（九月初九日）星期日

今天是重阳节，按照老习惯是应当登高的，但是几年来不但不登高甚至根本忘了这个日子，今天偶然看报才知道今天是重阳节。假日多，上那儿也是挤挤，所以不做登高之想了。早饭后携清源、宁子去市场。人山人海，实在有些吃不消。在市场给宁子买了几个别针。晚清源谈起对这个孩子有些溺爱，其实我何尝不溺爱呢。彼此一样啊！

十月四日（九月初十日）星期一

一九六五年（夏历乙巳年） 第四册

十二月十二日（十一月廿日） 星期日

去大哥处听老六秉书谈甚久，并知师范大学文史系停课讨论海瑞罢官问题。乃见这个讨论在当前思想领域里是十分重要了。吴晗为了塑造了海瑞这个任务人物，竟然违反他自己所提倡的原则：历史剧一定要如实反映历史真实。所谓历史真实，是指历史本质的真实，而不是具体的客观事实的真实。正是在这个问题上，吴晗和李希凡、王子野有争论。吴晗认为历史剧是要以历史的史实为根据，向人民普及一些历史知识。而李、王的论点是和吴相对立的。

妙在吴晗自己写的海瑞罢官这个历史剧却偏偏是离开了历史的真实。他把海瑞和徐阶描述为针锋相对、海瑞打击豪强首先是把矛头指向徐阶并称之为"擒贼先擒王"，这是违反历史真实的。事实上海瑞对徐阶并非如吴晗所说是为民除害，恰恰相反，海瑞对徐阶是"官官相护"的。在大学士阁万历本于慎行"笔麈"卷五记海瑞事云："海忠介公为御史中丞出抚苏松，行事近于核魁，出入自乘一马，以二校前呵，不在内佥堂之仪，自长佐吏下逮津令，皆令锦绣入见，此其故事一时创见，无不骇异。至于裁革过客夫马及抑损士夫，则其致怨之由，以是吴人大讙，不能安席矣。侍闻吴中大饥，海公欲勒借富室先名溧阳史太仆彼出三万，太仆不得已，以万三应。海乃往请华亭相君，乞捐所有以振乡里。相君不得已，以数千毋之。又华亭家人多至数千，有一籍记之，半系假借，海出相君第请其籍削之，仅留数百以供役使，相君无以难也。盖自是华亭实有苍头毋敢偕势横溢者。谓海爱华亭恩厚，以是实之为负义，其实有益华亭甚于报施之义则大矣。"前集于慎行所记比吴晗所写事实是些。据明史·徐阶传云："户部主事海瑞陈帝失，帝怒甚，欲即杀之，阶力救得解。"海瑞和徐阶是关系很深的，且有救命之道。海劝徐退田是出非为了打击豪强，实有意于护徐阶也。

十二月十二日（十一月廿一日） 日记稿一

关于海瑞罢官问题，续读明史海瑞传和徐阶传。感到确如姚文元同志所指出的吴晗的确歪曲了历史真实。因为海瑞实非为民请命而是忠于朝廷也，但是姚文元的个别的地方也还有值得考虑的地方。如姚说海瑞退田只限于投献，是退田于小地主及富农而无及于贫农。但据海传云："瑞锐意兴革，请浚吴淞白茆，通流入海，民赖其利。素疾大户兼并，力摧豪强，抚穷弱。贫民田入于富室者，率夺还之。"又云："而奸民多乘机告讦，故家大姓时有被诬负屈者……而给事中戴凤翔劾瑞庇奸民，鱼肉搢绅，沽名乱政，遂改督南京粮储。"根据这些记载看，则退田仅限中小地主而不及贫苦人民恐怕就很难说通了。因为对中小地主固是不会"抚穷弱"、贫民的，特别是用"奸民"这名词就更是不能证明其中是有贫民的。统治者对地主豪家气焰，对其它的贫民就是大加诬蔑，所以"奸民"这个用词来看，海瑞退田于贫民还是有部分是退给贫苦人民的。至于究竟能有多大比重就很难说了。实在不应把海瑞退田斗争仅仅理解为统治阶级内部的斗争。如这样理解海瑞的"清廉"、反"豪强"，是为了保护国家统治阶级的长远利益，而忽视和地主阶级同农民之间的阶级矛盾吧。

十二月十四日（十一月廿三日） 日记稿二

最阅子冈振载蒋星煜南包公—海瑞一文，文中对海瑞在狱中闻嘉靖死时的
心情说：“吃饭以后才知道这全不是送来一命的事。”后来嘉靖皇帝之死，才知自己要
出狱、做官了，而激动得厉害。”这实在是对历史史实的有意歪曲。据海瑞传：“帝
初崩，外廷多未知。提牢主事闻状，以瑞且见用，设酒馔款之。瑞自疑当赴西市，恣饮啖
不顾。主事因附耳语：宫车适晏驾，先生即出大用矣。瑞曰：信然乎？即大恸，尽呕出所
饮食，陨绝于地，终夜哭不绝声。”蒋星煜不会看不见这段记载，但是在他的笔下
海瑞的终夜哭不绝声不是忠君的思想，反而是因为自己要出狱、做官，所以才激动得很
厉害。这是多么歪曲了历史事实。

上午杨振刚自长沙来，出示他最近发现有数十片玉石，上写有金文，每片有多至百余
字者。惜其中一部份已被涂抹不清。这是一极重大的发现。当即告在园，请与湖南
同志商洽，决定先电告山西省文化局立即妥为保护，并即派我去长沙了解情况。下午
杨在般自江陵来长途电话称，楚墓已打开，有大量漆器、丝织品色泽如新，
尚有天平待发掘，估计东西更多。一日而两获好消息，甚为高兴。

十二月十五日（十一月廿三）星期三

已决定十七日晚去长沙转车，并代去那，而后去江陵的事。下午讨论有
关对敌在本质中的地位的问题，因为此会人员分散，意见，中途即散。至晚晚

成了一个和河北省文物保管所的工作会议的汇报。安寝。

十二月十六日（十一月廿四日）星期四

为要当在年前把公文清理完毕，上午办了若干公文。下午问石西民部长意见，文物商店会议暂缓，多先去几个省市摸摸情况，具体地了解一番。同时决定陈滋德、彭成同志去沈阳、长春、大连等地，年前赶回。这样文物处就唱空城计了。十六年来这还是破题儿第一遭，无妨说是革命化的一种表现吧。

阅文汇报载劭荪："欢迎'破门而出'"一文甚好。问题提得很尖锐。如用吴晗、常谈、史抗等一点人自己的话，反驳了蔡成和、燕人等不同意把海瑞罢官与当时实际联系起来的论点。白纸黑字，铁证如山，的的确确这是当时阶级斗争的一种反映。初读姚文，我对此还是认识不深的，有幸在这次大辩论中的确实提高认识。我自己的思想波动，倒也不轻松啊！对吴晗我一向有些成见，所以对海瑞罢官上演我没看，同时也没有引起过甚么共鸣，但是如果是别人写的，这样的题材，对我这样个封建思想颇为浓厚的人来说，恐怕是很容易引起共鸣的。所以这场斗争对我们的教育是很大的。

十二月十七日（十一月廿五日）星期五

上午因为有些文件要处理完毕，只好不去听毛主席著作学习经验交流座谈会的报告了。有关孙中山诞辰百周年纪念活动的由书店负责带转筹委会处理。

下午到文物出版社，说明这只是提出明孝陵稿子不是修改的问题，而是应当从全面考虑这种重建究竟为何需要的问题。我亦甚有同感。恐怕文物局除了行政事务之外，这些问题也应当组织讨论下，待归来再向局建议吧。

晚八时登车，车上气温太高，辗转不能入寐。

十二月十八日（十一月廿六日） 星期六

晨七时余抵太原。文管会又派车来接，盛意可感，亦不敢当。到，刘、张二主任均在站，即说明来意，决定明饭后再找同去矣。马甚令我喜，亦甚令晤陈处长之意也。上午到张颔同志家，谈别后三年之变化，颇多同感。下午在办公室得见此修田七年的情时所写遗址调查，并出示告别老乡诗一首云：东山峨峨兮汾水汤汤，鸟歌深树兮蛙鼓春塘，村前来兮香远洪荒，村之望农兮弓长忻忻时，四清月兮风教先生，雷霆有加兮正风腾扬，牧神牛鬼兮俯首摇尾，事先善后兮群众未央，唯首是瞻兮当拚命赶，年年在望兮居此永康，春夕揭兹属兮永我周行。在四清中不忘访古，并进行了访古，在当时是违反纪律的。张之访古无负当时的情之前此未忧也。但此饮不但未受批评，且不肯饮干肯定是优点，此亦有之特殊性，一般人不易得也。

潞城縣調查峙村（京平郡即峙和）附近古遗址遗存甚为丰富，往往認此地本為趙國所城，在村外近得吳王闔閭銅劍一把，上有銘文曰：「攻敔王光自作之鐱。」趙地即晉地也。其未晉地已屡次發現吳器，如万荣即發現吳王子于戈（鳥書）。大概是当时晉扶吳抑楚，兩國往还甚密之故。

十二月十九日（十一月廿七日） 星期日

晨起讀光明日报「历史人物的局限性必须批判」和从海瑞论海瑞之一子看真假海瑞，两篇文章都是批判吴晗的。现在的批判文章已经从「海瑞罢官」这个剧本的發展到他的历史观和道德观了。这些问题不是新的，但为甚么现在提出来，是发人深思的。

时代在前进，人的思想也必须前进，否则是会落后的。特别是我们这些受了旧的思想影响比较深的人，更应当急起直追。应当时时刻刻地注意改造自己，因为改造不是仅靠运动，而是要经常化。阶级斗争是有反复的，人的思想改造也是有反复的。现在的社会主义革命更深化了。过去一些问题还不是主要矛盾，现在却上升为主要矛盾了。所以有必要加强毛主席著作的学习，不断地改造自己，只有这样，才能随着时代前进。满足，就是前进的最大敌人。而人们却往往为这敌人所俘虏，可不慎哉！

海瑞问题涉及到一系列的原则问题，这场辩论恐怕要持续一个时期了。过去报章上有让步政策的讨论也涉及到清官的问题，因为按照「让步政策」论者的的说法，“清官”正是“让步政策”的执行者。历史上到底有没有所谓“让步政策”？如果有，它起了甚么作用？这是很值得研究的。前些时候，孙达人一篇文章是否定了“让步政策”的，可是近两天又有人出以反驳。认为让步政策是不可否定的。孙文提出：“为甚么在近代、现代的革命斗争失败之后，统治者加给人民的是白色恐怖，倒算革命斗争果实；而古代农民革命失败之后，农民却有此幸运，得到了统治阶级的“让步政策”？……”有人则认为，“在农民战争高潮时期，地主阶级唯一需要的只是进行全部武装镇压，实行白色恐怖，但是为了统治阶级的长远利益，又不得不停止残酷镇压，因而在农民革命失败之后，即对地主的威胁暂时解除的时候，就在经济上给农民一些小恩小惠，在政治上进行一些改进，其目的还是为了巩固统治，这才是让步政策的本质。但这种改良也是农民打出来的，逼出来的。”（我同意这种看法）不宜否定统治阶级让步这个客观事实，列宁说：“改良就是在保持统治阶级统治的条件下从统治阶级那里取得让步。”（列宁全集第十七卷、四七页）。让步政策即改良政策，一些较有远见的统治者实行一些改良措施，这是客观存在，无须完全否定吧？因此这是如何看待这个问题的问题，而不是有没有的问题。甚至改良也会遇到统治者内部的阻力，改良派要实行，或能实行多少，也还是个问题，但有些改良即让步却是很难完全抹杀的。对待任何问题都要一分为二，绝对化是不行的。应当承认统治阶级的让步是有过的，但它的本质是封建地主阶级向农民进攻的阶级斗争的特殊利益，是完全实行暴力的一个补充。这也是统治阶级的两手，如果只承认甚至恐怕也是不符合史实的。因为先生不承认改良，那么历史上的一系列所出现过的轻徭薄赋、减轻刑罚、关心农业、兴修水利的措施该如何解释呢？西汉文景之治、贞观之治不正是这样才出现了一个短暂时期的经济繁荣吗？

综上所述，关于让步政策的争论，首先是甚麼叫做"让步政策"，它的具体内容是甚麼？如历史上一些统治者的轻徭薄赋，能不能名之"让步政策"呢？不能，又应当说它是甚么政策呢？如果大家统一了概念，然后下一步才是怎样看待"让步政策"的问题。否则是争论不清的。我的看法是如果完全否认有"让步政策"，这在事实是很难令人信服的。

下午收到领导同志出示殷代铜器及赵国铜人，极精，为近年所罕见者。

印清先早日报告，可以早点以饱大家之眼福。晚十一时登车去侯马。

十二月廿日（十一月廿八日）星期一

晨八时抵侯马，由中等来车站接即同至工作站。下午去遗址，稍知遗址所在。文字发现之后，又发现玉册一束，约三十余根已连土一起搬回工作站，真是太令人兴奋了。

早饭后即看东西，实在是大饱眼福，一天只看了廿块左右。满字碎不清甚难辨认，但仍是大有收获的。已发现有"晋邦之陵""定宫""不守下宫""出公"等字样，予以断定这些东西不会晚于战国，最早已是春秋战国之交，但为"晋国""新田"遗此则是毫无疑义的。几年来对此未能肯定的问题，算是从这些玉石片给作了答案。所谓晋—魏故城之说可以休矣。

目前最重要的是保护问题。这些易碎的字片能否脱离而目前尚不损坏解决问题，目前是否合理很令人担心。晚出时写这次的来历，这些常用的纸浅(?)试为最成功则可全部运来或派人来照，但殊难得成功也。夜十时寝。

十二月廿一日（十一月廿六日）星期二

五时半起来写日记。早饭后去雷(?)所之地，了解玉册出土地点。地点距公路甚近，玉册出于祭院边上，据钻探此地有祭坑二百个，多为马牛羊。头朝北(?)。可见附近必有陵墓。

因玉片上有"晋郭"之陵字样。但这些陵墓在南或北尚难肯定。

下午参加讨论会议，讨论五六年计划问题。晚读史记晋世家。

十二月廿二日（十一月廿七日）星期三

今天工地又续有祭坑。在祭坑中有带字石圭两个，惜字迹不清难以辨认。据队领同志说，此地有陵则非一两个，至少也应有四五个之多。但能否于此也。今天重新再看，"史公"二字恐系皇上之误。但"晋郭"之宫，则是毫无疑问的。郭之这个时代为是宝公之后了。按现地层初步判断这些东西是晚于几年来在平阳村城所发掘的第三层。所以此地为"新田"遗址还是推不翻了。

玉册今天也试着剔出来几个，但是字迹很不明显，尤其是这些玉册叠压在一起很难剥，揭一下来，要玉册的字都全拔出下来。最后决定还是不动为好。

老畅中午请吃中饭，饭后刚请看电影，盛意可感。

十二月廿二日（十一月初一日） 星期四

上午去电厂发掘工地。北风呼啸，地冻天寒。永安大楼的人的确有必要经常下楼来到工地走走，也可以体会一下田野工作者的甘苦。

下午将领回出土器物，此次发现玉册，在表的情况报告，征求意见。报告只是根据现有资料作了些说明，自难算定论。我特别建议应将此石、玉册上面留空。晋祁二出现，亦肯定新田遗址作为结尾。他也完全同意。

关于新田问题，近年来争论甚多，陈嘉写新中国考古的发现时定此地为晋—魏故城，说明对新田是有保留的。林寿晋十年前也认[illegible]争论无此地绝非新田。这次发现总算有了肯定的答案，铁存疑之必将十分高兴矣。因谈到新田问题，时铭同志告以司马光曾也过不少失误，他在编资治通鉴时有咏故绛诗云：文公城霸业，征讨辅周衰。兵安翔盟主，诸侯听令断。表里山河在，相市古今移。欲访虎祁处，乡人亦不知。

虎祁宫是经年久之宫，非文公之宫，到故绛去找，安能找到？这司马光弄错了史实。以致自古因袭，一再以讹传之。亟待专有学者加以清涉。汾浍访新田，漫将文平译了，晋乘向子弄斗闹。司马光大史学家也竟出此差错，不知何故，盖诗人所言而已耳，乾嘉学派则不会有此误笔。

晚有叶公甫送来平望城遗址资料，并谈矛盾论一节。

十二月廿日（十一月初五日） 星期五

经过几天来的情况了解，工作组对电厂的配合紧张工作，在力量配备的问题上还是重视不够的。因此经与老鸭建议，目前应当抓住主要矛盾，集中力量打歼灭战，先作好电厂的紧张工作。早上在开了全体人员的动员大会，把全部力量转移到电厂方面来。大家谈了表示决心，很有些革命战争时代的味道，甚为振奋。

下午罗歌、小姚来，遂即陪同参观了保护标志、展览室、金台以及新出土的石册玉块。晚上韩君来找罗歌谈农村文化问题。

此铭因出土后连及历年来的墨块，核对其本上述成了一个整篇文章，有来是当时的盟册，其中有些字还是难认不清。陵字尚难肯定。昳侯依为赵字之不宜作陵字解。因据赵时陵资目汉代指。据此，则附近当有大墓之所论亦难成立矣。据我看此字似为陵字而此钦见于赵为陵字用字体异构，所以肯定韩书瞿也非。出字之出字已肯定为皇字之误，因出字不全是"出"字也。但是照释及宝鼎四字则非常之清楚。按唐兰认康宫鼎为康王之宗庙，夷宫鼎即夷王之宗庙。这些出土西册为史公之后世所藏，因此新田遗址的传说还是可以证得住的。

十二月廿五日（十一月初三日）星期六

上午陪同罗歌、少杭去电厂工地，他们都是第一次到发掘工地，前来过有兴趣。十时去平王村看古城，归来已午饭时矣。

下午罗、卢去文化馆，我继续搞鉴定。独自一人颇为寂寞。晚八时领同志返太原。

十二月廿六日（十一月初四日）星期日

罗、卢去闻喜，我去工地，在继续探掘此的遗迹中发现烧土，以为祭祀地点有无关系，殊堪注意。下午归来，开始抄录上集，购得稷山枣十余斤，价廿四角五分一斤，实在太贵，但质量的确是好的。

下午四时黄克诚来参观。自彭、黄反党后，此人即杳无消息，不意今天竟在此相遇。据说他现在是山西省付省长。看上去老态龙钟，但步履尚健。同时同到杨开平付省长云。

晚石刚、振禄、学顺、朱华来闲谈，至十一时始散。

十二月廿七日（十二月初五日） 星期一

晨与朱学同去杨谈大队参观，坐汽车两小时始达。先到招待站午餐。饭后由饲养场的刘局長陪同参观水库、仓库、展览馆。水库正在兴工，有千余挑泥的此系中学生，干劲很大，精神愉快。据说是日夜轮休，工程不停。去年到处教育的是三类队，今天才看到了一类队的标兵，确实感人甚深。特别是展览馆展出的村史，使我具体地看到了这个队是经过怎样的道路才发展起来的。一九五三年这个队只有一头毛驴，三头猪，跌在坡，已经是六百头大牲口，三辆大汽车，存粮百万斤，公积金一百万了。他们预计到一九七〇年要再翻一番。如果全国有三分之一的大队是如此，我们的农业比欧美本上追上了。

下午原拟再看猪厂，忽然头疼甚呕吐不止，到医院打了四针，将绪念六时在招待站休息，未吃晚饭即寝。

十二月廿八日（十二月初六日） 星期二

早上为了补课，饭后即去猪厂、配种站参观，并绕村一周。在猪厂看到了一九五三年三口猪中之一的红毛猪，甚肥大，据说已生二万七十多个小猪，计其稀之为其家猪。可惜那头发家的小毛驴已於廿天前得急病死了，未能得见。

十一时半同杨谈道别。此刻同去来参观的刘主友、唐同去宁太原慰问の请示部。同时从他那里获悉彭子冈同志的癌症，锯掉一臂。特否准确，尚不可知。

十二月廿九日（十一月初七日）星期三

今晨电刘子地又得佳讯，在一个单的登既中又发现了四块玉书。下午正刚归来时将见实物，因漶半甚多，字体难辨，隐约可见八子预等字，内容似与已发现者相同。候将来剔出后当可见分晓。

晚驻文物局在工作站传达文化局长会议精神，时已两月有余，现在才传达到职，实在太慢了些。于时冯美马登车往太原，与正刚相送，不感之至。

十二月卅日（十一月初八日）星期四

晨五时许抵太原，文管会派人来接。至会后小息，九时去冀平、刘静山同志处谈侯马工作情况，并介绍了一些得此者之物方面的经验。他们颇感兴趣。

十时许钱因表之来，他已向省委报到，今晚即下乡检查の清，因此一晤亦甚难得也。下午文管会同志来看玉书，写册，无不赞叹。晚在支林处晚餐。十时结先送车站登车，因带有"国宝"也。上车后又遇此行美专院赵女同等同志，谈至十二时始寝。

十二月卅一日（十一月初九日）星期五

晨七时许抵京。即将吴马二书签册送局，并函吴晓铃老同志一起携二书至李琦部长处。李琦同志表示竭力促进康生同志一阅。午饭后到东四浴池洗澡后到红楼。春敏对此项稿件及时赶为满意。再与秋同志通电话，他对王本十分重视，约春节后到红楼一观。晚与清蓝至青艺看朝阳沟剧，感人甚深。

一九六五年七月续记

七月八日（六月初十日） 星期四

去年日记因下乡而中辍。在长安“四清”，日记因规定而不得不上交，致使这一段的生活纪录只好付诸阙如。归来后，天酷热，而体力亦衰，懒于执笔，又匝月未记日记矣。持之以恒确非易事也。

快一年了，看看前面记的一些东西好像并不过时，也就是说这些问题仍未解决，讨论仍在继续。文物、博物馆事业的基本矛盾是甚么？仍未有正确的答案。而在许多带有原则性的问题上，还有很大分歧，可见问题并不那么简单。

下乡期间写了一个对文物工作几个认识问题的意见提纲，几乎大都不同意我的意见。如果具体地提出不同意见也好，但是几个同志回信都是原则的否定，所以具体分歧点尚不了解，我想再把我自己的意见提纲整理一下拿出来，大家具体讨论一下。真理愈辩愈明，有错就改，何惧之有？

七月九日（六月十一日） 星期五

小罗出示于坚对《文物保护管理暂行条例》意见一纸，可谓奇文，录以备考：

“一、为甚么要保护文物没提，反映了凡文物皆应保，勿庸置疑的思想。

“二、保甚么文物？缺少马列主义观点的分析，而是提出‘各级人民委员会对于所辖境内的文物负有责任。’实即‘凡古皆保’。（第一条）

“三、第二条，革命的只限于与‘重大’事件、‘重要’人物有关的，而不是反映毛泽东思想、党的方针路线、人民群众英勇斗争，反映阶级、阶级斗争的典型史迹和实物，对古宽，对今严，是厚古薄今思想的反映，是政治不挂帅，‘学术’挂帅。

“四、第十一条、第十二条要求‘严格遵守恢复原状或者保存现状’的原则，不能不导致保存封建毒素继续为封建阶级服务的后果。

“以上四点综合起来，说明这个文件有封建复古主义路线的错误，起码是有许多空子给‘遗老遗少’钻。目前正在‘文化大革命’中，既然已经发现有些问题，再发下去等于再次肯定它，等于和文化革命唱对台戏。

“《暂行条例》是根本文件，其余几个《办法》《通知》是附属性文件，主体不印，附属也不能印(原文如此，照录于此。)”

上述观点是明确的，在长安时于坚给我信说我的辩证法多了些，唯物论少了些，今读此文，唯物论亦不为少矣。当时他认为我的意见针对性不强，故曰唯物论少了些。而现在看来我的意见正是和他针锋相对的，怎能说针对性不强？这篇意见证明了我的意见是针对性很强的，唯物论并不少也。

七月十日（六月十二日） 星期六

偶阅《人民日报》学术动态消息有张子高《化学史稿》一卷问世一则。内容与文物工作关系十分密切。拟请资料室买一本备参考。也许有人不同意，孰不知此书正是

“古为今用”之一例也。

七月十一日（六月十三日） 星期日

重读于坚意见，深有所感。这些观点颇有代表性，由此可见文物工作中的问题的确需要好好考虑。十五年来的文物工作是否走了一条封建复古主义路线呢？这是需要讨论的。不能过早地下结论。而于坚的结论似乎过早了些，也绝对了些。待其归来再行辩论吧。

七月十二日（六月十四日） 星期一

上午看《不夜城》《林家铺子》，这两个严重问题的影片，如果不批判让我看，恐怕我是看不出这样大的问题。深感自己水平之有限，特别是《林家铺子》，我是提不出“是一盆污水，还是星火燎原？”这样尖锐的问题的。

晚去后门打针。归来已十一时矣。

七月十三日（六月十五日） 星期二

为于坚意见与高凤歧争论甚久，他们对恢复原状的原则有怀疑，认为这会导致繁琐哲学。不可否认这个意见有它值得注意的一面，但于坚的意见是根本否定，这就完全不能同意了。没有原状也就取消了文物的本身，也就从根本上否定了文物工作存在的必要性。这是一种虚无主义的态度，是很难令人接受的意见。

七月十四日（六月十六日） 星期三

晨七时乘车离京，九时达高碑店，下午二时又乘小火车去易县，到招待所，北京勘测设计院同志已先到，送来文件一包，因疲倦未卒读即休息，晚李方岚自保定来，彼此交换了对西陵方案的意见。

七月十五日（六月十七日） 星期四

开会讨论为紫荆关水电站修窄轨小铁路的线路方向问题。他们已接受了我们的意见，西陵比较方案，不采取铁路与“御道”平行的办法，而是采用了垂直交叉，靠山坡穿林而过的办法。原则上本可同意。但此方案提出的估价与原报方案相差甚远，所以我亦不便表示肯定意见矣。

七月十六日（六月十八日） 星期五

一天都在流动中，晨六时起去上陈驿，然后折返西陵，沿途经易水穿山谷，风景甚好，地势险要，难怪为自古以来用兵之地。道经泥瓦铺，百姓传为罗成叫关后死于乱箭之下，即在此地，姑妄听之而已。薄暮自西陵返易县。

七月十七日（六月十九日） 星期六

上午讨论会议纪要，大家意见基本一致，西陵方案即可按E线方案先行设计，同时报文化部审批。但对有些技术问题争论甚久。直到一点半才散会。下午四时到高碑店，乘车返京。

七月十八日（六月廿日） 星期日

今天为清燕生日，宁子自城外赶来。一同到大哥处，啓谈甚久。晚至恩成居小酌，价廉物美，颇为满意。

七月十九日（六月廿一日） 星期一

完成去易县出差报告。书庄同志亦认为可以同意E线方案，俟他们来文后再报部审批，目前可暂不报部长了。

北京市来文对法国汉学研究所图籍处理问题提出一些问题和意见，这些问题的意见，对我们更周密地考虑处理这个问题是有帮助的。但要具体答复这个公文倒也颇需费番心思。原为老傅经手，陈处长又转给我来负责回答了。

七月廿日（六月廿二日） 星期二

草拟给部长报告，提出关于法国前巴黎大学汉学研究所图书问题处理办法回复北京市文化局。初稿完成尚需修改。而对外宣传稿件又催索甚急。颇有应接不暇之势。

七月廿一日（六月廿三日） 星期三

下午讨论学习问题，与高风歧意见相左。他认为过去地志博物馆三部分的规定在很早就有问题，五一年已有很多创造性的形式被这个规定束缚而未能发展。我不同意这个看法，可能在当时有个别地方有些好的经验，但绝不是很多。而地志博物馆的建立主要还是起了积极的破旧立新的作用，而不是起了消极束缚作用。在争论中，我用辞不当地说："不要过分地嘲笑过去吧。站在一九六五年的时间表上回顾过去，可能对一些问题了如指掌，在一九五〇年的当时就没有那么多的诸葛亮。"于是引起了王文克、金枫等同志的反驳。这当然是很自然的，除了承认不对还有甚么呢？以词害意的教训是很值得重视的。

七月廿二日（六月廿四日） 星期四

一个人克服主观主义实在不简单，这究竟是思想方法问题，还是思想意识问题？一个人认识错误到改正错误，有一个过程，甚至是长期反复的过程。特别是老毛病实在不好改。

但"秉性难移"的说法绝不是马克思主义的观点。我想思想意识的改造还是基本的。因为一个人真的一切为了革命就不会姑息自己的缺点，也就比较容易地克服思想方法上的缺点。反之，在思想方法方面虽然懂得了些，如果个人主义很多，遇事还是要出问题。思想意识的改造可以促进思想方法的改造。当然在一定的条件下思想方法的改造也可以帮助思想意识的改造。但关键还是在于有没有自我改造的愿望。七个月下乡的体会，只有一切为了革命才可能较快地在改造客观世界中改造自己主观世界。

七月廿三日（六月廿五日） 星期五

世界充满了矛盾，任何地方，任何时候都会有矛盾，真是如主席所说没有矛盾就没有世界。正确地处理矛盾需要有冷静的头脑，这实在不容易。为汉学研究所的问题，本来是对外的，即我们和法方的矛盾，可是在处理问题的看法上又暴露了局、处之间的矛盾，今天在草拟报告中深有所感。不但局、处有矛盾，北京文化局还和我们也有矛盾，于是解决外部矛盾还得先解决内部矛盾。

七月廿四日（六月廿六日） 星期六

清源已决定去上海，星期一即起程。匆匆决定，皆无准备，又是一阵忙乱。老四来信谓戴钢为婚姻事甚急躁，要求代为设法，约好今晚去后门吃饭一晤。此公年已四十有五，尚未解决，恐十分困难矣。晚至三舅家始知戴已不来，有人为之介绍朋友，凶吉尚未卜也。

七月廿五日（六月廿七日） 星期日

整天在大哥处，父亲亦来，一家团聚甚乐。晚因为清源准备行装早归。

七月廿六日（六月廿八日） 星期一

晨起送清燕去车站。上午谭维泗来。处理公文多件，汉学研究所问题已按徐平羽同志意见拟文答复北京市文化局。这些天来公文不少，但我已尽可能作到案无留牍，随到随办，免又积压，亦革命化之要求也。

晚因清燕去沪，独自在家，想起老乡彭淑琴的话："半夜用手搭在前心，前半夜想人家，后半夜想自己。"觉得很有道理，是"一日三省吾身"的通俗化，也是批评与自我批评的群众化语言。深感自己有此必要。多想一些主观原因，总比自以为是要好。正如主席所指出的，一个人也要自以为非。其实还是"一分为二"。星期三会上的争论又重新涌上心头。的确，自乡下归来，自己始终有些情绪。而情绪总不是一个真正马克思主义的所应有态度。不能用"用辞不当""以词害义"来原谅自己，这是十分不正确的。应当追求产生这种情绪的思想根源。要挖一挖这里面有哪些不纯的感情。这是妨碍自己前进的主要障碍，一言以蔽之曰"个人主义"。个人主义的形式多种多样，而其危害性则是一样的。我实在应当再好好学一学《纪念白求恩》和《为人民服务》。

七月廿七日（六月廿九日） 星期二

重新翻阅了过去几个文件，其中一九六〇年文博会议时为《人民日报》所写社论及齐燕铭的总报告，有些提法看来基本上是正确的。如"文物博物馆事业的特点是用实物例证来说明人类社会的阶级斗争和生产斗争，以达到教育广大人民的目的。"又如"文物博物馆事业是社会主义文化事业的一个组成部分，是党在思想战线上进行宣传教育和理论斗争的有力工具。"特别指出了："文物博物馆事业十年来不断发展和不断提高的过程，也正是在党的路线和毛泽东思想的领导下'与资产阶级思想不断斗争和不断取得胜利的过程'。所有这些，都不能说是错误的。至于具体人、具体事的错误，任何时候、任何地方都是难免的，但绝不能构成路线的错误。"

七月廿八日（七月初一日） 星期三

小罗腰疼未愈，水电部勘测设计院来电话约谭炳灵寺问题，只好请他明天来了。下午学习《实践论》。究竟怎样带着问题学还是一个首先必须解决的问题。现在看来似乎在我们这些人中间尚无成熟可供借鉴的经验。李方岚来要求去冉庄验收，惜已无人可去。

七月廿九日（七月初二日） 星期四

避暑山庄内舍利塔七月十八日下午四点被雷击起火事，今天才有文报来，幸好只烧了塔顶的东北角墙内的一根柱子。在北面顶层的檐下霹了一道裂隙，损失不大。但承德地区接二连三出问题，也颇值得注意。看来此地是一个落雷区，必须设法研究对策。

矛盾是绝对的，这一点我过去只在理论上懂得，现在看来，过去理解是很不深刻的。现实生活教育我在任何时候、任何场合都要从矛盾的观点去看问题，也只有这样才能正确地处理矛盾，否则很容易感觉到跬步未蹈，荆棘已生，而不敢大胆工作了。今天为晋祠侍女像临摹事又出现了一些小矛盾，因为是冷静地对待了这个矛盾，所以也就生于无形而灭于无形了。如果把时间推前几十年，就不免要有处人难之叹矣。

七月卅日（七月初三日） 星期五

一个人能不能实事求是，有思想意识问题，也有思想方法问题。而前者是主要的。有些问题只不过是事实真相问题，但有人为了个人的动机却偏偏要隐蔽真相，有时这种隐蔽好像是本能地、自然地表现出来。个人主义根子之深由此可见。然而这种人倒也不算太少呢。怎样去看待它？又是个立场问题、世界观的问题。如果以个人主义去对个人主义，只能增加矛盾，关系不会搞好。如果从更高的角度去看问题，不管他是甚么人，不管他的政治身份，不管他的职位，都当作一种过渡时期的社会现象，是阶级矛盾在人的思想上的反映，自然也就会心平气和地去处理这些问题了。要做到这一点是不容易的，但应当尽可能做到这一点。这种要求是高标准的，对自己要求高不是应该的吗？克服个人主义应当从这些地方着手。不要看到别人也有些不高，而自己就泄了气，泄气本身就是个人主义的表现，而个人主义正是万恶之源呵！

七月卅一日（七月初四日） 星期六

学习《毛选》用于实际，这个实际是随时随地都有的，不能只是认为只有大的问题才用得上，而事实上小事情也用得上，小事情都不能用，大事情就更用不上了。所以，一定不能放松自己，要事事听毛主席话，要事事用主席思想来处理。只有这样才能真正地活学活用，否则，哪有那么多的大问题呢？正是在许多小事情上才往往流露了最本质的东西。

八月一日（七月初五日） 星期日

今日解放军建军三十八周年，《人民日报》刊载了贺龙同志以“中国人民解放军的民主传统”为题的文章。文章把我军民主传统的主要内容和基本经验概括为八个方面：第一，军队要不要实行民主，绝不是一个方法问题，而是一个立场问题，根本态度问题。归根结蒂，是一个尊重不尊重群众，相信不相信群众，依靠不依靠群众的问题。第二，“三大纪律，八项注意”把人民军队严格的纪律建立在军队对于人民的民主关系基础上，是我军团结内部、团结人民，瓦解敌军的强大武器。第三，加强政治思想教育，提高无产阶级觉悟，开展广泛的政治民主，是全部民主生活、民主运动的前提和基础。第四，实行经济民主，关心士兵生活、官兵同甘共苦，是官兵一致这个政治原则在日常生活上的具体体现，是团结群众发挥群众积极性的起点。第五，实行军事民主，是提高战术技术、打胜仗、出人才的一项重要措施。官教兵、兵教兵、兵教官，开“诸葛亮会”提困难想办法，是实行军事民主的基本方法。第六，军队的民主运动，应当达到巩固纪律和增强战斗力的目的。既放手发动群众，又加强集中指导，是正确开展民主运动的关键。第七，坚持党委统一的集体领导下的首长分工负责制，是在军队内部贯彻民主制度，实行群众路线的根本保证。第八，在“小米加步枪”的条件下，需要实行三大民主，有了现代化装备，进行现代化战争，仍然需要、更加需要也完全能够实行三大民主。

这篇文章需要很好地学习，因为它是毛泽东思想的具体化，它不只对军队有指导意义，对促进我们机关革命化也是有指导意义的。

终日在四姐家，天气转凉，晨有细雨微零。晚至九弟处，归来已十一时。接宁子信，谓最近不能进城，因工作甚忙已经瘦了许多。大哥约吃晚饭，其骧夫妇亦来，惜未见。明日当需前往致歉意也。

八月二日（七月初六日） 星期一

今天国务院文教办公室退还了“关于外国人、华侨、港澳同胞携带文物出口暂行管理办法”，张际春同志批示同意。这个办法主要是解决了火漆印子的问题。这是去年金枫和书庄同志到上海开会时决定的。我是从西安归来后才知道的。而且直到今天才看到全文，反覆阅读，感觉其中还有些问题，但国务院已批准，让实践去考验吧。

八月三日（七月初七日）星期二

一早起，书庄同志即来面谈如何颁发昨天国务院批准的《办法》问题。并且拟就了提纲。当即依此提纲草拟通知。但在草拟过程中感到有些问题还值得研究。如果是过去，也许早就又提出意见了。今天，特别是经过“四清”以后，学了毛主席的《矛盾论》以后，就没有那么鲁莽。不从客观效果出发的热情往往会出乱子。所以仍然是照着他的意见写好了通知。待有机会再谈吧。

八月四日（七月初八日）星期三

今天学习讨论对实践论的认识。在怎样理解文物局各项业务实践问题上展开了热烈的争辩。我的看法是，我们的基本实践自然是深入工农兵，要了解他们，理解他们，对他们有感情，没有这个基本的实践就方向不明，也就没有为工农兵服务的自觉愿望。但是同时还要有业务实践。为工农兵服务的方向明确了。还有如何为工农兵服务的问题。正如士兵打仗，有不同的兵种，而每个兵种的士兵都需要熟悉和掌握自己的武器。坦克兵不会开坦克怎么能去消灭敌人呢？因而我还需要掌握自己的业务规律。但是作为文物局来说又有自己的特殊性，文物局是领导机构，所以文物局的干部也不是一般的士兵。而是司令部的参谋、政治部的干事。我们需要下去，但是要掌握的不是某项具体的业务技术，而是整个业务的方针方向。正如坦克兵司令部要考虑的是如何配合步兵作战的问题，而不是如何具体开坦克的问题。文物局的干部同样也是如此，主要是要考虑文物工作怎样地为工农兵服务的问题，而不是具体地掌握田野发掘技术问题。

八月五日（七月初九日） 星期四

张德光来电话说已经组织了八个学生从八月廿五日起去永乐宫进行壁画修复工

作，要求请陆鸿年同志前往帮助工作。经与美院联系，陆已决定下去“四清”，书庄同志与刘健庵同志面洽，仍未能解决，因此次美院系倾院而出，“四清”一次定成，陆不能不去也。

八月六日（七月初十日）星期五

巨成自广州归来，谈及广州外贸部门与文化部门之间关系十分紧张，而外贸公司不遵守法令规定是造成矛盾的主要原因。文化部门虽然有责任，但不是主要的，看来问题是比较明确了。

八月七日（七月十一日） 星期六

坚持原则，坚持团结说起来容易，做起来就不那么简单。外国人携带文物出口管理办法，今天金枫提出了些意见。对此，我本来是有些意见的，但是考虑到一些关系问题而没有提，这是不是没有坚持原则呢？我觉得不是，因为我也是经过反复考虑才决定不提意见的：第一，这是经过国务院批准的，已经决定了只能组织服从。第二，这个办法考虑得不够周密，主要是对各地鉴定力量估计不足，而鉴定问题是决定性的，所以可以肯定，执行后必然要出现一些问题。但是也不会造成不可弥补的损失。所以还是经过一段实践再看比较妥当。正是从这点出发，才决定不提意见。今天还是通过金枫提了一下，把适用的范围缩小了。不是廿个城市同时并举，而是先从几个大城市做起，这样也就可以减少一些可能发生的问题了。这也是最近我在处理问题上的一个进步吧。

八月八日（七月十二日） 星期日

本来想约小弟、念林来打乒乓球，结果上午大雨，下午始晴。至希敏同志处送行。彼此交换了一些意见，我把自己“四清”期间学习毛主席著作的体会向他介绍了一番。他们已决定十五日即去西安临潼了。

晚读《实践论》，又联想到我们的工作怎样才算实践的问题。我仍然认为，对我们来说主要地还是调查研究问题。因为我们是文物工作的方针制定者和执行者，方针政策是否正确，需要实践来检验，而直接的实践是要通过全国各地文物工作者来实现的。我们的任务是通过对各地实践的了解来加以研究检验方针政策。所以我以为我们应当深入基层，调查研究，蹲点解剖麻雀。这就是我们的实践。而几年来我们是没有这样做的。

八月九日（七月十三日） 星期一

辽宁省文化厅来函，反映在郑家洼子陆续发现青铜短剑等文物，要求派人前往指导工作。这是个重要的问题，关系到中朝联合考古队的问题，需与考古所联系才能答复。由此也使我再次想到考古与政治的关系。照一般的看法，挖坟掘墓，搞死人与政治何干？而具体到这个问题就偏偏与政治有密切的关系。可见看问题需要全面，绝对化、片面性是要不得的。我想这也算是我们工作中的一种“实践”吧。它具体地告诉我们的工作和政治是有关系。

八月十日（七月十四日） 星期二

关于外宾携带文物出口批准手续问题，外交部已表示同意。今天对外文委也表示同意，这算是解决了一个问题，然尚需报文办批准也。

续读《实践论》，其中引用斯大林的话："理论若不和革命实践联系起来，就会变成无对象的理论。同样，实践若不以革命理论为指南，就会变成盲目的实践。"使我联想到，我们工作的理论具体表现就是方针政策，方针政策有问题是需从实践中来检验的。而方针政策也正是从实践中来。过去我们工作往往是虚与实结合不起来。虚的时候落不了实，务实的时候又掉进去出不来。怎样使虚实结合，即理论与实际相结合是我们迫切需要解决的问题。

八月十一日（七月十五日） 星期三

原拟进行小组讨论，又改为自己阅读了。今天公文不多，人也很少，倒是可以看书。但是理论联系实际的问题仍然未能解决，虽然我是力图联系实际的。如果今天看的书对我有所帮助的话，我想毛主席说："我们的结论是主观和客观、理论和实践、知和行的具体的历史的统一，反对一切离开具体历史的'左'的或'右'的错误思想。"对我的感受是很深的。回顾过去，我们学习讨论往往是夸夸其谈，不切合实际，也正是因为往往是离开了具体的、历史的条件去谈问题。其所以离开具体的、历史的条件，根本原因是缺乏实践，一切错误由此产生。

八月十二日（七月十六日） 星期四

整理档案，发现一九五七年九月二日夜郑振铎部长致康生同志函一封，才了解到盘迈硕人《西厢定本》是李一氓同志在屯溪代康老所购，而康老又转由文物局收购转拨北京图书馆者。这是从冶秋同志在信上的批语中得知的。原信曰："《西厢定本》已略看一过，很好。盘迈硕人是一位很大胆、很有见识的人，的确是'高人一等'。当是台上之本，而非案上之本也。未及细细研读，甚感余憾！因明晨即须赴保加利亚（文化代表团），尚须赴捷、苏一行，十一月内可回国，未能走别为歉！兹将此书奉还，乞检收。"西谛先生去世已八年矣，展读遗稿为之恻然。

八月十三日 （七月十七日） 星期五

继续整理档案，又发现康生同志致冯仲云、赵万里同志一封信，因为里面谈到买《小忽雷》事与收集文物有关。此信亦可作为《小忽雷》流传经过的一个记录，原文如下："前借之书，已看完四种，特送回。《录鬼簿》一书，尚未看完，俟看毕后再送还。政府收买小忽雷事，我与林老谈过，他很赞成，并提议请郑振铎先生调查进行，望转告郑先生。如郑先生同意，可请他再与林老面谈一次，因我已将藏器人的名字忘掉了。（味经书屋《小忽雷传奇》抄本，不知亦在现藏器人手中否？）查伊璜的《续西厢》很不好，据说碧蕉轩主人的《不了缘》尚好，此剧亦编入杂剧新编，望借出一看。图书馆如有《粲花五种》（《绿牡丹》我有，只借《画中人》《情邮记》《西园记》《疗妒羹》四种），亦请借阅。最近找到一部杨慎黄嘉惠本《董西厢》（手抄本），请调查一下，何处藏有黄本《董西厢》，我想找到黄嘉惠原本来对照一下。"

八月十四日（七月十八日） 星期六

上午欢送"四清"同志，下午讨论备战问题。目前在一般人中间恐怕防止和平麻痹思想应当是主要的。在讨论过程中，逐渐明确了目前加强农村工作与战备亦相联系了。

八月十五日（七月十九日） 星期日

大雨，下午始放晴。至希敏处话别。晚至车站送“四清”同志。与希敏䜣谭甚久。我告诉她在下乡初期应很好好学习主席《关心群众生活，注意工作方法》这篇文章。因为过河不解决桥的问题是不行的。搞“四清”不发动群众是不行的。而发动群众，应自关心群众生活始。

八月十六日（七月廿日） 星期一

王克林自山西来，而太原又来长途电话，问商调范文藻问题，实在有些浪费，叫王克林同志面谈又有何妨呢？电话真是多此一举。据克林谈，张颔同志不可能来京去定县，甚为高兴。

八月十七日（七月廿一日） 星期二

接河北省文物工作队简报，大墓已经发掘已接近完成，三墓形制基本相同，发现铜印两枚：一为阳文“刘展世印”，一为阴文“刘骄君印”。一二一发现车马三组，马十四匹，狗四头；一二二号发现车马三组，马九匹，狗三头。位置大部为四马一车，也有六马一车。此外还发现有些漆器和丝织物。

八月十八日（七月廿二日） 星期三

学习原定讨论，改为听艾思奇关于《实践论》的报告。艾思奇报告有一点提法很新颖。他说先进在有些时候比中间状态的人要多。而习惯的说法总是先进、中间、落后，三种状态往往是中间大两头小。这个提法是有些道理的。乍听起来颇为奇怪，仔细想想却有此种情况。主要是如何理解先进的概念问题，如果把先进都按雷锋的标准来要求，恐怕艾说就不能成立。如果把拥护党的政策、爱护社会主义制度的人都理解为先进，艾说就是完全正确了。艾思奇在谈人的认识往往要经过多次反复才能完成的时候，批判了杨献珍一次认识完成的论点。因为杨认为困难时期是唯心主义大泛滥，他不了解认识是要有过程的，艾说这个思想在实践里还没提出来，而是在《人的正确思想从哪里来》这篇文章才提出来的。不知他究竟是怎样地提出了这个看法。据我所知，《实践论》是有这个思想的。《实践论》明明白白说：“原定的思想、理论、计划、方案，部分地或全部地不符合于实际，部分错了或全部错了的事都是有的，许多时候须反覆失败过多次，才能纠正错误的认识，才能到达于和客观过程的规律性相符合，因而才能够变主观的东西为客观的东西，即在实践中得到预想的结果。”然而艾思奇不可能不了解这一段文字，也不可能不注意到这一段。我想，他必定是有道理的。还需要再仔细想一想，才能体会这段话的意思。

八月十九、廿日（七月廿三、廿四日） 星期四——五

连续两天听肖望东、颜金声两部长关于政治工作的报告。报告自始至终贯串了四个第一的思想，这是十九年来文化部从未有过的报告。可以肯定今后文化部工作势必出现新的面貌。

八月廿一日（七月廿五日） 星期六

全体干部讨论肖、石部长的报告，大家情绪高涨，发言踊跃。一致认为这个报告增强了大家的信心。但是很多人又认为文化部成立政治部是件大事，但各司局如果不相应地建立机构或设置专职人员负责政治工作还是有困难。这是非常对的。没有组织保证是不行的。

八月廿二日（七月廿六日） 星期日

今天是我生日，原想清源会赶回来，结果落了空。上午去垂杨柳看小陶，顺便参观了一下邓健吾的房子，实在不错，就是太远了。难怪当时很多人不去。但是如果今天再有房子，也许会有很多人要去了。因为当时一切设备尚不齐备也。午饭至大哥【处】，遇陈济川。下午与父亲、老太太和大哥嫂至文化俱乐部晚餐。

八月廿三日（七月廿七日） 星期一

接爱叶来函，称已决定廿五日晚乘八十次车来京，同行十一人，住宿问题经与张鸿杰联系可在大庙招待所解决，总算是有了着落，否则十一个人的住处倒是不好办了呢。

重读《人的正确思想从哪里来》，与《实践论》相对照，我开始理解了艾思奇的提法是对的。因为它与《实践论》的提法是有区别的。在这篇文章中说："一个正确的认识，往往需要经过由物质到精神，由精神到物质，即由实践到认识，由认识到实践这样多次的反复，才能够完成。"重点是完成这两个字。而且是指一个正确的认识。"一个"和"正确"都是必须要注意的。否则就不容易理解了。这里与《实践论》的不同点在于：这里所指的是一个正确的认识，需要反复认识，实践多次才能完成。而《实践论》的那段话是说，一个方案有时经过反复失败多次才能取得正确的认识，二者是不同的。而前者的确是后者的发展。比方说：三面红旗在开始提出来的时候就是正确的，但不是完善的。经过几年来的实践、认识、再实践、再认识才逐渐完善的。这就是《人的正确思想从哪里来》中所说的，而在《实践论》中是没有这个提法的。

八月廿四日（七月廿八日） 星期二

沈阳市文化局寇局长来谈郑家洼子发现一完整大墓，其中有青铜短剑三个及不识名的器物，十分重要，亟盼中央派人前往协助。此事关系中朝考古问题，需与考古所协商，但打电话夏鼐同志因开会未在，只好待明天再说了。朝鲜方面若知此事不知会提出意见否。此消息似可不必发表，以免有影响也。

八月廿五日（七月廿九日） 星期三

考古所同意由夏鼐同志前往沈阳，文物局原拟由李长璐局长前往，但以文化局长会议召开在迩，恐难脱身。如不能去，当再设法换人。

晚餐应正中约至峨眉酒家，刘盼老亦在座，谈及兰亭真伪问题。盼老认为郭老断言兰亭文章是消极的、是不对的，而盼老则认为兰亭是积极的，其中有的句子是针对谢安而言的。

夜十一时自车站迎爱业同志归来。与小妹同宿。

八月廿六日（七月卅日） 星期四

晨携爱业至红楼看徐达和老陈，约好中午归来午饭。结果等到一点半亦未见回来，只好回来，饭也没吃。晚清源自宁归来。

八月廿七日（八月初一日） 星期五

今天已决定我和书庄同志陪夏鼐去沈阳。即购星期二晚十一次车票。晚陪清燕去大哥处。赶写文件至深夜。

八月廿八日（八月初二日） 星期六

讨论文物、博物馆、图书馆为农村服务的意见，决定我明天加班协助李长璐同志修改。晚宁子自城外归来。

八月廿九日（八月初三日） 星期日

协助李长璐同志修改文件，博物馆部分问题较多，图书馆部分比较好。中午去后门三舅家吃饭，下午继续加班，总算按时完成了任务。遗憾的是没有陪宁子出去玩玩。只好约定下周再说，最好是去颐和园或香山一游。

八月卅日（八月初四日） 星期一

上午局讨论通过关于图博文为农村服务的几点意见。下午大扫除。陈滋德出示老版本的《毛主席哲学讲稿》，原名为《辩证唯物论（讲授提纲）》，八路军军政杂志社出版。第一章：唯心论与唯物论；第二章，辩证法唯物论；第三章，唯物论辩证法。其中《实践论》《矛盾论》可与今本对照一读当可大有收获也。

八月卅一日（八月初五日） 星期二

原定今天随同夏鼐同志和书庄同志去沈阳看郑家洼子发现的青铜短剑墓，中午考古所临时电话通知夏鼐同志因有接待外宾任务不能前去改由佟柱臣去沈。晚登车后遇寇局长。

九月一日（八月初六日） 星期三

晨七时许到沈阳，省文化厅王厅长，市委宣传部长陈放同志等来接，乍见陈放同志仿佛似曾相识，后始知他是刘芝明同志的胞弟，两个人不仅面貌酷似，而且言谈举止也极为相像，难怪使我看得好面善也。

下榻沈阳宾馆。九时即去郑家洼子，墓不甚大，骨骼、器物均在原地，有青铜短剑三把，箭头两捆（箭杆已朽，痕迹犹在），此外尚有镂空喇叭形状器物，不知何名，亦不了解其用途。下午在沈阳故宫座谈，晚看评剧《洪湖赤卫队》，甚好。从今天现场参观，使我感到他们工作十分认真，原来的担心是不对的。由此亦可见几年来的考古干部已大有提高。

九月二日（八月初七日） 星期四

晨到沈阳故宫开座谈会，主要是佟柱臣谈一些有关青铜短剑墓的看法。谈得很好，也是出乎意料的。下午去北陵参观，卢绳领导天津大学学生测绘北陵图纸，晚去拙之馆长处，并识仁恺、文效，十时始归，甚感疲倦。

九月三日（八月初八日） 星期五

黎明即起。六时乘车，十二时达锦州。拙之、文宣同志同行。原拟当天即去义县，因车次不适宜，改为明天早晨再去。午在红旗饭馆吃饭，甚好，不愧为红旗也。下午看辽沈战役烈士纪念塔，环境既好，造型亦佳。晚看京剧《烽火桥头》，不甚理想。

九月四日（八月初九日） 星期六

晨乘车至义县，在县招待所饭后即去奉国寺。大殿为辽代建筑，内有七座大塑像，大殿建筑甚雄伟，作为全国重点文物保护单位是当之无愧的。下午去万佛堂，甚不理想，岩石风化严重，所存雕像已寥寥无几，且无一精美者，原拟列为二批全国重点保护单位，现在看来很值得考虑，不见原物，只凭传闻是不行的。下午四时返锦州，夜车返京。

九月五日（八月初十日） 星期日

晨七时余到京。回家后忽感头疼不已。恐怕是东北天气较凉感冒了。只好休息。

九月六日（八月初十一日） 星期一

头疼仍未愈。上班处理公文。据白理文同志谈，星期六西安有电话来，要求派人去检收小雁塔修缮工程，惜无人可去，如果我再去一次西安，当可返后村一行矣。下午早归休息。

九月七日（八月十二日） 星期二

读旧本主席《哲学讲稿》。主席对真理的论点真是简而明，他说："真理是客观的，相对的，又是绝对的，这就是唯物辩证法的真理观。""任何一种知识或一个概念，如果他不是反映客观世界的规律性，他就不是科学的知识，不是客观的真理。"这里重要的是真理是客观世界规律性的反映。因此，我们工作能不能作得好，首先要进行调查研究，因为不进行调查研究则无法了解客观存在的事物，不了解客观存在的事物，也就不可能反映客观规律。

九月八日（八月十三日） 星期三

早起头疼加重有烧，只好卧床休息。续读主席《哲学讲稿》。关于真理论我又重新反复地读了几遍，甚有所感。一切正确的东西，并不是一下子就会被别人所承认，而多数人所承认的也并不一定都是真理。多数人的意见和少数人的意见不能作为判断真理的标准。"一般公认的就是客观真理"这是一种主观唯心论。以此而类推，则宗教和偏见也是客观真理了。"因为宗教和偏见虽然实质上是谬见，可是却常常为多数人所公认，有时正确的科学的思想反不及这些谬见的普及。"因此，判断一个意见是否正确，是否是真理，不是取决于多数和少数，而是取决于是否反映了客观规律。

九月九日（八月十四日） 星期四

小病已愈，继续上班。去考古所要来佟柱臣报告交书庄局长。下午公文甚少，续读《哲学讲稿》。实践论是讲稿第一章“唯心论与唯物论”的第十一节。与现行本对照：原本为实践论（认识与实践的关系，理论与实际的关系，知与行的关系）。现行本删去了理论与实际的关系。文中除了个别字句的改动以外，也还有比较大的不同。“马克思主义者认为人类社会的生产活动，是一步又一步地由低级向高级发展。因此，人们的认识，……这就是马克思主义的科学。”一段即为原本所没有。下一段中“只有在社会实践过程中（物质生产过程中，阶级斗争过程中，科学实验过程中）人们达到了思想中所预想的结果时，人们的认识才被证实了。”原本为“人们的认识才会发生力量。”下面还举了工、农、军队的具体例子。“证实”和“发生力量”，当然，用证实要更确切些。“发生力量”是理论变实践、精神变物质的问题了。

九月十日（八月十五日） 星期五

晚去大哥处吃饭，父亲、老太太、四姐夫都去了。菜虽丰富但不及往常味美。因大嫂未亲自动手也。饭后与清燕踏月游月坛公园。归已十一时。

九月十一日（八月十六日） 星期六

继续核对《实践论》。“不入虎穴，焉得虎子”原为：“‘要赚畜生钱，要跟畜生眠’这句话对于商人赚钱是真理，对于认识论也是真理。”这种改动在实质上并无多大出入。也有比较大的修改，例如：在“然而思想落后于实际的事是常有的。这是因为人的认识受了许多限制的原故。”下面有一段：“许多人受了阶级的限制……。有些人受了劳动分工的限制……。有些人受了原来错误思想的限制（被剥削分子，由于剥削分子教育而来），而一般的原因则在受限制于技术水平与科学水平的历史条件。无产阶级及其政党应该利用自己天然优胜的阶级条件（这是任何别的阶级所没有的），利用新的技术与科学，利用马克思主义的世界观与方法论，紧密地依靠革命实践的基础，使自己的认识跟着客观情况的变化而变化，使论理的东西随历史的东西平行并进，达到完满地改造世界的目的。”这是今本所无的。此外在提到右倾机会主义时举了陈独秀的例子，提到左翼清谈主义（今本为左翼空谈主义）时举了李立三的例子，现均删去。

用校勘的方法来核对主席著作的今本和原本，是不是走了乾嘉学派的路子？是不是会为人所讥笑？当然，如果为校勘而校勘，自然是不对的。但是如果从今旧本的异同中来看主席思想的发展，来从中学习主席的立场、观点、方法，则是会有很大的收获的。因为主席的字斟句酌都是需要我们深加体会的。

九月十二日（八月十七日） 星期日

本来想宁子可以从城外归来，清燕已购好《首战平型关》的话剧票。结果他不来了。只好带希子去看了。上午去后门在三舅处吃饭，午饭后去人民剧场看剧，时间很仓促，因为父亲下午五点半去津，只看了半场就去四姐处，同乘车去车站，车将开时，大嫂、清燕均赶来。一天就这样过去了。晚上本拟续读主席《实践论》，倦甚早寝。

九月十三日（八月十八日） 星期一

重读主席旧本《实践论》。觉得关于人的思想落后于客观“往往是受了许多限制的原故”这个观点，很重要。我们必须了解这种限制，然后从这个限制出发来打破限制，从而使自己的思想不断前进，不断适应变化了的客观情况。限制来自两个方面：阶级根源和认识根源。无产阶级有最好的阶级条件，这是无可争辩的。但是作为一个具体的党员、干部乃至工人，却并不是天然的就具有无产阶级的宇宙观。因为人的思想是复杂的。每个人都不可避免地或多或少地要受到旧的思想影响。要建立无产阶级（即马克思主义的）世界观是要在和旧思想影响的斗争中来逐步建立的。有时还要经过反复的斗争。这是长期的。想到自己，深感这个改造任务是艰巨的。目前对有些问题还仅仅是有个初步认识而已。说明主席的思想是在发展的，由此也可见这段删去的必要性了。

今本《矛盾论》开始提两种宇宙观，旧本则提两种发展观，而把形而上学的发展观和辩证法的发展观分作两段来写的。文字内容改动了不少，例如，在叙述内因和外因的问题时有一段即为今本所无：“中国东北沦亡，华北危急，主要由于中国之弱（一九二七年革命失败，政权不在人民手里，造成了内战与独裁制度），日本帝国主义乃得乘机而入。驱除日寇，主要依靠民族统一战线，执行坚决的革命战争。‘物必先腐也，而后蟲生之；人必先疑也，而后谗入之。’这是苏东坡的名言。‘内省不疚，夫何忧何惧？’这是孔夫子的实话。一个人少年充实，他就不容易受风寒。苏联至今没有受日本的侵袭全是因为他的强固。曾公打豆腐，拣着软的欺了。全在自强，怨天尤人，都没有用，人定胜天，困难可以克服，外界的条件可以改变，这就是我们的哲学。”

九月十六日（八月廿一日） 星期四

读《矛盾论》的矛盾的普遍性。旧本和今本在内容上、文字上都有改动，有的是今本有旧本无，如在开始的第一大段，就是新增加的，这是特别强调了要着重谈矛盾的特殊性。而有的则是旧本有而今本无，例如在举恩格斯说“矛盾就是运动”以后，旧本尚有一大段：“为甚么说矛盾就是运动？恩格斯的说法不是有人反驳过了吗？就是因为马克思、恩格斯、列宁论矛盾的学说变成无产阶级革命之最重要的理论基础；因此引起了资产阶级理论家之拼命的攻击。总想推翻恩格斯这个‘运动即矛盾’的定律，举起了他们的反驳，并且搬出了下述的理由。他们说：‘实在世界中运动的事物是在各个不同的瞬间，经过各个不同的空间点，当事物处于某一点时，他就占据那一点，到另一点时，又占据另一点。这样事物的运动是在空间和时间上分成许多段落的，这是没有任何矛盾。如有矛盾就不能运动。’”

列宁指出这种说法的全部荒谬性。指出这种说法，事实上把不断的运动，看成在空间和时间上许多段落，许多静止状态，结果是否定了运动。他们不知事物从空间的某一点去到另一点的结果，即运动的结果。所谓运动，就是处于一点，同时又不处于一点。没有这个矛盾，没有这个连续和中断的统一，动和静、止和行的统一，运动就根本不可能。否定矛盾，就是否定运动。一切自然、社会和思想的运动，都是这样一种矛盾统一的运动。”这些今天的《矛盾论》已均删去。文章就显得更加简练了。

九月十七日（八月廿二日） 星期五

继续核对今旧本《矛盾论》。今天是看的矛盾的特殊性。在这一节的开始没有甚么不同，但是在今本中有一大段是旧本所没有的，即人的认识过程：特殊——一般——特殊。这一段是极重要的发展。因为它指出了人的认识运动的秩序：即由认识个别的和特殊的事物，逐步地扩大到认识一般的事物——共同的本质。然后以此为指导再继续地向着尚未研究过的或者尚未深入地研究过的各种具体的事物进行研究，找出其特殊的本质，这样才可以补充、丰富和发展这种共同的本质的认识，而使这种共同的本质的认识不致变成枯槁的和僵死的东西。这一段生动地指出了研究矛盾特殊性的重要性。而且尖锐地批判了教条主义者，因为教条主【义】者是不大愿意研究矛盾的特殊性的。要研究矛盾的特殊性就要详细地占有材料，进行细致地具体分析，是需要付出艰巨的劳动的。教条主义者总是怕动脑子，所以主席批之为懒汉。对此我是感受很深的。

九月十八日（八月廿三日） 星期六

关于矛盾的特殊性一节，今旧两本看来有不少改动。在今本中增加了不少的内容。其中两处强调了列宁的话："马克思主义的最本质东西，马克思主义的活的灵魂就在于具体地分析具体情况。"并指示我们必须时刻记得这句话。其他处也主要是指出了教条主义和经验主义的危害性。此外，还有一个重要的内容是旧本中所没有的，即矛盾特殊性和普遍性的相互联结，以及事物内部和它以外的许多事物的相互联结。这一点十分重要。这里还是强调了了解特殊性是更进一步地、更充分地、更完全地把一般的矛盾的普遍性阐发出来了。"普遍性存在于特殊性之中"这是必须注意的。

九月十九日（八月廿四日） 星期日

旧本中举了苏东坡《赤壁赋》中的两句话来比喻矛盾的特殊性和普遍性："苏东坡说'自其变者而观之，则天地曾不能以一瞬'，照现在的意思来说，可以说他说的是矛盾的特殊性、相对性；'自其不变者而观之，则物与我皆无尽'，说的是矛盾的普遍性和绝对性。"今本已略去。

"矛盾特殊【性】"已阅完，明日即可续读"主要的矛盾和主要的矛盾方面"了。

九月廿日（八月廿五日） 星期一

读《矛盾论》，核对今旧本"主要的矛盾和主要的矛盾方面"。其中文字改动比较多。主要是一些例子都删掉了，特别是一些外国的例子。有些内容是旧本所缺的。如"事物的性质，主要地是由取得支配地位的矛盾的主要方面所规定的。""我们常说新陈代谢这句话。……取得支配地位的矛盾的主要方面起了变化，事物的性质也就随着起变化"均为旧本所无。旧本中有些例子在这一段也被删去了四小段，其中一段分析中国无产阶级与资产阶级的关系说：

"以中国无产阶级与资产阶级的关系而言，资产阶级握有生产手段与统治权，至今还居于主导地位，然在反帝反封建的革命领导上说来，由于无产阶级觉悟程度与革命绝对性，却较之动摇的资产阶级反居于主导地位。这点将影响到中国革命之前途。无产阶级要在政治上物质上都居于主导地位，只有联合农民与小资产阶级。果能如此，革命之决定的主导的作用就属于无产阶级了。"

这对我理解在抗日战争中我们是领导地位问题就找到了理论根据。

九月廿一日（八月廿六日） 星期二

《矛盾论》中矛盾的主要方面如何转化问题今本较旧本有了较大发展。首先是新本把主要矛盾方面决定事物性质这一点明确了。其次在旧本中对转化问题除了原则上指出矛盾双方地位不是固定的而互相转化的，还举了些例子，但这些例子在今本大都已删去，今本则增加了很多内容。“新陈代谢是宇宙间普遍的永远不可抵抗的规律”这一段十分重要。对这个问题的阐述今本增加了五段，主要的是谈任何事物的内部都有其新旧两个方面的矛盾，形成了一系列的曲折的斗争。斗争的结果，新的由小到大，上升为支配的东西。而当新的方面对于旧的方面取得支配地位的时候，旧事物就变化为新事物。从而指出了旧中国必然要变为新中国的前途。最后总结出：“世界上总是这样以新的代替旧的，总是这样新陈代谢，陈旧布新或推陈出新的。”这一段话现在看来极为重要，不只有理论意义，而且有现实意义。在理论方面，“新陈代谢”或“推陈出新”这几个字实际上就是概括了否定之否定的法则。旧本此节原为“矛盾统一法则”，这样就是把辩证法的三大规律都纳入到矛盾对立统一规律来阐述，这是马克思主义的一个大发展。也就是说辩证法的规律只此一条就全部概括了，这就是矛盾论。在现实意上来说，我们通常说要在战略上藐视敌人，但为甚么？其理论根据正是从这里来的，因为敌人是代表旧的腐朽的力量，而我们是代表新生的力量。一九三七年主席指出了旧中国必将转化为新中国的前途，那时还是敌强我弱的局面。经过十二年即一九四九年，这个预见就变成了现实。今天我们也完全可以根据主席这个指示预见到我们必将埋葬帝国主义。因而，这一段话一旦被群众所掌握就会变为战胜帝国主义的巨大物质力量。

正是由于这一理论的重要，所【以】今本最后一段特别增加了这样几句话：“同时，这种具体的矛盾状况，以及矛盾的主要方面和非主要方面在发展过程中的变化，正是表现出新事物代替旧事物的力量。”也因为如此，所以研究它是决定政治上和军事上的战略战术方针的重要方法之一。

九月廿二日（八月廿七日） 星期三

“矛盾的同一性与斗争性”一节新旧本亦有不少变化。而且不只是文字上，内容上也有发展。在文字上主要是在讲授提纲上比现在的矛盾论更通俗、生动些。例如，今本中：“一切过程中矛盾着的各方面，本来是互相排斥，互相斗争，互相对立的……”原来则是：“一切过程中矛盾着的各方面，本来互相对立的，是彼此不融洽，不对头，不相好，不和气的，都是充满怨气的冤家。世上一切过程、现象、事物、思想里面都包含着这样带冤家性的方面，没有一个例外。单纯的过程只有一对冤家……”下面凡是提到矛盾的一方，即是写冤家的一方。这不过是用语上的区别，意思是一样的。又如，同一性也就是“又是冤家又是聚头”。这种比喻实在通俗易懂。新本均已删去。

九月廿三日（八月廿八日） 星期四

今日秋分，种麦节日也，不知后村小枣今年如何，十分挂念。社教情景又重现眼前。真想争取去西安一行，但是偏偏无此机会。为之怅怅。《矛盾论》学习本拟继续，然以头疼，只好暂停一天了。明日必继续下去，绝不再拖延。

九月廿四日（八月廿九日） 星期五

继续《矛盾论》中同一性与斗争性。过去读此一阅而过，现在逐段逐句核对，虽进度慢，而体会亦深。看来还是需要精读，而且要反复精读。否则体会不深何以致用？特别是从新旧本的差异中来看主席是怎样地在不断发展着的马列主义，体会就更加深刻了。甚么是同一性？过去为了对统一战线问题解释，我曾写信给艾思奇不同意他的意见，他只复信说可以讨论，但是究竟怎样正确地来理解还是始终不得解决。今读旧本中主席有一段关于统一战线的话为今本所无："中国无产阶级同资产阶级订立抗日的统一战线，这是矛盾的一方面，无产阶级须得提高政治的警觉性，密切注视资产阶级的政治动摇及其对于共产党的腐化作用、破坏作用，以保证党内阶级的独立性，这是矛盾的又一方面。各党的统一战线与各党的独立，这样矛盾着的两个方面组成了当前的政治运动，两方面中去掉一方面，就没有党的政策，就没有统一战线了。"这段话需要好好体会一下，看看究竟谁体会的更确些。

一九五七年国务院文习字第六九号《中华人民共和国国务院关于转发文化部请转令你市暂停拆除城墙的报告的通知》：

北京市人民委员会：

据文化部六月五日报告：北京城墙始建于明代，已有五百年的历史，是驰名世界的古城，对于它的存废问题，必须慎重考虑，但该部最近获悉，你市决定将北京城墙陆续拆除，外城城墙现已基本拆毁。最近在该部召开的整风座谈会上，很多文物专家对此都提出意见。因此，建议国务院通知你市暂时停止拆除城墙的工作。

国务院同意文化部的意见，希你市对北京城墙暂缓拆除，俟文化部和你市广泛征求各方面意见，并加综合研究后，再作处理。

国务院
一九五七年六月十一日

一九五七年六月五日文化部(57)文沈物办字第五二八号给国务院的报告：

原件批示：

此件已经郑部长签发，文物局对部党组未重视此事意见甚大，请速核阅批示。对北京市一段，说法要修改。

夏衍
5/6

拟定同意。请沈部长审签。

钱俊瑞
5/6

沈雁冰六月五日

在此以前六月四日原稿曾由王冶秋、郑振铎签发，并批有请夏部长阅发。钱未批，退局。

以上卷号13号，卷内共四张，保管期限：永久。

九月廿五日（九月初一日） 星期六

关于同一性的理解问题，艾思奇去年曾以统一战线为例认为，只看到同一性的一面就是右倾，只看斗争性一面就可能左倾。我当时曾认为这种说法欠妥。因为构成统一战线的同一性和斗争性不能理解为统一的一面就是同一性，独立自主的一面就是斗争性。应当说，统一的一面和独立自主的一面是统一战线这个对立统一物的矛盾着的两个侧面，它们之间的相互联结构成了统一战线的矛盾总体，这就是矛盾的同一性。但是因为阶级利益不同，各党派之间有矛盾，所以统一的一面和独立自主的一面经常有矛盾，这是矛盾的斗争性。统一战线的建立是有条件的，因而是相对的，阶级斗争在阶级社会中是无条件的，是绝对的。今观主席旧本《矛盾论》的这段话证明我的话是对的，而艾思奇的解释是欠妥当的。

九月廿六日（九月初二日） 星期日

完成了矛盾的同一性和斗争性的核对工作。看来新旧本文字改动很大，但使我最突出的体会是内容的发展。首先是新本增加了这样一段内容：

"……两种状态的运动都是由事物内部包含的两个矛盾着的因素互相斗争所引起的。当着事物的运动在第一状态的时刻，它只有数量的变化，没有性质的变化，所以显出好似静止的面貌。当着事物的运动在第二种状态的时候，它已由第一种状态中的数量变化达到了某一个最高点，引起了统一物的分解，发生了性质的变化，所以显出显著地变化的面貌。"

这一段实际上是矛盾的质量互变律。这样，主席是把质量互变律纳入到矛盾的同一性和斗争性当中去，又把否定之否定规律纳入到矛盾的主要矛盾和主要的矛盾方面当中去。二律合一而成为矛盾论，实际上也就是矛盾对立统一的规律，这是马克思主义哲学上的重大发展。难怪在旧本《辩证法唯物论》讲授提纲第三章"唯物辩证法"中开始，主席说辩证法学说有三个根本法则：即矛盾统一法则，质量互变法则，否定之否定法则。而后来却只是讲了个矛盾统一法则。其它两个法则根本没有讲。而矛盾统一法则这一节也就是现在《矛盾论》的最初底稿。由此可以看到，主席对辩证法发展的过程对我来说实在教育很大。

在同一性和斗争性这一节中，今本另一个重要发展是提出了："共产党人的任务就在于揭露反动派和形而上学的错误思想，宣传事物的本来的辩证法，促成事物的转化，达到革命的目的。"这不仅有理论意义，更重要的是它现实战斗性，它使我们把革命工作升到理论高度来理解，反过来更有效地去指导我们的革命行动。搞革命就是要促成事物的转化，这是必须时刻记住的。

九月廿七日（九月初三日） 星期一

阅读《矛盾论》最后一节：对抗在矛盾中的地位。核对今旧本的异同，除了文字上的变动以外，内容主要是矛盾性质的转化，为旧本所无。旧本中是这样说的：

"对抗是斗争的一种形式，不是一切矛盾都有，而是某些矛盾在其发展过程中到达了采取外部物体力量的形式而互相冲突时矛盾的斗争便表现为对抗。对抗是矛盾斗争的特殊表现。”具体举了剥削阶级与被剥削阶级的矛盾到社会破裂，革命战争时才是对抗性的矛盾。又如炸弹、小鸡出卵采取决裂的形式才表现为对抗。同时指出：“有许多过程、现象、事物中的矛盾，是不发展成为对抗的。例如共产党内正确思想与错误思想的矛盾，文化上先进与落后的矛盾，经济上城市与乡村的矛盾，生产力与生产关系的矛盾，生产与消费的矛盾，交换价值与使用价值的矛盾，各种技术分工的矛盾，阶级关系中工农的矛盾，自然界中的生与死、遗传与变异、寒与暑、昼与夜等类的矛盾，都没有对抗形态的存在。”对于上述论点，今本有了重大的改变。

第一，今天通行本《矛盾论》说：“在人类历史中，存在着阶级的对抗，这是矛盾斗争的一种特殊表现。”这就肯定了在阶级社会中剥削阶级与被剥削阶级之间的矛盾是对抗性的。按旧本的提法：只有矛盾到达冲突，如革命、战争的时刻才能称之为对抗，这样就可以使人理解为资本主义社会在没有发展到无产阶级革命以前，资产阶级和无产阶级的矛盾并不是对抗性的矛盾。

第二，今本《矛盾论》说：“有些矛盾具有公开的对抗性，有些矛盾则不是这样，根据事物的具体发展，有些矛盾是由原来非对抗性的，而发展成为对抗性；也有些矛盾则由原来是对抗性的，而发展成为非对抗性的。”并且举了党内斗争的转化，作为非对抗性的矛盾可能转化为对抗性矛盾的例子；城乡矛盾的转化，作为对抗性矛盾转化为非对抗性矛盾的例子。而旧本的提法，这两个例子都没有提到可以转化，并且认为党内斗争、城乡矛盾都不发展为对抗性。

上述论点到了一九五七年《正确处理人民内部矛盾》又有了新的发展。

九月廿八日（九月初四日） 星期二

关于对抗性矛盾的问题，一九五六年我曾撰文批评李达的矛盾论解说。他的说法是在社会主义的我国，资产阶级与无产阶级之间的矛盾已经发展为非对抗性矛盾。我认为这是不对的，在中国的资产阶级的特殊性，不能改变其阶级的本质。他与无产阶级的矛盾是阶级的对抗。但是由于它的两面性，所以当作内部矛盾来处理。可是当时《学习杂志》没有刊登这篇稿子，而是打印分发，由李达做了重要更正。这种保护权威的思想，现在看来是颇成问题的。去年总理在人代会上的讲话对这个问题谈得很明确，证明了我在一九五六年时候的看法是对的。

九月廿九日（九月初五日） 星期三

采取逐段逐字来核对新旧本《矛盾论》和《实践论》，算是全部完成了。这一段总算是抓紧了时间，坚持了下来。所以每天虽然看得不多，可是却看完了。过去往往是想一下子就看完，结果一拖再拖，反而拖长了时间，只要每天哪怕看一小段，写上两三行字，日子多了便能见效，所以这次更生动地证明了不怕慢就怕站的道理。这也是一条经验，要想完成一件工作就得坚持，坚持就是胜利。

九月卅日（九月初六日） 星期四

学以致用，通读《矛盾论》之后，怎样把它和自己的思想工作联系起来这才是学习的目的，否则就成了空洞的理论，理论不结合实际必将一事无成。所以我把这次学习拟分段再精读一遍，结合文物工作进行分析。具体地应用到工作当中去，这是学用结合的一个尝试，能否结合的好，就要看对主席思想领会的深度如何了。

十月一日（九月初七日） 星期五

早八时乘车去天安门参加国庆观礼。车子停在东华门里，离观礼台还需要走一段路，遇徐达、王振铎同志。今年观礼的外宾很多，还有不少来参加李宗仁记者招待会的记者。在观礼台上听了他们的反映也很有意思。当毛主席走上天安门高奏《东方红》的时候，他们也不少人很兴奋。是的，作为一个中国人看到自己国家的巨大发展、日益强盛，又怎能不对自己领袖发出由衷的敬意呢？彭真同志讲话后，游行队伍开始，无数的气球飞向高空。今年使我最感兴趣的是民兵和体育大队，文艺大军的现代戏也颇引人注目。在游行结束后，今年主席没有像往年一样到天安门的东西两端向群众招手致意，也许是因为有西哈努克在侧，需要谈话的原故吧。

归来时大哥嫂已来，寻宁子亦来，午饭量颇丰富，而质不甚佳。如果是老董掌灶，当不致如此也。晚宁子参加狂欢，邀好明日早晨来。

十月二日（九月初八日） 星期六

清源值班，久候宁子不至，十分着急。直到一点才来，饭后匆匆赶至工人体育场看《革命的赞歌》。表演后由中柬足球队做友谊赛。《革命赞歌》实在不错，这种集体的创作恐非其他国家所能比拟也。晚与宁子谈思想问题至午夜。这孩子实在是个好孩子，就是太幼稚了些。

十月三日（九月初九日） 星期日

今天是重阳节，按照老习惯是应当登高的，但是几年来不但不登高，甚至根本忘了这个日子，今天偶然看报才知道今天是重阳节。假日人多，上那儿也是拥挤，所以不做登高之想了。早饭后携清源、宁子去市场。人山人海，实在有些吃不消。在市场给宁子买了几个别针。晚清燕说我对这个孩子有些溺爱，其实她又何尝不溺爱呢？彼此一样啊！

十月四日（九月初十日） 星期一

十二月十二日（十一月廿日） 星期日

去大哥处，盼老亦来，畅谭甚久，始知师范大学文史系停课讨论海瑞罢官问题。可见这个讨论在当前思想领域里是十分重要了。吴晗为了塑造海瑞这个人物，竟然违反他自己所提倡的原则：历史剧一定要如实反映历史真实。所谓历史真实，是指历史本质的真实，而不是具体的客观事实的真实。正是在这个问题上，吴晗和李希凡、王子野有争论。吴晗认为历史剧是要以历史的史实为根据，向人民普及历史知识。而李、王的论点是和吴相对立的。妙在吴晗自己写的《海瑞罢官》这个历史剧却偏偏是离开了历史的真实。他把海瑞和徐阶描述为死对头，海瑞打击豪强，首先是把矛头指向徐阶，并称之为“擒贼先擒王”，这是违反历史真实的。事实上海瑞对徐阶并非如吴晗所说是为民除害，恰恰相反，海瑞对徐阶是官官相护的。在大哥处阅万历本于慎行《笔麈》，卷五记海瑞事云：“海忠介公为御史中丞，出抚苏松，行事过于核尅。出入自乘一马，以二杖前呵，如在内佥堂之仪，自【令】长佐吏下逮津令，皆令锦绣入见。此虽故事，一时创见，无不骇耳。至于裁革过客夫马及抑损士夫，则其致怨之由。以是，吴人大讙，不能安席矣。传闻吴中大饥，海公欲劝借富室，先召溧阳史太仆，使出三万。太仆不得已，以三万应，海乃往请华亭相君，乞捐所有，以振乡里。相君不得已，以数千畀之。又，华亭家人多至数千，有一籍记之，半系假借。海至相君第，请其籍削之，仅留数百以供役使，相君无以难也。然自是华亭宾客、苍头毋敢借势横溢。世谓海受华亭恩厚，以是窘之为负义。其实有益华亭，然于报施之义则左矣。”看来于慎行似乎比吴晗还实事求是些。据《明史·徐阶传》之“户部主事海瑞极陈帝失，帝恚甚，欲即杀之。阶力救得系。”海瑞和徐阶是关系很深的且有救命之谊。海劝徐退田过半，非意在打击豪强，实有意护徐阶也。

十二月十三日（十一月廿一日） 星期一

为海瑞罢官问题，续读《明史·海瑞传》和《徐阶传》。感到确如姚文元同志所指出的吴晗的的确确歪曲了历史真实。因为海瑞实非为民请命，而是忠于朝廷也。但是姚文元的个别的地方也还有一些值得考虑的地方。如姚谓海瑞退田只限于“投献”。是退田于小地主及富农而无及于贫农。但据海传云：“瑞锐意兴革，请濬吴淞、白茆，通流入海，民赖其利。素疾大户兼并，力摧豪强，抚穷弱。贫民田入于富室者，率夺还之。”又云：“而奸民多乘机告讦，故家大姓时有被诬负屈者……已而给事中戴凤翔劾瑞庇奸民，鱼肉缙绅，沽名乱政，遂改督南京粮储。”从这些记载看，如退田仅限中小地主而不及贫苦人民，恐怕就很难说通了。因为对中小地主是不会称穷弱、贫民的，特别是用“奸民”这名词就更足以证明其中是有贫民的。统治者对地主总要客气些，对真正的贫民就是大加诬蔑。所以从“奸民”这反面用词来看，海瑞退田可能还是有部分是退给贫苦人民的。当然究竟占多大比重就很难说了。而且如果把海瑞退田斗争仅仅理解为统治阶级内部的斗争，又怎样理解海瑞的“清廉”、“反豪强”是为了巩固统治阶级的长远利益而缓和地主与农民之间的阶级矛盾呢？

十二月十四日（十一月廿二日） 星期二

晨阅《文汇报》，载蒋星煜《南包公——海瑞》一文，其中对海瑞在狱中闻嘉靖死时的心情说：“吃完饭以后，才知道完全不是这末一回事。原来嘉靖皇帝已死，如今自己要出狱复职了，反而激动得厉害。”这实在是对历史史实的有意歪曲。据《海瑞传》：“帝初崩，外庭多未知。提牢主事闻状，以瑞且见用，设酒馔款之。瑞自疑当赴西市，恣饮啖，不顾。主事因附耳语：‘宫车适晏驾，先生即出大用矣。’瑞曰：‘信然乎？’即大恸，尽呕出所饮食，陨绝于地，终夜哭不绝声。”蒋星煜不会看不见这段记载，但是在他的笔下海瑞的终夜哭不绝声，不是忠君的思想，反而是因为自己要出狱复职，所以才激动得很厉害。这是多么严重地歪曲了历史事实。

上午接振刚自侯马来函，告以最近发现有数十片玉石，写有全文，每片有多至百余字者，惜其中一部分已被涂抹不清，这是一极重大的发现。当即告书庄同志，经与冶秋同志商洽，决定先电告山西省文化局应妥为保护，并即派我去侯马了解情况。下午接庄敏自江陵来长途电话称：发现楚墓，已打开，有大量漆器，丝织品色泽如新，尚有一大墓待发掘，估计东西更多。一日而两获好消息，甚为高兴。

十二月十五日（十一月廿三日） 星期三

已购妥十七日晚去侯马车票，并代去非、小孔去江陵的车票。下午讨论《矛盾论》“对抗在矛盾中的地位”的问题，因为到会人员寥寥无几，中途即辍。是晚完成了参加河北省文物保管所的工作会议的汇报。晏寝。

十二月十六日（十一月廿四日） 星期四

为准备在行前把公文清理完毕，上午办了不少公文。下午闻石西民部长意见文物商店会议暂缓，可先去几个省市摸摸情况，具体地了解一番。因而决定滋德、巨成同志去沈阳长春、大连等地，年前赶回，这样文物处就唱空城计了。十六年来这还是破题儿第一遭，应该说是革命化的一种表现吧。

阅《文汇报》载劲松《欢迎“破门而入”》一文，甚好。问题提得很尖锐。他用吴晗、常谈、史犹等一伙人自己的话，反驳了蔡成和、燕人等不同意把《海瑞罢官》与当时实际联系起来的论点。白纸黑字，铁证如山，的的确确这是当时阶级斗争的一种反映。初读姚文，我对此还是认识不深的。看来在这次大辩论中，的确要提高认识，我自己的思想改造任务也不轻松呵！对吴晗我一向有些成见，所以《海瑞罢官》上演我没看，因而也没有引起过甚么共鸣，但是如果是别人写的，这样一个题材对我这样一个封建思想颇为浓厚的人来说，恐怕是很容易起共鸣的。所以这场斗争对我的教育是很大的。

十二月十七日（十一月廿五日） 星期五

上午因尚有公文未处理完毕，只好不去听毛主席著作学习经验交流座谈会的报告了。有关孙中山诞辰百周年纪念的文已均由书庄同志带转筹委会处理。

下午到文物出版社，陈明达同志提出明孝陵稿子不是修改的问题，而是应当从全面考虑这种介绍究竟如何写的问题。我亦甚有同感。恐怕文物局除了行政事务之外，这些问题也应当组织讨论下，待归来再向局建议吧。

晚八时登车，车上温度太高，辗转不能入寐。

十二月十八日（十一月廿六日） 星期六

晨七时余抵太原，文管会又派车来接，盛意可感，实不敢当。刘、张二主任均在，当即说明来意，决定张颔同志与我同去侯马甚合我意，亦甚合临行陈处长之意也。上午到张颔同志家畅谈别后三年之变化，颇多同感。下午在办公室得见张颔同志在“四清”时所写遗址调查，并出示告别老乡诗一首云：东山嵯峨兮沱水汤汤，鸟歌深树兮蛙鼓春塘，村之由来兮杳远洪荒，村之肇名兮弓长斯张。四清八月兮风教允当，雷霆有加兮正风鹰扬，蛇神牛鬼兮俯首槛羊，事克善终兮群乐未央，唯首是瞻兮富禄命长，岁丰在望兮居业永康，夕惕若厉兮示我周行。在“四清”中不忘考古，并进行了考古，在长安时是违反纪律的。据云考古所在芮城“四清”亦有此条规定。但张颔不但未受批评，且为省领导肯定是优点，此矛盾之特殊性，一般人不足法也。

据张颔同志调查张村（原平县即崞县）附近古遗址，遗存甚为丰富，经考证此地当为赵国领域，在村不远得吴王阖闾铜剑一把，上有铭文曰：“攻部王光自作之剑”。赵地即晋地也。年来晋地已屡次发现吴器，如万荣即发现吴王干戈（鸟书）。大概是当时晋扶吴抗楚，两国往还甚密之故。

十二月十九日（十一月廿七日） 星期日

晨起读《光明日报》《历史文物的局限性必须批判》和《从〈论海瑞〉一文看真

假海瑞》两篇文章，都是批判吴晗的。现在的批判文章已经从《海瑞罢官》这个剧本发展到他的历史观和道德观了。这些问题不是新的，但为甚么现在提出来？是发人深思的。

时代在前进，人的认识也必须前进，否则是会落后的。特别是我们这些受了旧的思想影响比较深的人更应当急起直追。应当时时刻刻地注意改造自己，因为改造不是依靠运动，而是要经常化。阶级斗争是有反复的，人的思想改造也是有反复的。现在的社会主义革命更深化了。过去一些问题还不是主要矛盾，现在却上升为主要矛盾了。所以有必要加强主席著作的学习，不断地改造自己，只有这样，才能随着时代前进。“满足”是前进的最大敌人。而人们却往往为这敌人所俘虏，可不慎哉！

海瑞问题涉及到一系列的原则问题，这场辩论恐怕要持续一个时期了。近来报纸上有让步政策的讨论，也涉及到清官的问题。因为按照“让步政策”论者的说法，“清官”正是“让步政策”的执行者。历史上到底有没有所谓“让步政策”？如果有，它起了甚么作用？这是很值得研究的。前些时候，孙达人一篇文章是从根本上否定“让步政策”的，可是这两天又有人加以反驳。认为让步政策是客观存在不宜否定。孙文提出：“为甚么在近代、现代的革命斗争失败之后，统治者加给人民的是白色恐怖，倒算革命斗争果实；而古代农民革命失败之后，农民却如此‘幸运’，博得了统治阶级的‘让步政策’？……”有人则认为，“在农民战争高潮时期，地主阶级唯一需要的只是进行全部武装镇压，实行‘白色恐怖’，但是为了统治阶级的长远利益，它不能无休止地残酷镇压，因而在农民革命失败之后，即对他们的威胁暂时解除的时候就在经济上给农民一些小恩小惠，在政治上进行一些改良，其目的还是为了巩固统治，这才是让步政策的本质。但这种改良也是农民打出来的，逼出来的。”我同意这种看法，不宜否定统治阶级让步这个客观事实，列宁说：“改良就是在保持统治阶级统治的条件下从统治阶级那里取得让步。”（《列宁全集》廿九卷，四七一页）。让步政策即改良政策，一些较有远见的统治者实行一些改良措施，这是客观存在，怎能完全否定呢？因此这是如何看待这个问题的问题，而不是有没有的问题。当然，改良也会遇到统治者内部的阻力，改良能否实行，或能实行多少，也还是个问题。但有过改良，即让步却是很难完全抹杀的。对任何问题都要一分为二，绝对化是不行的。应当承认统治阶级的让步是有过的，但它的本质是封建地主阶级向农民进攻的阶级斗争的特殊形式，是他们实行暴力统治的一个补充。这也是统治阶级的两手，如果只承认其一手，恐怕也是不符合史实的。因为完全不承认改良，那么历史上的的确确所出现过的轻徭薄赋、减轻刑罚、选用廉吏、兴修水利的措施该如何解释呢？西汉“文景之治”，唐初“贞观之治”，不正是这样才出现了一个短暂时期的经济繁荣吗？

综上所述，关于让步政策的争论，首先是甚么叫做“让步政策”？它的具体内容是甚么？如历史上一些统治者的轻徭薄赋能不能名之曰“让步政策”？不能，又应当说它是甚么政策？如果大家统一了概念，然后下一步才是怎样看待“让步政策”的问题。否则是争论不清的。我的看法是，如果完全否认有“让步政策”这个事实是很难令人信服的。

下午张颔同志出示长治出土殷代铜器及赵国铜人，极精，为过去所罕见。当即请其早日报道公之于众，以饱大家之眼福。晚十一时登车去侯马。

十二月廿日（十一月廿八日） 星期一

晨八时，抵侯马，万中等来车站接，即同至工作站。一路边走边谈，始知继玉石片文字发现之后，又发现玉册一束，约三十余根，已连土一起挖回工作站，真是太令人兴奋了。早饭后，即看东西，实在是大饱眼福。一天只看了廿块左右。惜字迹不清，甚难辨认。但仍是大有收获的。已发现有“于晋邦之陵”“定宫”“不守下宫”“出公”等字样，可以断定这些东西不会晚于“出公”。虽然已是春秋战国之交，但为晋国“新田”遗址则是毫无疑义的。几年来始终未能肯定的问题，算是从这些玉石片给作了答案，所谓“晋—魏故城”之说可以休矣。

目前严重的是保护问题。这些朱砂写的字手触即脱，而目前照相又不能解决问题，日久是否会褪色很令人担心。晚函致局里，建议可否选择一些带京用红外线试，如果成功则可全部运京或派人来照，但愿能够成功也。夜十二时寝。

十二月廿一日（十一月廿九日） 星期二

五时半起床记日记。早饭后去电厂工地，了解玉册出土地点，地点距公路甚近，玉册出于祭坑边上。据钻探，此地有祭坑二百个，多为马牛羊。头朝北。可见附近必有陵墓。因玉片上有“晋邦之陵”字样。但这些陵墓在南在北尚难肯定。

下午参加站务会议，讨论一九六六年计划问题。晚读《史记·晋世家》。

十二月廿二日（十一月卅日） 星期三

今天工地又续有发现。在祭坑中有带字石圭两个，惜字迹不清，难以辨认。据张颔同志考证，如此地有陵，则非一两个，至少也要有四五个之多。但愿如此也。今天重新再看，“出公”二字恐系“皇公”之误。但“晋邦”“定宫”则是毫无疑问的。那么这个时代总是定公以后了。根据地层初步判断这些东西略晚于几年来在平阳机械厂发掘的第三层。所以此地为“新田”遗址还是推不翻了。

玉册今天也试着剔出来几个，但是字迹很不明显，尤其是这些玉册叠压在一起，很难剔，稍一不慎，玉册的字就会被粘下来。所以决定还是不动为好。

老畅中午请吃中饭。晚正刚请看电影，盛意可感。

十二月廿三日（十二月初一日） 星期四

上午去电厂发掘工地。北风呼啸，地冻天寒。永坐大楼的人，的确有必要经常下楼来到工地走走，也可以体会一下田野工作者的甘苦。

下午张颔同志出示关于此次发现玉册、石圭的情况报道，征求意见。报道只是根据现有资料作了些考证，自难算定论，我特别建议应将此石、玉册上“定宫”“晋邦”之出现，来肯定“新田”遗址作为结尾。他也完全同意。关于“新田”问题，几年来争论甚多。考古所写新中国考古收获时，定此地为“晋—魏故城”，说明对“新田”是有保留的。林寿晋十年前与顾铁符力争，认为此地绝非“新田”，这次发现总算有了肯定的答案，铁符闻知必将十分高兴矣。因谈到“新田”问题，张颔同志告以司马光曾出过一个笑话，他在翼城时有《咏故绛》诗云：文公恢霸业，征讨辅周衰。奕世为盟主，诸侯听会斯。表里山河在，朝市古今移。欲访虒祁处，乡人亦不知。

虒祁宫原系平公之宫，非文公之宫，到故绛去找安能找到？是司马光弄错了史实。张颔同志因成七绝一首以讽之：故绛宁有虒祁在，清涉汾浍访新田。漫将文平浑一事，晋乘间可百年闲。司马光大史学家也，竟出此差错，不知何故。盖诗人以意为之耳。乾嘉学派断不会有此误笔。

晚看叶学明送来平望城钻探资料，并读《矛盾论》一节。

十二月廿四日（十二月初二日） 星期五

经过几天来的情况了解，工作站对电厂的配合发掘工作，在力量配备的问题上还是重视不够的。因此，经向老畅建议，目前应当抓住主要矛盾集中力量打歼灭战，先作好电厂的发掘工作。早晨开了全体人员的动员大会，把全部力量转移到电厂方面来。大家纷纷表示决心，很有些个革命化的味道，甚为欣慰。

下午罗歌、少忱来，遂即陪同参观了保护标志、展晚室、金墓以及新出土的石册、玉块。晚文教局长来找罗歌谈农村文化问题。

张颔同志经过几天来的逐块核对，基本上凑成了一整篇文章，看来是当时的祭册，其中有些字还是辨认不清。“陵”字尚难肯定。即使确为“陵”字，亦不宜作“陵墓”解。因称帝陵实自汉代始。据此，则附近必有大墓之推论亦难成立矣。据我看，此字似为“[illegible]”字，而张颔同志断为“[illegible]”字，因字体模糊，难以肯定孰是孰非。“出公”之“出”字已肯定为“皇”字之误，因“出”字不会是“[illegible]”字也。但是“[illegible]”“[illegible]”及“[illegible]”“[illegible]”四字则非常之清楚。按唐兰考，康宫认为康王之宗庙，定宫恐即系定公之宗庙。这些出土玉册为定公之后，当无问题。因此，新田遗址的结论，还是可以站得住的。

十二月廿五日（十二月初三日） 星期六

上午陪同罗歌、少忱去电厂工地，他们都是第一次到发掘工地，看来还有兴趣。十时去呈王村看古城，归来已午饭时矣。

下午罗、卢去文化馆，站上续搞鉴定。独自一人颇为寂寥。晚张颔同志返太原。

十二月廿六日（十二月初四日） 星期日

晨罗、卢去闻喜，我去工地，在钻探路北的过程中发现路土，此与祭祀地点有无关系殊堪注意。下午归来，与振禄上集，购得稷山枣十余斤。好者四角五分一斤，实在太贵，但质量的确是好的。

下午四时，黄克诚来参观。自彭、黄反党事发后，此人即杳无消息，不意今天竟在此相遇。据说他现在是山西省付省长。看上去老态龙钟，但步履尚健。同时闻刘格平亦为付省长云。

晚万中、正刚、振禄、学明、朱华来，闲谈至十一时始散。

十二月廿七日（十二月初五日） 星期一

晨与朱华同去杨谈大队参观。坐汽车两小时始达，先至招待站午餐。饭后由县农林局刘局长陪同参观水库、仓库、展览馆。水库正在兴工，其有不少插队的北京中学生，干劲很大，精神愉快，据说是日夜轮休，工程不停。去年到西安社教看的是三类队，今天才看到了一类队的标兵，确实感人甚深，特别是展览馆展出的村史，使我具体地看到了这个队是经过怎样的道路才发展起来的。一九五三年，这个队只有一头毛驴、三头猪，现在呢？已经是六百头大牲口，三辆大汽车，存粮百万斤，公积金一百万了。他们预计到一九七〇年再翻一番。如果全国有三分之二的大队是如此，我们的农业恐怕基本上过关了。

下午原拟再看猪厂，突然头疼甚，呕吐不止，到医院打了四针，始稍愈，只好在招待站休息，未吃晚饭即寝。

十二月廿八日（十二月初六日） 星期二

早起为了补课，饭后即去猪厂配种站参观，并绕村一周。在猪厂看到了一九五三年三口猪中之一的红毛猪，甚肥大，据说已生二百七十多个小猪，社员称之为发家猪。可惜那头“发家”的小毛驴已于廿天前得急病死了，未能得见。

十一时半自杨谈返侯马，北影同志来参观始知王友唐同志亦来太原慰问“四清”干部，同时从他那里获悉彭厚荣同志得癌症锯掉一臂。能否维持尚不可知。

十二月廿九日（十二月初七日） 星期三

今晨电厂工地又传佳讯，在一个羊的祭坑中又发现了四块玉书，下午正刚归来时始见原物，因泥土甚多，字迹难辨，隐约可见“丌”“子”“[illegible]”等字，内容似与已发现者相同。俟将来剔出后当可见分晓。

晚县文教局在工作站传达文化局长会议精神，时已两月有余，现在才传达到县，实在太慢了些。九时离侯马登车往太原，承正刚相送，可感之至。

十二月卅日（十二月初八日） 星期四

晨五时许抵太原，文管会派人来接，至会后小息，九时去宋平、刘静山同志处，谈侯马工作情况，并介绍了一些河北省文物工作方面的经验。他们颇感兴趣。十一时许张领同志亦来，他已向省委报到，今晚即下乡检查“四清”。得此一晤，亦甚难得也。下午文管会同志来看玉书、祭册，无不赞叹。晚在克林处晚餐。十时德光送车站登车，因带有“国宝”也。上车后又遇北影吴书记、赵子曰等同志，谈至十一时始寝。

十二月卅一日（十二月初九日） 星期五

晨七时许抵京。即将侯马玉书、祭册送局，十时与长璐、书庄同志一起携玉书至李崎部长处，李崎同志意见最好能送康生同志一阅。午饭后到东四浴池洗澡后到红楼。庄敏对张颔稿件及时颇为满意。与冶秋同志通电话，他对玉书十分重视，约在年后到红楼一观。

晚与清燕至青艺看《朝阳》话剧，感人甚深。

一九六六年辰生日记　第一册

元月一日（乙巳腊月初十日）星期六

上午忙着给毛头、森子、娘娘写信直到中午才完。晚饭后去新华社看九弟，他已自小汤山归来，照常上班了。但病状如故，不好也不坏，谈华为此颇为着急，我劝他还是无妨找天津杨达夫医生一试。清燕值班至晚十二时始归。

元月二日（腊月十一日）星期日

早点后去明达处，莫宗江、邓健吾均来，晤谈甚久，并于建筑的阶级性问题，尝等他们一致的意见。宁我也感到这个问题还需要很好的想一想。对这个问题我的认识是有个反复的过程的。一九五三年初读梁思成古建序论觉得他这个阐明了建筑的阶级性是不对的。但不久我觉得建筑的艺术是有阶级性的，主要是受了一些苏联的影响。去年以来的认识又回到了原来的看法，宁我大谈了谈单拉大家分歧不大，但却使我觉得这个问题还不是马上就可得出结论的，因为到今天为止我自己的一些看法似乎还缺乏足够的理论根据。

晚饭到大哥处吃饭，遇罗隆基。归来请连时常好一书。

元月三日（腊月十二日）星期一

上班后即去研究所，王书也带去了。冶秋同志看了极为重视，当即请王丹华来研究加固问题，找小孔研究照相的问题，并写信介绍小孔去找石少华解决红外线照相问题。但是能够获得较好效果还得有待于实践证明。

刚刚回来不久还没接手，而李杰、张林、郑成同志已决定五号分赴上海、苏州、武汉，家里又只剩下我一个人了。看来还是满忙的。

元月四日（腊月十三日）星期二

上午九时随冶秋同志携王书去郭老家。郭老对王书颇感兴趣对此饮闻古的伙篮也很满意。但是怀疑㝬字不是宝字而是宗字。示字似为夫字。𠂹字似亦非皇字。总之此器为还有值得研究的地方。所打算也要写一篇文章。我看㝬字似非宗字，因有些地方作㝬，而宗字相距甚远也。

在郭老家两次打电话给康生同志请他一起来看，都未找到。大概因为谢列午将来之作甚忙之故。只好等下两天再说了。

元月五日（腊月十四日） 星期三

上午给秋同志来电话说和康老当面联系上，请找明天再去他家，等机会今天是不会有空了。这样也好，可以请小孔先拍照了。九时去出版社，小孔为去书题了相，敢要在何尚不能肯定。去广、济德、成阳去了杭、武汉。

上午学习，大家谈谈一九六五年以来的学习收获和对一九六六年的希望。去年我没有精神准备，所以一向都没有发言。听听别人的意见很有启发。我感觉一年来文化部发展改组之后加强了党的思想领导，文化部在思想面貌上起了很大的变化。但是具体到文物局并没有很大的进步，主要是学习毛主席著作还存在着不足之处。针对这些不足之处，我提出了一些意见：一、希望文物局的学习把毛主席著作的学习和抓业务第一要密切结合起来，这样才能针对性强，才能真正活学活用。第二、希望领导能把毛主席著作的学习和局的文物考古革命化密切结合起来。有了这两条就

一面避免使学习马列的思想工作和当前的业务工作脱节，就不能使学习成为联系
实际的学习。由于我自己同样也有类此，应当把学习毛主席著作和自己的思想改
造以及改进工作，这件密切结合起来，要在用字上下很功夫。具体计划需要好好想想。

元月六日（腊月十五日） 星期四

晨去访秋处，谈了一上午，康老仍无时间。人民日报观察家，揭露约翰逊
和谈的大阴谋，即发表，康老之忙当与此有关也。

今天修改了一下学习主席著作的计划，初步觉得应当有的放矢，学习计划
不应当是罗列学习文章的名字和学习时间的安排，而是应当落实到解决甚么
问题。要包括思想上的问题，工作上的问题。具体来说就是要在思想上和"我"字
作斗争，工作上和"难"字作斗争，生活上和"懒"字作斗争。所以我想在今年内完
成三个方面的东西：一、在学习主席著作改造思想的基础上写出自己的十六年思想总结；
二、在学习主席著作改造自己世界观的基础上，写出十六年来文物工作方面的初
稿。三、在学习主席著作和马克思、恩格斯、列宁、斯大林关于历史文化遗产方面的论著
再试写出一篇关于保护历史文物与批判地继承历史文化遗产问题的文章。要
完成上述三篇东西是需要付出艰苦的劳动的。

元月七日（腊月十六日） 星期五

王書堂、唐老宥道，甚不重視，对此钱周尔的文章，認为这是有价值的商榷的地方。所以郭老还是要发表文章的。唐老承認其要之的只是时间问题，欲完成的名著有紫平之後是很不容易了。

今天看到唐老画残荷一幅，唐名此三洗题破除迷信四字於画端。画左下角有五六年補記一則云：「所谓破除迷信者有二：一不要听画家神神秘秘的说教，二不要相信文艺批评家根据一些画一首诗去断定作者的思想。前者是装腔作势，借以嚇人，后者是形而上学主观主義。」这段補記很發人深思，（前者指自己非画家，后者指坊间图说人对于附会分析）蓋亦有所感而發，有所指而言也。画上有印四：一、晚三洗堂，二、三洗老人，三、游戏，四、牌。可惜都是他自己刻的。下午与田家英谈我的读书工作和自己的思想问题。

元月八日（腊月十七日）星期六

为王个簃照相书去出版社，一週以来为此事奔走，看来很具体很琐碎，其实这是非常必要的。列宁说不要拒绝小事情，的确，不革命者往往不肯去干做必要的平凡、琐碎、具体的事务性工作，也是个世界观的问题。正是有些人大事做不了，小事不愿做，实际上就是一种资产阶级思想。可不慎哉。

元月九日（腊月十八日）星期日

清晨不舒服，我也头疼，终日在沉睡状态中，下午稍为舒转，傍晚上魏大姐处做衣服，和清逸下了四清做准备。晚请教花鸟画外文说明。

谈欧阳海之歌，并由欧阳山为代表问题的思想变化，对我教育极大。主要是高标准的自己对待荣誉问题。想到自己多年来并没有为名利地位而闹情绪，但也并不是完全无动于衷的，特别是在对问题的看法上稍有一得之见往往沾沾自喜，以为别人不知道自己"高明"，总不住要自我表现一番。如果不为人所重视，就自叹伯乐和音赏了。这个根子是甚么？还是一种不正确的荣誉观在作怪，其实正是个人英雄主义。在这个问题上我自己也有所认识，但没有彻底。今晚欧阳海的自我改造，为之振之。当我定今年学习计划的时候，恐怕应是要安排的一条必须加以认真改正的缺点。因为这种思想是和主席教导我们做一个高尚的人，纯粹的人，脱离了低级趣味的人是格格不入的。这种自我表现不正是低级趣味吗？对我来说这正是个缺点突出的问题，许多问题多由此产生。

元月十日（腊月十九日）星期一

上午去美术馆参观收租院，这是我国雕塑工作者的一个成功的创造。它不但是以其高度的思想性打动着观众。在形式上也是具有鲜明的民族特色，是继承传统推陈出新的一个很好范例。

下午开俱乐部委员会，商讨过春节前组织活动的问题。决定除夕搞个晚会。会后又附於韵一个下午就此稍倦。乃不来为吴马王专斋走甚枉，而怒内子借余久，不少又被搞压起来，不好眠，如排处理至十一时寝。

九月十一日（腊月首）星期二

关于海瑞罢官的讨论正在逐步展开，多日来看这方面的文章，觉得有些落后了。今天补看完吴晗的自我批评，使人感到他不是在自我批评而是在自我辩解，甚至是在进行反批评。洋洋万言的中心是第二部份，罗列了不少史料，大谈其造田修水利等等史实，这究竟算甚么自我批评呢？只是在数落文元罢了。文章开头列了一大堆文章写作时间表，意在说明文章都是无心年以前的单干风、翻案风无干。文章末尾承认海瑞罢官起了不良后果，但是主观动机是好的。这就是说这种不好的客观效果是他始料所不及的，因而这是个学术上的认识问题。完全否定了这是政治问题。为此，自我批评总的令人满意。而在他的自我批评中实际上反而又进一步证明了他的问题的性质是个政治问题。一九五九年是何年也？那不正是右倾机会主义者猖狂进攻的时候吗？彭、黄、张、周不正是在这时被解除了要职吗？而这时吴晗却写了海瑞骂皇帝。一九六一年又是何年也？那不正是右倾机会主义者失败，而彭、黄等都已经罢了官了吗？而此时吴晗又写了"海瑞罢官"，所有这些难道都是偶合不成了？只要稍加分析就可以看出其实是有的放矢，而决非胡撞。只是在这个最本质的问题上他完全避而不谈，也可以说这是做贼心虚吧。

元月十一日（腊月廿一日）　星期二

学习讨论一九六五年总结和一九六六年的计划。我自己谈了：学习毛主席著作不够，把它和其他工作结合一次任务来对待，而未去把它作为根本的根本、贯串到工作、学习、生活的各个方面。同时学习计划的制定也局限于字面学习，没有用毛主席思想的精神去打破框框。既然学以致用，要在用字上下狠功夫，那么，学习计划也就应当不只是落实到学习内容、时间安排进行步骤上，而是应当落实到解决甚么问题上。只有这样才能真有的放矢、活学活用。为此，我建议支部在领导学习上应当注意这方面考虑。同时，本着这个精神我今天写了壁画报稿，提出了自己学习计划的要点：一、克服个人英雄主义，二、联系工作实际写出有关文物工作方面的文章，前者着重学老三篇，后者着重学二篇论文和两个讲话。

元月十二日（腊月廿二日）　星期三

高寿田同志来洽晋祠宋塑临摹问题，因本来在山西等几天再谈。下午把壁画报出来了。后来还挤满了。晚上大哥来家。

元月十四日（腊月廿三日）星期五

早晨乘车站接陕西归来的四清同志。因为来的人太多了，结果十分拥挤，以致有的人没找到。少陵以平步述之堪怜了些。倒是寺坚邀的好了许多。

高旭回来谈晋祠问题，因长治同志未在只好和金城一起同五家谈一些情况，並即代为介绍西美协、美院洽商其於宋塑复制问题。

元月十五日（腊月廿四日）星期六

上午去研究所为治狄同志谈吴昌硕玉石杂事加固问题，见江陵寄来的最近发掘楚墓出土文物照片多件，其中一号墓出越剑一把，有铭文八字：

越王鸠浅自乍用鐱 据郭老接方壮猷来函释文为「越王邵滑自作用剑」，今观此拓片，照片则似非滑字〔邵〕，唐兰及陈梦家皆释为「鸠浅」，由于鸠浅即是越王勾践之剑也，余意此说甚是，邵滑之说似难成立。

元月十六日（腊月廿五日）星期日

多日来的心愿今天总算是实现了。下午到了何鲁妹丈家。恰巧栖第六自农村四清归来。谈谭甚久晚饭后始进城，何德贞送了两本新出版的主席语录，甚为可感。

元月十五日（腊月廿六日）　星期一

肖民偕要春节晚会的谜语，而几天来又因公文所累，实在无暇及此，只好下午找杏泉（学协人）氏文化宫要来一些谜底，总算勉强挑选了二百多条。其中有些比较好，有些太勉强。但已尽了最大的努力。等明天写付审查吧。

元月十六日（腊月廿七日）　星期二

谜底已有几条是通过了。写了一下午，还没写完。奈何！可是明天无论如何是要交卷的。在抄写过程中还要及唐郎些比较难那些比较容易为出不同的等级，并分成不同的奖品。一件事要做好总不是那简单。为谜语化了不少力气，可是俱乐部今天找我告急要搞这项工作时，是没有想到要化这么多时间的。

元月十七日（腊月廿八日）　星期三

今天多蒙小罗帮忙，赶着把谜语写了出来。总算了了，万事具备只欠东风，就等明天往墙上挂了。

这几天为谜语所牵累，公文压了不少，只好等明年再说了。好在都不是急件。下午遇到于慧敏同志，他说关于马王堆赤外线照像要等春节后再拍了。但也没十分把握何时照好，

元月廿日（腊月廿九日）星期四

每逢除夕下半天我手头是放假了。今天因为涤浩回家不但下午搞了半天，并且晚上还要值班，这也是为群众服务。所以要到大哥处吃了晚饭就迟了回来。今天也真巧，戴纲也来了，只好陪他一道去大哥家吃年夜饭。吃完因有服务任务也只好失陪了。

每年总要搞到十一点以后，今年到九点半就结束了。参加晚会者半数都是孩子，倒也颇为热闹。

元月廿一日（正月初一日）星期五

上午和戴纲去言彪处遇小揉，石璟都在。小揉结婚后还是第一次见面呢。石璟自腿伤后已脱离体育界。今天看去瘦了些。小揉今天讲了一个天津读茶花女的笑话，大家捧腹。

下午去四姐家，晚回西舍吃饭，一天就此过去。

元月廿二日（正月初二日）星期六

上午到三宝家拜年，今天是三宝娘的生日，我们记得是腊月十七日，今年闰三月，阴阳历相差甚多，所以提前去祝寿，难怪人家莫名其妙也。下午乘车去天津，到家已是六时多。家瑗等正等我们吃晚饭飯后於孔文挽今天和我们谈了三小时的话才办得明天返京的车票，而且还是慢車。八旬老翁谈了這许久，頗使我们心中不安。

元月廿三日（正月初三）星期日

一天在家，今天反而休息得比较好。清照也觉得比在北京还清静些。十弟中午来已把慢車換成快車票了。不過並非对号入坐，所以要有站两小时的精神准备。但是下午登车后在还算找到了两个可坐的地方，两人之挑挤不堪似不出所料也。

元月廿四日（正月初四日）星期一

凌晨即起，天有小雪。去故宫保和殿值班，遊人甚多，大部是部队的同志。原想通过今天的值班看看到底群众对故宫究竟是怎样地反映，可是今天没有達到预期的效果。可见自己犯了主观主义。

元月廿五日（正月初五日）星期二

去看同志决定四清，所以他对自己手上的工作也要清理一番。今天谈了一下关于分类的标准。金枫又提出不少意见，另外有些外行话，但是却使我感到廿三条之重要，每个人都有不同的角度，多听听各种角度不同的意见，对于自己认识问题是很有帮助的。

元月廿六日（正月初六日）星期三

上午去[illegible]同志谈关于给中央的报告。我提了向是否应当有些虚的东西，结果他立刻就说请我写这个报告，实在有些出人意料之外。关于文物出口和文物商店的问题一年来都是他和我到处抓，我已久不接触这个问题，突然就要写给中央的报告，实在有些为难。但是我没有表示出畏难的情绪，而是接受了这个任务。并且决心尽自己的能力去完成。

元月廿七日（正月初七日）星期四

开始写给中央的关于加强文物出口工作的报告。手头原稿的问题很多，提到

一九六〇年以来文物商店的制（体）度，大多不甚[illegible]。而我觉应当首先把这些工作的历史情况和意义写出来。原则部分觉得这是一定要的，对有些问题的提法也就很难理解了。因此所以手头没有任何材料，只能凭自己记忆来写。总要在这个星期写出初稿来的。

元月廿八日（正月初八日）星期五

今天完成了初稿，自己也觉得不满意。所以又修改了一下成为二稿。共分三个部分：一、情况；二、问题；三、今后的意见。最伤脑筋的是拟问题这一部分，一直不[illegible]地[illegible]理处，但是结果不成立，实践如一切工作都很落实。

实事求是地商量如何集中力量多抄写些东西也是个问题。这点竟写不了几个，写了也是通不过的。最后还是没，等讨论时再说吧。

元月廿九日（正月初九日）星期六

初稿已经年底、际德、庄威看过，他们基本同意。也提了些意见。为了提出来早付讨论，晚继续写了些时半。因用脑过度，一时半尚未入寐。

元月卅日（正月初十日）星期日

终日头脑昏昏，甚感不适。晚去王冶秋处，饭后出，同石凭夫接写了些意见带给冶秋，并将王希诗续一本送辛嫂子，约明日沈泽卿带信。

归早寝，吃一粒安眠药，很快入寐。

元月卅一日（正月十一日）星期一

约翰逊和平论调发表之后，今天又悍然派飞机对北方的轰炸。看来今年战火也许更加扩大，我们的战备意识需要加强了。

晚去泽卿处吃饭，并托他带把东西送给毛头、嫂子。

二月一日（正月十二日）星期二

上午局务会议讨论我写的报告，大家提了不少意见。主要是觉得问题提得不够突出。胡耀辉、王辉提出了抓纲问题，吕也表示好的写出来，这是故意我去的。下午万中来。

二月二日（正月十三日）星期三

今天没有什么动笔写报告。为了给常委鸿打电话问题，我很怀疑，完全彻底，不拒绝小事情的自我要求。但是立刻就纠正了。不只在日常生活中只要是这样地要求自己，就不难于发现问题，而这样才能及时解决的小问题，就会起到防微杜渐的作用。

下午和罗歌交换意见，彼此认识都本一致。晚下班又和老嵇谈了些学习、思想的问题。经常地大家彼此谈谈心是会有好处的。

二月三日（正月十四日）星期四

批判吴晗《海瑞罢官》，正在方兴未艾。田汉《谢瑶环》的批判又开始了。孟超的《李慧娘》是否也要陆续进行批判呢？这三个戏我都没看过，实在是件憾事。如果看了，把当时的观感和今天的认识对比一下，对自己的认识水平的提高一定会有帮助的。

读光明日报有关清官的讨论。两种意见针锋相对。有的意见怀疑根本上否定了所谓"清官"的存在，认为是统治阶级制造出来的偶像。另一种意见则是肯定了清官的所作所为，并且认为海瑞的刚直不阿的是值得我们今天学习。在我看来海瑞是错误的。前者也有片面性，后者说是绝对化了。今天的问题不是有没有清官的问题，而是如何评价清官的问题。根本否定了清官的存在是不能令人信服的。

我们首先，清官作为统治阶级的工具，是和劳动人民根本对立的。但是一定的时间地点、条件下，他们的所作所为在客观上对人民有利，对生产力发展有利是完全可能的。就是他们对人民有某些同情也很难说就是完全出于假意。当然这种同情的本质是不能加以肯定的。然而却不能说他们的所作所为在主观上就是有意欺骗而实行的权宜之计，而且完全不能说是本于初衷的。

马克思说：「在不同的所有制形式上，在生存的社会条件上，耸立着由各种不同情感、幻想、思想方式和世界观构成的整个上层建筑。整个阶级在它的物质条件和相应的社会关系的基础上创造和构成这一切。通过传统和教育承受了这些情感和观点的人，会以为这些情感和观点就是他的行为的真实动机和出发点。」（马恩全集八卷一〇九页）

这段话值得我们好好想想怎样看问题。

二月四日（正月十五日）星期五

读中央的报告长稿，提出意见了。但是自己看过还是不太满意，等明天请亦生提些意见吧。关于批判的题目怎样写作想了好久，还是决定写在一开头，因为这是个根本问题。如果不解决，则一切措施仍然是落空。为甚么我老是偏偏不感兴趣，实在令人容易理解。这次修改稿虽然比较单纯些了，但是有些情况还不太具体，有些材料也旧了些，还需要增加些内容加以补充和修改。稿成已十二时半，倦甚。

二月五日（正月十六日） 星期六

初稿请苏陈、老刘看了，他们基本同意。另外感觉是有些高度的问题比重写得太了些，下午李老看后说还太长，他也帮我改去剩用是

朝天哥找阎老谈一番。他对于我们的报告还有点意见，有些要补改。

下午去领了些资料，以后有题专读，人将为了不少时间。

二月六日（正月十七日） 星期日

上午到大哥处。五姐、小姑夫妇都到了。晚饭后大家聊天，谈的很有意思。大部分时间是谈郭老的问题，一般认为郭的作风不够令人满意，尤右缘想。中间大哥又谈到自己的思想问题。原来他对自己的系统有些情绪，这次批判海瑞罢官，可是他也参加，主要是提供资料，文章则由一些年青人执笔，因而觉得自己成了资料员。而且有些下不来，可是通过也选学习自己批判了这种不正确的看法，所以心情转而轻松愉快了。这很不容易，不少六十六岁的知识分子往往自觉地改造自己，证明了主席的思想之伟大。归来后大哥的自我改造一直在自己脑子里反复出现，是怎样呢？该我们努力吧。真的，我们正是六亿神州尽舜尧的时代，

不進步就要为时代所淘汰的。

二月七日（正月十六日）星期一

学習毛主席著作的首要任务是改造自己的主观世界，即改造思想。但
是对这条真理的認識，並不是一開始就明白的。最近從自己思想的變化和观察别人
的过程中越来越深的体会到這一点，改造思想，只有改造自己的思想，才能谈
到其实，这是个根本性的问题。而要做到真正改造思想就必须对我字展開
無情的斗争，要向我字刺刀见血，但这是个痛苦的过程的。今天[illegible][illegible]把
报告稿退还给我，改的不多，文物商店的例子压缩了些。不出所料，商店批評的
部份被删掉了。最奇怪的是他一面改稿若是逐字说明，而这次只他部份都依了
說明，偏偏这一段的删節却隻字不提，並且声称不再討論再稍加潤色即遞送
部長了。他們知道明燦輝、王澤是主张或主批評的，不討論正是为了怕他們再提
出来。这究竟是为甚麼？这真是令人百思不解。而这种作法不能認為是
很正常的。面对着这种情况該怎麼办？堅持还是听之任之。堅持会有甚麼
后果？听之任之又会怎样？每个動念都存在着有我与無我的问题。有我
該怎樣办，無我又該怎样办？一系列的想法湧上心头。最后我没有当面提出
来，这是违反我的性格的。但是從效果出發又不得不提，因为提了也没用。可是提

了没用，那这就该如何提呢？是不是没有成字多了些？我真不知道该怎样好。

带着这个问题去学了毛泽东著作，可是又不知学哪篇好，先看了看反对自由主义。如果按照这个要求，似乎还是提的对，因为明知不对，少说为佳，是不对的。明知不对，也不作原则上的争论，你好我好，求得和平共处，也是不对的。可是直截了当的提法？还是个间接的提法？我最后还是采取了通过他自己提的方法。这个对不对呢？也许别人会要批评我多疑了吧，然而……真难哪！究竟怎样才算是对的呢！

二月八日（正月十九日）星期二

报告的稿子经党委研究基本同意，最后原则地提出了要加强管理的问题，而没有具体的谈出如何做，但总算进了一步，即送部长审阅。

晚上以激动的心情读完了焦裕禄同志模范事迹的报导。照照镜子，我和英雄实在相差太远了。使我感触最深的是他的彻底革命精神。心里装满了人民，唯独没有自己，这是多么高尚的境界呀！从焦裕禄同志的事迹中，使我们看到了活学活用毛泽东著作的典型，也看到了毛泽东思想的活教材。同时在这些事迹中贯穿着毛泽东的思想。毛泽东在纪念白求恩文中所提出的要做个高尚的人，纯粹的人，脱离了低级趣味的人，有道德的人，和有益于人民的人，焦裕禄就是最好的榜样。

二月九日（正月廿日）星期三

从焦裕禄同志的学习中，使我联想到近来清官问题和道德继承问题的讨论，好像问题已经解决了。要说清官，焦裕禄可谓是最大的清官了吧，如果说历史上有些清官是曾经做过一些有益于人民的事，比起焦裕禄同志所做的，不过是沧海之一粟而已。其次是焦裕禄同志的所言所行表现了我们时代的道德，这种道德才是我们要学习、要继承的，倘有人一定要继承封建道德，这就未免要闹天大的笑话。除了说明这是阶级斗争的反映以外，还能说明甚么呢？

二月十日（正月廿一日）星期四

全局讨论六五年总结和一九六六年工作任务。凡未来各处长已经谈了很多，今天算是今后来谈，按照部的规定，要十五号交文卷。时间相当紧迫了。

局里大会决定把局的总结和计划交我起草完成，这是颇为艰巨的任务。因为今年与往年不同，除了文物、博物馆事业以外又加了图书馆事业，这是我很不熟悉的，加上今年要有特点，要把突出政治一起来写的，确需要费点脑子。焦裕禄的榜样在鞭策着我，使我非常愉快地负担起了这个任务。并下决心努力去完成。

二月十一日（正月廿二日）星期五

上午长路同志要我立即动手写总结，但要处的书面材料汇来，巧妇难为无米之炊，只好停工待料。但是去年写的体例问题已在前夜决定，今年另写在写法上似乎也要突破旧框框，不能像过去一样写流水账。初步想分为四个题目：一、重新认识，明确方向，使图书馆博物馆和文物事业同样纳入为无产阶级政治服务、为工农兵服务、为社会主义经济基础服务的轨道；二、要突出政治，大抓学习毛主席著作，加速队伍的思想改造，促进机关革命化；三、改进领导作风，加强调查研究；四、战备工作。

下午听穆青同志关于焦裕禄同志的综合报告，很多人感动得流了泪。晚去演官看地道战电影甚好。

二月十二日（正月廿二日）星期六

开始写总结，深感下笔之难，天天完成了一个头子，晚去专家招待所，关于事业部份全国情况写不写是个问题，但是如果不写，就反映不出今天事业的新面貌，可以画出它简要的写出一个轮廓来。

二月十三日（正月廿四日）星期日

拟稿写总结，没有出门。博物馆处写的材料太虚了些。实在不知如何取舍。他们把博物馆服务的渠道总结为十二个字：阵地化、抓上来、送下去、就地办。如果依我的意思最好不写，但是为了尊重他们的意见，决定先写出来，待大家讨论时再提意见。搞到晚一点半才完成了一个初稿，然而自己看来也不满意，讨论后再修改吧。

二月十四日（正月廿五日）星期一

晏孙同志传达了主席关于发出语法的批语，指出了要发扬批令主义，所谓批全主义就是把站岗工作和其他工作平列起来。看来我在墙报写的稿子里提出不能把学习主席著作和其他工作平列的看法是对的。

初步讨论了一下我写的初稿，大家说可架子可以，即可照此先写出来。下午继续修改，晚又去吉时许才寝，颇为疲倦，心情兴奋，焦裕禄同志鞭策我，使我振作精神继续写下去。

二月十五日（正月廿六日）星期二

上午来看了看焦传，觉得很不满意，决心改写，等翻了一次工，总算提到午夜才算完成，明天可以拿出来交大家讨论了。

二月十六日（正月廿七日）星期三

今天大家讨论了我写的焦传初稿，问题比较集中在博物馆本业的看法上，罗歌没有在场，他已忙着去郑州搞焦裕禄同志展览了。所以大家的意见他没有能听到。大家比较一致的意见是用陪衬办法，送下去，抓上来，就地帮助干部来概括说是博物馆本业的主要业务的途径似乎不太妥当。这一点我是完全同意的。当然在这里提出了局部缺点，提得还不够，应当加以补充。晚按大家意见作了修改，又是两点才睡觉。

二月十七日（正月廿八日）星期四

修改稿子，并稍以前翻求了一下罗彬歌的意见，并帝不认为对于我们作业上的问题是经的性质、方针任务问题，争论甚久，最后是采纳了老刘的意见，不摆十个字而是指出当前的问题是北平甚需内容的陈列和展览，而不是形式的问题。根据这个看法又作了些修改。算是初步完了卷。仍需继续修改。

二月十八日（正月廿九日） 星期五

经过几天的紧张，今天好像轻松了些，但是摆在面前的事又需要处理了。敦煌文物研究所的方针任务基本已决定，廿四日召开，今天提写了通知开会的信，请了不少人，但是否能全来呢。这很是个问题了。下午征方来当面交此事

地倒是满积极的。

二月十九日（正月卅日） 星期六

今天过得很有意义，晚清源和我谈生活福利问题也在来。大家都很兴奋，觉得这样共同生活，共同学习，共同在政治上彼此帮助才是有意义的。

二月廿日（二月初一日） 星期日

清源去值班，我在家继续修改总结，下午完成，比从前稍稍有些进步，不过思想性还不够，主要还是情况不明，对平常的问题还摸得不准也。

晚李宗文带来郭老「美马普国盟于初探」的文章校稿。按此说法则

这些书文字的年代已是战国初期了。文中有「赵朝亲前往曲沃而后县虚名的晋孝公揭揭之句」。曲沃当为新田之误。因晋国都城早在景公时即由曲沃迁新田，孝公乃晋国倒数的第二个国君，其国都在新田而非曲沃是可肯定的。当即写信告小江请速转告郭老更正。并表示景公迁新田事不见史记世家，而载於左传成公六年。

二月廿六日（二月初二日）　星期一

上午打电话给小江，才知道书稿已付印不及更正矣。只好等下期再说。我的意见即转郭老考虑，据说郭老外出这几天不在北京。下午讨论总结晚仍研究毕。昌传文之卷辑製之许多。这些文集稿中也没有仔细看，今天抽空看了

红旗二期高岩所写评吴晗同志的资产阶级历史观。其中「封建王朝的政策是不是超阶级的政策」一节，对让步政策问题作了批判，他说：「所谓让步政策，其实是封建统治者调节地主阶级内部关系，统一地主阶级力量共同对付农民的政策。」这个看法我还得仔细研究一下。在目前史学界进行的一系列原则性的大论战，是两条路线，两种世界观的斗争，自己主观上当是要站在马列主义这一边，但是自己的观点倒底站到了那一边，还是很难说的。对让步政策的问题我的看法是不是对呢？应当重新学习，重新认识。但这是需要好好认真地加以钻研的。

二月廿七日（二月初三日）　星期二

今天支部根据上级要求结合总结学习主席著作的情况，这是汇报也是检查。这个作法很好，可以帮助个人的学习。不过这些年来我的学习是不好的。但在学习的作法中还是有所收获的。今天大家都感到这次总结结合学习主席著作的作法还是可以的。但是因为时间紧迫，结果还不够彻底。我很同意这个估计。关于主席著作的学习，首先在方法上，要求各部分要进一步研究落实。

二月廿三日（二月初四日）星期三

今天讨论学习主席著作计划。下午和老刘交换意见。他认为我的主要缺点是不稳定。这一个缺点为值得注意的意见。这个意见的具体内容他没有说。究竟是何所指呢？很值得研究。在谈话中他举了不少蒋景珍的情况，其中有些情况似乎在抄语录了。有则改之，无则加勉，我都一一记下了。

今天在讨论学习计划过程中，自己感到没有世界观不能很好理解面是否全心全意为人民服务，作为不搞意识形态的工作者，改造世界观的另一个重要方面就是要彻底与一些旧的传统决裂，包括道德观、美学观、艺术观、历史观等等。因此要对计划作重新的修改，要认真的加以修改。

二月廿四日（二月初五日）星期四

上午开座谈会谈敦煌文物研究所的方针任务问题。只有刘开渠、贺昌群

向达、沈尹默、潘絜兹等了、吴恩成、夏鼐、吴作人、华君武等的周年来出席
主观面有多面表现：他认为敦煌文物和群众不宜太直接，只能是间接服务的，而
当前应以改造以往本身为主，因为敦煌有些保守思想，对文艺工作者来说是个危险地
带。如果本身缺乏抗毒素是很容易吃亏的。这个意见对于个别工作者来说也是值得
注意的。下午金维诺、安四清、我和胡耀辉同去展览馆参观俄美展览，未能到
车站送行。晚读毛主席语录数则。

二月廿五日（二月初六日）星期五

怎样活学活用毛主席著作？我想首先是要有学习的强烈的欲望。这个欲望是来自
改造自己思想和改进工作的自觉要求，没有这个自觉就不可能活学活用。半年来这
个要求在我的思想上已在逐步地增长起来。这是个可喜的现象。但能否不断地学习改
造的过程中有所前进。每一个时期我正须不断地事事按毛主席指示办事。过去不这样要求自己
彷彿一切都很平静，思想上没甚麼问题。因为自己得安於工作，也努力工作，甚至也的的確
是把它和世界革命、共产主义联系在一起的。但是当我认真地按毛主席思想来要求自己的时候，就
发现问题并不那么简单，而是时时、处处、事事都可能有问题，都与毛主席思想存在着差距。
这个发现对我来说实在是太重要了。让自己去缩短这个差距而斗争吧。

二月廿六日（二月初七日）星期六

读延安文艺座谈会讲话。又特别注意地看了关于文学批评的两个标准的问题。主席说：「我们不但否认抽象的绝对不变的政治标准，也否认抽象的绝对的不变的艺术标准。」这一点极为重要。过去对于这个概念，在不同时代，不同的历史时期都有不同的具体内容这一点是比较清楚的。但是对艺术标准就不是那么清楚，觉得这是形式和技巧方面的问题。而形式和技巧是有相对的稳定性的，变化是迟缓的。殊不知形式是内容所决定的，内容变化形式也必然要相适应的变化。京剧是形式，演现代剧水袖和许多表现帝王将相、才子佳人的程式就用不上了，因而表现形式也必然要变化。要创造新的程式与新的内容相适应。过去看京剧的人越来越少，今天看京剧的人越来越多。内容固然是决定性的，而形式也是重要的。因过去很多人看不懂、听不懂，而今天大家看的懂、听的懂了。这里有个艺术标准问题。过去（有些）欣赏京剧的人不欣（欣）赏新京剧，（很多）今天欣赏现代剧的人又不欣赏旧京剧，说明了人的艺术趣味不同。当然好的旧剧仍然是可欣赏的，但毕竟欣赏的是少了，说明艺术趣味变化了。

二月廿七日（二月初八日）星期日

最近三四日家中午到王府井理发，原打算去大齐处因时间已晚即归。读读讲话。深感主席的每一篇文章都是十分具体的，都是带有不同于其它文章的特点的，但是每一篇文章又都是共同的，这就是唯物辩证法的立场、观点、方法。我们学习主席著作不只是要按照主席的一些具体指示去办事，而更重要的是学习主席的立场观点方法。所谓活学活用有两方面：第一要带着具体问题去找主席有关这方面的指示来解决这些问题。比方说，主席教导我们对文艺批评要政治标准第一，我们评价文艺作品就必须按照主席指示去做。第二，我们学习主席著作要领会主席的指示原则的精神，来结合自己的具体问题的实际，活学活用，而不是生搬硬套。这一点是比较难的，但必须做到这一点。否则就不能活学活用，而变成教条主义的学习。

二月廿八日（二月初九日） 星期一

部的总结和计划，今年又做了修改。今天大家重读一遍，感到的确突出了政治

但是文字過長，似乎可以再压缩些。

三月一日（二月初十日） 星期二

一上班，就集中力量处理了几天来的公文，自己计划有条要留情的要求，怎能再压文呢？但是有些文是需要等一等再办的。关于洞沟墓群发掘的问题，吉林省文委未报来，不知何故。

晚饭后大吐，肚子觉得微有不眠，吃加当数片，好象奏效，此后我也没有睡好，甚为放心。

三月二日（二月十一日） 星期三

上午讨论了長路同志写的党代会發言稿，大家意见体会应当再改一下
他连夜又起来就自己的体会分别写出，后由他集总，这个办法很好。
下午陈应祯来谈了很多关于指导農业部的问题，看来他们很重视湖北
参观歸来也有不少体会。希望今年会上能提供一些好的经验。晚写党代会
發言关於科技工作部分，主要谈了两点：一、古为今用的关係问题；二、正确的古为今用
的问题。重点放在古为今用的问题上。夜十二时始完成。

三月三日（二月十二日）星期四

上午去东单公园劳动，觉得每週有一次劳动的確是很必要的。和
少忱在一起边干边谈，颇为愉快，彼此开玩笑的说"劳动成为我们的需要，我
们已是共产主义的人了"，虽然是句玩笑话，但也反映了思想面貌的变化。下午坐
車送四清的同志。天氣很寒，大有下雪之势。歸来头疼甚，飯后早寝。

三月四日（二月十三日）星期五

今天又讨论了長路同志在党代会的發言稿，最后决定由我修改一九六五年工作情
况和一九六六年工作任务，由長路写体会。

三月五日（二月十四日）星期六

大雪。上午完成了一九六五年工作情况和一九六六年工作任务的修改。下午到局、济

德国古董本内容即选自路易吾参攷審閲。

晚讀延安文艺座谈会上的讲话。的確，这里面有很多是适用于一切文化工作的原则。但是也应当認識到它毕竟是針对文艺工作的，因而把它应用到文物工作当中来，还需更具体地结合文物本身特点来灵活地运用。我的体会是，主席的每篇文章都有它的共同点，即毛泽东思想的立场、观点、方法，但是每篇文章都有它的特殊性，即是針对着一些具体的不同问题而写的。我们说某篇文章主要是解决某方面的问题，并不等于是否认了主席思想的普遍指导意义。否则，如果说主席的每篇文章都带有普遍意义都能解决一切问题，那么，主席写一篇文章也就够了，何必写那么多篇文章呢？

三月六日（二月十四日）星期日

雪霽多雲，道路泥濘不堪。上午到三舅家午飯后与四舅去北京体育館看乒乓球比賽。庄则栋、李富榮、時變林都出了場，有不少新手打的很好，給老将以很大威脅。庄则栋即是以二比一战胜一名新手，而比分则甚为接近，取胜亦颇费了一些力氣。時變林以二比〇负于始譯。因怕車擠早退，臨行庄则栋正与一名青年新手交鋒，胜负尚未卜也。

三月七日（二月十五日）星期一

清燕内市部值班又多付給顧客五元，连續兩次已賠十元矣。如果回回如此于何澤了。由此可見他之不學無理財了。

翻閱馬克斯主义經典作家論历史人物評價的選（有）很多啟發。列寧說：「要指出反動分子（历史学家和哲学家）的学说中包含有关于該階事件更替的規律性和阶級斗爭的深刻思想。」這是馬克思主义是明確地毫不含糊地指出的。這对於我們保存一些反面教材以及物提供了理論根據，既並反動分子学说中還有為我們研究的東西，保存了物就不持只保存正面的不保存反面的。這不是很合乎馬列主义嗎？問題不是保不保，而是沒甚麼批判，保存了，保了又怎樣地服务于我們來用（的問題），簡單粗地一棒先是不行的。

二月八日（二月十六日）星期二

為慶祝三八婦女節今天婦女同志下午听蕭、歐部長報告，之后放映大豪紅旗起之闹的電影。

晚來繼續讀翻閱馬克思主义經典作家論歷史人物評價的選。目前對"清官"、"讓步政策"的討論正在繼續討論，不同意見針鋒相对，而且都引經據馬列主义，主席語錄，卻得出了完全不同的結論。所以任何意見，馬克思、列寧、毛主席側長語錄證明來斷（判）是非是會有些弊病的，每（也）世界各家西西是自己的主場，據此方法，因不本物，不同的立場，立可以說全是主觀的。

三月九日（二月十七日） 学炯三

学习讨论人民日报和光明日报六月廿七日的讨论，大家一致认为根本问题是世界观的问题，而立场问题又是世界观问题的核心。立场问题解决了，观点、方法问题也就好解决了。通过讨论所指出的，要解决世界观的问题，就必须：第一、大学毛主席著作；第二、深入工农兵，与工农兵相结合。的确，在文物工作中，如果不首先解决立场、观点、方法问题，就要走向封建主义、资本主义。因而学习毛主席著作，深入工农兵，正是为做好文物工作创造根本条件。这也就是政治统帅业务。

三月十日（二月十八日） 学炯四

这两天一直在思索列宁说的在反动分子著作中的「政治事件更替的规律和阶级斗争的深刻思想」问题。如果说在反动的著作中有可能反映政治事件的更替的规律是可理解的，但是它揭露阶级斗争的深刻思想呢？这一点需要好好想想，想通了对于历史人物评价和如何具体地解决批判继承遗产问题是有帮助的。（在）这些历史上一些著作中的确是反映了一些规律性的问题，对于今天还是有用的。政治挂帅，德才兼备的干部路线，即是我们发展的一般规律。前几天阅司马光资治通鉴中有一段话很能启人深思的，他说才德之资也，德才之帅也。德才全尽谓之圣人，德才皆无谓之愚人，德胜于才谓之君子才能杜绝谓之小人。任用干部要重以德为主，因小人挟才为恶则无恶不至。近日马克思所说的德才的具体内容和我们所说的德才有所不同。但是都反映出阶级的干部政策就是德才兼备以德为主的，这是规律性的东西，是可作为经验来借鉴的。

三月十三日（二月初八）星期五

把毛主席的书当作最高指示，但是怎样领会指示的精神，把文具体化并不那么简单化了，是很容易也就不会有此偏了。对不对真正地执行毛主席指示，主要地还是取决于自己的世界观的改造程度，这是越来越体会的深了。只有树立全心全意的革命人生观，才有可能执行毛主席指示，不会有私心杂念，并可能作好的执行毛主席的指示。这几天个人来解，自己的水平已有所不足，为甚么？主要还是干劲不足之。从这里来检查自己，也就是缺乏"完全"、"彻底"的精神，为甚么？主要由于有些很麻烦、不够，不够，搞了下来，怕麻烦和甚么思想呢？思想上又受到那些干扰呢？小事情吗？不，就是从一点一滴来改造自己，才可能胜利真正的改造呀！

明天决定开始搞文，否则自己的计划可是完成呢？

三月十四日（二月初九）星期六

今天下决心把这几天的文件清理了一下，目前所要做的是内部的文、打电诰联系清果是要下星期才能取得，只好等待了。下午决定再去潭因为去承德了解木材使用情况。即请老白代购火车票。

晚去大哥处谈谭甚久。关于清官问题，他的见解是比较正确的，对我有很大启发，事实上清官是统治阶级的，海瑞之所以到康熙时才名气大起来是很能说明问题的。因为康熙决封了几个清官，由此可见清官的本质了。

谈了大的误读中使我深感收集材料的统一是太必要了。有了这些材料就能说服力了。海瑞、况钟、周忱到江南去也是适应了明代统治阶级的需要，因为当时明代大部分的经济来源皆依赖于江南来维持也。可见清官是不存在的。

辰生日譜
一九六六年

一九六六年（丙午年）日記 第二册

三月十三日（二月廿二日）星期日

早晨八点多鐘都都就來了。這孩子已經是無家可歸了。所以我們應該把她當作自己的孩子，常說"我今後也把我們這里當作自己的家"。今天從她那里才知道溥儀的病得了癌，以至已住在醫院，而且據說李宗仁夫婦也得了癌，"皇帝"、"總統"都已是壽命不長了。都都到下午五点才回去，並約好下次來一起去動物園。

晚去大哥處，遇劉盼老、向達、王重民，從向達談話中獲悉董希文尚藏有敦煌遺書三國寫本賈逵注國語，此亦屬國寶性之文物，而未被地文教所損又

物，多为一般的东西，何以竟如此物？有来需要了解一下了。又据说常書鸿和董希文曾去
至敦煌时曾发现一队光彩的北魏写本酒娘，用九个桐娘以后了两个，每人一半送
字，不是破坏文物太甚有此理了。今天此后都是党员，恐怕该有所觉悟了吧。

三月十四日（二月廿三）星期一

听王宏为训练班讲怎样鉴定玉器，主要是说了玉器的发展和
各个时期的特点，讲的很好，看来是完全可以把它整理一下，送文物月刊发表，
也是可以成小册子。对于一般文物工作者是有用处的。下午头疼，甚晚早睡。

三月十五日（二月廿四日）星期二

今天王宏继续讲怎样鉴定玉器，给我很大启发。他说玉璧是仿纺
轮演变而来，各个时期玉器的风格决定于工具。由此可联想到文物的作用问
题，文物的作用只是研究文物生产工具、艺术、科学发展的重要资料，它不能代
替文献资料，但是却可以起文献资料所不能起的作用。这只是文物的特点。文物不
同于书，是形象地教育人民，而是属于科学的范围，是实事物例证，科学地说明各
历史规律来为无产阶级政治服务的。

三月十六日（二月廿五日）星期三

学习《解放军》社论，讨论了文物局的买卖文物问题。我觉得我们单位

实在太落后于形势了。甚至可以说基本上没有买书办法。这个意见得到了胡耀辉的同意。下班后又和田同志谈了自己对书部的一些意见。买书办法的关键在于领导在于文部，要求必须积极由书不由文部领导，以此调动书店是起不了决定作用的。

三月十五日（二月廿六日） 星期四

上午集中力量买郑书，把它全部完了，只有三件留给陈叔长处理。晚即登车去承德。午前至大礼堂看了一半彩色邮的电影。

三月十六日（二月廿七日） 星期五

天还没亮就到了承德，风劲刺骨，真是有些塞外风光。乘马车到旅舍小憩。八时到文物局联系，才知道彭局长等也是刚刚自天津回来，如果早来两天还见不到人呢。下午在风沙扑面中参观了离宫湖滨地区。使我感到与颐和园有很大的不同，就是有更多的自然风景。晚宿承德饭店。

三月十七日（二月廿八日） 星期六

今天田野同志和我们一起乘吉普车上山看了别墅、洲和许多建筑遗址。俯瞰离宫设计的内容是那么大作手笔的。登山之后俯瞰离宫的破别有风味，它是充分的利用了自然，又恰当地点缀了自然，显得那么谐和不同凡响。这是颐和园所不及的地方。可惜百分之七十的建筑物已经毁于军閻湯二虎以及日偽等部队，谁保护了的，谁破坏了的？这是敌我的一堂政治课。

这也应当是内容说明的一个重要内容。

晚看两组业余演出队演出，歌唱焦裕禄，尤其，特别是幼儿园的孩子们表演很认真，极逗人喜爱。最后一场话剧取材焦裕禄临死时一段，似乎欠妥，在表现焦裕禄的方面太多了，何必一定要写这一段。焦裕禄不应当是一个悲剧的结局，让观众流下激动的眼泪，而是要使人好好地征服自身，坚持此种斗争的革命精神的教育才好。

三月廿日（二月廿九日）星期日

上午去外八庙看了布达拉和行宫，下午看了大佛寺。难怪人家都说这里是清代建筑之精华，进去譬如说是生平所仅见。特别是布达拉的道路盘旋曲折，每走一步都利用空间，间隔空间而给人以小中见大的效果。看了这些建筑之后，不虚此行矣。晚宿外八庙管理处，与老同志谈了这几个月的工作情况，由于突出了政治，大学了毛主席著作，面貌大为改观。这是原来的一班人，而前后判若不同，突出政治之重要于此可见。该处应当付诸散。

三月廿一日（二月卅日）星期一

早起与侯秉同志一起去园亭子，这是一组十分精美的建筑，惜已残破過甚。居高远眺，布達拉和行宫，在桐阴中显得十分壮丽，使人不能不欽歎，服膺劳动人民之天才也。要这看的里［illegible］别致。看了这些建筑不得不赞叹它们的美，更重要的看它的政治意义，康熙、乾隆了真是一些有远见的帝王，这个小小的山城实际上就是我们多民族的民族文化宫，具体地体现了当时他们的民族政策。他们一手在残酷镇压的同时，又施以怀柔，软硬兼施以达到其统治的目的。这说明了自古至今统治者都是如此，可不慎哉。对帝国主义者存幻想的人看了康熙也应当有所体会吧。

三月廿二日（三月初一日）星期二

自承德返京，车抵通县时，地震。车子左右摇摆，历时数秒，感到有些头晕。抵京时黄沙蔽天，即去红楼，晚与清源生思成去吃饭。

在旅途中和黄律相互谈心，我们相处数年谈得这样深还是第一次，也反映了局部的空气还是太不浓了。

三月廿三日（三月初二日）星期三

一个人如果要真的有自我改造的决心，那么随时随地都会有可能获得改造自己的认识机会、教育自己的资料。这话说得不够确切，不知道应当怎样才真确切的表达了这个意思，比方说，看戏、看电影中的正面人物、反面人物，日常工作生活中的同志检讨中学阶段的问题，成功的经验，失败的教训，别人的优点和缺点，都要对照自己进行自我教育，关键在于自己的决心，有了决心就处处都可以受到教育，没有决心，纵使有再好的条件也还是不能利用而收效甚微。

三月廿四日（三月初三日） 星期四

上午劳动，下午讨论中共中央复苏修的信，拒绝了参加他们廿三大的邀请。大家一致认为目前的形势很好，这样更有利于揭露苏修和团结真正的马克斯主义者。看来最后的大分裂来得很快，已迫于眉睫。

三月廿五日（三月初四日） 星期五

读光明日报，首先要在克服个人主义上狠下功夫的社论，社论强调了知识分子必须把活学活用毛主席著作作为改造自己世界观放在首位。因为灵魂是个人主义，业务是马克斯主义的，事实上没有这回事。文章批判了有些人把原则上的是非之争转化成人事纠纷，或者嘁嘁喳喳。这点对我来说要极为警惕。因为在目前工作上总有些原则争论的，而我是争论的一方，有时有些情绪往往涉及到个人，这就很危险注意。千万要注意！切不可把原则争论转化为人事纠纷，而要做到这点，不克服我字是要不到的。联系思想，再次说明了社论指出要首先改造世界观的正确性。

三月廿六日（三月初五日） 星期六

古代古史分期问题、商殷周[illegible]社会性质的讨论问题，苏秉琦、陈梦家的直接间接与商书文字问题。尚书是当时一篇盟誓或口载书，是不可怀疑的了。但是时间似不会太早，像那所说的那样晚，至于春秋战国之交，上限为[illegible]之后则无疑问矣。由此可见这批资料极为重要，可以补文献之不足也。

三月廿七日（三月初六日）星期日

读戚本禹、"翦伯赞同志的历史观点应当批判"一文，迫使我不得不重新考虑对"让步政策"的认识问题。戚文以"是让步政策，还是反攻倒算"为题，从根本上否定了"让步政策"的存在，指出了这是歪曲历史事实的，是反马克思主义的。是美化地主阶级是歌颂封建社会。这是我过去所认识不到的。我过去以为一些有远见的帝王是采取过有利于生产的措施，而这些措施是为了统治阶级的利益而实施的，所以它也是统治阶级向农民进行阶级斗争的一种形式，是统治者两手的一手，至于这些措施叫不叫让步，我认为是无关紧要的，叫也可以，不叫也可以。现在看来，这个认识是有问题的。因为"让步政策"这个提法是站在统治阶级立场说话的，将今比古，将外比今，那不就说阶级的敌人有甚么"让步政策"，抗美援朝的胜利迫使美帝国主义不得不签字停战，难道能说美帝对我们采取了"让步政策"吗？显而易见是不能的。而我在这个问题上为甚么认识不清呢？这是值得检查的。

三月廿八日（三月初七日）星期一

再读戚本禹的文章，特别着重地研究了很多政策的问题，因为我对这个方面的认识是有错误的。今天再次精读，益发感觉这个问题不简单，它是和今天现实有联系的，因为如果依照"让步政策"的理论，实际上就等于承认了修正主义的理论。对阶级敌人不是进行针锋相对的斗争，而是幻想他们自动让步，这不是十分荒唐吗？因此，批判"让步政策"的理论，是有现实意义的。

三月廿八日（三月初八日）星期二

接长安来电，廿八日抵京，为之大喜。十六年未见了，她应当是个大人样子了。来电未说明车次，我们未接，当即电请她速告车次。

下午钟少泉来访为李马普圈书书文字，我特别告诉他审字有的作宷字，是采还是宷还是值得考虑的。

三月廿九日（二月初九日）星期三

定成给国务院文物局转调湖古墓群问题的报告。下午报安宏通知某理问向国城，故事经过他要有无影响，当即通知文建所派人前往调查。晚接长安来电，告以不必去接，大概是由长安来京为有关引人而集体行动也。晚到北京已住中关村。

三月卅日（三月初十日）星期四

狂风竟日，气温骤降，去紫竹院植树，劳动量甚大，十多时方归来已不支矣，头疼甚，早寝。九时毛头来，病好了一半，实在太高兴了。谈到十二点才睡，这孩子还是老样子，不过懂事多了。可惜他只能住一个星期，而且时间十分紧，恐怕少有能痛快地坐一起谈谈了。

四月一日（三月十五）星期五

于坚、彬玲四清归来，因处理一些待办公文未能去车站接他们。下午去公安部联系拍摄红外线照相问题，十分顺利，他们愿意协助，约好明天先去试验照几张，看看是否能成功。因为石质与书本条件不同，能否有效尚不敢必也。

毛头到晚九点多才回来，原拟到五大哥处，因时间过晚而罢。

四月二日（三月十六）星期六

读范老最近出版的中国通史简编第三编第一册，并以戚本的批判文章的观点来看，其中有些观点也是有问题的。如：第三章封建经济繁荣疆域大扩展时期——唐简短的结论中说："隋朝末年，农民大起义，沉重地打击了隋炀帝为首的统治阶级，使得继起的统治者，不得不对农民阶级作出一些让步，政治措施有所改善。"这样，以黄河长江两大流域为经济基地的、社会安宁持续到百余年的唐朝出现在历史上。在这里，他强调的是来源于统治阶级的让步的。而正是这种让步措施，使得唐代百余年出现了社会的安宁。按说，主席最近提出统治阶级不可能有甚发"让步政策"，而不是有反攻倒算。看来蒋君的这个观点是成问题的。至于我，认为他也并没有领会主席的这个意见的精神。因为主席的一些指示，不是一下子就能全部体会得很深刻的。

四月三日（三月十三）星期日

上午去子贤处，饭后稍憩即返宿舍，下午到葛君太太处，看其已先去稍坐辞出，带女孩至全聚德吃烤鸭，这是北京特产，她来一次不容易，所以特地请她吃一次，晚至大哥处。

四月四日（三月十四日）星期一

乃秀来后一直住在家里，只是早出晚归，十分辛苦，今天才算真正与他谈了一些思想问题，从谈话中看这孩子在思想认识方面上还是不太明确的，但是要求进步的心还是迫切的。直谈到十二时才散，今晚我就由招待所搬到果家去睡了。这样可不受时间的限制，方便得多了。

四月五日（三月十五日）星期二

下午学习了党委扩大会的文件。这次学习将为五、六个月的时间。今后每周学习了主席的不断和林彪同志的有关政治工作的指示，使我明白了为甚么提出突出政治的口号，并且有针对性而提出来的。因为一九六四年突出了军事冲击了讨论，所以一九六五年要突出政治，针对六四年的偏向。

晚大哥嫂携咖啡一筒来，送以小水仙花头带泥者。谈至九时半始归去。

四月六日（三月十六日）星期三

早起送毛头出去，甚感疲乏。下午学习讨论党委扩大会议文件，继续传达萧望东同志的报告。报告提出了六四年的估计，即文化部整风取得成效的一年，是学术学艺方面的一年，向农村大进军的一年，文艺大转变的一年。当然文艺事业是发也是这个一年，前年是有不同意见的，我认为，建国以来，当然文艺事业不能说是自始至终贯彻了一条黑线，而应当说是有一条断续的红线。建国之初这几次工作是政路对了的。但十六年来有两次反复，一次是一九五七年二百方针提出后，开会提出了一些各地博物馆普遍地重古轻今，不敢去搞反映社会主义的题材，一次是一九六一年以后对一九五八年大跃进中出现的苗头作了全盘否定。这两次反复都是阶级斗争在我们业中的反映。这个估计，我同意，但中间还是有不同看法的。

四月七日（三月十七日）星期四

在学习讨论党委扩大会议文件过程中，不自觉地又涉及到整风中还不够明确的问题，而这些问题势必会引起一场大辩论。而我只是辩论中的一方。于坚在发言中已经提出了批评，认为整风中对一些问题已经有一致意见，为甚么后来不敢提了呢。这实际上就是折衷主义。老高、老卢是他的拥护者。我没有就此发言，也没有进行辩论，因为这是需要经过以后再讨论的。但是我不能不就此作些声明，我已把他们的意见记下来，再好好研究了。

四月八日（三月十八日）星期五

博物馆究竟要不要陈列，居然也成了问题。老高竟然说陈列和展览不必区别，只搞展览也是博物馆。这样，北京展览馆、农业展览馆岂不都成了博物馆了。在我看来，陈列和展览是应当有区别的，事物总有界限的，不能因为陈列和展览本质上没有区别都是通过实物来教育人，就说它们根本不必要区别。这样说来，京剧、评剧、话剧是不是因为它们都是剧种，所以不必区分呢？这是说不通的。

四月九日（三月十九日）星期六

几天来一直在考虑博物馆本身的问题，使我越来越感到有些话博物馆是不能全盘否定的。而有些人却把它们当作谬论和方向错误来批判的。这些并非不妥当。他说博物馆是形式，形式不是方向问题，题材内容，为谁服务这才是方向问题。我认为，如果以马列主义、毛泽东思想的立场观点方法来办地志博物馆，是可以办好的，反之思想没改造好，如其办博物馆也同样是办不好的。这一点我已做好了大辩论的准备。

四月十日（三月廿日）星期日

晨九时去车站接小罗自西安归来，自车站送去红星看陈毅同志招待记者的纪錄電影，等於是听了一次我国外交政策的报告，是一次很好的学習。

午飯后与郝三、小三同遊动物園。玩得非常有趣，特别是看見了小猩猩吃飯，坐在小椅凳上用勺子吃米飯，神氣活現，真像是个小孩子。歸来在三舅处晚餐。

四月十二日（三月廿二日）星期二

接西安郝子高電話说野（？）已没救，但有大量中药未服，不知效果如何也。連日对吴晗批判有了更深入的發展，工農兵座談的發言給我极大的鼓舞。也由此而更深刻的体会到毛主席在宣傳工作会議上的讲話中所指出的，一些知识分子一遇風浪，他们的立場，比起工人和大多数農民来就显得大不相同。前者动摇，后者堅定，前者暧昧，后者明朗。工農兵駁斥吴晗的座談非常生动的証明了这一点，而且不只是堅定、明朗，並且語言生动而洗練，几句话就揭露了本質，比很多大塊文章还解决問題。例如下中農民说，清官是对皇帝清，不是对老百姓清，真可謂一針見血。这也是階級性所决定的。由此可見深入工農兵，改造自己的階級感情，實在是太重要了。

四月十三日（三月廿三日）星期三

学習討論仍在繼續，今天两个新来的大学生都發了言，陈廷煌讲的很好，是接觸了思想实际的。黄長喜的發言也不錯，只是一般化了些。

晚学习毛主席著作，又重读了延安文艺座谈会上的讲话，其中关于感情问题的指示使我感到更为深刻，以往感情问题是个根本问题，如不解决，不深入工农兵是不行的。

四月十三日（三月廿一日）星期二

上午去公安部取四集照片，效果并不太理想。但也只好如此了。看来红外线的效果对五十年代作用不太。中午征得何局长的同意，决定把现有的五本全部加固。

下午继续学习了石西民同志在文化部党委扩大会议上总结发言。提出了这是高举毛泽东思想挂帅、突出政治的会议；是一次交流经验的会议；是一次发扬民主、贯彻党的民主集中制的会议；是一次部务的会议。发言第二部分是关于突出政治的问题，首先引了毛主席的批示："那些不相信突出政治，对于突出政治表示阳奉阴违，而自己另外散布一套折中主义（即机会主义）的人们，大家应当有所警惕。"要求每个人深入领会毛主席和中央批示的精神——紧紧抓住两个阶级、两条道路斗争的关键。为完成当前的革命任务而斗争。这些任务是：保卫社会主义祖国，为共产主义创造条件，避免资本主义复辟，防止修正主义。这是最大的阶级斗争，最大的政治。这就需要我们自己拿出一条自己的路来。发言对突出政治要着重抓什么问题提出：突出政治，从根本意义上讲，就是突出毛泽东思想，以毛泽东思想挂帅，将无产阶级的阶级斗争进行到底。主要应当抓三个问题：一、要抓根本方向问题，要实现方向必须抓两个阶级、两条道路、两个主义的斗争。要估计资产阶级世界观的伟大势力，斗争是艰巨、复杂、长期的，有些方面我们没有能够掌握。大家要从自己头脑中清洗资产阶级的影响，这是个脱胎换骨的过程。要求大家不怕丑、不怕痛，把六年以来的问题亮出来，吸取教训，永远记住不忘记。二 讲话认为必须加强党对文化工作的绝对领导。党的领导主要是看是否正确地贯彻执行了党的路线、方针和政策，如果没有，实际上就是没有党的领导。三 要这样就必须贯彻党的政策，实行民主集中制。坚持群众路线，广大工农兵群众不单是文化艺术的享受者，而且也是文艺的积极创造者。而贯彻群众路线就必须抓好第一，用加强政治思想工作来推动一切工作。总之，抓根本方向问题，抓党的绝对领导问题，贯彻毛泽东路线问题，是文化艺术部门实践讲话最重要的几个问题。

讲话阐明了一定要把毛泽东思想学到手，彻底改造世界观。主要解决三个问题：一是大破"我"字当头，二是正确处理主观和客观的关系（不但要革命，而且要自我革命），三是正确处理政治和文化艺术的关系。普及和提高也是这样的，必须很好结合起来。要坚持实践论的观点。要解决思想感情的问题，必须挖进去，亮出来。

这个讲话很好，我想在学习的基础上，提出一个文物工作者如何贯彻这个会议的具体意见来。但是学习体会还是有不深化的过程的。

四月十四日（三月廿日） 星期四

人民日报发表了题为"政治统帅业务"的二论突出政治的社论。这两文章极为重要，它把突出政治问题提高到关系到两条道路、业务中的资产阶级与无产阶级的斗争来认识，对我们帮助很大。文章指出了一切业务活动都应当是为了巩固和发展无产阶级专政，为了巩固和发展社会主义制度，为了逐步向共产主义过渡准备充分条件（包括物质的和精神的）。这是根本的方向问题。文物业务也应坚持这个方向，而不能脱离这个方向。这里提出了不少重要的问题，就是要为逐步向共产主义过渡创造条件。文物事业如何创造呢？这是需要好好考虑的。我们一切工作都要考虑实现这个方向而努力。否则就会犯错误。

四月十五日（三月廿五日） 星期五

河北省文物工作队长王任宝同志来，他希望我能去一次燕下都。我也早有此意，就是时间成问题。我很想以燕下都为试点，把大遗址保护和发掘工作创出一条新的道路来。在我看来这是完全可能的。因为这项工作常常在农村，对于深入农村是很好的条件，上山下乡也是有条件的，如果能把自己当做一次劳动锻炼下来，就是非常重要的经验。我想明天再好好争取一下以为好些。

四月十六日（三月廿六日） 星期六

主席在新民主主义论里说："文化革命是在观念形态上反映政治革命和经济

革命，並不空洞玄虚的。”这句话极为重要。据此，文化革命的内容，在不同的革命阶段也将有不同的具体内容。毛主席又说：“在中国，文化革命，和政治革命同样，有个统一战线。”接着毛主席把这种文化革命的统一战线分为四个时期。对二十年来的文化革命运动作了总结。可以看出不同的时期，文化革命的内容不同，统一战线的对象也不同，革命不断地向前发展，不可避免地在统一战线中一些时候人员会分化出去，一部分人从革命转化为反对革命。这个历史的事实对我们医学人来说是要很好地引为警惕的。晚至大哥处。

四月十七日（三月廿七日） 星期日

一早郁郁即来叙，后同至北海。下午始归。惜湖水枯涸，游人甚多，未能划船，颇为遗憾。晚偕甚荣、彬彬去买东西，因累而罢。

细读人民日报转载康生所写《论清官问题》一文，批判了吴晗的折中主义，並指出了方求文章的不妥。言之成理，发人深思。我希望再仔细阅读一遍。

四月十八日（三月廿八日） 星期一

通读明天人民日报，“请看吴晗同志解放前的政治面目”一文。编者按曰：“在三十年代，吴晗同志寄身於胡适、蒋廷黻、傅斯年之流的门下，成为他们精心培养的一个标本，这是人所共知的。解放以前，吴晗同志究竟是个什么样的人呢？大家从这个材料中可以看出，原来他是站在亲蒋、崇美、反共的立场的人，是一心想走第三条条直路的即资产阶级法西斯道路的人。吴晗同志的白纸黑字写下来的东西，将擦亮很多人的眼睛。"的确，看了这份材料，吃了一惊，尽管我对吴晗其人一向反感，但是我还觉得他这个在政治上是个右派，可没想到他会是"攻击抗日救亡运动，为蒋介石不抵抗政策效劳"，也可没料到他竟"为国民党反动统治的长治久安"出谋划策"，更没有想到他"要蒋介石以奴为教训"，全力以赴消灭共产党"。这份材料的确是一份很好的教材。它确实是帮助人们擦亮了眼睛。

四月十九日（三月廿九日） 星期二

文物月刊送来于省吾等人关于吴晗问题的文章三篇，要我提意见。振搁

现在的一些文章，看来这批出土文字是盟书大概不会有错误的。问题是究竟是在甚么时候？是否甚么事件。在释文中二天字应为"而"字，殊不可易，他的释为天部者释为大皆非是。关于最后一句"麻夷非是"，陈梦家谓应读作"麻夷"，我是赵"，即灭族之意，是有民同。于省吾则谓其意为"，毁团结一致，触犯而不遵守盟约，不敬吾君的诛罚，是不对的。"我意于说似更合理些。

四月廿日（三月卅日） 星期三

再读唐兰"论清宫质疑"一文。使我感到自己的确需要好好学习。是字在一九六○年初发表这篇文章的时候，我是欣赏的，认为这是一篇马列主义水平很高的论文。

并且为他对吴晗不指名的批评感到快意。方求同志采纳吴晗的论点并加以赞扬后，就更加坚定了我对这篇文章的肯定看法。既直精读康立的赞许，觉得问题提得很有道理。但是为甚么过去看不出来反而加以赞叹？这是很值得思考的问题。这即表明自己头脑里的思想是一致的。总的说来，就是陷入了折中主义。的确，尽管主观愿望是想要作马克思主义的评论，但是我不能彻底地站在革命立场上和一切非无产阶级划清界限的话，就会走到自己的愿望的反面去。这是很值得我们警惕和深思的。

四月廿日（闰三月初四）星期四

闲话学习「高举毛泽东思想伟大红旗，积极参加社会主义文化大革命」，这是一篇十分重要的文章。有了一些新的提法，例如文艺的内容，本来是为无产阶级政治服务，为工农兵服务，为社会主义经济基础服务。现在的提法是：为工农兵服务，为无产阶级政治服务，为巩固和发展社会主义制度，逐步向共产主义过渡服务。最后一点极为重要。我们的文艺必须多写。这一点以前不大谈，而过去是很少谈及的。

四月廿二日（闰三月初六）星期五

在学习讨论这篇文章中，又涉及到对过去的工作估价问题。前些时于墅记谢队长说把学术联系实际这一点搞掉了。这一点思想自己也说，周扬同志说过一些学术界的专家往是从学习苏联的结论来决定的。据此，对这学习苏联的地志博物馆否定就不对了。于是出现了这样的论点：这学地志博物馆是错误的。我有这个认识，很值得商榷。学习苏联也要一分为二，不能全盘否定。第一，在五〇年建国之初，我们对怎样办新型的博物馆完全是昏白的，需要借鉴经验。当时，不学苏联，难道学资本主义国家吗？在我看来，学习苏联在当时是完全必要的。而今全部照抄是不对的。第二，对苏联经验也要一分为二，既不能全盘肯定，也不能全盘否定。苏联继承了某些资产阶级的东西但也不能说没有好的。这要具体分析，不同时期，不同的方面都有可取的，地志博物馆是斯大林时代的东西，应当说基本上是马克思主义的。为甚么说不可以学呢？苏联的这套经验正面或反面，都是可以作我们学习和吸取教训的。但学习必须是批判地或者说是有分析地学习，而不应当是教条主义的学习。

四月廿三日（闰三月初三日）　星期六

晴侯　酝酿绪问题，和少忱的意见逐渐接近起来。我们都不赞成对这个作笼统的否定，而是要科学地估价。而解放十六年来过程，恐怕也是不由必然王国向自由王国飞跃的过程。但是比起其他建设事业来说，是差距很大的。任何事物，都需要有个认识的过程，要了解事物的客观规律性，要真正认识了事物发展的客观规律，不可能是一下子就解决的，因为人不是生而知之，而是要从成功和失败的经验中总结，才能逐步认识要坚持唯物论，从实际出发，而不应当从想像出发。

老稽在研究体制问题时有何意见。这又涉及到许多问题，本文规定是否有过头的地方。这是一。中央和地方怎样分工的问题，这是二。过去来来回回，忽紧忽松，是有些经验教训的。而集体和个体部门也有不同。实质怎样办，很值得讨论。过去太集中，五八年来了个下放，后来又紧了些，有反复就有教训，似乎有必要总结一下。我们的事业只能是按照方针。事情适宜地方办，地方办。在方针原则下因地制宜。但这恐怕需要更好地贯彻方针的因地制宜。这里有个是这利益，国家整体利益和当前利益，地方或本位地益的关系问题。从原向题。则必须以前两个利益为基本出发点。凡是应当集中的，必须集中，不应或不可以集

我们掌握规律，注意同时自觉。而要认识规律又必需经过实践，只有在实践中才能得成功或失败的经验，才能逐步地对于事物从必然到自由，才能完成对于事物的必然和认识和对于事物的改造。

打破框框是对的，但是不算把一切规章制度和过去的经验，一概抹之为框框。只有实践证明是已经妨碍了事物发展的东西，才能把它当作框框来打破。世界上不可能有永恒不变的规章制度，而是要不断地随着变化了的客观存在条件改变和建立适应于新情况的新制度。而新的制度在新的条件下总要有个相对的稳定时期。这就是不断革命论和革命阶段论的结合。即要敢破，即要必破。又要作具体分析。开

中的也不必须求统一集中。我看文物整理方面从现在的实际出发还是不错的。

四月廿四日（闰三月初四日）星期日

去八大处春游，居京廿年，这还是第一次去八大处。天气甚好，八大处都算看到了，可以说不虚此行。惜清源因病未能同行，深以为憾。下午四时半许归。

晚学习文件。翻阅几天来的报纸，都有指学术批评，在学习主席著作方面又有不少好经验。特别值得注意的是，有的指出要特别强调民主集中制，把文提到无产阶级的高度，和党性纯不纯的高度。这是党的生活中的一个根本性问题。这样提法很必要，因为不这样，就不会引起注意。很强调，说在十分正确掌握民主集中制的人是不多的。在很多人当中是很不习惯民主集中制的。这种情况非改变不可，是很不好的。要真正做好，也不是一件容易的事。

四月廿五日（闰三月初五日）星期一

几天来的学习更进一步地感到民主集中制的重要性。这是个相信不相信群众的问题。从群众中来到群众中去，首先要从群众中来，革命领袖之所以伟大，也正是高度地集中了群众的智慧，反映了最大多数劳动群众的根本利益的要求。没有民主就没有集中，反之亦然。因为没有民主，就不可能有正确的集中，所谓集中，就是把群众中的正确意见集中起来，统一认识，统一行动。一个人说了算，按个人的意志几年来，只搞一言堂，不搞群言堂，那不是甚么集中，只能叫个人"独裁"。这在党里有时是一个人说了算，有时是大家乱放一通，没有集中。十九年来的事业存在的严重问题不能很好的解决，是和没有正确贯彻民主集中制是有密切关系的。

四月廿六日（阴三月六日）星期二

反复回忆了建国以来的工作情况，总觉得不能说是贯串了一条黑线，事业、在事业中是有黑线的，但不是贯彻始终的。另一方面，也不能说一条路线是正确的，这也是不可能的。因为我们没有经验。还没有摸到事业的发展客观规律，有时，对于文物事业要为社会主义服务的方向还是有认识的，但不够的？就不那么清楚。中国革命到抗日战争时期，才真正树立了以毛泽东思想为领导的正确路线，中国民主革命经过不少斗争，才真正被认识，才算是有了自由，我们怎能够在建国之初，就完全掌握了社会主义文物博物馆事业的规律。而这种规律到目前为止，世界上是没有成熟经验可以借鉴的。看来的问题是更大，我们已经建国十七年了，还是在摸索中，这样是很值得注意了，真是交待不过去的。

四月廿七日（阴三月七日）星期三

这两天我正在仔细地阅读人民日报发表的"翦伯赞同志的反马克思主义历史观点"

正如人民日报编者按所揭出的：由于他披着马列主义的外衣，善于使用折衷主义的诡辩，所以他的言论有相当大的迷惑性，在文学界起了极其恶劣的影响。所以至今还有一些论点孤立地看，我还是看不出它的错误，对这些论点更无法批判，认识还是比较模糊的。我虽把揭出揭露的材料看了两遍，可真是逐字逐句地认真阅读的。大致可以分为三种情况：一、明显错误，我也能指出其错误所在；二、感觉有问题，但还不能明确地指出其错误，说出自己认为正确的道理；三、现在我还看不出其错误所在。这都表明自己思想还是有问题的。为了改造自己，锻炼自己的批判能力，我决定再读读反复阅读这份反面材料，暂时不看别人的批判的文章，根据自己的认识水平，学习主席有关著作，来对这些材料进行分析批判，然后再看别人的文章来对照，鉴别自己的认识是正确还是错误。这样对提高自己思想，提高认识水平是比较好的方法。因为我在思想上有不少地方是和胡风他有共鸣的。革他的命也就是革自己的命，批判他也是批判自己。所以采用这个办法，带着问题学习主席著作，实际上就是革自我的命，自我批判的过程，也只有这样，才能接触自己思想实际，进行自我的思想斗争。我认为，在这样一个伟大的社会主义文化大革命的浪潮中，如果不把自己摆进去，暴露出来，荡涤自己头脑中的污浊，必不可免地会被时代所淘汰，成为历史前进的障碍。晚看桃花扇。

四月廿八日（闰三月初八日） 星期四

对桃花扇的认识，我和老高又发生了争论。他认为这是一部以兵临城下，更为恶毒的影片，是一部借古讽今，攻击党和社会主义的影片，但是表现形式十分曲折隐晦，有些对话极为恶毒。侯朝宗实际上就是右倾机会主义的化身。我不同意这个分析。我并不否认孟超会有借古讽今的可能，但必须把编导者的真实言行联系起来看，没有任何其他旁证材料，仅从剧作本身所反映的问题是不能得出这个结论的。既然真是有借古讽今之意，也可解说侯朝宗就是右倾机会主义的化身，这在逻辑上讲不通。请历史家作裁判吧。

四月廿五日（闰三月初六日）　吴翔五

读读有关翦伯赞的材料。越看越有味道，终于发现了一些自己过去模糊认识的东西，也开始理解了一些前此未大透不大清楚的问题。比方说，历史局限性的问题。我过去也往往强调历史局限性，但是却忘了作阶级分析。因此在我的脑子里的历史局限性是和翦伯赞的说法完全是一致的。所以翦的材料发表之后，前时这一段，还是感觉不出他的错误所在，甚至觉得和他的帽子对不起来。但是经过了反复的阅读以后，才看出了他的毛病，而且真正地懂得了他的错误的严重性，这不单单是方法论、认识论的问题而是立场的问题，思想感情的问题。试看，他用"历史局限性"对帝国主义将相和劳动人民采取了两种解释，一方面说不能要求古人像今天的工人阶级一样，因而就原谅了豪帝王将相的「丰功伟绩」，不许批判，谁批判谁就是非马克思主义，不了解历史局限性。反之，他对劳动人民却又唯恐「歌颂」过分，因为劳动人民是不可能没缺点的。于是强调劳动人民的自发性，散漫性。这样就出现了一个鲜明的对比：同是用历史局限性这个名词，但是对「帝王将相」和对劳动人民却用了两把不同的尺子。对帝王将相所强调的是古人不可能有今天的水平，不要过分「苛求」，要多看他的优点和「伟大」；对劳动人民所强调的，则是古代劳动人民不可能觉悟太高，不要过分歌颂，要看到他们的缺点。这究竟是甚么思想感情？甚么立场？岂不是很明显的：对帝王将相，充满了爱，对劳动人民充满了憎。这个结论恐怕不算过分吧。否则为甚么今天既

上述情况呢？当然，他自己也再三说明了阶级斗争，说甚么自己不爱皇帝，但是依照他的研究具体分析，恰恰相反，他是很爱皇帝的。这说明了一个人的世界观的改造的重要性，世界观没改造好，立场是不可能站得稳的。凡是不承认这一点的人，事实上就是站在资产阶级立场的。言念及此，不寒而栗。自己再不加倍努力改造自己，就会不自觉地滑到反社会主义的道路上去了。可不惧哉。

四月廿日（闰三月初十日）星期六

一个人如果真的有献身于伟大共产主义的倾向、愿望，那么他就会不掩饰自己的错误，反之，一个人只是顾着我字，他就不可能真正的正视自己的错误。因此，必须抛，有

我们无我的斗争是个人改造世界观的核心，是个根本性的问题。而要真正做到这点，也必须坚持不懈地进行长期的自我斗争，随时随地的斗。这也就是突出政治。对翦伯赞的批判，使我深刻地体会到这一点。更使我明白了突出政治的重要性，如果说过去只是在理性上认识，那么，现在是从思想感情的深处开始起了变化。但必须说，这仅仅是变化的开始。阶级斗争的规律告诉我们，斗争是会有反复的，今天认识了的东西，明天可能又会模糊起来。斗争的进行总是曲折的，反复的，只有时时刻刻地严格地要求自己，才可能避免大的反复，才可能少犯错误。在这次社会主义文化大革命的斗争中，我下决心，正视错误，投身斗争，在斗争中改造自己，改造工作。

五月一日（闰三月十一日）星期日

大雨，日夜都未停。原定去温泉上坟，去动物园因雨而中止，去姨救处小坐，晚在三舅家吃饭，九时始归。

今天算是玩了一天没有学习，也没有工作，真是休息了。在三舅处听到前天中午在友谊商店光天化日之下，竟然有人向外宾行凶，实在是骇人听闻。说明了阶级斗争的尖锐性。据说行凶者是十八九岁的青年，尤其值得注意。他们是甚么人？是甚么背景？这不是一堂活的阶级教育课!!!

五月二日（闰三月十二日）星期一

早晨起的晚了些，一个上午在家务事的忙乱中溜过去了。下午三时清点去文化部值班，我又重新阅读主席「新民主主义论」。在这个对文化战线上的两条路线斗争的系统总结中，需要我们学习的内容是太丰富了。以而运用它来思考我们的工作，是当前我们迫切需要解决的问题。今天阅读的主要收获是，我也试着以主席关于文化革命的几个时期的方法来阶段，思考一下我们文物事业的工作。「文化革命是在观念形态上反映政治革命和经济革命，并为它们服务的」。文物事业，我们的政治经济革命任务是甚么呢？这些任务的完成是分成几个阶段来完成的呢。每个阶段的主要矛盾是甚么呢？应当从这些基本方面来检查下我们的工作，究竟服务得怎样，并由此而批及当前我们的任务应当是甚么。一个下午主要是思考了这个问题，还只是提出了问题，究竟怎样理解是对的，是需要进一步研究的。

五月六日（阴三月十三日）　星期二

今天的社会主义文化大革命是整个社会主义革命的新发展、新阶段。是社会主义社会发展规律所决定的。由于这个革命任务在斯大林时代是并未解决的，但是他没有认识到这个问题，特别是在苏联的社会主义革命是半途而废的，正是因为革命不彻底，所以才出现了赫鲁晓夫修正主义，使苏联这样一个社会主义国家变了颜色。这是个极大的教训，正是这个重要的教训，才使我们取得了[illegible]经验。我们这次革命是关系社会主义制度能否巩固的大事。

五月四日（阴三月十四日） 星期三

今天解放军报发表了题为："千万不要忘记阶级斗争"的社论，这是继"高举毛泽东思想伟大红旗，积极参加社会主义文化大革命"一文发表后的又一重要的文件。社论强调指出了一定要重视上层建筑对经济基础的反作用，因为任何反革命复辟，都是先搞意识形态，搞上层建筑，搞理论、学术、文艺等等精神方面的东西，为自己制造舆论的。赫鲁晓夫修正主义集团篡夺苏共领导即是例。由此可见，这次社会主义文化大革命实在是关系到社会主义革命的成败问题了。

五月五日（阴三月十五日） 星期四

一个人做事难得的是持之以恒，尤其是难得能始终一丝不苟。这对我来说是一个最大的弱点。有时我也很用心，很认真，一丝不苟，但是我却不能事事用心、认真、一丝不苟，持之以恒。所以我的工作、学习，都不是[illegible]年不变，而是曲线的，时起时伏的，而甚[illegible]。这也时往[illegible]，常规里去找窍窦。不提到这样的高度去认识它，就不可能彻底的克服它。想到这里，自己有甚么值得自满呢。

五月六日（阴三月十六日） 星期五

今天决定和元晖一同到易县燕下都去一次。这是我好久盼望的事，今天算是争取到了。文化革命，不抓不行，抓是一个迫切需要解决的问题，而这个问题是不可能在大楼里坐而论道来解决的，没有实践就不可能解决任何问题。对于这些思想搞得是有些想法的，我想这次去和那些干部作个商量一下，试试我的设想能否实现，请实践来检验一下。

五月七日（闰三月十七日）星期六

遇老侯谈及吉甫及吴晗反党反社会主义的罪行，始知最严重的问题还不是吴晗而是邓拓。其燕山夜话之恶毒，远非北京日报所摘者，现已重新检阅，将发表。据称邓拓的文章今少许判极力为右倾机会主义翻案，此情况实非始料所及。这究竟是怎么回事？且拭目以待之也。

五月八日（闰三月十八日）星期日

一早起来匆匆赶到永定门火车站，元晖已先我而去。大概因为今天是星期日，人特别多，只能站在车厢门口，好在到高碑店时间很短，一会就到了。孙德海已在车站来接，原来他那天才回保定，为我们特地赶回来的，实在抱歉得很。当即乘小轿车同去易县，到招待所已下午四时，饭后骑自行车赶至武阳台，已天黑，路甚难走，归后早寝。

五月九日（闰三月十九日）星期一

一九六六年辰生日记

元月一日（乙巳腊月初十日） 星期六

上午忙着给毛头、宁子、妮妮写信，直到中午才完。晚饭后去新华社看九弟，他已自小汤山归来照常上班了。但病状如故，不好亦不坏，瑶华为此颇为着急，我劝他还是无妨到天津杨达夫医生处一试。清燕值班至晚十二时始归。

元月二日（腊月十一日） 星期日

早点后去明达处，莫宗江、邓健吾均来，畅谈甚久，关于建筑的阶级性问题，尚未取得一致的意见。而我也感到这个问题还需要很好的想一想。对这个问题我的认识是有个反复的过程的。一九五三年初读梁思成《古建序论》觉得他过分强调了建筑的阶级性是不对的。但不久我觉得建筑的的确确是有阶级性的，主要是受了一些苏联的影响。去年以来的认识又回到了原来的看法，而今天谈了谈，虽然大家分歧不大，但却使我觉得这个问题还不是马上就可以得出结论的。因为到今天为止，我自己的一些看法似乎还缺乏足够的理论根据。

晚到大哥处吃饭，遇罗继祖。归来清燕致希敏一函。

元月三日（腊月十二日） 星期一

上班后即去研究所，玉书也带去了。冶秋同志看了极为重视。当即请王丹华来研究加固问题，找小孔研究照相的问题，并写信介绍小孔去找石少华解决红外线照相问题。但是能否取得预期效果，还得有待于实践证明。

刚刚回来，工作还没接手，而书庄、滋德、巨成同志已决定五号分赴上海、广州、武汉，家里又只剩下我一个人了。看来还是满紧张的。

元月四日（腊月十三日） 星期二

上午九时，随冶秋同志携玉书去郭老家。郭老对玉书颇感兴趣，对张颔同志的考证也很满意。但是怀疑“[illegible]”字不是“室”字，而是“宗”字。“[illegible]”字似为“夫”字。“[illegible]”字似亦非“皇”字。总之他认为还有值得研究的地方，所以打算也要写一篇文章。我意“[illegible]”字似非“宗” 字，因有些地方作“[illegible]”，与“宗”字相距甚远也。

在郭老家，两次打电话给康生同志请他一起来看，都未找到。大概因为谢列平将来，工作甚忙之故。只好等一两天再说了。

元月五日（腊月十四日） 星期三

上午冶秋同志来电话，说和康老尚未联系上，让我明天再去他家等机会，今天是不会有空了。这样也好，可以请小孔先拍照了。九时去出版社，小孔为玉书照了相，效果如何尚不敢肯定。书庄、滋德、巨成同志分赴上海、武汉。

上午学习，大家谈了一九六五年以来的学习以及对一九六六年的希望，事先我没有精神准备，所以开始没有发言，听听别人的意见很有启发。我感觉一年来文化部党组改组之后，加强了政治思想领导，的确在干部思想面貌上起了很大的变化。但是具体到文物局虽然有很大的进步，可是学习《毛选》还存在着不足之处。针对这些不足之处，我提出了一些意见：一、希望支部能够把毛主席著作的学习和抓“四个第一”密切结合起来，这样才能针对性强，才能真正活学活用。第二、希望领导能把主席著作能和局的工作、局的机关革命化密切结合起来。有了这两条就可以避免使学习与支部的思想工作和局的业务工作脱节，就不致使学习成为脱离实际的学习。这样我自己同样也是如此，应当把学习毛主席著作和自己的思想改造以及改进工作方法密切结合起来，要在用字上下狠功夫。具体计划需要好好想。

元月六日（腊月十五日） 星期四

晨去冶秋处。经联系，上午康老仍无时间。《人民日报·观察家》“揭露约翰逊和谈的大阴谋”即发表，康老之忙当与此有关也。

今天考虑了一下学习主席著作的计划，初步觉得应当有的放矢，学习计划不应当是只列学习文章的名字和学习时间的安排，而是应当落实到解决甚么问题。其中包括思想上的问题、工作上的问题。总的来说就是要在思想上和“我”字作斗争，工作上和“难”字作斗争，生活上和“懒”字作斗争。所以我想在今年内完成三个文字的东西：一、在学习主席著作改造思想的基础上写出自己的十六年思想总结；二、在学习主席著作改造自己世界观的基础上，写出十六年来文物工作之回顾的初稿。三、学主席著作和马克思、恩格斯、列宁、斯大林关于历史文化遗产方面的论著，争取写出一篇“关于保护历史文物与批判地继承历史文化遗产问题”的文章。要完成上述三篇东西，是需要付出艰苦的劳动的。

元月七日（腊月十六日） 星期五

玉书已经康老看过，甚为重视。对张颔同志的文章认为还是有值得商榷的地方。所以郭老还是要发表文章的。应当承认，在匆匆的几天时间内张颔完成的“急就章”有此水平已经是很不容易了。

今天看到康老画残荷一幅，署名“张三洗”，题“破除迷信”四字于画端，画左下角有一九六六年补记一则云：“所谓破除迷信者有二：一不要听画家种种神秘的说教；二不要相信文艺批评家根据一张画、一首诗去断定作者的思想。前者是装腔作势，借以吓人；后者是形而上学，主观主义。”这段补记很发人深思。盖亦有所感而发，有所指而言也（前者指自己非画家，后者指对田园诗人缺乏阶级分析）。画上有印四：一“三洗堂”；二“三洗老人”；三“游戏”；四“张”。可能都是他自己刻的。下午与田淑贞谈局的政治工作和自己的思想问题。

元月八日（腊月十七日） 星期六

为玉书照相再去出版社，一周以来为此事奔走，看来很具体、很琐碎，然而这是非常必要的。列宁说不要拒绝小事情。的确，一个革命者能不能安于做必要的平凡、琐碎、具体的事务性工作也是个世界观的问题。正是有些人大事做不了，小事不愿做，实际上就是一种资产阶级思想。可不慎哉。

元月九日（腊月十八日） 星期日

清燕不舒服，我也头疼，终日在沉睡状态中，下午始少少好转。傍晚去魏大姐处做衣服，为清燕下去“四清”做准备。晚清校花鸟画外文说明。

读《欧阳海之歌》，其中欧阳山为代表问题的思想变化对我教育极大。主要是怎样地正确对待荣誉问题。想到自己多年来虽然没有为名利、地位而闹情绪，但也并不是完全无动于衷的。特别是在对问题的看法上稍有一得之见，往往沾沾自喜，唯恐别人不知道自己“高明”，忍不住要自我表现一番。如果不为人所重视，就自叹恨无知音赏了。这个根子是甚么？还是一种不正确的荣誉观在作怪，它的实质正是个人英雄主义。在这个问题上，我自己虽有所认识，但改的不狠。今观欧阳海的自我改造，为之赧赧。当我定今年学习计划的时候，恐怕这是需要作为一条必须加以认真改正的缺点。因为这种思想是和主席教导我们作一个高尚的人、纯粹的人、脱离了低级趣味的人是格格不入的。这种自我表现不正是低级趣味吗？对我来说这还是个颇为突出的问题，不少问题多由此产生。

元月十日（腊月十九日） 星期一

上午去美术馆参观收租院，这是我国雕塑工作者的一个成功的创造。它不仅是以其高度的思想性打动着观众，在形式上也是具有鲜明的民族特色，是继承传统、推陈出新的一个很好范例。

下午开俱乐部委员会，商讨过春节如何组织活动的问题。决定除夕搞个晚会。会至五时始散，一个下午就此报销。几天来为侯马玉书奔走甚忙，而处内又仅余一人，不少公文被积压起来，只好晚上加班处理，至十一时寝。

元月十一日（腊月廿日） 星期二

关于《海瑞罢官》的讨论正在逐步开展，多日来看这方面的文章，觉得有些落后了。今天，补看完吴晗的自我批评，使人感到他不是在自我批评，而是在自我辩解，甚至是在进行反批评。洋洋万言的中心是第二部分，罗列了不少史料，大谈其退田、修水利等等史实，这究竟算甚么自我批评呢？是在驳姚文元罢了。文章开头列了一大堆文章写作时间表，意在说明文章都是在一九六〇年以前与单干风、翻案风无干。文章末尾承认《海瑞罢官》起了不良后果，但是主观动机是好的。这就是说这种不好的客观效果是他始料所不及的，因而这是个学术上的认识问题。完全否定了这是政治问题。如此，自我批评怎能令人满意？而在他的自我批评中实际上反而更进一步证明了他的问题的的确确是个政治问题。一九五九年是何年也？那不正是右倾机会主义者猖狂进攻的时候吗？彭、黄、张、周不正是在这时攻击了毛主席吗？而这时吴晗却写了海瑞骂皇帝。一九六〇年又是何年也？那不正是右倾机会主者失败，而彭、黄等都已经“罢官”了吗？而此时吴晗又写出了《海瑞罢官》，所有这些难道都是偶合不成？只要稍加分析就可以看出吴晗是有的放矢，而决非糊涂。正是在这个最本质的问题上，他完全避而不谈，也可以说这是做贼心虚吧。

元月十二日（腊月廿一日） 星期三

学习讨论一九六五年总结和一九六六年的计划。我自己认为，学习毛主席著作不能把它和其他的工作作为一项任务来平列，而是要把它作为根本的根本贯串到工作、学习、生活的各个方面。同时，学习计划的制定也必须以活学活用主席思想的精神去打破框框。既然学以致用，要在用字上下狠功夫。那么，学习计划也就应当不只是落实到学习内容、时间安排进行步骤上，而是应当落实到解决甚么问题上。只有这样才能是有的放矢，活学活用。为此，我建议支部在领导学习上应当从这方面考虑。同时，本着这个精神我今天写了壁报稿，提出了自己学习计划的要点：一、克服个人英雄主义。二，联系工作实际写出有关文物工作方面的意见书。前者着重学《老三篇》，后者着重学三篇论文、两个讲话。

元月十三日（腊月廿二日） 星期四

高寿田同志来洽晋祠宋塑临摹问题，因书庄未在，只好等几天再谈。下午把壁报出来了。居然还摆满了。晚至大哥家。

元月十四日（腊月廿三日） 星期五

早晨在车站接陕西归来的“四清”同志。因为去的人太多了，结果十分拥挤，以致好多人没找到。小罗似乎比过去憔悴了些。倒是于坚显得壮了许多。

高寿田又来谈晋祠问题，因长璐同志未在，只好和金枫一起相互交谈了一些情况，并即代为介绍至美协、美院洽商关于宋塑复制问题。

元月十五日（腊月廿四日） 星期六

上午去研究所与冶秋同志谈侯马玉石朱书加固问题，见江陵寄来最近发掘楚墓出土文物照片多张，其中一是墓出土越剑一把，有铭文云：。据郭老接方状猷来函释文为“越王邵滑自作用剑”。今观此拓片、照片则绝非“邵滑”二字，唐立厂、陈梦家皆认为“鸠浅”与“勾践”通，是越王勾践之剑也，余意此说甚是，“邵滑”之说似难成立。

元月十六日（腊月廿五日） 星期日

多日来的心愿今天总算是实现了。下午去了何鲁姨丈家。恰巧桓弟亦自农村“四清”归来。𠳐谭甚久，晚饭后始进城。何德贞送了两本新出版的主席语录，甚为可感。

元月十七日（腊月廿六日） 星期一

肖昆催要春节晚会的谜语，而几天来又因公文所累，实在无暇及此，只好下午找老康从劳动人民文化宫要来一些谜底，总算勉强挑选了二百多条。其中有些比较好，有些太勉强。但已尽了最大的努力。等明天宣传部审查吧。

元月十八日（腊月廿七日） 星期二

谜底二百条总算是通过了。写了一下午还是没写完。奈何！可是明天无论如何是要交卷的。在抄写过程中还要考虑哪些比较难，哪些比较容易，定出不同的等级，然后确定不同的奖品。一件事要做好，总不是那【么】简单。为谜语化了不少力气，可是俱乐部开会我自告奋勇搞这项工作时，是没有想到要化这么多时间的。

元月十九日（腊月廿八日） 星期三

今天多蒙小罗帮忙赶着把谜语写了出来。总算万事具备只欠东风，就差明天往墙上挂了。

这几天为谜语万事俱废，公文压了不少，只好等“明年”再说了。好在都不是急件。下午遇司徒慧敏同志，他说侯马玉书赤外线照相要等春节后再拍了。但也没十分把握能否照好。

元月廿日（腊月廿九日） 星期四

每逢除夕，下半天就等于是放假了。今天因为谜语问题，不但下午搞了半天，晚上还要来值班，这也是为群众服务。所以匆匆到大哥处吃了晚饭就赶了回来。今天也真巧，戴钢也来了，只好陪他一道去大哥家吃年夜饭。晚上因有服务任务也只好失陪了。

每年总要搞到十一点以后，今年到九点半就结束了。参加晚会者半数都是孩子，倒也颇为热闹。

元月廿一日（正月初一日） 星期五

上午和戴钢去言彪处，遇小妹、石璟都在，小妹结婚后还是第一次见面呢。石璟自腿伤后已脱离体育界。今天看上去瘦了些。小妹今天讲了一个天津演《茶花女》的笑话，为之捧腹。

下午去四姐家，晚回宿舍吃饭，一天就此过去。

元月廿二日（正月初二日） 星期六

上午到三舅家，始知今天是三舅娘的生日，我们记的是腊月十七日，今年闰三月，阴阳历相差甚多，所以提前去祝寿，难怪人家莫名其妙也。下午乘车去天津，到家已是八时多。父亲等正等我们吃晚饭。饭后始知父亲今天为我们站了三小时的队才购得明天返京火车票，而且还是慢车。八旬老翁站了这么久，颇使为人子者心中不安。

元月廿三日（正月初四） 星期日

一天在家，今天反而休息得比较好，清燕也觉得比在北京还清静些。十弟中午来，已把慢车票换成了快车票了。不过并非对号入座，所以要有站两小时的精神准备。但是下午登后居然还算找到了两个可坐的地方，而人之拥挤不堪仍不出所料也。

元月廿四日（正月初四日） 星期一

清晨即起，天有小雪。去故宫保和殿值班，游人甚多，大部分是部队的同志，原想通过今天的值班看看到底群众对故宫究竟是怎样地反映，可是今天没有达到预期的效果。可见自己犯了主观主义。

元月廿五日（正月初五日） 星期二

书庄同志已决定“四清”，所以他对自己手上的工作也要清理一番。今天谈了一下关于文物出口的标准。金枫又提出不少意见。虽然有些外行话，但是却使我感到廿三条之重要，每个人都有不同的角度，多听听各种角度不同的意见，对于自己考虑问题是很有帮助的。

元月廿六日（正月初六日） 星期三

上午书庄同志约谈关于给中央的报告。我提了句是否应当有些虚的东西。结果他立刻就说让我写这个报告，实在有些出人意料之外。关于文物出口和文物商的问题，一年来都是他和老刘在抓，我已久不接触这个问题，突然就要写给中央的报告，实在有些为难。但是我没有表示出畏难的情绪，而是接受了这个任务，并且决心尽自己的能力去完成。

元月廿七日（正月初七日） 星期四

开始写给中央的关于加强文物出口工作的报告。书庄原稿的开始就提到一九六〇年改变文物商店的体制问题，大多为就事论事。所以我想应当首先把这项工作的历史情况和意义写出来，否则部党【组】对过去一无所知，对有些问题的提法也就很难理解了。困难的是手头没有任何材料，只能凭自己记忆来写。可是总要在这个星期写出初稿来的。

元月廿八日（正月初八日） 星期五

今天完成了初稿，自己也觉得不满意。所以又修改了一下成为二稿。共分三个部分：一、情况；二、问题；三、今后的意见。最伤脑筋的是机构问题，书庄局长一直不主张成立管理处，但是如果不成立管理处，一切工作都难落实。而且一些问题纯商业的东西总由文物局出面也是问题。这点究竟写不写呢？写了也是通不过的。最后还是没【写】，等讨论时再说吧。

元月廿九日（正月初九日） 星期六

初稿已经书庄、滋德、巨成看过，他们基本同意。也提了些意见。为了赶出来早付讨论，晚赶写至一时半，因用脑过度，四时半尚未入寝。

元月卅日（正月初十日） 星期日

终日头脑昏昏，甚感不适。晚去三舅处，匆匆即出，到百货大楼买了些点心带给小帆，并将主席语录一本送宁子，拟明日托泽乡带沪。归早寝，然仍不能很快入寐。

元月卅一日（正月十一日） 星期一

约翰逊和平骗局失败之后，今天又悍然恢复了对北方的轰炸。看来今年战火也许更加扩大，我们的战备工作的确需要加强了。

晚去泽乡处吃饭，并托他把东西带送给毛头、宁子。

二月一日（正月十二日） 星期二

上午局务会议讨论我写的报告，大家提了不少意见。主要是觉得问题提得不够突出。胡耀辉、王辉提出了机构问题，长璐也表示可写上去，这是颇合我意的。下午万中来。

二月二日（正月十三日） 星期三

今天没有能动笔写报告。为了给常书鸿打电话问题，我没能做到“完全”“彻底”“不拒绝小事情”的自我要求。但是立刻就纠正了。可见在日常生活中只要是严格地要求自己，就不难发现问题。而这样及时发现、及时解决的办法，就会起到防微杜渐的作用。

下午和罗歌交换意见，彼此认识基本一致。临下班又和老嵇谈了些学习、思想的问题。经常地大家彼此谈谈心是会有好处的。

二月三日（正月十四日） 星期四

批判吴晗《海瑞罢官》正在方兴未艾，田汉《谢瑶琼》的批判又开始了。孟超的《李慧娘》是不是再继续进行批判呢？这三个戏我都没看过，实在是件憾事。如果看了，把当时的观感和今天的认识对比一下，对自己的认识水平的提高一定会有帮助的。

读《光明日报》有关清官的讨论。两种意见针锋相对，有的意见从根本上否定了所谓“清官”的存在，认为是统治阶级制造出来的偶像；另一种意见则是肯定了清官的所作所为，并且认为海瑞的刚直不阿仍然值得我们今天学习。在我看来，后者是错误的。前者也有片面性，或者说是绝对化了。今天的问题不是有没有清官的问题，而是如何评价清官的问题。根本否定了清官的存在是不能令人信服的。

我的看法，清官作为统治阶级的工具，是和劳动人民根本对立的。但是一定的时间、地点条件下，他们的所作所为在客观上对人民有利，对生产力发展有利是完全可能的。就是他们对人民有某些同情也很难说就是完全出于假意。当然这种同情的本质是不能加以肯定的。然而却不能说他们的所作所为在主观上就是有意欺骗而实行的权宜之计，而且完全可能是本于初衷的。

马克思说：“在不同的所有制形式上，在生存的社会条件上，耸立着由各种不同情感、幻想、思想方式和世界观构成的整个上层建筑。整个阶级在它的物质条件和相应的社会关系的基础上创造和构成这一切。通过传统和教育承受了这些情感和观点的人，会以为这些情感和观点就是他的行为的真实动机和出发点。”（《马恩全集》八卷一四九页）这段话值得我们好好想想怎样去看问题。

二月四日（正月十五日） 星期五

给中央的报告底稿终于赶出来了。但是自己看还是不太满意，等明天请大家先提些意见吧。关于机构问题，怎样写法想了好久，还是决定写在一开头，因为这是个根本问题。如果不解决，则一切措施仍然是落空。为甚么书庄偏偏不感兴趣，实在令人不可理解。这次修改稿虽然阶级斗争突出了，但是有些情况还不太具体，有些材料也旧了些，还需要明天问问巨成加以补充和修正。稿成已夜十二时半，倦甚。

二月五日（正月十六日） 星期六

初稿请老陈、老刘看了，他们基本同意，总的感觉是文物商店的问题比重写得大了些，下午书庄看后认为太长，他要带回家去利用星期天加以润色一番。估计他对机构问题又会提异议。

下午去银行办理几个“四清”同志的存款手续，人很多，花了不少时间。

二月六日（正月十七日） 星期日

应约到大哥处。五姐、小妹夫妇都到了。晚饭后大家聊天，谈的很有意思。大部分时间是谈郑在的问题，一致认为郑的作风不能令人满意，为石璟担心。中间大哥忽然谈到自己的思想问题。原来他对自己的工作还有些情绪，这次批判《海瑞罢官》，所里要他参加，主要是提供资料，文章则由一些年青人执笔，因而觉得自己成了资料员，面子有些下不来。可是通过《毛选》学习，自己批判了这种不正确的看法，所以心情转而轻松愉快了。这很不容易，一个六十六岁的老知识分子能够自觉地改造自己，说明了主席的思想之伟大。归来后大哥的自我改造一直在自己脑子里反复出现，自己怎样呢？该找找差距吧。真的，我们正是六亿神州尽舜尧的时代，不进步就要为时代所淘汰的。

二月七日（正月十八日） 星期一

学习毛主席著作的首要任务是改造自己的主观世界，即改造思想。但是对这条真理的认识，并不是开始就明白的。最近从自己思想动态和观察别人的过程中越来越深地体会到这一点，改造思想，只有改造自己的思想，才能谈到其它，这是个根本性的问题。而要做到真正改造思想就必须对“我”字展开无情的斗争，要向“我”字“刺刀见血”，但这是要有个痛苦的过程的。今天书庄把报告稿退还给我，改得不多，文物商店的例子压缩了些。不出所料，商店机构的部分被删掉了。最奇怪的是他一向改稿总是逐字说明，而这次其他部分都作了说明，偏偏这一段的删节却只字不提，并且声称不再讨论，再稍加润色即径送部长了。他明明知道胡耀辉、王泽是主张成立机构的，不讨论正是为了怕他们再提出来。这究竟是为甚么？这实在令人百思不解。而这种办法不能认为是很正常的。面对着这种情况该怎么办？坚持还是听之任之。坚持会有甚么后果？听之任之又会怎样？每个动念都存在着有我与无我的问题，有我该怎样办？无我又该怎么办？一系列的想法涌上心头。最后我没有当面提出来，这是违反我的性格的。但是从效果出发只好不提，因为提了也没用。可是提了没用，难道就该不提吗？是不是考虑“我”字多了些？我真不知道该怎样办好，带着这个问题去学学毛主席著作吧。可是又不知学哪篇好，先看了看《反对自由主义》。如果按照这个要求似乎还是提的对。因为明知不对，少说为佳是不对的。明知不对，也不作原则上的争论，任其下去，求得和平共处也是不对的。可是直截了当地提呢？还是间接地提呢？我最后还是采取了通过滋德同志提的办法。这又对不对呢？也许罗歌又要批评我多疑了。然而……真难哪，究竟怎样算是对呵！

二月八日（正月十九日） 星期二

报告的稿子经党委研究基本同意，最后原则地提出了要加强管理的问题，而没有具体的谈到机构，但总算进了一步。即送部长审阅。

晚以激动的心情读完了焦裕禄同志模范事迹的报道。照照镜子，找找差距，实在相差太远了。使我感触最深的是，他的彻底革命精神。“心里装满了人民，唯独没有自己”，这是多么高尚的境界呵！从焦裕禄同志的事迹中，使我们看到了活学活用主席著作的最好的典型，也看到了主席思想的活教材。因为在这些事迹中处处贯串着主席的思想。主席在《纪念白求恩》当中所提出的要做一个高尚的人、纯粹的人、脱离低级趣味的人、有道德的人，和有益于人民的人，焦裕禄就是最好的榜样。

二月九日（正月廿日） 星期三

从向焦裕禄同【志】的学习中，使我联想到近来清官问题和道德继承问题的讨论，好像问题已经解决了。要说清官，焦裕禄可谓是大大的“清官”了吧。如果说历史上有些“清官”在客观上做过一些有益于人民的事，比起焦裕禄同志恐怕不过是沧海之一粟而已。其次是焦裕禄同志的言行表现了我们时代的道德，这种道德才是我们要学习、要继承的，偏偏有人一定要去继承封建道德，这实在是天大的笑话，除了说明这是阶级斗争的反映以外，还能说明甚么呢？

二月十日（正月廿一日） 星期四

全局讨论一九五五年总结和一九六六年工作任务。几天来各处室已经谈了很多，今天算是合起来谈，按照部的规定要十五号交卷，时间相当紧迫了。

局务扩大会决定把局的总结和计划交我汇总完成，这是颇为艰巨的任务。因为今年与往年不同，除了文物、博物馆事业以外又加了图书馆事业，这是我很不熟悉的。加上了一个事业各有特点，要把它总在一起来写，的确需要费点脑子。焦裕禄的榜样在鞭策着我，使我非常愉快地接受了这个任务。并下决心努力去完成。

二月十一日（正月廿二日） 星期五

上午长璐同志要我立即动手写总结，但两个处的书面材料尚未交来，巧妇难为无米之炊，也只好停工待料。但是究竟如何写的体例问题，已在反复考虑，今年总结在写法上似乎也要突破旧框框，不能像过去一样写流水账。初步想分为四个题目：

一、重新认识、明确方向，使图书馆、博物馆和文物事业开始纳入为无产阶级政治服务、为工农兵服务、为社会主义经济基础服务的轨道；二、突出政治、大抓学习毛主席著作，加强队伍的思想改造，促进机关革命化；三、改进领导作风、加强调查研究；四、战备工作。

下午听穆青同志关于焦裕禄同志的录音报告，很多人感动得流了泪。晚去蟾宫看《地道战》电影，甚好。

二月十二日（正月廿三日） 星期六

开始写总结，深感下笔之难，一天只完成了一个头子，晚至十二时始寝，关于事业部分全国情况写不写是个问题，但是如果不写，就反映不出今天事业的新面貌，所以还决定简要地写出一个轮廓来。

二月十三日（正月廿四日） 星期日

抓紧写总结，没有出门。博物馆处写的材料太虚了些。实在不知如何取舍。他们把博物馆服务的渠道总结为十二个字：“阵地办、抓上来、送下去、就地帮”。如果依我的意思，最好不写。但是为了尊重他们的意见，决定先写出来，待大家讨论时再提意见。赶到晚一点半才完成了一个初稿，然而自己看来也不满意，讨论后再修改吧。

二月十四日（正月廿五日） 星期一

长璐同志传达了主席关于突出政治的批语，指出了要警惕机会主义。所谓机会主义就是把政治工作和其他工作平列起来。看来我在墙报写的稿子里提出不能把学习主席著作和其他工作平列的看法是对的。

初步讨论了一下我写初稿，大家认为架子可以，即可照此先写出来。下午继续修改，晚又至十一时许始寝，颇为疲倦，而清燕以焦裕禄同志鞭策我，使我振作精神继续写下去。

二月十五日（正月廿六日） 星期二

上【午】起来看了看总结，觉得很不满意，决心改写。等翻了一次工，总算赶到午夜才算完成，明天可以拿出来交大家讨论了。

二月十六日（正月廿七日） 星期三

今天大家讨论了我写的总结初稿，问题比较集中在博物馆事业的看法上，罗歌没有在场，他已忙着要去郑州搞焦裕禄同志展览了。所以大家的意见他没有能听到。大家比较一致的意见是，用"阵地办、送下去、抓上来、就地帮"十二字来概括说是博物馆事业为工农兵服务的途径似乎不大妥当。这一点我是完全同意的。会上不少同志还提出了局的缺点提得还不够，需要加以补充。晚，按大家意见作了修改，又是两点才睡觉。

二月十七日（正月廿八日） 星期四

修改稿交老嵇以前征求了一下罗歌的意见，老高不认为博物馆事业的问题是馆的性质、方针、任务问题，争论甚久，最后是采纳了老刘的意见，不提十二个字，而是指出当前的问题是办甚么内容的陈列和展览与如何办的问题。根据这个看法又作了些修改。算是初步交了卷。仍需继续修改。

二月十八日（正月廿九日） 星期五

经过几天的紧张，今天好像轻松了些，但是堆在面前的公文又需要处理了。敦煌文物研究所的方针、任务座谈会已决定廿四日召开，今天赶写发出通知开会的信，请了不少人，但是否能全来呢？这恐怕是个问题了。下午履方来电问及此事，她倒是满积极的。

二月十九日（正月卅日） 星期六

今天过得很有意义，晚，清源和我谈焦裕禄问题至夜半。大家都很兴奋，觉得这样共同生活、共同学习、共同在政治上彼此帮助才是有意义的。

二月廿日（二月初一日） 星期日

清源去值班，我在家继续修改总结，下午完成。比从前稍稍有些进步，不过思想性还不够，主要还是情况不明，对事业中的问题还摸得不准也。

晚李宗文带来郭老《侯马晋国盟书初探》的文章校稿。按此说法则这些朱书文字的年代已是战国初期了。文中有"赵敬侯前往曲沃，向徒具虚名的晋孝公报捷"之句。曲沃当为新田之误。因晋国都城早在景公时即由曲沃迁新田，孝公乃为晋国倒数第二个国君，其国都在新田而非曲沃是可以肯定的。当即写信告小江，请速转告郭老更正。并告以景公迁新田事，不见《史记·世家》，而载于《左传·成公六年》。

二月廿一日（二月初二日） 星期一

上午打电话给小江才知道《文物》已付印，不及更正矣。只好等下期再说。我的意见即转郭老考虑。据说郭老外出，这几天不在北京。下午讨论总结。晚修改完毕。

总结交了卷轻松了许多。这些天来报纸也没有仔细看，今天抽空看了《红旗》二期马岩所写《评吴晗同志的资产阶级历史观》。其中“封建王朝的政策是不是‘超阶级’的政策”一节，对让步政策问题作了批判，他说：“所谓‘让步政策’其实是封建统治者调节地主阶级内部关系，统一地主阶级力量，共同对待农民的政策。”这个看法我还得仔细研究一下。在目前史学界进行的一系列原则性的大论战，是两条路线、两种世界观的斗争，自己主观上当然是要站在马列主义这一边，但是自己的观点到底站到了哪一边，还是很难说。对让步政策的问题，我的看法是不是对呢？应当重新学、重新认识。但这是需要好好认真地加以考虑的。

二月廿二日（二月初三日） 星期二

今天支部提出要汇报结合总结学习主席著作的情况，这是汇报也是检查，这个作法很好，可以督促人们的学习。不过这些天来我的学习是不好的。但在总结工作中还是有所收获的。今天大家都感到，这次总结结合学习主席的著作的作法只是一个好的开始，但是因为时间紧迫，效果还不够显著罢了。我很同意这个估计。关于主席著作的学习，看来在方法上、要求上都需要进一步研究落实。

二月廿三日（二月初四日） 星期三

今天讨论学习主席著作计划。下午和老刘交换意见，他认为我的主要缺点是不稳定，这一个颇为值得注意的意见，这个意见的具体内容他没有说，究竟是何所指呢？很值得研究。在谈话中他举了不少蒋景珍的情况，其中有些情况似乎在妙语双关。有则改之，无则加勉，我都一一记下了。

今天在讨论学习计划过程中，自己感到改世界观不能仅仅理解为是否全心全意为人民服务，作为一个搞意识形态的工作者，改造世界观的另一个重要方面，就是要彻底与一些旧的传统观念决裂，包括道德观、美学观、历史观等等。因此有必要对计划作重新地考虑，要认真地加以修改。

二月廿四日（二月初五日） 星期四

上午开座谈会谈敦煌文物研究所的方针任务问题。只有刘开渠、贺昌群、向达、沈柔坚、潘絜兹来了，梁思成、夏鼐、吴作人、华君武等均因事未出席。王朝闻有书面意见，他认为敦煌文物和群众不宜太直接，只能是间接服务的。而当前应以改造队伍本身为主，因为敦煌有点像魔窟，对文艺工作者来说是个危险地带，如果本身缺乏抗毒素是很容易吃亏的。这个意见对整个文物工作者来说也是值得注意的。下午金枫去西安“四清”，我和胡耀辉因去展览馆参观仪表展览，未能到车站送行。晚读主席语录数则。

二月廿五日（二月初六日） 星期五

怎样活学活用主席著作？我想首先是要有学习的强烈的愿望。这个愿望应是来自改造自己思想和改进工作的自觉要求，没有这个自觉，就不可能活学活用。半年来这个要求在我的思想上正在逐步地增长起来。这是一个可喜的现象。但愿能在不断地学习改造的过程中有所前进。这一个时期我正尽可能地事事按毛主席指示办事。过去不这样要求自己，仿佛一切都很平静，思想上没甚么问题。因为自己很安于工作，也努力工作，甚至也的的确确是把它和世界革命、共产主义联系在一起的。但是严格地按主席思想来要求自己的时候，就发现了问题并不那么简单，而是时时处处事事都可能有问题，都与主席思想存在着差距。这个发现对我来说实在是太重要了，让自己为缩短这个差距而斗争吧。

二月廿六日（二月初七日） 星期六

读《延安文艺座谈会上的讲话》，又特别着重地看了关于文艺批评的两个标准的问题。主席说："我们不但否认抽象的绝对不变的政治标准，也否认抽象的绝对的不变的艺术标准。"这一点极为重要。过去对政治这个概念在不同阶级，不同的历史时期都有不同的具体内容，这一点是比较清楚的。但是对艺术标准就不是那么清楚，觉得这是形式和技巧的问题。而形式和技巧是有相对的稳定性的，变化是迟缓的。殊不知形式是内容所决定的，内容变化，形式也必然要相适应地变化。京剧是形式，演现代剧水袖和许多表现帝王将相、才子佳人的程式就用不上了。因而表现形式也必然要变化。要创造新的程式与新的内容相适应。过去看京剧的人越来越少，今天看京剧的人越来越多，内容固然是决定性的，而形式也是重要的，因过去很多人看不懂、听不懂，而今天大家看得懂、听得懂了。这里有个艺术标准问题。有些过去欣赏京剧的人不欣赏新京剧。很多今天欣赏现代剧的人又不欣赏旧京剧，说明了人的艺术趣味不同。当然好的旧剧仍然是可以欣赏的，但毕竟欣赏的是少了，说明艺术趣味变化了。

二月廿七日（二月初八日） 星期日

晨去三舅家，中午到王府井理发，原打算去大哥处，因时间已晚即归。续读《讲话》。深感主席的每一篇文章都是十分具体的，都是带有不同于其它文章的特点的，但是每一篇文章又都是共同的，这就是唯物辩证法的立场、观点、方法。我们学习主席著作不只是要按照主席的一些具体指示去办事，而更重要的是学习主席的立场、观点、方法。所谓活学活用有两方面：第一，带着具体问题去找主席有关这方面的指示来解决这些问题，比方说，主席教导我们对文艺批评要政治标准第一，我们评价文艺作品就必须按照这个指示去做；第二，我们学习主席著作要领会主席的指示原则的精神，来结合自己的具体问题的实际，活学活用，而不是生搬硬套。这一点是比较难的，但必须做到这一点。否则就不能活学活用，而变成教条主义的学习。

二月廿八日（二月初九日） 星期一

部的总结和计划已经又做了修改，今天大家重读一遍，感到的确突出了政治，但是文字过长，似乎可以再压缩些。

三月一日（二月初十日） 星期二

一上班就集中力量处理了几天来的公文，自己计划有"案无留牍"的要求，怎能再压文呢？但是有些文是需要等一等再办的。关于洞沟墓群发掘的问题，吉林公文迄未报来，不知何故。

晚清燕大吐，肚子疼的彻夜未眠，吃加当数片，均未奏效，致使我也没有睡好，甚为疲乏。

三月二日（二月十一日） 星期三

上午讨论了长璐同志写的党代会发言稿，大家意见，体会应当再改一下，他建议各处可就自己的体会分别写，然后由他来汇总，这个办法很好。

下午陈应祺来，谈了很多关于易县燕下都的问题，看来他们很重视，湖北参观归来也有不少启发。希望今年会上能提供一些好的经验。晚写党代会发言，关于文物工作部分，主要谈了两点：一，古与今的关系问题；二，如何古为今用的问题。重点放在古为今用的问题上。至十二时始完成。

三月三日（二月十二日） 星期四

上午去东单公园劳动，觉得每周有一次劳动的确是很必要的。和少忱在一起边干边谈，颇为愉快，彼此开玩笑地说“劳动已成为我们的需要，我们已是共产主义的人了。”虽然是句玩笑话，但也反映了思想面貌的变化。下午去车站送“四清”的同志，天气骤寒，大有下雪之势。归来头疼甚，饭后早寝。

三月四日（二月十三日） 星期五

今天又讨论了长璐同志在党代会的发言稿，最后决定由我修改一九六五年工作情况和一九六六年工作任务，由长璐写体会。

三月五日（二月十四日） 星期六

大雪，上午完成了一九六五年工作情况和一九六六年工作任务的修改，下午到局，滋德同志基本同意即送长璐同志参考审阅。

晚读《延安文艺座谈会上的讲话》。的确，这里面有很多是适用于一切文化工作的原则。但是，也应当认识到它毕竟是针对文艺工作的，因而把它应用到文物工作当中来，还需更具体地结合文物工作特点来灵活地运用。我的体会是，主席的每篇文章都有它的共同点，即毛泽东思想的立场、观点、方法，但是每篇文章又都有它的特殊性，即是针对着一些具体的不同问题而写的。我们说某篇文章主要是解决某方面的问题，并不等于是否认了主席思想的普遍指导意义。否则，如果说主席的每篇文章都带有普遍意义，都能解决一切问题，那么，主席写一篇文章也就够了，何必写那么多篇文章呢？

三月六日（二月十五日） 星期日

雪霁多云，道路泥泞不堪。上午到三舅家午饭后，与四舅去北京体育馆看乒乓球比赛。庄则栋、李富荣、张燮林都出了场。有不少新手打得很好，给老将以很大威胁。庄则栋即是以二比一战胜一名新手，而比分则甚为接近，取胜亦颇费了一些力气。张燮林以二比〇负于于贻泽。因怕车挤早退，临行庄则栋正与一年青新手交锋，胜负尚未卜也。

三月七日（二月十六日） 星期一

清燕门市部值班，又多付给顾客五元，连续两次已赔十元矣。如果回回如此，如何得了。由此可见她之不善理财了。

翻阅马克思主义经典作家论历史人物评价问题，有很多启发。列宁说："至于在反动分子（历史学家和哲学家）的学说中包含有关于政治事件更替的规律性和阶级斗争的深刻思想，这一点马克思总是明确地毫不含糊地指出的。"这对于我们保存一些反面教材的文物，提供了理论根据，既然反动分子学说中还有需要我们研究的东西，保存文物就不能只保正面的不保反面的。这不是很合乎马列主义吗？问题不是保不保，而是从甚么观点出发去保？保了又怎样地服务于我们来用。简单化地一扫光是不行的。

三月八日（二月十七日） 星期二

为庆祝三八妇女节，今天妇女同志下午听萧、颜部长报告；报告后放映《大寨红花处处开》的电影。

晚继续翻阅马克思主义经典作家论历史人物评价问题。目前对"清官"、"让步政策"的讨论正在继续讨论，不同意见针锋相对，而且都引的是马列主义、主席语录，却得出了完全不同的结论。所以仔细看看马克思、列宁、主席到底怎样说的来判断是非是会有些帮助的，当然决定的东西还是自己的立场、观点、方法，同一个事物、不同的立场，看法就会完全不同。

三月九日（二月十八日） 星期三

学习讨论《人民日报》和《光明日报》二月廿七日的社论，大家一致认为根本问题是世界观的问题，而立场问题又是世界观问题的核心。立场问题解决了，观点、方法问题也就好解决了。正如社论所指出的，要解决世界观的问题就必须：第一，大学主席著作；第二，深入工农兵、与工农兵相结合。的确，在文物工作中如果不首先解决立场、观点、方法问题，势必要走向封建主义、资本主义。因而学习主席著作，深入工农兵，正是为做好文物工作创造根本条件。这也就是政治统帅业务。

三月十日（二月十九日） 星期四

这两天一直在思索列宁说的在反动分子著作中的"政治事件更替的规律和阶级斗争的深刻思想"问题，如果说在反动的著作中有可能反映政治事件的更替的规律是可以理解的，但是怎样来理解会有阶级斗争的深刻思想呢？这一点需要好好想想，想通了对于历史人物评价和如何具体地解决批判继承遗产问题是有帮助的。在过去历史上，一些著作中的确是反映了一些规律性的问题，对今天来说是有用的。政治挂帅、德才兼备的干部政策，即是社会发展的一般规律。前几天阅司马光《资治通鉴》中有一段话就是颇令人深思的。他说：才，德之资也；德，才之帅也。德才全尽谓之圣人，德才皆无谓之愚人；德胜于才谓之君子，才胜于德谓之小人。使用干部应当以德为主，因小人挟才为恶则无恶不至。当然，司马光所说的德才的具体内容和我们所说的德才有本质的不同。但是可以反映出任何阶级的干部政策就是德才兼备以德为主的，这是规律性的东西，是可以作为经验来借鉴的。

三月十一日（二月二十日） 星期五

把毛主席的书当作最高指示，但是怎样领会指示的精神，把它具体化并不那么简单。假如是很容易也就不会如此强调了。能不能真正地执行主席指示，主要地还是取决于自己的世界观改造的程度，这一点越来越体会得深了。只有树立全心全意的革命人生观，才有可能执行主席指示。只要有私心杂念，就【不】可能很好的执行主席的指示。这几天人少事繁，自己的公文又压了不少，为甚么？主要还是干劲不足，从这一点来检查自己，也就是缺乏“完全”“彻底”的精神，为甚么？是因为有些文很麻烦、不好办，所以拖了下来，怕麻烦又是甚么思想呢？愚公移山又学到哪儿去了呢？小事情吗？不，就是从一点一滴来改造自己，才可能得到真正的改造呵！明天决定开始扫文，否则自己的计划如何完成呢？

三月十二日（二月廿一日） 星期六

今天下决心把这几天公文清理了一下，最麻烦的是内务部的公文，打电话联系，结果是要下星期才能办，只好等待了。下午决定与王泽同志去承德了解木材使用情况。即请老白代购火车票。

晚去大哥处，慁谭甚久。关于清官问题，他的见解是比较正确的，对我有很大启发，事实上清官是统治阶级封的，海瑞之所以到康熙时候才名气更大起来是很能说明问题的。因为康熙就封了好几个清官，由此可见清官的本质了。从今天的谈话中使我深感观点和材料的统一是太必要了。有了这些材料就说服力更强了。海瑞、况钟、周忱到江南，主要也是适应了明代统治阶级的需要，因为当时明代大部分的经济来源皆依赖于江南来维持也。可见清官是不存在的。

三月十三日（二月廿二日） 星期日

早晨九点多钟都都就来了。这孩子已经是无家可归了。所以我们已经把她当作自己的孩子，希望她今后也把我们这里当作自己的家。今天从她那里才知道溥仪的确得了癌，现在正在医治，而且据说李宗仁夫妇也得了癌，“皇帝”、“总统”都已是寿命不长了。都都到下午五点才回去并约好下次来一起去动物园。

晚去大哥处，遇刘盼老、向达、王重民，从向达谈话中获悉董希文尚藏有敦煌遗书三国写本贾逵注《国语》，此亦属国宝性之文物，而上次他父亲所捐文物中多为一般的东西，何以不见此物？看来需要了解一下了。又据说常书鸿和董希文当年在敦煌时曾发现一张完整的北魏写本酒账，因为不相让，只好一分为二，每人一半，这实在是破坏文物太岂有此理了。今天他们都是党员，总应该有所觉悟了吧。

三月十四日（二月廿三日） 星期一

听忠谟为训练班讲怎样鉴定玉器，主要是说了玉器的发展和各个时期的特点，谈得很好，看来完全可以把它整理一下，送《文物》月刊发表，也可以印成小册子对一般文物工作者是有用处的。下午头疼甚。晚早睡。

三月十五日（二月廿四日） 星期二

今天忠谟继续讲怎样鉴定玉器，给我很大启发。他说玉璧是从纺轮演变而来，各个时期玉器的风格决定于工具。这两点使我联想到文物的作用问题，文物的作用正是研究各种生产工具、艺术、科学发展的重要资料，它不可能代替文献资料，但是却可以起文献资料所不可能起的作用。这正是文物的特点。文物不同于文艺是形象地教育人民，而是属于科学的范围，是以实物例证科学地说明历史规律，来为无产阶级政治服务的。

三月十六日（二月廿五日） 星期三

学习解放军社论，讨论了文物局的突出政治问题，我觉得我们单位实在太落后于形势了。甚至可以说基本上没有突出政治。这个看法得到了胡耀辉的同意。下班后又和田淑贞谈了自己对支部的一些意见。突出政治的关键在于领导、在于支部，大家的积极因素不由支部领导加以调动总是起不了决定作用的。

三月十七日（二月廿六日） 星期四

上午集中力量突击把公文全办完了，只有三件留给陈处长处理。晚即登车去承德。上车前在大礼堂看了一半《红色邮路》电影。

三月十八日（二月廿七日） 星期五

天还没亮就到了承德，风劲刺骨，真是有些塞外风光。乘马车到旅店小憩。八时到文教局联系，才知道彭局长等也是刚刚自天津回来，如果早来两天还见不到人呢。下午在风沙扑面中参观了离宫湖滨地区。使我感到与颐和园最大的不同就是有更多的自然风景。晚宿承德饭店。

三月十九日（二月廿八日） 星期六

今天田野同志和我们一起乘吉普车上山，看了别墅沟和许多建筑遗址。深感离宫说明的内容是可以大作文章的。登山之后，益感离宫的确别有风味，它是更多的利用了自然，又恰当地点缀了自然，显得那么和谐而不过分雕琢。这是颐和园所不及的地方。可惜百分之七十的建筑物已给毁于军阀汤二虎以及日伪等部队，谁保护文物，谁破坏文物？这是颇好的一堂政治课。这也应当是离宫说明的一个重要内容。

晚看承德业余演出队演出“歌唱焦裕禄”，甚好，特别是幼儿园的孩子们表演很认真，颇逗人喜爱。最后一场话剧取材焦裕禄临死时一段，似乎欠妥，要表现焦裕禄的方面太多了，何必一定要写这一段？焦裕禄不应当是一个悲剧的结局，让观众留下激动的眼泪，而是要使人收到征服自然、坚持阶级斗争的革命精神的教育才好。

三月廿日（二月廿九日） 星期日

上午去外八庙看了布达拉和行宫，下午看了大佛寺，难怪人家都说这里是清代建筑之精华，连王泽也认为是生平所仅见。特别是布达拉的道路几经曲折，实在收到了利用空间、间隔空间而给人以小中见大的效果。看了这些建筑，不虚此行矣。晚宿外八庙管理处，侯贵同志谈了这几个月的工作情况，由于突出了政治、大学了主席著作，面貌大为改观。还是原来的一班人，“四清”前后显著不同，突出政治之重要于此可见，谈至夜十二时始散。

三月廿一日（二月卅日） 星期一

早起与侯贵同志一起去圆亭子，这是一组十分精美的建筑，惜已残破过甚。居高远眺，布达拉和行宫在朝阳中显得更加壮丽，使人不能不叹服古代劳动人民之天才也。安远庙的黑琉璃瓦亦颇别致。看了这些建筑不只是赞叹它们的美，更重要的看它的政治意义。康熙、乾隆可真是一些有远见的帝王，这个小小的山城实际上就是我们今天的民族文化宫，具体地体现了当时他们的民族政策的两手，在残酷镇压的同时，又施以怀柔，软硬兼施以达到其统治的目的。这说明了自古至今统治者都是如此，可不慎哉。对帝国主义尚存幻想的人看看承德也应当有所启发吧。

三月廿二日（三月初一日） 星期二

自承德返京，车抵通县西时，地震。车子左右摇摆，历时数秒，感到有些头晕。抵京时黄沙蔽天，即去红楼，晚与清源在恩成居吃饭。

在旅途中和王泽相互谈心，我们相处数年，谈得这样深还是第一次，也反映了局的政治空气过去是太不浓了。

三月廿三日（三月初二日） 星期三

一个人如果要真的有自我改造的决心，那么随时随地都会有可能获得改造自己、认识自己的教育。这话说得不够确切，不知道应当怎样才算确切地表达了这个意思。比方说，看戏、看电影中的正面人物、反面人物，日常工作中、生活中与同志接触中发现的问题，成功的经验、失败的教训，别人的优点和缺点，都可以对照自己，进行自我教育，关键在于自己的决心，有了决心就到处都可以受到教育；没有决心，就是有再好的条件也还是不能利用而收效甚微。

三月廿四日（三月初三日） 星期四

上午劳动，下午讨论中共中央复苏修的信，拒绝了参加他们廿三大的约请，大家一致认为目前的形势很好，这样更有利于揭露苏修和团结真正的马克思主义者。看来最后的大分裂、大组合已迫于眉睫。

三月廿五日（三月初四日） 星期五

读《光明日报》“首先要在克服个人主义上狠下功夫”的社论，社论强调了知识分子必须把活学活用主席著作、改造自己世界观放在首位。因为灵魂是个人主义；业务是马克思主义的，在天底下没有这回事。文章批判了有些人把原则上的是非之争转化成人事纠纷，在背后嘁嘁嚓嚓。这一点对我来说要极为警惕。因为在目前工作上是有些原则争论的，而我是争论的一方，有时有些情绪往往涉及到个人，这就很危险，注意，千万要注意！切不可把原则争论转化为人事纠纷，而要做到这一点，不克服“我”字是办不到的。联系思想又再一次证明了社论指出要首先改造世界观的正确性。

三月廿六日（三月初五日） 星期六

去考古所与夏鼐同志商谈洞沟古墓群的保护问题，苏秉琦、陈梦家均在，谈及侯马朱书文字问题，看来是当时一篇盟书或曰载书是不可怀疑的了。但是时间似不会如郭老所说的那样晚。当在春秋战国之交，上限为定公之后则无疑问矣。由此可见这批发现极为重要，当能补史料之不足也。

三月廿七日（三月初六日） 星期日

读戚本禹“翦伯赞同志的历史观点应当批判”一文，迫使我不得不重新考虑对“让步政策”的认识问题。戚文以“是让步政策，还是反攻倒算”为题，从根本上否定了“让步政策”的存在，指出了这是歪曲历史事实的，是反马克思主义的。是美化地主阶级，是歌颂封建社会。这一点是我过去所认识不到的。我过去以为一些有远见的帝王是采取过有利于生产的措施，而这些措施是为了统治阶级的利益而实施的，所以它也是统治阶级向农民进行阶级斗争的一种形式，是统治者两手的一手，至于这些措施叫不叫让步，我认为是无关紧要的，叫也可以，不叫也可以。现在看来，这个认识是有问题的，因为“让步政策”这个提法是站在统治阶级立场说话的，将今比古、将外比今都不能说阶级的敌人有甚么“让步政策”，抗美援朝的胜利迫使美帝国主义不得不签字停战，难道能说美帝对我们采取了“让步政策”吗？显而易见是不能的。而我在这个问题上为甚么认识不清呢？这是值得挖一挖的。

三月廿八日（三月初七日） 星期一

再读戚本禹的文章，特别着重地研究了“让步政策”的问题，因为我对这个问题的认识是有错误的。今天再次精读，益发感觉这个问题不简单，它是和今天现实有联系的，因为如果使“让步政策”的理论成立，实际上就等于承认了修正主义的理论。对阶级敌人不是进行针锋相对的斗争，而是幻想他们实行让步。这不是十分荒唐吗？因此，批判“让步政策”的理论，是有现实意义的。

三月廿九日（三月初八日） 星期二

接毛头来电告以卅一日抵京，为之大喜。十三年不见了，她应当是个大人样子了吧。来电未注明车次，如何去接，当即电请其速告车次。

下午钟少灵来临摹侯马晋国朱书文字，我特别告诉他，“[illegible]”字有的作“[illegible]”字，是“宗”还是“室”还是值得考虑的。

三月卅日（三月初九日） 星期三

完成给国务院文办关于洞沟古墓群问题的报告。下午机要室通知，总理询问团城、故宫经过地震有无影响，当即通知古建所派人前往调查。晚接毛头复电，告以不必去接，大概是出差来京尚有同行人需集体行动也。晚知其已住中关村。

三月卅一日（三月初十日） 星期四

狂风竟日，气温骤降，去紫竹院挖运河，劳动量甚大，十分吃力，归来已不支矣，头疼甚，早寝。九时毛头来，病好了一半，实在太高兴了。谈到十二点才睡，这孩子还是老样子，不过懂事多了。可惜她只能住一个星期，而且时间十分紧张，恐怕不可能痛快在一起谈谈了。

四月一日（三月十一日） 星期五

于坚、雅珍“四清”归来，因处理一些待办公文，未能去车站接他们。下午去公安部联系拍摄红外线照相问题，十分顺利，他们愿意协助约好明天去先试验照几张，看是否能成功。因为石片与布和纸张不同，能否有效尚不敢必也。

毛头到晚九点多才回来，原拟同去大哥处，因时间过晚而罢。

四月二日（三月十二日） 星期六

读范老最近出版的《中国通史简编》第三编第一册，发现以现在的批判文章的观点来看，其中有些观点也是有问题的。如：第二章《封建经济繁荣疆域大扩张时期——唐》，简短的结论中说："隋朝末年，农民大起义，沉重地打击了隋炀帝为首的统治阶级，使得继起的统治者，不得不对农民阶级作出一些让步，政治措施有所改善。""这样，以黄河长江两大流域为经济基地的，社会安宁持续到百余年的唐朝出现在历史上。"在这里，他显然是承认是有统治阶级的让步的。而正是这种让步措施，使得唐代百余年出现了社会的安宁。据说主席最近提出统治阶级不可能有甚么"让步政策"，而只有反攻倒算，看来范老的这个观点是成问题的。至于我，的确也需要很好地领会主席的这个意见的精神。因为主席的一些指示，不是一下子就能全部体会得很深刻的。

四月三日（三月十三日） 星期日

上午去三舅处，饭后稍憩即返宿舍，下午到黄老太太处，毛头已先至，稍坐辞出，带毛头至全聚德吃烤鸭，这是北京特产，她来一次不容易，所以特地请她吃一次，晚至大哥处。

四月四日（三月十四日） 星期一

几天来毛头一直住在家里，只是早出晚归十分辛苦，今天才算真正地谈了一些思想问题。从谈话中看，这孩子在一些认识问题上还是不太明确的，但是要求进步的心还是迫切的。一直谈到十二时才散，今晚我改由招待所搬到老梁家去睡了。这样可以不受时间的限制，方便得多了。

四月五日（三月十五日） 星期二

下午学习了党委扩大会的文件。这次学习将需要半个月的时间。会议期间，学习了主席的一个批示和林彪同志的有关政治工作的指示，使我明白了为甚么提出突出政治的口号，盖亦有针对性而提出者。因为一九六四年突出了军事，冲击了政治，所以一九六五年要突出政治，纠正六四年的偏向。

晚大哥嫂携咖啡一筒来，系送小帆托毛头带沪者。谈至九时半始归去。

四月六日（三月十六日） 星期三

早起送毛头，甚感依依。下午学习讨论党委扩大会议文件。继续边读边谈望东同志的报告。报告提出了四个一年的估价，即文化部整风取得成效的一年，贯彻党的文艺方向的一年，向农村大进军的一年，工作大转变的一年。图博文物事业是否也是这四个一年，看来是有不同意见的。我认为，建国以来，图博文物事业不能说是自始至终贯彻了一条黑线，而应当说是有一条断续的红线。建国之初这几项工作是政治挂了帅的。但十六年来有两次反复：一次是一九五八年，"二百方针"提出后，开会提出

"三性二务"，各地博物馆普遍地重古轻今，不愿意搞反映社会主义的题材；一次是一九六一年以后对一九五八年大跃进中出现的好苗头作了全盘否定。这两次反复都是阶级斗争在我们事业中的反映。这个估计，在同志们中间还是有不同看法的。

四月七日（三月十七日） 星期四

在学习讨论党委扩大会议文件过程中，不自觉地又涉及到整风中一些还不够明确的问题，而这些问题显然会引起一场大辩论。而我正是辩论中的一方。于坚在发言中已经提出了批评，认为整风中间对一些问题已经有一致意见，为甚么后来不敢提了呢？这实际上就是折衷主义。老高，老卢是他的拥护者。我没有就此问题发言，也没有进行辩论，因为这是需要待以后再进行的。但是我不能不就此作准备，我已把他们的意见记下来，要好好研究研究。

四月八日（三月十八日） 星期五

博物馆究竟要不要陈列，居然也成了问题。老高竟然说陈列和展览不必区别，只搞展览也是博物馆，这样北京展览馆、农业展览馆岂不都成了博物馆？在我看来，陈列和展览是应当有区别的，事物是有界限的，不能因为陈列和展览本质上没有区别都是通过实物，图表去教育人，就说它们根本不必要区别。这样说来，京剧、评剧、话剧是不是因为它们都是剧就可以不必区分呢？这是说不通的。

四月九日（三月十九日） 星期六

几天来一直在考虑博物馆事业的问题，使我越来越感到省地志博物馆是不能全盘否定的。而于坚他们却把它作为洋框框和方向错误来批判的。这显然很不妥当。地志博物馆是形式，形式不是方向问题，题材内容、为谁服务这才是方向问题。我认为，如果以马列主义、毛泽东思想的立场观点方法去办地志博物馆，是可以办好的，反之思想没改造好，办甚么博物馆也同样是办不好的。这一点我已做好了大辩论的准备。

四月十日（三月廿日） 星期日

晨九时去车站接小罗自西安归来，自车站径去红星看陈毅同志招待记者纪录电影，等于是听了一次我国外交政策的报告，是一次很好的学习。

午饭后与都都、小三同游动物园。玩得非常有趣，特别是看见了小猩猩吃饭，坐在小板凳上用勺子吃米饭，神气活现，真像是个小孩子。归来在三舅处晚餐。

四月十一日（三月廿一日） 星期一

接公安部三局电话，说照片已洗好，约后天早晨去取，不知效果如何也。连日对吴晗批判有了更深入的发展，工农兵座谈的发言给我极大的启发。也因此而更深刻地体会到毛主席在宣传工作会议上的讲话中所指出的，一些知识分子一遇风浪，"他们的立场，比起工人和大多数农民来就显得大不相同。前者动摇，后者坚定；前者暧昧，后者明朗。"工农兵驳斥吴晗的座谈非常生动地证明了这一点，而且不只是态度坚定、明朗，并且语言生动、简练，几句话就揭露了本质，比很多大块文章还解决问题。例如一个农民说，清官是对皇帝清，不是对老百姓清，真可谓一针见血。这正是阶级性所决定的。由此可见深入工农兵，改造自己的阶级感情，实在是太重要了。

四月十二日（三月廿二日） 星期二

学习讨论仍在继续，今天两个新来的大学生都发了言，陈廷煌谈得很好，是接触了思想实际的。黄长喜的发言也不错，只是一般化了些。

晚学习主席著作，又重读了《延安文艺座谈会上的讲话》，其中关【于】感情问题的指示使我感受最深，的确，感情问题是个根本问题，而要解决它，不深入工农兵是不行的。

四月十三日（三月廿三日） 星期三

上午去公安部取回来照片，效果并不太理想。但也只好如此了。看来红外线的效果对玉书作用不大。中午征得冶秋同志的同意，决定把现有的玉书全部加固。

下午继续学习了石西民同志在文化部党委扩大会议上总结发言。提出了这是一次毛泽东思想挂帅、突出政治的会议，是一次总结、交流经验的会议；是一次发扬民主，贯彻党的民主集中制的会议；是一次动员的会议。发言第二部分是关于突出政治的问题，首先引了主席的批示："那些不相信突出政治，对于突出政治表示阴奉阳违，而自己另外散布一套折中主义（即机会主义）的人们，大家应当有所警惕。"要求要大家深入领会毛主席和中央批示的精神，紧紧抓住两个阶级、两条道路斗争的纲，为完成当前的革命任务而斗争，这些任务是：巩固社会主义制度、为共产主义创造条件，避免资本主义复辟，防止修正主义，这是最大的阶级斗争，最大的政治。这就需要我们自己摸出一条自己的路来，发言对突出政治要着重抓甚么问题提出：突出政治，从根本意义上讲，就是突出毛泽东思想，以毛泽东思想挂帅，将兴无灭资的阶级斗争进行到底。主要应当抓三个问题：一，要抓根本方向问题，为实现方向必须抓两个阶级、两条道路、两个主义的斗争。要估计资产阶级世界观的强大势力，斗争是艰巨、复杂、长期的，有些方面我们没有领导权。大家要从自己头脑中清洗资产阶级影响。这是个脱胎换骨的过程。要求大家不怕丑、不怕痛，把六一年以来的问题亮出来，吸取教训。永远记住五不忘记。二，发言认为，必须加强党对文化工作的绝对领导，党的领导主要是看是否正确地贯彻执行了党的路线、方针和政策，如果没有，实际上就是没有党的领导。三，要这样就必须贯彻党的政策，实行民主集中制。坚持群众路线，广大工农兵群众不单单是文化艺术的享受者，而且也是文艺的积极创造者。而贯彻群众路线就必须狠抓四个第一，用加强政治思想工作来推动一切工作。总之，抓根本方向问题、加强党的绝对领导问题、贯彻群众路线问题是文化艺术部门突出政治最重要的几个问题。

发言强调了一定要把毛泽东思想学到手，彻底改造世界观。主要解决三个问题：一是大破"我"字当头，二是正确处理主观和客观的关系（不但要革命，而且会革命），三是正确处理政治和文化艺术的关系。着天和着地是连着的，必须很好结合起来。要坚持"实践论"的观点。要解决思想感情的问题。必须摆进去，亮出来。

这个发言很好，我想在学习的基础上，提出一个文物工作如何贯彻这个会议的具体意见来。但是学习体会还是需要一个消化的过程的。

四月十四日（三月廿四日） 星期四

《人民日报》发表了题为"政治统帅业务"的二论突出政治的社论。这篇文章极为重要，它把突出政治问题提高到是在各项业务工作中与资产阶级争夺领导权的斗争来认识，对我的启发很大。文章指出了一切业务活动都应当是为了巩固和发展无产阶级专政，为了巩固和发展社会主义制度，为了逐步向共产主义过渡准备充分条件（包括物质的和精神的）。这是根本的方向问题。各项业务只能坚持这个方向，而不能脱离这个方向。这里提出了一个重要的问题，就是要为逐步向共产主义过渡创造条件。文物事业如何创造？这是需要很好考虑的。我们一切工作都应当以实现这个方向为出发点，否则就会犯错误。

四月十五日（三月廿五日） 星期五

河北省文物工作队队长王银宝同志来，他希望我能去一次燕下都。我也早有此意，就是时间成问题。我很想以燕下都为试点，把大遗址保护和发掘工作创出一条新的道路来。在我看来，这是完全可能的。因为这项工作是常年在农村，对于深入工农兵是个很好的条件，亦工亦农也是有条件的，如果能把“四同”当做一项制度坚持下来，就是非常重要的一个经验。我想明天再好好争取一下到易县蹲点。

四月十六日（三月廿六日） 星期六

主席在《新民主主义论》里说：“文化革命是在观念形态上反映政治革命和经济革命，并为它们服务的。”这句话极为重要。据此，文化革命的内容，在不同的革命阶段也将有不同的具体内容。主席又说：“在中国，文化革命和政治革命同样，有一个统一战线。”接着，主席把这种文化革命的统一战线分为四个时期。对二十年来的文化革命运动作了总结。可以看出不同的时期，文化革命的内容不同，统一战线的对象也不同，革命不断地向前发展，不可避免地在统一战线中一些阶级人员会分化出去，一部分人从革命转化为反对革命。这个历史的事实对我们这些人来说是要很好地引为警惕的。晚去大哥处。

四月十七日（三月廿七日） 星期日

一早都都即来，饭后同去北海，下午始归。惜湖水干涸，游人甚多，未能划船，颇为遗憾。晚倦甚，原拟去三舅家，因累而罢。

粗读《人民日报》转载康立所写《“论清官“质疑》一文，批判了星宇的折中主义，并指出了方求文章的不妥。言之成理，发人深思。我需要再仔细阅读一遍。

四月十八日（三月廿八日） 星期一

通读昨天《人民日报》《请看吴晗同志解放前的政治面目》一文。编者按曰：“在三十年代，吴晗同志奔走于胡适、蒋廷黻、傅斯年之流的门下，成为他们精心培养的一个标本，这是人所共知的。解放以前，吴晗同志究竟是个什么样的人呢？大家从这个材料中可以看出，原来他是站在亲蒋、崇美、反共的立场的人，是一个一心想走第三条道路的即资产阶级专政道路的人。吴晗同志白纸黑字写下来的东西，将擦亮很多人的眼睛。”的确，看了这份材料让我大吃一惊，尽管我对吴晗其人一向反感，但是我总觉得他过去在政治上是个左派，万没想到他会是“攻击抗日救亡运动，为蒋介石不抵抗政策效劳”。也万没料到他竟“为国民党反动统治的‘长治久安’出谋划策”。更没有想到他“要蒋介石吸取‘历史教训’,全力以赴消灭共产党”。这份材料的确是一份很好的教材，它确实是帮助人们擦亮了眼睛。

四月十九日（三月廿九日） 星期二

《文物》月刊送来于省吾等人关于侯马盟书的文章三篇，要我提意见。根据现在的一些文章，看来这批朱书文字是盟书，大概不会有错误的。问题是究竟是在甚么时候？是一个甚么历史事件。在释文中“𠀤”字应为“而”字，殆不可易，张颔释为“天”，郭老释为“夫”，皆非是。关于最后一句“靡夷非是”，陈梦家谓应读作“靡夷我是（氏）”，即灭族之意，“是”与“氏”同。于省吾则谓其意为“应团结一致，颓废而不遵守盟约，不顾吾君的诛罚是不对的。”我意于说似更合理些。

四月廿日（三月卅日） 星期三

再读康立《“论清官”质疑》一文，使我感到自己的确需要好好学习，星宇在一九六四年初发表这篇文章的时候，我是颇为欣赏的，认为这是一篇马列主义水平很高的论文。并且为他对吴晗不指名的批评感到快意。方求同志采纳星宇的论点并加以赞扬后就更加坚定了我对这篇文章的肯定看法。现在精读康立的质疑，觉得问题提的很有道理。但是为甚么过去看不出来，反而加以赞叹？这是很值得考虑的问题。这即表明自己和星宇的思想是一致的。总的说来，就是陷入了折中主义。的确，尽管主观愿望可能是要作马克思主义的评论，但是如不能彻底地站在革命立场上和一切机会主义划清限界的话，就会走到自己的愿望的反面去。这是很值得我们警惕和深思的。

四月廿一日（闰三月初一日） 星期四

开始学习《高举毛泽东思想伟大红旗，积极参加社会主义文化大革命》，这是一篇十分重要的文章。有了一些新的提法，例如“三为”的内容，本来是为无产阶级政治服务，为工农兵服务，为社会主义经济基础服务。现在的提法是：为工农兵服务，为无产阶级政治服务，为巩固和发展社会主义制度、逐步向共产主义过渡服务。最后一点极为重要。我们的工作必须要从这一点来考虑问题，而过去是根本没有考虑的。

四月廿二日（闰三月初二日） 星期五

在学习讨论过程中，又涉及到对过去的工作估价问题。前些时于坚说部队已经把苏联的东西通通搞掉了。过去恩起同志也说：周扬同志说过，一些资产阶级的东西往往是以学习苏联的招牌来出现的。据此，则过去学习苏联的地志博物馆当然就不对了。于是出现了这样的论点：过去学地志博物馆是错误的。我看这个认识很值得商榷。学习苏联也要一分为二，不能全盘否定。第一，在一九四九年建国之初，我们对怎样办新型的博物馆完全是张白纸，可以说是毫无经验。当时，不学苏联，难道学资本主义国家？在我看来，学习苏联在当时是完全必要的。当然全部照抄是不对的。第二，对苏联经验也要一分为二，既不能全盘肯定，也不能全盘否定。苏联继承了不少资产阶级的东西，但也不能说没有好的。这要具体分析，不同时期，不同的方面都有所不同，地志博物馆是斯大林时代的东西，应当说基本上是马克思主义的。为甚么说不可以学呢？苏联的过去，从正面或反面，都是可以使我们学习和吸取教训的。但学习必须是批判地或者说是有分析地学习，而不应当是教条主义地学习。

四月廿三日（闰三月初三日） 星期六

继续酝酿摆问题，和少忱同志意见逐渐接近起来。我们都不赞成对过去作笼统的否定，而是要科学地估价。回顾十六年来过程，恐怕也是一个由必然王国向自由王国飞跃的过程。但是比起其他建设事业来说，是差距很大的。任何事物都需要有个认识的过程，要了解事物的客观规律性，要真正认识一个事物发展的客观规律，不可能是一下子就解决的。因为人不可能生而知之，而是要从成功和失败的经验中总结，才能逐步认识和掌握规律，从盲目到自觉。而要认识规律又必需经过实践，只有在实践中才能取得成功或失败的经验，才能逐步地对一个事物从必然到自由，才能完成对一个事物的必然的认识和对一个事物的改造。

打破框框是对的，但是不宜把一切规章制度和过去的经验，一概称之为框框。只有实践证明是已经妨碍了事物发展的东西，才能把它当作框框来打破。世界上不可能有永恒不变的规章制度，而是要不断地随着变化了的客观世界来改变和建立适应于新情况的新制度。而新的制度在新的条件下总要有个相对的稳定时期，这就是不断革命论和革命阶段论的结合。哪些该破，哪些不必破，又要作出具体分析，就要坚持唯物论，从实际出发，而不应当从想像出发。

老嵇在研究体制问题，问我有何意见。这又涉及到法令问题，条文规定是否有过死的地方，这是一。中央和地方怎样分工的问题，这是二。过去条条块块、忽紧忽松，是有些经验教训的。而生产和文教部门也有不同。究竟怎样办，很值得考虑。过去太集中，五八年来了个下放，后来又紧了些，有反复就有教训，似乎可以好好总结一下。我们的事业只能是提出方针，事情还得地方办。地方可以在方针原则下因地制宜。但这应当是更好地贯彻方针的因地制宜。这里有个长远利益、国家整体利益和当前利益、地方或本位利益的关系问题，考虑问题则必须以前两个利益为基本出发点。凡是应当集中的，必须集中，不应或不可以集中的也不必强求统一集中。我看文物法令如果从现在的实际出发还是不错的。

四月廿四日（闰三月初四日） 星期日

去八大处春游，居京卅年，这还是第一次去八大处。天气甚好，八大处都算看到了，可以说不虚此行。惜清源因病未能同行深以为憾。下午四时半即归。

晚学习文件。翻阅几天来的报纸，都在搞学术批评，在学习主席著作方面又有不少好经验。特别值得注意的是，有的省委特别强调民主集中制，把它提到世界观的高度和党性纯不纯的高度。这是党的生活中的一个根本性问题。这样提法很必要，因为不这样就不会引起注意。很显然，现在十分正确掌握民主集中制的人是不多的。在很多人当中是很不习惯民主集中制的。这种情况如不改变，是很不好的。当然，要真正做好，也不是一件容易的事。

四月廿五日（闰三月初五日） 星期一

几天来的学习更进一步地感到民主集中的重要性。这是一个相信不相信群众的问题。从群众中来，到群众中去，首先要从群众中来，革命领袖之所以伟大，也正是高度地集中了群众的智慧，反映了最大多数劳动群众的根本利益的要求。没有民主就没有集中，反之亦然。因为没有民主，就不可能有正确的集中。所谓集中，就是把群众中的正确意见集中起来，统一认识，统一行动。一个人说了算，按一个人的意见办事，只搞一言堂，不搞群言堂，那不是甚么集中，只能叫个人“独裁”。过去局里有时是一个人说了算，有时是大家乱放一通，没有集中。十几年来文博事业存在的一些问题不能很好地解决，是和没有正确贯彻民主集中制是有密切关系的。

四月廿六日（闰三月六日） 星期二

反复回忆了建国以来的工作情况，总觉得不能说是贯串了一条黑线。当然，在事业中是有黑线的，但不是贯彻始终的。另一方面，也不能说一开始就是正确的，这也是不可能的。因为我们没有经验。还没有摸到事业的发展客观规律，当时，对博物馆事业要为社会主义服务的方向，还是有认识的。但如何为？就不那么清楚。中国革命到抗日战争时期，才真正树立了以主席思想为领导的正确路线，中国民主革命这个必然王国才真正被认识，才算是有了自由，我们怎么可能在建国之初，就完全掌握了社会主义文物博物馆事业的规律。而这种规律到目前为止，世界上是没有成熟经验可以借鉴的。严重的问题是到今天，我们已经建国十六年了，还是在摸索中，这就是很值得考虑了。这是交代不过去的。

四月廿七日（闰三月七日） 星期三

这两天我正在仔细地阅读《人民日报》发表的《翦伯赞同志的反马克思主义历史观点》，正如《人民日报》编者按所指出的："由于他披着马列主义的外衣，善于使用折衷主义的说法，所以他的言论有相当大的迷惑性，在史学界起了极其恶劣的影响。"所以至今还有一些论点孤立地看，我还是看不出它的错误，对这些论点究竟怎样批判，认识还是比较模糊的，我已经把报上揭露的材料看了两遍，而且是逐字逐句认真阅读的。大致可以分为三种情况：一，明显错误，我也能指出其错误之所在；二，感觉有问题，但还不能明确地指出其错误，说出自己认为正确的说法；三，现在我还看【不】出其错误何在。这即表明，自己思想还是有问题的。为了改造自己，锻炼自己的批判能力，我决定再继续反复阅读这份反面材料，暂时不看别人的批判的文章，根据自己的认识水平，学习主席有关著作，来对它进行分析批判，然后再看别人的文章来对照，鉴别自己的认识是正确还是错误。这样对改造自己思想、提高认识水平是一个比较好的方法。因为我在思想上有不少地方是和他有共鸣的，革他的命也就是革自己的命，批判他也就是批判自己。所以采用这个办法，带着问题学习主席著作，实际上就是一个自我改造，自我批判的过程，也只有这样，才能接触到自己思想实际，进行自我的思想斗争。我认为，在这样一个伟大的社会主义文化大革命的洪流中，如果不把自己摆进去、亮出来，荡涤自己头脑中的污浊，必不可免地会被时代所淘汰，成为历史前进的障碍。晚看《桃花扇》。

四月廿八日（闰三月初八日） 星期四

对《桃花扇》的认识，我又和老高又发生了争论。他认为这是一部比《兵临城下》错误更为严重的影片，是一部借古讽今，攻击党和社会主义的影片，但是表现形式十分曲折隐晦，有些对话极为恶毒，侯朝宗实际上就是右倾机会主义的化身。我不同意这个分析，当然，我并不否认这里会有借古讽今的可能，但必须和编导者的其它言行联系起来考虑，没有任何其他旁证材料，仅从影片本身所反映的问题是不能得出这个结论的。即使真是有借古讽今之意，也不能说侯朝宗就是右倾机会主义的化身，这在逻辑上讲不通。让历史来作裁判吧。

四月廿九日（闰三月初九日） 星期五

续读有关翦伯赞的材料。越看越有味道，终于发现了一些自己过去模糊认识的原因，也开始认识了一些前两天还不大清楚的问题。比方说，历史局限性的问题。我过去也往往强调历史局限性，但是却忘了作阶级分析。因此在我的脑子里的历史局限性是和翦伯赞的观点是完全一致的。所以翦的材料发表之后，看到这一段，还是感觉不出他的错误所在，甚至觉得和扣的帽子对不起来。但是经过了反复的阅读以后，才看出了问题，而且真正地懂得了他的错误的严重性，这不单单是方法论、认识论的问题，而是立场问题、思想感情问题。试看，他用“历史局限性”对帝王将相和劳动人民采取了两种解释，一方面说不能要求古人像今天的工人阶级一样，因而就强调了帝王将相的“丰功伟绩”。不许批判，谁批判谁就是非历史主义，不了解历史局限性。反之，他对劳动人民却又唯恐颂扬“过分”，因为劳动人民是不可能没缺点的。于是强调古代劳动人民的自私性、散漫性。这样就出现了一个鲜明的对比：同是用历史局限性这个名词，但是对“帝王将相”和古代劳动人民却用了两把不同的尺子。对帝王将相所强调的是古人不可能有今天的水平，不要过分“苛求”，要多看他的优点和“伟大”；对劳动人民所强调的，则是古代劳动人民不可能觉悟太高，不要过分颂扬，要看到他们的缺点。这究竟是甚么思想感情？甚么立场？翦伯赞是爱憎分明的，对帝王将相充满了爱，对劳动人民充满了憎。这个结论恐怕不算过分吧。否则为甚么会出现上述情况呢？当然，他自己也再三强调了阶级斗争，说甚么自己“不爱皇帝”，但是依照他的观点来具体分析，恰恰相反，他是很爱皇帝的。这说明了一个人的世界观的改造的重要性。世界观没改造好，立场是不可能站得稳的。凡是不承认这一点的人，事实上就是站在资产阶级立场的。言念及此，不寒而栗。自己再不加倍努力改造自己，就会不自觉地滑到反社会主义的道路上去了。可不慎哉。

四月卅日（闰三月初十日） 星期六

一个人如果真的有献身于伟大共产主义的强烈愿望，那么他就会不拒绝承认自己的错误，反之，一个人只是考虑“我”字，他就不可能真正的正视自己的错误。因此，公与私、有我与无我的斗争是一个人改造世界观的核心，是个根本性的问题。而要真正做到这点就必须坚持不懈地进行长期的自我斗争，随时随地地斗，这也就是突出政治。对翦伯赞的批判，使我深刻地体会到这一点。它使我明白了突出政治的重要性，如果说过去只是在理性上认识，那么，现在是从思想感情的深处开始起了变化。但必须说，这仅仅是变化的开始。阶级斗争的规律告诉我们，斗争是会有反复的，今天认识了的东西，明天也可能又会模糊起来。斗争的进行往往是曲折的、反复的，只有时时刻刻地严格要求自己，才可能避免大的反复，才可能少犯错误。在这次社会主义文化大革命的斗争中我下决心，正视错误，投身斗争，在斗争中改造自己，改进工作。

五月一日（闰三月十一日） 星期日

天雨，晨都都来，原定去温泉上坟，走到动物园因雨而中止，去姨叔处小坐，晚在三舅家吃饭，九时始归。

今天算是玩了一天没有学习，也没有工作，真是休息了。在三舅处听到前天中午在友谊商店，光天化日之下，竟然有人向外宾行凶，实在是骇人听闻。说明了阶级斗争的严重性。据说行凶者只是十八九岁的青年，尤其值得注意。他们是甚么人？是甚么背景？这又是一堂活的阶级教育课！！！

五月二日（闰三月十二日） 星期一

早晨起得晚了些，一个上午在家务事的忙乱中溜过去了。下午二时清燕去门市部值班，我又重新阅读主席《新民主主义论》。在这个对文化战线上的两条路线斗争的系统总结中，需要我们学习的内容是太丰富了。如何运用它来总结我们的工作，是当前我们迫切需要解决的问题。今天阅读的主要收获是，我也试图以主席总结文化革命的四个时期的方法来考虑总结一下我们建国以来的工作。“文化革命是在观念形态上反映政治革命和经济革命，并为它们服务的。”建国以来，我们的政治、经济革命任务是甚么呢？这些任务是分成几个阶段来完成的呢？每个阶段的主要矛盾是甚么呢？应当从这些基本点出发来检查下我们的工作，究竟服务得怎样，并由此而推及当前我们的任务应当是甚么？一个下午主要是考虑了这个问题，还只是提出了问题，究竟怎样理解是对的，是需要进一步研究的。

五月三日（闰三月十三日） 星期二

今天的社会主义文化大革命是整个社会主义革命的新发展、新阶段。是社会主义社会发展规律所决定的。而这个革命任务在斯大林时代是应当解决的，但是他没有认识到这个问题，于是在苏联的社会主义革命是半途而废的，正是因为革命不彻底，所以才出现了赫鲁晓夫修正主义，使苏联这样第一个社会主义国家变了颜色。这是一个极大的教训，正是这个严重的教训，才使我们取得了经验。所以这次革命是关系社会主义制度能否巩固的大事。

五月四日（闰三月十四日） 星期三

今天《解放军日报》发表了题为“千万不要忘记阶级斗争”的社论，这是继《高举毛泽东思想伟大红旗，积极参加社会主义大革命》一文发表后的又一个重要的文件。社论强调指出了一定要重视上层建筑对经济基础的反作用。因为：“任何反革命复辟，都是先搞意【识】形态，搞上层建【筑】，搞理论、学术、文艺等等精神方面的东西，为自己制造舆论的。”赫鲁晓夫修正主义篡夺苏共领导即是一例。由此可见，这次社会主义文化大革命实在是关系到社会主义革命的成败问题了。

五月五日（闰三月十五日） 星期四

一个人做事难得的是持之以恒，尤其是难得能始终一丝不苟。这对我来说是一个最大的弱点。有时我可以很用心、很认真、一丝不苟，但是我却不能事事用心、认真、一丝不苟，也就是不能把认真、用心、一丝不苟持之以恒。所以，我的工作、学习都不是年年如一日，而是曲线的，时起时伏的，为甚么？这只能从阶级、世界观里去找答案。不提到这样的高度去认识它，就不可能很好地克服它。想到这儿，自己有甚么值得自满呢？

五月六日（闰三月十六日） 星期五

今天决定和元璐一起到易县燕下都去一次。这是我好久盼望的事，今天算是争取到了。文化革命，文物工作如何搞是个迫切需要解决的问题，而这个问题是不可能在大楼里坐而论道来解决的，没有实践就不可能解决任何问题。对大遗址怎样搞，我是有些想法的，我想这次去和河北文物工作队商量一下试试我的设想能否实现，让实践来考验一下。

五月七日（闰三月十七日） 星期六

遇世民，谈及当前反吴晗反党、反社会主义的罪行，始知最严重的问题还不是吴晗，而是邓拓，其《燕山夜话》之恶毒远远非《北京日报》所摘要者，现已重新整理，即将发表，据称邓拓的文章含沙射影极力为右倾机会主义翻案，此情况实非始料所及，这究竟是怎么回事？且拭目以待可也。

五月八日（闰三月十八日） 星期日

一早起来匆匆赶到了永定门火车站，元璐已先我而至，大概因为今天是星期日，人特别多，只能站在车厢门口，好在到高碑店时间很短，一会就到了。孙德海已在车站来接，原来他昨天才回保定，今天又赶回来的，实在抱歉的很，当即乘小火车同去易县，至招待所已下午四时，饭后骑自行车赶至武阳台，已天黑，路甚难走。倦甚，早寝。

五月九日（闰三月十九日） 星期一

一九八二年（壬戌年）

二月廿五日（二月初一日）星期四

不久前接哲民兄来函，询问二希（中秋、伯远）从故宫散出经过，迄未作复。今日得去非摘录刘九菴《从香港购回书画来源记略》之称：两帖散出和收回的过程，据林志钧（宰平）所著《帖考》记载：此帖由故宫散出后，初不知在何处。一九五一年十二月二十七日晨，叔通谈，伯远帖闻系由清瑾妃售于郭葆昌（即郭世五），后郭子携赴香港，押于英人某。期将满，英官方命将此帖与同时押之王献之中秋帖，即将偷渡。我方知之，请于政务院，趁尚未期满，以港币不到五十万，将二帖赎回，已到北京，今在故宫陈列。

一

按二帖系新进入故宫的时间，据“济”字编号，是从一九五一年十二月起至一九五二年一月止。与此记载相符。入院点收人：叶炜光、冯华。

关于“瑨妃”，查清史稿无传，据帝系后妃皇子皇女四考（附表）有瑨妃一名。瑨妃系西林觉罗氏，是同治的贵人，后尊封“荣惠贵妃”。清史稿后妃传有：荣惠皇贵妃，西林觉罗氏，事穆宗，自贵人进嫔，光绪间进妃，宣统间累进尊封。（卷二百十四，八九三一页）。据此，瑾妃或系瑨妃传写之误。此二帖何时散出故宫和具体情况仍不得而知也。沫叔老所说亦不知何所据。

三月廿六日（二月初二） 星期五

关于中秋、伯远二帖除了说是瑨妃售予郭世五之外，尚有二说：一曰溥仪未出宫前盗卖，为维持小朝廷遗老和宫人生活之用，二说系某太监私自偷出的。三说纷纭，莫衷一是。经询刘九庵亦不了解。以上何以未载《故宫已佚书画目》，按此书根据《溥仪赏溥杰书画目记》辑录而成，或不甚完备。

三月廿七日（二月初三） 星期六

中央已任命朱穆之为文化部长，周巍峙为党组付书记、第一付部长，尚有三个付部长人选未定。又，中宣部部长已确定为邓力群。精简或可如愿进行矣。

三月廿六日（二月初四日）星期日

去刚主大哥处，得见前在上海朵云轩书画社见吴湖帆所藏秦汉印当和北魏此等造像拓片百余种，皆吴大澂赠陈簠斋者，每种均钤有簠斋藏石印，拓工甚精，十年动乱，被余得此，实大不易也。

午饭后大哥告以先太祖姊事，始知与张菊生丈亲戚之由来，盖菊老之母为谢蔼生之妹，蔼生公为我太伯祖，为避兵燹自武进南下广州落户，故菊老当年说得一口广州话。

下午去华侨大厦访月华，同上楼谈甚久始归。

三月廿七日（二月初五日）星期一

方行之瑜同志曾告以上海市府欲以宋刊王文公集和王安石书卷捐赠国家，条件是希望政府特许将其所藏明清画约二百件携往东德，我先对此坚决反对，后向张近来解决，王文公集可海内孤本，堪称稀世之珍，若能收回国内实为一大好事，而方光却不了解其重要性，经顽强同志亦无可如何，外行领导之害大矣哉。

据查年代摘录藏园群书经眼录卷十三、集部二："王文公集一百卷目录二卷，存七十六卷、目录二卷，十六册。

宋刊本，半叶十行，每行十七字，白口，左右双阑，板心上鱼尾下题文集，下鱼尾下记叶数，下方记刊工姓名，字体古雅，纸白而厚，莹洁无

比比，每叶有"向氏珍藏"朱文印，多直序背，纸皆宋人书牍，字亦工稚，

有洪适、葉义向诸人。

目錄二卷，上卷卷一至卷十六，下卷卷三十七至一百，上卷缺一至四

葉。缺四至七、二十七至四十五、六十一至六十九，共缺二十四卷。宝应刘启瑞

翰臣藏書，庚申五月二十五日现于宝应刘宅，書估陳韞山陪往」

据叶年允告，刘启瑞字翰臣，官至内阁中书，以癸卯乡试傅沅老

曹为力荐，因称沅老为师，其实刘尚年长于沅老。此人藏书皆盗自

内阁大库，而诡称庚子之役得之坊肆故纸堆中。九二〇年傅沅叔文

以书贾陈蕴山介绍，往观其书，得见宋本二十三种，元本九种，以此王文

公集为最佳。沅老曾售南册而谐价未成。因尚得刘之同意拍摄背

面之宋人尺牍，惜已于劫中散佚。闻时燕玉见亦曾欲以高价商购

未成。当时原书已缺一册，传闻为中人所扣。后刘氏托其甥王毓霖售于

上海，为吴静安所得。于一九四九年解放前夕携往香港云。自沅老见原

书至今已六十年，不知王南屏所得为完本否。

三月卅日（三月初六日）星期二

郑广荣拟将中共文稿为蓬清大足石刻拍照了，写得条理清楚，

只要界市侍这印可上报，沈竹已约米桢讨论一次，并定今日下午以便了

再谈而未果。晚上五点赴沪出差。丙姻、老头带去樱山东西瓶。

三月卅一日（二月初七）星期三

中宣部来人搞民意测验推荐文物局领导班子。下午去中宣部妥商一九五七年所拍祭孔记录片，什二十分钟。日本学侨并会请求复制之。看来似不宜提供。盖劳动归来周身疼痛，不可不服老也。

四月一日（二月初八）星期四

今日晨起后下泄不止，四肢无力，只好在家休息，入晚幸得天木送来四环素，服后稍好转。

四月二日（二月初九）星期五

继续在家休息，惠亦未上班。小赵今日搬家，适小照出差，实忙乱不堪。欣欣哭闹不已，此子脾气甚大，实令人无可奈何。

四月三日（二月初十日）星期六

早晨去中纪委开会，议由田北基同志主持商量关于民族宫展出陈半丁书画归还社科院人员[illegible]问题，最后决定书画由社科学院暂留后待安文物局借存。其后交返将由文物局提供鉴定人员协助辨别真赝。至院内问题再进一步追查其是非问题。

今上从杨克同志处得知林午全同志不幸在手术后逝世，十天前午全同志去民族宫看画，了为来谈谈，当时精神很好，不意竟成永诀，为之怅怅良久。会后到接待所看吕颐、老吴，彦威谈甚久。

招待所为商震故居，后又为纪登奎居住，近于改为某政招待所

环境静雅，今后可专由我们同此小住。

下午胡骏、安昆明一一来，徐大宗事早六时十分派车来接。

晓出和平父对宁波游无可慰问，从和平处又知同国琪于昨日未

由肝气肿病故。一日而二约丧耗，自然规律不可抗拒也。

四月四日（三月十一日）星期日

上午去四联理发，人甚多。十一时许归。下午遇徐元彬文化部内定付

部长三人为丁峤、高占祥、钱之人，群众颇有微辞，主要是对后二人感到

没有群众基础，而文化修养亦不大够，是否属实，姑妄听之而已。晚早

寝，因明后晨要赶火车去承德讲课。

一九八二年

一九八二年（壬戌年）

三月廿五日（三月初一日） 星期四

不久前接哲民兄来函，询问二希（《中秋》《伯远》）从故宫散出经过，迄未作复。今得去非摘录刘九庵《从香港购回书画来源记略》称："这两帖散出和收回的过程，据林志钧（宰平）所著《帖考》记载：此帖由故宫散出后，初不知在何处，一九五一年十二月二十七日晨，叔通谈，《伯远帖》闻系由清缙贵妃售于郭葆昌（即郭世五），后郭子携赴香港，押于英人某。期将满，英官方命将此帖与同时押之王献之《中秋帖》，即转伦敦。我方知之，请于政务院，趁尚未期满，以香港币不到五十万，将二帖赎回，已到北京。今在故宫陈列。"按二帖重新进入故宫的时间，据"溽"字编号，是从一九五一年十一月起至一九五二年一月止。与此记载相符。入院点收人：张炜光、冯华。

关于"缙妃"，查《清史稿》无传，据《帝系后妃皇子皇女四考（附表）》，有瑨妃一名。瑨妃系西林觉罗氏，是同治的贵人，后尊封"荣惠贵妃"。《清史稿·后妃传》有："荣惠皇贵妃，西林觉罗氏，事穆宗，自贵人进嫔，光绪间进妃，宣统间累进尊封。"（卷二百十四、八九三一页）。据此，缙妃或系瑨妃传写之误。然二帖何时散出故宫和具体情况仍不得而知也。陈叔老所谈亦不知何所据。

三月廿六日（三月初二【日】） 星期五

关于《中秋》《伯远》二帖，除了说是瑨妃售予郭世五之外，尚有二说：一曰，溥仪未出宫前盗卖，为维持小朝廷遗老和宫人生活之用；二说系某太监私自偷出的。三说纷纭，莫衷一是。经询刘久庵亦不了解。此事似亦未载《故宫已佚书画目》，按此为根据《溥仪赏溥杰书画日记》中辑录成目，或不甚完备。

三月廿七日（三月初三日） 星期六

中央已任命朱穆之为文化部长，周巍峙为党组付书记、第一付部长，尚有三个付部长人选未定。又，中宣部部长已确定为邓力群，精简或可抓紧进行矣。

三月廿八日（三月初四日） 星期日

去刚主大哥处，得允甫从上海朵云轩书画社购得吴湖帆收藏秦汉瓦当和北魏、北齐造像拓片百余种，皆吴大澂赠陈簠斋者，每张均钤有簠斋藏石印，拓工甚精。十年动乱，劫余得此实大不易也。

午饭后大哥告以先太祖轶事，始知与张菊生丈亲戚之由来。盖菊老之母为谢兰生之妹，兰生公为我太伯祖，为避兵燹自武进南下广州落户，故菊老尚可说得一口广州话。

下午去华侨大厦访月华同志，㖞谈甚久始归。

三月廿九日（三月初五日） 星期一

方行、之榆同志曾告以王南屏欲以宋刊《王文公集》和王安石书卷捐赠国家，条件是希望政府特许将其收藏明清画约二百件携往香港。齐光对此坚决反对，致问题迄未解决，《王文公集》乃海内孤本，堪称稀世之珍，如能收回国内实为一大好事，而齐光却不了解其重要性，任质斌同志亦无可如何，外行领导之害大矣哉。

据熹年代摘录《藏园群书经眼录》卷十三·集部二：

《王文公集》一百卷，目录二卷。存七十六卷、目录二卷，十六册。

宋刊本，半叶十行，每行十七字，白口，左右双阑，板心上鱼尾下题“文集”。下鱼尾下记叶数，下方记刊工姓名，字体古雅，纸白而厚，莹洁无比。每张有：“向氏珍藏”朱文印，多在纸背，纸皆宋人书牍，字亦工雅，有洪适、叶义问诸人。

目录二卷，上卷卷一至卷十六，下卷卷三十七至一百，上卷缺一至四叶。缺四至七、三十七至四十七、六十一至六十九，共缺二十四卷。宝应刘启瑞翰臣藏书，庚申五月二十五日观于宝应刘宅，书估陈韫山陪往。

据熹年见告：刘启瑞字翰臣，官至内阁中书，以癸卯乡试，傅沅老曾为力荐，因称沅老为师，其实刘尚年长于沅老。此人藏书皆盗自内阁大库，而诡称庚子之役得之坊肆败纸堆中。一九二〇年傅沅叔丈得书贾陈蕴山介绍，往观其书，得见宋本二十三种，元本九种，以此《王文公集》为最佳。沅老虽屡商购而谐价未成。因商得刘之同意拍摄背面之宋人尺牍，惜已于劫中散佚。闻张葱玉兄亦曾欲以高价商购未成。当时原书已缺一册，传闻为中人所扣。后刘氏托其甥王毓霖售于上海，为吴静安所得，于一九四九年解放前夕携往香港云。自沅老见原书忽已六十年，不知王南屏所得为完本否。

三月卅日（三月初六日） 星期二

郑广荣拟致中央文稿，为澄清大足石刻拍照事，写得条理清楚，只要略为修改即可上报。沈竹已约朱璜讨论一次，原定今日下午，以他事需谈而未果。晚小燕赴沪出差，为妮妮、毛头带去稷山枣两瓶。

三月卅一日（三月初七日） 星期三

中宣部来人搞民意测验，推荐文物局领导班子。下午去中侨委看一九五七年所拍祭孔记录片，仅二十分钟。日本华侨总会请求复制一份。看来似不宜提供。惠劳动归来周身疼痛，人不可不服老也。

四月一日（三月初八日） 星期四

今日突然呕吐、下泄不止，四肢无力，只好在家休息，入晚幸得天木送来四环素，服后始好转。

四月二日（三月初九日） 星期五

继续在家休息，惠亦未上班。小赵今日搬家，适小燕出差，实忙乱不堪，欣欣哭闹不已，此子脾气甚大，实令人无可如何。

四月三日（三月初十日） 星期六

晨去中纪委开会，会议由田兆基同志主持，商量关于民族宫展出陈半丁藏画归还社科院人文公司问题，最后决定画由社科学院收回后转交文物局保存。在点交过程中由文物局提供鉴定人员协助辨别真赝。发现问题再进一步追查文物走私问题。

会上从杨克同志处得知，林干全同志不幸在手术后逝世，十天前干全同志为民族宫书画事尚来洽谈，当时精神很好，不意竟成永诀，为之怅然良久。会后到招待所与吕朗、老关、巨成谈甚久。招待所为商震故居，后又为纪登奎居住，近始改为总政招待所，环境静雅，今后写东西似可到此小住。

下午胡骏交星期一去承德火车票，早六时十分派车来接。晚至和平处对雯波逝世表示慰问，从和平处又得知何国琪于昨晨由肺气肿病故。一日而三传噩耗，自然规律不可抗拒也。

四月四日（三月十一日） 星期日

上午去四联理发，人甚多。十一时始归。下午遇德元，称文化部内定付部长三人为丁峤、高占祥、钱立人，群众颇有微辞，主要是对后二人感到没有群众基础，而文化修养，亦不太够，是否属实，姑妄听之而已。晚早寝，因明日凌晨要赶火车去承德讲课。

谢辰生先生署名的政协提案

一、作为第一提案人的提案

全国政协七届一次会议提案第1790号

题目：建议北京图书馆善本古籍仍在文津街旧馆保存

主办：文化部

提案形式：个人联名

第一提案人：谢辰生

内容：

北京图书馆是国家最大的图书馆，由于业务的发展和新书不断增加，1987年在北京西郊建成新馆，城内文津街旧馆藏书包括全部善本古籍，均将移入新馆保存，而城内柏林寺原藏普通古籍则移入文津街旧馆收藏。该馆所藏善本古籍极为丰富，文津街即因所藏文津阁四库全书而得名。善本古籍在馆专库保藏多年，以其建筑环境及设备条件适宜保存古书，故保藏十分妥善。闻新馆善本书库设在地下室，室内至今渗水，防潮设备存在问题。如善本古籍移入该库，水潮气湿，安全问题实无保障。善本古籍均为国宝性文物，一旦受损，无法弥补。建议善本古籍与普通古籍均在城内文津街旧馆保存。作为北京图书馆的一个分馆，成为古籍专门图书馆，对藏书的保管和使用，更为有利。

联名提案人：

冯亦代、郑孝燮、丁聪、叶浅予、华君武、黄苗子、傅熹年、王世襄、王仲殊、史树青、陈高华、罗哲文、姜伯勤、徐苹芳、唐弢、韩德培、王子野

全国政协七届二次会议提案第0873号

题目：建议焦枝铁路洛阳段避开龙门石窟保护区以利文物保护案

主办：铁道部

会办：建设部、文化部

提案形式：个人联名

第一提案人：谢辰生

内容：

龙门石窟是我国三大石窟之一，是驰名中外的艺术宝库，一九六一年国务院公布为全国重点保护单位。一九六九年修建焦枝铁路时，因处于动乱时期，未经科学论证和必要的法律程序即在仅距石窟保护区一百米处修造了现有的焦枝铁路线。据地震部门的测定表明，每天多达五十余次来往车辆所引起的震动，已对石窟带来了极为严重的影响，近十年来已经有二十余处雕刻出现崩塌。据了解，目前正在准备修建焦枝铁路复线，仍然要穿地龙门石窟保护区，这样势必在施工爆破以及竣工后列车通过加大，而大大增加震动强度，对龙门石窟的安全造成严重的威胁。对此，地方政府和文物部门已多次提出异议，但至今问题仍未得到合理的解决。我们建议，为保护龙门石窟，焦枝铁路应当避开龙门石窟保护区。具体方案应按照《文物保护法》的规定程序由铁道部门、全国文物部门约请各有关方面的专家进行科学论证后再确定。在方案未经法定程序批准前，不要施工，以免造成损失。鉴于这个问题涉及不同系统的有关部门，建议请国务院或国家计委出面协调处理。

联名提案人：

白介夫、廖井丹、王振铎、郑孝燮、石泉、王济夫、华君武、李小春、杨宪益、陈健、郑雪来、黄新德、筱俊亭、王钟琦、傅熹年、王世英、王世襄、王铁崖、史树青、邢贲思、刘导生、汝信、安金槐、许立群、孙执中、李新、李京文、吴介民、余绳武、张广达、陈岱孙、陈高华、林子东、林甘泉、罗哲文、金冲及、胡如雷、姜伯勤、袁永熙、徐苹芳、殷叙彝、唐弢、常诚、盖山林、蒋和森、韩德培、樊骏、滕颖、冀淑英、赵沨、曾德林、阎维仁、韩克华

全国政协七届四次会议提案第1099号

题目：建议采取坚决果断措施，严厉打击盗掘古墓的犯罪活动案

分办：国家文物局、人大法工委

提案形式：个人联名

第一提案人：谢辰生

内容：

中国是世界文明古国之一，埋藏在地下的文物极为丰富，是中华民族的宝贵文化遗产。做好对它们的保护工作，是我们这一代人的历史责任。但是近年来盗掘古墓之风十分严重，而且愈演愈烈。数以千计的古墓遭到洗劫。据统计，仅1986年全国盗掘古墓和古遗址达五千处以上。1987年5月国务院颁布《关于打击盗掘和走私文物活动的通知》之后，盗墓活动一度有所收敛，1987年底以后盗墓之风又起。1990年河南、山西、陕西、内蒙古、四川、广东、湖南、湖北、福建、山东等省又不断发生盗墓事件，犯罪分子活动十分猖獗，而且内外勾结把盗掘所得文物走私出境。据报载，1990年3、4月间，河南三门峡地区就有三十多名港澳台及沿海的文物走私分子携巨款坐地收购文物。三门峡著名的虢国墓地就是在此期间遭到盗掘的。在盗墓时不法分子派专人持枪警戒，公然殴打、袭击值勤干警。当地不少文物贩子因此发家致富盖起高级住宅，还有的不法分子发财后潜逃国外加入外籍，又持外国护照潜回故乡继续作案。这种严重情况不仅为建国以来所未有，也为历史上所罕见。如不采取坚决果断措施，严厉打击，将使我国文化遗产遭到巨大的，不可弥补的损失。而且这些犯罪活动已成为当地社会不稳定的因素。惩办不严、打击不力是盗墓活动屡禁不止的重要原因。为此，我们建议：第一，请人大常委会在《刑法》中增加惩办盗掘古墓量刑标准的条款，由于破坏古墓的历史、科学、艺术价值是无法用金钱衡量的、是无法弥补的。量刑一定要从严从重。第二，请国务院再发通告，责成各级人民政府对所辖境内出现的盗掘古墓犯罪活动，要像“扫黄”那样，组织公安、海关、工商、文物等部门共同协作，综合治理，开展专项斗争，严厉打击。打击不力者，要追究领导责任。纵容包庇的以及勾结犯罪分子作案的要从严从重处理。第三，把打击盗掘古墓犯罪活动作为社会治安综合治理委员会的工作内容。第四，希望领导机关和职能部门总结不能做出快速反应的经验教训，制订出对策措施。对做得好的地方、部门、单位和个人给予奖励、表扬，做得不好的给予批评和处分。

联名提案人：

张文寿、廖井丹、杨奎章、丁轸宇、王振铎、任以奇、李希泌、杨希枚、杨国桢、陆钦侃、林娜、郑孝燮、俞恩瀛、梅绍武、石泉、朱鸿鹗、刘西林、刘震华、麦赐球、巫宝三、吴荣、应中逸、张光瑛、张志公、陈慧、苗永明、岳炳忠、陶祥洛、黄敬芳、葛志成、蒋家祥、德继民、霍懋征、启功、关牧村、杜宪、倪以信、覃志刚、华君武、吴雪、邵宇、周而复、周汝昌、周巍峙、姚雪垠、骆玉笙、徐肖冰、常书鸿、韩美林、潘素、王壮飞、王佛松、王德宝、石奉天、叶大年、叶汝求、成思

危、庄孝僡、刘曾达、齐卫民、江英彦、汤定元、李苏、吴百川、何广乾、邹仁鋆、张乾二、陆业海、陈难先、周光宇、赵维纲、洪朝生、姚汝华、莫馨一、顾正秋、徐邦裕、郭祥熹、郭慕孙、郭燮贤、陶涛、蒋全、傅熹年、谢燕声、王世英、王世襄、王仲殊、王传纶、王铁崖、方强、东噶·洛桑赤列、史树青、邢赍思、刘导生、安金槐、孙执中、李新、李京文、吴介民、何正璜、余绳武、陈征、陈岱孙、陈高华、陈舜瑶、林子东、林甘泉、罗元铮、罗哲文、金冲及、郑为之、恰贝·次旦平措、段文杰、姜伯勤、袁永熙、贾题韬、徐之河、徐苹芳、殷叙彝、高锐、浦山、浦寿海、梅行、常诚、盖山林、蒋和森、韩树英、谭旌樵、樊骏、蒋正华、滕颖、冀淑英、王益、王子野、苏星、张西洛、罗俊、耿绍光、丁国钰、孔筱、黄甘英、韩克华、潘静安、王青林、王定国、白茜、李克、吴全衡、傅师荣、郑正仁、吴庆彤、王均、梅向明、梁从诚、曹培生、李侃、陈益群、钱广华

全国政协七届五次会议提案第1090号

题目：建议抓紧做好三峡工程淹没区的文物保护工作案

主办：三峡办

会办：国家文物局

提案形式：个人联名

第一提案人：谢辰生

内容：

三峡工程是举世瞩目的巨大工程，它的淹没区涉及到十几个县、市，在这个范围内的文物据不完全的统计至少有500处以上，其中很多文物具有极为重要的历史、艺术、科学价值。如不抓紧做好文物的勘察、发掘、迁移等保护工作，将会在文化上、科学上造成巨大损失，在国内和国际产生不良影响。为此，我们建议：一、根据《中华人民共和国文物保护法》的规定，凡因基本建设工程关系而进行的文物调查、勘探、发掘、迁移等保护经费应列入工程部门的预算。建议三峡工程领导部门要依法把因三峡工程而进行的文物保护费用，单独列项，不宜列入移民预算。因一些文物的发掘、保护工作与移民并无直接关系。由于三峡淹没区和新的移民安置点保存文物数量很大，保护工作十分艰巨，而且必须提前进行，现在就应当拨出相当经费，尽快开展文物的勘察、发掘、迁移工作。二、三峡工程淹没区的大量文物保护工作任务十分艰巨，而且时间紧迫，只靠四川、湖北的力量是不可能完成的。建议国家文物行政主管部门成立专门班子，在全国范围内抽调专业干部支援三峡地区文物“抢救”工作。进行三峡工程的文物抢救工作的人力、经费应由国家文物行政主管部门统一调配、统一掌握，组织实施，以避免浪费。三、对重点保护和发掘的文物，应区别情况，采取不同的保护措施。发掘出土文物可在三峡地区选择适当地点兴建博物馆保存和展出，像著名的白鹤梁石刻是不可移动的文物，只能就地保存，可考虑辟为水下博物馆或其他方式原地保护。这样既有利于文物保护和发挥文物作用，又可以为三峡地区增添新的景点，促进旅游事业的发展。建议将这些项目纳入三峡地区的建设规划。

联名提案人：

石泉、王立平、资华筠、王亚辉、王壮飞、石奉天、叶大年、叶汝求、田复、江英彦、许中明、严星华、李苏、何广乾、邹仁鋆、张开逊、张永明、张乾二、陆业海、陈培烈、陈绳武、范镜渊、周光宇、侯立尊、姚汝华、郭祥熹、郭慕孙、谈镐生、陶涛、蒋全、傅熹年、王世英、王世襄、王仲殊、王传纶、方强、东噶·洛桑赤列、史树青、邢贲思、安金槐、李荣、李新、何正璜、余绳武、陈岱孙、陈高华、陈舜瑶、林子东、林甘泉、罗哲文、金冲及、郑为之、胡如雷、恰贝·次旦平措、姜伯勤、徐之河、徐苹芳、殷叙彝、浦山、浦寿海、常诚、盖山林、蒋和森、韩树英、韩德培、樊骏、蒋正华、滕颖、冀淑英、侯仁之、郑敏之、王益、王均、林莉、曹培生、李侃、钱广华、毛昭晰

二、作为联名提案人的提案（存目）

全国政协七届一次会议提案第1073号

题目：建议保护夏鼐故居案
主办：浙江省人民政府
提案形式：个人联名
联名人数：9
第一提案人：王振铎

全国政协七届一次会议提案第1216号

题目：为长久妥善保护敦煌石窟，停止公开参观洞窟内部案
主办：甘肃省人民政府
会办：文化部
提案形式：个人联名
联名人数：17
第一提案人：王仲殊

全国政协七届一次会议提案第1217号

题目：保护汉未央宫、灵台和北魏永宁寺塔基遗址案
分办：陕西省人民政府、河南省人民政府
提案形式：个人联名
联名人数：17
第一提案人：王仲殊

全国政协七届一次会议提案第1481号

题目：采取果断措施加强文物保护案
主办：文化部
提案形式：个人联名
联名人数：28
第一提案人：王振铎

全国政协七届一次会议提案第1482号

题目：加强故宫博物院的保护管理案
分办：中办、文化部、国家档案局
提案形式：个人联名
联名人数：26
第一提案人：王仲殊

全国政协七届一次会议提案第1785号

题目：要求解决故宫“大杂院”的问题案
分办：劳动人事部、中办、文化部、国家档案局
提案形式：个人联名
联名人数：7
第一提案人：刘炳森

全国政协七届二次会议提案第1453号

题目：建议文化部妥善解决高职人员离退休年龄限制问题案
主办：人事部
会办：文化部
提案形式：个人联名
联名人数：2
第一提案人：郑雪来

全国政协七届二次会议提案第1641号

题目：关于统计工作实行垂直管理有利于加强中央宏观调控与监督案
主办：人事部
提案形式：个人联名
联名人数：29
第一提案人：常诚

全国政协七届二次会议提案第1869号

题目：漳、泉铁路选线方案，要考虑保护国家历史文化名城和国家风景名胜区案
主办：铁道部
提案形式：个人联名
联名人数：5
第一提案人：罗哲文

全国政协七届三次会议提案第0881号

题目：对每年高考落第的高中毕业生应统筹解决他们的出路问题案
主办：劳动部
提案形式：个人联名
联名人数：5
第一提案人：韩德培

全国政协七届三次会议提案第0898号

题目：请国家主管出版的部门设法纠正目前存在的不合理的现象案
主办：新闻出版署
提案形式：个人联名
联名人数：5
第一提案人：韩德培

全国政协七届三次会议提案第0903号

题目：建议将北京房山金陵列为全国重点文物保护单位并加强保护案
主办：北京市政府
提案形式：个人联名
联名人数：10
第一提案人：罗哲文

全国政协七届三次会议提案第0948号

题目：切实保障政协委员民主监督权利的建议案
主办：全国政协
提案形式：个人联名
联名人数：26
第一提案人：王世英

全国政协七届三次会议提案第1010号

题目：关于建议适当提高一些重点文物保护单位开放点和特殊自然景观门票价格案
分办：北京市政府、国家文物局
提案形式：个人联名
联名人数：4
第一提案人：罗哲文

全国政协七届三次会议提案第1474号

题目：建议不要把大足圣寿寺重新辟为宗教活动场所案
主办：四川省政府
提案形式：个人联名
联名人数：9
第一提案人：傅熹年

全国政协七届四次会议提案第0542号

题目：建议将河南省永城县芒砀山西汉梁王石墓群列为全国重点文物保护单位案
主办：国家文物局
提案形式：个人联名
联名人数：4
第一提案人：安金槐

全国政协七届四次会议提案第0544号

题目：水利部应尽快拨款抢救丹江口水库淹没区古代墓葬的发掘经费案
主办：水利部
会办：国家文物局
提案形式：个人联名
联名人数：4
第一提案人：安金槐

全国政协七届四次会议提案第0862号

题目：关于组建中国社会科学团体联合会案
主办：社科院
会办：民政部
提案形式：个人联名
联名人数：20
第一提案人：吴介民

全国政协七届四次会议提案第1083号

题目：关于尽快增补哲学社会科学各个领域的学部委员案
主办：社科院
提案形式：个人联名
联名人数：30
第一提案人：李京文

全国政协七届四次会议提案第1346号

题目：恳请国家增加对文物安全经费的投入案
主办：财政部
提案形式：个人联名
联名人数：3
第一提案人：常书鸿

全国政协七届四次会议提案第1523号

题目：深化统计体制改革，增强地方统计机构抗外部干扰的能力案
主办：国家统计局
会办：人事部
提案形式：个人联名
联名人数：29
第一提案人：常诚

全国政协七届四次会议提案第1754号

题目：请福州市人民政府保留福州鼓楼区灯笼巷明代状元府作为文物古迹案
主办：福建省政府
提案形式：个人联名
联名人数：7
第一提案人：罗哲文

全国政协七届四次会议提案第1755号

题目：关于恢复国家文物局为国务院直属局案
主办：人事部
提案形式：个人联名
联名人数：6
第一提案人：郑孝燮

全国政协七届五次会议提案第0862号

题目：建议将林风眠旧宅辟为林风眠纪念馆以利于团结海内外艺术家和爱国人士案

主办：浙江省政府

提案形式：个人联名

联名人数：9

第一提案人：毛昭晰

全国政协七届五次会议提案第0907号

题目：占用武昌起义军政府旧址建筑的有关单位和住户应全部迁出的提案

主办：湖北省委办公厅

会办：国家文物局

提案形式：个人联名

联名人数：4

第一提案人：金冲及

全国政协七届五次会议提案第1028号

题目：立即整治北京市西城区人定湖公园案

主办：北京市政府

提案形式：个人联名

联名人数：3

第一提案人：张开逊

全国政协七届五次会议提案第1041号

题目：关于建立福州市长乐侨、台投资特区的建议案

主办：特区办

提案形式：个人联名

联名人数：19

第一提案人：李京文

全国政协七届五次会议提案第1461号

题目：在北京建立曹雪芹纪念馆案
主办：北京市政府
提案形式：个人联名
联名人数：3
第一提案人：蒋和森

全国政协七届五次会议提案第1615号

题目：建议汇集出版每年政协会议期间的发言、提案建议和报告案
主办：全国政协
提案形式：个人联名
联名人数：22
第一提案人：罗元铮

全国政协七届五次会议提案第1771号

题目：在天津的古城区不要造成“破坏性建设”案
主办：天津市政府
提案形式：个人联名
联名人数：4
第一提案人：郑孝燮

来鸿集

學習雜誌社

北京：外交部街八號

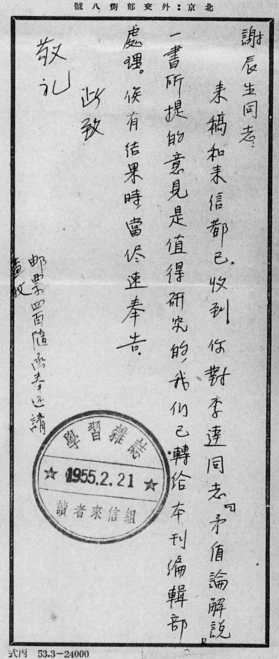

謝長生同志：

来稿和来信都已收到。你對李達同志《矛盾論解説》一書所提的意見是值得研究的，我們已轉給本刊編輯部處理。俟有结果時當儘速奉告。

此致

敬礼

郵票四角隨函奉還請查收

學習雜誌 1955.2.21 讀者來信組

式丙 53.3—24000

谢辰生同志：

来稿和来信都已收到，你对李达同志《矛盾论解说》一书所提的意见是值得研究的，我们已转给本刊编辑部处理。俟有结果时，当尽速奉告。

此致

敬礼！

学习杂志读者来信组

1955.2.21

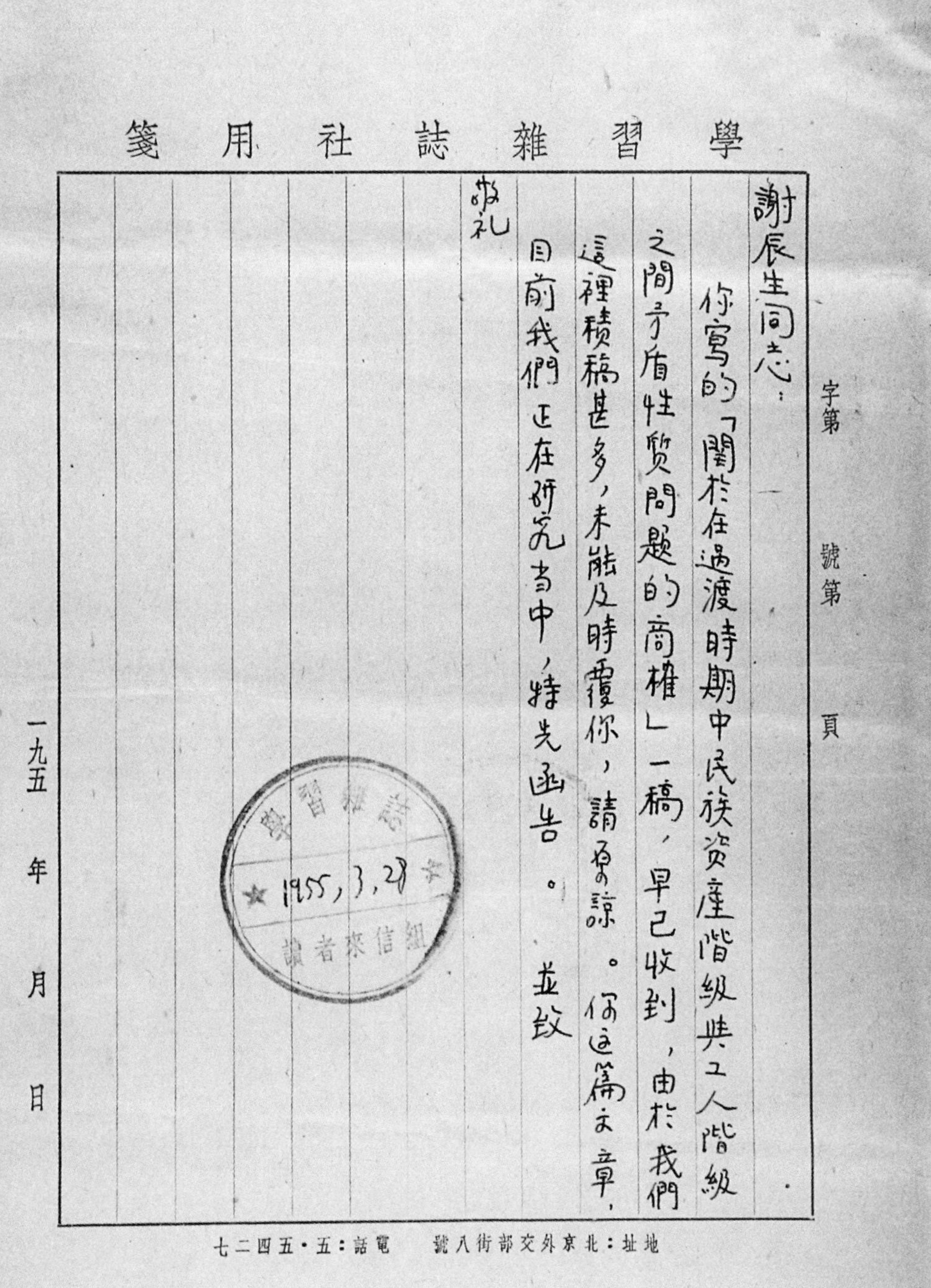

學習雜誌社用箋

字第　　號第　　頁

謝辰生同志：

你写的「関於在過渡時期中民族资產階級与工人階級之間矛盾性質問題的商榷」一稿，早已收到，由於我們這裡積稿甚多，未能及時覆你，請原諒。你這篇文章，目前我們正在研究當中，特先函告。

此致

敬礼

一九五　年　月　日

地址：北京外交部街八號　電話：五·五四二七

谢辰生同志：

你写的《关于在过渡时期中民族资产阶级与工人阶级之间矛盾性质问题的商榷》一稿，早已收到，由于我们这里积稿甚多，未能及时覆你，请原谅。你这篇文章，目前我们正在研究当中，特先函告。

并致

敬礼！

学习杂志读者来信组

1955.3.28

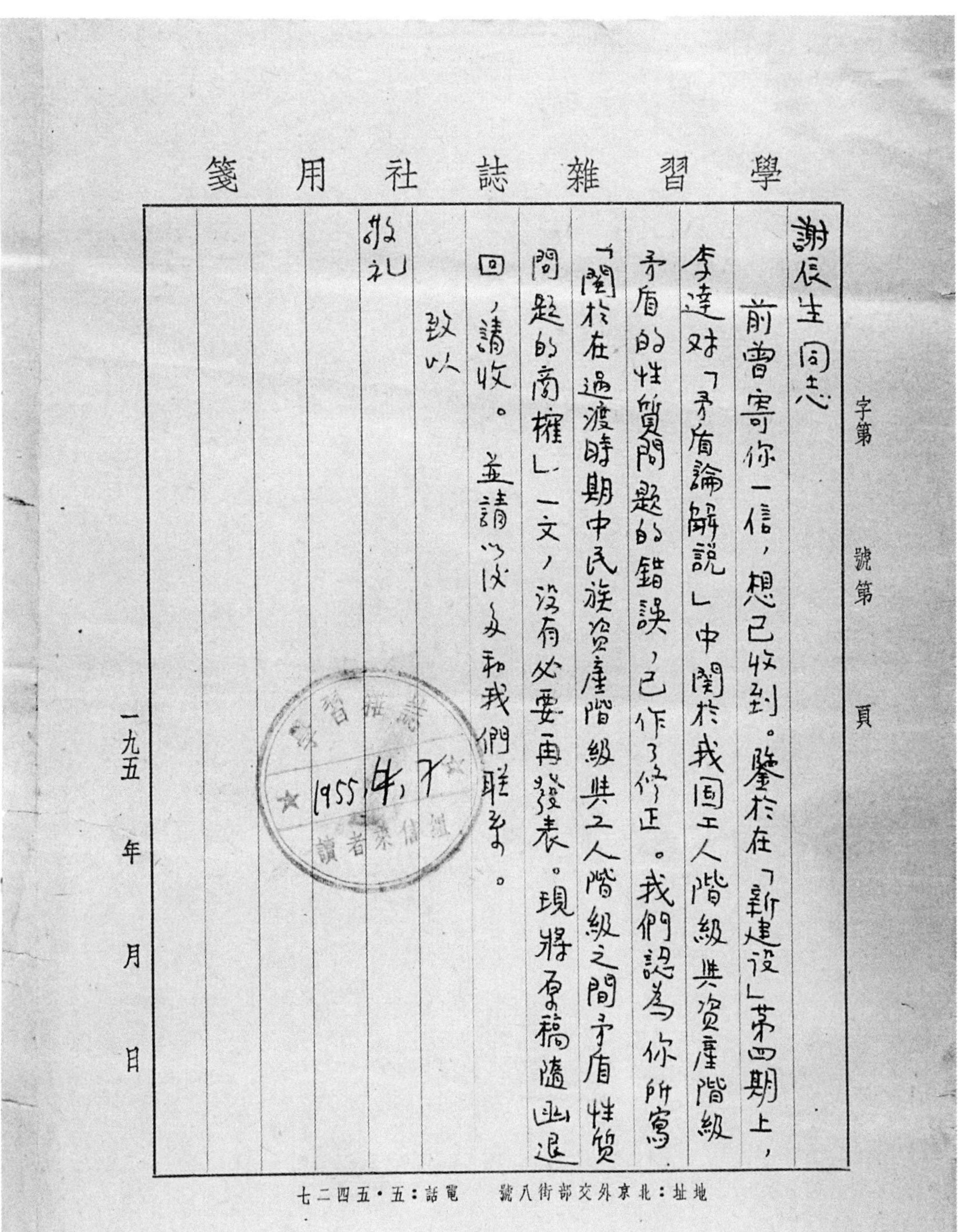

學習雜誌社用箋

字第 號第 頁

謝侯生同志

前曾寄你一信，想已收到。鑒於在「新建設」第四期上，李達對「矛盾論解說」中關於我国工人階級與資產階級矛盾的性質問題的錯誤，已作了修正。我們認為你所寫「關於在過渡時期中民族資產階級與工人階級之間矛盾性質問題的商榷」一文，沒有必要再發表。現將原稿隨函退回，請收。 並請以後多和我們联系。

致以

敬礼

一九五 年 月 日

地址：北京外交部街八號 電話：五·五四二七

谢辰生同志：

前曾寄你一信，想已收到。鉴于在《新建设》第四期上，李达对《矛盾论解说》中关于我国工人阶级与资产阶级矛盾的性质问题的错误，已作了修正。我们认为你所写《关于在过渡时期中民族资产阶级与工人阶级之间矛盾性质问题的商榷》一文，没有必要再发表。现将原稿随函退回，请收。并请以后多和我们联系。

此致

敬礼！

学习杂志读者来信组

1955.4.7

编者注：

参见本书1965年9月28日日记。

中共中央高級党校

谢辰生同志：

你给艾思奇同志的信收到。他读了你的信，认为你提的问题可以讨论。特先函告。

致

礼！

艾思奇同志办公室

六、二十五。

谢辰生同志：

你给艾思奇同志的信收到。他读了你的信，认为你提的问题可以讨论。特先函告。

致

礼！

艾思奇同志办公室

六、二十五

辰生先生赐鉴：

惠书敬诵。《文物保护法》草稿看过一遍。嘱提修改意见，义不容辞，无奈年来心思体力俱衰，欲将此稿通体揣摩一遍，非所能任。只得有违雅命，请改托他人为之。其办法可由 贵局一二位同志与延请之一二位同志共同商谈，贵局同志说明何以必须写入如许内容，延请之外来同志则相助考虑，如何说法表达如许内容，俾明确且清澈，随览者均觉其顺畅。如此商谈一二日，想必能使此稿改观。至于此稿，请恕我直言，虽为「七稿」，似尚拿不出去。专此奉复，敬请

大安。

叶圣陶上 十二月十二日

辰生先生赐鉴：

惠书敬诵。《文物保护法》草稿看过一遍。嘱提修改意见，义不容辞，无奈年来心思体力俱衰，欲将此稿通体琢磨一过。非所能任。只得有违雅命，请改托他人为之。其办法可由贵局一二位同志与延请之一二位同志共同商谈，贵局同志说明何以必须写入如许内容，延请之外来同志则相助考虑以如何说法表达如许内容，俾明确且清澈，览者觉其顺畅。如此商谈一二日，想必能使此稿改观。至于此稿，请恕我直言，虽为《七稿》，似尚拿不出去。专此奉复，敬请

大安。

叶圣陶上

十二月十二日

编者注：

写于1980年。叶圣陶，曾任教育部副部长、人民教育出版社社长兼总编辑。

1982年11月19日，第五届全国人民代表大会常务委员会第二十五次会议通过《中华人民共和国文物保护法》，并公布实施。《文物保护法》由先生起草。

据先生回忆，《文物保护法》成稿后，为保证文字的准确，曾将草稿送交叶圣陶及中国社会科学院语言研究所吕叔湘征求对《保护法》文字的意见，叶氏误会以为是征求对内容的意见，所以写了此信。收到信后，先生专程前往叶家进行了解释。

辰生先生大鑒：久仰德望，時慕清音。先生為中華文物之保護奔走呼號，不遺餘力，令人感佩。

夙聞先生對先祖父幾道公研究頗深，評價亦高，於福州嚴復翰墨館之建立幫助尤多，專此申致謝意。

欣悉先生與北京故宮博物院院長單霽翔教授交往密切，尚望 先生推薦美言，以期先祖手迹之展得以借北京故宮文澤之地舉辦。不揣冒昧，特此奉懇。專此，敬頌

時祺

嚴倬雲 敬啟

二〇一五年七月十七日

（正文略）

编者注：

严倬云（1925年—），严复孙女、前台湾海基会董事长辜振甫的夫人。现任台湾“妇联会”主任委员。

七月，先生致信故宫博物院院长单霁翔，转达严氏倡议。单院长立即批示同意，并安排落实展览相关事宜。惜因无法言明原因展览至今尚未举办。

编后记

2010年《谢辰生先生往来书札》出版，在新书出版座谈会上，国家文物局单霁翔局长提出出版续编的建议。谢辰生先生再次委托我承担书札续编的整理出版工作，并贻赠部分书信、日记、读书札记手稿（日记、读书札记上附有张珩所题日记、读书札记书签）。

傅熹年先生为本书题写书签，单霁翔先生、宋木文先生、樊锦诗老师分别撰写序言，宿白、耿宝昌、罗哲文、周南、宋木文、麦英豪、逄先知、陈志华、徐苹芳、金冲及、常沙娜、傅熹年、李学勤、张忠培、郑欣淼、彭卿云、赵珩、朱文泉和丹青等谢老友人及弟子分别题词。在编写过程中，单霁翔、王运天、郭延奎、李晓东、方虹、沈建华、丹青、拓晓堂等先生为本书提供了资料，刘宗汉先生、穆森先生和林圆圆女士为本书提供了专业支持。曲佳女士承担了大部分书稿的录入工作。林锐先生欣然接受邀请，担任本书的特邀编辑并修订全稿。国图出版社王燕来编辑对文化及社会责任的坚守令我十分敬佩，王佳妍编辑为本书的出版付出了劳动。谨在此一并表示感谢。

李经国

2016年10月于观雪斋